Paul Auster

Translated by Motoyuki Shibata

4321

ポール・オースター

柴田元幸 訳

新潮社

4 3 2 1

シリ・ハストヴェットに

1.0

一族の伝説によれば、ファーガソンの祖父は上着の裏地に百ルーブルを縫い込んで、故郷ミンスクの街を徒歩で旅立ち、西へ進んでワルシャワ、ベルリンを抜けてハンブルクに達し、汽船〈中国の皇后〉に乗船した。船は冬の激しい嵐の中で大西洋を横断し、二十世紀最初の日にニューヨーク港に到着した。エリス島で、移民審査を受けるのを待つあいだ、祖父は同じくロシアから来たユダヤ人の男と四方山話を始めた。相手は祖父に言った。レズニコフなんて**名前は忘れたまえ。ここじゃそういう名は役に立たん。アメリカで新しい生活を始めるんだから、アメリカの名前が君には必要なんだ、何かアメリカらしい響きのいい名前が。**

一九〇〇年、イサーク・レズニコフにとって英語は未知の言語であったから、この自分より年上の、経験も豊かな同国人に、どんな名前がいいでしょうかと忠告を求めた。**ロックフェラーと名のりたまえ**、と相手は言った。**この名前なら間違いない。**一時間が過ぎ、さらに一時間が過ぎ、十九歳のレズニコフが入国審査を受けるべく腰を下ろしたころには、同国人に言われた名前をもう忘れてしまっていた。名前は？と審査官は訊いた。ああ困った、と疲れた移民はぴしゃっと自分の頭を叩き、イディッシュ語で**イク・ホブ・ファルゲスン**（忘れました）！と口走った。こうしてイサーク・レズニコフは、イカボッド・ファーガソンとしてアメリカでの新生活を開始したのである。

暮らしは楽ではなかった。特に初めは大変だったし、もはや初めとは言えない時期になっても、自ら選びとった国にあって物事は何ひとつ思ったとおりに運ばなかった。まあたしかに、二十六歳の誕生日の直後に妻は見つけたし、妻ファニー（旧姓グロスマン）は丈夫で健康な息子を三人産んでくれもしたが、それでもやはりファーガソンの祖父にとって、アメリカでの生活は船を降りた日から一九二三年三月七日の夜まで、終始苦闘の連続であった。そしてその夜、四十二歳という年齢で、早すぎる、予期せぬ死を祖父は迎えた。夜警として雇われていたシカゴの革製品倉庫で強盗に襲われ、射殺されたのである。

　写真は一枚も残っていないが、誰の話でも、祖父はがっしり逞しい、巨大な手をした大男で、学歴はなく、手に職もなく、絵に描いたような無知無能の田舎者であった。ニューヨークに着いて最初の午後、街頭で一人の行商人が、ファーガソンの祖父がこれまでに見た最高に赤い、最高に丸く完璧な林檎を売っているところに行きあたった。抗いようもなく、祖父はひとつ買い求め、勢いよくかぶりついた。期待していた甘さとは裏腹に、それは苦い、奇妙な味であった。なおひどいことに、その林檎は気味悪いほど柔らかく、歯が皮を貫くと、中身がぴゅーっと飛び出して、砂粒のような種が混じった薄い赤の液体が上着の前面に雨のごとく降り注いだ。これが彼が初めて味わう新世界の味であり、決して忘れぬジャージー・トマトとの出会いであった。

　というわけで、ロックフェラーではなく、肩幅の広い波止場人足、馬鹿げた名前と地につかぬ足を持ったユダヤ人の大男。マンハッタンとブルックリンで運を試し、ボルティモアとチャールストンでも試し、ダルースとシカゴでも試してさまざまな職に携わった。沖仲仕、五大湖を走るタンカーの二等水夫、旅回りサーカス団の動物調教師、缶詰工場の流れ作業員、トラックの運転手、溝掘り人夫、夜警。どれだけ頑張っても、稼ぎはいつもはした金で、ゆえに哀れイカボッド、略してアイク・ファーガソンが妻と子供三人に遺したものは、彼女らを聞き手に語った若きさすらいの日々の冒険譚のみであった。長い目で見るなら、物語にもおそらく金に劣らぬ値打ちがあるが、短い目で見ればその限界は明らかだった。

　未亡人となったファニーは革製品会社からわずかな慰謝料を受け取り、息子たちを連れてシカゴを引き払い、夫の親類の招きに応じてニュージャージー州ニューアークに移った。市のセントラル区にある自宅の最上階を、名目ばかりの家賃で貸してもらったのである。息子たちはそれぞれ十四歳、十二歳、九歳であった。長男のルイスの名はもうずっと前にルーに進化していた。次男のエアロンは、そのユダヤ的名前のせいでシカゴの学校でさんざん殴られたのに懲りて、いまやアーノルドと名のるようになっていた。九歳の末っ子スタンリーはおおむねサニーで通っていた。何とか食いつないでいこうと、母は他人の洗濯物や繕い物を引き受けたが、まもなく息子たちも放課後の仕事を見つけて家計に貢献するようになり、三人とも稼いだ金は一セント残らず母親に渡した。世は不景気であり、貧困の脅威が家の中に、視界を遮る濃い霧のように満ちていた。恐怖から逃れるすべはなかった。じわじわと、息子たちは皆、母親の根っから暗い世界観を吸収していった。働け、さもなくば飢えよ。働け、さもなくば頭上の屋根を失え。働け、さもなくば死ね。ファーガソン一家にとって、一人ハ皆ノタメ皆ハ一人ノタメ、などという生ぬるい考えは存在しなかった。彼らの小さな世界にあっては、皆ハ皆ノタメ、さもなくば無、であった。

祖母が亡くなったとき、ファーガソンはまだ二歳にもなっていなかった。したがって意識的な記憶は何も残っていないわけだが、一族の伝説によれば、祖母ファニーは気難しい、いつ何をやり出すかわからぬ女性だったようで、何かあるごとにすさまじい声でわめき散らし、抑えようもなく激しく泣き、息子たちが悪さをするたびに箒で折檻し、ギャアギャア大声で値切るものだから地元商店の何軒かでは出入りを禁じられていた。どこの生まれかは誰も知らなかったが、通説によればニューヨークには十四歳の孤児としてやって来て、ロウアー・イーストサイドの帽子工場の、窓のない最上階で何年か働いた。ファーガソンの父スタンリーは、息子の前で両親の話はめったにしなかったし、息子がいろいろ訊ねても、ごく短く、この上なく曖昧な答えを慎重に返すばかりで、若きファーガソンが父方の祖父母について知りえた諸断片は、ほぼすべて母親のローズから教わったものであった。

第二世代に属す義理のファーガソン三姉妹の中で、ローズは図抜けて若く、彼女の持っている情報の大半は、ルーの妻ミリーから教わったものだった。そしてこのルーの妻というのが大変な噂好きで、加えて結婚相手のルーもスタンリーやアーノルドよりずっと開けっぴろげで、よく喋った。ファーガソンは十八歳のとき、母親がミリーから聞いた物語をひとつ教わった。母はこれを、単なる噂にすぎぬものとして語った——真実であったかもしれないし、そうでなかったかもしれない、根拠のない一片の憶測として。ルーがミリーに語ったところ、もしくはルーがミリーに語ったとミリーが言ったところによれば、ファーガソン家には実は四番目の子供がいて、スタンリーの三、四年あとに生まれた女の子だという。当時一家はダルースに住んでいて、父アイクは五大湖を行き来する船の二等水兵になろうと画策中で、何か月かのあいだ一家はひどく困窮した生活を送り、ファニーがその子を産んだときアイクは家を離れていて、住まいはミネソタ、季節は冬、格別に寒い土地での格別に寒い冬であり、一家の住居は暖房といっても薪ストーブがひとつあるだけで、ちょうどそのときは金もほとんどなく、ファニーと息子たちは一日一食の暮らしを強いられていたから、もう一人子供を世話せねばならないかと思っただけでファニーはゾッとしてしまい、その結果、生まれたばかりの娘を浴槽で溺死させたというのである。

両親について息子にろくに話さなかったのみならず、スタンリーは自分のこともあまり喋らなかった。そのせいでファーガソンにとっては、父親の幼いころ、少年のころ、青年のころ、とにかく三十歳になった二か月後ローズと結婚するまでのどの時点であれ、思い描くのはひどく困難であった。それでも何とか、父の口からふっと漏れた欠片（かけら）を組みあわせれば、スタンリーが兄二人にしじゅうからかわれ、いじめられていたことだけは見当がついた。三人兄弟の一番年下のスタンリーは、生きた父親と過ごした時期がごく短かったこともあってか、兄弟の中で母ファニーに一番なついていた。学校ではよく勉強する生徒で、兄弟三人のうちスポーツもずば抜けていて、フットボールではエンドをプレーし、セントラル高校の陸上チームでは四分の一マイルレースの選手だった。電気が得意なのを活かして、一九三二年に高校を卒業してすぐの夏に小さなラジオ修理店を開いた（父が言うには店はニューアークの繁華街アカデミー・ストリートのパッとしない場所にあって、靴磨きスタンドと大して変わらぬ大きさだった）。十一歳のときに、例によって母親に箒で殴られたせいで右目を傷め、部分的に盲目となったため第二次世界大戦中も不適格と見なされ戦争には行かなかった。サニーという渾名（あだな）が嫌でたまらず、学校を出たとたんにそれを捨てた。ダンスとテニスが好きだった。そして、どれだけ愚かしい、屈辱的な扱いを兄たちから受けても決して悪口ひとつ言わなかった。小さいころの放課後の仕事は新聞配達だった。法律を勉強しようかと本気で考えたが、資金不足で断念した。二十代のうちはプレイボーイで鳴らし、何十人もの若いユダヤ系女性と、結婚する意志もなく交際した。一九三〇年代、ハバナが西半球の罪の都だった時期、キューバへ何度か遊びに出かけた。そして人生における最大の野心は百万長者になること、ロックフェラーのような金持ちになることであった。

　ルーもアーノルドも、母親ファニーの狂気に染まった家から一刻も早く脱出しよう、一九二三年に父親が亡くなって以来ファーガソン家に君臨し年じゅう金切り声を上げている暴君から逃れようと、二十代前半で結婚したが、兄二人が逃亡した時点でスタンリーはまだ十代だったので、しばらくは家にとどまるほかなかった。高校だって出たばかりだったのだ。ところが、その後も一年また一年と時は過ぎていき、十一年が過ぎても依然家にいて、どういうわけか、大恐慌時代ずっと、そして戦時中前半も、母ファニーとともに同じ家の最上階に住んだのだった。惰性か怠慢ゆえに動けなかったのか、母に対して義務感、罪悪感があったからか、あるいはそういったことが全部組みあわさった結果か、とにかくよそに住むなどとは考えもしなかった。ルーにもアーノルドにも子供が出来たが、スタンリーはいろんな相手とつき合うだけで満足なようで、ささやかな商売をコツコツ大きくしていくことに精力の大半を注ぎ、二十代なかばを踊るように通り抜け、三十代が迫っても結婚する気をまるで見せず、どうやらこのまま生涯独身で過ごすかと思われた。やがて一九四三年十月、アメリカの第五軍隊がナポリをドイツ軍から奪還して一週間も経たない、戦況がようやく連合国側有利に転じてきたと思えた時期の只中、ニューヨーク・シティでのブラインドデートでスタンリーは二十一歳のローズ・アドラーに出会い、独身生活の魅力はあっさり恒久的な死を遂げた。

やがてファーガソンの母となるこの女性は、とても美しく、灰色がかった緑の瞳と長い茶色の髪が何とも魅力的で、動きはのびのびとして敏捷、何かあるたびに笑みが浮かび、一六七センチの体はこの上なく均整が取れていて、初めて握手したときからもう、誰に対してもよそよそしい、いつもは無愛想なスタンリー、恋の炎に身を焦がしたことのない二十九歳のスタンリーが、ローズを前にして自分がバラバラになっていく気分を味わった。まるで肺から空気をすっかり抜き取られて、二度と息ができなくなった気がした。

ローズもやはり移民の子であり、父親はワルシャワ生まれで母親はオデーサ生まれ、二人とも三歳になる前にアメリカに来ていた。したがってアドラー家はファーガソン家よりもこの国に同化していて、ローズの両親の声には少しの外国訛りも混じっていなかった。それぞれデトロイト、ニューヨーク州ハドソンの育ちで、親の世代のイディッシュ、ポーランド語、ロシア語に代わって流暢で自然な英語をもっぱら話していたが、これに対しスタンリーの父親は何とかこの第二言語を身につけようと死ぬまで苦労していたし、そして母親も、一九四三年のいま、東ヨーロッパの故郷を離れて半世紀近く経つというのに、アメリカの新聞ではなく『ジューイッシュ・デイリー・フォワード』（アメリカで発行されている代表的なイディッシュ新聞）を読んでいたし、自分の思いを伝えるのに用いる、息子たちにYinglishと呼ばれている奇妙な言語は、口にするほとんどすべてのセンテンスでイディッシュと英語がぐじゃぐじゃに合わさった、ほぼ理解不能な代物だった。そこがローズとスタンリーの上の世代の大きな違いだったが、両親たちがアメリカの暮らしにどれくらい適応しているかいないかよりもっと重要なのは、運の問題だった。ローズの両親も祖父母も、不運なるファーガソン家を見舞ったような野蛮な出来事にまったく遭わずに済んでいて、倉庫での強盗殺人も、飢えと絶望に至る貧乏も、バスタブで溺死させられた赤ん坊も彼らの歴史には含まれていなかった。デトロイトの祖父は仕立屋、ハドソンの祖父は床屋で、生地を切る、髪を切る、どちらも富と出世に通じる道とは言いがたいが、食卓に食べ物を並べ子供に服を着せるだけの収入は着実にもたらしてくれた。

ローズの父ベンジャミンは、ベンと呼ばれることもあればベンジーと呼ばれることもあり、一九一一年に高校を卒業した翌日にデトロイトを去ってニューヨークへ向かい、遠縁の親戚のつてでダウンタウンの衣服店に店員の仕事を得たが、若きアドラーは二週間と経たずに職を辞した。自分はこの世に与えられた短い時間を、男物の靴下や下着の販売に浪費する運命ではないと確信した彼は、その後の三十二年間を、家庭掃除用品の訪問セールスマン、ＳＰレコード卸売業者、第一次世界大戦の兵士、自動車販売員、ブルックリン中古車売場の共同所有者等々として過ごした末に、現在では不動産業に携わり、マンハッタンにある会社の少数株主パートナー三人中の一人となって、一九四一年、アメリカが参戦する半年前に、家族をブルックリンのクラウンハイツから西五十八丁目の新築ビルへ移り住ませるだけの収入を得ていた。

ローズにまで伝わっている話によれば、彼女の両親はニューヨーク州北部、ハドソンにある彼女の母の家から遠くない場での日曜ピクニックで出会い、半年と経たぬ一九一九年十一月にはもう結婚していた。ローズがのち息子に打ちあけたところによれば、この結婚は彼女にとってつねに謎であった。何しろ彼女の両親ほどたがいに合わない二人の人間は見たことがなく、この結婚が四十年以上続いたという事実は人類婚姻史における大いなる神秘と言うほかなかった。ベンジー・アドラーは早口で威勢のいい人物で、ポケットに無数の計画を隠した策略家、ジョークを連発しいつも皆の注目を集める気鋭の青年であった。それがニューヨーク州北部でのある日曜午後のピクニックで、エマ・ブロモウィッツなる内気な壁の花に恋をした——ぽっちゃり太った、大きな胸の二十三歳、抜けるように白い肌、たっぷりした赤毛、乙女らしい、初心（うぶ）な、いかにもヴィクトリア朝的な立居振舞いを一目見ればその唇がまだ一度も男の唇に触れられていないことは明らかな娘。二人が結婚したというのはまるで不可解な話だった。いかなる徴候を見ても、彼らが軋轢（あつれき）と誤解の人生へ向かっていることが伝わってきた。が、とにかく彼らは結婚したのであり、娘二人が生まれて以降（ミルドレッドが一九二〇年、ローズが二二年）、ベンジーは時にエマに忠誠を保つことに苦労したりもしたが、胸のうちではエマの許を一時（いっとき）も離れはせず、彼女の方も、くり返し裏切られたにもかかわらず夫に背を向ける気にはどうしてもなれなかった。

ローズは姉を崇めていたが、その逆は真とは言えなかった。長女ミルドレッドは、自分こそ一家のお姫さまの地位を占めているのだとはなから信じて疑わなかった。あとから来た小さなライバルには、フランクリン・アベニューのアドラー家に玉座はひとつしかないのであって、一人のお姫さまのためのひとつの玉座を簒奪（さんだつ）しようとする者は宣戦布告で迎えられるということを、必要とあらば何度でも教え込まねばならない。べつにローズに対してあからさまに敵意を剝き出しにしたわけではないが、その優しさはいわばティースプーンで測られたものであり、一分、一時間、一月に施される量はしっかり決まっていたし、そこにはつねに、女王たる者に相応しく、高慢に見下す態度が混じっていた。冷淡で何事にも用心深いミルドレッドと、温かく大雑把なローズ。娘たちが十二歳と十歳になるころには、ミルドレッドが並外れた頭脳の持ち主で、学校の成績がいいのも単によく勉強するからではなく優れた知力ゆえだということが明白になっていて、一方ローズもまあ一応賢いし十分まともな成績ではあったが、姉と較べればしょせん凡才でしかなかった。自分の動機を自覚することもなく、何か意識的に計画を立てたりそれについて考えたりすることもまったくなしに、ローズはいつしかミルドレッドの土俵で競うことをやめていた。姉と張りあってもどうせ挫折に終わることは見えていたから、自分なりの幸福を得ようとするなら、独自の道を切り拓くしかないのだ。

　彼女はその解決策を仕事に見出した。自分の金を稼ぐことで自らの居場所を築こうと企て、十四になって新聞配達ができるようになると同時に初の職を得てからは、次々ほかの仕事に移っていって、十六になったときには昼はフルタイムで働き晩は夜間高校に通っていた。ミルドレッドは本がぎっしり並ぶ脳の修道院にこもっていてくれていい。そのままふわふわ大学へ上がって、過去二千年に書かれた本をすべて読んでくれればいい。ローズが求めていてローズが属しているのは現実世界なのであり、ニューヨークの街のせわしなさと喧騒であり、自分で自分を支援し自分の道を切り拓いているという感覚なのだ。週に二度三度と観る映画の、気丈で頭の回転の速いヒロインたち——クローデット・コルベール、バーバラ・スタンウィック、ジンジャー・ロジャーズ、ジョーン・ブロンデル、ロザリンド・ラッセル、ジーン・アーサー等々ハリウッド映画のスターたち——と同じように、若く決然としたキャリアガールの役割を彼女は選びとり、さながら自分自身の映画を、『ローズ・アドラー物語』を生きているかのように力いっぱい演じた。その長い、無限に込み入った映画はまだ第一リールの段階だったが、今後素晴らしい出来事が待ち受けていることはすでに約束されていた。

　一九四三年十月にスタンリーに出会う二年前から、西二十七丁目、六番街付近にスタジオを持つ肖像写真家イマニユエル・シュナイダーマンの下で彼女は働いていた。はじめは受付兼秘書兼簿記係だったが、一九四二年六月にシュナイダーマンの撮影助手が軍隊に入ると、ローズがそれを引き継いだ。シュナイダーマンはもう六十代なかばの、第一次世界大戦後に妻と子供二人とともにニューヨークにやって来たドイツ系ユダヤ人の移民だった。怒りっぽい、しじゅう癇癪を起こしては露骨に侮辱的な言葉を口にする人物だったが、美しいローズに対してはやがて不承不承の好意を抱くようになり、スタジオで働き出した当初から彼女が自分の仕事を注意深く観察してきたことにも気づいていたから、試しに助手見習いとして使ってみて、カメラ、照明、現像に関し自分が知っていることを、要するに己の仕事に関する技能すべてを教えることにした。それまでローズは、自分がどこへ向かっているのかいまひとつ実感できず、いろんなオフィス仕事に携わって給料は稼いでも、それ以上得るものはほとんどなく、精神的な充足を手に入れる望みも持てずにいたが、いまにわかに天職に行きあたった思いがした。単にまた新たな仕事というにとどまらず、世界に在るための新しいすべ。他人の顔に見入り、毎日さらに顔を見て、毎日午前にも午後にも違う顔を見る。一つひとつがほかのすべての顔と違っていた。この仕事を自分が愛していて、飽きることなどありえないと理解するまでにさして時間はかからなかった。

　一方スタンリーはいまや、兄二人と共同で仕事をしていた。兄たちもやはり兵役を免除されていて（扁平足、視力不足）、何度かの改変と拡張を経た結果、一九三二年に生まれた小さなラジオ修理店はスプリングフィールド・アベニューにあるかなりの大きさの家具・電化製品店に成長し、現代アメリカの小売制度に備わるさまざまな魅惑や仕掛けをすべて揃えていた。長期分割払い、二つ買えば一つ無料（ただ）になるセール、年二回の大特売、新婚夫婦相談コーナー、祭日特売。まず加わったのはアーノルドだった。〈マばかりやっている、あまり賢いとは言えぬこの真ん中の兄は、販売関係の仕事をこれまでいくつかクビになっていて、妻ジョーンと三人の子供を養うのに四苦八苦していた。二年ばかりあとにルーも仲間入りしたが、それはべつに家具や電化製品に興味があったからではなく、彼がギャンブルで作った借金をスタンリーに五年前と同様に肩代わりしてもらい、その代わりに、誠意と悔恨の証しとして仕事に加わることを強制されたからだった。それが嫌なら、ルーは今後一生、一文たりとも弟から援助を受けない。そういう了解だった。こうして〈3ブラザーズ・ホームワールド〉として知られる事業が生まれたが、基本的にこれは兄弟の一人、ファニーの息子三人の中でもっとも若くもっとも野心的なスタンリーが一人で動かしていたのであり、家族への忠誠こそ人間のほかのあらゆる属性に優るという、倒錯した、だが議論の余地なき確信をなぜか抱いたスタンリーが、出来損ないの兄二人を引き受ける重荷を進んで引き受けたのだった。それに対する感謝のしるしとして、兄二人はくり返し仕事に遅刻し、懐が寂しくなるたびにレジから十ドル二十ドルをくすね、暖かい季節には昼食後にゴルフに出かけて行った。こうした行動に腹を立てていたとしても、スタンリーはいっさい不平を口にしなかった。宇宙の掟は兄弟に関し不満を述べることを禁じていたからであり、ルーとアーノルドに給料を払うせいで〈ホームワールド〉の利益がいくぶん減るとはいえ、商売は十分黒字だったし、あと一、二年で戦争が終わると事態はさらに好転することになる。テレビが登場し、三兄弟の店は界隈でいち早くテレビを販売するからだ。スタンリーはまだ金持ちとは言えなかったが、しばらく前から収入は着々と増えていて、一九四三年十月のその夜にローズと出会った時点で、今後ますます増えることは確実だった。

　スタンリーとは違い、ローズは以前すでに、熱い恋の炎に焦がされていた。戦争が起きず、その恋を奪われることもなかったら、スタンリーと会うこともなかったはずだ——十月のその晩よりもずっと前に、別の人間と結婚していただろうから。だが婚約相手だったその若者、ローズが十七のとき彼女の人生に入ってきたブルックリン生まれの医師の卵デイヴィッド・ラスキンは、ジョージア州フォート・ベニングでの基礎訓練中の突発的な爆発事故で命を落とした。一九四二年八月に報せが届き、その後何か月もローズは喪に服して、麻痺と憤怒が交互に訪れ、望みない虚ろな気持ちで、悲しみに打ちひしがれて、夜には枕に向けて戦争を呪う言葉をわめき、デイヴィッドに二度と触れてもらえないという事実がどうしても納得できなかった。その数か月、何とかやって行けたのは、シュナイダーマンとの仕事のおかげであり、仕事によってそれなりの慰め、それなりの悦び、朝に寝床から出るそれなりの理由がもたらされたからだった。が、もう人づき合いには興味が持てず、ほかの男と出会いたいという気もなかったので、生活はいまや仕事、家、友人のナンシー・ファインと行く映画だけに縮小していた。それでも少しずつ、特にこの二、三か月はかつてのローズが少しずつ戻ってきていて、たとえば食べ物とは口に入れれば味がするものだということも再発見したし、街に雨が降ればそれは彼女だけに降るのではなくすべての老若男女が同じく水たまりを跳び越えねばならないこともわかってきた。もちろん、デイヴィッドの死から永久に立ち直りはしない。これからもずっと彼は、ローズが未来へとふらふら歩んでいくなか、彼女のかたわらを歩く秘密の幽霊であり続けるだろう。とはいえ、二十一歳とは世界に背を向けてしまうには若すぎる年齢である。その世界にもう一度入ろうと努力しなければ、ひからびて死んでしまうだろう。

　スタンリーとのブラインドデートをお膳立てしたのはナンシー・ファインだった。辛辣な、皮肉を飛ばしまくる、歯が大きくて腕の細いナンシーは、クラウンハイツで少女時代を一緒に過ごした時期からローズにとって無二の親友であった。このナンシーがキャッツキル山地での週末のダンスパーティでスタンリーに会ったのである。ブラウンズ・ホテルで開かれる、相手を積極的に探しに街からやって来た若い独身のユダヤ人たちを対象とするその混みあった集いを、ナンシーは適法肉市場（カシェル）と呼び（「カシェル」はユダヤ教の戒律に従って料理された食品を指す）、ナンシー自身は積極的に探してはいなかったが（彼女は太平洋に配属された兵士と婚約していて、最新の知らせでは彼はまだ生者とともに在った）、友人にくっついて何となく出かけていって、**スタンリーっていうニューアークの人と二度ばかり踊ることになった**。ナンシーが言うには、もう一度会いたいとスタンリーに誘われたが、自分はもう別の人に処女を捧げる約束をしたのだと告げると、相手はきりっとコミカルにお辞儀し、いまにも歩き去ろうとしたが、ナンシーはそこで友だちのローズのことを伝えた――**ローズ・アドラー、ドナウ川のこっち側で一番可愛い女の子、どこのこっち側であれ最高に感じのいい女の子。**ローズのことをそう言うナンシーの気持ちは本物だったし、その事実をスタンリーも理解すると、ぜひ会ってみたいと彼は言ったのだった。あんたの名前勝手に出しちゃってごめんねとナンシーはローズに謝ったが、友に悪気がないと了解しているローズは肩をすくめただけで、で、どんな人なの？　と訊いた。ナンシーの言では、スタンリー・ファーガソンは身長一八〇センチ、ハンサム、少し老けていて（ほぼ三十近くというのは二十一歳の目には老けているのだ）、自分で商売をやっていてどうやら繁盛しているらしく、チャーミングで礼儀正しくて、ダンスがすごく上手ということだった。こうした情報をひととおり呑み込むと、ローズはしばし黙って、ブラインドデートに耐える元気が自分にあるか自問してみたが、そう考えている最中にふと、デイヴィッドが死んでもう一年以上経つことに思いあたった。好むと好まざるとにかかわらず、もう一度水に入ってみる時が訪れたのだ。彼女はナンシーを見て、言った――あたしその、スタンリー・ファーガソンって人に会ってみるべきよね？

　何年もあと、その夜の出来事を息子に語ったとき、スタンリーと夕食を共にしたレストランの名前を母は出さなかった。とはいえ、ファーガソンの記憶が正しければ、それはマンハッタンのミッドタウンのどこかであり、イーストサイドかウェストサイドかは不明だが、とにかく白いテーブルクロスの掛かった、蝶ネクタイに短い黒の上着を着たウェイターたちのいるエレガントな店で、ということはつまり、スタンリーは相手を感心させよう、こういう贅沢をしたければいくらでもできる身なのだと見せつけようとしたのだろう。そして事実、ローズは彼の外見に惹かれた。軽やかな足どり、身のこなしの優美さと滑らかさに感じ入ったが、加えてその手、手の大きさと力強さにもすぐ気づき、彼女から一時も離れない落着いた、穏やかな茶色い目は大きくも小さくもなく、目の上の眉毛は濃くて黒かった。呆然としている相手に自分がとてつもない衝撃を与えたとは夢にも思わぬローズは、彼女との握手がスタンリーの内面を完全に崩壊させたとも知らずに、食事の最初の方で彼がろくに喋らないことにいささか動揺し、きっとこの人は極端に内気な人なのだ、と事実とはいささかずれた判断を下した。ローズ自身も落着かなかったし、何しろスタンリーは相変わらずほとんど黙ってただ座っているものだから、結局彼女が二人分喋り、要するに喋りすぎることになったわけで、時が刻々過ぎるにつれて、べらべらと中身のない言葉を垂れ流しつづける自分がローズはつくづく嫌になってきた。たとえば姉の自慢話をやり出し、ミルドレッドがすごい秀才で今年の六月にハンター・カレッジを最優等で卒業し、いまはコロンビアの大学院英文科に唯一の女子学生として在籍し三人しかいないユダヤ人学生の一人であり、家族はみんな鼻高々で……ここで「家族」の一語が引き金になってアーチー叔父さんの話が始まり、父の弟アーチー・アドラー、ダウンタウン・クインテットのキーボード奏者、目下五十二丁目の〈モーズ・ハイドアウト〉に出ていて、家族にミュージシャンがいるのってすごく触発されるのよ、芸術家が、金儲け以外のことを考える反逆者がいるのって、ええ、私アーチー叔父さん大好き、文句なく一番好きな親戚だわ、やがて、不可避的にと言うべきだろう、シュナイダーマンとの仕事の話に移っていって、過去一年半に気難しく口汚いシュナイダーマンから教わったことを一つひとつ列挙し、日曜の午後には彼に連れられバワリーに出かけて老いたアル中や浮浪者を探す、尾羽（おは）打ち枯らしてはいても白いあごひげに白い長髪の者たちは堂々たる頭部、古代の預言者や王に比すべき頭部の持ち主で、シュナイダーマンはこうした男たちに金をやってスタジオに来させてポーズを取らせ、たいていの場合はコスチュームを着せて、レンブラントが十七世紀アムステルダムの宿なしたちに衣裳を着せたのと同じように、老人たちにターバンやガウンやビロードのローブを着用させる、そういえば使う光も同じなのよ、レンブラントの光なのよ、光と闇を一緒にして深い影を作るのよ、すべてが影に包まれてごくわずかに光の気配があるだけで、いまではローズもシュナイダーマンの信頼を得ていて照明のセットは任されていたし、自分一人でもそういう肖像写真を何十枚と撮っていて、それからローズは明暗対照法（キアロスクーロ）という言葉を使い、スタンリーには何の話かさっぱりわからないこと、日本語でも聞かされているみたいにチンプンカンプンであることをローズは理解したが、それでもスタンリーはなおも彼女から目をそらさず、彼女の言葉に耳を傾け、うっとり無言、雷にでも打たれたような有様だった。

　ローズにしてみれば何とも恥ずべきパフォーマンスであり、気まずい醜態である。幸いメインディッシュが出てきてモノローグは中断され、彼女としてもしばし考えを整理する余裕ができて、食事に取りかかったころには（何の料理だったかは不明）すでに、柄にもなく喋りまくったのはデイヴィッドのことを喋らないための煙幕だったのだと理解するだけの落着きを取り戻していた。何があってもデイヴィッドの話だけはしたくなかったから、傷をさらさないよう馬鹿みたいに手間をかけたのである。スタンリー・ファーガソンのせいでは全然ない。この人はまっとうな人に思えたし、軍隊に拒否されたのもこの人の責任ではない。どこか遠くの戦場の泥の中を行進したり、基礎訓練の最中に木っ端みじんに吹き飛ばされたりする代わりに、上等な仕立ての民間人の服を着てこのレストランに座っているからといってこの人が悪いんじゃないのだ。戦争に行かずに済んだからといって責めるのは酷というものだ。とはいえ、どうしたって較べてしまう。どうしたって、なぜこの人が生きていてデイヴィッドは死んでいるんだ、と考えてしまう。

まあそれでも、ディナーはまずまずいい感じに進んだ。スタンリーが最初のショックから立ち直り、ふたたび息ができるようになると、なかなか人当たりのいい人のようで、よくいるような自分のことで頭が一杯のうぬぼれだったりもせず、きちんと相手に気を遣い、マナーもよく、まあとびきりのウィットの持ち主とは言いがたいがユーモアにはちゃんと反応し、彼女がちょっとでも可笑しいことを言うたびに笑ってくれたし、自分の仕事や将来の計画について話し出すと、しっかりした人、頼れる人であることはよくわかった。まあレンブラントや写真に興味のないビジネスマンなのは残念だが、少なくともＦＤＲ（当時の大統領フランクリン・デラノ・ローズヴェルト）支持だし（これは譲れない）、十七世紀絵画や写真術をはじめいろんな事柄について何も知らないと認める正直さも持ちあわせているようだった。彼女はこの男が気に入った。一緒にいて気持ちがいいと思った。が、いわゆる「いい獲物」の条件をほぼ全部具えているこの男性に、ナンシーが期待したような惚れこみ方を自分が絶対しないということもローズにはわかった。食事が済むと、二人でミッドタウンの歩道を三十分ぶらぶら歩き、〈モーズ・ハイドアウト〉に寄って一杯やり、ピアノのキーと戯れているアーチー叔父さんに手を振り（叔父さんはでっぷりした笑みとウィンクで応えてくれた）、やがて西五十八丁目にあるローズの両親のアパートメントまでスタンリーが彼女を送っていった。エレベータで一緒に上の階まで上がっていったが、彼女はスタンリーを中に誘いはせず、（先制のキスのチャンスを巧みに封じて）片手を差し出しながら、素敵な晩をありがとうと礼を言い、くるっと背を向けてドアの鍵を開け、まず二度と会うことはないものと確信してアパートメントに入っていった。

もちろんスタンリーの方は話が全然違った。この初デートの最初の瞬間から全然違っていたのであり、デイヴィッド・ラスキンについてもローズの悲嘆についてもいっさい知らぬ彼としては、とにかくすばやく行動しなくてはと思った。ローズのような女の子が長いこと相手なしでいるはずがない。きっと男たちが周りにうようよいるにちがいない。こんなに魅力的な娘はいない――彼女の全粒子から優雅さと美しさと善良さが発散されている。生まれて初めてスタンリーは、不可能事を成し遂げにかかった。ローズに求愛してくる、増える一方の男たちの群れを打ち負かして彼女を勝ちとるのだ。この女性と結婚しなければ、ともう心に決めていた。ローズが妻になってくれなかったら、誰とも結婚したくない。

　その後の四か月、彼は頻繁に電話をかけた。うるさがられるほど頻繁にではなく、だが定期的に、執拗に、ひたむきさも決意もまったく揺らぐことなく、自分では狡猾にふるまって想像上のライバルたちを出し抜いたつもりだったが、実のところ本格的なライバルは一人もおらず、十月にスタンリーと会って以降ナンシーが引き合わせた男が二、三人いるだけだったし、その二、三人もどうにも物足りず、彼らからの更なる誘いをローズは断り、彼女は依然ただ待ちつづけていた。つまりスタンリーは、そこらじゅうに敵の亡霊を見ていたものの、実は誰もいない野原を突進する騎士だったのである。ローズの方は彼に対する気持ちが変わってはいなかったが、それでも夕食後に自分の部屋で寂しく過ごしたり、両親と一緒にラジオを聴いて過ごすよりは彼と一緒にいる方が楽しかったので、晩に誘われればめったに断らず、アイススケート、ボウリング、ダンス（そう、たしかにダンスはすごく上手だった）に出かけ、カーネギー・ホールでのベートーヴェンのコンサートにも行き、ブロードウェイのミュージカルも二回、映画も何回か行った。ドラマは彼には何の効き目もないことはすぐにわかったが（『聖処女』と『誰が為（た）に鐘は鳴る』の最中に居眠りしていた）、コメディではつねに目が開いていて、たとえば戦時中のワシントンでの住宅不足をめぐる、ジョエル・マクリー（本当にハンサム）とジーン・アーサー（ローズのお気に入り）主演の愛すべき小品『陽気なルームメイト』などは二人ともゲラゲラ笑ったが、彼女にとって一番印象的だったのは別の俳優が言った科白（せりふ）だった。老いて太ったアメリカ人に姿をやつした一種のキューピッド役を演じるチャールズ・コバーンが映画の中で何度も口にする「高潔（ハイ＝タイプ）、清潔（クリーン＝カット）、感じのいい若者（ナイス・ヤング・フェロー）」という言い回し。それはあたかも、すべての女性が望むべきたぐいの夫の美徳を謳い上げる呪文のように響いた。スタンリー・ファーガソンは清潔で、感じがよくて、まだ一応若者で、高潔とは清廉で上品で法を遵守する人間ということであればそれにも当てはまるが、自分がこういう美徳を求めているのかどうか、ローズはおよそ確信が持てなかった。ピリピリ張りつめた、激しやすいデイヴィッド・ラスキンと共有した愛は、時に疲れることもあったが、たえず変容していて、生きいきとしてつねに意外性に満ちていたのに対し、スタンリーはこの上なくマイルドで予測可能に、この上なく無難に思えた。そういう安定した人格は、つきつめれば美徳なのか欠点なのか？

　その一方で、手荒な真似をしてきたりはしないし、彼女にその気がないのにキスを強要したりもしない。このころにはもう、彼がローズに心底夢中で、一緒に過ごすたびに彼女に触れぬよう、キスしないよう、手荒な真似をしないよう懸命にこらえていることは火を見るより明らかだった。

　また一方、イングリッド・バーグマンって本当に綺麗だと思う、とローズが言うと、スタンリーはそっけない笑い声を上げ、まっすぐ彼女の目を見て、これ以上はないというくらいの落着きと確信とともに、イングリッド・バーグマンなんて君の足下にも及ばないよと言った。

　また一方、十一月後半の寒い日、シュナイダーマンの写真館にスタンリーは出し抜けに現われ、肖像写真を撮ってほしい、シュナイダーマンにじゃなく君に撮ってほしい、と頼んだ。

　また一方、ローズの両親は彼を是認し、シュナイダーマンも彼を是認し、俗物館公爵夫人たるミルドレッドでさえ、もっとずっとひどいことにもなりえたわよね、と好意的姿勢を見せた。

　また一方、うって変わって目を見張らされる瞬間もあった。彼の中の何かがつかのま解き放たれて、冗談連発の向こう見ずな悪戯者にスタンリーは変身し、不可解な騒々しさがひとしきり続くのだ。たとえば、彼女の両親のアパートメントのキッチンで卵三つを使ってお手玉をやってみせた夜。目もくらむスピードと正確さでたっぷり二分間卵を宙に保った末に、一個が床に落ちてパシャっと割れると、残りの二個もわざと落として、謝るしるしに無声映画のコメディアンよろしく肩をすくめ、一語の宣言を口にした——おっと（ウープス）。

　その四か月のあいだ、二人は週に一、二度会い、スタンリーが彼女に心を捧げたようにローズは彼に心を捧げはしなかったが、地面から起こしてくれてふたたび立たせてくれたことには感謝していた。もろもろの条件が変わらなければ、もうしばらくこのまま続けることに彼女としても異論はなかっただろうが、彼と一緒にいてやっとくつろげるようになってきて、二人で演じているゲームを楽しめるようになってきたところで、スタンリーがいきなりルールを変えてきた。

　一九四四年一月後半だった。ソ連では九百日続いたレニングラード包囲がようやく終わったところであり、イタリアでは連合国軍がモンテカッシーノでドイツ軍に押さえつけられ、太平洋ではアメリカ軍がマーシャル諸島への攻撃を開始せんとしているなか、国内戦線にあっては、ニューヨーク・シティのセントラル・パークの片隅でスタンリーがローズに結婚を申し込んでいた。頭上では明るい太陽が照りつけ、雲ひとつない空はキラキラ光る深みのある青、一月の何日かしかニューヨークを包むことのない水晶のような青で、えんえん続く戦争の流血と殺戮（さつりく）から数千マイル離れたその陽光あふれる日曜の午後、スタンリーは彼女に、結婚か無かだと迫り、君を崇拝している、ほかの誰相手にもこんな気持ちになったことはない、僕の全未来が君次第なんだ、もし断られたら君とは二度と会わない、もう一度会うと考えただけでもあまりに辛いから、君の人生から永遠に姿を消す、と訴えていた。

　一週間時間をくれとローズは言った。あまりに突然で予想もしていなかったのでよく考える時間が必要なのだと彼女は言った。もちろんだとも、とスタンリーは答えた。一週間よく考えてくれ、今度の日曜に電話するから。そしてその日、別れ際に、五十九丁目の公園入口で、二人は初めてキスをし、会って以来初めてスタンリーの目に涙が光るのをローズは見た。

　むろん結果はとうの昔に書かれていた。『地上の生の書』完全決定版にひとつの項目として載っているばかりか、マンハッタン公文書館の台帳にも、ローズ・アドラーとスタンリー・ファーガソンが、連合軍のノルマンディー上陸のちょうど二か月前の一九四四年四月六日に結婚したとの記載がある。というわけでローズがいかなる決断を下したかは我々にもわかるわけだが、いかにして、そしてなぜ彼女がそのような決断に至ったかは複雑な問題である。いくつもの要素が絡んでいて、その一つひとつがほかの要素と協同し、対抗していた。この件全体に関しファーガソンの未来の母親の心がどっちつかずであったがゆえに、それは彼女にとって辛い、苦悶の一週間となった。一、スタンリーが有言実行の人だとはわかっていたから、彼に二度と会えないと思うとローズの心は怯（ひる）んだ。良かれ悪しかれ、ナンシーに次いでスタンリーはいまや、ローズの第二の親友だったのだ。二、彼女はすでに二十一歳であり、まだ若いと見られる歳ではあれ、当時の大半の花嫁ほど若くはない。十八か十九でウェディングドレスを着る子も珍しくなかったし、ローズとしては結婚しないままずるずる生きるのだけは何としても避けたかった。三、ノー、スタンリーを愛してはいない、けれどすべての恋愛結婚が上手く行くわけではないことは証明済みの事実であり、どこかで読んだが、諸外国の伝統文化では一般的である見合い結婚は西洋の結婚と較べてより幸福でも不幸でもないという。四、ノー、スタンリーを愛してはいないが、実のところ彼女は誰も愛せないのだ、デイヴィッドに感じたような大きな愛をもってしては――なぜなら大きな愛は一生に一度しか訪れないのであって、ゆえに彼女としては残りの人生を一人で過ごしたくないのであれば理想以下のものを受け容れるしかない。五、スタンリーに苛ついたり嫌悪を感じたりはしない。六、彼とセックスをすると考えても不快な気はしない。七、スタンリーは彼女を狂おしく愛してくれて、優しく敬意をもって接してくれる。八、つい二週間前に彼と交わした、結婚をめぐる仮定の議論で、女性は自分の関心事を追求すべきだ、女性の人生がもっぱら夫の周りを回るのはよくない、と彼は言った。それって仕事のこと？　と彼女は訊いた。うん、仕事、いろいろあるけどまずは仕事だね、と彼は答えた。だとすればスタンリーと結婚してもシュナイダーマンを捨てることにはならない。写真家になるための修業は続けられるのだ。八、ノー、スタンリーを愛してはいない。九、素晴らしいと思うところはたくさんある人だし、いいところの方がそれほどよくないところよりはるかに重みがあることは間違いないが、どうして映画館でいつも居眠りするのか？　店で長時間働いて疲れているのか、それともああやって瞼が垂れるのは情緒的世界とのつながりを欠いている証拠なのか？　十、ニューアーク！　ニューアークに住むなんて可能だろうか？　十一、ニューアークは明らかに大問題である。十二、もう両親の許を離れる潮時だ。あのアパートメントで暮らすにはもう歳を取りすぎたし、父のことも母のことも大切に思ってはいたが、二人の偽善ぶりには軽蔑の念しかなかった。悔悟を知らぬ女遊びに明け暮れる父親、それを見て見ぬふりをする母親。つい先日も、まったく偶然に、写真館のそばの自動販売機食堂（オートマット）に昼食を食べに行こうと歩いていたら、父親が彼女の見たこともない、自分より十五か二十若い女と腕を組んで歩いている姿を見かけて、ローズはひどい嫌悪と怒りに襲われ、父の許に駆けて行って顔を殴りつけてやりたくなった。十三、もしスタンリーと結婚したら、やっとミルドレッドを負かしたことになる。もっともミルドレッドが結婚なぞに興味があるかも定かでない。いまのところ、姉はつかのまの恋愛から恋愛へ飛び移るだけで満足しているように見える。ミルドレッドはそれでいいだろうが、自分はそんなふうに生きる気はない。十四、スタンリーは金を稼いでいるし、どうやら今後はもっと稼ぎそうだ。そう思うと安心だったが、不安もそこにあった。金を稼ぐためには、いつも四六時中金のことを考えていないといけない。唯一の重大関心事が銀行口座である男と暮らすのは可能か？　十五、スタンリーはローズのことをニューヨーク一美しい女性だと思っている。そんなのは事実じゃないと彼女にはわかるが、スタンリーが本気でそう信じていることは彼女も疑わない。十六、目下ほかには誰も見当たらない。第二のデイヴィッドには決してなれないにしても、ナンシーが次々送り出してくるメソメソ弱虫の連中よりスタンリーははるかにましである。少なくとも彼は大人だ。少なくとも泣き言を並べたりはしない。十七、スタンリーは彼女と同じような意味でユダヤ人であり、一族の忠実な一員ではあるが宗教を実践するとか神への忠誠を誓うとかには興味がない。結婚しても儀式や迷信に邪魔されない暮らしを送れて、せいぜい宮清めの祭(ハヌカー)でのプレゼント、マツォー（イーストを入れずに焼く儀礼用のパン）、毎年春に四つの問い（過越しの祭で最年少者が問う）といった程度で、かりに男の子が生まれたら割礼はするが祈りもさせないしユダヤ教会(シナゴーグ)にも行かせず、自分が――自分たちが――信じていないものを信じるふりなどせずに暮らせるだろう。十八、ノー、スタンリーを彼女は愛していないがスタンリーは彼女を愛している。まあ初めは、第一歩は、それで十分ではないか。その後どうなるかなんて、誰にわかる？

　新婚旅行はアディロンダック山地湖畔のリゾートに行き、婚姻生活のさまざまな秘密への入門儀式に携わった。その一週間が短く、だが無限でもあったのは、体験することすべてがまったく新しいゆえ一瞬一瞬に一時間の、一日の重みが具(そな)わったからだった。それは気後(きおく)れと、おずおずとした適応の日々、ささやかな勝利と親密な開眼の日々であり、スタンリーはローズに自動車の運転を手ほどきしてくれて、テニスの初歩も教えてくれた。やがて二人はニューアークに戻り、新婚の日々を過ごすことになるアパートメントに住んだ。ウィークエイック地区のヴァン・ヴェルサー・プレイスにある二寝室の住居。シュナイダーマンの結婚祝いは一か月の有給休暇で、仕事に戻る前の三週間、ローズは必死に、母親から以前誕生祝いにもらった、アメリカ台所学の由緒ある重厚な手引書『セツルメント・クックブック』に全面的に依存して料理を独学で学んだ。この『男性の心を勝ちとる道』と副題が付いた、サイモン・キャンダー夫人編纂になる六二三ページの大著には、「ミルウォーキー公立学校厨房、女子職業・専門高校、権威ある栄養士、ベテラン主婦から寄せられた成功実証済みのレシピ」が並んでいた。当初は大惨事がたびたび生じたが、ローズは元々物覚えは早い方であり、これを成し遂げようと決めたらまずたいていはそれなりの成功を遂げてきたし、そもそもそうした初期の試行錯誤の日々、焼き過ぎの肉とふやけた野菜、べとべとのパイと塊だらけのマッシュポテトの日々にあっても、スタンリーは否定的な言葉を一言たりとも口にしなかった。どんなに悲惨な食事を出されても、穏やかな顔で一切れ一切れ口に放り込み、見たところ嬉しそうに嚙み、そして毎晩、毎晩かならず、顔を上げて、すごく美味しかったよ、と彼女に言うのだった。ひょっとしてからかわれてるんじゃないか、それとも気もそぞろで何を出されたかもわかってないのかと思うこともあったが、事は料理に限らず、二人一緒の暮らしに関して万事がこの調子であり、ひとたび注意しはじめて、二人のあいだに不和を生みうる要素の具体例を総合してみると、驚くべき、まったく想像不可能な結論にローズは達した。すなわち、スタンリーは絶対に彼女を批判しない。彼にとってローズは完璧な存在、完璧な女性、完璧な妻であって、ゆえに、神の存在の不可避性を断言する神学上の命題のごとくに、彼女がすること言うこと考えることは必然的に完璧なのであり、必然的に完璧であらねばならないのだった。人生の大半、ミルドレッドと——妹が自分の服を勝手に着るのを防ぐためにたんすの引き出しに鍵をかけるミルドレッド、年じゅう映画に行っているローズを空っぽ頭と呼ぶミルドレッドと——寝室を共有してきた末に、今度は彼女のことを完璧だと思っている男と寝室を共にしているのであり、しかも男はまさにその寝室で、彼女がもっとも好むさまざまなやり方で彼女を手荒に扱うすべも急速に学んでいる最中なのだった。

　ニューアークは退屈だったが、アパートメントは川向こうにある両親のアパートメントより広くて明るかったし、家具や電化製品もみな新しく（3ブラザーズ・ホームワールドが提供しうる最良の品が揃っていて、まあ最高級ではないのだろうが当面は十分だった）、ふたたびシュナイダーマンの下で働きはじめると、依然として生活の基盤はニューヨークだった。愛しい、汚い、人を貪（むさぼ）り食うニューヨーク、顔の首都ニューヨーク、人間のさまざまな言語から成る水平なバベルたるニューヨーク。日々の通勤は、まずのろのろのバス、それから電車に乗り十二分かけてペン・ステーションからもうひとつのペン・ステーションへ行き、若干歩くとシュナイダーマンのスタジオに着く。この通勤も嫌ではなかった。何しろ見るべき顔はものすごくたくさんあったし、特に楽しいのは列車がニューヨークに入ってしばし停車する瞬間だった。あたかも世界が無言の期待に息をひそめているかのようで、それからドアが開いてみんながどっと降りていき、車両という車両から乗客たちがプラットホームに吐き出されてプラットホームが突如人で一杯になる。その人波の速さ、一途（いちず）さ、誰もが同じ方向に突進していくさまに彼女は歓喜した。彼女自身もその一部であり、その只中にいるのであって、みんなと一緒に仕事へ向かう途中なのだ。そんなときは自分が独立していると感じることができた。スタンリーとつながってはいるのだけれど、同時に一人で存在してもいる。これは新しい気分であり、いい気分だった。斜面になった通路を上がっていって、大気の中に出てまた新たな人波の中に入り、今日はどんな人たちが写真館に来るか想像しながら西二十七丁目に向かって歩く。生まれたばかりの子供を連れた両親、野球のユニフォームを着た小さな男の子、結婚四十周年五十周年の記念写真を撮りに来たひどく年配の夫婦、卒業式の帽子とガウン姿のニタニタ笑う女の子、ウィメンズクラブの女性、メンズクラブの男性、紺の制服を着た新人警官、そしてもちろん兵士たち。いつもいつも、ますます増えてくる兵士たち、時に妻か恋人か親を連れてきたりもするがたいていは一人きりの、休暇でニューヨークにいる兵士、前線から帰ってきた兵士、じきにどこかへ殺しに殺されに行く兵士。ローズは彼ら皆のために祈った。この人たちが生きて五体満足で帰ってきますようにと祈り、毎朝ペン・ステーションから西二十七丁目へ歩きながら、戦争がじき終わりますようにと祈った。

だから、大きな後悔はなかった。プロポーズを受け容れなければよかった、と胸が痛むような瞬間はなかった。とはいえ、結婚生活にそれなりのマイナスはあった。どれも直接スタンリーのせいというわけではなかったが、スタンリーと結婚することによってローズは彼の家族に嫁ぎもしたのであり、木偶(でく)の坊トリオと一緒に過ごす破目になるたび、スタンリーはどうやってこの三人みたいになってしまわずに少年時代を生きのびられたんだろう、と首をひねらずにいられなかった。まず、スタンリーの母親。いまだ元気一杯のファニー・ファーガソン、歳は六十代なかばか後半で、背はせいぜい一五七、八センチ、いつもしかめ面で不機嫌そうで、そわそわ落着かなげに油断なく、家族の集まりではカウチに一人で座って何かぶつぶつ呟いている。一人なのは誰もそばに寄ろうとしないからで、特に六歳から十一歳までの孫五人は彼女のことを死ぬほど怖がっていて（それもそのはず、規律を乱す子供の頭を叩くのは彼女にとって何でもないことだったのであり、彼女から見れば、笑う、声を張り上げる、ぴょんぴょん跳ねる、家具にぶつかる、大きなゲップを出す等々すべてが規律を乱すことなのだった）、彼らがひっぱたけるほど近くにいないときはランプシェードが揺れるほどの大声でどなりつけるのだった。初めて会ったとき、彼女はローズの頰を（痛いくらい強く）つねり、器量よしだね、と宣告した。あとは訪問中ずっと無視し、以後の訪問でもまったく同じで、こんにちは、さようならといった空虚な挨拶以上のものを交わすことはなかった。が、ほか二人の嫁ミリーとジョーンに対しても等しく無関心だったので、ローズとしてもこれを個人的に受けとめずに済んだ。ファニーは息子たちにしか、彼女を養い毎週金曜の晩に義理堅く夕食を共にしに来る息子たちにしか興味がないのであって、息子たちの嫁は彼女にとって影でしかなく、たいていは嫁の名前を思い出すのも一苦労だった。

ファニーとのやりとりはどのみちごくわずかであり、たまのことだったからローズとしてもべつに気にならなかったが、スタンリーの兄二人となると話は別だった。彼らは弟に雇われて働いていて、スタンリーは彼らと毎日顔を合わせている。この二人が稀に見る美男子で、一人（ルー）はエロル・フリンに似ていてもう一人（アーノルド）はケーリー・グラントに似た神々しい美貌だという衝撃的事実をひとたび受け入れてしまうと、彼女は二人とも嫌で嫌で仕方なくなった。どちらも浅薄で不実な人間に思え、上のルーは決して頭は悪くないのだがフットボールと野球のギャンブルに溺れてしまっているし、下のアーノルドはほとんど低能と言ってよく、とろんとうつろな目付きの助平男で、酒は飲み過ぎるし、彼女の腕や肩に触る機会、腕や肩を握る機会は決して逃さず、彼女をドールとかベイブとかビューティフルなどと呼ぶので、この男を厭（いと）う気持ちは深まる一方だった。スタンリーが彼らに店での仕事を与えたことが彼女はたまらなく嫌だったし、彼らがスタンリーのことを陰で——時には面と向かって——からかうのも嫌だった。善人スタンリーはこんな二人より百倍立派なのに、何を言われても知らぬ顔で、文句ひとつ言わずに彼らの下劣さ、怠慢、からかいに耐えていて、そのあまりの我慢強さに、私は図らずも聖者と結婚したんだろうか、人を決して悪く思わぬ世にも珍しい人物の妻になったんだろうかと考えたりもしたが、とはいえ、しょせんこれはいいようにあしらわれているだけじゃないか、反撃して戦うことをついぞ覚えなかっただけじゃないかと思えることもあった。スタンリーは兄たちからの助けもほとんどなしに、３ブラザーズ・ホームワールドをしっかり利益の上がる店に仕立て上げていた。だだっ広い、蛍光灯の灯るその店舗には、肱掛椅子にラジオ、ダイニングテーブルに冷蔵庫、ベッドルームセットにミキサーが並び、大量販売、廉価で手堅い品を売る店として中収入・低収入層を顧客とし、一種二十世紀版の広場（アゴラ）となっていたが、新婚直後の数週間に何度か行ったあと、ローズはもう行くのをやめた。単に自分の仕事に戻ったからというだけではなく、スタンリーの兄たちと交じってそこにいるとどうにも落着かないし、気持ちは暗くなるし、まるっきり自分が場違いに思えるからだった。

　とはいえ、ファーガソン一族に対する失望は、兄たちの妻や子供によってある程度和らげられた。ファーガソンではないファーガソン家の人たち、アイクとファニーとその子供たちを見舞ったもろもろの惨事に損なわれていない人たち。ローズはたちまちミリーとジョーンを味方に得た。二人とも彼女よりずっと年上（三十四と三十二）だったが、ローズを同等のメンバーとして部族に迎え入れてくれて、婚姻の日からすでに彼女を一人前に扱い、何よりもまず、義理の姉妹同士の秘密を分かちあう輪の中に入れてくれたのである。ローズはとりわけ、早口で喋るチェーンスモーカー、おそろしく痩せていて骨の代わりに針金が入っているのではと思えるミリーに感銘を受けた。頭の回転の速い、何事にも意見のはっきりした女性で、夫ルーがどういう人間かもしっかり理解していたが、腹黒く淫蕩な夫に忠誠を保ってはいても、夫をめぐって飛ばす皮肉はとどまるところを知らず、ぼそっと口にする辛辣で気の利いた科白があまりに可笑しいので、ローズは時に、激しく笑いすぎるのが怖くて部屋を出ねばならないほどだった。ミリーと較べるとジョーンはいささか愚鈍と言わざるをえないものの、とにかく情に厚い温かな心の持ち主で、自分が阿呆と結婚したことにいまだ気づいていなかったが、子供たちには優しく、辛抱強く、思いやりがあって本当にいい母親に思えた。反面ミリーの方は、きつい物言いのせいで子供たちと衝突することもしばしばで、そもそも子供たちもジョーンの子らほど行儀がよくなかった。ミリーの二人は十一歳のアンドルーと九歳のアリス、ジョーンの三人は十歳のジャック、八歳のフランシー、六歳のルース。みんなそれぞれ違う意味でローズには好ましかったが、まあアンドルーは例外かもしれず、やや乱暴で喧嘩腰のところがあって、よく妹を殴ってはミリーに叱られていた。一番好きなのは間違いなくフランシー――フランシーを好きにならずにはいられなかった。とにかく可愛くて、どこまでも生きいきとしている。初めて会ったとき、おたがい一目惚れという感じで、背の高い鳶色の髪のフランシーがローズの腕の中に飛び込んできて、ローズ叔母さん、新しい叔母さん、綺麗ね叔母さん、すっごく綺麗、もうあたしたちいつまでも友だちよねと言った。こうして始まった仲はその後も続き、たがいに相手に夢中で、みんなで食卓を囲んでいるときフランシーが膝によじ登ってくるほど嬉しいこともなかった。フランシーがローズに、学校であったこと、このあいだ読んだ本、彼女に何か意地悪なことを言った友だち、誕生日にお母さんが買ってくれるドレス等々の話をする。クッションみたいに柔らかい叔母さんの体に埋もれてフランシーはすっかりくつろぎ、喋っている彼女の頭や頬や背中を撫でているローズも、じきに自分の体が浮かび上がるのを感じ、二人で部屋を出て家も出て通りからも離れて一緒に空に浮かんでいる気がしてくるのだった。そう、つき合いきれないところもある一族の集まりだが、埋めあわせもちゃんとある。思ってもいなかったときにささやかな奇跡が起きる。神々は理不尽なのだ、とローズは思った。気が向いたとき、気が向いた場所で人間に贈り物をしてくれる。

ローズは母親になりたかった。子供を産みたかった。子供を身籠りたい、もうひとつの心臓を自分の体内で脈打たせたいと思った。それ以上大切なことなんてない。シュナイダーマンとの仕事さえ、いつの日か写真家として独り立ちして表に自分の名前が掛かった写真館を開くんだという未だ漠とした長期的計画さえ、新しい人間を、自分の息子か娘を、自分の赤ちゃんをこの世に送り出したい、生涯その子の母親でいたいという単純な欲求に較べれば大して意味もなかった。スタンリーもしっかり役割を果たし、避妊具なしでローズと交わって、結婚最初の一年半で三回ローズは妊娠したが、三度とも三か月目に流産してしまい、一九四六年四月に二度目の結婚記念日を祝った時点で、夫婦にはまだ子供がなかった。

あなたの体はどこも悪くありません、いたって健康だしいずれ産めますよ、と医者たちには言われたが、三回の喪失はローズにとってひどく堪えた。生まれざる赤ん坊が続き、失敗に失敗が重なっていくなか、女であるということそのものが自分から奪われつつあるような気がしてきた。破綻のたびに何日も泣きつづけた。こんなに泣いたのはデイヴィッドが死んだ直後の数か月以来であり、ふだんは楽天家のローズ、つねに立ち直りも早く目も明るく澄んだローズが、このときばかりは病的な自己憐憫と悲嘆の沼に沈んでいった。これでもしスタンリーがいなかったら、どこまで落ち込んでいったかわからない。スタンリーは一貫して落着きを失わず、彼女の涙にも慌てず、赤ん坊が失われるたび、これも一時的な後退だよ、いずれ万事上手く行くよと請けあってくれた。そういうふうに話してもらうとスタンリーのことが本当に近しく思え、その優しさが本当に有難く、私はものすごく愛してもらっているんだという気になれた。もちろん彼が言っている言葉は一言だって信じなかったが――どの証拠を見ても彼が間違っていることを告げているのにどうして信じられよう？――そういう快い嘘を言ってもらうことで心は和んだ。とはいえ、流産の知らせを彼がいつもあまりに冷静に受けとめること、彼自身の生まれざる子供が彼女の体から野蛮に、血にまみれて排出されたというのに少しも苦悩していないことに、ローズは首をひねりもした。ひょっとしてこの人は、子供を持ちたいという私の欲求を共有していないのだろうか？　あるいはそういう気持ちを自覚すらしていないのかもしれないが、実はひそかに、物事がいまのまま続けばいい、私をずっと独り占めしていたいと思っているとしたら？　愛情が分散していない妻、子と父のあいだで忠誠心が裂かれていない妻を求めているとしたら？　もちろんそんな思いを、スタンリーに向かって口にしたりはしない。そんな根も葉もない疑念で彼を侮辱するなんて夢にも考えはしない。けれど疑う気持ちは消えなかった。もしかして、息子、弟、夫としての役割をあまりにきちんとこなしてきたせいで、父となる余地がもう残っていないのではないか？

一九四五年五月五日、ヨーロッパでの戦争が終わる三日前、アーチー叔父さんが心臓発作で突然の死を遂げた。四十九歳、死ぬにはグロテスクなくらい若すぎる歳であり、いっそうグロテスクなことに、葬儀は戦勝記念日に行なわれた。呆然としたアドラー家の人々が墓地を去り、ブルックリンのフラットブッシュ・アベニューにあるアーチーのアパートメントに戻っていくと、界隈では人々が街頭に出て踊り、車のクラクションを鳴らし、陽気に騒々しく叫んで世界大戦の半分が終わったことを祝っていたのである。お祭り騒ぎが何時間も続くなか、アーチーの妻パール、十九歳になる双子の娘ベティとシャーロット、ローズの両親と姉、ローズとスタンリー、ダウンタウン・クインテットの生き残り四人、さらに十数人の友人、親戚、隣人が、ブラインドも下ろされ静まり返ったアパートメントに集って いた。彼らとてみな長いこと朗報を楽しみにしていたわけだが、それがこうして訪れてみると、アーチーの死のおぞましさが嘲笑われているようで、表で響く歓喜の歌声も心ない冒瀆に思えた。ブルックリン一帯がアーチーの墓の上で踊っている気がした。それはローズにとって決して忘れられない日だった。自分の悲しみだけでも十分記憶に残るところへ持ってきて、ミルドレッドは心も虚ろでスコッチを七杯飲んで酔いつぶれソファの上で卒倒するし、あまつさえ父親がこらえ切れずに泣き出す姿をローズは生まれて初めて見た。その日ローズは、もし息子を授かったらアーチーと名づけようと決めた。

八月に大きな爆弾が広島と長崎に落とされ、大戦のもう半分も終わり、一九四六年なかば、ローズの結婚二周年の二か月後にシュナイダーマンが彼女に、自分はもうじき引退するから店を引き継いでくれる人間を探していると告げた。一緒に働いてきた年月で君は大いに進歩を遂げて、いまでは有能で腕のいい写真家になった。どうだろう、写真館を引き継ぐ気はないかね。いままでにもらった最高の誉め言葉だった。けれど、そう言ってもらって嬉しくはあったが、タイミングとしては最悪だった。この一年、彼女とスタンリーは郊外に家を買おうと精いっぱい貯金していた。一家族用の、裏庭があって木々が植わっていて車二台分のガレージがある家。そういう家と、写真館の両方を買う余裕はない。夫と相談してみます、とシュナイダーマンには答え、その晩の夕食後にさっそく、当然論外だと言われるものと思いつつ夫に相談してみた。すると意外にもスタンリーは、君が選べばいい、もし家をあきらめてもいいと君が思って、僕らに手の届く値なんだったら写真館を選んでくれていいと言った。ローズは仰天してしまった。何としても家を買おう、とスタンリーが心に決めていたことを彼女は知っている。それが突然、いまのアパートメントで全然問題ない、ここにあと何年か住むことで構わない、と言い出したのだ。そんなのは全部嘘だ。彼はそうやってローズに嘘をついている。彼女を溺愛してくれて、彼女が欲しいと思うものを持たせてやりたいと思ってくれているからだ。その晩、ローズの中で何かが変わった。自分がスタンリーを愛しはじめていること、真に愛しはじめていることをローズは理解した。もしずっとこういうふうに続いていったなら、ひょっとして彼に恋することだって、ありえない第二の大きな恋に打たれることだってあるかもしれない。

　早まるのはよしましょう、と彼女は言った。私だって家を持つことをずっと夢見てきたんだし、助手からボスになるというのは大きなステップだもの。自分にそれができるかどうか、よくわからない。少しのあいだ考えてみない？

　少しのあいだ考える、ということでスタンリーにも異存はなかった。翌朝職場でシュナイダーマンに会うと、しばらく考えてくれていいと彼も言ってくれて、考えはじめて十日目に、自分がふたたび妊娠したことをローズは知った。

　この数か月、新しい医者に診てもらっていた。シーモア・ジェイコブズという信頼できる人物で、優秀で知的な医者だと思えたし、彼女の話をじっくり聴いてくれて、結論を急ぐようなことはしなかった。三回の自然流産という過去に鑑みて、毎日ニューヨークまで通勤するのはやめた方がいい、妊娠中は仕事を休んだ方がいい、アパートメントにとどまって可能な限りベッドに横になっているのがいい、と彼女に促した。厳しい処置に思えるでしょうし、ちょっと時代遅れにも聞こえるかもしれません、でもあなたのことが心配なんです、これが子供を産む最後の大きなチャンスかもしれませんし、とジェイコブズは言った。私の最後のチャンス、とローズは胸の内で言いながら、大きな鼻で優しい茶色い目をした四十二歳の医者が、首尾よく母親になる方法を説くのを聴いた。煙草とお酒もやめなさい、と医者は言い足した。高蛋白の厳密な食餌療法、毎日のビタミン剤摂取、特別仕立ての運動プログラム。二週に一度往診に伺いますし、ほんの少しでも疼きや痛みがあったら迷わず電話してください。わかりましたね？

　はい、わかりました。かくして家を買うべきか写真館を買うべきかの迷いは終わり、それによってシュナイダーマンとの日々も終わって、写真家としての仕事は断ち切られ、生活は上下ひっくり返った。

　ローズはわくわくし、同時に戸惑った。わくわくしたのはまだチャンスがあるから、戸惑ったのは事実上軟禁生活となる七か月にどう対処したらいいかわからないから。無数の調整が必要となるだろうし、それは彼女だけでなくスタンリーも同じだろう。買物はやってもらわないといけないし、料理も大半は任せるしかない。気の毒なスタンリー、ただでさえ長時間懸命に働いているというのに。週に一、二度誰か女性に掃除、洗濯に来てもらう費用も必要になる。日常生活のほぼすべての面が変更され、今後彼女が目覚めて過ごす時間はおびただしい数の禁止と制限に支配されることになるだろう。重い物を持ち上げるな、家具を動かすな、夏暑いからといってつっかえた窓を無理に開けようとするな。自分を油断なく見張り、いままで無意識にやってきた何百何千の小さなこと大きなことについて意識的にならないといけない。もちろんもうテニスは（いまでは大好きになっていたけれど）論外だし、（小さいころからずっと好きだった）水泳も当面禁止。言い換えれば、精力的でスポーツ好きで絶えず動いているローズ、体も頭もフルに使うスピードある行動に携わるときこそ自分らしくいられると感じてきたローズは、いまやじっとしているすべを身につけねばならないのだ。

末期的な退屈が訪れるかと思いきや、救ってくれたのは意外や意外、ミルドレッドだった。姉の介入のおかげで、不動の数か月が、のちにローズが息子に向かって大いなる冒険と形容した日々に変容したのである。

あんた、一日じゅうアパートメントにこもってラジオ聴いて下らないテレビ観てるわけに行かないでしょ、とミルドレッドは言った。たまには脳味噌を働かせて、少しは追いついたらどう？

追いつく？　何の話かローズにはわからなかった。

気づいてないかもしれないけど、お医者さんはあんたにものすごい贈り物をくれたのよ。お医者さんの命令であんたは囚人に変わった。そして囚人が持っていてほかの人間が持っていないものは時間よ、無尽蔵の時間よ。本を読むのよ、ローズ。教養を身につけるのよ。これって絶好のチャンスなのよ、もし助けが欲しければ喜んで手伝うわよ。

ミルドレッドの助けは読書リストという形でやって来た。その後の数か月でリストは何度も更新され、映画館も一時的にオフリミットになったいま、ローズは生まれて初めて物語への欲求を小説で満たした。それも、優れた小説。一人でやっていたら手を出したかもしれない犯罪小説やベストセラーではなく、ミルドレッドに薦められた小説。むろん古典だが、つねにローズを念頭に選ばれた古典、ローズが楽しめるとミルドレッドが思った古典であり、したがって『白鯨』『ユリシーズ』『魔の山』などはまだハードルが高すぎるだろうということでどのリストにも入っていなかったが、候補はほかにいくらでもあった。一か月また一か月が過ぎ、赤ん坊がお腹の中でだんだん大きくなっていく日々、ローズは本のページを泳いで過ごし、何十冊と読んだ中にはがっかりしたものも少しはあったが（たとえば『日はまた昇る』は彼女には偽物で浅薄に思えた）、ほぼすべての本に引き込まれ、初めから終わりまで夢中になって読んだ。『夜はやさし』、『高慢と偏見』、『歓楽の家』、『モル・フランダーズ』、『虚栄の市』、『嵐が丘』、『ボヴァリー夫人』、『パルムの僧院』、『初恋』、『ダブリン市民』、『八月の光』、『デイヴィッド・コパフィールド』、『ミドルマーチ』、『ワシントン広場』、『緋文字』、『本町通り』、『ジェーン・エア』……まだまだたくさんある。が、この監禁期に発見した作家たちの中で彼女に一番多くを語りかけたのはトルストイだった。人生のすべてを理解しているように思える、悪魔トルストイ。男女を問わず、人間の心と頭について知るべきことすべてを知っているように思える。どうして男なのにこんなに女のことがわかるんだろう。一人の男があらゆる男、あらゆる女になれるなんて筋が通らない。かくしてローズは、トルストイが書いたものの大半を読み進んでいった。『戦争と平和』、『アンナ・カレーニナ』、『復活』などの大作のみならず、中篇や短篇も読み進め、中でも百ページあまりの『家庭の幸福』はほかのどの作品にも増して強く訴えてきた。若い花嫁が徐々に味わう幻滅をめぐる物語はローズの胸を強く打ち、読み終えると目に涙があふれ、その晩帰ってきたスタンリーは、彼女の有様を見て動揺してしまった。読み終えたのは午後三時だったのに、目はまだ涙で濡れていたのである。

予定日は一九四七年三月十六日だったが、三月二日の午前十時、スタンリーが仕事に出かけてから二時間ばかり経ったところで、ナイトガウンを着たままベッドで上半身だけ起こし、巨大な腹の北側の斜面に『二都物語』を立てていたローズは、膀胱に突然の圧力を感じた。放尿しないと、と思ってシーツと毛布の下からゆっくりと抜け出て、山のような体をじりじりベッドの縁に持っていき、床に足を下ろして、立ち上がった。そしてバスルームに向かって一歩踏み出すより前に、温かい液体がどっと、両太腿の内側を流れ落ちていくのがわかった。ローズは動かなかった。体は窓の方を向いていて、窓の外を見てみると、ちらほらと、霧のような雪が空から降ってきていた。いまこの瞬間、すべてが何とひっそり静かでいることだろう。まるで世界中、この雪以外は何ひとつ動いていないみたいだ。彼女はふたたびベッドに腰かけ、3ブラザーズ・ホームワールドに電話したが、出た相手に、スタンリーは用事で出かけていて昼食過ぎにならないと戻らないと言われた。次にドクター・ジェイコブズにかけたが、往診に出かけたばかりですと秘書に知らされた。パニックが募ってきて、いまから病院に行きますと先生に伝えてくださいと秘書に告げ、それからミリーの番号をダイヤルした。ベルが三回鳴ったところで義姉が受話器を取り、というわけでミリーが迎えに来てくれた。ベス・イズリアル病院の産科病棟へ車で向かう短い時間に、生まれてくる子供の名前はもうスタンリーと相談して決めたのだとローズは彼女に告げた。女の子だったら、エスター・アン・ファーガソン。男の子だったら、アーチボルド・アイザック・ファーガソンとして人生を送る。

ミリーはバックミラーを覗き込んで、後部席にべったり横たわっているローズをしげしげと見た。アーチボルド、とミリーは言った。それって確か？

ええ、確かよ、とローズは答えた。アーチー叔父さんにちなんで。で、アイザックはスタンリーのお父さん。

ま、タフな子供だといいわね、とミリーは言った。まだ何か言おうとしたが、その間もなく車は病院の入口に着いた。

ミリーがみんなを集合させ、翌日午前二時七分にローズが男の子を出産したときにはもう全員が揃っていた。スタンリー、ローズの両親、ミルドレッドとジョーン、そして何とスタンリーの母まで。こうしてファーガソンは生まれ、母親の体から出てきた直後の数秒間、この世で誰よりも若い人間だった。

　母は名をローズといった。大きくなって靴紐を結べるようになっておねしょもしなくなったら彼は母と結婚するつもりだった。母がすでに父と結婚していることはファーガソンも知っていたが、父はもう年寄りだから、そのうちに死ぬだろう。そうなったらファーガソンが母と結婚し、以後彼女の夫の名はスタンリーではなくアーチーになるのだ。父が死んだら彼としても悲しいだろうが、ものすごく悲しくはないだろう。涙を流すほど悲しくはないだろう。涙は赤ん坊が出すものであり、彼はもう赤ん坊ではない。むろんいまも涙が出てくる瞬間はあるが、それも転んで怪我したときだけだし、怪我は勘定に入れなくていいのだ。

1.1

世界で最高のものはバニラアイスクリームと、両親のベッドでぴょんぴょん跳ねることだった。世界で最悪のものは腹痛（はらいた）と発熱。

　サワーボールは危険だといまや彼にはわかっていた。大好きだけれど、もう口に入れてはいけないことを理解していた。つるつるよく滑って、つい呑み込んでしまうが、すんなり下まで落ちるには大きすぎるから、気管に詰まって、息ができなくなってしまう。窒息しかけた日の苦しさを彼は決して忘れないだろう。でも母が部屋に駆け込んできて、彼を床から持ち上げ、逆さにひっくり返して、片手で両足を摑んで、もう一方の手で背中をばんばん叩いてくれるとサワーボールが口から飛び出して床に落ちてカタカタ転がった。母は言った。もうサワーボールは駄目よ、アーチー。危なすぎるもの。それから母に誘われて、全部のサワーボールを盛ったボウルを二人でキッチンに持っていき、代わりばんこに赤、黄、緑のキャンディを一つずつゴミ箱に捨てた。そうして母が言った。**さよなら（アディオス）、サワーボールたち。**すごく変な言葉だ——アディオス。

　これはずっと前、ニューアークでアパートメントの三階に住んでいたころの話だ。いまはモントクレアという場所にある一軒家で暮らしている。家はアパートメントより広いけれど、実を言えばもう彼はアパートメントのことをろくに思い出せなくなっている。サワーボール以外は。彼の部屋にあった、窓が開いているといつもカタカタ音を立てたブラインド以外は。母親が彼のベビーベッドを畳み、彼が生まれて初めて本物のベッドで一人で眠った日のこと以外は。

父親は朝早く出かけた。まだファーガソンが寝ているあいだに出ていくことも多かった。晩ご飯に帰ってくることもあれば、ファーガソンが寝かしつけられたあとまで帰ってこないこともあった。父親は仕事というものをしていた。大人の男はそうするのだ。毎日家を出て、働く。働くから金を稼げて、金を稼げるから妻や子供にいろんな物を買ってやれる。父の青い車が走り去るのをある朝眺めていた彼に、母親がそう説明してくれた。いい取り決めだとファーガソンには思えたが、お金がどうこうという部分はよくわからなかった。お金ってすごく小さいし汚い。あんな小さくて汚い紙切れで、どうして車とか家とかの大きなものと取り替えられるのか？

両親は車を二台持っていた。父親の青いデソートと、母親の緑のシボレー。でもファーガソンは三十六台持っていて、雨で外へ出られない陰気な日にはそれらを箱から出して、リビングルームの床に全ミニチュア車両を並べるのだった。2ドアの車があり4ドアの車があり、コンバーチブルにダンプカー、パトカーに救急車、タクシーにバス、消防車にコンクリートミキサー、配達トラックにステーションワゴン、フォードにクライスラー、ポンティアックにスチュードベイカー、ビュイックにナッシュランブラー、どれもそれぞれ違っていて、似ているものすらなかった。そのうちの一台を押して床の上を走らせるたびにファーガソンはかがみ込み、誰も乗っていない運転席を覗き込んで、車が動くには運転手が要るのだから、運転席には自分が座っていると想像してみるのだった。ごく小さな、親指の先っぽほどもない小さな人間。

母親は煙草を喫ったが、父親は何も、パイプや葉巻すら喫わなかった。オールド・ゴールド。すごくいい響きの名前だ、とファーガソンは思い、母親が煙の輪を吐いてくれるたびにケラケラ笑った。時おり父親が、**ローズ、煙草喫いすぎだよ**と言い、母親もうなずいたが、煙草はいっこうに減らさなかった。何か用事があって母親と二人で緑の車に乗り込むと、〈アルズ・ダイナー〉という小さな食堂に寄ってお昼を食べた。彼がチョコレートミルクを飲み終え、グリルドチーズ・サンドを食べ終えると、母親から二十五セント貨を渡され、自動販売機でオールド・ゴールドを一箱買ってきてくれと頼まれるのだった。そうやって貨幣を渡されると一人前の大人になった気がして、最高にいい気分だった。意気揚々と、食堂の裏手の、販売機が男女トイレのあいだの壁に接しているところまで歩いていった。たどり着くと、精いっぱい背のびして、スロットにお金を入れ、オールド・ゴールドが積まれた山の下にあるつまみを引っぱり、ごつい機械から箱が転がってつまみの下の銀色の受け口に落ちてくるのに耳を澄ます。当時、煙草は一箱二十五セントではなく二十三セントであり、それぞれの箱のセロハンの内側に、真新しいピカピカの一セント銅貨が二枚たくし込んであった。ファーガソンの母親はいつもその二セントをお駄賃にくれた。母が昼食後の一服をしながらコーヒーを飲み終えるあいだ、彼は開いた手のひらに二枚の銅貨を載せ、そこに刻まれた男の横顔をしげしげと眺めるのだった。エイブラハム・リンカーン。あるいは母が時おり使う呼び名は〈正直者(オネスト)エイブ〉。

ファーガソンと両親から成る小さな家族のほかに、考えるべき家族は二つあった。父の家族と母の家族、ニュージャージーのファーガソン家とニューヨークのアドラー家。ファーガソン家は伯母が二人、伯父が二人、いとこが五人の大家族で、アドラー家は祖父母とミルドレッド伯母さんだけの小家族で、そこに時おり大叔母さんのパールと、その娘でもう大人の双子ベティとシャーロットが加わった。ファーガソン家のルー伯父さんは細い口ひげを生やし金縁の眼鏡をかけていて、アーノルド伯父さんはキャメルを喫い髪は赤っぽく、ジョーン伯母さんは背が低くて丸っこい体、ミリー伯母さんはもう少し背が高いけれどすごく痩せていて、いとこたちはずっと年上だったからおおむね彼を無視したけれどフランシーだけは別で、彼の両親が映画に行ったり誰かの家のパーティに行ったりするときにベビーシッターになってくれた。ニュージャージーの家族の中ではフランシーがダントツで一番好きだった。お城や馬上の騎士の、すごく綺麗で凝った絵を描いてくれたし、好きなだけバニラアイスを食べさせてくれて、笑えるジョークを話してくれて、茶色にも赤にも思える長い髪で、見た目もすごく可愛かった。ミルドレッド伯母さんも可愛かったけれど、伯母さんの髪は母の濃い茶色とは違い金髪で、ミルドレッドはあたしの姉さんなのよと母は何度も言ったけれど、二人の見た目があまりに違うので彼はそのことをときどき忘れてしまうのだった。彼は祖父をパパと呼び祖母をナナと呼んだ。パパはチェスタフィールドを喫い、髪はもうあらかたなくなっていた。ナナは太めで、喉に鳥が閉じ込められているみたいな面白い笑い方をした。

ユニオンとメープルウッドにあるファーガソンの家々を訪ねていくより、ニューヨークにあるアドラー家のアパートメントを訪ねていく方が楽しかった。ひとつにはホランド・トンネルを車で通り抜けるのが楽しいからで、無数の同じタイルが並んだ水中の筒を走っていくのは何度やっても不思議で、そうやって水面下を通るたびに、タイルがぴったり綺麗に並んでいるさまに彼は驚嘆し、いったい何人が一緒になってこんな大仕事を成し遂げたんだろうと考えるのだった。アパートメントはニュージャージーのどちらの家よりも小さかったが、高いところにあるのがよかった。六階にあるリビングルームの窓から見える、コロンバス・サークルを回っていく車の流れはいくら見ても飽きなかった。それに感謝祭のときは、窓の前を毎年恒例のパレードが通るのも見物できる。ミッキーマウスの巨大な風船が、ほとんど顔にぶつかりそうなくらい近くを過ぎていくのだ。ニューヨークに行くのがもうひとついいのは、着くといつもプレゼントが待っていることだった。祖母からの箱入りキャンディ、ミルドレッド伯母さんからの本とレコード、祖父からの特別な品々——バルサ材の飛行機、パーチージ（これも素敵な言葉だ）というゲーム、トランプ、手品セット、赤いカウボーイハット、本革のホルスターに入った六連発銃二丁。ニュージャージーの家はどちらもそんな贈り物は全然ない。ゆえに、住むならニューヨークだとファーガソンは決めた。どうして一年中ニューヨークに住めないのかと母親に訊くと、母はにっこり満面の笑みを浮かべ、**父さんに訊いてごらんなさい**と言った。父に訊いてみると、**母さんに訊いてごらん**と言われた。どうやら、答えのない問いというものがこの世にはあるらしかった。

彼は男のきょうだいが欲しかった。できれば兄がいいが、それはもう無理なので弟でもいいし、それが駄目なら女のきょうだいでも、たとえ妹でも我慢する。一緒に遊んだり話したりする相手がいないのは寂しいことも多く、彼の経験では子供にはみなきょうだいが一人はいて、何人もいる子供もよくいたし、見たところ世界中で自分だけが唯一例外に思えた。フランシーにはジャックとルースがいて、アンドルーとアリスにはおたがいがいるし、同じ通りに住む友だちのボビーには兄が一人と姉が二人いて、彼自身の両親にしても、子供のころはほかの子供たちと一緒に育った（父は二人の兄と、母は一人の姉と）。地上に住む何十億人もの中で、自分だけが一人で過ごさないといけないなんて不公平に思えた。赤ちゃんがどうやって出来るのかはよくわからなかったけれど、母親の体の中で事が始まることくらいはもう知っていたから、この作業には母の参加が欠かせないことはわかった。したがって、一人っ子から兄へと身分を変えるにはまず母親に相談しないといけない。さっそく翌朝、単刀直入に、さっさと新しい赤ん坊の製造に取りかかってもらえないかと母に頼んでみた。母は二秒ばかり黙ってそこに立っていたが、それから膝を床につけて彼をまっすぐ前に見て、その頭を撫ではじめた。何だか変だぞ、と彼は思った。全然予想していたのと違う。少しのあいだ、母は悲しそうな顔をした。あまりに悲しそうな顔だったので、ファーガソンはとたんに、こんなこと頼むんじゃなかった、と後悔した。ああアーチー、そりゃあんたは弟か妹が欲しいわよね、と母は言った。でもママはねえ、もう赤ちゃん作りは終わっちゃったみたいなのよ。もう産めませんってお医者さんに言われて、あんたのこと可哀想だって思ったけど、まあでもそんなに悪いことじゃないかもしれないって思い直したのよ。なぜだかわかる？（ファーガソンは首を横に振った。）なぜってママはあたしのアーチーをすごくすごく愛していて、持ってる愛は全部あんただけのためにあるんだから、もう一人の子供を愛すなんて、できるわけないでしょ？

　どうやらこれは一時的な問題ではなく、恒久的な問題なのだ、といまや彼は理解した。きょうだいはこれからもずっといない。それは耐えがたい事態に思えたので、その難局を回避しようと、ファーガソンは架空のきょうだいを作ることにした。まあやけっぱちの方便という観もあるが、何もないよりは何かある方がどう考えてもいいし、その何かが見えも触れも匂いを嗅げもしないとしても、贅沢は言っていられない。生まれたばかりのきょうだいを彼はジョンと名づけた。もはや現実の法則は当てはまらなかったから、ジョンは彼より年上だった。四つ上で、したがって背もファーガソンより高く、力も強く、頭もよく、同じ通りに住んでいるボビー・ジョージ――ぽっちゃりしていて骨が太くていつもべとべとの緑の鼻汁が詰まっているせいで口で息をしているボビー――なんかと違って読み書きもできるし、野球もフットボールもすごく上手かった。ほかの人が部屋にいるときはジョンに声をかけないよう気をつけた。ジョンは自分一人の秘密なのであり、誰にも、父や母にも知られたくなかった。うっかり言ってしまったのは一度だけで、相手はフランシーだったので大丈夫だった。その晩フランシーはベビーシッターに来てくれて、彼女が裏庭に入ってくるとファーガソンは今度の誕生日に馬が欲しいんだとジョンに話していて、ねえ誰と話してるのと彼女に訊かれたのだった。フランシーのことは大好きだから、ファーガソンは真実を彼女に話した。笑われるかと思ったが、フランシーはただうなずき、架空の兄という発想を是認してくれたようだったので、ファーガソンは彼女がジョンと話すのも許すことにした。その後何か月も、会うたびにフランシーはまず普通の声でファーガソンにハローと言い、それからかがみ込んで口を彼の耳元に持ってきて、ハロー、ジョン、とささやいた。まだ五歳にもなっていなかったが、ファーガソンはすでに理解していた。世界には見える領域と見えない領域の二つがあって、見えないものの方が見えるもの以上にリアルなことも多いのだ。

　遊びに行くのに最高の場所は二つあって、ニューヨークの祖父の事務所と、ニューアークの父親の店だった。祖父の事務所は西五十七丁目の、祖父母の住まいからほんの一ブロックのところにあって、ここがまずいいのは十一階にあることで、アパートメントよりもっと高く、窓からの眺めも西五十八丁目よりさらに面白かった。もっとずっと遠くまで見通せて、建物もずっとたくさん見えるし、セントラル・パークの大半も見えて、下の通りを見れば自家用車もタクシーものすごく小さく、ファーガソンが家で遊ぶおもちゃの自動車に似ていた。次にこの事務所でいいのは、大きな机の上にいくつも並んでいるタイプライターや計算機だった。タイプの音を聞くと彼は時おり音楽のことを考え、特に行の終わりに来てチンとベルが鳴るときはそうだったが、モントクレアの家の屋根にざあざあ降る雨のことや、窓ガラスに投げつけられた小石の音を思ったりもした。祖父の秘書はドリスという名の骨ばった女性で、腕に黒い毛が生えていて口臭消しキャンディの匂いがしたけれど、彼のことをファーガソン坊ちゃんと呼んでくれてタイプライターを使わせてくれるのは嬉しかった。ドリスはタイプライターのことをサー・アンダーウッドと呼んだ（アンダーウッドは当時の主要なタイプライター製造会社）。ファーガソンはアルファベットを学びはじめているところだったので、その重たい機械のキーに指を載せてaやyの字をずらずら打ち出せるのは楽しかったし、ドリスがそんなに忙しくなければ、名前を打つのを手伝ってもらえた。

　ニューアークの店はニューヨークの事務所よりずっと広く、物ももっとずっとたくさんあって、奥の部屋にタイプライター一台と計算機が三台あるのはむろん、店の中には小さな器具や大きな電化製品が何列も何列も並び、二階は一面にベッド、テーブル、椅子が、本当に無数のベッド、テーブル、椅子があった。ファーガソンはそれらに触ってはいけないことになっていたけれど、父も伯父たちも周りにいなかったり、いてもよそを向いていたりするときなど、こっそり冷蔵庫の扉を開けて中の奇妙な匂いを嗅いだり、ベッドの上によじのぼってマットレスの弾みを試したりし、そういうところを見つかっても誰も本気では怒らなかったが、ただしアーノルド伯父さんだけは時おり、坊主、売り物に触るんじゃない、ときつい声で言って睨みつけるのだった。そういう言い方をされるのは嫌だったし、ある土曜の午後に後頭部を伯父さんにピシャッと叩かれたときはとりわけ嫌だった。すごく痛かったので泣いてしまったけれど、あるとき母親が父親に、アーノルド伯父さんは阿呆だと言っているのを聞いて以来、それほど気にならなくなった。そもそもベッドや冷蔵庫にそんなに長いこと惹かれはしなかった。何といってもテレビだった。組み立てられたばかりのフィルコやエマソンが、陳列されたほかのあらゆる品を凌駕していた。入口左の壁に沿ってテレビが十数台並べられ、すべて音は消されて画面だけ映っていて、チャンネルをいじって七つ別々の番組が同時に映るようにするのがファーガソンには何より面白かった。何と楽しい騒乱の渦か、一つ目の画面はアニメーションで二つ目は西部劇で三つ目はソープオペラで四つ目は教会の礼拝で五つ目はコマーシャルで六つ目はニュースで七つ目はフットボール。ファーガソンは画面から画面へと駆け回り、それかくるくる回転し、めまいがしてくるまで回転しながら徐々に画面から離れていって、ピタッと止まったときには七つの画面が全部いっぺんに見える位置まで下がっていて、すごくいろんなことが同時に起きるのを見ると決まってゲラゲラ笑ってしまうのだった。すごく、すごく笑える。父親はそれを見ても止めなかった。父もやっぱり笑えると思ったのだ。

　でも父はたいてい笑うどころではなかった。毎週六日、長時間働いて、特に水曜と金曜は店が九時までやっているのでとりわけ長く、休みの日曜には十時か十時半まで眠っていて午後はテニスをやった。父が一番よく言う命令は**母さんの言うこと聞きなさい**であり、一番よく訊く質問は**いい子にしてたかい?**だった。ファーガソンはいい子にして母の言うことを聞くよう努めたが、時おりちゃんとやれずいい子にするか言うことを聞くかを忘れてしまったが、そうやってやり損なっても幸い父は全然気がつかないみたいだった。たぶん忙しすぎていちいち気にしていられないのだろう。ファーガソンとしてはそれが有難かった。母はたとえ彼が言うことを聞かなかったりいい子にしなかったりしてもめったに叱らなかったし、父にしてもミリー伯母さんが子供たちをどなりつけるみたいにファーガソンをどなりつけはせず、アーノルド伯父さんがときどき息子のジャックをひっぱたくみたいにひっぱたきもしなかったから、一族の中では自分のところが三人しかいないけれど一番いいのだという結論にファーガソンは達した。父が笑わせてくれることもたまにはあって、それがめったにないことだからこそ、ファーガソンはいっそう激しく笑うのだった。ひとつ笑えるのは、父に空中に投げ上げてもらうことで、父はすごく力持ちで、筋肉も硬くて隆々だったから、家の中だとファーガソンは天井近くまで飛んだし、裏庭だともっと高く舞い、父にうっかり落とされるんじゃないかなどとは考えもしなかったから、安心して目いっぱい口を開け、ゲラゲラ笑いで存分に空気を満たすのだった。もうひとつ笑えるのは、台所で父がオレンジの投げ物芸をやってみせてくれることで、三つ目は父がおならをするのを聞くことだった。おならそれ自体が笑えるのはむろん、父はファーガソンの前でおならをするたびに、おっと（ウープス）、ホッピーだぞ（ゼア・ゴーズ・ホッピー）、と言うのだ——ホッピーとはファーガソンの大好きなテレビのカウボーイ、ホッパロング・キャシディのことであり、なぜおならをしたあとにそう言うのかは世界最大級の謎だったが、ファーガソンにとってはとにかく愉快で、父親がそう言うたびに彼はキャッキャッと笑った。何て変てこで興味深い発想だろう、おならをホッパロング・キャシディという名のカウボーイに変えるなんて。

ファーガソンの五歳の誕生日が過ぎてまもなく、ミルドレッド伯母さんがヘンリー・ロスという男と結婚した。この人は背の高い、髪の薄くなりかけた、大学教授をしている人だった。ミルドレッドもやはり、四年前に英文学の勉強を終え、いまはヴァサーという名の大学で教えていた。新しい伯父はペルメル（「最高の品質　しかもマイルド」）を喫い、何だかすごく神経質そうだった。何しろ午後の半日だけで、ファーガソンの母が一日で喫うよりもっとたくさん煙草を喫う。でもファーガソンにとって何より興味を惹いたのは、この人がものすごい早口で喋ることで、しかもやたらと長い込み入った言葉を遣うので、言っていることのごく一部しかわからなかった。それでも、笑い声には陽気な響きがあったし、目にも明るい輝きがあって、心は温かい人なんだと思えたし、ファーガソンの母も明らかにミルドレッドの選択を喜んでいて、ヘンリー伯父さんのことを話題にするときはかならず頭がいい（ブリリアント）という言葉を遣った。あの人といるとレックス・ハリソンを思い出す、とファーガソンの知らない名前をたびたび挙げた（レックス・ハリソンは映画『マイ・フェア・レディ』のヒギンズ教授役で有名）。伯母さん伯父さんがさっさと子供作りに取りかかって小さないとこを産んでくれないだろうか、とファーガソンは思った。架空のきょうだいというのはやはり限界がある。アドラー一族のいとこなら、ほとんど弟みたいな、まあそれが無理なら妹みたいなものになれるんじゃないか。ファーガソンは何か月か宣言を待ち、毎朝母が彼の部屋に入ってきてミルドレッド伯母さんに赤ちゃんが出来たのよと告げるのを期待したが、やがてあることが起こった。予期せざる災難が生じて、ファーガソンの入念な計画は無に帰した。伯母と伯父がカリフォルニア州バークリーに引越すことになったのである。これからは二人ともバークリーで教えて、バークリーで暮らし、二度と帰ってこない。ということはつまり、かりにいとこを産んでくれたとしても、そのいとこをほとんど弟にすることはできない。弟とかほとんど弟とかいうのは近くに、理想的には同じ家に住んでいないといけないのだ。母が合衆国の地図を出してきてカリフォルニアがどこかを示してみせると、ファーガソンはひどくがっかりして、オハイオ、カンザス、ユタ等々、ニュージャージーと太平洋のあいだにあるすべての州をげんこつで叩いた。五千キロ。どうしようもない距離だ。よその国、よその世界と変わらない。

　それは彼が少年時代から持ち越すことになった、もっとも強い記憶のひとつだった。ミルドレッド伯母さんがカリフォルニアに発つ日、緑のシボレーに母と伯母さんと一緒に乗って空港まで行ったこと。ヘンリー伯父さんはすでに二週間前に飛行機に乗ってカリフォルニアへ行っていたから、その八月なかばの蒸し暑い日、母と彼と一緒にいたのはミルドレッド伯母さんだけだった。ファーガソンは半ズボンをはいて後部席に座り、頭皮は汗で湿って、むき出しの脚が人工皮革の座席に貼りつき、空港に行ったのは生まれて初めてだったし、飛行機を間近に見られてその大きさや美しさを存分に味わえたのは初めてだったけれど、その朝が彼の記憶に残ったのは母とその姉という二人の女性ゆえだった。一人は黒髪で一人は金髪、一人の髪は長く一人のは短く、たがいに全然違っているのでしばらく二人の顔をじっくり見ないことには同じ両親から生まれているとはわからないし、彼の母はすごく愛情深くて温かくていつも人に触れたりハグしたりしているのに対しミルドレッドはすごく用心深くて引っ込んでいてめったに人に触れず、なのにいまはパンナムのサンフランシスコ行き便のゲートに二人一緒にいて、フライトナンバーがアナウンスされて別れを告げる時が来ると、突然、あたかも何か隠れた、前もって定めた合図が送られたかのように二人ともしくしく泣き出し、涙が彼女たちの目から滝のように流れて床に落ち、それから二人はたがいの体に腕を回してハグし、泣くのとハグするのとを同時にやっていた。母はそれまで彼の前で泣いたことは一度もなかったし、この目で見るまではミルドレッドに泣く能力があることもファーガソンは知らなかったが、いま二人は別れを告げながら彼の前でしくしく泣き、次に会うのは何か月も何年も先だと二人とも理解していて、ファーガソンは五歳の肉体で二人の下に立ち、母親と伯母を見上げてその情景を眺め、彼女たちからあふれ出る感情に唖然として、その情景が彼の中のものすごく深いところまで沈んでいき、ファーガソンはそれをいつまでも忘れなかった。

翌年の十一月、ファーガソンが小学校に入った二か月後、母親はモントクレアの繁華街に写真館を開いた。玄関の上の看板には〈ローズランド・フォト〉と書いてあり、ファーガソン家の暮らしはにわかに新たな、メリハリの効いたリズムを帯びることになった。毎朝あわただしく一人を学校に遅刻しないよう送り出し、残り二人が別々の車に乗って仕事に出かけ、昼間は母が週五日（火曜から土曜まで）家にいなくなったのでキャシーという女性が来るようになり、掃除、ベッドメーク、食料品の買物をしてくれて、両親が仕事で帰りが遅いときはファーガソンの夕食まで作ってくれた。母と一緒にいる時間はめっきり減ったが、実のところ彼はもう以前ほど母を必要としていなかった。もう靴紐だって自分で結べるし、結婚したい女性を考えるときも、二人の候補者のあいだで迷うようになっていた。キャス・ゴールド、背が高くて目が青くて長い金髪のポニーテールの女の子、そしてマージー・フィッツパトリック、すごく大柄で赤毛ですごい力持ちで怖いもの知らずで男の子二人をいっぺんに持ち上げられる子。

ローズランド・フォトで肖像写真を撮った第一号はオー

ナーの息子だった。物心ついたころからずっと母にカメラを向けられてはいたが、いままではただのスナップ写真、カメラも小型軽量のポータブルだったが、写真館のカメラはもっとずっと大きく、三脚と呼ばれるまさに脚が三本あるスタンドに載せないといけない。三脚（トライポッド）という言葉がファーガソンは好きだった。莢の中のエンドウマメ二つ（トゥー・ピーズ・イン・ナ・ポッド）（瓜二つ）という表現を通して、一番好きな野菜エンドウマメを思い出すからだ。ファーガソンはまた、写真を撮る前に母親がすごく丁寧に照明を調整するのを見て心底感心してしまった。これはつまり、自分の仕事を母がしっかり把握している証拠であって、母がかくも技術を駆使し自信をもって仕事に臨んでいるのを見てすっかり心強くなり、ファーガソンの中で母はもはや単に彼の母親ではなく、世の中で大事なことをやっている人物になった。この写真を撮るために、母に言われてよそ行きの格好をし、ツイードのスポーツジャケットと、カラーが幅広で首のボタンがないワイシャツを着たファーガソンにとって、完璧なポーズを作ろうと母があちこち動き回るのを見ながら座っているのはこの上なく楽しいことであり、笑えと母に言われたときも笑うのに少しも苦労しなかった。その日は母の友だちがブルックリンから来ていた。ナンシー・ソロモン、かつてはナンシー・ファインだったいまはウェストオレンジに住んでいる愉快なナンシー、出っ歯で小さい男の子が二人いて彼の母と大の仲よしで彼も生まれたときからずっと知っている人物。母の説明によれば、撮った写真をひととおり現像したら、うち一枚をものすごく大きく引き伸ばしてカンバスに貼りつけ、その上からナンシーが絵の具でなぞり、写真を色のついた油絵の肖像画に変容させる。これがローズランド・フォトで計画しているサービスのひとつだった。白黒の肖像写真のみならず、油絵も提供する。どうやってそんなことができるのか、ファーガソンはうまく想像できなかったが、そういう困難な変換をやってのけるからにはきっとナンシーはものすごく絵が上手なのだろうと思った。

二週間後の土曜日、ファーガソンは母親と一緒に朝八時に家を出て、車でモントクレアの繁華街に行った。街にはほとんど人気（ひとけ）もなく、ローズランド・フォト真正面の無料駐車スペースを使えたが、そこに停まる二十メートルか三十メートル前で母はファーガソンに目をつぶれと言った。なぜなのか訊きたかったが、いまにも口を開こうとしたところで母が、質問はなしよ、アーチー、と言った。それで彼は目を閉じ、母は写真館の前で車を駐めると彼の手を引いて車から降ろし、目当ての場所まで連れていった。さ、もう開けていいわよと母は言った。ファーガソンが目を開けると、開店まもない母の店のウィンドウの中が見えて、そこに自分自身の大きな像が二つあった。どちらも六十センチ×九十センチ程度で、一方は白黒写真、もう一方はその正確な複製、ただし色がついていて、彼の砂色の髪も灰色がかった緑の瞳も赤い点の入った茶色いジャケットも現実世界のそれとほぼ同じに見えた。ナンシーの筆づかいはものすごく精緻で、隅々まで完璧、写真を見ているのか絵を見ているのかもわからなかった。何週間かが過ぎて、写真が常時展示されているいま、知らない人たちが彼を認識するようになり、みんな街なかで彼を呼びとめ、君、ローズランド・フォトのウィンドウの男の子じゃないかいと訊ねるのだった。こうして彼はモントクレアで一番有名な六歳児になった。母の写真館のイメージキャラクターに、伝説になったのである。

　一九五四年九月二十九日、ファーガソンは学校を休んだ。三十八度七分の熱が出て、前の晩は母親がベッドのかたわらの床に置いてくれたアルミのシチュー鍋に何度も吐いた。朝、仕事に出かける母に、パジャマのままでできるだけ眠るようにと言われた。眠れなければベッドから出ずに漫画を読んでいること、トイレに行くときはかならずスリッパをはく。だが午後一時には熱も七度二分まで下がり、一階へ降りていってキャシーに何か食べるものを頼めるくらいになった。キャシーが作ってくれたスクランブルエッグとバターなしのトーストを食べても胃は何ともないので、二階へ上がってベッドに戻る代わりに、キッチンの隣の、両親が小部屋（デン）と呼んだり小リビングと呼んだりしている部屋に入ってテレビを点けた。キャシーもあとから入ってきて、彼と並んでソファに座り、ワールドシリーズ第一戦があと何分かで始まるのよと言った。ワールドシリーズ。それが何なのかは彼も知っていたが、試合を観たことは一度もなかったし、レギュラーシーズンの試合だって一、二回しか観たことはなかった。べつに野球が嫌いだったのではない。それどころか自分でプレーするのは大好きだった。ただ単にデーゲームをやっている時間はいつも友だちと一緒に外で遊んでいて、ナイターが始まるころにはもう寝かしつけられていたのだ。何人かの中心選手の名前は、彼にも聞き覚えがあった。ウィリアムズ、ミュージアル、フェラー、ロビンソン、ベラ。が、べつに特定のチームを追ってはいなかったし、『ニューアーク・スターレッジャー』や『ニューアーク・イブニングニューズ』のスポーツ欄を読みもしなかったから、ファンであるというのがどういうことなのか全然わかっていなかった。一方、三十八歳のキャシー・バートンはブルックリン・ドジャースの熱烈なファンだった。それは何と言ってもチームにジャッキー・ロビンソンがいたからで、背番号42の二塁手をキャシーはいつもあたしのジャッキー（マイ・マン・ジャッキー）と呼んだ。ロビンソンが大リーグのユニフォームを着た初めての黒い肌の人間だということは、ファーガソンも母とキャシーの両方から聞いていたが、キャシーは自分も肌が黒いので話はさらに詳しく、生まれて最初の十八年をジョージアで過ごしきつい南部訛りで語るキャシーの声をファーガソンは奇怪だと思いかつ素敵だと思い、その何とも物憂げな音楽的響きはいくら聞いても飽きなかった。ドジャースは今年は出ないのよ、ジャイアンツに負かされちゃったからね、と彼女はファーガソンに言った。でもジャイアンツも地元チームだからこのシリーズではジャイアンツを応援するんだ、と。いい黒んぼの選手が何人かいるんだよ、と彼女は言ったが（それが彼女の使った言葉だった――黒んぼ（カラード）。肌が黒か茶色の人のことを話すときはニグロと言うよう母から教わっていたファーガソンは、ニグロである人間がニグロと言わずにカラードと言うなんて妙だと思った。これもまた、世界がいかに訳のわからない場であるかの証しにほかならなかった）、ウィリー・メイズもいてハンク・トンプソンもいてモンティ・アーヴィンもいるにもかかわらず、ジャイアンツがクリーヴランド・インディアンズに勝つとは誰一人思っていなかった。何しろインディアンズはアメリカン・リーグの年間最多勝記録を塗り替えたばかりだったのだ。まあ見てごらんよ、とキャシーは賭け率を決める連中には少しも譲る様子がなかった。こうしてファーガソンは彼女と一緒に、ポロ・グラウンズからの中継をじっくり観ることになった。幸先はよくなくインディアンズが一回表に二度得点したが、三回裏にジャイアンツが同点とし、そこからあとは緊迫した投手戦となり（マグリー対レモン）、黙々と試合は進んで一打ですべてが決まりかねない展開となって、終盤に近づくにつれ一球一球の重要性もドラマもじわじわ増していった。四イニング続けてどちらのチームも誰一人ホームを踏まなかったが、八回表、インディアンズがにわかに走者を二人出し、左の強打者ヴィック・ワーツが打席に入って、ジャイアンツの救援ドン・リドルの直球を痛烈に撃ち返し、球はセンター深くにぐんぐん飛んでいって、これはきっとホームランだろうとファーガソンは思ったが、この時点の彼はまだ初心者で、ポロ・グラウンズが奇妙な形の野球場でありセンターはほかのどの球場よりも深くホームベースからフェンスまで一四七メートルあることを知らなかった。ワーツが打った大フライも他球場なら当然ホームランだが、ここではそれがスタンドには届かないのだった。とはいえものすごい打球であることに変わりはなく、中堅手の頭を越えてフェンスまで転々と転がっていくことはまず確実で、三塁打は間違いなし、あわよくばランニングホームラン、これでインディアンズに最低二点、上手く行けば三点入るかと思えたが、そこでファーガソンは、あらゆる確率の法則を無視した何ものかを、これまでの短い人生で彼が見てきたすべての人間の達成を矮小化する離れ業（わざ）を目にした――若きウィリー・メイズが内野に背を向けて、人間がこんなふうに走るのは見たことがないとファーガソンには思える走り方で走っていたのであり、ボールがワーツのバットを離れた瞬間から、あたかもボールがバットの木と衝突したその音でどこに落下するかが正確にわかったかのようにメイズは一目散に走り、見えもしないボールが軌跡を描いて飛行しているあいだ中ずっとその位置が、見上げずともふり向かずともあたかも後頭部に目がついていてわかっているかのようで、そうしてやがてボールが弧の頂点に達し、ホームプレートからおよそ一三四メートル離れた地点に落下したときウィリー・メイズはそこにいて自分の前方に両腕をのばしていて、ボールはメイズの左肩の向こうに落ちてきて、開いたグラブのポケットに収まったのである。メイズがボールをキャッチした瞬間、キャシーはソファから跳び上がり、やったぁ！（ホット・ダム）　やったぁ！　やったぁ！とわめき出したが、キャッチだけで話は終わらなかった——なぜならボールがワーツのバットを離れるのを見た瞬間に走者たちは、これは当然点が入る、こんな球をセンターが取れるわけがないのだから絶対点が入ると確信して走り出していたのであり、したがってメイズはボールを捕った直後くるっと向き直って球を内野に投げ返し、そのありえないほど長い返球を投げた勢いで、ボールが手を離れたとたん帽子も脱げてグラウンドに倒れ込んだが、これによって打者ワーツがアウトになったのみならず三塁ランナーも犠牲フライでホームを踏むことを妨げられたのだった。

試合は依然同点。この流れならいかにもジャイアンツが八回か九回に決勝点を上げるかと思えたがそうはならなかった。試合は延長戦に突入した。ジャイアンツの新たな救援投手マーヴ・グリソムが十回表を無得点に抑え、十回裏ジャイアンツは走者を二人出し、監督のレオ・ドローチャーはダスティ・ローズを代打に送った。何ていい響きの名前だろう、とファーガソンは思った。埃っぽい道路（ダスティ・ローズ）なんて、濡れた歩道（ウェット・サイドウォークス）とか雪の街路（スノーウィ・ストリーツ）とかいった名をつけるようなものじゃないか。が、その眉の濃いアラバマ出の男がウォームアップにバットを振るのを見たキャシーは、**ごらんよアーチー、あの無精ひげの親爺、あれが酔っ払ってるんじゃなかったらあたしはイギリスの女王だね**と言った。だが酔っているにせよいないにせよ、ローズの目はその日絶好調で、疲れの見えてきたボブ・レモンがさほどスピードもない直球を真ん中に投げてくると、これを真芯で捉え、ライトスタンドに叩き込んだ。試合終了。5対2でジャイアンツの勝利。キャシーが歓声を上げた。ファーガソンも歓声を上げた。二人はハグしあい、ぴょんぴょん跳ねて、一緒に部屋の中を踊って回り、その日以来、野球はファーガソン最愛のスポーツとなった。

　ジャイアンツは勢いに乗って第二、三、四戦もインディアンズを破り、予想を覆す奇跡に七歳のファーガソンは大いに喜んだが、この一九五四年ワールドシリーズの結果を誰よりも喜んだのはルー伯父さんだった。父の上の兄ルーは長年ギャンブラーとして浮き沈みを経験し、一貫して負けることの方が多かったとはいえ、かろうじて溺死を免れるくらいは勝っていて、今回、目利きの連中はみんなインディアンズに賭けているわけで、それに倣(なら)うのが妥当なところだっただろうが、ルーは根っからのジャイアンツ・ファンであり、二十代前半からずっと強いときも弱いときも応援してきたので、今度ばかりは確率を無視し頭でなく心で賭けることにしたのだった。勝てそうもない側に金を注ぎ込んだばかりか、彼らが四連勝すると賭けたのである。その賭けのあまりの途方もなさ、あまりの迷妄ぶりに、胴元はこれを三〇〇倍のオッズで受けた。したがって、ささやかに二百ドルを賭けた、パリッと粋な身なりのルー・ファーガソンは、六万ドルの大金を手にしたのである。当時としては大金、まさにひと財産。これだけ華々しい儲けとなれば、ただで済むはずもなく、ルー伯父さんとミリー伯母さんはみんなを家に招いてパーティを開いた。シャンパン、ロブスター、分厚いポーターハウスステーキ、どっさり揃えたお祝いで、ハイライトはミリーの新しいミンクのコートのお披露目と、ルーの新しい白いキャデラックでの近所のドライブだった。ファーガソンはその日機嫌が悪かったが（フランシーはいなかったし、お腹が痛いし、いるいとこたちはほとんど口も利いてくれなかった）、自分以外はみんな楽しんでいるのだろうと思っていた。ところが、お祭り騒ぎが終わって両親と一緒に青い車で帰路につくと、母が父に向かってルー伯父さんの悪口を言いはじめたのですっかり驚いてしまった。母が言っていること全部はたどれなかったけれど、声にこもった怒りはいつになく激しく、その痛烈な長広舌は要するに、伯父さんは父にお金を借りているのに返しもしないでキャデラックやミンクのコートに浪費するなんてひどい、ということらしかった。父ははじめ穏やかに聞いていたが、やがて声を荒らげ——これもまず絶対にないことだ——突然母に向かってわめき出し、黙れ、ルーは俺に何も借りちゃいない、あれは兄貴の金なんだ、どうしようと本人の勝手だ、とまくし立てた。両親が時おり喧嘩することは知っていたが（寝室の壁ごしに声が聞こえてきた）、ファーガソンの目の前で争ったのは初めてだったし、初めてのことが起きてしまったゆえに、世界の何かが根本的に変わったと感じずにはいられなかった。

翌年の感謝祭の直後、父の店の倉庫が夜中に泥棒に入られ、商品をごっそり盗まれてしまった。倉庫は3ブラザーズ・ホームワールドのうしろに建つブロック造りの平屋で、ファーガソンも過去何年かのあいだに何度か行ったことのある、じめじめ湿った臭(にお)いがする巨大な部屋で、テレビ、冷蔵庫、洗濯機、その他店で売っている品々が入ったダンボール箱が何列も何列も並んでいた。ショールームに展示してある品は単に客に見せるためであり、客が何かを買うとなったら、エドという名の、右の前腕に人魚の刺青が入った、戦争中は航空母艦に乗っていた大男がこの倉庫から出してくる。トースター、電気スタンド、コーヒーポットといった小さな品だったらエドが客に手渡し、客が自分の車で持ち帰るが、洗濯機や冷蔵庫のように大きい物の場合は、エドと、もう一人やはり筋骨隆々の元兵士フィルが配達トラックに積んで客の家に届ける。３ブラザーズ・ホームワールドのビジネスはこのように回転し、ファーガソンもこのシステムになじんでいて、倉庫こそ商売の心臓であることを理解していたから、感謝祭直後の日曜の朝に母に起こされて、倉庫に泥棒が入ったと聞かされると、この犯罪の恐ろしい意味を彼はただちに理解した。倉庫が空ならビジネスはない。ビジネスがなければ金もない。金がないのは災いだ――救貧院！　飢え！　死！　盗まれた品はみんな保険をかけてあったからそこまでひどい事態ではないのだと母に説明されたが、でもまあ痛手ではある、特にクリスマスシーズンはもうじきだし、保険が降りるには何週間、何か月とかかるだろうから、銀行に緊急融資をしてもらわないとやっていけないだろう、とも言われた。目下父はニューアークにいて警察と話をしている最中で、商品にはすべてシリアル番号が付いているから、泥棒の行方がたどれて捕まえられる望みもなくはない、と母は言った。

時は過ぎ、泥棒は捕まらなかったが、父は銀行から首尾よく融資を受け、ファーガソン一家は救貧院に入る屈辱を免れた。かくして人生は過去数年間とほぼ同じように進んでいったが、家の中に新しい空気があることをファーガソンは感じとっていた。何か厳めしく、陰惨で、神秘なものが宙に漂っている。気圧の変化の源を見きわめるのに少し時間がかかったが、母や父と一緒にいるとき――両方いる場合もあれば、片方だけの場合もある――二人を観察することで、母の方は基本的に変わっていないという結論に彼は達した。相変わらず写真館で何があったかをあれこれ話してくれたし、日々の笑顔や笑い声の供給量も変わっていなければ、ファーガソンと話すときはいまもまっすぐ目を合わせ、冬が訪れても裏手のポーチでの卓球の真剣勝負に乗ってきたし、彼が問題を抱えて相談に行けばじっくり話を聴いてくれた。変わったのは父親だった。元々あまり喋らなかったのが、いまでは朝食の席でほとんど何も言わず、心ここにあらずという感じで、何か暗い、辛い、誰とも分かちあう気のない事柄に気持ちが向いているみたいだった。一九五五年が五六年に変わってまもなく、ファーガソンは思いきって、何があったのか母親に訊ね、なぜ父はあんなに悲しそうでよそよそしく見えるのか説明を求めた。泥棒に入られたことよ、泥棒に入られたことに身も心も蝕まれているのよ、あのことを考えれば考えるほどほかのことは考えられなくなってしまっているのよ、と母は言った。ファーガソンには理解できなかった。倉庫が侵入されたのはもう六、七週間前のことで、盗まれた品は保険でカバーされるのだし、銀行も融資をしてくれることになって、店は立派にやっていけているではないか。何も心配することなんかないのに、なぜ父は心配するのか？　母がしばしためらうのをファーガソンは見た。彼に秘密を打ちあけていいものか、話をきちんと受けとめられるか決めあぐねている様子で、目に迷いの色が浮かんだのはほんの一瞬だったがそれでもはっきり見てとれ、次の瞬間、彼の頭を撫でて、まだ九歳にもなっていないその顔を覗き込みながら、母は思いきって決断し、いままで一度もしたことのないやり方で彼に向かって心を開き、父の胸を引き裂いている秘密を伝えた。母が言うには、警察と保険会社はまだ事件を調査しているが、両方ともすでに、これは内部の人間の仕業だという結論に達している。つまり、泥棒は赤の他人ではなく、店に勤めている誰かだというのだ。3ブラザーズ・ホームワールドで働いている人間なら、ファーガソンは全員知っている。倉庫勤務のエドとフィル、簿記係アデル・ローゼン、修理係チャーリー・サイクス、雑用係ボブ・ドーキンズ。腹の筋肉がぎゅっと縮まってこぶしになる痛みをファーガソンは感じた。あんなにいい人たちが父親にそんなひどいことをするなんて考えられない。誰一人、そんな裏切者であるはずがない。警察と保険会社はきっと間違ってるんだ、とファーガソンは言った。いいえアーチー、間違ってないと思うわ、と母は言った。でも犯人は、いまあんたが名を挙げた人たちの中にはいないのよ。

それってどういうこと？　ほかに店とつながりのある人といったら、ルー伯父さんとアーノルド伯父さんだけだ。二人とも父のきょうだいである。きょうだいが盗みあったりするわけがないじゃないか？　そんなこと、あるはずがない。

あなたのお父さんはすごく辛い決断をしなくちゃならなかったのよ、と母は言った。訴えを取り下げて保険の権利も放棄するか、アーノルドを刑務所に送るか。父さん、どうしたと思う？

訴えを取り下げてアーノルドを刑務所に送らなかった。

もちろんよ。そんなこと考えもしなかったわ。でもこれでわかったでしょう、父さんがなぜあんなに辛そうなのか。

ファーガソンがこの会話を母と交わした一週間後、アーノルド伯父さんとジョーン伯母さんがロサンゼルスへ引越すことになったと母から聞かされた。ジョーンがいなくなって寂しくなるわ、でもたぶんこの方がいいのよ、こんなことになってしまったら元に戻りようはないもの、と母は言った。アーノルドとジョーンがカリフォルニアに発ってから二か月後、ルー伯父さんが白いキャデラックをガーデンステート・パークウェイで大破させ、病院へ向かう救急車の中で死んだ。何がなんだかわからないうちに、ほかにすることもない暇な神々はあっさり迅速に仕事を成し遂げた。ファーガソン一族はバラバラになってしまったのである。

1.2

　ファーガソンが六歳のとき、母は彼に、かつて危うくあんたを失うところだったという話をした。どこへ行ったのか見失うという意味ではなく、彼が死ぬという意味、この世を去って肉体なき霊魂となって天にふわふわ上がっていくという意味。あのときあんたはまだ一歳半にもなってなかったわ、と母は言った。ある晩熱を出して、はじめは大した熱じゃなかったけどあっという間に四十一度二分まで上がって、いくら小さな子供でもさすがにひどい熱だから、父さんと二人で毛布にくるんで車に乗せて病院へ連れていったらあんたは病院で痙攣の発作を起こして、あそこであっさり駄目になっていてもおかしくなかったのよ、あの晩に扁桃腺を取ってくれたお医者さんにもね、これはきわどい状況ですって言われたのよ、つまりあんたが生きるか死ぬかはわからない、もはや神の手に委ねられてるってことだったのよ、母さんもうほんとに心配で心配で、可愛い坊やを失うんじゃないかと思って気が変になりそうだったのよと母は言った。

　あのときが最悪だったわ、あのときばかりは世界が本当に終わるかもしれないと思ったわ。だけどほかにも危ないときがあったのよ、と母は言った。予期されざる、肝を冷やした事態や思いがけぬ災難がいくつもあったのだ。幼い子供だったファーガソンの身を見舞ったさまざまな事故を母は列挙してみせた。そのうちのいくつかは命を落としたり体が不自由になったりしても不思議はない出来事だった。たとえば、噛み切らぬままのステーキが喉につかえたり、ガラスの破片が足の裏に刺さって十四針縫ったり、転んで岩の上に倒れて左の頬が裂けて十一針縫ったり、蜂に刺されて左目が腫れてふさがったり、このあいだの夏に泳ぎを覚えている最中にはいとこのアンドルーに水中に押されて溺れかけた。そうした事態を一つずつ物語るたび、母は一瞬間を置いて、覚えているかとファーガソンに訊ねた。そして事実、彼は覚えていた。そのほぼ全部を、昨日あったことのように覚えていた。

　この会話を母と交わしたのは、六月のなかば、ファーガソンが裏庭の楢の木から落ちて左脚を折った三日後のことだった。母はそうやって小さな惨事を列挙することで、過去に怪我をするたびファーガソンはつねに治ったのであり、しばらく痛みはしてもじき痛みはなくなったのであって、今回の脚もまたきっとそうなるのだと言おうとしたのである。ギプスはたしかに厄介だけれど、いずれは外してもらえて、そしたらもうピンピンしているはず。いつそうなるのか、とファーガソンが訊ねると、一か月かそこらね、という母の答えはひどく曖昧で物足りないものに思えた。一か月というのはお月さまの一サイクルということで、ものすごく暑くならない限りまあいいけど、かそこらというのはそれより長いかもしれないということであり、しかもどのくらい長いかはわからないわけで、つまりは耐えられない長さということだ。けれど、そんなひどい話に本気で憤る暇もなく、母が彼にひとつ質問を、奇妙な質問、たぶんいままでこんな奇妙なことは訊かれた覚えがないというくらい奇妙な質問をしたのである。

ねえアーチー、あんた自分に怒ってる、それとも木に怒ってる？

まだ幼稚園を終えてもいない子に、何と妙なことを訊くのか。どうして何かに怒らなくちゃいけないのか？　どうしてただ悲しむだけじゃ駄目なのか？

母はニッコリ笑った。あんたが木を恨んでなくてよかったわ、母さんはあの木が大好きなのよ、母さんも父さんもあの木が大好きなの。ウェストオレンジにこの家を買ったのは何といっても裏庭が広かったからで、この裏庭で一番いい、一番きれいなものが真ん中にそびえ立ってるあの楢の木なのよ。母は三年半前、夫と二人で、ニューアークのアパートメントを出て郊外に家を買おうと決め、いくつかの町を見て回ったが——モントクレアにメープルウッド、ミルバーンにサウスオレンジ——どの町にもこれだと思う家はなくて、これじゃないという家をあまりにたくさん見たものだからもうすっかり疲れて気落ちしてしまっていたところへこの家に行きあたり、ここだ、と思ったのだった。あんたがあの木のこと怒ってなくてよかったわ、もし怒ってたら伐ってしまうしかないもの、と母は言った。どうして伐るの、とファーガソンは訊きながら、あんな大きな木を母が伐り倒している姿を想像して笑ってしまった。美しい母親が作業服を着て、キラキラ光る巨大な斧で楢の木に襲いかかっている。だってあたしはあんたの味方だもの、と母は言った。あんたの敵はママの敵なのよ。

次の日父は、ファーガソンの部屋に入れるエアコンを3ブラザーズ・ホームワールドから持ち帰ってきた。外はだいぶ暑くなってきたからね、と父は言った。ギプスをはめてベッドに寝ていないといけない息子に快適でいてもらいたい、という気持ちが伝わってくる。それに花粉症にもいいんだよ、花粉が入ってくるのを防げるからね、と父はさらに言った。ファーガソンの鼻は草や埃や花から出る刺激物に敏感であり、いまは回復期なのだからなるべくくしゃみをしない方が折れた骨も痛まずに済む。くしゃみというのはすごく強い力であって、大きいのをやったら、ピッと揺れた頭から爪先まで、体全体に振動が伝わりかねないのだ。六歳のファーガソンは、父親が机右の窓にエアコンを設置する作業を進めるのを眺めた。それは思ったよりずっと複雑な仕事で、まず網戸を外してから、巻尺、鉛筆、ドリル、コーキングガン、ペンキを塗っていない木材二本、ネジ回し、ネジ数個が必要とされる。父の迅速で丁寧な仕事ぶりにファーガソンは感心してしまった。その手は頭からの指示がなくとも何をすべきかわかっているみたいで、自立した手というか、それ独自の特別な知識を持っているように見えた。やがて、大きな金属の立方体を床から持ち上げて窓に据え付ける段になり、すごく重そうな物体だと思えるのに父親は見たところ少しも無理なくやってのけ、ネジ回しとコーキングガンで作業をしながら鼻歌を歌っていた。家の中で何かを修理するときにいつもハミングする、古いアル・ジョルスンの曲「サニー・ボーイ」だ——**君にはわかりようがない／伝えようもない／私にとって君がどれだけ大切か、息子（サニー）。**床に落ちた余分なネジを拾おうと父は屈み、ふたたびまっすぐ背をのばしたところで突然、右手で腰のくびれを摑んだ。いててて、筋を違えちまったみたいだ、と父は言った。筋を違えたら何分か仰向けになっているに限る、なるべくなら硬い表面に、と父は言った。部屋で一番硬い表面は床だったから、父はすぐさまファーガソンのベッドのかたわらの床に横になった。何と珍しい眺めか、大の字になった父親を見下ろすなんて。ベッドの縁から身を乗り出して父の歪んだ顔をじっくり眺めながら、ひとつ質問をすることにファーガソンは決めた。この一か月、何度か頭に浮かんだものの訊くのに相応しい瞬間がどうしても訪れなかった問いである——3ブラザーズ・ホームワールドの社長になる前に父は何をしていたのか？　父の目が、答えを探すかのように天井をさまようのが見え、それから、口の周りの筋肉が下向きに動くのをファーガソンは見てとった。それは彼にも見覚えのあるしぐさだった。父が笑みを抑えようとしているしるしであって、ということはつまり、何か思いがけないことが起きようとしているのだ。

　父さんは猛獣のハンターだったんだよ、と父は穏やかに、きっぱりと言い、いまから息子に向かって最高に無茶苦茶なナンセンスを言い出そうとしている気配など少しも見せず、その後二十分から三十分にわたってライオン、虎、象、アフリカのうだるような暑さをめぐる回想をくり広げ、鬱蒼（うっそう）としたジャングルを切り拓いて進み徒歩でサハラを横断しキリマンジャロに登った体験を語り、あるときは大蛇に丸呑みされるところだったよ、それにあるときは人食い人種に捕まっていまにもぐつぐつ煮える鍋に放り込まれるところだったけどギリギリのところで手首足首を縛っていた蔓(つる)から抜けて逃げ出して、肉に飢えた追っ手たちより速く走ってジャングルの奥に逃れたし、最後に行ったサファリではアフリカの奥地のそのまた奥に迷い込んでしまってね、何しろ暗黒大陸というくらいだからそりゃもう暗かったさ、はてしなく広いサバンナをさまよってね、草を食(は)んでる恐竜の群れも見たよ、あれは地球上最後の恐竜だったね、で、その旅から帰ってきて母さんと結婚したのさ、と父親は言った。恐竜がもう何百、何千万年も前に絶滅したとわかるくらいファーガソンはすでに大きかったが、ほかの話はどれもそれなりにもっともらしく思えた。かならずしも本当ではないかもしれないけれど、本当である可能性がなくはなく、したがって信じる値打ちはある——たぶん。と、ファーガソンの母親が部屋に入ってきて、夫が床に横たわっているのを見て、腰がどうかしたのと訊いた。いやいや休んでるだけさ、と夫は答え、本当に腰が何ともないかのようにすくっと立ち上がり、窓の方に行ってエアコンのスイッチを入れた。

　たしかにエアコンのおかげで部屋は涼しくなってくしゃみは減ったし、涼しいおかげでギプスの中の脚もそれほど痒くなくなったが、冷房漬けの部屋で過ごすことには問題もあった。まず何といっても騒音。奇怪な、訳のわからない音が聞こえたり聞こえなかったりする。聞こえるのは単調で不快な音だった。でももっと悪いのは、涼しい空気を逃がさぬよう窓を閉めておかないといけないことだった。ずっと閉めっ放しで、モーターは絶えず回っているので、鳥の声が聞こえない。脚にギプスをはめられ部屋に閉じ込められていてただひとついいのは、窓のすぐ外にある木々で鳥が歌う声が聞こえることなのだ。チュンチュン、チッチッ、トゥルルルと鳥たちがさえずる声は、ファーガソンの耳に世界で一番美しい音に思えた。かくしてエアコンにはプラスとマイナスが、長所短所があるわけで、人生において世界から与えられるほかの多くのものと同様、母がよく言うように、善悪入り混じった祝福(ミックスト・ブレシング)なのだった。

　木から落ちたことで何より悔しかったのは、それが起きる必要などなかったという点だった。避けようがないなら、痛みや苦しみも受け容れられる。たとえば病気で吐いてしまうとか、ガストン先生にペニシリンの注射針を腕に刺されるとか。でも不要な痛みというのは、正しさに対する裏切りであり、愚かしく、耐えがたい。ファーガソンの中のある部分は、すべてをチャッキー・ブラウアーのせいにしたがったが、それはいい加減な言い訳にすぎないと自分でもわかった。この木に登れるものなら登ってみろよ、とチャッキー・ブラウアーがけしかけたからといって、それで何が違うというのか？　ファーガソンはその挑発に応じたのであって、したがって彼は木に登りたかったのであり、登ることを選んだのだから、起きた出来事は自分の責任なのだ。たしかにチャッキーは、ファーガソンが先に登ったら自分もあとに続くと約束しておいて、やっぱりやめた、怖いから、枝と枝とが離れすぎていて自分の背じゃ届かないから、と約束を翻したわけだが、チャッキーがついて来なかったという事実も結局は関係ない。かりにチャッキーが上がってきたとしたって、ファーガソンが落ちるのを止められたわけはない。ゆえにファーガソンは落ちた。しっかり摑むにはほんの五ミリばかり遠すぎる枝を摑もうとして手を滑らせ、落ちたのであり、その結果いまはベッドに横たわり、左脚にギプスをはめられ、そのギプスは一か月かそこら、つまり一か月以上彼の体の一部でありつづけるのであって、この災難に関して責められるべきは自分だけなのだ。

ファーガソンはその責めを受け容れ、現在の状況が全面的に自分のせいだと理解した。だがそれは、事故は避けようがなかったということとは全然違う。愚かだった、その一言に尽きる。隣の枝にしっかり届かないのに登りつづけたのは愚かとしか言いようがない。でも、あの枝があとほんの数ミリ近かったら、愚かではなかっただろう。あの朝、チャッキーが玄関の呼び鈴を鳴らして外で遊ぼうと誘うこともなかったら、愚かではなかっただろう。これだと思える家を探していた両親がよその町に移り住んでいたら、チャッキー・ブラウアーと知りあいもせず、チャッキー・ブラウアーが存在することすら知りもせずファーガソンが登った木も裏庭にはなかっただろうからやはり愚かではなかっただろう。考えれば考えるほど面白い、自分は同じでもいろんなことが違っていたらと想像するのは。違う木のある違う家に住む同じ男の子。違う両親のいる同じ男の子。同じ両親だけれど両親がいまと同じことはやっていない同じ男の子。たとえば父がいまも猛獣ハンターで、みんなでアフリカに住んでいたら？　母が有名な映画女優で、みんなでハリウッドに住んでいたら？　僕に弟か妹がいたら？　大叔父のアーチーが死んでいなくて自分の名前もアーチーでないとしたら？　同じ木から落ちて一本でなく二本脚を折ったとしたら？　両腕両脚を折ったとしたら？　もし死んでいたら？　そう、どんなことだってありうる。何かがある形で起きたからといって、ほかの起き方はありえないということはない。すべてが違っていた可能性がある。世界は同じ世界でも、もし彼が木から落ちなかったら、彼にとっては違う世界になっただろうし、もし木から落ちて脚を折っただけでなく命まで落としていたら、彼にとって違う世界になったにとどまらずそもそも彼が生きる世界がなくなっただろうし、彼を墓場まで運んでいって土の中に埋めたとき母と父はどれだけ悲しんだだろう。あまりに悲しくてきっと四十日間、四十か月、四四〇年間、昼も夜も泣きつづけただろう。

あと十日すれば幼稚園も終わって夏休みが始まるから、欠席が多すぎて幼稚園を落第することにはならない。まあそれは有難いわね、と母は言い、たしかにそのとおりなのだけれど、ファーガソンとしては事故直後の数日間、とうてい有難いという気分にはなれなかった。夕方近くにチャッキー・ブラウアーが弟を連れてギプスを見に寄る以外、話し相手もいないのだ。父親は朝から晩まで仕事に行っていて、母親は秋に開くつもりの写真館に相応しい店舗を探しに毎日何時間か車で出かけているし、家政婦のワンダは正午には昼ご飯を持ってきてくれるし膀胱を空にするための牛乳瓶を持っていてくれるけれど――木から落ちるという愚かな過ちを犯したせいでバスルームでおしっこをすることもできないのだ、何たる屈辱――それ以外は掃除と洗濯で忙しいし、これで字が読めればそれなりに楽しく過ごせただろうが、悔しいことにファーガソンはまだ字が読めなかった。テレビは一階の居間にあるので当面は見ることも叶わず、代わりに宇宙に関する測りがたい問いに思いをめぐらし、飛行機やカウボーイの絵を描き、母親が作ってくれた文字の表を写して字を書く練習に励んだ。

やがて事態はいくぶん明るくなってきた。いとこのフランシーが高校四学年のうち三年目を終え、バークシャーズのサマーキャンプでカウンセラーとして働きはじめる前の何日か、家に来て一緒に遊んでくれたのである。一時間だけの日もあれば三、四時間の日もあったが、とにかくフランシーと過ごす時間は一日で一番楽しい時、唯一楽しい時だった。一番好きないとこ、二つの家族の誰より好きだった。フランシーがずいぶん大人になったとファーガソンは思った。胸も膨らみ体に曲線が生じてファーガソンの母親の体に似てきたし、話し方もやはり母と同じで彼を落着かせ気を楽にさせてくれる話し方で、フランシーと一緒にいる限り何もかも上手く行く気がして、時には母親よりもっといいんじゃないかと思えた。なぜなら彼が何をやっても言ってもフランシーは決して怒らなかったからだ。たとえ彼が自制を失い手に負えなくなってもやっぱり怒らない。ギプスを絵で飾るというアイデアを思いついたのも賢明なるフランシーだった。この作業には三時間半かかった。ものすごく丁寧な筆づかいで、白いギプスの表面を明るい青、赤、黄の模様で覆っていく。その抽象的な渦巻模様を見て、すさまじく速いメリーゴーラウンドに乗ることをファーガソンは思い浮かべた。この新たな、嫌悪の対象たる身体部分にアクリル塗料を塗りながら、フランシーはボーイフレンドのゲアリーの話をした。大男のゲアリー、高校のフットボールチームではフルバックだったがいまは大学に行っている――バークシャーズのウィリアムズ・カレッジ、この夏二人で一緒に働くキャンプからもそう遠くないところにある。本当に楽しみだ、とフランシーは言い、それから、自分はもうピンをもらったのだと彼女は言い、ファーガソンはまだこの言い方になじみがなく、ピンとは友愛会(フラターニティ)のピンのことでそれをゲアリーからもらったのだとフランシーが説明してくれたが、フラターニティもやはりファーガソンの理解を超えていたのでこれまたフランシーが説明してくれて、やがて彼女はにっと満面の笑みを浮かべ、まあいいわよ、大切なのはピンをもらうことが婚約への第一歩だっていうことよ、秋にあたしたち婚約を発表するつもりなのよ、そうして来年の夏、あたしが十八になって高校も出たらあたしたち結婚するのよ、とフランシーは言った。なぜこんなことあんたに話すかっていうとね、あんたに大事な仕事を頼みたいからなのよ、やってくれる気があるか知りたいのよ。仕事って何?とファーガソンは訊いた。結婚式の指輪持ちよ、とフランシーは言った。今度もまた何のことかわからない。青いビロードのクッションの上に載せた結婚指輪を持って教会の通路を歩いていくのだ、ゲアリーがそれを受け取って彼女の左手の薬指にはめて式を締めくくるのだという説明を聞くと、それはたしかに大事な仕事だとファーガソンも同意し、ひょっとしたらこれまでに任された一番大事な仕事じゃないかとすら思った。こっくりと厳か(おごそ)にうなずいて、引き受けると約束した。そりゃもちろん、大勢の人に見られながら通路を歩くのはすごく緊張するだろうし、手が震えて指輪を落としてしまう危険だってあるけれど、フランシーに頼まれたのだからやらないわけには行かない。この世でただ一人、フランシーだけは絶対に裏切ってはならないのだ。

　翌日の午後、フランシーが家に来ると、彼女がそれまで泣いていたことをファーガソンはすぐさま悟った。鼻は赤いし、左右両方の虹彩の周りに霧がかかったみたいなピンクっぽい跡が残っていて、握りこぶしの中には丸まったハンカチ。これだけ証拠が揃えば六歳の子供だって真実が割り出せる。ゲアリーと喧嘩したんだろうか、突然もはやピンのない身になってしまったんだろうか、だとしたら結婚話もうなしで、ビロードのクッションに載せた指輪を運ぶ役割がファーガソンに求められることもなくなる。ねえどうしたの、と訊いてみると、ゲアリーという名前が出てくるかと思いきや、ローゼンバーグという男女の話をフランシーは始めた。この二人が昨日死刑にされたのだという。電気椅子で焼かれたのよと彼女は言い、その言い方には恐怖と嫌悪の両方がこもっていて、間違ってる、間違ってるのよ、だってあの人たちたぶん二人とも無実だったんだもの、二人ともずっと無実を主張していたのよ。罪を犯しましたって言いさえすれば命は助けてもらえたのに、なぜむざむざ処刑されたのよ？　息子が二人いたのよ、小さな男の子が二人、とフランシーは言った。罪があるのに、認めるのを拒んで自分の子供たちを孤児にしてしまう親がどこにいるのよ？　だからきっとあの人たち無実だったのよ、二人とも何もしていないのに殺されたのよ。フランシーの声にこれほど憤りがこもっているのを聞くのは初めてだったし、誰であれ人が、赤の他人と言っていい人間（フランシーがローゼンバーグ夫妻に会ったことがないのは明らかだった）に対して為された不正にこれほど動揺するのを見るのも初めてだった。ということはつまり、フランシーがしている話はおそろしく深刻で重要なのだ。人が電気椅子で処刑（フライ）されてしまうほど深刻な話。何て恐ろしいことだろう、グツグツ煮えた油に沈められたチキンみたいに揚げ物（フライ）にされるとは。そんなひどい罰を受けるなんて、ローゼンバーグ夫妻はいったい何をやったと言われているのか訊いてみると、秘密をソ連に漏らしたと告発されたのだ、原爆の作り方に関する重大な機密を、とフランシーが説明してくれた。ソ連は共産主義国でありしたがってアメリカの恐ろしい敵であるから、ローゼンバーグ夫妻は反逆罪の有罪判決を受けた。つまり国を売り渡したのであり、死刑にされて当然だというわけだが、実は罪を犯したのはアメリカだ、アメリカ政府が無実の人間二人を殺害したのだ。ボーイフレンドにして未来の夫の言葉を引いてフランシーは言った。**アメリカは狂ってしまったとゲアリーは言ってるわ。**

この会話は腹へのパンチのようにファーガソンを打った。指が枝から滑って木から落ちていったときと同じに、どうすることもできず、怖さばかりがあった。あのおぞましい無力感。自分の周りにも下にも空気しかなく、母も父もいなくて、神もいなくて、純粋にして空虚な無以外何もなく、下へ下へ墜ちていくなか、地面に達したらどうなるのかという恐怖があるだけ。彼の両親はローゼンバーグ夫妻処刑というような話はまったくしなかったし、原爆、恐ろしい敵、誤審、孤児となった子供たち、フライにされた大人たちといった話から彼を護っていたので、そうしたことを一気に、感情をむき出しにしてフランシーが語り、憤るのを聞いたのはファーガソンにとってまったくの不意討ちであり、これは腹へのパンチというのとは少し違っていて、むしろ、テレビで見る漫画を思わせた――鋳鉄の金庫が十階の窓から落ちてきて彼の頭を直撃する。ガツン。いとこのフランシーと五分話しただけで、何もかもがガツン！を喰らっていた。外には大きな世界が、爆弾や戦争や電気椅子のある世界があって、ファーガソンはその世界についてほとんど何も知らないのだ。自分は馬鹿だ。馬鹿で、無力で、自分自身であることが――阿呆な子供であることが――恥ずかしかった。そこにいることはいても、物の数に入らない。椅子やベッドと同じように肉体が空間を占めているだけで、まるっきり知恵なしのゼロ。それを変えようと思うなら、いますぐ始めないと。幼稚園でランドクィスト先生が、読み書きを覚えるのは小学校に上がってからでいいのよ、あわてても意味ないのよ、来年になればみんなもっと知恵がついてるんだからと言ったけど、ファーガソンは来年までなんて待てない。いますぐ始めないと、またもうひと夏何も知らないまま過ごさないといけない。読み書きこそ最初のステップ、物の数に入らない人間として取りうる唯一のステップだと彼は考えたのであり、もしこの世に正義というものがあるのなら——本当にあるのか本気で疑いはじめてはいたが——誰かが助けにきてくれるにちがいない。

　その週が終わる前に、助けは祖母の姿をとって現われた。日曜日に祖父と一緒にウェストオレンジまで車でやって来て、ファーガソンの隣の寝室に落着き、そのまま七月なかばまで滞在したのである。祖母が登場した前日にファーガソンは松葉杖を与えられ、これで二階は自由に動けるようになり牛乳瓶の屈辱はなくなったが、独力で一階まで降りていくのはまだ論外だった。階段はあまりに危険だということで、誰かに運んでもらうしかなく、憤怒をたぎらせつつ無言で耐えるべき屈辱がまたひとつ増えたのだった。祖母は弱すぎたしワンダは小さすぎたから、運んでもらうのは父親か母親にということになり、とすると朝早くに一階に降りる必要がある。父は朝七時少し過ぎには仕事に出かけるし、母もまだ写真館を開く場所を探していたからだ。でもそれで構わなかった。朝寝したいとは思わなかったし、網戸で囲ったポーチで日中を過ごす方が二階のうすら寒い墓場で萎えているよりよかった。暑くて蒸しむしした気候のときも多かったけれど、また鳥の声が聴けるようになって、それがいかなる不快も埋めあわせてくれた。ポーチにおいてファーガソンはついに文字と単語と句読点の神秘を会得し、祖母の指導の下でwhereとwear、whetherとweather、roughとstuff、oceanとmotionといった変てこな例もマスターして（最初の二対は同音異義語、三つ目は同じfの音なのに綴りが全然違い、四つ目も同じ[ʃən]の音なのに綴りが違う）、to, too, twoといった厄介な謎も克服した。

　それまでファーガソンは、運命が彼の祖母役を務めるべく選んだ女性に格別近しさを感じてはいなかった。マンハッタン中央部に住むぼんやり霞んだナナ、心温かで情に篤い人ではあるだろうけどすごく物静かだし自分一人で閉じているからつながりを築くのが難しい人物。ファーガソンが祖父母と一緒のときはいつも、騒々しい、狂おしい楽しさあふれる祖父がその場を占領してしまい、祖母は陰に追いやられ、ほとんど消し去られていた。ずんぐり丸い体に太い脚、パッとしない古臭い服にヒールが太くて低い地味な靴をはいた彼女は、ファーガソンから見ていつも、違う世界に属している人間、別の時間と場所の住人に思えた。この人はこの世界でくつろげるはずがない、一種の旅行者としてしかいまここにいられないにちがいないと感じられ、たまたま通りかかっただけ、元いたところに戻りたくて仕方ないという風情なのだ。

にもかかわらず祖母は、読み書きについては知るべきことをすべて知っていて、手伝ってもらえないかと頼んでみると、ファーガソンの肩をぽんと叩いて、もちろんだよ、光栄だよと言ってくれた。エマ・アドラー、ベンジーの妻、ミルドレッドとローズの母は、やってみると地道で我慢強い教師であり、孫に字を教える仕事をきっちり系統立てて進めていった。まず初日は、ファーガソンがどこまで知っているかを調べた。適切な教え方を組み立てるには、これまでどれだけ学んだかをきちんと知る必要があるというわけだ。ファーガソンがすでにアルファベットを識別できると知って祖母は気をよくした。二十六文字すべて、小文字の大半と大文字全部。それだけ進んでるんだったら思ったより楽だね、と祖母は言い、こうして彼女が考えてくれたレッスンは三部に分かれ、午前は書くことに九十分、昼ご飯をはさんで午後はまず読むことに九十分、それからもう一度休憩（レモネード、プラム、クッキー）をはさんで最後の四十五分はポーチのソファに一緒に座ってお祖母ちゃんが音読してくれて、難しいと思った言葉は指差してくれる。ぽっちゃりした右手人差指を、intrigue（興味をそそる）、melancholy（憂鬱）、thorough（徹底的な）といったややこしい綴りの単語の下に添えてくれるのだ。二人並んで座って、手に塗った化粧水と薔薇香水から成るお祖母ちゃんの匂いを嗅ぎながら、これをすべて何も考えずにやれるようになる日、この世の誰にも負けず読み書きができるようになる日をファーガソンは夢見た。ファーガソンは器用な子供ではなかった。楢の木から落ちたことをはじめ、幼い年月彼について回ったさまざまな転落や転倒がそのことを物語っていた。書く方が読むのより難しかった。あたしがやるのを見ててごらんアーチー、と祖母が言い、ひとつの文字をゆっくり、六回か七回続けて書いてくれる。たとえば大文字のB、あるいは小文字のf。ファーガソンはそれを真似ようと試み、一度で上手く行くこともあれば、いくらやってもちゃんとできないこともあり、五、六度続けてしくじると、祖母は自分の手を彼の手に重ね、彼の指を自分の指で包み、鉛筆を紙の上に滑らせてくれる。そうやって、二つの手がその字を適切に築き上げていった。こうした皮膚の触れあうやり方をしたおかげ、抽象的な形から成る領域が具体的で手触りあるものになったおかげで、ファーガソンの進歩は速まった。それぞれの字の輪郭に求められる個別の作業を遂行できるよう、手の筋肉が鍛えられていった。練習を何度もくり返し、すでに覚えた字を毎日復習し、新しい字も四つ五つと加えていくとともに、徐々に全体が呑み込めてきて、間違いを犯すこともなくなった。読む練習は鉛筆も使わず飛ぶように進んでいけて、レッスンも順調にはかどった。三、四語のセンテンスから、十語、十五語あるセンテンスへと二週間のうちに移っていくあいだ、障害にもほとんど出遭わず、とにかく祖母が滞在しているあいだに一人前に読めるようになろうという決意は強固だったから、ほとんど意志の力で理解しているような、精神の受容感度を高めていっていったん新しい事実を学んだらもうそこにずっととどめて決して忘れないような、そんな具合だった。祖母がセンテンスを一つひとつ活字体で書き出してくれて、ファーガソンがそれを祖母に向かって読み返す。**ぼくのなまえはアーチー**から始まり、**テッドがはしるよ**、**けさはすごくあつい**、**あんたのギプスはいつはずれるの?**、**あしたはあめがふりそうだね**、**ちいさなとりのほうがおおきなとりよりこえがきれいなのっておもしろい**、**おばあちゃんはとしよりだからじぶんがよみかきおぼえたときのことおもいだせないけどあんたみたいにはやくはおぼえられなかったとおもうよ**まで進化していき、やがては初めての本『2ひきのわるいねずみのおはなし』に移っていった。トム・サムとハンカ・マンカという名前の、家に住む齧歯類（げっし）の話で、小さな女の子が持っているドールハウスの食べ物が本物でなく石膏製であることに腹を立ててハウスを叩き壊してしまう。その荒々しい破壊的な怒り、失望させられ満たされぬ空腹のショックのあとに続く大暴れを読むのは何とも楽しかった。祖母に向かって本を音読しながら、つっかえた言葉はほんの数語だった。perambulator（乳母車）、oilcloth（油布）、hearth-rug（炉辺の敷物）、cheesemonger（チーズ屋）といった意味のわからない言葉がいくつかあっただけ。面白いお話だね、すごく笑えるし、と読み終えた彼は祖母に言った。そうだね、とても愉快なお話だね、と祖母も同意し、頭のてっぺんにキスしてくれながら、あたしが読んだらあんたほど上手くは読めなかったよと言ってくれた。

翌日、祖母に手伝ってもらって、一年近く会っていないミルドレッド伯母さんに手紙を書いた。いまはシカゴに住んでいて教授をしていて、ゲアリーのようにもう大きい大学生を教えている。ただしゲアリーは伯母さんの大学とは違うマサチューセッツのウィリアムズ・カレッジで、伯母さんのはナントカ大学（ユニヴァーシティ・オブ・サムシング）だ。ゲアリーのことを考えると、自然とフランシーにも考えが行き、フランシーは十七歳でもう結婚の話をしているのにミルドレッド伯母さんは母親より二つ上でフランシーよりずっと年上なのにまだ誰とも結婚していないって不思議だとファーガソンは思った。どうしてミルドレッド伯母さんには旦那さんがいないの、と祖母に訊いてみたが、どうやらその問いへの答えはないらしく、祖母は首を横に振り、わからない、と認め、仕事が忙しすぎるからかもしれないしまだ理想の人に会っていないからかもしれない、と推測を述べた。それから彼に鉛筆と、罫線の入った小さな紙を渡し、これが手紙を書くには一番いい紙だ、でも書き出す前にまず伯母さんに何を伝えたいのかしっかり考えなくちゃいけない、それとセンテンスは短くするよう気をつけないといけない、もうあんたは長いセンテンスが読めるけど書くとなると話は別で、字を一字一字書いてくのは時間のかかる仕事だから終わりにたどり着く前に力尽きちゃ困るからねと祖母は言った。

　ミルドレッドおばさんへ（ディア・アント・ミルドレッド）、とファーガソンは、祖母が甲高い、上下にうねる声で綴りを言ってくれるのを聞きながら書いた。一文字ずつが小さな歌であるかのように音を引きのばして祖母は言い、そのメロディの上下に沿って彼の手も紙の上をじわじわ進んでいった。**ぼくはきからおちてあしのほねをおりました。ナナがきています。ぼくによみかきをおしえてくれています。フランシーがギプスをあお、あか、きいろにぬってくれました。イスでフライにするひとたちのことをフランシーはものすごくおこっています。トリたちがにわでうたっています。きょうかぞえたら十一しゅるいいました。イエローフィンチがぼくは一ばんすきです。ぼくは「2ひきのわるいねずみのおはなし」と「サーカスいぬピーウィー」をよみました。おばさんはバニラアイスとチョコアイスのどっちがすきですか？　じきにきてほしいです。さよなら。アーチー。**

　フライという言葉の使用については若干意見の不一致があった。悲劇的な出来事について使うにはあまりに品のない言葉だと祖母は言ったが、これじゃないと駄目なんだ、フランシーが僕にそう言ったんだから変えちゃいけないんだとファーガソンは主張し、まさに生々しくてすごく嫌な感じだからこそいい言葉なんだと訴えた。とにかくこれは僕の手紙でしょ、僕の好きなように書くよ。祖母はふたたび首を横に振った。**アーチー、あんたったら一度言い出したら絶対引かないんだね。**すると孫は答えた。**どうして自分が正しいのに引かなくちゃいけないのさ？**

　二人で手紙に封をしてからまもなく、ファーガソンの母親が思いがけず帰ってきた。三年前にウェストオレンジに引越してきて以来母が乗っている、ファーガソンと両親がジャージー・トマトと呼んでいる赤い2ドアのポンティアックが道路をパタパタとやって来る。母は車をガレージにしまい、芝生をポーチの方へ歩いてくるきびきびといつもより速い足どりは、歩きとジョギングの中間という感じで、表情がわかるくらい近くまで来ると、母親が笑っているのをファーガソンは見てとった。ニコニコ満面の笑み、いつになく大きなまぶしい笑みで、やがて母は片手を上げて自分の母と息子に手を振った。その温かい挨拶は彼女が明らかにひどく上機嫌なしるしであり、母がポーチに上がってきて自分たちに仲間入りするよりも前から、母がいまから何と言うかがファーガソンにははっきりわかった。早く帰ってきたことと、顔に浮かんだ弾むような表情からして、長い探索がついに終わったこと、写真館の場所が見つかったことは明白だった。

モントクレアにあるのよ、ウェストオレンジのすぐ近くよ、と母は二人に言った。広さがたっぷりあって必要な設備をみんな入れられるばかりか、大通りの真ん中だという。もちろん手は入れないといけないが、借りられるのはどのみち九月一日からなので、設計図を描いて第一日目から工事を始められるようにする時間は十分ある。ほんとにホッとしたわ、やっといいニュースよ、と母は言ったが、まだひとつ問題があるのだという。写真館の名前を考えないといけないのだが、いままで思いついたのはどれも気に入らない。ファーガソン・フォトはfの音が重なってしまってよくない。モントクレア・フォトでは大人しすぎる。ポートレーツ・バイ・ローズは格好つけすぎ。ローズ・フォトはoの音が重なって駄目。サバーバン・ポートレーツ（郊外の肖像）では社会学の教科書みたい。モダン・イメージは悪くないが、生身の人間がやっている写真館というより写真雑誌を思い浮かべてしまう。ファーガソン・ポートレイチャー（肖像画法）。カメラ・セントラル。Fストップ（絞り）・フォト。ダークルーム（暗室）・ヴィレッジ。ライトハウス・スクエア（灯台広場）。レンブラント・フォト。フェルメール・フォト。ルーベンス・フォト。エセックス・フォト。どれも全然駄目よ、もう頭が麻痺しちゃったわ、と母は言った。

ファーガソンが質問をひとつ口にした。かつて父が母をダンスに連れていった場所は何と言ったか――ローズという言葉が入った、結婚する前に二人で行った場所の名は？　前に話してくれたとき、そこへ行ってすごく楽しかったって言ってたよね、首がもげるくらい踊ったって。

ローズランド、と母は言った。

それから母は自分の母親の方を向いて、ローズランド・フォトはどうかと訊ねた。

いいと思う、と母親は言った。

あんたは、アーチー？　とファーガソンの母は訊いた。どう思う？

僕もいいと思う、と彼は言った。

あたしもそう思う、と母は言った。史上最高の名前じゃないかもしれないけど、響きはいいわよね。一晩寝かせてみましょう。朝になってもみんなやっぱりいいと思ったら、それで問題解決かも。

その夜、ファーガソンと両親と祖母が家の二階で眠っていたあいだに3ブラザーズ・ホームワールドが全焼した。

朝の五時十五分に電話が鳴って、数分後にはもうファーガソンの父は深緑のプリマスに乗って損害の様子を見にニューアークへ出かけていった。部屋のエアコンが全開で動いていたため、ファーガソンは電話が鳴ったことにも気づかず、父が夜明け前にあわただしく出ていった音にも目を覚まさずに、七時に起きて初めて何があったかを知った。母は動揺しているように見えた。こんなに混乱し、うろたえている母を見るのは初めてだった。もはやいつもの落着きと叡智の塊ではなく、彼自身と同じ、悲しみや涙や無力感に苛まれる弱い存在だった。母が両腕を彼の体に回してきたとき、ファーガソンは怯えた。ただ単に父親の店が全焼してもはや暮らしていくお金がなくなって一家で救貧院に移らねばならず一生お粥と干からびたパンで生きることになるからだけではない。それだけでも十分辛いが、真に恐ろしかったのは、母親が自分より強いわけではないと知ったことだった。世界が与える殴打にファーガソンと同じくらい母も痛みを感じるのであり、母の方が年が上だという以外、二人のあいだには何の違いもないのだ。

父さん、かわいそうに、と母は言った。一生かけてコツコツあの店を築き上げてきたのに、朝から晩まで働いて働いてきたのに、それが全部無になってしまうなんて。誰かがマッチを擦るか、壁の配線がショートするかして、二十年懸命に働いてきたものが灰の山になってしまう。神は残酷なのよ、アーチー。この世界の善良な人々を護ってくれるべきなのに、護ってくれない。いい人間も悪い人間も同じように苦しめる。デイヴィッド・ラスキンを殺して、あんたの父さんの店を燃やして、罪のない人たちを強制収容所で死なせて、それでみんな、優しく恵み深い神とか言ってるのよ。冗談じゃないわよ。

母は言葉を切った。小さな涙の粒が両目で光っていることにファーガソンは気がついた。これ以上言葉が口から出てくるのを抑えようとしているみたいに下唇を噛んでいた。もうすでに言い過ぎてしまった、六歳の子供の前でこんな恨みがましい科白を吐くものではないと悟ったかのように。

心配ないわ、と母は言った。母さんちょっと取り乱してるだけよ。お店は火災保険に入ってるんだから、何も問題はないわ。まあ少し運が悪かったけど、それも一時的なことよ。大丈夫、いずれ何もかも元どおりになる。わかるわよね、アーチー？

ファーガソンはうなずいたが、ただ単に母をこれ以上取り乱させたくないからそうしただけだった。まあ大丈夫なのかもしれない。でももし母が言うとおり神がそんなに残酷なんだったら、やっぱり大丈夫じゃないかもしれない。確かなことは何もない。二三二五日前にファーガソンがこの世に生まれ出てきて以来初めて、すべては白紙に戻った。それと――デイヴィッド・ラスキンって誰だ？

1.3

いとこのアンドルーが死んだ。戦闘中に撃たれたと父から説明された。戦闘、というのは南北朝鮮の国境にそびえる凍てつく山地での夜間パトロールのことだった。中国共産党の兵士が撃ったたった一発の弾丸がアンドルーの心臓を貫いて十九歳の命を奪ったのだと父は言った。一九五二年のことだった。部屋にいるみんなと同じように悲しくてたまらなくなるべきなんだろうとファーガソンは思った。ミリー伯母さんといとこのアリスなどは十分に一度はわっとまた泣き崩れているし、ルー伯父さんも暗い顔でひっきりなしに煙草を喫って目は床に釘付けになっている。けれどファーガソンは、求められているらしい悲嘆を呼び起こすことができなかった。悲しくもないのに悲しくなろうとするのは何だか嘘っぽくて不自然だった。ファーガソンはアンドルーが好きだったためしがなかったのだ。彼のことをチビ（ピップスクィーク）助とかガキ（ラント）とかクソバカ（リトル・シットヘッド）とか呼び、家族の集まりでもさんざん威張り散らして、一度などは根性があるか見てみると言ってファーガソンをクローゼットに閉じ込めたこともあった。ファーガソンにちょっかいを出さないときでも、妹のアリスにブタ顔（ビッグ＝フェイス）、犬アタマ（ドッグ＝ブレーン）、エンピツ脚（ペンシル＝レッグズ）などとひどいことを言い、それを聞くたびにうんざりさせられたし、年は一つ下なだけだが背は頭半分低いいとこのジャックを転ばせたり殴ったりして喜んでいるのはもう最悪だった。ファーガソンの両親もアンドルーを問題のある子だと認めていたし、物心ついてからずっと、このいとこが学校でやっている数々の悪さをめぐる話をファーガソンは聞かされてきた。先生に口答えする、ゴミバケツに火を点ける、窓を割る、授業をサボる。あまりにも悪さが重なったので、とうとう三年目の途中で退学処分となり、その後、車を盗もうとして捕まったあと、裁判官から選択肢を二つ示された。刑務所か、軍隊か。というわけでアンドルーは軍隊に入り、朝鮮半島に送られた六週間後に死んだ。

　この死が一族に与えた衝撃をファーガソンが十分に理解したのは何年もあとのことだった。当時はまだ幼くて、回りまわって彼自身にまで及んだ影響が把握できるようになったのは七歳半になってからだった。したがって、アンドルーの葬式から、ファーガソン一家の小さな世界を引き裂いた出来事までのあいだの二年間は、ひたすら現在時制から成る幼年期の霧の中で過ぎていった。学校でのさまざまな営み、スポーツ、ゲーム、友だちづきあい、テレビ番組、漫画本、物語本、病気、膝のすり剝きに脚の怪我、時おりの殴りあい、倫理的板ばさみ、現実の本質をめぐる無数の問い。その間ずっと両親を愛し、両親にも愛されていると感じた——特に元気一杯で情の深い母親、一家の住む町ミルバーンの大通りにあるローズランド・フォトの所有者にして経営者ローズ・ファーガソンに。父親の愛はもう少し小さく、より危なっかしかった。謎めいた人物スタンリー・ファーガソンは口数も少なく、息子の存在もごくぼんやりとしか意識していないように思えることも多かったが、父親には考えるべきことがたくさんあること、〈3ブラザーズ・ホームワールド〉を経営するのは総力を要する昼夜休みなき仕事であって父が家で気もそぞろなのも当然であることはファーガソンも理解していた。ごく稀に、気がそぞろでなく息子に集中できるときには、ファーガソンが誰なのか父はちゃんとわかってくれていて、ほかの誰かと混同したりしていないと確信できた。

要するに、ファーガソンは安心して暮らせる世界に住んでいた。物質的必要は一貫した念入りなやり方で満たされ、頭の上には屋根があり、一日三度の食事と洗濯したての衣服を与えられて、耐えるべき肉体的辛さもなく、成長を妨げるような感情的苦悩もなく、五歳半から七歳半までの年月、教育者言うところの健康で正常な、平均以上の知力を有する、世紀なかばを生きるアメリカの男の子のよき見本に育ちつつあったのである。だがファーガソンは、自分自身の波瀾万丈の生活に夢中なあまり、己の直接の関心事の外で起きていることにろくに注意を払っていなかった。そして両親は、自分たちの悩みごとを幼い子と共有するタイプの人間ではなかったから、一九五四年十一月三日に訪れた大惨事に彼があらかじめ備えるすべはまったくなかった。この日、ファーガソンは幼い日々のエデンから追放され、人生はまったく違ったものに変貌したのである。

この致命的な日以前、ファーガソンが何も知らなかった多くの事柄の中には、たとえば次のようなものがある。

1）息子アンドルーの死に対するルーとミリーの悲しみの深さ。そこには二人が自分を親として失格だと見ていたという事実も重なっていた。自分たちから見て壊れた人物を育ててしまった駄目な親という負い目。良心も持たず何の倫理的基盤もない不良の子供、規則や権威を馬鹿にして事あるごとに騒ぎを起こして喜んでいる人間、嘘つき、一から十まで不実の悪党。この失敗をめぐってルーとミリーは己を苛み、自分たちはあの子に厳しすぎたんだろうか、それとも甘すぎたんだろうか、どうやっていたら結局死刑宣告となったあの車泥棒を防げたのだろうと思い悩んだし、入隊を勧めたことでも自分たちを責めずにいられなかった。軍隊に入れれば少しはまともになるかもしれないと思ったのに、まともになるどころか息子は木の箱に入れられ地中二メートルに埋められたのであり、ゆえに二人は息子の死にも責任を感じた。手に負えない、怒りに満ちた、無駄に生きられたその生のみならず、人里離れた朝鮮の凍てついた山頂での死についても。

2）ルーとミリーが酒に溺れていたこと。彼らは世に時おりいる、愉しみとして、かつ抑えがたい欲求として酒を飲む、一見お気楽な飲み手であり、ほどほどに酔っている限りでは芝居がかった魅力をふりまく人間だった（そして彼らは相当飲んでも「ほどほど」でいられた）。奇妙なことに、二人のうちでより安定しているのは針みたいに痩せたミリーの方で、めったによろけたり呂律が回らなくなったりしなかったが、ずっと大柄の夫の方は時に度を超してしまい、アンドルーがまだ生きていた時分にも、一族の騒々しいパーティのさなか、伯父が酔いつぶれてカウチに大の字になっていびきをかいている姿をファーガソンは見た覚えがあった。そのときにはみんなただ面白がっただけだったが、アンドルーの死の余波に包まれたいま、ルーの飲酒はさらにエスカレートし、パーティ、夕方のカクテルアワー、ディナー後の寝酒といった場にとどまらず、ランチタイムにあわただしくひっかける酒、上着の内ポケットに入れて持ち歩く酒瓶からこっそりちびちび飲む酒にまで広がっていった。明らかにそれが、疚しさを抱えて荒んだ心の中で荒れ狂う痛みを和らげるには役立ったのだろうが、酒はだんだん店での仕事にも影響してきて、時にはワールプール社の洗濯機とメイタグ社の洗濯機それぞれの利点を客に説明している最中に話が支離滅裂になり、支離滅裂ではなくても怒りっぽくなることがあって、そうなるとしばしば他人を侮辱して喜ぶようになり、3ブラザーズ・ホームワールドの一員としてはまことに不適なふるまいに及んで、ファーガソンの父親が仕方なく割って入り、気を悪くした客からルーを引き離し、帰って寝て酔いを覚ませと命じるのだった。

3）ルーのギャンブル好きに関する周知の事実。ミリーがニューアーク都心のバンバーガー百貨店で仕入れ係として働いていなかったら、一家はとっくに破産していただろう。ルーが3ブラザーズ・ホームワールドで稼ぐ金はその大半が胴元のポケットに行きつきがちだったのである。そしていま、飲酒が見るみる制御を失っていくなか、大穴を狙う性癖もどんどんエスカレートしてきていた。誰もがあっと驚く、一生に一度の、ギャンブラーたちが何十年も語り継ぐたぐいの大当たりを夢見て、その当て推量がいっそう常軌を逸していくほど、失う額もますます増えていった。一九五四年八月の時点では三万六千ドルの借りが出来ていて、過去十年あまり彼の賭けを扱ってきたアイラ・バーンスタインもさすがにしびれを切らしてきていた。ルーには現金が必要だった。一万、一万二千といった、払う気があることを証すまとまった額が要る。さもなければ、バットと拳鍔を持った男たちが訪ねてくるだろう。スタンリーに借りることはできない。もう二度と助ける金は出さない、という弟の宣言が本気だとわかっていたからだ。そこでルーは、弟の金を借りる代わりに盗んだ。3ブラザーズにゼネラル・エレクトリックの製品を卸している業者に宛てた小切手に支払い停止指示を出し、その額を自分の口座に移したのである。いずれ発覚することはわかっていたが、数字のズレが明るみに出るまでにはしばらく時間がかかる。販売店から卸売業者への支払いは相互信頼に基づいていて、帳簿つけも実際の金のやりとりより数か月あとになる。この何か月かがあればすべて上手くやれるとルーは考えた。九月後半、いまこそチャンスと彼は見た。これをやるにはもう一枚、小切手に支払い停止指示を出すことになるが、万事目論見どおり行けば、横領した九千ドルがその十倍となり、それだけあれば止めた二枚の小切手の分を返し、バーンスタインにも全額を払い、かつ自分の懐にもたっぷり金が残るのだ。こういう話である。もうじきワールドシリーズが始まり、下馬評ではインディアンズの方がジャイアンツより圧倒的に有利で、あまりにも優勢なので賭けても仕方ないのではと思えるほどだったが、そこでルーは考えた。インディアンズがそんなに強いんだったら、彼らの四連勝を妨げるものはあるのか？　そういう賭けのオッズの方がずっと魅力的だ。一勝するのに賭けて勝ったところではした金にしかならないが、四連勝ならオッズは十倍だ。こうしてルーは別の、すなわちバーンスタインではない胴元を見つけ、弟から盗んだ九二〇〇ドルをインディアンズに注ぎ込み、チームがジャイアンツに一敗もせず四戦全部勝つことに賭けた。初戦が始まり、スタンリー、アーノルド、その他3ブラザーズ・ホームワールドの従業員たちが店内に並んだテレビの周りに集まって、五十人か六十人の客——客といっても要するにテレビを持っていないジャイアンツ・ファンだが——と一緒に観戦しているあいだ、ルーはこっそり店を抜け出し、おそらくは地元の酒場かどこかへ行って一人で試合を観た。かくして誰も知らない場所で、八回表にワーツの打球をメイズがぐんぐん走ってキャッチするのを見るショックを彼が味わうのを見た者はいなかったし、それよりもっと恐ろしいことに、数分後、ローズがレモンの投球を痛打してライトスタンドに打ち込むのを見る、魂を打ち砕く壊滅的体験が訪れたときもルーのそばには誰もいなかった。一人の男がバットを一振りし、もう一人の男の人生が破滅したのである。

4）十月なかば、ゼネラル・エレクトリックの卸売業者がスタンリーに連絡してきて、八月初旬に配達したトラック一杯分の冷凍庫、エアコン、扇風機、冷蔵庫の代金の記録が見つからないと知らせてきた。面喰らったスタンリーが3ブラザーズの簿記係アデル・ローゼンのところに行き、髪に黄色い鉛筆を挿していて正確な筆跡ときちんと引いた罫線の力を信じている五十六歳のぽっちゃりした未亡人に問題を説明すると、ミセス・ローゼンは机の引出しから会社の小切手帳を取り出し、八月十日の分の控えを見て、支払うべき一万四二三七ドル一六セントが全額払われていることを確認した。スタンリーは肩をすくめた。きっと小切手を送った郵便がどこかに紛れてしまったんだね、と彼は言い、八月の小切手の支払いを停止して卸売業者に新しい小切手を送るようミセス・ローゼンに指示した。翌日、狐につままれたような顔をしたミセス・ローゼンがスタンリーに、例の小切手は八月十一日にすでに支払い停止指示が出されていると報告した。いったいどういうことか？　ほんの一瞬、ごくわずかの瞬間スタンリーは、ミセス・ローゼンが自分を裏切ったのだろうか、これまでずっと忠実に仕えてくれた、過去十一年ずっとひそかに彼に恋してきたことを誰もが知るこの被雇用者が帳簿を改竄（かいざん）したのだろうかと考えた——が、ミセス・ローゼンの戸惑った、スタンリーを慕う念に満ちた目をじっと見てみて、いやいやそれはないと判断した。彼は奥の執務室にアーノルドを呼び、不明の一万四千ドルについて何か知っているかと訊ねたが、アーノルドの顔にもミセス・ローゼンに劣らぬ衝撃と混乱が浮かび、どうなっているのか見当もつかないというその言葉をスタンリーは信じた。次にルーを呼んだ。一番上の兄ははじめ何もかも否定したが、話している最中視線がずっとこっちの肩のうしろの壁に向けられているのがいかにも怪しく思えた。そこでスタンリーは尋問を続け、八月の小切手を停止できる立場にいたのはルー一人だと主張し、ミセス・ローゼンは明らかに無実でアーノルドと自分自身も同様だからルーしか考えられないと主張し、それから今度はルーの最近のギャンブル活動に踏み込んでいった。どこでいくら賭けたのか、全部で何ドル失ったのか、どの野球、フットボール、ボクシングの試合に注ぎ込んだのか。スタンリーが追及すればするほどルーの体から力が抜けていくように思えた。まるで二人がリング上で死闘をくり広げていて、言葉一つひとつが更なるパンチ、腹や頭へのもう一発のブローであるかのようだった。ルーは少しずつ揺らぎはじめ、膝がいまにもくずおれそうになり、突然彼は椅子に座ったまま両手に顔を埋めてしくしく泣き出し、切れぎれの、ほとんど聞こえない告白を口にした。話を聞いてスタンリーは愕然（がくぜん）とした。なぜならルーは、自分がやったことを少しも後悔していなかったのである。美しい、完璧な計画が上手く行かなかったことを嘆くだけで、インディアンズが彼を裏切ってワールドシリーズ初戦に敗れたことを無念がるのみだった。ウィリー・メイズの野郎が、ダスティ・ローズの野郎が、とルーは言い、兄にまったく望みがないことをスタンリーはついに悟った。大の大人が野球選手たちを名指して詰り、彼らが自分の苦境の原因だと考えるというのはつまり、兄の精神は子供並、それも白痴の子供並にしか発達していないということなのだ。ルー自身の息子、死んで埋葬された兵士アンドルー・ファーガソンと同じくらい知力貧弱な、ハンディキャップを負った人間なのだ。店から出ていけ、二度と戻ってくるな、と言いたい誘惑にスタンリーは駆られたが、やはりそれはできない、あまりにも急すぎる、酷すぎると思った。怒りがある程度収まるまでは何も言えない、少なくとも自分の言葉を後悔しないくらいに鎮まるまで待たないと、と次の言葉を考えているうちにルーがまた話し出した。何を言っているかというと、もうみんなが泥沼に浸かってるんだ、この店はもうおしまいなんだというのだ。何のことかさっぱりわからないので、スタンリーはもう少し黙ったままでいて、兄は本当に頭がおかしくなってしまったのかもしれないと思いはじめていたが、やがて話はバーンスタインの件、バーンスタインにいくら借りているかという件に移っていき、借りはすでに二万五千ドルを超えているがそれも氷山の一角でしかない、というのもバーンスタインは利子を課しはじめたので毎日どんどんどんどん額は膨れ上がっていて、この二週間は電話も五、六回かかってきて、向こう側の声が、さっさと払え、さもないと嫌な目に遭うぞと脅し、嫌な目とはつまり、男たちの一団が暗い夜道で襲いかかってきて体じゅうの骨を全部折られるという意味であったり、あるいは酸を浴びせられ盲目にされるか、さもなければミリーの顔を切り刻む、アリスを誘拐する、ミリーとアリスの両方を殺すといった意味なのだという。俺は怯えてるんだよ、怯えてもう眠ることもできないんだ、とルーは弟に言い、自宅は二つ抵当に入ってるし店からはすでに二万三千ドル借りていていったいどうやって金を作ったらいい？いまやスタンリーの膝も一緒に震えはじめていた。何がなんだかわからなくなって頭がくらくらし、もはや自分が自分の皮膚の内側に収まっている気がせず、机の向こうのルーと向かいあった椅子に腰を下ろしながら、何で一万四千ドルがいきなり二万三千ドルになったんだと首をひねり、灰色の金属机をはさんで兄弟たがいに見あっていると、バーンスタインが話を持ちかけてきたんだ、とルーが言った。俺が見るところこれが唯一の脱出口なんだ、ただひとつの解決策だ、お前が気に入ろうが入るまいがこれで行くしかないんだよとルーは言った。いったい何の話だよ？　とスタンリーはここ七分間で初めて口を開いた。奴らがこの店を燃やしてくれるんだよ、で、保険金が入ったらみんなで山分けするんだ、とルーは言った。スタンリーは何も言わなかった。何も言わなかったのは何も言う必要がないからであり、いまこの瞬間頭にあるのは、どれだけこの兄を殺してやりたいかという思いだけであり、もしそういう言葉を口にして、兄貴の喉を絞めてやりたい、絞め殺してやりたいなどと言ってしまったら、墓の中の母親に呪いをかけられて死ぬまで苛まれるだろう。しばらくしてやっとスタンリーは椅子から立ち上がり、ドアの方に歩いていって、ドアを開けると敷居の上で立ちどまり、嘘だろう、と言った。そして部屋を出ていくと、ルーが彼の背中に向けて、嘘じゃないよスタンリー、やるしかないんだよ、と言うのを聞いた。

5）スタンリーはとっさに、ローズに話そう、何もかも妻に打ちあけてルーを止める助けを仰ごうと思ったが、何度も言葉を口から出そうとしたものの、そのたびに結局尻込みしてしまった。妻が自分に何と言うかはわかっていた。その言葉を聞くのは耐えられなかった。警察になんか行けない。まだ何の犯罪も為されていないのだから。陰謀の証拠もないのに、犯罪を計画していると兄弟を告発するなんていったいどういう人間だ？　その反面、もしもバーンスタインとルーが本当にこれを実行したら、自分には警察へ行って兄を逮捕させる勇気があるだろうか？　ルーは危険にさらされている。盲目にする、妻と娘を殺すなどと脅されていて、もしここでスタンリーが出るところに出たら、失明や死の責任を今度は自分が負うことになる。つまり自分は、そんな気はなくてももう共謀者なのだ。もし上手く行かずにバーンスタインとルーが捕まったら、ルーはためらわずスタンリーを共犯者として名指すだろう。そう、スタンリーはルーを軽蔑している。ルーのことを考えただけで胸がムカムカする。とはいえ、そんな憎しみを感じる自分のこともスタンリーは深く軽蔑した。それは罪深い、醜悪な思いだ。そう考えるとますます行動できなくなった。ローズに打ちあけないことで、自分が現在を捨てて過去を選んだこと、夫と父としての立場を放棄して息子と兄弟の暗い世界に戻ってしまったことをスタンリーは思い知った。もうそんな世界にはいたくないのに、逃れることはできないのであり、そこへ吸い戻されてしまったのだ。その後の二週間、スタンリーは恐怖と憤怒の狂乱状態で日々を過ごし、その絶え間ない沈黙によって誰からも遮断され、焦燥感にはらわたは煮えくり返り、頭の中の爆弾がいつ爆発するだろうと自問していた。

6）スタンリーが見るところ、ここはとりあえず話を合わせるしか、あるいは合わせるふりをするしか手はないと思えた。バーンスタイン一味がどういうことを企んでいるのかを知る必要が、その詳細を逐一たどっておく必要がある。そのためには、同意しているとルーに思わせないといけない。というわけで翌日の午前、やるしかないんだよの一言で終わったぞっとする会話からちょうど二十四時間後、スタンリーはルーに、気が変わった、自分としてはまったく不本意だし心底嫌でたまらないが、ほかにやりようはないことは納得したと告げた。偽りは望みどおりの結果をもたらした。これでスタンリーも仲間だと考えたルーは、ぶるぶる震えて崩壊の一歩手前という有様だったのが、いかにも有難そうに、弟を無二の同胞、誰より信頼できる味方と見るようになり、実はスタンリーがいわば二重スパイで、計画を狂わせ火事の発生を妨げることが唯一の目的だなどとは夢にも疑っていなかった。

7）男が二人関わる、とルーはスタンリーに告げた。逮捕歴のないベテラン放火犯が、見張人一人と組む。決行は雨雲もなく予報でも雨なしと出れば来週火曜の深夜と決まった。十一月の二日から三日に移行する夜である。ルーの仕事は、警報装置を外し、男二人に店の鍵を渡すこと。あとはもう、自宅で夜を過ごす。お前もそうするといい、とルーはスタンリーに言ったが、スタンリーには彼なりの魂胆があった――明かりも消えた店内に陣取って、放火魔が仕事にかかる間もなく追い払うのだ。その二人は銃を持ってくるのか、と訊いてみたが、ルーにはわからなかった。

その点についてバーンスタインは触れなかったのだ。でもそれで何が違うんだ、俺たちに関係ないこと心配しても仕方ないだろ、とルーに言われて、誰かがたまたま店の前を通りかかるかもしれないぞ、とスタンリーは指摘した。警官とか、犬を散歩させている男、パーティ帰りの女とか。怪我人が出たら困るじゃないか。三十万ドルの保険金目当てに店を燃やすだけでも十分ひどいけど、罪のない赤の他人が撃たれて死んだりしてみろ、僕たち下手すれば一生刑務所暮らしだぞ。それは考えてなかった、バーンスタインに訊いてみるよとルーは言ったが、やめておけ、どうせ奴らは兄貴の望みなんか無視して自分たちの好きなようにやるんだからとスタンリーは答えた。これで話は打ち切られ、スタンリーは兄の許を去って一階のショールームに入っていきながら、この銃の有無という問題が唯一大きな未知数だと悟った。自分の計画を駄目にしてしまいかねない、ただひとつのファクター。火曜日の前に銃を買うというのが妥当な策だと思ったが、彼の中の何かが尻込みした。銃というものを生涯ずっと嫌悪してきたスタンリーは、いままで一度も発砲したことがないばかりか、銃を手に持ったことさえない。父は銃で撃たれて死んだ。三十一年前にシカゴの倉庫で、自分もリボルバーを持っていたからといって、それが何の役に立ったというのか、どのみち射殺されてしまったではないか。発砲しない三十八口径を右手に持ったまま父は殺された。ひょっとしたら先に銃に手をのばしたからこそ、相手としても自分の命を守るために撃つしかなくなったのかもしれない。そう、銃なんて百害あって一利なしだ。ひとたび誰かに武器を向けたら、特に相手もやはり武器を持っている場合は、自分を護ってくれると当てにしていたものが、逆に自分を死体に変える原因になりかねないのだ。それに3ブラザーズ・ホームワールドを全焼させるべくバーンスタインが引っぱり出してきた男は、殺しのプロではなく放火の専門家であり、ルーによれば元消防署員で——何というお笑い種か——かつては火を消して生計を立てていたのがいまでは利益と楽しみを兼ねて火を点けている。そんな奴に何で銃が要る？　むろん見張りはまた別だ。こっちはきっと分厚い胸の暴漢で、しっかり武装してくるだろう。だがスタンリーは、元消防署員が仕事を進めるあいだこいつは外で待っているだろうし、自分は二人がやって来る前から店内にいるわけだから、結局のところ銃は不要だという結論に達した。だからといって手ぶらで行くということではない。バットでも同じくらい役に立つはずだ。九十センチのルイヴィル・スラッガーなら、三十二口径のピストルに負けず放火魔を追い払う効果があるだろう。十一月二日までの二週間、スタンリーの精神状態はおよそ平常には遠く、ルーの告白以来頭の中には悪魔的な、常軌を逸した、制御しようもない思いが荒れ狂っていたので、バットを持っていくと考えると、何だかものすごく可笑しく、倒錯的に笑えるように思え、あまりに可笑しいので思いついたときには思わずゲラゲラ笑い出してしまった。肺の底からつかのまの甲高い笑いが立ちのぼり、塀に当たった鹿弾がはね返ってくるみたいに口から飛び出してきた。この陰惨なコメディ全体が、一本のバットから——九月二十九日にポロ・グラウンズでダスティ・ローズが振ったバットから——始まったのだから、この茶番劇を締めくくるにも、もう一本のバットを振りかざして、店を燃やそうとする奴の頭を叩き割ると脅すのがぴったりではないか？

8）十一月二日の午後、スタンリーはローズに電話して、今夜は夕食時間に帰らないと伝えた。アデルにも残ってもらって、金曜日に予定されている会計検査に備えて帳簿を点検しておこうと思うんだ、たぶん午前零時くらいまでかかりっきりになるから、起きて待っていなくていいからね、と。店は火曜には五時に閉まる。五時半にはもうスタンリー以外誰もいなくなっていた。アーノルド、ミセス・ローゼン、エドとフィル、チャーリー・サイクス、ボブ・ドーキンズ、そして元々いなかったルー。ルーは朝からあまりに怯えていたせいで出勤してこず、熱があると偽って一日じゅう家から出なかったのである。バーンスタインに雇われた男たちは午前一時か二時にならないと現われない。まだ数時間は何もないので、スタンリーは夕食を食べに行くことにした。ここはひとつ、ニューアークで一番好きなレストラン〈モイシェ〉に行こう。〈モイシェ〉は東欧ユダヤ料理の専門店で、ずっと昔スタンリーの母親が作ってくれたのと同じ食べ物が出てくる。ホースラディッシュを添えた茹でビーフ、ジャガイモのピロシキ、ゲフィルテフィッシュ（魚のすり身の団子などをスープで煮込んだ料理）、マツォー団子のスープ……別の時代、別の世界の、農民たちの御馳走。〈モイシェ〉のダイニングルームに入っていくだけで、スタンリーは失われた子供時代に連れ戻される。レストラン全体が過去に戻っているのだ。何もかもがみすぼらしくて野暮ったい、安物のラミネート加工のテーブルクロスに、天井から埃っぽい照明具のぶら下がった店。でもそれぞれのテーブルにはセルツァー水用の青か緑のボトルが飾られ、スタンリーはそれを目にするたびなぜか小さな幸福感が胸に湧き上がるのを感じ、無愛想で礼儀知らずのウェイターたちがイディッシュ語の抑揚で喋っているのを聞いてもやはり心が和んだが、どうしてそうなるのかと問われても上手く説明できなかっただろう。かくしてその晩スタンリーは、幼き日々の料理から成る夕食をとった。まずはサワークリームを垂らしたボルシチ、次にニシンの酢漬け、そしてメインは脇腹肉のステーキ（ウェルダン）でキュウリ、ジャガイモのパンケーキもつけ合わせに取った。泡立つセルツァー水を溝の入った透明なグラスに注ぎながら一品ずつ食べているうちに、死んだ両親のこと、長年さんざん辛い思いをさせられてきたどうしようもない兄二人のことが思い浮かび、さらには美しい妻ローズにも考えは及んだ。彼が誰よりも愛する人間、だが十分愛してはいない、決して十分愛してはいない人間。しばらく前からスタンリーはこの事実を理解していた。自分に何か塞がったところ、抑えつけられたところがあることを認めるのは辛かった。自分という人間に何か欠陥があるせいで、ローズに自分自身を与えるにしても、彼女に相応しいほど多くを与えることができていない。そして幼い息子アーチー、掛け値なしの謎。活きのいい、頭の回転も速い男の子で、たいていの男の子より上だということは間違いないが、とにかく初めからずっと母親っ子で、すっかり母になついていたので、自分はどうやって入っていったらいいのかスタンリーにはわかったためしがなく、七年半経ったいまもまだ、あの子が何を考えているのか読みとろうにも戸惑うばかりなのに、ローズはつねにわかっているみたいだった。何か生まれながらの知識が、女にはみなぎっているが男にはめったに与えられない不可解な力があるようなのだ。こんなことをスタンリーはめったに考えはしない。思考を自分の内側に導いていって、己の落ち度や悲しみを――縫いあわせた人生のほころびた箇所を――探し出す、なんてふだんはやらない。だがいまは彼にとってふだんではない。二週間ずっと沈黙を保ち、心の中で葛藤を続けていたせいで、スタンリーは疲れきっていた。もはや立っているのがやっとで、立っていられるときでもまっすぐ歩くだけの気力はなく、夕食の勘定を済ませて車に乗り込み3ブラザーズ・ホームワールドに戻っていきながら、自分の計画はまったく無意味なんじゃないか、自分が正しくてルーたちは間違っているというだけの理由で計画も上手く行くと思い込んでいるだけじゃないかという気がしてきた。もしそうだとしたら、このまま家まで車を走らせ、店を燃やさせてしまう方がいいのでは……。

9）店には八時少し過ぎに戻った。真っ暗で、静まり返っている。音のしないテレビと、まどろむ冷蔵庫から成る夜ごとの無、影たちの墓場。これから自分がやろうとしていることを一生悔やむことになるだろう、自分の計算はきっとどこかで狂ってしまうだろう、とほぼ確信があったが、ほかに案もないし、いまから別の案を考える時間もない。店を始めたのは十八の時であり、過去二十二年間これが彼の人生、唯一無二の人生だったのだ。ルーとその悪党一味にむざむざ壊させるわけには行かない。この場所は単なる店ではない。これは一人の男の人生であり、その男の人生は店であり、店と男はひとつなのだ。店に火を点けるとすれば、男にも火を点けることになる。八時少し過ぎ。あと何時間だろう？　最低四時間、おそらくは五、六時間、何もせずじっと真っ暗な部屋に座って一人の男がガソリンの缶と死のマッチを持って現われるのを待つには長い時間だが、ここで黙って待ってバットが見かけどおり頑丈であることを期待する以外に手はない。奥の執務室の椅子にスタンリーは身を沈めた。いつもミセス・ローゼンが座っている、部屋の奥の隅にある机の椅子だ。執務室とショールームのあいだの壁にある細長い長方形の窓のおかげで、この部屋ではここが一番見通しがいい。いまスタンリーが座っているところから、店の正面入り口までがずっと見える――店がまったくの闇に包まれていなければ見えるはずだ。でも放火犯はきっとポケットに懐中電灯を忍ばせていて、入口の扉が開くのがスタンリーにも聞こえたら、ほんの一、二秒であれ懐中電灯が点灯され、男がどこにいるかもわかるだろう。そうしたらすぐさま天井の照明を点けて、バットをかざして奥の部屋から飛び出していき、声を限りに出ていけと叫ぶ。そういう計画だった。指で十字を作って幸運を祈るがいい、とスタンリーは自分自身に言い聞かせた。幸運が巡ってこないなら、心臓の前で十字を切って死を覚悟するまでだ。そんなことを考えながらスタンリーはなおもミセス・ローゼンの椅子に座りつづけた。椅子はキャスターの付いた、左右にも回転するし前後にも折れ曲がる標準的なオフィス家具で、しばらく座っている分にはまずまず快適だが、長時間じっとしているにはおよそ向かない。

そしていまの場合長時間というのはいまだ眼前に控えている四、五時間のことだ。でもいまは心地悪ければ悪いほどかえって好都合だ。適度な不快感があった方が気持ちの集中が保てる。そうスタンリーは考えたが、灰色の金属机のうしろに座り、ミセス・ローゼンの椅子の上で前後に揺れながら、いまは自分の人生最悪の瞬間だ、こんなに不幸だったこと、こんなに孤独だったことは一度もないとも考えていた。かりに今夜は何とか切り抜けられたとしても、ほかのすべてはルーの裏切りによって叩きつぶされ、砕かれて埃と化してしまったのであり、今夜以降、物事は何ひとつ同じではないだろう。こうしてルーを裏切ってしまったら、バーンスタインは当初の脅しに戻り、ルーとミリーはふたたび危険にさらされる。もし二人に何かあったらそれはスタンリーの責任であり、彼は死ぬまでそれを抱えて生きていくしかない。とはいえ、どうしてこれをやらずにいられよう。保険詐欺などに加担して、刑務所に入る危険を冒すなんてできるわけがない、みすみす自分の店を燃やさせるなんて冗談じゃない、やめさせるしかないんだ……と、過去二週間にわたって何度も何度も考えてきたことを相も変わらず考えつづけていると、我慢ももう限界だということ、自分の力の極限まで来てしまったことをスタンリーは実感した。彼は疲れはてていた。底なしに疲労していて、あまりの疲れにもはやこの世界に在ることにも耐えられず、少しずつ目が閉じていって、まもなく開けていようと頑張ることもやめてしまい、目の前の机の上で組んだ腕の上に頭が落ちていき、二、三分後にはスタンリーはもう眠っていた。

10）侵入、そして店内に撒かれた十二ガロンのガソリン。その間ずっとスタンリーは眠っていた。仕事を実行しに来た男は、まさか奥の部屋で誰かが眠っているとは夢にも思わず、良心に何の呵責もないまま、3ブラザーズ・ホームワールドを炎上させることになるマッチを、いま自分が放火罪を犯そうとしていることは承知していてものちに故殺の罪にも問われることになるなどとはつゆ知らずに擦った。一方ファーガソンの父は、もはや万事休すだった。目を開けたときには意識もなかば失われ、すでに吸い込んだ大量の煙のせいで動くこともできず、何とか頭を上げて焼けるように熱い肺に空気を吸い入れようとあがいても、火はこの奥の部屋のドアを貫きかけていて、ひとたび室内に入ってきてからスタンリーが座っている机に来て彼を喰らい尽くすまではほんの一瞬だった。

これら十の事柄がファーガソンの知らなかったこと、朝鮮戦争でのいとこの死とニューアークの火事での父親の死とを隔てる二年間のあいだに知りえなかったことである。翌年春にはルー伯父さんは刑務所に入っていて、放火犯エディ・シュルツ、見張り役ジョージ・イオネロ、そしてすべての発案者アイラ・バーンスタインも同じだったが、そのころにはもうファーガソンと母親はニュージャージーの郊外を去ってニューヨークで暮らしていた。セントラルパーク・ウェストの、八十三丁目と八十四丁目のあいだにある三寝室のアパートメント。ミルバーンの写真館はすでに売却され、父の生命保険が二十万ドル、非課税で支払われたから、母にとってもはや経済的な重荷は何もなかった。家族に忠誠を尽くし、実際的でつねに律儀なスタンリー・ファーガソンは、死んでなお妻子を養いつづけたのである。

　まず十一月三日のショックがあり、それとともに母親が泣いている光景があり、烈しい、息が詰まるような抱擁があって、母の喘ぎ震える体がファーガソンに押しつけられ、やがて何時間かが過ぎるとニューヨークから祖父母が到着し、次の日にミルドレッド伯母さんとその夫ポール・サンドラーが現われ、その間ずっとファーガソン一族が出たり入ったりしていた。しくしく泣いている二人の伯母ミリーとジョーン、石のように無表情なアーノルド伯父さん、さらには腹黒い、いまだ罪の発覚していないルー伯父さん。混沌と騒音に包まれた、あまりに多くの人がいる家でファーガソンは隅っこに座って見守り、何を言ったり考えたりしたらいいのかもわからず、いまだ呆然として涙も出なかった。父親が死んだなんて想像もできなかった。前の日の朝には生きていて、『ニューアーク・スターレッジャー』を両手に持って朝食の席に座り、今日は一日寒くなるからマフラーを忘れずに学校へ行くようファーガソンに諭(さと)していたのだ。あれが父から自分への最後の言葉だなんて全然納得できない。

　日々は過ぎていった。雨の中で母親と並んで立つ彼の前で父親が地中に降ろされ、ラビが訳のわからないヘブライ語で埋葬歌を唱えた。何とも嫌な響きの言葉に、ファーガソンは耳を塞ぎたかった。その二日後学校に復帰し、太ったミセス・コステロと二年生のクラスに戻っていったが、みんな彼のことを怖がっているように思えた。あまりに気まずくて、もう口も利けずにいるみたいだった。近よってはいけない、という×印が彼の額に刻まれているかのようなのだ。グループレッスンはやらなくていい、自分の席で好きな本を読んでいていいから、とコステロ先生は言ってくれたが、そのせいでなぜか事態はいっそう悪くなった。ふだんは本を読むのが楽しくて仕方ないのに、いまはどうにもページに気持ちが集中できず、思いはいずれかならず、言葉から父親に、地中に埋められている父親ではなく天国などというものがあるとして天国に行った父親に移ってしまうのだ。もし本当に天国にいるとしたら、いま父はファーガソンを見下ろしているだろうか、机に向かって本を読んでいるふりをしている彼を見守ってくれているだろうか？　そう思えればいいけれど、でもその反面、それが何の役に立つのか？　そりゃあ父は彼のことを見て喜んでくれるだろうし、それによって死んでいるということも少しは耐えやすくなるかもしれない。でもファーガソン自身はどうなのか。見てくれている人をこっちから見られないなら、何の助けになる？　何よりもまず、ファーガソンは父親が話す声を聞きたかった。それが一番恋しいことだった。父は無口な人であり、長い質問に短い答えをする技の名手だったが、ファーガソンはその声の響きが大好きだったのだ。あの快い、穏やかな声がもう二度と聞けないのだと思うと、底なしの悲しさに彼は襲われた。あまりに深く、広い、海の中でも世界一大きい太平洋さえ入れられそうな悲しみ。**今日は一日寒くなるよ、アーチー。学校にマフラーを巻いていくのを忘れるなよ。**

　世界はもう本物ではなかった。その中にあるすべてが、本来あるべきもののまやかしの複製であり、その中で起きていることすべてが起きているべきでないことだった。その後長いあいだファーガソンはそういう幻想に縛られて暮らした。夢遊病者のように日々を過ごし、夜は眠りにつこうとあがき、信じられなくなった世界を嫌悪し、目の前に現われるものすべてを疑った。ちゃんと聞いてちょうだい、とコステロ先生に言われたが、もはや聞く必要は感じなかった、なぜならこの人は先生を演じようとしている役者にすぎないのだから。友だちのジェフ・バルソーニがものすごく大きな、必要もない犠牲を払ってテッド・ウィリアムズのベースボールカードを――コレクション数百枚の中でも一番レアなカードを――くれたときも、ファーガソンは彼に礼を言って、カードをポケットに入れ、家に帰ってビリビリに破いた。いまやそんなことがありえるようになっていた。十一月三日より前にはおよそ考えられなかっただろうが、本物でない世界は本物の世界よりずっと大きくて、自分自身でいるのと同時に自分自身でなくいられるだけの余地があったのだ。

　あとで母親に聞いたところによると、実はニュージャージーからそこまで早く出るつもりはなかったのだが、スキャンダルが持ち上がって、突然もう去るしかなくなったのだという。クリスマスの十一日前、3ブラザーズ・ホームワールド事件の真相を解明したとニューアーク警察が発表し、翌朝にはもうエセックス郡、ユニオン郡すべての新聞の第一面に醜悪な事実が載っていた。兄弟殺し。賭博王逮捕。元消防署員の放火魔勾留、保釈は認めず。ルイス・ファーガソン複数の罪で起訴。母はその日ファーガソンに学校を休ませ、次の日も、また次の日も、と、結局クリスマス休暇に入るまで一日も行かせなかった。あんたのためなのよアーチー、と母には言われ、ファーガソンとしても行かないということで全然構わなかったから、なぜなのか訊きもしなかった。ずっとあとに、兄弟殺し（フラトリサイド）という言葉のおぞましさが十分わかるようになると、母は町に飛びかう心ない言葉から彼を護ろうとしていたのだとファーガソンは悟った。彼の名は悪名高い名となったのであり、ファーガソンという姓を持つことは呪われた家系に属すということだったのだ。というわけで、じき八歳になるファーガソンは祖母とともに家にとどまり、その間母は家を売りに出して写真館の買い手を探す作業に携わり、新聞社からはひっきりなしに電話がかかってきて、心を開いてください、奥さまから見た物語を聞かせてください、としつこく頼まれ、せがまれ、強いられて、いまや「ファーガソン事件」はジャコビアン演劇（陰惨な謀略などが多いことで知られる）現代版と化してきて、もうたくさんだと母親は決め、クリスマスの二日後、スーツケースいくつかに荷物を詰めて、青いシボレーのトランクに入れ、三人でニューヨークへ向かったのである。

その後二か月、ファーガソンと母親は西五十八丁目にある彼の祖父母のアパートメントで暮らした。母はかつて姉ミルドレッドと共有していた古い寝室に戻り、ファーガソンはリビングルームに小さな折り畳み簡易ベッドを広げて寝た。この一時的な暮らしのもっとも興味深い点は、学校へ行かなくていいという点だった。定まった住所が自分と母にないことから生じた、思いがけぬ解放。住む家が見つかるまで、ファーガソンは自由なのだ。学校に行かないということにミルドレッド伯母さんは反対したが、ファーガソンの母親は涼しい顔で聞き流した。心配要らないわ、と母は言った。アーチーは賢い子供だもの、少しくらい休んだって大丈夫よ。住むところが決まったら学校探しも始めるわよ。一つひとつ大事なことからやっていくのよ、ミルドレッド。

というわけで、それは不思議な時期だった。ファーガソンが過去に知っていた何ものともつながっていなくて、今後新しいアパートメントに移ってからの事態とも完全に隔たっている。奇妙な空白期間（ア・キュアリアス・インテレグナム）、というのが祖父の言い方で、中身をくり抜かれたその短い期間、ファーガソンは起きている時間すべてを母と一緒に過ごした。くたびれた同志二人がウェストサイドを歩き回り、一緒にアパートメントを見て、それぞれの物件の長所短所について話しあい、セントラルパーク・ウェストで見たアパートメントがほぼ理想的だとの結論に二人で達し、それから母の驚くべき宣言——ミルバーンの家は家具ごと売ることにした、家具もそっくり全部売る、だから二人でゼロから始めるのだ、二人だけで。したがってアパートメントが見つかると今度は二人で毎日家具を探し、ベッドやテーブルやランプや敷物を見て、二人ともいいと言わない限り決して買わなかった。

そんなある日の午後、メイシーズで椅子とソファを吟味している最中、蝶ネクタイの店員がファーガソンを見下ろし、母に向かって、どうしてこの坊や、学校に行ってないんです？　と言うと、母はお節介な男の顔を冷たい目でじっと見ながら、あんたの知ったこっちゃない（ナン・オブ・ユア・ビジネス）よと答えた。その奇妙な二か月のあいだでこれが最高の瞬間、少なくとも最高の瞬間のひとつであり、母がその言葉を口にしたとき彼の中に突如湧き上がった幸福感ゆえに忘れようのない一瞬となった。この何週間か、こんなに幸福だと思ったことはなかった。その言葉が暗示している連帯感、世界に自分たち二人で対抗しているのだという感覚、何とかして生活を立て直そうとしているんだという実感。あんたの知ったこっちゃないよはその共同の奮闘の信条宣言であり、二人がいまやどれだけたがいに依存しているかの象徴だった。

　家具の買物のあとは二人で映画に行った。寒い冬の街から二時間ばかり闇に逃避して、上映しているものを何でもいいから観る。母が煙草を喫えるのでいつもかならずバルコニー席に座った。チェスタフィールド。チェスタフィールドに母が次から次へと火を点けるなか、アラン・ラッド、マリリン・モンロー、カーク・ダグラス、ゲイリー・クーパー、グレース・ケリー、ウィリアム・ホールデンの出てくる映画を観た。西部劇、ミュージカル、SF、何をやっていようが何も考えず、楽しいものが観られると信じ館内へ入っていく。『太鼓の響き』、『ベラクルス』、『ショウほど素敵な商売はない』、『海底二万哩（マイル）』、『日本人の勲章』、『トコリの橋』、『ヤング・アット・ハート』。そうして、不思議な二か月が終わる直前、切符売り場の女性がファーガソンの母に、なぜ坊やは学校へ行ってないんです、と訊ねると、母はこう答えた——余計なこと訊くんじゃないよ（バット・アウト・レイディ）。さっさとお釣りよこしな（ジャスト・ギブ・ミー・マイ・チェンジ）。

1.4

まずニューアークのアパートメントがあり、これについて彼は何も覚えておらず、次に彼が三つのときに両親が買ったメープルウッドの一軒家があって、その六年後のいま、一家はふたたび町の向こう側に建つもっとずっと大きな家に引越そうとしていた。ファーガソンには理解できなかった。いままで住んできた家は何の問題もない家で、三人しかいない家族にとっては十分すぎるくらいなのに、何だって両親はわざわざ持ち物をすべて梱包してそんな近くに、その必要もないのに引越すのか。別の都市、別の州へ移るというならまだわかる。四年前にルー伯父さんとミリー伯母さんがロサンゼルスへ越したときや、その次の年にアーノルド伯父さんとジョーン伯母さんがやはりカリフォルニアに移ったときみたいなことならわかる、だけど町さえ変わらないのになぜ家を替えるのか？

　そうするお金があるからよ、と母親は言った。お父さんの商売は上手く行っていて、もっと豪勢な暮らしができるようになったのよ。もっと豪勢なという言葉を聞いてファーガソンは十八世紀ヨーロッパの宮殿を思い浮かべた。大理石の大広間に、白い粉のついた鬘（かつら）をかぶった公爵や公爵夫人がいる。二十人余りの、贅沢な絹の衣裳に身を包んだ紳士淑女がレースのハンカチを手にそこらへんに立ち、たがいに相手が言った冗談に笑いあっている。情景にさらに装飾を施し、人の群れの中に自分の両親がいると想像してみたが、その衣裳を着た二人は馬鹿みたいに、お笑いに、グロテスクに見えた。お金があるからって買わなくてもいいんじゃないのかな、とファーガソンは言ってみた。僕はこの家が好きだし、僕たちこのままここにいる方がいいと思う。必要以上にお金があるんだったら、僕たちよりお金に困ってる人にあげればいいよ。飢えてる人とか、足の不自由なお爺さんとか、文無しの人とか。自分に遣うのはよくないよ。自分勝手だよ。

　頭固いこと言わないでよアーチー、と母は答えた。あんたの父さんはこの町の誰より倍以上働いてるのよ。稼いだ金を好きなだけ遣う権利が父さんにはある。新しい家を買って少しばかり見せびらかしたいんだったら、それは父さんの自由よ。

　見せびらかしって僕嫌だな、とファーガソンは言った。そういうのっていいふるまいじゃないよ。

　とにかくあんたが気に入ろうと気に入るまいと、うちは引越すのよ。いったん越したらきっとあんたもよかったって思うわよ。部屋は広くなるし、裏庭も広くなるし、地下室も設備が揃ってる。地下に卓球台を入れるのよ、あんたが今度こそ母さんを負かせるようになるか見てみようじゃないの。

　だって卓球台ならもう裏庭にあるじゃないか。

　外が寒けりゃ卓球どころじゃないでしょ。それにアーチー、新しい家では風にも煩わされずに済むのよ。

　家の収入の一部は母が肖像写真を撮って稼いだものだったが、もっとずっと大きい部分、というかほとんど全部が父親の商売から来ていることをファーガソンは知っていた。〈ファーガソンズ〉と名づけた電器店三店のチェーンを、一軒はユニオンで、一軒はウェストフィールドで、もう一軒はリヴィングストンで経営している。昔はニューアークで〈3ブラザーズ・ホームワールド〉という店をやっていたが、もうずいぶん前、ファーガソンが三歳半か四歳のころに売却され、書斎の壁に掛かった額縁入りの白黒写真が——ニコニコ笑っている父親が開店日に店の前でやはりニコニコ笑っているファーガソンの伯父二人にはさまれて立っている一九四一年のスナップ写真が——なかったら、店の記憶はファーガソンの心から永遠に抹消されていただろう。父がなぜもはや兄二人と一緒に仕事していないのかはよくわからなかったし、ルー伯父さんとアーノルド伯父さんが二人ともなぜニュージャージーを去ってカリフォルニアで一からやり直す（父の言葉）ことにしたのかはもっと大きな謎だった。六、七か月前、いとこのフランシーがいなくなって寂しくてたまらず、なぜみんな遠いところへ引越してしまったのかと母親に訊いてみたが、母はただ、あんたのお父さんが二人の持ち分を買い取ったのよと言っただけだった。そんなの答えになってない。少なくともファーガソンに理解できるような答えには。そうして今度は、もっと大きな新しい家を買うなんていう不愉快な展開が生じ、それまで気がついていなかったことをファーガソンは把握しはじめていた。すなわち、彼の父親はお金持ちなのだ。どうしたらいいかわからないくらいお金があって、どうやら日に日にもっと金持ちになっているらしい。

　これはいいことでもあり悪いことでもある、とファーガソンは思った。いいことなのは、前に祖母にも言われたとおり金は必要悪であって、誰でも生きるには金が要るのだから、多すぎる方が少なすぎるよりいいことは間違いない。その反面、多すぎる金を稼ぐためには、人は過剰な長時間を、必要もしくは妥当よりはるかに長い時間を金銭追求に費やさねばならない。ファーガソンの父親もそうであり、電器店の帝国を経営するために懸命に働き、ここ数年、家で過ごす時間はどんどん減ってしまい、いまではもうファーガソンはめったに父の姿を見かけない。何しろ朝は六時半に出かけるので目覚めたときにはもういなくなっているし、それぞれの店舗が週に二度は遅くまで開いているから（ユニオンは月曜と木曜、ウェストフィールドは火曜と金曜、リヴィングストンは水曜と土曜）、父が夕食時間に帰らず、十時か十時半、ファーガソンが寝かしつけられてから一時間以上経つまで帰ってこない夜も多かった。したがって父親の顔が確実に見られるのは日曜日だけだが、日曜も話はややこしく、正午をはさんで数時間はテニスに費やされる。両親にくっついて町のコートまで出かけ、まず母と父が一セットを終えるのを待ってからやっとファーガソンも母相手にボールを叩けるようになり、その間父は小さいころからのテニス仲間サム・ブラウンスティーンとの週一度のマッチをくり広げるのだ。ファーガソンとしてもテニスを見下すわけではないが、スポーツといえばやはり野球とフットボールで、それに較べれば退屈だし、ネット越しにボールを弾ませる競技に限っても卓球の方が上であり、というわけで春、夏、秋を通して屋外コートにとぼとぼ歩いていくときの気持ちはつねに複雑で、毎週の土曜の夜はいつも、明日の朝は雨が降ればいいなと願いながらベッドにもぐり込むのだった。

雨が降らないとテニスのあとは車でサウスオレンジ・ヴィレッジに行き、〈グラニングズ〉で昼食をとる。ファーガソンはミディアムレアのハンバーガーと、ボウルに盛ったミントチップ・アイスクリームを貪る。待ちに待った日曜のご馳走。〈グラニングズ〉のハンバーガーはこのあたりで最高だし、アイスクリームも自家製だけれど、それだけじゃない。温かいコーヒー、焼けている肉、いろんなデザートが発散する砂糖っぽい香りが混じりあって店内は本当にいい匂いで、それを肺に吸い込むと身もとろける思いがするのだ。それから父のツートーン（グレーと白）のオールズモビル・セダンに乗ってメープルウッドの家に帰り、シャワーを浴びて着替える。その後、典型的な日曜日にあっては、四つのうちのいずれかが起きる。家にとどまって、母親の言い方に従えばぱたぱたして過ごす。すなわちファーガソンはたいがい父のあとにくっついて部屋から部屋をさまよい、父はあちこち修理の必要なところを直して回る（トイレの水の流れ、電気の接続不良、ドアの軋み）。一方母はソファに座って『ライフ』を読むか、地下の暗室に降りていって写真を現像するかしている。二つ目は映画に行くことで、ファーガソンと母はこれが一番好きだったが、父は二人の熱狂に渋い顔をすることも多かった。映画に限らず、本人言うところの座る娯楽（芝居、コンサート、ミュージカル）に父は総じて興味が持てず、二時間椅子に座らされてただひたすら馬鹿げた作りごとを見せられるなんて人生最大級の拷問だと言ったが、たいていは母がじゃああなた抜きで行くわと脅して議論に勝ち、かくして三人のファーガソンはふたたび車に乗り込み、ジミー・スチュアートの最新西部劇かマーティン&ルイス（地元ニューアーク出のジェリー・ルイス！）のコメディを観に行くのだが、劇場の闇の中で父があっという間に寝てしまうことにファーガソンはいつも驚かされた。何しろオープニングのクレジットが流れ出すや早くも忘却が父を包み、首がうしろに倒れて、唇がわずかに開き、銃が炸裂し音楽が高まり無数の皿が床に落ちるとともに、この上なく深い眠りに溺れるのだった。ファーガソンはつねに両親のあいだに座ったから、父がそうやってうとうとしはじめるたびに母の腕をとんとん叩き、ほらまたやってるよと言わんばかりに親指で父親の方を指し、母は気分によってうなずいてニッコリ笑ったり、首を横に振って眉をひそめたり、時には短いくぐもった笑い声を漏らしたり、言葉にならないむむむむという音を発したりするのだった。ファーガソンが八歳になったころにはもう、父の映画館居眠りはまったくの日常茶飯事と化し、母は日曜の映画行きを二時間の休息療法と呼ぶようになっていた。もはや彼女は、映画に行きたいかと夫に訊きはしない。代わりにねえスタンリー、ノックアウト薬で睡眠不足解消はどう？と訊くのだ。母がこの科白を口にするたびファーガソンは笑った。時には父も一緒に笑うこともあったが、たいていは笑わなかった。

ぱたぱたもせず映画にも行かない日曜の午後には、知りあいを訪ねていったり知りあいの訪問を受けたりした。残りのファーガソンたちはいまや国の反対側にいたから、一族集合はもうなくなったが、近所に住んでいる友人――つまりファーガソンの両親の友人――は何人かいて、中でも特に仲よしなのは、母のブルックリンでの少女時代からの友だちで、ウェストオレンジに住んでいてローズランド・フォトに油絵を提供しているナンシー・ソロモンと、父のニューアークでの少年時代の友人で、メープルウッドに住んでいて毎週日曜の午前に父とテニスをするサム・ブラウンスティーンだった。日曜の午後ファーガソンと両親は時おりブラウンスティーンとその妻ペギーの家を訪ねていき、ここには子供が三人（女の子一人と男の子二人）いたがみんなファーガソンより最低四つは年上で、時にはブラウンスティーン一家の方からもうじきファーガソン一家の家ではなくなる家に訪ねてくることもあり、ブラウンスティーン一家でなければたいていナンシーとその夫マックスのソロモン家を訪ね、こちらにはステュイーとラルフという二人の男の子がいたがファーガソンより二人とも最低三つは年下、ゆえにブラウンスティーン家かソロモン家を訪れるためにニュージャージーを行き来するのはファーガソンにとって一種の試練でしかなかった。ソロモン家の子供たちと遊ぶには彼は大きすぎたし、ブラウンスティーン家の子供たちと遊ぶには小さすぎて（そもそも彼らはもう子供と見なすには大きすぎた）、こうした集まりで彼はしばしば真ん中に取り残され、どこへ行けばいいのか、何をすればいいのかいまひとつわからなかった。三歳のステュイーと六歳のラルフの馬鹿騒ぎにはつき合っていられないし、十五歳と十七歳のブラウンスティーン兄弟が交わす会話にはついて行けず、となるとブラウンスティーン家と一緒のときは十三歳のアンナ・ブラウンスティーンと一緒に過ごすしかなかった。アンナは彼にジンラミーや、キャリアーズというボードゲームのやり方を教えてくれたが、もう胸は大きくなっていたし歯にはブレースを着けていていつもかならず食べ物のカスが銀色の網にくっついていて――嚙みきれなかったトマト、ぐしょぐしょのパン屑、分解しかけた肉のかけら――ファーガソンは決まって目のやり場に困り、彼女がにっこり笑うたび（そして彼女はよく笑った）思わず吐き気に襲われあわてて顔をそむけるのだった。

とはいえ、もうじき引越すことになって、それがきっかけで父親について重要な新情報を得たいま（金が多すぎて、金を稼ぐことに時間を遣いすぎて、あまりに遣うので週のうち六日は父はファーガソンにとってほとんど不可視になっていて、これを自分が憤っていること、少なくとも嫌だと思っていること、あるいは苛立っているか怒っているか、その他まだ言葉は思いついていないが何かを感じていることをファーガソンはいまや自覚していた）、父親という問題が浮上してきたので、ここはひとつ、ブラウンスティーン家やソロモン家相手の退屈な訪問を、男というものを実地に考える手段としてふり返ってみるのも悪くないと決めた。父のふるまいを、サム・ブラウンスティーンやマックス・ソロモンのそれと較べてみるのだ。まず、住んでいる家の大きさが稼ぐ金の尺度になるとすれば、ファーガソンの父はこの二人より金持ちだということになる。何しろ狭すぎてもっといい家に換えなくてはいけないと言っているいまの家だって、ブラウンスティーンやソロモンの家より広くて魅力的なのだ。父親は一九五五年型オールズモビルに乗っていて、九月には下取りに出してキャデラックの新型に換えると言っているが、サム・ブラウンスティーンは五二年型ランブラーだし、マックス・ソロモンは五〇年型のシボレー。ソロモンは保険会社の損害査定人であり（といってもそれがどういう仕事なのかファーガソンにはさっぱりわからないのだが）、ブラウンスティーンはニューアークの繁華街でスポーツ用品店を経営していて、ファーガソンの父親のように三店ではなく一店だけだがそれでも妻と子供三人を養う十分な金は入ってきている。一方ファーガソンの父親の経営する三店は子供一人と妻を養っているだけだし、しかもその妻も仕事をしているのにペギー・ブラウンスティーンはしていない。ファーガソンの父と同じくブラウンスティーン、ソロモンも金を稼ぐために毎日仕事に出かけるが、どちらも朝六時半に家を出たり夜遅くまで働いて子供がもう寝ている時間まで帰ってこないなどということはない。無口で無表情なマックス・ソロモンは太平洋戦争で負傷したせいで足を軽く引きずって歩き、口数の多いあけっぴろげなサム・ブラウンスティーンはいつもジョークを飛ばし気さくに人の背中を叩き、うわべは二人まったく違っていたが、とはいえその根っこのところでは、驚くほど似た形でファーガソンの父親と違っていた。というのも、二人とも生きるために働いているのであり、一方彼の父親は働くために生きているように見えたのである。

つまり、ファーガソンの両親の友人二人は、重荷や責任によってではなく、彼らの好きなことによってその人間が決まっている。ソロモンはクラシック音楽に情熱を燃やし（膨大なレコードコレクション、自作のハイファイ装置）、ブラウンスティーンはバスケットから競馬、陸上競技からボクシングに至るまであらゆるスポーツを愛好しているのに対し、ファーガソンの父が仕事以外で大切なのはテニスだけであり、ファーガソンから見てそれは貧弱な、せせこましいたぐいの趣味でしかない。日曜の訪問中にブラウンスティーンがテレビのスイッチを点けて野球やフットボールの試合を観はじめると、両方の家族の男は大人も子供も居間に集まってきて一緒に観戦するが、ファーガソンの父親は十中八九、映画館と同じに、目を開けていようとあがき、五分、十分、十五分は頑張るのだが、やがてまた眠気に屈するのだった。

その他の日曜日には、ニューヨーク－メープルウッド間でアドラー家との行き来があり、男のふるまいをめぐる研究対象はさらに増え、特に祖父とミルドレッド伯母さんの夫ドナルド・マークスとにファーガソンは目を向けた。もっとも、祖父は勘定に入らないかもしれない。一世代前の人だし、ファーガソンの父親とはまったく違っているから、二人の名前を続けて口にするのも妙な感じがするくらいなのだ。祖父は六十三歳でまだまだ元気、いまも不動産の商売を続けていてちゃんと稼いでいるが、西五十八丁目のアパートメントの狭さ（キッチンはすごく小さいしリビングルームはメープルウッドのリビングの半分しかない）と、乗っている車（紫色の変てこなプリマスでギヤは押しボタン式、父のお洒落なオールズモビルのセダンと並ぶとサーカスの車みたいに見える）から察するに、どうやら父ほど稼ぎはないらしい。トランプ手品をやってみせたり、握手するとブーっと鳴るブザーを隠し持っていたり、ゼイゼイと高い声で笑うベンジー・アドラーにはどこか道化めいたところがあった。だがそういう祖父が孫のファーガソンは大好きで、生きていることを祖父が楽しくてたまらないと思っているらしいところが特に好きだった。気が向いて物語を語り出すたび、そのスピードとパンチの効いた語りによって、世界は言語の奔出そのものと化すように思える。たいていは過去のアドラーたちや、近い親戚遠い親戚をめぐる愉快な物語で、たとえば祖父の母のいとこの、フェイゲラ・フレーゲルマンなる素敵な名の女性の話。何でもこの人はものすごく頭がよく、二十歳になる前に九か国語をマスターしたそうで、一八九一年に一家がポーランドを去ってニューヨークに着いたとき、エリス島の入国審査官たちはその語学力に驚嘆してその場で彼女を雇い、以後三十数年にわたってフェイゲラ・フレーゲルマンは移民局で通訳を務め、船から降りてきたばかりの未来のアメリカ人数千人数万人を面接し、一九二四年に局が閉鎖されるまでこれを続けた。ここで長い間があって、それから祖父が例によってニヤッと謎めいた笑い顔を見せ、フェイゲラ・フレーゲルマンをめぐるもうひとつの物語があとに続く――四人いた夫はみな先に他界し、最後はパリに住んでシャンゼリゼにアパルトマンを持つ裕福な未亡人となった……こういう話、みんな本当だろうか？　本当かどうかは重要だろうか？

　いや、やはり祖父は勘定に入らない。この人は測りようがないのだ。本人もきっと下手な駄洒落を飛ばして愚鈍ゆえに資格なし、とでも言っただろう（inanity〔愚鈍〕とinsanity〔狂気〕をかけた洒落）。でもドン伯父さんはファーガソンの父より二、三歳若いだけであり、ゆえに比較対照の価値は十分にある。ひょっとしたらサム・ブラウンスティーンやマックス・ソロモン以上に適切な対象かもしれない。父もこの伯父もニュージャージー郊外に住んでいて、勤勉な中産階級の一員だが（一方は商売人、もう一方はホワイトカラー）、その反面、ドン・マークスは根っからの都会人で、ニューヨーク生まれのニューヨーク育ち、大学はコロンビア、そして何らかの奇跡によって勤め口というものを持たず（少なくとも雇用主がいて定期的に給料を受け取るという立場にはなく）、毎日家にいてタイプライターと向きあい、その機械から本や雑誌の記事が生まれてくる。ファーガソンが初めて知る、一人で完結している男なのである。伯父さんは三年前に、アッパー・ウェストサイドのアパートメントに妻と息子を残してミルドレッド伯母さんの住まいに移ってきた。これもファーガソンにとっては初めての、離婚歴ある男。伯母さんと二年間同棲して罪に生きた（これに関しファーガソンの父も祖父母も大叔母パールも眉をひそめたが、ファーガソンの母は笑っただけだった）のちに一年前から二度目の結婚生活に乗り出した。グレニッチ・ヴィレッジのペリー・ストリートにある、ドン・マークスとミルドレッド伯母さんが住んでいる小さなアパートメントには本がものすごくたくさんあって、本屋や図書館でもないのにこんなにたくさん本がある場所をファーガソンは見たことがなかった。何しろそこらじゅう、三つの部屋の壁を埋めつくす棚にも、テーブルや椅子の上にも、床にも、キャビネットの上にも本があって、この途方もない散らかりようにファーガソンは魅了されたが、それにとどまらず、とにかくこのような住まいが存在するという事実自体、世界には自分が知っている以外の生き方もあること、自分の両親の生き方が唯一の生き方ではないことを物語っていた。ミルドレッド伯母さんはブルックリン・カレッジ英文科の准教授で、ドン伯父さんは文筆家であり、これらの仕事から二人は金を、少なくとも暮らしていくに十分な金を稼いでいるにちがいないが、お金を稼ぐ以外のために二人が生きていることはファーガソンの目にも明らかだった。

あいにくそのアパートメントに行く機会はあまりなく、これまで三年のあいだに三度行けただけだった。一度は両親とディナーに、二度は母親と二人だけの午後の訪問。ファーガソンはこの伯母と新しい伯父に対して親しみを覚えていたが、なぜか母とその姉は親密ではなく、また残念ながらもっと明らかなのは、ファーガソンの父とドン・マークスに共通の話題が何もないことだった。父と伯母は前々から仲よくやっていると思えたし、伯母が独身でなくなったいま、母と伯父についてもそうだとファーガソンは確信していた。問題は女性同士、男性同士である。母は二人姉妹の妹としてつねに姉ミルドレッドを見上げてきたし、ミルドレッドは姉としてつねに母を見下してきた。そして男たちに関しては、たがいが相手の仕事と人生観にまったく興味を持たなかった。一方はドル、一方は言葉。加えて、ドン伯父さんが戦争中ヨーロッパで戦ってきたのに対しファーガソンの父親はアメリカにとどまったこともいっそう隔たりを広げている気がしたが、これは単なる思い過ごしかもしれない。マックス・ソロモンもやはり元兵士だったが、それで父と話ができないということはないのだから(まあファーガソンの父が相手とあっては話が弾むということもないのだが)。

とはいえ、感謝祭、過越しの祭、時おりの日曜の集まりには両方の家族が祖父母のアパートメントを訪れたし、また別の日曜には、ミルドレッド伯母さんとドン伯父さんが紫のプリマスの後部席に乗り込んで祖父母と一緒にニュージャージーまで日帰りでやって来たりもした。というわけでファーガソンがドン伯父さんを観察する機会は十分にあって、それによって驚くべき結論に到達した。すなわち、生い立ち、学歴、仕事、生活様式のきわめて大きな違いにもかかわらず、二人は同じでないより同じである度合の方が高く、ファーガソンの父はサム・ブラウンスティーンやマックス・ソロモンよりこの伯父に近い。金を稼ぐ仕事であれ言葉を紡ぐ仕事であれ、どちらも仕事に駆り立てられるあまりほかのあらゆることがお留守になっているし、二人とも仕事をしていないとピリピリして目の前のことに上の空で何を言われても反応は鈍く、自分の考えに没頭していて周りがほとんど見えていない。ドン伯父さんの方が父親より口数が多いことは間違いないし、父親より愉快で飽きないが、ただしそれも本人がその気になったときだけであり、ドン伯父さんをよく知るようになったいま、伯父さんがしばしば、ミルドレッド伯母さんが声をかけても伯母さんがあたかも透明であるかのようにその向こうを見通しているみたいに見えることをファーガソンは知っていた。まるで伯母さんの背中のうしろにある何かを探しているように見え、ほかのことを考えているせいで伯母さんの言葉も耳に入らないみたいで、それは父が母を見るときによく見せる目付きとも――そしてそういう目付きはどんどん頻繁になってきている――似ていた。それは、頭の中にある自分自身の思考以外何も見えていない男の目付きだった。そこにいるのにそこにいない男、いなくなった男の、膜のかかった目付きだった。

そこが本当の違いだ、とファーガソンは結論を下した。金が少なすぎるか多すぎるかではなく、何かができるかできないかではなく、大きい家を買うとか高い車を買うとかでもなく、野心。ブラウンスティーンやソロモンが、比較的心安らかに人生をふわふわ進んでいけるのもそれで説明がつく。彼らは野心の呪いに苦しめられていないのだ。対照的に、父とドン伯父さんは自分の野心に駆り立てられていて、そのせいで、呪いにかかっていない人たちに較べて逆に世界は小さくなっていて、居心地のよさも減じている。なぜなら野心とは決して満足しないこと、つねにもっと多くを求めて飢え、どれほど成功しようとももっと大きい新たな成功に焦がれる気持ちが鎮まらないことだからだ。一軒の店を二軒にしたいと欲し、二軒を三軒にと欲し、四軒目、さらには五軒目を開く話をしているのと同じに、一冊の本はさらにもう一冊の本へのステップでしかなく、一生涯もっともっと本をと望みつづけ、そこでは商売人が金持ちになるのに必要なのと同じ集中、同じ一途さが求められる。アレクサンドロス大王が世界を征服したら、次は？宇宙船を作って火星を侵略するのだ。

ファーガソンはいまだ人生最初の十年間を終えておらず、したがって彼が読む書物はいまだ児童文学の領域に限定されている。ハーディボーイズ・ミステリー、高校フットボール選手や銀河系間旅行者をめぐる小説、冒険物語集、エイブラハム・リンカーンやジャンヌ・ダルクといった偉人の子供向け伝記。だが、ドン伯父さんの魂のはたらきを調査しはじめたいま、ここはひとつ伯父さんが書いたものを読むのも——読もうとしてみるのも——いいのではと考え、ある日母親に、伯父さんの本が家にあるかと訊いてみた。あるわよ、両方ともあるわ、と母は言った。

F　両方？　二冊しか書いてないってこと？

母　長い本なのよ、アーチー。どっちも書くのに何年もかかったのよ。

F　何の本なの？

母　伝記よ。

F　よかった。僕、伝記好きだよ。誰の伝記？

母　ずっと昔の人よ。クライストっていう、十九世紀初めのドイツ人作家。それとパスカルっていう十七世紀フランスの哲学者で科学者だった人。

F　聞いたことないな。

母　実は母さんも、それまで聞いたことなかった。

F　いい本なの？

母　だと思うわ。すごくいいって何人も言ってる。

F　母さんは読んでないってこと？

母　パラパラ何ページか読んだけど、通して読んではいないわ。悪いけど母さんの好みじゃなさそうなの。

F　でもほかの人たちはいいと思ってるんだよね。伯父さんきっと、すごく儲かっただろうね。

母　そうでもないわ。学者向けの本だから、読者はそんなに多くないのよ。それで伯父さん、記事や書評をたくさん書かないといけないのよ。本を書くためのリサーチをしてるあいだ収入の足しにするために。

F　僕、一冊読んでみようかな。

母　（ニッコリ笑って）読みたいんだったら。だけどアーチー、難しすぎてもがっかりしちゃだめよ。

かくしてファーガソンは母から二冊の本を渡された。どちらも四百ページ以上あってずっしり重く活字は小さく、挿絵はなし、オックスフォード大学出版局刊。パスカルの本の方がクライストの本より表紙が気に入ったので——真っ黒な背景に、そのフランス人の白いデスマスクがくっきり浮かんでいる写真だ——まずそっちに取り組むことにした。一段落見ただけで、難しいも何も、全然読めないことがわかった。まだ僕には無理だ、もっと大きくなるまで待たなくちゃと思った。

伯父さんの本は読めなくても、伯父さんが息子相手にどうふるまうかは観察できる。これはファーガソンには興味津々、最重要の問題である。そもそもこの問題が契機となって、現代アメリカの男性のありようを体系的に調べてみようという気になったのだ。自分の父に対する幻滅が募ってきたせいで、ほかの父親が息子にどう接しているかに目が向くようになったのである。この問題が自分に固有のものなのか、それとも男の子みなに共通のものなのか、判断するために証拠を集めねばならない。ブラウンスティーンとソロモンを通して、父親的ふるまいの二つの異なる発露をファーガソンは目のあたりにした。ブラウンスティーンは子供相手に陽気で仲よし、ソロモンは重々しく優しい。ブラウンスティーンはペチャクチャ喋って褒め、ソロモンはじっくり話を聞いて涙を拭いてやる。ブラウンスティーンはカッとなって人前で叱ることもあり、ソロモンは思うところがあっても外に出さず息子たちを叱ったり罰したりは妻ナンシーに任せている。二つの方法、二つの哲学、二つの人柄。一方はファーガソンの父親とは全然似ていなくて、もう一方はやや似ているがひとつ決定的な違いがある——ソロモンは絶対に居眠りしない。

　ドン伯父さんは居眠りしようがなかった。なぜならもはや息子と一緒に住んでおらず、息子と会うのはときどきでしかなかったからだ。毎月一回の週末、夏に二週間、合計一年で三十八日だけ。頭の中で計算してみて、自分の方がもっと頻繁に父親と会っているとファーガソンは悟った。まず年五十二回の日曜日があり、父の仕事が遅くならず夕食に帰ってくる夜が週におよそ半分あるから、月曜から土曜までの一家揃っての夕食がおよそ一五〇回。ドン伯父さんの息子が父親と接するより回数としてははるかに多い。だがそこには落とし穴があった。ファーガソンの新たないとこはその年三十八回をつねに父親と二人きりで過ごすのに対し、ファーガソンはもはや父と二人だけになることはまったくなく、部屋の中、車の中にほかに誰もいなかったのはいつだったか記憶を探ってみると、一年半以上前の雨降りの日曜の朝までさかのぼらないといけなかった。雨でテニスと〈グラニングズ〉という恒例の儀式も流れ、父と二人で以前の車ビュイックに乗り込み、ブランチの材料を買いに〈タバクニクス〉へ行って、番号札を持って列に並び、その混みあった、いい匂いのする店で白身魚、ニシン、ロックス（サケの燻製）、ベーグル、クリームチーズを買い込んだのである。くっきりとした輝かしい記憶だが、それが最後、一九五四年十月、ファーガソンの人生六分の一前のことであり、はっきりした記憶がない最初の三年間を除外するなら人生のほぼ四分の一前であって、ファーガソン自身はいま九歳だが、四十三歳の男にとっては十年前に等しいことになる。

　いとこは名をノアといい、ファーガソンより三か月半年下だった。「罪深い同棲」のあいだノアと会う機会がなかったことをファーガソンはひどく残念に思った。自分を捨ててミルドレッド伯母さんの許に走ったドン伯父さんに元妻は当然ながら激怒し、家庭を破壊した女とその家族に息子が接触して汚染されることを許さなかったのであり、「家族」とはアドラー家のみならずファーガソン家も含んでいたのである。が、ドン伯父さんとミルドレッド伯母さんが結婚に踏み切ったときこの禁止も解かれた。すべては合法となり、元妻は元夫に対してそうした強制ができる立場ではなくなったのだ。というわけでファーガソンは、一九五四年十二月に行なわれた結婚式でノア・マークスと出会った。それはファーガソンの祖父母のアパートメントで開かれたささやかな集いであり、招かれたのはせいぜい二十人、両家族の者たちに親しい友人が数人加わったのみだった。ファーガソンとノア以外その場に子供はおらず、二人はたちまち意気投合した。どちらも一人っ子できょうだいが欲しいとずっと願っていたのであり、年も同じで、これからはいとこになる。まあ義理のいとこと言うべきかもしれないが、とにかく同じ一族の中でつながったのであって、結婚式でのこの最初の出会いも、一種補足的な結婚、もしくは儀礼的な縁組、義兄弟の成立儀式となった。二人とも、自分たちがこれから一生ずっと関わりあうものと確信したのである。

もちろん、そうしょっちゅう会えるわけではない。一人はニューヨークに、もう一人はニューアークに住んでいるのだし、会える可能性がある日は一年に三十八日しかないから、結婚式があってからの一年半のあいだ、ノアに会ったのはせいぜい六、七回だった。もっと頻繁に会えたらとファーガソンは思ったが、ドン伯父さんの父親としてのパフォーマンスについて一応の結論に達するには十分だった。それはファーガソン自身の父親とは全然違っていたし、ブラウンスティーンやソロモンともやはり違っていた。とはいえ、そもそも息子のノアも例外的存在なのだ。痩せこけた、無茶苦茶な歯並びの、ブラウンスティーンやソロモンの子供たちとも全然似ていない、接するのに特別なコツが要る悪ガキ。ノアはファーガソンが初めて出会った、世界が善だと信じていない人間であり、破壊的な悪戯者、喋り出したら止まらない生意気な小僧で、とにかく頭はよく、かつしっかり笑わせてくれて、現時点でのファーガソンよりはるかに脳の回転が速く思考も洗練されていたから、友だちから見れば一緒にいてすごく楽しい子供であり、そしてファーガソンはいまや間違いなく友だちだった。

だが、母親と一緒に暮らし、父親とは年に三十八日しか会わないノアは、一緒にいるあいだ四六時中父の神経を逆撫でしていた。まあ無理もない、とファーガソンは考えた。ノアが五歳半のとき、ドン伯父さんは要するに彼を捨てたのだから。ファーガソンはノアのことが大好きになっていたが、この新しいいとこが時にどうしようもないろくでなしに、喧嘩腰の苛立たしい厄介者になることも知っていたから、ファーガソンの好意は父と息子のあいだでいささか分裂せざるをえず、捨てられた少年に連帯しつつも、弱みにつけ込まれている父親にもある程度同情した。ドン伯父さんはどうやら、ノアと出かけるときにファーガソンにも一緒に来てほしがっていることがじきに見えてきた——親子のあいだの緩衝材として、調停者、気をそらす存在として。かくして彼らは三人でエベッツ・フィールドに行ってドジャース対フィリーズ戦を観戦し、自然史博物館に行って恐竜の骨を眺め、カーネギー・ホール近くの名画座に行ってマルクス兄弟映画の二本立を観た。そうした午後のしょっぱなから、ノアはいつも辛辣なジョークを連発した。まったく何だって俺わざわざブルックリンくんだりまで引きずり出されないといけないのかね、でもそれが父親の役目ってものなんだよね、自分は野球なんぞまるっきり興味ないのに息子たちを暑い地下鉄に押し込んで球場に連れてくのがさ。あるいは——よう父さん、あのジオラマの穴居人、見た？　一瞬俺、父さん見てるのかと思ったよ。あるいは——マルクス兄弟！　それってうちの親戚かな？　俺、グルーチョに手紙書いて、あんたが俺のほんとの父さんですかって訊いてみようかな。実のところノアは野球が大好きで、自分ではまるっきり下手糞だったがドジャースの選手全員の打率を知っていたし、ジャッキー・ロビンソンの（父親からもらった）サインを胸ポケットに入れていた。実のところノアは自然史博物館のすべての展示に魅了され、もう帰る時間だよと父に言われても去りたがらなかった。実のところノアは『我輩はカモである』と『いんちき商売』の上映中ずっとゲラゲラ笑いっ放しで、映画館を出ながら叫んだ——何たる一族！　カール・マルクス！　グルーチョ・マルクス！　ノア・マルクス！　マルクス一族、世界を支配す！

　数々の暴風と対立、突然の凪(なぎ)と躁病的陽気さの爆発、交互に勃発する笑いと敵意。ノアの父親はその間ずっと、不可思議な、揺るぎない落着きをもって耐え抜き、息子の侮辱に決して反応せず、挑発にも乗らず、浴びせられる非難一つひとつを風向きが変わるまで黙って耐えていた。これは親のふるまいとしては何とも神秘な、前例のない形だとファーガソンは感じた。そしてこれは、大人の男が癇癪を堪(こら)えているという話ではなく、罪を犯した自分を息子が罰するのを止めずにいるということであり、罪の償いとしてこうした鞭打ちに身を委ねているのだ。何と奇妙な二人組だろう。傷ついた少年は、父に対する敵意みなぎる行為一つひとつによって愛を叫んでいて、傷ついた父は子を叱りつけ黙らせたりしないことによって、子がパンチを浴びせてくるままにさせることによって愛を発散している。そして、海が穏やかで、一時的に休戦が実現して父と子が一緒に同じ船に乗って漂っているときは、ひとつ目を見張るところがあることにファーガソンは気がついた。すなわち、ドン伯父さんはノアに向かって、ノアが大人であるかのように話すのだ。わざとらしく子供に合わせるのでもなく、親父風を吹かせて子の頭をぽんぽん叩きもせず、ああしろこうしろとルールを押しつけたりもしない。息子が話したら、父は聴く。息子が質問すれば、同僚を相手にしているみたいに答える。二人が話すのを聞いていて、ファーガソンは少し妬(ねた)ましく思わずにいられなかった。自分の父は、あんなふうに話してくれたことは一度もない。あんな敬意、好奇心とともに、目にさも楽しそうな表情を浮かべて話してくれたことはない。というわけで、全般的には、ドン伯父さんはよい父親だという結論にファーガソンは達した。欠陥のある父親かもしれず、落第した父親でさえあるかもしれないが、でもいい父親だと。そしていとこのノアは、時おりちょっと無茶苦茶になるけれど、ファーガソンの最良の友なのだ。

　六月なかばのある月曜の朝、母親は朝食の席で、夏の終わりまでに新しい家に引越すとファーガソンに告げた。来週に契約を結ぶのだと母は言った。それってどういう意味、とファーガソンが訊くと、家を買うということだ、金を払って書類にサインしたら新しい家が自分たちのものになるのだと母は説明した。それだけでも暗い話だったが、母親はさらに、ファーガソンにはひどいことだし間違っているとしか思えないことを言ってのけた。**それでね、古い家にも買い手が見つかったのよ**と母は言ったのだ。古い家！　何言ってるんだ？　いまこの家で朝ごはん食べてるじゃないか、この家にいま住んでるんじゃないか、荷物をまとめて町の向こう側に行くまでは母がそんなふうに過去形を使う権利なんかないはずだ。

　何そんなにむすっとした顔してるの、アーチー？　これはいい知らせなのよ、悪い知らせじゃなくて。あんたったら、これから戦争に行こうとしてる人間みたいな顔してるわよ。

　誰もこの家を買わなければいい、この家は誰よりもファーガソン一家にふさわしいとみんなわかって誰も欲しがらなければいいと願っていた、この家が売れなければ新しい家を買うお金も出来ずここにとどまるしかなくなると思っていた、なんて母には言えない。なぜ言えないかといえば、母親がとても嬉しそうだったからだ。母のこんなに嬉しそうな顔を見るのは久しぶりであり、母の嬉しそうな顔を見るほどいいこともそうザラにないからだ。とはいえ、とはいえ、これで最後の望みもなくなってしまう、それがみんな自分の知らないところで起きたのだ。買い手！　その未知の人物は誰なのか、どこから来たのか？　何かが起きてしまうまで誰も彼に教えてくれない。物事はいつもファーガソンの知らないところで進められていて、彼には何の発言権もないのだ。僕だって一票入れたい！　子供でいるのはもううんざり、ああしろこうしろと小突き回されるのはうんざりだった。アメリカは民主主義のはずなのに、彼は独裁政権下で生きている。もう沢山だ。やってられない。

　それっていつのこと？　とファーガソンは訊いた。

つい昨日よ、と母は言った。あんたがドン伯父さんとノアと一緒にニューヨークにいるあいだ。それがね、びっくりする話なのよ。

　どういうこと？

　あんたミスタ・シュナイダーマン覚えてる？　母さんが若いころ勤めていた写真館をやってた人。

　ファーガソンはうなずいた。もちろんミスタ・シュナイダーマンは覚えている。年に一度くらい夕食を食べに来た気難しいお爺さん。白い山羊ひげを生やしていて、スープをズルズル音を立てて啜り、一度など食卓でおならをして自分では気づきもしなかった。

　でね、ミスタ・シュナイダーマンにはもう大人になった息子が二人いて、ダニエル、ギルバート、どちらもあんたの父さんくらいの歳で、昨日ダニエルが奥さんと一緒にここへお昼ご飯食べに来てね、で、どうなったと思う？

　言わなくてもわかるよ。

　びっくりする話だと思わない？

だろうね。

　あの人たち子供が二人いてね、十三の男の子と九つの女の子で、女の子のエイミーはそりゃもうびっくりするくらい可愛いのよ。ドキドキしちゃう美人なのよ、アーチー。

　よかったね。

　張りあいない子ねえ。だけどもしその子が、あんたの部屋に住むことになったら？　すごいと思わない？

　もうそのときはその子の部屋で、僕の部屋じゃないもの、べつにすごくなんかないよ。

　学年が終わり、その直後の週末、ファーガソンはニューヨーク州の田舎でのサマーキャンプに送り出された。家を離れたのはこれが初めてだったが、ノアも一緒だったので恐れもためらいもなく行くことができた。実際、いまは家にいることに嫌気が差していた。古くもないのに古い家だの、彼の部屋を盗む可愛い女の子だのといった話にはうんざりだったから、二か月田舎にいれば煩わしい話もきっと忘れられると思った。キャンプ・パラダイスはコロンビア郡の北東部に位置していて、マサチューセッツとの州境やバークシャーズの麓からもそう遠くない。両親が彼をそこへ送ることにしたのは、ナンシー・ソロモンの知りあいがそこに何年も行っている子供たちの親と知りあいで、その親が絶賛していたからで、ファーガソンの申し込みを済ませると母親は姉ミルドレッドにそのことを話し、ミルドレッドが夫に話して、ノアも申し込むことになったのだった。

　ファーガソンとノアは大勢の――七歳から十五歳までの男女二百人近くの――キャンプ仲間とともにグランドセントラル駅を出発した。列車に乗り込む二、三分前、ドン伯父さんはファーガソンを脇へ引っぱっていき、ノアのことをよろしく、厄介事に巻き込まれないよう、ほかの子供たちにいじめられないよう気をつけてやってくれと頼み込んだ。そこまで信頼してくれるとは、ファーガソンの中に何か強い、頼れるものがあると思ってくれている証拠である。ノアをちゃんと護るよう全力を尽くすとファーガソンは約束した。

幸い、キャンプ・パラダイスは荒っぽい場所ではなく、これならガードを解いても大丈夫とわかるまでにさして時間はかからなかった。規律も緩く、ボーイスカウトや宗教キャンプのように児童の人格を陶冶するのを目的としたりはせず、できるだけ楽しい日々を送る、というもっと低い志を指導者たちは掲げていた。はじめの何日か、ファーガソンが新しい環境に適応していく段階で、いくつか興味深い発見があった。まず、グループ内で郊外に住んでいるのは自分だけだということ。ほかは全員ニューヨーク暮らしであり、フラットブッシュ、ミッドウッド、ボロ・パーク、ワシントン・ハイツ、フォレスト・ヒルズ、グランド・コンコース等々の界隈で育った都会っ子の群れで、皆ブルックリンの子、マンハッタンの子、クイーンズの子、ブロンクスの子で、親は中流か中流の下の、教師、会計士、公務員、バーテン、巡回セールスマンなどだった。それまでファーガソンは、こういう私営のサマーキャンプはもっぱら金持ちの銀行家や弁護士の子供たちが行くものと思っていたが、どうやらそうでもないらしかった。そして日が過ぎていき男の子女の子の名前を何十と、ファーストネームも名字も覚えていくうちに、キャンプにいる全員がユダヤ系であることがわかった。オーナーから始まって（アーヴィングとエドナのカッツ夫妻）、ヘッドカウンセラー（ジャック・フェルドマン）、ファーガソンのキャビンのカウンセラーと副カウンセラー（ハーヴィー・ラビノウィッツとボブ・グリーンバーグ）、そうしてこの夏ここでキャンプして過ごす子供二二四人全員。ファーガソンがメープルウッドで通っている公立学校ではプロテスタント、カトリック、ユダヤ系が交じっていたが、ここでは一人残らずユダヤ系なのだ。ファーガソンは生まれて初めて、エスニックに閉じた場、一種ゲットーのようなものの中に放り込まれたわけだが、ゲットーといっても空気は綺麗で木々があって草があって頭上の青空を鳥が飛び交っていたから、状況の新しさにひとたびなじんでしまうと、もはやどうでもいいことになった。

何よりよかったのは、日々いろんな楽しい活動に明け暮れて過ごせることだった。野球、水泳、卓球といった勝手知ったるスポーツのみならず、アーチェリー、バレーボール、綱引き、ボート、幅跳びなど目新しい遊戯もたくさんあったし、最高だったのはカヌーを漕ぐときの奇跡のような感触だった。ファーガソンはがっしりした体付きの、運動好きの子供であり、こういう肉体的活動には自然と惹かれたが、キャンプ・パラダイスがいいのはいろんな活動から好きなものを選べることで、スポーツが得意でない子にはバットやボールで戦う代わりに絵、陶芸、音楽、演劇などが用意されている。唯一必修なのは水泳で、三十分のセッションが一日に二度、昼食前と夕食前に行なわれたが、水に入って体を冷やすのは誰もが喜んだし、泳ぎが得意でなければ湖の浅い方でバシャバシャやっていればいい。というわけで、ファーガソンがキャンプの一方の端で内野ゴロを処理している最中、ノアは向こう端のアート小屋で絵を描き、ファーガソンが大好きなカヌーで水上を滑っているあいだは芝居のリハーサルで忙しかった。チビで妙な風采のノアは、最初の週こそびくびくして落着かず、きっと誰かに転ばされるか罵倒されると思っている様子でファーガソンにしがみついていたが、そうした攻撃はいっこうに起こらず、じきにノアもなじんできて、何人か友だちも出来て、アルフレッド・E・ニューマン（風刺雑誌『MAD』のマスコット・キャラクター）の物真似でキャビン仲間をゲラゲラ笑わせ、何と（ファーガソンも仰天したことに）日焼けまでしてきた。

　むろん言い争い、対立、時おりの喧嘩はあった。ここはキャンプ・パラダイスであってパラダイスそのものではないのだ。とはいえファーガソンから見る限り常軌を逸したようなことは何もなかったし、彼自身一度だけ、一人の子と危うく殴りあいになりそうになったときも、仲違(たが)いの原因は些末そのもので、とうてい本気で争う気にはなれなかった。時は一九五六年、ニューヨークが長年にわたり野球宇宙の中心であり続けた時期であり、一九四八年を例外として、十年続けてニューヨークの三チームが野球界に君臨し、ヤンキース、ドジャース、ジャイアンツの最低どれか一チーム、しばしば二チームが、ファーガソンが生まれた年以来ずっとワールドシリーズに出場していたのである。誰一人中立ではありえなかった。ニューヨークとその郊外のすべての老若男女がどこかのチームを、大半はひたむきに応援した。ヤンキース、ドジャース、ジャイアンツを支持する者たちがたがいに軽蔑しあい、そこから多くの無用な口論が生まれ、時おり顔面へのパンチが生じ、一度などは酒場で一人が射殺されるに至ったことは有名である。ファーガソンの世代の子供たちにとってもっとも永続的だったのは、どのチームの中堅手が一番優れているかをめぐる論争だった。何しろ三人とも素晴らしい選手で、ほかのどのチームのセンターにも優っているのはむろん、野球史上最高のプレーヤーが揃っていると言ってよかった。デューク・スナイダー（ドジャース）、ミッキー・マントル（ヤンキース）、ウィリー・メイズ（ジャイアンツ）。それぞれの長所をめぐって若き者たちが何時間何十時間と議論を戦わせ、どのチームのファンも何しろ熱狂的であったから、たいていは純粋な、揺るがぬ忠誠心ゆえに自分のチームの中堅手を自動的に擁護するのだった。ファーガソンがドジャースのファンなのは、母がブルックリンでドジャース・ファンとして育ったからである。母が子供だったころのドジャースは、およそパッとしない、しばしば見るに堪えないチームだったから、負け犬を愛し見込みのない大義を支持する姿勢を母はファーガソンの中に叩き込んだ。だがそのドジャースもいまや強豪となり、ワールドシリーズも制覇して、王者ヤンキースと肩を並べるチームに成長し、その夏ファーガソンのキャビンで寝泊まりした少年八人のうちでも、ヤンキース三人、ジャイアンツ二人に対し三人がドジャースを応援していた。すなわち、ファーガソン、ノア、そしてマーク・デュビンスキーという名の男の子。ある日の昼食後の休憩時間のこと、ファーガソンの左のベッドに寝ている（右はノア）、ふだんはスーパーマンの漫画本を読み、手紙を書き、二日遅れの『ニューヨーク・ポスト』に載った野球スコアを吟味して過ごすこの四十五分に、デュビンスキーがいつもの問題をいま一度蒸し返し、その日の朝に二人のヤンキース・ファン相手にマントルよりスナイダーの方が上だと断固主張したと、当然ファーガソンも全面的に賛同するものと疑わずに報告した。ところがファーガソンはそうしなかった。もちろん自分は公爵（ザ・デューク）を崇拝しているけれど、選手としてはマントルの方が上だ、さらにメイズはマントルよりも上だ、まあほんのわずかの差かもしれないけれど明らかにメイズの方が上だ、君も事実を直視したらどうだ、自分をだましても仕方ないぞ、とデュビンスキーに説いたのである。ファーガソンの答えがあまりに予想外で、その口調があまりに冷静で、理性よりも信仰の力を重んじるデュビンスキーの信念を徹底的に破壊するものであったがゆえに、デュビンスキーはカッとなった。カンカンに怒って、次の瞬間、ベッドで横になっていたファーガソンの前に立ち、声を限りにわめいて、ファーガソンを裏切り者、無神論者、共産主義者、腹黒の詐欺師と罵り、腹に一発喰わして根性を入れ替えてやると叫んだ。デュビンスキーが両手で拳骨を作り、いまにも襲いかかってきそうなので、ファーガソンは起き上がって、まあ落着けよと言った。なあマーク、君が何を考えようと自由さ、だけど僕にも僕の意見を持つ権利があるんだよ、と。いいやそんなものはない、と依然逆上しているデュビンスキーは答え、ドジャース・ファンがそんな意見を持つ権利はないと言い張った。ファーガソンはデュビンスキーと喧嘩する気などなかったし、デュビンスキーもふだんはそんなふうにカッカする子供ではなかったが、なぜかその日は喧嘩がしたかったのか、ファーガソンの何かに苛ついて、自分たちの友情をとことん壊してしまおうという気になったのである。ベッドの上に座ったファーガソンが、何とか相手を宥(なだ)められるか、それとも立ち上がって戦うしかないか思案していると、ノアが突然割って入った。おいおい諸君、とノアは太い、暗いユーモアをたたえた、パパは何でも知っている的な声で言った。無意味な喧嘩はいますぐやめたまえ。誰が最高のセンターか、我々はみな知っているではないか？　ファーガソンもデュビンスキーもノアの方を見ると、本人は枕に肱をついて寝転がっている。デュビンスキーが、よしわかったハーポ（マルクス兄弟のハーポ・マルクスへの言及）、聞こうじゃないか、だけど下手な答えだったら承知しないからな、と言った。二人の注目を得たいま、ノアは一瞬間(ま)を置いてニッコリ笑った。何とも馬鹿っぽい、だが途方もない歓喜をみなぎらせたその笑顔はファーガソンの脳裡に焼きついて、その後も決して失われず、少年期から思春期、さらには成年期へと移行していくなかで何度も想起されることになる。稲妻のごとき、狂気をたたえた、純然たるその笑みは、それが続いた一秒か二秒のあいだ、九歳のノア・マークスの真の心を明かしていた。次の瞬間、ノア・マークスはこう言って対立に終止符を打った——僕だよ。

　初めの一か月、ファーガソンはこのキャンプにいて自分がどれだけ幸福か一度も考えなかった。やっていることに没頭しきっていて、立ちどまって自分の気持ちをふり返ったりはしなかった。いまに浸るあまり、その向こうやうしろが見えもせず、カウンセラーのハーヴィーがスポーツを上手くやるコツについて遣った言葉どおり、その瞬間に生きていた。おそらくこれが幸福というものの真の定義である。自分が幸福だとも知らず、いまを生きる以外何も考えないこと。ところがそこで、両親の訪問日が突如迫ってきた。八週間のキャンプの中間点を示す日曜日である。その日曜の前の数日間、両親に久しぶりに会うことを、母親に会うことさえも、自分が楽しみにしていないと気づいてファーガソンは愕然とした。母親がいなくてものすごく寂しいだろうと思っていたのにそんなことはなく、時おり何かの拍子にふっと一瞬心が疼く程度だったし、まして父親となると、この一か月ファーガソンの頭から消し去られ、もはや物の数に入らなくなったように思えた。家よりキャンプの方がいい、とファーガソンはつくづく感じた。友だちと一緒の生活の方が両親との生活より豊かで、満たされる。つまり両親は、かつて思っていたほど重要ではないことになる。この異端的な、革命的ですらある命題に、夜ベッドでファーガソンは思いをめぐらし、そうこうするうちに訪問日となって、母親が車から出てきて自分の方に向かって歩き出すのを見て、思ってもみなかったことにファーガソンは必死に涙をこらえていた。こんな馬鹿な話はない。こんなふうにふるまうなんて恥ずかしいもいいところだと思ったものの、母の腕の中に駆け込んで母のキスを受けるしかなかった。

だが、何かがおかしかった。ノアの父親ドン伯父さんがファーガソンの両親と一緒の車で来るはずだったのに、見当たらないのでどうしたのかと訊いてみると、母はこわばった表情を見せ、あとで説明すると言った。およそ一時間後に「あとで」が訪れた。両親の車でマサチューセッツ州境を越え、グレート・バリントンの〈フレンドリーズ〉へ昼食に行ったときだった。いつものとおり、喋るのは母親だったが、今日ばかりは父親もじっくり注意を払い、ファーガソンに劣らず母の言葉に真剣に耳を傾けていた。ひとたびどういう話かがわかり、どういうことを言う義務を母が負っているかを考えれば、母が近年見た覚えのない激しい動揺を見せていることも驚きではなかった。話す声も震えていて、最悪の辛さを息子には味わわせずに済ませたいと思うものの、打撃を和らげようとすれば真実をねじ曲げてしまう。そしていま大事なのは真実であって、ファーガソンはまだ九歳だが、母は何としても彼にすべてを、何ひとつ省かずに告げねばならないのだ。

こういうことなのよ、アーチー、と母は言ってノンフィルターのチェスタフィールドに火を点け、青っぽい灰色の雲をフォーマイカのテーブルの向こうから吹き出した。ドンとミルドレッドは別れたの。二人の結婚は終わったのよ。理由を教えてあげられたらいいんだけど、ミルドレッドが言おうとしないの。すっかり参ってしまって、この十日間ずっと泣きっ放しなのよ。ドンがほかの誰かに走ったのか、それとも二人の仲自体が壊れてしまったのかはわからない、でもとにかくドンはもういなくなって、二人がよりを戻すチャンスはないの。あたしもドンと二度話したんだけど、ドンもやっぱり何も言わない。ミルドレッドとはもう終わりだ、そもそも自分たちは結婚すべきじゃなかった、初めから何もかも間違っていたんだとしか言わないのよ。いいえ、ノアの母親のところに戻るんじゃないのよ。パリに移住しようと思ってるんですって。ペリー・ストリートのアパートメントから自分の荷物はもう引き払ってしまって、月末前に発つんですって。それで、ノアの話なの。ドンはパリに発つ前にしばらくノアと一緒に過ごしたがっていて、それでドンの元妻が、つまり最初の元妻のグウェンドリンが、今日キャンプに来てノアを引きとってニューヨークに連れて帰るのよ。そうなのアーチー、ノアは帰るの。あんたたち二人がすごく仲よくなって、ほんとにいい友だち同士だってことはわかってるんだけど、これぱっかりはどうしようもないの。あたしもあの女に、グウェンドリン・マークスに電話してね、ドンとミルドレッドのあいだに何があったか知らないけど子供たち二人は一緒にいさせてほしい、このせいで二人の友情までどうにかなったら辛いって言ったんだけど、あの女は冷たい女なのよアーチー、恨みと怒りしかなくて、心が氷で出来てるのよ、そんなこと考える気もないって言ったのよ。じゃあ父親がパリに行ったあとは？　ノアはキャンプに戻ってくるの？って訊いたら、問題外ね、って言うのよ。ならばせめて日曜に二人がさよならを言う機会は与えてやってよね、って言ったら、何て言ったと思う——何のために？ですって。あたしもうとことん頭に来て、いままであんなに腹が立ったことはなかったくらいで、何でそんなこと言えるのよ？ってどなりつけたの。そしたら落着き払った声で、ノアを感情的な場から守ってやる必要がある、ただでさえ大変な境遇なんだからって言ったのよ。あんたに何て言ったらいいかわからないわ、アーチー。あの女は頭がおかしいのよ。で、ミルドレッドは精神安定剤で朦朧としていて、ベッドに入って泣きっ放し。ドンは彼女を捨てて出ていって、ノアはあんたから奪われた。はっきり言ってもう地獄よね。

キャンプ・パラダイスの二か月目は、空っぽのベッドの一か月だった。ファーガソンが依然寝ているベッドの右側のメタルスプリングには、シーツも剥がれたマットレスが載っている。もうここにいないノアのベッド。ファーガソンは毎日、いつかまたノアに会うことがあるだろうかと考えた。一年半いとこ同士で、いまはもうそうではない。伯母さんが伯父さんと結婚したが、いまはもう結婚していなくて、伯父さんは大西洋の向こう側に住んでいて、もはや息子と一緒に過ごせない。つかのますべては堅固だったのが、ある日太陽が昇ると世界は溶けはじめるのだ。

ファーガソンは八月の終わりにメープルウッドの家に帰ってきて、自分の部屋にさよならを言い、裏庭の卓球台にさよならを言い、台所の破れた網戸にさよならを言い、翌週、彼と両親は町の向こう側の新しい家に移った。より豪勢に暮らす時代がこうして始まった。

2.1

物心ついたころからずっと、ホワイトロックのボトルの女の子の絵をファーガソンは見てきた。母親が週二回A&Pへ行くたびに、この銘柄のセルツァー水を買ってくる。父親はセルツァー水の効能の揺るがぬ信奉者だったから、夕食の食卓にはいつもホワイトロックのボトルがあった。というわけでファーガソンは何百回となくこの女の子を観察してきた。ボトルをそばに置いて、ラベルに白黒で描かれたその半裸の姿を眺める。誘惑的で、神々しく優雅、小さな胸はむき出しで、腰に巻いた白い布がはだけて右脚があらわになっている。折りたたんだその脚を女の子は前方にさらし、両手両膝をついて身を乗り出し、まさにWhite Rockと書いてある突き出た岩の上から池を覗き込んでいる。奇妙なことに、まったくありそうもないことに、女の子の背中からは透明な羽が二枚飛び出していて、彼女が人間以上の存在であること、何らかの女神か魔法の存在であることを伝えている。手足はひどくほっそりして、体もすごく小さいという印象を与え、大人の女性というよりはまだ少女という感じだった。胸もあるにはあるが、ひどく小さなつぼみのような胸であり、小綺麗にピンで留めた髪が、首と肩の輝く肌をさらした姿は、まさに男の子が真剣な思いを抱きそうなたぐいの女の子だった。男の子がもう少し大きく、十二、三歳くらいになったら、彼女も本格的にエロチックな魅力の持ち主へと容易に転じうる。肉体の情熱と、目覚めた欲望の世界へと誘う存在。ひとたび自分の身にこれが起きてからは、ホワイトロックのボトルを見るときに両親に見られていないか、ファーガソンは気をつけるようになった。

　それから、ランドーレイクス・バターの箱の、膝をついて座っているネイティブアメリカンの女の子。長いお下げの黒髪、カラフルな羽根がビーズのヘッドバンドから二本突き出た思春期の美女である。ホワイトロックのニンフのライバル候補だが、あいにくこっちはすっかり服を着ていて、これによって魅力は激減していたし、それにまた肱の問題があった。両方の脇腹から肱が横に突き出ているのは、ランドーレイクス・バターの箱を――いまファーガソンが目の前に置いているのと同一の、ただしもっと小さい箱を――掲げているからで、その中にもこの女の子がもうひとつの、より小さいランドーレイクス・バターの箱を掲げている絵があって、ファーガソンにとってこれは、興味深くはあれ混乱させられる発想に思えた。無限に縮んでいく女の子が、無限に縮んでいくバターの箱を掲げている。クエーカー・オーツの箱もこれと同じで、黒い帽子をかぶった笑顔のクエーカーがどんどん小さくなって、人間の視覚では捉えられないどこか遠い消失点に向かって後退していく。世界の中の世界、その中にもまた世界があって、その中にもまた世界があって、その中にも……ついには原子一個の小ささまで縮んでも世界はなお縮みつづけている。これはこれで面白いが、夢を刺激する素材とはなりがたい。したがってネイティブアメリカンのバター乙女は、ホワイトロックのお姫さまに大きく水を開けられた二位でありつづけた。

だが十二になってまもなく、ファーガソンはある秘密を教えられた。同じ通りに住む友人ボビー・ジョージの家へ遊びに行って、キッチンで一緒にツナサンドを食べていると、十四になるボビーの兄カールが入ってきた。がっしりして背が高く、数学が得意でニキビ面のカールは、時に弟をいじめることもあれば、ほとんど同等に扱うこともあったが、この三月なかばの雨の土曜の午後、予測不能なるカールは寛容な気分だった。テーブルに座ってサンドイッチをもぐもぐ嚙んで牛乳を飲んでいる弟たちに、俺すごい発見したんだぜとカールは言った。その発見が何なのかを言う代わりに、冷蔵庫を開けてランドーレイクス・バターの箱を取り出し、流し台の横の引出しからハサミとセロテープを出して、三つの品をテーブルに運んできた。見てろよ、とカールは言って、少年二人が見守る前で、六面体の箱をハサミで六つに切り分け、インディアンの女の子の絵が刷られた大きな面二枚を脇によけた。そして一方の絵にハサミを入れて、女の子の両膝と、膝のすぐ上の、スカートの裾の下から突き出ているむき出しの肌を切り取り、それをもう一枚の絵のバター箱の上方にセロテープで貼ると、見よ、膝が胸に変容したではないか――大きな裸の胸が一対、どちらもちゃんと真ん中に赤い点があって、誰が見ても完璧に描かれた乳首として通る。つんと澄ましたラコタ族のインディアン娘が、妖艶なグラマーに変身したのだ。カールがニヤニヤ笑い、ボビーがケラケラ大声で笑うなか、ファーガソンは何の音も立てずにじっと見入っていた。何てあざやかな手口だろう。ハサミを何度か動かして、透明なテープを一切れ使っただけで、バターガールは服を脱がされたのだ。

『ナショナル・ジオグラフィック』にも裸の女性の写真が

載っていた。この雑誌はボビーの両親が購読していて、なぜだか決して捨てなかったので、一九五九年の春、ファーガソンとボビーはたびたび学校から帰ってきてはジョージ家のガレージに直行した。ここに積んである黄色い雑誌を二人で一ページ一ページ見ていき、胸をさらした女性の画像を探すのだ。それらはアフリカや南米の原始的な種族の文化人類学的実例で、暖かい気候の地に住む、黒い肌や茶色い肌の女たちがほとんど裸で歩き回り、アメリカの女性が手や耳をさらすのと同じ無頓着さで胸をさらして恥ずかしくも何とも思っていない様子だった。写真は全然エロチックではなく、稀に十冊に一回くらいの割合で若い美しい女性が現われもしたが、大半の女性はファーガソンから見て魅力的ではなかった。それでもこれらの写真を見れば、少なくとも女性の体に無限のバラエティがあることはわかり、心ときめく、ためになる体験だった。特に胸は、大きさも形も本当にみな違っていて、大から小そしてその中間、弾む波打つ胸からぺしゃんこの垂れた胸、誇らしげな胸から打ちひしがれた胸、左右対称の胸から奇妙に不揃いな胸、笑っている胸から泣いている胸、老婆の萎んだ乳房から子に乳を与えている母親の巨大に膨らんだ乳房……。こうした胸探索の最中、ボビーはさんざんクックッと笑ったが、それはボビー自身やらしい写真と呼ぶものを見たいと思ってしまう気まずさを隠すための笑いだった。ファーガソンはそれらの写真をやらしいとは思わなかったから、見たいと思う自分の欲望が気まずくもなかった。胸は重要である。女を男と分ける一番目立つ、一番よく見える特徴なのだから。いまや女性はファーガソンにとって大きな興味の対象であり、まだ十二歳、思春期前の子供とはいえ、自分の中で何かがむくむく蠢(うごめ)いていて、子供でいる日々ももうそう長くはないことは明らかだった。

状況は変わっていた。一九五五年十一月の倉庫泥棒、そして五六年二月の自動車事故で、ファーガソンの伯父二人は一族の輪からいなくなった。面目を失ったアーノルド伯父はいまや遠いカリフォルニアで暮らし、死んだルー伯父は永久にこの世を去って、〈3ブラザーズ・ホームワールド〉は消滅した。ファーガソンの父は、店を維持しようと一年近く奮闘したが、警察は盗まれた商品を取り戻せなかったし、兄を訴えるのを拒んだことで保険金を請求する権利も放棄してしまい、兄に情けをかけたことから生じた損失はあまりに大きく、結局父は、さらに借金を重ねるよりはと、ファーガソンの祖父に援助してもらって、銀行から借りた緊急ローンを返済し、あとはすべてを売却した。店舗、倉庫、わずかに残った在庫を手放し、兄たちの亡霊から逃げ、二十年以上のあいだ自分の人生そのものだった、いまや破滅した事業から逃げたのである。もちろん店舗はいまもスプリングフィールド・アベニューの同じ地点に建っているが、いまは〈ニューマン特価家具店〉と呼ばれている。

店を売った金で、父親は借りた金を義父に返し、前よりずっと小さな店〈スタンリーズTV&レイディオ〉をモントクレアに開いた。ファーガソンから見ればこっちの方が前よりずっとよかった。新しい店は〈ローズランド・フォト〉と同じ界隈にあったから、いつでも好きなときに両親の店どちらにも寄れるようになったのだ。まあたしかにだいぶ狭かったが、それはそれでこぢんまりとして心地よく、放課後に父親の店を訪ねるのは楽しかった。奥の部屋の作業台に父と並んで座り、父がテレビ、ラジオ、その他あらゆるものを修理し、働かなくなったトースター、扇風機、エアコン、照明器具、レコードプレーヤー、ミキサー、ジューサー、掃除機等々を分解してまた組み立て直すのを眺める。何でも直せる男だという評判がまたたく間に広がったので、若い店員マイク・アントネッリが表の部屋でラジオやテレビをモントクレアの住民に売っているあいだ、スタンリー・ファーガソンは一日の大半、裏の部屋で黙々修理仕事に励み、壊れた機械がまた動くよう根気よく解剖する作業に携わった。アーノルドの裏切りによって父の中の何かが壊れてしまったこと、かつての店が小さくなって生まれ変わったことが父個人にとって大きな敗北であることはファーガソンにもわかったが、父の中の何かがいい方に変わってもいて、その恩恵の主たる享受者は母とファーガソンだった。両親が喧嘩することも前よりずっと少なくなった。家の中の緊張が薄まって、完全に消えたように思えることも多く、母と父が毎日一緒に昼食を食べるようになったこともファーガソンにとっては心強かった。二人だけの、〈アルズ・ダイナー〉の隅のブースでのランチ。いろんな言い方で、けれどいつも基本的にはつねに同じことを、母親はファーガソンに向かって言った。要するにその意味は、**あんたの父さんはいい人よアーチー、誰よりもいい人よ**。いい人、いまもほとんど喋らない人、でももう第二のロックフェラーになる夢は捨てたから、父と一緒にいてファーガソンは前よりずっとくつろげた。いまでは少し話もできるようになって、大半の時間はひとまず父が自分の言うことを聞いてくれていると確信できた。喋らないときでも、放課後に父と並んで座り、父が作業台の一方の端でまたもうひとつ損なわれた機械を分解しては組み立て直すあいだ、自分ももう一方の端で宿題をする。それはとても楽しい時間だった。

3ブラザーズ・ホームワールドのころに較べて、お金は潤沢ではなくなった。前は二台だった自家用車も一台だけ(母親の一九五四年型パウダーブルーのポンティアック)になり、あとは両脇のサイドドアに父親の店の名が入った赤いシボレーの配達用トラック。過去には両親二人で週末に遠出したりもしたが——たいていはキャッツキル山地に二泊、〈グロシンガーズ〉〈ザ・コンコード〉といったホテルでテニスとダンス三昧——一九五七年にスタンリーズTV&レイディオを開いてからはそれもやめた。一九五八年、ファーガソンに新しいグラブが必要になると、前ならモントクレアにあるスポーツ用品店〈ギャラガーズ〉で同じものを買うようお金を渡してくれただろうが、今回は父親が車でわざわざニューアーク都心にあるサム・ブラウンスティーンの店まで連れていって仕入れ価格で買ってくれた。〈ギャラガーズ〉なら三十二ドル五十セントのところが二十ドルちょうど、十二ドル五十の差であり、大局的にはさしたる違いではないだろうが、とはいえ重大な節約であり、ファーガソンとしてもこの一件で、生活は変わったのであり今後は絶対に不可欠な物以外両親に何かねだるときはよく考えねばならないと悟った。その後まもなく、キャシー・バートンの雇用が打ち切られた。一九五二年にファーガソンの母親とミルドレッド伯母さんが空港で抱きあって泣いたのと同じように、もうあなたを雇いつづける余裕がないのだとキャシーに告げた朝、キャシーも母も泣いた。昨日はステーキだったのが、今日はハンバーガー。一家は一段か二段格が下がったわけだが、ちょっとくらいの緊縮で一々悩んでも仕方ない。図書館で借りても本屋で買っても本は本だし、公営コートでやろうがプライベートクラブでやろうがテニスはテニスであり、ステーキもハンバーガーも元をたどれば同じ牛であって、ステーキはよき人生の頂点ということになっているけれど、実のところファーガソンは前からハンバーガーが好きだったのだ。特に、ケチャップをつければ——父親の大好物である分厚いミディアムレアのサーロインにケチャップを塗りたくったことだってあるくらいなのだ。

　週で一番いい日はいまでも日曜であり、よその家に行ったりよその人が来たりもせず両親と三人だけで過ごせる日曜はとりわけよかった。いまやファーガソンも大きく逞しくなって、スポーツ好きのすばしっこい十二歳になっていたから、両親との朝のテニスマッチは楽しかった。父相手のシングルマッチ、母と子対夫＝父の二対一マッチ、ファーガソンが父と組んでサム・ブラウンスティーンとその次男と戦うダブルス。テニスが済むと〈アルズ・ダイナー〉のランチに加えて絶対欠かせぬチョコレート・ミルクセーキ、ランチが済むと映画、映画のあとはグレンリッジの〈グリーンドラゴン〉での中華料理か、ミルバーンの〈リトルハウス〉のフライドチキンか、ウェストオレンジの〈パルズ・キャビン〉での熱々のオープン・ターキーサンドか、モントクレアの〈クレアモント・ダイナー〉のポットローストとチーズブリンツ……いずれもニュージャージー郊外の混みあった安価な夕食スポットであり、騒々しく垢抜けないかもしれないが、食べ物は美味しいし、こうして日曜の夜を親子三人一緒に過ごせるのだ。もうそのころのファーガソンはじわじわ両親から離れていきつつあったものの、一週間のうちこの一日があるおかげで、神々はその気になれば恵み深くなってくれるという幻想を保っていられた。

ミルドレッド伯母さんとヘンリー伯父さんは結局、ファーガソンが小さいころ切望したようなアドラーいとこを産み出さずに終わった。理由は不明だった。不妊症か、生殖不能か、それとも世界の人口を増やすことを意識的に拒んだのか。が、まずは失望したものの、西海岸にいとこがいないゆえ生じた真空は、回りまわってファーガソンに有利にはたらいた。ミルドレッド伯母さんは妹と親密でなかったとはいえ、自分の子供はいないし、周りにはほかに甥や姪もいないので、伯母さんの中の母性的衝動はすべて、唯一無二なるアーチーに向けられたのである。伯母さんとヘンリー伯父さんはファーガソンが五つのときにカリフォルニアに移って以来、何度かニューヨークに戻ってきて夏じゅう滞在していったし、一年の残り、バークリーに戻っていても、伯母さんは手紙を、時には電話までくれて甥との接触を保っていた。伯母さんにはどこか冷たいところがあること、非情で独善的になるときもあり他人に対し無礼になる場合すらあることをファーガソンは理解していたが、彼が相手、唯一無二のアーチーが相手だと伯母さんは別人だった。ファーガソンが何をして、何を考え、何を読んでいるかに興味を持ってくれて、何かにつけて褒めてくれて、いつも上機嫌なのだ。幼いころから事あるごとにプレゼントを買ってくれて、たいていは本かレコードをふんだんに与えてくれ、大きくなって知力も増したいま、カリフォルニアから送られてくる本とレコードの数も比例して増した。母と父に任せっ放しではちゃんと知的に導いてもらえないと思ったのか、両親は無学で頭空っぽのブルジョア二人組だと思ったのか、荒廃せる無知の地に住むファーガソンを救出するのが自分の義務であって彼が叡智の高尚なる坂をよじ登るのに必要な助けを与えられるのは自分であり自分だけであると考えたのか。伯母さんが（かつて父が母にそう言うのを小耳にはさんだとおり）偉ぶったインテリだということも大いにありうるが、偉ぶっていようがいまいが、彼女が本物のインテリだということは否定しようがなかった。ものすごい物知りで、大学教授として生計を立てている。伯母が与えてくれる書物は、甥にとって大いなる恵みにほかならなかった。

知りあいの中でも、ファーガソンほど本を読んでいる少年はいなかったし、伯母は十三年前の妹の幽閉期間に本を選んでやったのと同じ入念さをもって選んでくれたから、ファーガソンは伯母が送ってくる本を、肉体的な飢えにも似た貪欲さでもって読んだ。男の子が六歳から八歳、八歳から十歳、十歳から十二歳へ、さらにその先、高校の終わりまで見るみる成長していくなか、その渇望を満たすのはどんな本か、伯母は正確に理解してくれていたのである。まずはおとぎばなし（グリム兄弟、スコットランド人ラングが編んだ色分けした童話集）、次に不思議と幻想の物語（ルイス・キャロル、ジョージ・マクドナルド、E・ネズビット）、それからブルフィンチによるギリシャ・ローマ神話の語り直し、子供版『オデュッセイア』、『シャーロットのおくりもの』、『千一夜物語』からえり抜いて編み直した『船乗りシンバッド七つの航海』、そしてその数か月後には『千一夜物語』全体から選び出した六百ページの抜粋版、その翌年には『ジキル博士とハイド氏』、ポーの恐怖小説と探偵小説、『王子と乞食』、『さらわれたデービッド』、『クリスマス・キャロル』、『トム・ソーヤーの冒険』、『緋色の研究』。『緋色の研究』に対するファーガソンの反応がきわめて強かったので、十一歳の誕生日にミルドレッド伯母さんから届いたプレゼントはものすごく分厚い、挿絵がふんだんに入った『シャーロック・ホームズ全集』一巻本だった。

　本に加えてレコードもあり、ファーガソンにとってはこちらも劣らず重要で、九歳か十歳のころから始まって、この二、三年は特に、三、四か月の間隔で着々届くようになっていた。ジャズ、クラシック、フォーク、リズム&ブルース、時にはロックンロールまで。ここでもやはり、ミルドレッド伯母さんの方法は厳密に教育的であり、段階を追ってファーガソンを導いてくれていた。ルイ・アームストロングはチャーリー・パーカーより前に来なければならず、パーカーはマイルス・デイヴィスより前に来なくてはいけない。チャイコフスキー、ラヴェル、ガーシュウィンがまず来てからベートーヴェン、モーツァルト、バッハが出てくるし、レッドベリーより先にウィーヴァーズを聴かねばならず、コール・ポーターを歌うエラ・フィッツジェラルドは「奇妙な果実」を歌うビリー・ホリデイまで進むのに必要な第一歩だった。

　悔しいことにファーガソンは、音楽を演奏する才が自分にまったくないことをすでに思い知っていた。七つのときにピアノに挑戦して一年で放棄し、九歳のときにコルネットを試してやめ、十歳でドラムを試してやめた。なぜか楽譜を読むのに苦労してしまい、紙の上に並んだしるしをどうしても吸収できないのだ。五線の上やあいだに収まった白や黒のオタマジャクシ、フラットやシャープ、調子記号、高音部記号に低音部記号等々の表記がどうしても体になじんでくれず、かつて文字や数字がそうなったように見たら自動的に認識できるようにはならず、ゆえに一音一音、出す前に考えないといけなくて、それが一小節一小節進んでいく速度を遅らせ、結局のところ何を演奏するのも不可能になってしまう。これは悲しい敗北だった。いつもなら回転も速く能率もいい頭が、これら御しがたい記号を解読するとなるととたんに機能不全に陥り、壁に頭をぶつけつづけるよりはと、見切りをつけて諦めたのだった。この敗北が悲しいのは、音楽は大好きだったし、他人の演奏を聴く耳はしっかり持っていて、作曲や演奏の微妙な違いも繊細に感じとれるのに、自分で演奏するとなるとからきし駄目、まったくの落第生だからだった。というわけでいまはもう聴き手に、熱心で献身的な聴き手に徹していて、生きていることの基本的理由のひとつにちがいないこの献身にいかなる滋養を与えればいいか、ミルドレッド伯母さんはちゃんと心得てくれていた。

その夏、例によってヘンリー伯父さんと二人で東部に戻ってくると、伯母さんはもうひとつの大きな関心事についてファーガソンに光をもたらしてくれた。本とも音楽とも無関係だが、彼の精神にとっては等しく——ことによるといっそう——重大な事柄である。伯母さんが唯一無二の甥とその両親の家に何日か泊まりにモントクレアへやって来て最初の午後に、二人きりで昼食を食べている最中(母と父は仕事に出かけていた)、テーブルの上に載っているホワイトロックのセルツァー水のボトルをファーガソンは指さし、なぜこの女の子は背中から羽が生えているのかと伯母に訊ねた。訳がわからないよ、と彼は言った。神話的な存在で天使の羽か鳥の羽というならわかる、これはいかにも弱そうな昆虫の羽、トンボか蝶の羽なのだ。どうにも理解に苦しむ。

これが誰だかわからないの、アーチー? と伯母さんは訊いた。

わかんない、とファーガソンは答えた。もちろんわからないよ。わかってたら訊くわけないでしょ?

二年くらい前にあげたブルフィンチ、読んだと思ったんだけど。

読んだよ。

全部?

と思うよ。一、二章は見落としたかもしれないけど。覚えてないな。

べつにいいのよ。あとで見てごらんなさい(ボトルをテーブルから持ち上げ、女の子の絵を指でとんとん叩く)。あんまりいい絵じゃないけど、これ一応プシュケよ。どう、思い出した?

クピドとプシュケ。あの章読んだけど、プシュケに羽があるなんて書いてなかったよ。クピドには羽があって、弓矢も持ってるけど、クピドは神で、プシュケはただの人間でしょ。綺麗な女の子ではあるけど、あくまで人間の女の子で、僕たちと変わらない。いや、待って。思い出した。クピドと結婚して、プシュケも不死身になるんだ。そうだよね？　でもやっぱり、何で羽が付いてるのかわからないな。

　ギリシャ語の「プシュケ」には二つ意味があるのよ、と伯母さんは言った。二つの全然違う、でも面白い意味。「蝶」と「魂」。だけどよく考えてみれば、蝶と魂って、実はそんなに変わらないでしょ？　蝶は芋虫から始まる。醜い、地べたを這いつくばる、ニョロニョロの虫、それがある日蛹（さなぎ）になって、一定の時間が経つと蛹が開いて蝶が、この世で一番美しい生き物が出てくる。魂にも同じことが起きるのよ、アーチー。闇と無知の深みでもがいて試練や不運に耐えて、その苦しみによって少しずつ純粋になって、辛いことを体験するなかで強くなっていく。そしてある日、それがまっとうな魂であれば、蛹を破って出てきて、華麗な蝶のように空高く飛んでいくのよ。

　というわけで音楽の才はなく、絵の才もなく、歌や踊りや演技もからきし駄目だが、ひとつだけ才能があるのはゲームだった。肉体的なゲーム、季節ごとに変わるあらゆるスポーツ。暖かい気候のあいだは野球、涼しくなればフットボール、寒い季節はバスケット。十二歳になるころにはこれらすべてのスポーツのチームに属し、一年じゅう休みなくプレーしていた。一九五四年九月末のあの午後、キャシーと一緒にメイズとローズがインディアンズを破るのを見た午後以来、野球こそがファーガソンの情熱の中心であり、翌年本格的にプレーするようになると、自分でもびっくりするくらい得意で、守備も打撃も周りの誰にも負けず、試合中それぞれの場面で何をすべきか、本能的な勘がはたらいた。自分が何かを上手にできるとわかったら、これからもずっと上手くやりたい、機会あるごとに上手くやりたいと願うものである。無数の週末の朝、無数の平日の午後、一週間ずっと無数の夕方早くの時間、友人たちと一緒に公園で即席のゲームをやり、さらには地元版の派生物も数々あった——スティックボール、ストゥープボール、パンチボール、ウォールボール、キックボール、ウィフルボール、ルーフボール。そうして九歳になるとリトルリーグに入り、きちんと組織されたチームに所属して背番号もちゃんと付いたユニフォームを着るに至る。番号はいつも9、そのチームでもその後のチームでもいつもかならず9、九人の選手と九つのイニングの9、野球というゲームの純粋な数字的エッセンスとしての9、そしてダークブルーの帽子のてっぺんに縫われた白いG、チームのスポンサー〈ギャラガー運動具店〉のG。

　チームにはボランティアの専属コーチが付いていた。ミスタ・バルダッサリが週一回の練習で基本を鍛えてくれて、週二回の試合（土曜の午前か午後に一回、火曜か木曜の夕方に一回）では手を叩き、罵倒、命令、激励の言葉を浴びせ、その間ファーガソンは己のポジションに立って、チームに在籍した四年のあいだに、痩せたちっぽけな子供から逞しい少年に成長していった。九歳のときは二塁手で八番、十歳になり遊撃手で二番、十一・十二歳は遊撃手で四番、さらに観客の前でプレーする嬉しさも加わり、両親、きょうだい、友人、親戚、祖父母、ふらっと立ち寄った暇人等々が平均五十人から百人いて喝采、ブーイング、絶叫、拍手を浴びせ、第一球目から最後のアウトまで観客席で足を踏み鳴らす。ファーガソンの母親は四年間ほとんど一ゲームも休まず応援に来てくれて、ファーガソンはチームメートとウォーミングアップをしながら母親の姿を探し、突如母の姿が目に入る――観客席の定位置から母は手を振っていて、ファーガソンがバッターボックスに入るたびに母の声がほかのすべての声を貫いて聞こえてくるのだった。**さあ行けアーチー、リラックスよアーチー、かっ飛ばせアーチー**。それから〈3ブラザーズ・ホームワールド〉が消滅し〈スタンリーズTV&レイディオ〉が誕生すると父親も観に来てくれるようになって、母のように叫びこそせず、少なくとも歓声の中でも聞こえるほど力強く叫びはしなかったが、ファーガソンの打率を記録してくれたのは父の方で、年とともに打率も着実に上昇し、最後のシーズンは（その最後の試合はミルドレッド伯母さんとプシュケをめぐって会話した二週間前に戦われた）五割三分二厘という考えられないような数字に達したが、そのころにはもうファーガソンはチーム一の、リーグでも三本の指に入る選手になっていて、十二歳のトッププレーヤーとなればむしろそれくらいの打率が期待されたのである。

五〇年代、小さい子供はバスケットをやらなかった。三メートルのリングにシュートを打つにはまだ小さすぎるし弱すぎると見られていたのだ。したがってファーガソンがこの球技を学びはじめたのは十二歳になってからだったが、フットボールは六歳のときからずっとやっていた。ヘルメットにショルダーパッドも使うタックルフットボールで、走るのは取り立てて速くないが体力は十分なので主にハーフバックを務めたが、ひとたび手も大きくなってボールをしっかり摑めるようになるとポジションも変わった――パスを投げる能力が異様に高いことを本人も友人たちも発見したのである。右手で投げるスパイラルはほかの誰よりもスピード、正確さ、距離において優り、十四歳になるころには五十、五十五ヤードと飛ぶようになっていて、野球と同じ情熱と徹底ぶりでこの競技を愛したわけではなかったが、クォーターバックとしてプレーするのは胸躍る体験であり、スクリメージから三十、四十ヤード離れた地点から、エンドゾーンめがけて全力疾走しているレシーバーにロングパスを出す快感は何物にも替えがたかった。何もない空間をはさんだ、見えないつながりの感覚。それはほとんど超自然的であり、バスケットで六メートルのジャンプショットを決める体験とも似ていたが、撚(よ)り糸と鋼(はがね)で出来た命なき物体とではなく、もう一人の人間とつながる分、快楽もいっそう大きかったので、チームメートにボールを投げるときの血湧き肉躍る恍惚をくり返したいがために、このスポーツの嫌な要素（荒っぽいタックル、殺人的なブロック、打撲を招く衝突）にも耐えた。やがて一九六一年十一月、十四歳半の九年生のとき、体重九十八キロのディフェンス・ラインマン、デニス・マーフィーにタックルされ左腕が折れて病院に担ぎ込まれた。翌年の秋には高校チームのテストを受けるつもりだったが、フットボールで厄介なのはプレーするのに親の許可が必要であることで、高校に上がって第一日目に帰ってきて申込書を差し出すと、ファーガソンの母はサインすることを拒んだ。ファーガソンは母に嘆願し、母を糾弾し、ヒステリックで過保護の母親のようなふるまいを呪詛(じゅそ)したが、母ローズは頑として譲らず、フットボール選手としてのファーガソンのキャリアはこれで終わりを告げたのだった。

　あたしのこと阿呆だと思ってるのはわかるけど、と母は言った。いつの日かあんたはあたしに感謝するのよ、アーチー。あんたは逞しい子だけど、まるっきり鈍感になれるほど絶対逞しくも大きくもならない。フットボールやるにはそういう人間にならなくちゃいけないのよ――図体ばかりでかい独活(うど)の大木に、他人の体をぶち壊して面白がる馬鹿丸出しに、人間の顔したケダモノに。あんたが去年腕折って父さんもあたしもすごくショックだったけど、あれでよかったんだといまはわかる。あれは警告だったのよ。息子が高校で体メチャメチャにして生涯壊れた両膝を抱えてよたよた歩くようになるのをみすみす黙って見てる気はありませんからね。野球に専念しなさい、アーチー。野球は美しいスポーツだし、あんたはすごく上手で見ていて惚れぼれする。フットボールの試合なんかで怪我して野球もできなくなる危険冒すなんて駄目よ。どうしてもああいうパス投げたいんだったら、タッチフットボールにしなさい。ほら、ケネディ兄弟を見てみなさいよ。あの人たち、やってるでしょ？　ケープコッドで一家揃って芝生の庭で跳ね回って、フットボール左に右に投げて、首がもげそうなくらいゲラゲラ笑って。あれならすごく楽しそうじゃない。

　ケネディ兄弟。自立した、自由にものを考える、時おり反抗もする十五歳の少年となったいまも、母が依然としていかに自分をよく理解しているかにファーガソンは驚かされた。必要とあらば彼の心に――つねにまごついている、葛藤を抱えた心に——母は一気に飛び込んでくる。母にもほかの誰にも認めたくなかったが、フットボールについてはそのとおりだと彼にもわかった。母が言うとおり、血に飢えた戦いに自分は性格的に向いていないし、大好きな野球に集中した方がいいのだ。ところが母はさらに、ケネディ一族を持ち出してクランクをさらに一段回した。それがファーガソンにとって本当に重要な事柄であること、フットボールをやるかやらないかといったつかのまの問題よりもはるかに大切であることを母は承知していた。学校スポーツからアメリカ大統領へと話題をずらすことによって、会話は違った会話になり、もはや言うことは何もなくなったのである。

　この時点で、ファーガソンがジョン・F・ケネディの動向を追うようになってから二年半以上が経っていた。始まりは一九六〇年一月三日、民主党指名を目指しての大統領選出馬表明だった。ファーガソン十三歳の誕生日のちょうど二月前、新たな十年間が始まって三日目。ファーガソンはこの新しい十年の始まりを、歓喜に満ちた心機一転の時として楽しみにしていた。何しろ五〇年代、物心ついてからずっと、大統領と言えば老人の、心臓発作をよく起こすゴルフ好きの元将軍だったのだ。ケネディは彼にとって何か新しい、実に目ざましい存在に、世界を変えようという気力満々の精力的な若者に見えたのである。人種差別のはびこる不公平な世界、冷戦に支配された愚かしい世界、核軍備競争に脅(おびや)かされた危険な世界、知性なきアメリカ的物質主義にのうのうと浸っている世界、そうした状況に納得できる形で向きあっている候補者はほかにいなかった。ケネディこそ未来だとファーガソンは決めた。政治とはしょせんつねに政治だと理解するには彼はまだ若すぎたが、と同時に、このままでは駄目になってしまうと理解できるくらい大人ではあった。一九六〇年が始まった時期、日々はニュースに満ちていた。ノースキャロライナで黒人学生四人が人種隔離に抗議して食堂で座り込みを行ない、ジュネーヴで軍縮会議が開かれ、ソビエト領土内でU‐2スパイ機が撃墜されパイロットのゲアリー・パワーズが逮捕されたのを機にパリでの首脳会談からフルシチョフが退席してジュネーヴの軍縮会談は核軍備拡大抑止に関し何の成果もないまま終わり、これに続いてカストロと合衆国との敵対関係が過熱して、キューバからの砂糖輸入が九十五パーセント削減され、その七日後の七月十三日、ロサンゼルスでの民主党大会の第一回投票でケネディが指名を勝ちとった。その年に始まり三年続けて、ファーガソンは夏もニュージャージーにとどまり、モントクレア・マドヘンズの一員としてアメリカンリージョン・リーグでプレーし、最初の年は十四、十五歳ばかりのチームで唯一の十三歳としてまた一から始め、二塁手で一番バッターとして週四回試合に出た。七月、八月の暑い日々、ファーガソンは新聞を読み、『動物農場』『一九八四年』『カンディード』を読み、ベートーヴェンの交響曲第三番、五番、七番を初めてじっくり聴き、『MAD』も毎号欠かさず熟読し、マイルス・デイヴィスの『ポーギーとベス』を何度も何度もかけて、母の写真館と父の電器店にも相変わらずふらっと顔を出し、二言三言言葉を交わしてから、通りを一ブロック半先へ行った地元の民主党事務所に立ち寄って、大人のボランティアたちに交じって切手を貼って封筒を糊付けし、報酬にキャンペーンバッジ、ステッカー、ポスターをどっさりもらって、寝室の壁の空きスペースすべてにセロテープで留め、夏が終わるころにはファーガソンの部屋はケネディの神殿と化していた。

　何年もあと、歳を取ってもう少し物もわかってくると、若き英雄崇拝の時期を思い返してファーガソンはぞっと身をすくませることになる。だが一九六〇年の時点ではまさにそういう気持ちだったのだし、まだ十三年しかこの地球にいなかったのだ、物がわかるなんて無理な相談ではないか？　かくしてファーガソンは、かつてワールドシリーズでジャイアンツを応援したのと同じようにケネディを応援した。選挙もスポーツの試合と変わりはしない。殴打ではなく言葉ではあれ、最高に血なまぐさいボクシングの一戦に劣らず荒っぽい戦いであって、大統領選ともなれば戦いのスケールもおそろしく大きく壮麗であり、アメリカじゅう見回してもこんなに面白いショーはない。華やかなケネディ対陰気なニクソン、アーサー王対鬱屈居士（グルーミー・ガス）、魅力対怨念、希望対敵意、昼対夜。二人はテレビで四度戦い、ファーガソンは両親と一緒に四回とも小さなリビングルームで討論を観て、四回ともケネディがニクソンに勝ったと三人とも確信し、ラジオではニクソンの方が上だったと人々は言ったがいまでは何と言ってもテレビである。テレビはいたるところにあり、ファーガソンの父親が戦争中に予言したとおりじきにテレビがすべてになるだろう。テレビ大統領第一号が、国内戦線（ホーム・フロント）ならぬ家庭画面（ホーム・スクリーン）の戦いに明らかに勝ったのだ。

　十一月八日の、一般投票十万票の差――史上最小の部類に属す僅差である――の勝利と、選挙人投票での確固たる八十四票差の勝利。翌朝ファーガソンが学校へ行って親ケネディの友人たちと祝った段階ではそうした数字の一部はまだ発表されておらず、なぜイリノイから何の連絡もないのかをめぐって早くも憶測が飛び交い、シカゴのデイリー市長が共和党優勢の地区から集計機を盗んでミシガン湖に捨てたという噂が流れた。そうした非難が耳に届くと、ファーガソンはにわかには信じられなかった。あまりにも非道な、胸の悪くなる話ではないか。そんな不正は選挙を悪い冗談に、道を外れたごまかしと嘘から成る茶番に変えてしまう。が、憤慨の念をいまにも爆発させようとしたところで、ファーガソンは一気に思考の方向を切り換えた。そんなボーイスカウトみたいな寝言は忘れて、世の中何だってありうることを認めなくちゃいけない。腐敗した人間はどこにでもいる。権力がある人間ほど、腐敗する可能性も大きい。が、かりにその話が本当だとしても、ケネディがそれに絡んでいたと示唆するものは何もない。きっとデイリーとその手下の、クック郡の悪党どもがやったことだ。ケネディは違う、絶対違う。

とはいえ、〈未来の人〉に対する信頼は揺るがなくても、その日一日ファーガソンの心につきまとっていたのはミシガン湖の底に沈められた投票記録集計機のイメージであり、全国の数字が揃ってケネディがイリノイなしでも勝てたことが証明されたあとも、ファーガソンはなおもそれら集計機のことを考え、何年もずっと考えつづけた。

一九六一年一月二十日の朝、気分が悪いので学校を休んでもいいかとファーガソンは両親に訊いた。日ごろから真面目な、仮病を使ったりもしない子供だったから、願いは聞き入れられた。こうして彼は、母と父が繁華街で仕事をしている最中、テレビの前に座ってケネディの就任演説を観た。キッチン横の小さなリビングルームで、風吹きすさぶ厳寒のワシントンで行なわれた儀式を一部始終観たのである。とにかくあまりに寒く、あまりに風が強くて、目をしょぼしょぼさせた高齢のロバート・フロストがこの機のために執筆を依頼された詩を読もうと壇上に上がると——ファーガソンがただ一行暗唱している詩〈**黄色い森で分岐した二本の道**〉を書いたあのロバート・フロストだ——彼が書見台の前に出てきたとたんに風が突然一気に勢いを増し、詩人の両手から一枚のみの原稿を奪い取って宙高く吹き上げ、弱々しい白髪の詩人は何も読むものがない身で取り残されたが、そこは見事な落着きと機敏さを見せ——とファーガソンには思えた——新作の詩が観衆の頭上を舞うなか、かつて書いた詩を暗唱してみせ、大惨事になりかねなかった事態を一種奇妙な勝利に変えたのである。それは堂々とした、かつどこかコミカルでもある勝利であり、ファーガソンがその晩両親に語った言葉を使うなら「笑えて笑えない」出来事だった。

それから、宣誓就任したばかりの大統領が出てきて、演説を始めたとたん、そのきっちり巻き上げたレトリックの楽器から出てくるメロディがあまりに自然に感じられ、自分の内心の期待にあまりにすんなりつながったものだから、ファーガソンはいつしか音楽を聴くのとまったく同じようにそれを聴いていた。人類が死すべき手に持っている。この時この場から伝えよう。いかなる代償も払い、いかなる重荷も背負おう。あらゆる形の人間の貧困を根絶させ、あらゆる形の人間の生命を破壊しうる力。すべての国家に知らしめる。松明（たいまつ）は引き継がれた。どんな苦難にも立ち向かい、いかなる友も支持し、いかなる敵にも対抗する。新しい世代のアメリカ人。人類の最終戦争を食い止めている恐怖の危うい均衡。いまラッパがふたたび我々を召喚する。長い黄昏（たそがれ）の闘いの重荷を負えとの呼びかけ。だが始めよう。この世紀に生まれ、戦争によって鍛えられ、困難で苦々しい平和により律せられ。星々を探索しよう。問え。問うな。人類共通の敵との闘い——圧制、貧困、病気、戦争それ自体。新しい世代。問え。問うな。だが始めよう。

その後の一年八か月、〈未来の人〉がつまずきながらも進んでいくのをファーガソンは逐一見守った。平和部隊の誕生とともに政権を始動させ、四月十七日のピッグズ湾での失敗で危うく政権を崩壊させかけた。三週間後、アラン・シェパードという名の人間大フットボールがＮＡＳＡによって宇宙空間に蹴り上げられ、六〇年代が終わる前に人類は月面を歩くだろうとケネディは予言し、ファーガソンはこれを信じがたいと思ったが自分の支持する人物の正しさが証明されてほしかったのでそうなるように願った。やがてジャックとジャッキーのケネディ夫妻はパリへ行ってド・ゴールと会い、次にウィーンでフルシチョフと二日間会談し、その直後、ファーガソンが初めて読んだ現代アメリカの政治をめぐる本『大統領の誕生　一九六〇』で述べられていたとおり、またたく間にベルリンに壁が建てられエルサレムでアイヒマン裁判が始まった。禿げかけた、ピクピク顔のひきつる殺人者がガラスのボックスの中に一人で座った陰気な眺めをファーガソンは毎日放課後にテレビで観て、その恐ろしさに呑み込まれながらも画面に目は釘付けとなり、見るのをやめようにもやめられず、裁判が終わったころにはすでに『第三帝国の興亡』一二四五ページを読破していた。ブラックリストに名が載った元ジャーナリストのウィリアム・シャイラーによる、一九六一年の全米図書賞を受賞したその本は、ファーガソンがいままでに読んだ一番長い本でもあった。

翌年もまた、新たな地球大気圏外での偉業とともに始まった。ジョン・グレンが二月に対流圏の外まで飛び出て地球の周りを三周し、春にスコット・カーペンターもこれをくり返したのち、ジェームズ・メレディスがミシシッピ大学初の黒人学生となった（この光景もファーガソンはテレビで、メレディスが石を投げられて死んだりしませんようにと祈りながら見守った）わずか二日後の十月初旬にウォリー・シラーがグレンとカーペンターの上を行って地球を六周した。ファーガソンはその秋に進学してモントクレア高校に通い、九月に母親が申込書に署名を拒んだためフットボール・シーズンは彼抜きで始まった。だがシラーの飛行達成のころにはファーガソンもおおむね失望を乗り越え、高校で同学年のアン＝マリー・デュマルタンなる人物に関心を寄せるようになっていた。二年前にベルギーからアメリカに来た、幾何学と歴史の授業で一緒の、この日々募る一方の愛情の対象に心底没頭するあまり、当面は〈未来の人〉のことを考える時間もほとんどなく、したがって、十月二十二日の夜、ケネディがアメリカ国民に向かってキューバにソ連のミサイル基地があることを告げ、じき海上封鎖を行なう意図を明かしたとき、ファーガソンは両親とともに家でニュースを観てはおらず、アン＝マリー・デュマルタンと一緒に公園のベンチに座り、両腕を彼女の体に巻きつけ彼女に初めてキスしていた。いつもはぬかりなく世の動向を追うファーガソンも今度ばかりは注意を怠り、第二次世界大戦が終結して以来最大の国際危機、核戦争の恐怖、人類滅亡の可能性をしかるべく受け止めたのはようやく翌朝のことで、以後はもはや注意を怠らなかったが、一週間もしないうちに彼の英雄ケネディが策においてソ連の上を行き、危機は回避された。しばし世界はいまにも終わりそうに思えたが、そうはならなかった。

感謝祭のころにはもう、これが恋だということでファーガソンの心に迷いはなかった。過去にもたびたび誰かに夢中になりはした。六つのときキャス・ゴールドとマージー・フィッツパトリックに幼稚園的に熱を上げ、十二、十三のときはキャロル、ジェーン、ナンシー、スーザン、ミミ、リンダ、コニー、と戯れの相手も目まぐるしく替わり、週末のダンスパーティ、月明かりの裏庭や地下室の奥まりでのキス、セックスの知識へと向かうおずおずとした第一歩、肌の神秘、唾液に濡れた舌の神秘、口紅の味、香水の匂い、ナイロンストッキングがこすれ合う音……そして十四歳で一気に少年期から思春期へと移行し、まるで異質な、つねに変異しつづける肉体の内部で新しい生がくり広げられ、勝手に生じる勃起や性夢、マスターベーション、エロチックな渇望、いまや頭蓋骨の中に常設されたセックス劇場で夜ごと影によって演じられる肉欲のドラマ、若き身体の大激変、だがそうした肉体的変化と激動はあっても、この新しい人生の前もあとも根本的な探求はつねに精神的なものだったのであり、何より焦がれるのは永続的なつながり、通じあう魂の双方的な愛であって、むろんその魂には体が付随していて、体が付随しているのは喜ばしいことではあったが、まず大事なのは魂であってそれは今後も変わらない。キャロル、ジェーン、ナンシー、スーザン、ミミ、リンダ、コニーとじゃれ合いはしたものの、これら女の子たちの誰一人、自分が求めている魂を持ってはいないことをファーガソンはじきに思い知り、一人また一人と興味を失っていって、彼女たちが己の心から消え去るのを止めようとはしなかった。

アン＝マリー・デュマルタンとは、話は逆向きに展開していった。ほかの相手はみな、まず肉体的に強く惹かれて、よく知るようになるにつれてだんだん幻滅していったのに対し、アン＝マリーのことははじめほとんど気にもとめず、九月の一か月を通して二言三言言葉を交わしただけだったのに、やがてヨーロッパ史の教師がたまたま二人を組ませて共同レポートの作成を命じ、彼女のことを少し知るようになるともっと知りたくなり、知れば知るほど彼の評価は上がっていき、ナポレオンの衰亡（これが合同レポートのテーマだった）をめぐって三週間毎日会っているうちに、少しフランス訛りのある地味なベルギーの女の子はエキゾチックな美女に変容し、ファーガソンはすっかり心を奪われて彼女のことで胸が一杯になり、これからもずっと一杯に保ちたいと思った。突然の、予見されざる襲撃。十五歳の少年が油断しているところへ、プシュケの夫クピドが道に迷ってニュージャージー州モントクレアに行きつき、クピドが新しい切符を買ってニューヨークだかアテネだかへの旅を再開する前、クピドは面白半分に矢を放ち、ファーガソン初の大恋愛の苦難が始まったのである。

　小柄だがものすごく小さいというわけでもなく、一六〇センチちょっと、中くらいの長さの黒髪、丸顔の目鼻立ちは左右対称に整い、がっしりと物怖じしない鼻、たっぷりした唇、ほっそりした首、灰色がかった青い目の上にのびた黒い眉、生きいきとした目、光の灯った瞳、細い腕と指、意外に大きな胸、くびれた腰、細い脚と華奢（きゃしゃ）なくるぶし、一目見て、いや二目見ても美しいとはわからないがよく知るようになるにつれて美しさもだんだん見えてきて、目にじわじわと食い込んできていったんそこに居ついたらもはや消しようはなく、目をそらそうにもそらし難い顔、夢に見る顔になるのだった。頭のいい、生真面目な、しばしば陰気ですらある女の子、やたらとケラケラ笑ったりもせず笑顔も控え目だが、ひとたび微笑むと体全体が光のナイフ、輝く剣と化す。アメリカに来て間もないので友だちもいないが、人に取り入ろうとか、みんなの輪に溶け込もうとかいう気はさらさらなく、頑（かたく）なに一人で閉じているところがファーガソンを惹きつけ、それが彼女を、いままで知ってきたどの女の子とも異なる、キャッキャッと笑う華やかにうわついた北ニュージャージーの女の子たちとはまるで違う存在にしていた。アン＝マリーは断固アウトサイダーにとどまろうとしていた。ブリュッセルの家から引き抜かれて、低俗で金ずくめのアメリカに住むのを余儀なくされたいま、ヨーロッパ流の服装から一歩も外れようとせず、決して欠かさぬ黒いベレー帽、ベルト付きのトレンチコート、チェックのセーター、ワイシャツに男物のネクタイ。ベルギーが気の滅入る国、蛙（フランス）と蛮族（ドイツ）にはさまれた侘しい灰色の土地だと時に認めつつも、母国をけなされればつねに擁護し、ほとんど目に見えない小国だけれどビールは世界一だしチョコレートも世界一、それにフリット（フライドポテト）も世界一だと主張した。日々話すようになって間もない、プシュケの夫がモントクレアに迷い込み何も知らぬ犠牲者に矢を放つより前のころ、ファーガソンがコンゴを話題にし、迫害された黒人数十万人を殺したベルギーの責任を口にすると、アン＝マリーはじっと彼を見据えてうなずいた。あなたは賢いのね、アーチー、と彼女は言った。あなたはそこらへんの無知蒙昧（もうまい）アメリカ人十人を一緒にしたより十倍物を知っている。先月この学校に通いはじめて、ずっと一人でいよう、一人の友だちも作らないでいようと私は決めた。どうやらそれは間違っていたみたい。誰でも友だちは必要よ。あなたさえよかったらあなたがその友だちになれる。

　十月二十二日の初めてのキスの夜にはもう、アン＝マリーの家族をめぐるわずかな事実をファーガソンは知らされていた。父親は経済学者で国連本部のベルギー代表団に加わっていて、母親はアン＝マリーが十一歳のときに他界し、十二歳で父が再婚して、二人の兄ジョルジュとパトリスはブリュッセルの大学に通っている……その程度であり、あとは彼女が七歳から九歳までロンドンに住んでいた（だから英語も堪能なのだ）というごく細かな情報。その夜以前、義母の話は一度も出てこなかったし、母親の死因の話もなければ、父親についても一家がアメリカに来る契機となった仕事の話以外は何もなく、こうした事柄に関しアン＝マリーが話したがっていないことをファーガソンは理解したから、心を開いてほしいなどと無理強いしたりはしなかった。とはいえ、その後の数週間、数か月のあいだにいろんなことが少しずつ明かされていった。まずは母親の癌をめぐる陰惨な話。子宮癌が転移して痛みはあまりに大きくもはや望みは少しもなかったので母は薬を大量に飲んで自ら命を断った、というのが表向きの物語だったが、母の死の何か月も前から父が未来の義母と不倫を始めていたのではないかとアン＝マリーは疑っていた。ひょっとすると、長年いわゆる家族ぐるみのつき合いだった未亡人ファビエンヌ・コルデーが——三年前からは彼女を溺愛し何も見えていない父親の第二の妻の座に就いている、いまやアン＝マリーの義母であるあの最低の女が——秘密の関係からカトリック教会に是認された結婚への移行を早めようとアン＝マリーの母親の喉にその大量の薬を押し込んだということもありえなくはない。むろんそれはひどい中傷であり、まったくの虚偽にちがいないが、アン＝マリーはそう考えるのをやめられず、その可能性が思考を蝕（むしば）みつづけたし、かりにファビエンヌが無実だとしても、それであの女の卑劣さがなくなるわけでは全然ない。アン＝マリーが感じる憎しみと軽蔑の根拠がなくなるわけではまったくないのだ。

　こうした暴露を聞きながら、愛する者への同情の念をファーガソンは募らせていった。運命はアン＝マリーを痛めつけた。彼女はいまや問題を抱えた家庭に閉じ込められ、おぞましい義母と戦争状態にあり、自分勝手で周りをろくに見ていない父親に失望し、死んだ母親をいまも悼(いた)んで、全然馴染めない野蛮な国アメリカへ追放されたことに怒っていた、すべてに対して怒っていた、だがファーガソンはそれで怖気づいて離れたりはせず、アン＝マリーの抱え込んだ困難のオペラ的壮大さゆえにいっそう彼女に惹かれていった。いまや彼の目の中で彼女は悲劇の主人公に、運命に殴打されて苦しむ気高い人物に変容したのである。初心(うぶ)な十五歳の少年のありったけの熱情をもって、人生における彼の新しい使命はアン＝マリーをその不幸の牢獄から救い出すこととなった。

　彼女の話に誇張があるかもしれない、などとは夢にも思わなかった。母親を失った悲しみで見え方が歪んでしまったとか、ただ単に義母が自分の母親ではなくこれからもそうではないという理由ゆえに義母を否応(いやおう)なく敵に変えてしまったとかいった可能性をファーガソンは考えもしなかった。彼女の父親にしたところで、仕事に忙殺されるなかで怒れる頑なな娘のために最善を尽くしているのかもしれない。物語には、物語の常として、もうひとつの面があるかもしれないのだ。思春期はドラマを糧(かて)にして生きる。極限状態に在るとき思春期はもっとも幸福である。ファーガソンもこの歳の少年の例に漏れず、劇的な感情や法外な不合理の誘惑に免疫がなかった。アン＝マリーのような女の子の魅力も、まさに彼女の不幸によっていっそう煽(あお)られ、彼女がファーガソンをより大きな嵐に巻き込めば巻き込むほど、ファーガソンが彼女を求める気持ちもますます強まっていったのである。

　二人きりになれるよう手配するのは大変だった。二人ともまだ運転できる歳ではなかったから、どこへ行くにも歩くしかなく、行動範囲は必然的に限定されたが、ひとつ当てにできるのは、誰もいない放課後のファーガソン家だった。両親が帰ってくるまでの二時間、二人でファーガソンの部屋に上がっていき、ドアを閉めていることができる。ファーガソンとしてはむろんいつでも喜んで最後の一線を越える気でいたが、アン＝マリーにまだその覚悟ができていないこともわかっていたから、童貞と処女を捨てるという問題は決して大っぴらには口にしなかった。一九六二年、少なくともモントクレアとブリュッセルの中流・中の上の家庭できちんと育てられた十五歳の少年少女にとってはそういうものだったのだ。とはいえ、時代の因襲に挑む勇気は二人ともないにしても、ベッドを活用しないということではまったくなかった。幸いそれはダブルベッドで、二人並んで寝そべり、まだ完全にセックスではないけれど愛の味わいと感触はちゃんとあるセックスに浸れる広さは十分にあった。

それまではもっぱらキスだけだった。舌が口の中、濡れた唇、うなじ、耳のうしろを果てしなくさまよい、手が顔を摑み、手が髪の中をさまよい、腕が胴や肩や腰を包み、腕が腕に回され、春にはコニーを相手に初めて手がおずおずと胸まで移行していって、むろん胸はブラウスとブラでしっかり護られていたもののとにかく手は押しのけられもせず、教育は新たに一歩前進したのであり、そしていま、アン＝マリー相手にブラウスが脱げて、一月後にはブラも外されて、と同時にファーガソンのシャツも取り除かれ、そうした不完全な裸であってもほかのいかなる快楽もしのぐ快楽がそこにはあり、その後の数週間、ファーガソンはアン＝マリーの手を摑んで自分のズボンの中の膨らみに押しつけぬよう意志の力をありったけ行使せねばならなかった。鮮明に記憶された数々の午後。ベッドの上で二人で何をやったというだけでなく、昼日中すべてが見えるところでやったのであり、コニー、リンダ等々と暗い中で闇雲に探ったのとは大違いで、太陽が彼らとともに部屋に在って、アン＝マリーの体が、自分たち二人の体が見えたのであり、触れる行為一つひとつに、触れるという営みの像も伴っていたのである。だがそれに加えて、部屋にはいつも、恐怖心が底流のようにあった。時間の流れを見失ってしまい、まだ抱擁中にファーガソンの母か父がドアをノックするのではないのか、あるいはもっと悪いことにノックもせずに部屋にずかずか入ってくるのではないかといった恐れがあった。幸いこうした事態は一度も生じなかったが、生じる危険はつねにあり、ゆえにこの午後の時間には、切迫、危険、無法な大胆さの感覚がみなぎることになった。

アン＝マリーはファーガソンが初めて、秘密の音楽宮殿に招き入れた人物だった。二人してベッドの上で転げ回っているか、自分たちの人生（主にアン＝マリーの人生）について話しているのでないとき、二人はファーガソンが十二歳の誕生日に両親からプレゼントしてもらった、部屋の南隅のテーブルに置いてある二スピーカーの小さな機器でレコードを聴いた。プレゼントをもらってから三年経ったいま、一九六二年はJ・S・バッハの年になり、ファーガソンはどの作曲家にも増してバッハを聴いた。特にグレン・グールドのバッハ――中でも『プレリュードとフーガ』と『ゴルトベルク変奏曲』――とパブロ・カザルスのバッハ――無伴奏チェロ組曲六曲は数え切れぬほど聴いた――とヘルマン・シェルヘンの指揮する『管弦楽組曲』と『マタイ受難曲』。『マタイ』はバッハの最高傑作だ、つまりはあらゆる人間の最高傑作だという結論にファーガソンは達したが、アン＝マリーと一緒にほかにもモーツァルト（『ミサ曲ハ短調』）、シューベルト（スヴャトスラフ・リヒテルの弾くピアノ作品）、ベートーヴェン（交響曲、四重奏曲、ソナタ)、そのほかにも大勢の作曲家を聴いたし(そのほとんど全部、ミルドレッド伯母さんが送ってくれたレコードだった)、さらにはマディ・ウォーターズ、ファッツ・ウォーラー、ベッシー・スミス、ジョン・コルトレーン、そのほか生者も死者も含め二十世紀のありとあらゆる人々を聴いた。アン＝マリーと音楽を聴くことで一番いいのは、彼女の目と口許に涙や笑みが浮かぶのを眺められることだった。どんな曲であれ、その情緒に彼女はどれだけ深く反応したことか。ファーガソンとは違ってごく幼いころから音楽を習っていて、ピアノも上手だったしソプラノの声も素晴らしく、声があまりに素晴らしいせいで高校の活動にはいっさい加わらないという誓いも破って最初の学期なかばに合唱部に入ったほどだった。おそらくこれが彼らの最大の絆だった。体内を流れる、音楽への欲求。人生のこの時点でそれは、この世界の中に存在するすべを見つけたいという欲求と変わらなかった。

　アン＝マリーには素晴らしいところ、愛すべきところが本当にたくさんある、とファーガソンは感じたが、だからこそ、彼女をいつまでも自分の許にとどめておけると思い込みはしなかった。あと数か月か、数週間か、数日か、その先はわからない。一番最初の、ファーガソンの熱い思いが芽生えはじめた時点から、アン＝マリーの思いが自分と同じほど強くはないことをファーガソンは察していた。彼のことを好いてくれてはいるようだし、彼の肉体とレコードと話しぶりを彼女も楽しんでいるようではあれ、愛される以上に愛することをファーガソンは宿命づけられていた。初めてのキスを交わしてから一月と経たぬうちに、アン＝マリーのルールに従うほかないということが見えてきた。さもなくば彼女とまったく一緒にいられなくなる危険を冒すことになる。何より苛立たしいのは、彼女の一貫性のなさだった。しじゅう約束を破り、しじゅうファーガソンが言ったことを忘れ、しじゅう土壇場でデートを取り消す。気分が悪いから、家で厄介事が持ち上がっているから、会うのは金曜じゃなく土曜だと思っていた、等々。ほかにもボーイフレンドがいるんだろうか、ひょっとしたら何人もいるのか、それともベルギーに誰かいるのか、などとファーガソンは時おり思案したが、観察して探るのは不可能だった。何しろ彼女がまず最初に強制したルールは、人前では決して愛情を表わさないこと、だったのだ。したがってモントクレア高も禁止区域であり、教室や廊下や食堂ですれ違ってもつき合っていないふりをせねばならず、会釈したりハローと言ったりちょっとした知りあいのように口を利いたりするのはいいが、ステディの高校生カップルがみんなしているようにキスしたり手をつないだりするのは絶対に駄目。そういうゲームを要求するのは、ほかにもゲームの相手がいるからだろうか？　そもそもそんな馬鹿げた取引きに応じたのが馬鹿だったとファーガソンは悔やんだが、この当時の彼は一種狂った魔法にかかっていたのであり、人前で自分を偽らねばならないことは屈辱でも、彼女を失うと考えただけでもっとずっと辛かった。

それでも二人はとにかく会いつづけたのであり、一緒に過ごす時間はいつも円滑に進むように思え、彼女といるときがファーガソンは一番幸せだったし生きていると実感できた。これが電話だとそうは行かない。声が肉体から離脱し、たがいの姿も見えぬまま二人の家を結んでいる電線を通して話していると、いつも決まって軋轢や不一致が生じるように思えた。タイミングが悪いときに電話すると、しばしば、自分が知っているつもりのアン＝マリーとは似ても似つかない、怒りっぽい、融通の利かない、度しがたい人間が話すのを聞かされている気分になった。そうした会話の中でもとりわけ悲しく、意気阻喪させられる事例が三月なかばに生じた。高校の野球チームのテストを一か月にわたって受けつづけ、毎週ロッカールームの掲示板に自分の名前をドキドキしながら探し、毎回何人かが脱落してリストがじわじわ短くなった末に、ファーガソンはアン＝マリーに電話して、高校の代表チームで二人しかいない二年生メンバーの一人になったと知らせた。電話の向こう側で長い沈黙が生じたので、いや、ただいいニュースを知らせようと思って、とファーガソンが言った。ふたたび間。それから、平板で冷たい声が返ってきた。いいニュース？　何でそんなのがいいニュースなのよ？　私スポーツ大嫌い。特に野球なんて、史上最大の馬鹿なゲームよ。空っぽで、子供じみてて、退屈で、何であんたみたいに頭のいい人が阿呆の群れに交じってグラウンドを駆け回ったりするのよ？　大人になりなさいよ、アーチー。あんたはもう子供じゃないのよ。

ファーガソンが知らなかったのは、そういう言葉を口にするときアン＝マリーが酒に酔っていることだった。最近の電話では実は何度もそういうことがあったのであり、この何か月か、彼女はウォッカのボトルをこっそり自室に持ち込み、両親が留守にするたび一人でえんえん飲みつづけ、そうやって自分の中の悪魔を解き放ち、舌を残酷さの武器に変えたのである。昼間の醒めた、行儀のいい、知的な女の子は、夜一人で部屋にいると消え失せた。そのもう一人の人物をファーガソンは一度も見たことがなく、もっぱら話すだけ、その怒れるいい加減な断言を聞くだけだったから、いったいどうなっているのか見当もつかなかった。人生初の恋人が崩壊に向かっていることなど知る由もなかった。

この最後の会話を交わしたのは木曜日のことで、敵意に満ちた糾弾にあまりに腹が立ち、当惑もしたので、翌朝アン＝マリーが学校に現われなかったときファーガソンはほとんど嬉しいくらいだった。じっくり考える時間が僕には必要なんだ、と自分に言い聞かせた。今日彼女に会わずに済めば、負った傷から立ち直るのも少し楽になる。金曜日の放課後、彼女に電話したいという衝動に抗(あらが)いながら、教科書を家に置くとすぐファーガソンは通りを下って、もう一人代表チームに入った二年生ボビー・ジョージの家に行った。首の太い、がっちりした体付きのボビーはいまや一流のキャッチャーでかつとびっきりの脳足りん、ファーガソンがこれから一緒にプレーすることになる阿呆の群れの一員である。結局その夜はボビーだけでなく、二軍チームに入った二年生の阿呆何人かとも一緒に過ごすことになり、自宅に帰り着いたときにはもう午前零時近くで、アン＝マリーに電話するには遅すぎた。土曜・日曜も自制し、電話に近づかないようにして彼女の番号をダイヤルしたいという誘惑を押しのけていた。絶対に屈服しまいと思い、屈服したいと思い、彼女の声をまた聞きたくてたまらなかった。月曜の朝は完全に治って目が覚めた。心からは怨恨(えんこん)もすっかり抜け、先週木曜の彼女の不可解な激昂(げきこう)を許す気になっていたが、学校へ行ってみるとアン＝マリーはまたしても欠席だった。風邪か流感だろう、大したことじゃない、と思ったが、いまや彼女と話していいんだと決めたので、昼休みに食堂入口の横にある公衆電話から彼女の家に電話をかけた。誰も出ない。十回鳴らしたが誰も出ない。番号を間違えたんだと期待して、いったん切ってもう一度かけてみた。二十回鳴らしたが、誰も出なかった。

　二日間定期的にかけつづけ、つながらないたびにパニックが募っていき、戸惑いも高まっていった。不可解にも誰もいないように思える家、何度鳴っても鳴っても誰も取らない受話器。いったいどうなっているのか、みんなどこへ行ったのか？　そこで木曜の朝早く、始業のベルが鳴るより優に一時間半前、町の反対側にあるデュマルタン家まで歩いていった。幼いころファーガソンが御殿通り(ストリート・オブ・マンションズ)と呼んでいた、モントクレアでも指折りの優雅な通りに建つ、巨大な芝生の庭が前にある破風(はふ)付きの大きな家だった。両親に会ってほしくないから、という理由でここには来るなとアン＝マリーに強く言われていたが、いまは謎を解くために行ってみるしかない。それが解明できれば、彼女の身に何があったのかの謎も解けるかもしれない。

　玄関のベルを鳴らして、待った。留守だと決められるくらい長く待ち、もう一度鳴らし、あきらめて帰ろうとした矢先にドアが開いた。ファーガソンの前に一人の男が立っていて、明らかにアン＝マリーの父親であり――同じ丸い顔、同じあご、同じ灰色がかった青い目――まだ朝の七時二十分だというのにもうすでにダークブルーの外交官スーツ、糊の利いたワイシャツ、赤いストライプのタイを一分の隙もなく着こなしていて、髭も朝早く剃ったのか頬も滑らかで、オーデコロンの香りが頭に漂い、その頭もなかなか見栄えがいいとファーガソンは思ったが、目のあたりには――それとも目の中に？――用心深さのようなものが浮かび、落着かなげな、どこか上の空のような、憂い気味のまなざしにファーガソンはなぜか心を動かされ――いや、心を動かされたというのとも少し違う、そのまなざしにある種の抗いがたさを感じたのだった。きっとこれも、それがほかならぬアン＝マリーの父親の顔だったからだろう。

はい？

こんな朝早くに申し訳ありません、とファーガソンは切り出した。僕はアン＝マリーの同級生でして、彼女が大丈夫か確かめようとここ何日か電話していたんですが、誰も出ないので心配になってこうしてお宅に伺ったんです。

で、君は？

アーチー・ファーガソン。アーチー・ファーガソン。

簡単な話なんだ、ミスタ・ファーガソン。何日か前から電話が故障しているんだよ。みんなひどく迷惑しているんだが、今日修理の人間が来ると言われているよ。

それで、アン＝マリーは？

体調を崩している。

すごく悪くないといいですが。

大丈夫、じきすっかり治ると思う。でもいまは休息が必要なんだ。

お見舞いに入ってもいいでしょうか？

あいにくだがそれはちょっと。番号を教えてくれたら、もう少し元気になり次第あの子に電話させよう。

ありがとうございます。番号はもう伝わっています。

結構。連絡するように言っておくよ（短い間）。もう一度名前を教えてくれるかな。ど忘れしてしまったみたいで。

ファーガソンです。アーチー・ファーガソン。

ファーガソン。

そうです。それで、アン＝マリーに伝えてください、僕が彼女のことを想っていると。

こうしてファーガソンにとって最初にして最後となるアン＝マリーの父親との遭遇は終わり、ドアが閉まって通りに向かって歩き出しながら、ミスタ・デュマルタンはまた僕の名前を忘れるだろうか、それともそもそも電話するようアン＝マリーに言うのを忘れるだろうかと考えた。またあるいは、名前は忘れなくても、電話するよう言うことをわざと控えるだろうか。それが地球上すべての父親の仕事なのだから――彼女のことを想っている男の子たちから娘を護ること。

あとは、沈黙。長い長い四日間何もなし。ファーガソンは誰かに縛られてボートから湖の底に落とされた気分だった。どうやらここは大きな、ミシガン湖に劣らず広く深い湖らしい。四日間ずっとファーガソンは水中で息を止め、死体やら錆びた投票記録集計機やらの中に息もせず埋もれ、日曜の夜には肺が、頭が破裂しそうになって、ついに受話器を手に取る勇気を奮い起こし、デュマルタン家の番号をダイヤルした直後、そこに彼女がいた。よかった、あなたが電話してくれてほんとによかった、といかにも本気そうな声で彼女は言い、けさも三度電話したのよと言って（これは本当にそうかもしれない。ファーガソンは両親と一緒にテニスに出かけていたのだ）、それから、ウォッカのこと、何か月も自分の部屋でこっそり飲んでいたこと、それが木曜日の夜に――二人で話した最後の夜に――頂点に達し、酔いつぶれて床に倒れ込んだことを彼女は語った。父親と義母が十一時半にニューヨークでのディナーパーティから帰ってくると、寝室のドアが開いていて明かりが点いていたので中に入ってみると彼女が倒れていて、起こそうとしても起きないしボトルも空っぽだったので救急車を呼んで病院に連れていき、胃を洗浄すると意識は戻ってきたが、父親は彼女を翌朝退院させる代わりに精神科病棟に移し、三日にわたって検査や面談を受けさせると、長期の精神療法が必要な双極性障害との診断が下ったので、即刻彼女をベルギーに送り返すことにした。彼女としてもそれが唯一の望みだった。あの最悪の継母から逃げられる、最悪のアメリカでの流刑を終わりにできる、そもそも飲むようになったのもアメリカなんかに来たからよ、これからはブリュッセルの大好きなクリスティーヌ叔母さんのところで暮らすのよ、兄たちやいとこたちや前の友だちに囲まれて暮らすのよ、いまから嬉しくて仕方ないわ、こんなに嬉しかったのはものすごく久しぶりよ。

　ファーガソンはその後彼女に一度しか会わなかった。水曜のさよならデート、学校がある時期の平日にもかかわらず、この晩だけはこれがファーガソンにとってどれほど大切か母も理解してくれて外出を許してくれた上、余分にタクシー代まで渡してくれて（そんなことは後にも先にもこのときだけだった）、ファーガソンとベルギーの女の子が親に運転してもらう屈辱に耐えなくていいようにしてくれた。親に運転手をやってもらったりしたら、彼がまだどれだけ幼いかがますますあからさまになっただろう。いつの時代からそんな子供が本気で恋などするようになったのか？　そう、母は相変わらずファーガソンのことを理解してくれた。少なくとも重要な事柄の多くを母は理解してくれている。そのことをファーガソンは有難く思ったが、それでもやはり、アン＝マリーとの最後の晩は彼にとってみじめな、ぎこちない晩にならざるをえなかった。威厳を保とうと空しくあがき、縋（すが）ったり泣いたりせぬよう、恨みがましさや失望ゆえに何か非情なことを言ってしまったりせぬよう悲しい気持ちをどうにか抑えていたが、晩のあいだずっと、これで終わりなんだ、彼女に会うのも今夜が最後なんだという思いはどうしても捨てられなかった。なおいっそう悪いことに、その夜のアン＝マリーは最高だった。最高に温かく、ファーガソンに言ってくれる言葉も最高に熱がこもっていた。**私の素敵なアーチー、私の美しいアーチー、私の最高のアーチー**。優しい言葉どれもが、そこにいない誰かを、死んだ人間を言い表わしているように思えた。それらは葬式の弔辞に出てくる言葉だった。もっと悪かったのは、彼女のいつにない陽気さ、アメリカを去る話をするときに目に明らかに見てとれる喜びだった。アメリカを去るということはあさって彼を置き去りにしていくことだなどとは考えてもいない。突然笑い出し、心配しないでよ、またじき会えるわよ、あなたがブリュッセルに来れば夏じゅう一緒に過ごせるわと言った。ファーガソンをヨーロッパへ飛行機で行かせてやる金が両親にあるとでも思っているのか、ミルドレッド伯母さんとヘンリー伯父さんが何年も前にカリフォルニアに引越して以来一家で訪ねていったことは一度もないというのに。やがてアン＝マリーは、もっと訳のわからない、もっと彼を傷つける言葉を並べていた。十月に初めてキスをした公園のベンチに座って、いま三月の最後の夜にふたたびキスしながら、私がいなくなるのはあなたにとっていいことかもしれないなどと言い出したのだ。私はもうほんとにメチャメチャで、あなたはとことんまともだから、あなたには健康でまともな女の子がふさわしいのよ、私みたいに壊れた病気の子じゃなくて。その瞬間から、二十分後にタクシーでアン＝マリーを家に送り届けるまでのあいだ、うんざりするほどまともな人生を通してずっと、こんなに悲しかったことはないとファーガソンは思いつづけた。

一週間後、彼女に九ページの手紙を書いて、ブリュッセルの叔母の住所に送った。その一週間後、六ページの手紙を書いた。その三週間後、二ページの手紙。その一か月後、葉書。彼女はそのどれにも返事をよこさなかった。夏休みが始まるころには、自分がもう二度と彼女に手紙を書かないことがファーガソンにはわかっていた。

実のところ健康でまともな女の子にファーガソンは興味がなかった。郊外での暮らしはただでさえ退屈であり、健康でまともな女の子の問題は一緒にいると郊外を思い出すことなのだ。郊外はいまや彼にとってあまりに目新しさも意外性もないものになっていて、目新しさのない女の子とつき合うことには少しも惹かれなかった。アン＝マリーには欠点もいろいろあったし、煮え湯を飲まされもしたが、とにかく一緒にいて驚きが絶えなかったし、ずっと宙吊り状態に置かれて胸はいつも高鳴っていた。そのアン＝マリーがいなくなって、すべてはまた退屈で予測可能になり、彼女が現われる前よりももっと重苦しくなった。彼女のせいではないとわかっていても、裏切られたという気持ちは避けられなかった。彼女はファーガソンを見捨てたのであり、これから二年間は阿呆相手で間に合わせるか、独房に閉じ込められて暮らすかしかない。二年経ったら、こんな場所からおさらばして、二度と帰ってくるものか。

　いまや十六歳のファーガソンは、夏のあいだ昼は父親の店を手伝い、夕方は野球をやった。つねに野球、いまもつねに野球、まあたしかに知性とは無縁な営みだが、いまもやはり大きな快楽をもたらしてくれて、やめるなんて考えもしなかった。この夏は郡一帯から集まった高校生と大学生のリーグである。熾烈な、競争も激しいリーグだが、モントクレア高校代表チーム一年目のファーガソンの成績は上々で、レギュラー三塁手で打順は五番、打率は三割一分二厘、チーム全体も好調で、十チーム連盟で最強だった。ファーガソン自身、体も大きくなりパワーも付いてきて、このあいだ測ったときは身長一八〇センチ、体重も七十九キロ、というわけで夏も腕が鈍らぬようプレーを続け、午前と昼間は父親の店を手伝い、大半はバンで町を回って、エドという名前の男と一緒にエアコンを配達し設置し、配達がなければマイク・アントネッリを手伝って店頭に立つか、マイクがたびたび〈アルズ・ダイナー〉で取るコーヒーブレークのあいだ代理を務めるかし、店に客が来なければ来るまで奥の部屋に行って父と一緒に過ごした。もうじき五十歳、いまも細身で健康、いまも作業台にへばりついて壊れた機械を修理している父は、相変わらず壁に囲まれているかのように黙々と仕事を続け、この奥の部屋の静けさにこもりはじめてもう六年、いまやほとんど神々しい穏やかさで、機械に関しては未熟で不器用ながらファーガソンは何度も修理の仕事を手伝うと申し出たが、そのたびに父にやんわりと断られ、私の息子が壊れたトースターなんかに時間を無駄にしちゃいかん、もっとずっと大きなものに向かって進んでるんだから、役に立とうと思ってくれるんなら家にある詩の本でも持ってきて、壊れたトースターにかかずらってる親父に朗読してやってくれと言われた。というわけで、この一年半莫大な量の詩を吸収してきたファーガソンは、その夏の一部を、〈スタンリーズTV&レイディオ〉の奥の部屋で父親に向かってディキンソン、ホプキンズ、ポー、ホイットマン、フロスト、エリオット、カミングズ、パウンド、スティーヴンズ、ウィリアムズ等々の詩を読んで過ごしたが、父が一番気に入ったらしい、一番感銘を受けたらしい詩はエリオットの『J・アルフレッド・プルーフロックの恋唄』だった。これはファーガソンを驚かせた。まるで予想外の反応であり、つまりは自分が何かを見落としていたということだ。長いあいだずっと、何かを見落としていたのであって、これまで父親について考えてきたことをすべて考え直さないといけない。最後の一行、**人の声が僕たちを目覚めさせ、僕たちが溺れるまで**を読み終えると、父はファーガソンの方を向いて、彼の目を覗き込み、長年父を知ってきたなかで一度も見たことのないひたむきさで彼を見て、長いこと黙っていた末に、ああアーチー、何て素晴らしいんだ、ありがとう、本当にありがとう、と言った。それから父は、首を前後に三度揺らし、最後の言葉をもう一度口にした。**人の声が僕たちを目覚めさせ、僕たちが溺れるまで。**

　夏の最後の週。八月二十八日、ワシントン大行進、そしてナショナル・モールでの演説、何万何十万という大群衆、それから、学校の生徒たちがのちに暗記させられることになる演説、演説の中の演説、南北戦争時のゲティスバーグ演説に劣らず今日重要な演説、アメリカ史の大きな一コマ、万人が見て聞くべき公的瞬間、二年七か月前にケネディの就任演説で語られた言葉以上に根本的な言葉。スタンリーズTV&レイディオの全員が店内に集まって放送を観た。ファーガソン、父親、太鼓腹のマイクと小男エド、やがてファーガソンの母親もたまたま前を通りかかった通行人五、六人とともに入ってきた。が、最重要演説が始まる前にほかに何人かが演説を行ない、そのうちの一人が地元ニュージャージーの人間だった。ラビ・ヨアヒム・プリンツ、ファーガソンが住む世界では誰よりも尊敬されたユダヤ人である。べつに宗教を実践してはいないしユダヤ教会(シナゴーグ)に属してもいない彼の両親にとっても、このラビは英雄だった。ファーガソン家の三人はみな、ラビが指導しているニューアークのシナゴーグで結婚式、葬式、成人式(バルミツバー)などで彼が話すのを聞いていた。かの有名なヨアヒム・プリンツ、ベルリンで若きラビとして、ナチスが権力の座に就く一九三三年より前からヒトラーを糾弾し、未来を誰よりもはっきり予見してユダヤ人たちにドイツを去るよう促し、そのせいでゲシュタポに何度も逮捕され、一九三七年には自身が国外追放された。むろんアメリカに来てからは市民権運動に積極的に携わり、むろんこの日もその雄弁と証明済みの勇気ゆえにユダヤ人代表として選ばれ、むろんファーガソンの両親は彼のことを誇りに思っていた――自分たちがじかに握手して話しもした人物がいまカメラの前に立って全国に、世界に向かって話している……やがてキング牧師が演壇の前に出てきて、演説が始まって三、四十秒したところでファーガソンが母親の方を見ると、母の目が潤んでいるのが見えて、これがファーガソンにとってはひどく愉快だった。母のそうした反応が不適切だと思うからではなく、まさに適切そのものだからであり、これもまた母が世界と関わるやり方の典型だと思ったのである。物事を過剰に、しばしば感傷的に読みとり、何かにつけて感極まるせいで安手のハリウッド映画にも涙ぐむ母、時に混乱した思考や壊滅的な失望に至りもする善意の楽観主義。そして今度は父親の方を見てみると、政治にはほぼ無関心で、妻に較べて人生から求めるものもずっと少ないように見えるこの男の目にファーガソンが見てとったのは、漠然とした好奇心と退屈との組み合わせであり、エリオットの詩の侘しい諦念にあれほど心動かされた男は、マーティン・ルーサー・キングの希望に満ちた理想主義を信じるのに苦労しているのだった。牧師の声に思いが募っていき、夢（ドリーム）という言葉が太鼓の連打のごとくくり返されるのを聞きながら、どうやってこんな奇妙な組合せの二人が結婚したのか、長年のあいだどうやって結婚したままでいられたのか、ファーガソンは驚かずにいられなかった。そしてまた、ローズ・アドラーとスタンリー・ファーガソンのようなカップルからどうやって自分自身が生まれてきたのか。生きているとは何と不思議な、何と底知れず不思議なことなのか。

　労働の日（レイバー・デイ）（九月の第一月曜）、夏を締めくくるバーベキューに二十人くらいが家にやって来た。ファーガソンの両親はめったにそういう大きな集まりを企画しなかったが、その二週間前に母親が、トレントンに新しく出来た州芸術協会がスポンサーの写真コンクールで優勝したのである。副賞はニュージャージーの傑出した市民百人の肖像写真を収めた写真集を作る依頼。母はこれから、市長、大学の学長、科学者、実業家、画家、作家、音楽家、スポーツ選手の写真を撮りに州のあちこちへ出かけていくことになる。報酬もよく、両親は久しぶりに懐が豊かな気分になったので、裏庭でみんなに肉をふるまって祝うことにしたのだった。ソロモン夫妻、ブラウンスティーン夫妻、ジョージ一家、ファーガソンの祖父母、パール大叔母といったいつもの顔ぶれに加えて、ニューヨークからシュナイダーマンという一家が来ていた。四十五歳のイラストレーター、ダニエル、通称ダンは、ファーガソンの母のかつての雇い主でいまはブロンクスの老人ホームにいるイマニュエル・シュナイダーマンの次男であり、その妻はリズ、そして十六歳になる娘エイミー。宴の朝、ファーガソンが両親と一緒に台所で野菜を切りバーベキューソースを作っていると、母親が彼に、あんたとエイミーは小さいころ何度か一緒に遊んだのよと言った。その後はなぜかシュナイダーマン家と縁遠くなって、十二年の歳月が過ぎてしまったが、つい二週間前、母が両親に会いにニューヨークへ出かけたとき、セントラルパーク・サウスでダンとリズにばったり会った。かくして今日は彼らを招き、シュナイダーマン一家初のモントクレア訪問となったのである。

　母親はさらに言った。あんたの目付きからするとすっかり忘れてるみたいだけど、三つ、四つのころあんたエイミーにぞっこんだったのよ。あるとき、日曜の午後遅くのディナーに呼ばれてみんなでシュナイダーマンのアパートメントに行ったら、あんたとエイミーとでエイミーの部屋に入ってドアを閉めて、あんたたち服を全部脱いだのよ。きっとそれも覚えてないでしょ？　大人はまだみんなテーブルを囲んでたんだけど、そのうちにあんたたちがクスクス笑う声が聞こえてきて、キャーキャー笑って、小さい子供だけが立てられる狂おしい、何の抑制もない音を立ててるんで、いったい何の騒ぎかとみんなで上がっていったのよ。で、ダンがドアを開けたら、あんたとエイミーと、まだ三歳半か四歳の子供が素っ裸でベッドの上でぴょんぴょん跳びはねて、まるっきり壊れた二人組っていう感じで頭がもげそうなくらいの金切り声を立ててた。リズは青くなってたけど、あたしはものすごく可笑しいと思った。あんたたちの顔は恍惚そのもので、あんたたち二人の小さな体が上下に弾んで、部屋中に野蛮な悦びがあふれて、人間の子供がまるっきりチンパンジーみたいにキャッキャッって……笑うなって言う方が無理よ。あんたの父さんとダニエルもたしか笑ってたけど、リズは突進していって、服を着なさいってあんたとエイミーに命令したのよ。いますぐ。怒った母親の声ってわかるでしょ。い
ま
す
ぐ
！　ところが、あんたたちが服を着る前に、エイミーがもう最高に可笑しいこと言ったの。とことん真剣な顔になって、すごく考え深げに、まずあんたの陰部をまっすぐ指さしてから自分のを指さして、ママ、なんでアーチーはあんなにお洒落であたしはこんなに地味なの？って訊いたのよ。

ファーガソンの母は笑った。その言葉を思い出してゲラゲラ長々と笑ったが、ファーガソンは力なく微笑むだけで、その申し訳程度の笑みもたちまち顔から消えた。自分が幼かったころの馬鹿げたふるまいを聞かされるのは全然楽しくない。まだ笑っている母親に、母さん僕のことからかうの好きなんだね、とファーガソンは言った。

ときどきだけよ、と母は言った。そんなにしょっちゅうじゃないわアーチー、でもときどきもうとにかくこらえられなくなるのよ。

一時間後、ファーガソンは目下読んでいる『夜の果てへの旅』を持って裏庭に出て、夏のはじめに父親と二人で濃い、ものすごく濃い緑に塗り直したアディロンダックチェアのひとつに腰を下ろしたが、本を開いてデトロイトのフォード工場でのフェルディナンの冒険の続きを探る代わりに、ただそこに座って客たちの到着を待ちながら考えた。かつて自分が、ベッドの上で裸の女の子と一緒に跳びはねたという事実、裸の女の子と一緒に跳びはねた自分も裸だったという事実にファーガソンはつくづく驚いていた。いま裸の女の子と一緒にいられるならもう何だってするのに、そのことをまったく記憶していないなんて、何と完璧にコミカルな話か。裸の女の子と一緒に裸でベッドにいることこそ、この愛なき孤独な生活で最大の野望なのだ。もう五

か月以上、ただ一度のキスも抱擁もなく、春のあいだずっと、そして夏もほぼ全部、ここにいないなかば裸のアン＝マリー・デュマルタンを悼んでいた。そしていま、遠い過去に知っていた、記憶にない裸の女の子エイミー・シュナイダーマンにファーガソンは再会しようとしている。きっとこの子も成長して健康でまともな女の子になったことだろう。たいていの女の子たいていの男の子たいていの大人の男女と同じように彼女も退屈でありきたりの人間になったにちがいない。でもそれは避けようがないのだ。とにかくまずは会ってみて確かめるしかない。

　その午後に会ったのは、次の相手になった人物、ファーガソンの欲望の頂点の後継者だった。まともでもなければまともでなくもなく、炎のごとき、恐れを知らぬ、並外れた自我を抱えて生まれたことをしっかり自覚している女の子。そしてその最初の出会いから数週間後、夏が秋に溶けていき周りの世界が一気に暗くなるなか、彼女は初めての相手にもなった。すなわち、裸のエイミー・シュナイダーマンと裸のアーチー・ファーガソンはもはやベッドの上で跳ねはせずベッドの中で横になり上掛けの下で転げ回ったのであり、彼女はその後何年にもわたってファーガソンに若き人生で最高の悦びと最高の苦悶をもたらし、彼の内部に棲まう不可欠の他者でありつづけることになる。

　だがまずは一九六三年九月のその月曜の午後、自宅の裏庭でのレイバー・デイのバーベキューで、シュナイダーマン家の青いシボレーから降りてきた彼女をファーガソンは一目見た。後部席からくすんだ金髪の頭部が出てきて、次に驚くほどの長身（少なくとも一七二、ひょっとすると一七五）、印象的に端正な顔立ちの大柄な女の子が現われた。可愛いとか美しいとかではなく端正な顔――がっしりした鼻にまっすぐな顎、まだ色の定まっていない大きな目で、体つきは重そうでも軽そうでもなく、青い半袖のブラウスの下の胸はやや小さめ、長い脚、ぴっちりしたタンカラーのスラックスに包まれた丸い尻、胴をわずかに前傾させた奇妙にドタバタした歩き方はとにかく前に出たくて仕方なさそうで、おてんばの歩き方ということになるのだろうがどこか風変わりで魅力的だ、これは無視できない女の子だとファーガソンは思った。たいていの十六歳の女の子とは違って、身のこなしに少しもこわばったところ、自意識過剰なところがない。ファーガソンの母が紹介を仕切り、ファーガソンはまずシュナイダーマン家の母親と握手し（わずかにこわばっていて笑みも一瞬）、次に父親と握手し（リラックスしていて愛想もよい）、それから、エイミーと握手するよりも前に、リズ・シュナイダーマンがファーガソンの母親を嫌っていることが彼には感じとれた――自分の夫が、ファーガソンの母になかば恋しているとリズは疑っているのだ。ダン・シュナイダーマンが、いまだ美しい四十一歳のローズにずいぶん長く挨拶のハグをしたことから見て、あながち誤解ではないかもしれない。やがてファーガソンはエイミーと握手し、その長い、驚くほどすらっとした手を握りながら、目は深緑で茶色の斑点が少し交っていると判断し、微笑むと口の大きさはやや不釣り合いに歯が大きいことを見てとり、だがそのわずかに大きすぎるのが快いと感じ、それから、**ハロー、アーチー**と彼女の声を初めて聞いて、その瞬間彼は悟った。少しの疑いの余地もなく、自分たちが親密になることを悟った。むろん馬鹿げた決めつけと言うほかない。そんなこと、この時点でわかるわけがない。とはいえそこには、何か大事なことが起きているのだという手応え、直感、確信があったのである。自分とエイミー・シュナイダーマンはこれから一緒に長い旅に出るのだ、と。

その日はボビー・ジョージも来ていて、もうじきダートマス大の二年生になる兄のカールを連れてきていたが、ファーガソンは頭の回転の速いカールとも、ジョークばかり言っている脳味噌空っぽのボビーとも話したいとは思わなかった。ただひたすらエイミーと、このパーティでもう一人唯一若い人間と一緒にいたかった。そこで、握手してから四十五秒と経たぬうちに、ほかの連中と彼女を共有せずに済むよう、ファーガソンはエイミーを自分の部屋に誘った。いささか性急な真似と言うべきだろうが、彼女はあっさり頷いて、**いいわね、行きましょ**と言い、二人は二階にあるファーガソンの避難所に上がっていった。そこはもはやケネディを祀(まつ)る神殿ではなく、本やレコードがぎっしり詰まっていて、混みすぎた棚にもはや収納しきれずベッドに近い側の壁に面して積まれた本の山はどんどん高くなる一方だったが、部屋に入ってきたエイミーが、目の前の眺めを是認するかのようにふたたび頷くのを見てファーガソンは嬉しかった。居並ぶ神聖なる名前、崇められた作品をエイミーは吟味しはじめ、ある一冊を指してこれすごくいい本よねと言い、別の本を指してこれまだ読んでないと言い、またさらに指してこの人聞いたことないなどと言ったが、じきにベッドの足側の床に座り込んだので、ファーガソンもそれに倣い、およそ一メートル離れて彼女と向きあって座り込み机の引出しに寄りかかって、その後一時間半ずっと二人で話しつづけ、誰かがドアをノックして裏庭で食事が始まると告げたところでやっと下へ降りていって皆にしばし合流し、ハンバーガーを食べ、両親たちの目の前で禁じられたビールを飲むと両親たちは四人が四人このルール違反を目にしたものの怯みもせず、それからエイミーが鞄に手を入れてラッキーストライクの箱を取出し彼女の両親の前で火を点け——今回もやはり彼らは怯まなかった——煙草はそんなに喫わないけれど食後の一服は好きだと釈明し、こうして食事も喫煙も済むとファーガソンとエイミーはちょっと出てきますと断って日が暮れかけた界隈をゆっくり散歩し、やがて二人はファーガソンがいなくなる直前のアン＝マリーにキスした小さな公園のベンチに行きつき、同じ月の土曜日にニューヨークでまた会う約束をしてまもなく、やはりキスをはじめた。それは計画していなかった、ごく自然に生じた飛躍であり、一つの口がもう一つの口に貼りついて、のたうつ舌とカチンと鳴る歯が甘美にべたべた触れあい、思春期に入った彼らの肉体の荒れ狂う下部はただちに覚醒し、二人で奔放なキスを続けてたがいを食らい尽くしてしまいかねない勢いだったが、と、エイミーが突然ファーガソンから離れてゲラゲラ笑い出した。息もつかぬ、驚きに染まった笑いが噴出して、じきにファーガソンも笑い出した。参ったわねアーチー、とエイミーは言った。ここでやめないとあたしたち、あと二分したらおたがいの服剥ぎとってるわよ。彼女は立ち上がり、右腕をファーガソンに向けて差し出した。さあ無茶苦茶な人、家に戻りましょ。

　二人はほぼ同い歳で、生後二〇〇か月と一九八か月というだけの違いだったが、エイミーは一九四六年の終わり（十二月二十九日）に生まれファーガソンは一九四七年の前半（三月三日）に生まれたので学年はエイミーが一年上であり、したがってエイミーはハンター高での最終学年がもうじき始まるがファーガソンはまだその下の学年だった。大学も彼にとってはまだ漠然としたどこでもありうる場であり、いまだ名もない遠い行先だったが、エイミーはすでに一年近く地図と睨めっこしていて、じきに荷造りを始めるかというところまで来ていた。いくつかの大学に願書を出すつもりだと彼女は言った。滑り止めは必要だ、第二、第三志望も考えろとみんなに言われたが、本命はバーナード、彼女にとってはそれが唯一真の選択肢だった。ニューヨークで一番の、男子のみのコロンビアと対を成す女子のみのカレッジ。ニューヨークにとどまることが第一目標だった。

　でも君は生まれてからずっとニューヨークにいたんじゃないか、とファーガソンは言った。どこかほかの場所を試してみたくないの？

　ほかの場所には行ってみたわ、あちこちたくさん、と彼女は言った。そのすべてがあくび（ヨーン）シティっていう名前。あんた、ボストンかシカゴに行ったことある？

　いいや。

　あくびシティ1とあくびシティ2。LAは？

　いいや。

　あくびシティ3。

　わかったよ。じゃあ田舎の大学は？　コーネルとか、スミスとか。緑の芝生、建物がこだまを返し、田園の学び舎（や）で知を追い求める。

ジョゼフ・コーネルは天才だしスミス・ブラザーズの咳止めドロップは素晴らしいけど、山中（やまなか）大学で四年間尻を凍らせるのが楽しいとは思えないわね。いいえアーチー、やっぱりニューヨークよ。ほかの場所はないのよ。

こうした言葉を交わしたのは出会って十分後くらいだったが、エイミーがニューヨークを擁護しニューヨークへの愛情を宣言するのを聞いていると、彼女自身がある意味でニューヨークを体現しているのだとファーガソンは思いあたった。自信たっぷりの態度、頭の回転の速さのみならず、とりわけその声。ブルックリンやクイーンズやアッパー・ウェストサイドで育った頭のいいユダヤ系の女の子たちの声、第三世代ニューヨーク・ユダヤ系の声、つまりアメリカで生まれたユダヤ系第二世代。その音楽はたとえばニューヨーク・アイルランド系の声とは微妙に違うし、ニューヨーク・イタリア系の声とも違っていて、泥くさくて同時に洗練されていて、威勢がよくて、硬いrの音を避ける点はほかと同様だが一音節一音節の発音はより明確ではっきりしている。そのはっきりした音を聞けば聞くほどファーガソンはそれがますます聞きたくなった。シュナイダーマン・ボイスは彼にとって、郊外でないもの、いま現在の彼の生活でないもののすべてを体現していたのであり、ゆえにありうる未来に逃亡する望みを、あるいは少なくともその可能な未来の棲む現在をその声は体現していたのである。

エイミーと一緒に部屋で過ごし、そして一緒に街路を歩きながら二人でいろんなことを話したが、中心だったのはメドガー・エヴァーズ（黒人運動指導者）の暗殺に始まりマーティン・ルーサー・キングの演説で終わったこの激動の夏の話だった。アメリカという風土を定義しているように思える恐怖と希望の果てしないもつれ合い。ファーガソンの部屋の棚と床にある本やレコードの話もしたし、むろん勉強の話、SAT（大学進学適性試験）、さらには野球の話さえしたが、ひとつだけファーガソンが問わなかった問い、これだけは何があっても問うまいと思った問いは、彼女には恋人がいるのかという問いだった。もうこの時点ですでに、エイミーを次の人にするために全力を尽くそうとファーガソンは決めていたのであり、何人のライバルが行く手に立ちはだかっているかなど知りたくもなかったのである。

九月十五日、レイバーデイ・バーベキューから二週間も経っていない、二人でまたニューヨークで会う約束の日まであと六日という時点で、エイミーが電話をかけてきた。ほかの誰でもなくファーガソンに電話してきたのだから彼女に恋人はいないのだ、恐るべきライバルはいないのだとファーガソンは了解した。いまやエイミーにとっての彼は、彼にとってのエイミーと同じ意味を持っている。アラバマ州バーミングハムの黒人教会が爆破され、小さな女の子四人が死んだというニュースを聞いて、エイミーはファーガソンに電話することを選んだのだから。ふたたびアメリカ固有の惨事が、人種戦争のもうひとつの戦いが南部に広がりつつある。まるで、二週間前のワシントン大行進に爆破と殺人でもって報復しているかのようだ。エイミーは電話口で泣いていて、涙をこらえながらファーガソンにニュースを伝え、少しずつ気を取り直していき、何ができるか、何をすべきと思うかを語り出した。政治家が法律を成立させるだけでは駄目だ、人々が一団となって南部に行って、違う考えを認めない人間たちと戦わないといけない。自分が真っ先に加わる、高校を卒業した次の日にヒッチハイクでアラバマまで行って大義のために働く、大義のために血を流す、大義を人生第一の目的にするとエイミーは誓った。ここは私たちの国だ、悪い奴らにみすみす盗ませるわけにはいかないと彼女は言った。

次の土曜日に二人は会い、その秋のあいだずっと毎週土曜日に会った。ファーガソンがニュージャージーからバスに乗ってポートオーソリティ・ターミナルまで行き、そこからIRT急行に乗って西七十二丁目で降りて三ブロック北、二ブロック西に歩いてシュナイダーマン家のアパートメントにたどり着く。リバーサイド・ドライブと西七十五丁目の角、アパートメント4B。いまやこれがニューヨークでもっとも重要なアドレスだった。ほぼいつも二人だけでいろんなところへ出かけるが、たまにエイミーの友人たちも一緒だったりする。ブロードウェイと九十五丁目の角の〈ターリア〉での外国映画（ゴダール、黒澤、フェリーニ）、メトロポリタン美術館、フリック・コレクション、MoMA、マディソンスクエア・ガーデンのニューヨーク・ニックス、カーネギー・ホールのバッハ、ヴィレッジの小劇場でのベケット、ピンター、イオネスコ。何もかもがすぐ近くにあって簡単に入れて、どこへ行って何をすればいいのかエイミーはいつも把握していた。マンハッタンの戦士にしてお姫さまから、この街をさまようすべをファーガソンは教わっていき、この街はたちまち彼の街にもなった。とはいえ、いろんなことを見たりやったりはしても、それら土曜日で一番いいのは、コーヒーショップで座って話をすることだった。これから何年も続けていくことになる対話の第一ラウンドがこうして始まった。意見が異なるとき、会話は時に激しい口論に変わった。二人で観たばかりのいい／悪い映画、一方が表明したばかりのいい／悪い政治的考え。だがファーガソンはエイミーと議論するのは嫌ではなかった。簡単に言い含められてしまうような人間に興味はない。拗ねた、頭の中はカラッポの、彼女たちから見た愛のしきたりしか求めない女の子などどうでもいい。これこそ本物の愛だ、複雑で、深くて、激した不一致を許容するだけのしなやかさがある愛。鋭く探る容赦ないまなざし、朗々と響きわたる大笑い、こんな女の子をどうして愛さずにいられよう？　張りつめた、恐れを知らない、いつの日か戦地特派員か革命家か貧しい者たちを助ける医者になるエイミー・シュナイダーマン。もうじき十七になろうとしている十六歳。白紙はもはや完全に白紙ではないが、すでに書いた言葉が消せるくらいにはまだ十分若い。その気になったら、書いた言葉を消して一からやり直せる。

もちろん、キス。もちろん、抱擁。エイミーの両親が土曜は午後も晩もたいてい家にいるのでアパートメントで二人きりになる機会は制限されるという苛立たしい事実もそこにはあり、そのため寒いなかリバーサイド・パークのベンチでのネッキング、エイミーの友だちのパーティのこっそり裏の寝室での冒険などに頼らざるをえなかったが、二度——二度だけ——いつもは家にいる両親が晩に出かけてエイミーの部屋で半分裸になって本気で転げ回るチャンスが訪れたが、最悪のタイミングでドアがパッと開けられかねないといういつもの恐怖もつきまとった。自分の人生なのに全面的に自分でコントロールできないことのもどかしさ、状況にくり返し阻まれるホルモンの熱狂。何週間かが過ぎるうちに二人はますます切羽詰まっていった。やがて十一月なかばの火曜の夜、エイミーが電話してきて朗報を告げた。次の次の週末に両親が出かけるという。エイミーの母の療養中の母親を訪ね、はるかシカゴで丸三日過ごす。兄のジムが感謝祭の前日にならないとボストンから帰ってこられないので、やむをえずこうなったという。両親が留守のあいだアパートメントにはエイミー一人。週末ずっとよ、とエイミーは言った。すごいでしょ、アーチー。週末ずっと、アパートメントにあたしたちしかいないのよ。

ファーガソンは両親に、友人たち二人と一緒にニュージャージーの別の友人の家に招かれたと伝え、嘘もここまで馬鹿げているとかえって見抜かれないもので、かくして問題の金曜日に学校に出かけるとき、ファーガソンが小旅行用バッグを持っていくこともまったく自然に見えたのだった。学校が終わったら即ニューヨークに向けて出発し、運よく最初のバスに乗れたら四時半か四十五分にはエイミーのアパートメントに着くし、間に合わず次のバスだったとしても五時半か四十五分には着く。モントクレア高の廊下と教室での例によって退屈な一日ずっと、意志の力で時間を進められるかのように時計に意識を集中し、分を数え、時を数え、それから、午後早くに、大統領がダラスで撃たれたと校内放送があり、しばらくしてケネディ大統領が死んだというアナウンスが続いた。

数分のうちに、学校中のすべての活動が停止した。ハンカチやティッシュが無数の手の中に出現し、しくしく泣く女の子の頬にマスカラが流れ落ち、男子は首を横に振ったり拳で空を叩いたりしながら歩き回り、女子同士がハグし、男子と女子がハグし、教師たちも泣きながらハグし、壁やドアノブを虚ろな目で眺め、まもなく生徒たちが体育館やカフェテリアに集まったものの何をしたらいいか誰にもわからず、誰も場を取り仕切らず、不和や悪意はいっさい止んで、もはや敵はいなくなり、やがてふたたび校内放送で校長の声が聞こえて、今日の授業は打ち切る、全員帰宅してよいと告げた。

〈未来の人〉は死んだ。

非現実の街（アンリアル・シティ）。

誰もが家に帰ろうとしていたが、ファーガソンは小旅行バッグを持ってニューヨーク行きのバスに乗ろうとモントクレアのバス停に歩いていった。あとで両親に電話するつもりだったが家に帰る気はなかった。しばらく一人でいる必要があった。それからエイミーと二人でいる必要があった。計画どおり、週末ずっと一緒に過ごすのだ。

非現実の街で道が二つに分かれ、未来は死んだ。

バスを待ち、バスのステップをのぼって席を探し、五列目に座って、ギアシフトの音が聞こえてバスがニューヨークへ出発し、トンネルを抜けるさなかうしろの席に座った女性がすすり泣き、運転手は前の方に座った客と話していて、**信じられん、まるっきり信じられん**と言ったがファーガソンは信じられた。とはいえ完全に自分から遊離してしまって、どこか体の外に浮かんでいる気分だったが、同時に頭ははっきりしていて、どこまでも冴えわたり、取り乱して泣いたりする気はなかった。そう、これは泣いて済むようなことじゃない、うしろの人はいくらでも泣けばいい、たぶんそれで少しは気分もよくなるんだろうから、でも自分は気分よくなりもしないから泣く資格もない、あるのは考える資格だけ、いま起きているこれまで自分の身に起きたほかのどんなこととも似ていないこの大きな出来事を理解しようと努める資格があるだけだ。と、運転手と話している男が言った。**真珠湾を思い出すよ。何もかもが穏やかで静かで、気だるい日曜の朝、みんなパジャマ姿で家の中うろうろしてたら、いきなりバン！ 世界が爆発して、気がついたら戦争が始まってたんだ。**悪い喩（たと）えじゃない、とファーガソンは思った。物事の核心を引き裂いてみんなの人生を変えてしまう大事件、何かが終わって別の何かが始まる忘れようのない瞬間。じゃあそういうことなのか、これは戦争勃発と同様の出来事なのか？ いや、ちょっと違う。戦争は新しい現実の始まりを宣告するが、今日は何も始まっていない。ひとつの現実が終わった、それだけだ、何かが世界から引き算されて一個の穴が出来たのであり、かつては有だったところに無があるだけだ。あたかも世界中の木々が消えてしまったかのように、木とか山とか月といった概念そのものが人間の頭から消し去られてしまったかのように。

月のない空。

木々のない世界。

バスは四十丁目と八番街の角のターミナルに入っていった。ニューヨークに来るたび地下通路を七番街まで進むわけだが今日は代わりに階段をのぼり十一月後半の黄昏の街に出て、四十二丁目を東へタイムズ・スクエアの地下鉄駅に向かい、ラッシュアワー始まりの時間の人混みに交じったもうひとつの肉体となって歩いた。いつもやることをやっている人々の死んだ顔、何もかもが同じで、何もかもが違っていて、やがてファーガソンは舗道に集まった動かぬ歩行者たちの群れをかき分けて進むことになった。誰もが目の前の高層ビルの側面を流れる電光掲示板の文字を見上げていた——**ＪＦＫダラスで撃たれ死亡　ジョンソン、大統領に就任。**ＩＲＴ地下鉄に降りていく階段に達する直前、一人の女性が別の女性に**信じられない**わドロシー、**目に見えているものが信じられない**と言っているのが聞こえた。

非現実。

木々のない都市。木々のない世界。

エイミーに電話して学校から帰っているか確かめてはいなかった。もしかしたらまだ、その場の混乱に流されて友人たちと一緒にいるかもしれない。神経が昂(たか)ぶって、動揺のあまりファーガソンが来ることも覚えていないかもしれない。だから４Ｂのブザーを押したとき、誰かが出てくるかどうかも不透明だった。五秒の疑念、十秒の疑念、それからインターホンで彼女の声が自分に語りかけるのが聞こえた——**アーチー、あんたなの、アーチー？**　次の瞬間彼女はブザーを押してドアを解錠した。

二人は数時間、テレビで暗殺の報道を観て過ごした。それから、たがいの体に腕を回しぎゅっときつく抱きあったままよたよたとエイミーの部屋に行き、ベッドに倒れ込んで、初めて愛しあった。

2.2

『コブルロード・クルセイダー』紙第一号は一九五八年一月十三日に発行された。生まれたばかりの新聞の創立者にして発行人のA・ファーガソンは第一面の社説において、『クルセイダー』は「全力を尽くして事実を報道し、いかなる犠牲を払っても真実を語る」と宣言した。創刊号五十部の印刷はプロダクション・マネージャーのローズ・ファーガソンが統率し、手書き原稿をウェストオレンジのマイアソン印刷所に持ち込み、六十センチ×九十センチの、半分に折りたためる薄さの用紙に両面印刷されるよう手配した。かように二つ折りになっているおかげで、『クルセイダー』は（ほとんど）本物の報道機関紙のような姿で世に出たのであり、そこらへんのタイプ原稿謄写版印刷の手作り新聞とは一線を画していた。一部五セント。写真も絵もなく、てっぺんにステンシル文字の題字があってそこで一息つける以外は、びっしり活字体で手書きされた言葉が八段並ぶ大きな長方形が二つあるばかりで、日頃からきちんと字を書こうと努めてきたほぼ十一歳の少年の筆跡はところどころ揺れたりずれたりしてはいたがまずまず読みやすく、全体のデザインも、十八世紀によくあった大判印刷物の、いささか正気を逸脱したとはいえあくまで誠実な一バージョン、という趣であった。

　総数二十一に及ぶ記事は、四行の寸評から三段にわたる特集記事二点まであり、特集一点目は第一面のトップ記事で、見出しは**人類の悲劇　ドジャースとジャイアンツNYを去り西海岸へ**で、家族や友人相手にファーガソンが行なったインタビューが盛り込まれ、もっとも劇的な反応は同級の五年生トミー・フックスのものだった――「自殺したい気分だ。残ったチームはヤンキースだけで、僕はヤンキースが嫌いなんだ。どうしたらいい？」。裏面の特集記事はファーガソンの通う小学校で深刻化しつつある問題を追う。過去六週間で四回、体育館で生徒がドッジボールの最中に煉瓦壁に激突し、目の周りの黒あざ、脳震盪、頭皮や額からの出血などが発生していることを報じ、これ以上の負傷を防止するようパッドの設置を訴えていた。最近の被害者たちからコメントを取ったのち（「ボールを追っていて、気がついたら頭が煉瓦にぶつかってはね返されてたんです」等）、ファーガソンはジェームソン校長にも面談し、のっぴきならぬ事態に陥っていることに校長も同意した。「教育委員会に連絡して、月末までにパッドを設置するとの約束を取りつけました。それまでドッジボールは禁止します」

　消えゆく野球チーム、防止可能な頭部損傷。ほかにも、行方不明のペット、嵐で破損した電柱、交通事故、紙つぶてコンテスト、スプートニク、大統領の健康状態などが報道され、ファーガソン、アドラー両家の近況も手短に伝えられている。**コウノトリ〆切を守る！**――「人類史上初めて、赤ん坊が予定日に生まれた。12月29日午後11時53分、時計に敗れるわずか7分前、フランシス・ホランダー夫人（22、ニューヨーク・シティ在住）は初産を果たした。三二六〇グラムの男の子で、名はスティーヴン。おめでとう、わがいとこフランシー！」。あるいは、**大いなるステップアップ**――「先日ミルドレッド・アドラーはシカゴ大学英文科の准教授から教授に昇進した。同教授はヴィクトリア朝小説の世界的権威で、ジョージ・エリオットやチャールズ・ディケンズに関する著書がある」。そして、裏面右下の枠囲みコラム、「アドラーズ・ジョークコーナー」も見逃せない。ファーガソンはこれを『クルセイダー』毎号に連載する意図だった。下手なジョークの王たる祖父のような貴重な情報源を、どうして無視できよう？　長年にわたり若き編集主幹は下手なジョークを無数に聞かされてきたのであり、これを使わない手はないと考えたのだ。その第一回は――「フーパー夫妻は飛行機でハワイに向かっていた。着陸直前、フーパー氏が妻に、Hawaii の正しい発音は『ハワイ』か『ハヴァイ』かと訊ねた。夫人は『わからないわ。着いたら誰かに訊いてみましょう』と答えた。空港で二人が、アロハシャツを着た小柄な老人が歩いているのを見かけ、フーパー氏がこの人に『あのう、すいません。ここはハワイでしょうか、ハヴァイでしょうか？』と訊ねた。老人は少しも迷わずに『ハヴァイです』と答えた。『ありがとうございます』とフーパー夫妻は言った。すると老人は『どういだじまして（ユアー・ヴェルカム）』と答えた」

　その年の四月、九月に第二、三号が刊行され、回を重ねるたびに質も向上していき、少なくとも両親や親戚にはそう言われたが、学校の友人たちの反応は違っていた。クラスで大きな反響を呼んだ第一号の成功のあと、憤りや敵意が噴出しはじめたのである。五年生、六年生の閉ざされた世界は、厳密な一連のルールと社会的上下関係に縛られている。『コブルロード・クルセイダー』を始動させることによって、すなわち無から有を作るという大胆な行為に走ったことによって、ファーガソンはその境界線をそうとは知らず踏み越えてしまったのである。この境界内部において、男子がステータスを得る方法は二つある。スポーツに秀でるか、悪戯の名手として活躍するか。成績がいいことはさして意味がないし、美術や音楽の傑出した才能ですらほとんど値打ちはない。そういうのは生まれつきの才、髪の色や足の大きさなどと同じ生物学的特徴と捉えられ、それを所有している人間の全面的手柄とは見なされない。人間の意志とは無関係な、単なる自然の事実というわけだ。ファーガソンは常々スポーツはまずまず得意であり、おかげで男子たちの輪にも溶け込めて、のけ者の辛さは味わわずに済んでいた。悪戯にふけるのは彼にとっては退屈だったが、ユーモアのセンスは相当にぶっ飛んでいたので、まあ一応面白い奴という評判を得ていた。肩をいからせて歩く、週末に癇癪玉を郵便箱に投げ込んだり街灯柱を壊したり、一学年上の美人の女子に卑猥な電話をかけたりする不良連中からは距離を置いていた。要するに、それまでファーガソンはさしたる困難に陥りもせず気楽にやってきたのであり、成績がいいこともプラスともマイナスとも見られず、人づき合いに関しては如才なく穏便な姿勢を保ってほかの男子たちの怒りを買いもせず、殴りあいの喧嘩にもめったに巻き込まれることなく、恒久的な敵を作ったりもしていないようだった。ところが、十一歳になる前、何か派手なことをやろうと思い立ち、それが私家版両面一枚の新聞という形を採ったわけであり、突如クラスメートたちは、このファーガソンって奴は思ったよりすごいらしいと悟った。こんな手の込んだ離れ業をやってのけるからには、相当頭も切れるにちがいない。みんなそう思って、五年生のクラスメート二十二人全員が五セントを供出して第一号を購入し、その出来を賞めそやし、記事のあちこちにちりばめられた滑稽な表現に声を上げて笑い、そうして週末になり、月曜の朝が来るともう誰も話題にしなかった。もし『クルセイダー』がこの第一号で終わっていたなら、ファーガソンとしてもやがて彼を見舞うことになる悲嘆を味わわずに済んだだろう。だが、「賢い」と「賢すぎる」の違いがどうして彼にわかりえただろう? 春に第二号を出したことで、こいつは頑張りすぎてる、と自分たちは十分頑張っていない気がしているクラスメートが彼に敵意を抱くようになり、要するにこいつはガリガリの努力家で、怠け者でろくでなしの俺たちとは違うんだ、と思うに至ったのである。女子たちは依然として一人残らず味方だったが、女子は彼と張りあっているわけではない。ファーガソンの働き者ぶりをプレッシャーと感じはじめているのは男子だった。少なくとも三、四人はそうだった。が、ファーガソンはすっかり有頂天になり、ふたたび新聞を完成させた勝利感に浸るあまり、四月に第二号を学校に持っていってロニー・クロリック率いるごろつきの一党の誰一人買わなかったときもなぜなのか首をひねったりもせず、単にお金がないのかな、くらいにしか考えなかった。

ファーガソンの意見では、新聞とは人類有数の発明であり、字が読めるようになって以来彼はずっと新聞を愛してきた。朝早く、週七日、『ニューアーク・スターレッジャー』がちょうど彼がベッドから這い出るころ、玄関の階段にどさっと快い音とともに降り立つ。誰か名もない、見えない、決して的を外さない人物が投げるのだ。六歳半になるころにはもう、朝食を食べながら新聞を読む儀式にファーガソンも参加するようになっていた。脚を折った夏に意志の力で己に読むことを強い、子供っぽい愚かしさの牢獄から無事抜け出して若き世界市民となったファーガソンは、いまやすべてを理解できるところまで進歩していた——まあ経済政策をめぐる難解な議論と、核兵器を増やせば永続的な平和が保証されるという考えは例外なのでほとんどすべてと言うべきか。毎朝両親とともに食卓につき、三人それぞれが新聞の別々のセクションと取り組む。朝早くに喋るのは面倒とばかりみんな黙って読み、コーヒーとスクランブルエッグの香り、トースターで焼けつつあるパンの匂い、分厚いトーストの中に溶けていくバターの匂いが満ちるキッチンで、読み終えたセクションをたがいに回しあう。ファーガソンはまずいつも漫画とスポーツ欄に向きあい(不思議と魅力的なナンシーとその友スラッゴー、ジグズとその妻マギー、ブロンディとダグウッド、ビートル・ベイリー、それからマントルとフォード、コナリーとギフォードの最新回)、これが済むと地元ニュース、全国ニュースと国際ニュース、映画や芝居の記事、いわゆる三面記事(大学生十七人が電話ボックスにわが身を詰め込んだ、エセックス郡大食いコンテストで優勝者がホットドッグを三十六個平らげた等々)に移行し、それら全部に目を通しても学校に出かけるまでまだ何分かある場合は求人広告と個人広告を読む。**ダーリン、愛しているよ。頼むから帰ってきておくれ。**

新聞の魅力は本の魅力とはまったく違っていた。本は堅固で永続的だが、新聞は薄っぺらではかなく、読み終えられた瞬間に捨てられ、明日朝にはまた代わりが来る。毎朝新しい一日のための出来立ての新聞がやって来るのだ。本は始めから終わりへ一直線に進んでいくが、新聞はつねに一度にいくつもの場所にいて、同時性と矛盾とのごたまぜであり、複数の物語が同じページに共存して、それぞれが世界の違った側面を明かし、それぞれがそのすぐ横で唱えられたのとは何の関係もない考えや事実を唱える。右では戦争、左ではスプーンレース、上は燃えさかるビル、下はガールスカウトの同窓会、大きいものも小さいものも一緒くたになって、一面は悲劇、四面は軽薄、冬の洪水と警察の捜査、科学上の発見とデザートのレシピ、死亡と誕生、恋愛相談とクロスワードパズル、タッチダウンパスと連邦議会での討論、大竜巻と交響曲、労働ストライキと大西洋横断気球旅行……朝刊はそれらを一つひとつ、にじんだ黒インクが作る段の中に否が応でも収めねばならない。ファーガソンは毎朝そうしたぐじゃぐじゃさに歓喜した。なぜなら世界はまさにそのようなものだと彼には思えたのだ——沸きかえる巨大なぐじゃぐじゃ、何百万もの出来事が同時に起きている。

『クルセイダー』もファーガソンにとってまさにそれだった。正規の新聞に似たものの中で、自分独自のぐじゃぐじゃを作るチャンス。むろん本当に正規とは言えず、せいぜい大まかな近似物というところだが、少年らしいアマチュアバージョンはその精神において十分本物に近く、友人たちも感心してくれたのである。ファーガソンとしてもそういう反応を願っていたし、みんなをふり返らせたい、クラスの連中に注目されたいという気はあって、その望みが叶ったいま、ますます高まる自信を胸に、自身の才能に対する信念も新たに第二号に着手したのである。その信念のあまりよそに目が行かなくなって、クロリック一派のボイコットを前にしても、何が起きているのかファーガソンには見えなかった。翌朝、マイケル・ティマーマンに声をかけられてやっと目も開いてきた。ティマーマンはファーガソンの親しい友の一人であり、頭もよくみんなに好かれ、成績はファーガソンよりさらによかった。楢の木がツタウルシの茂みの上にそびえるがごとく、ロニー・クロリックのような邪(よこしま)なこびとの上になかば英雄的な存在として君臨していた。そんなマイケル・ティマーマンに授業前、ちょっと話があるんだと校庭の隅に誘われたら、これはもう進んで耳を貸そうというものである。まず初めはもっぱら『クルセイダー』賛辞だったので、ファーガソンは大いに気をよくした。スポーツも勉強もクラストップの人間の意見となれば、誰の意見よりも重みがあるのだ。ところがティマーマンは次に、自分も一緒にやりたい、『クルセイダー』の一員となって記事を寄稿したいと言い出した。そうすればもっといい新聞になると思うんだ、だいたい一人で作る新聞なんて聞いたことないぜ、記者一人が全部の記事書くなんて変だよ、安っぽいよ、僕に試しにやらせてくれて上手く行ったらいずれは記者三人、四人、五人に増やせるかもしれないし、みんなが印刷費を出しあえば四ページ、八ページに拡大できて、君のひどい筆跡じゃなくて活字もちゃんと使ったら一気に本物の新聞みたいになると思うんだ。

ファーガソンにはすべて寝耳に水の話だった。『クルセイダー』は初めからずっと一人で作るもの、よかれ悪しかれ自分が作るものであってほかの誰のものでもなかったのだ。別の誰かと並んで舞台に立つなんて、考えただけで暗い気持ちになったし、ましてや数人と一緒にやるなんて冗談じゃない。ティマーマンにあれこれコメントされ提案されて息が詰まりそうだったし、変だの安っぽいだのひどい筆跡だのと難癖をつけられて、新聞の支配権を強引に奪い取られようとしている気がした。そんな話はもうすでにファーガソンには考え済みだということが、ティマーマンにはわからないのだろうか？　もしかりに自分にタイプができたとしてもタイプライターなど使いはしない。タイプでは何か間違って見えるはずだ。だいいち十一歳の身で印刷所に払う金などあるわけはないから、すべて承知の上で手書きを選んだのだ。母親がマイアソンと話をつけて、子供三人の肖像写真を割引きにする代わりに印刷機を使わせてもらう手はずを整えてくれたことだってティマーマンは知りもしない。そういうふうにやるんだよ、あれこれ取引きして経費を切りつめて、あるもので精一杯やりくりするんだよ、金を出しあって本物の新聞みたいなもの作るだなんて何言ってるんだ、子供五人でそんな金集められるわけないじゃないか……そうティマーマンに言ってやりたかった。もしティマーマンが誰より敬愛する友人でなかったら、余計な口つっ込むなよ、そんなにいいアイデアがあるんだったら自分の新聞作ればいいいじゃないか、と言ってやるところだろうが、ずばずば言ってしまうにはティマーマンに対する敬意はあまりに強く、友を侮辱するようなことはしたくなかったから、結局ファーガソンは臆病者の逃げを使った。考えさせてくれと言ってイエスノーの明言を避け、ティマーマンのにわかに目覚めたジャーナリズム熱が時とともに冷め、二、三日もしたらすべて忘れられてしまうことを期待したのである。

だが、優等生にありがちなことだが、ティマーマンは容易にあきらめたり忘れたりする子供ではなかった。その週ずっと、毎朝校庭で寄ってきて、決心はついたかと訊ね、そのたびにファーガソンははぐらかしに努めた。うん、そうだね、まあいい考えかもしれないけど、もう春だからさ、学年が終わるまでに完成させるには時間が足りないよね。ここのところ僕ら二人ともリトルリーグで忙しいし、とにかく新聞作りは思ったよりずっと手間がかかるんだよ、何週間も何か月もかかる。これだけかかるとなると僕も、次をほんとにやりたいのかどうかもよくわからなくてさ。まあちょっと様子を見ようよ、夏になってからまた相談しよう。

でも僕は夏になったらサマーキャンプに行くんだからいま決めたいんだよ、とティマーマンは言った。次の号が秋まで出ないとしても、やれるかどうかはいまはっきりさせておきたいんだ。いったい君、何をそんなに迷ってるんだよ？　何でそんなに大げさに考えるのさ？

もう逃げようはない。四日間さんざんせっついてきたティマーマンだ、返事を聞くまでは引き下がるまい。だが何と返事すればいいのか？　君は要らないと言えば、たぶん友だちを一人失うだろう。仲間に入れると言ったら、屈した自分を蔑(さげす)むだろう。『クルセイダー』にティマーマンが熱意を持ってくれたのを嬉しく思う気持ちもあったし、いまや友らしさのかけらもなく口先ばかり上手いごろつきのようにふるまっているティマーマンを嫌いになってきてもいた。いや、ごろつきというのも違う、むしろずる賢く物事を操る奴。そしてそいつがクラス一の権力と影響力の持ち主なのであって、ファーガソンとしてもティマーマンを怒らせることは何としても避けたかった。不当なことをされた、と思ったらクラス全員をファーガソンの敵にしてしまうくらいの力を相手は持っている。そうなったら学年の終わりまで悲惨な日の連続だろう。そうはいっても、単に平和を維持するために『クルセイダー』を駄目にしてしまうのも嫌だ。何があろうと、自分は自分として生きていくしかないのだから、自尊心をすっかり失ってしまうくらいなら村八分にされる方がまだましだ。とはいえ、村八分にされずに済む手があるならそっちの方がもっと有難い。

　イエス、ノー、どちらも論外だった。いま必要なのは、何らかの望みを差し出しつつ永続的な関わりに縛られずに済む曖昧な答えである。一歩前進と見せかけて、実は一歩後退であってさらに時間を稼げる遅延戦術である。そこでファーガソンはこう持ちかけた。まずテスト任務を引き受けてもらって、君が本当に楽しめるかどうか見てみたらどうかな、出来上がったら二人で一緒に検討して『クルセイダー』に向いているかどうか決めればいい、と。ティマーマンは初めこの案に渋り、ファーガソンに評価されることを全然喜んでいないようだったが、まあ自分の知力に絶対の自信を持っているオール5の生徒なのだから無理もない。結局ファーガソンは、『クルセイダー』は僕の新聞であって君のじゃないんだからテストは必要だよ、と弁明せざるをえなかった。君が僕の新聞に加わりたいんだったら、君の書くものが全体の精神に――活きがよくて、滑稽で、スピード感のある精神に――合っていることを証明してもらわないといけない。君がどんなに頭がよくても関係ないんだ、とファーガソンは言った。まだ新聞記事を書いたこともなくて、まったくの無経験で、どういうものを書くかわからないのに一員になるってわけには行かないよね。まあそうだな、とティマーマンは言った。じゃあ何かサンプル記事を書いて実力を証明するよ、それだけのことさ。

　こういう案だ、とファーガソンは言った。あなたの好きな女優は？　それはなぜ？　クラスみんなに取材するんだ、男子女子全員に、同じひとつの質問をするんだよ――あなたの好きな女優は？　それはなぜ？　言われたことをすべて書きとめるんだ、一言一言向こうが言ったとおりに、そうして家に帰って結果を一段のストーリーにまとめるんだ、読んだ人が笑える話に、ゲラゲラ笑えなくても最低ニッコリ笑える話に。オーケー？

オーケー、ティマーマンも言った。でもなんで好きな男優も訊かないんだ？

コンテストの優勝者は一人に限るのさ。男優は次回にやればいい。

こうしてティマーマンを、役に立たない、仕事を作るための仕事に送り出し、しばらくは時間が稼げて、その後十日ばかりは波風も立たなかった。新米記者はデータを集め、記事を書きにかかったのである。ファーガソンが予想したとおり、男子からはマリリン・モンローがもっとも多くの票を集めて十一票中六票、残りはエリザベス・テイラー（二票）、グレース・ケリー（二票）、オードリー・ヘップバーン（一票）が分けあったが、女子は十二票のうちモンローに入れたのは二人だけで、残りの十票はヘップバーン（三票）、テイラー（三票）、そしてケリー、レスリー・キャロン、シド・チャリシー、デボラ・カーに一票ずつ流れた。ファーガソン自身はテイラーとケリーのあいだで決めかね、コインを投げてテイラーに一票投じ、一方ティマーマンもケリーとヘップバーンのあいだで同じジレンマに直面し、同じくコインを投げてケリーに決めた。むろんすべてまったくどうでもいい話だが、なんとなく愉快でもあった。ティマーマンは律儀にクラスメートにインタビューして回り、彼らのコメントを小さな、新聞記者用のスパイラルノートに書きとめていった。というわけで取材態度と勤勉さに関しては満点だが、これはまだ始まり、いわば家の土台にすぎない。ここからティマーマンがどういう建物を築けるかはいまだ未知数。優れた脳味噌を持っていることは間違いないが、いい文章を書けるかどうかは別問題なのだ。

十日間の観察と待機の期間、ファーガソンは奇妙な両面感情に陥っていった。ティマーマンに関して自分がどういう気持ちでいるのか、だんだんわからなくなってきて、依然として彼に憤りを感じるべきなのか、その熱心さに感謝の念を示すべきなのかも決められず、駄目な記事を書きますようにと願ったかと思えば、次の瞬間には、上手く行くといいな、やっぱりもう一人のレポーターと仕事を折半するのもいいかもしれない、と考えたりもした。他人に仕事を振ることには、やってみるとある種の満足が伴っていた。ボスになるのもそれなりに楽しいし、ティマーマンも文句を言わず命令に従っている。これは新鮮な感覚だ。物事を仕切っている感覚。記事が上手く行ったら、ティマーマンを仲間に入れることを考えてもいいかもしれない。もちろんパートナーとしてではなく――それはない、絶対ありえない――寄稿ライターとして。そうやって寄稿ライターを増やしていけば、『クルセイダー』も二ページから四ページに増やせるかもしれない。いや、でもやっぱり、それもないか。ティマーマンはまだ原稿を提出していない。五日で取材を終えたものの、そこから五日すでに経ったわけで、どうやら書くのに苦労しているものと考えざるをえない。そして苦労しているとすれば、たぶん出来もよくはあるまい。よくないものを受け容れるわけには行かない。そのことはティマーマンに面と向かって言うしかないだろう。何をやっても駄目だったことなど一度もない人間が一人いるとしたら、それはマイケル・ティマーマンだ。そんな奴と目をしっかり合わせて、これじゃ駄目だと言うのか。十日目の朝にはもう、未来に関するファーガソンの希望はひとつの願いに収斂していた――ティマーマンが傑作を書いていますように。

結果的には、悪い記事ではなかった。とにかくお話にならないということはない。だがそれはファーガソンが望んでいた弾みのようなものを欠いていた。些末なテーマを、読むに値する何かに変容させるユーモアのタッチがそこにはなかった。この失望に何か慰めがあるとすれば、ティマーマン自身も出来がよくないと思っているらしいことだった。少なくとも、その朝に校庭で完成原稿を渡したとき彼が自嘲気味に肩をすくめたことから、ファーガソンはそう推測した。原稿を手渡しながら、こんなに長くかかってしまって申し訳ない、でも思ったより難しかったんだ、三回書き直したよ、書くってのはけっこう大変な仕事なんだねと言ったのである。

いいぞ、とファーガソンは思った。ミスター・パーフェクトのいくぶん謙虚な姿勢。疑念を認め、敗北すら認めていると言ってもいいかもしれない。ファーガソンが何より恐れていた正面衝突は起こらずに済みそうで、それは有難い。まったくもって有難い。この数日間ファーガソンは、腹にパンチを喰らって、蔑まれた者たちの領域にあっさり追放される事態を思い描いていたのだ。とはいえ、友情を損なわずに保つためには、まだまだ慎重に立ち回らねばならない。ティマーマンの足指を踏んづけるような真似をしてはいけない。それは大きな足指なのであり、その持ち主も大きな人物であって、人当たりのよい人物ではあれ、いったん怒らせると始末に負えない。何年かのあいだにそれはファーガソンも数回目にしていて、つい最近も、彼を澄ました気取り野郎と呼んだトミー・フックスをティマーマンは殴り倒している。トミー・フックスは敵のあいだではトミー・ファックスの名で通っている。ティマーマンによって、トミー・ファックスがやられたみたいにコテンパン（ファック・アラウンド）にされるなんて冗談じゃない。

数分待ってくれるかな、とティマーマンに言って、ファーガソンは一人でじっくり読もうと校庭の隅に引っ込んだ。

「質問は『あなたの一番好きな映画女優は？　そしてそれはなぜ？』でした。ヴァン・ホーン先生担任の五年生クラスに属す二十三人全員を相手に調査を行ない、八票を獲得したマリリン・モンローが、五票で二位となったエリザベス・テイラーを破り……」

事実を報じるという点ではまっとうな仕事だが、言い方は面白みを欠いていて、ほとんど無味乾燥だ。数字という、一番面白くない要素にティマーマンは焦点を当てている。生徒たちが自分の選択についてそれぞれ言ったコメントの方がはるかに面白いのに。ティマーマンはそれらをファーガソンには伝えたものの、記事にはほとんど組み入れていない。生徒たちの言った言葉をいくつか思い出しながら、ファーガソンはいつしか、頭の中で記事を書き直していた。

「『バ・バ・ブーン！』――なぜマリリン・モンローが一番好きな映画女優かを説明するのにケヴィン・ラシターはこの短い三語しか要しなかった」

「『すごく優しくて知的な人だと思う。知りあって友だちになりたい』とペギー・ゴールドスタインはデボラ・カーを選んだ理由を述べた」

「『ほんとにエレガントで、目が離せないくらい美しい』とグローリア・ドーランは彼女のナンバーワン、グレース・ケリーについて語った」

「『いい女だよ』アレックス・ボテッロは彼のトップスター、エリザベス・テイラーをそう評した。『あの体、すごくないか。あれ見たら早く大人になりたいって思うよ』」

最初に戻って四度目の書き直しをしろ、なんてティマーマンに要求するわけにも行かない。君の文章は笑えない、ティマーマン、笑みひとつ引き出せない、『誰が』じゃなくて『なぜ』に焦点を当てないと、などといまさら言っても始まらない。もうそういうことを言うには手遅れなのだ。ファーガソンとしては、ティマーマン相手に高飛車に出て、こう書け、ああ書くな、などと威張り散らすなんて絶対やりたくない。ミスター大足指が立っているところへ彼は戻っていき、記事を返した。

で？　ティマーマンは言った。

悪くない、とファーガソンは答えた。

良くないってことだな。

いや、良くないことはない。悪くない。つまり、けっこういい。

それじゃ、次の号は？

わからない。まだそこまで考えてないから。

でも次の号、作る気なんだろ？

かもしれない。出さないかもしれない。まだ決められないよ。

あきらめるなよ、アーチー。君はいいものを始めたんだからさ、続けなくっちゃ。

その気になれなきゃやらないよ。それに、どうして君が気にする？　まだわからないよ、何で『クルセイダー』が急に君にとってそんなに大事になったのか。

カッコいいからだよ。俺は何かカッコいいものに関わりたいんだ。すごく楽しいと思うんだ。

わかった。こうしよう。次の号をやると決めたら、君にも知らせる。

で、何か書くチャンスをくれるのか？

ああ、いいとも。

約束するか？

君にチャンスを与えるってことか？　ああ、約束する。

この言葉を口にしながらも、自分の約束に何の意味もないことはわかっていた。もう『クルセイダー』はお蔵入りにすると決めたのだ。ティマーマン相手に十四日間戦いつづけたことでファーガソンは消耗しきっていた。気力もインスピレーションもなくなってしまった気がして、軟弱に気持ちが変わった自分の弱さにうんざりし、己を擁護し自分の立場を守るために何ら戦わなかったことに我ながら落胆していた。新聞は一人で作る、さもなければ何もなし、だったはずだ。だとすれば、すでに華々しい成功を遂げ、やろうと思ったことはやったいま、ここはもう「何もなし」を選ぶのがいい。深みにはまらぬうちに水から出て、体を拭いておしまいにするのだ。それにいまは野球のシーズンだ。ウェストオレンジ商工会議所パイレーツでのプレーに忙しかったたし、野球をやっていないときは『モンテ・クリスト伯』を読むのに忙しかった。先月十一歳の誕生日のプレゼントにミルドレッド伯母さんが送ってくれたこの大著を、『クルセイダー』第二号を世に送り出したあとに読みはじめ、いまやすっかりその世界に没入して、間違いなくこれまでに接した中で最高に読み応えある小説だと思った。毎晩夕食後にエドモン・ダンテスの冒険を追いかけるのは、用紙に並ぶ狭い段に収まるよう記事の語数を数えるよりずっと快かった。電球一個のスタンドの下で、毎夜毎夜遅くまで作業に携わり、両親はファーガソンがもう眠っているものと思い込んでいるのをよそにほとんど真っ暗な中でコツコツ進めていき、何度も誤った一歩を踏み出しては修正し、消しゴムを発明した人物にくり返し無言の感謝を捧げる。書くという営みは、言葉を加えるのと同程度に言葉を取り除くことでもあるという事実を、いまや彼は学んだのだ。そして次は、鉛筆で書いた言葉の上にインクを、印刷しても読める濃さになるよう留意しつつ重ねていく単調な作業が待っている。疲れるというほかない。ティマーマンとのおそろしく消耗させられる膠着(こうちゃく)状態が続いた果てに、ファーガソンは疲れきっていた。医者に訊かずとも、疲れに対する唯一の治療は、明らかに休息だった。一か月休息し、重い心でデュマを読み終えた。こんなにいい小説にはこの後何年も出会わないのではと思ったのだが、読み終えて三日のあいだに三つの出来事が起きて気が変わり、ファーガソンは引退状態を脱することとなった。そうせずにはいられなかった。新しい見出しの言葉が頭に浮かんで、その言葉があまりに悦ばしく、ガチャガチャと子音がにぎやかに韻を踏む響きがあまりに生きいきとして、一見したところナンセンスな言葉も実はけっこう凝っていてナンセンスではなくきちんと意味（センス）があったので、それらの言葉が活字となったところを見たくてたまらなくなり、もう新聞からは足を洗うという心中の誓いも翻して、『クルセイダー』第三号の計画を練りはじめた。その第一面に、端から端まで広がる大きな文字で、ワンツーパンチの見出しが載るのだ――**フラカス・イン・カラカス**（カラカスの大騒動）。

始まりは五月十三日、副大統領リチャード・ニクソンが南米三か国を回る親善訪問の最後の地ベネズエラで、抗議する暴徒たちに襲われたことだった。ニクソンを乗せた飛行機が空港に着陸していくらも経たぬうち、自動車パレードが首都カラカスの中心街を走り抜けるなか、沿道に並ぶ群衆が**ニクソンに死を！　ニクソン帰れ！**と唱え、まもなくニクソンの車は百人前後の、大半は若い男である群衆に囲まれ、人々は車体に唾を引っかけ、窓を叩き、じきに車を前後左右に揺らしはじめ、そのあまりの勢いに車はいまにもひっくり返るかと思え、あれでもし急遽（きゅうきょ）ベネズエラ軍が現われて暴徒を追い散らし車の通り道を作ることもなかったら、相当ひどい事態になっただろう。関係者の誰にとっても、相当ひどい結果になりかねなかったのだ――とりわけ、危うく殺されかけたニクソンとその妻にとっては。

ファーガソンは翌朝の新聞でこの事件を報じた記事を読み、テレビのニュースで映像を観て、次の日の夕方にいとこのフランシーと夫のゲアリーが生後五か月の赤ん坊を連れて家へ遊びに来た。彼らは目下ニューヨークに住んでいて、ゲアリーがコロンビア大のロースクールで一年目を終えようとしているところだった。四年前の結婚式でファーガソンが指輪持ちを務めて以来、ゲアリーはこの若き義理のいとこに目をかけてくれて、思想の世界、男らしい営みの世界における有望な同志候補として扱うようになっていて、本やスポーツについてしばしば二人のあいだで長い会話が交わされたが、ゲアリーは政治に没頭してもいたので（『異議あり』『I・F・ストーン・ウィークリー』『パーティザン・レビュー』といった反体制の雑誌を購読していた）、そういった話題もよく出てきた。知的な若者であり、ファーガソンの知る中ではミルドレッド伯母さんと並んで最高の頭脳の持ち主だったから、当然ながら今回ファーガソンは、ベネズエラでのニクソンと暴徒との衝突についてゲアリーの意見を仰ぐことになった。二人は一緒に裏庭に出ていて、ファーガソンが六歳のときに落ちた楢の木の下を歩き、長身でがっしりしたゲアリーはパーラメント(煙草の銘柄)を吹かし、ファーガソンの母とフランシーは赤ん坊のスティーヴンと一緒にポーチに座っていた。この小さな、ぽっちゃりした、ファーガソンがかつてフランシーから見て幼かったのと同じようにいまのファーガソンから見て幼い新米人間を、二人の女は笑いながら代わりばんこに抱いていた。一方、説教臭くつねに大真面目なゲアリー・ホランダーは、ファーガソンに向かって冷戦、ブラックリスト、赤の恐怖(共産主義者と見られた人々に対する拒否反応と迫害)、アメリカの外交政策等々について講釈した。ゲアリーに言わせれば、たがが外れた反共産主義が外交政策を動かしているせいで、国務省は世界中の邪悪な右翼独裁政権を支援していて、とりわけ中米・南米でそれが甚だしく、だからこそニクソンは襲撃されたのだった。ニクソンがニクソンだからではなく、合衆国政府の代表だから襲われたのである。これらの国の国民の大多数に、合衆国政府は軽蔑されている。彼らを抑圧する圧制者を支援しているからという、正当な理由ゆえに軽蔑されているのだ。

ゲアリーはそこで言葉を切って、もう一本パーラメントに火を点けた。そして、僕の話について来てるか、アーチー?と訊いた。

ファーガソンはうなずいた。わかるよ、と彼は言った。この国は共産主義を恐れるあまり、それを阻止するためには何だってやる。たとえそれで、共産主義者より悪い人たちを支援することになっても。

翌朝、朝食時間にスポーツ欄を読んでいて、フラカスという言葉にファーガソンは初めて行きあたった。デトロイトの投手がシカゴの打者の頭にボールを投げ、打者がバットを放り出してマウンドに駆け寄って投手にパンチを喰わせると、両チームの選手がベンチから飛び出してきてその後十二分にわたってたがいに殴りあった。**ひとたびフラカスが収まると六人が退場となった**、と記事にはあった。

ファーガソンは母親の方を見て、フラカスってどういう意味?と訊いた。

大喧嘩のことよ、と母は答えた。すごい騒ぎってこと。

だと思ったんだ、とファーガソンは言った。いちおう確かめようと思って。

何か月かが過ぎた。クロリック、ティマーマン、あるいはほかの誰ともそれ以上もめ事は起きずに済み、夏休みの訪れとともに、ヴァン・ホーン先生の元生徒二十三人はバラバラに散っていった。ファーガソンはキャンプ・パラダイスに八週間の、これで二度目となるサマーキャンプに出かけた。大半の時間は野球場を駆け回り、湖でバシャバシャやることに費やされたが、昼食後の休憩時間・夕食後の自由時間に『クルセイダー』第三号の記事を書いたりデザインを考えたりする時間はたっぷりあった。キャンプが終わってから新学期が始まるまでの家で過ごした二週間、自分で決めた九月一日の〆切に間に合わせようと――これを守れば新学期第一日に間に合うよう母がマイアソンの店で印刷してくれる――ファーガソンは朝も昼も、そしてたいていは夜も新聞作りに励んだ。新しい学年を始めるには悪くないやり方だ、と思った。学期早々に景気をつけて、あとは様子を見て、さらに第四、第五号と出していくのか、それとも今度こそおしまいにするか考えればいい。

　また新しい号を出すとしたら知らせる、とティマーマンには約束したわけだが、連絡を取る機もないまま記事は全部書いてしまった。キャンプから帰ってきた翌日に家に電話してみたが、家政婦が言うには、両親ときょうだい二人と一緒にアディロンダックス山脈へ釣り旅行に出かけていて、学校が始まる前日まで帰ってこないということだった。夏の初め、女優の記事をもっと楽しい「バ・バ・ブーン・バージョン」に書き直して第三号に入れようかとも考えたが、ティマーマンの気持ちを考えてやめにした。載せたらきっとティマーマンは傷つく。自分が書いた退屈な労作が、面白おかしい文章によって抹殺されたのを見せられるのはあまりに酷だろう。もしティマーマンのバージョンを手元に残していたら、友好のしるしとして第三号に載せることも考えたかもしれないが、原稿は四月に校庭で返してしまったのでそれもできない。『コブルロード・クルセイダー』最新号は、マイケル・ティマーマンが何も知らぬまま、いまや小学校のジャングルジムと教室に届く寸前となっていた。

　これがまず第一の過ちだった。

　第二の過ちは、裏庭でゲアリーと交わした会話の記憶が強すぎることだった。

　カラカスの大騒動（フラカス）はいまではもう旧聞に属す話題だったが、頭の中で何か月も鳴りつづいてきたフレーズをファーガソンはどうしても捨てられず、そこで、ニクソンの身に起きたことを報じるためにこの見出しを使うのではなく、内容を社説的なものに変えて、第一面の真ん中に枠囲みの社説欄を作ってそこに収めたのである。〈フラカス・イン・カラカス〉の文字は折り目のすぐ上に据え、その下に記事が続く。ゲアリーとの話に触発されたファーガソンは、アメリカは共産主義について心配ばかりしていないでもっとほかの国々の人々が言っていることに耳を傾けるべきだ、と論じた。「副大統領の車を転覆させようとしたのは、たしかに間違っている。しかし、それをやった人々は怒っていたのであり、その怒りにはちゃんと理由があった。彼らがアメリカを嫌うのはアメリカに虐げられていると感じているからだ。だからといって彼らは共産主義者だということにはならない。彼らが自由を望んでいるというだけのことだ」

　まず、パンチが来た。嘘つきとわめくティマーマンから腹に怒りのパンチを見舞われ、ファーガソンは地面に倒れ込んだ。『クルセイダー』残り二十一部が手から飛び出し、朝の強い風に吹かれて校庭の向こうまで飛び散り、糸のない凧（たこ）の群れのように子供たちのかたわらを駆け抜けていった。ファーガソンは立ち上がり、パンチを返そうとしたが、ティマーマンは夏のあいだに十センチくらい背がのびたようで、ファーガソンのパンチを軽々と払いのけ、逆にもう一発腹に食わせ、これが一発目よりはるかに強力だったので、ファーガソンはふたたび地面に倒れただけでなく、息もできなくなってしまった。このころにはもう、クロリック、トミー・ファックスをはじめ何人かがファーガソンを見下ろしてあざ笑い、膿バケツ（パス＝バケット）、ホモ（ファゴット）、おまんこ脳（カント＝ブレイン）と聞こえる言葉を浴びせ、ファーガソンはどうにか立ち上がったもののティマーマンはさらにもう一度彼を押し倒し、その押し方のあまりの強さにファーガソンは左肱を強く打ち、何秒も経たぬうちに肱の先の骨におそろしい痛みが訪れてほとんど動けなくなり、クロリックとファックスはいまがチャンスと土を蹴って彼の顔に浴びせた。ファーガソンは目を閉じた。遠くのどこかで女の子が悲鳴を上げていた。

　次に来たのは叱責と懲罰だった。放課後の居残り、もう学校で喧嘩はしませんと二百回書かされる馬鹿げた罰、いっこうに目を合わせようとしないティマーマンとの形ばかりの和睦の握手（ティマーマンはこののち二度とファーガソンと目を合わせず、生涯ずっと彼を憎みつづけることになる）。これでやっと六年生の新しい担任ブラージ先生が解放してくれると思いきや、校長先生の秘書が教室に入ってきて、校長室に呼ばれているとファーガソンに告げた。マイケルはどうなんです？　とブラージ先生は訊いた。いえ、マイケルは呼ばれてません、とミス・オハラは答えた。アーチーだけ。

　校長室に行くと、ジェームソン校長は『コブルロード・クルセイダー』を両手に持って机の向こうに座っていた。この人が校長になってから五年経つが、一年ごとに背が少しずつ縮んで体が少し丸くなり髪の毛は少し減ってきているように思えた。はじめはたしか茶色い髪だったが、年々薄くなっていく筋はいまでは灰色だ。座れ、と言われなかったのでファーガソンはそのまま立っていた。

　君、わかってるだろうな、自分が大変なことになっているのは？　とジェームソン校長は言った。

　大変なこと？　とファーガソンは言った。罰ならもう受けましたよ。どうしてまだ大変なことがあるんですか？

　君とティマーマンが罰を受けたのは、喧嘩をしたことに対してだ。私の言ってるのはこっちだ。

　校長は『クルセイダー』をポイと机に放り投げた。

教えてくれ、ファーガソン。この号の記事は全部、君が書いたのか？

はい、そうです。全部の記事、全部の言葉を僕が書きました。

誰にも手伝ってもらっていないのか？

はい、誰にも。

それで、君のご両親はどうなんだ。お二人はこれをあらかじめ読んだかね？

母は読みました。印刷を手伝ってもらってるんで、誰よりも先にまず母が読むんです。父は昨日になるまで読みませんでした。

で、お二人は何と言った？

特に何も。よくやった、アーチー。これからも頑張れよ。とかそんな感じでした。

では、第一面の社説は君の考えだと言うんだな。

フラカス・イン・カラカスですか。ええ、僕の考えです。

本当のことを言ってくれ、ファーガソン。君は誰に共産主義のデマを吹き込まれたんだ？

え？

言ってくれ、でないと君を、こんな嘘を印刷した罰として停学処分にしないといけなくなってしまう。

嘘なんかついてません。

君は六年生になったばかりだ。ということは十一歳だろう？

十一歳半です。

で、君は、そんな年齢の子供がこんな政治の議論を思いつけるなんて、私が信じると思ってるのか？　君はまだ売国奴になるには若すぎるぞ、ファーガソン。そんなことはありえない。誰か年上の人間が、君にこんなクズを教え込んでいたにちがいないんだ。私の見るところ、君のお母さんかお父さんが。

僕の両親は売国奴じゃありません、校長先生。二人とも自分の国を愛しています。

じゃあ誰に吹き込まれた？

誰にも。

去年君が新聞を始めたとき、私は賛成してやっただろう？　ひとつの記事のために取材まで受けてやった。あの号はいいと思ったさ、いかにも利口な男の子がやるべきことだと思ったよ。論争もなし、政治もなしだった。それが君は、夏にどこかへ行って、アカになって帰ってきた。いったい私にどうしろと言うのかね？

『クルセイダー』が問題だとおっしゃるんでしたら、もう心配は要りません。この新学期号は五十部刷っただけで、喧嘩が始まったときに半分は飛んでいってしまいましたから。僕自身、続けるべきかどうか決めかねていたんですが、けさの喧嘩で決心がつきました。『コブルロード・クルセイダー』はもうおしまいです。

約束するか、ファーガソン？

神に誓います。

その約束かならず守れよ、そうしたら私としても、君が停学に値することを忘れようと努めてもいい。

いいえ、忘れないでください。僕、停学にしてもらいたいんです。もうこれで六年の男子全員が僕に敵対してますから、学校にいたいなんて全然思いません。すごく長い停学にしてください、校長先生。

冗談はよせ、ファーガソン。

冗談じゃありません。僕ははぐれ者なんです。ここから長く離れていられればいられるほどいいんです。

父はいまや違う仕事に就いていた。〈3ブラザーズ・ホームワールド〉はもはやなく、代わりにウェストオレンジとサウスオレンジの境に巨大な全天候型ドームがあって、〈サウスマウンテン・テニスセンター〉と呼ばれていた。屋内コートが六面あり、地元のテニス狂が一年中ずっとテニス熱に浸ることができ、暴風雨でも吹雪でもプレーできるし、夜でも、また冬の朝のまだ日が出る前にもプレーできた。緑のハードコートが六面、洗面台・トイレ・シャワー完備のロッカールームが二室、ラケット・ボール・スニーカー・男女テニスウェアを売るプロショップ。一九五三年の火事は事故だったと認定され、保険が全額降りたが、ファーガソンの父はまた新しい場所に別の店を開くのはやめて、自分の被雇用者である兄二人に寛大にも分け前を与え（それぞれ六万ドル）、残りの十八万ドルを使ってテニスセンターの計画を始動させたのである。ルーとミリーは南フロリダに移住し、ルーはドッグレースとハイアライ（ハンドボールに似た球技）の興行主になった。アーノルドはモリスタウン（ニュージャージー州北部の都市）に子供の誕生日パーティの専門店を開き、風船、クレープペーパーの吹き流し、蠟燭、ガラガラ、滑稽な帽子、ロバの尻尾付けゲームの台紙等々を取り揃えたが、こうした新奇なアイデアはニュージャージーにはまだ早すぎた。二年半後に店が倒産するとアーノルドはスタンリーに助けを求め、テニスセンターのプロショップでの仕事を与えられた。アーノルドの店が徐々に沈没していった二年半のあいだ、ファーガソンの父は日々資本を蓄積して投資した金をさらに殖やし、やがて土地を探して購入し、建築家や建設業者と協議を重ね、ついにサウスマウンテン・テニスセンターを完成させた。センターは一九五六年三月、息子の九歳の誕生日の一週間後に開業した。

ファーガソンはこの全天候型ドームが好きだった。洞窟のごとき空間の中を飛び交うテニスボールのどこか神秘的な反響音、いくつかのコートが同時に使われているときに複数のラケットがボールに当たるポン＝ポン＝ポンというメドレー、靴底が硬いコート面をこするキュッキュッと断続的な軋み、人が唸（うな）ったり喘いだりする声、長いこと誰一人何も言わない時間、白い服を着た人々が白いネット越しに白いボールを打つ静謐な厳（おごそ）かさ、ドームの外の広い世界のいかなる場所とも似ていない自己完結した世界。そういったすべてが好ましかった。父親が仕事を変えたのは正解だと思った。テレビ、冷蔵庫、ボックススプリングのマットレスもいいけれど、さすがにいつまでも魅惑が続くものではない。いずれは船を捨てて別のことを試すしかないのだ。そして父親は大のテニス好きである。ならば愛するスポーツで生計を立てればいいではないか？　たしかに、思えば一九五三年、3ブラザーズ・ホームワールドが全焼したあとの薄気味悪い日々、父がサウスマウンテンのセンターの計画を練りはじめた時期に、この企てに伴う危険を母は指摘し、これはものすごく大きな賭けよと警告したし、実際初めは浮き沈みもあって、開館してからしばらくは会員数も十分でなく、会費収入ではこれだけ大きなセンターの維持には足りなかった。実際、一九五三年末から五七年なかばまでの三年半の大半、ファーガソン家はローズランド・フォトの収入に頼ってどうにか沈没せずに済んだのである。

　事態はその後好転し、センター、写真館両方ともしっかり黒字になり、だいぶ余裕も出来て、父は新しいビュイック、家には新たな塗装、母にはミンクのストール、ファーガソンにはふた夏続けてのサマーキャンプといった贅沢も可能になったが、いくら暮らし向きがよくなったとはいえ、それを維持するために両親がどれだけ懸命に働いているかはファーガソンも承知していた。二人とも仕事に時間と精力を吸い取られ、ほかのことをする余裕はほとんどなく、特にテニスセンターを週七日、朝六時から夜十時までオープンしていないといけない父親はそうだった。むろん支えてくれるスタッフは揃っている。たとえばチャック・オーシェイとビル・アブラマヴィッツはおおむね自分たちだけでセンターを切り盛りできるし、元プルマン列車のポーター、ジョン・ロビンソンはコートとロッカールームを仕切り、怠け者のアーノルド伯父は一応プロショップに出てきてキャメルを喫い新聞や競馬情報をパラパラめくって時間をつぶし、三人の若い助手のロジャー・ナイルズ、ネッド・フォルチュナート、リッチー・シーゲルは六〜七時間のシフトを交代でこなしたし、さらには高校生のアルバイトも五、六人雇っていたが、寒い時期には父はめったに休みを取らず、暖かい季節になっても事情はほとんど変わらなかった。

　両親二人とも仕事のことで頭が一杯なので、ファーガソンは何か悩みがあっても自分の胸にとどめておきがちになった。悲惨な緊急事態にでもなれば、母親がきっと味方してくれるとわかっていたが、この二年ばかり、そんな事態は一度もなかった――少なくとも、助けを求めて母の許に飛んでいくしかないような事態は。十一歳半になったいま、かつては悲惨と思えたような状況も、たいていは一人で解決できる小さな問題群に縮んでいた。新学年第一日に運動場で叩きのめされたのは間違いなく大きな問題だし、共産主義のプロパガンダを広めていると校長に非難されたのもやはり大きな問題。が、このうちどちらかでも、悲惨と見なしうるほど重大だろうか？　まあたしかに、校長室で叱責されたあとは涙が出そうになったし、学校から家まで歩いて帰る途中ずっとその涙をこらえていた。何ともひどい日だった。たぶん木から落ちて片脚を骨折した日以来の最悪の日だった。こらえ切れずに泣き出したい理由はいくらでもあった。友人にパンチを喰わされ、ほかの友人たちに侮辱され、これからもパンチと侮辱しか待っていなそうな上に、彼を停学にする度胸すらない馬鹿で臆病者の校長に売国奴呼ばわりされる屈辱。そう、ファーガソンは落ち込んでいた、ファーガソンは泣くまいと頑張っていた、ファーガソンは辛い状況にあった。でもだからといって、両親に話したところで何になる？　そりゃきっと母は心底同情してくれて、彼をハグして両腕で抱きしめてくれようとするだろうし、彼のことを喜んでまた小さな男の子扱いし、わあわあ泣き叫ぶ彼を膝に乗せてくれて、彼に味方して怒ってくれて、ジェームソン校長に電話して文句を言ってやると言い出し、面談が設定されて、大人たちが彼をめぐって言い争い、アカの反乱分子とそのアカの両親をめぐって誰もが罵声を上げるだろう。それで何になる？　母が彼に何と言ってくれようと、彼のために何をしてくれようと、それで次のパンチが防げるか？　父はもっと実際的に対応するだろう。ボクシンググラブを取り出し、殴りあいの技術――父はそれを甘美なる科学（ザ・スウィート・サイエンス）、とどう考えても人類史上最悪の誤称と言うほかない名で呼んだ――をいまひとたび指南し、二十分間みっちり、自分より背の高い相手に対してガードを保ち身を護るやり方を実演してくれるだろう。だが校庭ではボクシンググラブなどお呼びではない。みんな素手で戦い、ルールになんか従いはしないし、一対一とすら決まったわけではなく、しばしば一対二、一対三、下手をすれば一対四の戦いを強いられるのだ。悲惨。そう、おそらく悲惨なのだろう。だがパパは何でも知っているわけではないし、ママが何でも知っているわけでもない。ゆえに、ここはすべて自分の胸にしまっておくしかない。助けを求めて叫んだりはしない。母にも父にも一言も言わない。とにかく耐え抜いて、校庭には近寄らず、クリスマス前に死なないことを祈るのみだ。

　丸々一学年、ファーガソンは地獄で暮らした。だがその地獄の性質は、そしてその地獄を左右する掟の本質も、月ごとに変わりつづけた。予想としては、おおむねパンチの問題だろう、パンチを喰らって精一杯パンチを返すという話だろうと思っていたが、大っぴらな殴りあいはもはや想定されていなかった。学年が始まって最初の何週間か、たしかに何度もパンチは喰らったが、パンチを返すチャンスはまったくなかった。パンチはいつも、何の予告もなく訪れたからである。誰か男子が突然駆け寄ってきて、腕、背中、肩を叩いて、こっちが反応する間もなく逃げていく。やたらと痛い、誰も見ていないときに訪れる一発だけの奇襲。いつも違う男子だった。クラスにあと十一人いる中の、九人の男子が代わるがわるやって来たのである。まるであらかじめみんなで打ち合わせて、前もって戦術を組んでいるみたいに思えたが、とにかく九人から九発を喰らったところで、パンチは止んだ。そのあとは、ひたすら冷たい無視だった。同じ九人が彼と口を利こうとせず、ファーガソンが口を開いて何か言っても聞こえぬふりをし、無表情の冷淡な顔で彼を見て、彼が不可視であるかのように、空っぽの空気に溶けていく無のひとしずくであるかのようにふるまった。やがて、押し倒される時期が始まった。昔からあるやり口だ。一人がファーガソンの背後で両手両膝をつき、もう一人が前から押す。さっとすばやく押してバランスを失わせ、ファーガソンはうしろに倒れ込み、かがみ込んでいる一人の背中の向こうまで転がって、一度ならず頭から地面を打った。またしても無防備なところを襲われるという不名誉だけでなく、痛みもしっかりあった。彼をダシにしてみんなさんざん面白がり、さんざん笑った。その手口はきわめて狡猾かつ効率的だったので、ブラージ先生は何も気づいていないようだった。描いた絵を汚される、算数の宿題に落書きされる、弁当がなくなる、棚にゴミを入れられる、上着の袖を切られる、オーバーシューズに雪を、机の中に犬の糞を入れられる。冬は悪戯の時期、屋内にこもった悪意と深まる一方の絶望から成る苦々しい季節だった。やがてファーガソン十二歳の誕生日から二週間ばかりして氷が溶け、また新しいパンチのラウンドが始まった。

　もし女の子たちがいなかったら、ファーガソンはきっと崩壊していただろう。だがクラスに十二人いる女の子のうち誰一人彼に敵対しなかったし、加えて、残酷な仕打ちに加わろうとしなかった男子も二人いた。一人は太っていささか知恵の足りないアントニー・ドゥルッカ。チャブズ、ブラブズ、スクィッシュといった蔑称で通っているアントニーは、初めからずっとファーガソンを崇めていて、過去にはクロリックとその一味によくいじめられていた。もう一人は転校生の、物静かで知的な少年ハワード・スモール。夏にマンハッタンからウェストオレンジに引越してきたばかりで、まだ郊外という奥地の新参者として手探りで動いている最中だった。ということは、数としては過半数がファーガソンの味方なのであり、一人ではないと――少なくとも完全に一人ではないと――思えるからこそ、三つの原則を守ることによって何とか頑張りとおした。泣いているところを見せない、悔しさや怒りに駆られて反撃しない、権力ある人間には――とりわけ両親には――何も言わない。むろん過酷な、気持ちの暗くなる日々だった。夜には無数の涙の粒が枕に染み込み、復讐をめぐる過激な夢想はますます手が込んでいき、鬱という名の岩だらけの亀裂へとえんえん墜落していき、精神はグロテスクな遁走状態に陥って自分がエンパイアステートビルのてっぺんから飛び降りる姿が見え、己の身に起きていることの非道さに音もない抗議の声を発するとともに自己蔑視の狂おしい太鼓の響きが切れぎれに伴奏し、この惨状は全部自分で招いたのだから僕は罰を受けて当然なのだとひそかに確信する。でもそういうのはみんな一人きりのときのことだ。人前ではタフにふるまおうと頑張り、パンチを受けても痛みの悲鳴ひとつ漏らさず、地面を這う蟻や中国の天気を無視するのと同じようにすべて無視し、新たな屈辱を味わわされるたびにあたかも自分こそ善と悪のあいだで戦われる何か宇宙的な闘争の勝者であるかのような顔で歩き去る。女子が見ているとわかっているから悲しみや敗北の表情はきっちり抑え込み、いくら攻撃されてもいっそう勇ましく立ち向かうほど、女子たちはますます味方してくれるのだった。

実に複雑な話だった。彼らは目下十二歳、またはじき十二になるところで、男子と女子の何人かはカップルを形成しはじめていた。いままで男女を分けていた区別は一気に狭まり、男と女がいまやほぼ共通の地盤に立ち、ボーイフレンドとガールフレンド、ステディなつき合いといった話が突如始まって、ほぼ毎週末にパーティが開かれ、みんなでダンスや瓶回しゲーム（回した瓶が止まったとき瓶の口の先にいる人からキスを受けるゲーム）に興じ、つい一年前は女子の髪の毛を引っぱったり腕をつねったりしていじめていた男子が、いまや彼女たちにキスしようと躍起になっていた。相変わらずナンバーワン・ボーイのティマーマンはナンバーワン・ガールのスージー・クラウスとロマンチックな仲になっていて、二人は一種ロイヤル・カップル、一九五九年の人気者ペアとしてクラスに君臨していた。ファーガソンはスージーと幼稚園のころから友だちで、彼女が反いじめ勢力のリーダーであることが彼にとってプラスにはたらいた。三月末に彼女がティマーマンとペアになると雰囲気もいくらか変わってきて、ふと気づけば前ほど襲われなくなったし、襲ってくる人間の数も減っていた。表立っては誰も何も言わなかった。きっとスージーが、ボーイフレンドに最後通牒を突きつけたにちがいない――アーチーをいじめるのはやめなさい、さもないとあなたと縁を切るわよ。ティマーマンとしてもファーガソンを憎むよりスージーと仲よくする方が大事だったから、ここは引くことにしたのだ。いまだ蔑みの態度でファーガソンに接してはいるが、げんこつはもう振るわないし、もはや彼の持ち物を荒らしたりもしない。そしてひとたびティマーマンが九人組から離れるや、さらに何人かが抜けていった。何といってもティマーマンはリーダーなのであり、みんな何事につけても彼に従うのだ。というわけで、小学校最後の二か月半、残った迫害者はクロリックとその阿呆の一味四人のみであり、この四人から受ける仕打ちもむろん快適とは言いがたかったが、九人にいたぶられるよりはずっとマシだった。

この件についてティマーマンと話をしたか否か、スージーはファーガソンには言わなかったが（彼女としても恋人に忠誠を尽くす必要はあるから、この件については黙っているしかない）、まず間違いなく何か口添えしてくれたものとファーガソンは確信した。スージー・クラウスの気高い闘士精神に心底感謝するあまり、いずれ彼女がティマーマンを捨てて自分にチャンスが生じることをファーガソンは期待するようになった。春が来て最初の何週間かはそのことばかり考え、最善の策は土曜の午後に彼女を父親のテニスセンターに誘うことだと決めた。センターの中を案内して、この場所がどういうふうに動いているかしっかり把握していることを見せつければ、きっと彼女も感心してくれて、一度の、あるいは数度のキスを許す気分になるだろうし、まあキスは無理でも最低手はつなげるだろう。ここニュージャージー郊外にあって、十代初めの心は移ろいやすい。平均的なつき合いは二、三週間しか続かず、カップル関係が二か月も持てばもはや十年間の結婚生活に等しい。学年が終わって夏休みに入る前にチャンスが巡ってくるのではというファーガソンの期待も、あながち法外ではないのだ。

その一方でファーガソンは、グローリア・ドーランにも目をつけていた。スージー・クラウスより可愛いけれど、元気いっぱいで気も短いスージーと較べると性格も穏やかでもさっとしていて、一緒にいてもいまひとつ刺激に欠けるだろう。それでもファーガソンがグローリアに目をつけているのは、彼女の方がファーガソンに目をつけていることを発見したからだった。文字どおり、こっちが見ていない隙を狙ってこっそり見ていたのである。この一か月で何回、授業中に目を上げるとグローリアがこっちを見つめていたことか。ブラージ先生が生徒たちに背を向けて黒板上で例によって数学の問題を解いている最中、グローリアは白いチョークで書かれた数字にもはや注意を払わず、ファーガソンこそ彼女の強い関心の対象となった様子で凝視しているのだ。その関心に気がついたいま、ファーガソンもやはり黒板から目をそらしてグローリアを見るようになっていき、二人の目が合うことがだんだん増えて、そのたびに彼らは笑みを交わしあうのだった。人生の旅におけるこの段階にあって、ファーガソンはいまだ初めてのキスを待っていた。女の子とのファースト・キス。母親やお祖母ちゃんや女のいとことの偽のキスではない本物のキス、熱烈なキス、エロチックなキス、単に唇と唇を押しつけあうことの彼方まで行っていまだ未踏の地へと飛翔させてくれるキス。いまやそのキスの態勢は整い、誕生日の前からずっとそのことを考えていて、この二、三か月、ハワード・スモールと二人でこの問題をくり返し、えんえんと論じあってきた。授業中にグローリア・ドーランと秘密の笑みを交わすようになったいま、最初の相手はグローリアであるべきだとファーガソンは決めた。あらゆる信号が彼女こそ一人目となることの必然を指し示していたのであり、かくして四月末のある金曜の夜、メリウッド・ドライブにあるペギー・ゴールドスタイン家での集まりの最中、ファーガソンはグローリアを裏庭に連れ出し、彼女にキスをし、そして彼女もキスをし返したので、二人はずいぶん長いこと、まさかこんなに長くとはファーガソンも思っていなかったほど長く、おそらく十分あまりキスを続け、四分か五分経った段階でグローリアが舌を彼の口の中に滑り込ませたところですべてが変わった。いまや自分が新しい世界に生きていて、もう二度と前の世界に足を踏み入れないことをファーガソンは悟った。

　グローリア・ドーランと交わした人生を変えるキス以外に、その暗澹（あんたん）たる一年で起きたもうひとつのいいことは、転校生ハワード・スモールとの友情の深まりだった。ハワードがよそから来た人物だったことは大きかった。あの新学期第一日目の運命の朝、ハワードは、誰が誰でどういう立場なのかといった偏見や先入観をいっさい持たずに登場し、校庭に来て数分後には『コブルロード・クルセイダー』第三号を購入して、中身を楽しく眺めている最中、たったいまその新聞を売った相手がティマーマンたちに襲われるのを目撃し、善悪を知る人間であるがゆえただちにファーガソンに味方して、その日以来ずっとファーガソンの側に立ちつづけたのである。ファーガソンの友だちだという罪ゆえに、ハワード自身時おり迫害されもして、二人の少年はますます親しくなっていった。二人とも、もし相手がいなければまったく孤立してしまっただろう。六年生ののけ者二人、ゆえに友人。ひと月も経たぬうちに彼らは唯一無二の親友同士になっていた。

　ハワードであって、ハウィーではない。断じてハウィーではない。名前はスモールだが体は小さくない。ファーガソンよりほんの一センチ低い程度で、すでに筋肉もつきはじめていて、もはや痩せこけた子供ではなく、日に日に逞しくなっていくプリティーンであり、がっしりとして頑丈、肉体的には怖いもの知らず、運動神経はそれほどでもないがそれを絶えまない熱意と努力で補うカミカゼ・スポーツマン。ウィットも優しさもあれば、呑み込みも早くプレッシャーの下で結果を出す力があり、テストも百点を取りまくってティマーマンのさらに上を行き、ファーガソンと同様に本を読み、ファーガソンと同様に政治に目覚めつつあり、天賦の画才の持ち主。ポケットにいつも入れている鉛筆から、風景、肖像、静物等々がほとんど写真の正確さで次々現われるが、その一方で漫画もよく描き、そのユーモアは主として突拍子もない駄洒落から生じていた。言葉を通常の役割から引っぱり出して、全然関係ない、だが音は一致する言葉と強引に組み合わせる。たとえば「彼はいとも楽々と空を飛ぶ」(He Flies Through the Air with the Greatest of Ease) と題した一コマ漫画では、男の子がぴんとのばした両手で大きな大文字のEを持って空を飛び、背景にいるほかの男の子たちはみな小文字の小さなeを抱え苦労して進んでいる (with the Greatest of Ease〔いとも楽々と〕を with the Greatest of E's〔一番大きなEで〕と掛けている)。あるいはファーガソンお気に入りの、toiletries (化粧品) という語を新種の植物に変えた、「ピンスキー果物農場」と題した漫画では、上の方に桜の木が並んで Cherry Trees と小綺麗なラベルが付され、真ん中にはオレンジの木が並んで Orange Trees と小綺麗なラベルが付され、下の方にはトイレの木が並んで Toilet Trees と小綺麗なラベルが付されている。なんて見事な、愉快なアイデアだろう。耳がよくなければ、こんなにあざやかに言葉を分解して二語にできはしない。けれど、耳以上に大事なのは目、手と結びついた目だ。枝からぶら下がっている一連のトイレがこれほど上手く描かれていなかったら、効果も半減してしまうだろう。ハワードのトイレは絶品としか言いようがなかった。ここまで忠実に、正確に描かれたトイレをファーガソンは見たことがなかった。

ハワードの父親は数学の教授で、モントクレア州立教員養成大学学生部長のポストを得て、一家を引き連れニュージャージーにやって来たのだった。母親は『炉辺と家庭（ハース&ホーム）』なる女性誌の編集者で、週五日ニューヨークに通勤し、日暮れ前にウェストオレンジに帰ってくることはめったになく、ハワードには二十歳の兄と十八歳の姉はいるが二人とも家を出て大学に行っているので、境遇としてはファーガソンと驚くほど似ていた。学校から帰ってきてもたいていは誰もいない、事実上の一人っ子。一九五九年、郊外に住む女性で職に就いている人はわずかだったが、ファーガソンも彼の友も、母親は主婦であるにとどまらず、したがって二人ともクラスメートの大半より独立し自立することを強いられたが、十二歳になり思春期のとば口へと急速に近づいているいま、監視されずに過ごす時間がたっぷりあることは大きな利点になりつつあった。人生のこの段階にあって、世界のうちで両親ほど興味深くない人間もいないのであり、関わりを持たずに済むほど好都合なのだ。というわけで放課後二人でファーガソンの家に行き、テレビを点けて『アメリカン・バンドスタンド』（当時人気の音楽番組）や『ミリオンダラー・ムービー』を観ても、こんな天気のいい午後に家の中にこもって貴重な最後の何時間かの日光を無駄にするなんて、などと小言を言われたりもしない。その春には二度、グローリア・ドーランとペギー・ゴールドスタインを説き伏せて一緒に学校から帰り、居間で四人のダンスパーティに興じさえし、ファーガソンとグローリアはもうキスにかけてはベテランだったから、ハワードとペギーも刺激を受けて、接吻の複雑な技巧への入門を企てたのだった。また別の日の午後にはスモール家に行き、邪魔も入らず誰にも見られていないという確信の下、ハワードの兄の机の一番下の引出しを開け、高校の化学の教科書の下に隠したヌード雑誌の山を引っぱり出した。どの裸の女性が一番綺麗な顔をしているか、誰の体が一番魅力的かをめぐって長い会話が交わされ、『プレイボーイ』のモデルと『殿方(ジェント)』や『粋(スワンク)』のモデルが比較される。ほとんど現実離れした『プレイボーイ』の女たちの、照明も上質な光沢紙の写真と、もっと安い雑誌に載った、より粗雑で粒子も粗い像。それは艶やかな若きオール＝アメリカン・ビューティたちと、もっときつい顔をして髪もブロンドに脱色して齢も上の淫らな悪女との比較だった。議論の核心はいつも、誰に一番欲情を感じるか、自分の肉体が本当のセックスに関われるようになったらどの女性と一番愛を交わしたいかだった。いまはまだ二人ともその時は来ていないが、もうそんなに遠くはないはずだ、あと半年か、一年か、ある晩眠りについて翌朝目覚めたら、見よ！　男になっているのだ。

　十歳半のときに左の腋の下に毛が一本生えるという形で、迫りくる男性性の初の徴候が見えて以来、ファーガソンは自分の肉体の変化を綿密にたどっていた。腋毛の意味はわかったものの、こんなに早く現われるとは思っていなかったので驚きもしたし、まだその時点では、生まれて以来ずっと持ちつづけてきた少年としての自己に別れを告げる心構えができていなかった。腋毛は醜く、馬鹿げて見えた。それは何か異質の力が、これまでは何の汚点もなかった彼の体を損なうべく送り込んできた侵入者なのであり、ゆえに彼はそれを引き抜いた。だが何日も経たぬうちにそれは戻ってきて、翌週にはその双子のきょうだいも現われ、じきに右の腋の下も活動を開始し、まもなく個々の糸を判別することはもはや不可能となり、毛は房に変容し、十二歳になったころにはもう人生の恒久的事実と化していた。体のほかのあちこちのゾーンも変身を遂げるのを、ファーガソンは恐怖と魅惑の念とともに見守り、その中で、脚と前腕に生えていたほとんど不可視だった金髪っぽい産毛は黒さと太さを増してより多量になり、かつてはツルツルだった下腹部にも陰毛が出現して、それから、十三歳になった直後、鼻と上唇のあいだに忌まわしい黒いけばが発生し、そのあまりのおぞましさ、見るに堪えなさに、ファーガソンはある朝、父親の電気カミソリを使ってそれを剃り落とし、二週間後に戻ってくるとふたたび剃り落とした。自分の身に起きていることなのに制御できないという事実、それが何より恐ろしかった。まるで自分の体が、どこかの狂った悪趣味な科学者の行なっている実験の場にされたような気がした。新しい毛が繁茂する肌の領域がどんどん広がっていくとともに、ファーガソンは秋のある夜ハワードと一緒にテレビで観た陰惨な映画の主人公のことを考えずにいられなかった。ごく普通の人間が、毛むくじゃらの顔をした怪物に変身する。ウルフマンとは、成熟期に人が経験する当惑と無力感の寓話なのだとファーガソンはいまや理解した。自分は遺伝子が定めたとおりのものになるしかないのであり、そのプロセスが終わるまで、明日が何をもたらすかも知りようはない。そこが恐怖なのだ。だが恐怖とともに、魅惑でもある――旅がどれほど長く困難であるにせよ、いずれは性的至福の王国に至るはずなのだ。

　問題は、この至福がいかなるものか、その本質を本人がまだ何も知らないことだった。オルガスムの激しい疼きの中で体が何を感じるのか、懸命に思い描こうにも、想像力はいっこうに働いてくれない。十代に入り立ての年月、噂や伝聞はたっぷりあっても確固たる事実は何もなく、すでに思春期に入った兄のいる子たちの伝える神秘的な、確証のない話があるだけで、性的至福が達成される際にはおよそありえない痙攣が伴い、ミルクのように白い液体がどくどくとペニスからあふれ出るといい、それが宙を何十センチも、時には何メートルも飛んでいって、これを射精と称し、そこにかならず、誰もが求める至福の感覚がついて来て、ハワードの兄トムによればこれぞ世界最高の快感だというのだが、どんな感じなのかもっと具体的に聞かせてほしいとせがんでも、そんなのどう言ったらいいかわからない、言葉にするのは難しい、自分でわかる時が来るまで待つしかないとトムは言うばかりで、こんな物足りない答えでは無知もいっこうに是正されず、まあたしかにいくつかの用語はファーガソンも学習し、たとえばザーメンという言葉は体から出てくるべとべとの物体であって、赤ん坊を作るのに必須である精子というものがその中に入っていることも知ったが、どうも誰かが彼の前でこの言葉を口にするたび、船一杯の船乗りたちを思い浮かべてしまい（ザーメンの英語形 semen は seamen（船乗りたち）と発音が同じ）、ミルクのように白い制服を着た商船員たちがゾロゾロ陸に揚がって波止場沿いの安酒場へ向かい、半裸の女たちといちゃつき、老いた元水夫たちに仲間入りして海のはやし歌を酔った声で歌い、縦縞のシャツを着た片脚の男が年代物のコンサーティーナでそのメロディを騒々しく奏でるのだった。哀れなファーガソン。頭の中はぐじゃぐじゃ、どの言葉も本当はどういう意味なのか依然として想像もつかず、思いは一度にあっちへこっちへ飛び出していく。「船乗り」(sea-man)はじきに「見る者」(see-man)に変わり、今度は自分が盲目になって白い杖をとんとんつきながら騒々しい酒場に入っていく姿が思い浮かんだ。

このドラマにおける主役は、明らかに彼の股間(グロイン)である。あるいは、旧約聖書の言葉に戻るなら、腰部(ロインズ)。すなわち性器(プライヴェーツ)、医学文献ではたいてい生殖器(ジェニティリア)。物心ついてからずっと、そのあたりに触るのは気持ちがよく、誰も見ていないとき、たとえば夜か朝早くにベッドの中でペニスをいじくっていると、その柔らかな突き出しがこわばって宙に立ちのぼり、大きさも二倍、三倍、時には四倍になって、その驚くべき変異とともに、快楽の萌芽のようなものが体じゅうに、特に下半身に広がっていって、その混沌たる感覚の迸(ほとばし)りはまだ至福とは言えないが、いつの日か同様の摩擦によって得られるであろう至福を予感させはしたのである。いまやファーガソンは日々着々と成長しつつあり、毎朝起きるたびに前の日より体が大きくなったように思え、ペニスの成長も体全体の成長と歩調を合わせ、もはや発毛前幼年期の凸凹の頼りない小鳥ではなく、実体を増す一方の歴(れっき)とした付属物であり、いまやそれ自体の精神を有しているように思え、少しでも刺激を受ければ長くなり固くなり、とりわけハワードと二人でトムのヌード雑誌を吟味する午後にはその傾向もいっそう顕著なのだった。いまや二人とももう中学生である。ある日ハワードが、トムから聞いたジョークを語った。

理科の先生が生徒たちに訊く。普通の六倍の大きさになりうる体の部分は？　先生はマギラカディさんを指すが、彼女は質問に答える代わりに顔を赤らめ顔を両手で覆う。先生は次にマクドナルド君を指し、彼はすぐさま「瞳孔です」と答える。そのとおり、と先生は言い、赤面しているマギラカディさんの方に向き直って、軽蔑というに近い苛立ちもあらわに言う。いいかねお嬢さん、君に言うべきことが三つある。一、君は宿題をやっていない。二、君は不潔な、いやらしい心の持ち主だ。三、君は大いなる失望の人生を送ることになる。

では完全に大人になっても、六倍ということはないのか。未来に期待しうることには限りがあるのだ。だが正確には何倍になるのであれ、柔らかい休止態勢と固い戦闘態勢との比率が何対何であれ、その増加は来たるべき日にとって十分であるにちがいない――その日の夜にとっても、その後に続くすべての日にも夜にも。

過去七年間囚人にされていた小学校に較べれば、中学校は間違いなくマシだった。五十分の授業が終わるたびに、千人以上の生徒が廊下を突進していき、ファーガソンはもはや、九月初めから六月終わりの月曜から金曜まで毎日同じ二十三人か二十四人と一緒にひとつの部屋に閉じ込められる息苦しい親密さに耐えなくてよくなった。〈九人組〉も過去のものとなり、クロリックとその取巻き三人もめったに顔を合わせないので事実上消えたと言ってよかった。ティマーマンはまだいて、四科目の授業で一緒だったが、二人とも意識して相手を無視することによって共存し、まあ喜ばしくはない膠着状態ではあれ、耐えがたいというほどではなかった。もっといいことに、ファーガソンが望んだとおりティマーマンとスージー・クラウスはすでに別れていて、ファーガソンも夏のあいだにグローリア・ドーランと疎遠になり、初めてのキスの相手はいまやハンサムなマーク・コネリーに目が入ってしまいそのことにはがっかりしたが、何と言っても六年生のときの夢の女の子スージー・クラウスへと至る途(みち)が開(ひら)けたので心底落胆したというわけでもなく、さっそくその好機に飛びついて新学期第一週のある晩にスージーに電話し、これが土曜午後の父親のテニスセンターへの訪問に結実して、それが今度は次の土曜日の初めてのキスに結実し、その後数か月の金曜と土曜の数多くのキスへと至ったのだったが、やがてスージーとも別れ、彼女はグローリア・ドーランをリック・バッシーニという男の子に奪われた前述マーク・コネリーの腕の中へ落ちていき、ファーガソンはファーガソンで、しばらく前に親友ハワードと袂(たもと)を分かった、いまや見るみる魅力を増す一方のペギー・ゴールドスタインに焦がれ、ハワードも傷心に陥ることなく立ち直り、いまはその心を、明るく元気一杯のイーディ・カンターに捧げんとしていた。

かくしてその、目まぐるしく変わる情熱、総当たり戦的な恋愛の一年は過ぎていったが、それはまた、友人たちが次々歯列矯正器(ブレース)を着けて学校に現われた年でもあり、ニキビの勃発を誰もが心配した年だった。自分は幸運だとファーガソンは思った。いままでのところ、顔は小さな火山が三つ四つ現われたにすぎず、出てきたはしから潰していたし、歯もこれだけまっすぐなら矯正の必要なしと両親が判断してくれた。また両親には、今年の夏もキャンプ・パラダイスに行くようにと薦められた。ファーガソンとしては、そう言われるまでは、もう十三歳になるのだからキャンプには大きすぎると思っていて、冬休みのあいだに父親に、七、八月はテニスセンターでアルバイトさせてもらえないかと頼んだのだが、父親は笑って、働く時間なら今後いくらでもあるさ、外で過ごさなくちゃだめだよアーチー、同い年の男の子たちと駆け回るんだと言った。第一、十四歳になるまでは就労許可証ももらえないんだよ、少なくともニュージャージーでは。父さんに法律を破れとは言わんだろう？

　キャンプは楽しかった。いままでも楽しかったし、自分と同じくニューヨークからやって来る、毎年夏に会う仲間五、六人とまた一緒に過ごせるのも嬉しかった。早口で威勢のいい、年じゅう皮肉や冗談を飛ばしている連中を見ていると、第二次世界大戦の映画でアメリカ人兵士たちもよくこんなふうに喋ってるよなと思えて何とも愉快だった。剽軽で辛辣な言葉の応酬、決して何事も真面目に取るまい、あらゆる状況をまたもうひとつのジョークやひそかな嘲りのタネにしてやろうという気概。人生への敬意など知るかという感じにからかいまくる姿勢は天晴れと言うほかない。が、時としてさすがに鬱陶しいことも事実であり、キャビン仲間の言語的戯れにうんざりしてくるたび、ふと気がつけばファーガソンは、ハワードがいないことを寂しく思っていた。過去二年の親友、これまでファーガソンが得た誰よりも近しい友は、今年の夏もまたヴァーモントにある伯父伯母の酪農場で過ごしている。昼食後一時間の休憩時間に、ファーガソンはハワードに手紙を書くようになった。何通もの短い手紙、長い手紙の中で、その都度考えていることを書き綴る。ハワードこそ唯一自分の胸の内を打ちあけられる相手であり、迷わず秘密を伝えられるただ一人の人物だった。他人の批判、読んだ本の感想、人前でおならを堪えることの困難、神をめぐる思い、何であれすべてを共有できる、誰とも違う非の打ちどころなき友。

　全部で十六通の手紙を、ハワードは四角い木の箱に入れておき、大きくなって成人としての生活に乗り出したあとも捨てなかった。なぜなら、ハワードの友、まっすぐな歯と輝く表情の、もうずっと前に廃刊となったが決して忘れられてはいない『コブルロード・クルセイダー』の創刊者、六歳で脚を骨折し三歳で足先に裂傷を負い五歳で危うく溺れかかり、〈九人組〉と〈四人党〉の迫害に耐え、グローリア・ドーランとスージー・クラウスとペギー・ゴールドスタインにキスし、性的至福の王国に入るまでの日々を指折り数えて待ち、まだ目の前に何年も何年もの人生が控えていると決めてかかっていた少年は、その夏の終わりまで生きなかったのである。だからハワード・スモールは十六通の手紙を捨てなかった。それらがファーガソンがこの世に存在したことを記す最後の痕跡だったから。

「僕はもう神を信じない」と一通の手紙でファーガソンは書いていた。「少なくともユダヤ教、キリスト教、その他いかなる宗教の神も。神は人間を己の似姿に創った、と聖書には書いてある。だけど聖書は**人間が**書いたんだよね？ということはつまり、人間が神を人間の似姿に創ったということになる。ということはさらに、神は人間を見守っていたりしないし、人間が何を考え何をやって何を感じているかなんて神にとってはまるっきりどうでもいいということだ。もし神が人間のことを少しでも気にかけているなら、ひどいこと、恐ろしいことがこんなにたくさんある世界を作ったりするはずがない。人間が戦争をすることもないだろうし、殺しあったり強制収容所を作ったりもしないはずだ。嘘をついたり人をだましたり物を盗んだりもしないはずだ。神が世界を作ったんじゃないとは言わないけれど（世界を作ったのは人間なんかじゃない！）、いったん作り終えたらさっさと宇宙の原子と分子の中に消えてしまい、あとはお前ら勝手に争ってろ、と人間を置き去りにしていったんだ」

「ケネディが候補に指名されて嬉しい」と別の手紙でファーガソンは書く。「ほかのどの候補者よりもいいと思ったし、秋にはきっとニクソンを負かすと思う。どうしてそう確信できるのか自分でもわからないけれど、腹黒（トリッキー）ディックなんて呼ばれる人間をアメリカの国民が大統領にしたいと思うなんて想像しがたい」

「キャビンにはほかに六人男の子がいる」とまた別の手紙にはある。「三人はもうやれるくらい大きい。夜ベッドの中でマスをかいて、すごくいい気持ちなんだぜと僕たちに請けあう。おととい、三人で集合マス（サークル・ジャーク）なるものをやってみせて、僕もやっと、どういう物質が出てきてそれがどれくらい遠くまで飛ぶのか、この目で見ることができた。ミルクみたいに白いっていうより、もう少しクリームっぽくて、ちょっとマヨネーズかヘアトニックみたいな感じ。で、マスかき王三人のうちの一人のアンディっていう大きい男の子がまた固くなって、みんながあっと驚くことをやってのけた。かがみ込んで、自分のチンポコを吸ったんだ！ そんなこと可能だとは知らなかった。だってさ、体を折り曲げてそんな姿勢になるなんて、人間そこまで柔軟か？ 僕も昨日の朝バスルームでやってみたけど、口をそばに持っていくことさえできなかった。まあべつにそれで構わない。自分はペニス吸いだなんて考えながら暮らす気はしないよね。とにかく見ていてすごく変な感じだった」

「ここへ来てから本を三冊読んだ」八月九日付の最後の手紙でファーガソンは書いている。「どれもすごくいいと思った。二冊はミルドレッド伯母さんが送ってくれた本で、薄い方はフランツ・カフカの『変身』、厚い方はJ・D・サリンジャーの『キャッチャー・イン・ザ・ライ』。あと一冊はいとこのフランシーの旦那さんのゲアリーがくれたヴォルテールの『カンディード』。カフカのが断然一番奇妙で一番難しかったけどすごくよかった。ある男が朝目を覚ますと自分が巨大な虫になってるんだ！ そう言うとSFかホラーみたいだけどそうじゃない。人間の魂についての話なんだよ。『キャッチャー・イン・ザ・ライ』はニューヨークの街をさまよう高校生の話。大したことは何も起きないんだけど、ホールデン（というのが主人公）の喋り方がすごくリアルで真に迫っていて、好きにならずにいられないしこの人が友だちだったらって思わせる。『カンディード』は十八世紀の本なんだけどもう無茶苦茶おかしくて、ほとんど全ページゲラゲラ笑って読んだよ。これは政治的諷刺なんだってゲアリーは言ってる。とにかくすごい本、と僕は言いたい！　君にもぜひ読んでほしい、この本もあと二冊も。こうして全部読み終えてみると、三冊が全然違っていることに驚く。それぞれ独自の書き方で書かれていて、どれもすごくいい。いい本の書き方はひとつだけじゃないってことだね。去年デンプシー先生は何度も、正しいやり方と間違ったやり方があるって言ってたよね、覚えてるかい？　まあ数学や理科ではそうなのかもしれないけど本はそうじゃない。みんな自分のやり方で書いて、それがいいやり方だったらいい本が書ける。面白いのは、どの書き方が一番好きか、僕にも決められないってこと。そんなのわかりそうなものなのに、わからないんだよね。どれも素晴らしいと思った。ということはつまり、いいやり方はみんな正しいやり方なんだと思う。まだ読んでないすべてのいい本のことを考えると嬉しくなる。何百冊、何千冊。楽しみなことがものすごくたくさんある！」

一九六〇年八月十日、ファーガソンの生涯最後の日は夜明け直後のにわか雨とともに始まったが、七時半に起床の合図が鳴ったころには雲はもう東に散って青空が出ていた。ファーガソンと六人のキャビン仲間は、六月にブルックリン・カレッジの二年次を終えたカウンセラー、ビル・カウフマンと一緒に食堂へ向かい、みんなでオートミールとスクランブルエッグを食べている三、四十分のあいだに雲が戻ってきて、掃除と点検のために少年たちがキャビンに歩いて帰る最中ふたたび雨が降り出したが、ごく細かい霧雨だったので誰一人ポンチョも着ず傘も持っていかなかった。Tシャツのあちこちに暗いしみが出来た程度で、雨降りとも言えない雨降り、全然濡れもしない雨だった。ところが、いつものようにベッドを整えて床を掃いているうちに空はますます暗くなってきて、じきに本降りの雨になり、キャビンの屋根を打つ雨粒はどんどん大きく、どんどん速くなっていった。一分か二分のあいだ、調子っ外れのシンコペーションという感じの音がして、それなりに心地よいとファーガソンには思えたが、やがてもっと激しくなってくると、もう心地よいどころではなかった。もはや音楽ではなく、ぎっしり密な、未分化の音の塊、叩きつける響きのもわっとした集まりと化していた。ビルが言うには、新しい気圧配置が南からこっちへ向かっていて、同時に北からは寒冷前線が下りてきているから、しばらくは強い雨を覚悟しないといけない。暖かくしていろよ、とビルは言った。大嵐になって、今日は大半キャビンにいることになるぞ。

暗い空はなおいっそう暗くなり、キャビンの中はろくに物も見えなかった。ビルが天井の明かりを点けたが、七十五ワットの電球はすごく高い垂木にくっついていたから、下にある物にさしたる光は届かず、中はまだ暗く感じられた。ファーガソンはベッドに寝転がり、キャビン内で回し読みしている『マッド』のバックナンバーを、懐中電灯の光を頼りに読みながら、こんな暗い朝っていままであったろうかと考えていた。雨はいまや一斉射撃という具合に屋根板を打ち、まるで水滴が石に変わったかのように屋根板に叩きつけ、百万の石ころが空から彼らの頭上に落ちてくるみたいだったが、と、今度はずっと遠くの方でゴロゴロと低く鈍い響きがするのをファーガソンは聞きつけ、太く密なその音に誰かが咳払いをしている姿が思い浮かんだが、この雷はきっと何マイルも離れているにちがいなく、たぶん山の方だろう、と考えてファーガソンはあれっと思った――いままでの経験からすれば、激しい嵐の雷と稲妻はかならず雨と一緒に来るものだったが、今回はもうすでにこれ以上はないというくらいの豪雨なのに、雷はまだ全然近くに来ていない。これはひょっとして、ビルが言ったように嵐と寒冷前線があるんじゃなくて、二つ別々の嵐が同時進行しているんじゃないか、ひとつは真上にあってひとつは北から近づいてきているんじゃないか……とすればもし一つ目の嵐の力が尽きる前に二つ目の嵐が来たりしようものなら、二つの嵐がぶつかりあい合体して途方もなく大きな嵐に、史上最悪のとてつもない嵐になりかねない。

ファーガソンの右側のベッドにいるのはハル・クラズナーという男の子で、夏の始まり以来二人でずっと、賢いジョージと阿呆のレニーを真似たギャグを続けていた。二人ともその年にスタインベックの『二十日鼠と人間』を読んで、主人公の流れ者二人に喜劇の可能性をたっぷり見出していたのである。ファーガソンがジョージ、クラズナーがレニーで、ほぼ毎日何分かを費やし、次々とナンセンスを繰り出して、突拍子もない漫才に磨きをかけていた。たとえばレニーが、なあジョージ、天国に行ったらどんな感じかなあと訊いたり、あるいはジョージがレニーに、おいおい人前で鼻クソほじくっちゃ駄目だろうがと諭したり、その馬鹿げたやりとりはスタインベックよりむしろローレル&ハーディが元になっている感じだったが、とにかく本人同士はふざけていて楽しかったし、ざあざあ降りでみんなキャビンから出られないいま、クラズナーがまたいっちょうやろうという気になったのだった。

なあ頼むよジョージ、と彼は言った。止めてくれよ。俺、もう我慢できねえよ。

止めるって何をだよ、レニー？　ファーガソンは訊いた。

雨だよ、ジョージ。雨の音。うるさすぎるよ、頭おかしくなってくるよ。

お前はじめっから頭おかしかったじゃねえか、レニー。自分でもわかってるだろ。

俺、頭おかしくねえよ、ジョージ。悪いだけだよ。

たしかに悪い。そしておかしい。

しょうがねえんだよ、ジョージ。そういうふうに生まれついたんだから。

誰もお前のせいだとは言ってねえさ、レニー。

で？

で、何だ？

雨、止めてくれるのかい？

そういうのはボスにしかできねえんだよ。

お前ボスじゃねえか、ジョージ。お前いつだってボスだったよ。

ほんとのボスだよ。一番てっぺんの、唯一の。

一番てっぺんの、唯一の奴なんか知らねえよ。俺、お前しか知らねえよ、ジョージ。

奇跡でも起こさねえと無理なんだよ、そういうのは。

それでいいさ。お前、何だってできるだろ。

そうなのか？

この音うんざりするんだよ、ジョージ。やってくれねえと、俺死んじゃうよ。

クラズナーは両手を耳に当ててうめいた。もう力の限界まで来たとジョージに訴えるレニー。ジョージ役ファーガソンは憂い顔で同情してうなずく。誰も雨が降るのを止められはしないこと、奇跡とは人間の力の圏外にあることを彼は知っているのだ。が、ファーガソンとしてのファーガソンは、演技を続けるのが困難になってきていた。クラズナーの発する、病気の牛みたいなうめき声がとにかくあまりに可笑しくて、さらに何秒か聞いたところでゲラゲラ笑い出してしまい、それで彼にとってはお芝居の呪縛が解けてしまったが、クラズナーはファーガソンがジョージとして笑っているのだと思って呪縛はいまだ解けておらず、依然レニーとしてふるまいつづけ、両手を耳から放してこう言った——

　人のことそんなふうに笑うもんじゃねえぜジョージ、そりゃ俺は郡で一番賢い男なんかじゃねえけど、俺にだって魂はあるんだよ、お前やほかのみんなとおんなじに、お前がそのニタニタ笑いやめなかったから、お前の首真っ二つに折ってやるぜ、ウサギどもの首やったみてえに。

　レニーとしてのクラズナーに、これほど気合いの入った強力なスピーチをやられたからには、ファーガソンとしてもここは無理してでも役割に戻り、ふたたびジョージとなって、クラズナーの、そして聞いているほかの男の子たちの期待に応えないといけない。ところが、いまにも肺を全開にし、雨に向かって止めと命じようと――**水、もうたくさんですよ、ボス！**――したところで耳をつんざくすさまじい雷鳴が轟き、あまりの爆音にキャビンの床も揺れ、窓枠はガタガタ鳴って雷鳴が過ぎてもなおブルブルガタガタ振動を続け、やがてまたドカン！と轟いてふたたび窓枠が鳴った。その音に反応して少年たちの半数くらいが飛び上がり、がくんと前に出て、思わず体をぴくぴく震わせ、残り半数は反射的に声を上げた。肺から空気が勝手に飛び出し、短い、驚愕の叫びが生じ、それは言葉のように聞こえたが実は言葉の形をした本能的なうなり声でしかなかった。ワウ、ウォウア、ウォー。雨はまだざあざあ降っていて窓に激しく打ちつけているので外を見るのは困難であり、波打つ水っぽい闇が突然稲妻の槍に照らされるのが見えるのみで、十拍か二十拍真っ暗だったあとに一瞬か二瞬、目もくらむ白い光が広がる。ファーガソンが想像していた、北からの空気と南からの空気が衝突して生じる巨大な二重の嵐がいままさにやって来たのであり、彼が望んでいたよりもっと大きく、もっとよかった。壮大なる嵐。天を引き裂く、怒りの斧。爽快そのものだった。

心配すんな、レニー、と彼はクラズナーに言った。怖がるこたぁねえ。俺がいますぐこの騒々しい音、ケリつけてやるから。

何をする気か誰にも言わずに、ファーガソンはベッドから飛び降りドアに飛んでいき、両手でぐいっと思いきり引っぱって開け、うしろでビルが叫ぶのが聞こえたが――**何やってんだアーチー！　気でも狂ったか！**――それでも彼は止まらなかった。たしかにこんなことやるのは狂ってるとわかっていたが、いまはまさに狂いたかったのであり、嵐の中に出て嵐を味わって嵐の一部になって嵐の中に入りたかったし、嵐が彼の中に入ってきてほしかった。

雨は最高だった。ひとたび敷居をまたいで地面に踏み出すと、こんなに強い雨はいままで降ったことがないと実感した。この雨粒はいままで見知ってきたどんな雨粒より大きくて速い、鉛の弾の勢いで空から降ってきて彼の肌にあざを作る強さは十分ある、ひょっとして頭蓋を凹ませる力さえある、壮麗なる雨、全能の雨、だがそれをしっかり味わうには前方二十メートルあたりに立っている楢の木立まで駆けていかないと、そうファーガソンは思った、あそこなら葉と枝が、落ちてくる弾丸から体を護ってくれるだろう、そこでファーガソンは木立めざして駆け出し、びしょびしょの滑る地面を木々に向かって走り、足首まで浸かる水たまりの水を撥ね上げ、頭上でも周りでも雷が轟き、稲妻が足下からほんの数メートルのところに落ちてきた。木立に着いたころにはもう全身ずぶ濡れだったが、濡れているのはとても気持ちがよかった。こんなふうに濡れているのは最高にいい気持ちだった。ファーガソンは幸福だった。

この夏のいつにも増して、どの夏のいつにも増して、生涯のいつにも増して幸福だった。これこそ間違いなくいままで自分が為しとげた最高の行ないだった。

風はほとんどなかった。この嵐はハリケーンでも台風でもなく、雷が骨を揺すぶり稲妻が目を眩ますひたすら激しい雨なのだ。履いているのはスニーカーだし金属はいっさい身に着けていないし、腕時計もなく銀色のバックルが付いたベルトもないから稲妻も怖くはなかった。木々の下にいれば安全だと思ってひたすら歓喜するばかりで、自分とキャビンとのあいだに立ちはだかる雨の灰色の壁を見やり、カウンセラーのビルのぼんやりした、ほとんど完全に雨で消された姿に目を向けると、ビルは開いた戸口に立ち彼に向かって叫んでいるように見えた。何かどなりながら、キャビンに戻ってこい、と合図しているのか。だが何を言っているのかファーガソンには一言も聞こえなかった。とにかく雨と雷の音がすさまじかったし、加えてファーガソン自身も大声を上げはじめたのだ――もはやレニーを救わんとするジョージとしてではなく、単にファーガソン自身として、いまこうして与えられたこの世界に生きていることに歓喜する十三歳の少年として。木々の一本の梢に稲妻が一筋直撃したときも、自分は安全だと信じていたからいっこうに気にならなかった。と、ビルがキャビンを出てこっちへ走ってくるのが見え、いったい全体なんであんなことするんだ、とファーガソンは思ったがその自問に答えを出す間もなく稲妻に打たれた木の枝が折れてファーガソンの頭に向かって落ちてきた。その衝撃が感じられ、誰かにうしろから棍棒で殴られたかのように木が頭にガツンと当たるのがわかったが、それから何も感じなくなり、以後いっさい何も感じずに、体は力なく水浸しの地面に横たわり、雨は依然その体に激しく降り注ぎ、雷も依然爆音を上げつづけ、大地の端から端まで神々は沈黙していた。

2.3

祖父はそれを奇妙な空白期間と呼んだ。二つの時間に挟まれた、あいだの時間。どう生きるべきかをめぐるルールがすべて窓の外に投げ捨てられた、時間ならざる時間。これが永久に続くわけではないことは父を失った少年も理解していたが、できることなら、与えられた二か月よりもっと長く続いてほしい、せめてさらにもう二か月、いやもう六か月、できれば一年。学校にも行かなくていい、ひとつの生活ともうひとつの生活との不思議な狭間で暮らすのはいい気持ちだった。朝に目を開いた瞬間から夜に目を閉じる瞬間まで母親がずっと一緒にいてくれて、いまや彼にとって現実と思えるのは母一人、世界で唯一現実の存在と思えるのは母一人だった。そんな母と何日も何週間も時間を共有できるのは本当によかった。ほぼ毎日レストランで食事し、空っぽのアパートメントを見て回り、映画を観た不思議な二か月。バルコニー席の闇の中で一緒にものすごくたくさん映画を観ながら、二人ともいつでも好きなときに泣いてよかったし、自分たちのふるまいを誰にも説明する必要はなかった。母はそれを泥の中で転げ回ると表現し、つまりそれは不幸という泥のことだとファーガソンは思ったが、その不幸にどっぷり沈んでみると、なぜかそれは妙に心地よかった――目一杯沈んでも溺れる恐れはない限り。涙に押されてくり返し過去に戻っていったから、未来のことも考えずにいられた。が、ある日母は、もう未来のことを考える時だと宣言し、泣くのもそれっきり終わりになった。

あいにく学校を避けるわけには行かなかった。ファーガソンとしてはもっと自由を引き延ばしたかったが、そういうことを操るのは彼の力の及ぶところではない。母と二人で、セントラルパーク・ウェストのアパートメントを借りることに決めると、次の課題は彼をよい私立学校に入れることだった。公立学校は問題外だ。この点をミルドレッド伯母さんは力説し、珍しく姉妹の意見は一致して、教育に関してはミルドレッドの方が詳しいからとファーガソンの母も伯母の提言に従った。私立の学費を払うくらいの余裕は十分ある。わざわざ公立校のザラザラのアスファルトの運動場にアーチーを放り出す必要はない。母としてはとにかく息子に最良のものを与えたかったのであり、ニューヨークはいまや自分が一九四四年に去った街よりもずっと不穏で危険な場になっていて、飛出しナイフと手製のピストルで武装した若者たちが徒党を組んでアッパー・ウェストサイドをうろついている。彼女の両親が住んでいる場所から北へ二十五ブロック行っただけなのに、もうそこは別宇宙だった。ここ数年でプエルトリコ系の移民が流入してきて、界隈はすっかり様変わりし、戦争中よりも汚い、貧しい、よりカラフルな場所になって、嗅ぎ慣れない匂いや聞き慣れない音があたりにみなぎり、違う種類のエネルギーがコロンバス・アベニューやアムステルダム・アベニューの歩道を満たし、一歩外に出ただけで脅威と混沌の底流が感じとれた。子供のころも若い娘だったころもニューヨークにいて何の不安も抱かなかったファーガソンの母は、いまや息子の安全が心配でならなかった。というわけで奇妙な空白期間の後半は、単に家具を買ったり映画に行ったりでは済まず、ミルドレッドが作ってくれたリストに挙がった私立校六校を訪ね、教室や一連の施設を見て回り、校長や入学課長と面談し、その結果を母と子で話し合い、IQテストや入学試験を受けるという行程が加わった。ミルドレッド一押しのヒリアード男子校にファーガソンが合格すると、家族みんなが大喜びし、祖父母、母親、伯母、伯父、大叔母パールから温かい気持ちの大波が伝わってきて、もうじき八歳になる父のいない少年も、まあこれなら学校もそう悪くないかもしれないなと思った。もちろん溶け込むのは容易ではないだろう。何しろもう二月後半、学年の三分の二がすでに終わっているのだし、それに毎日ジャケットを着てネクタイを締めないといけないのも鬱陶しい。まあでも案外あっさり溶け込めるかもしれず制服にも慣れるかもしれないし、かりにやっぱり溶け込めず制服にも慣れなかったとしても結局は同じことだ。好むと好まざるとにかかわらず、ヒリアード男子校に行くことは動かないのだから。

ヒリアードに行くと決まったのは、そこがニューヨークでも指折りの、学業に秀でていることで長年定評がある名門校だとミルドレッド伯母さんが力説し母も納得したからだったが、同級生たちがアメリカでもとびきり金持ちの名家の子弟たちだということは誰もファーガソンに教えてくれなかったし、ウェストサイドに住んでいるのはクラスで彼一人であることや、幼稚園クラスから六年生まで六百人近くいる生徒の中でわずか十一人しかいない非キリスト教徒の一人であることも同じだった。初めはみんな、彼がスコットランド系長老派の家柄だと信じて疑わなかった。これは彼の祖父が一九〇〇年に〈ロックフェラー〉をやり損なって与えられた名前から見て無理もない誤解だったが、やがて教師の一人が、朝の礼拝でイエス・キリスト、我等が主と言うべきところでファーガソンの唇が動いていないことに気づき、彼がどうやら十一人の一人であって五七六人の一人ではないという噂が広がったのだった。加えて、遅れて入ってきた生徒であり、おおむねいつも黙っていて、クラスの誰ともつながりはない。はたから見れば、ヒリアードでのファーガソンは初めから――第一日目、建物に足を踏み入れる前からすでに――挫折を運命づけられていると思えたことだろう。

べつに誰かに冷たくされた、嫌がらせを受けた、お前なんかいない方がいいんだというような気持ちが伝わってきたというわけではない。どこの学校もそうだが、友好的な子もいれば悪意ある子もいてどちらとも言えない子もいたということでしかないし、その中の一番悪意ある連中でさえ、ファーガソンがユダヤ人であることをからかったりすることは絶対なかった。堅苦しい、いかにもジャケットとネクタイが必須の場という雰囲気ではあれ、ヒリアードは寛容を説き紳士的な自制の徳を教える場でもあったから、露骨な偏見を示そうものなら学校当局が厳しく対処したことだろう。だが、より微妙な、より戸惑わされる形で、ファーガソンはクラスメートたちの何とも無邪気な無知、生まれたときに彼らの中に注入されたように思える無知と争わねばならなかった。ダグ・ヘイズでさえ――いつも人当たりのよい、思いやりある、ファーガソンがヒリアードに出現した瞬間からずっと仲よくしてくれた、誕生日パーティも一番最初に招待してくれて、その後も東七十八丁目にあるタウンハウスに最低十回は呼んでくれたダギー・ヘイズでさえ――ファーガソンと九か月つき合った時点でなお、君、感謝祭は何をするんだいと訊いたのだ。

七面鳥を食べるよ、とファーガソンは答えた。うちは毎年そうしてる。母さんと一緒にお祖父ちゃんお祖母ちゃんのアパートメントに行って、詰め物の入った七面鳥をグレービーと一緒に食べるよ。

へえ、それは知らなかったな、とダギーは言った。

どうして？　とファーガソンは訊いた。君のうちはそうしないの？

もちろんするさ。僕はただ、君の民族が感謝祭を祝うってことを知らなかっただけだよ。

僕の民族？

だからさ。ユダヤ民族が。

どうして僕らが感謝祭を祝わないと思うの？

うーん、感謝祭ってアメリカのものだからさ。ピルグリム。プリマス・ロック。変てこな黒い帽子かぶってメイフラワー号に乗ってやって来たイギリス人たち（一六二〇年、ピルグリム・ファーザーズたちの乗ったメイフラワー号はマサチューセッツ州プリマス・ロックにたどり着いたとされる）。

ダギーの言葉にすっかり面喰らって、何と言ったらいいかもファーガソンはわからなかった。それまでは、自分がアメリカ人ではないかもしれないなんて考えたこともなかった。あるいはより正確に言えば、自分がアメリカ人であるそのあり方が、ダギーやほかの子たちに較べて真正さにおいて劣るなどとは考えたこともなかった。だが友はまさにそう断じているようではないか。彼らのあいだには事実違いがあるのだ、と。その捉えがたい、言葉にしようもない微妙な何かは、黒い帽子をかぶったイギリス人を先祖に持ち、この大陸で長い年月を過ごし、アッパー・イーストサイドの四階建てのタウンハウスに住む金があること等々とつながっていて、それゆえにある家族はほかの家族よりも真にアメリカ人なのであり、突き詰めて考えれば、違いはものすごく大きなものであって、よりアメリカ人でない家族はおよそアメリカ人とは考えがたいのである。

　明らかに母は学校の選択を誤ったのだ。が、国の祝祭日におけるユダヤ人の食事習慣をめぐる戸惑うほかない会話をダギー・Hとする破目になっても、そしてそれより前にも後にも戸惑わされる瞬間は数多くあったとしても、ファーガソンはヒリアードをやめたいとはまったく思わなかった。たとえこうして入っていった世界の奇妙な習慣やら信仰やらは理解できなくても、とにかくそれらに合わせるよう努めたし、彼をここへ送り出した母親やミルドレッド伯母さんを責めたことは一度もなかった。とにかくどこかにいないわけには行かない。十六歳以下の子供はみな学校へ行くべし、と法律でも決まっているのであって、ファーガソンから見て、子供を入れておく刑務所としてヒリアードはほかより良くも悪くもない。ファーガソンの成績が散々なのは学校のせいではない。スタンリー・ファーガソンが死んだあとの荒涼とした日々、自分は何もかもが反転した逆さま宇宙に住んでいるとファーガソンは考えるに至った（昼＝夜、希望＝絶望、力＝弱さ）。したがって学業に関しても、求められているのは成功ではなく失敗であり、もうどうでもいいんだと思うのがこれほど気持ちよいのだから、これはもう主義の問題として失敗を追求すべきなのであって、意志の力を行使し、屈辱と敗北の優しい腕の中に入っていかねばならない。きっと、ほかのどこへ行っても同じくらい華々しく失敗したはずなのだ。

　教師たちのファーガソン評は、やる気がなく怠惰、権威に耳を傾けない、注意散漫、強情、愕然とするほど規律を欠く、人間として理解に苦しむ等々だった。入学試験では全問に正答し、感じのいい性格と早熟な洞察力で入学審査官の心を勝ちとった、すべての科目で優秀な成績を収めてしかるべき年度途中入学のこの少年は、いざ蓋を開けてみると、二年生の四月に作成された初めての通知表に〈優〉はひとつしかなかった（体育）。〈良〉は読解、作文、ペン習字（もっと下手にやろうとしたのだが、自分の才能を隠すことにまだ新米だったのである）、〈可〉は音楽（ボウルズ先生に教わった黒人霊歌やアイルランド民謡を音程を外さずに歌おうと努めたものの、シャウトしたいという欲求に逆らえなかった）、ほかはすべて〈劣〉だった——算数、理科、美術、社会、品行、協調性、意欲。六月に渡された次の、そして最後の通知表も一枚目とほぼ同じで、唯一の違いは算数が〈劣〉から〈不可〉に変わったことだった（このころにはもう計算問題の五題中三題は誤答するすべを身につけていた。ただし言葉はいまだ十語に一語以上間違った綴りを書く気になれなかった）。本来なら翌年も戻ってくるよう勧められはしなかっただろう。ここまで悲惨な成績は明らかに心理上の問題を抱えていることの表われであり、ヒリアードのような学校はそういうお荷物をしょい込むことに慣れていない。旧家の出でもない限り、普通ならあっさりお払い箱である（旧家とはこの場合、三、四、五世代目での子息であり父親が毎年学校に寄付しているか理事会の役員を務めるかしているという意）。だがファーガソンに関しては、事情がおよそ普通でないことを学校側も理解していたから、もう一年チャンスを与えようということになった。父親を学年の只中に突然暴力的な形で失って、悲嘆と絶望の奈落に突き落とされたのだから、もう少し立ち直る時間を与えられてしかるべきだ。これだけ潜在的能力はあるのだから、三か月半であっさり見捨てるには忍びない。かくして学校はファーガソンの母に、息子さんが自分の力を証明する時間をあと一年与えます、と告げた。そのあいだに持ち直せば仮及第処分も解除します。持ち直さなければ、もう後はありません。次にどこへ行くにせよ幸運を祈るのみです。

母親をがっかりさせたことは、ファーガソンとしても辛かった。息子の散々な成績などなくても、母の生活は厄介事だらけなのだ。とはいえいまは、母を喜ばすとか、〈優〉〈良〉の並んだ通知表で家族に感心してもらえるよう頑張るとかいったことよりもっとずっと大事な問題と向きあっていたのである。何事も言われたとおりにし、期待されることをこなしていたら、自分にとってもほかのみんなにとっても人生はずっとシンプルになることはファーガソンとしても承知している。わざと間違った答えを言うのをやめて、教師の話をきちんと聴き、いや実に真面目な子だ、とみんなが誇りに思ってくれる方が、話はずっと簡単で面倒もないだろう。だがファーガソンは、壮大な実験に乗り出していた。生と死をめぐる、もっとも根本的な事柄に関する秘密の探究。荒れはてた危険な、くねくね曲がった岩だらけの、いつ崖から落ちてもおかしくない山道を彼は一人旅していたのであり、いまさら戻れはしない。十分な情報を得て、明確な結論に至るまでは、たとえヒリアード男子校を退学させられ、家族の面汚（つらよご）しになろうとも、わが身を危険にさらしつづけるほかないのだ。

その問題とは、なぜ神は彼に語りかけなくなったのか？　だった。神がいまや沈黙しているのだとすれば、もう永久に沈黙するということなのか、それともいずれまた声をかけてくるのか？　もしもう二度と語らないのだとすれば、いままでファーガソンは自分で自分を欺いていただけであって、そもそも神なんて初めからいなかったのか？

思い出せる限りずっと、声はファーガソンの頭の中にあって、一人になるたびに語りかけてくれた。その静かで落着いた声は、優しさと厳しさの両方を感じさせ、世界を支配する見えない大霊の気配が、バリトンのささやきを通して発せられていた。ファーガソンはいつもその声に慰められてきた。君がきちんと君の側の約束を守る限りすべて上手く行くはずだ、と告げてくれる声に護られてきた。そしてその約束とは、未来永劫善人たることを誓い、親切と寛容を以て他人に接し、聖なる戒めを守って決して嘘をつかず盗みもせず妬みもせず、両親を愛しよく勉強して面倒を起こさない。ファーガソンは声を信じ、その教えるところに従おうとつねに最善を尽くし、神の方も約束を守ってすべて上手く行くよう取り計らってくれていた。僕は愛されている、僕は幸福だと思えたし、自分が神を信じているのと同じに神もまた自分を信じてくれていると確信できた。そして七歳半まではずっとそうだったのが、十一月初旬の、ほかの朝と何も変わらぬように思えるある朝、母が部屋に入ってきて父の死を告げ、すべてが一変した。神は嘘をついたのだ。見えない大霊はもはや信用できない。その後何日か、神は依然ファーガソンに語りかけてきて、もう一度自分を証明するチャンスを与えてほしい、この死と悲嘆の暗い時にあってどうか君とともにいさせてほしい、と父を亡くした少年に訴えたが、神に対するファーガソンの怒りはあまりに大きく、彼は耳を貸さなかった。そして葬儀から四日後、声は唐突に沈黙し、それ以来一言も発していなかった。

目下探究しているのもこのことだった。神は沈黙の中で、いまもファーガソンと共にいるのか、それとも彼の人生から永久に姿を消したのか？　ファーガソンとしては、自覚的に残酷な行為をする気にはなれないし、嘘をついたり騙したり盗んだりするのも嫌だし、母を傷つけたり怒らせたりする意図もまったくないが、この問いの答えを得ようと思うなら、自分が為しうる狭い範囲の悪行に訴え、こちら側の約束を精いっぱい頻繁に破るしかない。聖なる戒めを守るべし、という命令に反抗してみて、神が彼に対し何か悪いことを——腕が折れる、顔におできが出来る、凶暴な犬に脚を食いちぎられる等々、はっきり彼一人に向けられた、明らかに報復を意図した陰険な真似を——するかどうか見てみるのだ。もし神にそういうふうに罰せられなかったら、声が止んだのは本当に神がいなくなったからだということが証明される。そして、神とはあらゆるところにいることになっていて、木や草一本一本の中、吹く風すべて、人間の感情すべての中にいるはずなのだから、ひとつの場所からは消えてほかのあらゆる場所にいるというのは筋が通らない。すべての場に同時にいるのであれば、必然的にファーガソンと共にもやはりいるはずだ。そうでないならば、神はどの場所にもいない、いかなる場所にも初めからいたことなどないと考えるしかない。そもそも神など存在したことはなく、ファーガソンが神の声だと思って聞いていたのは、自分の声が自分を相手に脳内で会話に携わっていただけの話なのだ。

第一の反逆行為は、テッド・ウィリアムズの野球カードを引き裂くことだった。ファーガソンが学校に戻って二日ばかり経った時点で、ジェフ・バルソーニが変わらぬ友情とお悔やみの意を込めてそっと彼の手に滑り込ませてくれた貴重なカードである。その贈り物をびりびり破るのはどれほどおぞましかったことか。コステロ先生から目をそらし、あたかも先生がそこにいないようなふりをするのがどれほど恥ずべきことだったか。そしてヒリアードに来たいま、故意の自己サボタージュ作戦を展開するのはどれほど良心に背く行ないだったたか。一年目の努力を土台にして、およそ一貫性のない、人々を苛立たせずにおかない新しいパターンを彼は打ち立てた。この方がすべてに失敗するより、戦術としてずっと有効だ。たとえば算数のテストで、二度続けて全問正解し、次は二十五点、その次は四十点、それから九十点の次はまるっきりの〇点。教師もクラスメートもすっかり戸惑っていたし、むろん母をはじめ親戚の人たちも同じだった。とはいえ、そうやって責任ある人間としてのふるまいのルールに唾を吐きつづけているというのに、いまだ犬が飛びかかってきて脚を嚙まれたりもしていなかったし、大石が足に落ちてもこないし、ドアがバタンと閉まって鼻を潰されてもいない。どうやら神は、彼を罰することなどに興味はない。もうほぼ一年罪深い暮らしを送ってきたのに、かすり傷ひとつ生じていないのだから。

それで一件落着となってしかるべきだったが、そうはならなかった。神がファーガソンを罰しないのは、彼を罰する力がないということであって、ゆえに神は存在しない。少なくともファーガソンはそう考えてきた。ところが、いざこうして神が自分にとって永久に失われる瀬戸際まで来てみると、新たな問いを問わずにいられなかった。ひょっとして、僕はもう十分罰を受けた、ということはないか？　神が父を死なせた、というのが実はものすごく大きな罰だったのであり、非道そのものの、永遠に薄れぬ悲劇だったがために、もしかすると神は、今後これ以上何の罰も与えないことに決めたのでは？　それもありうると思えた。絶対とはとうてい言えないが、可能性はある。もう何か月も経ったのに依然声が沈黙しているとあっては、この思いつきの正しさを確かめるすべはないが、神はファーガソンに悪を為したのであり、いまになって優しさと慈悲で償おうと躍起になっているのではないか。もはや声を通して、ファーガソンに伝えるべきことを伝えるのが叶わないのであれば、何かほかの方法で、聴覚とは別個の手段で、いまもちゃんと君の思いを聴いているよと伝えているのではないか。こうして、長い神学的探究はその最終段階に入っていった。何か月にもわたり、神に向かって、どうか姿を現わしてください、さもないとあなたは神の名を掲げる権利を失いますよ、と無言で祈りつづけたのである。べつに何か壮大な、聖書的な啓示を求めたのではない。すさまじい雷を轟かせろとか、海を突然二つに分けてみせろとか頼んだのではない。何かささやかな、彼一人しか気づかない極小の奇跡でいいのだ。突風が吹いて通りに落ちていた紙切れが信号の変わる前に向かい側に飛ばされる、腕時計が十秒停止してからまた動き出す、雲ひとつない空から雨がたった一滴彼の指に降ってくる、いまから三十秒のうちに母親が神秘的という言葉を口にする、ラジオのスイッチが独りでに入る、いまから一分半のうちに十七人の人間が窓の前を通る、セントラル・パークで次の飛行機が頭上を通過する前に芝の上にいるコマツグミが地面から虫を引っぱり出す、三台の車が同時にクラクションを鳴らす、ファーガソンが持っている本が手からすり抜けて床に落ち九十七ページが開く、朝刊の一面に間違った日付が現われる、ファーガソンがふと歩道に目をやると足下に二十五セント貨が落ちている、ドジャースが九回裏に三点入れてサヨナラ勝ちする、パール大叔母さんの飼っている猫がファーガソンにウィンクする、部屋にいる全員が同時にあくびをする、部屋にいる全員が同時に笑い出す、いまから三十三秒三分の一のあいだ部屋にいる誰一人何の音も立てない。ファーガソンは一つずつ、こうしたことが起きますようにと念じ、まだほかにもたくさんのことを念じたが、六か月にわたる無言の嘆願を以てしても何ひとつ起きはしなかった。それでもう彼は何を念じるのもやめて、神についていっさい考えないことにした。

何年もあとになって、母はファーガソンに、彼女にとっても初めのころよりあとの方が辛かったと打ち明けることになる。奇妙な空白期間中は、とにかく差し迫った実際的な問題を次々解決しないといけないせいで何とか耐えられた。ニュージャージーの家と店を売り払う、ニューヨークに住む場所を探す、その場所の家具を揃えながらファーガソンをちゃんとした学校に入れる。未亡人になり立ての日々に一気に押し寄せてきた責任の数々は、重荷というよりむしろ歓迎すべき気晴らし、目覚めているあいだ一分も休まずニューアークの火事のことを考えずに済む方便だった。それに映画も有難かった、と母は言った。あの寒い冬の毎日、映画館の闇に包まれて、阿呆な絵空事の物語の中に消えていけて助かったし、それにあんたがいてくれて本当によかったわアーチー、あたしの勇敢な可愛い人、あたしの礎(いしずえ)、あたしの錨(いかり)、この世であたしに残った現実の人間は長いあいだあんただけだった、あんたがいなかったらアーチー、あたしは何をしていたか、何のために生きたか、いったいどうやって生き抜けたか?

　あの何か月か、あたしは間違いなく半分壊れてたのよ、と母は言った。壊れた女が、煙草と、コーヒーと、アドレナリンの旺盛な分泌によって何とか生かされていた。でも家と学校の問題が解決したら旋風(つむじかぜ)も収まってきて、そのうち完全に止んで、あたしは思い煩(わずら)い、考える日々に入っていった。それは長い日々だった。昼も夜も恐ろしい時期だった。麻痺とためらいに包まれて、いろんな可能性を天秤にかけて、自分が向かいたい未来を何とか思い描こうとあがいていた。まあその点では運がよかったわね、複数の選択肢から選べる立場にいたんだもの。とにかくいま、母には金が、こんなに持つなんて夢にも思わなかった額の金があった。生命保険だけで二十万ドル下りたし、ミルバーンの家とローズランド・フォトを売却して得た金が加わり、家の家具やスタジオの機材を売った金がさらに上乗せされた。新しい家具に遣った数千ドル、ファーガソンを私立の学校に通わせる年間の学費、アパートメントの毎月の家賃を差し引いても、今後十二年、十五年くらいは何もしないで暮らせるだけの金があった。息子が大学を卒業するまで、死んだ夫にいわばたかって生きていけるのであり、腕のいい投資家を見つければもっとずっと長くそうしていられる。彼女は三十三歳だった。もはや人生の初心者ではないが、さりとてまだ過去の人では全然ない。自分がいかに恵まれているかを考え、その気になれば老齢までずっとのんびり過ごせるのだと思うと気持ちは安らいだが、何か月かが過ぎていき、依然独り思いにふけって何もせず、大半の時間は街を東西に走るバスでセントラル・パークを一日四回横断することに費やし(朝にファーガソンを学校に送り届け、家に戻り、午後にファーガソンを迎えに行き、ふたたび家に帰る)、朝すぐまたバスに乗ってウェストサイドに戻る気になれないときは、ファーガソンが学校にいるあいだの六時間半、イーストサイドをぶらぶらして過ごした。一人あちこちの店を覗き、レストランで一人で食事し、一人で映画に行き、一人で美術館に行く。そういうルーティーンを三か月半続けたあと、ジャージー沿岸の借家で息子と二人で過ごした奇妙で空虚な夏、大半の時間家にこもって二人一緒にテレビを観て過ごした末に、自分が落着かなくなってきていることを、また働きたくてうずうずしていることをローズは悟った。その地点に達するまで半年以上かかったわけだが、いったんそこに達すると、ライカとローライフレックスがようやく戸棚から出され、まもなくファーガソンの母親は、写真の国へ戻るべく船旅に乗り出したのだった。

　今回はやり方も変えて、世界が自分の方へ来るよう誘うのではなく、自分から世界の中へ飛び込んでいった。もはや固定した住所で写真館を維持することに興味はなかった。そういうのはもう、写真をやるには古臭い、物事が目まぐるしく変容する時代にあって不要に重いやり方に思えた。新しい高速度フィルム素材が出現し、カメラもどんどん軽く機能的になって現場が一変したいま、光や構成に関してこれまで思っていたことを考え直せて、自分を一から作り直し、古典的な肖像写真の限界の向こうまで行くことができる。ファーガソンがヒリアードの二年目に入るころには、母はすでに仕事を求めてあちこちに目を向け、九月後半に初めての仕事にありついた。いとこのシャーロットの結婚式の撮影に雇われた男が階段から落ちて脚を折ってしまい、式まではあと一週間しかなかったので、無料で代役を買って出たのである。式場のユダヤ教会は、ブルックリンのフラットブッシュ地区の、初代アーチーと大叔母さんパールがかつて暮らしていた界隈にあった。結婚式から、南に二ブロック行った披露宴会場に移るまでは、ファーガソンの母親も三脚を使い、出席した親戚縁者全員の改まった白黒肖像写真を型どおり撮った。まずは花嫁と花婿。フィアンセを朝鮮戦争で亡くしてからは誰とも結婚しない運命に思えた二十九歳のシャーロットと、三十六歳で男やもめの歯医者ネイサン・バーンバウム。続いて大叔母パール、ファーガソンの祖母（ナナ）と祖父（パパ）、シャーロットの双子の妹ベティと会計士の夫シーモア・グラフ、最近セアラ・ローレンス大で教えはじめたミルドレッド伯母さんとランダムハウス社の編集者をしている夫ポール・サンドラー、そしてファーガソン自身はベティとシーモアの子供である二人のまたいとこエリック（五歳）、ジュディ（三歳）と一緒に写真に収まった。だがひとたび披露宴が始まると、ファーガソンの母は三脚をうっちゃり、その後の三時間半、人々のあいだを回って、居合わせた九十六人の、ポーズも取っていないありのままの姿を何百枚も撮った。静かに会話に携わる老いた男同士、ケラケラ笑いながらワインを飲み食べ物を口に放り込む若い女たち、食事が済んだあとに大人と一緒に踊る子供たち、大人同士で踊る大人たち、そういったすべての人の顔が殺風景な会場の自然光の中で捉えられ、小さなステージに乗ったミュージシャンたちはくたびれたセンチメンタルな曲をかき鳴らし、大叔母さんのパールはニコニコ笑って孫の頬にキスし、ベンジー・アドラーはカナダから来た二十歳の遠縁の親戚とダンスフロアを跳ね回り、九歳の女の子がしかめ面で独りテーブルに座って食べかけのケーキと向きあい、ある時点でポール伯父さんが義理の妹たるファーガソンの母の許に寄ってきて、今日は楽しそうだね、君がニューヨークに移ってきて以来こんなに上機嫌で活きいきしてるのを見るのは初めてだよと言い、ファーガソンの母はあっさり、こうするしかないのよポール、また仕事しないと気が変になっちゃうのよと答え、するとミルドレッドの夫は、なら手伝うよローズ、と言ったのだった。

「手伝い」はニューオーリンズに行ってヘンリー・ウィルモットの新しい小説のカバー用写真の撮影を母に依頼する、という形でやって来た。ピュリツァー賞受賞作家待望の新作のための著者近影である。六十二歳のウィルモットは結果を非常に気に入り、ポール・サンドラーに電話してきて、今後はあの別嬪さんにしか写真を撮らせないと伝えると、ランダムハウスから別の著者近影を撮る依頼が来て、それでニューヨークのほかの出版社からも声がかかるようになり、さらには雑誌で作家、映画監督、ブロードウェイ俳優、音楽家、画家を特集するときも撮影の仕事が舞い込んできた。『タウン&カントリー』、『ヴォーグ』、『ルック』、『レディズホーム・ジャーナル』、『ニューヨークタイムズ・マガジン』等々、週刊誌・月刊誌の仕事が以後何年も続いた。ファーガソンの母は被写体をつねに本人がふだん過ごす場所で撮影した。住居や仕事場まで、撮影用のライトスタンド、折り畳みの背景パネルとアンブレラを持って出かけ、本がぎっしり詰まった書斎でくつろいだり机に向かったりしている作家、アトリエの混沌の中にいる画家、黒光りするスタインウェイの向こうに座るか横に立つかのピアニスト、楽屋の鏡を覗き込んだり何もない舞台の上に立ったりする俳優を撮影する。なぜかそれら白黒のポートレートは、同じ有名人をほかの写真家が撮るよりも彼らの内面をよく捉えているように思えた。それはおそらく技術的なことよりもファーガソンの母親本人の手柄だった。依頼を受ければかならず相手の本を読み、レコードを聴き、映画を観て撮影に臨んだから、長い撮影中も話題に事欠かなかったし、気さくに話す上にとてもチャーミングで、自分のことをペラペラ喋ったりはしなかったから、自惚れが強く気難しいアーティストたちも気を許して、この人物は純粋に自分に興味を持っているのだと感じ(そしてそれは本当だった——少なくともたいていの場合は)、ひとたびその魅惑が効いてきて警戒が解けると、顔に着けていた仮面が徐々に剝げ落ち、目から違った種類の光が発してくるのである。

雑誌や単行本に関するこうした商業的な仕事に加えて、ファーガソンの母は独自のプロジェクトにも忙しく携わった。「さすらう目」と自分では呼んでいるこの企画は、一級品のポートレートを生み出すのに必要な入念なコントロールを放棄し、「予期せぬものとの偶然の出会いに向けて自分をとことん開いていく」。自分の中にこういう天邪鬼（あまのじゃく）の衝動があると知ったのは、いとこのシャーロットの結婚式でのことだった。一九五五年のあの無報酬の仕事で、人々のあいだを独楽（こま）のようにくるくる回ってみると、喜びにあふれた、躁病的な撮影が三時間半続き、面倒な準備からも解放され速射のごとく構図を捉えては次々撮りまくり、まさにいま捉えるしかない儚（はかな）い瞬間が捉えられ——半秒待ったらもうその図はなくなる——そこで要求される烈しい集中力ゆえにファーガソンの母は一種熱狂状態に陥り、部屋中のすべての顔と体が一斉に自分に向かって押し寄せてくるかのよう、そこにいる全員が彼女の目の中で息をしているかのように思えてきて、彼らがもはやカメラの向こう側にいるのではなく、彼女の中に在って彼女という人間の不可分な一部と化すのだった。

　容易に予想はついたが、シャーロットと夫はそれらの写真を嫌った。ほかのはいいのよ、式の直後に教会で撮ったやつは最高よ、今後何年も大事にするわ、とシャーロットは言ったが、披露宴の写真は彼らには理解不能だった。ひどく陰気で、ギスギスしていて、誰一人全然魅力的に撮れてなくて、みんな邪悪で不幸に見えて、笑っている人たちまでなんだか悪鬼みたいで、だいたいなんでどの写真もピントがずれていて、どれも全然光が足りないのよ？　批判にむっとしたファーガソンの母親は、新婚夫婦の肖像写真を焼増しし、**こっちは気に入ってもらえてよかった**とメモを添えて送り、同じものをパール大叔母、両親、そしてミルドレッドとポールにも送った。これを受けとったポールは、どうして披露宴の写真が一枚もないのか訊いてきた。全然駄目だからよ、とファーガソンの母は答えた。芸術家はみんな自分の作品を嫌悪するものだよ、と彼女の新たな支持者にして代弁者は返事をよこし、やがてファーガソンの母も説得されて、その午後に撮った五百枚以上の中から三十枚を現像し、ランダムハウスのポールのオフィスに送った。三日後ポールが電話をかけてきて、全然駄目なもんか、素晴らしいじゃないかと言い、これは出版されるに値する、写真というものを真剣に考えている人たちに見てもらう価値がある、君さえよければ『アパチュア（レンズの窓）』誌のマイナー・ホワイトに送りたい、と申し出た。ホワイトのことはたまたまちょっと知ってるから、どうせなら頂点から始めようじゃないか、とポールは言った。本心からそう言っているのか、それとも単に気の毒に思ってくれているだけなのか、ファーガソンの母にはわからなかった。親切な人間が、夫を亡くして悲嘆に暮れている親戚に救いの手をさしのべ、自分のコネを活かして何のコネもない未亡人写真家を新しい人生につないでくれる、ということなのか。だが彼女は思った。かりに憐れんでくれているのだとしても、ポールは私をニューオーリンズまで送り出してくれたんだし、その動機が単なる気まぐれ、あてずっぽうの直感、駄目で元々の賭け等々だったとしても、あの気難しい酒飲みのウィルモットが「最高の、どえらい仕事」と賞讃してくれたいま、ポールとしては正しい賭けだったと思っているのかもしれない。

ポールの働きかけが影響したかどうかはわからないが、『アパチュア』はファーガソンの母の写真を掲載することに決め、六か月後、プリント二十一枚から成るポートフォリオが『ユダヤの結婚披露宴　ブルックリン』のタイトルで発表された。『アパチュア』から掲載申し出の手紙が届いたときには体内を勝利感、高揚感が貫いたが、まもなくそれに水を差す事態が生じ、怒りの念がそれをほとんど帳消しにしてしまいかけた。というのも、写真を発表するには写っている人たちの許可が必要であり、ファーガソンの母は、真っ先にシャーロットに連絡するという過ちを犯したのである。あんなグロテスクなスナップ写真を世に出すなんて冗談じゃない、『アパチュア』だか何だか知らないけどそんなクズ雑誌に自分とネイサンが載るなんて絶対お断りだ、とシャーロットは頑なに拒んだ。その後三日間、ファーガソンの母はシャーロットの母親、シャーロットの双子ベティをはじめほかの参加者たち全員と話し、誰一人反対しなかったのでもう一度シャーロットに電話し、考え直してほしいと頼んでみた。論外。ふざけんじゃない。何様だと思ってんのよ？　大叔母パールが説得を試み、ファーガソンの祖父は、自分勝手だぞ、みんなの気持ちも考えろと叱り、ベティは馬鹿じゃないの、頑固すぎよと罵ったが、新婚のミセス・バーンバウムは頑として譲らなかった。というわけで、ポートフォリオに入っていたシャーロットとネイサンの写真三枚は別の三枚と入れ替えられ、結婚式のフォトストーリーは花嫁と花婿がどこにも見当たらない形で世に出た。

とはいえ、これはこれで第一歩である。自分にとって唯一意味ある未来を生きるための取っかかりなのだ。掲載に勇気づけられて、ファーガソンの母親はまた新たに注文とは関係ないプロジェクトを——本人言うところの自分の仕事を——推し進めていき、それらもまた『アパチュア』に載ったり、時には本の中で使われたりギャラリーの壁に現われたりもした。こうした変容の中でおそらく何より重要だったのは、『ユダヤの結婚披露宴』が発表される直前に下した、一九五六年の春にまでさかのぼる決断である。寝床に入る前に彼女はひざまずき、これからやろうとしていることに関してスタンリーの許しを乞うたのである。こうするしかないのよ、と彼女は夫に言った。ほかのどんなやり方でも、私はニューアークでの火事の灰に包まれて生きつづけることになる。そうしたら私も燃え尽きて無になってしまう。

というわけで彼女は決めた。その後ずっと、生涯にわたり、自分の作品にロ̇ー̇ズ̇・̇ア̇ド̇ラ̇ー̇と署名したのである。

初めのうち、母親が何をやろうとしているのかファーガソンにはぼんやりとしかわからなかった。母が前より忙しくなって、たいていの日はいろんな写真の仕事で駆けずり回っていることは彼も理解していた。さもなければ、予備の寝室を改装した、薬品から有害ガスが出るのでつねに密閉されている現像室にこもっている。春夏とは違っていつもニコニコしていて、声を上げて笑うこともずっと増えたけれど、その他の変化については、ファーガソンにとっておよそ好ましいとは言えなかった。予備寝室は八か月以上彼の部屋だったのであり、彼はここに独りこもって野球カードを整理したり、プラスチックのボウリングボールでプラスチックのピンを倒したり、お手玉を投げて木の標的に空いた穴に通したり、小さな赤い標的にダーツを投げたりできたのに、それがなくなってしまったのは全然いいことじゃない。それにまた、十月後半の、明るい自分の部屋が立入り禁止の暗室に変えられてまもないある日、いいとは言えないことがもうひとつ起きた。もうこれからは下校時に迎えに行ってあげられない、と母に言われたのだ。朝は今後も学校まで送っていくけれど、午後はもう時間があるという保証はないから、代わりにお祖母ちゃんが校門まで来てアパートメントに連れて帰ってくれる。ファーガソンは嬉しくなかった。そもそもいかなる変化にも彼は、厳格な倫理的原則として反対したのである。とはいえ、自分は抗議できる立場にない。言われたとおりにするしかないのであり、かくして一日で一番のいい時間だった、六時間半にわたる退屈と叱責と全能者との烈しい格闘の末にふたたび母の顔が見られる時間は、よろよろ歩く太ったナナと二人でとぼとぼ西へ向かう全然面白くない時間に変わってしまった。お祖母ちゃんはひどく内気で、引っ込み思案で、ファーガソンと何を話したらいいか全然わからず、結局二人はたいてい何も言わず黙ってバスに乗っていた。

ファーガソンとしてもどうしようもなかった。彼にとって大切に思える人間、一緒にいて安らげる人間は母一人なのであり、ほかはみんな苛々させられる。親戚はみんなそれぞれいいところはあるんだろうし、誰もが彼のことを好いてくれているようだったけれど、お祖父ちゃんはやかましすぎるし、お祖母ちゃんは静かすぎるし、ミルドレッド伯母さんは威張りすぎ、ポール伯父さんは自分の声に酔いすぎで、大叔母さんのパールは猫っ可愛がりで鬱陶しく、いとこ叔母ベティはがさつすぎ、いとこ叔母シャーロットは馬鹿すぎ、またいとこエリックは暴れん坊すぎ、またいとこジュディは泣き虫すぎ、そして一人だけ会いたくてたまらないいとこフランシーははるか遠いカリフォルニアで大学に通っている。ヒリアードのクラスメートにも本当の友だちはいないし、誰よりも一緒に過ごすことの多いダギー・ヘイズにしたところで、可笑しくもないことでゲラゲラ笑うし、ジョークを言って通じたためしがない。母親以外、知っている人に気持ちを寄せるのは困難だった。誰といても、独りぼっちでいるような気になってしまう。まあたぶん、それでも誰かといる方が本当に一人でいるより少しはましなのだろう。一人でいると、いずれかならず、ずっと固執してきたことに戻ってしまう——奇跡を起こしてほしい、何とかしてこの心を落着かせてほしい、と神にしつこく頼みつづけ、それ以上に『ニューアーク・スターレッジャー』に載った写真のことを考えてしまう。ファーガソンが見ていないことになっているが見てしまったその写真をどうしても見てしまい、母が煙草を取りに部屋を出たときなどに三、四分じっくりと、スタンリー・ファーガソンの焼死体とキャプションのついたそれをじっくり眺め、かつて〈3ブラザーズ・ホームワールド〉であった焼け落ちたビルに死んで横たわる父の体は硬直して黒焦げで、もはや人間ではなくあたかも火事によってミイラにされたかのようで、顔もなく目もない男は口をぱっくり開き、まるで悲鳴を上げている真っ最中に固定されてしまったみたいに見えた。その黒焦げの、ミイラ化した死体が棺に入れられ地中に埋められたのであり、いまファーガソンが父のことを考えるたびにまず目に浮かんでくるのはその黒い、半分焼却された体の、開いた口がいつまでも地の底から悲鳴を上げている残骸だった。

今日は一日寒くなるよ、アーチー。学校にマフラーを巻いていくのを忘れるなよ。

そんなふうに病的にくよくよ考えたり、八歳から九歳に移行していったこの辛い一年にはよくないことがいろいろあったが、中にはいいことも、しかも毎日起きるいいこともあった。たとえば、毎日11チャンネルで夕方四時から五時半までやっているテレビ番組。九十分ぶっ続けで（あいだにコマーシャルは入るが）昔のローレル&ハーディ映画をやっていて、これがもう史上最高によく出来た、最高に笑える映画なのだった。秋から始まった新番組で、十月のある午後にたまたまチャンネルを回すまでファーガソンはこの大昔のコメディ二人組のことなどまったく何も知らなかった。一九五五年当時、ローレル&ハーディはおおかた忘れられていて、二〇年代、三〇年代に作られた彼らの作品が映画館で上映されることももはやなく、テレビのおかげで初めて、ニューヨーク市一帯の子供たちのあいだで復活を遂げることになったのである。この二人の阿呆を、ファーガソンはどれだけ崇めることになったか。大人なのに六歳並の知能、熱意と善意にあふれながらも年じゅう二人で喧嘩し、苛(さいな)みあい、およそありえない危険な難局に年じゅう陥って、溺れかけたり、危うく粉々に吹っ飛ばされかけたり、脳天を叩き割られそうになったりするものの、いつもどうにか生き延びる。ある時はツイていない夫、ある時はドジな策略家、最後の最後まで負け犬。けれどおたがいさんざん叩きあいつねりあい蹴りあってもつねに最高の友同士であり、『地上の生の書』のいかなるペアよりも固く結びついていて、それぞれが、二要素から成る一個の人間有機体の離れがたい片割れなのだった。ミスタ・ローレルとミスタ・ハーディ。映画の中の架空の人物ローレルとハーディを演じる現実の人間の名前がそれであることがファーガソンにはとてつもなく愉快だった。どんな状況であろうとも、ローレルとハーディはつねにローレルとハーディである。アメリカにいようが外国にいようが、過去に生きようが現在に生きようが、家具運搬人、魚屋、クリスマスツリー売り、兵士、船乗り、囚人、大工、街頭の楽師、厩(うまや)の働き手、西部開拓時代の探鉱者、何者であれつねにローレルとハーディであって、違っていてもいつも同じというこの事実が、二人をすべての映画の中のいかなる登場人物にも増してリアルにしていると思えた。ローレルとハーディがつねにローレルとハーディであるなら、それは彼らが永遠の存在だということにちがいない。そうファーガソンは考えた。

その年ずっと、そして次の年もかなりのあいだ、二人はファーガソンにとって誰より堅実な、誰より頼りになる仲間でありつづけた。スタンリーとオリヴァー、またはスタンとオリー、痩せた男と太った男、オツムの弱いお人好しと自惚れの阿呆（で、結局は相棒と同じくらいオツムも弱い）。ローレルのファーストネームが自分の父親のそれと同じであることはファーガソンにとってそれなりに意味はあったが、そこまで大きなことではなかったし、この新しい友らに対して募る一方の愛情ともほとんど関係なかった。二人はまたたく間に彼の最良の友に、ほとんど唯一の友になった。ファーガソンが何より好きなのは、どの映画でも決して変わらない一連の基本的要素だった。まず、オープニングクレジットに流れるカッコーのテーマソングによって、二人がまた次なる冒険に戻ってきたことが告げられる。今度はどんな珍騒動を思いつくのか？　見慣れた展開はいくら見ても飽きなかった。オリーが蝶ネクタイをいじくってからカメラに向ける苛立ち気味の顔、スタンが呆然と目をパチクリさせ突然流す涙、無数のギャグのネタとなる山高帽——ローレルの頭に載った大きすぎる帽子、ハーディの頭に載った帽子、潰れて凹んだ帽子に燃える帽子、耳の下まで引き下ろされた帽子に踏みつけられた帽子、二人ともやたらマンホールに落ちたり壊れた床を踏み抜いたり泥の沼や首まで浸る水たまりにはまったり、自動車、梯子、ガスオーブン、電気ソケット相手にしじゅう不運な目に遭う。オリーがさも気取って得意げにこちら私の友人ミスタ・ローレルですと他人に言う癖、スタンが親指で火を点けてありもしない（だがちゃんと機能する）パイプをふかすナンセンスな才能、始まったら止まらない二人の笑いの発作、何かあるたび自然に踊り出す癖（二人とも足はいたって軽い）、ひとたび敵と対峙すれば言い争いも不和もみな忘れて団結し、一緒になって誰かの家を壊そうとしたり誰かの車を潰そうとしたり、さらには彼らのアイデンティティが混ざりあったり時には合体さえするギャグにもいろいろバリエーションがあって、オリーがスタンの足を自分の足だと思って気持ちよさげにさすってため息をついたり、二人が分身を生み出すネタも実に気が利いていて、大きなスタンリーと大きなオリヴァーがよちよち歩きの息子小スタンと小オリーを子守したり（どちらも父親のミニチュアレプリカである――ローレルとハーディがそれぞれ親も子も演じるのだ）、スタンが女オリーと結婚していてオリーが女スタンと結婚していたり、長いあいだ離ればなれになっていた各々（おのおの）の双子のきょうだいに再会したり（こちらも親友同士で名前はもちろんローレルとハーディ）、そして何より傑作なことに、ある映画の結末で輸血に手違いが生じてスタンにオリーの口ひげが生え声もオリーの声になりツルツル顔のハーディがローレルの泣き発作を起こしてよよと泣き崩れた。

そう、彼らは本当に滑稽で独創的で、そう、彼らの道化ぶりにファーガソンは時に笑いすぎてお腹が痛むほどゲラゲラ笑った。とはいえ、ファーガソンが彼らを笑えると思った理由、彼らに対する愛情がおよそ理不尽なくらい深まっていった理由は、彼らの酔狂なふるまいよりもむしろ、彼らが執拗に頑張りつづけることであり、彼らの姿の中に自分が見えることだった。コミカルな誇張と、乱暴なドタバタを剝ぎ取ってみれば、ローレル&ハーディの奮闘はファーガソン自身のそれと変わらない。彼らもまた、賢明とは言いがたい計画から計画へとあたふた動いていくのであり、彼らもまた、無数の挫折や失敗を耐え抜いて進んでいる。不運続きでいまにもすべてがプッツリ切れてしまいそうになるたびに、ハーディの怒りはファーガソンの怒りになったのであり、ローレルの混乱はファーガソンの混乱を映し出し、彼らがしでかすヘマの何がいいといってスタンとオリーはファーガソンよりもっと無能なのであり、もっと愚か、もっと馬鹿、もっと無力で、そのことが心底可笑しくて、あまりにも可笑しいのでファーガソンが彼らを憐れみ同胞として抱擁するさなかにも笑うのはやめられない。自分と同類の精神が、何べん世界に叩き潰されてもまた立ち上がり、もう一度挑む。そしてまたしても馬鹿丸出しの案を考え出し、世界はかならずふたたび彼らを叩きのめすのだ。

これらの映画をファーガソンは、たいてい一人で、リビングルームの床、テレビから一メートルばかりのところに座り込んで観た。一メートルというのは、母も祖母も近すぎると考える距離、ブラウン管から出てくる光で目が駄目になってしまう距離であり、そこに座っているのをどちらかに見つかるたびにファーガソンはもっと離れたところにあるソファに移らねばならなかった。学校から帰ってきて母がまだ仕事に出ているときは、日々のお勤めから帰ってくるまで祖母が一緒にいてくれたが（「日々のお勤め」とは『極楽ピアノ騒動』の子守女が使っていた言い方だ――スタンに靴で尻を打たれて、警官に向かって「その男、日々のお勤めの最中に私のこと蹴ったんです」と訴えるのだ〔"right in the middle of my daily duties" は「お尻の真ん中を」を遠回しに言った表現〕）、祖母はローレル＆ハーディには興味がなかった。彼女の情熱は清潔さと、家をきちんと片付けることに向けられていて、孫に放課後のおやつ（たいていはチョコクッキー二つとミルク一杯だが、時にはプラムかオレンジかクラッカー一山も付き、ファーガソンはクラッカーにグレープジャムをべたべた塗る）を与えると、孫がリビングルームに行ってテレビを点けるなか、自分はキッチンカウンターをごしごしこする、バーナーからゴミをこそげ取る、二つあるバスルームの洗面台とトイレを掃除するといった作業に取りかかる。不潔とバイ菌を不倶戴天の敵と見る彼女は、自分の娘の主婦としての至らなさに不満を漏らしたりはしなかったが、そうした作業に携わりながら何度もため息をつき、自分が神聖視する清潔な暮らしの規範をわが子が信奉しないことをいかにも残念がっていた。一方、帰ってきたときに母がすでに戻っていたら、祖母はあっさりファーガソンから離れ、娘にキスして二言三言言葉をかわすだけでそそくさと立ち去り、コートをわざわざ脱ぐこともめったになかった。暗室で写真を現像しておらずキッチンで夕食を作ってもいないとき、母は時おりソファに息子と並んで座り一緒にローレル＆ハーディを観て、時には息子に負けない大声でゲラゲラ笑ったりもしたが（たとえば『極楽ピアノ騒動』の「日々のお勤め」――このフレーズは二人のあいだのジョークとなって、人間の臀部を表わすのにそれまで使っていたバックサイド、トゥーカス、カイスター、ハイニー、リアエンド、ファニー、ランプといった常連語すべてに取って代わり、母と別々の部屋にいるときなどに、あんた何してるの、アーチー？と訊かれ、立っても歩いてもいないし横になってもいないとき、僕、日々のお勤めを下にして座ってるよママ、と答えたりした）、たいていはスタンとオリーの戯れやヘマを見ても単にクックッと笑うか軽く微笑むかする程度で、事態がエスカレートして叩いたり蹴ったり思いきり殴ったりとなってくると、母は顔をしかめるか首を横に振るかして、アーチー、これひどすぎるわよと言った。それは映画がひどいということではなく、馬鹿騒ぎが母にとってはやり過ぎだという意味であり、もちろんファーガソンは賛成しなかったが、他人が自分ほどローレル&ハーディを好まないこともありうると理解できるくらい大人ではあったから、母の趣味からすればスタンとオリーは阿呆すぎるし幼児的すぎるということもわかり、とにかく一緒に座って観てくれるだけでも有難いと思った。今後丸一年、毎日観たとしても、母は決してファンにはならないだろう。

　一族の中でファーガソンの熱狂を共有した人物は一人だけだった。彼が愛する脳足りん二人の天才ぶりを認める見識があるただ一人の大人、それは彼の祖父だった。捉えどころなきベンジー・アドラーは、ファーガソンにとって前々からいささかの神秘であり、二つか三つ別々の人格を有しているように思えた。情熱豊かで心優しい日もあれば、自分を閉ざして心ここにあらずといった感じの日もある。時に神経質で、ピリピリ短気ですらあるが、また時には堂々として落着き払い、孫に温かく目を向けてくれることもあればほとんど完璧に無関心ということもあったものの、機嫌のいい日、元気一杯でジョークが次々飛び出す日には最高の話し相手であり、ファーガソン言うところの退屈戦争を戦う理想の戦友だった（退屈（ボア）戦争とは、ボーア戦争をファーガソンが聞き間違えて誤解し、人生のつまらなさに抗する戦闘と考えたのである）。十一月後半、ポール伯父さんがファーガソンの母をふたたび出張に送り出した。今回ははるばるニューメキシコまで、じきにランダムハウスから選集が出る予定の八十歳の詩人ミリセント・カニングハムのポートレートを撮りに行く。母が出かけているあいだ、ファーガソンはコロンバス・サークルのそばにある祖父母のアパートメントに泊まった。そのころにはもう彼は一月以上ローレル&ハーディの国に住んでいて、この大発見にすっかりのめり込み、土曜日と日曜日は放送がないので週末になるとほとんど喪失感に近いものを覚えた。ところが、西五十八丁目で最初に過ごした夜はたまたま月曜日だったので、ミスタ・デブ（ファット）とミスタ・ヤセ（シン）を五日続けて観られることになり、最初の午後に祖父が仕事を早目に切り上げて帰ってきて、今日は暇だったよと言いながらソファにどかっと座り込んでファーガソンと並んで番組を見はじめたが、彼の六十二歳の精神はファーガソンの八歳の精神と同じように反応しているらしく、まもなく祖父はゲラゲラ体を震わせて笑い、あまりに激しく笑うものだからゼイゼイ喘ぎゴホゴホ咳き込んで顔も真っ赤になり、とにかくひどく面白がって、その週は翌日からもずっと、孫と一緒に番組を観ようと会社を早引けして帰ってきた。

やがて驚きが訪れた。十二月初旬の日曜、ファーガソンの祖父母がセントラルパーク・ウェストのアパートメントに遊びに来た日、二人はどっさり包みを抱えて入ってきた。いくつかはあまりに重いので、管理人のアーサーが手押し車に載せて運び込まねばならず、ファーガソンの祖父から五ドルの（五ドルも！）チップをもらっていたし、あとひとつ極端に細長いダンボール箱もあって、祖父母がそれぞれ一方の端を両手で持って運び込んだが、あまりの長さに危うく部屋に入らないかと思ったほどで、めったに笑わない祖母がニタッと顔をほころばせ、祖父が声を上げて笑い、母の手が自分の右肩に載るのを感じたとき、何か途方もないことが起きようとしているのをファーガソンは悟ったが、いったいそれが何なのかは包みを開けるまでわからなかった。開けてみると、いまや自分が16ミリの映写機、組み立て式三脚が付いた巻き上げスクリーン、そしてローレル＆ハーディ短篇映画十本のフィルムの所有者となったことを彼は知った。「完成したみたい」、「二人の水兵」、「また間違えた」、「極楽珍商売」、「ピクニック日和」、「へべれけ」、「極楽氷点下楽団」、「またまた珍騒動」、「助け合い」、「穴に曳かれて」。

映写機が中古であることも問題ではなかった――ちゃんと映るのだから。プリントが傷だらけで、音も時おりバスタブの底から出ているみたいに聞こえることも問題ではなかった――映画はしっかり観られるのだから。そしてこれらの映画とともに、ファーガソンはいろんな言葉を新たに覚えることになった。たとえば「スプロケット」。こっちの方が、「スコーチト」（焼け焦げた）なんて言葉のことを考えるよりずっとよかった。

週末に母親が仕事でよその町に出かけもせず、寒すぎもせず雨や風が強すぎもしないとき、土曜はたいてい一日、よい写真を求めて街なかをさまようことに費やされた。横にファーガソンを従えて母はマンハッタンの歩道を歩き、公共建築の表階段をのぼり、セントラル・パークで岩に上がったり橋を渡ったり、時にはファーガソンから見て何の理由もなく不意に立ちどまり、何かにカメラを向けてシャッターを押した。カシャ、カシャ、カシャカシャ、カシャカシャカシャ。世界最高に見とれてしまう行動とは言いがたいが、とにかくそれは母親と一緒にいられる喜び、ふたたび母を独占できる喜びの一環を成していた。ブロードウェイ沿い、あるいはヴィレッジ六番街のコーヒーショップで一緒に食べるランチをどうして楽しまずにいられよう？　十回に十回、ファーガソンはハンバーガーとチョコレート・ミルクシェークを注文する。これら土曜の外出の中間点において、食事はいつも同じだった。ハンバーガーお願いします、はい、ハンバーガーお願いします。これは聖なる儀式の一部のようなものであり、したがってどんな小さな細部も変えてはならないのだ。そうして土曜の夕方は、さらに時には日曜の午後も、二人一緒に映画に行き、母親がチェスタフィールドを喫えるよう二階席に座る。映画は絶対ローレル&ハーディではなく、かならずハリウッドの新作映画だった。『いつも上天気』『たくましき男たち』『ピクニック』『野郎どもと女たち』『画家とモデル』『ダニー・ケイの黒いキツネ』『ボディ・スナッチャー／恐怖の街』『捜索者』『禁断の惑星』『灰色の服を着た男』『ぼくらのブルックス先生』『ボワニー分岐点』『空中ぶらんこ』『白鯨』『純金のキャデラック』『十戒』『80日間世界一周』『パリの恋人』『縮みゆく人間』『栄光の旅路』『十二人の怒れる男』。一九五五、五六、五七年のこれら良い映画、悪い映画に助けられて二人は、ファーガソンがヒリアードに通った日々、さらには次に通ったウェストエンド・アベニューの八十四丁目と八十五丁目とのあいだにあるリバーサイド・アカデミーでの日々を生き抜いたのだった。リバーサイドはいわゆる進歩的傾向を持つ共学校で、創立は二十九年前、ヒリアード創立のちょうど百年後だった。

ブレザーとネクタイはなくなったし、朝の礼拝も、セントラル・パークを抜けていくバス通学も、女の子のいない建物に囚われる日々もなくなって、もちろんそのすべてがはっきりいい変化だったが、三年生から四年生になって一番大きく変わったのは、別の学校に移ったことよりも、ファーガソンが神との格闘をやめたことだった。神は敗れたのであり、もはや罰することも恐怖心を起こさせることもできない無力な非存在だという事実を露呈したのだ。天の親方が舞台から降ろされたいま、ファーガソンとしてはもう、〈意図的ヘマ〉のゲームを――後年彼が時おり使った言い方では〈存在論的張りあい〉を――続ける必要はなかった。やり損なうことがここまで板についてしまうと、自分を偽り自分を潰す能力にも飽きてしまった。彼が何をやっていたのか、ヒリアードの誰一人気づかなかった。一人残らずだまされたのだ――教師と同級生のみならず、母親もミルドレッド伯母さんも、すべてわざとやっているということ、三年のときのおよそ一貫しないパフォーマンスはすべて演技であり、神に見られていないのなら何をしようと同じだと証明するための巧妙な芝居だということを見抜けなかったのである。ヒリアードから追い出されたことによって、ファーガソンは自分相手の議論に勝利した。年度の終わりまでは在校を許されたのだから退学になったわけではないが、もうそれ以上はお断りだと見限られたのである。校長は母に、長年教師をやってきましたがアーチーほど不可解な謎は初めてですと言った。生徒として最高かと思えば最低、才気煥発の時もあればまったくの低能という時もあり、もう私どもとしては手の打ちようがないのです。

潜在的な統合失調症なのでしょうか、それとも単に自分でもどうしたらいいかわからない男の子で、いずれは自分を見出すのでしょうか？　息子が低能でもなく未来の病者でもないことを知る母親は、お手数おかけしましたと校長に礼を言い、新しい学校を探しにかかったのだった。

　十一月なかばの金曜日、ファーガソンはリバーサイド・アカデミーで初めての通知表を受けとった。ヒリアードで丸一年〈劣〉や〈不可〉ばかりだったので、今度の学校ではさすがに少しはましになるだろうとファーガソンの母も期待していたが、まさか〈優〉七つに〈良の上〉二つの通知表を持って帰ってくるとは思ってもいなかった。あまりの反転ぶりに呆然とした母は、五時半、ちょうど『ローレル&ハーディ・ショー』が終わるところでリビングルームに入ってきて、息子と並んで床に座り込んだ。

　よくやったわね、アーチー、と母は言いながら優の並んだ表を右手で掲げ左手でとんとん叩いた。あんたのこと誇らしいわ。

　ありがとう、ママ、とファーガソンは答えた。

きっと新しい学校、楽しいのね。

けっこういいよ。まあそれなりに。

どういうこと？

学校は学校だってこと。楽しいとかそういうものじゃないよ。行かなきゃいけないから行くんだよ。

でもいい学校とよくない学校はあるんじゃないの？

だろうね。

たとえば、リバーサイドはヒリアードよりいい。

ヒリアードも悪くなかったよ。学校としては。

だけど毎日遠くまで通わなくて済むのはいいでしょ？　それに制服を着なくていいことも。それに男の子だけじゃなくて男女両方いることも。毎日少しはましになったんじゃない？

ずっとよくなったよ。でも授業自体はそんなに変わらない。読み書き、算数、社会、体育、図工、音楽、理科。ヒリアードでやってたのと同じだよ。

先生たちはどうなの？

だいたい同じ。

ヒリアードほど厳しくないと思ったんだけど。

そうでもないよ。音楽のミス・ダンなんかときどき僕たちのことどなりつけるし。ヒリアードの音楽のミスタ・ボウルズは絶対に声を荒げなかった。いままで全部の学校で一番いい先生だったよ。人としても最高だった。

でもリバーサイドの方がお友だちもたくさん出来たじゃない。トミー・スナイダー、ピーター・バスキン、マイク・ゴールドマン、アラン・ルイス、みんなすごくいい子じゃない、それにほらあのキュートな女の子、イザベル・クラフト、そのいとこのアリス・エイブラムズ、ほんとに可愛い素敵な子たちよ。たった二か月で、ニュージャージーにいたときよりもっとたくさん友だちが出来たじゃないの。

まあみんな、一緒にいて面白いよね。けどそうじゃない奴らもいる。ビリー・ネイサンソンとか、あんな性(たち)の悪いヒキガエル見たことないね。ヒリアードでもあそこまでひどいのはいなかった。

けどアーチー、あんたヒリアードで友だちいなかったじゃない。まあダグ・ヘイズはとってもいい感じだったけれど、ほかはママ、誰も思いつかないわ。

僕のせいだよ。僕、友だち欲しくなかったんだ。

そうなの？　またどうして？

説明しづらいんだ。とにかく欲しくなかった。

あっちでは友だちなし、成績も悪かった。こっちでは友だち大勢、成績もいい。それには理由があるはずよ。何なのか、思いつく？

うん。

で？

言えない。

馬鹿言わないでよ、アーチー。

言ったらママ、カンカンに怒るよ。

どうしてママが怒るの？　ヒリアードはもう過ぎたことじゃない。もうどうだっていいじゃないの。

そうかもしれない。でもやっぱり怒ると思う。

じゃ、絶対怒らないって約束したら？

約束したって意味ないよ。

そのころにはもうファーガソンはうつむいて床を見ていて、母の目を避けようと絨毯の糸のほつれを吟味するふりをしている。母と目を合わせたら最後、勝ち目はないとわかっているからだ。母の目に、ファーガソンはいつも抗えたためしがない。その目には、彼の思考を読みとり彼から告白を引き出し、抵抗しようとあがくチャチな意志を圧倒してしまう力がこもっているからだ。そしていま、恐ろしくも、かつ避けがたくも、母はじわじわ迫ってきて、指先でファーガソンのあごに触れ、顔を上げてふたたび母の目を見るよう彼を優しく突っつく。母の手が自分の皮膚に触れたとたん、もう望みなしだとファーガソンは思い知る、涙が見るみる目にたまってくる、何か月ぶりかの涙が、何という屈辱、見えない栓がまたしてもいきなり開いてしまう、これじゃ馬鹿で泣き虫のスタンと変わらないぞとファーガソンは思う、脳の水道管に欠陥がある九歳の赤ん坊、母としっかり目を合わせる覚悟が出来たころにはもう二つの滝が頰を流れ落ち、口が動いて言葉が次々転げ落ちていく、ヒリアードの物語が語られる、神との戦い、悪い成績の理由、沈黙した声と父の殺害、罰せられるためにルールを破ったのに罰しない神を憎み、神でない神を憎んだ、こんな話を母が理解しているのかファーガソンにはわからない、母の目にも苦悩と混乱が浮かびいまにも涙がこぼれそうで、二分、三分、四分と喋ったところで母は身を乗り出し両腕を彼の体に回し、もうやめなさい、と言った。もう十分よアーチー、と母は言った。もういいのよ、と、そして二人は一緒に泣いていた、シクシクマラソンが十分近く続き、この母と子が相手の前でこんなふうに泣き崩れるのはこの日、スタンリー・ファーガソンの亡骸が地中に埋められてからほぼ二年が経っていたこの日が最後だった、そしてやっとのことで泣き止むと二人は顔を洗いコートを着て映画館に出かけ、夕食の代わりに二階席でホットドッグを貪り、ポップコーンの大箱を分けあい気の抜けた水っぽいコークで流し込んだ。その晩一緒に見た映画は『知りすぎていた男』だった。

　何年かが過ぎた。ファーガソンは十、十一、十二歳になり、十三、十四歳になって、その五年のあいだに家族で起きた一番重要な事件は、何と言っても母親がギルバート・シュナイダーマンという男と再婚したことだった。当時ファーガソンは十二歳半だった。その一年前、アドラー家は一族で初の離婚を体験していた。あんなにぴったりだと思えたカップル、ミルドレッド伯母とポール伯父の不可解な決裂。二人ともよく喋り、本の虫で、九年のあいだ軋轢も裏切りもないように見えたのに、突然すべて終わってしまい、ミルドレッド伯母さんはスタンフォード大学の英文科に移ってカリフォルニアに引っ越すことになり、ポール伯父さんはもうポール伯父さんではなくなった。それから祖父が消え（一九六〇年、心臓発作）、その後まもなく祖母もいなくなり（一九六一年、脳卒中）、二つ目の葬式から一か月と経たないうちに大叔母のパールが末期癌と診断された。アドラー家は縮小しつつあった。誰一人長生きしない家系があるものだが、彼らもそんなふうに見えはじめていた。

　シュナイダーマンは母のかつての雇用主、戦争初期に母に写真術を教えてくれたドイツ訛りのある男の長男だった。母がいずれ再婚するにちがいないことを理解していたファーガソンは、選んだ相手にも反対しなかった。実際、候補と見られる数人のうちでは一番ましな選択に思えた。シュナイダーマンは四十五歳、母より八つ年上で、二人は一九四一年十一月、母が彼の父親の写真館で働きはじめた第一日目の朝に出会った。そのことにファーガソンの心は何となく和んだ。この義理の父親に母は、父に会うより前に出会ったのだ。一九四三年ではなく、一九四一年。これまでは一九四三年がファーガソンにとって世界の始まりだったのに、いまや世界はもっと古くなった。母と義父のあいだに、すでに蓄積された過去があると思うと、頼もしい気持ちになった。母は闇雲に結婚に突入しているのではない。ファーガソンは前々から、これを何より恐れていた。彼の目の前で、母がどこかの口の巧いインチキ男にあっさりだまされ、ある朝目覚めて人生最大の過ちを犯したと悟ること。シュナイダーマンはそういう人間ではない。堅実なタイプ、信頼できる人物に見えた。一人の女性と十七年間夫婦生活を送り、子供も二人いたが、ある日州警察から電話がかかってきてダッチェス郡の死体保管所に呼び出され、一人の女性の遺体の身元確認を、自動車事故で死んだ妻の遺体の身元確認を求められ、その後四年間独り身だった。ファーガソンの父の死以来、母が独りだったのとほぼ同じ長さである。一九五九年九月にはファーガソンの祖父母もまだ生きていて、結婚式は西五十八丁目にある祖父母のアパートメントで行なわれ、身長一五七センチのファーガソンが新郎付添い役を務めた。参加者は新しい義理の姉で二人とも大学生のマーガレット（二十一）とエラ（十九）、よぼよぼのイマニュエル・シュナイダーマン（すでに三、四回会ったことのあるこの口汚い老人を、ファーガソンは決して――自分の祖父が死んだあとも――祖父と見るようにはならないだろう）、ギルバートの弟ダニエルとその妻リズ、ギルバートの甥ジム（十六）と姪エイミー（十二、ひょろひょろの痩せっぽち、歯には矯正具、おでこにはニキビがずらり）、ファーガソンの母の二冊の写真集（『ユダヤの結婚披露宴』と、最近出た、プエルトリコ系のストリートギャングとその恋人たちの白黒写真九十枚を収めた小著『荒くれたち』）の担当編集者で、ミルドレッドと離婚後もファーガソンの母の擁護者でありつづけている元伯父ポール・サンドラーがいたが、ミルドレッド伯母さんはいなかった。スタンフォードの授業が忙しくて来られない、と手紙をよこしたのだ。母親を見ている元伯父のポールを見ながらファーガソンは考えた。ひょっとするとポールも母に求愛して、ギル・シュナイダーマンとの戦いに敗れたのではないか？　もしそうなら、ミルドレッド伯母さんと別れたのも実は、姉妹のうち間違った方を選んでしまったことを、遅まきながら悟ったせいではあるまいか？　知りようはないが、今日この午後ミルドレッドがカリフォルニアにいてここニューヨークにいないのもひょっとしたらそれが理由かもしれないし、それにまた、ミルドレッドがどうやらファーガソンの母と疎遠になってしまったのも、やっぱりそれが原因ではないのか。何しろこの結婚披露宴で誰一人、少なくともファーガソンに聞こえるところでは、ミルドレッドがいないことを話題にしないのだ。どうして誰も言わないのか、元伯父ポールや祖父母に訊く気にもなれないので、その午後にファーガソンの頭の中で生じたいくつかの問いは、答えられぬまま残った。永久に語られない物語がまたひとつ増えた、とファーガソンは胸の内で思い、そしてポケットから指輪を出し、おでこが広くて耳の大きい、自分の義父になろうとしているがっしり逞しい男に手渡した。

母はそれを新しい始まりと呼び、始まりの初めには新たに適応すべきことがたくさんあった。無数の大きなこと、小さなことが突然、そして永遠に変わってしまった。まず大きな事実として、二人だったのが三人になった家庭で暮らすようになって、その三人目が毎晩母のベッドで過ごすことの新奇さ。一七八センチの、胸毛のある、朝は古めかしいボクサーショーツ姿で歩き回り、トイレでは大きな音を立てて小便し、母と目が合うたびに母をハグしてキスする男。そういう目新しい男臭さにファーガソンも慣れないといけなかった。肩幅は広いが、スポーツマンタイプではなく、どことなく古風に優雅で、分厚いツイードのスリーピースを着て、靴はがっしり重そうで、髪は平均より長く、人前ではややぎこちなくて、ジョークや世間話も得意ではなく、朝はコーヒーではなく紅茶、酒はシュナップスとコニャック、毎晩葉巻を嗜(たしな)み、日々を生きる営みに手堅く、無感情に、ゲルマン民族的に取り組み、時おりむすっとしたり不機嫌を起こしたりもするが（これはきっと父親譲りだ）、おおむね優しく、しばしば優しすぎるくらいで、ファーガソンにとっての父の代わりになろうなどという野心はこれっぽちも見せない。パパではなくギルと呼ばれることで満足している義父。最初の半年はセントラルパーク・ウェストのアパートメントで三人一緒に暮らしたが、やがてリバーサイド・ドライブの、八十八と八十九丁目のあいだのもっと広い場所に移った。寝室が四部屋あって、四つめはギルの書斎に変えられた。学校に近くなって朝もう少し寝ていられるのでファーガソンにとっても歓迎であり、三階からセントラル・パークは見られなくなってしまったけれど、今度は七階からハドソン川が見えて、水の上をボートや船が行き来するのでこっちの方が刺激的だったし、向こう岸はニュージャージーで、そっちへ目を向けるたびにファーガソンはかつてのそこでの暮らしを想い、小さかった自分を思い出そうとしたが、そのころのことはいまやひどく遠くなる一方で、もうほとんど消えてしまっていた。

シュナイダーマンは『ニューヨーク・ヘラルドトリビューン』の音楽欄主幹で、ほとんど毎晩コンサート、リサイタル、オペラに出かけ、〆切と戦いながら大急ぎで記事をタイプしその晩のうちに文化欄のデスクに届けないといけなかった。大変な仕事であり、ほとんど不可能じゃないかとファーガソンには思えた。わずか二時間か二時間半のうちに、たったいま見聞きしたパフォーマンスについて考えをまとめ、ちゃんと筋の通った文章を書くなんて。だがシュナイダーマンはつねにプレッシャーの下で仕事をしてきたベテランであり、たいていの夜は、キーボードから一度も手を離すことなく記事を書き上げた。どうしてそんなに速く言葉をくり出せるの、と義理の息子に訊かれると、シュナイダーマン答えて曰く、私はねアーチー、ほんとはすごい怠け者なんだ、だからもし〆切がなかったらきっとなんにもしないだろうよ。そういうふうに自分を冗談の種にできるなんてすごいとファーガソンは思った。何しろこの人はどう見ても怠け者なんかじゃないのだから。

　ファーガソンの父親と違って、シュナイダーマンには語るべき物語があった。ファーガソンの父はめったに物語を語らなかったし、語ってもアンデスで金鉱を探したとかアフリカで象を撃ったとかいった突拍子もない話だったが、こっちは実話である。最初のころの、適応期とも言うべき日々が、日常生活らしきものに移行していくにつれて、ファーガソンもだんだん気を許すようになって、母の新しい夫に、過去のことを話してくれとせがんだ。もう彼の心も子供のそれではなくなっていて、ベルリンで育つというのがどういう感じだったのか興味津々だった。あのはるか遠くの、ファーガソンの想像の中では何よりもまずヒトラーの地獄の都である、この世のどこよりも邪悪な街でシュナイダーマンは人生最初の七年を過ごしたのだ。いや、あのころはそうじゃなかったよ、私は一九二一年にベルリンを出たんだから、とシュナイダーマンは言った。まあたしかに私の人生は第一次世界大戦（当時は単に「大戦争（ザ・グレート・ウォー）」と言った）が始まってすぐに始まったわけだが、戦争のことは何も覚えていないんだ、あの大激動全体が私にはまったくの空白なんだよ。一応はっきり思い出せる最初の情景といえば、シャルロッテンブルクにあったわが家の食卓で、私が一切れのパンを前に座ってスプーンでクロスグリのジャムをパンに塗っているとき、まだ赤ん坊だった弟のダニエルがハイチェアに座っていたことだ。ダニエルは当時生後七、八か月だったから、ということは戦争はじき終わるところだったかもうすでに終わっていたかだ。どうしてこの場面がそんなに生々しく記憶に残っているかというと、たぶんそれは、ダニエルがどろどろのミルクの塊をよだれ掛け一面に、自分では気づきもせずに吐き出していて、その間ずっとニコニコ笑って両手でばんばんテーブルを叩いていて、自分の体にゲロを吐いてるのにも気づかないくらい頭が空っぽの能なしがこの世にいることにびっくりしていたからだと思う。というわけでヒトラーはいなかったが、それでもやはりのっぴきならぬ時ではあった。未来の大惨事の種はすでにベルサイユで蒔かれ（一九一九年のベルサイユ条約は敗戦国ドイツに過酷な条件を課したためナチス擡頭の原因となった）、ベルリンでは武力闘争がくり広げられて、スパルタクス団の反乱がつかのま燃え上がったものの鎮圧され、その後ローザ・ルクセンブルクとカール・リープクネヒトが逮捕されて、二人の殺害された死体がラントヴェア運河で発見されたし、そもそもロシアで内乱が起きて赤軍と白軍が対立し、ボルシェビキが世界と敵対して、ドイツはロシアのすぐ近くだったから難民や亡命者が突如大挙してベルリンに流れ込んできて、息も絶えだえのワイマール共和国の中心たるベルリンはおよそ不安定で、いまや土台から揺らいでいた。何しろやがてパン一斤が二千万マルクに値上がりすることになるんだ……シュナイダーマン一家がなぜアメリカに発ったか、なぜシュナイダーマンの父親がドイツはもうどん詰まりだと見切りをつけて大急ぎで一家を連れ出したのか、それをファーガソンに理解させるためには、こうした歴史の入門講座が不可欠だった。実のところ、その決断はもう少しで手遅れになるところだった。一九二四年、アメリカは移民受け入れを中止して門戸を閉ざしたのである。だがこの時点ではまだ一九二一年の晩夏、シュナイダーマンは七歳にならんとしていて、弟は三歳と一か月、兄弟は両親に連れられトランク一杯のドイツ語の本とともに〈インドへの道（パッセージ・トゥ・インディア）〉なる蒸気船に乗せられてハンブルクを発ち、ワシントンハイツというからには険しい山地に向かうのだろうとシュナイダーマンは考えた。この時点でのシュナイダーマンの英語の知識は十分とは言いがたく、実のところほぼゼロであったが、七歳の子供に親から聞かされた以上の知識を要求するのは酷というもの。何と言っても言葉が最大の障害だったね、と義父は言った。ドイツ訛りなしに英語を話すのは至難の業で、喋れば一言で外国人とわかってしまって、同級生たちにからかわれて、しじゅう殴られもしたよ、何しろこっちはただの外国人じゃなくてドイツ人、終戦直後の何年かは人類最低の、誰よりも見下された人種だったんだからね。極道のクラウト、ハン、ボシュ、ハイニー（すべてドイツ人の蔑称）、殴られ放題さ。そのうちに英語もすっかり身について、ボキャブラリーも増えたし英語的な構文のニュアンスも摑んで文法もマスターしたけれど、それでもやっぱり殴られた――憎むべき訛りのせいさ。ヴィー・ゴー・シュヴィミング・イン・ディー・ゾマー、ヤー・アーチー？（夏は泳ぎに行くよね、アーチー？）とシュナイダーマンは実演してみせた。シュナイダーマンが人を笑わせようとすることはめったになかったので、このささやかなユーモアの試みをファーガソンは有難く思ったし、実際ずいぶん可笑しかったので彼は声を上げて笑い、次の瞬間には二人一緒にゲラゲラ笑っていた。

ところが実は、ドイツ語を知っていたおかげでたぶん私は命拾いしたんだ、とシュナイダーマンは言った。

どういうことなの、とファーガソンが訊くと、戦争について義父は語りはじめた。真珠湾の直後に、ヨーロッパへ帰ってナチをやっつけたいと思い入隊を志願したというのである。ところが大半の若者より少し歳が上だったし、大学も出ていた上にドイツ語とフランス語が堪能だったから、戦闘には関わらせてもらえず諜報部隊に入れられた。というわけで前線行きはなし、おかげで弾丸や爆弾を浴びて早々と墓に入る運命も免れた。ファーガソンとしてはむろんシュナイダーマンが諜報部隊で何をやったかぜひとも知りたかったが、戦争から帰ってきた人間の大半がそうであるように、シュナイダーマンはあまり話したがらなかった。ドイツ人の捕虜を尋問したり、ナチ将校の話を聞いたり、ドイツ語の知識を活用したんだよ、と言っただけだった。詳しく話してよ、とファーガソンがせがむと、シュナイダーマンはニッコリ笑い、義理の息子の肩をぽんと叩いて、いつかそのうちな、アーチー、と言った。

新しい生活で難点があるとすれば、シュナイダーマンがスポーツに全然興味がないことだった。野球もフットボールも、バスケットもテニスも、ゴルフもボウリングもバドミントンも、まったく関心なし。どれも自分でプレーしないというだけでなく、新聞のスポーツ欄を見もせず、地元チームの動向もいっさい眼中になく、大学や高校のチームは言うまでもない。世界中の短距離走、砲丸投げ、高跳び、幅跳び、長距離走、ゴルフ、スキー、ボウリング、テニス等々の選手がどんな偉業を為し遂げようと、いっさい無視。母の結婚話にファーガソンが反対しなかったひとつの理由として、母が水泳やテニスや卓球、さらにボウリングも大好きなのだから第二の夫も当然スポーツ好きにちがいなく、ファーガソンとしても、一緒にキャッチボールをする、フットボールを投げあう、バスケットやテニスができる（どれでもいい）男の大人が家にいるようになることを楽しみにしていたのである。まあかりにこの仮想の義父が自分ではスポーツをやらないとしても、少なくともどれかのスポーツのファンである可能性は高い。大人の男性はたいてい何らかのスポーツのファンなのだ。たとえばファーガソンの祖父は大の野球好きで、二人でローレル&ハーディの話をして短篇映画と長篇映画のどっちがいいか論じあっているのでなければ、だいたいいつもマントル、スナイダー、メイズの優劣を分析し、ヒットエンドランを仕掛けたときにアルヴィン・ダークが右中間にボールを飛ばす能力を吟味し、フリーロとクレメンテのどっちがより強肩か、ヨギ・ベラがホワイティ・フォードにボールを投げ返す前にボールに切れ目を入れるため右の脛当てに剃刀の刃を入れているというのは本当か、等々を話しあっていたのである。六歳から十歳までの毎年、祖父と二人で最低三回は試合を観に行っていて、マンハッタンのポロ・グラウンズ、ブロンクスのヤンキー・スタジアム、ブルックリンのエベッツ・フィールド、とニューヨークの野球場を毎年回り、エベッツ・フィールドでは一九五五年のワールドシリーズを一試合観もしたし、とにかく最低三回というのが大前提で、ファーガソンの父が死んでドジャースとジャイアンツがニューヨークを去ってからはヤンキー・スタジアムに六、七回というのが平均となり、七月・八月の灼けるように暑い日の照る午後、このルースの建てた館への訪問をファーガソンは心底楽しんだ。彼がじっくりと見入る、緑の芝生が完璧に整えられ茶色い土が滑らかに均されたグラウンドは、石造りの都市の中に隠れた気品ある庭園であり、その牧歌的な美しさの只中で群衆が騒々しく叫び、ヒューっと口笛を吹き、三万の声が一斉にブーイングする音のすさまじさ、その間ずっとファーガソンの祖父はちびた鉛筆を手に辛抱強くスコアをつけ、打者が出塁するか否かを自ら平均の法則と称するものに従って予想し、スランプに陥ったバッターであれば一本出ていい潮時だからきっとヒットを打つはずだと唱え、それが何回外れようとも、祖父は自分の法則、あてずっぽうのたわごとから成る欠陥法則への信頼を決して失わなかった。奇っ怪な、訳のわからない、すごく暑い日には帽子では暑すぎるからと禿げ頭を白いハンカチで覆って日光から護ろうとする「パパ」と二人で行った数々の試合。祖父がいなくなってしまったいま、誰にも代わりはできないことをファーガソンは思い知った。中でもシュナイダーマンほど代役として不向きな人間はいない。一九五七年のシーズンが終わったあと、ドジャースとジャイアンツがこの街を捨ててカリフォルニアに移ったとき、ニューヨーク五区で胸が張り裂けなかったおそらく唯一の市民がシュナイダーマンなのだ。

というわけで、肉体的な競い合いのドラマと愉楽に何の感情も抱かない人間と同居することになったことはマイナスであり、失望の種ですらあったが、公平に考えれば、逆もまた真だと言えた。すなわち、ファーガソンが何の楽器もできないことに義父もやはり失望したにちがいない。シュナイダーマンはピアノとバイオリンの両方が達者で、まあ超一流のプロのレベルではないにせよ、ファーガソンの素人感覚で聴く限り、そのバッハ、モーツァルト、ベートーヴェン、シューベルトの演奏は美しさと精緻さの極致であり、ここセントラルパーク・ウェストに彼が持ってきた数百枚のLPレコードと較べても何ら遜色なかった。ファーガソン自身、試しもしなかったということではないのだが、鍵盤楽器の基本をマスターせんと企てたものの、才能の欠如が早々と露呈したのである――少なくとも、老いた縮れ毛の、ピアノを無理に習わされている子供の士気を挫いていないときはきっとアルバイトで魔女をやっているにちがいないミス・マガリッジによれば。一年生のとき、九か月レッスンを続けた末にミス・マガリッジはファーガソンの母に、お宅のお子さんは救いようなく不器用な男の子ですと宣告し、これはきっと始めさせるのが早すぎたのだと判断した母は（モーツァルトが六、七歳のときに交響曲を書いたことなんか関係ない――そんなのは勘定に入らない！）、挫折したピアニストに向かって、まずは一年休んでから別の先生と再開したらどう、と持ちかけ、二度とミス・マガリッジに会わなくて済むと知ってファーガソンは心底ホッとしたのだった。休んだ一年にはむろんニューアークの火事があり、母とニューヨークに移り、奇妙な空白期間も過ぎると、息子はヒリアードに通い、母も何かとばたばたしていて、ピアノは忘れられた。

かくしてシュナイダーマンはファーガソンを失望させ、ファーガソンもシュナイダーマンを失望させたわけだが、どちらもそのことを相手に言わなかったので、両者とも相手の失望には気づかないままだった。やがて、ファーガソンが高一のバスケットボール・チームの先発フォワードになると、シュナイダーマンもスポーツというものに興味を示すようになり、少なくともファーガソンの母親と一緒に何度か試合を観に来て観客席から義理の息子に声援を送ってくれたが、ファーガソンの方は何の楽器も覚えなかった。そうは言っても、義理の息子がボールを輪の中に入れたりリバウンドを取りあって敵をボックスアウトする才能からシュナイダーマンが得たものよりも、義父が音楽に関わっていることからファーガソンが得たものの方が大きかったことは間違いない。十二歳半の時点では、友人たちと一緒に夢中になっているロックンロール以外、ファーガソンはいかなる音楽についてもまったく何も知らず、頭の中にはチャック・ベリー、バディ・ホリー、デル・シャノン、ファッツ・ドミノ等々何十人ものポップシンガーの歌の歌詞が詰まってはいても、クラシック音楽となるとまったくの白紙で、ジャズ、ブルース、始まりつつあるフォーク・リバイバルについてもおよそ無知で、当時人気絶頂だったキングストン・トリオのコミカルなバラッドを何曲か聞いたことがある程度だった。シュナイダーマンを知ったことですべてが一変した。生まれてこのかたコンサートに二度しか行ったことがない（ミルドレッド伯母さんとポール伯父さんに連れられてカーネギー・ホールで聴いたヘンデルの『メサイア』、ヒリアードに入って最初の月に小学校のクラスメート何人かと一緒に観た『ピーターと狼』のマチネー）、クラシックのレコードなど一枚も持っていないし、母親となるとそもそもレコードなどまったく何も持っておらずラジオで昔からの定番曲とビッグバンドの音楽を聴くだけで満足している。弦楽四重奏だの交響曲だのカンタータだのについてはとにかく一片の知識も持ち合わせていない少年にとって、義父がピアノかバイオリンを弾くのを耳にするだけで大きな啓示だったのである。そしてその先には、義父のレコード・コレクションを聴いて音楽が人間の脳内の原子構成を組み換えることもありうるのだと知る啓示があり、そうやってセントラルパーク・ウェストとリバーサイド・ドライブのアパートメントで起きたこと以上に、母親とシュナイダーマンと一緒にカーネギー・ホール、タウン・ホール、メトロポリタン・オペラハウスに出かける機会が、三人一緒に暮らすようになってから数週間後にはもう生まれていた。シュナイダーマンはべつに人に知識を授けることを己の使命と心得ていたわけではなかったし、少年やその母親に音楽を系統立てて教えようなどと計画したのでもなく、ただ単にこれなら二人の胸にも届くだろうと思える作品に触れさせたかっただけで、したがって初めからマーラーやシェーンベルクやヴェーベルンを押しつけたりはせず、『序曲一八一二年』のような明るく景気のいい曲（初めて大砲の音を聞いてファーガソンは息を呑んだ）や、『幻想交響曲』のような華々しくドラマチックな作品、『展覧会の絵』のような躍動感あふれる標題音楽などから入っていったが、だんだんと中に引き入れていくとともに、まもなく二人ともシュナイダーマンにくっついてモーツァルトのオペラやバッハのチェロリサイタルに通うようになり、それまでどおり依然ロックンロールにしびれながらも、十二歳、十三歳のファーガソンにとってコンサートホールに出かけるそうした晩は、自分自身の心のはたらきをめぐる啓示にほかならなかった。音楽こそ心であること、人間の心のもっとも十全な表現であることを彼はいまや理解した。こうした音楽に接したいま、聴く力も向上してきて、聴く力が向上すればするほどいっそう深く感じるようになり、時には深く感じるあまり体が震えるほどだった。

アドラー家は縮小しつつあった。一人また一人と、あまりに早く死に、世界から姿を消し、ミルドレッド伯母はカリフォルニアに行ってしまいポール元伯父は一族から追放されて、さらにいとこ叔母ベティとその夫シーモアは（ファーガソンの二人のまたいとこエリックとジュディも一緒に）南フロリダに居を移し、ベティと双子のシャーロットは一九五五、五六年の結婚式写真戦争以来いまだにいとこのローズと口を利いていなかったから、ニューヨークに残ったアドラーはいまやファーガソンと母だけ、いまだ地上にとどまり逃亡もせず一族とのつながりを断ち切ってもいないのは彼ら二人だけだった。とはいえ、そうした喪失の一方で、さまざまなシュナイダーマンという形で新しい血も入ってきていた。ファーガソンから見て義理の姉たち、いとこたち、叔母が一人に叔父が一人、祖父が一人。これを母親から見た形に変換すれば義理の娘が二人、姪と甥一人ずつ、義妹と義弟一人ずつ、義父一人。ギルとファーガソンの母親が法的に夫婦となったことを宣言する結婚証明書に市の職員が署名し押印した結果、これらシュナイダーマンたちが、ファーガソンと母が属す一家の大勢を占めるようになったのである。一緒に話すのも結果的にほぼ最後となった機会にファーガソンの祖父が言ったように、それは奇妙な変化だった。結婚式をやったせいで姉を二人与えられるなんて――知らない女の子二人が、同じく知らない一人の男が何かの紙にサインしたがゆえに突然一番近い親戚になるなんて――本当に不思議だった。あれでもし、マーガレット、エラのシュナイダーマン姉妹をファーガソンが好きになっていたら、それも問題ではなかっただろう。が、新しい義理の姉二人と何度か会った末に、この太った醜い高慢ちきな女の子二人は好きになるに値しないという結論にファーガソンは達した。すぐさま明らかになったとおり、ファーガソンの母親が自分たちの父親と結婚したことを、この子たちは憤っていた。タコニック州立パークウェイの衝突事故で悲惨な死を遂げて以来、彼女たちの母親は二人にとって聖者となっていて、その聖者の記憶を父が裏切ったことを二人とも激しく嫌悪していた。もちろんファーガソンの父も悲惨な死を遂げたのであり、理屈としてはみんな同じ船に乗っている気持ちになってもおかしくなかったはずだが、シュナイダーマン姉妹は新しい義理の弟にろくすっぽ興味を示さず、彼女たちから見て何の取り柄もない十二歳の子供とほとんど口も利こうとしなかった。ボストン大学に通っているもう大人の女の子たちからすれば、自分たちの父親を盗んだろくでもない女の息子になど用はないのだ。結婚式の場では、ファーガソンとしても彼女たちのふるまいに戸惑っただけだった。二人だけで隅っこに立って、ほかの誰とも話さず、二人きりでたいていはヒソヒソ声で話し、たいていは花嫁と花婿に背を向けていたのである。だが二週間後、二人が夕食に招かれてニューヨークのアパートメントにやって来たとき、彼女たちがいかに意地悪く狭量かをファーガソンは知った。特に姉のマーガレットはひどかったが、少しはましな妹のエラも姉の手本に従うばかりで、ある意味ではこっちの方がもっとたちが悪いとも言えた。五人がテーブルを囲んで座った、その決して忘れられぬ食卓は、ファーガソンの母がギルとの連帯を示そうと、娘たちのために何時間もかけて用意したものだった。ところがこの悪意の塊の、思い上がった二人は、ボストンの暮らしはどうか、大学を出たら何をするつもりか、とファーガソンの母が訊いても聞こえぬふりをして、逆に音楽に関する母の（むろんほとんどゼロでしかない）知識についてねちねち尋問し、無教養の阿呆と結婚したことを父親に見せつけようとするふるまいを続け、そのうちにマーガレットが、バッハの鍵盤音楽はたとえばワンダ・ランドフスカなんかのハープシコードと、グレン・グールドあたりのピアノフォルテ（ピアノではなくピアノフォルテと言うのだ）とどちらがお好きかしら、と新しい義母に訊いたところでギルがついに怒りを爆発させ、黙れ、と娘に言った。開いた手のひらが食卓に叩きつけられ、ナイフやフォークがガタガタ鳴ってグラスが一個倒れ、それから沈黙が生じた。マーガレットのみならず、部屋にいる全員が沈黙した。

いい加減にしろ、陰険で卑劣なことばかり言って、とシュナイダーマンは娘に言った。お前がそこまで底意地の悪い人間だとは思わなかったぞ、マーガレット。まさかそこまで残酷な真似をするとは。恥を知れ。恥を知れ。ローズは立派な、素晴らしい芸術家なんだぞ。もしお前がこれからの人生、彼女のやったことの十分の一でも成し遂げられたら、お前に対する私の期待をはるかに上回ることになるだろうよ。いいか、この世界では、どんな小さなことを成し遂げるにも魂が必要なんだ。今夜のお前のふるまいを見ていると、魂があるかどうかもわからなくなってきた。

義父の怒りを見るのは、ファーガソンにとってもこれが初めてだった。それは胴間声の、癇癪を破裂させた激怒であり、かくも強大で破壊的な力の奔出を目の当たりにして、それが自分に向けられることがありませんようにと願わずにいられなかったが、反面、今夜その憤怒が、父親から厳しく叱責されてしかるべきマーガレットに向けられたのは何とも胸のすくことだったし、シュナイダーマンが自分の娘の攻撃から新しい妻を護る気があるとわかったことも嬉しかった。立派な、素晴らしい芸術家。結婚生活の未来にとっては吉兆だと思えた。やがてマーガレットが当然ながら泣き崩れ、エラも涙ぐんで、姉さんにそんな言い方をする権利はお父さんにない、と抗議したとき、母親がある一言を口にするのを――今後の年月、シュナイダーマンが癇癪を起こすたびに使うことになる一言をここで初めて使うのを――ファーガソンは聞いた。まあ落着きなさいよ(イージー・ダズ・イット)、ギル。それはなぜか、警告と愛情両方の重みをたたえた一言で、その言葉を母が初めて発するのをファーガソンが聞いた直後、母は椅子から立ち上がり、結婚して十六日経つ男のところに行き、テーブルの上座に依然座ったままでいる男のうしろに立ち、その両肩に手を載せ、それから身をかがめて、うなじにキスをした。母の勇気と沈着さにファーガソンは感じ入り、ライオンのいる檻に自分から入っていく人間を思い浮かべたが、どうやら母は夫の心理を正しく見抜いていた。シュナイダーマンは妻の手を振り払ったりはせず、右手をのばして妻の右手を包み、しっかり握ると、その手を自分の口まで下ろしていってキスしたのである。二人は目を合わせもしなかったが、怒りの突発はもはや収まった。少なくとも、ほぼ収まった――まだ謝罪をさせるという課題が残っていたからだ。が、シュナイダーマンはじきに、まだしくしく泣いているマーガレットから嫌々ながらの謝罪の言葉を引き出した。マーガレットは顔を上げて義母と目を合わせることもできなかったが、とにかくごめんなさい(アイム・ソーリー)という一言は口にしたのである。騒動が持ち上がったのはデザート(イチゴパフェ!)の最中で、食事はもうほぼ終わっていたので、それで姉妹としても、九時に高校のときの友だちと会う約束があるから、と言ってそそくさと退散しどうにか面子を保つことができた。もちろんそんなのは嘘だとファーガソンにはわかった。二人はこのアパートメントに泊まっていくことになっていたのであり、二人がファーガソンの寝室で寝て、ファーガソンはリビングルームのソファで眠る予定だったのだ。そのためにファーガソンの母親は、わざわざ折りたたみ式の特別なソファベッドを買ったのである。だがその晩そういうことにはならなかったし、その後のいかなる晩にもそうはならなかった。以後ニューヨークに来るたび、姉妹はリヴァデールに住む母親の兄夫婦のアパートメントに泊まり、シュナイダーマンが娘たちに会いたければそっちへ出向くか、どこか公共の場所で待ち合わせるかしかなかった。セントラルパーク・ウェストのアパートメントに二人は二度と戻ってこなかったし、川を見下ろす新しいアパートメントに足を踏み入れたのは何年も経ってからのことだった。

　ファーガソンもそれで構わなかった。こんな二人と関わりたくはなかったし、それはシュナイダーマンの父親についても同じだった。が、あいにくこちらは月に一度は夕食にやって来て、アメリカの政治、冷戦、ニューヨークのゴミ収集作業員、量子力学等々について空疎な言葉を撒き散らし、さらにはファーガソンに関してまでろくでもない御(ご)託(たく)を並べた。**あんたの息子さんには気をつけたまえよ、君**(リープヒェン)**。自分でもまだわかってないが、頭の中はセックスで一杯だよ。**ファーガソンは極力この人物を避けるように努め、メインコースを記録的な速さで掻っ込み、お腹が一杯だからとデザートは断って、実はもうその日の午後に終わった歴史の試験に備えるからと言って自室に退散する。まあマーガレットとエラと較べれば、この新しい祖父ならざる人は少しはましだったが、大して変わりはしない。とにかくファーガソンとしては、食卓に残って、J・エドガー・フーヴァー（一九二〇年代から半世紀近くFBI長官を務めた人物）がアリゾナに作った強制収容所だの、ジョン・バーチ協会（反共右翼団体）と共産党が結託してニューヨーク・シティ上水道の貯水池に毒を混入させる計画だのをめぐる無茶苦茶な長広舌を聞いていたいという気にはとうていなれなかった。あれでもし、あそこまで怒鳴り声でなかったら、一種奇妙な可笑し味が生じたかもしれないが、あんな声ではファーガソンの我慢も二十分か三十分が限界だった。というわけで、耐えがたい新たな親戚、是非とも会わずに済ませたいシュナイダーマンが三人いたわけだが、それ以外にもまだシュナイダーマンはいた。アパートメントからわずか十三ブロック半、西七十五丁目に住んでいる一家は、義理の叔母リズはいささか好きになりにくい、神経質で怒りっぽい人で、日々の生活の些細な事柄にやたらとこだわっていて、人生なんて生きはじめもしないうちに終わってしまうことだってあるんだということがわかっていないように思えたが、シュナイダーマンの弟ダニエルと、その子供たちのジムとエイミーのことは、ファーガソンもすぐさま気に入った。三人とも初めから彼を温かく迎えてくれたし、ギル伯父さんは君のお母さんみたいな人と結婚できて無茶苦茶ラッキー（ジムの言葉）、あんたのお母さんほぼ完璧よね（エイミーの言葉）などと言ってくれた。

ダニエルはコマーシャル・アートをやっていて、時おり児童書の挿絵なども描いていた。フリーでさまざまな依頼をこなし、一家で住むアパートメントの奥の、仕事部屋に改装した狭い部屋で一日九時間、十時間働く。散らかった、薄暗い極小のアトリエで、グリーティングカード、広告、カレンダー、企業のパンフレットなどのイラスト、作家のフィル・コスタンザと共作の『くまのトミー』の水彩画などを着々と生産し、夏は長いバケーションに行くとか子供を私立の学校に通わせるとかいった贅沢には手が届かないが、一家四人の衣食住には十分な金を稼いでいた。絵の腕前は確かで、いかにもプロの仕事と思える、器用な手先と酔狂な想像力が両立しているとわかる出来映えで、ものすごく独創的とは言いかねたが、いつもかならずチャーミングではあった。そしてこのチャーミングという語は、ダニエル・シュナイダーマン本人を言い表わすのにもよく使われた。実際接してみると、ひどく気さくで陽気な人物で、笑うことを好み事実よく笑う、兄とはまったく違う人物だった。こちらはドイツ語訛りと格闘もせずに済んだ弟であり、ハンサムな、深刻さとは無縁のスポーツ好き。そしてこれはファーガソンの義理のいとこジムも同じだった。ギルとファーガソンの母親とが結婚したとき、のっぽのバスケットボール選手ジムはブロンクス科学高校に通い、四年制の三年生だった。このダニエルとジムの父子は、新しい甥／いとこもバスケ好きだと知ると、デュオはトリオとなって、マディソンスクエア・ガーデンでの試合を観に行くたびファーガソンを誘ってくれるようになった。これはまだ古いガーデン、八番街四十九丁目と五十丁目のあいだにかつて建っていた、いまや取り壊されたマディソンスクエア・ガーデンの話である。かくしてファーガソンは、一九五九年から六〇年にかけてのシーズン、初めてバスケットの試合を生で観る機会に恵まれた。土曜午後の大学リーグのトリプルヘッダー、ハーレム・グローブトロッターズのエキシビションゲーム、そしてリッチー・ゲリン、ウィリー・ノールズ、ジャンピング・ジョニー・グリーンらのいるニックスの試合等々。ニックスはおよそ一流とは言いかねたが、当時NBAには八チームしかなく、ということはガーデンでもボストン・セルティックスが一シーズン最低六回はプレーしたということであり、彼ら三人もセルティックスの試合は必ず観に行くようにした。クージー＝ハインソーン＝ラッセル＝ジョーンズ・ボーイズから成るチームはもう最高で、五つの部分に分かれたひとつの脳、ひとつの意識がつねに動いているという感じだった。チームのことだけを考え、自分のことはいっさい考えない無私のプレーヤーたちのふるまいを前にして、これぞバスケット本来の姿だよとダン叔父さんは観戦中に何度も言った。そう、彼らと較べるとニックスは何とものろまでぶざまに見え、そのはるか上を行くプレーを見るのは大きな驚きだったが、チーム全体もむろんすごいけれどファーガソンにとっては中でも一人突出した、彼の心を捉えて離さない選手がいた。筋肉質で、針金のように痩せたビル・ラッセル。セルティックスが何をやっていても、彼はつねにその中心にいるように思えた。ほかの四人の脳を自分の脳内に抱え込んでいると思える男、あるいは自分の脳をチームメートの頭の中にどうやってだか分散させている男。何しろラッセルの動きは奇妙であり、見かけは全然アスリートっぽくなく、プレーヤーとしての能力に目ざましいところはなく、シュートもめったにせず得点もほとんど上げず、ボールをドリブルすることさえめったにないのに、なぜかまたしても決定的なリバウンドを拾い、またしてもありえないバウンスパスを送り、またしてもシュートをブロックする。彼がいるおかげでセルティックスは毎シーズン勝利を重ね、毎年優勝争いに加わりたびたび優勝もしている。いろんな点で普通以下なのに何であんなにすごいのか、とファーガソンがジムに訊いてみると、ジムは少し考え、首を横に振って、わからないよ、アーチー、と答えた。要するにほかのみんなより賢いってことなのか、それともほかの連中よりよく見ていて次はどうなるのかいつもわかってるってことなのかなあ。

のっぽのジムこそ、ファーガソンの長年の祈りに対する答えだった。兄が欲しい、それが無理ならせめて尊敬できて力をもらえる年上のいとこ兼友だちが欲しいという願いが叶ったのだ。十六歳のジムが、ずっと年下の義理のいとこである自分を同志として受け容れてくれて、ファーガソンは嬉しくてたまらなかった。実はジムの方も、妹が一人、女のいとこが二人いるだけで、ファーガソンと同じくらい強く兄弟を求めていたとは夢にも思わなかったのである。ジムが高校を卒業してＭＩＴに進学して家を出るまでの二年間、しばしば混乱し反抗心も強いファーガソンにとって、ジムはなくてはならない存在でありつづけた。リバーサイド・アカデミーでの成績はよかったものの、態度に関しては問題続きだった（教師に口答えする、ビリー・ネイサンソンのようなごろつきに挑発されるとすぐカッとなる）ファーガソンを前にして、ジムは鷹揚にして好奇心と上機嫌のかたまりであり、数学と理科が大の得意で、無理数、ブラックホール、人工知能、ピュタゴラスの両刀論法等々を嬉々として語り、およそ怒るということを知らず、誰に対しても決して乱暴な言葉を遣ったり喧嘩腰になったりもしない。その模範は明らかに、ファーガソンの過剰なふるまいをある程度和らげてくれたし、それにまたジムは、女性の体の構造に関してひととおり講釈してくれて、頭の中はセックスで一杯という常時まとわりつく問題の対処法も指南してくれたが（冷水シャワー、ペニスを氷で冷やす、トラックを五キロ走る）、それにも増して素晴らしいのは、バスケットコートでのジムだった。一八〇センチ高校三年のジム、一八五センチ高校四年のジムと、土曜の朝に二つのアパートメントの中間点で落ちあってリバーサイド・パークまで一緒に歩いていき、空いているコートを見つけて二人で三時間練習する。毎週土曜七時きっかり、天気が味方してくれる限りかならず。小雨はOKだがざあざあ降りは不可、にわか雨も可だがみぞれや大雪は無理だし、温度が零下四度より下がったり（指が凍る）三十五度より上がったり（暑さでへばる）したら中止。このルールに従って、ジムが荷物をまとめて大学町へ発つまで、たいていの土曜は二人でそこへ行くことになった。若きファーガソン氏はもはや週末に、母親の撮影にくっついて回ったりしない。そういう日々は永遠に終わったのであり、これからはバスケットなのだ。十二歳になり、ボールが大きすぎ重すぎてコントロールできないということももうなくなってバスケットに開眼し、十二歳半になるころにはそれが人生の新しい情熱になっていた。映画、女の子にキスする、その次にいいことにバスケットがなった時点で、ジムが出現して毎週三時間を割いてみっちりコーチしてくれたのは何たる幸運だったか、何たる奇跡的な展開だったか。最良のタイミングで最良の人物、そんなことどれくらい頻繁に起きる？　ジムは優れた、細心なプレーヤーであり、その気になったらきっと高校代表チームにも入れたにちがいない。そして他人に基本を教える教師としてもやはり優れていて、レイアップの正しいやり方、ディフェンス時の足の動かし方、リバウンドをブロックするやり方、バウンスパスの投げ方、フリースローの打ち方、バンクショットのやり方、ジャンプショットでできるだけ高い位置でボールをリリースするやり方等々の基礎一つひとつに関しファーガソンを指導してくれた。学ぶべきことは本当にたくさんあった。左手でドリブルする、ピックを仕掛ける、両腕を上げてディフェンスする、そして各セッションの締めくくりはO-U-TとH-O-R-S-Eのゲーム（どちらもバスケットを使った簡単なゲーム）。二年目に入りファーガソンの身長が一六三、一六八、一七〇とのびてくるとゲームは本格的な一対一のプレーに変わり、背もより高く経験もあるジムが毎回勝つには勝ったが、ファーガソンも十四歳の誕生日を過ぎてからはそれなりに善戦するようになり、時には五、六本続けてジャンプショットをニューヨークの街じゅうすべての公園に共通のネットなしリングに決めたりもし、ニューヨーク式の「ウィナーズ・アウト」（ゴールした方がボールをキープする）で二人はプレーしたので、そうやって立て続けにシュートを決めると、あわやジムを負かすかというところまで迫るときもあった。二人でプレーしたほぼ最後のゲームのあとで、ジムは言った。なあアーチー、あと一年くらいしてお前の背が六、七センチ伸びたら、もう俺なんかコテンパンにやられちまうだろうよ。それは自分の生徒にしっかり教えた教師の、誇りと満足の言葉だった。そうしてジムはボストンに去っていき、ファーガソンの心に新しい穴がぽっくり開いた。

母親がギルと結婚して一年半もすると、シュナイダーマン家に関する情報も十分集まり、新たな家族に関する確固とした結論にファーガソンは達した。脳内帳簿の左側の列に、三人の「外れ」と一人の「半外れ」の名を書いた――論外にして最悪の二人（2）、気のふれた長老（1）、悪気はないが神経過敏で当てにならないリズ叔母さん（½）。右側の列には残り四人の名――人格者ギル、感じのいいダン、好漢ジム、どんどん魅力的になっていくエイミー。合計、マイナスが三と二分の一でプラスは四、数字的にも文句の種より感謝の種の方が多いということになる。アドラー家は生者の国からいなくなったも同然、ファーガソン家はすっかり姿を消したいま（ルー伯父さんは獄中、ミリー伯母さんはフロリダのどこか、アーノルド伯父さんとジョーン伯母さんはロサンゼルス、いとこのフランシーはサンタバーバラで結婚して二児の母、ほかのいとこたちは各地に散らばって音信不通）、ファーガソンに残っているのは善きシュナイダーマン四人だけであり、うち一人は自分の母親と結婚していて、残り三人は自分と同じくリバーサイド・ドライブの歩いて数分のところに住んでいて、彼らに対するファーガソンの愛着は増す一方だった。家族帳簿の中の四つのプラスのプラス度は、三・五のマイナスのマイナス度よりはるかに大きかったから、ある面で縮んでしまっていたファーガソンの生活は、別の面では大いに拡がりもしていたのである。

エイミーこそシュナイダーマン家のボーナスだった。くしゃくしゃの包み紙の山に埋もれた、パーティが終わって客がみんな帰ったあとにようやく見つかる、隠れた誕生日プレゼント。当初から彼女にもっと注意を払わなかったのはファーガソンの落ち度だが、初めのうちはとにかく適応すべきことがたくさんあって、このやたら背の高い、ニタニタ笑っている、腕を無闇に振り回し突き出しながら喋る一刻もじっとしていられない生き物をどう捉えるかまで頭が回らなかったのである。歯には矯正具を付けているし、髪はくしゃくしゃのくすんだ金髪の変てこな女の子だったのが、やがて矯正具は外れ、髪は短いボブカットになり、ファーガソンが十三歳になったころには、それまで無意味だったトレーニング・ブラの中で胸が膨らみはじめているのが目にとまり、すでに十三歳になったこの義理のいとこは、もはや十二歳だったときの女の子とは似ても似つかなかった。セントラルパーク・ウェストからリバーサイド・ドライブに移って一週間後、ある日の放課後にエイミーは電話をかけてきて、いまからそっちへ行く、と宣言した。何で僕に会いたいの、と訊くと、あたしたち知りあって半年経つのにあんたはまだあたしに三語しか口利いてないからよ、と彼女は答えた。あたしたちいとこ同士ってことになってるのよアーチー、あんたと仲良くする値打ちがあるかどうか見てみたいのよ。

その日の午後、母も義父も出かけていて、おやつを出そうにも食品棚には古くなりかけたフィグニュートン（イチジク入りの棒形クッキー）の食べかけくらいしかなく、この唐突な侵入にどう対処したものかファーガソンは困ってしまった。自分のアパートメントから電話をかけてきたエイミーは、受話器を置いてからきっかり十八分後にファーガソンのアパートメントの入口ブザーを押したが、そのあいだファーガソンは彼女をもてなすための案を五つ六つ思いついては却下し（テレビを観る？　家族の写真アルバムを見る？　ギルが誕生日のプレゼントにくれたシェークスピアの戯曲と詩の三十七巻セットを見せる？）、結局、押入れから映写機とポータブルスクリーンを出してきてローレル＆ハーディ映画の上映の準備をしたが、考えてみればこれはとんでもない間違いかもしれない、と思いあたった。なぜなら女の子はローレル＆ハーディを好まないからだ。少なくとも彼がいままで知ってきた女の子はみんなそうだった。初めは二、三年前の美しきイザベル・クラフト。どう思う、と訊くと彼女は顔を歪めたし、現在ファーガソンにとっての本命であるレイチェル・ミネッタもつい最近同様の感慨を表明し、彼らを幼児的で馬鹿みたいと呼んだ。ところがその一九六〇年三月の肌寒い午後、白いセーター、グレーのプリーツスカート、サドルシューズ、白い綿ソックス――当時誰もが履いていたボビーソックスだ――という格好で入ってきたエイミーに、ローレル＆ハーディ一九三〇年の短篇「へべれけ」をこれから上映するとファーガソンが告げると、エイミーはニッコリ笑い、いいわね、と言った。あたしローレル＆ハーディ大好き。マルクス三兄弟の次にいいわよね。三馬鹿兄弟もアボット＆コステロもメじゃないわ、何てったってスタンとオリーよ。

そう、エイミーはそれまでに知りあったどんな女の子とも違っていた。二十六分映画が続くうち彼女が十四分はゲラゲラ笑うのを眺め、聞きながら、この子と仲よくなる値打ちは絶対にあるとファーガソンは判断した。彼女の笑いは、子供がケタケタと抑えようもなく発する雑音ではなく、腹の底から湧いてくる朗々たる高笑いであり、楽しそうに吠えてはいるが、と同時に、どこか内省的な、なぜ自分が笑っているかを自覚しているような知的な笑い、何かを笑っているさなかにも笑っている自分をも笑っているような笑いだった。彼女がリバーサイド・アカデミーではなく公立学校に行っていて日々接触できないのは残念だったが、それぞれ別々の友だちとのつき合いもあり放課後にさまざまな活動に携わってはいても（エイミーはピアノとダンスのレッスン、ファーガソンはスポーツ）、三月のエイミーの出し抜けの訪問以降、彼らは十日かそこらに一度は会うように努めた。そうやって月に三、四回顔を合わせる以外にも、両家族一緒の外出、祭日のディナー、ギルに連れられてのカーネギー・ホール行き、その他特別な行事（ジムの高校卒業パーティ、御老体八十歳誕生日の集い）などもあったが、たいていは二人だけで会って、天気が良ければリバーサイド・パークを散歩し、悪ければどちらかのアパートメントで過ごし、時おり映画に行ったり、同じテーブルで宿題をやったり、金曜の夜にアパートメントでくつろぎ二人とも大好きな新番組（『トワイライト・ゾーン』）を観たりしたが、二人一緒にいるとたいていは話をした。というよりエイミーが話して、ファーガソンが聞いた。とにかくエイミー・シュナイダーマンほど世界について言うことがたくさんある人間をファーガソンは知らなかった。あらゆる事柄について何かしら意見を持っているみたいだし、ほとんどすべてのことに関してファーガソンよりずっと詳しく知っている。頭が切れて、手に負えないほど騒々しいエイミーは、父親をからかい、兄と冗談を飛ばしあい、母親が絶えずかけてくる小うるさい言葉を巧みにかわし、さも訳知り顔で相手をやり込めてもなぜか叱られも罰せられもせずに済んでいた。おそらくそれは、エイミーが思ったことをはっきり言う子供で、彼女のそういうところを尊重するよう家族もみな鍛えられているからだと思えた。たちまちのうちに新たな盟友となったファーガソンですら、エイミーの毒舌と罵倒から逃れられはしなかった。ファーガソンのことが好きだ、素晴らしいと思う、と声高に言いはするのだが、それでもしじゅう、もう少し頭を使ったらどうなのと詰り、ファーガソンが政治に関心を持たないことにいつも呆れていた。ケネディの大統領選のことも市民権運動のこともろくに考えていない、と責められるとファーガソンは、そんなのわざわざ考える気になれないよ、そりゃあケネディが勝てばいいと思ってるけど、ケネディが大統領になったっていまより良くなりはしないさ、ずっと悪くはならないっていうだけだよ、それに市民権運動だってもちろん賛成だよ、そりゃ誰だって万人の公平と正義に反対はしないさ、だけど僕はまだ十三歳なんだぜ、まるっきり取るに足らない一粒の埃みたいなものだよ、埃にどうやって世界を変えろっていうのさ?と言い返した。

そんなの言い訳にならないわよ、とエイミーは言った。あんたは永遠に十三でいるわけじゃないのよ、これからどうするのよ? 自分のことだけ考えて一生生きていくわけには行かないのよ、アーチー。何かを人生に取り込まなくちゃいけないのよ、さもないとあんたが心底嫌ってる空っぽな人間たちの仲間入りしてしまうのよ。USAゾンビヴィル在住、歩く死人になっちゃうのよ。

勝利は我等に、とファーガソンは言った。

違うわよ、笑える埃人間。あんたが勝利しなきゃいけないのよ。

こんなに女の子の近くにいるのは妙な気分だった。しかも自分には、この子にキスしたいという気持ちがまったくない。こういう交友形態はファーガソンにとって前代未聞である。これまで男同士で経験したどんな交友にも劣らず濃密な関係だが、やはりそこは女の子相手なので、少し違うトーンに貫かれていた。が、表面のすぐ下で、女の子といることのときめきが流れているものの、そのときめきは、レイチェル・ミネッタ、アリス・エイブラムズ、その他十三歳になってから夢中になりキスもしたどの子相手に感じたものとも違っていた。彼女たちに感じた騒々しいときめきとは反対に、エイミーといて感じるのは静かなときめきだった。それは彼女がいとこということに、同じ家族の一員ということになっているからで、したがってファーガソンは彼女にキスする権利はないし、キスしたいと考える権利すらない。その禁止はあまりに強く、そういう行為は非常に不適切でありきわめてショッキングと言ってもいいくらいに思えたから、禁止に逆らうという思いが頭をよぎりさえしなかった。ファーガソンが見守る前で彼女の体はどんどん花開き、思春期初めの女らしさを咲かせていって、その魅力は高まる一方で、イザベル・クラフトのような可愛らしさはなくとも彼の心を捉えることに変わりはなく、その目にはいままでのどの女の子とも違う活気がみなぎっていたが、それでもファーガソンは依然、家族の貞節の掟を破りたいという誘惑に抗いつづけた。やがて彼らは十四歳になった。エイミーがまず十二月に、ファーガソンは三月に。突然彼は、もはや自分でも制御できない新しい肉体の中にいることを発見した。四六時中勝手に勃起し、やたら息を弾ませる肉体。エロチックな思い以外の思いが頭蓋の内部に入る余地のない自慰期の始まり。大人の男としての特権はないまま体は大人になることの狂乱、動揺、驚愕、容赦ない内なる混沌。いまやエイミーを見るたびにまず、かつ唯一思うのは、彼女にキスしたくてたまらないということだった。そしてエイミーが彼を見るたび、彼女も同じ思いを抱きはじめていることをファーガソンは感じとった。

四月のある金曜の晩、ギルと母親がどこかダウンタウンでのディナーパーティに出かけている最中、彼とエイミーは七階のアパートメントで、「キスするいとこ同士（キシング・カズンズ）」という言葉について話しあった。実はどういう意味なのかよくわからないんだ、とファーガソンは白状した。おたがいの頬っぺたに上品にキスしてるいとこ二人の姿が目に浮かぶんだけど、どうも違うような気がする。そういうキスは本物のキスとは言えないから、それじゃただのいとこ同士であって、わざわざキスするいとこ同士なんて呼ぶ意味がわからないよ。そういうとエイミーは笑って、違うわよ馬鹿ね、キスするいとこ同士っていうのはこういうことよ、と言い、それ以上一言も言わずに、ソファに座っているファーガソンの方に身を乗り出して、両腕を彼の体に回し、唇にしっかりキスし、じきに口の中まで入ってきた。その瞬間ファーガソンは、やっぱり僕たちいとこじゃないんだと決めた。

2.4

エイミー・シュナイダーマンがかつてのファーガソンの寝室で眠るようになってから四年が経ち、ノア・マークスが一時姿を消したのち再浮上し、十三歳、八年生になったばかりのファーガソンは外に出たくてたまらなかった。家出できるような立場ではないから（どこへ行けばいい？ 金もないのにどうやって食べていく？）、次善のことを両親に頼んだ。今度の九月から寄宿学校に入れてもらえないか、四年の高校生活をニュージャージー州メープルウッドの町から遠く離れた場所で過ごさせてもらえないか？

　家にそれだけの余裕がある、とわかっていなかったら頼みはしなかっただろう。だが一九五六年に新しい家に引越して以来、より豪奢な生活がより高い次元でくり広げられていたのである。成長する一方の父の帝国には支店がさらに二店加わり（一店はショートヒルズ、もう一店はパーシパニー）、いまや地元の人々は奮発して二台目、三台目のテレビを購入し、皿洗い機、洗濯機、乾燥機などが中流階級すべての家庭にあるのが当然になってきて、冷凍食品の人気が高まり、それを貯蔵する巨大な冷凍室を備えた冷蔵庫に半数の家庭が金を出すようになったいま、ファーガソンの父親は金持ちになった。まあまだロックフェラーとは行かないが、郊外小売業の王ではある。低価格によって七つの郡でライバルを駆逐した、名高い利益の預言者（プロフェット・オブ・プロフィッツ）なのだ。

　増大する一方の収入の戦利品としては、ファーガソンの父にはピスタチオグリーンの4ドア・エルドラド、母にはお洒落な赤いポンティアック・コンバーチブル、ブルーヴァリー・カントリークラブの会員権、そしてローズランド・フォトの消滅だった。独立の稼ぎ手兼アーティストとしての母の短いキャリアは終わりを告げた。着色写真の流行はもうピークを過ぎていて、写真館はどうにかトントンというところだった。五店での売り上げがいままでで最高になっているのに、何でわざわざ頑張る必要がある？ これだけ金が入って、金を遣って、何とも賑やかな裕福さなのだ、寄宿学校くらいとうてい負担になるとは思えない。

もし両親に反対されたら（つまり父親に反対されたら、ということだ——金に関する事柄では父がすべて実権を握っている）、夏のキャンプ・パラダイスはもうあきらめる、代わりに夏のあいだアルバイトをして出費の一部を負担する、と提案するつもりだった。

何か月も前から調べていたんだ、とファーガソンは両親に言った。一番いい学校はニューイングランドにあるらしくて、その大半はマサチューセッツとニューハンプシャーにあるけれど、ヴァーモントとコネチカットにもいくつかある。ニューヨーク州北部とペンシルヴェニアにもいい学校があるし、ニュージャージー州にだって二、三校ある。まあまだ九月で、次の学年が始まるまでは丸一年あるけれど、願書は一月なかばまでに送らないといけないから、早く候補を絞らないと、十分調べた上で決める余裕がなくなってしまうと思うんだ。

両親に向かって喋りながら、自分の声が震えているのがファーガソンには聞き取れた。火曜日の晩、さも自信ありげな、肚の内の見えない親二人と一緒に彼はダイニングルームのテーブルを囲んで座っている。このケネディ＝ニクソン大統領選の秋、こうした家族三人のディナーはどんどん珍しくなってきていた。店の閉店時間はますます遅くなったし、母は最近ブリッジに入れ込んでいて、週に二、三度は夜に家を空ける。いまは三人ともダイニングルームにいて、アンジー・ブライがキッチンとテーブルを行き来し、新しい皿を持ってきては古い皿を下げていく。まずは野菜スープ、次はローストビーフの分厚いスライスに、マッシュポテトと、バターたっぷりのサヤインゲンの山。きびきび働く有能なアンジー・ブライが作ってくれるすごく美味しい食事である。過去四年にわたって週五回、彼女は家を掃除し食事を作ってくれていた。そしていまファーガソンは、ローストビーフの最後の一切れを呑み込み、ついに話し出す。何か月も胸の内で燃えていたことを口にする勇気をようやく奮い起こしたのだ。

言葉が口から出ていくなか、ファーガソンは両親を注意深く観察し、彼の計画をどう思っているか、読み取る鍵を探して二人の顔を見る。が、そこにはおおむね何も浮かんでいないように思える。彼が何を言っているのか、いまひとつ呑み込めていないようなのだ。なぜこの完璧な世界を去りたいと思うのか。学校の成績はすごくいいし、野球チームもバスケットのチームもすごく楽しそうだし、友だちもたくさんいて、週末のパーティにも引っぱりだこで、十三歳の男の子が望むものすべてがあるじゃないか？　ファーガソンとしても、あなたたちこそ家を出たい理由なんだ、あなたたちと同じ屋根の下で暮らすことに耐えられなくなったんだ、と明かしてしまって両親の気持ちを傷つけたくはない。だから彼は嘘をついた。変化が欲しいんだ、と彼は言った。落着かないんだよ、この小さな町の狭さが息苦しいんだ、と言った。新しいことに挑戦したいんだよ、家でないところで自分を試したいんだ、と。

　そういう話がどれだけ馬鹿げて聞こえたにちがいないか、ファーガソンは思い知った。緻密な、説得力ある議論を、抑制の利かぬ頼りない声で彼は展開しようとしている。もう子供ではない、だがまだ大人でもない声帯は、最終的な高さを求めて上下にふらふら揺れ、いまだ自信と力強さを欠いた発声器官でしかない。声だけじゃない、見かけだってどれだけ馬鹿げて見えたことか。さんざん嚙んだ爪、左の鼻孔のすぐ左にまたまた生じた出来物。食べ物や住みかやその他無数の物質的安楽に恵まれてはいても、本人はまだ何ものでもないちっぽけな存在なのだ。恵まれた階層に住む自分がどれほど幸運かわかるくらい大人ではあったし、人類の十分の九は寒さと飢えに苦しみ欠乏と不断の恐怖とに苛まれて生きていることも承知していたから、己の境遇に文句を言おうなどという気はなかったし、ごくわずかな不満も表明すべきでないと思っていた。人類の苦闘全体の中で、自らがどういう位置に立っているかは認識しているので、不幸を感じてしまうことを恥じ、与えられた恩恵を有難く受け容れられないことを我ながら嫌悪したが、感情とはそういうものであって、怒りと失望を感じることはどうやっても抑えられなかった。いかに意志を働かせても、感じることは変えられない。

　何年も前に勘づいたのと問題は同じだったが、事態はいっそう悪化していた。あまりにひどくなっていて、もう直しようがない。馬鹿げたピスタチオグリーンのキャデラック、ゴミひとつ落ちていない生気なきブルーヴァリー・カントリークラブ。周りから聞こえてくる、十一月にはニクソンに投票しようという声。すべてがファーガソンの父親を長年蝕んできた病の徴候だったが、まあ父はどのみち初めから見込みなしだったのであり、父が成金俗物団の一員に成り上がっていくのを、一種無関心な諦念とともにファーガソンは見守ってきたのである。だがやがてローズランド・フォトの息の根まで止められ、ファーガソンはがっかりして何か月も落ち込んでいた。この写真館が、単にドルとセントの問題だけではないことを彼は理解していた。閉館は敗北であり、母親が自分に見切りをつけたという宣言なのだ。降伏し、向こう側に回ってしまった母が、よくいる女の人たちの一人、ゴルフをやってトランプをやってカクテルアワーに酒を飲みすぎるカントリークラブの常連妻になってしまうのを見るのはひどく気が滅入ることだった。母が自分と同じくらい不幸でいるのをファーガソンは感じとったが、それについて母と話すこともできない。母の個人的な事柄に口をはさむにはまだ幼すぎた。とはいえ、元々バスタブ一杯のぬるま湯をファーガソンに連想させた両親の結婚が、いまやすっかり冷めきってしまったことは明らかだった。それぞれ別のことにかまけている、必要や欲求に迫られた時のみ――そしてそんな時はほとんどない――相交わる二人の人間の、愛なき退屈な共棲でしかない。日曜の朝の公営コートでのテニスはもうなし、〈グラニングズ〉での日曜のランチももうなし、日曜の午後の映画ももうなし。休日はいまやカントリークラブで過ごされた。無音のパッティンググリーン、シューシューと水を吐くスプリンクラー、全天候対応プールでキーキー声を上げて跳ねる子供たち等々から成る死せる者たちの殿堂。もっともファーガソンはめったに、両親と一緒に四十分車に乗ってブルーヴァリーまで出かけはしなかった。日曜は野球、フットボール、バスケットのチームの練習日だったのだ――練習がない日曜日でも。距離を置いて見れば、べつにゴルフだって本質的に悪いわけではないのだろうし、シュリンプカクテルと三段重ねサンドイッチを擁護することも可能にちがいない。だがファーガソンはハンバーガーと山盛りミントチップ・アイスクリームが恋しかった。ゴルフが代表している世界に近づけば近づくほど、彼はゴルフを軽蔑するようになった。スポーツそのものをというより、ゴルフをやる人たちのことを。

口やかましい、独善の人ファーガソン。中流階級上層の生活様式の敵。アメリカに新しく生まれた、ステータスを追い求め消費を美徳と心得る人種を見下しこき下ろす独りよがり。すなわち――ここから出たくてたまらない少年。

唯一の望みは、息子を有名な寄宿学校に送り出すことでクラブでの自分の地位に箔がつくと父親が思ってくれるという可能性だった。**ええ、うちの息子はアンドーヴァーに行っておりまして。やっぱり公立よりずっといいですよねえ。出費なんか問題じゃないんです。いい教育こそ、親が子供に与えてやれる最高の贈り物ですから。**

たしかに望みは薄い。十三歳の頭脳の、自己欺瞞の楽天が生み出した空しい希望にすぎない。実際、希望はまったく的外れだった。その蒸し暑い九月の晩、テーブルの向かいに座った父親はフォークを置いてこう言ったのだ。世間知らずなことを言うんじゃない、アーチー。お前は私に、同じものに二倍金を出せと言っているんだぞ。正気の人間がそんなペテンにひっかかるわけないだろうが。考えてもみろ。私たちはこの家に税金を払っているだろう？　すごく高い税金だ、州全体でも指折りの額の固定資産税だよ。父さんだって嬉しくはない、だが進んで払う、なぜならちゃんと見返りがあるからさ。いい学校、全米でもトップレベルの公立校だ。そもそもだからこそこの町に越してきたんじゃないか。ここならお前がいい教育を受けられることを、お前の言ってるお洒落な私立学校に負けないいい教育を受けられることを、母さんがちゃんと調べたんだ。だから、駄目だ。もうすでに持っているものに、二倍の金を払う気はない。わかったか？

　どうやら寄宿学校は、父親の見せびらかし出費リストには入っていない。そして母が口をはさみ、まだ小さいのにあんたがいま家を出たらママ心がはり裂けちゃうわと言ったところで、ファーガソンはもう、夏にアルバイトをして授業料の足しにするという案を出す気も失せてしまった。もうどこへも行けない。今年だけじゃない。高校を卒業するまでの四年間もだ。合計五年、武装強盗や故殺でたいていの人間に科される刑期よりも長い年月。

　アンジーがデザートを持ってダイニングルームに入ってきて、ファーガソンはチョコレートプディングのボウルを見下ろしながら、なぜ子供が両親を離婚させることを許す法律はないんだろうと考えていた。

　何ひとつ変わらなかったし、これからも何ひとつ変わらないだろう。ファーガソンが提示した憲法修正案は否決され、家族統治の旧体制は依然揺らぎもせず、打倒されざるアンシャン・レジームは惰性と根深いいい加減さを基盤とする支配を維持した。ゆえに、打ち負かされた不満分子には、愛するキャンプ・パラダイスでのもう一度の夏、という残念賞が与えられる決定が下された。六年続けての、各種の球技、カヌーでの川下り、ニューヨークから来た仲間たちとの荒っぽい交友から成る、親のいない避難所での夏。出発する朝、グランドセントラルのプラットホームに立ち、父と母から離れた、息抜きと自由の二か月に入っていこうとしているファーガソンの隣には、やはり今年は州北部で夏を過ごすことになったノア・マークスが立っていた。一九五六年夏の後半と、五七年の八週間はキャンプ・パラダイスで過ごせなかったノアだが、その後また復帰し、これで四度目となる、義理の母親の甥、義理のいとこにして友たるいまや十四歳のファーガソンとともに過ごす夏に乗り出そうとしている。一七〇センチのファーガソンはノアより頭半分高い。ノアはキャンプではいまもハーポの名で通っていた。

　奇妙な話だった。ミルドレッド伯母さんとドン伯父さんは離婚手続きも行なわなかったので、伯母さんは依然ノアの義理の母親でありつづけた。そしてモンテーニュの伝記に取りかかった一年半のパリ滞在から帰ってきたノアの父親ドンは、ペリー・ストリートの元の住所にふたたび収まった。ただしミルドレッドと一緒に住んでいた三階ではなく、彼がいないあいだに空きになった、もう少し小さな二階のワンルームを、帰ってくるに先立ってミルドレッドが借りてくれていたのである。これが新しい取決めだった。それまで一年半、混迷とためらいの時期が続いて、ブルックリン・カレッジでの休みを利用してミルドレッドがパリに三度赴いた挙げ句、結局、自分たちは離ればなれではいられないという結論に彼らは達したのだった。また一方、自分たちが一緒に暮らせもしないことも――少なくとも一年中ずっと、普通に結婚している夫婦のようには暮らせないことを――彼らは自覚していた。日々の家庭的な生活を時おり断ち切らないことには、食人種のごとき憤怒に二人とも駆られ、たがいを貪り食う破目になってしまうだろう。というわけで、二つのアパートメントという妥協案、いわば緊急避難調停に彼らは行きついた。彼らの愛はいかにしても不可能な愛であり、情熱と相容れなさとの不安定な混合物、同等の電荷を帯びた陰イオンと陽イオンが作る怒濤の電界なのだった。ドンもミルドレッドも、自分勝手で激しやすい人間で、かつ相手に惚れ込んでいたから、二人が戦う戦争には終わりというものがなかった。ドンが二階のアパートメントに移動して、新たな休戦期間がしばし続くのみなのだ。

　ファーガソンから見ればずいぶんぐじゃぐじゃな話だが、それについてあれこれ考えたわけでもなかった。彼が見聞きした限り、結婚生活というのはみな何かしら欠陥を抱えているものであり、ドンとミルドレッドは獰猛な闘争、彼自身の両親はくたびれた無関心、だがどちらも損なわれていることに変わりはなく、過去十年間でたがいに五十語くらいしか口を利いていないファーガソンの祖父母は言わずもがな。彼が見るところ、生きているという単純な事実に喜びを見出していそうな大人は、もはや夫はいないし今後もいないであろう大叔母パールだけだった。だがまあそうは言っても、ドンの復帰によってノアがふたたびファーガソンの生活に入ってきたので、彼ら父子にとってどうかはともかく彼自身にとっては嬉しいことだった。ノアのなかば壊れた母親によって一年半引き離されていたにもかかわらず、あっという間に自分たちがまたすぐ仲よしになれることにファーガソンは驚いてしまった。まるで離れていたのはほんの数日だった気がした。

　ノアは相変わらずせかせかと落着かず、以前同様に早口で喋りまくったが、さすがに再会した十一歳の時点では九歳のときほど爆発しにくくなっていた。少年期の末から思春期の始まりへと四苦八苦しながら移行しつつある二人は、たがいに相手の中に強さを見出し、それに力づけられた。ノアにとってファーガソンは、手に触れるものすべてに秀でたハンサムな王子様であり、打率もトップなら成績も最高、女子にモテて男子にも尊敬されている。そういう人物のいとこ、仲間、親友であることによって、悩み多きノアの人生もいくぶん高貴さを帯びていた。そしていま、十四歳の過渡期を生きるノア少年は、縮れっ毛の不細工なルックスを日々気に病み、この一年ずっと歯に埋め込まれている見苦しい針金を思い患い、体全体の救いがたい不様さを苦にしている。ノアが自分をどれだけ崇めているかはファーガソンも承知しているが、その崇拝が誤解に基づく不当なものであることもまた自覚している。ノアはファーガソンを、理想化された、実はどこにもいない存在に変えてしまっているが、一方ファーガソンは、自分が実際に生きている暗い内的空間において、ノアこそ一級の精神の持ち主であることを理解していた。真に重要な事柄に関しては、若きマークス氏の方がファーガソンよりつねに一歩、しばしば二歩、時には四歩、さらには十歩先を行っている。ノアこそファーガソンの道案内であり、一足先に森を探検してくれる速足の斥候として、最良の狩場を教えてくれるのだ。読むべき本、聴くべき音楽、笑うべきジョーク、観るべき映画、考えるべき思想。かくしていまやファーガソンは『カンディード』と『バートルビー』を吸収し、J・S・バッハとマディ・ウォーターズを、『モダン・タイムス』と『大いなる幻影』を、ジーン・シェパードの深夜モノローグを、メル・ブルックスの二千歳の人間を、『アメリカの息子のノート』と『共産党宣言』を（いいや、カール・マルクスは親戚じゃない。あいにくグルーチョ・マルクスも違うんだ）吸収した。もしノアがいなかったら生活はどれだけ貧しくなっていたか、考えただけでぞっとしてしまう。怒りと失望もそれなりの推進力にはなるが、人間、好奇心がなければおしまいなのだ。

というわけで、一九六一年七月、二人は夏の始まりにキャンプ・パラダイスに出発せんとしている。それは激動の、外の世界から届くニュースのすべてが悪いニュースに思える夏だ。ベルリンに壁が築かれ、アーネスト・ヘミングウエイがアイダホの山の中で頭蓋に銃弾を打ち込み、バスで南部を旅するフリーダム・ライダーズを白人の人種差別主義者たちが襲撃した。脅威、絶望、憎悪。理性的な人間が宇宙を仕切っているのではないことの証拠はふんだんにあった。キャンプ生活の、おなじみの快い騒がしさの中にファーガソンは身を落着けていき、昼はドリブルと盗塁に励み、同じキャビンの男子たちが辛辣に喋りまくるのを聞き、ノアとふたたび一緒になれてこれから二か月ずっとノンストップで話せると思うと嬉しくてたまらず、晩はニューヨーク・シティから来た大好きな女の子たちと踊り（元気いっぱいで大きな胸のキャロル・サルバーグ、すらっとして物静かなアン・ブロズキー、そして新顔の、ニキビ面だが並外れて美しいデニーズ・レヴィンソンはディナーのあとの「親睦会」を彼と一緒にいそいそと抜け出し、裏の草地で口と舌を使って強烈な戯れに勤しんだ）、とにかく楽しいことばかりだったが、とはいえこうして十四歳になり、ほんの半年前には思いつきもしなかった考えが頭に満ちてみると、ファーガソンはいまやつねに自分を、遠い未知の他者たちとつなげて考えずにいられなくなっていた。たとえば、彼がデニーズにキスしていたまさにその瞬間、ヘミングウェイはアイダホで自分の脳味噌を吹っ飛ばしていたのではないか？　先週木曜日のキャンプ・パラダイス対キャンプ・グレイロック戦で彼が二塁打を打ったときに、ミシシッピではKKKの一員がボストンからやって来た痩せた髪の短いフリーダム・ライダーズの一員のあごを殴りつけていたのではなかったか？　一人がキスされ、一人が暴行される。たとえば一八五七年六月十日の午前十一時に誰か一人が母親の葬儀に参列し、同じ瞬間に同じ都市の同じ一画で別の一人が生まれたばかりのわが子を初めて両腕に抱く。一人の悲しみと一人の喜びが同時に起きているのであり、あらゆる場に遍在して刻々生じている出来事すべてを見ることができる神でもない限り、それら二つの出来事が同時に起きていることは誰にも見られないし、むろん当の悲しむ息子と喜ぶ母親に見えはしない。だからこそ人間は神を発明したのだろうか、とファーガソンは考える。すべてを包括する、全能なる神の知の存在を唱えることによって、人間の認識の限界を乗り越えようとしたのか？

こう考えたらどうかな、とファーガソンはある日の午後、二人で食堂に歩いていきながらノアに言う。君は車に乗ってどこかへ行かなくちゃいけない。大事な用事があって、遅れるわけにはいかない。そこへ行く道は、表通りと裏通りの二つある。いまはラッシュアワーで、この時間、表通りはたいていかなり混んでいるけど、事故か故障でもない限り、ノロノロではあれ着実に車は進み、おそらくはおおよそ二十分で目的地に着き、約束の時間にギリギリ、一秒の余裕もないけどとにかく間に合いはする。一方、裏通りは距離としては若干長いが、車の量は少なくて済むし、上手く行けば十五分くらいで着くことも期待できる。総じて裏通りの方がいいわけだけど、問題もある。両方向とも一車線しかないから、故障か事故に行きあたったら長いこと足止めを喰って、約束に遅れてしまいかねない。

ちょっと待てよ、とノアは言った。その約束ってのをもっと詳しく聞かないと。約束の場所はどこなのか、そしてその約束はなぜ僕にとってそんなに重要なのか？

それは問題じゃないよ、とファーガソンは答えた。車で出かけるっていうのはあくまでも例であり議論のための方便であって、議論自体は道路とも約束とも関係ないんだ。

いやいや問題だよ、アーチー。すべてが問題なんだよ。

ファーガソンは長いため息をついて、言った。わかったよ。君は就職面接に行こうとしている。『デイリー・プラネット』パリ支局員、生涯ずっと夢見ていた仕事だ。この職を得られれば君は世界一の果報者だ。得られなかったら家に帰って首を吊る。

そんなに大事な話なんだったら、なぜギリギリに出かけたりする？　遅れないように一時間早く出るとかするんじゃないか？

なぜなら……なぜならそれができなかったんだよ。お祖母さんが亡くなって、葬式に行かなくちゃいけなかったんだ。

わかったよ。波瀾万丈の一日ってわけだな。いままで六時間ずっと、お祖母ちゃんを想って泣いていた。そしていま車に乗り込み、面接に向かう。で、どっちの道を行けばいい？

それも問題じゃないんだ。選択肢は二つしかなくて、表通り裏通り、どちらも利点と欠点がある。たとえば表通りを選んで、時間どおり面接に着いたとする。そしたら自分の選択について何も考えたりはしないだろう？　そしてもし裏通りを選んで、約束に間に合ったら、やっぱり同じで、一生そんなことはいっさい考えないだろうよ。だけどここから話は面白くなる。表通りを行って、三台の車が玉突き衝突して一時間以上交通がストップしていたら、車の中で動けずにいる君はひたすら裏通りのことを考え、なぜあっちに行かなかったんだと自問し、間違った方を選んだ自分を呪う。だけど本当に間違った選択だったと、いったいどうやってわかる？　裏通りが君には見えるか？　裏通りでいま何が起こっているかわかるか？　巨大なセコイアの木が裏通りに倒れてきて、通りかかった車を叩き潰してドライバーが死んで、交通が三時間半止まっていることを誰かが君に知らせたか？　誰かが時計を見て、もし裏通りを行っていたら潰されたのはきっと君の車で死んだのは君だったと伝えたか？　あるいは、木など倒れはせず、表通りを行ったのは間違いだった。あるいは、君は裏通りを行き、木が君のすぐ前の車の上に落ちて、ああ表通りを行くんだった、と身動きも取れず車に乗ったまま悔やむ君は、どのみち表通りを行っても三台の玉突き事故で面接に間に合わなかったことを知らない。

要するに何が言いたいんだ、アーチー？

自分が間違った選択をしたかどうかは絶対にわからないってことさ。わかるためにはすべての事実を知る必要があり、すべての事実を知るためには二つの場所に同時にいる必要があり、それは不可能だ。

で？

で、だからこそ人間は神を信じる。

それって冗談ですよね、ムッシュー・ヴォルテール。

神のみが表通りと裏通りを同時に見ることができる。すなわち、君が正しい選択をしたのか間違った選択をしたのかは神のみがわかる。

神にわかるとどうして君にわかる？

わからないさ。でも人間はそういう前提に立つ。あいにく神は、どう思っているのか絶対人間に言ってくれない。

こっちからいつだって手紙は書けるぜ。

そのとおり。でも書くことに意味はない。
何が問題なんだ？　エアメールの切手代がないのか？
宛先がわからないのさ。

その年キャビンには新顔の少年がいた。これまでの夏でおなじみの仲間たちに交じって一人だけ、大都市の住人ではなくウェストチェスター郡ニューロッシェルに住んでいる。ファーガソンの交遊の輪の中で唯一、郊外の居住者が現われたことになる。ニューヨークに住む連中ほど騒々しくなく言葉も攻撃的でなく、ファーガソン自身に通じる静かさだがこっちの方がもっといっそう静かで、ほとんど何も喋らないと言っていいが、たまに喋ると周りにいる者たちはみな思わず耳を傾けた。名はフェダマンといった。アート・フェダマン、もっぱらアーティで通っていて、アーティ・フェダマンはアーチー・ファーガソンと音も似ているので、キャビンの仲間たちはしばしば、お前ら生き別れになってた兄弟だろ、生まれてすぐ離ればなれになった一卵性双生児だろ、とからかった。このジョークが可笑しいのは、それが本物のジョークというより反（アンチ）ジョークだったからだ――つまり、ジョークというもの自体についてのジョークだということが理解されて初めて意味を成すジョーク。たしかにファーガソンとフェダマンには肉体的な共通点もいくつかあったが（身長・体格はだいたい同じ、二人とも手が大きく、若い野球選手特有の筋肉質の体）、あとはもうイニシャルが同じであること以外は全然似ていなかったのだ。ファーガソンは色黒でフェダマンは色白、ファーガソンの目は灰色がかった緑でフェダマンは茶色、鼻・耳・口もそれぞれ形は違い、二人を初めて一緒に見た人間は誰も彼らを兄弟と間違えたりはしないだろうし、遠縁の親戚とすら思わないにちがいない。だがキャビンの連中はもはや二人を初めて見ているのではなかった。二人のAFの行動を日々観察していくなか、おそらく彼らは、このジョークならざるジョークが、実はジョーク以上の何かであることを感得するに至ったにちがいない。たしかに生身の兄弟ということではないだろうが、紛れもなく二人の友、見るみる兄弟のように親しくなりつつある生身の友人同士だったのだ。

　ファーガソンはすでに、自分自身であるということの奇妙な点のひとつは、自分というのが何人かいるように思えることだと気づいていた。自分とは単に一人の人物ではなく、たがいに相矛盾する複数の自己の集まりであって、違う人間と一緒になるたびに彼自身も違う人間になる。ノアのようにズケズケ物を言う外向型の人間と一緒だと、物静かで、内に向かって閉じた人間だという気になる。アン・ブロズキーのような大人しい内気な人物といると、騒々しい粗雑な人間だと感じられて、彼女の長い沈黙から生まれる気まずさをかき消そうといつもやたら喋りすぎてしまう。ユーモアのない人々は彼を冗談好きに変容させがちだし、逆に頭の回転の速い道化者といると自分がグズで退屈に思えてくる。さらにまた、彼を自分たちの軌道に引っぱり込んで、自分たちと同じようにふるまわせる力がある人もいる。いつも喧嘩腰で政治でもスポーツでもとにかく何かしら自分の意見を持っているマーク・デュビンスキーは、ファーガソンの中に隠れている言葉の闘士を引き出す。夢想家ボブ・クレイマーといればファーガソン自身も脆い、自信を持てない人間という気になってくる。そしてアーティ・フェダマンといると、気持ちが落着いてくるのである。誰かといてこんな穏やかな心持ちになれたことはいままで一度もない。この新入りと一緒にいると、一人でいるときとまったく同じに自分を感じられるのだ。

これでもし、どちらかのAFが少しでも違った人間であったなら、二人は容易に敵同士となっていたかもしれない。特にファーガソンには、この新人の登場を憤ってしかるべき理由がいくつもあった。じきに明らかになったとおり、フェダマンはファーガソンよりもスポーツにおいて上であり、過去五年間ファーガソンはとりわけ野球では誰よりも秀でていたのでつねにショートを守り四番を打っていたが、フェダマンが一日目の練習に現われると、守備範囲も肩も彼の方が上でありバットのスイングもより速く力強いことがたちまち明白になり、翌日も紅白戦でホームランを二本と二塁打を一本打って、一日目はまぐれだったのかもといった疑いも払拭されると、二十四歳になるチームのコーチ、ビル・ラパポートはファーガソンを脇へ引っぱっていき、決断を伝えた——フェダマンが新しいショートで四番になり、ファーガソンはサードに移って三番を打つ。そうするしかないこと、わかるだろう？　とビルは言った。ファーガソンは頷いた。これだけの証拠を見せつけられて、頷く以外何ができよう？　お前が駄目だってことじゃないんだ、アーチー、とビルはさらに言った。だけどあの新入り、とにかくすごいからさ。

どう見たところで、新しいラインナップはファーガソンにとって降格である。少しではあれ序列が下がったのであり、キャンプ・パラダイスの野球軍団の最高司令官としての地位を失ってファーガソンの胸は痛んだ。だが、感情は感情であって主観的にはつねに真であっても、事実もまた事実であり、この場合客観的な、反駁しようのない事実は、ビルが正しい決断を下したということなのだ。ファーガソンはいまやナンバー2である。いつの日か大リーガーになるという幼いころの夢はじわじわと溶解し、胃の底に残るべとべとのかすと化した。しばらくは苦い思いが残ったが、やがてファーガソンはそれも克服した。フェダマンはあまりにも優秀であり、張りあおうなどと思っても意味はない。

これほどの能力を見せつけられたら、この人物が味方チームにいることを感謝するしかないのだ。

その能力の何が尋常でないといって、ファーガソンが見るところ、本人はそれを全然自覚していないことだった。むろん真剣にプレーはするものの、最終回にヒットを打ったり超ファインプレーをやってのけたりして何回チームに勝利をもたらしても、自分が誰より優れていることをフェダマンはまったく実感していないように見えた。野球に秀でるというのはたまたま自分にできることであって、彼はそれを、空の色や地球の丸さを受け容れるのと同じように受け容れているのだ。よい結果を出そうという情熱はあるが、と同時に無関心な、どこか退屈している姿勢すらそこにはあって、高校を出たらプロになることを考えるべきだよ、とチームの誰かに言われるたび、首を横に振って笑うだけだった。野球はやって楽しいけど、べつに何か意味があるわけじゃないよ、単に子供のすることだよ、とフェダマンは言った。高校を卒業したら大学に行って科学者になる勉強をするつもりなんだ、物理にするか数学にするかはまだ決めてないけどね。

この反応を聞いてファーガソンは、何だか頭が固いなあと感じ、同時に好感を持ちもした。こういう反応こそ、自分と同名のようで同名でないこの人物を規定し、彼がほかの連中と隔たっていることを如実に物語っている。まず、男子はいずれみんな大学に行くというのは、ほぼ大前提である。そういう世界に彼らは生きている。ユダヤ系アメリカ人第三世代の、よほど頭が悪いのでない限り誰もが大学に進学し、最低学士号は取ることが当然視され、望むらくは大学院レベルまで進むことが期待されている世界。なのにフェダマンは、ほかの連中の言っていることの含みが全然わかっていない。大学に行くべきではない、と彼らは言っているのではない。君はその気になれば行かなくてもいいと言っているのだ。つまり彼らから見て、フェダマンは自分たちよりも強い立場、自分の運命を好きなように操れる立場にある。たしかにフェダマンは数学も理科も得意で、大学に行く気も満々であり（その夏彼は何と独学で微積分を学んでいた。微積分の原理が理解できる十四歳なんてどれだけいる？）、ゆえにみんなの賛辞も聞き流し、ぶっきらぼうな、率直そのものの答えを返した。でもそれはあまりにも明白で、したがって的外れな（彼が微積分を勉強していて当然大学へ進学する気でいることは誰だって承知している）、口にするまでもない答えだったのだ。

とはいえ、これがまさにファーガソンにとって、このもう一人のAFの好ましいところでもあった。その無邪気さ、彼が属している社会では当たり前になってしまっている皮肉な物の見方や矛盾から超然と隔たっていること。誰もが動揺と不安に絶えず苛まれ、相対立する衝動や狂気じみた葛藤を生み出す混沌に囚われているように見えるなか、フェダマンは一人静止し、ひっそり物思いにふけり、見たところ自分自身と安らかな関係を結んでいる。自分の考え方、自分のやり方にしっくりなじんでいて、周りの雑音も気にしない。要するに汚染されていないんだ、とファーガソンは時おり思った。あくまで純粋、とことん自分自身なので、時には解読に苦労するほどだ。ファーガソンとノアとで、この新しいキャビン仲間に対する印象が全然違っているのもそのせいにちがいない。フェダマンが非常に知的で野球も抜群だということはノアも認めたが、彼の好みからすると生真面目すぎ、ユーモアが欠けていて一緒にいて面白い仲間とは言いがたい。フェダマンが発している静かな落着きに、ファーガソンの気持ちはひどく和むが、ノアからするとそれは不気味以外の何物でもない。あれって完全に人間じゃないぜ。薄気味悪い幽霊小僧だよ、とまでノアはあるとき言った。脳味噌が一部足りない状態で生まれた亡霊。そういう言い方でノアが何を言わんとしているのか、ファーガソンにもよくわかったが、賛成はできなかった。違ってるっていうだけだよ、他人と別の次元で生きてる人間なのさ。ノアから見れば性格の弱さと思えるもの——女の子の前で内気、ジョークが言えない、誰とも議論したがらない——をファーガソンは強さと読んだ。自分の方がノアより長い時間をフェダマンと過ごしているのであり、ノアが浅さ、さらには空虚さと考えるものが実は深さであって、ほかの誰にもない心の広さだということがファーガソンには理解できたのである。問題は、フェダマンが集団の中で上手くふるまえないことだった。相手が一人だけだと、別人になる。三週間が経ったいま、AF同士はもう何十回と一緒に野球場を行き帰りしていたから、ファーガソンはこの相違をよく知るようになっていた——少なくとも知りはじめていた。すごいと思ったのは、フェダマンの観察眼である。周りの世界に五感をぴったり同期させていて、通りかかる雲や、花の雄蕊（おしべ）に止まる蜂をフェダマンが指さすたび、あるいは、森で鳴く見えない鳥の種類を言いあててみせるたび、そういったものたちを初めて見たり聞いたりする思いにファーガソンは襲われた。この友が一緒にいて教えてくれなかったら、それらがそこにあること、いることも自分にはわからなかっただろう。フェダマンとともに歩くことは、何よりもまず注意を払う練習であり、注意を払うことこそ、生きるすべを学ぶ第一歩なのだとファーガソンは悟った。

やがて、月も終わり近くなって、いつになく蒸し暑いその木曜の午後が訪れた。夏のほぼ中間点、父母訪問の週末の二日前。土曜の午前と午後には、大いなる恐れと憎しみの対象たるライバルのキャンプ・スキャティコがここキャンプ・パラダイスを訪れてバスケットと野球のダブルヘッダーが行なわれ、これをパラダイスの両親たちが観戦する予定だった。ノースリーブのコットンドレスを着たぽっちゃり型の女の人、バミューダパンツをはいたずんぐりした男の人、タイトで短めのスラックスにピンヒールをはいた粋な——あるいはかつて粋だった——女性、髪が薄くなりかけ白いビジネスシャツの袖を肱までまくり上げた男の人。この夏最大のスポーツデイであり、夜は一九二九年のマルクス兄弟映画第一作の元となった芝居『ココナッツ』の上演。奇怪にも（だが実はぴったりなのだが）キャンプじゅうハーポで通っているノアがグルーチョの役を振られた（マルクス兄弟はグルーチョ、チコ、ハーポの三人が中心）。言われてみればノアこそまさに適役。ファーガソンとしても自分が参加するあさっての二試合はむろん楽しみだったが、鼻の下にドーランで口ひげを描いたとこが、右手の中指と薬指で葉巻を挟んで舞台の上を闊歩しグルーチョ・ウォークを披露するのを見るのも待ち遠しかった。盛り沢山の一日に、みんなの期待は募る一方だった。キャンプ・パラダイスがバスケットで負けるのはほぼ間違いないので（十日前にキャンプ・スキャティコへ遠征したときもコテンパンにやられた）、ビル・ラパポートは何としてでも野球でふたたび勝とうと、ここ数日少年たちに厳しい練習を強いていて、バント、カットオフ、走者を塁に釘付けにする、といった基本プレーを徹底的に反復させ、「体調を保つため」と称して腕立て伏せ、腹筋、ウィンドスプリント、グラウンド一周などのきついトレーニングもやらせていた。そしてこの七月末の木曜日、この夏のキャンプで一番蒸し暑くなった日、さんざんシゴかれてファーガソンは体じゅう汗びっしょりになっていた。二時間の練習を終えてフェダマンと一緒にキャビンに歩いて帰り、キャビンに戻ったら夕食前の義務の一泳ぎをこなすべく水着に着替える。グラウンドで絞られたせいでもうくたくたで、精も根も尽きたよとフェダマンにも言い、脚がそれぞれ重さ百キロになった気分だった。普段は疲れを知らぬニューロッシェルの微積分少年ですら、僕もけっこうへばってるよと認めた。キャビンまでの道を半分歩いたあたりで、ファーガソンは昼食後の休憩時間に読み終えた本の話を始めた。ミルドレッド伯母さんが毎年送ってくる夏の読書本パッケージの中に入っていた、ナサニエル・ウエストの中篇『孤独な娘（ミス・ロンリーハーツ）』。ミス・ロンリーハーツっていうのは実は男で、恋に悩む人たち相手の人生相談コラムを女性の声で書いてる新聞記者なんだ、とファーガソンが説明しはじめたところで、フェダマンから小さな、こもった音が出てくるのが聞こえた。あと言ったような音がして、ファーガソンがくるっと右を向いて友の方を見てみると、フェダマンが眩暈（めまい）にでも襲われたかのようにふらついているのが見え、どうしたんだい、とファーガソンが訊く間もなく、その膝がくずおれ、体全体がゆっくりと倒れた。

ふざけてるんだ、とファーガソンは思った。二人でさんざん疲れたという話をしたから、ここはいっちょう、蒸し暑い夏の日々に運動しすぎた結果を滑稽に実演してみせようと思い立ったんだ、そう思ったのである。だが、ファーガソンが予期した笑い声はいっこうに聞こえてこなかった。そもそもアーティはふざけたりする人間ではない。かがみ込んで友の顔を見てみると、目が開いても閉じてもおらず半分開いて半分閉じ白目だけが見えていて、まるで目が転がって頭の中に入ってしまったみたいなのでファーガソンは愕然とした。卒倒したのかと思って、指でフェダマンの頬をとんとん叩いてみて、次にぎゅっとつねりながら、起きろよ、と言ってみたが、どう見てもちょっと叩いたりつねったりでは起きそうになく、フェダマンは何の反応も示さず、肩を揺すぶっても頭が力なく前後に揺れるばかりで、だらんとした瞼はいっこうに開かず閉じず、わずかにはためいて命の兆候を見せることもなく、ファーガソンは本気で怖くなってきて、フェダマンの胸に耳を当て、心臓の音を聞こう、肺に空気が出入りして胸郭が上下に動くのを感じようとしたが、鼓動はそこになく息もなく、次の瞬間ファーガソンは立ち上がってわめき出した——助けて！ 助けて、誰か！ 誰か！ 誰か——助けてよぅ！

脳動脈瘤。それが公式の死因だと誰かが言った。コロンビア郡検屍官が自ら解剖を行ない、フェダマンの死亡証明書にその言葉を記した。脳動脈瘤。

脳（ブレーン）という言葉はむろん知っているが、動脈瘤（アニュリズム）という言葉は初めてだったので、ファーガソンはヘッドカウンセラーのオフィスに行って、本棚の一番上の棚に載っている『ウェブスター・カレッジエイト英語辞典』を引いてみた。

動脈壁に疾患があるため動脈に血がたまって拡張する恒久的な異常。

キャンプ・スキャティコとの対抗戦は当面中止された。マルクス兄弟コメディは翌月に延期された。日曜朝の家族合唱会はカレンダーから抹消された。

木曜の夕食後、大納屋（ザ・ビッグ・バーン）で全キャンプ集会が開かれ、半分の参加者が泣いていた。泣いている中には、フェダマンのことを全然知らなかった子も大勢いた。ヘッドカウンセラーのジャック・フェルドマンはみんなに、神のなさることは不可知であり人間の理解を超えていると語った。

ビル・ラパポートは自分を責めた。厳しくやりすぎたんだ、あの耐えがたい暑さと湿気の中で苛酷な練習を強いてみんなを危険にさらしてしまったんだ、とビルはファーガソンに言った。俺はいったい何を考えていたんだ？ ファーガソンは辞書に載っていた言葉を思い出していた。疾患、血がたまって、恒久的……異常。違うよビル、どのみちいずれああなったんだ、アーティは時限爆弾を頭に入れて生きてたんだよ、とファーガソンは言った。それを誰も知らなかったんだよ——本人も、両親も、いままで診察した医者たちの誰も。生まれてからずっと時限爆弾がそこにあったことを誰にも知られず死ぬ運命だったんだ。

金曜午後の休憩時間、スピーカーから彼の名前がアナウンスされた。アーチー・ファーガソン、とキャンプ事務係の声が言った。アーチー・ファーガソン、本部に来てください。電話がかかってきています。

母親からだった。恐ろしいことね、アーチー、と母は言った。あの子がほんとに気の毒だわ、それにあんたのことも……みんなのことが。

恐ろしいだけじゃないよ、最悪の出来事だよ、とファーガソンは言った。こんなひどいこと、初めてだよ。

電話の向こう側で長い沈黙が続き、それから母親が、アーティのお母さんからたったいま電話があったのよ、と言った。むろん予想外の電話であり、むろん非常に辛い電話だったが、用件はただひとつ、日曜日にニューロッシェルで行なう葬儀にファーガソンを招きたいという——もしキャンプを離れる許可が取れて、来てくれる気があるなら。

訳がわからないよ、とファーガソンは言った。ほかは誰も呼ばれてないんだよ。どうして僕が？

母が言うには、ミセス・フェダマンは息子がキャンプから送ってきた手紙を何度も何度も読み返していて、そのほとんど全部にファーガソンの名前が、時には三、四段落の中で数回出てくるのだという。**アーチーは僕の一番の親友なんだ**、と母親は電話で聞かされた一節をそのままくり返して言った。**いままでで一番の親友だよ。**そしてまた——**アーチーはほんとにいい奴だよ、そばにいるだけで楽しくなる。**そしてまた——**アーチーとはほとんど兄弟みたいなんだ。**

さらにまた長い間(ま)があってから、自分でもほとんど聞き取れない小声で、僕もアーティのことそう思ってたよ、とファーガソンは言った。

それで決まりだった。両親の週末訪問は中止。代わりにファーガソンが列車に乗って午前中ニューヨークに戻り、母がグランドセントラル駅で出迎え、母の両親のアパートメントに一泊し、翌朝二人で車を走らせニューロッシェルへ向かう。緊急の事態でも準備怠りない母は、ファーガソンが葬儀で着る服も持ってくると約束してくれた。ワイシャツ、ジャケット、ネクタイ、黒い靴、黒い靴下、チャコールグレーのズボン。

母が言う。あんたそっちにいるあいだにだいぶ背が伸びたの、アーチー？

よくわからない。少しは伸びたかも。

いまある服、まだ着られるかしら。

着られないとまずい？

まあどっちでもいいかしらね。シャツのボタンが弾けてしまったら、明日新しい服を買えばいいものね。


ボタンは弾けなかったが、シャツはもう小さすぎたし、ネクタイ以外ほかも全部そうだった。三十四度の暑さの中を買い物に行くなんて、鬱陶しいことこの上ない。春から六センチ半背が伸びたというだけで、うだるように暑い街なかをえんえん歩かないといけない。でもキャンプではいているジーンズとテニスシューズで葬儀に出るわけにはいかない。というわけで母と二人でメイシーズに行き、まっとうな服を探して紳士服売場を一時間以上さまよった。最善の状況でも間違いなく世界で一番退屈な営みだし、いまはおよそ最善の状況なんかじゃない。全然気が入らず、すべて母親に任せた。シャツはこれ、ジャケットはこれ、ズボンはこれ。とはいえ、買い物の退屈も、ユダヤ教会の中でじっと座っているみじめな無力感に較べればずっとましであることをファーガソンは翌日思い知る。暑苦しい神聖な場には二百人以上の参列者がひしめいていた。アーティの両親、十二歳の妹、四人の祖父母、おばやおじ、その他もろもろの親戚、学校の同級生、幼稚園までさかのぼる先生たち、入っていたいろんなスポーツチームの友人やコーチ、家族の友人たち、家族の友人たちの友人たち、風通し皆無の部屋でそれだけの人々が煮えていて、ぎゅっとつむった目から涙が出て男も女もしくしく泣いて、男の子も女の子もしくしく泣いて、説教壇に立つラビがヘブライ語と英語の両方で祈りを唱え、キリスト教みたいにより良い場所へ旅立った云々のおとぎばなしはいっさいなし、この人たちはユダヤ人なのだ、度しがたい頑なユダヤ人なのだ、彼らにはこの世しかない、この場所しかない、この人生この地上だけ、死と向きあう唯一のやり方は神を讃えること、たとえ死が十四歳の少年に起きたとしても神の力を讃えること、頭から目玉が転げ落ち体から金玉が転げ落ち体内で心臓が萎みきるまで讃えて讃えて讃えまくるのだ。

墓地で棺が地中に降ろされている最中、アーティの父親が息子の墓の中に飛び込もうとした。引きとどめるには男四人の力を要し、父親が身を振りほどきもう一度飛び込もうとしたところで、四人のうち一番大柄の男（父親の弟だった）がヘッドロックをかけて地面に押さえつけた。

埋葬が済んで自宅に戻ると、アーティの母親が――背の高い、脚も腰も太い女性だった——ファーガソンの体に両腕を回し、あなたはいつまでも私たち家族の一員だと言った。

その後二時間、ファーガソンはリビングルームのソファに座って、アーティの妹シーリアと話していた。僕がこれからは君のお兄さんだよ、生きている限りずっと君のお兄さんだよ、とシーリアに言いたかったが、その言葉を口から出す勇気が出なかった。

夏が終わって新しい学年が始まり、九月なかばにファーガソンは短篇小説を書きはじめ、それがだんだん膨らんでいって、感謝祭前に書き上がったころには相当な長さになっていた。二人のAFをめぐるジョークならざるジョークが発想の源なんじゃないかという気がしたが、確かなことはわからない。何しろ、すっかり出来上がったアイデアがいきなり湧いてきたのだ。とはいえ、何らかの形でフェダマンもそこに入っていることは間違いない。いまやフェダマンはつねにファーガソンとともに在り、これからもずっとそうなのだ。アーチーとアーティ、初めはその名を使いたい誘惑に駆られたが、結局主人公二人はハンクとフランクにした。母音二つとも同じであるペアの代わりに、終わりが韻を踏むペアを選んだわけだが、とにかく生涯続くペアであることに変わりはない。この場合それは靴のペアであり、タイトルもそれで決まった。「靴底の友」(Sole Mates =「魂の友」[Soul Mates]とまったく同じ音)。

ハンクとフランク、左の靴と右の靴。彼らは自分たちが製造された工場で出会う。流れ作業ラインの最後尾にいる人物によって、たまたま同じ靴箱に放り込まれるのだ。頑丈で造りもいい、世にブローガンの名で知られる、紐で締める茶色い革靴で、性格は若干違うものの(ハンクは心配性で内省的、フランクはぶっきらぼうで怖いもの知らず)、たとえばローレルとハーディ、ヘックルとジェックル、アボットとコステロのように違うわけではなく、おそらくファーガソンとフェダマンの違い方に近い。決して同じではないが、同じ莢から出た二つの豆。

どちらも箱の中にいることを喜んでいない。この時点ではまだたがいを知らないし、箱の中は暗くて風通しが悪い上、ぎゅうぎゅうに、たがいにひどく気まずく触れあう形で詰め込まれたため、初めのうちは敵意と諍いがあるばかり。が、やがてフランクがハンクに、まあ落着けよ、そうカッカするな、俺たち一緒にここにいるしかないんだから、と諭すと、悪しき状況を精いっぱいいい方に考えるほかないことをハンクも理解し、間違った足に履いちまって悪かったよ、と謝る(having gotten them on the wrong foot =「自分たちを不都合な状況に置いてしまって」の意)が、それって可笑しいのかい? とフランクは訊き(つまり全然可笑しいと思えなかったのである）、するとハンクは声を落とした、きつい南部訛りで答える――そう思いたいぜ、ブローガン兄弟よ（Ah shoe〔=I sure〕hope so, brothuh〔=brother〕brogan）。笑えることなかったら、こんな人生やってられんだろ？

　ハンクとフランクを入れた箱はトラックに載せられニューヨーク・シティに運ばれて、マディソン・アベニューのフローシャイム靴店の裏の倉庫に行きつく。棚に積み上げられた、売られるのを待っている何百もの箱がこうしてまたひとつ増える。それが彼らを待つ運命だ――売られること、サイズ11の足の男によって箱から出され裏の倉庫に二度と戻ってこないこと。そしてハンクとフランクは早く人生を始めたくてうずうずしている。主人と一緒に外を歩くのが待ち遠しい。フランクは自信満々、自分たちがすぐにでも売れると思っている。俺たちはごく普通の靴なんだ、と彼はハンクに言う。エナメル革のドレスシューズとかサンタクロースの上靴とか、フリースが内側に入ったスノーブーツとかいった珍しい品じゃない。一番需要の多い普通の靴なんだから、この冴えない臭い箱ともじきおさらばできるさ。まあそうかもしれない、とハンクは答える。だけどさフランク、確率や統計を言うんだったら、11っていう数字も考えないと。サイズ11ってのが心配なんだよ。平均よりずっと大きいだろ、ミスタ・ビッグフットが店に来て、サイズ11を履いてみたいって言うまでどれくらい待つかわからないぜ。8か9ならよかったのにな、たいていの男はそのへんを履くわけで、そっちの方がずっと早く売れる。大きけりゃ大きいほど時間がかかる。で、サイズ11っていうのはすごく大きい。

　12か13じゃなかったことを有難く思うさ、とフランクが言う。

　思ってるさ、とハンクが言う。6じゃないことも有難い。でも11であることは有難くないね。

　棚に三日三晩とどまり、陰々滅々たる思いで、いつどうやって救出されるのか、そもそも本当に救出されるのかをめぐって疑念と狂おしい計算とが続いたのち、翌朝ついに店員が入ってきて、山の中から彼らの箱を引き出し、店の表側に運んでいく。客が現われたのだ！　店員が箱の蓋を開けて、世界の光に照らされた瞬間、ハンクとフランクの体は悦びに疼く。大いなる恍惚が靴紐の先端まで拡がっていく。工員に箱の中に入れられて以来初めて、彼らはふたたび見ることができる。そしていま、店員が彼らを箱から出し、椅子に座った客の前の床に置くと、フランクがハンクに、いよいよ仕事だぜと言い、ああ、だといいなとハンクが答える。

（注　物語のいかなる時点でも、どうやって靴が喋れるのかという問いにファーガソンは触れない。紐で縛る靴にはみなべろがあるという事実も活用しない。もしこれが問題だとしても、彼はその問題を考えないことによって解決するのだ。もっとも、ハンクとフランクが喋る言葉はどうやら人間には聞こえず、彼らはいつでもどこでも好きなときに会話し、話を聞かれるのではという――少なくとも生きた人間に聞かれるのではという――心配をまったくしていない。だがほかの靴たちがいるところでは、それなりに用心しないといけない。この物語の中の靴はみんな靴語を喋るのだ。まず何人かに読んでもらったが、誰一人この馬鹿げた架空の言語に異を唱えなかった。誰もがこれを、物語に許される奇想として受け入れたのだ。が、ハンクとフランクに見る力まで与えたのはやり過ぎだという意見もあった。靴は盲目だよ、誰だって知ってるさ、いったいどうやって靴にものが見える？　と一人は言った。十四歳の著者は一瞬絶句し、それから肩をすくめて、**紐を通す穴（アイレッツ）で見るんだよ、決まってるだろ**、と答えた。）

　客は大男である。胴回りも相当の巨漢で、くるぶしは腫れ上がり、べっとり湿った青白い肌は糖尿病か心臓病を抱えているのかもしれない。理想的な主人とは言いがたいかもしれないが、過去三日間ハンクとフランクが何度も言い聞かせあってきたとおり、靴は選べない。誰であれ買ってくれる人間の意志に従うしかない。自分たちの仕事は足を護ること、どんな状況であってもどんな足であってもそれを護ることであり、足の持ち主が狂者だろうが聖者だろうがとことん主人の望みに従って仕事を遂行せねばならない。とはいえ、これは作られて間もないブローガンたちにとって重要な瞬間である。彼らはまだ若く、体も黒光りし、牛革の表面はぴんと張り靴底もまだ全然傷んでいない。いまこそ十全に機能する靴としての生に乗り出さんとしているのだ。店員が客の左足にハンクを滑り込ませ、それから右足にフランクを滑り込ませると、彼らは快楽のうめきを漏らす。何という驚き、自分の中に足が入ってくることがこんなにも気持ちがいいとは。それから靴紐が結ばれ、しっかり小綺麗な蝶結びにまとめられるとともに、何たる奇跡か、快楽はいっそう高まる。

　ぴったりみたいですね、と店員が客に言う。鏡でご覧になります？

　こうしてハンクとフランクは、生まれて初めて自分たちが一緒の姿を見ることができる。太った男が鏡を見るのに合わせて、自分たちも鏡を見るのだ。俺たち格好いいペアじゃないか、とフランクは言い、今度ばかりはハンクも同意する。史上最高のブローガンだよな、と彼は言う。シェークスピアなら靴の国の王たちとでも言ったんじゃないか。

　だが、ハンクとフランクが鏡に映った自分たちの姿をほれぼれと眺めていると、太った男が首を横に振りはじめる。どうかなあ、と彼は店員に言う。ちょっとごつすぎるんじゃないか。

　お客様のように恰幅がいい方は靴も頑丈でないと、と、店員は相手の気分を害さぬようソツなく言ってのける。

　そりゃもちろんそうさ、と太った男は呟く。けどだからといって、ドタ靴履いて歩き回らんといけないってことにはならんだろうが。

　古典的な靴ですよ、と店員が素っ気なく言う。

　おまわり靴だよ。俺にはそう見える、と太った男は言う。私服警官が履く靴だ。

　かなりの間を置いてから、店員はえへんと咳払いし、何かほかの靴、お試しになります？　ウィングチップとか？

　うん、ウィングチップがいい、と客も頷く。その言葉が出てこなかったんだ。ブローガンじゃなくて、ウィングチップ。

　ハンクとフランクは箱の中に戻され、次の瞬間見えない両手によって床から持ち上げられ、裏の部屋に持ち帰られて、いまだ売れていない者たちの列に逆戻りする。ハンクは怒り心頭に発している。太った男の言葉に憤慨し、ごつすぎる、ドタ靴、をこの一時間でもう四十三回吐き出している。フランクがとうとう口を開き、もうやめてくれよと訴える。わからないか、俺たちすごいラッキーだったんだぜ、とフランクは言う。あの男はただの阿呆じゃなかったぞ、肥満の阿呆だったんだ。あんな体重しょい込むなんて最悪じゃないか。あのデブちん、まあ一三〇キロまでは行かんだろうが、一一五、一二〇は余裕で行ってたぞ。あんな大山に乗っかられて一日じゅう歩いてたら、どれだけ身がすり減ると思う？　俺たちじわじわ潰れて、歪んで、ろくに生きるチャンスもないうちに力尽きてお払い箱さ。そりゃあフェザー級でサイズ11ってわけにはいかんだろうけど、少なくともスマートに引き締まった人間、整然と軽やかに歩く人間なら十分期待できる。よたよたどすどす歩く人間には俺たち勿体ないのさ、ハンク。最高の人間が履くべきなんだ、何てったって古典的な靴なんだから。

　その後の三日間でさらに二回、チャンスは生じるが結果は出ない。一度はニアミス（相手も大いに気に入ってくれたが、サイズは10½だと判明した）、もう一人は初めから論外（陰険な顔で巨体のティーンエージャーが、こんな不細工なデカ靴履かせんのかよぉ、と母親をあざけった）。かくして待機は続き、その何とも気の滅入る単調さに、ひょっとして俺たち永遠にこの棚にとどまる運命なんだろうかと思えてくる。誰にも求められず、流行に遅れて、忘れられてしまうのか。そして、デカ靴の侮辱から三日経ち、いっさいの希望が胸から消えたころ、一人の客が店に入ってくる。アブナー・クワインなる三十歳の男で、一八〇センチ、すっきり七十五キロ、サイズ11のブローガンを探していて、しかもブローガン以外はいっさい興味がないという。というわけでハンクとフランクが棚から下ろされるのもこれで四度目、結果的にこれが最後となって、地獄と天国の中間のごとき黒い靴箱の中での落着かぬ一週間も終わりを告げる。彼らの中に足を突っ込み、試しに店内を歩いてみたアブナー・クワインは、これはいい、こういうのが欲しかったんだと店員に言う。靴底の友らはついに主人に出会ったのである。

クワインが実は警察官だと判明することは問題だろうか？　長い目で見れば、否、である。とはいえ、何しろあのデブの客におまわりの靴と片付けられた直後だけに、どうもいまひとつ愉快ではない。偶然を笑う気にはなれず、傷つき、戸惑ってしまうのだ。もしブローガンがほんとに根っからおまわりの靴なんだったら、俺たち初めからずっと、警察の人間に履かれる運命だったのか。世にはびこる物語でさんざんコケにされる「ポリ公」に好まれる靴ということは、彼ら自身、ポリ公的なるものを具現しているのであって、だとすれば彼らにもどこかコケにされてしかるべきところがあるにちがいない。

事実を見据えよう、とハンクが言う。俺たちはタキシードやら街でのワイルドな夜なんてものに向いちゃいない。

どうもそうらしいな、とフランクが応える。でも俺たちは頑丈で頼りになる。

二台の戦車みたいに。

だいたいスポーツカーなんて、誰がなりたい？

おまわり靴、フランク。それが俺たちなんだよ。下の下の靴。

でも俺たちのおまわりを見ろよ、ハンク。ずいぶん見栄えがする男じゃないか。で、その男が俺たちを欲しいと言ってる。下だろうが上だろうが、俺たちを求めてくれてる。俺にはそれで十分だね。

タフで歩くのも速いアブナー・クワインは、最近刑事の地位に昇進したばかりである。警棒をはじめパトロール警官の持ち物一式を手放して、代わりにビジネススーツ二着（冬用のウール、夏用の薄手で速乾性）を新調し、フローシャイムで値の張る靴（ハンクとフランク！）を奮発して購入し一年じゅうどんな天気でも履いて回る気でいる。クワインはヘルズ・キッチンにある小さなワンルーム・アパートに住んでいる。一九六一年のいま、最良の界隈とは言いがたいが（ヘルズ・キッチンはマンハッタンのミッドタウン西側の一画で、二十世紀末まではアメリカでもっとも危険な地域と言われた）、家賃は安いし、勤務先の警察署までほんの四ブロック。アパートの中は清潔とは言いかねることも多いが（この刑事、家事にはほとんど興味がないのだ）、その割に靴はきちんと手入れしてくれることにハンクもフランクも感じ入る。歳はまだ若いが、彼らの主人は古風な人間であり、敬意を以て靴を扱い、夜はきちんと丁寧に紐を解いてベッドのかたわらの床に置き、蹴って脱いだりクローゼットに閉じ込めたりはしない。靴は勤務中でなくともつねに主人のそばにいたいと思うものだし、紐をほどかずに蹴って脱いだりすれば、長いあいだに全体の形が大きく損なわれてしまいかねない。担当の事件（主として強盗）に関わっている最中のクワインは概して忙しく気もそぞろだが、それでも、靴のどちらかに何かが落ちると、鳩が落とす白い撥ねであれケチャップの赤い塊であれ、右前のポケットにいつも入れているティッシュを取り出してさっと拭き取ってくれる。何よりいいのは、クワインが主たる聞き込み相手と話しにたびたびペン・ステーションに足を運ぶことである。相手はモスという名の老いた黒人で、駅のメインホールで靴磨きをやっているのだ。モスから最新の情報を仕入れようとどかっと椅子に座り込むとき、クワインはたいてい、真の目的を隠そうと、靴を磨いてくれと頼む。まさしく一石二鳥、仕事も進むし靴の手入れにもなり、ハンクとフランクが恩恵を被るというわけだ。モスは腕も確かで、誰より手は速くて機敏、この男に布でこすってもらってブラシでマッサージしてもらうのはハンクとフランクのような日常的な靴にとって何ものにも優る快楽、靴的官能の奥底への恍惚の飛び込みにほかならない。モスの確かな手で磨かれ、撫でられた彼らはいまやピカピカ、防水も施され、どこへ出ても胸を張れる。

というわけで、いい暮らしである。望みうるほぼ最良の暮らしである。とはいえ、「いい」を「楽」と勘違いしてはならない。どれほど望ましい状況であっても、重労働は靴の宿命であり、特にニューヨークのような場所では、靴底が何か月ものあいだ、ほんの一房の芝も、ごく小さな一画の柔らかい土も踏まずに過ぎることさえありうる。暑さ寒さも極端で、革製品の長期的な健康に大きな害を及ぼしかねず、雨も降れば雪も降り、うっかり水たまりや雪だまりに足がつっ込まれてしまうこともあるし、何度も水を浴びたり水に浸ったり、悪天候によって被る屈辱からはどうにも逃れようがない。実はその多くは、細心なる主人クワインがよりいっそう細心であれば避けられるのだろうが、彼は雨靴だのオーバーシューズだのを信奉する人物ではなく、ひどい吹雪でもスノーブーツなぞには目もくれず、いついかなる時も、耐えがたきを耐えるブローガンのペアとともに過ごすことを選ぶ。ハンクとフランクは信頼してもらえることを光栄に思うと同時に、その無思慮ぶりに苛立ちもする。

いい、街を回る。来る日も来る日も、クワインがやるのはそれであり、ゆえにハンクとフランクがやるのもそれである。革とアスファルトの絶え間ない、まさに身を削られる相互作用によってかかとも靴底も消耗していくことに何か慰めがあるとすれば、靴同士つねに一緒にやっているということ、兄弟でひとつの運命を共有していることである。だが大方の兄弟と同じく、彼らにも不和と膨れっ面の瞬間があり、言い争い、感情の爆発も生じる。一人の男の体に付属してはいても、彼らは二つなのであり、その体と結ぶ関係は少しずつ違っている。クワインの左足と右足はいつも同時に同じことをやっているわけではない。たとえば、椅子に座るとき。左利きの人物の常として、クワインも左脚を右脚の上に組む方が、右脚を左脚の上に組むよりはるかに多い。そして何が快感かといって、わが身が宙に持ち上げられ、しばし地面や床を離れて靴裏が世界にさらされる感触ほど気持ちよいこともほかにない。左の靴はハンクだから、この経験も彼の方がフランクより頻繁に享受することになり、ゆえにフランクはある種の恨めしさをハンクに対して感じている。フランクはたいていの場合それを抑えつけようと努めているが、時にはハンクが、持ち上げられてあまりに気持ちがいいものだからついそれを見せつけたくなって、主人の右膝の右側からぶら下がりながら高らかに笑い、フランクを見下ろしてよう、下の天気はどうだい、フランキー？　などと口走ってしまう。さすがのフランクもこれには決まって冷静さを失い、うるせえ、下らねえこと訊くな、と言い返す。だが同時に、左利きの男の左足の靴であるハンクをフランクが憐れむことも少なくない。なぜならクワインはたいていの場合左足から第一歩を踏み出すのであり、雨や雪の日に赤信号で止まっているときなど、道路を渡ろうと踏み出す第一歩はつねにもっとも危険であって、車道と歩道のあいだの溝を越えるのは往々にして破滅的な営みなのだ。いったいこれまで何度、フランクは少しも濡れていないのにハンクの方は水たまりにどっぷり浸かり、半溶けの雪のぐじょぐじょの山に埋もれたことか。兄弟が屈辱を味わい溺れかけるのを見て、フランクとしても面と向かって笑ったりすることはめったにないが、とりわけ拗ねた気分のときなど、つい自分を抑えきれなかったりもする。

　まあしかし、そうやって時おり小競りあいや気持ちの行き違いはあっても、彼らはいまや無二の親友であり、主人の相棒が履いているブローガン（エドとフレッドなる不機嫌二人組。ファーガソンの物語に出てくる二人組の名はすべて韻を踏むのだ）を見るたび、アブナー・クワインのようなきちんとした主人に仕えていて本当によかったとつくづく思う。これがもし、クワインの同僚、ウォルター・ベントンのようなごろつきだったらとんでもない。この男、取調室で容疑者を殴ったり、彼らの背中を靴で蹴っているときが一番楽しそうなのだ。エドとフレッドは、長年そういう汚れ仕事をくり返しやらされてきたせいで、いまでは自分たちまで残忍な性分になって、何とも底意地の悪い下卑たペアに堕してしまっている。世界をとことん嫌悪し、何ものにも価値を見出さず、もうたがいに一年以上口を利いていない。仲が悪いからではなく、わざわざ話す気になることなど何もないからだ。おまけに、エドとフレッドは崩壊しかけている。ベントンは愚かな主人である上に面倒見の悪い主人でもあって、靴のかかとが両方ともすり減っても取り替えようとせず、エドの靴裏に広がりかけている穴についても何ら手を打っていないし、フレッドの爪先の革に生じてきているひび割れについても然り。ハンクとフランクがこの下司下劣コンビ（ハンクの命名）を知ってきた間ずっと、一度も磨いてもらったことがない。それに較べて、ハンクとフランクは週に二度磨いてもらえるし、主人に仕えてきた二年のあいだに、かかとは四回、底は二回取り替えてもらった。気持ちだっていまだに若い。エドとフレッドは、仕事を始めたのが半年早いだけなのに、すでに老いている。とことん老いて、もう寿命も尽きかけ、じきお払い箱になりそうな有様なのだ。

ハンクとフランクは仕事靴であるから、主人がご婦人方と出かけるときに同行することはめったにない。愛の探求にはブローガンのような地味で実際的な靴とは違うものが必要なのであり、かくして彼らは、アイレットの三つ付いたドレスシューズか、黒いワニ革のスリップオンに場所を譲ることになる。二人にとってそれはつねに失望の種だ。闇に置き去りにされるのが怖いからだけではない。家に帰る時間がなくて仕事から直行したときなど、クワインの愛の外出に彼らは何度かお伴したことがあって、それがどれほど楽しいかを知っているのだ。特に主人が女性のベッドで夜を過ごすときはもう最高で、ハンクとフランクもそのベッドのかたわらの床で夜を過ごすことになり、女性の住むアパートなのだから女物の靴もそこにいて、しかもたいていの場合すぐそばにいるわけで、初めてそうなったときには赤いサテンのハイヒールの素敵なペア、フローラとノーラと一緒に過ごし、四人でお喋りしたり歌を歌ったりして本当ににぎやかですごく楽しかったし、それ以後もいろんな女性のアパートで夜を過ごして、主人がアリスと呼んだりダーリンと呼んだりする大柄のブロンド女性の住むグレニッチ・ストリートの部屋に行ったときなど、黒いパンプスのリーアとミーア、そしてペニーローファーのモリーとドリー相手にそれはもうとことん盛り上がった。ハンクとフランクの主人が服を脱いで素っ裸になったのを見て彼女たちはキャーキャー騒いでケラケラ笑い、自分たちの女主人の豊満な胸が愛の疼きゆえ上下に跳ねるのを目を皿にして見入った。本当に輝かしい時間だった。汗臭い犯罪者や黒い法服の裁判官から成る冴えない世界とは大違いのきらめき。そういう機会がごくたまにしか訪れないからこそ、ハンクとフランクにとってはいっそう貴重なのだった。

何か月かが経つなか、アリスが本命であることが次第に明らかになってくる。主人はほかの女たちに会わなくなったばかりか、空いた時間の大半はアリスと、愛するダーリンと過ごし、彼女はまたたく間に、天使（エンジェル）、恋人（スウィートハート）、ゴージャス、モンキーフェイス等々さらにいくつもの名前を獲得する。これぞ親密さがいや増しに増している証しであり、やがてそれが五月後半、不可避の瞬間に結実する。セントラル・パークのベンチにアリスと二人で座ったクワインは、ついに決定的な問いを口にするのだ。この日は平日なのでハンクとフランクもこのプロポーズの現場に居合わせ、アリスが優しい声で**あんたを幸せにするためなら何でもするわ**と答えるのを聞いて大いに意を強くする。この二人が幸せになるなら、自分たちも幸せになるということではないか。いままで同様、よき日々が続くのだ。

　だが、結婚がすべてを変えてしまうということがハンクとフランクには理解できていない。単に二人の人間が一緒に暮らすと決める、というだけの話ではない。一人のパートナーの意志と、もう一人のパートナーの意志がぶつかり合う、長い苦闘の始まりなのであり、この二人の場合、夫が上位に立っているように見えることが多いけれども、究極的にすべてを操っているのは妻だ。新婚夫婦はヘルズ・キッチン、グレニッチ・ヴィレッジそれぞれのアパートを出て、西二十五丁目にもっと大きくて快適な住居を構える。アリスは地方検事秘書の仕事を辞めて家事に専念し、買おうとしている新しいカーテン、リビングルームに敷こうと思っている新しい絨毯、ダイニングルームのテーブルに合わせようかと夢想している新しい椅子等々についてつねに夫の意見を聞くものの、クワインの答えはいつも同じである。**何でも君の好きなようにしなよ、ベイブ、君が決めればいい**。要するにすべての決定はアリスが下す。べつに構わないさ、とハンクとフランクは考える。ねぐらに帰ればアリスがボスかもしれんけど、昼間はいまも俺たちがご主人と一緒に過ごすんだから。一緒に悪者を探して街を回り、取調室で容疑者を絞り、法廷で証言しに裁判所へ行き、電話で手掛かりをたどり、報告書をタイプし、逃げようとする馬鹿な悪党がいたら路地裏を疾走し、週に二度磨いてもらいにペン・ステーションのモスの許へ赴く。そしてエドとフレッドはすでにお払い箱になったので新しい相棒が現われたが、ネッドとテッドなるこのペア、えらく無愛想だが、まあこないだまでの下司下劣コンビよりはだいぶましだ。というわけで、いろんなことが変わってはいても基本は同じであり、ひょっとしたら前より若干よくなっているくらいだ——少なくともハンクとフランクはそう思っている。が、彼らにわかっていないこと、これでいいんだと決めているせいで見えていないことは、甘い声のアリスがひとつの使命を自らに課していて、夫の生活を向上させるという目標はカーテンや絨毯にとどまるものではないということだ。結婚式から三か月と経たないうちに、服装の領域まで彼女は侵入してきて、とりわけ仕事で着る服についてロを出すようになる。こんな服じゃあいずれ署長になる人には地味でみすぼらしすぎるわよと主張し、クワインも初めはいくぶん抵抗して、いやこのスーツで十分さ、俺のやるたぐいの仕事には十分すぎるくらいだよと言い返すが、アリスはさらに、あんたほんとに男前だもの、最高の服着たら無茶苦茶格好いいわよ、などとおだてて夫の抵抗を突き崩していく。クワインとしてはそう褒められて嬉しくもあり鬱陶しくもあり、金は木に生りやしないぜ、とパッとしないジョークでかわそうとするが、自分がもはや戦いに負けたことは内心承知している。次の休日、彼はしぶしぶ妻にくっついてマディソン・アベニューの紳士服店に出かけ、結果として衣裳だんすに新しいスーツ二着、ワイシャツ四枚、流行のほっそりしたネクタイ六本が並ぶことになる。三日後の朝、クワインが出勤しようと新しいスーツの一方を着ると、アリスは満面の笑みを浮かべ、あんたほんとに貫禄たっぷりだわと褒めるが、それにクワインが答える間もなく、彼女は夫の足下に目を向け、その靴もどうにかしないとね、と言う。

この靴で何が悪い？　とクワインはいくぶん苛立ちを見せながら言う。

ううん、悪いってわけじゃないけど、とアリスは言う。ただ単に、古いのよ。スーツとも合ってないし。

冗談じゃないぜ。これはいままで履いた中で最高の靴なんだ。昇進した翌日にフローシャイムで買って、以来ずっと履いてるんだ。これは俺のラッキー・シューズなんだよ、エンジェル。仕事に三年履いていて一発も撃たれてないし、顔に一度もパンチを喰らってないし、体じゅうどこにもあざひとつ出来てないんだ。

だからそういうことよ、アブナー。三年っていうのは長い時間よ。

こういうブローガンには長くないさ。まだ十分足になじんでないくらいだよ。

アリスは唇をすぼめ、首を傾け、戯れるようにあごを撫でる。哲学者の厳めしく超然とした態度で靴を値踏みしている。長い間を置いた末に、彼女は言う。

ごつすぎるのよ。そのスーツでせっかくひとかどの人物に見えるのに、靴のせいでおまわりみたいに見えるのよ。

だって俺はおまわりなんだぜ。警察の人間なんだよ。

おまわりだからって、おまわりみたいに見えなきゃいけないってことはないのよ。その靴でバレちゃうのよ、アブナー。あんたが部屋に入ってきたとたんみんな思うのよ、おまわりが来たなって。ちゃんとした靴履けば、全然そう見えないのよ。

ハンクとフランクは主人が口を開いて自分たちの味方をしてくれるのを、彼らを擁護してさらに二言三言言ってくれるのを待つが、クワインは何も言わず、アリスの最後の一言に意味不明なうなり声を返すだけで、次の瞬間にはもう、アパートメントの玄関に向かって歩き出し、ハンクとフランクも一緒に仕事に出かける。その日はいままでと変わらぬ一日であり、次の日もやはり同じで、アリスとの会話が心配だったけれど杞憂だったかも、とハンクとフランクは気を取り直しかける。アリスは彼らのことをずいぶん厳しく評価したが、クワインは全然同感していないのではないか、この不愉快な一件もいずれ通りがかりの雲のように消えてくれるのではないか。やがて土曜日が訪れる。警察の仕事は休みであり、クワインは彼らの新たな敵たる出しゃばりで独善的なアリスとともに、週末用のローファーを履いて出かけていく。ベッドのかたわらに立って夫妻の帰りを待つハンクとフランクは、過去三年間あれだけ忠誠を尽くしてきた男にじき裏切られることになるとは夢にも思っていない。夕方近くに主人が帰ってきて新しいオックスフォード・シューズを履いてみるのを見た瞬間、ハンクとフランクは自分たちが追い出され打ち捨てられたことを、この家庭を乗っ取った成り上がりの政権によって追放されたことを悟る。抗議の手立てはなく、申し立てを行ない自分たちの側の事情を訴える法廷もありはせず、彼らの生はあっさり終わる。俗に結婚と称される宮廷クーデターによって、抹殺されてしまうのだ。

どう思う？　とクワインはオックスフォードの靴紐を結び終えてベッドから立ち上がりながらアリスに訊く。

素敵よ、とアリスは言う。最高に最高よ、アブナー。

クワインが室内を歩き回り、この新たな仕事のお伴たちの弾力と感触に足を慣らしていると、アリスがハンクとフランクを指差し、この古靴、どうする？　と訊く。

どうかなあ。クローゼットに入れておくか。

捨てなくていいの？

いや、クローゼットに入れてくれ。またいつ必要になるかわからんから。

　というわけでハンクとフランクはアリスの手でクローゼットに入れられる。主人の最後の言葉に、いつかまたお務めに呼び戻されるかもしれないと望みを抱くものの、何の変化もないまま数か月が過ぎていき、彼らはじわじわと、もう主人の足は二度と自分たちの中に入ってこないのだと思い知る。引退を強いられたことを両者とも憤り、クローゼットに入れられた最初の数週間、自分たちが受けた残酷な仕打ちを嘆き、主人とその妻を糾弾する罵詈雑言をえんえんわめき散らす。むろんいくらうめき、憤っても何の足しにもならない。彼らの身に埃が積もっていき、クローゼットがいまや自分たちの世界であって、捨てられる日が来るまでここを去りはしないことが見えてくるにつれて、彼らは不満を口にするのもやめて、過去を語りあうようになる。現在の悲惨をくよくよ考えるより、過ぎた日々を想う方がいい。自分たちがまだ若くて元気一杯で世界に居場所があったときに主人とともに体験した冒険を思い出すのは何とも快かったし、彼らを包んでいた天候や、この地球という惑星の刻々変動する空気の中に出ていたことから生じた無数の知覚を思い起こすのは本当に気持ちがよかった。人間の大いなる生に属することによって、自分たちにも目的が与えられているという意識。さらに何か月かが過ぎ、彼らの回想も次第に終わりに近づいていく。いまではもう喋るのも難儀だし、思い出すのも一苦労だ。ハンクとフランクが老いてきたというのではない。それは、彼らが打ち捨てられたからだ。もはや世話をしてもらえない靴は急速に衰えるのであり、磨いてもらえなければ外側は乾いてひびが入ってしまい、人間の足が入ってこなくなって、柔らかさ、しなやかさを保つのに必要な脂と汗を与えてもらえなくなると、内側も硬くなってしまうのだ。少しずつ、だが着実に、捨てられた靴は木の塊に似てくる。そして木とは考えることも喋ることも思い出すこともできない物質であって、いまや木の塊二つに似ているハンクとフランクはほとんど昏睡状態に陥り、黒い虚空と、ほとんど揺れもしない蠟燭の炎とから成る影の世界に生きていて、長い幽閉のせいで体が感じる力もすっかり衰え、クワイン夫妻の三歳の息子ティモシーがある日の午後彼らの中に足を突っ込んでケラケラ笑いながらアパートメント内を歩き回ってもいっさい何も感じない。息子の小さな両足が巨大な昏睡状態の靴の中に入っているのを見て、母親もやはり笑い出す。あんた何やってるの、ティミー、と母は訊く。パパのふりしてるの、と息子が答えると、母親は首を横に振って眉をひそめ、だったらもっとましな靴あげるわよ、そんな履き古しのブローガンじゃ不潔よ、もう捨てなくっちゃねと言う。ハンクとフランクがもはや何も聞こえず何も感じないのは幸いと言うほかない。何しろアリスは、父親がいま使っているドレスシューズを息子に出してやってから、左手でハンクとフランクをつまみ上げて、右手をティミーの頭の上に載せ、彼を従え廊下に出て、鍵のかかっていないドアの向こうにある極小の部屋に据えつけられた焼却炉シュートの前に立つのだ。このボロッちいドタ靴のことすっかり忘れてたわ、とアリスは言いながら焼却炉シュートの扉の把手をぐいと押し、大役はあんたに任せるわと息子に言う。そうして靴を捨てる任務を課された幼きティモシー・クワインはハンクを摑み、七階下の地下のボイラーに落下させながらバイバイ、靴と言い、それからフランクを摑んで同じ操作をくり返し、バイバイ、靴という声とともにフランクも兄弟を追ってはるか下の炎の中に墜ちていく。マンハッタン島に翌日の夜明けが訪れるころにはもう、二つの靴底の友は、もはや何の形もない、赤く光を放つ燃えさしと化している。

ファーガソンはいまや九年生、一般的には高校最初の学年ということになるが、彼の場合は中学校の最終学年で、一学期に学んだ科目の中にはタイピングがあり、この選択科目がその年度に取ったどの科目より役に立った。この新たな技術をぜひ究めたいと思い、父親のところへ行って、タイプライターを買う金をせがんだ。いずれかならず必要になるのだし、いまより安くなることは絶対にないのだから、と訴えて利益の預言者を説得したのである。こうして新しい玩具が手に入った。がっしりした、優雅なデザインのスミス＝コロナ・ポータブルが、たちまち何より大切な宝物の地位を獲得した。この書く機械を、ファーガソンはどれだけ愛することになったか。丸く凹んだキーに指を押しつけ、鋼の棒の先端の文字が跳び上がって紙を打つのを見るのはどれほどいい気持ちだったか。キャリッジが左に動くのに合わせて文字が右に動いていき、それからベルがチンと鳴り、歯車がガチャガチャ音を立てて彼を下の行へ連れていき、黒い言葉が次々連なってページの底まで降りていく。本当に大人の機械、真剣な機械であり、それが自分に課してくる責任をファーガソンは喜んで受け入れた。人生はいまや真剣な営みであり、アーティ・フェダマンはつねにすぐそばにいる。大人になるべき時なのだ。

『靴底の友』の手書き第一稿を十一月初旬に完成させたころにはタイプの腕も上達していて、第二稿はスミス＝コロナで作成することができた。これにさらに手を入れて、もう一度タイプで清書すると、完成版はダブルスペースで五十二ページに達した。そんなにたくさん書いたなんて訳がわからなかった。阿呆な靴をめぐって一万五千語もひねり出したことが信じられなかったが、ひとたびアイデアが訪れたあとはどんどん次が浮かんできて、書くべき新たな状況が頭の中に満ちていったのであり、キャラクターたちの新しい側面もどんどん見えてきたのでこれも掘り下げ展開させねばならず、書き終えたときには彼の人生の二か月以上がこのプロジェクトに献げられていた。むろん書き上げたことにはそれなりの満足を感じた。これほど長い作品を作り上げたという事実だけで、十四歳の少年なら誰でも誇りに思うはずだ。けれども、これで五回目になる読み直しを行ない、最後の最後の推敲を終えても、その出来がいいのか悪いのか自分では何ともわからなかった。両親はどちらもこの物語を――そもそも人類の歴史の中で書かれたいかなる物語も――判断する力がないし、ミルドレッド伯母さんとドン伯父さんは秋学期のあいだロンドンに行っていて（伯母さんが半年の研究休暇を与えられたのだ）、したがってノアは母親と一緒に暮らしていて来年の一月まで会えず、唯一意見が信頼できそうなクラスメートに見せるのは怖かったので、結局ファーガソンは、大いに迷いつつも、一九二〇年代からずっと九年生相手に教壇に立っていて退職まであと一、二年という英語教師ミセス・ボールドウィンに見せることにした。これが賭けであることは彼も認識していた。ボールドウィン先生は、ボキャブラリーやスペリングのテストを作る技術は見事だし、センテンスの構造をどう図式化したらいいかの説明も巧みであり、文法や語法の厄介な点を解き明かすのものすごく上手なのだが、文学の趣味となると、とっくに古びた流派に属していると言うしかなく、「十九世紀アメリカ名詩選」なる授業で彼女が讃えるのはブライアントだのホイッティアーだのロングフェローだの、やたら大仰で退屈な時代遅れの連中ばかりで、ファーガソン好みの黒き眉毛のE・A・ポーはまあ一応定番の黒い鳥が入っているが（有名な詩「大鴉」のこと）、ウォルト・ホイットマンの詩はないし——下品すぎます！——エミリー・ディキンソンもいない——難解すぎます！ まあそれでも『二都物語』は教材に選んでくれて、おかげでファーガソンも初めてディケンズに文字で触れることになった（『クリスマス・キャロル』は以前映画版をテレビで観たことがあった）。むろん『二都物語』（*A Tale of Two Cities*）と来れば『二乳販売』（*A Sale of Two Titties*）ともじるのが長年の伝統であり、ファーガソンも喜んで友人たちに仲間入りしたが、と同時に作品自体にもすっかり魅了された。文章はすさまじい活力に満ち、驚きに溢れ、隅々まで創意がみなぎって、恐ろしさとユーモアが混じりあうさまはほかのどんな本でも見たことがない斬新さだった。いまやこれまで読んだ最高の小説となった本に導いてくれたことをボールドウィン先生に感謝するしかない。かくして、チャールズ・ディケンズが決め手となって、ファーガソンは自作を先生に見せることにしたのである。チャールズみたいに上手くは書けないけれど、何せまだ初心者、作品といってもこれが初めてのアマチュアなのだ。そこは先生も大目に見てくれるのではないか。

反応は、全体としては恐れていたほどひどくはなかったが、ある面では想像以上のひどさだった。先生はタイプミス、綴りの間違い、文法上の誤り等々を直してくれて、ファーガソンとしては大いに助けられ、丁寧に読んでもらったこともよくわかった。原稿を渡してから六日後、放課後の面談に至って、先生はまずファーガソンの頑張り、想像力の豊かさを褒めてから、次に、正直言ってあなたのように一見ノーマルで環境にきちんと適応していると思える子がこんなに暗い、不穏な思いを世界に対して抱いていると知って愕然としています、と言った。まあ物語自体はもちろん馬鹿馬鹿しい内容で、「物にも感情がある」という発想を間違って推し進めた極端な例ですけど、かりに靴が考えて感じて会話を交わせるとしてもですよ、あなたいったい、こんな漫画みたいな世界を捏造することで何を成し遂げようとしているの？　たしかに胸を打たれる場面もあれば愉快な箇所もあるし、本物の文学的才能を感じさせる瞬間もありますけど、大半の部分は読んでいて不快でした。どうしてあなたが私を最初の読者に選んだのか、理解できません。汚い言葉を私が不快に思うことはあなただってわかっていたでしょうし（十七ページの「鳩の糞(シット)」、三十ページの「こいつぁたまげた(ホーリー・シット)」——先生はその言葉が出てくる行を指でとんとん叩いて示した）、そもそも警察官を初めから終わりまで馬鹿にして、ポリ公(フラットフット)だのおまわり靴(コップ・シューズ)といった蔑称だけならまだしも、ベントン警部などは酔っ払いで口汚いサディストに描かれていますよね。あなた、私の父親が、私が幼いころはメープルウッドの警察署長だったことを知らないの？　父親のことは授業中何度も話したから、そのくらいはっきり伝わっているんじゃないかしら？　そうして最悪なのは、何より悪いのは、そこらじゅうに出てくる猥褻(わいせつ)な話ですよ。クワインがアリスにプロポーズする前にいろんないかがわしい女と次々ベッドに入るだけならまだしも、アリス自身、結婚する前からクワインと平気で寝ているし——そもそもあなた、結婚という制度をはなから見下しているようね——そういうひどい話よりなおもっと悪いのは、嫌らしいほのめかしが人間だけにとどまらず靴にまで及んでいることです。とんでもない思いつきですよ、靴がエロチックな営みに携わるなんて、何てこと考えるのかしら、人間の足が入ってきたときに感じる快楽だの、靴磨きに磨いてもらって湧いてくる恍惚だの、そんなこと書いた自分をどうやって鏡で見られるの、だいたいフローラとノーラとの靴の乱交なんてどうやって考え出したんです、あれこそほんとにもう限度ですよ、そんな汚らしいこと考えて自分が恥ずかしくないの？

　どう答えたらいいのか、ファーガソンにはわからなかった。ボールドウィン先生が批判を次々投げつけてくるまでは、創作のメカニズムについて話しあうものと思っていたのだ。全体の構造、語りのペース、会話の書き方といった技術的な事柄、三語や四語でなく一語を使うことの大切さ、不要な脱線を避けて物語を推し進めていくコツ、そういった細かくはあれ肝要な、ファーガソンがいまだ一人で解明しようとしている問題。まさか先生が、道徳に属すと思しき次元から非難を浴びせ、彼が書いた内容そのものに疑義を唱え、猥褻だと罵るなどとは夢にも思っていなかった。だが先生が肯定しようがしまいが、これは彼の作品なのであって、何を書こうと自由なはずだ。糞(シット)という言葉が必要だと思ったならそれを使う自由が彼にはある。現実の世界で人間たちは一日に百回その言葉を使っているのだし、自分はまだ童貞だけれど結婚なんかしなくたってセックスはできるし人間の性欲は婚姻の掟なんかに従いはしないことくらいとっくに知っている。靴のセックスライフについて言えば、その滑稽さがどうして先生にはわからないのか？　誰が読んだって馬鹿げた、罪のない可笑しさは明らかなはずで、これににこりともしないのは読む方が半分死んでる証拠だ、ふざけんじゃない、僕をこんなふうに責める権利なんかないはずだ。けれどそうやって先生の攻撃に抗いながらも、その言葉は先生の意図したとおり彼のはらわたを焦がし、皮膚をひん剝き、突然の襲撃に呆然とするあまり防御の力も出ず、やっと喋れるようになっても、口から二語絞り出すのが精一杯で、それも彼がいままで発した中で最も情けない言葉の筆頭に位置する語をもごもご呟いたのだった。

すみません（アイム・ソーリー）。

私も残念よ（アイム・ソーリー・トゥー）、とボールドウィン先生は言った。私が辛く当たっていると思っているでしょうけど、これもあなたのためなのよ、アーチー。あなたの書いたものが下劣だとは言いません。近ごろ世に出ている本の中にはもっとひどいものがいくらでもあります。でもこれは悪趣味だし、不愉快です。とにかく私は、あなたが何を考えてこれを書いたのか知りたいのよ。何かが頭の中にあったの、それともただ単にいかがわしいジョークを並べてみんなにショックを与えようと思ったの？

ファーガソンはもうそこにいたくなかった。立ち上がって部屋を出て、ボールドウィン先生の皺だらけの顔と湿っぽい青い目を二度と見ずに済ませたかった。学校も辞めて家出して、大恐慌時代のホーボーみたいに貨物列車に乗って旅し、厨房の裏口で食べ物を乞い、空いた時間に卑猥な本を書く、誰の恩義も受けない、ゲラゲラ笑いながら世界の顔に唾を吐きかける人間になりたかった。

訊いてるのよ、アーチー、とボールドウィン先生は言った。何も言うことはないの？

僕の頭の中に何があったか、知りたいんですね？

そうよ、あなたが何を考えていたのか。

奴隷制のことを考えていました、とファーガソンは言った。人間が人間によって所有されるということが実際にあって、生まれてから死ぬまでずっと命じられたとおりにやらないといけないということを。ハンクとフランクは奴隷なんです、先生。アフリカで――靴工場で――生まれて、鎖につながれて船に乗せられてアメリカに来て――靴箱に入れられてトラックでマディソン・アベニューに運ばれて――奴隷競売所で主人に売られるんです。

だってあなたの物語の靴たちは靴でいることを楽しんでいるじゃないの。あなたまさか、奴隷は奴隷でいることを楽しんでいると言う気じゃないでしょう？

もちろんないです。でも奴隷制が何百年と続いてきて、奴隷たちはその間に何度立ち上がって反逆し、何度主人たちを殺しました？　ほとんど一回もありませんよ。ひどい状況の下で、奴隷たちは精一杯できることをやったんです。少しでも余裕があったら、ジョークを言ったり、歌を歌ったりさえしたんです。それがハンクとフランクの物語なんです。主人の意志には従わないといけない。でもそうしながら、その状況を最大限ましなものにしようと努めるんです。

そんなこと全然、文章から伝わってこないわよ、アーチー。

あまりあからさまにしたくなかったんです。もしかしたらそれが問題かもしれないし、先生が見逃したのかもしれない。わかりません。とにかく、僕の頭の中にあったのはそういうことです。

言ってもらってよかったわ。私の意見は変わりませんけど、とにかくあなたが何か真面目なことをやろうとしていたことはよくわかりました。いいですか、私はこの作品を心底嫌っています、ところどころ本当にいい箇所もあるせいでいっそう嫌っているんです。私はもう年寄りの女だから、たぶんあなたが何をやろうとこれからもすべて嫌うだろうと思います。でも書きつづけなさい、アーチー、私の言うことを無視しなさい。あなたにアドバイスは必要ありません、ただ書きつづければいいんです、あなたのお気に入りのエドガー・アラン・ポーもあるとき作家志望者に宛てた手紙に書いています——**大胆であれ、たくさん読め、たくさん書け、世に出すものはわずかにとどめよ、三流の知性を相手にするな、そして何も恐れるな。**

最後の数ページについてファーガソンはボールドウィン先生に何も言わなかったし、アリスがハンクとフランクをクローゼットに入れる箇所で自分が何を考えていたかも言わなかった。奴隷制への隠れた言及がわからなかった先生にどうして理解できるだろう、クローゼットは強制収容所であってハンクとフランクはもうこの時点ではアメリカの黒人ではなく第二次大戦のヨーロッパのユダヤ人であり囚われの身で日々衰えていきやがては焼却炉＝火葬炉で焼き殺されるのだということを？　そんなことを話してもなんにもならなかっただろうし、友情について話す理由もない——ファーガソンにとっては、それこそがこの物語の真のテーマなのだが、もし話せば、アーティ・フェダマンのことを話さないわけにはいかなかっただろうし、ファーガソンは自分の悲しみをボールドウィン先生と分かちあう気はない。先生の言うとおり、読者がちゃんとわかるようもっとはっきり書くべきなのかもしれないが、もしかしたら単に先生に見る目がなかったのかもしれない。そこで、作品をしまい込んで考えるのもやめてしまう代わりに、先生が丸で囲んでくれた箇所の誤りを直し、さらに新しいバージヨンを作った。今回はカーボン紙を使って写しも作り、翌日の午後、エアメールでミルドレッド伯母さんとドン伯父さんに送った。十二日後、ロンドンから手紙が届いた。一つの封筒に二通の手紙が、二人それぞれの感想が入っていた。どちらも好意的で、絶賛と言ってよく、先生が気づかなかったいろんな点を二人とも見逃していなかった。ものすごく嬉しい気持ちが体内を貫くさなかにも、不思議なものだな、とファーガソンは思った。たとえ伯母も伯父も『靴底の友』を傑作だと宣言してくれても、ボールドウィン先生がいまもこれをひどい作品だと思っている事実は少しも変わらない。同じ原稿が、違う目、違う心、違う脳に見られれば、受け取られ方も違う。もはや一人がキスされ一人が殴られるという問題ではなく、同じ人間が同時に殴られキスされる。これはそういうゲームなのだとファーガソンは悟った。今後、他人に原稿を見せるなら、キスされるのと同じ頻度で殴られることを覚悟しないといけない。あるいはキス一回につき十回殴られるとか、キス零回で殴られるのは百回とか。

　ドン伯父さんは原稿をファーガソンに直接送り返す代わりに、息子のノアに、読み終えたらお前のいとこに戻せという指示を添えて送った。ロンドンから手紙が届いたおよそ一週間後、ある土曜の朝早く、スクランブルエッグとトーストの朝食をファーガソンが平らげている最中にキッチンで電話が鳴り、向こう側にいるノアがサブマシンガンのようにものすごい勢いで言葉を吐き出しはじめた。急いで喋らないといけないんだ、いま母親が一瞬買物に出たとこで、帰ってきて俺が長距離電話を、しかもお前にかけてるところを見つかったらきっと殺される、あたしの家の聖域から決してあの子に連絡しちゃ駄目よって言われてるんだ、あの子はあんたのほんとのいとこじゃないだけじゃなくてあの女悪魔に血がつながってるんですからねって（そうだよ、俺の母親は頭おかしいんだ、みんな知ってるよ、だけど俺はとにかく一緒に暮らさなきゃいけないわけで、とノアは言った）、だがひとたびこの息つく間もない序曲を言い終えるやノアは一気に喋るペースを落とし、まもなく普通のスピードで喋っていて、速くはあってもとてつもなく速いということはもはやなく、のんびりお喋りする時間がいくらでもある人間のような口調になった。

　よう、ドジ野郎、今度ばかりはほんとにやったな。

　やったって、何を？　とファーガソンはわからないふりを装って訊いたが、小説のことを言っているのだとほぼ確信していた。

　『靴底の友』とかいう変テコな代物だよ。

　読んだのか？

　一語残らず。三回。

　で？

素晴らしいよ、アーチー。もうとにかく掛け値なしで素晴らしい。正直言って、お前にこれだけのことができるとは思ってなかった。

正直言って、僕も思ってなかった。

これ、俺たちで映画にすべきじゃないかと思うんだ。

笑わせらあ。カメラもないのにどうやって？

取るに足らない細部さ。いずれその問題も何とかする。どのみち、いますぐ取りかかる時間はない。まず学校があるし、ニューヨークとニュージャージーの距離もあるし、ほかにもいろいろ母親関係の障害があるわけだがいまはそれには立ち入らない。けどいつだって夏はある。だって、もうキャンプは終わりだろ？　もうそんな歳じゃないし、アーティにあんなことがあったあと、俺、二度とあそこに戻れる気がしないよ。

同感。キャンプはもうなしだ。

じゃあ夏は映画を作るのに使うさ。お前もこれで作家になったんだから、スポーツだの何だのはもうやめるんだよな。

野球はな。バスケットは続ける。九年生のチームに入ってるんだよ。ウェストオレンジのＹＭＣＡがスポンサーなんだ。週二回、エセックス郡のほかのＹチームと試合するんだ、水曜の夜と土曜の朝に。

わからんな。スポーツ続けるんだったら、なぜ野球をやめる？　お前、野球が一番得意じゃないか。

アーティのためだよ。

アーティがどう関係あるんだ？

あいつは僕らが知る最高のプレーヤーだっただろう？　そして僕の友だちでもあった。お前の友だちじゃなかったかもしれないけど、僕の友だち、仲のいい友だちだった。アーティが死んでしまったいま、僕はあいつのことをこれからも考えていたい。僕の心の中に、何としてもこれからもずっと、アーティがいてくれなくちゃいけないんだ。そしてそのための最良の方法は、彼を偲(しの)んで何かを捨てることだと思い立ったのさ、何か僕が大切に思っている、僕にとって重要なものを捨てる。それで野球を選んだんだ。アーティが一番得意だったのも野球だし、今後僕は、他人が野球をしているのを見るたび、そしてなぜ自分は野球をしていないのか考えるたびにアーティのことを考えるのさ。

お前ほんとに変な奴だな、知ってるか？

まあな。けどそうだとしても、僕に何ができる？

何もできない。

そのとおり。何もできない。

じゃあバスケットをやれよ。入りたけりゃサマーリーグにも入るといい。けどとにかくスポーツ一つしかやらないんだったら、映画に関わる時間は十分あるよな。

そうだとも。カメラが手に入れば。

大丈夫さ、心配するな。大事なのはお前が最初の傑作を書いたってことさ。扉が開いたんだよアーチー、これからもどんどん生まれるんだ、生涯ずっと傑作が。

あんまり舞い上がらないようにしようぜ。まだ一本書いただけだよ、もうひとつアイデアが出てくるって誰にわかる？　それに、僕にはまだ僕の計画がある。

嘘だろ。あんな夢、もうとっくに捨てたと思ってた。

そうでもない。

いいか聞け、ド阿呆。お前は絶対医者になれない。俺も絶対サーカスの怪力男になれない。お前の脳味噌は数学や理科向きじゃないし、俺の体には筋肉なんて一筋もない。ゆえに、ドクター・ファーガソンはなしだ。百人力ノアもなし。

どうしてそんなに自信持って言える？

お前の思いつきが本から来てるからだよ。十二歳のときにアホな小説読んで、ものすごくいいってお前が言い張るから俺も乗せられて読んだらものすごくも何ともなくて、お前だっていまもう一度読んだらきっと、いいと思ったのは勘違いだった、こんなの全然駄目だってわかるだろうよ。理想に燃える若い医者が町を疫病から救おうと汚染された下水道を爆破する、理想に燃える若い医者が金と高級住宅地と引換えに理想を捨てる、かつて理想に燃えていたもうそれほど若くない医者が理想を取り戻して己の魂を救う。クズだよ、アーチー。お前みたいな理想に燃える男の子の心を揺さぶるたぐいのガセネタだよ、だけどお前はもう男の子じゃないんだよ、股のあいだでムスコが遠吠えしてる一丁前の男なんだよ、で、頭だって傑作が書けるしほかにも何ができるかわかりやしない、なのにお前ときたらまだあんなゴミみたいな本に囚われてるってのかよ、なんて言ったっけ、俺もうあの本のこと忘れようって全力尽くしたもんだからタイトルも出てこないよ。

『城砦』。

ああそうだった。で、もう思い出させてもらったから、今後は二度と俺の前で言わないでくれよな。いいやアーチー、人は本を読んだから医者になるんじゃない。医者になる必要があるから医者になるんだ。お前は医者になる必要はない。お前は作家になる必要があるんだ。

これってすぐ切り上げる電話じゃなかったのか。お前、お袋さんのこと忘れてないよな。

いけね。当然忘れてたさ。もう切らないと。

お前の父さん二週間もしたら帰ってくるんだよな。そしたらまた会えるよな。

もちろん。靴話やろうぜ、きついブローガン訛り（ブローグ）でさ。で、どうやってカメラを盗むか考えるんだ。

十二月十九日、ファーガソンがノアと電話で話した三日後、アメリカ軍兵士が南ベトナムの交戦地帯に入り、発砲されたら撃ち返すようにとの指示を伴う軍事作戦に参加していると『ニューヨーク・タイムズ』が報じた。前の週にヘリコプター四十機とともに四百人の戦闘中隊が南ベトナムに到着していて、さらに追加の航空機、地上車両、水陸両用船が向かっているという。公式に報告されている軍事アドバイザー・グループ六八五人ではなく、総勢二千人の軍服を着たアメリカ人が南ベトナムにいるのだ。

その四日後の十二月二十三日、ファーガソンの父親が二週間の予定で、兄たちとその家族に会いに南カリフォルニアへ出かけた。父が休暇を取ったのは何年ぶりかのことで、最後に休んだのは一九五四年十二月、ファーガソンの母と二人でマイアミビーチへ十日間の旅行に出かけた時以来である。今回、ファーガソンの母親は同行しなかった。出発の日に空港まで見送りに行きもしなかった。母が義理の兄たちの悪口を言うのはしじゅう聞いていたから、彼らに会う気がないことはファーガソンも理解できたが、どうもそれだけでは済まないように思えた。何しろ父が出かけてしまうと、母はいつもよりピリピリしているように見えたのだ。何かが気になっていて、むっつりと陰気で、ファーガソンの記憶する限り初めて、こっちから話しかけても何を言われているのかろくにたどれもしないみたいだった。あまりに心ここにあらずという感じなので、母は結婚生活の現状について考え込んでいるのではとファーガソンは推測した。父が一人でロサンゼルスへ発ったことで、夫婦関係は新たな段階に入ったように思える。どうやらもはや、バスタブの水が冷たいというだけでは済まないらしい。ひょっとすると水はもう冷えきっていて、いまにも氷の塊と化してしまいそうなのではないか。

小説のカーボンコピーは約束どおりノアが送り返してきて、父親がカリフォルニアへ発つ前に届いたので、もしかしたら旅行中に読んでもらえるかもと思ってファーガソンはそれを父に渡した。母はむろんもう何週間も前、感謝祭のあと、十一月最後の土曜日に読んでくれていた。リビングルームのカウチに丸まって、靴も脱ぎ、チェスタフィールドを半箱喫いながら五十二枚のタイプ原稿を母は読み進め、終わると、素晴らしいわ、いままで読んだベストの作品のひとつねと言った。まあ予想どおりだ。かりにファーガソンが、先月の買物リストを丸写しして実験的な詩と称して読ませたとしても、母は同じ評決を下しただろう。とはいえ、母が味方してくれないよりはしてくれた方がいいに決まっている。特に、父が味方側にも敵側にもいないように見えることを思えばなおさらだ。まあとにかくミルドレッド伯母さん、ドン伯父さん、ノアの手には渡ったわけで、ここはひとつ勇気を奮い起こして（二つの、相反する意味があるせいでファーガソンはこのフレーズを気に入っていた〔奮い起こす＝screw upには「台なしにする」の意味もある〕）、エイミー・シュナイダーマンに『靴底の友』を見せる潮時だとファーガソンは考えた。メープルウッドでただ一人意見を信用できる人物、だからこそ誰に見せるより怖かった人物。何しろエイミーはとことん正直で、パンチを手加減するような人間ではない。そして彼女からパンチを浴びたらファーガソンはひとたまりもないだろう。

いくつかの面で、ファーガソンはエイミー・シュナイダーマンのことをノア・マークスの女性バージョンと考えていた。もちろんこっちは女の子で、より魅力的なバージョンではあり、出目で筋肉ゼロの男ではないが、二人の頭のよさには共通したものがある。二人とも火が点いているみたいな性格で、活気の炎がパチパチ音を立てている。長年のあいだにファーガソンは、自分がいかにこの二人に頼っているかを自覚するようになっていた。二人はいわば、彼が背中に付けている一対の蝶の羽根であり、彼らのおかげで墜落せずに済んでいる。自分にはひどく重い、地面に縛りつけられている面があるのだ。とはいえ、いくらエイミーの方が魅力的だとはいっても、肉体的に魅かれるがゆえ艶（なま）めかしい思いがファーガソンの頭に宿るというところまでは行かず、したがって彼女は依然ただの友だち（ジャスト・ア・フレンド）だった。もちろんかけがえのない友だち、郊外の愚鈍さ・凡庸さ相手の戦いがますます広がっていくなか誰よりも大事な同志ではあった。かつての自分の寝室でいま暮らしているのがほかならぬエイミーであるのは、何という幸運か。自分たちの人生の物語におけるこのちょっとしたひねりが、二人のあいだにある種の絆を作っていた。いまでは二人とも当然視するようになっているが、考えてみれば奇妙な近しさではないか。ファーガソンがあの家で吸っていた空気をいまはエイミーが吸っていて、ファーガソンが住んでいたときに眠っていたベッドにいまはエイミーが眠っている。新しい家のファーガソンの寝室で使うには小さすぎると母親は考え、裕福とは言いかねるエイミーの両親にそのベッドを譲ったのだ。それももう五年前、一九五六年夏の終わり近くのことで、その年九月になったらエイミーは五年生になるはずだったが、新学年が始まる二日前にサウスマウンテン先住民居留地の乗馬道で馬から落ちて腰の骨を折ってしまい、治ったころにはもう十月もなかばで、ほかの子たちより六週間遅れたところから新しい学校を始めさせるよりはと、両親は彼女にもう一度四年生をやらせることにした。そうやってエイミーとファーガソンは、三か月しか誕生日は違わないとはいえ学校ではつねに若干違う軌道をたどるはずだったのがいまや同じ学年で学ぶことになった。四年生のマンシーニ先生のクラスから始まって、ジェファソン小学校最後の二年、メープルウッド中学校三年のあいだこれがずっと続いた。いつも同じクラス、いつも競いあって、ややこしいロマンスが生じたりもせず恋愛につきものの誤解だの傷心だのが邪魔に入ることもなかったから、二人は終始友だち同士でいられた。

　ファーガソンの父親がカリフォルニアに発った翌日、十二月二十四日日曜の朝、どちらの家族も祝わない祝日の前日の十時半、ファーガソンはエイミーに電話をかけ、そっちの家に行ってもいいかと訊いた。渡したいものがあるんだ、忙しくなかったらいますぐ渡したいんだ、と言うと、忙しくないわ、パジャマでのんびり新聞読んで冬休みに書かなくちゃいけない作文のこと考えないようにしてるだけ、と答えが返ってきた。ファーガソンの家からエイミーの家までは歩いて十五分、これまでにもう何度も徒歩で行った道だが、けさは何ともひどい天気で、霧雨が降っていて気温は摂氏零度前後、雪ではないけれど雪っぽい天候、霧も風も雨もしっかりある。母親に頼んで車で連れていってもらうよ、とファーガソンが言うと、だったらお母さんと二人でブランチに来たら？　ジムがつい十分前に連絡してきて、今日は行かない、ニューヨークで友だちと一緒に過ごすって知らせてきたのよ、なのに食べ物は飢えた人間十人満腹にできるくらい用意しちゃったし、無駄にするのも勿体ないもの、ちょっと待ってね、とエイミーは言って受話器を置いて、ねえ、アーチーとミセス・ファーガソンに来てもらってうちの食いもん分けあってもらっていいかしらと大声で両親に訊ね（エイミーはちょっと風変わりな言い方を好むところがあった）、二十秒後にまた受話器を取り上げて言った――いいって。十二時半から一時のあいだに来てね。

　こうしてやっと『靴底の友』がエイミーの手に渡され、ファーガソンはかつての自分の部屋にいて、かつての自分のベッドに毎晩眠っている女の子が一緒で、大人たちが真下に位置するキッチンで食事の支度をしているあいだあれこれお喋りしていた。まずはそれぞれ目下の恋愛ドラマを語り（ファーガソンはリンダ・フラッグという子に恋い焦がれているが金曜日に映画に誘ったら断られ、エイミーはロジャー・サスローという男の子に望みを懸けていてまだ電話はかかってこないけれどかけてくるというようなことをロジャーはほのめかしたのだ、ほのめかしをエイミーが正しく読み取ったとすれば）、次にエイミーの兄ジムの話題に移った。コロンビア高最後の二学年ずっとバスケットチームの中核にいたこのＭＩＴ一年生は、ジャック・モリーナスの八百長騒ぎにひどく動揺しているという（過去数シーズン、モリーナスとそのギャンブル仲間たちは数百ドルの金で大学バスケットの選手たちを買収して数十試合の勝ち負けを操り、週に数万ドルを稼いでいた）。この国は何もかも八百長なのよ、クイズ番組、大学のバスケット、株式市場、選挙、なのにジムは純粋すぎてそのことがわからないのよ、とエイミーは言った。そうかもしれない、でもジムが純粋なのは他人の一番いい面を見るからだよ、それはすごくいい性格だと思う、ジムの中でも僕がとりわけ素晴らしいと思うのもそこだよ、とファーガソンは言い、素晴らしいと思う（アドマイア）という言葉を口にしたとたんに会話は別の話題に移っていった――一月の全校コンテストに向けて書かないといけない作文。テーマは「私が一番素晴らしいと思う人」で、七、八、九年生の全員が参加させられ、それぞれの学年で最優秀の三本に賞が与えられる。もう誰のこと書くか決めたかい、とファーガソンはエイミーに訊いた。

当然よ。もうそんなに時間ないのよ。一月三日が〆切なんだから。

当ててみろ、なんて言うなよ。外れるに決まってるから。

エマ・ゴールドマン。

聞き覚えはあるけど、どういう人かよく知らないな。実際、なんにも知らない。

あたしもそうだったけど、ギル伯父さんがこの人の自伝をプレゼントしてくれて、もうすっかり惚れ込んだのよ。これまでに生きた最高に偉大な女性の一人だと思う。（短い間（ま）。）で、あなたはどうなんです、ミスタ・ファーガソン？　何か案は？

ジャッキー・ロビンソン。

ああ、野球選手ね。でもただの野球選手じゃないのよね？

アメリカを変えた人だよ。

いい選択じゃない、アーチー。頑張ってよ。

君の許可が必要なのかな？

もちろん必要よ、馬鹿ね。

二人とも笑って、それから、エイミーがパッと立ち上がり、さあ下へ行きましょ、あたしお腹ぺこぺこよと言った。

火曜日、ファーガソンが郵便を取りに外へ出ると、誰かが自分で配達した手紙が入っていた。切手も住所もなく、表にファーガソンの名が書いてあるだけ。メッセージも簡潔だった。

ディア・アーチー、
あんたのこと大嫌い（アイ・ヘイト・ユー）。
じゃね（ラヴ）、エイミー

追伸　原稿は明日返します。手放す前にもう一回ハンクとフランクと過ごしたいから。

一月五日に父親がカリフォルニアから帰ってきた。小説のことを何か言ってくれるものとファーガソンは待ったが（単に読んでいないことを謝るだけかもしれないが）、父は何も言わず、その後何日経ってもやっぱり何も言わないので、きっと失くしたんだなとファーガソンは考えた。タイプで打ったオリジナルはもうエイミーから返してもらったので、写しがなくなったこと自体はべつに重要ではない。問題は、そのべつに重要でない事柄を父親が本当にどうでもいいと思っているらしいことであり、ファーガソンとしては、父の方からこの件について言ってこない限り自分からは絶対何も言わないと決めていたので、重要でない事柄はいつしか重要な事柄になり、時が経つにつれてもっと重要な、ますますいっそう重要な事柄になっていった。

3.1

痛みがあった。恐れがあった。戸惑いがあった。童貞と処女が、自分たちが何をやろうとしているのかほとんど何も理解しないままたがいの純血を奪う。用意といってもファーガソンがコンドームを一箱手に入れ、エイミーが自分の体から流れ出るはずの血を予期して下側のシーツの上に焦げ茶色のバスタオルを敷いただけ（が、昔ながらの伝説に引っぱられたこの用心は実のところまったく不要だった）。まず悦びがあった。もうとっくに忘れていた、小さいころマットレスの上で跳びはねたとき以来初めて素っ裸で一緒にいることの恍惚、たがいの体の全平方センチに触る機会、むき出しの肌がむき出しの肌を押す狂乱。だが、ひとたびすっかり欲情すると、次のステップに進む困難、生まれて初めて他人の体内に入り初めて他人に入られる不安の上に、その最初の瞬間あまりの痛さにエイミーの体は硬直し、その痛みを引き起こしたことに愕然としてファーガソンはスピードを落としついには完全に抜いてしまい、そこから三分のタイムアウトが生じたがやがてエイミーがファーガソンに摑みかかって再開を命じた。いいからやってよアーチー、あたしのことは心配しないで、いいからやって。だからファーガソンはやった、エイミーのことを心配しないわけには行かなかったけれどとにかく一線を越えるしかないこともわかっていた、自分たちはこの瞬間を与えられたのだとわかっていた、そしてエイミーは体の内側を傷つけられ身が二つに裂かれたような気分だったにちがいないが、終わったとたんに笑い出した――いつものようにケラケラ笑い出し、**あたしほんとに嬉しい、死んでもいい**と言った。

　何と不思議な週末だったか、一度もアパートメントから出ず、ずっとソファに座ってジョンソンが新大統領に宣誓就任するのを眺め、血まみれのTシャツ姿で留置場に移送されるオズワルドがカメラに向かって自分は身代わり（パッツィ）にすぎないと訴えるのを眺め、その一語をファーガソンは今後永久に、ケネディを独力で殺したかもしれないしそうでないかもしれないこのひ弱そうな若者と結びつけて考えることになり、ニュースから一息ついてオーケストラがベートーヴェンの『英雄』葬送歌を奏でるなか葬送の行列が日曜日のワシントンの街を進んでいき、乗る者のない馬の姿を見てエイミーが喉を詰まらせ、ジャック・ルビーがダラスの警察署に忍び込んでオズワルドの腹を撃つのを二人は眺めた。非現実の街。三日間ずっと、エリオットの詩のその一言がファーガソンの頭の中で炸裂しつづけ、二人はキッチンにある食料を食い尽くしていった。卵、ラムチョップ、七面鳥のスライス、パッケージ入りチーズ、ツナ缶、箱入りシリアル、クッキー、エイミーはファーガソンが見たこともないくらい続けざまに煙草を喫い、ファーガソンはエイミーと知りあって以来初めて一緒に煙草を喫い、二人で共にソファに座ってラッキーストライクを同時にもみ消し、それから腕をたがいの体に回してキスする――このような厳(おごそ)かな時にキスするという冒瀆を彼らは我慢できず、三、四時間ごとにソファを離れてまたもベッドルームに行くことを我慢できず、またも服を脱いでふたたびベッドに這い上がり、二人とももう体がエイミーのみならずファーガソンまでヒリヒリしていたけれどそれでもやめられず、苦痛より快楽の方がつねに強く、悲惨で陰鬱な週末なのに、彼らの若き人生にあって最大、最重要の週末だった。

　あいにくその後二か月は、何の機会も訪れなかった。ファーガソンは毎週土曜にニューヨークへ行ったが、二人がベッドルームに戻れるほど長い時間エイミーのアパートメントから他人がいなくなることは一度もなかった。両親のどちらかがつねにいて、両方いることもしばしばで、ほかに行くところはどこにもなく、唯一の解決策はシュナイダーマン夫妻がふたたび街を離れることだったがそうした事態はいっこうに起きなかった。それでファーガソンも、一月後半にヴァーモントへスキーに行かないか、といとこのフランシーに誘われて行く気になったのだった。スキーなんかに興味はないが（一度やったことはあったがもう一度やってみる必要は感じなかった）、その週末のために借りられたのは寝室が五部屋あるだだっ広い古い家だけだったとフランシーから聞かされて、ひょっとしたら望みがあるかもしれないと考えたのである。スペースはたっぷりあるわよ、とフランシーは言い、だからこそ彼女もファーガソンに連絡してみようと思ったのだろうし、友だちを連れてきたかったらその分のスペースもあるわよと彼女は言った。ガールフレンドは友だちのうちに入るのかな？　とファーガソンが訊くと、もちろん入るわよ！　とフランシーは答え、その答え方、もちろんと言ったときに自然にほとばしり出た熱っぽさから見て、自分とエイミーがいまや恋人同士であって一緒の寝室で眠りたいのだと言おうとしていることをフランシーがわかってくれたものとファーガソンは考えた。何しろフランシーだって結婚したときは十八歳、いまのエイミーと一歳しか違わないのだし、もし誰か一人、ティーンエージャーの満たされぬ欲求というものを知っている人間がいるとすれば、それはこの、ファーガソンがオムツを着けていたころから誰よりも好きだった二十七歳のいとこであるにちがいない。一方エイミーは、フランシーのもちろんをめぐるファーガソンの楽天的な解読には懐疑的で、自分たち二人が性的行為をめぐる世の規範からどれだけ逸脱してしまったかも自覚していた。世間的には、未婚のティーンエージャー同士の性交なんて、許されないばかりかスキャンダルも甚だしいのだ。まあでもあたしヴァーモントに行ったことないし、スキーもやったことないし、アーチーと一緒の雪の週末なんて最高じゃない？　とエイミーは言った。まあそっちのことは、誰の読みが正しくて誰のが間違ってるか、行けばわかることよ、で、もしあたしの方が正しかったとしても、こっそり夜這いで他人のベッドに入るくらいは何とかなるわよ。こうして彼らは寒い金曜の午後に出発し、フランシーと夫ゲアリーのホランダー夫妻の子供二人（六歳のローザと四歳のデイヴィッド）とで混みあった青いステーションワゴンに乗り込み、ストウに着くまでの五時間、子供たちがおおむね眠っていてくれたのは大人たちにとって幸いだった。

　フランシーは娘にファーガソンの母親にちなんだ名前をつけていたが、ただしまったく同じにはしていなかった。まだ存命の両親、祖父母、親類の名前を子に与えることの禁止は、宗教を遵守していないユダヤ人でもいまだ従っている掟であり、ゆえに「ローズ」（Rose）が一字違いの「ローザ」（Rosa）になっている。一族内の保守派の批判をかわすためにゲアリーが思いついた、いかにも弁護士らしい手口だが、まあ誰が見てもローズを讃えてローザになっていることは明白だ。これによってフランシーとゲアリーは、弟に犯罪行為を働いて一族を破壊した、フランシーの父アーノルド・ファーガソンに背を向けたことを表明したのである。今後彼らの忠誠は、被害者たる弟のスタンリーとその妻ローズに向けられる。フランシーとしては、ローズのことは幼いころ一目見て以来ずっと大好きだったから何の問題もないが、そうは言っても父を糾弾するのは、母、兄、妹にはいまだきわめて親密な思いを抱いているので、決して容易なことではなかった。とはいえ、夫ゲアリーが義父アーノルドを軽蔑する気持ちはあまりに強く、義父の倫理的弱さと不正直さを嫌悪する気持ちは絶対と言ってよかったから、さすがにフランシーも夫に同調せざるをえなかった。窃盗事件が起きた時点で、二人は結婚してすでに二年経っていて、マサチューセッツ州北西部に住み、ゲアリーはウィリアムズ・カレッジ卒業間近で、彼らはクラスに三組いる「ベイビー・カップル」の一組で、フランシーは二十歳にしてすでにお腹の中に自身のベイビーがいて、倉庫泥棒に父が絡んでいたことが明るみに出た数か月後に無事出産した。そしていま、家族の残りはもうみなカリフォルニアに引越していた。フランシーの両親だけでなく、高校を卒業したばかりの大人しい妹ルースはロサンゼルスの秘書学校に入学していたし、さらには兄のジャックまで、両親とルースと合流するためにラトガーズ大を最終学年でドロップアウトしてしまっていた。この決断を思いとどまるようフランシーとゲアリーは説得に努めたが、議論の末にジャックは二人にうるせえ黙れ（ファック・オフ）と言い、ローザが生まれたときわざわざ東部に帰ってきて赤ん坊を抱いてくれたのはフランシーの母親と妹のみだった。忙しくて行けない、とジャックは言い、恥辱にまみれたアーノルド・ファーガソンはもう二度と東部に戻ってこられるはずもなかった。

　事件ゆえに、フランシーは苦しんだ。むろん家族の誰もが苦しんだのであり、彼女の苦しみがほかの者たちのそれより大きかったり小さかったりしたわけではないだろう。だが一人ひとりがそれぞれ違った形で苦しんだのであり、ファーガソンが見る限り、フランシーは苦しみによってより静かで活気に乏しい人物に、かつての彼女のもっと沈滞したバージョンになっていた。その一方で歳も取ってきていて、もうすでに十分大人の大人とファーガソンが好んで呼ぶ地点を過ぎていた。それに、まあ悪くない結婚生活だとはいえ、きっとゲアリーは時おり高圧的に、偉そうにふるまっているにちがいなく、父親の法律事務所に勤め出して二年が経ち、一人前の弁護士並に稼ぎはじめているいま、西洋文明の衰亡だのをめぐる威張りくさった長広舌もますますエスカレートしてきているだろうから、フランシーはきっとそれなりに消耗させられていることだろう。そしてむろん子育てもある。誰だって子育てにはすり減るものであり、たとえフランシーのように心優しく愛情深い、かつてのジョーン伯母さんと同じように子供たちのために生きている母親であってもそれは変わらない……いやいや、大げさに考えちゃいけない、とファーガソンは、深まりゆく闇の中をステーションワゴンが北へ向かうさなか胸の内で思った。たとえ人生に少々痛めつけられたとしても、フランシーはあのフランシー、ファーガソンの幼いころの魔法のいとこなのだ。まあちょっと足がふらつきはするし、父の裏切りが堪（こた）えているにちがいないが、週末の誘いにファーガソンが応じたとき、彼女の声がどれだけ嬉しそうだったことか！　それに、あの予想外のもちろん！の一言でエイミーまで仲間に入れてくれた鷹揚さ。いまこうしてみんなで一緒に車に乗って、ファーガソンは眠っている子供二人とともに後部席に座り、フランシーは前でゲアリーとエイミーにはさまれ、彼らを追い抜いていく車のヘッドライトがバックミラーを照らすたびに、自分のいとこのいまだ美しい顔がファーガソンにも見えた。そのうちの一回、おおよそ道程を半分来たあたりでフランシーがチラッと顔を上げ、ファーガソンが自分を見ているのを見てとると、うしろを向いて左腕を差し出し、ファーガソンの手を摑んで、長いことぎゅっと強く握っていた。大丈夫？　あんたずいぶん静かじゃない。

たしかにこの一時間、ファーガソンはあまり喋っていなかった。が、それは単に子供たちを起こしたくなかったからで、頭はあちこちさまよい、前でエイミーとゲアリーがしている話を聞くのもやめて、大昔に一族内で起きたさまざまな出来事のあいだを浮遊していたのである。下でタイヤがゴロゴロ鳴る響きで体もリラックスし、時速百キロで進んでいくなか、車に乗っているといつも訪れる、頭の中がもわっとぼやける感じが例によって生じていたが、いまこうしてフランシーに手を握られて、また注意力が戻ってきた。どうやら前方の話題は政治らしく、とりわけ大統領暗殺のようだ——起きてまだ二か月しか経っていない、いまだ誰一人語るのをやめられずにいる件だ。誰が、なぜ、どうやってをめぐって憑かれたように語りあっている。オズワルドが一人でやったなんてどう考えても信じられないので、無数の代案が流通しはじめていて、カストロ、マフィア、ＣＩＡが背後にいる可能性が取り沙汰され、ジョンソンその人を疑う声まで出ていた。〈未来の人〉と呼ばれたケネディを引き継いだこの大鼻のテキサス人は、エイミーの見るところいまだ未知数だったが、何事もあっさり意見を決めるゲアリーはジョンソンを食えない奴、裏でコソコソ事を進める昔ながらの政治屋であって大統領の器じゃないと切り捨て、まあそうかもしれないとエイミーも認めつつ、その月早くにジョンソンが行なった演説を引き合いに出して反論を企てた。貧困撲滅の戦いの宣言、あれはあたしが生涯で聞いた最高の大統領演説よ、と彼女が言うと、さすがのゲアリーも、たしかにローズヴェルト以来ああいうことをはっきり言った人間はいなかった、ケネディですら言わなかったね、と認めざるをえなかった。ゲアリーが譲歩するのを聞いてファーガソンの頰も緩み、エイミーのことを考えはじめると心はまた漂っていった。素晴らしきエイミー、ホランダー夫妻の心をしっかり摑んでいる、最初の握手、最初のハローですでに摑んだのだ、レイバー・デイのバーベキューでファーガソンの心を摑んだのと同じように。いまや車はヴァーモントの州境に迫っていて、とにかく目論見どおりに事が進みますように、とファーガソンとしては祈るばかりだった。早く二人で、ニューイングランドの山の中の知らない家の知らない部屋でまた一緒に裸で毛布の下に入れますように、と。

家は触れ込みどおりに大きかったし、スキーリゾートからおよそ十五キロ離れたその丘のてっぺんの周りには本当に何もなかった。普通この手の家は二階建てだがここは三階建てで、建てられたのはおそらく十九世紀初頭、あちこちすきま風の吹く木造家屋の床はどこもギシギシ軋んだ。軋みは問題になりかねない。というのも、フランシーのもちろんの解釈はやはりエイミーの方が正しかった。六人でまず家の中をツアーした結果、ホランダー夫妻が彼ら二人を同じ部屋に寝させるなどとは考えてもいないことが明らかになって、ファーガソンは自分の誤りを認めるしかなかったのである。したがってここは予備案に頼らざるをえない。ファーガソンがフランス笑劇式解決（フレンチ・ファルス・ソルーション）と呼んだその案とは、蝶番（ちょうつがい）の錆びたドアが真夜中に陽気に開いたり閉まったりし、恋人たちが暗い慣れない廊下を這うように進み、入るべきでないベッドに肉体が入るということであり、うめき声を漏らす床板も彼らのごまかしを助けてくれはしまい。幸いゲアリーとフランシーからは、小さい子供たちは悪い夢を見たり（ローザ）おねしょをしたり（デイヴィッド）するので両親と同じ階で夜を過ごせるようにしたいから大きい子供たちは屋根裏の二部屋で寝てほしいと要請された。一歩前進だ、とファーガソンは考えた。もちろん軋む床板がみんなの頭上にあるわけで、天井一帯にその響きが広がるだろうが、そうは言っても、誰だって夜中にベッドを離れてのそのそトイレに行ったりはするわけだし、こういう古い家では、床がホラー映画の効果音を立てるのはどうやったって止めようがない。上手く行けば、まあ何とかなるんじゃないか。上手く行かなかったとしたって、最悪どうなるというのか？　大したことにはならないさ、ひょっとしたら全然問題ないかも、とファーガソンは考えた。

初めは万事順調に進んだ。密会は十一時半に設定した。子供たちを寝かしつけて疲れた両親にお休みを言われてから九十分後。いよいよその時間になると、ひびの入った壁を時おり突き抜けて入ってくる風の音と、頭上で風見鶏がカタカタ鳴る響き以外家の中は静まり返っていた。ファーガソンは鉄製の簡易ベッドから裸足で床に降り立ち、エイミーの部屋へと向かう緩慢な旅を開始した。緩んだ板を踏まぬよう用心深く忍び足で歩き、少しでもギイッと鳴ったらピタッと止まり、五つ数えてから次の一歩を踏み出す。ノブを回さずに済むよう自分の部屋のドアは軽く開けておいたから、突然ラッチがカチッ！とてつもなく大きな音を立てるなんてことにもならない。蝶番は若干錆びているけれど、まあ風よりは静かだ。次は廊下で、ここでさらに十四歩を要し、これを通過していよいよ、こちらもやはり軽く開けてあるドアをそっと押し、ついにエイミーの部屋に入った。

ベッドはおそろしく幅が狭かったが、エイミーはすでに裸で中に入っていて、ファーガソンもブリーフを脱いで裸で滑り込み、何もかもが最高にいい感じで、思い描いていたのと完璧に同じで、人生初めて現実と想像がぴったり一致し、こんなに何のズレもないのだからこれはもう生涯最高の瞬間と考えるしかないと思った。欲望の充足は失望、などと言う人間もいるがそんなことはない、少なくとも今回に関しては。エイミーを求めたところでエイミーを得なければ意味はなく、エイミーが彼を求めてくれなければ意味はない。そして、奇跡的なことに、エイミーは本当に彼を求めてくれているのであり、ゆえに欲望の充足は本当に充足であって、この世の恩寵が実現するつかのまの王国でしばし過ごすチャンスなのだ。

二か月前のあの怒濤の週末に、二人は実に多くを学んでいた。はじめはほとんどすべてについてほぼ何も知らなかったから当然ぎこちなかったが、だんだんと自分たちがやろうとしていることに関して知識を獲得していき、まあ上級の知識とは言えずとも相手の肉体がどう働くのかに関し初歩的なことはわかってきた。この知識なしに真の快楽はありえない。特にエイミーの方は、無知なファーガソンに、女が男とどう違うか、あらゆる点を教えてやらねばならなかった。ファーガソンもだんだん呑み込んできて、今回はニューヨークのときよりも落着けたし自信も持てて、おかげですべてが前回よりもっと良く、実際あまりに良いものだから、ヴァーモントのその部屋の真っ暗闇の中、二人はいつしか、ここがどこなのか考えるのもやめてしまっていた。

ベッドは古い鉄製で、二十個あまりのバネの上に薄いマットレスが載っていて、ベッドを支えている木の床と同じくギシギシ軋んだ。一人の体の重みでも軋むのに、二人がそのマットレスの上で動き回るとなると、いまや雷のような音だった。それを聞いて時速百キロ超で走る蒸気機関車をファーガソンは思い浮かべ、エイミーはタブロイド新聞の朝刊を五十万部吐き出す輪転機が立てる音に似ていると思った。いずれにせよ、二人が頭の中で書いていたお上品なフランス笑劇にはおよそ大きすぎる音であり、もはや頭の中には騒音以外、自分たちの狂おしい合体が立てる地獄のような轟音以外何もなかったが、とはいえもう瀬戸際まで来ていて、欲望の充足の崖っぷちで揺れているというのに、どうやって止められよう？　止められるわけがない。したがって二人はそのまま疾走を続け、ついに揃って崖から落下し、やがて機関車も停まるとそれまでの騒音とは違った音が生じ、下の階から別の音がした。驚いて怯えた子供の泣きわめく声、きっと年下のデイヴィッドだろう、上から響いてきた騒ぎのせいで起きてしまったのだ、そして次の瞬間には足音が、きっとフランシーだろう、父ゲアリーがグウグウいびきをかきつづけるなか母フランシーが息子を慰めに部屋に入っていく、その時点で怯え、恥じたファーガソンはエイミーのベッドから飛び出して大慌てで自分の部屋に戻り、かくして彼らのグラン・ブルヴァール演芸はあわただしくカーテンが降りたのだった。

　翌朝七時半、ファーガソンがキッチンに入っていくと、ローザとデイヴィッドが食卓についていて、ナイフとフォークでテーブルをガンガン叩きながら声を揃えて**パンケーキ食べたい！　パンケーキ食べたい！**　と叫んでいた。ゲアリーは向かいに座って静かにコーヒーを飲み、今日一本目のパーラメントを喫っている。フランシーはレンジの前に立ち、きっと苛立たしげな目をファーガソンに向けてからスクランブルエッグを作る仕事に戻った。エイミーはどこにも見当たらない。たぶんまだ階上の小さなベッドで眠っているのだろう。

　ゲアリーがコーヒーを置いて言った。昨日この子たちにパンケーキを約束したんだけど、材料を持ってくるのを忘れちゃったんだ。ご覧のとおり、二人ともスクランブルエッグはお気に召さないのさ。

　赤毛のローザと金髪のデイヴィッドは依然ナイフとフォークでテーブルを攻撃しつづけ、叩くタイミングに合わせて**パンケーキ食べたい！**　とお気に入りのスローガンを唱えていた。

　このへんにお店があるんじゃないの、とファーガソンは言ってみた。

　丘を下りて、左に五、六キロ行ったところ、とゲアリーは答えながらふうっと大きく煙を吐き出した。どうやら自分で行く気はないという意思表示らしい。あたしが行くわ、とフランシーが出来上がったスクランブルエッグをフライパンから大きな白いボウルに移しながら言った。アーチーと二人で行くわ、ね、アーチー？

　うん、もちろん、とファーガソンはフランシーの剣幕にやや気圧（けお）されながら答えた。問いというより、命令という感じなのだ。明らかに、ファーガソンに腹を立てている。まず入っていったときの怒りの目付き、そしていまの喧嘩腰の口調。間違いない。昨夜の屋根裏での騒動のことがまだ頭にあるのだ。あの忌々しい機関車ベッドが、二階で寝ていた坊やを起こしてしまった。その許しがたい蛮行を、フランシーが如才なく忘れたふりをしてくれれば、とファーガソンとしては願っていたわけだが、どうやらそうは行かないらしい。いまここで謝るべきだということは彼にもわかったが、恥ずかしくて一言も言えなかった。パンケーキミックスとメープルシロップを買いに行くのは、子供たちを宥（なだ）めるのが目的では全然ない。それは口実にすぎず、真の動機は、ファーガソンとしばし二人だけになって、叱りつけ、説教することなのだ。

　一方、子供たちは拍手喝采し、勝利を祝って、寒さを物ともせず彼らのために雪の中に出ていかんとしている勇敢なる母親に投げキスを送っている。何が起きているのか、どうやらいっこうに気づいていない——または少なくとも関心がない――ゲアリーは煙草を消し、スクランブルエッグを食べにかかった。一口食べてから、ふたたびフォークに載せて、デイヴィッドに差し出すと、子供は身を乗り出してパクッとくわえた。次はローザに、それからまた自分に。けっこうイケるだろ？　とゲアリーは言う。おいしー、とローザが言う。おなかにおいしー、とデイヴィッドが言って自分のジョークに笑い、もう一口くれと口を開ける。そうした情景を見ながらファーガソンは靴の紐を結び、冬物のジャケットを着て、餌をもらう時間の雛鳥二羽を想った。虫でもスクランブルエッグでも空腹は空腹、開いた口は開いた口、目いっぱい広がっている。パンケーキ、そうとも、でもまずは何でもいい、朝をしっかりスタートさせるのだ。

　外には本物の鳥たちがいた。茶色い斑のスズメ、オリーブグリーンでとさかは鈍い紅の雌カージナル、羽の赤いハゴロモガラス。色鮮やかなしみが白っぽい灰色の空をさっと横切る。厳かな冬の朝を彩る、生きて息をしている命のかけら。いとこと二人で雪に覆われた庭を越えて青いステーションワゴンに乗り込みながらファーガソンは、この週末が無意味な口論によっていまにも台なしになろうとしていることを残念に思った。長年フランシーとは一度も喧嘩などしたことはなかったし、二人のあいだで酷い言葉が一言でも飛び交ったことはなく、たがいに対する愛着は揺らぎも歪みもせず、狂った破滅的なファーガソンたちから成る父方の親戚とファーガソンが結んだ唯一深い友情がそこにはあって、損なわれた一族のいとこやきょうだいやおばやおじたちの只中で彼とフランシーだけは愚かしい憎悪を避けてこられたのだ。それがいま、彼女が自分に牙を向けてくるのだと思うと胸が痛んだ。

　寒い朝だったが、この季節で例外的に寒いというほどではなく、氷点下二、三度という程度で、エンジンもキーを回して一発でかかった。二人で座って車が暖まるのを待つあいだに、僕が代わりに運転しようか、とファーガソンは言ってみた。あと一月半して十七歳にならないと運転免許は取れないわけだが、仮免許はもう取っていて、免許保有者であるフランシーが一緒に乗っているのだから、運転を交代するのは完全に合法である。僕けっこう上手いんだよ、もう何か月も前から両親と一緒に出かけるときは運転手やらせてもらってるんだ、母親か父親一人だけのときも両方いるときもね、どっちからも文句を言われたことはいっぺんもないよ。フランシーは硬い表情のまま少しだけ笑みを浮かべて言った。きっとすごく上手なんだと思う、たぶんあたしより上手いでしょうよ、でもまあいまはあたしが運転席に座ったしね、もう出発するところだし、それにこの坂を下るのは、舗装してない道で走った経験がないとかなり厄介なのよ、だからいまはあたしが運転するわ、ありがとう、まあ店に行って買物も済ませたら帰り道は交代してもらってもいいかしらね。

結果的に「帰り道」はなかった。ミラーよろず店から戻ることもなかった。そもそも店に着かなかったからだ。そしてその朝、以後ファーガソンがつねに朝の中の朝と考えることになるその朝、ヴァーモントの山中での未完に終わった外出に対し、二人のいとこは代償を払うことになる。とりわけファーガソンは、ずっと先の未来まで払いつづけることになる。事故が彼の責任だとは誰一人言わなかったが（運転していなかったのだから責任を問われるわけがない）、フランシーが道路から目をそらしたことに関してファーガソンは自分を責めた。彼女がファーガソンを見ようとよそを向いたりしなければ、あの凍りついた道で横滑りして木に激突することもなかったはずなのだ。

まずファーガソンとしては、無益な議論に引き込まれはしまいと考えるだけの分別はあった。むろんフランシーには、彼に腹を立てる理由が十分にある。だから最善の手は極力何も言わないことだ、ただ頷いてどれだけ厳しい裁きを受けようとひたすら同意することだ、と彼は決めた。自己弁護したい誘惑に抗い、フランシーに怒らせておくのだ。その怒りに煽られてこっちまで怒り出さない限り、対立は短く些細なもので済み、じきに忘れられるだろう。

少なくともファーガソンはそう考えた。彼の誤りは、主要な問題は騒音だと決めてかかったことだった。あの音の思慮の足りなさ、音を他人に聞かせることで見せた自分勝手さがいけなかったのだと。だが音は問題の一部に、一番小さな部分にすぎなかった。覚悟していたより攻撃が大がかりであることをひとたび悟ると、ファーガソンは浮き足だってしまい、フランシーが罵倒の言葉を浴びせてきたとき、思わず罵倒を返してしまったのである。

二キロ足らずの下り坂は、フランシーも問題なく車を操ったが、坂を下りきって、いったん停止してから、彼女は左ではなく右に曲がった。店は左にあるとゲアリーに教わっていたから、ファーガソンはそのことを指摘したが、フランシーは単に指でハンドルをとんとん叩いて、心配要らないわよ、と言うだけだった。ゲアリーって全然方向感覚ないのよ、いつだって左とか右とか混同してるのよ、左に行けってゲアリーが言ったんだったらきっと右へ行くべきだってことなのよ。可笑しなことを言うものだとファーガソンは思ったが、フランシーの口から出てくるその言葉に可笑しいという感じは全然なく、憎々しげで、わずかに軽蔑も混じっていて、ゲアリーに腹を立てているのか、それともほかの誰かにほかの何かについて腹を立てているのか、たとえば最近もうめったに連絡してこない兄ジャックにとか、でなければ困り者の、またしても失業した父親にか、あるいはその三人みんなにか、とすればファーガソンはこの朝フランシーが牙を剝いている四人目の相手ということになり、道を間違えて目下店からどんどん遠ざかりつつあると判明したことも彼女の気分を和らげる役には立たず、かくしてこの未完に終わることになる外出の後半は最初に走っていた郡道に戻るルートを探していくつもの裏道をくねくね進むことに費やされ、ふだんは決して戦闘的でないもののいまは不機嫌と苛々に衝き動かされたフランシーは、とうとうそもそもこうして家を出る原因となった用件に取りかかり、ファーガソンに襲いかかったのだった。

悲しいわよ、とフランシーは言った。悲しいし、がっかりしたわよ、あたしの可愛い坊やが、いつのまにか嘘つきのインチキ野郎になってたなんて、クズ男の長い列に加わったもう一人のクズ男になったなんて、こんなひどいやり方であたしを利用してよく恥ずかしくないわね、ガールフレンドをヴァーモントくんだりまで引っぱってきたのはみんなに隠れて二人でファックするためだっただなんてヘドが出るわよ、盛りのついた子供二人、行きの車の中ではみんなに愛想ふりまいてさ、で、着いたら夜中に屋根裏でコソコソ這い回って小さな子供二人の上でファックするなんて、よくそんな仕打ちあたしにできるわね、あんたが生まれた日からずっとあんたのこと可愛がってきたのに、あんたを風呂に入れてあげてあんたの世話してあげてあんたが大きくなるのを見守ってきて、あたしあんたのお母さんに何て言えばいいのよ、いとこと一緒なら安心だからってあんたをヴァーモントに行かせてくれたんじゃないの、信頼ってものがあったのよ、それをみんな、あたしが借りた家の屋根の下であんたが踏みにじったのよ、たった一晩さえムスコを大人しくズボンの中に収めておけないティーンエージャーなんて冗談じゃないわよ、もうあんたなんかいてほしくない、今日の午後にあんたもあんたのあばずれのガールフレンドもバスに乗せてニューヨークに送り返すわよ、二人ともいなくなったらやっとせいせいする……。

これが始まりだった。五分後、フランシーはまだ喋っていて、ファーガソンがついに言い返し、黙れよ、車を停めてくれ、もう沢山だ、荷物を取りに家まで歩いて帰ると叫ぶと、フランシーが彼の方を向いて、目に狂気のような色を浮かべて、馬鹿なこと言うんじゃないわよアーチー、こんなとこ歩いたら凍え死んじゃうじゃない、と言ったところで彼女の何かがおかしいことをファーガソンは確信した。精神がぐらついて、いまにも崩れてしまいそうになっている。依然こっちを見ている彼女が、たったいま言ったことも覚えていないみたいな目をしているので、ファーガソンは彼女に向かってにっこり笑い、彼女もにっこり笑い返したときにファーガソンは彼女がもはや道路を見ていないことを悟り、次の瞬間、車は木に激突した。

一九六四年、シートベルトなどというものはなく、ゆえに、車はさほどスピードを出していなかった——五十キロから五十五キロというところだ——にもかかわらず二人とも傷を負った。フランシーは脳震盪と、前方に投げ出されハンドルで強く胸を打った衝撃で生じた左の鎖骨骨折。ヴァーモントの病院を退院してニュージャージーの病院に移り、ここで神経衰弱からの回復に努めてもらいますと医者はゲアリーに告げた。ファーガソンは意識を失い、頭、両腕、左手（まず左手からフロントガラスを突き抜けたのだ）から出血し、どこも骨は折れなかったが（この途方もない幸運に病院のスタッフは唖然とし、看護師の何人かは医学上の奇跡と呼んだ）、左手の指二本がフロントガラスで切断され（親指は根元から、人差指は二つ目の関節から）、指は雪に埋もれ春まで取り戻されなかった。ファーガソンは残りの人生を八本指の男として歩むことになった。

辛い出来事だった。死ななかったことを有難く思うべきだとわかってはいたが、生き残ったのは動かぬ事実であって、もはや考えるべき問題ではない。目の前の問題は、問題というよりも絶望の叫びだった。僕はどうなってしまうのか？　彼は畸型となったのであり、包帯を解かれて、手がどう見えるかを——今後ずっとどう見えるかを——見せられたとき、ファーガソンは見たものを激しく嫌悪した。彼の手はもはや彼の手ではなかった。それは誰かほかの人間のものだった。縫い合わされた、つるつるになった、かつて親指と人差指であった箇所に目を落とすと、ファーガソンは吐き気を覚え、顔を背けた。何と醜く、おぞましいのか。これは怪物の手だ。呪われた者たちの軍団に僕は仲間入りしたんだ、と思った。これからはもう、人類の一人前の成員とは見なされない、欠陥ある異形者たちの一人と見られるんだ。そうした暗い屈辱に加えて、小さいころマスターしたあまたの動作をもう一度学び直さないといけないという試練が待っている。靴紐を結ぶ、シャツのボタンを留める、食べ物をナイフとフォークで切る、タイプライターを使う等々、親指が二つある人間が日々無意識に行なっている無数の操作をふたたび自動的に行なえるようになるには何か月も、ひょっとしたら何年もかかるだろう。そうなるまでは、自分がどれだけ堕ちてしまったかをつねに思い知らされるだろう。たしかに自分は dead（死んでいる）ではないが、dで始まるほかの言葉がいくつも、事故のあとの日々、飢えた子供の群れのようにファーガソンにしがみつき、そこから生じる感情の呪縛から身を振りほどくすべはなかった——demoralized（意気消沈した）、depressed（落ち込んだ）、dumbfounded（呆然とした）、discouraged（落胆した）、dejected（打ちひしがれた）、down in the dumps（ふさぎ込んだ）、desperate（自暴自棄の）、defensive（防御的な）、despondent（失意の）、

discombobulated（困惑した）、distressed（苦悩している）、deranged（錯乱した）、defeated（打ち負かされた）。

　何より恐れたのは、エイミーにもはや愛されなくなることだった。彼女が自ら望んで愛するのをやめるということはないだろうし、そもそも彼女が自分の感情をきちんと自覚するかどうかもわからないが、あの醜く損なわれた手に触れられて嬉しい人間などいるだろうか？　誰だって胃がむかつき、欲望もすべて萎え、嫌悪感がじわじわ募っていくだろう。やがてはエイミーも彼から離れていき、ついにはつながりを断ってしまうのではないか。そしてもしエイミーを失ったら、心が折れるだけでなく、人生そのものが永久に駄目になってしまうだろう。まともな頭を持った女性が、自分のような、左腕から手の代わりに鉤爪が飛び出ている情けない損なわれた生き物に惹かれるわけがない。果てのない悲しみ、果てのない孤独、果てのない失望が自分の運命となるのだ。週末ずっとエイミーが病院にとどまりつき添ってくれて、月、火、水曜も学校をサボって一緒にいてくれて、彼の顔を撫でながら、何もかもいままでと変わりはしない、指二本失くしたのはたしかにひどい話だけれどべつに世界が終わるわけじゃない、もっとずっとひどい目に遭ったって平然と前進してる人は世の中にゴマンといる、と言ってくれているそのさなかにも、そう語りかけるエイミーの顔を見ながらファーガソンは、自分はいま亡霊を見ているのではないか、本物のエイミーの動きを逐一なぞっている代わりのエイミーを見ているのではと考えてしまうのだった。もし一、二秒でも目を閉じたら、ふたたび開けたときにはもう彼女は消えているのでは……。

　両親も彼のそばにいようとモントクレアから出てきてくれて、二人ともエイミーに劣らず、医者や看護師たちに劣らず素晴らしく優しかったが、それで誰かが彼の気持ちまでわかってくれるわけではない。みんなはああ言うけれど、これは本当に世界の、少なくとも彼に属しているささやかな世界の終わりなのだということを誰が理解できるだろう？　それにまた、いま野球について考えるたびに湧いてくる圧倒的な失意のことなど、どうやって彼らに打ちあけられよう？　もうずっと前に姿を消したアン＝マリー・デュマルタン言うところの史上最大の馬鹿なゲームを、ファーガソンはいまもどれだけ深く愛していることか、学校代表チームの室内練習が二月なかばに始まるのをどれだけ心待ちにしていたことか、だがもうこの世界にあって野球という領域は終わってしまった、左手に指が二本なくてはもう二度とバットを握れない、力一杯スイングするのに必要な持ち方で握ることはもはや不可能だ、グラブだって五本指で使うよう設計されているのだから三本指で操れるわけがない、このハンデを抱えてプレーしようとしても二流の地位に墜ちてしまうだけだろう、そんなのは耐えられない、生涯で一番大事なシーズンに備えていたのに、全カンファレンス戦、郡内リーグ、州内リーグで活躍し注目の的となって打率四割の天才三塁手を見にプロのスカウトたちもやって来てやがてはメジャーリーグのチームと契約しアメリカのスポーツ史上初の野球をする詩人となってピュリツァー賞とMVPの両方を獲得するはずだったのだ、もちろんこんな大それた夢はいままで誰にも打ちあけなかったからいまさら言えるわけがない、モントクレアに帰ってコーチに報告すると考えただけで涙が出てきそうになる、みじめな左手を掲げてこう言うのだ、もうチームでプレーすることはできません、もう僕のキャリアは終わりなんです、と、するとそれを聞いたいつも無口で無表情なサル・マルティーノ・コーチは同情を表してうなずき、残念だな、お前がいなくなって寂しくなるよ、といったたぐいの言葉をぼそぼそ呟くことだろう。

　エイミーもファーガソンの父親も木曜の朝に去ったが、母親は退院までとどまってくれて、近所のモーテルに泊まり小さなレンタカーで動き回っていた。あまりにもはっきり同情してくれるのがほとんど耐えがたいほどで、優しい母親的な目がたえずファーガソンに注がれ、息子の苦しみがどれだけ深く母自身の苦しみにもなっているかを告げていた。とはいえ、あれこれこまごまと世話を焼かれるのをファーガソンが嫌でたまらないことは母も理解してくれていて、怪我のことをくどくど話したり、ああしろこうしろと忠告したり、頑張るのよ、と励ましたりもしなかったし、さめざめと涙を流したりもしなかった。自分がどれほどひどい有様になっているか、こんな息子の姿を見るのが母にとってどれだけ辛いかはファーガソンも承知していた。まだ癒えている最中の左手の縫い目はいまなお赤く生々しく腫れていたし、加えて、前腕に巻いた包帯の下にはえぐられた肉を閉じた六十四針の縫い目が隠されていて、頭皮に点在する、毛を剃った不気味な部分も、切り傷や裂傷(れっしょう)の一番ひどいところが縫い合わされていた。が、将来も傷跡が残るであろうそれらの箇所も母は気にしていない様子で、とにかく唯一大事なのは、事故に遭っても顔は無傷で済んだことだった。神の恵み(ブレシング)、と母は何度も何度も言った。不運きわまりない事態の中の、ただひとつの幸運。ファーガソンとしてはとうてい恵みなど数える気になれなかったが、母の言わんとしていることは理解できた。傷にもやはり序列はある。損なわれた手とともに生きる方が、損なわれた顔と生きるよりも、恐ろしさはずっと下なのだ。

　母に一緒にいてほしい、と強く感じる気持ちを自分に対して認めるのは辛いことだった。母が枕許の椅子に座ってくれるたび、一人でいるよりもほんの少し、時にはものすごく、気分が明るくなった。だがそうは言っても、何もかも母に打ちあけるのはまだはばかられた。台なしになった、底なしに暗い未来について、目の前に広がる愛なき荒涼たる長い年月について考えるたびにどれだけ怖くなるか、話す気にはなれなかった。その子供じみた、自己憐憫に染まった恐怖は、口に出したら何とも虚ろに響くだろう。だからファーガソンは自分のことはほとんど何も言わず、母親ももっと喋るよう迫ったりはしなかった。長い目で見れば、話そうが話すまいが何も違いはなかっただろう。どのみち母は、ファーガソンが何を考えているのか、まず間違いなく見抜いている。どうしてだか、いつだってわかるのだ。小さいころからずっとそうだったのだ、もう高校生だからといって変わりはしない。とはいえ、彼自身以外にも話題はある。何といってもフランシー。彼女の崩壊の謎について、ヴァーモントでの最後の日々、二人は際限なく語りつづけた。この病院を出てニュージャージーの別の病院に移されたフランシーはこれからどうなるのか？　母にもわからなかった。母もゲアリーから聞かされたことしか知らなかったし、聞かされたことも支離滅裂で、とにかくしばらく前からどうやら問題はあったらしいこと以外、何ひとつ明らかではなかった。まず、父をめぐる悩みが考えられる。夫婦生活のトラブルもありうる。若すぎた結婚を悔やむ気持ち、これも同様。この三つすべてか、もしくはどれも違うか。不可解なのは、フランシーがいつもあんなに健康で安定して見えたことだ。悦びにあふれるダイヤモンド、万人の目に注ぐ光。それがこの有様とは。

　可哀想に、とファーガソンの母は言った。あたしの可愛いフランシーが病んでるなんて。家族は五千キロも離れたところにいて、世話してくれる人は誰もいない。あたししかいないのよ、アーチー。あんたとあたしはあと二日もしたら帰る。帰ったら、今度はそれがあたしの新しい仕事よ。フランシーをきちんと治すこと。

　こんな途方もない宣言をする人間が母以外いるだろうか、とファーガソンは考えた。精神科医が何らかの役割を演じる可能性をはなから無視していて、バラバラに壊れた心を唯一確実に治せるのは愛情（と愛情の持続）だけだと言わんばかり。あまりにも度外れな、あまりにも無知な物言いにファーガソンは思わず笑ってしまい、笑いがひとたび喉から出てくると、事故以来笑ったのはこれが初めてだと思いあたった。よしよし、と彼は思った。それに母にとってもいいことだ。彼が笑うのは間違っているかもしれないが、この発言は笑うに値する。この言葉が素晴らしいのは、母がそれを本気で信じていることだ。世界を背負えるだけの強さが自分にあると、全身すべての骨で母は信じているのだ。

　退院して家に帰るにあたって、最悪なのは、学校に戻らないといけないことだった。病院も十分苦痛だったが、少なくとも守ってもらっている、病室という聖域で他人から隔てられていると感じていられたが、今度はかつての自分の世界に戻って行って、みんなに見られることになる。そしていま、ファーガソンが何より避けたいのは人に見られることだった。

いまは二月、モントクレア高校に復帰するのに備えて母が特別な手袋を編んでくれた。片方は普通の手袋だが、もう片方は、一部が失われた左手の輪郭に合わせて指が三本と三分の一になっている。これが実に心地よい手袋で、素材はこの上なく柔らかな輸入品のカシミア、色は当たり障りのない薄茶で、およそどぎついところはなく、明るい色のように目を惹きもしない。ほとんど人目につかない手袋なのである。その月のあいだ、そして次の月の前半も、ファーガソンは学校でずっと、屋内でも左手の手袋を外さなかった。こうしなくちゃいけないんだ、お医者さんの命令なんだよ、癒えている途上の手を守るんだ、というのが口実だった。まあこれが少しは足しになったし、パッチワークのようになっている頭を隠すためにかぶったストッキングキャップも同様で、こちらもやはり医者の命令で屋外でも屋内でもかぶっていないといけないのだと主張した。ひとたび髪がまた生えてきて、禿げた箇所もなくなったら必要なくなるが、復帰初期にはこのキャップが実に役立ってくれたし、毎日学校に着ていった長袖シャツとセーターにも同じことが言えた。そもそも典型的な二月の服だと言えるが、両の前腕の傷跡を隠す手段でもある。何しろ傷跡は網状に広がっていて、いまだ何ともおぞましいたぐいの赤色だったのだ。完治したと医者に言われるまでは体育も免除されたから、第十一学年の仲間たちの前で服を脱いだりシャワーを浴びたりする必要もなく、したがって、傷跡が白くなりほとんど見えなくなるまで誰にも見られずに済んだ。

そんなふうに、試練を少しでも耐え易くするためにファーガソンはさまざまな策を弄したが、それでも耐えがたいことに変わりはなかった。破損品、とかつての野球仲間の一人が陰で言っているのをファーガソンは耳にした。破損品として戻ってきたことが楽であるはずがない。友人も教師もみんな同情してくれて、手袋をはめた左手を見ないよう努めてくれたが、学校中の誰もが友人であるわけではない。ファーガソンのことをはっきり嫌っていた連中は、お高くとまった傲慢な奴が当然の報いを受けたのを見て少しもがっかりしていなかった。過去何か月かで、彼に敵意を抱くようになった人間が大勢いるのも自業自得ではあった。エイミーとつき合うようになってから、ほかの人間はほぼ見捨てたも同然で、土曜の招待もすべて断り、日曜もほとんどどこにも顔を出さなかったのだ。ローズランド・フォトのウィンドウにいまもダブルポートレートが飾ってはあっても、人気者の少年はもうとっくにアウトサイダーと化してしまっていた。かろうじてまだ学校とつながっていたのは野球チームに入っていたからだが、その野球もなくなってしまったいま、自分までいなくなったような気になってきた。毎日学校に顔は出しても、そこにいる彼自身は日に日に減っていった。

のけ者になったとはいえ、まだ何人か友人が、大切だと思える人間が残ってはいた。とはいえ、野球仲間で、かつて『ナショナル・ジオグラフィック』を一緒に見た阿呆のボビー・ジョージ以外、心底大切に感じられる人間はいなかったし、どうしてボビーのことがそんなに大切だと思えるのかは自分でも謎だった。が、ヴァーモントから戻ってきた夜にボビーは家に来てくれて、手袋も帽子もセーターも着けていないファーガソンを見て何か言いかけ、それからわっと泣き出した。その幼児的な涙がほとばしり出るに任せている友を見て、この男こそモントクレアの町で誰よりも自分を愛してくれているのだとファーガソンは悟った。ほかの友人たちもみんな同情はしてくれたが、泣いたのはボビーだけだった。

ボビーのためを思って、ファーガソンは一度、放課後の屋内ピッチング練習を見に行った。ボールがバシン、バシンとグラブに収まり、硬木の床を跳ねていく音が響きわたる体育館の中に立っているのは辛かったが、来季レギュラー捕手となるボビーから、去年よりもスローイングが向上したか見てほしい、していないとすればどこが悪いか教えてほしいと頼まれたのだ。二時間の練習のあいだ、ジムには選手しか入れないが、もはやチームの一員ではないとはいえ、ファーガソンはいまだある程度の特権をコーチ・マルティーノから与えられていた。そして怪我に対するコーチの反応は、ファーガソンが予想していたよりずっと抑制がなかった。ふだんの自制はどこかへ行ってしまい、何てこった、ひどい、ひどい、ひどすぎると大声でわめき、君は俺がいままでコーチした中でも最高の選手の一人だったんだ、あと二学年、どえらいことをやってくれると期待してたんだ、と言ったと思ったら、そのままほとんど息も継がずに、ピッチャーに転向したらどうだとコーチは言い出した。君ほどの肩ならたぶん上手く行く、そうなれば打率だのホームランだの知るかって話になるさとミスタ・マルティーノは言った。いますぐはさすがに早すぎるっていうんなら、来年からってことで考えてくれてもいい。今年はひとまず、非公式のアシスタント・コーチとしてチームにとどまって、トスバッティングをやったり、試合中にベンチで俺の作戦の相談に乗ってくれたり、反復練習や柔軟体操をリードしてくれたりすればいい、でももちろん君がそうしたければの話だ。誘いに応じたい誘惑にファーガソンは駆られたが、考えずとも無理だとわかった。チームの一員であってチームの一員でない、みんなを応援する傷ついたマスコット。そんな立場に耐えられるわけがない。というわけでミスタ・マルティーノには丁重に礼を言って断り、いまはまだそういう気になれないんです、と釈明すると、第二次世界大戦で曹長として軍務に就き、バルジの戦いにも加わったしダッハウの強制収容所を解放した隊の一員でもあった古強者は、ファーガソンの肩をぽんと叩き、元気でなと言ってくれた。そうして、最後にまたもう一度握手をしようと手をのばしながら、コーチ・マルティーノはふたたび口を開いた。いいか、この世界でいつも絶対あるのはクソだ、誰もがみんな毎日くるぶしまでクソに浸かってる、だけどときどきそいつが膝とか腰とかまで上がってきたら、こりゃもう這い出て先へ進むしかない。君はいま先へ進もうとしてるんだよアーチー、そんな君を俺は立派だと思う、だけど万一気が変わったら、覚えておけよ、ドアはいつでも開いてるからな。

　ボビー・ジョージの涙と、サル・マルティーノのいつでも開いてるからな。悪いことばかりの世界での、二つのいいこと。そして、そう、ファーガソンはいま先へ進もうとしている。コーチと別れたその日以来進んでいるのだ。正しい方向に向かっているのか、間違った方向に向かっているのか、どちらであれ、ミスタ・マルティーノのあの雄弁な言葉は何より有難かった。今後どんな場に行きつくにせよ、ファーガソンは決して、あらゆる場に浸透し永久に持続するクソの力を忘れないだろう。

　冬の終わりまではほぼいつも一人で過ごし、毎日授業が済むとまっすぐ家に帰った。上級生の車に乗せてもらうこともあれば、二十分の道を歩くこともあった。帰ると家にはいつも誰もおらず、したがって静かで、静かさこそ学校で六時間半過ごしたあとにファーガソンが何より望んだものだった。広々とすべてを包み込むような静寂に帰ると、廊下や教室で手袋と帽子で武装した肉体をほかの二千の肉体の中で六時間半引きずり回す試練から立ち直ることができた。もう一度自分の中に引っ込んで消えるのは何よりもよかった。両親はたいてい六時少し過ぎまで帰ってこないから、二時間半ぐらいはこの無人の砦で気を抜いていられる。大半の時間は二階の自室でドアを閉め、窓をほんの少し開けて母親の煙草をこっそり一、二本喫いながら、公衆衛生局が新たに発表した喫煙の危険に関する報告と、煙草の快楽に対する自分自身の関心の高まりとが同時に生じたことの皮肉を面白がっていた。生命を脅かす母のチェスタフィールドを喫いながら部屋の中を歩き回り、レコードを聴くか——大がかりな合唱曲（ヴェルディ『レクイエム』やベートーヴェン『荘厳ミサ』）とバッハの独奏曲（カザルス、グールド）を交互にかける——ベッドに寝転がって、ファーガソンの文学教育の精力的ツアーガイドたるミルドレッド伯母さんが送ってくれたペーパーバックの束を読み進むかした。九か月前から、二度目のフランス行きを伯母さんは企画してくれていて、それら夕方の時間、ファーガソンはジュネ（『泥棒日記』）、ジイド（『贋金づくり』）、サロート（『トロピスム』）、ブルトン（『ナジャ』）、ベケット（『モロイ』）を読んで過ごした。音楽も聴かず本も読まずにいると、途方に暮れた気分になった。自分で自分が全然しっくり来なくて、時にはいまにも分解してしまいそうな気がした。また詩を書きたかったが、気持ちが集中できず、湧いてくるアイデアどれもが無価値に思えた。史上初の野球選手兼詩人がもはや野球をやれなくなったいま、詩人の方も一気に死にかけていた。**助けてくれ**、とファーガソンはある日書いた。**何で君を助けなくちゃいけない？**と自分へのメッセージが続いた。**君の助けが必要だから**、と第一の声は答えた。**無理だね**、と第二の声は言った。**君に必要なのは、自分には助けが必要だと言うのをやめることだ。僕が何を必要としているのか、たまには考えてみたらどうだ。**

で、君は誰だ？

僕は君さ、もちろん。ほかの誰だと思うんだ？

ファーガソンの世界にあって、クソでない唯一不動の要素は、毎夜エイミーと電話で交わす会話だった。エイミーの最初の質問はつねに**どうアーチー、調子は？**で、毎晩ファーガソンも同じ答えを返した。**よくなってきたよ。昨日より少しいい。**それは本当だった。時とともに肉体が少しずつ回復してきただけでなく、エイミーと話しているといつも、かつての自分を返してもらっているような、エイミーの声があたかも催眠術師のぱちんと鳴らす指であって、目を覚ませ、さあ、と命じられているような気になれるのだ。そんな力を及ぼせるのはほかに誰もいない。何週間かが過ぎていき、回復が続いていくなか、これは事故をめぐるエイミー流の読み方のおかげかもしれない、とファーガソンは思いはじめた。エイミーの読みはほかの誰のものとも違っていた。彼女はこの事故を悲劇と見なすことを拒み、ゆえにファーガソンを愛する人々の中で一番彼に同情していなかった。彼女の世界観からすれば、悲劇とは、死、もしくは麻痺、脳損傷、見た目の無残な変化などにのみ適用されるべき言葉であって、指二本失くしたなどというのは数に入らない。車が木に激突したのだから、死んだり、体が著しく損なわれたりしても不思議はなかったのであり、何ら悲劇的な事態も生じずに助かったのは、ひたすら歓喜すべき幸運である。まあもちろん野球ができなくなったのは残念だが、指二本失っただけで生きていられることの有難さを思えば小さな代償でしかない。目下たまたま詩が書けないのであれば詩はしばらく休めばいい、べつに心配することはない、そしてもし今後も詩が書けないのであれば、それは要するに、そもそも詩には向いていなかったということでしかない。

君、パングロス博士みたいになってきたな、とファーガソンはある夜エイミーに言った。すべてのことは最善の結果を生む――この、ありうべきすべての世界の中で最善の世界にあっては（ヴォルテール『カンディード』に出てくるパングロス博士のモットー）。

いいえ、全然違うわ、とエイミーは言った。パングロスは阿呆の楽観論者、あたしは知的な悲観論者、つまり時おり楽観に見舞われる悲観論者よ。ほとんどすべての出来事は最悪の結果を生むけれど、つねにそうとは限らないのよ、ね、つねになんてものはどこにもないのよ、だけどあたしはつねに最悪を予期している、で、最悪が起きなければもうすごく喜んじゃって楽観論者みたいなこと言い出すわけよ。あたしあんたを失ってもおかしくなかったのよアーチー、だけど失わなかった。もういまじゃそのことしか考えられない――あんたを失わずに済んでどれだけ嬉しいかってことしか。

ヴァーモントから帰ってきて最初の何週間かは、土曜日にニューヨークへ行くだけの体力もなかった。月曜から金曜まで自宅と学校を行き来するだけで精一杯で、縫い合わされたばかりのいまだずきずき痛む体にマンハッタン行きは辛すぎた。まずガタガタ揺れるバスがあって、地下鉄の階段もえんえん昇らねばならず、歩行者用トンネルを歩けば人が次々ぶつかって来るし、寒い冬の街をエイミーと二人でそぞろ歩くなんてとうてい無理な相談だ。そこで二月全部と三月前半はプロセスを反転させ、五週続けて土曜日にエイミーがモントクレアまで訪ねて来てくれた。この新しいやり方は、街から受ける刺激には乏しかったが、いつものように本屋や美術館から出たり入ったりコーヒーショップに座ったり映画や芝居やパーティに行ったりするよりいい点もいくつかあった。第一に、ファーガソンの両親は土曜日も働いていて、家には誰もいなかったから、エイミーと二人でファーガソンの部屋に上がってドアを閉め、誰にも見つかる恐れもなくベッドに横たわることができた。とはいえそれでも恐れはあった――少なくともファーガソンの側には。もうエイミーは自分のことなど求めはしないだろうと彼は確信していたのであり、モントクレアの家で初めて二人で彼の部屋に入ったとき、恐れる気持ちはニューヨークのアパートメントでエイミーの部屋に入ったときに劣らず大きかった。が、ひとたびベッドに上がり、服を脱ぎ出すと、エイミーは彼を驚かせた。まず、傷を負った手を摑んでゆっくりキスしはじめ、二十回、三十回とキスし、次に包帯を巻いた左の前腕に口を当てて十回あまりキスし、やはり包帯を巻いた右の前腕にも十回あまりキスしてから、ファーガソンの体を自分の胸に引き寄せ、頭に当てた小さなガーゼ一つひとつに六回、七回、八回とキスしていったのである。何でそんなことするんだい、とファーガソンが訊くと、いまのあたしにとってあんたの中で一番愛してる場所だからよとエイミーは答えた。何でそんなこと言えるんだ？　どこも胸が悪くなるじゃないか、胸が悪くなるものをどうして愛せる？　と言い返すと、どの傷もあんたの身に起きたことの名残りだからよ、とエイミーは答えた。あんたはいま生きていていまあたしと一緒にいる、だからあんたの身に起きたことはあんたの身に起きなかったことでもあるのよ、つまりその体のあちこちの傷は命のしるしなのよ、だから胸が悪くなんて全然ならない、どれもあたしにとっては美しいのよ。ファーガソンは笑った。**パングロス博士、ふたたび救いの手をさしのべる！**と言いたかったが、何も言わず、エイミーの瞳を覗き込みながら、彼女は真実を言ってるんだろうか、と考えた。いま言ったようなこと、本当に信じられるんだろうか、それともファーガソンの気持ちを想って信じているふりをしてるだけか？　もし信じていないのなら、どうして彼がその言葉を信じられよう？　だがファーガソンは思った――信じるしかないのだ。彼女を信じること、それが自分に残された唯一の選択肢なのであり、真実なんて、いわゆる全能の真実なんて、何の意味もない。彼女の言葉を信じないとすれば自分たちはどうなるか、それを考えればわかることだ。

　五週続けて土曜日のセックス。昼下がり、薄い二月の光がカーテンの縁から忍び込んできて、二人の体の周りの空気に染み入ってくる中でのセックスのあと、エイミーがふたたび服を着るのを眺める快楽。彼女の裸の体がその服の中にあるのだとわかっていることで、もうセックスはしていなくてもセックスの親密さが何とはなしに持続する。心の中で彼女の肉体を抱きつづけたまま、二人で一階に降りていって昼食を作り、レコードを聴き、テレビで古い映画を観て、近所をちょっと散歩し、ファーガソンが彼女に、ウィリアム・カーロス・ウィリアムズの『ブリューゲルの絵』の中の詩を朗読して聴かせる。新たな崇拝の対象としてウィリアムズは、ウォレス・スティーヴンズとの死闘の末にエリオットを玉座から追い出したのだった。

　五週続けて土曜日のセックス、でもそれだけではなく、学期中は長距離電話で喋るだけだったのがふたたび面と向かって話ができる。土曜五回のうち三回、エイミーはファーガソンの両親が帰ってくる時間にまだいたので、その三回はキッチンで四人一緒のディナーと相成り、息子があの酒呑みのベルギー人の子とではなくエイミーとつき合っていることで母親は上機嫌、父親もエイミーの饒舌ぶりと突拍子もない発言を面白がった。たとえばその二月は、ビートルズのアメリカ上陸とカシアス・クレイ（のちのモハメッド・アリ）のソニー・リストンに対する勝利の話題で国じゅう持ちきりだったが、エイミーはそれについて、ジョン・レノンと新しいヘビー級チャンピオンは実は同一人物であって一人の人間が二つに分裂しているのだ、と無茶苦茶だがある種の真実を衝いている主張をくり広げた。彼女が言うには、二人はどちらも二十代前半の若者で、まったく同じやり方で世界の目を惹いた。すなわち、自分自身を真剣に考えず、この上なく不快な科白を何とも大胆に、茶目っ気たっぷりに言うものだから誰もが笑ってしまう。**俺は世界一偉大だ。僕らはイエス・キリストより人気者だ。**こうした馬鹿げた、だが忘れようのない発言をエイミーが再現すると、ファーガソンの父親はいきなりゲラゲラ笑い出した。何しろエイミーは、レノンのリヴァプールふうの喉の震えもクレイのケンタッキーふうに間延びした声も完璧に真似たばかりか、表情までしっかり模倣してみせたのである。やっと笑い止むと、父親は言った。君の言うとおりだよ、エイミー。舌のよく回る、頭はもっとよく回る、人を食った奴。そのとおりだよ。

　エイミーと自分が土曜一日を二人きり家の中でどう過ごしているのか、両親はどれくらい気づいているのか。ファーガソンには見当もつかなかった。まあ母親は勘づいているだろうと思ったし（二度目の土曜日、母はセーターを取りにいきなり帰ってきて、二人がベッドのカバーをのばしているところに入ってきた）、したがってそのことを父と話しあった可能性もある。とはいえ、気づいているとしても二人はそれについて一言も言わなかった。それもそのはず、エイミー・シュナイダーマンが自分たちの息子の人生においてプラスの力であることはいまや火を見るより明らかだったからだ。女の子一人から成る救援隊が、事故後の世界に適応していく苦難のプロセスを経ているファーガソンを、誰の助けも借りずに世話してくれている。ゆえに両親は、二人ができる限り一緒にいるよう奨励し、実は目下家計はかなり逼迫（ひっぱく）していたが、長距離電話で毎月の電話代が四倍にはね上がっても文句ひとつ口にしなかった。あの子はいいわよ、アーチー、と母はある日ファーガソンに言った。そして母は、かつての雇用主の孫娘が自分の息子を看病してくれるのを横目で見ながら、自らは毎日午後四時に病院へ行って一時間のあいだ姪フランシーを看病し、自己流の〈すべて愛ひたすら愛〉療法を何の迷いもなく続けた。フランシーの治り具合をめぐる母の夜ごとの報告にファーガソンはじっくり耳を傾けたが、その一方で、フランシーがあのときのギシギシ軋むベッドについて何か言うのではないか、激突の朝にファーガソンのことをどれだけ怒っていたか打ちあけてしまうのではないか、と心配でならなかった。そうなったらきっと、母からあれこれ気まずい質問を突きつけられ、ファーガソンとしては都合の悪い事実を隠すために嘘をつかざるをえまい。ところが、ついに意を決して自分から話題にすることにし、事故の朝についてフランシーが何を言ったか訊いてみると、何も言っていないと母は答えた。本当だろうか？　フランシーは衝突事故を記憶から抹消したのか、それとも母はファーガソンを動揺させまいとあの日の口論について知らんぷりを決め込んでいるのか？

じゃあ僕の手のことは？　とファーガソンは訊いた。フランシー、知ってるの？

ええ知ってるわ、ゲアリーが話したのよ、と母は言った。

なんでそんなことするのさ？　それって残酷だと思わない？

知らせないといけないのよ。フランシーだってじきに退院するんだから。あんたにまた会ってショックを受ける、なんてこと誰も望んでないわ。

三週間にわたって休息しセラピーを受けた末、フランシーは退院を許された。今後の年月、また何度も神経衰弱が生じ入院が生じることになるが、いまはひとまず立ち直っていて、鎖骨の治療に時間がかかっているので左腕にはまだ三角巾を掛けていたが、病院へ最後の訪問を果たしたファーガソンの母によれば輝くばかりに元気だということだった。一週間後、三角巾が外れると、フランシーはファーガソンと両親をウェストオレンジの自宅での日曜のブランチに招待してくれた。行ってみると、ファーガソンから見てもたしかに輝くばかりで、もうすっかり回復し、もはやヴァーモントでのあの破滅的な週末の、ピリピリと神経を尖らせている女性ではなかった。事故以来初めて顔を合わせるのは、二人どちらにとっても緊張をはらんだ瞬間だった。ファーガソンの手にフランシーが目を向け、事故で手がどうなったかを見てとると、彼女は目に涙を浮かべてファーガソンの体に両腕を巻きつけ、ごめんなさいごめんなさい、と謝罪の言葉を口走り、それを聞いてファーガソンは、事故以来初めて、心の奥で自分がどれだけフランシーを責めていたかを思い知った。こうなったのは彼女のせいではないし、車の中で彼女が最後に向けてきた眼差しが狂者の、もはや自分の思いを制御できない人間のそれであったとしても、車を木に激突させたのはやはりフランシーなのであり、すべて許したいとファーガソンが思いはしても、完全にそうすることはできず、胸の奥底ではいまだフランシーを恨んでいたのである。口では言うべき科白をすべて発し、根に持っちゃいないよ、何もかも許すよと言うさなかにも、自分が嘘をついていること、これからもずっと根に持つだろうということがファーガソンにはわかった。今後一生、彼ら二人のあいだに事故は立ちはだかりつづけるのだ。

三月三日にファーガソンは十七歳になった。その数日後、地元の陸運局へ行ってニュージャージー州運転免許の実地試験を受け、運転の腕前を披露した。カーブでの滑らかなハンドルさばき、アクセルの安定した踏み方（生卵に足を載せるみたいと父にも評された）、ブレーキやバックの上手さ、そしてさらに、多くの人間が試験に落ちる元となる並列駐車の完璧さ。長年にわたり試験は何百と受けてきたが、この試験に合格することはこれまで学校で成し遂げた何にも増して重要だった。これこそ本番であり、ひとたびポケットに免許証が収まれば、いろんな扉の錠が外せて、籠の外に出られるのだ。

両親が苦労していることは知っていた。商売はどちらも振るわず、家計が苦しいことはわかっている。まあまだ困窮とまでは行かないが、かなり近い。一月一月ますます近づいている。ヴァーモントでの入院費用はおおむねブルークロス／ブルーシールドの保険でカバーできたが、ほかにもいろいろ出費はあった。自己負担分の現金支出、長距離電話の費用、それにモーテル宿泊費や母のレンタカー代。両親にとって楽ではなかったはずで、雨の日に破れた傘で靴も履かずに外へ出るようなものだったにちがいない。だから三月三日が巡ってきて、両親から貰った唯一の誕生日プレゼントがミニチュアカー（一九五八年型の白いシェヴィ・インパラの超小型レプリカ）だったときも、一種のジョーク・プレゼントとしてファーガソンは受けとめた。一方ではこれから受けようとしている免許試験のお守りでもあり、もう一方ではこれ以上のものを贈る余裕がないことを白状している品。まあ仕方ないな、とファーガソンは思った。実際けっこう可笑しいと思ったし、両親二人ともニコニコ笑っているので、彼も笑顔を返し、ありがとう、と礼を言い、次に母が言った言葉もぼやぼやしていて耳に入らなかった——恐るるなかれアーチー、大きな樫の木も小さなドングリから育つなれば（辛抱が肝腎、の意の諺）。

六日後、樫の木が家の前に出現した。ミニチュアならぬフルサイズの車、いまやファーガソンの机の上に多目的ペーパーウェイトとして定位置を得ているドングリの巨大なレプリカ——いや、ほぼレプリカと言うべきか、なぜなら家の前に駐まった白いシェヴィのインパラは一九五八年製ではなく六〇年製で、ミニチュアの四ドアとは違い二ドアだ。ファーガソンの両親は二人とも車の中に座り、一緒になってクラクションを鳴らしている、ガンガンガンガン鳴らしている、やがて息子がいったい何の騒ぎかと部屋から降りてくるまでずっと。

母親が言うには、三月三日にこれを渡そうと思っていたのだけれど、若干修理が必要で、思ったより時間がかかってしまったのだという。気に入ってくれるといいけど、と母は言った。あんたに選ばせようかとも思ったんだけど、それじゃサプライズにならないでしょ。こういうプレゼントの楽しさは何てったってサプライズだもの。

ファーガソンは何も言わなかった。

父親が眉間に皺を寄せ、訊いた。どうなんだアーチー、気に入ったか、気に入らないか？

イエス、気に入った。もちろん気に入った。気に入らないわけがない。あまりに気に入ったので膝をついて車にキスしたいくらいだ。

だけどお金はどうしたの？　とファーガソンはようやく訊ねた。これ、すごく高かったでしょう。

意外にそうでもないのさ、と父が言った。ただの六千五百。

修理の前、後？

前。後だと八千きっかり。

それって大金だよ。全然高すぎるよ。こんな無理、すべきじゃなかったよ。

馬鹿なこと言わないで、と母が言った。あたしはこの六か月で百枚ポートレートを撮って、写真集も出来上がって、あたしの撮影した有名人たちの家の壁に何が掛かってると思うのよ？

ああそうか、とファーガソンは言った。助成金だけじゃなくてボーナス収入もあったんだね。有名人が自分を見る快感の値段、いくらつけたわけ？

一枚一五〇、と母は言った。

ファーガソンはひゅうっと口笛みたいな音を立て、感心して首を縦に振った。

計一万五千だぞ、と父親が念を押すように言い添えた。ね？　あたしたち貧民院に直行ってわけじゃないのよアーチー、少なくとも今日はまだ、たぶん明日もまだ。だからもう余計なこと言わないで乗んなさい、あんたの車なのよ、あたしたちをどこかに連れてってちょうだい。

こうして〈車の季節〉が始まった。生まれて初めて、ファーガソンはどこへ行き来するにも自分で統御できるようになった。自分を囲む空間の至高の支配者として、彼の前に在る神はいまや六気筒の内燃機関のみ、そしてその神は満タンのガソリンと五千キロごとのオイル交換以外何も求めなかった。春から初夏にかけて毎朝ずっと車で登校し、たいていは助手席にボビー・ジョージが座り、時には後部席にももう一人乗っていて、学校が三時十五分に終わると、もはや自宅に直行して狭い自室にこもりはせず、ふたたび車に乗り込んで走り回った。一時間か二時間、目的も目的地もなく、ひたすら運転することの混じり気なしの快楽のために運転した。最初の十五分くらいまではどこへ行きたいのかもわからなかったが、結局サウスマウンテン保護区に至るくねくねした道をのぼって行くことが多かった。エセックス郡唯一の荒野、何エーカーも森とハイキング道が広がり、フクロウやハチドリやタカの棲まうサンクチュアリがあって、無数の蝶が飛び交い、山の頂上に着くとファーガソンは車から降りて眼下の巨大な谷間を見渡す。どの町もどの町も家、工場、学校、教会、公園がびっしり並ぶ。この眺めの中に二千万以上の人がいる、合衆国の全人口の十分の一がいるのだ、何しろハドソン川までつながっていてさらにその向こうにはニューヨーク・シティがある、この山頂から見て一番遠くにニューヨークの高層ビル群が見える、マンハッタンの一連の摩天楼がちっぽけな草の茎みたいに地平線から突き出ている、そしてあるときエイミーの住む都市を見ながらひとたびエイミーに会いに行かなくちゃという思いが頭に浮かぶや、突如ファーガソンはふたたび車に乗っていて、どんどん増えていくラッシュアワーの車の流れの中を衝動のままにニューヨークめざして走り、一時間二十分後にシュナイダーマン家のアパートメントに着くと、宿題をしている最中だったエイミーはドアを開けてファーガソンを見てものすごく驚き金切り声を上げた。

アーチー！　あんたここで何してんのよ？

君にキスしに来たんだ。一度だけキスして帰らなくちゃいけない。

一度だけ？　とエイミーは言った。

一度だけ。

かくしてエイミーは両腕を広げ、ファーガソンがキスするのを許した。その一度だけのキスの真っ最中に、たまたまエイミーの母親が玄関の廊下に出てきて、まあエイミーったら、何してるの？　と言った。

何してるように見える、ママ？　とエイミーはファーガソンの口から自分の唇を離して母親を見ながら言った。あたし、二本足で歩く誰よりもクールな男とキスしてるのよ。

それはファーガソンにとって至福の一瞬だった。思春期の熱望の頂点そのもの、何度も夢想しながら実行してみる勇気が出たためしのなかった壮大にして愚かしい行ない。前言を翻してその瞬間を駄目にしたくなかったから、エイミーと母親に深々と一礼して階段へ向かった。通りに降り立つと、これも車がなければできないよな、としみじみ思った。一月には車で危うく死にかけ、ほんの二か月後のいま、車が人生を返してくれている。

三月二十三日月曜、ファーガソンは学校に帽子をかぶって行かないことに決めた。もう髪は生え戻り、事故以前の頭とほぼ変わらなくなっていて、帽子がなくなったことを話題にしたのはフランス語クラスの女の子三、四人だけだった（その一人はマーガレット・オマラ、六年生のときにファーガソンに秘密のラブレターを送ってきた子である）。木曜の朝、この季節にしてはひどく暖かな陽気だったので、手袋も着けないことにした。ふたたび誰も大したことは言わず、次第に減りつつある友人たちの輪の中で、よく見せてくれと言ってきたのはボビー・ジョージ一人であり、ファーガソンとしても渋々見せたのだった。左腕を差し出し、ボビーにその手を握らせると、ボビーはそれを自分の顔に十五センチの近さまで持っていって、ベテラン外科医の目で——あるいは脳足りんの子供のようにか？　ボビーって奴は本当にわからない——しげしげと眺め、ひっくり返してはまた元に戻し、傷を負ったあたりをそっと指で撫で、やっと放したのでファーガソンが腕を下ろして脇へ戻すと、ボビーは言った。すごくいい感じじゃないか、アーチー。もうすっかり治って元の色に戻ったよ。

　事故に遭ってからというもの、いろんな人から、指を失くしたあとに立派な人生を歩んだ有名人の話を聞かされた。たとえば、野球選手のモーデカイ・ブラウン。スリーフィンガー・ブラウンの異名をはせたこの投手は、十四年間で二三九勝を挙げて野球殿堂入りも果たした。無声映画の喜劇俳優ハロルド・ロイドは小道具の爆発事故で右手の親指と人差指を失ったにもかかわらず、例の巨大な時計の針からぶら下がる場面をはじめ無数のありえないスタントをやってのけた。ファーガソンはそういう励ましの物語で己を奮い立たせようと努め、自分も八本指の者たちの集まりの誇り高い一員なのだと考えるようにしたが、その手の応援団的物言いが飛んできてもたいていは白けてしまい、バツの悪い思いをしたり、何甘ったるいこと言ってるんだとムカムカしたりするようになった。とはいえ、そういう他人の範に導かれようと導かれまいと、新たに変わった手の形と彼は徐々に折り合いをつけつつあった。だんだん慣れてきたぞ、そう思った。三月二十六日にとうとう手袋を外すと、これでもう最悪の時期は過ぎたと思えた。が、彼が計算に入れていなかったのは、手袋のおかげでいままでどれだけ楽になっていたか、手の姿を意識して縮み上がってしまうことのおぞましさに対する盾としてどれだけ手袋に依存していたかだった。手がむき出しになり、すべて平常に戻ったかのようにふるまおうとしはじめたいま、他人が目の前にいるたび——つまり学校にいるときはほぼ常時——左手をポケットに突っ込む癖に彼は陥った。この新しい癖で何とも気が滅入るのは、自分ではまったくそれを意識していないことだった。完全に反射神経的に、意志とはまるで無関係にやってしまうのであり、何らかの理由で手をポケットから出す必要が生じて初めて、そもそも手をポケットに入れていたことを思い知るのだった。学校の外では誰もこの癖に気づいていない。エイミーも、母も父も、祖父母も。自分のことを大切に思ってくれる人たちの前で勇気を出すのは難しくないからだ。けれども学校ではいまやすっかり臆病になってしまい、ファーガソンは自分を軽蔑するようになった。とはいえ、自分でもやっているとわからないことをどうやってやめられるというのか？　この問題には何ら答えがないように思えた。これもまた昔からの難題たる精神‐身体問題の一環ではないか。今回は精神なき身体が、あたかも独自の精神を有しているかのようにふるまっている。が、一か月にわたって空しくあがいた末に、やっと答えが、きわめて実際的な答えが浮かんできた。学校にはいていく四本のズボンを集めて母親に渡し、左側前後のポケットをすべて縫ってくれと頼んだのである。

　四月十一日、エイミーがバーナード大から合格通知を受けとった。彼女を知る人間は誰も驚かなかったが、本人は何か月ものあいだ、去年〈代数Ⅱ－三角法〉で取った81点をずっと気に病んでいたのだった。この点のせいで、全体の平均が95点から93点に下がってしまったのだ。それにまた、ＳＡＴの点もちょっと低く、一四五〇点が目標だったのに一三七五点しか取れなかった。ひたすら待つ不安な数か月間、ファーガソンは彼女を安心させようと努めたが、そのたびにエイミーは、この人生に絶対ってことは何ひとつないのよ、世界は政治家の握手に劣らずすばやくやる気満々失望を配りまくるのよ、と答えた。彼女としてはとにかく失望したくなかったから、はじめから失望する覚悟を決めていたので、ようやく朗報が届いたとき、感じたのは喜びよりむしろ安堵だった。だがファーガソンは喜んだ。単にエイミーのためではなく、わがこととして、何よりわがこととして喜んだ。なぜなら、バーナードを落ちた場合の滑り止めもいくつか確保してあったものの、どの大学もニューヨークという名でない街にあったからだ。ボストン、シカゴ、ウィスコンシン州マディソン、といった遠くの場所にエイミーが行ってしまうことに日々怯えてファーガソンは暮らしていたのである。そうなったら何もかもが彼にとってひどく困難な、寂しい事態になってしまう。会えるのは年に数回、休み中にあわただしく西七十五丁目に帰ってきてまた行ってしまい、九か月の長きにわたり接触はほとんどゼロ、こっちから手紙を書いても向こうは忙しくて返事を書く暇もないだろうし、そうやって少しずつ、否応なしに二人は離れていき、彼女が新しい誰かに出会うことを妨げるものは何もない。大学生連中に日々取り囲まれていれば、いずれその中の誰かに惹かれてしまうにちがいない。二十歳だか二十一歳だかの歴史専攻、市民権活動家に出会って、まだ高校を卒業していないファーガソンは哀れ忘却の彼方に追いやられ……そこへバーナードからの手紙が届いて、陰惨な展開をあれこれ想像する状態からファーガソンは解放された。まだ若いファーガソンだが、最大の悪夢が時として現実になりうることを学んでいるくらいの大人ではあった。兄が弟から強奪し、大統領が暗殺者の銃弾に斃(たお)れ、自動車は木に激突する。そして時には、そういうことが起きずに済む。二年前、世界が終わる危機が訪れて終わらなかったり（一九六二年のキューバ危機のこと）、エイミーがよその街の大学に行ってニューヨークを去ってしまいそうになったがそうはならず、今後四年間ニューヨークで暮らすことになったいま、自分も大学に行く段になったら絶対ニューヨークだとファーガソンは肝に銘じた。

そのころには野球のシーズンも始まっていて、それについては精一杯考えないよう努めた。試合を観に行きもせず、チームの動向についてはもっぱら朝に車で通学するあいだボビー・ジョージと交わす会話が唯一の情報源だった。ファーガソンに代わって三塁に入ったアンディ・マローンはどうやら新しいポジションへの適応に苦労しているらしく、彼が終盤でエラーしたせいでチームは勝ちゲームを二度失ったという。ファーガソンはアンディのこともチーム全員のことも気の毒に思ったが、ものすごく気の毒に思ったわけではなかった。少なくとも、気の毒には思いつつも同時に、いくぶん嬉しくも思わずにはいられなかった。そう認めるのは辛かったが、自分がいなくなってチームが弱くなったと知ることには倒錯した満足感があったのである。ボビーについては、例によって心配なし。いつもいいプレーヤーだったが、パワーヒッターでキャッチャーとしても抜群、ファーガソンが抜けたいまチーム最高の選手だった。ボビーに説き伏せられて、ファーガソンは五月の二週目にやっと、コロンビア高校相手のホームゲームを観に行き、そのすさまじい上達ぶりに目を見張った。シングルヒット、二塁打、スリーランホームラン、守っては二塁への盗塁を二度刺した。鼻を詰まらせ口から息をして親指をくわえていた小僧もいまや身長一八八センチの若者で、体重九十キロを超える筋肉質の体はきわめて敏捷で、グラウンドでもすっかり大人に見えて、プレーで見せる賢さはファーガソンにとって驚き以外の何ものでもなかった。何しろボビー・ジョージは野球とフットボールと下卑たジョークに笑うこと以外は万事まるっきりの脳足りんであり、授業を落第しまくらずに済んでいるのは、ひとえに両親が州立モントクレア大の学生を家庭教師に雇って、何とか成績がCより下にならないよう気をつけているからなのだ（Cより下がると学校間対抗スポーツにも参加できない）。それが野球をやらせれば、実に賢いプレーをやってのける。ボビーの進歩を見届けたいま、もうこの春はこれ以上試合に行って自分を苦しめる必要はなかった。まあ来年には行ってもいいかもしれないが、いまはまだ辛すぎる。そう思った。

夏が迫り、進学問題もやっと片付いたエイミーは、ふたたび政治の話をするようになった。ＳＮＣＣ（学生非暴力調整委員会）、ＣＯＲＥ（人種平等会議）、さまざまな運動の方向性などをめぐる自分の考えを滔々と語り、学年度最後の数か月に組織されつつある〈ミシシッピ・サマープロジェクト〉にまだ若すぎて参加できないことをひどく悔しがっていた。ＳＮＣＣによって始動された、三本柱から成るこの運動は、北部に住む大学生のリクルートを計画していて、これによって加わる千人が（１）公民権を持たないミシシッピ州の黒人たちの選挙人登録を促す運動に協力し、（2）数十の大小都市で黒人児童のために開かれる〈フリーダム・スクール〉の運営を手伝い、（3）〈ミシシッピ自由民主党〉を結成し、人種差別に染まったオール白人民主党代表団に取って代わる代議員団を選出し、八月末にアトランティック・シティで開かれる民主党大会に参加することをめざしていた。エイミーとしては、暴力と偏見の渦巻くこの危険ゾーンに自分も行って、体を張って大義に尽くしたくてたまらなかったが、十九歳以上という制限があってそれも叶わなかった。ファーガソンにしてみれば何とも有難い話である。大義に対する信念では自分も負けなかったが、エイミーのいない夏なんてとうてい耐えられない。

　その後の数か月、耐えられないことはたくさん起きたが、彼らの身に直接起きたわけではなかったし、夏休みはそれぞれアルバイトをしたにもかかわらず（エイミーは〈八丁目書店〉の店員、ファーガソンはスタンリーズＴＶ＆レイディオの従業員）、週末のみならず平日の晩にも頻繁に会った。仕事を終えてすぐファーガソンが車でニューヨークへ行き、書店でエイミーを拾って、〈ジョー・ジュニアズ〉でハンバーガーを食べてから、〈ブリーカーストリート・シネマ〉で映画を観るか、ワシントン広場を散歩するか、またはエイミーの友だちの誰かがアパートを留守にしていたら裸で転がりあう。ファーガソンの車があるおかげでいまやどこでも行きたいところへ行けた。世は〈フリーダム・サマー〉、自分たちにはフリーダム・カー。土曜と日曜は、ジョーンズ・ビーチに出かけたり、北の森や南のジャージーの岸辺まで行ったり。大いなる思考と、獰猛な愛と、すさまじい痛みの夏。六月十九日（奴隷解放を記念する日として各地で祝われる）に公民権法案が上院を通過したところまでは幸先よかったが、そのわずか七十二時間後、耐えがたい出来事が始まった。六月二十二日、〈ミシシッピ・サマープロジェクト〉に加わった若い男性三人が行方不明になった。アンドルー・グッドマン、ミッキー・シュワナー、ジェームズ・チェイニーの三人はある教会爆破事件について調査するためほかの学生たちより先にオハイオのトレーニングセンターを出て、出発の日以来消息がとだえていた。明らかに、白人の人種隔離主義者に暴行され、拷問され、殺されたにちがいない。北部から乗り込んできて自分たちの生き方を脅かす急進派どもを威嚇するのが目的なのだ。だが三人の遺体がどこにあるかは誰にもわからなかったし、ミシシッピ州に住む白人の誰一人気にしていないように見えた。ニュースを聞いてエイミーは泣いた。七月十六日、バリー・ゴールドウォーターがサンフランシスコで共和党の大統領候補に指名され、白人警官がハーレムで黒人のティーンエージャーを射殺し、このジェームズ・パウエルの死に応えてハーレムとベッドフォード＝スタイヴェサントとで暴動と略奪が六夜にわたって続くとエイミーはふたたび泣いた。屋上に立って眼下の警官たちに石や生ゴミを投げる人々の頭ごしにニューヨーク警察の警官たちは本物の銃弾を発射した。南部で黒人の暴徒を追い散らすときのように消火ホースや犬が使われるのではなく、実弾が使われたのである。エイミーが泣いたのは、人種差別が南部同様北部でも、彼女の街でも同じくらいひどいと思い知ったためであり、加えて、自分の無邪気な理想が死んだことを見せつけられもしたからだった。黒人と白人が連帯する、肌の色を区別しないアメリカの夢は愚かしい願望にすぎない。わずか十一か月前にワシントンでの大行進を組織したベイヤード・ラスティンですらもはや何の影響力も持たず、ラスティンがハーレムで群衆の前に立ち、負傷者も死者も出ないよう暴力はやめようと訴えたときも、黒人の人々は彼を野次り倒し、アンクル・トム（白人に迎合する黒人の意）と呼んだ。平和な抵抗は意味を失い、マーティン・ルーサー・キングは昨日のニュースとなり、ブラックパワーが至高の信条となって、その力のあまりの大きさにものの数か月でアメリカ人の語彙からニグロという言葉が消えた。八月四日、グッドマン、シュワナー、チェイニーの遺体がミシシッピ州フィラデルフィア近郊の土堰堤（アースダム）で発見され、ダムの底の泥になかば埋もれて横たわっている死体の写真は見るからに恐ろしく、ファーガソンも顔を背けてうめかずにいられなかった。翌日、トンキン湾沿岸をパトロール中の合衆国駆逐艦二隻が北ベトナムの快速哨戒（しょうかい）魚雷艇に攻撃されたとの情報が発され——少なくとも政府の公式報告ではそういうことだった——八月七日、トンキン湾決議案が下院を通過し、ジョンソン大統領は「合衆国軍に対するあらゆる攻撃を撃退し、それ以上の侵犯を事前に防ぐため必要な手段をすべて採る」権限を得た。戦争が始まったのであり、エイミーはもはや泣いていなかった。いまやジョンソンに関する彼女の意見は定まり、激憤に包まれ、その怒りのあまりの高まりを目にしたファーガソンは、今後彼女が微笑むことがあるのか、ジョークを言って試してみようかと思ったほどだった。

これは大事（おおごと）になるわよアーチー、とエイミーは言った。朝鮮戦争より大きい、第二次世界大戦以来最大の戦争になるのよ、自分が加わらなくていいことをせいぜい喜ぶことね。

え、どうしてだい、パングロス博士？　とファーガソンは訊いた。

親指がひとつしかない人間は徴兵されないのよ、有難いことに。

3.2

3.3

エイミーはもう彼のことが好きではなかった。少なくとも、ファーガソンが望んでいるような形では。この春と夏の夢のような日々、キスする間柄のいとこ同士がいとこの領域を越えて本物の愛に挑んだのに、いまではまたただのいとこに逆戻りしていた。ロマンスを断ち切ったのはエイミーの方で、ファーガソンが何をしようと彼女の気持ちは変わらなかった。シュナイダーマン家の人間が一度こうと決めたら、もうどうやっても動きはしない。ファーガソンに関するエイミーの主たる不満は、自分のことに没頭しすぎる、やたら抱きついてくる（特に胸を執拗に襲ってくる——まだ十四歳では胸を預ける気になれない）、胸以外のすべてのことに関して受け身すぎる、全体に未熟すぎる、社会的良心があまりに欠けていて意味のある会話をしようにもできない、等々だった。そりゃあんたのことを愛しくは思うわよ、それはずっと変わらない、とエイミーは言い、映画狂でバスケットには熱心だが総じて怠け者のファーガソンを新たな拡大家族の一員として持つのは楽しいけれどボーイフレンドとしてはまるで駄目だ、と審判を下したのである。

夏（一九六一年）が終わる二週間ばかり前に恋は終わり、九月に入って学校がまた始まるとファーガソンは大きな喪失感に囚われた。もうエイミーと熱いキスを交わすこともできないばかりか、恋以前にあった連帯感も絶えてしまったのだ。もはやどちらかのアパートメントに行って一緒に宿題をするのもなし、テレビで『トワイライト・ゾーン』を観るのもなし、ジンラミーに興じるのも、レコードを聴くのも、映画に出かけるのも、リバーサイド・パークを散歩するのもすべてなくなった。家族の集いでは依然彼女に会っていて、月に二度か三度は、どちらかのシュナイダーマン家のアパートメントでディナーか日曜のブランチに集まったり、ブロードウェイの〈四川飯店（スーチュアン・パレス）〉や七番街の〈ステージ・デリ〉（有名なデリカテッセン）に出かけたりしていたが、そういうときにエイミーを見るのはいまや苦痛だった。信頼できるまっとうな人間の基準を満たしていないという理由で拒絶され、却下されたいま、彼女のそばにいるのは辛かった。前はいつも隣に座っていたのに、いまはテーブルの反対側に逃れ、まるで彼女がいないかのようにふるまった。九月最後の週、ダン叔父さんとリズ叔母さんの家でのディナーで、例によって老シュナイダーマンがベルリンの壁に東ドイツが埋め込んだ毒性ラジウムの話をべらべらまくし立てている最中に、ファーガソンはすっかり嫌気がさして席を立ち、トイレがどうこうと口実を呟いて食卓から去った。たしかにトイレに行きはしたが、単にみんなから隠れるためだった。こういう家族の集まりで、エイミーの前で礼儀正しい仮面をかぶらないといけないのはもう耐えがたかった。彼女をまた見るたびにまだ癒えていない傷口が新たに開き、もはや彼女がいるところで何をしたらいいか、何を言ったらいいかわからなかった。だから洗面台の水を出し、トイレを二度ばかり流して、あくまで体内のものを出しに行ったのだと見せかけ、自分を憐れむみじめな快楽に浸るためとは気づかれぬよう努めた。三、四分後にドアを開けると、エイミーが廊下で両手を腰に当てて立っていて、その挑むような、喧嘩腰の剣幕からして、どうやら彼女も彼女でもう耐えがたいと思っているようだった。

　いったいどうなってんのよ？　と彼女は食ってかかった。あんた、あたしのこともう見もしない。あたしに話しかけもしない。ただむすっと拗(す)ねてるだけ。いい加減苛々してくるわよ。

　ファーガソンはうつむいて、胸が張り裂けてしまったんだ、と答える。

　馬鹿なこと言わないでよ、アーチー。あんたはただ失望してるだけよ。あたしだって失望してるのよ。だけどあたしたち、友だちでいることはできるでしょ。いままでずっと友だちだったじゃない。

　ファーガソンはまだ彼女の目を見る気になれなかった。もう戻れやしないよ、と彼は言った。元通りにはならない。

　冗談でしょ？　そりゃさ、気の毒だとは思うわよ、けどべつに戻るも戻らないもないでしょ。まだ何も始まってすらいないのよ。あたしたち十四歳なのよ、いい加減にしてよ。

　もう胸が張り裂ける歳だよ。

　タフになりなさいよ、アーチー。情けない子供みたいなこと言って、見てらんないわよ。まるっきり見てらんない。あたしたちこれからも、ずっと、ずっといとこ同士なのよ、あんたが友だちでいてくれなくちゃ困るのよ、だから見てらんない真似しないでよ。

　タフになれ、とファーガソンは自分に言い聞かせた。こうやってエイミーにきつい言い方で叱責されるのは辛かったけれど、たしかに自分は軟弱になっていたし、自分を憐れむ思いに溺れていた。さっさとやめないと、グレーゴル・ザムザみたいに、ある朝落着かない夢から目覚めたら巨大な虫に変わっていたなんてことになってしまう。いまは九年生、高校の第一学年。リバーサイド・アカデミーでの成績はこれまでまずまず良好だったが、七年、八年時には少し落ちていた。退屈して身が入らなかったからか、そんなに頑張らなくても何とかなってしまうだけの力があってそれに頼りすぎたか。だがいまやどの科目ももっと大変になってきていて、ここは少し本腰を入れて勉強しないと、フランス語の不規則動詞の単純過去活用形を言うとか、プラハの窓外放出事件（一六一八年に起きた、三十年戦争のきっかけとなった出来事）やヴォルムス国会（何て名前だ！〔一五二一年、ルターを異端者と宣告した国会で、英語で言えば the Diet of Worms となり、「蛆虫のダイエット」の意にもなる〕）といった深遠なる出来事が何年に起きたかも答えられまい。ここは精一杯成績を向上させよう、とファーガソンは決意した。英語、フランス語、歴史は絶対A、生物と数学も最低Bプラス。厳しいがひとまず現実的な目標である。生物・数学までAを目指すとなれば勉強時間も相当増やさねばならず、バスケットをやるのは不可能になってしまう。感謝祭休暇のあとにトライアウトが始まって、ファーガソンとしては何としても一年生チームに入ろうという気でいた。そして首尾よく合格し（フォワード、先発）、勉強の方もひとまず期待したレベルだったが、予想外の結果もいくつかあって、Aだと決めていたフランス語はがっかりしたことにBプラスだった一方、Bプラスだと踏んだ生物は奇跡的にAマイナスに進化した。まあいい。とにかく一学期は優等生名簿に入ったのだから。かりにエイミーがリバーサイド・アカデミーの生徒だったら、ファーガソンの優秀な成績のことも耳にしただろうが、彼女はリバーサイドの生徒ではなく、ゆえに彼の成績については何も知らなかった。そして怒れる、胸の張り裂けたいとこは、タフになったことを自分から知らせるにはプライドが高すぎたから、エイミーの叱責に彼が心底恥じ入り、その低い人物評価を覆そうと一念発起したことも彼女は知らずにいた。

それはそれとして、ファーガソンがいまだエイミーを求めていることは言うまでもない。エイミーを取り戻すためなら何だってやる気でいる。とはいえ、いずれまた彼女の心を取り戻せるとしても、それには時間が、下手をすると相当長い時間がかかるだろうし、そうなる——かどうかもわからないが——までの時間、最良の善後策として、ここは新しいガールフレンドを作るのが手だとファーガソンは考えた。そうすれば、はた目にもエイミーに対する興味を失ったように見えて、彼女との関係の破綻をもう済んだことと割り切れるし（これが肝腎）、四六時中彼女のことを考えずに済むようになるだろう。エイミーについて考えなければ考えないほど、ふさぎ込むこともなくなって、ふさぎ込むこともなくなれば、エイミーの目から見た自分の魅力もふたたび増すのではないか。新しいガールフレンドが出来ればより明るい人間になり、この新たな明るさに背中を押されて家族の集まりでもエイミーに対してより感じよくふるまえて、よりチャーミングになり、気持ちもコントロールできるようになるだろう。そして、機会あるごとに、エイミーと時事問題を語りあう。これがエイミーの彼に対する主たる不満のひとつだったのだ——政治に無関心だ、国内外の大きな世界で起きていることに目を向けようとしない。この欠点を克服すべく、これからはニュースにもっと注意しようとファーガソンは決意した。家には毎朝新聞が二紙届く。『ニューヨーク・タイムズ』と『ヘラルド・トリビューン』。ギルと母親は主に『タイムズ』を読んで『トリビューン』は無視した。『トリビューン』はギルの雇用主であるわけだが、家庭内ではこの新聞は、アッパー・ウェストサイドの住人には共和党寄りすぎて真剣に受けとめるに値しない、と茶化されていた。にもかかわらず、ギルの音楽評や記事はほぼ一日おきに、ウォール街の金とアメリカの権力に支えられた、パーク・アベニューを拠点とするこの媒体に掲載されたのであり、ギルの名を冠した文章を切り抜き、母親のためにクリップでまとめて箱に入れておくのはファーガソンの仕事だった。母はいつの日か、ギルがそうやって書き溜めたものをスクラップブックにまとめる気でいたのである。ギル本人は年中、そんなゴミなんかにかかずらうことはない、とファーガソンに言っていたが、ギルが気まずく思っている反面ひそかに喜んでもいることにファーガソンは勘づいていた。だから彼は単に肩をすくめ、悪いけどボスの命令なんでね、と答え、すでにローズ・アドラー／ローズ・シュナイダーマンと二つの名を持つ人物の名をもう一つ増やし、そうするとギルの方もまあ仕方ないという顔を装って、もちろんですとも（ナチュルリッヒ）、大尉（マイン・ハウプトマン）、命令に背いて問題を起こすわけには行きませんよねと答えた。かくして『タイムズ』と『トリビューン』が毎朝ファーガソンに読まれるべく配達され、午後に学校から帰ってくるとたいていは『ニューヨーク・ポスト』も届いていて、これら日刊紙に加えて『ニューズウィーク』『ライフ』『ルック』（これにはときどき母が撮った写真も載った）『I・F・ストーンズ・ウィークリー』『ニュー・リパブリック』『ネイション』等々の雑誌もあり、これまではうしろの方の映画・書評欄に直行していたが、いまや全ページに目を通すよう努め、世の中で何が起きているのかを知ろうと政治の記事を読み、エイミーとどう対等に会話するかの策を練るのだった。愛のためにこれだけの努力を惜しまぬ気がファーガソンにはあったのである。とはいえ、一国民としての知識も増し、民主党と共和党の争いや、アメリカが友好国・非友好国と交わすやりとりにも目を光らせるようになったものの、いまだに政治ほど退屈で陰気で気の滅入るテーマもほかにないという気持ちは変わらなかった。冷戦、タフト＝ハートリー法（一九四七年に制定された、労働組合の活動を制限する法律）、地下核実験、ケネディ対フルシチョフ、ディーン・ラスクとロバート・マクナマラ（一九六〇年代の大半、前者は国務長官、後者は国防長官）。どれもファーガソンにとってはほとんど無意味だったし、彼の意見としては、政治家なんてみんな愚かであるか腐敗しているかのどちらか（あるいは両方）であって、大勢の人が賞讃するハンサムな新大統領ジョン・ケネディでさえ、ファーガソンから見ればまたもう一人の愚かであるか腐敗しているかの政治家にすぎない。ビル・ラッセルやパブロ・カザルスのような人物を賞讃する方が、票集めにあくせくする口だけ偉そうな人間に無駄に入れ込むよりずっといい。一九六一年末から六二年初頭にかけて、世の中で起きたことで真に彼の関心を惹いたのは、エルサレムのアイヒマン裁判、ベルリンの危機――これはギルとダン叔父さんが没頭していたからでもある――そしてアメリカ国内での市民権運動くらいなものだった。市民権運動に携わる人々は本当に勇敢であり、彼らが暴く不正は本当に非道だったから、アメリカは地上でも最大級に遅れた国じゃないかと思えてくるのだった。

　だが、エイミーの代わりを探す企てにはそれなりに問題があった。エイミーに似た女の子が見つかると期待したわけではない。彼女は大量生産に向けて設計されたたぐいの人間ではないのだ。とはいえ、二級の代替品に甘んじるのも気が進まない。まあエイミーには遠く及ばないとしても、独自のきらめきがある、ファーガソンの度肝を抜き心臓の鼓動を速めてくれる人物がいい。あいにく、もっとも有望な候補者たちはみなすでにほかの男に心を委ねていた。たとえば、第一学年のヘディ・ラマーと謳われるとびきりの美女イザベル・クラフトは二年生の男の子とデートしていたし、イザベルの魅力的ないとこアリス・エイブラムズ、甘い声をしたかつての恋人レイチェル・ミネッタも同じだった。これが高校一年の生活の核をなす主たる事実だった。たいていの女子はたいていの男子より大人であり、そのためトップレベルの女の子は同学年の男の子には目もくれず、二学年上までは行かずともだいたい一学年上の男の子とつき合っていたのである。ファーガソンとしては即座の結果を期待していて、遅くとも十月なかばには（つまりエイミーからタフになりなさいよと言われてから三週間後には）成果を挙げたいと思っていたが、十一月がだいぶ過ぎてもいまだ探求中だった。努力を怠ったからではない。土曜日は四週続けて、四人別々の子と映画デートを敢行したのである。が、会ってみた女の子の誰一人、これだとは思えなかった。学校が感謝祭の休暇に入るころにはもう、リバーサイド・アカデミーにこれだと思える子は一人もいないんじゃないかという気になった。

バスケットが恋の失望を、少なくとも週五日は紛らわす役に立ってくれた。さらに土日も、友人たちと即席でプレーする試合、たまの土曜の晩のパーティ、見つかった人間誰とでも（しばしば母親）行く映画、ギル一人かギルと母親の両方と行くコンサート等々が、愛なき週末を切り抜ける助けになってくれたが、何と言ってもシーズン残りの十一週間にわたってバスケットをやったおかげで、年じゅう塞ぎの虫に取り憑かれずに済んだ。まず一週間のトライアウトに合格し、そして最終選考にも合格したことの大きな満足感、さらにコーチ・ニム（あまりに静かな性格なので皆はしばしばコーチ麻痺と呼んだ）の指導の下で一週間かけてチームが編まれていく放課後のおそろしくきつい練習、それから九週間にわたる試合。全部で十八ゲーム、火曜の午後と金曜の夕方に一ゲームずつ、半分はホームコート、半分はニューヨーク・シティ一帯に散らばったほかの私立学校のコートで、目玉の学校代表チーム対抗試合の前に行なわれる一年生の前座試合である。わざわざ背番号13を求めた変わり者ファーガソンは、ほかの先発メンバー四人と一緒にコートに飛び出し、ジャンプボールの位置に就くのだった。

いとこのジムとリバーサイド・パークで毎週土曜に行なった朝練のおかげで、荒削りな十二歳のビギナーは、十四歳と九か月、リバーサイド・レブルズの初試合で七点を挙げたときにはもう、華々しいとは言えずとも堅実なプレーヤーに変身していた。自分の才能に限度があること、バスケットで大成するのに必要な並外れたスピードも欠けていることは承知していたし、左手は右手ほど敏捷ではなく、すばやい攻撃的な相手に攻められたときの対応もいまひとつ危なっかしいままだろう。目もくらむ一瞬の早業もないし、一対一での意表を衝くフェイントもないが、それでもファーガソンのプレーには十分見るべきものがあって、毎回交代させられることもなく、チームの欠かせぬ一員となっていた。と言っても、誰よりも高く跳べるジャンプ力、これに「突撃隊長」の異名を取る無謀なほどに熱いプレーが加わって、背の高い相手とゴール下でボールを取りあうときも、巧みなリバウンドを綺麗に決める並外れた技が身についた。レイアップもめったに外さず、アウトサイド・シュートもまずまずで今後もっとよくなりそうだった。が、練習で見せる正確さが実戦でも同じように発揮されることはめったになかった。激しい攻防の中でついシュートを焦ってしまう癖があるため、一年目は攻撃にややムラがある結果になった。シュートが決まり出すと一ゲーム十点、十二点と挙げたりするものの、決まらないと二点、〇点だったりする。というわけで最初の試合で挙げた七点というのが結果的にシーズンの平均ともなったが、何しろ試合は三十二分であり全体の得点も各チーム三十五から四十五点というところだから、一ゲーム七点というのは決して悪くない。目ざましいとは言えないが、十分悪くなかった。

フレー、フレー、フレー、レブルズ！　レブルズ！　頑張れー！

が、数字は彼にとってはどうでもいいことだった。チームが勝ちさえすれば自分が何点取ったかにはこだわらなかったし、勝ち負けよりもっと大事なのは、そもそも自分がチームの一員でいられることだった。13番のついた、赤と黄のレベルズのユニフォームを着るだけで嬉しく、一緒にプレーする九人の仲間も好きだったし、ハーフタイムにロッカールームでコーチ・ニムが喋る、活気（ペップ）はないが鋭いところを衝いた活入れ（ペップ・トーク）も、チームの同僚と最上級生十人と最上級生チアリーダー六人と一年生チアリーダー四人と一緒にバスに乗ってアウェーの試合に向かうのも、バスの中での陽気な混沌や騒々しいジョークも（三年生の道化者イギー・ゴールドバーグがズボンを下ろし尻を丸出しにして窓から突き出しすれ違う車に乗った人たちを仰天させて二試合出場停止を食らったり）、とことん真剣にプレーして自分が自分の体の中にいる感覚がなくなり自分が誰なのかもわからなくなるのも、練習でさんざん汗をかいたあとにシャワーの熱い湯が肌から汗を吹き飛ばしてくれるのを感じるのも、チームがスタートはいまひとつで大半の試合に負けたもののだんだん調子が出てきて後半は大半のゲームに勝利し八勝十敗とほぼ五割に達したことも、うち一勝はヒリアード相手のホームゲームで自分は三点しか稼げなかったけれどリバウンドでチームをリードして勝ったことも、何から何まで嬉しかった。

勝つぞレブルズ！　レブルズ！　ゴー＝ゴー＝ゴー！

一番いいのは、人が見に来てくれること、リバーサイドの小さな体育館にいつも二試合を見に来てくれる観衆がいることだった。数千ではなく、数百ですらないが、一応スペクタクルという雰囲気は十分出る数である。チャッキー・ショウォルターが大太鼓を叩いてチームを鼓舞（こぶ）し、ファーガソンの親戚もみな一度は来て突撃隊長を応援してくれた。特にダン叔父さんはホームゲームを一回も見逃さず、次いで母親も仕事で街を離れているとき以外はいつも来てくれたし、ミスタ・ノースポーツ・ギルでさえ何度か見に来て、一度はいとこのジムが大学が冬休みでボストンから帰省中に顔を出してくれたし、ヒリアード戦では一度ミス・エイミー・シュナイダーマンその人が現われて、ボールが線外に出るのを止めようとしてファーガソンが激しく転がる姿、それたパスを奪いあってヒリアードの選手に肩をぶつけて転倒させる現場、第四クォーターで相手のレイアップがゴールに入るのをブロックしてリバーサイドの三点リードを保つのを目撃した。試合が終わって、エイミーは彼に言った――よかったわよ、アーチー。ときどきちょっと怖かったけど、見てて面白かったわ。

怖かった？　どういう意味？

わかんない。強烈ってことかな。過激なくらい。バスケットって接触競技だとは知らなかったわ。

そうとも限らないよ。でもゴールの下では、タフにならざるをえないね。

それがいまのあんたなの、アーチー——タフ？

覚えてないの？

何の話？

タフになりなさいよ。覚えてない？

エイミーはにっこり笑い、首を横に振った。その瞬間ファーガソンは、エイミーが耐えがたいほど美しいと思い、その体に両腕を回して口にキスの雨を浴びせたかったが、そんな馬鹿な、恥ずべき真似に走る間もなく、ダン叔父さんが寄ってきて言った。すごかったぞ、アーチー。ジャンプショットはちょっと外れたけど、全体としてはいままで最高のプレーだったと思うね。


やがてバスケットのシーズンも終わり、ガールフレンドのいない、エイミーも誰もいない空虚に逆戻りだった。定期的に会う女の子といえば、ジムが大学へ発つときに置いていった『プレイボーイ』昨年四月号のミス・エイプリルだけ。が、ワシントン州スポキャーン在住ワンダ・パワーズ、ニタニタ笑顔の二十二歳、重力に抗うメロン乳房の、本物のワンダ・パワーズのゴム模型から作られたみたいに見える体を持つ女性は、ファーガソンの想像力に対する呪縛を失いつつあった。

落着かず、意気消沈して、身動きが取れないせいでますます落ち込む。萎えた希望、その希望に取って代わった熱病のような白昼夢。望んだことすべてが実現する官能的な幸福の世界へと、頭の中で空しく、ひっきりなしに赴く。そのすべてに気が滅入るばかりで、これでは駄目だと、ファーガソンはもう一度だけ、エイミーとの関係の修復を試みよう、二人のロマンスをよみがえらせようと決意した。だが、シーズンが終わって五日後エイミーに電話をかけて、土曜の夜にアレックス・ノードストロムの家で開かれるチームのパーティに誘うと、忙しいと言われた。じゃあ次の日は？と訊くと、日曜も忙しいの、と彼女は答え、これでファーガソンも思い知った。それが続く限りエイミーはずっと忙しいのだ。それとは、彼女が名を言おうとしない人物と築いた相思相愛の関係。そういうことなのだ。エイミーにはボーイフレンドがいる。エイミーはいなくなった。希望の緑の牧場は泥と化した。

この失意の電話に続いて、不愉快な出来事がいくつか起きた。一——パーティの晩、生まれて初めて酔っ払った。チームメートのブライアン・ミスチェヴスキと二人でノードストロム家のリカーキャビネットを勝手に開けて、封を切っていないカティサークを一壜盗み、ファーガソンの冬物コートの内ポケットに隠して、パーティがお開きになるとブライアンのアパートメントに持ち帰った。幸いなことにブライアンの両親は週末のあいだよそへ出かけていて（まあだからこそこっそり飲む場に選んだわけだが）、幸いなことにブライアンは、お前両親に電話して外泊の許可をもらえよ、とファーガソンに言うだけの知恵を働かせ、それも済ませてからいよいよ壜を開けて、二人で中身の三分の二を喉に流し込み、三分の二の三分の二はファーガソンの喉を通って胃袋に到達したが、幸いでないことにそこには長くとどまらなかった。何しろその夜以前、ファーガソンはビールを一缶とワインをグラス二杯しか飲んだことがなく、四十三度の蒸留酒などまったくの初体験だったのであり、程なくしてリビングルームのソファで気を失い、飲んだもの全部をミスチェヴスキ家の東洋産絨毯にぶちまけた。二――この情けない、なかば自殺的な泥酔から十日後、ビル・ネイサンソンとやり合った。かつてはビリーと呼ばれていたこの馬鹿でかいヒキガエルに、ファーガソンはリバーサイド・アカデミーに入った年からずっと絡まれていたが、ランチルームで脳足りんの糞野郎と言われてさすがに耐えかねて、その太った腹とニキビ面にパンチの連打をお見舞いしたのである。放課後居残り三日の罰は喰らったし、ギルと母親にも大人になれときつく叱られたが、カッとなって我を忘れたことに何ら後悔はしなかった。代償は払わされたが、ネイサンソンをぶん殴った満足を思えば安いものだった。三――

三月後半のある火曜日の午後、十五歳の誕生日を迎えて一月も経たないころ、ファーガソンは昼食後に学校を抜け出し、ウェストエンド・アベニューからブロードウェイまで歩いて映画を観に行った。これ一回限りだから、と自分に言い聞かせ、とにかく観たい映画は翌日にはもうやっていないし、その後も当面上映の見込みはなく、ケンブリッジのブラトル・シアターですでに観たいとこのジムからは『天井桟敷の人々』が次にニューヨークに来たら絶対行かなくちゃいけない、さもないと自分を人間と呼ぶ権利も失くすぞと言われていた。上映は一時からなので、ファーガソンは西九十五丁目からターリア・シアターまで十ブロックの道を精一杯速く歩きながら、もうちょっと歳が上だったら学校をサボらなくて済むのにな、と考えていた。八時からもう一度上映があるからだ。でもいまはギルと母親に頼んでも、平日の夜に三時間以上の映画を観に行くことなど絶対許してもらえないだろう。今日にしても、あとで二人に言う言い訳を考えないといけない。ベストの、かつ一番シンプルな、昼食のあと気分が悪くなってアパートメントに帰って寝ていたという口実はまず使えない。ギルも母親もほぼ間違いなくアパートメントにいて、ギルは書斎でベートーヴェンに関する著書に取り組み、母親は暗室で写真を現像していたにちがいないからだ。かりに母は出かけたとしてもギルは九十九パーセント家にいただろう。口実が何もないのは困りものだが、自ら何か問題を作り出した際にはいつも、とにかくやってしまってあとのことはあとで心配するのがファーガソンの常だった。何しろ彼は、何かを欲しいと思ったらその気持ちにブレはない若者であり、邪魔するやつは覚悟しろ、という勢いだった。その一方で――とファーガソンは、ひどく冷たい三月の空気の中で混んだ歩道を小走りに進みながら考えた――火曜午後のクラスをサボったところで大した損はない。体育と自習時間、ミスタ・マクナルティもミセス・ウォーラーズもめったに出席をとらないから、上手く行けば何もなしで済むかもしれない。まあ済まなかったとしたら、そしてギルと母親の二人と顔を合わせるまでに偽りの説明が思いつかなかったら、あっさり白状するまでだ。べつに罪を犯しているのでも不道徳な行為をしているのでもない。映画を観に行こうとしているだけだ。そしてこの世の中で、映画を観るほどいいことはそうザラにない。

ターリアは小さな、妙な造りの映画館で、席数はおよそ二百、視界を邪魔する太い柱がいくつもあって、傾斜した床に長年こぼされてきた大量の飲料がべたべた靴の裏にくっついた。狭苦しく、薄汚く、椅子のクッションに入った年代物のバネは尻に食い込むし焦げたポップコーンの匂いが鼻に漂ってくるしで、快適ならざることほとんど笑ってしまうほどだったが、ここはまた、古い映画を観る場所としてはアッパー・ウェストサイドで一番だった。毎日二本立てで昔の映画を上映し、今日はフランス映画二本、明日はロシア映画二本、あさっては日本映画二本、と毎日違う二本立てを組む。かくしてこの日の午後も、『天井桟敷の人々』がプログラムに入っていて、ニューヨーク中ほかはどこも――ひょっとするとアメリカ中どこも――この映画を上映していないという事態が生じているのだ。ファーガソンもういままでに二十回以上、ギルと母親と一緒だったり、エイミーとだったり、ジムと、ジムとエイミー二人と、クラスメートと一緒に来ていたが、学生証を見せて学割入場料四十セントを払いながら、そう言えばここに一人で来るのは初めてだなと思いあたり、五列目の真ん中に席を取るとともに、そもそもターリアに限らず映画に一人で来たこと自体初めてだと今度は思いあたった。一度も一人で映画館に入ったことがなかったのは、これまでずっと、映画を観るという行為にあっては、人と一緒に過ごすということも映画そのものと同じくらい大事だったからだ。小さいころローレル&ハーディの映画はたいてい一人で観たけれど、あのときはそもそも部屋に自分一人しかいなかった。いまは館内に、ほかに少なくとも二十五人、三十人はいるのに、それでも自分は一人きりでいる。これがいい感じなのか嫌な感じなのか、自分でもよくわからなかった。ただ単に、新しい感じ。

やがて映画が始まり、一人か一人でないかはもはやどうでもよくなった。ジムの言うとおりだな、とファーガソンは胸の内で思い、眼前のスクリーンで『天井桟敷の人々』が上映されている三時間十分のあいだ、罰を受ける危険を冒して観に来た価値は十分にあったと何度も思った。これぞまさに、ファーガソンのような気質の十五歳の少年に訴えるたぐいの映画だった。華麗な、高尚にロマンチックな恋愛サーガの合い間にユーモア、暴力、狡猾な邪悪さがはさまり、登場人物全員が物語にとって欠かせない見事なアンサンブル・ピース。謎の美女ガランス（アルレッティ）と、彼女を愛する四人の男。ジャン＝ルイ・バロー演じるマイム芸人は情熱的だが受け身の、渇望と後悔の人生を危なっかしく歩むことを宿命づけられた夢想家で、意気揚々たる大言壮語の何とも愉快な役者をピエール・ブラッスールが、心は冷たく威厳だけはたっぷりある伯爵をルイ・サルーが演じ、マルセル・エラン演じる腹黒い怪物たる詩人ラスネールが伯爵を刺し殺す。結末で、ガランスがパリの大群衆の中に消えていき、傷心のマイム芸人が空しくあとを追うとともに映画が終わると、ジムの言葉がファーガソンの胸によみがえってきて（**最高のフランス映画だよ、アーチー**。『**風と共に去りぬ**』**のフランス版だ、ただしこっちの方が十倍いい**）、この人生ではまだファーガソンが観たフランス映画はひと握りにすぎなかったが、『天井桟敷の人々』が『風と共に去りぬ』よりずっといいということには同感だった。あまりにいいので、比較するのも無意味なくらいに。

照明が点いて、ファーガソンが立ち上がって両腕をのばすと、三席左に、背の高い黒髪の少年がいるのが目にとまった。ファーガソンよりきっと二つばかり年上で、おそらくはやっぱり学校をサボってきた映画マニアだろう。掟破り仲間の方にチラッと目を向けると、相手もニッコリ笑みを返してきた。

すごい映画だな、と見知らぬ少年は言った。

すごい映画だ、とファーガソンもくり返した。最高だったよ。

少年はアンディ・コーエンと名のり、ファーガソンと一緒に映画館から外に出ながら、『天井桟敷の人々』を観たのはこれで三度目だと言い、君知ってるか、犯罪者のラスネール、マイムのドビュロー、役者のルメートル、みんな一八二〇年代のフランスに実在した人間なんだぜ。いいや、それは知らなかったよ、とファーガソンは認めた。この映画がドイツ占領下のパリで撮影されたこともファーガソンは知らなかったし、アルレッティがドイツ軍将校と恋愛して戦争末期にひどく厄介な事態になったことも、脚本のジャック・プレヴェールと監督のマルセル・カルネが三〇年代、四〇年代に何本かの映画を共同で作っていて批評家たちの言う「詩的リアリズム」の創造者であることも知らなかった。こいつすごい物知りだな、とファーガソンは思った。まあたしかに、ちょっと通ぶりをひけらかして、何も知らない新米を恐れ入らせてやろうという気もあるのかもしれないが、その言い方は決して嫌味ではなく、傲慢だとか相手を見下しているとかいう感じもなくて、あくまで熱意あふれるがゆえの言動と思えた。

もうそのころには二人で街なかに出ていて、ブロードウェイを南に歩いていた。そこから四ブロック行くあいだにファーガソンは、アンディ・コーエンが十七歳でなく十八歳で、べつに学校をサボってきたわけではなく目下シティ・カレッジの一年生で今日の午後は授業がなかったことを知った。父親は亡くなっていて（六年前、心臓発作）、母親と二人でアムステルダム・アベニューと一〇七丁目の角のアパートメントに住んでいる。今日はもう何も予定がないとアンディは言い、どこかコーヒーショップに行って何か食べないかとファーガソンを誘った。いや、四時半までに家に帰らないとまずいんだ、でもいつか別のときはどうかな、土曜の午後とか、とファーガソンは答えた。土曜の午後なら間違いなく空いているのだ。土曜と聞いたとたんアンディはコートのポケットに手を入れてターリアの三月のプログラムを引っぱり出した。『戦艦ポチョムキン』、とアンディは言った。一時から。

じゃあ土曜一時にターリアで、とファーガソンは答えた。

右手を差し出してアンディと握手し、二人はそこで別れた。一人はそのまま南、リバーサイド・ドライブ、八十八丁目と八十九丁目のあいだに向かい、もう一人は回れ右して北へ、家に帰るのかどうかは知らないがとにかく北へ歩いていった。

予想どおり、ファーガソンが帰るとギルも母親もアパートメントにいたが、予想に反して、学校からはすでに電話があって、彼が無断で下校したという情報が伝わっていた。ギルと母親は、時おり見せるさも心配そうな顔を今回もしていた。この表情を見るたびにファーガソンはいつも暗い気持ちになった。自分のような子供の責任を持つ大人であることがどれだけ不愉快かを、あらためて感じさせられた。学校から電話が来たということは、十二時半から四時半にかけて彼の居所が知られていなかったということであり、それだけの時間行方がわからなければ、ティーンエージャーの子を持つ真面目な親なら当然心配しはじめる。だからこそ母も四時半ルールを作ったのだ——四時半までに帰ってくること、さもなければ電話して居場所を知らせること。バスケットのシーズン中は放課後の練習があるので四時半が六時に延長されたが、もうシーズンは終わっていて四時半の縛りに戻っている。ファーガソンは四時二十七分にアパートメントに入っていった。ふだんならこれで問題ないわけだが、学校がこんなに早く連絡してくることは計算に入れていなかった。この愚かな手抜かりをファーガソンは大いに悔やんだ。ギルと母親を怯えさせたことを申し訳なく思ったし、我ながら何て馬鹿だったんだと痛感した。

　翌週の小遣いは半分に減らされ、学校でもその週の残り三日居残りを命じられ、ランチルームで床にモップをかけ、鍋を洗い、八バーナーある大きなレンジを掃除させられた。リバーサイド・アカデミーは進歩的な、未来を見据える学校であったが、俗にＫＰ（キッチン・ポリス）勤務と称する罰の美徳は依然信じられていたのである。

　土曜日になった。四時半ルールも適用されない、比較的自由な日である。ファーガソンは朝食の席で、午後は友だちと映画を観に行くと宣言した。ギルも母親も概してどうでもいいことをあれこれ訊いたりはしなかったから（実は訊きたい気持ちも強かったのかもしれないが）、何の映画か、友だちとは誰かも訊かれずに済み、ファーガソンは一時十分前にターリアに着くよう家を出た。アンディ・コーエンも来ているものと本気で思ってはいなかった。映画のあとであわただしく決めただけの取決めを、わざわざ覚えているとも思えない。一人で映画を観る楽しさを発見したファーガソンとしては、ふたたび一人になりそうなことも気にならなかった。だがアンディ・コーエンは覚えていた。二人で握手して、四十セントの入場券を買いながら、アンディは早くもエイゼンシュテインとそのモンタージュ理論をめぐる短い講釈をやり出した。この技法が映画作りに革命をもたらしたと言われていることを彼は述べ、〈オデーサの階段〉の場面を特に気をつけて見るといい、映画史上屈指の有名なシークエンスだから、とファーガソンに促した。そうするよ、と言いながらもオデーサという言葉にファーガソンはいささか不安な気持ちを覚えてもいた。自分の祖母もオデーサで生まれ、わずか七か月前にここニューヨークで亡くなっていたのだ。生きているあいだに祖母にもっと注意を払わなかったことがいまになって悔やまれた。何となく祖母が不死身であるように思ってしまい、もっと親しくなる機会は将来いくらでもある気がしていたのだ。むろんそんな機会はないまま終わってしまった。そして祖母のことを考えると、そのまま祖父のことも考える。祖父のことはいまだにひどく恋しかった。ファーガソンとアンディ・コーエンが五列目に席を取ったころには――二人ともここがこの映画館でベストの列だということで意見が一致した――ファーガソンは表情もまったく変わってしまい、どうかしたのかい、とアンディに訊かれたほどだった。

　お祖父さんお祖母さんのことを考えてるんだ、とファーガソンは答えた。それに父親のことや、死んでしまった知りあいみんなのことを。（左のこめかみを指さしながら）このへんがね、ときどきけっこう暗くなるんだ。

わかるよ、とアンディも言った。僕も父親のことを考えるのをやめられない。亡くなってもう六年経つのに。

アンディも父親を亡くしていて、二人とも存在しない男の息子であり、日々幽霊と一緒に過ごしている——少なくとも悪い日には、最悪の日には。そのことも自分たちを近づけたようにファーガソンには思えた。世界のギラつきは、悪い日においてつねに最高にまぶしくなる。たぶんそのせいで二人とも映画館の闇を求めたのか、闇の中にいるときが一番幸せに思えたのか。

その一大シーンを編集する上で何百ものカットが使われたといったようなことをアンディが言いかけたが、具体的にいくつのカットなのか（きっと諳(そら)んじているにちがいない）ファーガソンに伝える間もなく館内が暗くなり、映写機が回り出して、ファーガソンはスクリーンに注意を向け、この映画の何がそんなにすごいのかいよいよわかるぞと考えていた。

オデーサの市民たちが階段のてっぺんから、ストライキ中の水夫たちに手を振っている。金持ちの女性が白い傘を開き、脚のない少年が帽子をかぶり、それから突然という言葉が現われて、怯えきった女性の顔が画面一杯に映る。人が群れを成して階段を駆け降り、中に脚のない少年も交じっている。白い傘が一気に前景に出てくる。速い音楽、狂おしい音楽、どんなに速く打つ心臓よりも速く突進する音楽。脚のない少年が中央にいて、両側を人々が大挙降りていく。人々を追い立て階段を降りさせている白い軍服の兵士たちのリバースショット。地面から立ち上がろうとしている女性のクロースアップ。男の膝がくずおれる。もう一人の男が倒れる。さらにもう一人倒れる。走っていく群衆を兵士たちが追って階段を駆け降りるワイドショット。陰に隠れる人々のクロースショット。兵士たちがライフルの狙いを定める。さらにまた縮こまる人々。群衆のラテラルショット、群衆のフロンタルショット、それからカメラが動き出す、全力で走る群衆と並んで全力でカメラも走る。ライフルの銃声が上から轟く。母親が白いシャツを着た小さな男の子を連れて走り、やがて男の子がばったり腹這いに倒れる。母親は走りつづけ、群衆も走りつづける。白いシャツの男の子が泣いていて、頭から血が垂れ、白いシャツに血の斑点が付いている。群衆は走りつづけるが、母親はやっと息子が一緒にいないことに気づいて立ち止まる。回れ右して息子を探す。母親の苦悩する顔のクロースアップ。シャツが血まみれになって泣いている男の子が意識を失う。母親が恐怖に口を開き、髪を摑む。気絶した男の子の周りをいくつもの脚、脚が疾走していくタイトショット。

叩きつけるような音楽が続く。母親の恐怖に包まれた顔のクロースアップ。果てなく続く群衆がなおも階段を駆け降りていく。誰かのブーツが男の子のぴんと広がった手を踏む。階段を駆け降りていく群衆にさらに迫ったクロースショット。別のブーツが男の子を踏む。血を流している男の子がごろんと仰向けに転がる。母親の恐怖に包まれた目の極端なクロースアップ。母親は歩み出て、口は開いていて両手は髪の中につっ込まれている。群衆が大挙降りていく。母親が倒れた息子に近づく。息子を抱き上げようとかがみ込む。興奮した、突進する群衆のワイドショット。息子を抱えて階段を逆に、兵士たちの方にのぼって行く母親のリバースショット。口が動いている。怒りの言葉が彼女の中から出てくる。びっしりひしめく群衆のブロードショット。石壁の後ろでしゃがみ込んでいる何人かのさらに近いクロースショット——その中に鼻眼鏡をかけた女がいる……。

　このようにその場面は始まる。シークエンスが展開していくのを見ながら、虐殺のあまりの酷(むご)さにファーガソンの目に涙がたまっていった。母親がツァーリの兵士たちに撃ち殺されるのを見るのは耐えがたかったし、二人目の母親の射殺と乳母車が階段を落ちていく恐ろしい動きを見るのも耐えがたければ、口を大きく開けて叫ぶ鼻眼鏡の女性のレンズの片方が粉々に割れていて右目から血が噴き出ているのを見るのも、コサックたちが剣を抜いて乳母車の赤ん坊を切り刻むのを見るのも耐えがたい——一つひとつ忘れようのない像が、今後五十年にわたって悪夢をもたらすことになる。にもかかわらず、眼前の眺めに身をすくませながら、同時にファーガソンは快い戦慄を覚えてもいた。これほど壮大で複雑なシークエンスがフィルムに収められていること自体が驚異だったし、その数分間の場面が解き放つエネルギーの純然たるすさまじさに、体がほとんど二つに裂かれる思いがして、映画が終わったころにはもう心底打ちのめされ心底高揚し、悲しいのと胸が躍るのとが分けようもなく絡みあって、今後映画を観てこんなふうに心を揺さぶられることがあるだろうかと思わずにいられなかった。

　プログラムにはエイゼンシュテインの作品がもう一本用意されていた。『十月』。だが、これも観たいかとアンディに訊かれると、ファーガソンは首を横に振り、もうくたくただから少し外の空気を吸わないと、と答えた。そこで二人で、次に何をするかもよくわからないまま外に出た。よかったらうちへ来ないか、エイゼンシュテインの『映画の弁証法』も貸すし、ついでにちょっと何か食べるものも作るよ、とアンディに誘われると、その日一日何の予定もないので、ファーガソンは承諾した。西一〇七丁目とアムステルダム・アベニューの角まで歩いていくあいだに、神秘なるアンディ・コーエンは自分の人生についてさらに多くを明かした。まず、母親はセントルーク病院で看護師をしていて、今日は十二時―八時勤務なので有難いことにいまは家にいない。そして自分は、コロンビアも合格したが母親の収入では難しいので学費のかからないシティ・カレッジに行くことにした（アイビーリーグに行く力が彼にあると知ったのも衝撃だ）。映画は大好きだが本はもっと好きで、万事計画どおりに進んだら博士号を取ってどこかの大学で文学を教えたい――ひょっとしてコロンビアで！　アンディが話し、ファーガソンは聞き、自分と彼とを知的に隔てている巨大なギャップを痛感させられた。年が三つ違うだけで、何千マイルもの旅を自分はまだ始めてもいないのだという気にさせられた。いま一緒に並んで歩いている秀才大学生と較べて自分が何とも無知蒙昧に思えてきて、アンディ・コーエンがなぜ自分なんかとこんなに熱心に友だちになりたがるのか、不思議に思えるくらいだった。誰も話し相手がいなくて寂しいのだろうか、とにかく仲間に飢えているから目の前に現われたもの何にでも――何も知らない高校生にでも――飛びつくのだろうか。だがいまひとつピンと来ない。人によっては、性格、身体、精神に欠陥を抱えていて他人が寄りつかないということもあるだろうが、アンディはそういう人間とは思えない。人当たりもよく、まずまずハンサムで、ユーモアのセンスもなくはないし、気前もいい（たとえばファーガソンに本を貸してくれると言っている）。要するに、いとこのジムと同じ範疇に収まる人物である。ジムもアンディより一つ年上なだけで、手が十二本あっても数えきれないくらい友だちがいる。実際、考えてみると、アンディと一緒にいる気分はジムと一緒にいる気分と似ていなくもない。自分より上の人間と共にいながらも見下されてはいないという安心感、年上と年下が同じペースで道を歩いている心地よさ。だがジムはいとこであって、親類からそういうふうに扱われるのは当たり前のことである。だがアンディ・コーエンは、少なくともいまはまだ、ほぼ赤の他人なのだ。

　未来の大学教授は、くたびれた十一階建ての建物の三階にある二寝室の小さなアパートメントに住んでいた。アッパー・ウェストサイドに数多くある、かつてはまっとうな高層住宅で、中流の中の人たちがつましく暮らす場だったのが、戦後すっかりさびれて、いまではあくせく苦労して生きる種々雑多な人々が、鍵をかけたドアの向こうでいくつもの言語を話している。家具は最低限だが整然と片付いたアパートメントの中をファーガソンに見せて回りながら、父の三度目の、最後の心臓発作以来母と二人でここに住んでいるのだとアンディが説明するのを聞いて、ファーガソンは思った――もしもあの生命保険がなくて、父の死後の難儀だった数年間を切り抜けることもできなかったら、まさに自分も母と二人でこういう場所を借りて住んだのかもしれない。自分の母親は再婚し、写真家として立派に金を稼いでいて、夫のギルも音楽評論で立派に金を稼いでいて、一家はアンディと看護師をしている母親よりずっといい暮らしをしている。ファーガソンは己の幸運を恥ずかしく思った。豊かな暮らし向きに自分は何ひとつ貢献していないのであり、アンディもまた、豊かとは言いがたい暮らし向きを招くようなことは何ひとつしていないのだ。コーエン家が貧しいとは言わないが（冷蔵庫にはたっぷり食べ物が蓄えられているし、アンディの寝室にはペーパーバックがぎっしり詰まっている）、小さなキッチンに座ってアンディが作ってくれたサラミ・サンドイッチを食べていると、ここはグリーンスタンプを集め『ジャーナル＝アメリカン』や『デイリー・ニューズ』から割引きクーポンを切り抜く家庭なのだとファーガソンは悟った。ギルと母親も一ドル一ドルを数え、遣いすぎぬよう気をつけているが、アンディの母は一セント一セントを数え、手元にある額しか遣わないのだ。

　台所で軽食を済ませると、二人はリビングルームに行って、しばらく『ボヴァリー夫人』の話をし（ファーガソンはまだ読んでいなかった）、『七人の侍』（これもまだ観ていない）をはじめ、来月ターリアで上映されるいろんな映画の話をした。やがて、何か奇妙なことが起きた――何か興味深いこと、何か奇妙に興味深いこと、いずれにせよ予想外だったこと、少なくともはじめはそう思えたがやがて少し考えられるようになってくるとそれほど予想外ではなくなったこと。ひとたびアンディがその問いを口にすると、自分がなぜここにいるのかがやっとファーガソンにも理解できたのである。

　窓辺の肱掛け椅子に座っているアンディと向かいあってファーガソンはソファに座っていたが、会話がしばし途切れたところでアンディが椅子に座ったまま身を乗り出し、長いことファーガソンを見て、それから出し抜けに、アーチー、君、マスはかくかい？　と訊いた。

　もう一年半近く筋金入りのオナニストでありつづけてきたファーガソンは、もちろん、と即答した。みんなやってるんじゃないの？

　まあほとんどみんなだろうね、とアンディは答えた。完璧に自然なことさ、そうだろ（ネスパ）？

　まだ若すぎて本物のセックスができないんだったら、ほかにやりようがないじゃないか？

　で、君は何を考えるんだい、アーチー？　つまり、マスかくときに頭の中には何がある？

　裸の女の人のこと考えて、トイレでマスかくんじゃなくて裸の女の人と一緒に裸でいられたらどんなにいいだろうって考えるよ。

　悲しいね。

うん、ちょっと悲しい。でも何もないよりいいよ。

で、誰かにやってもらったことはあるのかい？　高校のガールフレンドとか？

いや、残念ながらそれはまだ。

僕はあるよ——何回か。

ま、君の方が年上だものね。経験豊富で当然だよ。

豊富っていうほどじゃないさ。正確には、三回。でもね、自分でやるよりずっといいってことは断言できる。

きっとそうだろうな。特に女の子が上手だったら。

女の子でなくたっていいんだよ、アーチー。

それどういう意味？　君、女の子好きじゃないってこと？

女の子は大好きだけど、向こうがこっちのこと好きじゃないみたいで。なぜだかわからないけど、どうも運が向かなくて。

じゃあ男にやってもらったってこと？

一人だけ。スタイヴェサントでジョージっていう友だちがいてね、やっぱり女の子にツキがなくて。それで去年、一緒に実験してみることにしたのさ。とにかくどんな感じなのか見てみようって。

で？

すごくよかった。おたがい三回ずつ相手にやってあげて、誰にやってもらうかは問題じゃないっていう結論になった。女でも男でも感じることは同じなんだ、包んでくれる手が女だろうと男だろうと、どっちだっていいのさ。

そういうふうに考えたことはなかったな。

うん、僕だってそうだ。いわゆる大発見ってやつだよ。

じゃあなぜ三回だけなんだい？　ジョージとやってそんなによかったんなら、なぜもうやらないの？

ジョージはいまシカゴ大学に行っていて、しかもやっとガールフレンドが見つかったのさ。

それは残念だね。

まあそうなんだけど、世界にはジョージしかいないってわけじゃないからね。君だっているじゃないか、アーチー。僕にやってほしければ喜んで手を貸すよ。そうすれば君も自分で確かめられる。

だけど僕が君にやってあげたくないとしたら？　ジョージは楽しんだかもしれないけど、僕は興味が持てないよ。

べつに君がどうこうっていうんじゃないよ、アンディ、僕はとにかく女の子が好きなのさ。

君にやりたくないことをやってくれと頼む気は全然ないよ。そういうのは間違ってる。人に無理強いするのはよくない。君がすごく感じのいい奴だから誘ってるだけさ、アーチー。君と一緒にいるのは楽しいし、君を見ているだけで楽しいから、君に触れたらいいなと思うんだよ。

やっていいよ、とファーガソンは言った。好奇心はあるから、よかったら僕にやってくれていい、でも一回だけだよ、それに電気を消してブラインドも下ろしてくれないといけない、こういうのは闇の中でやるものだからね。というわけでアンディは椅子から立ち上がり、電灯を一つずつ消して、ブラインドを下ろし、それがすべて済むと、ソファに座っている、不安に包まれわずかにパニックにも陥りかけているファーガソンの隣に腰かけて、ファーガソンのズボンのジッパーを下ろし、作業にかかった。

　ひどく気持ちがよくて、ファーガソンはうめき声を上げはじめ、柔らかだった落着かぬペニスも数秒のうちに硬くなってきて、アンディの手に一回撫でられるたびにますます長くなっていった。ファーガソンの感じるところ、それはきわめて腕のいい、知識も深い手で、ペニスがまどろみから目覚めに向かいさらにその先の彼岸へ行く上で何を必要とし何を欲しているのか正確にわかっているように思えて、荒い扱いと優しい扱いとを絶妙に行き来するので、どうだい、とアンディに訊かれてすごくいいとファーガソンは答え、それからベルトを外しズボンとショーツを膝まで下ろして魔法の手の作業スペースの増加に努め、と突然もう一方の手が触れて睾丸をもてあそびはじめると同時に一本目の手はいまや完全となった勃起に対処していて、ファーガソンの十五歳のペニスはもうギリギリの地点に達していて、どうだい、ともう一度アンディに訊かれると今度はもう言葉にならないうなり声を発するだけで精一杯で、快楽が腿から股間に広がっていき彼岸への旅は成就されたのだった。

　これでわかったろう、とアンディは言った。

　うん、これでわかった。

　わずか二分半、とアンディは言った。

　人生最高の二分半だったとファーガソンは思い、それから、ふとシャツを見下ろすと、もう目も闇に慣れて、射精の中身が飛び散っているのが見えた。

　うわやばい、このシャツ、とファーガソンは言った。

　アンディはニッコリ笑って、ファーガソンの頭をぽんと撫で、それから身を乗り出してこう耳許でささやいた——

欲望をたたえた彼のバルザック《ヒズ・バルザック・ウィズ・ディザイア》（「彼の金玉が欲望に疼く」とも聞こえる）のとき、
D・H・ロレンスが怒濤の絶頂に達する。

　この古い大学生の戯歌を初めて聞いたファーガソンは、驚き交じりの笑いをけたたましい声で爆発させた。それからアンディが、これまたファーガソンにはなじみのない古典たる、ケントから来た若者をめぐる卑猥な五行戯詩《リメリック》を暗唱し、いまだ無垢なる、ただし急速に無垢を失いつつある年少者はふたたびゲラゲラ笑い出した。

　平穏が回復すると、ファーガソンはズボンを引っぱり上げ、ソファから立ち上がった。このシャツ、水洗いしないと、と言ってボタンを外しながらキッチンに向かって歩き出し、一緒に立ち上がってついて来たアンディに、これまだ新しいんだ、母親と義理の父親からの誕生日プレゼントなんだよ、しみを抜かなくちゃ、さもないと答えようのないことあれこれ訊かれる破目になりかねないからね、と説明した。染み込んでしまわないうちにさっさと取り除いて、証拠を隠滅するんだ。

　二人で流し台の前に立っていると、アンディがファーガソンに、君、一発でおしまいの男かい、それともう一、二回余力があるタイプかい、と訊いた。一回だけだよと言ったこともすっかり忘れたファーガソンが、どういうことかな、と訊き返すと、アンディは秘密を明かしたがらず、楽しいことさ、でもソファでやったことの上を行くと保証する、もっといい気持ちになれるよ、と言うだけだった。

　しみはシャツの下の方に、裾の真ん中あたりから第二、第三ボタンの中間までに集中していた。と、アンディがすばやくさっさとこすって洗ってくれて、終わると濡れたシャツを寝室に持っていってハンガーに掛け、クローゼットの扉の把手に吊してくれた。さあこれでいい、新品同様だ、とアンディは言った。

　そのささやかな行為にこもった優しさにファーガソンは心を打たれた。アンディの思いやりが伝わってきたし、そうやってかしずかれることも嬉しかった——お返しにこっちも行かせてくれとも言わずに行かせてくれた好意はもとより、シャツを洗ってくれてハンガーに掛けてくれる親切さ。初めのうちファーガソンが感じないでもなかった不安、ためらいももう消えていて、君、服を脱いでベッドに横にならないかとアンディに言われたときも、ためらわず服を脱いで横になり、次はどんな楽しいことをやってもらえるのかと期待していた。自分がいまやっているのはたいていの人が眉をひそめるたぐいのことであって、禁じられた、逸脱した衝動の作る危険地帯に入り込んだことは理解していた。ここは淫らな、背徳のオカマの国であって、この邪(よこしま)な地に行ったことを誰かに知られたら、嘲(あざけ)られ、憎まれるだろうし、叩きのめされさえするかもしれない。だが、誰にも話しはしないのだから誰にも知られはしない。そしてたとえこれを秘密にしておかないといけないにしても、決して汚い秘密になりはしない。アンディといまやっていることは、汚いとは感じられなかった。大事なのは自分がどう感じたかだけだ。

　アンディが手のひらをファーガソンの裸の肌に滑らせるとともに、ファーガソンのペニスはふたたび硬くなっていき、その硬くなったペニスをアンディが口に含み、生まれて初めてのフェラチオを体験しながら、相手が女か男かを気にする地点をファーガソンはとっくに越えていた。

　どういうふうに考えたらいいのか、よくわからなかった。

この日アンディのアパートメントで、体内を怒濤のように貫いていった二度のオルガスムは、間違いなくこれまでに経験した最大の、最高に嬉しい肉体的快楽だったが、と同時に、その目的のための手段はあくまで機械的なものでしかなかった。彼の方ではアンディにやってあげる気の全然ないことを、アンディが一方的にやってくれただけの話だ。つまり二人でやったことは、厳密な意味でのセックスとは——少なくともファーガソンが理解するところのセックスとは——ちょっと違う。彼にとってセックスとは、つねに一人ではなく二人の営みであって、他人に恋い焦がれる、感情の極端な状態が肉体上に表われたものである。今回は恋い焦がれる思いもなく、極端な感情もなく、あったのはペニスの欲望だけだ。したがって、アンディとのあいだで起きたことは、セックスというよりも、より高度でより愉しいマスターベーションである。

自分は男に惹かれるのか？　それまでそんな問いは考えたこともなかったが、アンディが彼を手で行かせ、ペニスを吸い、裸の体に手を這わせるのを許したいま、ファーガソンは学校の男子たちを新たな目で見てみた。特に、一番よく知っていて、一番好きな連中。一年のバスケットチーム全員がそうだ。彼らの裸だったら、これまで何十回とシャワー付きのロッカールームで見てきて何も考えずにいたわけだが、いざこうして考えるようになったいま、優美なアレックス・ノードストロムの唇にキスするのは——たがいの口の中に舌を差し入れる本物のキスをするのは——どんな感じだろう、とか、逞しいブライアン・ミスチェヴスキを行かせてやって彼のむき出しの腹一面に精液がほとばしり出るのは、などと想像してみたが、どちらのシーンにもさしたる反応は湧いてこなかった。嫌悪に駆られたとか、本物の男同士のセックスに携わると考えて怖くなったということもべつにない。いままで知らなかったけれど実はホモなのだということであれば、そうだとはっきり、疑いや誤りの余地なく知りたかったが、男の子を抱きしめると考えても興奮は感じずペニスも硬くならず、奥深い渇望の井戸から発する淫らな思いが胸に満ちたりもしなかった。それに対して、エイミーには興奮させられた——二度と触ることもキスすることもできない失われた初恋の人のことを考えると、底なしに深い渇望がいまでも胸にあふれた。イザベル・クラフトにしても、特に六月二十八日に十人のグループでファー・ロッカウェイに遠出したときに彼女が赤いビキニで歩き回るのを見てからは、考えればやはり興奮した。男の友人たちの裸の体を思い描き、イザベル・クラフトのほぼ裸の体と較べてみると、やはり自分は女子にこそそそられて男子にはそそられないのだということをファーガソンは悟った。

でももしかしたら、自分で自分を欺いているだけかもしれない。感情がセックスの本質的な一要素だと考えるのはもしかしたら間違っていて、肉体的な発散はもたらされるけれどいかなる情熱も関係ない、愛抜きのセックスのさまざまな形態も検討してみるべきなのかもしれない。たとえばマスターベーション、あるいは男が娼婦と交わる行為。それがアンディとの体験とどうつながるのか。キスも感情も伴わないセックス、ただひたすら肉体の快楽を達成するのが目的のセックス。もしかしたら愛なんて全然関係ないんじゃないか。「愛」なんて単に大げさな言葉であって、動物的欲情の暗い、抑えがたい要求を覆い隠しているだけじゃないのか。もし真っ暗で、自分に触っている人間が見えなかったら、体液をどうやって流出させようと何の違いがあるのか？

答えようのない問い。答えようがないのは、ファーガソンがまだ十五歳であって、時が今後、彼を女が共にいることを求める男に変容させるのか、それとも男が共にいることを求める男にか、あるいは女と男両方が共にいることを求める男にか、まだ決めるには時期尚早だからだ。セックスに関して自分が何者であって何を求めているのか、まだわかりはしない。人生のこの時点にあっては――そして歴史のこの時点、すなわち一九六二年前半のアメリカという特定の時と場にあっては――自分にとって正しい相手と思える方の性のメンバーとの性交は禁じられている。かりにエイミー・シュナイダーマンの愛情を取り戻したとしても、あるいはイザベル・クラフトを意外にも征服できたとしても、二人のうちどちらも、アンディ・コーエンがすでにやってくれたことをやってはくれないだろう。体はすでに大人の男の体に進化していて、セックスに焦がれる気持ちはおそらく生涯で一番激しい時期に入ったものの、ファーガソンはいまだ、童貞たることを強いられた少年の世界に閉じ込められたままである。欲望が挫折させられるしかないいまこの時点において、唯一手が届くのは、間違っていると思える方の性のメンバー相手の性行為だけなのだ。次の土曜の午後、アンディ・コーエンと一緒に『羅生門』を観にターリア・シアターに足を運んだのも、アムステルダム・アベニューと西一〇七丁目の角に母親と二人で住んでいるシティ・カレッジの学生に対して特別な愛着を抱くに至ったからではなく、相手が自分にやってくれることがあまりに気持ちよく、法外に、尋常でなく気持ちよくて、ほとんど抗いようもなかったからなのだ。

二度目はさっさと事に取りかかった。リビングルームのソファでの前置きは省いてアンディの寝室に直行し、二人とも服を脱ぐに至った。ファーガソンとしてはアンディが望むような場所を触ってやる気にはなれなかったし、アンディが自分を行かせてくれるのと同じように彼を行かせてやる気にもなれなかったものの、アンディがそれを自分一人でやるのを眺め、精液が胸に落ちてきても嫌な気はせず、むしろ案外その温かさ、その唐突さが気持ちよく、射精したものをファーガソンの肌にすり込むときのアンディのゆっくり動く手の気だるさも快かった。すべてがだんだん、一人ではなく二人の営みになっていった。高度なマスかきのよさをあとにして、本物のセックスに近いもののもっと大きなよさに近づいていった。二度目に一緒に過ごしたあと、三週連続で土曜日に会い——それは『嘆きの天使』、『モダン・タイムス』、『夜』の土曜だった——ますます大胆になっていくアンディの誘惑にファーガソンは身を委ね、自分の体を上下に這うアンディの舌にも抗うことなく屈するようになり、キスされたりキスし返したりすることも怖がらず、アンディの硬くなったペニスを握って口に含むことももはやためらわなくなった。相互に与えあうことこそ根本なのだ、とファーガソンは理解した。二人の方が一人よりはるかに満足が深い。誘惑される快楽に感謝するには、誘惑者を誘惑すること以外ないのだ。

　アンディの体はファーガソンより柔らかく、締まりもなかった。瘦せていて背は高いが、スポーツもトレーニングもしたことのない人間の筋肉なき体である。そんなアンディは、ファーガソンの筋肉の硬さにすっかり魅了されていた。ウェイトトレーニングに励み、毎晩腕立て伏せと腹筋運動を百回ずつやって作り上げたバスケット選手の肉体を眺めては、何度も何度も、いかにその体が美しいかを口にして、ぴんと張った腹に手を滑らせては平べったさに感嘆し、君の顔は美しい、尻も美しい、ペニスも美しい、脚も美しい、と、とにかく美しいを連発するものだから、二人で過ごした三週連続の土曜日の二週目あたりからファーガソンはだんだん鬱陶しくなってきた。アンディはまるで、ファーガソンが女の子の話をするのと同じ感じに彼の話をするのだ。そしてこの、女の子という話題についても疑念が湧いてきていた。ファーガソンがイザベル・クラフトの目覚ましいルックスを話題にしたり、いまでもエイミー・シュナイダーマンを愛しているんだといったようなことを口にしたりするたび、アンディは顔をしかめて女の子全般をからかう侮辱的な言葉を吐き、女の脳味噌は遺伝子的に男の脳に劣るんだとか、あいつらのおまんこは感染と病気の掃き溜めだよ、などといった醜悪で馬鹿げたことを言い、それを聞いていると、三月に女の子が大好きだと言ったのも本当なのかと思えてきた。何しろ母親ですら、憎悪に満ちた罵倒を逃れはしない。アンディが母のことを情けない阿呆な牛と呼び、また別のときにムカムカする糞の樽と呼ぶのを聞くに及んで、僕は自分の母親を世界の誰よりも愛しているよ、とファーガソンが反論を試みると、アンディはあっさり、ありえないいねそんなの、絶対ありえないと答えた。

3·3

やがてファーガソンは、自分が初めからどれだけ状況を読み違えていたかを思い知らされることになった。彼としてはあくまで、アンディは単に自分と同じく性欲をもて余している若い男であって、女の子に運がないものだからひとまず男相手にやってみるかという気になっただけだと思い込んでいた。二人の少年が面白半分に組んず解（ほぐ）れつ取っ組みあい、思春期の童貞同士、ファックの真似事にふける。まさかそこから何か真剣なものが生まれうるなどとは夢にも思っていなかった。それが、最後に一緒に過ごした土曜日、ファーガソンがもうじき帰らないといけないというところで、いまだ裸のまま汗もまだ引かず息も荒く、この十五分の奮闘に精根尽きた状態で二人並んでベッドに横たわっていると、アンディがファーガソンをひしと抱きしめ、君を愛してる、君は生涯の恋人だ、永久に君を愛することをやめない、死んだあとでも、と言ったのだった。

ファーガソンは何も言わなかった。いまこの瞬間、何を言ってもそれは間違った言葉だろう。だから口をつぐんだ。悲しいな、と彼は思った。こんなことにしてしまったなんて、すごく悲しいし、心底気が滅入る。でも自分の気持ちを伝えてアンディの気持ちを傷つけたくはなかった。僕は君を愛し返せない、生きている限り愛し返すことは絶対ない、これでさよならだよ、こんなふうに終わるなんて残念だ、いままでほんとに楽しかったのにさ……なんてそんなこと、言えるわけがない。僕は何て馬鹿だったのか。

ファーガソンはアンディの頰にキスし、ニッコリ笑った。もう行かないと、と彼は言った。

そしてマットレスから飛び降り、床から服をかき集めはじめた。

来週も同じ時間？　とアンディが言った。

映画は何？　とファーガソンはジーンズに脚を突っ込みベルトを締めながら訊いた。

ベルイマン二本。『野いちご』、『第七の封印』。

あ、いけね。

いけね？　いけねって？

思い出したんだ。今度の土曜は両親と一緒にラインベックに行かなくちゃいけない。

でも君まだベルイマン観たことないだろ。こっちの方がママやパパと一日過ごすより大事だろ？

そうかもしれない。でも行かなくちゃいけないんだ。

じゃあ次の週は？

その時点で靴をはきかけていたファーガソンは、ほとんど聞こえない声でそうだねと呟いた。

君、来る気ないんだな？

アンディはベッドの上で身を起こし、精一杯の大声で同じ言葉をくり返した。君、来る気ないんだな？

何言ってるんだよ？

クズ野郎！　僕はお前に胸の内をさらけ出したのに、お前は一言も言いやしない！

何て言えばいいのさ？

ファーガソンは春物のジャンパーのジッパーを閉め、ドアの方に向かった。

死んじまえ、アーチー。お前なんか階段から落ちて死ねばいいんだ。

ファーガソンはアパートメントを出て、階段を歩いて降りていった。

彼は死ななかった。

死ぬ代わりに歩いて家に帰り、部屋に入って、ベッドに横たわり、その後二時間、天井を見て過ごした。

3.4

一九六二年の最初の土曜、ジャッキー・ロビンソンについて書いた九百語の作文を提出して三日後に、ファーガソンはＹＭＨＡ（ヘブライ教青年会）バスケットチームの仲間六人とともにウェストオレンジのホームを発ち、セントラル区のＹＭＣＡチームと午前中に対戦すべくニューアークの体育館に出かけていった。同じコートでその直後に二試合が組まれていて、観客席にはほか四チームの選手や選手の友人・家族が大勢いて、むろんファーガソンたちがいまから対戦するチームの関係者もいたから、トリプルヘッダー開始時点で八十、九十の席が埋まっていた。ユダヤ系である自分たちＹＭＨＡの白人少年七人とコーチ（レニー・ミルスタインという名の高校数学教師）以外は、その朝体育館にいた全員が黒人だった。それ自体は異様なことではない。エセックス郡Ｙリーグでウェストオレンジの少年たちはしじゅうオール黒人チームと対戦していたのだ。が、その朝のニューアークで異様だったのは観客の多さだった。普段の十、二十とは違い、百人近い。はじめのうちは、コートで起きていることに誰も大して注意を払っていないように見えた。ところが、試合がタイに終わって延長戦に入ったところで、このあとの二試合を観に来た人々がそわそわしはじめた。ファーガソンの見る限り、どっちが勝とうが負けようがみんなどうでもいいと思っている様子で、とにかくさっさと終わらせて次の試合を始めてくれという雰囲気だったが、五分の延長がまたしてもタイで終わると、観客の気分がそわそわからイライラに変わってきた。お前らみんなさっさと出てけよ、が基本だが、まあしいてどっちを勝たせたいかとなれば、それはやはり郊外の連中ではなくニューアークの連中、ユダヤ人ではなくキリスト教、白人ではなく黒人ということになる。そりゃそうだよな、と延長第二回が始まるとともにファーガソンは思い、人々がホームチームに声援を送るのは当然だし、接戦で観客席が騒々しくなるのもビジターが罵倒されるのも当然と感じたが、なんと第二回の延長もまた同点で終わり、そこで何もかにもに一気に火が点いた。ニューアーク中央の小さなオンボロ体育館じゅうに騒音が響きわたり、十四歳同士のどうでもいいバスケットの試合が、我々と奴らとのあいだの象徴的な流血戦と化したのである。

　両チームともプレーぶりは芳しくなく、どちらのシュートも十分の九は外れ、パスの三分の一は通らず、誰もが疲れていて、観客の立てる騒音に気が散って、両チームとも勝とうと頑張ってはいてもまるでわざと負けようとしているみたいな体(てい)たらくだった。観客は一方のチームを圧倒的に支持し、ニューアーク側がリバウンドを奪ったりパスをインターセプトしたりするたびに足を踏み鳴らしウォーと吠え、ウェストオレンジの選手がジャンプショットをしくじったりボールを足に落として弾いたりするたびに嘲りの野次を浴びせ、ニューアークがスコアを上げれば騒々しく歓喜し、ウェストオレンジがスコアし返すたびに怒りと嫌悪のブーイングを長々と発するのだった。あと十秒でブザーという時点でニューアークは一点リードしていた。レニー・ミルスタインがタイムを要求し、ウェストオレンジの選手たちがコーチを囲んで集まるなか、客席からの喧噪はいまや何ともすさまじく、コーチは自分の声を届かせるのに絶叫しないといけなかった。賢者レニー・ミルスタインはバスケット人として一流であるにとどまらず人間としても一級であり、十四歳の少年たちを扱うすべを心得ていて、十四歳というのが人生のカレンダーで最悪の年齢でありゆえに十四歳の人間は混乱した壊れた生き物であってもはや一人として子供ではないもののまだ一人として大人ではなく頭もどこかまともではなく未完の体とも折り合いがついていないという事実を理解していた。そしてこの日も、敵を一方的にけたたましく応援している好戦的な連中で一杯の息苦しい競技場にあって、カールした金髪の、チームをまとめる上でも洒落っ気たっぷりで規律をやかましく言ったりはしないこの明敏な男は、あらん限りの大声で、フルコートプレスを破る方法を少年たちにいま一度思い出させ、少年たちが彼の右手の上に右手を載せて最後のレッツ・ゴー！を叫ぶ前に、この三十四歳にして妻帯者、二児の父親は体育館の横の出口ドアを指差し、十秒間に何が起こって試合に勝とうが負けようがとにかく最後のブザーが鳴ったら即あのドアめざして全力で走り道路脇に止めてある彼のステーションワゴンに飛び込むよう少年たちに命じ、ここはいま若干狂ってるからと言い添えた。間違いなく生じるはずの騒乱で、誰かが怪我したり命を落としたりするのは彼の望むところではない。そうして五人の手と一人の手が重なり、レニーが最後のレッツ・ゴー！を叫んで、ファーガソンら選手たちはコートへ戻っていった。

　それはファーガソンの人生で最高に長い十秒間だった。ハイスピードの馬鹿げたバレエがスローモーションでくり広げられるように見え、コート上で動いていない選手はファーガソン一人だった——向こう側のサークルの端に立ち、いくつかある破れかぶれの作戦の中でも最後の手段たる最高に破れかぶれのロングパスを受け取るべく待っていたのであり、ゆえに彼のいる位置からはすべてが見通せて、空間にくっきり消しがたく刻まれたそのダンス全体が、以後の年月において何度も何度も呼び起こされ、生涯決して忘れられることはなかった。腕を振りふりジャンプしているニューアークのディフェンスをマイク・ネドラーがフェイントでかわしてミッチ・グッドマンにインバウンズ・パスを送り、グッドマンがノードリブルでくるっと体を回しコート中央のアラン・シェイファーにパスして、時計があと三、二、一と秒を刻んでいくなかでシェイファーがまるっきりあてずっぽうの砲丸投げシュートを敢行し、シェイファーのずんぐりした顔に驚愕が浮かぶなかボールはおよそありえないことに宙を飛んでそのまますっぽりリングに、リムに触りさえせず入った。エセックス郡Yリーグ史上最長距離のブザービーター、今後のすべてのエンディングの上を行くエンディング。

　レニーが横のドアの方向に飛んでいくのが見え、そのドアからもっとも遠い位置にいるウェストオレンジの選手としてファーガソンは誰よりも早く走り出した、ボールがリングを通るのを見た瞬間シェイファーを喝采もせず勝利を祝いもせずに走り出した、なぜならレニーの言ったとおりだったからだ、ニューアークの勝利が奪われ体育館内にいた人々は怒り心頭に発していた、まずは集団的ショックの吠え声、その安っぽいラッキーショットを目にして八十、九十人が脳味噌をガツンと叩かれ、次の瞬間観客の半数がコートになだれ込み、愕然たる怒りの叫びを上げ、十三、十四、十五歳の黒人少年五十人ばかりの一団が自分たちに為された不正に復讐すべく十人かそこらの白人どもを八つ裂きにしようとしていて、コートの上をしばし疾走しながらファーガソンは本気で身の危険を感じ、暴徒に追いつかれ床に叩きつけられるんじゃないかと恐れたが、右腕にたまたまパンチを一発浴びたものの（腕はその後二時間痛みつづけた）肉体たちの蠢（うごめ）く迷路をどうにか突破してドアの外に飛び出し、侘しい一月の午前の冷たい空気の中、レニーのステーションワゴンめざして駆けていった。

　かくしてミニチュア人種暴動はほとんど起きかけたが結局起こらずに済んだ。地元に帰る車中ずっと、ほかの少年たちはみなハイオクタンの躁病的上機嫌に包まれて声を張り上げっ放しで、試合最後の十秒間を何度も何度も生き直し、復讐に燃える群衆の憤怒を逃れたことを喜び、いまだ信じがたいという顔でニコニコ笑顔の止まないシェイファーに対して架空インタビューを行ない、ゲラゲラ笑い、ゲラゲラ笑い、祝祭の気分が空気そのものにあふれたが、ファーガソンはそれに加わらなかった。笑いたい気持ちは全然なかった。最後の一秒にシェイファーが放ったシュートはたしかに笑えた——あんなに笑える、あんなにありえない代物はいままで見たことがない——が、ファーガソンにとっては、直後に起きたことによって試合は台なしになっていた。浴びたパンチはまだ痛かったし、パンチがそもそも飛んできた理由はいまだズキズキする痛みよりもっと痛かった。

　車の中でもう一人だけ笑っていなかったのはレニーだった。レニーだけが、体育館で起きたことの暗い含意を理解しているように思えた。シーズンで初めて彼は選手たちのぶざまでふがいないプレーを叱り、シェイファーの十五メートルショットも偶然と片付け、何であんな二流チームを二十点差でやっつけられなかったんだ、とどやしつけた。そうした言葉を、ほかの連中は怒りの信号として捉えたが、ファーガソンにはレニーが怒っているのではなく動揺していることがわかった。あるいは怯んでいる。あるいは萎えている。あるいはその三つすべてである。試合の直後に生じた醜い出来事を思えば、勝利などまったく無意味なのだとファーガソンは理解した。

　群衆が荒れ狂った暴徒と化すのを初めて目のあたりにし、それを受け容れるのは辛かったが、その日ファーガソンが学んだ反駁しようのない教訓とは、群衆というものは時に、その中のどの個人も一人では絶対口にしないような隠れた真実をあらわにするということであり、この場合その真実とは、多くの黒人が白人に対して感じている憤り、さらには憎しみであり、その憤りと憎しみが、黒人に対して多くの白人が感じている憤りと憎しみに劣らず強いということだった。ついこのあいだの冬休みの最後に、ジャッキー・ロビンソンの勇気と、アメリカ社会のあらゆる側面における完全な差別撤廃の必要とを論じた作文を書いたばかりだったファーガソンだが、その日ニューアークで起きたことに動揺し、怯み、萎えずにいられなかった。ジャッキー・ロビンソンがブルックリン・ドジャースで最初の試合をプレーしてから、もう十五年が経つというのに。

　ニューアークでの土曜日の次の次の月曜に、ミセス・ボールドウィンは九年生の英語クラスで、ファーガソンが作文コンテストで一等賞を獲ったと発表した。二等賞はエイミー・シュナイダーマンによる、エマ・ゴールドマンの生涯を讃えた立派な文章に贈られました、二人のことが本当に誇らしいですよ、とボールドウィン先生は言った。一等、二等が同じクラスから、私のクラスから出たんです、この学校で九年生の英語クラスは全部で十三あるのにね。メープルウッド中学で長年教えていて、毎年恒例の作文コンテストで二人の入選者を出した名誉は初めてですよと彼女は言った。

　まあ先生は喜ぶよな、とファーガソンは思いながら、自分の文学上の敵が黒板の前に立ってダブル受賞に酔いしれている姿を眺めた。まるで自分が書いたみたいな喜びようだ。同学年三五〇人の中で優勝したことはファーガソンとしても嬉しかったが、その勝利には何の重みもないと思わざるをえなかった。まず、ミセス・ボールドウィンがいいと判断するものは必然的に悪いという事実があるが、それだけではない。ニューアークの体育館での目も当てられぬ事件以来、ファーガソンは自分が作文で書いたことをもはや信じなくなっていたのである。あそこに書いたことは楽観的すぎるし、ナイーブすぎる。現実世界では何の意味も持たない。ジャッキー・ロビンソンはいくら讃えても足りないが、野球での人種差別撤廃はもっとずっと大きな苦闘の中のごく小さな一歩でしかない。苦闘は今後まだ何年も続き、きっとファーガソンが今後生きる年月でもまだ全然足りず、あと一世紀、二世紀と続くだろう。生まれ変わったアメリカを夢見た空虚で理想主義的な駄文に較べれば、エイミーがエマ・ゴールドマンについて書いた文章の方がずっとよかった。もっとよく書けていてもっとよく考え抜いてあるというだけでなく、もっと精緻であると同時にもっと情熱的であり、あれが一等賞を獲らなかった理由はただひとつ、学校としては革命的無政府主義者のことを書いた作文に青リボンを与えるわけにはいかないのだ。そんな人間はそもそも定義上、とことん反アメリカ的なアメリカ人と見なされる。エマ・ゴールドマンにしても、あまりにラディカルで、アメリカ的生活にとってあまりに危険な存在であったために自国から追放されたのだ。

ミセス・ボールドウィンは生徒たちの前でまだだらだら喋っていて、各学年の入賞者上位三名が金曜午後の全校集会で自分の作文を朗読することになっていると説明していて、ファーガソンがエイミーの方をちらっと――彼女の席は前の列、二つ右である――見ると、自分の目が彼女の背中、二つの肩甲骨のちょうど中間にとまったのとまったく同時にエイミーはまるで彼の目に触れられたのを感じとったかのようにさっとファーガソンの方をふり向き、さらにもっと愉快なことに、ひとたび二人の目が合うとエイミーは顔を皺くちゃにしてファーガソンに向かって舌を、何よぉアーチー・ファーガソン、あたしが一等獲るべきだったのよ、あんただってわかってるでしょと言わんばかりに突き出したのである。そしてファーガソンが彼女に向かってニッコリ、そのとおり、けど僕にはどうしようもないよと言わんばかりに微笑んでみせると、エイミーの皺くちゃの顔が笑みに変わり、次の瞬間、喉にこみ上げてきた笑いをこらえられずにエイミーは鼻から何とも奇妙な音を噴出させ、突然の大きな音に戸惑ったミセス・ボールドウィンは話を中断して、どうかしたのエイミー、大丈夫?と訊いた。

はい大丈夫ですミセス・ボールドウィン、とエイミーは言った。ちょっとゲップが出ちゃって。レディのすべきことじゃないとわかってるんですけど、抑えきれなくて。すみません。

これまでファーガソンはいつも、人生は一冊の本に似ているとあらゆる人から言われてきた。人生はひとつの物語であって、一ページで始まり、どんどん進んでいって、二〇四ページだか九二六ページだかで主人公が死んで終わるのだ、と。しかし、思い描いていた未来が変わりつつあるいま、時間というものに関するファーガソンの理解も変わりつつあった。時間は前と後ろの両方に動くのだ。本の中の物語は前にしか動かないから、人生は本という比喩は当たらない。むしろ、タブロイド判新聞の紙面の方が人生に近い。戦争の勃発、暗黒街の殺人といった大きな事件が一面にあって、そこまで大ニュースではない記事がその後のページに並ぶが、最後のページにも大見出しはちゃんとあって、些細ではあれ人を惹きつけてやまぬスポーツの世界におけるその日のトップストーリーが語られている。そしてスポーツの記事はつねに逆向きに読まれる。一面から読むときは左から右へ進んでいくが、それとは逆に、ヘブライ語か日本語の文章を読み進めるみたいに右から左へと進んでいって、新聞全体の真ん中へと徐々に近づいていき、求人求職の広告が並ぶ無人地帯に達したら、トロンボーンの個人レッスンや中古の自転車でも求めているのでない限りそこはすっ飛ばして、映画広告、劇評、人生相談、社説などから成る中央地帯に行きつき、後ろから読みはじめたのなら（スポーツ狂のファーガソンはだいたいいつもそうした）そのままさらに第一面まで進んでいけばいい。時間が双方向に動くのは、人は未来へ一歩踏み出すごとに過去の記憶も一緒に運んでいくからだ。まだ十五にもなっていないファーガソンだが、自分の周りの世界は自分の中の世界によって絶えず形作られているとわかるくらいの記憶はすでに蓄積していた。自分以外のみんなが世界を経験するにしても、やはりその経験はその人自身の記憶によって形作られる。人間はみな同じ空間を共有することでたがいにつながっているけれど、時を経てゆく一人ひとりの旅はみな違う。それぞれがみんな少しずつ違った世界に生きているのだ。そこで問うべきは――ファーガソンはいまいかなる世界に棲んでいるのか、その世界は彼にとってどのように変わったのか？

まず第一に、もう医者になる気はなかった。過去二年間ファーガソンは、気高い自己犠牲と骨身を惜しまぬ善行から成る遠い未来で暮らしていた。父親とはまったく違って、金のため、ライムグリーンのキャデラックを手に入れるために働くのではなく、人類の利益のために、医者となって都市の最悪スラムで無料診療所を開いて貧しい人々や虐げられた人々を治療し、アフリカに赴きコレラ流行や内乱の殺戮の只中でテント病院に勤務してきた。彼を頼りにする多くの人々にとっては英雄的存在、名誉を尊ぶ人間、思いやりと勇気あふれる聖者。だがそこに透徹した眼力を持つノア・マークスが現われ、空疎な絵空事の舞台装置を叩き壊した。そんなものは所詮、ハリウッド発の安手の医者映画と、愚にもつかぬ感傷的な医者小説を素材とする代物だったのであり、べつに自分の内に未来の天職のヴィジョンを見出したわけではなく、単にいつも外から眺めていたものを借りたにすぎない。一九三〇年代の白黒映画のヒーロー、画面の端には器量よしの看護婦＝話し相手＝妻がいるともなくいて、背景では情感たっぷりの音楽が奏でられている。複雑で苦悩に満ちた内面を抱えた本物のファーガソンとは何の関係もない、欲望から生まれた機械仕掛けのオモチャでしかないヒーロー。その欲望とは要するに、唯一無二の人間たる自分がこの世の誰より優れていることを証明してくれる英雄的運命を創り上げたいという願望でしかない。ノアによってその迷妄が暴かれたいま、ファーガソン自身、そんな子供っぽい夢にかくも多くの精力を無駄に注ぎ込んできたことを恥じずにいられなかった。

　と同時に、ファーガソンが作家になる気があると考えている点、ノアは間違っている。たしかに小説を読むことは人生の基本的な楽しみのひとつだし、その楽しみを味わう機会を人々に与えるには誰かが小説を書かないといけないわけだが、ファーガソンから見て、読むことも書くことも英雄的な営みとは考えがたい。大人の人生へと向かう旅における現時点にあって、未来に関するファーガソンの唯一の野心は、彼のナンバーワン作家の言い方を借りるなら、自分の人生のヒーローとなることだった（ディケンズの代表的長篇『デイヴィッド・コパフィールド』冒頭に出てくるフレーズ）。自分にとって二冊目のディケンズ長篇をファーガソンはもうすでに読破していて、全八一四ページ、あの長大な、紆余曲折に満ちた、作者最愛の子供の虚構人生を二週間の冬休み中に生き抜いたのであり、この読書マラソンを走り遂げたいま、昨年の架空の友ホールデン・コールフィールドとの仲はいささかぎくしゃくしてきた。『キャッチャー・イン・ザ・ライ』の第一ページで、「ああいうデイヴィッド・コパフィールドっぽいクソみたいなの」とディケンズを腐したホールデン……そんなふうにファーガソンの頭の中では本が本と会話しはじめていた。まあたしかにJ・D・サリンジャーも悪くないけれど、チャールズ・ディケンズの靴を磨く資格はない（足下にも及ばない、の意の成句）。もしディケンズがハンクとフランクという名のブローガンを履いているならなおさらだ。そう、疑問の余地はない。小説を読むのはすごく楽しいし、書くのもすごく楽しい。苦労も挫折も多いけれどやっぱり楽しい。いいセンテンスを書く気持ちよさは、特にそれが悪いセンテンスとして始まって四回の書き直しを経るなかで徐々によくなっていくときなど、人間の手に成るいかなる達成にも優る。けれども、そんなに楽しく、気持ちよいからこそ、定義上それは英雄的ではありえない。聖人の医者はもうやめたけれど、思い描ける英雄像はほかにいくらでもある。たとえば弁護士。夢想は依然としてファーガソンの一番の特技であり、中でも未来をめぐる夢想は得意中の得意だったから、その後の数週間は法廷にいる自分の姿を思い描き、己の雄弁を駆使して、不当に告発された無実の人間が電気椅子にかけられる事態を正し、彼が議論を締めくくるたびに陪審の人々は胸を打たれて一人残らずよよと泣き崩れるのだった。

やがて十五歳になり、マンハッタンの〈ウェイヴァリー・イン〉で誕生日ディナーが開かれ、両親、祖父母、ミルドレッド伯母、ドン伯父、ノアが参加して、ファーガソンはそれぞれの世帯からプレゼントをもらった。両親から百ドルの小切手、祖父母からもやはり百ドルの小切手、マークス一族からは三つ別々のパッケージ——ミルドレッド伯母さんからはベートーヴェン後期弦楽四重奏のボックスセット、ノアからは『世界最高に愉快なジョーク集』と題したハードカバー本、ドン伯父さんからはファーガソンが知ってはいてもまだ読むに至っていなかった十九世紀ロシア文学のペーパーバック四冊、すなわちツルゲーネフ『父と子』、ゴーゴリ『死せる魂』、トルストイ中篇集（「主人と下男」「クロイツェル・ソナタ」「イワン・イリイチの死」）、ドストエフスキー『罪と罰』。この最後の一冊が、第二のクラレンス・ダロー（進歩的な有名弁護士）になるんだというファーガソンの幼稚なファンタジーに終止符を打った。『罪と罰』はファーガソンを変えた。『罪と罰』こそ天から落ちてきて彼を粉々に砕いた稲妻であり、自分をふたたびひとつにまとめ直したときには、もう未来に関し何の迷いもなくなっていた。本がこういうものになれるんだったら、人間の心と頭と世界をめぐる心の奥底の感情とに対し小説にこういうことができるんだったら、ならば小説を書くことこそ人生で為しうる最良の営み。絵空事の物語が、楽しみだの気晴らしだののはるか向こうまで行けることをドストエフスキーは教えてくれた。小説は人の表と裏をひっくり返し、頭の蓋を取っ外し、火傷させ、凍りつかせ、丸裸にし、宇宙に吹き荒れる突風の中に放り出す力を持っている。少年時代ずっとあたふたともがいて、空気中に充満する戸惑いの毒はますます濃くなる一方だったが、その日以来、自分がどこへ行こうとしているか、少なくともどこへ行きたいか、もはや迷いはなかった。その後に続いた年月、ファーガソンは一度たりとも自分の決断を翻しはせず、一番辛い時期に地球の縁から落ちてしまいそうな気になったときでも心は変わらなかった。いまだ十五歳ではあれ、ファーガソンはすでにひとつの理念と契り（ちぎ）を交わしていた。よかれ悪しかれ、豊かであれ貧しくあれ、健康でも病んでいても、若きファーガソンは命の尽きるまでその理念と共に在ることを誓ったのである。

夏の映画製作プロジェクトは棚上げとなった。前年の十一月にノアの母方の祖母が亡くなり、母親が若干の遺産を相続したので、その一部を母は息子の教育に注ぎ込むことにした。本人には相談もせずに、フランスのモンペリエで開講される外国人高校生向けの、まるひと夏続くプログラムに申し込んだのである。八週間ずっとフランス語浸けになり、ブックレットの説明を信じるなら、ニューヨークに戻ってきたときには、カタツムリを食べる地元産カエル（フランス人）の流暢さで喋れるようになっている。ファーガソンが『罪と罰』を読み終えた三日後にノアが電話してきて計画の変更を伝え、勝手な真似しやがってと母親を罵った。けどどうしようもないよ、俺はまだ自分の人生の主人じゃないんだ、いまはまだ狂った女王に支配されてるんだから、とノアは言った。ファーガソンは失望を隠そうと適当に言葉を並べた――お前ラッキーじゃないか、僕だったらそんなチャンス迷わず飛びつくぜ、こっちはそりゃ残念だけど、何てったってまだカメラもないんだし脚本のアウトラインも出来てないんだから実害はないよ、それにお前、フランスで何が待ってるか考えてみろよ、オランダの女の子、デンマークの女の子、イタリアの女の子、美人女子高生ハーレム独り占めじゃないか、そういうプログラムって男はそんなに来ないだろ、邪魔な競争相手もほとんどいなくて人生最高の時が過ごせるぜ。

むろんファーガソンとしてはつまらない。すごくつまらない。夏はいつだって毎日ノアと一緒に過ごしてきたのだ。まる八週間、毎日、一日じゅう、ブツブツ文句屋のいとこ兼友人のいない夏なんて全然夏という気がしないだろう、ただ単に暑い、新たな寂しさに染まった時間が続くだけ。

幸い、両親が十五歳の誕生日にくれたプレゼントは百ドルの小切手だけではなく、一人でニューヨークへ行く権利もファーガソンはあわせて獲得していた。この新しい自由は目一杯行使するつもりだった。美しいが荒涼としたメープルウッドの町は、ひたすら人々がそこから出て行きたくなるように作られている。もうひとつの、より大きな世界ににわかに手が届くようになって、その春ファーガソンはほぼすべての土曜にメープルウッドの外へ出ていった。家からマンハッタンへ行くやり方は二つある。まず、バス。アーヴィントンの発着所から一時間に一本出ている一〇七番に乗って、マンハッタン八番街と四十丁目の角にあるポート・オーソリティのビルに直行する。または、エリー・ラッカワナ鉄道の四両列車がメープルウッドの駅から出るのでこれで終点のホーボーケンまで行き、そこからもまた選択肢は二つあって、ハドソン線の地下鉄に乗るか、ハドソン・フェリーを使って水上を行くか。列車とフェリーの組合せがファーガソンの好みである。まず駅まで歩いて約十分というのがいいし（アーヴィントンの発着所へ行くには誰かの車に乗せてもらわないといけない）、それにこの列車はアメリカでも有数の古い列車で、すごくいい感じなのだ。車両は一九〇八年に作られたもので、ダークグリーンのずんぐりした金属の車体は産業革命の初期を連想させ、車内には年代物の柳細工の座席があって座席の背は前後どちらにも倒せるようになっている。反急行低速列車はガタガタゴトゴト揺れ、錆びた線路の上を車輪が進んでいくなかでキーッキーッとすさまじい声を上げ、そんな車両にたった一人で乗っていると何とも幸せな気分で、窓の外に目をやればそこにはニュージャージー北部の陰惨で荒んでいく一方の風景が広がり、沼や川や鉄の撥ね橋の背景には崩れかけた煉瓦の建物が古き資本主義の残滓という趣で点在し、まだ使われているのもあれば廃墟と化したものもあり、どちらにしろおそろしく醜く、ここまで醜いと、十九世紀の詩人たちがギリシャやローマの丘に残った廃墟から霊感を受けたのと同様にかえって想像力を刺激され、そんなふうに窓の外に広がる崩壊した世界を見ていないときは読んでいる最中の本を読み、目下それはドストエフスキー以外のロシア小説か、初めて読むカフカか、初めて読むジョイス、初めて読むフィッツジェラルドで、やがて列車を降りてフェリーに乗り換えると、天気が一応まともであればデッキに立って顔に風を浴び足の裏にエンジンの振動を感じ、頭上ではカモメが旋回して、と、考えて見れば何とも平凡な話で、月曜から金曜まで毎朝何千人もの通勤客がやっている移動にすぎないわけだが今日は土曜なのであり、十五歳のファーガソンにとってはこうやってロウアー・マンハッタンへと移動することが掛け値なしのロマンスであって、自分が現在やりうる良きことすべてがここにあった。いま彼は、ただ単に家をあとにしてきているだけでなく、これに向かって、こうしたすべてに向かって進んでいるのだ。

ノアに会う、ノアと話す。ノアと言い争う。ノアと笑う。ノアと映画に行く、ペリー・ストリートでの土曜日、アパートメントでミルドレッド伯母さんドン伯父と昼食を共にし、それからノアと二人でいろんなところへ出かけていくけれど特にどこへ行くと決めていないこともしばしばで、二人でただただウェスト・ヴィレッジの街をぶらつき、可愛い女の子に見とれて、宇宙の未来を議論する。もう何もかもが決まった。ファーガソンは本を書き、ノアは映画を撮る。ゆえに二人はたいてい本や映画の話をし、今後の年月に共同で取り組む無数のプロジェクトの話をした。ノアはもうファーガソンが小さいころ出会ったときのノアではなかったが、相変わらずどこか腹立たしいところ、マルクス兄弟的な小生意気さ、とファーガソンが考えたものがあって、やたらと威勢のいいアナーキズムが手に負えない騒々しさで発散され、それが八百屋とのナンセンスなやりとりの中で炸裂し（**よう、このナスどうなってんの——卵全然ないじゃん**）、あるいはコーヒーショップのウエイトレス相手だったり（**ねえ、伝票くれる前に破いちゃってくれるかな、払わなくていいようにさ**）、ガラスボックスの中に立っている映画館の切符売り相手だったり（**この映画のどこがいいか、ひとつでいいから言ってくれよ、じゃないと俺の遺書からあんたの名前削るよ**）、挑発的な与太を飛ばしてもファーガソンとしては鬱陶しいばかりなのだが、ノアの友だちでいる限りこれは避けられぬ代価であって、愉快さと気まずさの両方あるのは仕方なく、騒々しいことこの上ない幼児と一緒に歩いていると思ったら、その幼児がいきなりくるっと向き直ってアルベール・カミユの『ギロチン』について一席ブチ上げ、こっちはカミュなんて一語も読んじゃいないよ、と言うと書店に飛び込んでいってファーガソンのためにカミュの小説を万引きしてくるのだが、もちろんそんなものを受け取れるわけがなく、結局、もう一度店に入ってその本棚に戻してこい、とノアに命じないといけない何とも気まずい立場に追い込まれ、何だか自分がいかにも正義ぶった嫌な奴に思えてしまうのだが、それでもやっぱりノアは友だちで、いままで最高の友だちで、こいつを愛さずにはいられないのだった。

とはいっても、土曜がすべてペリー・ストリートの土曜になるわけではなかった。ノアが母親とアッパー・ウェストサイドで過ごす週末は、いつも彼に会えるとは限らず、そういう空白の土曜には何か別の予定を立てる。二度はメープルウッドでの友人ボブ・スミスと一緒にニューヨークに行き（そう、この世には本当にボブ・スミスなんて名前の人間がいるのだ）、祖父母の家にも一度は一人で、何度かはエイミーと——そう、エイミー・ルース・シュナイダーマンと——一緒に泊まりに行った。エイミーは目下アートに入れ込んでいて、ファーガソン自身アートを見る楽しさを最近発見したところだったので、二人一緒の土曜には美術館やギャラリーを見て回った。メトロポリタン、MoMA、グッゲンハイムといった有名どころはもとより、フリック（ここがファーガソンの一番の好みだった）やミッドタウンの写真センターなどの小さいところにも行き、行ったあとは何時間も話しあった。ジョット、ミケランジェロ、レンブラント、フェルメール、シャルダン、マネ、カンディンスキー、デュシャン、何しろほとんどすべて初めて見るのだから吸収すべきこと語るべきことはあまりに多く、その初めての衝撃に何度も何度も揺さぶられたが、二人で共有した何より忘れがたい記憶は美術館ではなくより小さなギャラリーのスペースで生まれた。東五十七丁目のフラー・ビルのピエール・マティス・ギャラリーでアルベルト・ジャコメッティの近作彫刻、絵画、スケッチの展覧会を二人で見て、それら神秘的で触感豊かで孤高の作品にすっかり引き込まれて二時間を過ごし、部屋から人がいなくなってきたところでピエール・マティス本人（アンリ・マティスの息子！）が自分のギャラリーに若者二人がいるのに目をとめて寄ってきて、この午後に二人の改宗者が加わったことにニコニコ上機嫌で、何と十五分間そこにとどまって二人を相手にお喋りに興じ、ジャコメッティのこと、パリにあった彼のアトリエのこと、一九二四年のアメリカへのピエール自身の移植、一九三一年のギャラリー開設、ミロのような大芸術家をはじめ実に多くのヨーロッパの芸術家が困窮した戦時中の辛かった年月、生き残りを可能にしてくれたアメリカの友人たちからの援助等々を語り、やがてふっと思い立って、ギャラリーの奥の部屋に二人を連れていき、机やタイプライターや本棚が所狭しと並ぶオフィスの棚から、過去の展覧会のカタログを十数冊引っぱり出して（ジャコメッティ、ミロ、シャガール、バルテュス、デュビュッフェ）、仰天しているティーンエージャー二人にそれらを渡しながらこう言った――君たち若い二人こそ未来なんだ、君たちが教養を身につけるのにこれが役立ってくれれば。

　言葉もなく、唖然として、二人はアンリ・マティスの息子からの贈り物を抱えてギャラリーを出て、背中を押されるように五十七丁目を足早に歩いていった。何しろ自分たちは未来なのであり、かような出遭いのあと、かくも思いがけない親切に接したあとでは足早に歩くことを肉体が要求しているのだ。だから彼らは、混みあった、日のあたる街路を、二人の歩行者が走り出すことなしに可能な限り速く歩き、二百メートルばかり歩いたところでエイミーがようやく沈黙を破り、腹が空いたと宣言した。腹が減って死にそうだと彼女は言った。エイミーはよくそう言うのであり、彼女にあって空腹は大方の人間のようにお腹が空くだけでは済まず、飢えるのであり、餓死に迫るのであり、象を一頭食えるしペンギンの群れも食えるし、いまもまた、なんかうまいもん食って腹を満タンにしたい、とエイミーが言うので、言われてみればちょっと何か食べてもいいなとファーガソンも思い、ここは五十七丁目、じゃあ六番街と七番街のあいだのホーン&ハーダート自動販売機食堂（オートマット）に行こうと提案した。単に近いからというだけではない。このあいだニューヨークに来たとき、ホーン&ハーダート・オートマットこそニューヨーク中で最高に素晴らしい食事スポットだということで二人の意見は一致していたのである。

　そこで供される、風味に乏しい安価な食物が素晴らしいという範疇に入るというのではない。ボウルに入ったヤンキー・ビーンスープ、グレービーにどっぷり浸かったマッシュポテトを添えたソールズベリー・ステーキ、ブルーベリー・パイの分厚いスライス……彼らを魅了するのはそれらではなく場所そのものである。クロームとガラスで出来た、市場のごとく広大な店内は遊園地の雰囲気に包まれている。自動販売化された食べ物を食べる目新しさ、二十世紀アメリカを貫く効率性のもっとも狂ったもっとも悦ばしい顕現（けんげん）、腹を空かせた大衆のための健全で衛生的な料理。両替え係のところに行って五セント貨をどっさり調達し、ガラスの仕切りの中に入った何十もの品を眺めて回るのは何と楽しいことか。食べ物が鎮座する極小の部屋を護ってウィンドウがバリケードを築き、中にあるどれもが君のために特別に作られた一人分であり、ハムチーズサンドやら一切れのパウンドケーキやらを選んでスロットにしかるべき数の五セント貨を入れるとウィンドウが開き、一瞬にしてサンドイッチは君のものとなる、しっかり中身のある頼もしい出来立てのサンドイッチが、そしてテーブルを探しにその場を離れる間もなく、空になった仕切りがまたあっという間にもうひとつのサンドイッチで埋まるのを見るのも更なる楽しみで、今度のサンドイッチも君がたったいま買ったのとまったく同じサンドイッチだ、奥には人がいるのだ、白い制服を着た男の人女の人がいて五セント貨を処理し空の容器に食べ物を補充しているのだ、何という仕事だろう、とファーガソンは考えつつ空いているテーブル探しに乗り出す、食事やおやつをトレーに載せて、自動販売化された品を飲み食いしている種々雑多なニューヨーカーたちのあいだを縫うように進む、人々の多くは年寄りで、毎日ここへ来ては何時間も座ってコーヒーをちびちび何杯も飲む、消滅した左翼に属す老人たちがもう四十年経ったというのに革命がどこで駄目になったかをいまだ蒸し返す、死産に終わった、かつては目前に迫っていると思えたけれど結局一度もありはしなかったものの記憶でしかない革命……。

かくしてファーガソンとエイミーはこの華麗な午後の締めくくりにホーン&ハーダート・オートマットに入っていき、食事を頰張りながらピエール・マティス・ギャラリーで過去に開かれた展覧会の薄い、だがしっかり図版の詰まったカタログをパラパラめくって眺め、いい日だった、全体としてすごくいい日だったと二人とも感じている今日一日について話しあう。僕にはもっとこういう日が必要だ、すごくきつい日が多かった過去数か月の疲れを消し去るためにも、とファーガソンは思う。何しろずっと野球なしで過ごし、その決断にすっかり戸惑った友人たちに説明するのもいい加減くたびれたし、いざ実行してみるとこの自己否定実験は――何年も心底愛してきたものをやめるのは――思ったよりずっと辛かった。野球はすっかり自分の一部になっていて、時には両手にバットを握りたくて体が疼き、グラブをはめて誰かとキャッチボールをしたくて、一塁ベースに駆け込むときスパイクが土に食い込む感触をもう一度感じたくてたまらなくなったが、いまさらあとには引けない。約束は守らないといけない、でなければアーティの死は無意味だったと、アーティの死から何も学ばなかったと認めることになってしまう、そうしたら自分は底なしに弱い、英雄らしさのかけらもない、犬になっても仕方ない、卑屈に這いつくばり食べ残しを乞い床から自分のゲロを舐める雑犬になっても仕方ない人間となってしまう。もしこうやって毎週ニューヨークに逃れられもせず、友人たちが毎土曜にプレーする野球場から離れてもいられなかったら、きっといまごろもう降参して、まさにそんな犬になり果てているにちがいない。

　さらに悪いことに、野球のない春は愛のない春でもあった。リンダ・フラッグに惚れ込んだと思い、秋・冬を通して彼女を追い求め、メープルウッド一魅惑的で謎めいた美少女の心を射止めんと奮闘するファーガソンに、相手は色好い顔を見せるかと思えば冷たく撥ねつけ、キスさせてくれるかと思えばキスさせてくれず、希望を与えたのちにその希望を奪い取り、結局ファーガソンは、リンダ・フラッグは彼を愛していないのみならず自分もまたリンダを愛していないという結論に達した。啓示は四月初旬の土曜日に訪れた。何週間も粘り強く説得に努めた末に、ファーガソンはとうとう、一緒にマンハッタンへ行くという同意をリンダから引き出すところまで漕ぎつけたのだった。計画はシンプルである。オートマットでランチ、それから街を横断して三番街まで歩いていき、二時間を闇の中、ジム・シュナイダーマンに勧められた『長距離ランナーの孤独』を観て過ごし、もしもそのあいだリンダの手を握るか口にキスするか脚に手を這わせるかができるならますます結構。当日はあいにく陰気な日で、じとじと降る小雨が時おり土砂降りに変わり、気温もだいぶ低く、この季節にしてはずいぶん暗かったが、まあ早春の天気ってのは当てにならないからねとファーガソンは言い、傘二つさして駅まで行くあいだも歩道に出来つつある水たまりをよけながら歩かねばならず、雨で悪かったよ、でも僕のせいじゃないんだ、先週ちゃんとゼウスに手紙を書いていい天気をお願いしますって頼んどいたのに、なんとオリンポス山では郵便ストが一か月続いてるっていうじゃないか、そんなの僕にわかるわけないよね……冴えないジョークにリンダは笑ってくれたが、それは彼女もファーガソンに劣らず心細いから、今日一日がいい日となるよう彼に劣らず願っているからかもしれず、だとしたら幸先は上々と思えたのだが、ホーボーケン行きのエリー・ラッカワナ線の列車に二人で乗り込もうとしたところで、今日は何ひとつ上手く行かないのだとファーガソンは悟った。ホーボーケンまでの列車が汚くて乗り心地が悪いとリンダは言い、外も気の滅入る眺めだったし、この雨では（空は晴れてきそうでもあったのだが）フェリーにも乗れず、ハドソン線の地下鉄はホーボーケンまでの列車以上に汚くてもっと乗り心地が悪く、オートマットは興味深くはあってもリンダから見れば恐ろしい場所で、浮浪者っぽい人たちがずるずる足を引きずって出入りし、体重一五〇キロはあるかという黒人女性があそこのテーブルに座って一人でブツブツ赤ん坊のイエスがどうの世界の終わりがこうのと言っていて、頬ひげを生やしたなかば盲目の老人が三日前のくしゃくしゃの新聞を虫眼鏡で読み、ファーガソンたちのすぐ隣に座った超年寄りの夫婦はお湯の入ったカップに使い古しのティーバッグを入れて上下に振っているし、とにかく入ってくる誰もが貧乏か狂っているかで、狂ってる人たちこんなふうに野放しにしていったいここどういう街よ、とリンダは言い出した。それにアーチー、あんたはどうなのよ、ニューヨークはどこよりもずっといいとか言ってどういうつもりよ、来てみたら何よこれ、もう最悪じゃない！

リンダのせいじゃない、とファーガソンは自分に言い聞かせた。彼女は朗らかな、誰にも好かれる女の子であって、中流階級の上の層の完全に閉ざされた暮らしの中で育ってきたのだ。居心地よさと礼儀正しさに貫かれた、合理的で無色の、綺麗に刈られた庭の芝生とエアコンの効いた部屋から成る世界に慣れた彼女の目の前に、大都市の不潔さと喧噪がいきなり迫ってきたものだから、まずは本能的に嫌悪を感じてしまい、嫌な臭いに胃がむかつくのと同じに肉体がまず拒否反応を示したのだ。彼女にはどうしようもないんだ、とファーガソンは何度も自分に言い聞かせた。彼女を責めるわけにはいかない。とはいえ何ともがっかりだ、ここまで冒険を嫌う子だったとは、何て神経質なんだ、慣れないものからこれほど引いてしまうなんて。難しい――これまで心の中で彼女についてファーガソンはしばしばこの言葉を使ってきたし、熱さと冷たさを交互に示すリンダ・フラッグのおかげで過去半年彼の暮らしも間違いなく難しいものになっていたが、それでもリンダは決して馬鹿ではないし、空っぽでもない。ただ単に恐れているだけだ、巨大で不快な都市の訳のわからなさを怖がっているだけなんだ。きっと同じように男の子のことも怖いのだろう（その可愛らしい顔の魅力に抗える男の子はほとんどいないのだけれど）。でも才気はあるし、ウィットや深く考える力だってある。頭もよくて、英語の授業で本を読めばいつもきちんとした感想を言う。片手で彼女の肱を包んで導き、五十七丁目を東へ進んでいきながら、ひとたび映画館に入って腰を落着け映画も始まれば彼女の気分もよくなるんじゃないかとファーガソンは考えた。映画館はパーク・アベニューの向こう側にあり、マンハッタンでも指折りのリッチな、一番汚くない界隈だし、映画もいい映画だと聞いていて、リンダは本の趣味もいいし芸術を見る目もあるから、いい映画を観れば機嫌も直って、ここまでは最低の一日だったけれどまだ少しは挽回できるんじゃないか。

　映画はたしかにいい映画だった。あまりにいい、惹きつけられる映画だったので、ファーガソンはじきにリンダの脚を撫でることも口にキスすることも忘れてしまったほどだった。とはいえ、『長距離ランナーの孤独』は若い男の物語であって、若い女の物語ではない。ファーガソンに訴えたほどリンダに訴えはしなかった。よく出来た映画だとは彼女も認めたが、ファーガソンのようにいままで観た中でベストの部類だ、傑作だなどと思うほどのめり込みはしなかった。照明が点くと、二人はレキシントン・アベニューの〈ビックフォーズ〉まで歩いていき、カウンターでコーヒーとドーナツを注文し（コーヒーはファーガソンの生活における新しい快楽で、機会あるごとに飲んでいて、それは味が好きだからというだけでなく、飲むと大人になった気になれるからでもあり、その熱い茶色い液体を一口飲むたびに、子供時代の牢獄からまた一歩遠ざかった気がしたのだ）、ホーン＆ハーダートの客ほど太ってもおらず貧しくもなく逸脱してもいない人たちに交じって〈ビックフォーズ〉の店内に座り、なおも映画について語りあい、特に結末の話をした。少年院で行なわれた長距離レースで主人公の少年（イギリスの新人俳優トム・コートニーが演じている）が偉ぶった院長（マイケル・レッドグレイヴ）を喜ばせるべくトロフィーを獲得するという筋書きなのに、少年は最後の最後で気が変わって立ち止まり、上品な学校に通う金持ちの子（ジェームズ・フォックス）を代わりに勝たせてしまう。ファーガソンにとっては、わざと負けるという決断は輝かしい反抗であり、権威に公然と背くゾクゾクする行為であって、その平然たるクソッタレ（ファック・ユー）宣言が画面に現われるのを見てファーガソンの冷えた怒れる心も一気に熱くなった。そうやって院長を侮辱することで、少年は院長が代表する堕落し使い古された世界全体にノーを、空疎な報酬と無根拠な罰と不当な階級バリアから成る崩壊寸前のイギリスの社会システムにノーを突きつけたのであって、そうすることによって己の名誉と、力と、男らしさを見出したのだ……。リンダは目を丸くした。何言ってんのよ、と彼女は言った。レースを放棄するなんて馬鹿のすることよ、最悪の選択よ、あの子が少年院のドツボから抜け出すには長距離走だけが頼りだったのに、あれで底辺の底辺に逆戻りじゃないの、また一からやり直さなくちゃいけないのよ、そんなことして何の意味があるのよ、倫理的には勝ったかもしれないけど人生フイにしちゃったわけでしょ、そんなのどこが輝かしいのよ？

リンダが間違ってるってことじゃない、とファーガソンは胸の内で思った。でも彼女は、功利を勇気より上位に置いている。そういう議論が、人生に対する現実的なアプローチが、ファーガソンは嫌だった。システムを利用してシステムを出し抜け、ほかにルールはないんだから壊れたルールに従ってプレーしろ……本当はそういうルールを打ち壊し、作り直すべきなのに。自分やファーガソンが住む世界のルールをリンダは信じている。前に進み、上に上がり、いい職に就いて、自分と同じ考え方の人間と結婚して、芝を刈り、新車に乗り、税金を納め、二・四人の子供を育てる、金の力以外は何ひとつ信じない都市郊外の世界。これ以上議論しても無駄だとファーガソンは理解した。もちろん彼女の言うことは正しい。でもファーガソンの言うことだって正しいのだ。彼は突然、もはやリンダ・フラッグを求めなくなった。

これ以降、リンダは候補者リストから外された。そしてほかに候補もいないまま、悲しく寂しかった一年は悲しく寂しい結末へと突入していった。その一年から何年も経った、もうとっくに大人になった時点でファーガソンは、思春期におけるその時期をふり返って、自宅内亡命、と考えることになる。

母はファーガソンのことを心配していた。父親に対してますます敵意を示すようになった（もはやめったに口も利かず、自分から話しかけることはまずなく、父から何か訊かれても一語、二語でぶっきらぼうに答える）からだけではなく、相変わらず二か月に一度ニューロッシェルまで出かけていってフェダマン家の人々と食事してくる（帰ってくるとそれについて何も言おうとせず、あの打ちのめされた、悲しみに暮れた人たちのことを話すなんてとてもできないと言い張る）からだけでもなく、突然不可解にも野球をやめてしまった（バスケットだけで十分だ、野球はもう退屈になったし、と言ったがそんなはずはないとローズには感じられ、事実四月にシーズンが始まると、朝刊に載ったスコアをじっくり眺め、以前と変わらぬ熱心さで数字に見入っている）からだけでもなく、あるいはまた、かつては人気者だった息子が目下ガールフレンドが一人もいないように見え週末のパーティにもだんだん行かなくなったからだけでもなく、それらすべてが重なって、しかもその目には何か新しい表情が、いままでずっと接してきて見たこともない、内に向いて外界と距離を取るような表情が見えたからであり、そういう心の健康上のもろもろの心配に加えて、母からもファーガソンにあることを知らせないといけなかった。それは悪い知らせであり、二人でじっくり腰を据えて話しあう必要のある事柄だった。

母は話しあいの時間を木曜日に設定した。木曜日はアンジー・ブライが休みの日であり、父も十時か十時半まで帰ってこないので、二人で夕食を取ってからゆっくり話す時間は十分にある。ディナー後の対話を、ファーガソンについてあれこれ質問することから始めたりしたら、黙ってしまって部屋から出ていきかねないので、ローズはまず悪い知らせを伝えてファーガソンをそこにとどまらせた。その悲しい、悪い知らせとは、エイミーの母親リズがつい先日癌の宣告を受けたということ、しかもそれが特に悪性の癌で余命あと数か月、下手をすると数週間ということだった。膵臓癌。望みはない、治療法もない。控えているのは痛みと確実な死のみ。はじめファーガソンには、母が言っていることが上手く呑み込めなかった。エイミーからは母親の状態のことなど一言も聞いていないのだ。絶対おかしい。エイミーは親友であって、気になっていること、恐れていること、はっきりしなくて不安なこと、すべてファーガソンに打ちあけている。だからファーガソンは、膵臓癌という言葉に深入りする前にまず、母親がどうやってそんな、ミセス・シュナイダーマン自身の娘も全然知らないらしい情報を得たのかを訊かずにいられなかった。ダンから聞いたのよ、と母があっさり答えるのでファーガソンはますます訳がわからなくなった。なぜそんな知らせを、自分の子供に伝えるより前に友人に伝えるのか？　だが母親の説明によると、ダンは二人の子供に同時に話したいのだという。ジムとエイミー二人なら、一人で聞くよりその知らせを受け止めやすいはずだというのだ。だから明日の午後ジムがボストンから帰ってくるまで待っているとのこと。リズは何日か前から入院しているのだが、子供たち二人には、シカゴの母親のところへ行っていると言ってある。

　気の毒なエイミー、とファーガソンは思った。母親とは何年も前から確執があって、いまその母が世を去ろうとしている。二人のあいだの未解決の問題は永遠にケリがつかぬままだろう。エイミーにとってはひどく辛いことにちがいない。ずっと仲よしだった人間、掛け値なしに大好きだった誰かが早死にするよりはるかに辛いはずだ。仲よしなら、少なくともその人物をめぐる記憶を、いつまでも優しい気持ちで抱えていられる。もしかしたら幸福な思いさえ持てるかもしれない――恐ろしい、胸の疼く幸福ではあるだろうが。けれどエイミーは、母親のことを考えるたびに、悔いを感じずにはいられないだろう。本当に戸惑わされる女性だ、ミセス・シュナイダーマンは。幼いころに初めて会って以来、ファーガソンにとっては何とも奇妙な存在でありつづけてきた。強さ、弱さがとにかくごっちゃに絡みあっている。頭はいいし、家事も上手で、政治についても鋭い意見を持ち（ペンブロークで歴史を専攻した）、夫と子供二人にも献身的に尽くすのに、と同時にどこか落着かない、満たされていない雰囲気があって、人生で本当はしたかったことをし損なったかのような印象を受ける（もしかしたら何かのキャリアをあきらめたのか――続けていればエリートになったであろう仕事を）。主婦という、世間から低く見られる地位に甘んじたために、自分は誰よりも賢いんだと断固証明しようとしているように見える。自分には誰よりも知識がある、それも一部のことについてではなくあらゆることについて。実際彼女は、ものすごく広い範囲の事柄に関して驚異的な量の知識を有していて、ファーガソンがいままで出会った中で疑いなく誰よりも博識だった。だがあいにく、そういう神経質で欲求不満を抱えた物知りの人物は、誰かが何か間違いを言ったときにそれを直さずにはいられない。そういうことがミセス・シュナイダーマンにはしじゅう起きていた。部屋にいる中で、平均サイズの生の人参には何ミリグラムのビタミンAが入っているか知っているのは彼女一人だったし、一九三六年の大統領選でローズヴェルトが獲得した選挙人の数も、一九六〇年型シェヴィ・インパラと一九六一年型ビュイック・スカイラークとの馬力の違いも、知っているのは彼女一人だったのであり、たしかにいつも正しいことは正しいのだが、この人と一定時間以上一緒にいるのは相当神経に堪える体験になりかねなかった。というのも、ミセス・シュナイダーマンの欠点のひとつは喋りすぎることであり、こんな言葉の砲撃の下で暮らすなんてどうやって夫と子供二人は我慢できるんだろう、とファーガソンはよく思ったものだった。べらべらべらべら、果てしなくお喋りが続き、大事なことと大事でないことの区別がまるでない。その知性と明敏さでもって聞き手を感心させもすれば、そのまったくの中身のなさによって死ぬほど退屈させかねない。ある夜、シュナイダーマン家の車で映画館に向かい、ファーガソンとエイミーが後部席に座っていたときも、夫に向かってえんえん三十分、彼の寝室のたんすの中の服をどうやって並べ直したかを語ったのである。新しいシステムに到達するまでに下したもろもろの決断を一つひとつ、夫を引き連れ丹念に検証していく。なぜ長袖シャツはこっちに行き、半袖シャツはあっちに行くのか。なぜ黒い靴下は青い靴下と分けねばならないか、で、その青い靴下もテニスで履く白い靴下とは別々にしないといけない。アンダーシャツの中で一番数の多い袖なしのアンダーシャツはなぜVネックのアンダーシャツの上に来なければならず下ではなぜいけないのか、ボクサーショーツはジョッキーショーツの右であって左であってはならず、等々等々無意味な細部が無限に積み上がっていき、映画館にたどり着いた時点では、そのたんすの中で三十分を、一日を構成する貴重な二十四の一時間のうちひとつの半分を生きることを一同強制されたあとであり、エイミーはファーガソンの腕に爪を埋め、金切り声を上げることもできず、ぎゅっと力の入った、爪を立てた指を使って、金切り声の暗号を発するしかなかった。

　母親としても、決して能力や愛情が不十分なのではない。むしろ愛しすぎ、のめり込みすぎなんだ、とファーガソンは思った。娘の輝かしい未来をあまりに烈しく信じすぎる。そうやって過度に信じることは、奇妙な話だが、信じる気持ちが足りないのと同じ憤りを相手に抱かせかねないことをファーガソンは悟った。しかもその過度がここまで過度だと、自分と子の境界線も曖昧になってしまい、ひどくお節介な干渉につながっていく。そしてエイミーが何より求めたのは呼吸する余地だったから、生活のごく小さな側面にまで母親が執拗に入り込もうとして息が詰まりそうになるたび、彼女は本気で押し返した。宿題に関する質問から歯の正しい磨き方の講釈まで、同級生の恋愛遊戯について根掘り葉掘り浴びせる訊問からエイミーの髪の整え方に対する批判まで、アルコールの危険をめぐる警告から口紅をつけすぎて男の子を誘惑することを諫(いさ)める静かで単調な長広舌まで。**あんなのとつき合ってたらまっすぐ施設行きよ、**とエイミーはよくファーガソンに言った。あるいは――**自分のこと精神警察の警部だと思ってて、あたしの頭の中に入る権利があると思ってんのよ。**さらには――**いっそ本物の心配をするようにあたし妊娠した方がいいかしら。**エイミーは母の欺瞞を糾弾することで反撃した。味方のふりしてあたしのこと目の敵(かたき)にして、ジムのことは放っとくくせに何であたしのことは放っておけないのよ？　二人は何度も衝突し、あれでもし、穏やかで愛想のいい父親が――楽しさ第一のあたしの父さんが――いなくて、二人のあいだに和平を築くようつねに尽力してくれることもなかったら、母と娘の激突は全面的かつ恒久的な戦争にエスカレートしただろう。気の毒なミセス・シュナイダーマン。娘を愚かしく愛したゆえに娘の愛を失った。ファーガソンはさらに考えた――哀れなものだ、愛されない親の、埋葬されてからの運命は。もちろん子供も哀れだけれど。

　それでもまだ、母親がなぜミセス・シュナイダーマンの病のこと、ジムとエイミーすら現時点ではまだ知らない致死的な病のことを自分に話すのか、ファーガソンにはよくわからなかった。そういうときに誰もが言う言葉を一通り言ってしまうと（**そんな、ひどすぎる、人生の盛りで終わってしまうなんて**）、どうして僕に先に知らせるの、と母に訊ねた。これって何だかおこがましいし、こそこそした感じで、シュナイダーマン家の人たちの陰口を利いてるみたいだよ、とファーガソンが言うと、いいえ、そんなことないのよ、と母は答えた。いまこうして話すのは、あんたがエイミーから聞かされてショックを受けないようにするためよ、覚悟が出来ていれば冷静に受けとめられて、その分エイミーを上手に支えてあげられるでしょ。彼女にはこれまで以上にあんたからの支えが必要になるのよ、いまだけじゃなくて今後長いあいだずっと。まあそれもそうかな、とファーガソンは思ったが、すっかり腑に落ちたというわけでもなかった。完全に納得したとはとても言えない。こういう複雑な状況について話すとき、母の言葉はいつもならもっと納得できるものなのだ。ひょっとして何か隠してるんじゃないだろうか。何かは明かしながら、別の何かを押しとどめているんじゃないか。何よりまず、ダンから聞いたのよという言葉のちゃんとした説明がない。そもそもなぜダン・シュナイダーマンは、妻の癌のことを打ちあける相手にファーガソンの母を選んだのか？　たしかに長年の友人、もう二十年以上のつき合いではある。とはいえファーガソンから見る限り、親しい友人とは言えない。彼とエイミーの親しさとは違う。にもかかわらずエイミーの父親は、最大の悩みごとに直面してファーガソンの母の許に赴き、胸の重荷をすべて下ろした。たがいに深く信頼していなければできないことだし、無二の親友同士にしかないような親密さも必要であるはずだ。

　さらに何分か、母と二人でミセス・シュナイダーマンの話をした。べつに酷(むご)いことは二人とも言いたくなかったが、彼女が娘に対してついぞ正しい接し方ができなかったということ、引き際（ローズの言葉）も黙るタイミング（ファーガソンの言葉）も心得ていないのが彼女の最大の問題だということで二人の意見は一致した。それから、ほとんどそれとは気づかないうちに、エイミーと母親の問題含みの関係から、ファーガソンと父親との不和へと話題は移行し、ひとたびこの話題に至ると（そもそも初めからローズはさりげなく話をこちらへ誘導してきていたのだ）、予想もしていなかった直球の問いを母はぶつけてきてファーガソンを驚かせた――ねえ教えてアーチー、なぜあんたは父さんに背を向けているの？　すっかり不意を衝かれて、ファーガソンはとっさに偽りの答えをデッチ上げることもできなかった。いわばすっかり丸腰にされ、もはや真実を隠す意志も失せて、『靴底の友』の消えた原稿をめぐる些末な一件をファーガソンは一気にまくし立て、もう半年近く経つのにいまだ父が一言も言ってこないことに自分がどれだけ腹を立てているかを語った。

　恥ずかしくて言えないのよ、と母親は言った。

　恥ずかしい？　それってどういう言い訳だよ？　子供じゃあるまいし。原稿がどうなったのか、言えば済むことじゃないか。

　あんたから訊けばいいじゃない。

　僕に訊く義理はないよ、父さんが言うのが筋だよ。

　ずいぶん頑ななのね。

　頑ななのは父さんだよ、僕じゃない。ものすごく頑なで、自分の殻に閉じこもって、おかげでうちの家族は悪夢じゃないか。

アーチー……

わかったよ、まあ悪夢は言い過ぎかも。じゃあ、被災地。それにこの家――これってまるっきり、父さんが売ってる冷蔵庫の中で暮らしてるみたいだよ。

あんたにはそう感じられるの？

寒いよ、ママ、すごく寒い、特にママと父さんのあいだは。ママが父さんに説き伏せられて写真館をやめちゃったこと、ほんとに残念だよ。ママは写真を撮ってるべきなんだよ、ブリッジなんかで時間を無駄にしないで。

父さんとあたしのあいだに問題があろうとなかろうと、あんたと父さんとのあいだで起きてることは全然別の話よ。ねえアーチー、父さんにもう一度チャンスを与えてあげないと。

必要ないね。

それが必要、大ありなのよ。一緒に二階へ来なさい、訳を見せるから。

この不思議な要求とともに、ファーガソンと母親はテーブルから立ち上がってダイニングルームを出た。母がどこへ行く気なのか見当もつかなかったから、仕方なくあとにくっついて二階に上がり、左へ曲がって、もういまではめったに足を踏み入れない両親の寝室に入った。ファーガソンが見守る前で、母は父が服をしまっているクローゼットのドアを開け、中に消えて、少ししてから、大きな段ボール箱を抱えて出てきて、部屋の真ん中まで運んできてベッドの上に下ろした。

開けてごらんなさい、と母はファーガソンに命じた。

フラップを上げて、中に何が入っているかが見えると、ファーガソンはすっかり混乱してしまい、ゲラゲラ笑い出すべきか、恥じ入ってベッドの下にもぐり込むべきかもわからなかった。

全部で六十部か七十部、冊子の山が三つ綺麗に積まれていて、それぞれホッチキス留め四十八ページ、無地の白い表紙に太い黒字でこう印刷されていた――

SOUL MATES
BY ARCHIE FERGUSON
魂の友
アーチー・ファーガソン著

ファーガソンが冊子を一部手に取り、パラパラめくって、自分の物語の言葉が十一ポイントの活字で見返してくるのを目のあたりにして啞然としていると、母が口を開いた。サプライズのつもりだったのよ、ところが印刷屋がしくじってタイトルを間違えちゃって、きちんと確認しなかった自分が悪いって父さんものすごく落ち込んで、あんたに話す気にもなれなかったのよ。

言ってくれればよかったのに、とファーガソンはひどく小さな、母親にほとんど聞き取れない声で言った。タイトルなんかどうだっていいじゃないか。

あんたのことすごく誇りに思ってるのよ、アーチー。何て言ったらいいか、どう言ったらいいかわからないだけなのよ。父さんはね、人とどう話をしたらいいのか、一度も学ばなかった人なのよ。

そのときファーガソンが知らなかった、そして七年後に母親から聞かされるまで知らないままだったのは、過去一年半にわたって母とダン・シュナイダーマンが秘密の関係を続けていたことだった。毎週二、三晩のブリッジは実のところ一晩だけであり、ダンの「ポーカーの夜」「ボウリングの夜」ももはやポーカーにもボウリングにも使われず、ファーガソンの両親の結婚は単に見かけどおりの冷えきった情熱なき茶番というにとどまらず、いまや郡の死体安置所で一番死んでいる死体よりもっと死んでいたのだった。無意味な連合を続けているのは、ひとえに彼らの世界にあっては離婚というものが大きな醜聞と見なされるゆえ、壊れた家庭で育ったという汚名から息子を守る必要があるからにすぎなかった。多くの意味でそれは、公金を使い込んだ男の息子だとか、掃除機訪問販売員の息子だとかいうよりもっと悪いのだ。離婚などというのは映画スターとか大金持ちとか、ニューヨークの豪邸に住んで夏は南仏で過ごすような人たちがやることであって、五〇年代、六〇年代初頭のニュージャージー郊外に住む不幸な夫婦は耐え抜くしかなく、ファーガソンの両親も息子が高校を卒業してメープルウッドから出ていくまでそうするつもりだったのであり、その時点で関係を解消し、別々の道を行くつもりだった。なるべくならそれぞれ違う町に移って、二人ともメープルウッドからできる限り遠くまで行く。そして当面は、いびきがうるさくて母親が眠れないという名目で父親は客用寝室で寝るようになり、ファーガソンはまさかそれが嘘かもしれないなどとは夢にも思わなかった。

ローズとダン・シュナイダーマンとの関係のことを知っているのはファーガソンの父親だけだったし、その父親当人が最近、エセル・ブルーメンソールという名の、リヴィングストンに住む未亡人といい仲になったことを知るのもファーガソンの母親だけだった。大人たちも十五歳と同じように向こう見ずに、性急に遊び戯れているのだが、とことんこっそり、慎重にやるものだから、メープルウッドに住む人間であれよその人間であれ誰一人何ひとつ勘づいていなかった。リズ・シュナイダーマンは知らないし、ジムもエイミーも、ファーガソンの祖父母も、ミルドレッド伯母さんもドン伯父さんも知らないし、ファーガソン自身も知らない。あの夜夕食のあとに母が言ったダンから聞いたのよという言葉でドアが二、三センチ押し開けられはしたわけだが、部屋に何があるのか見えるほど開きはせず、まだ中は暗すぎたし、どこに照明のスイッチがあるのかもファーガソンにはわからなかったのである。

両親は恨みつらみに染まったりはしていなかったし、たがいに相手を嫌悪したり、相手の不幸を願ったりもしなかった。ただ単にもうこの人物と結婚していたくないと思っただけであって、当座はとにかく体面を保っていくしかないという気でいた。十八年という歳月はすり潰されてひとつまみの塵芥（ちりあくた）、もみ消された煙草一本の灰ほどの重みもない粉と化していたが、それでもただひとつ、息子の幸福を願う間断なき連帯感だけは残っていて、それゆえローズも、夫スタンリーと息子アーチーとのあいだに生じた亀裂の修復に精一杯努めたのだった。有能な父親とは言えないまでも、スタンリーは決してアーチーが思っているような悪党ではない。この小さな家族がバラバラになったあとも長年ファーガソンの父親でありつづけるのだから、アーチーが彼に恨みがましい思いを抱きながら残りの人生を生きていくのはまずい。その意味で、冊子のヘマがあったのはもっけの幸いだった。全然理解できない息子に取り入ろうとする、何とも情けない企てと言うしかないし、冊子が間違って出来上がったときもまるっきりの受け身だった（印刷屋に言ってやり直させればいいではないか？）が、少なくとも何かはやったのであり、何かの証しにはなっている。今後に控える年月、父親のことを考えるたびにファーガソンはその事実を考慮に入れねばならない。

どうやらダニエル・シュナイダーマンは一九四一年、西二十七丁目にあった彼の父親が経営していた写真館でローズが働き始めた時点ですでに彼女に恋したらしかった。だが当時ローズはすでにデイヴィッド・ラスキンと婚約していたし、八月にラスキンがフォート・ベニングで事故死したときにはシュナイダーマンの方がすでにエリザベス・マイケルズと婚約していて、彼自身も軍隊生活を始めようとしていた。何年もあとにローズに告白したところによれば、自分に少しでもチャンスがあると思えたらリズとの婚約も解消しただろうが、何しろローズは喪に服し、絶望と無感覚から成る暗いクローゼットにこもり切って、このまま生きていたいのか死にたいのかさえも定かでなく、ふたたび男性との交際に戻ろうなどとは考えもせず、ほかの男たちとデートする気も違う男を好きになる気もまったくなく、ましてやよその女性とじき結婚する男に目を向ける気などあるはずもなかったから、結局何も起こらなかった。すなわちダンはリズと結婚し、ローズはスタンリーと結婚し、ダンが本当は自分と結婚したかったと思っているなどとは考えもしなかったのだった。

関係があったことは知らされたものの、具体的な細部についてファーガソンは何も聞かされなかった。どうやって始まったのか、どこで一緒に晩を過ごしたのか、未来に向けてどんな計画があったのかなかったのか。ケネディの就任式の二日後に関係が始まったこと、スタンリーとの結婚はもうすでに終わっていたから（半年前に二人は合意に達し、一九四四年に立てた誓いにはもうどちらも縛られないと決め、もはや話しあうべきことは、いずれ行なう離婚手続きと、スタンリーが別のベッドに移ったことをアーチーにどう説明するかだけだった）母ローズが疚しい気持ちもなく関係に入っていったこと、それしか教えてもらわなかった。だがダンの立場はもっとずっと厄介だった。彼とリズは、もうタオルを投げるといった話しあいなどしていなかった。依然結婚していて、これからもずっとそれが続くしかないと思えた。二十年にわたり、山も谷もあり諍い（いさかい）も多かったとはいえとことん悲惨でもなかった夫婦生活を送った末にリズを捨てて出ていく気にはなれなかったし、ファーガソンの母親とは違い、ジムとエイミーの父親は己の不倫を疚しく思っていたのである。そしていま、疚しさはさらに増した。今度は二人が共に、リズの癌を前にして、心をギリギリ苛む、はらわたをえぐるような罪悪感に襲われた。何しろこれまで何度も、ダンがリズと夫婦でなくなったら二人でどれだけ幸福な生活ができるか、それぞれが何度も思い描いてきたのだ。それがいま、神々がリズを舞台から下ろそうとしていて、二人が夢想はしても決して口にする勇気の出なかった最高の事態が、一気におそろしく悪しきものに、想像しうる最悪の状況に変わったのだ。まさに自分たちの願望が、運に見放された、死にかけた女を墓へ押しやっていると感じずにはいられなかった。

ミセス・シュナイダーマンは墓へ向かっている。十五歳の時点でファーガソンが知ったのはそれだけだった。日曜の夜遅く、ファーガソンが母親からこの件について警告を受けた三日後にエイミーが電話してきたとき、彼女の涙に対する心構えがファーガソンには出来ていたし、エイミーが次々ショッキングな事柄を並べても一応筋の通る言葉を返すことができた。土曜・日曜の病院訪問。横たわる母親の、モルヒネによって引き起こされる、パニックに彩られた人格解離。痛み、痛みの減少、痛みの増加、混濁した意識が眠りに移行する緩慢な変化。いまやひどくやつれた、灰色の、もう母さんじゃないみたいな母の顔。ベッドに一人横たわる母親の、腐りつつある、燃え尽きた体内では、彼女を殺す仕事が着々進行している。それに何だって父さんは嘘ついたのよ、とエイミーは嘆いた。真相をあたしとジムから隠して、リルお祖母ちゃんに会いにシカゴへ行ったなんて馬鹿な作り話でごまかすなんて、いくら何でもひどすぎる。あたしなんかね、母さんがちょうど病院へ連れていかれたころに、黒い口紅買って母さんにショック与えてやろうかって考えてたのよ、なんてひどいこと考えたんだろうっていまは思うし、ほかにもそういうことがいっぱいあるのよ……。エイミーの気持ちを落着かせようとファーガソンは精一杯努力した。君の父さんがやったことは正しかったよ、ジムが大学から帰ってくるのを待って二人一緒に知らせることにしたのは当然だよ、それに忘れないでくれよな、僕はいつでもここにいるからね、誰かの肩で泣きたいと思ったらまず僕の肩を思い出してくれよ。

　ミセス・シュナイダーマンはその後四週間持ちこたえ、六月後半、学年がちょうど終わろうとしている時点でファーガソンはこの一年で二度目の葬儀に参加した。十一か月前の、アーティ・フェダマンの盛大な葬式よりずっと小規模で、抑えようもなく泣き叫ぶ人もなく、静かなショックが場を包んでいて、四十二歳の誕生日の朝に死んだ女性への抑制された別れの儀礼が進むなか、ラビ・プリンツがお決まりの祈りを唱えお決まりの言葉を口にするのを聞きながらファーガソンが周りを見回すと、シュナイダーマン家の近親以外で涙ぐんでいる人はほとんどおらず（彼の母親はその一人で、葬儀のあいだずっとしくしく泣いていた）、ジムさえも目に涙はなく、ただ座ってうつむき、エイミーの手を握っていた。葬儀が済んで、墓地へ向かう車に乗るまでの狭間に、しくしく泣いている自分の母親がやはりしくしく泣いているダン・シュナイダーマンの体に両腕を回し、ぎゅっと長くハグするのを見てファーガソンは胸を打たれ、そのハグの真の意味も、二人がなぜそんなに長くたがいにしがみついているのかもわからないまま、いつしか自分も、目を真っ赤に泣き腫らしているエイミーの体に両腕を回していた。この一か月、数えきれないほど何度も自分の肩で泣いてきたエイミーに心底同情したし、彼女の体を両腕で抱いているのはこの上なくいい気持ちだったから、自分は何としてもすみやかにエイミーと恋に落ちなくてはいけない、とファーガソンは思うに至った。彼女は目下ひどく不安定な状況にいるのであって、自分から単なる友情以上のものを、過去数年にわたって磨き上げてきたアーチーとエイミー二人組の型以上のものを必要としているのだ。が、この突然の心境の変化をエイミーに打ちあけるチャンスは訪れなかった。その後の二か月、エイミーとは一度も会わなかったのである。母親の葬式の翌日、父親は彼女に学期最後の四日間を休ませて、五日目の、メープルウッド中学の卒業式当日に、一家三人でイギリス、フランス、イタリアを回るひと夏の旅行に出かけたのである。最高のアイデアだ、あれほど苦しい思いをした家族にとって最良の薬だ、とファーガソンの母親は評した。

　ファーガソンの卒業式の日、父親は仕事を休めないので、式には母が一人で来た。終わると二人で車に乗ってサウスオレンジ・ヴィレッジへ向かい、昼食を取りに〈グラニングズ〉へ行った。ブルーヴァリー・カントリークラブに日曜恒例の儀式を破壊される以前の年月、無数の美味しいハンバーガーを食したこの場所で、二人は奥のテーブルに席を取り、最初の数分はファーガソンの夏の予定について話しあった。リヴィングストンにある父親の店でアルバイトし（最低賃金で何でも屋的に働く――モップで床を拭き、ショールームのテレビの画面に洗剤を吹きつけ、冷蔵庫などの陳列品を綺麗にし、発送係のジョー・ベントリーと一緒にエアコンを据えつける）、メープルウッド＝サウスオレンジ・トワイライトリーグで週二晩バスケットの試合を戦い、できる限り多くの時間を机に向かって過ごす。新しい小説のアイデアが二つばかり湧いていて、新学期が始まる前に書き上げたいと思っていた。もちろん本も読む。何十冊と読む。それだけやって残った、なるべく多くの時間をエイミーに手紙を書くことに費やす。エイミーがちゃんと宛先にいてくれるといいが……。

　母親はじっくり聴き、頷き、ややよそよそしげで思慮深げな笑みを浮かべた。と、次に何を言うかファーガソンが考える間もなく母は話を遮り、ねえアーチー、あんたの父さんと別れることにしたのと言った。

　聞き違いでないことを確かめたかったので、言われた言葉をファーガソンはくり返した。別れることにした……離婚っていうこと？

そうよ。さよなら、あなたと知りあえてよかったわってやつ。

で、それ、いつ決めたの？

ずうっと前。あんたが大学に上がるか、とにかく高校を終えて進路が決まるまで待とうと思ったんだけど、三年は長いし、待つ意味あるのかって思うようになったのよ。もちろん、あんたが賛成してくれればだけど。

僕？　僕がどう関係あるのさ？

世間はいろいろ言う。指さしもする。あんたに嫌な思いをしてほしくないのよ。

世間がどう思おうと構いやしないよ。世間なんか関係ないだろ。

で？

ぜひ。ぜひ。僕としちゃ、久しぶりのすごく嬉しいニュースだよ。

ほんとに？

もちろんほんとだよ。もう嘘はなし、ふりもなしだよね。

真実の時代が始まるんだ！

　時は過ぎ、その後に続いた数か月のあいだに何度も、ファーガソンは立ちどまって状況をじっくり見回し、人生はよくなってきている、とつくづく思った。中学が終わって、もう書いたものをミセス・ボールドウィンに裁かれずに済むし、両親の結婚が終わったおかげでほかにもいろんなことが終わるように思えた。決まりきったくり返しがなくなったいま、一日一日、次は何が起きるのかどんどん見えにくくなってきた。その新しい不安定さがファーガソンには楽しかった。物事はいまや流動的であり、時には混沌の一歩手前まで迫ったが、とにかく退屈ではなかった。

　当面は、母と二人でメープルウッドの大きな家でそのまま暮らすことになった。父親はリヴィングストンの、恋人のエセル・ブルーメンソールの家からも遠くないところにもう少し小さな家を借りた（その時点で彼女の存在はまだ秘密であり、したがってファーガソンには知らされていなかった）。長期的な計画としては、離婚が正式に成立してから数か月以内に大きな家は売却し、両親どちらもよそへ移るという話になっていた。ファーガソンが今後も母親と暮らすことは大前提だった。父親に会いたければいつでも会えるが、もしファーガソンの方から特に会いたがらない場合、父は月に二回、息子と夕食を共にする権利を持つ。それが下限であり、上限はなかった。まあ公平な取り決めに思えたので三人ともこれで同意した。

　父は毎月、基本生活費および雑費という名目で母親宛に小切手を書く。二人それぞれが弁護士を雇い、ものの数週間でまとまるはずの友好的な別れが何か月にも長引き、慰謝料の支払い、共有資産の分割、家を売りに出す期限などをめぐって友好的とは言いかねる議論が続いた。ファーガソンの見るところ、物事を滞らせているのは父親の方であり、父の中の何かが無意識に、だが積極的に離婚に抵抗しているように感じられた。母のことを思うと腹立たしかったが（母はとにかくさっさとすべてを終わらせたがっていた）、こうした両親の確執の初期、父親の頑なさにファーガソンは不思議と勇気づけられもした。長年のあいだ、「利益の預言者」には普通の人間的感情などないかのように見えていたけれど、実はちゃんとそういうものを持てることの表われに思えたのである。ほぼ二十年前に結婚した相手にいまも愛情を持ちつづけているからか（感傷的理由）、離婚という汚名が他人の目には挫折と屈辱と映るからか（世間的理由）、あるいは単に大きな家の売上げの半分を持っていかれるのが嫌なのか（金銭的理由）、それはファーガソンにとってさほど重要ではなかった。大事なのは父が何かを感じていることであり、最終的には家の取り分を放棄すると母が言って初めて父も折れ、十二月に離婚同意書にサインしたけれども、だからといって最後は金が物を言ったということにはかならずしもならない。感傷的・世間的理由こそ抗争の真の原因であり、金のことで粘ったのは体面を保つためにすぎない、とファーガソンは感じていた。

　と同時に、その金を交渉のくさびに使うのは許しがたい行為だとも思えた。ファーガソンがつねに嫌ってきた、そもそも越してきたくなかった仰々しいチューダー様式の邸宅。両親が共有するその最大の資産の売上げの取り分を、じきに元妻となる人間から奪うことによって、ファーガソンの父親は事実上、ファーガソンの母親を貧困に追い込んでいる。これによって、母が自分の新しい家を買うことはほとんど不可能になるわけで、したがって父は、母と自分の息子の両方を、どこか線路脇の狭苦しい安アパートでの窮屈な暮らしに追いやろうとしているのだ。もう自分を愛さなくなったことで、父は母を罰している。こんなひどい、金銭的には破滅的な条件を母親が呑んだことからも、母がどれだけ必死にこの結婚から解放されたいと思っているかがわかる。だからこそ、ファーガソンの父親も苛酷な要求を突きつけ、ぐいぐい押してきて一歩もあとに引かなかったのだ。最終的な同意書の文言にいくらかでも希望があるとすれば、家は離婚が正式に成立してから二年間は売りに出さなくてよいという点だった。ということはファーガソンが高校に通う三年間はまあだいたいカバーされる。とはいえ、靴底／魂のアクシデント以来父のことをなるべく好意的に考えようと、リヴィングストンの店で働いた長い退屈な夏のあいだもずっと愛想好く、礼儀正しく接しようと最善を尽くしてきたものの、結局ファーガソンは父に敵意を、憎悪に近いものを抱くようになった。一生涯、もう父からは一セントも受けとるまいと決心した。小遣いも、服を買う金や中古車を買う金も、大学の授業料も、とにかく何の援助も絶対に求めない。やがて大人になって、書いたどの本も出版に漕ぎつけられず、バワリーの南の端でアル中となって生きる彼の手に父が五十セント貨を押し込もうとしても、その握りこぶしを開きはしない。父がついに世を去り、八千万ドルと電機店四七三軒の所有権を相続しても、店はすべて閉めてしまい、手にした金も、自分が忘れられた男としてドヤ街の歩道で暮らしていたころ知っていた浮浪者たちに均等に分け与えるのだ。

　とはいえ、目下のところ、人生はよくなってきていた。七月二日に父親が家から出ていくや、母が見るみる新しい環境に適応していくのを目のあたりにしてファーガソンはすっかり感心してしまった。何もかもが一気に変わり、月々送られてくる額では、金のある男と結婚していたことから生じる安楽の大半と贅沢のすべてを捨てるしかなかった。たとえばアンジー・ブライはもう雇えないし（かくして料理、掃除といった家事も自分でやるしかなくなった）、ブルーヴァリー・カントリークラブも辞めるしかなく（これでゴルフの楽しみも消えた）、そして何と言っても、好きなだけ金を遣って服や靴を買い、週に二度ヘアドレッサーに行き、ペディキュア、マッサージ、衝動買いしてはその後めったに身に着けないブレスレットやネックレス……

過去十年送っていた、いわゆる「豊かな暮らし」の付属物すべてを、母は――少なくともファーガソンから見る限り――一瞬の迷いもなく捨て去った。離婚成立前の、別居した最初の夏、裏庭の花壇を手入れし、家の中を整理し、料理に熱中した（結果、息子は毎日アルバイトから帰ってくると美味の夕食をたっぷり味わうこととなり、昼間父親の店で働いている最中も、今夜は何を食べさせてくれるだろうと思案するのだった）。めったに外出せず、ニューヨークに住む母親以外は電話で人と話すこともほとんどなかったが、その夏、ごく幼いころからの忠実な同志ナンシー・ソロモンだけはよく訪ねてきた。やがてファーガソンは、ナンシーを見るたび、ホームドラマによく出てくる、コーヒーを飲みにしじゅう立ち寄っては長々とお喋りしていく滑稽なお隣さんを思い浮かべるようになり、二階に上がって勉強したり新しい小説を書いたりエイミーに手紙を書いたりしているときも、下のキッチンで二人の女がケラケラ笑っているのを聞くのが何より嬉しかった。母親が、ふたたび笑っている。目の下の隈もだんだんなくなってきて、少しずつかつての、本来の母に戻りつつある。いや、あるいは新しい母と言うべきか。かつての母はもうずっと前に消えてしまって、ファーガソンにはほとんど思い出せもしないのだから。

　ダン・シュナイダーマンとその子供たちは八月末にヨーロッパから帰ってきた。彼らが出発してから六十二日のあいだに、ファーガソンはエイミーに宛てて十四通の手紙を書き、うち半数はしかるべき時にしかるべき場所で彼女の許に届いたが、残り半分はイタリア、フランス各地のアメリカン・エクスプレスのオフィスで引き取り手もなくいまだ眠っていた。それらの手紙の中で、愛について語る度胸は出なかった。面と向かって問いに答えられない場でエイミーに決断を迫るようなことを書くのは越権行為でありフェアでないと思えたのだ。とはいえ手紙のいたるところで、尽きることのない友情を、情愛豊かに、時には感極まった調子で宣言していたし、君がいなくて寂しい、早くまた会いたい、僕の住む小さな世界は君がいないと底なしに空っぽの場だと何度もくり返し訴えていた。エイミーの方からは手紙五通と絵葉書十一枚を送ってきて、すべて無事ニュージャージーに着いていた。ロンドン、パリ、フィレンツェ、ローマ等々からの絵葉書は当然ながら短かったが（そして感嘆符だらけだった!!）、手紙はいずれも長く、主に彼女が母親の死にどうやって順応しつつあるかが書かれていて、状態は日々――時には一時間ごとに――変わるように思え、それなりに耐えられる時もあれば、辛くてたまらない時もあり、奇怪にも母についてまったく考えずひたすら楽しい時すらあったが、考える限りはやはり罪悪感を抱かずにいるのは難しいようだった。その疚しさ、終わることのない罪悪感こそが、何より困難な要素だった。自分の生活の中に母親がいない方が幸せなんだということもエイミーは心のどこかで知っていたが、その気持ちを認めることは**あたしが腐った人間だと認めることになってしまう**とエイミーは書いていた。そんな陰鬱な、自己憎悪に満ちた手紙にファーガソンは、両親の別居と迫り来る離婚とをめぐる続報で応えた。こうなって嬉しいっていうだけじゃ済まなくて、父親ともう二度と同じ屋根の下で夜を過ごさなくていいと思うとワクワクするし、罪悪感なんて全然感じない、と書いた。**自分の気持ちはどうしようもないよ**とファーガソンは書いた。**自分の気持ちに責任を取る必要はない。行動には責任を取らないといけないけど、自分が感じてしまうことについてはそうじゃない。君はお母さんに対して一度も間違ったことをしなかった。時に喧嘩もしたけれど、いい娘だったんだから、いま感じている気持ちに関して自分を苛(さいな)んじゃいけない。君に罪はないんだよ、エイミー、やってもいないことを疚しく思う権利はないんだよ。**

その夏彼女に宛てて書いたことの半分は失われたわけだが、この文章は幸い、無事届いた手紙の中に入っていた。エイミーが父と兄と一緒にニューヨークへ戻る飛行機に乗る前日、ロンドンで受け取ったのだった。

帰国した翌日、シュナイダーマン一家三人は夕食時にファーガソンの家にやって来た。高校の第一学年の日々、ファーガソンの母親はシュナイダーマン家の人々に何度も夕食を作ってやることになるが、これがその第一回だった。ジムはたいてい大学に戻っていたので、ダンとエイミー二人だけ、週に二回か三回、時には四回。自分の母親とエイミーの父親が、春にダンから聞いたよの一言から垣間見えたよき友人同士の関係以上であることをファーガソンはまだ知らなかったから、それら夕食への招待を彼は、あくまで優しさと善意の行為と見た。身内の死を悼んでいる家族に母が同情の手をさしのべているのだ、いまだ悲しみに心乱されていて買物だの料理だのを独力ではできずにいる父と娘を助けているのだ、と。実際、リズがいなくなって家庭の秩序を保つ者ももはやないいま、シュナイダーマン家はメークされていないベッドや洗っていない皿等々で混沌としている。とはいえ、そうした惜しみない厚意に加えてもっと個人的な動機も混じっていることもファーガソンは感じとっていた。母はいまや一人の身であり、夏の始まりからずっとそうだったのであり、その人生は目下、死んだ過去と、白紙で未知なる未来とのあいだに宙吊りになっている。人当たりのいいダン・シュナイダーマンとその娘エイミーが、人間らしい言葉と情愛を持ち込んでくれるのだ。母が歓迎しないわけがない。片や埋葬後の憂鬱、片や目前に迫った離婚、とどちらも転換期にある。こうしたディナーは誰にとってもプラスにちがいない。もちろんファーガソンにとってもそうだった。こうやってみんなでわが家のキッチンテーブルにつくことこそ、人生はよくなってきているという自説を立証する最強の根拠だった。

もちろん、よくなってきている、というのは、よい、という意味ではない。よい、には程遠いという可能性すらある。物事が前ほど悪くはない、生活の全体的状況が改善された、あくまでそれだけのことだ。実際、八月後半のシュナイダーマン一家との初ディナーで起きたことを考えても、事態はまだ十分改善されたとは言いがたかった。ファーガソンは二か月以上エイミーに会っていなかったので、その間に彼女の顔の記憶もだんだん薄れていたが、ジムも入った五人で母親の作ったポットローストを突つきながらテーブルごしにじっくり観察していると、エイミーの目の美しさにはその瞼が関係していることがわかった。瞼のひだひだがたいていの人とは違っていて、そのせいで目が見る者の胸を打つ、かつあどけない表情になっている。こんな組合せはほかの誰にも見たことがない。本人はいずれ年を取っても、この若々しい目は若々しくありつづけるだろう。自分が彼女に惚れ込んだのもそのせいかもしれないという気がした。思えば恋に落ちたのは、母親の葬儀でエイミーのまさにこの目から涙があふれ出て、泣いているその目にひどく心を動かされて、もはや彼女のことをただの友だちとは考えられなくなった瞬間のことだったのだ。突然それは恋に、ほかのどんな形の愛にも優る恋になった。いま自分が彼女に恋しているのと同じように、彼女にも恋されたくてたまらなくなった。デザートが済むと、依然テーブルでお喋りしているほか三人を残して、二人きりで話せるようファーガソンはエイミーを裏庭に連れ出した。いかにも晩夏のニュージャージーらしい蒸し暑い夜で、むっとする空気のあちこちで蛍がチカチカ光を放っていた。子供のころエイミーと一緒に、夏の夜よく蛍を捕まえては透明なガラス壜に入れ、ほのかに光る神殿を両手に抱えて歩き回ったものだった。それがいま、同じ裏庭を歩き回りながら、二人でエイミーのヨーロッパ旅行のことや、ファーガソンの両親の結婚が終わったこと、七月八月に二人で書きあった手紙のことを話している。一番最後に出したやつは届いてるかな、十日前にロンドンへ送ったんだけど、と訊いてエイミーがイエスと答えると、あそこで僕が言おうとしたこと、わかってもらえたかなとファーガソンは訊ねた。わかったと思う、とエイミーは答えた。わかって役に立つかは確信できないけれど、いずれどこかの時点で役に立つようになるんじゃないかと思う。自分の感情には責任がないっていう発想、まだ呑み込むのにしばらく時間がかかると思うけど。あたしはまだ、自分が感じることに責任があると思ってしまわずにいられないのよ、アーチー。

そのときファーガソンは右腕を彼女の肩に回し、こう言ったのだった——愛してるよ、エイミー。君もわかってるだろう?

ええ、アーチー、わかってる。あたしも愛してる。

ファーガソンは歩みを止めて、エイミーの方を向き、それから左腕も彼女の体に回した。そしてその体を引き寄せながら言った。僕は本物の愛の話をしてるんだぜシュナイダーマン、全面的な、永遠にして永久の、史上最大の愛の話だよ。

エイミーはニッコリ笑った。次の瞬間、彼女も両腕をファーガソンの体に回し、その長いむき出しの腕が彼のむき出しの腕に触れると、ファーガソンの両脚から力が抜けていった。

何か月も前から考えてたのよ、とエイミーは言った。あたしたち、試してみるべきかどうかって。あたしたちはたがいに愛しあう運命なのか。すごく惹かれるんだけど、怖いのよ、アーチー。もし試してみて上手く行かなかったら、たぶんもう友だちでいられないと思う。少なくともいまみたいに、世界最高の、きょうだいみたいな友だち同士っていうふうにはいられないと思う。あたしたちのこと、あたしはいつもそう考えてきたのよ、あたしとあんたはきょうだいなんだって。だからあんたにキスするって想像するたびに、近親相姦みたいに思えてしまうのよ、何かが間違ってる、何かあとで後悔するようなことなんだって。いまあたしたちが持っているものを、あたしは失いたくない。あんたのきょうだいみたいでいられなくなったらあたしは死んでしまう。闇の中で何回かキスするだけのために、いま二人で持ってるいいものすべてを失う値打ちがある?

エイミーに言われたことにすっかり打ちのめされて、ファーガソンは両腕を彼女の両腕からほどき、二歩うしろに下がった。きょうだい、と募る怒りもあらわな声で言った。馬鹿馬鹿馬鹿しい!

だが、馬鹿馬鹿しくはなかった。その初めてのディナーの夜から十一か月と四日後、エイミーの父親とファーガソンの母親は結婚し、二人の友だち同士は公式にきょうだいになったのであり、一応その名称には「義理の」という冠がついたものの、以後二人は同じ家族の構成員になって、高校の終わりまで二人が使った二寝室は、一家の新しい家の二階に並んでいたのである。

4.1

バーナード・カレッジ学生ハンドブックの居住規定によれば、ニューヨーク市外出身の一年生は全員キャンパス内の寮に住むことを求められるが、ニューヨーク在住の一年生は寮に住んでもいいし自宅で両親と暮らしてもいい。独立心に富むエイミーは両親と暮らす気もなければ規則だらけの寮で誰かと部屋をシェアする気もなく、両親が西七十五丁目から西一一一丁目にあるもっと大きなアパートメントに引っ越したと偽ってまんまとシステムを出し抜いた。実のところそのもっと大きなアパートメントに住んでいるのは、一年生ではない四人の大学生——バーナードの二年生と三年生、コロンビアの三年生と四年生——だった。長い廊下があり、配管は年代物、ドアノブはカットガラスの、だだっ広いアパートメント。エイミーはその五番目の寝室を一人で占めることになった。エイミーが数字を提示すると両親も認めてくれた。家賃総額二七〇〇ドルのアパートの五分の一を払う方が寮に住むより安いことが証明されたし、それに何と言っても、強情な娘がもう家を出る潮時であることを父も母も理解していた。ファーガソン家の裏庭でのバーベキューからすでに一年余りが過ぎたいま、シュナイダーマン家の娘とファーガソン家の息子の一番熱烈な願いが叶えられたのである——ドアに鍵がかかる部屋と、いつでも好きなときにひとつのベッドで一緒に眠りに落ちる機会。

問題は「いつでも好きなとき」というのがいざやってみるとなかなか厄介な概念であって、実行可能な命題というよりはむしろ理想化された可能性であることだった。一方はいまだにモントクレアから抜け出せぬままで、もう一方は大学生活の始まりにつきもののめまぐるしい混乱と適応の只中にいる。二人がそのベッドを共にする頻度は期待していたよりずっと低かった。むろん週末はあるわけで、九月、十月、十一月前半、二人でそれを最大限に活用したが、夏にあった自由は大幅に縮小されたと言わざるをえず、平日の夜にファーガソンがニューヨークまで飛んでいけたのは結局一回きりだった。二人は依然いままで論じあったたぐいの事柄を論じあい、その秋の話題はウォーレン委員会報告（ケネディ暗殺に関する調査報告）（真か偽か？）、バークリーでの自由言論運動（一九六四年九月にカリフォルニア大学バークリー校で起きた、全米に大学紛争が広がるきっかけとなった反体制運動）（マリオ・サヴィオ万歳！）、悪しきジョンソンがもっとずっと悪しきゴールドウォーターに対して遂げた勝利（一九六四年大統領選への言及、ゴールドウォーターは超保守派）（万歳三唱とは行かない――まあ二唱、いや一唱か）などだった。やがて十一月なかば、エイミーがコネチカットへの週末旅行に誘われて計画は中止を余儀なくされ、翌週もまた中止となり（ちょっと風邪気味なの、とエイミーは言ったがファーガソンが土曜の夜に電話したら留守だったし日曜の午後もやはり留守だった）、彼女が自分から少しずつ離れていきつつあることをファーガソンは感じとった。冬のころの不安が戻ってきた。エイミーがニューヨークを去るかもしれないと恐れ、想像の中のほかの土地で彼女が出会うであろうほかの人間たちを――ほかの男の子たち、ほかの恋人たちを――思い浮かべていたときの暗い想念がよみがえったのである。ニューヨークだって同じことではないか？　エイミーはいまや新しい世界に生きていて、自分は彼女が後にしてきた古い世界に属している。三十六ブロック北へ移っただけなのに、風習はまったく違っていて、人々が話す言語も違うのだ。

　エイミーがファーガソンといて退屈しているように思えるとか、ファーガソンに対する愛情が薄れたということではないし、ファーガソンに触れられると体がこわばるとか、新しいアパートメントの新しいベッドで一緒にいて楽しそうでないということでもない。ただ単に、エイミーは気もそぞろに思えたのである。過去のように、全神経をファーガソンに向けることができなくなってしまったようなのだ。二週続けて週末がつぶれたあと、感謝祭休暇の週の土曜、ファーガソンは誰もいないアパートメントに（エイミーのルームメートはみな帰省していた）訪ねていくところまで漕ぎつけたが、二人一緒にキッチンに座ってワインを飲み煙草を喫っていると、エイミーが彼を見る代わりに窓の外を見ていることにファーガソンは気がついた。知らぬ顔をしてそのまま話を続けることもできただろうが、ファーガソンはセンテンスの途中で話をやめ、どうかしたのかとエイミーに訊ねた。そのときだった。そのときエイミーは、一月近く前から頭の中で形成されつつあった七つの短い単語を発したのである――I think I need a break, Archie（あたし息抜きが必要だと思うの、アーチー）。

　あたしたちまだ十七歳なのに、何だかまるでもう結婚しているみたいな気がしてきたのよ、とエイミーは言った。まるでもうこれからもずっと一緒にいる以外の未来はないみたいな気が。そりゃあ結局はずっと一緒にいることになるのかもしれないけど、だとしてもそうやっておたがいを縛るのはまだ早すぎると思う。これじゃ二人とも息苦しくなって、守れるかどうかわからない約束にがんじがらめになって、じきに相手のことを憤るようになってしまうと思うの。だからここは一息ついて、しばらくのあいだリラックスするのがいいんじゃないかしら?

我ながら馬鹿だとは思ったが、ファーガソンの馬鹿な心が問える問いはひとつしかなかった。つまり、もう僕を愛してないってこと?

あたしの話聞いてなかったのね、アーチー。あたしはただ、部屋にもっと空気が必要だって言ってるだけよ。ドアや窓を開けておきたいって言ってるだけ。

つまりほかの誰かが好きになったってことだね。

誰かがあたしに目を向けていて、あたしはその人と二、三回遊んだっていうことよ。全然本気じゃないのよ、ほんとよ。実のところ、その人のことをいいと思ってるかどうかもよくわからない。でも肝腎なのは、あたしはそのことを疚しく思ったりしたくないのに、あんたの気持ちを傷つけたくないから疚しく思ってしまうっていうことなのよ。それであたし思っちゃうのよ、あんたいったいどうしたのよ、エイミー?って。あんたアーチーと結婚してるわけじゃないでしょ。まだ大学一年が半分終わってもいないのよ、少しは探索する機会があってしかるべきよ、したかったらほかの男の子とキスするとか、その気になったらほかの男の子と寝るとか、若い人間がするたぐいのことをなぜしちゃいけないの?

なぜって、そしたら僕は死んでしまうからだよ。

永久にって言ってるんじゃないのよ、アーチー。あたしはただタイムアウトを頼んでるだけよ。

二人で一時間以上話し、ファーガソンはアパートメントを出て車でモントクレアに帰った。次にエイミーに会うまで四か月半の時が過ぎることになる。荒涼たる四か月半、誰よりもキスしたいし触りたいし話したいただ一人の相手とキスすることも触れあうこともなく話すこともなかったが、それでも何とかバラバラにならずに耐え抜けたのは、エイミーとの仲が終わったわけではないという確信があったからだった。二人で一緒に乗り出した長く込み入った旅が、ただ単に最初の迂回路に入り込んだだけだ。行く手に落石があって森の中へ向かうしかなく、森でしばしたがいの姿を見失っただけのこと、いずれまた道路に出て先へ進んでいくのだ。そう確信できたのは、エイミーの言葉を額面どおりに受け取ったからだった。エイミーこそ彼が知る唯一嘘をつかない、嘘をつけない人間であり、いかなる状況でもつねに真実を口にする人物である。だから彼女が、あんたのことを捨てるわけでも永久に追放するわけでもない、息抜きを求めているだけだと言ったとき、ファーガソンはその言葉を信じた。ちょっと停まって窓を開けて部屋の空気を入れ替えたいだけだという言葉を、彼は真に受けたのである。

そうやって強く信じる気持ちに支えられて、その虚ろな、エイミーのいない月日をファーガソンは生き抜き、精一杯いい方に考えるよう心がけ、思春期初めのころのように自己憐憫（アン＝マリー・デュマルタン相手の失恋、手の怪我）に溺れもせず、痛みという難題（失望の痛み、ミスタ・マルティーノの言うクソの世界に生きる痛み）に対してタフな、断固たる姿勢で臨もうと頑張った。パンチに屈して倒れ込みもせず、むしろパンチの力を吸収するよう努め、逃げずに自分の場にとどまりつづける。これはどうやら長期の塹壕戦なのだ、しっかり腰を据えて戦うしかない。一九六四年十一月後半から一九六五年四月なかばまでは、セックスも愛もない時、内向の時、肉体から離脱した孤立の時だった。つまりはようやく大人になるしかない時、自分をいまだ子供時代に結びつけているすべてのものとの縁を絶ち切る時だった。

これが高校最後の年、ニュージャージー州モントクレアの町で過ごす最後の年、両親と同じ屋根の下で暮らす最後の年、人生第一段階最後の年であり、ふたたび一人ぼっちになったいま、古い見慣れた世界をファーガソンは新たな集中力とともにじっくり見直した。過去十四年間ずっと知ってきた人や場所に視線を据えるさなかにも、それら人や場が目の前から消えていくのが、ポラロイド写真の流れが逆転したみたいにじわじわ溶解していくのが感じられた。現像とは反対に、建物の輪郭はぼやけていき、友人たちの顔立ちから明確さが失われ、種々の明るい色が無の白い長方形へと褪せていく。一年以上離れていたクラスメートたちとまた一緒に過ごすようになり、もはや週末こっそりニューヨークに行ったりもせず、秘密の生活を抱えた人物ではなくなり、三、四、五歳のころから知ってきた十七、十八歳の人間たちの只中に親指一本だけの影として再度組み込まれたわけだが、その人間たちが消えかけてきたいま、彼らに対して優しさに近い思いをファーガソンは抱きはじめていた。あのレイバー・デイのバーベキューの午後、エイミーとともに二階へ上がったとたんあっさり背を向けた退屈な郊外の連中が、ふたたび自分の唯一の仲間なのだ。寛容と敬意をもって彼らに接するよう努め、最高に馬鹿げた脳足りんの相手でも努力を怠らなかった。いまや裁くことに興味はなかった。他人のあらや弱さを探ろうとする衝動もなくなった。自分だって弱さもあらもあることをファーガソンは学んでいた。思いどおりの人間に成長しようと思うなら、口は閉じて目は開き、他人を見下してはならないのだ。

目下エイミーはいないし、今後も長い、耐えがたいほど長い時間エイミーはいない恐れがある。だがファーガソンはなぜか、自分たちはいずれ未来のどこかの時点でふたたび一緒になる運命なのだという非合理な確信に背中を押され、やがていろんな大学へ入学願書を送る時期が来たときもしかるべく計画を練りはじめた。高校の最終学年というのはなかなか奇妙なものである。大半の時間、来年のことを考えて過ごし、自分の一部はいまいるところからすでにいなくなっていて、あたかも一度に二つの場所にいるみたいなのだ。パッとしない現在と、不確かな未来。自分の存在を成績評価平均値やSATスコアに還元し、一番好きな教師に頼んで推薦状を書いてもらい、顔の見えない他人たちに感心してもらいこの子は入学させるに値すると思ってもらうためにまるっきりありえない馬鹿げた自己アピール作文をでっち上げ、それからジャケットを着てネクタイを締めて志望校に出かけていき、合否を大きく左右する面接を受ける。ファーガソンは突然、ふたたび手のことが気になり出した。自分の未来に少なからず影響する人物の向かいに腰を下ろしながら、なくなった指のことが何か月ぶりかで心配になった。この面接官は僕をハンディキャップを負った人間と見るだろうか、それとも単に事故に遭った人間と見るか？　相手の質問に答えるさなかにも、エイミーと最後に手の話をしたときのことをファーガソンは思い出していた。夏のあるとき、どういうわけか彼は少し前から手を見下ろしていて、見ていて本当にムカムカするよ、と呟くとエイミーはひどく機嫌を損ね、手のこともう一度言ったらあたし包丁出してきて自分の左手の親指ぶった切ってあんたにプレゼントするからねとどなりつけ、その剣幕のあまりのすさまじさに気圧されて、もう二度と話題にしないとファーガソンは約束したのだった。そしていま、面接官と話しながら、そうとも、二度と話してはならないし考えてもいけないんだと肝に銘じ、少しずつ指を頭から追い出していって、相手との会話に没頭していった。相手とはコロンビアの音楽科の教授であり、むろんコロンビアはファーガソンの第一志望、積極的に行きたいと思う唯一の大学である。ファーガソンが詩に関心があっていつの日か作家になりたいと思っていることを知ると、その剽軽で人当たりのいい、とことん好意的な、十二音コミックオペラの作曲者は、席を立って本棚に行き、学部生が作っている文芸誌『コロンビア・レビュー』を四冊引っぱり出して、ハドソン川の向こうから来た、緊張して自意識過剰になっている受験生に渡してくれた。これ、読んでみるといい、と教授は言って、それから二人は握手して別れの挨拶を交わした。建物から出て、秋にレイディ・シュナイダーマンと五、六回週末の逢瀬を重ねたおかげですでに慣れ親しんでいるキャンパスに足を踏み出しながら（バーナードのキャンパスはコロンビアの一角にある）、今日ばったりエイミーに出くわさないかな、と考えたり（出くわさなかった）、それとも西一一一丁目のアパートメントまで行ってベルを鳴らそうかと考えたりで（行かなかった——行く勇気がない、行けやしない）、ここにいない、届かぬ恋人を想って一人苦しむよりはと、もらった『コロンビア・レビュー』を一冊開けてみると、何とも愉快で下卑た詩のリフレインが目に飛び込んできて、その一行のあまりにショッキングな露骨さにファーガソンは声を上げてゲラゲラ笑ってしまった——日々のファックは体にいい。大した詩じゃないだろうが、その意見にファーガソンは同意せずにいられなかった。ほかのいかなる詩も、少なくとも彼が読んだいかなる詩も、ここまであからさまに表現したことのない真理がそこには含まれている。それにまた、コロンビアとは学生がこういう思いを検閲を恐れたりせず公にできる場なのだとわかったことにも勇気づけられた。ここの学生は自由なのだ。もしこんな一行をモントクレア高校の文芸誌に生徒が書こうものなら、きっと即刻退学処分、下手をすれば投獄されかねない。

両親は興味を示さなかった。二人とも大学に行っていなかったし、大学間の違いなども全然知らなかったから、息子がどこへ行こうと彼らとしてはいっこうに異論はなかった。ニューブランズウィックの州立大学（ラトガーズ）だろうがマサチューセッツ州ケンブリッジのハーバード大学だろうが、何の知識もないがゆえ、どっちの大学の方が格が上だなどと言う俗物根性も持ち合わせておらず、ファーガソンが小さいころからずっと優等生であることがひたすら自慢なだけだった。ところが、最近バークリーで教授に昇進したばかりのミルドレッド伯母さんは、誰より可愛い甥っ子の進路についていろいろ思うところがあるらしく、十二月初旬、東西両海岸を結ぶ長距離電話で、自分の考え方に甥を引き寄せようと試みたのだった。まあたしかにコロンビアは第一志望として申し分ないわよね、学部の授業は全米で指折りの充実ぶりだし、でもね、ほかの選択肢も検討してみてほしいのよ、と伯母さんは言った。たとえばアマーストやオーバリンみたいな、周りから離れた小さな学校へ行けば、ニューヨークより落着いた雰囲気で、気が散らずに勉強に集中できる。でもやっぱり総合大学がいいんだったらスタンフォードとバークリーも考えてみてほしいのよ、あんたが今後四年間カリフォルニアにいてくれたらほんとに嬉しいわ、どっちの大学もコロンビアに少しもひけを取らないし、コロンビアより上と言っても……だがファーガソンはこう答えた。もう心は決まってるんだ、絶対ニューヨークがいい、もしコロンビアに入れなかったらNYU（ニューヨーク大学）に行く、あそこなら願書さえ出せばほぼ全員入れるからね、もしNYUで上手く行かなかったら、高卒の資格でかならず入れるニュースクールの授業をいくつか取る。そういう計画なんだよ、案は三つ、どれもニューヨークなんだ。どうしてニューヨークじゃないと駄目なの、ほかにも魅力的な場所は一杯あるのに、と伯母さんに訊かれると、ファーガソンは記憶の中から、初めて会った日にエイミーに言われた言葉を引っぱり出して言った。なぜってニューヨークこそ最高（イット）だからさ。

天国と地獄の中間、とも言えるかもしれない。が、ここでもない、そこでもない、パッとしない現在の狭間の中で、ある出来事がファーガソンの身に起きて、今後起きることをめぐる彼の思考を変えることになった。十二月初旬、ファーガソンは『モントクレア・タイムズ』での仕事を見つけた。というよりむしろ、仕事がファーガソンを見つけたと言うべきだろう。思いがけず降って湧いた職であり、ファーガソンの方は何の努力をしたわけでもなく、まったくの偶然の産物だったのだが、ひとたび始めてみると、これはぜひ続けたいと思うようになった。仕事自体楽しかったばかりか、その楽しさの結果、どこでもありえた未来の無限のスペースが、くっきりしたひとつのどこかに絞られたのであり、それに伴い、無数にあった何でもありの選択肢が、一気にただひとつの何かへと変わった。言い換えれば、十八歳の誕生日を三か月後に控えた時点で、ファーガソンはたまたま人生における天職を見出したのである。長年にわたってやっていきたいこと。しかも、そもそもそれをやるよう強いられなかったら、きっとやろうなどとは思いつきもしなかったこと。そこが何とも不思議だった。

『モントクレア・タイムズ』は一八七七年以来、地元の出来事を報道してきた週刊新聞で、モントクレアは近隣のたいていの町より大きかったから（人口四万四千）、新聞も相応にしっかり中身があって、エセックス郡にあるほかの週刊新聞より広告も多かった。もっとも、掲載される記事の大半はもっと小さな新聞に載るものと大同小異で、教育委員会の会合、婦人ガーデンクラブの集会、ボーイスカウトの食事会、自動車事故、婚約や結婚、空巣狙い、強盗、警察の記録簿に列挙されたティーンエージャーの破壊行為、モントクレア町立美術館での展覧会評、州立モントクレア教員養成大学での講演会、そして一連の地元スポーツ——リトルリーグ野球、ポップ・ワーナー・フットボール（七―十六歳が対象）、一連の高校代表チームが戦った試合の詳述。恐るべきフットボールチーム、モントクレア・マウンティーズは九勝〇敗とチーム史上最高のシーズンを終え、州大会でも優勝して全米ランキング第三位、すなわち国中にある無数の高校フットボールチームでモントクレアより上と評価された学校はわずか二校ということである。ファーガソンはそれまでチームの土曜の試合を一度も観ていなかったが、感謝祭後のエイミーとの陰鬱な会話から十日後、『モントクレア・タイムズ』に職があるかもしれないと母親に言われたのだ——あんたに興味があればの話だけど、と。それまで高校スポーツはリック・ヴォーゲルという若手が担当していたが、どうやらフットボールチームの大活躍を報じる記事があまりに見事だったため、週刊の『タイムズ』に較べて購買者数も二十倍で給料も二十倍出すだけの予算がある日刊紙『ニューアーク・イブニングニューズ』に引き抜かれてしまい、『タイムズ』はファーガソンの母親言うところ尻に火が点いた事態に陥った。高校バスケットのシーズンが今度の火曜に始まるというのに、試合を報道する人間が誰もいなかったのである。

　それまでファーガソンは、新聞社で働くなど考えてみたこともなかった。自分を文学志向の人間と見て、本を書くことに未来を献げる気でいた。小説家になるか、劇作家になるか、詩人となってニュージャージーの二大詩人ウォルト・ホイットマンとウィリアム・カーロス・ウィリアムズの後継者となるか、それはまだわからないがとにかく芸術の方向に向かっているのであって、新聞の大切さは認めるものの、新聞に何か書くことは明らかに芸術とは何の関係もないと思っていた。まあそうは言ってもせっかくのチャンスだし、いまはたまたまぶらぶらしていて、何をするにも手がつかずもやもやした気分だから、『タイムズ』でちょっと仕事をするのも、冴えない現在に色がついて、自分のみじめな境遇をくよくよ考えずに済む助けになるかもしれない。金にもなるが——いちおう記事一本で十ドルということになっている——金以上に、『タイムズ』は本物の新聞であって、モントクレア高の『マウンテニア』みたいなジョークとは訳が違う。そこの仕事をしっかり確保すれば、立派に大人の世界への仲間入りではないか。もはや未成年の高校生ではなく、若き大人だ。あるいは、ファーガソンの耳にもっと快く響く言葉を遣うなら、神童（ボーイ・ワンダー）、歳は子供でも大人の仕事ができる逸材。

　ホイットマンだって『ブルックリン・イーグル』の記者から始めたことを忘れてはならないし、ヘミングウェイも『カンザスシティ・スター』に記事を書いたしニューアーク生まれのスティーヴン・クレインは『ニューヨーク・トリビューン』のレポーターだった。ゆえに母から、唐突に去ったヴォーゲルの後釜に入ることに興味があるかと訊かれると、ファーガソンは三十秒と考えずにイエスと答えた。そりゃあ楽じゃないわよ、と母はさらに言った。だけどあの太っちょで陰気臭い編集長のエドワード・イムホフ、未経験の子供に一試合だけでも任せてみようっていうんだから、きっと相当困ってるのよね。まあ向こうとしても、あんたで上手く行かなかったとしても当座の時間稼ぎにはなるものね。けどあんたもあたしもわかってるわよね、あんたは絶対上手く行く。だいいちあたしはイムホフの新聞にもう十年以上写真を提供していて、ガーデン・ステート

（ニュージャージー州の俗称）著名人の写真集にあの人も入れてあげたんだから（これこそ法外の気前よさってものよね）、あの空威張り、あたしに借りがあるわけよ……そう言うと母は一秒も無駄にせず受話器を取り上げ、イムホフに電話をかけた。いざとなるとファーガソンの母親はこういうふうにふるまう。機を逃さず、恐れず、決然と行動に出るのだ。イムホフとの電話の母側の言葉を聞きながら、その溌剌（はつらつ）たるパフォーマンスをファーガソンはとことん味わった。七分ほどの会話の中で、母は一度たりとも、息子のために頼みごとをしている母親のような物言いをしなかった。昔からの友だちが困っているのを見かねて有能なスカウトが問題を解決してやったのであり、イムホフはひざまずいて礼を言うべきだ――まるっきりそんな口調だった。

　いずれにせよこの電話のおかげでファーガソンは、むっつり陰鬱な編集主幹イムホフの面接を受けるに至った。自分が無学な阿呆ではないことを証明すべく、自作の文章を二点（英語の授業で書いた『リア王』論と、「人生が夢だとしたら、目覚めたときどうなる？」で終わる短い滑稽な詩）を携えていったが、丸々太って禿げかけた相手はろくに見もしなかった。まあ君はバスケットのことは多少知ってるんだろうし、一応筋の通る文も書けるんだろうが、新聞はどうなんだ？　新聞、読むことあるのか？　もちろん読みます、毎日三紙読みます、とファーガソンは答えた。地元ニュースは『スターレッジャー』で、国際・全米ニュースは『ニューヨーク・タイムズ』で、そして『ヘラルド・トリビューン』は記者の腕が一番いいから。

　一番いい？　イムホフは言った。で、君の意見では誰が一番いいのかね？

　まず政治ではジミー・ブレスリンですね。スポーツならレッド・スミス。そして音楽評論はギルバート・シュナイダーマン、まあこの人はたまたま僕の親しい友人の伯父なんですけど。

　ふん、ご立派なことだ。で、いままでに新聞記事をいくつ書いたのかね、大秀才君？

　その答え、もうご存じですよね。

　イムホフにどう思われようと構わなかった。こいつに不採用と言われたって構いやしない。母の大胆さが伝染して、何がどうなろうとまったく無関心という境地にファーガソンは達していた。そして無関心には力があることをファーガソンは悟った。面接の結果がどうなろうが、こんな無愛想で辛気くさい高慢な礼儀知らずに小突き回される気はない。

　私が君を雇うべき理由をひとつ挙げてくれ、とイムホフは言った。

　火曜の夜の試合を報道する人間をあなたが必要としていて、僕がそれをやる気があるということです。僕にやらせる気がないんだったら、あなたがいまわざわざ僕なんかと話して貴重な時間を無駄にするわけないですよね。

六百語だ、とイムホフは言って両の手のひらで机をばんと叩いた。書いたものがクズだったら、それでおしまいだ。まともなのを書いたら、もう一日生き延びる。

新聞記事を書くのは、いままでいろんなものを書いてきたどの経験とも違うはずだ。詩や小説を書くのと違うのは言うまでもないことで、イムホフとの話しあいでも話題にさえならなかったが、加えて、これまでの人生の大半で書いてきた、フィクションでない一連の文章ともやはり違う。まず個人的な手紙。時にはそこに現実の出来事の報告も入ったりするが、大半はやはり自分や他人に関する意見だ。愛してるよ、君なんか嫌いだ、僕は悲しい、僕は嬉しい、僕たちが長年仲よくしてきたあいつは見下げた嘘つきだったんだ。そして学校のレポート、これは最近書いた『リア王』論をはじめ、ほとんどすべての学問的文章と同じく、基本的には他人が書いた言葉の集まりに反応して書いた言葉の集まりと言える。これに対し新聞記事は、世界に反応して書かれる言葉の集まりであって、いまだ書かれていない世界を言葉にする企てである。現実の世界で起きた出来事を物語として語るには、逆説的にも、最初ではなく最後から、原因ではなくて結果から始めないといけない。**ジョージ・ブリフルは昨日の朝、胃に痛みを抱えて目覚めたか**らではなく、**ジョージ・ブリフルは昨夜七十七歳で死亡したから**始めないといけなくて、胃の痛みは二、三段落あとになって初めて出てくる。とにかくまずは事実であり、ほかのあらゆる事実の前にまず一番大事な事実。だが事実から離れてはならないからといって、考えるのをやめないといけないということにはならないし、想像力を使ってはいけないということでもない。たとえばその年にレッド・スミスが、ヘビー級タイトルマッチでソニー・リストンがカシアス・クレイに敗れたことを報じた記事。「リング上に群がり、跳ね、叫ぶ人波をカシアス・マーセラス・クレイはかき分け、赤いビロードのロープの上にリスのごとく這い上がって、いまだグラブをはめたままの片手を宙にかざした。『間違い、認めろ（イート・ユア・ワーズ）』と、メモを取りまくる報道陣に向かって彼は絶叫した。『間違い、認めろ』」。現実世界から逃れられないとしても、上手く書く力があるなら、それを捨てなくてはならないわけではないのだ。

スポーツというテーマが最終的には取るに足らないことはファーガソンも承知していたが、大方のテーマより文章化になじむテーマであることも確かだった。一試合一試合に、物語の構造がすでに埋め込まれていて、戦いは必然的に一方のチームの勝利に、もう一方のチームの敗北に帰結する。ファーガソンの仕事は、勝者がどのように勝ち敗者がどのように敗れたかの物語を語ることだ。一点差だったのか、二十点差だったのか。十二月なかばのその火曜の晩、シーズン最初の試合に出かけていったとき、ファーガソンはすでに、物語をどう組み立てるかを考え出していた。というのも、その年のモントクレアのバスケットチームの主たるドラマは、選手たちの若さ、未経験さだったのである。先発メンバー五人のうち、昨シーズン先発だった選手は一人もいない。六月に四年生八人が卒業し、現チームは一人の例外を除いてすべて二、三年生。この点が、今後一試合ずつ報じていくなかで軸になるはずだとファーガソンは踏んだ。未熟なビギナーたちの集まりが、シーズンが進むにつれてしっかりしたチームへと育っていくのか、単にずるずる敗北を重ねていくのか。最初の記事がコケたら即刻クビだとイムホフは言っていたが、ファーガソンとしてはコケる気などなかった。断じてそんな気はない。この最初の記事は、二月なかばに十八試合目が戦われシーズンが終わるまで彼が書き綴るサーガの第一章なのだ。

　予期していなかったのは、学校の体育館に入っていって、コートの中央ラインにまたがるテーブルの、公式スコアラーの隣の席に座ったときに湧いてきた思いだった。まさかここまで強く、自分が生きているという実感が湧いてくるとは夢にも思わなかった。何もかもが一気に変わった。長年にわたって、この体育館でいくつもの試合を観てきたし、高校に入って以来ここで何度も体育の授業を受け、野球の高校代表チームの一員として何度もここで練習してきた。だがその晩、体育館はもはや同じ体育館ではなかった。そこは言葉が、たったいま始まった試合に関する言葉が、彼に書かれるのを待っている場に変容したのだ。それを書くのが仕事なのだから、ファーガソンはこれまでに何を見た入念さにも増して、いま起きていることを入念に見なくてはならない。そこで必要となる精神の集中とひたむきさによって自分が持ち上げられるような気がした。血管が膨大な量の電流で満たされるような気がした。髪がジュージュー熱くなり、目が大きく開き、こんなに活きいきと気が張ったのは何週間ぶりだろうと思った。瞬間の中で体の隅々まで光が灯り、とことん覚醒していた。ファーガソンはポケットサイズのノートを持ってきていて、試合中ずっと、硬木（こうぼく）のコートで見えたことを書きとめ、見るのと書くのとを長いあいだ同時に行なった。書かれていない世界を書かれた言葉に変換しないといけないプレッシャーのおかげで言葉は驚くほど迅速にするする引き出せて、詩を書くときの緩慢で重苦しい苦悩とはまるで違っていた。いまやすべてはスピード、すべてが緊急であって、ほとんど何も考えずにファーガソンは、小柄で赤毛の体がハムスターのすばやさでボールをさばくとか、尖った鉛筆の鋭さでリバウンドを取る痩身のマシンとか、優柔不断なハチドリのようにリムから出たり入ったりするフリースローといった言葉を綴っていて、それから、モントクレアがブルームフィールドに51-54で惜敗したのち、物語をこう締めくくった——**完璧なフットボールチームを秋に応援し負けることに慣れていないモントクレア・ファンたちは足取りも重く無言で体育館から去っていった。**

〆切は翌朝である。ファーガソンは白いインパラで自宅に飛んで帰り、自分の部屋に上がっていって、その後三時間にわたり記事を何度も書き直し、八〇〇語の第一稿を六五〇語に、それからギリギリ五九七語まで削って、オリンピアポータブル——十五歳の誕生日に両親がプレゼントしてくれた屈強なるドイツ製のマシンだ——を使ってミスタイプなしの清書原稿を仕上げた。イムホフがこれを受け入れれば、ファーガソンにとっては学校の雑誌以外で初めての出版物である。作者としての童貞喪失を目前に控え、自分の作品に何と署名すべきか彼はさんざん迷った。アーチーもアーチボルドも、前々からすんなりとは使いかねた。アーチーにためらうのは、あのしょうもない漫画に出てくるアーチー・アンドルーズのせいだ。ジャグヘッドとムースの友人たる、あの脳足りんのティーンエージャーときたら、金髪のベティ、黒髪のヴェロニカのどちらを愛しているのかどうしても決められない阿呆なのだ。一方アーチボルドはカビ臭い時代遅れの、いまやほぼ死滅した気まずい名であって、世界中の文学者で唯一知られているアーチボルドといえば、ファーガソンがおよそ好まないアメリカの詩人アーチボルド・マクリーシュ、賞は取りまくるし国の宝などと言われているが実は少しの才能もない退屈なニセ物にすぎない。もうずっと前に世を去った、会ったこともない大伯父を別とすれば、ファーガソンが少しでも親近感を抱くアーチー＝アーチボルドはケーリー・グラント一人である。イギリスでアーチボルド・リーチとして生まれたこの元ショーマン＝アクロバットは、アメリカに来てすぐに名前を変え、ハリウッド映画のスターに変身したのである。アーチボルドのままだったら絶対そうはならなかったにちがいない。友人や家族にとってはアーチーで構わない。友情や愛情に浸された親密な会話の中でアーチーと呼ばれるのはまったく問題ないが、もっと公的な文脈ではどうにも子供っぽく、滑稽ですらあり、特に文章を書く人間にはおよそ不向きである。そして「アーチボルド・ファーガソン」はもう初めから論外だから、十八歳になる日も近い新聞記者の卵は、結局T・S・エリオットやH・L・メンケンの範に倣って、己の名を封印してイニシャルだけで済ませることに決めた。こうしてA・I・ファーガソンのキャリアが始まったのである。A・Iといえば一部の人間には人工知能（アーティフィシャル・インテリジェンス）として知られるが、この二文字にはほかの意味も隠れている。たとえば匿名の密告者（アノニマス・インサイダー）。以後、自分の新しい名を活字で見るたび、ファーガソンはこの意味を考えるようにした。

翌朝は学校に行かないといけなかったから、母親がイムホフのオフィスに寄って記事を届けると言ってくれた。母の写真館はモントクレアの繁華街の、『タイムズ』のビルからほんの二ブロックのところにあるのだ。まる一日、落着かない時間が続いた。中に入れてもらえるのか、外に閉め出されるのか？　金曜の試合も報道するよう求められるのか、それともバスケットのレポーターとしてのキャリアは一試合で終わるのか？　真剣にやってみたいま、もはやファーガソンは無関心でいられなかった。どうでもいいという顔をしたところで嘘でしかない。学校で六時間半過ごした末に、車でローズランド・フォトに直行して評決を聞きに行った。母はその評決を、困惑交じりの皮肉な口調で伝えたのだった。

オーケーよ、アーチー、まず一番大事な事実を先に言うと。明日の新聞にはあんたの記事が載るし、あんたはバスケットのシーズン残りずっと雇われて、あんたが望むなら野球シーズンも任されたのよ。で、それはいいんだけど、あの男ときたらほんとに、あいつがあんたの記事読むのをあたし見てたんだけど、もうさも偉そうにフンフンブツブツ言ってさ、まず最初にあんたの新しいペンネームに噛みついて――ちなみにあたしはすごくいいと思うわ――勿体ぶってるって言うのよ、A・I、A・I、A・Iって何度も言って、阿呆のインテリ（アスホール・インテレクチュアル）だの傲慢な低能（アロガント・インベシル）だのまるっきりの無知（アブソルート・イグノレイマス）、あんたのことボロクソに言わずにいられないのよ、あんたが書いたものがほんとにいいってわかったからよ、思ってなかったくらいよかったからよ、ああいう男はね、若い人間を励ますってことができないのよ、若者を潰したいのよ、だから一つ二つのアラを探して、自分は物がわかってるんだって見せつけるわけよ、優柔不断なハチドリっていうあの言い回し、駄目だこんなのって言って青鉛筆でビッて消して、ほかにも二か所ばかり、鼻を鳴らして、小声で悪態ついて……けどとにかくあんたはこれで地元紙の一員になったのよ。あの子を雇うんですか雇わないんですかってあたしが訊いたら、エド・イムホフの奴、まあ使えるかなだってさ。まあ使えるかな！　そう聞いてゲラゲラ笑い出しちゃったわよ、で、あんたそれしか言うことないの、エド？　って訊いたら、それで十分じゃないのか？　と来るわけよ。うーん、新しいレポーター見つけてもらったんだから、あたしにお礼のひとつも言っていいんじゃないかしらって言ったら、あいつったら、君にお礼？　いいやローズ、君こそ私にお礼言うべきじゃないかね、だってさ。

まあとにかく中に入ったのであり、この取り決めでひとつ有難いのは、イムホフとめったに顔を合わせも口を利きもせずに済むことだった。火曜・金曜の試合の記事の〆切は水曜・月曜の朝であり、こっちはその時間、学校に行かないといけない（新聞が出るのは木曜の午後）。というわけで原稿を届ける役目はその後もファーガソンの母親が請け負う。土曜日には二度会議に出席して、井の中の蛙から「大げさな書き方」について叱責を受けたものの（実存的絶望とかニュートン物理学の原理に逆らうバレエ的動きといったフレーズを「大げさ」と呼ぶならの話だが）、イムホフとの会話の大半は電話で行なわれた。バスケットのチームが六連勝して通算九勝七敗となった時点ではコーチのジム・マクナルティについて長い記事を書くよう依頼された。また、今後は背広を着てネクタイを締めて試合に行け、君はモントクレア・タイムズの代表であって職務執行中は紳士としてふるまってもらわねば困るとも言われたが（背広とネクタイがバスケットの試合の記事を書くことと関係があるような口ぶり）、当時はまさに、衣服と頭髪をめぐって上の世代と下の世代が真っ二つに割れはじめた時代であり、多くのクラスメート同様ファーガソンはその年いつもより髪を長くのばしていた。一九五〇年代のクルーカットはもはや古臭くなり、女の子たちにも変化の波は浸透してきていて、綿アメや蜂の巣みたいに髪を膨らませるのをやめる子が続出し、単にブラシをかけて肩に垂らすだけになっていて、ファーガソンから見てもこっちの方がずっと魅力的でセクシーだった。一九六五年初頭の数週間、人間の風景を観察していると、誰もが前より好ましい姿になってきているように彼には思えた。空気の中に何か快いものが漂っていた。

二月七日、プレイクの米軍基地をベトコンが攻撃し、アメリカ兵八人が死亡、一二六人が負傷して、北爆が開始された。二週間後の二月二十一日、高校バスケットのシーズンが終わった数日後、マルコムXがワシントンハイツのオーデュボン・ボールルームで演説中に〈イスラム民族〉の暗殺者たちに射殺された。もういまはその二つの話題しか存在しないみたいです、とファーガソンはカリフォルニアの伯母と伯父に宛てて書いた。拡大する一方のベトナムでの流血と、この国での公民権運動。白人のアメリカが東南アジアの黄色人種と戦い、白人のアメリカが自国の黒人市民と対立している。その黒人たちも内部対立を深める一方で、すでに党派分裂していた運動は党派の党派に、さらには党派の党派の党派に分裂し、誰もが誰もと敵対して、いくつもの境界線がくっきりと引かれ、もはやそれを越えようとする者もほとんどなく、世界はすっかり分断されてしまい、一月のどこかの時点で無邪気にロンダ・ウィリアムズをデートに誘ったときにそれらの境界線が有刺鉄線に覆われていることをファーガソンは思い知った。過去十年間知っていたのと同じあのロンダ・ウィリアムズ、すらっとしていてよく喋る、授業もたいてい彼と一緒で、たまたま白人ではなく黒人で（モントクレアは地域で一番人種統合が進んでいる学校であり、ニュージャージー北部のこの地域にあって周りの学校はほぼ全員白人かほぼ全員黒人かなのにここは両方とも大勢いた）、家はファーガソンの家より裕福で、たまたま肌が黒いというだけの（実のところ薄い茶色であって、ファーガソンの肌より一、二段階濃いにすぎない）この快活な娘ロンダ・ウィリアムズの父親は近隣の町オレンジにある復員軍人病院の内科長であり、弟はモントクレア高のバスケットチームのガード補欠、聡明で当然大学に進学するはずのロンダ本人は前々からずっとファーガソンと仲よしで、音楽好きという点でも一致していたので、二週間後の土曜にニューアークのモスクシアターでスヴャトスラフ・リヒテルがオール＝シューベルト・プログラムをやると知って、まず思い浮かんだのがロンダで、彼女ならきっとコンサートを楽しめるだろうし、ファーガソンもエイミーと最後に会ってから二か月が経っていたから女の子と過ごしたくてたまらず、とにかくバスケット選手でもボビー・ジョージでもなくいわんや忌まわしきエドワード・イムホフでもない誰かと一緒にいたかったのであり、学校にいる女の子たちの中で一番好きなのがロンダだったのである。土曜の晩早くに〈クレアモント・ダイナー〉で食事してから、世界有数のピアニストが奏でるシューベルトを聴く。音楽を愛する人間ならまさか断ろうとは思うまい。ところが、信じがたいことにロンダは断った。ファーガソンが理由を訊くと、こう答えが返ってきた。

とにかく駄目なのよ、アーチー。

つまり僕が知らないボーイフレンドが出来たってこと？

いいえ、ボーイフレンドはいない。とにかく駄目なの。

でもなぜ？　その晩に用事がないんだったら、何が問題なのさ？

できれば言いたくないんだけど。

どうしたんだよロンダ、そんなのひどいよ。相手は僕なんだぜ、覚えてる？　君の長年の友だちアーチーだよ。

あんたの頭のよさなら、答えは自分でわかるはずよ。

いいや、わからない。何の話なのか、まるっきり見当もつかないね。

あんたが白人だからよ。あんたが白人で、あたしが黒人だから。

それって理由になるの？

なると思う。

べつに結婚してくれって言ってるんじゃないんだぜ。僕はただ君と一緒にコンサートに行きたいだけだよ。

わかってる、誘ってくれたことも有難く思う、でも行けないの。

僕のこと嫌いだからって言ってくれよ。それなら納得できる。

でもあたしあんたのこと好きなのよ、アーチー。知ってるでしょ。いつだって好きだった。

君、自分が何言ってるかわかってるのかな?

もちろん。

世界の終わりだよ、ロンダ。

いいえ、違う。始まりよ、新しい世界の始まり。あんたも受け容れるしかないのよ。

世界の終わりだろうと始まりだろうと、絶対受け容れる気はなかった。いきなり殴られた気分と、怒り。その両方を感じながらファーガソンは会話から立ち去った。南北戦争が終わって百年後にこんな会話がまだありうることに愕然としていた。このことを誰かと話したかった。起きた出来事に自分が動揺している、その無数の理由をぶちまけたかった。が、いままでこういうことについて胸を開いて語れた相手はエイミーだけであり、エイミーこそファーガソンがいま唯一話せない人物なのだ。学校には、打ちあけ話ができるくらい信頼できる友人は一人もいない。いまも毎朝一緒に車で登校していて、自分をファーガソンの無二の親友と見なしているボビーでさえ、この手の議論ではさして足しになることは言えまい。それに、目下ボビーは自分の問題を抱えている。恋愛問題としては最悪の、典型的な思春期タイプの、マーガレット・オマラへの報われぬ恋心。しかもマーガレットは過去六年間ずっとファーガソンに熱を上げている。ファーガソンにとっては底なしに厄介で気まずい話だった。何しろ感謝祭のあとにエイミーと話した直後、マーガレットをデートに誘おうかとファーガソンは考えていたのである。べつにマーガレットと深い仲になりたくてたまらない、というわけではない。退屈な、気のいい、並外れて魅力的な顔立ちの女の子というにすぎないが、ほかの男の子たちにキスすることにエイミーが関心を示したいま、ファーガソンとしても、いささか恨みがましい気分で、自分も誰かキスする相手を探すべきではと考え、その第一候補がマーガレット・オマラだった。彼女ならきっとファーガソンにキスされたがるだろうと思えたのだ。ところが、では電話しようかと思った矢先、ボビーがこのマーガレット・オマラに対する熱い恋慕(れんぼ)を告白したのである。ボビーにとっては生まれて初めての本物の恋だというのに、相手はボビーに何の興味も示さず、話しかけてもろくに聴いてくれない。そこでボビーはファーガソンに頼み込んだ。お前、あいだに入って、あいつはいい奴だよ、立派な奴だよってマーガレットに言ってくれないか? ファーガソンとマーガレットが十年生のフランス語の授業で観た映画『シラノ・ド・ベルジュラック』を思わせる展開である。かくしてファーガソンがマーガレットの許へ行き、(自分が彼女をデートに誘う代わりに)ボビーのために口添えしてやろうとすると、マーガレットはファーガソンをあざ笑い、彼をシラノと呼んだ。その笑いで終わりだった。二重の敗北、どちらも挫折。ボビーは依然マーガレットに恋い焦がれ、ファーガソンも、彼とデートするチャンスが生じたらマーガレットはきっと飛びついてくるだろうがそれはよそうと決めた。友だちにそんな仕打ちはできない。というわけでその後二か月、誰もデートの機会にありつけなかった末にファーガソンがやっと誘った相手がロンダ・ウィリアムズだったわけで、そのロンダに顔をやんわり蹴飛ばされ、自分が住みたいと思っているアメリカは存在しないのだと――おそらく今後永久に存在しないのだと――思い知らされたのである。

　状況が違っていたら、母の許へ行ってこの失意を吐露したかもしれない。だがそういうことをするにはもう大きくなりすぎた気がしたし、この国の暗い未来像をわめき立てて母の気を滅入らせるのは嫌だった。両親の未来は、ただでさえ十分暗いのだ。〈ローズランド・フォト〉も〈スタンリーズTV&レイディオ〉も収入は減る一方で、貯えの一万五千ドルも底を突いてきて、じき劇的な変化が起きることは目に見えていた。一家が暮らし方、働き方の再考を迫られるのは時間の問題であって、下手をすると暮らす場所、働く場所さえ考え直さないといけない。ファーガソンはとりわけ父親に同情した。リヴィングストン、ウェストオレンジ、ショートヒルズといった町で大型ディスカウントストアが次々開店していて、小売店はもはや太刀打ちできない。ほんの数キロ離れたE・J・コーヴェッツまで足をのばせば同じテレビが四割安く買えるのに、誰がファーガソンの父親から買いたいと思うだろう？　一月第二週にマイク・アントネッリが解雇されたとき、店はもはや風前の灯なのだとファーガソンは悟ったが、それでも父親はいままでの習慣にしがみつき、毎朝九時きっかりに出勤し裏の部屋に直行して作業台の前に陣取り、壊れたトースターやら調子の悪い掃除機やらを修理しつづけ、その姿はファーガソンの目にますます『二都物語』のマネット医師のように見えてきた――バスティーユの監獄に囚われた、なかば心を病んだ、来る日も来る日も独房で作業台に向かって靴を作る男。故障した電化製品を何年も修理しつづける父の姿を見て、アーノルドの裏切りと一族の崩壊から父がいまだ立ち直っていないことをファーガソンは理解した。確かだと信じていたものが崩れ落ちたあと、親族の中でただ一人父がいまも愛していた人物までが、車を木に激突させ息子の指を失わせた。父は事故の話はいっさいしなかったが、それが父の頭から離れるときがめったにないことをファーガソンも母親も知っていた。

　〈ローズランド・フォト〉の景気も、まあ〈スタンリーズTV&レイディオ〉ほどではないにせよやはり下降気味で、写真館という存在がもはやほぼ命運尽きかけていることをファーガソンの母親も自覚していた。しばらく前から営業時間を短縮していて、一九五三年には十時間、週五日開けていたのが、五六年には八時間週五日、五九年には八時間週四日、六一年には六時間週四日、六二年には六時間週三日、そして六三年には四時間週三日となって、イムホフの『モントクレア・タイムズ』の撮影の仕事に母はだんだん精力を注ぐようになり、新聞の主任写真家として固定給を支払われる立場も確保したが、やがて一九六五年二月、ガーデン・ステートの著名人たちの写真集が出版されて、二か月と経たないうちに州一帯の大半の病院や歯科医の待合室、弁護士事務所、市や町の役所等々にその一冊が置かれるようになると、ローズ・ファーガソンはもはや無名の人間ではなくなった。この本の成功に勢いを得て、母は『ニューアーク・スターレッジャー』紙の編集主幹(彼のポートレートも写真集に入っていた)の許へ行って専属写真家の職を求めることにした。もう四十三歳、決して若いとは言えないが、たいていの人間の目には七つか八つ若く見える彼女が持参した分厚いポートフォリオを、編集主幹はパラパラめくりながら、かつて彼女に撮ってもらった写りのいい自分の肖像写真を思い出したか(それは自宅の仕事部屋の壁に掛かっていた)、突然さっと手を突き出して彼女と握手した。たまたまその時点で事実空きがあって、その穴を埋める人材としてローズ・ファーガソンは誰にもひけをとらなかったのである。給料は大したことはなく、写真館で撮る肖像写真とイムホフとの仕事で得る平均年収額とだいたい同じで、家庭の財政状況を損ねも助けもしなかったが、程なくしてファーガソンの父親が、過去三年ずっと赤字だった〈スタンリーズTV&レイディオ〉を閉店するという名案を思いつき、ネガがポジに転じ、父がサム・ブラウンスティーンに口説かれてニューアークにあるサムの運動用品店での職に就くのを決断して(あるいはファーガソンの父が珍しく叩いた軽口に従うなら、エアコンをキャッチャーミットと交換することにして)ポジの度合いはさらに増し、かくして一九六五年の春、〈ローズランド・フォト〉、〈スタンリーズTV&レイディオ〉はどちらも永久に扉を閉ざし、秋にはファーガソンが大学へ行くことになったいま、ここはひとつ家を売って二人の新しい職場にもっと近いところにもっと小さい場所を借りることを考えないと、と両親は言った。そうすればファーガソンの学費も十分カバーできる。なぜか父親は(愚かなプライドゆえか、プライドに満ちた愚かさゆえか?)、ファーガソンが奨学金を申請するという案に反対し、勤労学生プログラムに加わって働きながら学んで親の負担を減らすという案にも反対したのだ(勉強が仕事なんだからそのあいだは仕事なんかしてほしくない、と父は言った)。そんなの馬鹿げてるよ、とファーガソンが抗議すると、母親が父の方に歩いていってその頰にキスし、いいえアーチー、馬鹿げてるのはあんたよと言った。

その年ファーガソンの誕生日は水曜日だった。これで十八歳、ニューヨーク・シティ中どこの酒場でもレストランでもアルコールが飲めるし、両親の同意がなくても結婚できて、国家のために死ぬのも自由、法律上も成人と見なされるが、市町村・州・国の選挙権はまだない。翌三月四日の午後、学校から帰ってくると、エイミーからの手紙が郵便箱に入っていた。**ディア・アーチー、誕生日に大きなキスを送ります。もうすぐよ、スイートハート、もっともっともっともっとすぐ——あんたにまだその気があるなら。あんたのこと考えないように精いっぱい頑張ったんだけど、うまく行かないの。すごく寒い冬だった、この部屋で窓開けて過ごして。凍えてる！　じゃあね、エイミー。**

もうすぐよというのが何のことかわからないし、もっと、もっともっとすぐとなるとなおわからない。何を言っているのかどうもピンと来ないが、まあ勇気づけられる口調ではある。こっちも同じく思いをほとばしらせた手紙を書こうかとも思ったが、いややっぱり大学の問題が解決するまで待とうと決めた。決まるのは来月の中旬あたりだろう。もしその前にエイミーからもう一通手紙が来たらすぐ返事を書くつもりだったが、結局二通目は来ず、膠着（こうちゃく）状態が続いた。自分としては強さを発揮しているつもりだったが、あとになって、未来の自分の目でふり返ると、単に頑固なだけだったとファーガソンは理解することになる。頑固にプライドが高かっただけ。つまるところ、愚かというのと変わりはしない。

三月七日、アラバマ州兵軍二百人がセルマでデモ参加者五二五人を襲った。参加者たちは、選挙権差別に抗議しようとエドマンド・ペッタス橋を渡りモンゴメリーに向かって行進する態勢に入っている最中だった。この日はその後永遠に血の日曜日として記憶されることになる。

翌朝、アメリカ海兵隊がベトナムに上陸した。ダナンの空軍基地を守る任で送られた二個大隊が、この国に配置された最初の戦闘部隊だった。ベトナムに派遣されたアメリカ軍兵力はいまや二万三千人に達していた。七月後半にはこれが十二万五千人まで膨らみ、徴兵者数の割合も倍に増やされることになる。

三月十一日、ボストンから訪れたジェームズ・J・リーブ牧師がセルマで殴殺される。この襲撃でほかにも白人ユニテリアン派牧師二人が負傷した。

六日後、地方裁判所はセルマからモンゴメリーへの行進を許可。ジョンソン大統領は州兵を連邦管轄下に置き、デモ行進者たちを保護すべく二千二百人の軍隊が送り込まれれた。

たのち、三月二十一日に行進が始まった。まさにその晩、行動に参加するためデトロイトから車でアラバマに来た五歳児の母ヴァイオラ・リウッゾが、助手席に黒人男性を乗せていたという理由でクー・クラックス・クランに射殺された。

月曜日（三月二十二日）、ファーガソンは混乱し動揺したまま『モントクレア・タイムズ』の仕事を再開した。バスケットのシーズンが終わって一か月が過ぎ、今度は野球のシーズンである。恐ろしい野球、美しい野球。バスケットを報じるのとは訳が違う。あまりに違うので初めは自分の手に余るのではないかと思ったが、一か月記者をやらずにいた時期はずいぶん辛かったし、箱を空にしてしまったスモーカーが煙草を恋しく思うのと同じように記事を書く仕事がファーガソンは恋しかった。この一月、詩を書く時間は余計にあったわけだが、大した詩は生まれず出来損ないの連続で、ファーガソンはすっかり落胆し、ひょっとして自分には詩の才がまったくないんだろうかと思いはじめていた。そしていま、事故から十四か月経ち、野球との関わりからも丸一シーズン離れていたいま、ここはひとつ自分を試してみる時期じゃないか、球場に戻っていっても無意味な悲しみや悔いに陥らずに済むかどうか見てみるべきじゃないかと考えた。まず何と言っても、電気が通ったごとくに高速で文章を書く快楽があるだろう。ボビー・ジョージがボールをスタンドに叩き込むのを見る楽しさがあり、きっとボビーを見に来るにちがいない大リーグのスカウトたちと話す楽しさもあるはずだ。もはやその一員ではないという事実に耐えられる限り、長年慣れ親しんできたように、刈られた芝生の匂いを嗅ぎ、白いボールが青空を飛んでいくのを見上げ、ボールがバットや革のグラブとぶつかる音を聞くのだと思うとワクワクしてくる。ワクワクするのは、これまでそれらから離れていて寂しくてたまらなかったからだ。したがって、自分の能力をめぐる不安についてはイムホフには一言も言わずに、十二月に交わした取決めどおりファーガソンは仕事にかかり、三月二十二日、かつての自分のコーチ、サル・マルティーノにこれから始まるシーズンについてインタビューしようと彼の執務室に入っていった。その結果書かれた記事は、結局その春モントクレア高校代表野球チームについて書いた二十一本の記事の第一号となった。

やってみると、思ったほど難しくはなかった。実際、全然難しくない。四月上旬、コロンビア高校でのアウェーの試合とともにシーズンが始まったとき、車でコロンビアに向かいながらファーガソンの頭にあったのは、その午後に戦われる試合そのものよりむしろ、自分がそれを語るのに使う言葉だった。いま彼は、一年前よりずっと歳をとった気がしていた。同世代の誰よりもずっと年上の気がしたし、とりわけ事故がなかったら自分のチームでもあったはずのチームの少年たちより上だと感じていた。自分にとって物事がどれだけ変わったかを確かめたい気もあって、翌週インパラを調整のため〈クロリックス・ガラージ〉に出したのでチームと一緒にバスに乗ってイーストオレンジでのアウェーゲームに向かったときも、少年たちに交じってうしろに乗るのではなく、サル・マルティーノと一緒に前に座った。少年たちの騒々しく生意気な物言いや馬鹿でかい笑い声にはもう惹かれなかった。こうして突然、またもうひとつ子供っぽいものをファーガソンは後にした。こんなに歳をとった気になるのって妙なものだな、と思った。なぜ妙かといえば、悲しいと同時に嬉しいからで、そういう感情は目新しい、自分の感情史において前例のないものだった。悲しさと嬉しさが溶けあって、ひとつの気持ちの山が出来上がる。そのイメージを考えつくと、いつしか思いは、セルツァーの壜のホワイトロックの女の子と、六年前にミルドレッド伯母さんとプシュケのことを話しあい芋虫から蝶への変身をめぐって話しあったことへと移っていった。この変身で惑わされるのは、芋虫はおそらくずっと芋虫でいることに満足しているという点である。何か別のものになることなど考えずに地を這っていて、もはや芋虫でなくなるのは彼らにとってむしろ悲しいことにちがいない。とはいいえ、蝶としてまた一から始める方がやっぱりずっといいし、何もかも驚きに満ちている。たとえ蝶としての生の方がずっと危険で、時に一日しか続かないとしても。

シーズン最初の五試合、恋に悩めるボビー・ジョージは二塁打四本、ホームラン三本を打ち、四死球五、打点八で六割三分二厘の打率を上げた。マーガレット・オマラからいかなる心の痛手を受けたにせよ、野球選手としての能力は損なわれていなかった。大したもんだ、とミネソタ・ツインズのスカウトが、二盗を試みた走者をボビーが刺すのを見ながらファーガソンに言った。あれでまだ夏まで十八にもならないんだから。

四月十六日、ファーガソンはようやく腰を据えてエイミーに短い手紙を書いた。入ったよと彼は書いた。コロンビアは僕を69年卒業クラスの一員として受け入れた。何とも甘美に喚起力ある数字じゃないか、ワクワクする活動があれやこれや待ち受けている気がするよ。君と違って僕は、君のことを考えまいと努力したりはしていない。過去四か月半、いつもずっと君が、愛情とともに（時には絶望とともに）頭の中にいた。だから君の、答えを求めていない問いに答えるなら、イエス、僕はいまだその気だし、これからもずっとその気だろうし、その気でなくなることは絶対にない、なぜなら君のことを狂おしく愛していて君なしの人生なんて考えるのも耐えられないから。いつまた会える

か知らせてほしい――君のアーチー。

今回エイミーはわざわざ手紙を寄こしたりはせず、電話をかけてきた。ファーガソンの手紙を受け取ってわずか数時間後、家に電話してきたのであり、何よりもまず、彼女の声をふたたび聞けたことが本当に嬉しかった。ニューヨーカーらしいrの弱い喋り方で、彼を呼ぶ名もArchieでなくAhchieに聞こえる。次の瞬間にはもう、ファーガソンの手紙の最後のセンテンスをエイミーはくり返していた――**いつまた会える？** そしてファーガソンは、**うん、いつ？** と答え、彼が聞きたいと思っていた答えが返ってきた。**いつでもあんたの好きなときに。いま以降、いつでも。**

かくして、追放の憂き目に遭ったファーガソンは移り気な女王様の愛顧を取り戻した。追放期間中、彼が気高くふるまったと女王様は判断し（懇願する手紙も書かず電話もかけず、宮廷におけるかつての地位に復帰させてくださいと泣きついたりもしなかった）次の日の夜、車でニューヨークに駆けつけたファーガソンにエイミーが開口一番言ったのは**あんたはあたしのたった一人の人よアーチー、百万人の中のたった一人の人よ**であり、ファーガソンがその体に両腕を回したとたんに彼女が泣き出したので、どうやらこの四か月半けっこう辛い時期だったんだなと彼は察した。きっとセックスに関し自分でも恥じていることをいろいろやったにちがいない。だからファーガソンは何も訊かないことにした。いまも訊かないし今後も訊かない、彼女が寝たほかの男のことなんか聞きたくない。ベッドの中で彼女の裸体が、長くて太い勃起を抱えた別の裸体と一緒にいるところだの、その勃起物が彼女の開いた脚のあいだに入っていくところだの想像したくもない、名前も外見も知りたくない、どんな細部も要らない。そして、彼女としては訊かれるものと覚悟していた質問をひとつも訊かないでくれたがゆえに、エイミーはいっそう強くファーガソンにしがみついたのだった。

彼の人生で最高に美しい春、ふたたびエイミーと一緒にいる春。ふたたび話し相手にエイミーがいて、ふたたび裸のエイミーを両腕に抱く春、エイミーがジョンソンとCIAを罵倒するのを聞く春。アメリカが二万人の兵をドミニカ共和国に送り出し、自由選挙で大統領に選ばれた作家兼歴史学者フアン・ボッシュが共産主義国の影響下にあるからという理由で大統領職に復帰するのを妨害したことをエイミーは非難した。共産主義云々なんて嘘だし、そもそももう世界各地でさんざん害を為しているのになぜアメリカはあんな小さな国の内政に足をつっ込まないといけないのか？ 彼女の憤怒の純粋さをファーガソンはどれだけ素晴らしいと思ったことか。ふたたび週末をニューヨークで彼女と一緒に過ごすのは何と楽しかったことか。そしてあと三か月もすれば自分もニューヨークに住みはじめる。エイミーのことは別としても、来年の心配はもはや解消し、長年学校に通っていたなかで初めて本当に気を抜くことができたから春はいっそう美しかった。彼のみならず第四学年の誰もが、この二か月は無為の愉楽を味わっていて、前々からの対立や敵意も何となく薄れていき、一緒に過ごす時が終わりに近づくにつれて皆たがいに近しくなっていくように思え、やがて、陽気が暖かくなってくると、今度はファーガソンと父が新しい儀式を打ち立て、毎日平日の朝六時に一緒に起床し、六時半には家を出て一時間か一時間半、町にある空っぽのコートでテニスに興じたのである。五十一歳の父親は、いまも6-2、6-3といったスコアで全セット彼を打ち負かす強さだったが、この運動のおかげでファーガソンもかつての体に戻り、事故の日以来ずっと何のスポーツもやっていなかったのが、こうしてテニスを始めたことで彼の中に長年あったいまだ強い欲求が満たされたし、父親が自分を負かすのを見るのも嬉しかった。テレビ、ラジオ、エアコンの在庫品を定価の三分の二、半額、三分の一で売り払い、苦闘はもう終わり、父はもう何ひとつ構わなくなって、かつての野心は宙に消え、母も自分の店の解体を進めており、どちらも五月三十日までに店を明けわたすことになっていて、六月なかばにはどちらも新しい仕事を始める予定でいた。この春は二人ともどこか舞い上がった様子が、大人に足首を摑まれて逆さに吊されてキャッキャと喜ぶ小さな子供にも通じる舞い上がった雰囲気が父にも母にもあった。ずっと昔の、記憶から抹消された一時（ひととき）、ベッドの上で一緒に裸で跳ねていたファーガソンとエイミーもきっとこんな感じだったのだろう。そして、母が『モントクレア・タイムズ』を辞めると告げたせいでイムホフが仕返しに息子をクビにしても不思議はなかったが、幸いそういうこともなく、ファーガソンはモントクレア高校代表バスケットチームの週二度の試合を報道しつづけ、一方野球ではボビー・ジョージが州代表一軍チームの一員としてシーズンを始めようとしていて、メジャーリーグのチームと契約を結ぶ可能性も大いにあった。いまや学校中ボビーの噂で持ち切りで、新たに得たスターの地位に彼がごく自然に馴染んでいることにファーガソンは感心させられた。勉強は相変わらず苦労しているし、農家の娘や旅回りのセールスマンをめぐるつまらないジョークに笑わずにいられないところも同じだったが、いまや偉大さのオーラもボビーの周りに漂い、それが本人にも少しずつ浸透してきて、自分を見る目も変わったようだったし、マーガレット・オマラも彼と口を利くようになった。いつどこで見ても、ボビーの顔には笑みが浮かんでいるようになっていた――自分たちが四、五歳のころに彼が浮かべていたのをファーガソンが記憶しているのと同じ天真爛漫な笑みが。

その美しい春でとりわけよかったのは、夏を楽しみに待ったことだった。エイミーと一緒に、七月なかばから八月なかばまでの一か月フランスに行く計画を立てる。一か月というのは、二人の金を合わせてもそれが精一杯だったからだ。過去の夏のアルバイトで貯めた金、ファーガソンが『モントクレア・タイムズ』に書いた記事の原稿料で車のガソリン代にも腹のハンバーガー代にも消えなかった分、ファーガソンの祖父母が卒業プレゼントにくれたかなりの額（五百ドル）、エイミーの父方の祖父からのもう少し小さなプレゼント、両方の両親が上乗せしてくれた額、これを全部合わせれば、格安フライトの飛行機代を払ったあと、四週間半のごく質素な生活がカバーできる。その限られた期間、ヨーロッパ大旅行を無理して詰め込むよりはと、二人はひとつの国にとどまり、精一杯その地に親しむことにした。となればフランスは必然の選択である。二人ともフランス語を学んでいてもっと上手く話せるようになりたかったし、それにフランスはアメリカでないもののすべての中心地なのだ。最良の哲学者、最良の詩人、最良の小説家、最良の映像作家、最良の美術館、最良の食べ物。背中にナップサックをしょっただけの身で、二人は七月十五日の午後八時にケネディ空港からアメリカの地を離れ、その前日に革命記念日を祝ったフランスへ向かった。二人ともこれが初めての外国旅行。ファーガソンにとっては飛行機に乗るのも初めて、大地と接触を失うのはこれが初めてなのだ。

大半はパリに滞在する。三十一日の滞仏期間のうち二十二日をパリで過ごし、一度だけ列車に乗って北へ出かけ（ノルマンディーとブルターニュに行き、オマハ・ビーチ、モン・サンミシェル、サンマロにあるシャトーブリアン一族の城を訪ねる）、一度南へも出かける（マルセイユ、アルル、アヴィニョン、ニーム）。二人のあいだでも極力フランス語を話すことを誓い、アメリカ人観光客を避け、地元の人たちと会話してフランス語の実践に励み、本・新聞もフランス語のものだけを読み、フランスの映画だけを観て、フランス語で書いた葉書を家に送る。二人が泊まったパリのホテルはおよそ人目につかない、名前すらないホテルで、表玄関の上の看板にも単にHOTELと書いてあるだけだった。第六区のクレマン通りにあって、二人が借りた十八号室はサンジェルマン市場に面し、小さいがまあ十分の広さで、電話もテレビもラジオもなく、お湯の出ない流し台はあるがトイレはない。一泊十フラン、すなわち二ドル、要するに一人一晩一ドルということであって、廊下を行った先にあるトイレが使いたいときつねに使えるとは限らず、シャワーとは階段をのぼった壁に押し込まれた狭苦しい金属の箱にすぎずこれまた使いたいときつねに使えるとは限らなくても、とにかく肝腎なのは部屋が清潔で明るくてベッドも二人がゆったり眠れるくらい広いことであって、もっと肝腎なのは、アントワーヌという名の、口ひげを生やしてでっぷりした体のホテルのあるじが、どう見ても結婚しておらず自分の子供の歳と言ってもいいファーガソンとエイミーがそのベッドを共にしようがしまいがまったくどうでもいいと思ってくれていることだった。

　フランスにまず魅せられたのも、その点だった。他人のプライベートな生活におよそ何の関心も示さないこと。が、じきにほかの魅力も次々現われた。理解しがたいことに、パリでは何もかもがニューヨークよりいい匂いがするように思えた。パン屋、レストラン、カフェだけでなく、都市のはらわたとも言うべき地下深いメトロでさえ、床を洗うのに使う消毒薬にまで香水に近いものが入っていて、何とも嫌な匂いでしばしば呼吸できたものではないニューヨークの地下鉄とは大違いだし、それにまた空はたえず動いていて雲が頭上でつねに集まってはまた分かれ、刻々ゆらめいて変化する柔らかで意外さに満ちた光が生じていて、緯度が高いせいで真夏の空はニューヨークよりもずっと長く明るさを保ち、夜の十時半、四十五分になるまで日は暮れず、ただひたすら街をさまようのが何とも快くて、道に迷っても完全に迷子になるわけではない感覚はニューヨークのヴィレッジでも味わえるけれど、ここでは都市全体がヴィレッジのようなものであって、どこの界隈に行っても碁盤目や直角の曲がり角はほとんどなく、曲がりくねった石畳の道がたがいに回り込み流れ込んで、そしてもちろん食べ物、フランス料理、毎晩一日に一度のレストラン料理を天にも昇る思いで味わうが、まず朝はバターを塗ったパンとコーヒー（タルティーヌ・ビューレとカフェ・クレーム）、昼はホームメードのハムサンド（ジャンボン・ド・パリ）かホームメードのチーズサンド（グリュイエール、カマンベール、エメンタール）、そして夜ごとのディナーは『ヨーロッパ一日五ドル』に載っている安くて美味しい店、〈ル・レストラン・デ・ボザール〉、モンパルナスの〈ワジャ〉、〈ラ・クレムリー・ポリドール〉（ジェームズ・ジョイス行きつけの店という話）等々に足をのばし、ニューヨークでもほかのどこでもお目にかかったことのない素材や料理を貪る。ポワロー・ヴィネグレット、リエット、エスカルゴ、セロリ・レムラード、コック・オ・ヴァン、ポトフ、クネル、バヴェット、カスレ、フレーズ・オ・クレーム・シャンティイ、そしてババ・オ・ラムなる名の誘惑的な砂糖爆弾。パリに足を踏み入れて一週間と経たぬうちに二人とも熱烈なフランス贔屓（びいき）に変身し、エイミーは突如フランス文学を専攻すると宣言してフロベール、スタンダールの小説に読みふけり、ファーガソンはフランス詩の翻訳に初挑戦し、ホテルの十八号室か〈ラ・パレット〉の奥の部屋に座ってアポリネール、エリュアール、デスノスといった戦前フランス詩人たちを初めて読んだ。

　言うまでもなく、喧嘩した時もあったし、たがいに苛立つ瞬間もあった。何しろ三十一日間、昼も夜もほとんど全時間一緒にいたのだし、エイミーは時おり大荒れになって不機嫌を口汚くぶちまけることがあれば、ファーガソンはむっつり一人で考え込んだり不可解に黙りこくったり（あるいはその両方を）する傾向があった。とはいえ、不和が一、二時間以上続くことはめったになく、それもほとんどは移動中の、車中で眠れぬ夜を過ごす何かとストレスの多い時間に限られていた。そしてこれまた言うまでもなく、当面アメリカから離れていられるのは二人が嬉しかったし旅行中ずっとアメリカのことは二人の頭にあった。こっちにいるあいだに起きた、二つの勇気づけられる出来事に関して二人はえんえん話しあった。七月三十日にジョンソンがメディケア法案に、八月六日には投票権法に署名したのである。一方、帰国する五日前の八月十一日に起きた惨事についても彼らは長時間語りあった。ロサンゼルスの人種暴動、ワッツ地区で黒人たちが爆発させた怒り。ひとしきり話すとエイミーは言った。フランス語の専攻はナシよ、やっぱり最初の衝動が正しかったのよ。歴史と政治学。それを聞いてファーガソンは架空のグラスを持ち上げ、こう言った。国が君に何をしてくれるかを問うのではない。エイミー・シュナイダーマンに国を動かしてくれるよう求めるのだ（元来は「……問うのではない」のあとに「君が国のために何ができるかを問うのだ」と続く。J・F・ケネディ一九六一年の発言）。

ニューヨークに帰る予定の前日、彼らは二つの気まずい発見に至った。1）本を買いすぎて飛行機に持ち込めない。2）残りの金が危険なくらい少ない。明らかに本代をきちんと予算に組み込んでいなかったのである。二人とも一か月外国で暮らして体重も減っていて（ファーガソンが三キロ、エイミーが二キロ）、これはまあ腹一杯食べるのは一日一度と決めているのだから想定内だが、そうやってせっかく倹約に努めたのに本屋にはしじゅう通ってそっちで金を遣いすぎたのだった。一番よく行ったのは、サンジェルマン教会の向かいにある〈リブレール・ガリマール〉と、サン＝セヴラン教会の向かいにある左翼出版人フランソワ・マスペロが経営している書店で、ファーガソンが買った詩集二十一冊と、エイミーが買った分厚い小説十一冊に加えて、政治の本を買いたい誘惑にも抗えず（フランツ・ファノン『地に呪われたる者』、ポール・ニザン『アデン・アラビア』、サルトル『シチュアシオン』Ⅰ、Ⅱ、Ⅲ）、これで計三十七冊。パリ最後の日はそれらを箱に詰めて郵便局に運んでいき西一一一丁目のエイミーのアパートメントに発送する作業に数時間を費やし（ファーガソンの本もひとまずこっちに送ったのは、六月上旬に両親はモントクレアの家の頭金をすでに受け取っていたので、まだそこに住んでいるのか、それともどこかよそへ引っ越したのか定かでなかったからである）、船便で海の向こうへ送る切手代（到着見込みはクリスマスごろ）で手持ちの現金はほとんど底を突いてしまい、残りはわずか十四ドル、そして翌朝空港まで行くバス代に八ドル要る。その晩は〈レストラン・デ・ボザール〉で盛大なサヨナラディナーの予定だったがこれは中止せざるをえず、ブルヴァール・サンミシェルにある〈ウィンピーズ〉の平べったいパサパサのハンバーガーで済ませることを余儀なくされた。幸い、この事態を二人とも面白がることができた――ここまで見通しが甘いと、我らこそ地上最大の馬鹿げた人間なり、と逆に胸を張れたのである。

かくして痩せこけた薄汚い十八歳二人はガリアの地の冒険から帰国して、ギュウギュウに詰まったバックパックを背負い、ぼさぼさの頭でニューヨーク空港ターミナルによろよろと入っていき、入国審査と税関を通過すると、待っていた二人の両親が腕を広げ、戦争の英雄か新大陸の発見者でも出迎えるような熱狂ぶりで彼らを迎えたのだった。二日後にまた会うことをすでに約束したエイミーとファーガソンは別れのキスを交わし、それぞれの家族の車に乗せられて、入浴し散髪して両親、祖父母、おば、いとことしばし共に過ごすべく走り去った。

車まで歩いていく途中に早くも知らされたとおり、ファーガソンの向かう家はもはやモントクレアの一軒家ではなく、ニューアークのウィークエイック地区にあるアパートメントだった。裕福な郊外からまた逆戻りしたわけだが、両親どちらも悪びれた様子はなく、階級・金銭・社交等々アメリカにおいて成功・失敗を測る基準に照らした地位が見るからに下がったことも気にしていないようだったので、ファーガソンとしても両親に合わせて暗い顔をしてみせる必要もないのは有難かった。彼にとってはまったくどっちでもいいことだったのである。

母親はケラケラ笑っていた。ニューアークに戻ったたっていうだけじゃないのよ、結婚したときに住んだのと同じ建物にいるのよ。ヴァン・ヴェルサー・プレイス25番地。さすがにまったく同じ部屋じゃないけど、同じ三階、あんたが人生最初の三年を過ごしたところの真向かいなのよ。けっこうすごいと思わない？　あんた、何か覚えてるかしら。まるっきり同じ作りなのよ、アーチー。同じ場所じゃないけど、見た目はそっくり。

一時間後、ヴァン・ヴェルサー・プレイス25番地三階のアパートメントに足を踏み入れると、まだ住みはじめて間もないのに何とも心地よく、住み込んだ感じがすることにファーガソンは感心してしまった。たった三週間で両親はここにすっかり腰を落着けていたし、パリのホテルの狭い部屋のあとでは巨大な広さに感じられた。むろんモントクレアの家とは雲泥の差だが、十分広い。

どう、アーチー？　部屋から部屋を回って歩く彼に母が訊いた。何か思い出すこと、ある？

母の声にこもった期待に応えるような気の利いた科白を思いつければ、と思ったが、ファーガソンは首を横に振ってニッコリ笑うのが精一杯だった。

何も思い出せなかった。

4.2

4.3

一九六二年の夏は遠くへの旅で始まり、さらにもっと遠くへの旅で終わった。飛行機に乗って二往復、まずは一人でカリフォルニアへ行ったのち、母とギルと一緒にパリへ行ってアンディ・コーエンにばったり会う心配もなく二週間半を過ごした。二つの旅のあいだはリバーサイド・ドライブの自宅にとどまり、ターリアは避けたができるだけ多くの旧作・新作映画を観に行き、二つの屋外バスケットリーグに参加し、ギルに勧められて初めて二十世紀アメリカ文学を読みはじめた（『バビット』『マンハッタン乗換駅』『八月の光』『われらの時代に』『グレート・ギャツビー』）。が、一年次と二年次のあいだの夏休み数か月に一度もアンディ・コーエンを見かけなかったファーガソンにとって、この夏で一番記憶に残ったのは、生まれて初めての飛行機での旅と、カリフォルニアとパリで見たこと、やったことだった。記憶に残るといっても、すべてがよい記憶ばかりではなかったが、いまもひどく心が痛む最悪の記憶でさえ、学ぶところのある経験だったのであり、その教訓を得たいま、もう同じ過ちを犯さずに済むと思えた。

カリフォルニア行きはミルドレッド伯母さんからのプレゼントだった。一九五九年、妹の結婚式をボイコットした、あの捉えがたい謎の親戚たる伯母は、もはや一族とは関わりを持ちたがっていないと見えたのに、その嫌味たっぷりの不可解な拒絶のあとニューヨークに二度戻ってきて――一九六〇年に父親の葬儀のため、一九六一年に母親の葬儀のため――いまやまた群れに復帰して、妹ともそれなりに良好な関係を取り戻し、新たな義弟とは非常に気が合って、と、とにかく一八〇度態度が変わり、二度目の訪問のときにはリバーサイド・ドライブでのディナーにも進んで現われた。客の一人は何と彼女の元夫ポール・サンドラーで、ファーガソンの元伯父にしてアドラー＝シュナイダーマン一族とは依然親密な友人たるサンドラーが、二番目の妻である、あけすけに物を言う画家ジュディス・ボーガットを連れてきたにもかかわらず、ディナーの席でミルドレッド伯母がとことんリラックスしているのを見て、ファーガソンはすっかり感心してしまった。過去に何のつながりもなかったかのように元夫と他愛ない言葉を交わし、建設途上のリンカーン・センターをめぐってギルと話しあい、妹の最近の写真を褒める言葉まで発して、ファーガソンにも映画、バスケット、思春期の苦悩をめぐる友好的かつ挑戦的な質問を次々浴びせ、そこから突然、いかにもその場で思いついたというふうに、パロアルトにある彼女の家への招待が口にされ——あたしの銭で、と伯母は言った——かくして甥っ子は学期が終わったら飛行機に乗って出かけて伯母と一週間を過ごすことになった。二時間後、ディナーの最後の客が夜の街へ消えていくと、ファーガソンは母親に、なぜミルドレッド伯母さんはあんなに変わって見えるのか、なぜあんなに幸せそうなのかと訊ねた。

　恋をしてるんだと思うわ、と母は答えた。細かいことはわからないけど、シドニーっていう名前を二度ばかり口にしたのよ、どうもすでに一緒に暮らしてる気がする。ミルドレッドってほんとにわからない人だけど、まあここのところ機嫌がいいことは確かね。

　てっきり伯母が空港まで迎えに来てくれるものと思っていたら、サンフランシスコに着陸した日、ターミナルでは別の人間がファーガソンを待っていた。伯母より年下、おそらく二十五か六の女性が、出口のかたわらに立ち、伯母が書いたジョージ・エリオットの研究書を高く掲げていたのである。小柄で活発そうな、ほとんど可愛いと言っていい女性で、茶色い短髪、裾をまくり上げたブルージーンズ、赤と黒のチェックのシャツ、爪先の尖ったツートーンのアリゲーターブーツ、首には黄色いバンダナ。ファーガソンが初めて目にする西部人、正真正銘のカウガール！

　ファーガソンの母が言っていたシドニーはたしかにシドニーだったが、といってもミルバンクスなる名字を持つ女性のシドニーなのだった。この若き女性が、疲れた旅人を引き連れターミナルを出て駐車場に駐めた自分の車へ向かいながら、ミルドレッドは夏期講座を教えていて今日は学科会議が入ってしまったのだがあと二時間もすれば帰ってきて夕食には間に合うはずだ、と説明してくれた。

　ファーガソンは初めてのカリフォルニアの空気を吸い込みながら、じゃあなたが料理するんですか？と訊いた。

　するとシドニーは、料理して、家事をして、背中もさするベッドメートよ、と答えた。あなた、ショック受けたりしてないといいけど。

　実のところファーガソンとしては若干ショック、というか少なくとも驚いた、あるいは戸惑ったと言うべきかもしれなかった。同性の二人が一緒に住んでいるという話を聞いたのはこれが初めてだったし、伯母が男性の体より女性の体をひそかに好んでいるなんてことはいままで誰も言ってくれず、さりげなく仄めかした人もいなかったのである。

ポール伯父との離婚もこれで説明がついた――あるいはついたように思える――が、それよりもっと興味深いのは、カウガールのシドニーが彼から真実を隠そうとしなかったことであり、その率直さが何とも見事で、違っていることを恥に思わないのが何とも感じよく思えた。なので、この予想外の知らせにややショックを受けたとか戸惑ったとか言うのはやめて、ファーガソンはニッコリ微笑み、いいえ全然、ミルドレッド伯母さんが一人じゃなくなって嬉しいです、と答えたのだった。

サンフランシスコの空港からパロアルトの家までは車で四十分くらいかかった。薄緑のサーブでフリーウェイを疾走しながら、シドニーはファーガソンに、何年か前にミルドレッドと出会ったいきさつを語った。当時彼女は新しく住む場所を探していて、ミルドレッドの家に付属しているガレージアパートを借りたのだという。つまり、たまたま新聞で、極小の字で刷られた四行広告が目にとまらなかったら決して起こらなかったであろう偶然の出会い。住みはじめて間もなく二人は友人になり、それから二か月もすると恋に落ちていた。どちらもそれまで女性とつき合ったことはなかったけど、とにかくそうなっちゃったのよ、とシドニーは言った。大学教授と三年生担任小学校教師、四十代前半の女性と二十代なかばの女性、ニューヨークから来たユダヤ系とオハイオ州サンダスキー出のメソジストが、ともに人生最大のロマンスに呑み込まれた。でも一番参るのはね――とシドニーはさらに続けた――あたしは過去に女のことなんか考えたこともなくて、いつだって男に夢中な女の子だったし、女性と三年近く同棲したいまだって、自分がレズビアンだとは思ってないってことなのよ、ただ単に別の人間に恋してるっていうだけで、その別の人間が美しくて魅力的で世界中の誰とも違ってるんだったら、男だろうと女だろうとどっちだっていいじゃない？

あるいはシドニーは、ファーガソンにこんな話をすべきではなかったかもしれない。大人の女性が、十五歳の少年相手にこうした打ち明け話をするというのは、どこか不適切で、俗悪とさえ言える。だが十五歳のファーガソンは、このあけすけさにワクワクさせられた。思春期を通してずっと、性生活の混沌と不透明さに関し大人がこれほど正直に話してくれたことは一度もなかった。まだ出会ったばかりだったけれど、この人はいい、すごくいい、とファーガソンは思った。この何か月か、彼もまた同じ問題と格闘し、男‐女の欲望のスペクトルのどこに自分が位置しているのか――男と女か、男と男か、男と女入れ替え可能か――見きわめようとあがいていたのだ。だから、このカリフォルニアのカウガール、男と女両方を愛する人間、たったいま自分の人生に入ってきて彼をパロアルトにある伯母の家に連れていこうとしている人物なら、自分のことを話しても笑われたり侮辱されたり誤解されたりする心配はないと思えたのである。

僕もそう思います、とファーガソンは言った。男でも女でも、どっちだっていいんですよね。

大半の人間はそういうふうに思わないのよ、アーチー。そのことはわかってるわよね？

ええ、わかってます。でも僕、大半の人間じゃないですから。僕は僕です。で、変な話なんだけど、いままでセックスした相手は男の子一人だけなんです。

それ、あなたの年頃では珍しくないわよ。だから全然心配要らないわ——もし心配してたらの話だけど。だって、そうするしかなかったりするでしょ？

ファーガソンは笑った。

まあとにかく楽しめたならいいけど、とシドニーは言った。

それは楽しめたんですけど、しばらくすると相手を楽しめなくなったんで、やめにしたんです。

で、いまは、次は何だ？　って思ってるわけね。

女の子とできるチャンスが来るまで、次は何だか全然わかんないです。

十五歳って、あんまり面白くないわよね。

まあいいこともあると思うけど。

ほんとに？　ひとつ挙げてみなさいよ。

ファーガソンは目を閉じ、しばし黙ってからシドニーの方を向いて言った。十五歳で一番いいのは、一年以上十五歳でいなくていいってことです。

カリフォルニアには蝿も蚊もいなかったし、空気は咳止めドロップみたいな匂いがした。ユーカリの香りがついた、スパイシーに甘い喉アメ。何しろそこらじゅうにユーカリの木があって、あたり一面、息を吸うたびに鼻腔を浄めてくれると思える香りを発散しているのだ。人類の健康と幸福のため、北カリフォルニアの大気に無料で撒かれたヴィックス・ヴェポラッブ！

一方、街はファーガソンには奇怪に思えた。現実の場所というより、場所の理念のように思えた。汚れも不完全さも許容しない都市計画者が設計した、擬似都会・擬似郊外の辺境。そのせいで街は退屈で人工的に思えた。幽霊の棲む奇怪な都市に、小綺麗なヘアカットにまっすぐな白い歯の人々が住んでいて、誰もが見栄えのいい最新流行の服を着ている。幸いファーガソンは街ではそれほど長い時間を過ごさなかった。一度シドニーと一緒に、いままで見た最高に大きく最高に清潔で美しいスーパーマーケットへ食料品を買いに行き、一度はガソリンスタンドに、シドニーのサーブの原始的な、芝刈機並みのエンジンにガソリンを入れに行き（ガソリンとオイルの両方が七対一の割合で直接タンクに注がれる）、地元のアートシアターでその週にキャロル・ロンバード映画祭をやっていたので二度行ったが（『襤褸と宝石』『生きるべきか死ぬべきか』）、これは主として、ミルドレッドはキャロル・ロンバードによく似ているとシドニーが主張したからで、言われてみればそのとおりだとファーガソンも思った。それにしても、何と素晴らしいコメディか。それらを観たいま、崇拝する女優が一人増えたばかりか、ミルドレッド伯母さんのこともファーガソンは新たな目で見るようになった。何しろ伯母さんは客席で誰よりも大声で笑っていたのだが、これまでファーガソンは、母親から何度も、映画好きであることを姉ミルドレッドからよくからかわれたと聞かされていたのである。恋をしたことで、かつては下らない劣等な娯楽と呼んでいたものに対する態度も軟化したのか、それとも実はいままでずっと偽善的にふるまっていて、何事につけても自分の方が趣味も高級だし知性も上だと妹相手に威張り散らしつつ、万人の楽しむ「下らない」代物をこっそり楽しんでいたのか？

　三人で二度、ミルドレッドの黒いプジョーに乗ってパロアルトを離れ、日帰りの遠出に出かけた。一度目は水曜日にマウント・タマルパイスに行き、帰り道は海岸沿いを走ってボデーガ湾で二時間過ごし、海を見下ろすレストランでディナーを食べた。二度目は土曜日にサンフランシスコへ出かけ、急な坂が次々現われるのに仰天したファーガソンはいかにも観光客的な奇声を何十回と上げ、昼食は中華料理店へ行って生まれて初めて点心を食べた（ものすごく美味しくて、三種類の餃子を頬張りながら涙を流した――それは感謝の涙、歓喜の涙、鼻につんと来る辛いソースの涙だった）が、その週大半の時間ミルドレッドは授業と学生の面談に忙しく、彼女が六時か六時半にディナーに帰ってくるまでファーガソンは一人でいるかシドニーと過ごすかのどちらかで、シドニーもファーガソンと同じく十週間の夏休みだったから一人でいるより彼女といることの方がずっと多く、世界一の怠け者をシドニーは自称したので（それまでずっとファーガソンは自分こそこの称号を独占する人物だと考えていた）、たいていは平屋のスタッコ造り、テラコッタ屋根のコテージの裏庭に毛布を広げて二人並んで寝そべったり、本やレコードが感じよく散らかった家（ファーガソンが足を踏み入れた初めてのテレビがない家）の中で過ごすかし、日々が重なりシドニーのことをよく知るようになっていくにつれ、ほとんど可愛いと言っていいカウガールが可愛いカウガールになり、やがてはすごく可愛いカウガールになっていくのをファーガソンは興味深く見守り、初めは欠点と見えた長めの鼻もいまでは個性的で魅力的と思え、前は何とも平凡に思えた青っぽいグレーの目がいまは生きいきとして感情豊かに見えた。まだ知りあって数日だけれど、もう自分たちは友だち同士だとファーガソンは感じた——ニューアークでの火事が起きる前のずっと昔の世界で、いとこのフランシーと友だちだったのと同じように。

　そんなふうにして、最初の五日のうちの、ミルドレッドの車で出かけた二日を除く三日は何事もなく静かに過ぎ、ファーガソンとシドニーは裏庭で寝そべって、思いつくままにいろんな話をした。誰が誰となぜファックするのかという問題はもとより、オハイオでのシドニーの少女時代、ニュージャージーとニューヨークでのファーガソンの二重の少年時代、本や映画で物語が語られるさまざまな方法、子供を教える楽しさと苛立たしさ、甥が家に来ていることでミルドレッドが感じている興奮と不安等々を語りあった。興奮の方はわかり易いが、不安の方は、いまの自分の暮らし方を妹の息子の目にさらすのをためらう気持ちがあるからで、だからこそミルドレッドは、ファーガソンが来ているあいだガレージアパートで寝るようシドニーに頼んだのだった。あの子に気まずい思いをさせずに済むようにと本人は言ったそうだが、つまるところそれは自分が気まずい思いをせずに済むようにということだ。なのにシドニーはなぜ、空港でファーガソンを出迎えてほんの数分後に真相を告げたのか？　訊いてみると、可愛いカウガールはこう答えた——偽るのは嫌だからよ。それって自分の人生を信じてないってことか、じゃなけりゃ自分の人生を怖がってるってことだもの。あたしは自分の人生を信じてるのよアーチー、自分の人生を怖がりたくないのよ。

　四時ごろ、二人は己に活を入れ、だらだらキッチンに入っていって夕食の支度を始め、玉ネギを刻みジャガイモの皮を剝きながらなおも話を続けた。二人の歳の差は十二で、不思議なことにそれはシドニーとミルドレッドの十五の差よりもずっと大きかったが、にもかかわらずファーガソンは、自分とシドニーは精神においてシドニーとミルドレッドよりずっと近いと感じた。ミルドレッドがスタンフォードに属すサラブレッドなら、自分とシドニーは雑犬。年齢の差よりも気質の差なのだ。それはそれとして、六時か六時半にミルドレッドがようやく帰ってくると、自分の前で女性二人がどうふるまうかをファーガソンはじっくり観察した。ミルドレッドの方は、ファーガソンがもう知っているような関係が自分とシドニーとのあいだに存在しないかのようにふるまい、一方シドニーは、そういうふりをせよという要請を頑なに無視して、いかにも親密な呼びかけをファーガソンの伯母に浴びせつづけ、日が過ぎるにつれて伯母はますます居心地悪そうに見えてきて、ファーガソンが同席していなかったらきっと喜んだだろうダーリンもエンジェルもシュガーパイも嬉しくなさそうだった。五日間が過ぎた時点で、自分がいるせいで生じた無言の争いに二人ともがっちりはまり込んでいることがファーガソンには感じとれた。そうして自分が帰る予定の前日である第六日目、ますます落着かなげでますます苛々してきている様子のミルドレッドは夕食の席でワインを飲み過ぎ、とうとう平静を失った。失ったのは失いたかったからであり、一線を越えるためにワインを必要としたにすぎないが、驚いたのは彼女がシドニーに向けて怒りを爆発させたのではなく、あたかもトラブルの原因はお前だと言わんばかりにファーガソンに激憤を浴びせてきたことだった。攻撃が始まったとたん、シドニーが陰で彼のことを話していたこと、カウガールに裏切られたことをファーガソンは悟った。

あんたいつからブルガリア人になったの、アーチー？　とミルドレッドは言った。

ブルガリア人？　何の話？

あんた『カンディード』読んだんでしょ？　ブルガリア人、覚えてないの？

わからないよ、どういうことか。

男色（バガリング）のブルガリアンよ。あの言葉、そこから来てるのよ。ブル＝ガー、バグ＝ガー。バガー。

で、それってどういうこと？

男が男のケツにファックするってことよ。

まだ何の話かわからないよ。

あんたが男の子とバガーしてたってこと、小鳥さんから聞いたのよ。それとも男の子があんたにバガーしたのかもしれないけど。

小鳥さん？

その時点でシドニーが会話に割り込んで言った。やめなさいよ、ミルドレッド。あんた、酔っ払ってるわよ。

酔っ払ってないわよ、とミルドレッドは言った。軽く酒が入ってるだけよ、それで真実を口にする権利が出来てるのよ。そして真実はね、いいこと愛しいアーチー、真実はね、あんたはまだそういう道を歩むには若すぎるってことよ、ここでしっかりしないとあっという間にクイアになっちゃうわよ、そしたらもう後戻りできないのよ。あいにくこの一族にはもう十分クイアがいるのよ、もう一人増えるなんて最悪なのよ。

一言も言わずにファーガソンは立ち上がり、部屋から出ていこうとした。

どこ行くのよ？　ミルドレッドは訊いた。

伯母さんのいないところにだよ。あんた、自分が何言ってるのかわかってないよ。あんたの喋るクズを大人しく座って聞く義務はないよ。

何よアーチー、戻ってらっしゃいよ。あたしたち、話す必要があるのよ。

いいや、ないね。あんたと話すのはもうおしまいだよ。

目にあふれる涙をこらえながらファーガソンは大股で歩

き去り、家の前面の廊下に出ると左へ曲がり、タイル張りの玄関前を下っていって奥のゲストルームにたどり着いた。遠くでミルドレッドとシドニーが言い争っているのが聞こえたが、何と言っているのか聞こうともせず、部屋の中に入ってドアを閉めると、二人の声はくぐもって聴き取れなくなった。

ファーガソンはベッドに腰かけ、両手で顔を覆い、しくしく泣き出した。

もう秘密を打ちあけたりするもんか、と胸の内で言った。もう無防備に告白したりしないし、信用するに値しない人たちを信用したりもしない。自分が言いたいことを、世界全員の前で言えないのなら、口を閉じて誰にも言わない。

自分の母親がいつもなぜあれほど姉を尊敬し、かついつも失望しているのか、ファーガソンはいまや理解した。あれだけ知性豊かで、ユーモラスなときはユーモアもたっぷりあって、寛容な気分のときはすごく寛容なのに、ミルドレッドは時として卑劣に、地上の誰よりも卑劣になる。その卑劣さの熱湯を浴びたいま、ファーガソンはもう二度と彼女と関わりたくなかったし、今後は自分の交友リストから彼女の名を消し去る気だった。ミルドレッド伯母はもうなし、シドニー・ミルバンクスももうなし。友として大いに有望だったシドニーだが、見かけは友に見えて実はそうじゃない人間と友でいられるわけがない。

少しして、シドニーがドアをノックしていた。シドニーだとわかったのは彼の名を呼んでいたからで、ねえ大丈夫、入って話をしてもいいかしらと訊いていたからだった。いいや、あんたと話したくないし顔も見たくない、放っといてくれとファーガソンは答えたが、あいにくドアには鍵がなく、シドニーは構わず入ってこようとした。ドアを少しずつ開けて、ファーガソンからもシドニーの顔と、その頬を流れる涙が見えて、やがてすっかり部屋の中に入った彼女は、自分がやったことを詫び、ごめんなさい、ごめんなさいとくり返した。

ファックオフ、小鳥さん、とファーガソンは言った。謝ったって同じだよ。いいから放っといてくれよ。

あたしは馬鹿なお喋りよ、とシドニーは言った。いったん話し出すと止まらなくなってしまうのよ。そんなつもりじゃなかったのよアーチー、本当よ。

そんなつもりだったに決まってるだろ。秘密を話してしまうだけで十分ひどいけど、嘘つくなんてもっとひどいぜ。だから嘘はやめろよな、オーケー?

どうしたら助けてあげられる、アーチー?

どうしようもないよ。いいから出ていけよ。

お願いアーチー、何かさせて。

あんたをこの部屋から追い出すこと以外、僕の望みはひとつだけだよ。

教えて、叶えてあげるから。

ウイスキー一瓶。

冗談でしょ。

ウイスキー一瓶、できれば開けてないやつ。開いてるんだったらなるべくたくさん入ってるやつ。

体がどうかしちゃうわよ。

いいかいシドニー、君が持ってきてくれるか、僕が自分で取りに行くかだよ。でもできれば僕は行きたくない、あっちの部屋には伯母さんがいて、伯母さんの顔も見たくないから。

わかったわアーチー、何分か待って。

こうしてファーガソンはウイスキーを手に入れた。半分空になったジョニー・ウォーカー赤ラベルをシドニー・ミルバンクスから手渡され、半分空になったその瓶を半分入っていると考えることにし、シドニーが出ていくと飲みはじめ、ゆっくり少しずつ飲みつづけ、やがて夜明けの最初の光がブラインドのすきまから差し込んでくると、瓶は空になっていた。これでその年二度目、ファーガソンは他人の家の床にゲロを吐き、気を失った。

パリは違った。パリはひたすらパリにいることの興奮がすべてだった。母親とギルと一緒に街をさまよい、ボナパルト通りのギャルリ・ヴァントゥイユで開かれた母親の初の個展のオープニングに出かけ、ギルの旧友のヴィヴィアン・シュライバーなる女性と晩を二度一緒に過ごし、リバーサイド・アカデミーではBかB+ばかりだったのに何とかフランス語で会話できることが判明し、いずれこの街でゆっくり暮らしたいと思うようになった。ひと夏ずっとフランス映画の旧作・新作を観たものだから、モンパルナスを歩けば『大人は判ってくれない』の若きアントワーヌ・ドワネルにばったり遭うのではと思わずにいられなかったし、シャンゼリゼを歩けば華麗なジーン・セバーグが白いTシャツ姿で『ヘラルド・トリビューン』――義父が原稿を書いている新聞だ！――を売り歩いているところに行き当たるんじゃないかと期待し、セーヌの川べりをそぞろ歩いて本屋の屋台に目をやれば、『素晴らしき放浪者』で放浪者のミシェル・シモンを救おうと川に飛び込むずんぐりむっくりした本屋のあるじを思い出した。パリは映画のパリ、これまでに観たすべてのパリ映画の集合であり、こうして本物の場所に来たことでファーガソンの胸はときめいた。その絢爛で刺激的な現実のすべてがリアル、けれど歩きながら、ここは架空の場所なんだとも感じている。頭の中にあってかつ体の外にもある場所、同時にここでそこ、白黒の過去でフルカラーの現在。両者を往き来するのは何とも快く、思いは時としてあまりに速く動くので二つが一つに溶けあった。

街の人口の半分がいなくなる八月末に展覧会がオープンするのは異例のことだが、ギャラリーが空いているのはその時期――八月二十日から九月二十日――だけだったし、オーナーが無理して組み込んでくれたのもわかったので、ファーガソンの母親は喜んで承諾したのだった。全部で四十八枚、半分はすでに発表済みの写真、半分は来年出版される『物言わぬ街』から。その一枚は自分が被写体だとすでに知らされてはいたが、それでもやはり、ギャラリーに入って奥の壁に自分がいるのを見てファーガソンはいくぶん動揺せずにいられなかった。七年前、まだギルが登場する以前、セントラルパーク・ウェストのアパートメントに二人で住んでいたときに撮った、もうさんざん目にしてきた写真。リビングルームの床に座り込みテレビでローレル&ハーディを観ている、八歳の胴が縦縞のTシャツに包まれた姿をうしろから撮ったロングショット。ただ一語「アーチー」と題されたこの写真で胸を打つのは、その痩せた背中が描く曲線ゆえであり、脊椎の骨一つひとつがTシャツに盛り上がるその凸凹さが幼年期の脆さを物語っているゆえだった。無防備にさらされた存在の像。幼い少年は画面に映った山高帽の道化二人に見入っていて、周りのことはいっさい念頭にない。こんな素晴らしい写真を生み出した母親のことがファーガソンは誇らしかった。陳腐なスナップ写真になってしまってもおかしくないのに、そうはなっていない。その晩展示されたほか四十七枚についても同じことが言えた。幼かった、顔のない自分が、もはや二人で住んではいないアパートメントの床に座り込んでいるのを眺めていると、数か月にわたるあの奇妙な空白期間に、ヒリアード校での散々な日々に戻って行かずにいられなかった。彼の心の中で神が玉座から去り、至高なる存在の地位を母親が新たに占めるに至った時期。神聖なる霊が人間の形を取って現われ、欠点もあれば命も限りあるこの神は、すべての人間同様むっつり不機嫌に陥りもすればオロオロ右往左往したりもしたが、それでもファーガソンは母を崇拝した。なぜなら母だけはただ一人、絶対に彼を見捨てないからであり、彼の方が何度も母を失望させ、為すべきことを為せなくても、母がファーガソンを愛さなくなったことは一度もなく、その命が尽きるまで、彼を愛さなくなることは決してないからだった。

可愛くて、ドキドキしてる、と、一般公開に先立つ内覧レセプションで客たちに笑顔を見せ、うなずき、握手する母親を見つめながらファーガソンは胸の内で思った。八月のヴァカンス中なのに百人近くが集まって、ギャラリーの小さめの展示スペースに騒々しい人の群れが詰まっている。騒々しいのは、やって来た八、九十人の人たちはどうやら、壁の写真を見るよりもたがいに話をすることに興味があるようだからだったが、ファーガソンはこの手のオープニングに出るのは初めてなので、こういった集まりの慣例については何もわからず、展示された芸術作品を無視するためにわざわざ展覧会にやって来る自称芸術愛好家たちのややこしい偽善など知りようもない。これでもし、部屋の隅のテーブルで飲み物を出している若いバーテンが親切に白ワインを注いでくれて、二十分後にもう一杯注いでくれることもなかったら、ファーガソンは抗議の意思を示して出ていってしまったかもしれない。今夜は母親にとっての大切な晩なのであって、居合わせた誰もがローズ・アドラーの作品に見入り、すっかり魅了されて、畏怖の念ゆえ言葉も失ってしまうべきなのに、そうならないことに腹が立ち、がっかりした気分で隅に立っていた。未経験なファーガソンには、壁に掛かったフレームそれぞれの横に付いた赤い点は写真がすでに売れたという意味であって、母親がこの晩ひどく上機嫌で、これら礼儀知らずで無知な人々のお喋りも騒音も全然気にしていないことなど知る由もなかった。

二杯目の白ワインを飲んだあたりで、一人の女性の肩に腕を回したギルが人の群れのあいだを縫って歩いてくるのが見えた。二人でファーガソンのいる方に進んできて、邪魔な体がいくつもあるのにもめげず酒を出すテーブルに着々近づいてくる。二人ともニコニコ笑っているのがわかるくらい近くまで来ると、この女性がきっと、ギルの昔からの友人ヴィヴィアン・シュライバーだとファーガソンは思いあたった。彼女のことはギルからすでに聞かされていたが、あまりちゃんと聞いていなかったので、何を言われたかよく覚えていなかった。たしかやたら込み入った戦争中の話で、ヴィヴィアンの兄ダグラス・ギャントだったかグラントだったかが絡んでいて、この人物がギルの指揮していた諜報部隊の一員で、ギルの一番親しい友人でもあった。そんなこんなでギルが、自分よりずっと若い戦友であるダグラスのずっと若い妹ヴィヴィアンのために、どうやってだかコネを駆使してやり、おかげでパリが解放された翌月の一九四四年九月、三か月前にアメリカの大学を卒業したばかりのヴィヴィアンはフランスに入国することができた。なぜフランスに行く必要があったのかはよくわからなかったが、とにかく行ってまもなく、一九〇三年生まれの（つまり二十歳年上の）ジャン＝ピエール・シュライバーと彼女は結婚した。ドイツ系ユダヤ人を両親に持つフランス国籍のシュライバーは、戦時中、フランス陥落の数日前に中立国スイスに避難してドイツ軍にもヴィシー政権下の警察にも逮捕されずに済んだ。ギルがファーガソンに語ったところによれば、一家はワイン輸出だかワイン製造だかワインボトル製造だか、とにかく葡萄の栽培や売買とは関係ない商売に携わっていて、その商売が復活したためシュライバーは金持ちだったということだった――あるいはかつて金持ちだったか、じきまた金持ちになったか。夫婦に子供はいなかったものの幸せな結婚生活が続いたが、やがて一九五八年の末、すらりとして若々しいシュライバーがオルリー空港で離陸間近の飛行機に乗ろうと走っている最中に突然絶命して、ヴィヴィアンは若き未亡人となり、家業における夫の持ち分を夫の甥二人に売却して裕福な若き未亡人となり、ギルがさらに言うには、パリ中で誰よりチャーミングで知的な女性であり、ギルとは大の仲よしという話だった。

　ギルとヴィヴィアン・シュライバーが彼の立っているところへ近づいてくるとともに、こうした事実、部分的事実、ひょっとすると反 - 事実等々がファーガソンの頭の中をぐるぐる巡っていたのだった。ギルの大の仲よしだという人の第一印象は、これまで目にしたすべての女性の中で上位三、四人に入る美しさだということだった。さらに近くへ来て、顔の細部までもっと正確に見られるようになると、美しいというより風格があるという方が正しいことがわかった。三十八歳の、自信とくつろぎのオーラを発散させている女性で、服も化粧も髪もこの上なく優雅にさりげなくまとめているので、その効果を生み出すために本人は何の努力もしていないように思える。みんなが立っている部屋の中の空間を一定量占めているというだけでなく、部屋を支配、所有しているように見える。きっと世界中どこの部屋に行っても、同じように所有するにちがいない。次の瞬間ファーガソンは彼女と握手していて、その大きな茶色い目に見入り、身の周りに漂う香水のいい香りを嗅ぎながら、意外に太い声が、あなたに会えてとても光栄だ（光栄（オナード）！）と言ってくれるのを聞き、そして突然、ファーガソンの中ですべてが明るく輝きはじめた。ヴィヴィアン・シュライバーは並外れた人物、映画スターにも比すべき完全な人物であって、この人を知ることによって、ファーガソンの情けなく並外れていない十五歳の人生にも違いがもたらされるにちがいない。

　オープニングのあとのディナーにもヴィヴィアンは出席していたが、レストランのテーブルには十二人が座っていて、ファーガソンからは距離が遠すぎて話す機会はなく、食事中は彼女を眺めるだけで満足するしかなかった。見れば周りの人たちは、彼女が会話に貢献するたび、注意深く耳を澄ませている。一度か二度、ふと彼女はファーガソンの方を向き、彼がこっちを見ているとわかるとニッコリ笑ったが、それ以外は――そしてファーガソンの座っているあたりで、ヴィヴィアンが母の写真を六枚（うち一枚は「アーチー」）を買ったという噂が広がった以外は――その夜二人のあいだに接触はなかった。三晩あと、ファーガソンと母とギルとで〈ラ・クーポール〉でヴィヴィアンと落ちあいディナーのテーブルを囲んだときには、話したり聞いたりのやりとりを妨げるものはもう何もなかったが、ヴィヴィアンを前にしてファーガソンはなぜか気後れしてしまい、自分ではろくに喋らず大人三人の会話を聞くことに甘んじていた。何しろ話題は豊富にある。まず母の写真をヴィヴィアンが崇高に人間的で並外れて率直と讃え、次にヴィヴィアンの兄でカリフォルニア州ラホーヤにいる海洋生物学者ダグラス・ギャントだかグラントだかが話題になり、ギルが執筆中のベートーヴェンの弦楽四重奏をめぐる本の進み具合や、ヴィヴィアン自身が書いているシャルダンという名の十八世紀の画家をめぐる本のことも俎上に載った（この時点でファーガソンにとってシャルダンはまだ未知の存在だったが、四日後にパリを発つころにはもうルーヴルに展示されているシャルダンの絵もすべてしかるべく見終え、カンバスに絵の具で描かれたコップ一杯の水や陶製の水差しを見ることが、同じく四角い平面に絵の具で描かれた神の子が磔にされた姿を見る以上に濃密な、魂にとって意義深い経験になりうるという神秘的事実を実感済みだった）。が、ディナーの席上ほとんど黙ってはいたものの、ファーガソンはとても楽しかったし、頭は活発に働いて、三人の言っていることをしっかり吸収していた。〈ラ・クーポール〉の巨大な洞窟のような空間は、白いテーブルクロスが掛かって、白黒の制服を着たウェイターたちがきびきびと働き、周りでは誰もが同時に喋っていて、大勢の人々が喋りながらたがいを見あっている。そんな場所にいるのは本当に気持ちがよかった。小さな犬を連れている頬紅を塗りたくった女性たち、ジターヌをひっきりなしに喫っている陰気な男性たち、とてつもない服装をして芝居の主役のオーディションを受けているみたいに見えるカップルたち……モンパルナス・シーン、とヴィヴィアンは呼んだ。はてしなく続く視線の戯れ。ジャコメッティがいるわ、とヴィヴィアンが言った。それにベケットの全芝居に出ている俳優もいたし、もう一人、ファーガソンにはまったく馴染みのない名だがどうやら有名人でパリじゅう誰もが知っているらしい芸術家もいた。しかもここはパリだから、ディナーの席でファーガソンがワインを飲むのを母とギルは許してくれた。お前は何歳だとか、誰も目クジラを立てたりしない場にいることの大いなる贅沢。レストランの隅のテーブルで過ごした二時間の中で、ファーガソンは何度も深々と椅子にもたれ、母親とギルと神々しきヴィヴィアン・シュライバーを見ながら、このままいつまでも四人でテーブルを囲んでいたいと思った。

店を出て、ギルと母親がヴィヴィアンをタクシーに乗せようとしたところで、若き未亡人はファーガソンの顔を両手で摑み、左右の頰にキスして、もう少し大きくなったらまた会いに来てちょうだい、アーチー、あたしたちきっと仲よしになれると思うの、と言った。

カリフォルニア行き、パリ行きのあいだにはニューヨークでの暑い夏があり、リバーサイド・パークでの屋外バスケットがあり、夜は週四、五回冷房の効いた映画館で過ごし、ベッドサイドにはギルが例によって置いていった大型小型のアメリカ小説があった。計画をきちんと立てなかったせいでこの街から出られずにいるわけだが、同級生たちはみな七・八月はどこかよそへ行っていて、むろん十九歳のジムはマサチューセッツのサマーキャンプでカウンセラーとして働いていたし、困惑の源にしてつねに捉えがたきエイミーはまんまとヴァーモントに逃れて二か月のフランス語集中講座を受けている。これこそファーガソンがすべきだったことであり、母とギルにそう持ちかけるだけの知恵さえあれば、きっと授業料だって出してもらえたにちがいない。そのくらいの余裕は十分ある。ダン叔父さんとリズ叔母さんにはそんな金はないが、エイミーは弁舌巧みにシカゴの祖母とブロンクスの爺いから必要な額をせびり取り、かくして目下、ニューイングランドの森から、おどけたからかいの絵葉書を次々ファーガソンに送りつけてきて（いとしいいとこ（シェール・クザン）、フランス語で「コン」ってあたしが思ってた意味と違うみたい。英語で言えばまあ「アホ（ジャーク）」か「ケツの穴（アスホール）」あたりで、あれじゃないのよね（フランス語で「コン」と聞いた英語圏の人物がまず思い浮かべる意味は「女性性器」）、で、「ク」は尻尾っていう意味だけど、あれの意味にもなるわけよ。それで思い出したんだけど、あたしの大好きな色男（コン・マン）はNYの夏をいかがお過ごしかしら？　暑いわねえアーチー、それともあんたの額から垂れてるそれ、ウソ汗？　愛しい人にキスを（ベゼ・ア・モン・ビヤネメ）、エイミー）、一方ファーガソンはマンハッタンのべったり湿った猛暑に包まれて過ごし、またしても愛なき日々に囚われて、マスターベーションの白昼夢と、陰鬱に持続する性夢に浸っていた。

　その夏、家族内で最大の話題は、リンカーン・センターと、新設のフィルハーモニック・ホールをめぐるギルと同僚たちの長期にわたる論争だった。ホールは九月二十三日、ついにオープンする。ファーガソンの祖父言うところの膿だらけの目障りは、ファーガソンと母親がニューヨークに住みはじめたときからずっと西六十丁目台の風景の一部だった。ロックフェラーの金で、三十エーカーの巨大なスラムが一掃され、何百もの建物が壊されて数千人の住民が新しい文化的ハブなるものに場所を空けるべくアパートから追い出された。山と積まれた土と煉瓦、無数のスチームシャベルと杭打ち機と地面に空いた無数の穴、長年あたり一帯で鳴り響いていた騒音、そしていまやっと、十六エーカーに及ぶリンカーンセンター・コンプレックスの最初の建物がほぼ完成し、論争はどんどんエスカレートして、市の歴史でも有数の怒りに満ちたどなり合いにならんとしている。大きさか音響バランスか、傲慢と図々しさか数学と理性か。対立を挑発したのが『ヘラルド・トリビューン』であるせいでギルは論争の只中にいる。挑発の中心にいた二人は、ギルととりわけ仕事上のつながりが深い人物である――文化欄主幹ヴィクター・ラウリーと、音楽評論家仲間のバートン・クロセッティ。新しいホールの当初の青写真が出回ったとき、二人は座席数を増加させようと攻撃的なキャンペーンの先頭に立ち、ニューヨークのような大都会にはもっと大きい、もっとよいものが必要なのだと訴えた。これに対しギルは、「大きい」にはなっても「よい」にはならない、なぜなら音響は二六〇〇席ではなく二四〇〇席のホールにとって最適となるよう設計されているのだから、この計画の責任を負う建築家やエンジニアたちも音の質が変わると言っているではないか、変わるとはすなわちより悪くなる、駄目になるということだと訴えたが、結局市当局は『ヘラルド・トリビューン』の要求に屈してホールの大きさを増した。ギルはこの屈服を、ニューヨークにおけるオーケストラ音楽の未来にとっての敗北と見たが、とにかくより大きな建物がほぼ出来上がってしまったいま、ギルにできるのは、恐れているほど結果が惨憺たるものでないことを願うくらいなものだった。もしそうは行かず、思っていたとおりのひどい結果に至ったら、今度は自分が公的キャンペーンに乗り出すつもりだとギルは言っていた――市がすでに取り壊しを検討しているカーネギー・ホールを救うために一肌脱ぐんだ、と。

その夏の家庭内ジョーク。ハブ（hub）はどう綴る？ 答えは、flub（ぶざまな失敗）。

ギルがそんなふうにこの件を冗談にできるのは、唯一ほかにある選択肢は怒ることであり怒りを内に抱えて生きるのは悪い生き方だからだ――そうギルはファーガソンに言った。無意味だし、自分自身が損なわれるばかりか、周りの人たちにも酷である。怒ったりせずにふるまうからこそ、みんな自分を頼りにしてくれるのだ。しかも怒りの原因が自分にコントロールできるものではないとなれば、ますます怒っても仕方ない。

私の言ってることがわかるかい、アーチー？ とギルは訊いた。

確信はないけど、わかると思う、とファーガソンは答えた。

確信はない――それはかつて住んだセントラルパーク・ウェストのアパートメントでギルが娘のマーガレット相手に爆発させた火山のごとき激怒をさりげなく思い起こした一言だった。わかると思う――こちらはあの夜以降義父があれほど大規模に癇癪を起こすのを一度も見たことがないという事実を認める発言。ギルの変化の説明となる理由は二つしかありえない。〔1〕時が経つにつれて人格が向上した。〔2〕ファーガソンの母親と結婚したことでより優れた、より穏やかな、より幸福な人物になった。ファーガソンは第二の可能性を信じることにした。そう信じたいからだけではなく、そっちが正解だとわかっていたから。）

　私にとって大した問題じゃないということではないんだ、とギルはさらに言った。音楽は私の全人生だ。この街で演奏される音楽について書くことが私の全人生なんだ、だからそれらの演奏が、悪気はないが間違った考えの――あいにく何人かは私の友人でもある――連中の愚かな決断のせいで質が低下してしまうのは、そりゃもちろん腹が立つ。あまりに腹が立つんでいっそ新聞を辞めようか、そうすればとにかくこっちが真剣だってことは伝わる、と思ったりもした。でもそんなことをして、私に何の役に立つ？　あるいは君や、君の母さんや、ほかの誰かに？　まあいざとなれば私の給料なしでもやって行けるだろうが、詰まるところ私はこの仕事が好きなんだ。辞めたくはないんだよ。

　辞めるべきじゃないよ。問題はいろいろあるかもしれないけど、辞めるべきじゃない。

　どのみちもうそんなに長くは続かないさ。『ヘラルド・トリビューン』は財政的に沈没しかけている。あと二、三年持ちこたえるかどうか、怪しいものだ。ならば船とともに沈むまでだ。最後まで忠実なる乗組員として、かくも危険な船旅に私たちを引っぱり込んだ血迷った船長につき従うのさ。

　それって冗談だよね？

　私がいつから冗談を言うようになった、アーチー？

『ヘラルド・トリビューン』が終わるなんて……初めてオフィスに連れていってくれたときのこと覚えてるよ、すごくいいところだと思ったし、いまでも一緒に行くたびにいいなあと思う。あれがもう存在しなくなるなんて信じがたい。僕それに思ってたんだよ……いや、どうでもいい……

　思ってたって、何を？

　よくわからないけど……いつの日か……いま思うと馬鹿みたいだけど……いつの日か僕もあそこで働けるかもって。

　何と美しい思いだ。じんと来たよ、アーチー。深くじんと来た。でも君ほどの才能があって、なぜ新聞記者になりたい？

　新聞記者じゃなくて、映画評論家。あなたがコンサートについて書くのと同じように、映画について書ければって。

　君はいずれ自分で映画を撮るものと、ずっと思っていたんだが。

　それはないと思う。

　でも君は根っからの映画好きで……

　観るのは好きだけど、作るのが楽しいかどうかはわからない。とにかく時間がかかる仕事で、作ってるあいだはほかの映画を観る時間も残らない。僕の言ってること、わかるかな？　映画を観るのが何より好きなんだから、できる限りたくさんの映画を観ることが僕にとって最高の仕事だと思うんだ。

　学校が始まって一か月近く経った時点で新しいホールがオープンし、レナード・バーンスタインの指揮するニューヨーク・フィルハーモニックのガラコンサートが行なわれた。これはきわめて重要なイベントとみなされ、ＣＢＳがテレビ中継し全米で放送された。その後も全米トップクラスの交響楽団（ボストン、フィラデルフィア、クリーヴランド）によるコンサートが開かれて、週の終わりにはもう、メディアも一般大衆も、リンカーン・センターの旗艦ホールの音響の質に関してそれぞれ裁決を下していた。**フィルハーモニックの失敗（フロップ）**、とある見出しにはあった。**フィルハーモニックの愚行（フォリー）**もあった。さらには**フィルハーモニックの悲惨（フィアスコ）**。どうやら新聞はフの音の重なりに抗えぬようだったし、憤慨した音楽愛好家、否定することを職業とする者たち、飲み屋にたむろする連中、皆の舌からも一様にその音が流れ出た。とはいえ、いやいやそこまで悪くはない、と唱える人々もいて、かくして賛成派と反対派のあいだで罵声合戦が始まり、野蛮な論争がその後何か月も何年もニューヨークの空気を満たすことになる。

　ギルへの忠誠心ゆえにファーガソンもこうした展開をフォローし、ニューヨーク中のクラシック音楽を支える人々の鼓膜には気の毒だったが、義父が優勢な側にいることは嬉しかった。ある日曜の午後には、ギルと母親と一緒にカーネギー・ホールの前に立ち、**私を救ってください**と書いたプラカードを持ちまでしたが、まあ彼にとってどっちでもいいことであり、基本的には学校生活と、果てることなき愛の探求に思いは集中していた。十二月初旬から三月末日まで印刷所のストが続き、ニューヨークの全新聞が休刊を余儀なくされたときもそれは変わらず、ファーガソンはこのストライキを、ギルがとうの昔に得るべきだった休息と解釈することにした。

　エイミーは昨年の、ファーガソンが一度も会わず名前も知らずに終わったボーイフレンドとはすでに別れたが、フランス語に浸ったヴァーモントの夏に新たな懇ろな友（アミ・アンティーム）を見つけていた。今度はニューヨークに住んでいる人物であり、そのため週末ごとに逢瀬を重ねることができ、ファーガソンはふたたびレースから除外され、エイミーの心の砦を新たに襲撃することを検討すらできぬ立場に置かれた。リバーサイド・アカデミーの魅力的な女の子たちも話は変わらず、昨年と同じく全員がオフリミットで、イザベル・クラフトもファーガソンの想像力の森を駆け抜ける幻の精、夜の骨の放つ光の中でもだえる虚構の他者でしかなく、まあ雑誌のミス・セプテンバーよりはリアルかもしれないが大差はなかった。

春にアンディ・コーエンがあんな言葉さえ言わなかったら、とファーガソンはときどき思った。二人の単純な取決めが、あんなふうにぐじゃぐじゃな、およそありえないものに変わってしまわなかったら。もうべつにアンディ・コーエンを好きでも何でもないが、三年次に向けていろんなことがまとまってくるにつれて、あの毎週土曜午後の西一〇七丁目での戯れもあれはあれで筋が通っていたようにふたたび思えてきた。少なくとも、とにかく誰かと一緒にいる方が、誰ともいないよりいいことは間違いない。一方、手淫の女神が男の体の姿を取って現われることは一度もなかった。彼とともに毛布の下にもぐり込むのはつねに女性であり、イザベル・クラフトが赤いビキニをするっと脱いで肌を彼の肌に押しつけてくるのでなければ、それはエイミーであり、あるいは——これは何とも奇妙だった——彼の背中を刺した裏切り者カウガールのシドニー・ミルバンクスか、彼に対して全部で約四十七語を話しただけの、彼の母親でもおかしくない年齢のヴィヴィアン・シュライバー、つまりは七月と八月に大陸を横断し海を越えて出会った二人の女性だった。夜にこのどちらかが想念の中に入ってくるのを止めるすべは何もなかった。

対照は明らかと思えた。欲しているものと、現状で手に入るものとを隔てるくっきりした線。あと一、二年は待つしかなさそうな女性の柔らかな体と、また機会さえ生じればいますぐでも味わえる男子の硬いペニス。不可能対可能、夜の妄想に対する昼の現実、一方は愛で一方は思春期の肉欲、すべてがはっきり綺麗に分かれている。だがそのうちに、線はそれほど明確でないことをファーガソンは知るに至る。その心の境界のどちら側でも愛はありうるし、カウガールが自分の身に起きたと言っていたことはファーガソンの身にどちらの側でも起きうる。そのことを、アンディ・コーエンの望まざる愛を押しやったあとに理解したせいで、ファーガソンはショックを受け、そして怯えた。あまりに怯えたせいで、もはや自分が何者なのかもわからなくなってきた。

九月下旬、ファーガソンはふたたびニューヨークを離れて遠い地へ向かった。マサチューセッツ州ケンブリッジ、いとこのジムと一緒に週末を過ごす。今回は飛行機ではなく、五時間半かけてバスを二本乗り継ぎ、スプリングフィールド経由でボストンまで行く。初めての長距離バス旅行のあと、MITの寮のジムの部屋に二晩泊まる。ふだんはジムのルームメートが寝ているベッドだが、金曜の朝にキャンパスを出て日曜の夜まで帰ってこないのだ。はっきりした計画は何もなかった。観光名所を見て回り、土曜の朝は体育館で1on1バスケをやり、MITの研究室をいくつか訪ね、ハーバードのキャンパスを見て、ボストン側に渡ってバック・ベイとコプリー・スクエアをぶらつき、ハーバード・スクエアで昼食・夕食どちらか（または両方）を食べ、ブラトル・シアターへ映画を観に行く。その場の勢いに任せる週末だよ、二人でのんびり一緒に過ごすのが目的なんだから何をするかは問題じゃないさ、とジムは言った。そう言われてファーガソンはゾクゾクした。いや、ゾクゾクでは済まない。期待で自分が自分の外に飛び出してしまいそうだ。ジムと週末を過ごすと思っただけで、頭上に集まっていた雲がたちまち霧散し、空は明るい、明るい青に変わった。ジムよりいい人はいない、ジムほど優しくて心の広い人はいない、ジムほど素晴らしい人はいない。バスに乗ってボストンへ向かう最中ずっと、この非凡な人物を義理のいとこに持てたことの幸運をファーガソンは噛みしめていた。僕はジムが好きだ、どうしようもなく好きだ、と胸の内で言った。そしてジムも彼を愛してくれている。だからこそあの毎週土曜の朝、ほかにやることはいくらでもあるのに、リバーサイド・パークで十二歳のチビにバスケットボールを教えてくれたのだし、だからこそただ単に二人でのんびり一緒に過ごすためにファーガソンをケンブリッジに招いてくれたのだ。そして男と男の親密さの快楽を味わったいま、裸でジムの両腕に抱かれるためなら何だってするとファーガソンは思った。ジムにキスされるため、ジムに愛撫されるため、ジムにオカマを掘られる（これは春にあのシティ・カレッジの学生相手には一度も起きなかったことだ）ためなら。ジムにやれと言われたことは何でもする、なぜならこれこそ愛だからだ、大きな燃える愛、生涯ずっと燃えつづける愛だからだ、自分はどうやら両手利きの男の子になりつつあるみたいだがもしジムもやはりそうだとして――まあもちろん全然ありそうなことじゃないけれど――ジムにキスしてもらえたらまさに天国の門まで行ける。そう、ボストンへ向かう道中にこの考えを抱いたファーガソンが胸の内で言ったのは、まさにその言葉だった。天国の門。

　それは人生で一番幸せな週末だった。そして一番悲しい週末でもあった。幸せだったのは、ジムといると本当に自分が護ってもらえている気がして、年上の男の子が発散する穏やかさの後光に包まれて心から安心していられたからであり、自分がジムの話に耳を傾けているのと同じようにジムも一瞬一瞬自分の話に耳を傾けてくれていると確信できたからだった。自分はジムより下だ、ジムより劣っている、ジムに置き去りにされていると感じさせられたことは一度もなかった。チャールズ川の向こうの小さな食堂でのたっぷりした朝食、宇宙計画や数学パズルやいつの日か手のひらに収まるはずだがいまはまだ巨大であるコンピュータ等々をめぐるお喋り、土曜夜のブラトル・シアターでの『カサブランカ』『脱出』のボガート二本立……金曜の夜から日曜の午後までの長い時間、感謝すべきことはすごくたくさんあった。だがその間ずっと、自分が望むキスは決して与えられないのだと知る痛みがあった。ジムを持つことはジムを持たないことでもあって、持って持たないとはすなわち、自分の本心をあらわにすることは永遠の屈辱の炎に包まれる危険を冒すことだと知る痛み。何より辛いのは、1on1バスケットをやったあとにロッカールームでいとこの裸体を見て、一緒に裸で立っていても、腕をのばしてその禁じられた愛の対象たる細身で筋肉質の肉体に指で触る可能性は少しもないことだった。そして日曜の朝、探りを入れようと大胆にも寮の部屋の中を一時間以上裸で歩き回った末に、マッサージしてあげようかとジムに訊きたくても訊く勇気は出ず、ベッドに腰かけてジムの前でマスターベーションをやり出したくてもやり出す勇気は出ず、どこまでも異性愛者らしいいとこから自分の裸に対する反応を何か引き出せればと願いつつももちろんそんなことが起きるはずもなかった、なぜならジムは別の誰かと恋をしていたのだ——マウント・ホリヨーク出身の、ナンシー・ハマースタインという名の、日曜に車でやって来て彼らと一緒に昼食を食べたその女の子は完璧にまっとうで知的な人物で、彼女もまたジムの中にファーガソンが見たのと同じものを見たのであり、ゆえにその週末、幸福の絶頂にあってもファーガソンは悲哀を味わい、自分が決して得られないキスに焦がれて心を疼かせ、そんなものを求めるだけでも見当違いもいいところなのだと痛感していた。日曜日の夕方、ニューヨークへ帰るバスの中で、ファーガソンは少し泣き、日が沈んで闇がバスを包むとともに激しく泣いた。このごろ泣くことがどんどん増えてきているぞ、と思いあたり……僕は誰なのか？　そう何度も自問した……僕は何者なのか？……いったいなぜ、わざわざ自分の人生を辛いものにしてばかりいるのか？

何とかして乗り越えないといけない、さもないと死んでしまう、そして十五歳半でまだ死ぬ気はなかったから、乗り越えるためにできるだけのことをやった。たがいに矛盾するいくつもの営みを闇雲に追求するなか、キューバのミサイル危機が始まって二週間後に終わり結局核爆弾は発射されず宣戦布告もされず、長期化した冷戦以外は戦争も視野になくなったころには、ファーガソンはすでに初めての映画評を発表し、初めての煙草を喫い、西八十二丁目の小さな売春宿で二十歳の娼婦相手に童貞を失っていた。翌月、リバーサイド・アカデミーの学校代表バスケットチームの一員となったが、十人のチームの中の三人だけの二年生の一人として大半はベンチで過ごし、コートに立てたのは毎試合一、二分だけだった。

映画評。まあ映画評というより概論で、過去数か月にさんざん考えてきた映画二本の、同等かつ対照的な美点を論じ、『リバーサイド・レブル（反抗者）』なる名の、殺伐として印刷も雑な隔週刊行の学校新聞に掲載された。八ページの大判新聞には、学校対抗のスポーツをめぐるすでに旧聞に属すニュースが載り、学校内の無意味な論争に関する記事が書かれ（カフェテリアの食事の質低下、休み時間に廊下でトランジスタラジオを鳴らすのを禁止した校長命令）、詩人、短篇小説家、画家を自称する生徒たちによる詩、短篇、時おりのドローイングなどが並んでいた。その年のファーガソンの英語教師であるミスタ・ダンバーが『レブル』の顧問で、この映画狂の卵に、好きなだけたくさん書いてくれていい、うちの新聞には新しい血がぜひとも必要なんだ、映画や本や美術や音楽や演劇について毎回コラムが出来れば正しい方向に一歩前進だから、と投稿を勧めてくれた。ミスタ・ダンバーの要求に刺激され、やる気も出て、ファーガソンは『大人は判ってくれない』と『勝手にしやがれ』をめぐる論に取りかかった。この夏、彼がもっとも魅了されたフランス映画二本である。自らフランスへ行ってきたいま、フランスのヌーヴェル・ヴァーグについて書くことから映画評論家としてのキャリアを開始するのはごく自然な展開に思えた。どちらの映画も白黒で、現代のパリを舞台にしていること以外共通点は何もない、とファーガソンは論じた。トーン、感性、語りの技法、すべて根本的に異なっていて、比較しても意味はないし、ましてどちらがより優れた映画か頭を悩ませるのはおよそ時間の無駄である。トリュフォーについてファーガソンはこう書いた――**胸を裂くリアリズム、優しいが情に溺れず、深く人間的、厳格なまでに正直、叙情豊か。**ゴダールについては――**棘（とげ）があって破壊的、セクシー、不穏なほど暴力的、滑稽で残酷、アメリカ映画に関する内輪ギャグ満載、革命的。**最後の段落に至り、一方に与（くみ）することはしない、どちらの映画も大好きだから、とファーガソンは書く。ジミー・スチュアートのウェスタンとバズビー・バークリーのミュージカルの両方が好きなのと同じ、マルクス兄弟のコメディとジェームズ・キャグニーのギャング映画の両方が好きなのと同じことだ。なぜ選ぶ？　とファーガソンは問う。人間、分厚いハンバーガーにかぶりつきたい時もあれば、固ゆで卵やクラッカーが何より美味しいと思える時もあるではないか。そしてこう締めくくる――**芸術とは宴である。テーブルの上のすべての皿が私たちに呼びかけ、食べてくれ、楽しんでくれとせがんでいるのだ。**

煙草。ケンブリッジに出かけた一週間後の日曜の朝、両シュナイダーマン家の構成員たちはレンタカーのステーションワゴンに六つの体を押し込み、ダッチェス郡めざして北上し、ラインベックの〈ビークマン・アームズ〉に寄って昼食を取り、そこで解散して町のあちこちに散っていった。例によってファーガソンの母はカメラを持って消え、ニューヨークに帰る時間まで戻ってこなかった。リズ叔母さんは骨董品店を漁りに中心街へ向かい、ギルとダン叔父さんは紅葉を見に行くと言って車に戻ったが実のところは近年めっきり衰え八十代なかばにして突如二十四時間の緩和ケアが必要になった父親をどうするかを話しあう気だった。ファーガソンとエイミーは、中古家具店を覗いて回る気も枯れかけた葉の色の変容を見る気もなかったから、エイミーの母親が左へ曲がるのを見届けたところで右へ曲がり、歩きつづけてそのまま町外れに出ると、いまだ緑の草に覆われた小さな丘があって、柔らかい土の感じよい小さな塊はいかにも座ってほしいと誘っているようで、二人はすぐさまその誘いに応じ、数秒後にはもうエイミーがポケットに手を突っ込んでノンフィルターのキャメルの箱を取り出し、ファーガソンにも一本差し出した。ファーガソンはためらわなかった。まあそろそろこういう癌誘発スティックを試してみる時かな、と〈肺に悪いから絶対喫わないアスリート〉で通してきた彼は思ったのである。むろん最初の三回は喫うたびにゴホゴホ咳込み、むろんしばし頭がクラクラし、新米喫煙者がかならずやるヘマをファーガソンがすべてやるのを見てエイミーはむろん笑ったが、やがて何とか感じが摑めてきた。そしてまもなく、ファーガソンとエイミーは話を始めていた。もう一年以上できていなかった、皮肉も罵倒も非難もない話に二人は耽(ふけ)り、ずっと溜まっていた恨みつらみも二人の口から噴き出ている煙のように秋の空へと消えていき、やがて二人はもはや話すのもやめてただ草の上に座ってたがいに笑顔を向けあい、また友だちになれたことを嬉しく思っていた。もう仲違(なかたが)いしてはいない、もう二度と仲違いはしない、そう思いながらファーガソンはヘッドロックを真似て片腕をエイミーの頭に巻きつけ、そっとしゃがれ声で彼女の耳に囁いた——煙草、もう一本くれるかな。

喪失。四年生のクラスにテリー・ミルズというにぎやかな悪党がいて、この頭の切れるろくでなしたるや、ティーンエージャーの男の子が知るべきでないことを学校中で誰よりよく知っていた。週末のパーティにはスコッチを持ってくるし、ハイになって一晩じゅう起きていたい連中にはアンフェタミンを供給してくれて、より大人しいアプローチで恍惚に近づきたい者たちにはマリワナを与え、童貞を失いたい者のポン引きとなって西八十二丁目の売春宿に連れていってくれる。リバーサイド・アカデミーでも有数の金持ちの息子、体はぽっちゃり、口は辛辣そのもので、しばしば家を空ける離婚した母親と一緒にコロンバス・アベニューとセントラルパーク・ウェストのあいだにあるタウンハウスに住んでいる。そんなテリー・ミルズのふるまいにはファーガソンから見ておぞましいところもたくさんあったが、なぜかこの男を好きにならずにいるのは難しかった。テリーによれば、過去も現在も多くのアカデミー生が八十二丁目の淫売宿で少年時代を後にしてきたのであり、俺も二年前、二年生のときにこの長い伝統に従ったんだよ、とテリーは言った。ファーガソンも二年次に進んだいま、肉体的快楽を約束する魔法の場に訪問を果たす気はないか？　イエス、もちろんある、とファーガソンは答えた。ぜひそうしたい、いつ行けるのか？

この会話が交わされたのは、ファーガソンがラインベックでエイミーと煙草を喫った日曜の翌日の月曜、昼食の最中のことだった。翌日の朝テリーは、金曜午後四時ごろということですべて話がついたとファーガソンに伝えた。ファーガソンの門限は今年から六時に延びたので四時なら問題ないし、幸い彼を男にするのに必要な二十五ドルも持っている（館の経営者ミセス・Mが学割をきかせてくれるようもう一度掛けあってみるとテリーは言ってくれた）。けばけばしいテクニカラーのハリウッド・ウェスタンで見た以外は売春宿の経験など何もないので、どういうものを予期すべきなのかまったくわからず、頭の中に何のイメージも持たぬまま――あるのは確信のなさが作る空白、零プラス０マイナスゼロのみだった――ファーガソンは西八十二丁目のアパートメントに入っていった。そこはアッパー・ウェストサイドによくある古い大きな住居で、漆喰は剝がれかけ壁は黄ばみ、かつては町の名士と大人数の家族の住む優雅な住まいだったにちがいなく……だが最初の部屋の中を一目見たとたん漆喰も壁もいっぺんに目に入らなくなった。その広々としたリビングルームには六人の若い女性がいた。愛を交わすことを職業とするこの半ダースの女たちが、椅子やソファに思いおもいの脱衣状態でくつろぎ、完全に服を脱いでいる者も二人いて、ファーガソンが生まれて初めて見る裸の女となったのである。

彼は選ばねばならなかった。これは問題だった。これまでの性体験の相手が男性一人に限られている、男女間に関しては未体験、いまだ童貞たる少年にとって、六人のうち愛の行為を共にするのに誰が最適なのか、見当もつかなかったのである。しかも、早く選ばないといけない。これらの女性たちを、あたかも脳味噌も魂もないファック用肉のパッケージみたいに値踏みするのは何とも気まずかった。ゆえにファーガソンは、まず部分的にでも服を着ている四人を除外し、全裸の二人に絞った。これならいざ本番となったときに驚きはないはずであり、そして突如、選択は少しも困難でなくなった。一人はぽっちゃりして胸の大きいプエルトリコ人女性で、歳は優に三十を過ぎていたが、もう一人は美しい黒人女性で、ファーガソンと何歳も違わない若さ、ほっそりして胸の小さい姿は妖精のようで、髪は短く首は長く、肌も驚くほど滑らかそうで、いままでファーガソンが手を触れたどの肌よりも気持ちよさそうだった。

女の子は名前をジュリーといった。

二十五ドルはすでに、丸々太った、チェーンスモーカーのミセス・Mに払った（若き初心者に割引はなし）。それにテリーがさっき大声で、露骨に、**こいつのチンポまだ一度もプッシーのなか見たことないんだよ**と宣言してしまったから、この道を通ったことがあるふりをしても始まらない。そしてこの道とは、窓もない狭苦しい部屋へと至る狭い廊下であり、部屋にはベッド、流し台、椅子が一脚あった。若きジュリーの可憐な、左右に揺れる尻のあとについて廊下を歩きながらファーガソンのズボンの中は着実に膨らんでいき、そのあまりの膨らみように二人で部屋に入って服を脱げとファーガソンに言ったジュリーは彼のペニスを見下ろし、あんたずいぶん硬くなるの速いのねえ、と言ったのでファーガソンは大いに気をよくした。つまり自分はジュリーが受け入れる大人の客大半よりも迅速に勃起する逞しさがあるということではないか。突然彼は嬉しくなった。少しも不安でも怖くもなかった。この遭遇の基本原則もまだよくわかっていなかったが（たとえば、ジュリーの唇にキスしようとすると彼女はさっと顔をそむけ、ここじゃそういうことはしないのよ、そういうのは恋人のために取っときなさいと言ったが、彼が両手でその小さな胸に触れたり肩にキスしたりするのは気にしなかった）、ジュリーが流し台で石鹸とお湯を使ってペニスを洗ってくれるのはものすごく気持ちよかったし、ハーフアンドハーフはどうかと言われてそれが何なのかもわからずに同意し（フェラチオ＋性交）、二人で一緒にベッドに横になるとさらにもっと気持ちがよく、ハーフアンドハーフ前半があまりに快いものだからこれでは後半まで持たないのではと危惧したが、まあ何とか持ちこたえ、その後半こそ――長いあいだ渇望した、長いあいだ夢見た、長いあいだ届かなかった他人の体の中に入る交合の営みこそ――この大いなる冒険の中で最高の部分であり、ジュリーの中に入った感触があまりに強烈なのでファーガソンの我慢ももはや限界に達し、ほとんど即時に彼は絶頂に達した。あまりのあっけなさに、自分の抑制力のなさを、クライマックスをほんの数秒ものばせなかったことをファーガソンは悔いた。

もう一度できるかな？　と彼は訊いてみた。

ジュリーはゲラゲラ笑い出した。さも愉快げな馬鹿笑いが腹の底から噴き出してきて、狭い部屋の壁に当たって反響した。それから彼女は言った。イッちまったらおしまいよ、ばっかねえ。もう二十五ドル持ってれば別だけど。

二十五セントだって持ってないよ、とファーガソンは言った。

ジュリーはまた笑った。あんたのこと気に入ったよアーチー、と彼女は言った。あんたハンサムで、ペニスも可愛いし。

で、君はニューヨークで一番綺麗な女の子だと思うよ。

一番痩せっぽちってことでしょ。

いいや、一番綺麗。

ジュリーは身を起こしてファーガソンのおでこにキスをした。またいつか戻って来なよ。アドレスはわかってるだろうし、あのやかましい友だちが電話番号持ってる。先に電話して予約するんだよ。あたしがいないときに来たくないでしょ?

うん、絶対。


ベンチ。二年生にして高校代表チームのメンバーに選ばれたことは、ファーガソンの能力が夏のあいだに大きく向上したことの証しである。屋外リーグの競争は熾烈である。メンバーにはハーレム出身の貧しい黒人の子供が大勢いる。彼らにとってバスケットは死活問題である。バスケットに秀でていれば高校チームに入ることができて、そこから大学チームにも進めて、あわよくばハーレムから永久に出ていけるのだ。ファーガソンもアウトサイドシュートとボールハンドリングの向上に努め、正規の練習以外にもリーノックス・アベニューに住む熱心な少年と組んで長時間練習に励んだ。相手の名はデルバート・ストローガン、これまでファーガソンがプレーした二チームのうち強い方でのフォワード仲間である。ファーガソンもいまや五センチ背がのびて、がっしりした一八一センチ、単に有能というレベルを脱し真に一流というに近いところまで達していて、ジャンプ力も相当で、身長はさほどでもないのに二、三回に一回はダンクシュートを決めた。が、二年生で学校代表チームに選ばれることには問題もあった。自動的に第二チームに入れられてしまうので、シーズン中ずっと下っ端ベンチウォーマーとして過ごすことになるのだ。序列ということの重要性はファーガソンも理解していたし、あれでもし、自分の方がレギュラーより上だと思わなかったら控えの地位に甘んじていたことだろう。スモールフォワードのレギュラーはダンカン・ナイルズという名の四年生で、時にはノーダンク・ナイルズとも呼ばれた——何しろファーガソンの方がナイルズより少しどころかずっと上なのだ。それにまた、そう感じるのが自分一人だったらここまで腹立たしくもなかっただろうが、選手のほぼ全員が同意見だったのであり、チーム内プロレタリアートたる補欠仲間がとりわけ声高にそう主張したし、その中には去年の一年生チームの旧友アレックス・ノードストロムとブライアン・ミスチェヴスキもいて、ファーガソンをベンチに置くというコーチの判断をボロクソにけなし、どう考えても不公平だぜ、誰が見たって明らかなんだから、とくり返しファーガソンに言った。第一チームと第二チームで練習試合をやるたびに、シュート、ポジションの取り合い、リバウンド、すべての点においてファーガソンの方がノーダンク・ナイルズより上だったのである。

コーチは何とも戸惑わされる人物で、半分は天才、半分は阿呆、ファーガソンとしても自分がこの男にどう見られているのかいまひとつ摑めなかった。かつてはブルックリンのセントフランシス・カレッジなる、首都圏のカトリック系大学の中でもとりわけ小さな学校でバックコートのスターだったホレス・〝ハッピー〟・フィネガンは、バスケットを知りつくしていて教え方も上手かったが、その他の点ではその脳は溶けた思考電線と焼け切れた言語真空管から成るべとべとの塊に退化していると思えた。練習中、三人でペアを作れとか、輪を作れ、三百六十五度だ、とか少年たちに言ったりする。ひっきりなしの言い間違いに加えて、コーチが頭をかくのが面白くて少年たちが投げかける質問。**ねえコーチ、学校まで歩いてくるんですか、それともお弁当持ってくるんですか？**　とか、**都会と夏とでどっちが暑いですかね？**　とかいったナンセンスの傑作に、コーチはかならず狙いどおり頭をかき、肩をすくめ、降参だよと言う。その一方で、バスケットの細部となるとこれはもう完全主義で、選手がフリースローをやり損なったり（何やってんだ、ゲームでこれだけはタダなのに）、きちんとしたパスを誰かが落としたり（目を開けてろ馬鹿野郎、引っ込めるぞ）するたびにコーチが心底カッカするのを見てファーガソンはいつも啞然とさせられた。能率的で知的なプレーを要求し、誰もが陰で彼を笑っているものの大半の試合でチームを勝利に導き、つねにその乏しい才能以上の力を発揮させる。だがそれでもノードストロムとミスチェヴスキはファーガソンに、お前、コーチに面談を申し込めよとけしかけた。それで何かが変わるってもんじゃないかもしれないけど、どうしていつもスモールフォワードにこいつは違うだろって奴を先発させるのか、訳を知りたいじゃないか、と彼らは言った。そりゃまあたいていの試合勝ってるけどさ、フィネガンの奴、全試合勝ちたくないのかね？

いい質問だ、とコーチはファーガソンがようやく一月上旬にオフィスのドアをノックしたときに言った。実にいい質問だ、訊いてくれてよかった。そう、どんな阿呆だってお前の方がナイルズより上だってことはわかる。お前たちが一対一でやり合ったら、あいつはコテンコテンにやられちまって、あとに残るのは空っぽのサポーターと体育館の床に広がる汗だけだろうよ。ナイルズはぼんくらだ。お前はトビマメだよ、ファーガソン、人間版ジャンピング・ビーンだ、それに誰よりも熱心にプレーする。だけどな、あのぼんくらがコートにいてくれないと困るんだ。化学反応（ケミストリ）ってやつだ。バスケットってのは五人対五人だ、一対一じゃない、わかるか？　ほかの四人が景気のついた点（ドット）やダッシュみたいに跳ね回ってるなかで、五人目は袋詰めのジャガイモじゃないと駄目なんだよ、肉の塊にスニーカー履かせた、ただ無駄にスペース占めて食い物消化することしか考えてない図体（なり）ばかりデカいダメ人間が要るんだ。俺の言ってることわかるか、ファーガソン？　お前はよすぎるんだよ。お前をあすこに入れたら何もかもが変わってしまう。ペースが速くなりすぎる、エンジンの回転数が増えすぎる。お前らみんな心臓発作だのひきつけの発作だの起こして、チームは負けはじめる。もっといいチームになるのに、もっと悪くなるんだ。いずれお前の時は来る。お前については俺としてもしっかり計画がある、だけどそれは来年の話だ。いまのドットやダッシュが巣立てば化学反応も変わる。そしたらお前が必要になるんだよ。いまは辛抱しろ、ファーガソン。目一杯死ぬ気で練習して、夜はお祈りして、チンポコから手を遠ざけてれば万事上手く行く。

　ファーガソンはもうその場でチームを辞めようかという気になった。つまりはこのシーズンずっと、何があろうとプレーできるチャンスはないってことじゃないか——その化学反応とやらがおかしくなってチームが勝たなくなりでもしない限り。とはいえ、負けますようになんてひそかに願うのでは裏切り者としか言いようがない。その反面、来年は先発のポジションを約束されたも同然だ。その約束に力を得て、ここはしぶしぶ耐えて、フィネガンを感心させようとファーガソンは目一杯死ぬ気で練習に取り組んだ。まあさすがに夜お祈りは唱えなかったし、チンポコから手を遠ざけられもしなかったが。

　ところが、次のシーズンが始まると、ファーガソンはふたたびベンチにとどまらされた。そして何が辛いと言って、誰も責められないことが一番辛かった。フィネガンを責めることすらできない——むしろフィネガンこそ責めるわけには行かない。新しい少年は出し抜けに現われた。一八八センチの二年生、家族でインディアナ州テレホートからマンハッタンに越してきた神童マーティ・ウィルキンソン。とにかくすごかった。ファーガソンよりも上、チーム中ほかの誰よりも上で、コーチとしてはフォワードに彼を先発させないわけには行かず、もう一人のフォワードは昨年同様堅実で頼りになるトム・ラーナーがいて、キャプテンにまで選ばれてしまい、ファーガソンが先発ラインナップに入る余地はまったくなかった。フィネガンとしても彼がプレーする時間を極力増やしてはくれたが、一試合五、六分では全然足りない。ファーガソンはベンチで自分が萎えていく気がした。いまや彼は付け足しでしかない。手下、非戦闘員、その腕前もじわじわ腐りつつある。ある晩夕食の席で母親と義父に打ちあけたとおり、募る一方の無力感に心が折れてきていた。かくして、シーズンが始まって四試合目が済んだところで、フィネガンは決意した。それはケネディ暗殺の四週間後、あのグロテスクな金曜日から一か月マイナス二日後のことだった（あの日ばかりは、懐疑的でちょっとやそっとでは勢いに流されないファーガソンもさすがにみんなとともに涙し、国全体を包む気分に屈していたが、この大統領殺害が実は九年前の彼自身の父親の殺害の再演であること、自分一人のおぞましい不幸が公の規模で演じられたのだということは理解していなかった）。一九六三年十二月二十日、リバーサイドの四試合目が終わって数分後、ファーガソンはコーチ室に入っていき、チームを辞めると宣言した。べつに恨みはありませんが、もう耐えられません、とファーガソンは言った。気持ちはわかる、とフィネガンは言った。おそらくそれは嘘ではなかっただろう。二人は握手し、それでおしまいだった。

結局ファーガソンは、ウェストサイドのYMHAがスポンサーになっているリーグでプレーするに至った。それでもバスケットはバスケットだし、いまも相変わらず楽しかったが、チーム最強のプレーヤーとして認められはしても、やはり同じではなかった。同じになれるわけがないし、今後もずっとそうだろう。赤と黄のユニフォームはもうなし。バスでの移動ももうなし。観客席から声援を送る熱狂的なレブルズ・ファンももうなし。そして大太鼓を叩くチャッキー・ショウォルターももうなしだった。

一九六四年が始まるころには、もうじき十七歳となるファーガソンは、ミスタ・ダンバーの指導の下、さらに一ダース以上の映画評を発表していた。ギルからもしばしば、文体、言葉遣い、自分が言いたいことをどうすれば正確に捉えられるのか、それをできる限り明快に述べるにはどうしたらいいかといった難題について助けてもらった。取り上げる作品はアメリカ映画と外国映画が交互という感じで、W・C・フィールズの喜劇における言語を論じれば次は『七人の侍』か『大地のうた』、『激戦地』の次は『アタラント号』、『仮面の米国』の次は『甘い生活』。映画の根本を考える批評であり、個々の作品に評価を下すことよりも、それらを観る体験自体の言語化をめざす。書くものの質は少しずつ上がってきたし、義父との友好も深まっていくとともに、映画を観に行けば行くほどもっと観に行きたくなった。映画に行くことは渇望というより中毒であって、摂取すればするほど食欲はいっそう増すのだった。よく通った映画館は、ブロードウェイにあるニューヨーカー（ここはアパートメントからわずか二ブロック）、シンフォニー、オリンピア、アッパー・ウェストサイドのビーコン、チェルシーのエルギン、ダウンタウンのブリーカー・ストリートとシネマ・ヴィレッジ、プラザホテルの隣にあるパリス、カーネギー・ホールの隣のカーネギー、東六十丁目台のバロネット&コロネット、シネマズI&II、そして数か月の空白を経たのちふたたびターリア（十二回行ったがいまだアンディ・コーエンには出くわしていなかった）。それら商業映画館に加えて、ニューヨーク近代美術館は古典的映画の宝庫だったし、館の会員となったいま（十六歳の誕生日にギルと母親がプレゼントしてくれた）、入口でカードを見せるだけで何でも好きなだけ観ることができた。一九六二年十月から一九六四年一月までのその時期、いったい何本映画を観ただろう？　土日は一日平均二本、金曜は一本、これだけで合計三百本を超え、闇の中で六百時間座っていたことになる。時計が二十五日間ずっとチクタク鳴りつづけた勘定。眠りやさまざまな酩酊状態によって失われた時間を引き算するなら、チクタクと過ぎていった十五か月の、目覚めていた生活時間のうち一か月以上ということになる。

煙草もさらに千本以上（エイミーと一緒のとき、そうでないとき両方）喫い、強い酒との恋愛関係も相変わらず追求し、テリー・ミルズや、翌年テリーを引き継いだ同じくらい自堕落な連中が週末に開くパーティでスコットランド最良の品を三百杯飲んだ。もはや飲みすぎても絨毯にゲロを吐いたりせず部屋の片隅で静かに満ち足りて酔いつぶれ、媒介なき人生はあまりに耐えがたくこれら五感を鈍らせる液体を飲み込んで初めて悩める心に慰めをもたらしうるとの結論に達したがゆえ、己の思考から死者や呪われた者たちを追い払うべくアルコールの忘却をひたすら推し進めたが、度を超さぬよう用心は必要なので、深酒は週末に限定し、それも毎週末ではなく隔週程度にとどめた。酒が実際に目の前にない限り決して欲しくならないとわかったのは興味深かったし、たとえ目の前にあっても抗おうと思えばしっかり抗えたが、ただし一杯目を飲んでしまったら最後、飲みすぎるまで止められなかった。

そういった週末の集まりではマリワナがずいぶん出回るようになってきていたが、これは自分には向かないと決めていた。三、四回吸っただけで、可笑しくも何ともないことが可笑しく思えてきて、クスクス笑いの発作に襲われる。やがて体の重さがなくなったように感じられ、頭の中身がまるっきり間抜けで愚かに思えてきて、子供っぽい自分に退化したような不快感が生じる。ファーガソンとしては目下大人になろうと精一杯あがいているのであり、ちゃんと立っていようとしてもしじゅう転んでしまう有様で、もはや自分のことを子供と考えたくはなかった。だからマリワナは避けて、酒から離れず、ハイになるより泥酔することを選び、そうすることによって、大人としてふるまっている気になれた。

最後ながらむしろ最大のこととして、その十五か月のあいだにファーガソンはミセス・Mの店に六回戻っていった。本当はもっと行きたかったのだが、何しろ一回二十五ドル、小遣いは週に十五ドルしかなくアルバイトもしておらず、見つかる望みもなかったし（両親からも勉強に専念するよう言われていた)、一九六二年十月に最初の二十五ドルを遣った時点で銀行預金もほぼゼロになってしまっていた。六三年三月、十六歳の誕生日に母親が美術館の会員証に百ドルの小切手を上乗せしてくれて、ジュリーとの四回分をカバーできたが、残り二回の費用は、本来自分のものではない品をくすねて現金に換えることによって捻出した。この犯罪行為にはファーガソンとしても苦悶し、良心の呵責に悩んだが、セックスは彼にとってきわめて重要であり、なくてはならぬ根本的なものであって、自分が壊れてしまわずに済んでいるのは断然これのおかげであることは間違いなく、ジュリーの腕の中でしばし過ごすために魂を引き渡すことをやめられなかった。神はもう何年も前に死んでいたが、悪魔はしっかりマンハッタンに戻ってきて、その北部地帯において強力な復活を遂げたのである。

相手はいつもジュリーだった。ミセス・Mの店で働いている中で図抜けて一番綺麗で一番魅力的だったし、ファーガソンがどれだけ若いかを彼女が知ってくれたいま(初めて来たときには十五ではなく十七と思ったそうだった)態度もだいぶ軟化し、来るたびにファーガソンの手足がのびたのを眺める目には一種おどけた仲間意識が見えるようになっていた。優しさ、情愛とまでは言えないが、時おりルールを曲げてくれる程度には友好的で、望めば唇にキスさせてくれたし、時には舌を口の中に差し入れることも許してくれた。ジュリーの何がいいと言って、自分のことは絶対に話さず、(歳を訊いた以外は)彼にも何ら質問しないことだった。毎週火曜と金曜にミセス・Mの店で働くということを別とすれば、ファーガソンはジュリーの人生については何ひとつ知らない。ほかの店でも娼婦として働いているのか、それともミセス・Mの店での二日間で大学の学費を作っているのか(ひょっとしたらシティ・カレッジで、アンディ・コーエンと並んでロシア文学のゼミを取っているとか)、恋人がいるのか夫がいるのか、小さな子供がいるのかそれともきょうだいが二十三人いるのか、銀行強盗を計画しているのかカリフォルニアに移り住むつもりか夕食にチキンポットパイを食べるつもりか。知らない方がいい、とファーガソンは感じた。セックス以外何もない方がいい。それはこの上ない満足をもたらしてくれるセックスであり、これのためならファーガソンはアッパー・ウェストサイドの書店に入って法を破ることも辞さなかった。十五か月の中で二度、ポケットのたくさんある冬物の上着の上にウールのコートを羽織り、コートと上着両方のポケットにペーパーバックを詰め込んで、それらを読んであちこちのページの角を折り下線を引きまくった末に、コロンビアの向かいにある古本屋へ行って四分の一の値段で売りさばいた。ジュリーとまたセックスをするための金を得るべく、古典小説を何十冊と万引きし売却したのである。

六回でなく六十回だったらいいのに、と思ったが、欲求が耐えがたいほど募ればいつでもジュリーがあそこにいるんだとわかっているだけで、学校で女の子を追いかける気も失せた。十五、十六の、こっちがセーターやブラやパンティを脱がそうとあがく手をぴしゃっと払いのける彼女たちは、一人としてジュリーのように目の前を裸で歩いてくれはせず、聖なる女性性の奥の院に彼が突入することも許してくれない。かりにそういう奇跡が生じるとしても、ジュリー相手にはすでにたどり着いている地点にたどり着くまでにどれだけの努力が必要となるか。ジュリー相手なら、ああいうちゃんとした女の子に惚れ込んだらかならず生じる傷心の心配もないし、そもそも彼女たちの誰一人にもファーガソンは恋しているわけではなく、唯一恋している相手はエイミーであって彼女はリバーサイド・アカデミーではなく違う地域のハンター高に通っている。ひとたび失い、ふたたび見出した、誰よりも愛しい、キスする間柄のいとこ、フィルターなしの煙草を喫い豪快に笑うエイミー。努力する価値、危険を冒す価値があるのは彼女一人、セックスが愛をも意味するただ一人の女の子、過去十五か月ですべてが変わり、欲望の世界はひっくり返って、イザベル・クラフト、シドニー・ミルバンクス、ヴィヴィアン・シュライバー、と一人また一人彼の夜ごとの思いから消えていき、いまも心に訪れるのはシュナイダーマン息子とシュナイダーマン娘のみ、欲しくてたまらぬジムとエイミーのみ、毎晩彼のベッドに入り込んでくるのはそのどちらか、夜によってはまず一方が来て次にもう一方が来るのも道理に思える、何しろ自分は真っ二つに割れていて己が何者かもよくわからないのだ。じきに十七歳となるアーチボルド・アイザック・ファーガソン、女郎買いの色狂いにして軽微犯罪者、元高校バスケット選手にして時に映画評論家、男のいとこ女のいとこを愛し二人に共に退けられた者、ローズとギルの忠実な息子にして義理の息子……彼が何をやっているか知ったら母も義父もショック死したことだろうが。

二月の末に老シュナイダーマンが世を去り、葬儀のあとリバーサイド・ドライブのアパートメントに参列者が集まった。妻に先立たれたギルの父親は、過去二十年一人の新しい友人も作っていなかったし、古い友人たちは大半、どこかよそに終の住みかを見つけていたから、集まりといってもささやかなもので、二ダースばかりの人々の中にはギルの娘二人マーガレットとエラの姿もあった。一九五九年の秋以来、家族の集いに初めて顔を出した二人は、それぞれ最近獲得した太って禿げかけた夫を連れていて、マーガレットは自分の方の禿げかけを相手にすでに身ごもっていた。彼女たちに対する否定的見解は依然残っていたものの、義姉二人が自分の母親に対して何ら敵意を見せていないことはファーガソンとしても認めざるをえなかった。彼女たちにとっては幸運である。なぜならファーガソンは、機会あらば喜んで騒ぎを起こし、二人を家から追い出してやろうという気でいたのである。場違いもいいところの暴力的衝動だが、何しろあの老いぼれを埋葬するのに二月の寒空の下で一時間近く立っていたあとでは気分もピリピリしていて、ハッピー・フィネガン流に言えばエンジンの回転数増えすぎという剣幕だったのだ。もしかすると、あの祖父ならざる祖父の癇癪持ちの性格、喧嘩腰の物言いを想っていたせいか、それとも、誰が死んでも自分の父親の死のことをファーガソンが考えてしまうからか、とにかく参列者たちがアパートメントに戻ったころにはもう最悪の気分に陥っていて、空きっ腹にウィスキーを二杯立てつづけに流し込まずにはおれず、あるいはその後の出来事もこれが原因だったのかもしれない。葬儀後の会が始まるや、ファーガソンは何とも大胆な、その場におよそ相応しくない無作法そのもののふるまいに及んだのであり、頭がおかしくなったのか、偶然にも宇宙の謎を解決したのか、自分でもわからなかったのである。

　起きたのはこういうことだった。一——居合わせた全員がリビングルームにいて立つか座るかし、食べ物が食べられ、飲み物が飲まれ、会話が二人もしくはそれ以上のあいだで行ったり来たりしていた。ジムが表側の窓付近の隅に立って父親と話しているのを見たファーガソンは、人波を縫って自分もその隅まで行き、二人だけで少し話がしたいとジムに言った。いいとも、とジムは答え、二人は廊下を歩いていってファーガソンの寝室に入り、ファーガソンはいっさい何の前置きもなしに両腕をジムの体に巻きつけて、君を愛してる、世界中の誰よりも愛してる、君のためなら死んでもいいくらい愛してると告げ、ジムが反応する隙(すき)も与えずいまや身長一八三センチのファーガソンは一八五センチのジムの顔をいくつものキスで覆った。善良なるジムは怒りもせずショックを受けもしなかった。きっとファーガソンが酔っ払っているか何かにひどく動揺しているのだと考え、年下のいとこの体に両腕を回し、長く熱いハグで彼を包み込み、こう言った。僕も愛しているよ、アーチー。僕らは一生友だちだよ。二——三十分後、居合わせた全員がリビングルームにいて立つか座るかし、食べ物が依然食べられ、飲み物が依然飲まれ、会話が依然二人かそれ以上のあいだで行ったり来たりしていた。エイミーが表側の窓付近の隅に立っていとこのエラと話しているのを見たファーガソンは、人波を縫って自分もその隅まで行き、二人だけで少し話がしたいとエイミーに言った。いいわ、とエイミーは答え、二人は廊下を歩いていってファーガソンの寝室に入り、ファーガソンはいっさい何の前置きもなしに両腕をエイミーの体に巻きつけて、君を愛してる、世界中の誰よりも愛してる、君のためなら死んでもいいくらい愛してると告げ、エイミーが反応する隙も与えずファーガソンは彼女の唇にキスし、過ぎ去りし思春期の遊戯の日々にファーガソンが浴びせた無数のキスで彼の唇にはすでにすっかり親しんでいるエイミーはファーガソンの舌が飛び込んでこられるよう自分の口を開けてやり、じきに彼女もいとこの体に両腕を回し、二人はベッドに倒れ込み、ファーガソンはエイミーのスカートの中に手を入れてストッキングをはいた彼女の脚を撫ではじめ、エイミーはファーガソンのズボンの中に手を入れて硬くなったペニスを摑み、それぞれが相手を果てさせたのち、エイミーはファーガソンに向かってニッコリ微笑み、こう言った。これっていいわよ、アーチー。あたしたち長いこと、これをやる必要があったのよ。

　そのあとは何もかもがいい方に変わった。言語道断な、許されぬ社交上の無礼はどうやらつねに言語道断でもなく許されぬものでもないようで、これによりファーガソンが二人のシュナイダーマンに向かって心を開き愛情を宣言することができたのはもとより、ジムとの友情もおかげでいっそう深まったし、エイミーとはふたたび恋人同士になったのである。葬式の翌週、母親とギルから誕生日祝いに二百ドルもらったが、もはやジュリーに注ぎ込む必要はなくなってエイミーのために遣えるようになり、ギルと母親が出かけて彼女とアパートメントを独占できる夜、あるいはエイミーの両親が出かけた夜、さらには誰かの両親が出かけたので一方の友人の誰かが彼らに二人きりになれる部屋を数時間提供してくれた夜のために美しいレースの下着を買ってやれた。それにまた、映画評を書くようになって、ファーガソンがかつて思っていたような薄馬鹿ではないことをエイミーも納得し、二人の関係は劇的に改善された。エイミーはにわかにファーガソンに敬意を示すようになり、彼が政治に没頭しているか否かも一気に問題でなくなり、この子は映画の人間、芸術の人間なんだ、繊細な人間なんだということになって彼女としても満足したし、それにまた、どちらも処女でも童貞でもなくどちらも怖がっていないとわかったのは何と快い衝撃だったことか。二人とももうすでに多くを学び相手を満足させるすべも心得ていたのであり、これは本当に大きな違いを生んだ。自分が愛していて向こうも愛してくれる人物と一緒にベッドにいるのは本当に嬉しくて、ファーガソンはしばし、そう、そうなのだ、ジムとエイミーの体に両腕を巻きつけることによって僕は宇宙の秘密を解き明かしたんだと感じながら日々を過ごした。

　もちろんこれがいつまでも続くはずはない。大いなる愛はいずれ脇へ追いやられ、事によるとすっかり忘れられてしまう。エイミーは学年が一つ上であり、秋にはウィスコンシン大学に行く。当初の案だった近くのバーナードではなくはるか彼方、アメリカにおける凍土帯（ツンドラ）に行く。なぜならエイミーは決めたのだ、何週間にもわたり苦悩に包まれて己の魂を探った末に、母親からできる限り離れなければならないと。そんな遠いところへ行かないでくれ、とファーガソンは頼み込み、文字どおりひざまずいて訴えたが、ほかに道はないのだとエイミーは泣きながら答えた。ニューヨークにいたら、執拗に干渉してくる母親に首を絞められ、息の根を止められてしまう。愛しいアーチーのことは心底愛しているけれど、これは生きるか死ぬかの闘いなのだ、行くしかない、とにかく行くしかない、とエイミーは言い、何と言われても決心は変わらなかった。その会話が終わりの始まりだった。二人で築いてきた完璧な世界の緩慢な解体の第一歩だった。次の日はエイミーが前々から計画していた、兄を訪ねてケンブリッジへ出かける週末の始まりだったから、その四月の金曜の夜、ファーガソンは一人ニューヨークに残され、老シュナイダーマンの葬儀の日以来一滴のアルコールも飲んでいなければ友人たちの開く自堕落なパーティにも一度として行っていなかったのに、まさにそうした自堕落なパーティに出かけていき、人事不省（じんじふせい）になるまで飲み、翌朝は寝坊し、朝きっかり九時に始まるSATを受けに学校へ行くはずがそれも果たせなかった。

テストは秋にまた受ける機会があるが、母親とギルは彼のだらしなさに腹を立てた。試験を逃した自分が悪いのだから、二人が怒ったことに文句を言う筋合いはないが、それでも彼らに叱られたことがファーガソンには堪（こた）えた。理不尽なくらいひどく堪えた。生まれて初めて、自分がどれだけ脆（もろ）いか、ごく小さな軋轢から抜け出すのにもどれだけ苦労するかをファーガソンは自覚しはじめていた。特に、自分の欠点や愚かさが元で生じた軋轢にはとことん弱い。なぜなら彼は愛されることを必要とする人間だったからだ。たいていの人以上に愛されることを、それも朝目覚めてから夜寝床に就くまで一秒も途切れることなしに、愛されるに値しないような真似をしたときですら、いやむしろ理性的に考えれば愛されるに値しないときこそ愛されることを必要とするのだ。それに、母親を押しやろうとしているエイミーとは違って、ファーガソンは母親から離れるなんて絶対できない。少しも息苦しくない母の愛こそ、彼にとってすべての生の源であり、母に眉をひそめられあの悲しげな表情で見られるだけでも、この上ないショックであり心臓に打ち込まれた銃弾なのだ。

終わりは夏の初めに訪れた。エイミーがウィスコンシンに発つ秋にではなく、七月上旬、彼女が友人の一人、これまたハンターの大秀才モリー・ディヴァインと一緒に二か月にわたる女の子二人の欧州バックパック旅行へ出かけたときに。その週の後半、ファーガソンはヴァーモントに発った。エイミーの範に倣ってハンプトン・カレッジでフランス語集中講座を受けたいという願いを母と義父は聞き入れてくれた。それは充実した講座であり、そこで過ごした数週間でファーガソンのフランス語は飛躍的に向上したが、それはまたセックスなき夏であり、ニューヨークへ戻ったときに待ち受けているものを恐れる思いに満ちた夏だった——エイミーとの最後のキス、そして別れ、疑いなく決定的な別れ。

かくしてエイミーが飛行機に乗ってウィスコンシン州マディソンに去ったあと、高校四年生の、目の前に人生が丸ごと開けていると教師、親戚、出会う大人全員に太鼓判を押されるファーガソンは、人生最大の愛を失い、未来という言葉は世界中すべての辞書から抹消されてしまった。ほぼ不可避的に、思いはジュリーへと戻っていった。むろんそれは愛とは違う。だが少なくともセックスではあり、愛なきセックスはセックスなしよりましであって、特にその費用を捻出するために本を万引きしなくてもいいとなればなおさらだ。誕生日プレゼントの金は、春のあいだにランジェリーや香水やエイミーとのリングイネ・ディナーに遣ってもうずいぶん減ってしまっていたが、それでもまだ三十八ドルは残っていて、西八十二丁目のアパートメントをもう一回訪ねるには十分だった。男の矛盾とはかくなるものだとファーガソンは知った。心は折れてしまっても、心なんて忘れてしまえ、と生殖腺はつねに促すのだ。

金曜の午後にジュリーと会えるよう予約しようとミセス・Mに電話すると、向こうはファーガソンが何者か思い出すのに苦労していたが（最後に行ってからもう何か月も経つのだ）、警官が毎週の賄賂を受けとりに入ってきたときリビングルームで女の子たちとお喋りしていて追い出された若者です、とファーガソンは告げた。あ、あ、思い出したよ、とミセス・Mは言った。チャーリー・スクールボーイ。あんたのことみんなそう呼んでたんだよ。

それで、ジュリーは？　とファーガソンは訊いた。金曜日に会えます？

ジュリーはここにいないよ、とミセス・Mは言った。

どこにいるんです？

知らない。クスリ漬けだったたって噂だよ。もう顔見ることもないんじゃないかねえ。

ひどいじゃないですか。

ああ、ひどいよ、だけどこっちに何ができる？　黒人の女の子、もう一人入ったよ。ジュリーよりずっと可愛い。もっと肉がついてるし、性格ももっと明るい。シンシアっていうんだよ。予約、入れようか？

黒人の女の子——そんなこと、何の関係があるんです？

あんた、黒人の子が好みなんじゃないの。

女の子はみんな好みです。たまたまジュリーが好きなんです。

　みんな好みなんだったら、問題ないじゃないか？　うちはこのところ毎日勢揃いだよ。

　考えさせてください。また電話します、とファーガソンは言った。

　電話を切って、その後三十、四十秒、ひどい（テリブル）という言葉を三十、四十回胸の内でくり返し、どこかで薬漬けの靄（もや）に包まれて意識を失っていくジュリーの力ない体を想像しないよう努め、ミセス・Mの情報は間違っているのだ、ジュリーがもう店で働いていないのはシティ・カレッジの哲学科を優等で卒業したからなんだ、いまはハーバードの博士課程で学んでいるんだと思おうとし、脳裡にひとつのイメージが浮かぶとともにつかのま目に涙がこみ上げてきた——むき出しのマットレスに横たわるジュリーの死体、地獄の宿屋の薄汚い部屋にある硬直した裸体。

　一週間後、ファーガソンはもう、シンシアだろうが誰だろうが、ミセス・Mの店にいる誰でもいい、腕が二本あって足が二本あって女性の体に似たものを持っていれば誰だっていいという気になっていた。あいにく、誕生日プレゼントの残りは〈サム・グディーズ〉でレコードを買いまくるのに遣ってしまい、金を手に入れるには快適とは言いかねる方法に頼らざるをえず、十月上旬の暖かい金曜の午後、SAT再受験予定の前日、ウールのオーバーにポケット多数の冬物上着という万引き衣裳に身を包み、コロンビアのキャンパスの向かいにある〈ブックワールド〉にファーガソンは入っていった。はじめ、その店名が焼け落ちた〈ホームワールド〉にあまりに似ているので入るのをためらったが、結局不安を押して中に入り、店の南側壁沿いのペーパーバック小説棚の前に立ち、ディケンズやドストエフスキーの長篇をポケットに滑り込ませていると、うしろから誰かの手に肩をがっちり押さえつけられるのを感じ、それから耳許で大声が響いた。捕まえたぞこの野郎、動くな！

　こうしてファーガソンの書物万引き事業はあっさり、情けなくも馬鹿げた終焉を迎えた。そもそも気温十七度の日に、まともな頭の持ち主が、ウールのオーバーなど着るわけがないではないか？

　店は彼を容赦なく、残酷に扱った。ニューヨーク中、万引きが疫病のように広がったせいで多くの書店が倒産寸前に追い込まれていて、警察としても誰か見せしめにする人間を必要としていた。そして〈ブックワールド〉のオーナーも、店で立て続けに起きる事態にうんざりし激怒していて、警察に電話し、告訴したいと伝えた。ファーガソンのポケットにあったのは薄いペーパーバック二冊だけ（『オリヴァー・トゥイスト』と『地下室の手記』）だったが、そんなことは関係ない、この小僧は泥棒なのだ、罰してやらないといけないのだ。呆然とし恥じ入ったままファーガソンは手錠をはめられ、逮捕されて、パトカーに乗せられ地元の警察分署に連れていかれて、そこで調書を取られ、指紋を取られて、自分の名前が書かれた小さな板を掲げた格好で三方向から写真を撮られた。ポン引き、クスリの売人、妻を刺した男と一緒の監房に入れられ、三時間そこに座っていたのち、戻ってきた警官に判事の前へ連れていかれた。罪状認否手続きを行なう任を負ったこのサミュエル・J・ワッサーマンなる判事が、告訴を却下しファーガソンを家に帰らせてやる権限を持っていたが、そうはしてくれなかった。彼もやはり、誰かを見せしめにする必要があると思ったのであり、いわゆる進歩的な学校に通う、単に面白半分で法を破った、生意気な金持ちの小僧とくれば生贄（いけにえ）として最適ではないか？　判事の小槌が振り下ろされた。十一月の第二週に裁判が設定され、ファーガソンは保釈金なしで両親の監督下にとどまるという条件で釈放された。

　両親。二人は呼び出され、ワッサーマンが裁判の日を設定したときも二人とも法廷に立っていた。母親は泣き、声は出さずにゆっくりと首を左右に振り、息子がしでかしたことをいまだ理解できずにいるように見えた。ギルは泣かなかったが、彼もやはり首を左右に振っていて、その目の表情は、ファーガソンをひっぱたいてやりたいと思っているように見えた。

　何で本を、と三人で道端に立ってタクシーを待っているあいだにギルが言った。いったい何を考えてたんだ？　本なら私が揃えてやってるじゃないか？　欲しいと思える本、全部揃えてやってる。なんだってわざわざ盗んだりしたんだ？

　ミセス・Mと西八十二丁目のアパートメントのことを言えるわけがない。娼婦とファックするために金が欲しかった、これまでジュリーという名の消えたジャンキーと七回ファックした、過去にも万引きした、なんて言えるわけがない。そこでファーガソンは嘘をついた。友だちのあいだで流行（はや）ってるんだ、度胸を試す手段に本を万引きするんだよ。一種の競争なんだ。

　大した友だちだな、とギルが言った。大した競争だよ。

　三人ともタクシーの後部席に乗り込み、ファーガソンは突然、自分の中のすべてから力が抜けるのを感じた。まるで皮膚の中の骨がいっさい残っていないように思えた。彼は母親の肩に頭を載せて泣き出した。

　ママ、僕のこと愛してくれるよね、とファーガソンは言った。ママが愛してくれなかったら僕、どうしたらいいかわからないよ。

　愛してるわ、アーチー、と母親は言った。いつだってあんたを愛してる。ただもうあんたのことがわからないのよ。

そうした混乱の中、ファーガソンは翌日午前に受ける予定だったSATのことも忘れてしまい、それは母親とギルも同じだった。べつに構いやしないさ、と日々が過ぎていく中でファーガソンは考えた。大学へ行く、と思ってももはや魅力を感じなくなっていたのであり、学校というものがこれまでどれだけ嫌いだったかを考えれば、来年からはもう行かないという選択肢も真剣に考えていいんじゃないかと思えた。

　翌週、警察沙汰を起こしたことが知れわたると、リバーサイド・アカデミーはファーガソンを一か月の停学処分にした。生徒の品行に関する内規によって許される処置である。その間自宅で課題をこなさねばならず、怠ると退学処分となる恐れがある。それともうひとつ、君は仕事に就かないといけない、と校長が言うので、どんな仕事ですか？とファーガソンが訊くと、コロンバス・アベニューの〈グリスティーディーズ〉のレジの袋詰めだよ、と校長は答えた。何で〈グリスティーディーズ〉なんですか？と訊くと、わが校の生徒の両親があの店の所有者だからだ、停学期間中、働かせてやってもいいと言ってくださっている、との答えだった。給料は出るんですか？　とファーガソンは訊いた。ああ、出るとも、と校長は言った。ただし君はその金を自分のものにはできない。全額寄付しないといけない。全米書店組合が受取り先として相応しいんじゃないかと考えたんだが。どう思うかね？

　大賛成です、ブリッグズ先生。素晴らしい案だと思います。

　十一月の裁判の裁判長ルーファス・P・ノーランはファーガソンに有罪判決を言い渡し、少年拘置所での懲役六か月の刑を下した。評決の厳しさに三、四秒空気が凍りつき（一秒一秒が一時間のように、一年のように長かった）、それから裁判長は言い足した――執行猶予。

　ファーガソンの法的代理人を務める若き刑事専門弁護士デズモンド・キャッツは、評決の汚点が被告の記録から抹消されるよう求めたが、ノーラン裁判長は拒否した。執行猶予にしただけでも大きな温情を見せたのだから、それ以上の高望みは控えるべきだと彼は述べた。この犯罪はきわめて不快である。特権階級の子息として、被告は自分が法律上も大目に見てもらえると思って、万引きも単なる戯れと考えているらしい。かつ、私有財産に対する敬意を著しく欠き、他人の権利を残酷に無視する態度は無神経で冷淡な精神の表われであって、犯罪者的資質を蕾のうちに摘むためにも厳しい処置を取らねばならない。初犯であるからもう一度チャンスを与えられるべきだろうが、この一件が記録に残るべきでもある。もう一度このような真似をしでかす前に躊躇するようにしないといけない、と裁判官は述べた。

二週間後、エイミーが手紙をよこし、ほかに好きな男が出来た、リックというクラスメートだ、クリスマス休暇もミルウォーキーのリックの家に招かれたからニューヨークには帰らないと伝えてきた。悪い知らせで申し訳ない、けれど遅かれ早かれこういうことが起きるのは避けられなかったと彼女は言い、春のあの数週間は本当に素敵だった、いまもあんたを心底愛している、あんたといつまでもこの世で最高のいとこ同士でいられて本当に嬉しい、と書いていた。

さらに追伸で、刑務所に入ることにならなくてよかった、とエイミーはつけ加えていた。ほんとに馬鹿な話だよね、万引きなんて誰でもやってるのに、よりによってあんたが捕まるなんてね。

ファーガソンは崩壊しかけていた。

何とか態勢を立て直さないといけない。このままでは腕も脚ももげ落ちて、年の終わりまでずっと芋虫のように地を這う破目になるだろう。

エイミーの手紙をビリビリに破いてキッチンの流し台で燃やした土曜、正午から夜十時までのあいだに三館で四本の映画を観た。ターリアでの二本立、ニューヨーカーとエルギンで一本ずつ。日曜日もやはり四本ぶっ続けで観た。八本の映画が頭の中ですっかりこんがらがって、日曜の夜に眠りに落ちるころにはもうどれがどれなのか思い出せなくなっていた。これからは一本観るごとにメモを一ページ書こうと決め、机の上に置いた特別なバインダーに入れていく。そうやって何とか、人生を失うのではなく人生を手放さずに持ちつづけるのだ。闇への飛込みではあるが、手にはつねに蠟燭を持ち、ポケットにはマッチが入っている。

十二月、ミスタ・ダンバーの新聞に映画評をさらに二本発表した。一本はジョン・フォードの非西部劇三作（『若き日のリンカーン』『わが谷は緑なりき』『怒りの葡萄』）を論じた長い文章で、もう一本、『お熱いのがお好き』を論じた短い文章ではストーリーはおおむね無視し、女装した男たちと、透けたドレスからこぼれ出るマリリン・モンローの半裸の身体をもっぱら論じた。

皮肉なことに、停学処分を喰ったにもかかわらず、それでのけ者になりはしなかった。むしろ逆に、男子同級生たちのあいだでの地位は向上したように思えた。みんなファーガソンのことを、大胆な反逆者、タフな奴と見なすようになり、危険人物の烙印を押されたいま、女の子たちの目にも魅力的な人物と映るようになったらしかった。彼女たちに対するファーガソンの関心は十五歳のときにもう尽きていたが、エイミーのことを考えるのをやめられるかと、試しに二、三人誘ってみた。無駄だった。イザベル・クラフトを両腕に抱いてキスしたときでさえ何ら効き目はなかった。ということはつまり、まだ時間はかかる。ふたたび息ができるようになるまで、長い時間がかかるのだ。

大学には行かない。それが最終的決断だった。母親とギルに、一月上旬にSATを受ける手続きはしない、アマースト、コーネル、プリンストン、その他この一年検討してきたどの大学にも願書は出さないと伝えると、二人ともまるで、彼が自殺するつもりだと言ったかのような顔をした。

君は自分が何を言ってるかわかってないんだ、とギルは言った。いま勉強をやめるなんて、冗談じゃないぞ。

勉強はやめないよ、とファーガソンは言った。違うやり方で、独学するっていうだけだよ。

どこで独学するのよ、アーチー？　と母が訊いた。一生ずっとこのアパートメントにこもって過ごす気じゃないでしょう？

ファーガソンは笑った。まさか。いやいや、ここにはとどまらないよ。もちろんここにはとどまらない。パリへ行きたいんだ。高校をちゃんと卒業できて、卒業祝いにママが安い片道の飛行機代を出してくれればの話だけど。

君は戦争のことを忘れてるぞ、とギルが言った。高校を出たとたん徴兵されてベトナムへ送られるぞ。

そんなことないよ、とファーガソンは言った。そんなことになりやしないさ。

今度ばかりはファーガソンが正しかった。どうにか高校を終えて六週間が過ぎた時点で、彼はすでにエイミーとも和解し、ナンシー・ハマースタインと婚約したジムに祝いの言葉を述べ、春のあいだよき友ブライアン・ミスチェヴスキと思いがけず温かな心安らぐ関係を持ち、やはり自分は男も女も両方愛するよう生まれついているのだと十八歳のファーガソンは納得し、そのせいでたいていの人間より複雑な人生を送ることにはなるだろうがおそらくその分もっと豊かで活気ある人生になるはずだと確信した。ミスタ・ダンバーの新聞にも最終学期の終わりまで二週に一本のペースで寄稿して、バインダーに入れたルースリーフも百枚近く増え、どこの大学にも属さない学生としての第一学年に向けて、ギルと二人で包括的な読書リストを作成し、コロンバス・アベニューの〈グリスティーディーズ〉に戻ってかつての仕事仲間と握手し、〈ブックワールド〉に戻って本を盗んだことをオーナーのジョージ・タイラーに詫び、捕まったのに厳しく罰せられなかったことがどれほど幸運かよくわかりました、もう二度と誰からも盗みませんと誓った。そんなファーガソンの許に合衆国政府から手紙が届き、ホワイトホール・ストリートにある徴兵委員会に赴いて身体検査を受けるよう命じられ、むろん健康な若者であり身体に問題も異常もないから当然合格したが、犯罪歴がある上に、女性のみならず男性にも魅かれることを面接担当の精神科医に大っぴらに告白したところ、その夏後半、新たな分類が表面にタイプされた新しい徴兵カードがファーガソンの許に届いた――4-F（兵役不適格者）。

四つのF。無気力（フェックレス）、すり切れた（フラズルド）、ぶっ壊れた（ファックト＝アップ）、そして自由（フリー）。

4.4

ニュージャージー郊外で高校生として過ごした三年間、十六、十七、十八歳だったファーガソンは二十七本の短篇小説に着手して十九本を完成させ、作業帳と呼んでいるノートを一日最低一時間は開き、自分で創案したさまざまな執筆トレーニングに励んだ。シャープでいるため、掘り下げるため、もっと上手くなるため、とかつてエイミーに言ったエクササイズ。いろんなものを描写する——物体、風景、朝の空、人間の顔、動物、光が雪に及ぼす効果、雨が芝生を打つ音、薪が燃える匂い、霧の中を歩く感覚、風が木の枝のあいだを吹き抜けるのを聴く感覚。モノローグを書く——他人になるため、あるいは少なくとも他人をよりよく理解するために他人の声で書く。父親、母親、義父、エイミー、ノア、教師たち、クラスメートたち、フェダマン夫妻、加えてもっと遠い未知の他者（J・S・バッハ、フランツ・カフカ、地元スーパーのレジの女の子、エリー・ラッカワナ鉄道の切符収集係、グランドセントラル駅で彼から一ドルせしめた長いあごひげの物乞い）。敬愛する濃密で模倣不能な過去の作家を模倣する（たとえばホーソーンの作品から一段落を抜き、その構文に基づいて文章を書く。動詞を使っているところでは動詞を使い、名詞を使っているところでは名詞、形容詞を使っているところでは形容詞を使ってそのリズムを骨にしみ込ませ、どうやってその音楽が作られたかを感じとる）。言葉遊びを土台にして奇妙な小文を連ねる——駄洒落、同音異義語、一字入れ替え（ail ＝病ませる／ale ＝ビール、lust ＝肉欲／lost ＝失われた、soul ＝魂／soil ＝土、birth ＝誕生／berth ＝寝台）。行き詰まりを感じたときに脳のつかえを取り除くための超高速自動書記や、nomad（遊牧民）という一語に触発された四ページにわたる殴り書き——No. I am not mad（いいや、**僕は狂っていない**）から始まって、**怒ってすらいない。でも君を混乱させる機会を与えてほしい、そうしたら君のポケットを空（から）にしてみせるから……。**一幕物の戯曲も書いて完成一週間後にこんなの駄目だと燃やしてしまい、新世界の住民がこれまで生み出した中でも最高に難解な詩を二十三篇書いた末にもう二度と詩など書かないと誓ってビリビリに破って捨てた。たいていの場合、自分の書いたものが気に入らなかった。たいていの場合、僕は馬鹿だ、才能もない、物になるわけがないと思ったがそれでも頑張り、結果は散々でも自分に鞭打って毎日続けた。あきらめずに続ける以外に望みはないとわかっていたし、自分がなりたいたぐいの書き手になるためには当然何年もかかること、この身体が大人になり終えるよりもっと長い年月がかかることを理解していたのである。前に書いたものより少しでもましなものが書けたたびにちょっとは進歩してるんだと感じ、たとえその次に書いたものがまたどうしようもなくひどくても、とにかく選びようはないのであって、これをやるか、死ぬか、どちらかなのだ。自分の中から懸命に絞り出したものが、これじゃ駄目だ、こんなもの死んでいる、と思えても、とにかく書くことによって、いままで何をやったのにも増して生きている気になれたのである。言葉が耳の中で歌いはじめて、机に向かいペンを手に取るかタイプライターのキーに指を載せるかするたびに、自分が裸になった気がした。裸になって、突進してくる大きな世界に向けて無防備にさらされている気がして、これ以上はないというくらいいい気持ちだった。自分自身から離れて消えて、頭の中でブンブン鳴っている言葉の中でブンブン鳴っている大きな世界に入っていく感覚は何にも勝る素晴らしさだった。

強情。それがこの数年のファーガソンを形容するのに最適の言葉だった。年ごとにますます強情になって、ますます自分の中に入っていき、誰かが、あるいは何かが押してきてもいっそう強情に動かなかった。つまるところファーガソンは、頑(かたく)なになっていた。父に対する軽蔑も頑な、アーティ・フェダマンが死んで何年も経つのに依然自らに課している禁欲も頑な、物心ついてからずっと彼を束縛してきた郊外の社会への敵対も頑な。下手をすれば、部屋に入ってきたとたんみんなが逃げていくたぐいの耐えがたい喧(やかま)し屋になってもおかしくなかったが、そうならずに済んだのは、誰とも争おうとせず、おおむね自分の思いを胸にとどめていたからだった。同級生の大半からは、とりあえずいい奴と見られていた。まあときどきむっつり暗くなるし、少し頭の中の世界にこもっているところもあるけれど、ピリピリと喧嘩腰だったりはしないし、退屈ということは全然ない。誰にでも反対したりはせず、一部の人間に反対するだけであり、反対しない人間にはおおむね好意を抱き、好意を抱く人間に対しては控えめな、だが思慮深い情愛をもって接し、本気で好きな人間は犬が愛するのと同じように全身全霊をもって愛し、決して裁かず、咎(とが)めず、悪い方に取らず、ひたすら崇め、その人物がいることを喜ぶ。自分がこうしていられるのは、自分を愛してくれて自分も愛している少数の人々がいてくれるおかげだと自覚していたのである。彼らがいなければどうしたらいいかもわからず、ハンクやフランク同様に、すべてを貪り喰らう焼却炉の中を落ちていき、夜の空に浮かぶ一握りの灰となってしまうだろう。

もはや『靴底の友』を書いた十四歳の何も知らない子供ではなかったが、その子供はいまだ彼の中に生きていて、これからも長いあいだ二人で歩いていくのだろうと思えた。見知らぬものと、慣れ親しんだものとを組み合わせること、それがファーガソンの目指したことだった。誰より一途なリアリズム作家にも劣らず世界を仔細に観察しつつ、わずかに歪んだ別のレンズを通して世界を見る方法を編み出していく。見慣れたものしか見ていない本を読んでもすでに知っていることを教えられるだけだし、未知のものばかり見ている本を読んだら知る必要のないことを教わるばかりだ。ファーガソンが何より望んだのは、知覚する生物と生命なき事物とから成る可視の世界のみならず、可視のものの内部に隠れている巨大で神秘で不可視の力をも取り込んだ小説を書くことだった。読む人の心をかき乱し、惑わせたい、爆笑させると同時に不安にしたい。胸がはり裂ける思いをさせ精神を破壊し、トンマな若造二人が分身デュエットを歌いながらやり出す狂ったダンスを自分も踊りたかった。そう、トルストイはいつだって感動させるしフロベールはこの世で最高の文章を書いた。けれどファーガソンは、アンナ・Kやエンマ・B（トルストイ『アンナ・カレーニナ』とフロベール『ボヴァリー夫人』のヒロイン）の人生の劇的な、波乱高まる一方の展開を堪能はするものの、人生の現時点で誰よりも強く彼に語りかけてくる登場人物はカフカのKであり、スウィフトのガリヴァー、ポーのピム（『アーサー・ゴードン・ピム』の主人公）、シェークスピアのプロスペロー（『テンペスト』の主人公）、メルヴィルのバートルビー、ゴーゴリのコワリョーフ（『鼻』の主人公）、M・シェリーの怪物（『フランケンシュタイン』から）だった。

大学二年の習作。ある朝目覚めたら違った顔になっている男の話。外国の街で財布とパスポートを失くし、食べるために血を売る男の話。毎月第一日に名前を変える小さな女の子の話。言い争いをして仲違いしてしまう（だが実はどちらの議論も間違っている）二人の友人の話。誤って妻を殺してしまい、その後、近所の家すべてを明るい赤に塗ろうと決める男の話。話す力を失い、年月が過ぎるとともにどんどん幸福になっていく女の話。家出して、やがて家に帰ると両親が失踪したことを知る少年の話。若い男をめぐる話を書いている若い男をめぐる話を書いている若い男をめぐる話を書いている若い男をめぐる……。

自分が書いたセンテンスをより丁寧に見る姿勢、段落を組み立てる上で一語、一音節の持つ重みを測るすべ、この二つはヘミングウェイから教わったが、ヘミングウェイ最良の文章がいかに素晴らしいとはいえ、作品全体としてはいまひとつ語りかけてくるものがなかった。男っぽい空威張りや寡黙な禁欲がどこか馬鹿げたものに感じられ、かくしてファーガソンはヘミングウェイを後にしてより深い、より難解なジョイスに向かい、それから、十六歳になったところで、ドン伯父さんからふたたびペーパーバックの束が送られてきて、その中にこれまで知らなかったイサーク・バーベリの本が何冊かあり、たちまちファーガソンにとって世界最高の短篇作家となった。束の中にはハインリッヒ・フォン・クライスト（ドンが最初に書いた伝記の対象だ）の本もあって、たちまちファーガソンにとって世界第二の短篇作家となったが、それ以上に有意義だったのは——貴重で永久不変に根本的だったのは——小説や詩のあいだにはさまっていた、四十五セントのシグネット版『ウォールデン　市民的不服従』だった。ソローは小説家ではないけれど、崇高に明晰で精緻な、この上なく美しいセンテンスを組み立てる書き手であり、ファーガソンはその美しさを、あごへの殴打のごとく、脳を見舞う熱病のごとく受けとめた。完璧。一語一語がぴったりしかるべき場所に収まるように思え、センテンス一つひとつがそれ自体小さな作品に思えた。それぞれが呼吸して思考する独自のユニットであり、そういう文章を読む上でスリリングなのは、ひとつのセンテンスから次のセンテンスへ、ソローがどれくらい遠くまで飛ぶか全然わからないことだった。時にはほんの数インチ、時には数フィート、数ヤード、そして時には何マイルも。まったく予測がつかない。そうやって安定を揺すぶられることで、自分の書き方についても考えが変わっていった。ソローはどの段落でも、二つの相対立する、たがいに排除しあう衝動を組み合わせてみせる。ファーガソンはその二つを、制御への衝動、冒険への衝動と呼ぶようになった。これが秘密なんだな、そう感じた。制御ばかりだと、風通しが悪くなり、息が詰まってしまう。冒険一辺倒だと、混沌とした訳のわからないものになってしまう。けれど両者を合わせると、上手く行けば何かが生まれ、自分の頭の中で鳴っている音楽がページの上でも歌い出し、爆弾が炸裂し、建物が崩れ、世界は違った世界に見えてくるのだ。

けれどソローは、そうした文章の話だけでは済まない。自分自身でありたいという獰猛なまでの欲求、隣人たちを怒らせてでもほかの誰でもない自分であろうとする意志。ソローの魂のそうした頑なさが、ますます頑なになっていくファーガソンの心に訴えた。思春期のファーガソンは、ソローの中に、生涯思春期であり続けた男を、すなわち決して自分の主義を捨てず、堕落し体制に迎合した大人にならなかった男を見たのである。最後の最後まで勇敢だった少年。それこそまさにファーガソンが思い描く理想の自分の未来だった。ソローはまた、そのように自分を大胆な、己のみを頼みとする存在に変身させよと促すのみならず、さらに、金がすべてを支配するというアメリカ的前提を批判的に検証し、アメリカ政府を退け、政府の行動に抗議して刑務所に入ることも辞さなかった。そしてもちろん、世界を変えたあの思想、ファーガソンが生まれた五か月後にインドが独立国となるのを助けた思想。その思想がいままさにアメリカ南部に広がっていて、ひょっとしたらアメリカをも変えるかもしれない——市民的不服従、不当な法の暴力に対する非暴力的反抗。『ウォールデン』が出てからの一一二年で、いかに世界は変わっていないことか。メキシコ＝アメリカ戦争はベトナム戦争となり、黒人を奴隷にする制度はいまやジム・クロウ法による抑圧・差別となりKKKが牛耳る州政府となっている。南北戦争前夜の年月にソローが書いたのと同じく、ファーガソンも今日、世界がいまにもふたたび爆発せんとしている時期に自分は書いているのだと感じた。母親がジムとエイミーの父親と結婚した前後数週間のあいだに三回、アメリカが支援するジエム政権の政策に抗議して南ベトナムの僧侶たちが焼身自殺した。そのテレビ映像を眺め、新聞の写真に見入りながら、少年時代の静かな日々がいまや終わったことをファーガソンは悟った。僧侶たちがわが身を焼く恐ろしい光景は語っている。平和のために死ぬのを厭わぬ人たちすらいるいま、戦争はどんどん拡張していき、ついにはあまりに大きくなって、いずれほかのすべてのことを覆いつくしてしまい、誰も彼もが盲目になるだろうと。

新しい家はメープルウッドではなくサウスオレンジにあったが、管轄の教育委員会は同じだったので、ファーガソンもエイミーも地区で唯一の公立校コロンビア高校から転校せずに済んだ。一九六三年八月二日、二人の親同士が結婚したときにはどちらも第二学年を終えていて、十一か月前にファーガソンの前の家の裏庭で交わした気の滅入る会話ももはやほとんど忘れられていた。エイミーはその後ボーイフレンドを見つけ、ファーガソンもガールフレンドを見つけ、まさにエイミーが望んだようなきょうだいの関係が続いていたが、もっともいまは文字どおりのきょうだいなのであり、わざわざ「きょうだいの関係」と比喩を使うのはいささか余計という感があった。

　前の家を売った金はファーガソンの父親が全部持っていってしまったが、かつてファーガソンが去りたくなかった前の前の家は依然ダン・シュナイダーマンが所有していたので、この家を二万九千ドルで売ることによって、もう少し大きめのサウスオレンジの家をダンは三万六千ドルで買うことができた。ファーガソンの母親の方はダンと結婚して以来元夫からの毎月の小切手も届かなくなりほぼ文無しだったものの、ダンはもはや貧しい身ではなかったのである。結婚当初にリズと二人で十五万ドルの生命保険に入っていたので、彼女のおぞましい、早すぎる死ゆえにその額をいまや手にしていて、アドラー、ファーガソン、シュナイダーマンが合体して出来た新たな家族は、財政に関しては当面安定していた。金がどこから来たのか、考えないのは難しい。末期癌がドルに、という陰惨な変換。だがリズはもういないのだし、人生は進んでいく。みんなそれに合わせて進んでいくしかないじゃないか？

　新しい家はみんなが気に入った。小さな町に住むことに強く反対し、ニューヨークに、あるいは世界中どこでもいいから大都市に住めるものなら何でもする気だったファーガソンですら、いい選択だったと認めざるをえなかった。一九〇三年に建てられた、二階建て板張りの、喧噪から離れた袋小路ウッドホール・クレセントに位置するこの家を、過去七年間住むことを強いられた薄ら寒い沈黙の城よりも「骨を休めるにはずっといい場所」とファーガソンは評した。まあ寝室はいまある四室にもう一室上乗せされるのが理想だっただろうが（ジムが帰省したときに彼の寝室になったはずの部屋はダンのアトリエに改装された）、誰もそのことをマイナスとは捉えず、中でもジムは冷静そのもので少しも気にしていなかった。どのみちめったに帰ってこないのだし、リビングルームのソファで寝ることで満足なようだった。ジムに不満がないのなら、ほかの誰に不満があろう？　大切なのは、みんなが同じ気持ちでいることなのだ。ファーガソンはダンを是認し、エイミーとジムはファーガソンの母を是認し、ダンはファーガソンを是認し、ファーガソンの母はエイミーとジムを是認して、みんなで和やかにひとつの場に収まり、二つの町で囁かれる口さがない憶測も全然気にしなかった――過去一年さまざまな紆余曲折があって、死、離婚、再婚、新居、その新居の同じフロアに並んで暮らしているさかりのついたティーンエージャー二人……となれば何か奇妙なこと、不自然なこと、何やらよからぬことがウッドホール・クレセント7番地で起きているにちがいない、と人々は噂しあったのである。何しろ男は食うや食わずの芸術家、つまりは（ユダヤ人に言わせれば）だらしない口ばかり達者な穀潰し（ルフトメンシュ）、（非ユダヤ人に言わせれば）髪が長く世の規範に従わず政治的にも怪しげに偏向した輩（やから）。何だってスタンリー・ファーガソンの妻は、元夫との結婚を捨ててそれに伴う金もすべて捨てて、あんな奴の許に走ったのか？

　ファーガソンにとっての最大の変化は、母がダン・シュナイダーマンと結婚したこととは何の関係もなかった。母はこれまでだって結婚はしていたわけだし、ダンの方が母にとって、ファーガソンの父親よりもずっとまっとうな夫であり人間的にも母に近かったから、ファーガソンとしては単にその結婚を支持すればいいだけの話で、それ以上考える必要はない。だがそれとはべつに、考えざるをえない、自分の人生の基本的条件にもっとずっと重大な変動を引き起こしたのは、自分がもはや一人っ子ではないという事実だった。小さいころは弟か妹が欲しくてたまらず、一人じゃ寂しいから赤ちゃんをつくってくれと母親に何度もせがんだものだったが、それはもう無理なのよ、ママの中にはもう赤ちゃんがいないのよと母に言われて、ということは未来永劫自分は母にとって唯一無二のアーチーであるほかないわけで、そうした独りきりの運命をファーガソンとしても少しずつ受け容れ、大人になった日々を部屋にこもって本を書いて過ごしたいと望む、物思いに沈む夢見がちな人間になっていき、たいていの子供たちがきょうだいと経験する荒っぽい悦びや威勢のいい仲間意識なども味わわずにきてしまったが、と同時に、幼年期を地獄のような、絶え間ない争いの年月にしてしまいかねない葛藤や憎悪も避けられて、生涯続く恨みつらみだの恒久的な精神の病だのも抱え込まずに済んできた。それがいま、十六になった時点で、生涯一人っ子でなく過ごすことの良い点にも悪い点にも関わらずにきたと思ったら、幼いころの願いがにわかに、十六歳の姉と二十歳の兄という形で叶えられたわけだが、それが役に立つにはもう手遅れであり、いまさら足しにはならなかった。ジムはどのみちほとんど家にいなかったし、エイミーとはふたたび仲よしになって、前年の夏に拒まれたことの恨めしさもようやく克服されたものの、一人っ子だった前の暮らしが——実はその暮らしはいまの暮らしよりずっと悪かったにもかかわらず——つい懐かしくなってしまうこともしばしばだった。

これでもし、ファーガソンがエイミーに対して感じるようになった愛情を、エイミーも彼に対して感じてくれて、新しい状況を活用してあれやこれやの肉体遊戯にふけり、親が背中を向けた隙に二人でよからぬ真似に走って、隣りあった寝室のどちらかで真夜中の密会を果たして肉欲の戯れにこっそり浸り、愛のため、精神の健康のために両者の処女・童貞を犠牲にしていれば話も違っただろうが、あいにくエイミーにその気はなく、本当に、文字どおり彼女はファーガソンの姉たることを望んだのであり、一方セックスに狂った、己のペニスを裸の女の子の体内に突き刺し童貞を捨て去ることこそ目下の人生の主たる目標であるファーガソンは、エイミーの意向に従うか、手に入らないものを欲することの絶えざる焦燥ゆえに爆発してしまうかしかない。挫かれた欲望とは体内隅々にまで広がる毒であって、ひとたび血管にも主要器官にもそれが飽和してしまえば、じわじわと脳に上がっていって、いずれ頭蓋骨のてっぺんを突き破って噴出するほかない。

新しい家に移って最初の数週間が一番きつかった。二人きりになるたび、エイミーに摑みかかって顔じゅうにキスを浴びせたい欲求を抑えねばならず、夜に勃起するたび隣の部屋のベッドにエイミーと二人でもぐり込む夢想を押しつぶさねばならない上に、もっと現実的な、主としてたがいのプライバシーを侵害しないという事柄に関わる調整も無数に行なう必要があった。共有する空間の中で共存するための厳格なルール（まずノックする、トイレを出る前に綺麗にしていく、自分の皿は自分で洗う、相手が進んで見せてくれない限り勝手に宿題を盗み見しない、相手の部屋を覗き回らない、つまりファーガソンはエイミーの日記を覗いてはならないしエイミーもファーガソンの作業帳や書き上がった小説を覗いてはならない）が確立されるまでは何度かぎこちない場面があり、露骨に気まずい瞬間も二度ばかりあった。エイミーがバスルームのドアを開けるとシャワーを浴びたばかりのファーガソンが裸でトイレに座ってマスをかいていて、**見なかったわよ！**とエイミーがわめいてドアをバタンと閉めた。ファーガソンが部屋から飛び出すとちょうどエイミーが廊下を歩きながら体に巻いたタオルを整えようとしているところで、突然タオルが滑り落ち、目を丸くしているファーガソンの前で白い肌があらわになって、義姉の乳首の小さい胸とカールした茶色い陰毛とをファーガソンは初めて目にし、エイミーが**何よ**（ファック）**！**と叫ぶと、ほとんどウィットあると言っていい答えを返した**——前々から思ってたんだよ、君っていい体してるんじゃないかって。これで確信したよ！**　するとエイミーは笑い、それからセクシーピンナップのポーズを模して両腕を上げ、二人が愛する『デイヴィッド・コパフィールド』に出てくる滑稽な人物と、数日前にエイミーがバスルームで見たものの両方に言及して、**これでおあいこね、ミスタ・ディック**と言った（「ディック」には「ペニス」という意味がある）。

ファーガソンにはいちおうガールフレンドがいたわけだが、もしエイミーのバーキスがその気ですと言ったなら（『デイヴィッド・コパフィールド』の中に、結婚したいという意志を「バーキスはその気です」というフレーズで伝える人物がいる）、ファーガソンは一瞬も迷わずガールフレンドを捨てただろう。あいにくバーキスはそう言わなかったが、決して自分のものにならない肉体を目にしたいま、もはやそれがどんな姿をしているのか、想像して自分を拷問にかける必要はなくなった。これはこれで一歩前進、永遠の悲嘆の底なし井戸に墜ちる以外どこへもたどり着かない不健全な妄執を取り除くささやかなきっかけに思え、一種償いのつもりで今度はガールフレンドの肉体に気持ちを集中させ（それまでは腰から上の裸を見たことがあるにとどまっていた）、高校三年始まりの秋に再会を果たすと、彼女と行なう探求はより大胆に、より向こう見ずになっていき、これはひょっとしたら望みがあるかと思えてきた。夏のあいだはエイミーにどこまで近づけるのかも測りかね、彼女の前でどうふるまったらいいかもわからない悶々たる日々だったが、結局ここは屈伏しかないとファーガソンは決め、武器庫を燃やし、頭の中で全面降伏の条約書にサインし、それ以後はもう、姉エイミーに対する弟としてふるまう、という新しい仕事に腰を据えて取り組んだ。これからもエイミーを愛しつづけエイミーからも愛されるためには、これ以外に道はないのだ。

時には喧嘩もした。時にはエイミーがどなりドアを乱暴に閉めファーガソンを罵倒し、時にはファーガソンが部屋にこもり何晩にもまたがって計十時間、十二時間エイミーと口を利くのを拒んだりもしたが、だいたいは二人とも仲よくやって行くよう努め、だいたいは事実仲よくやっていた。実際、二人の友好関係はいまや、自分たちはただの友だち以上になるべきだとファーガソンが思い定めた以前の状態に戻っていたし、さらに、自分たちの親同士が結婚し、ウッドホール・クレセントの家でその親たちと一緒に住むようになったことで新たな濃密さのようなものが加わって、交わす会話ももっと長く、もっと深くなっていき、時には三時間、四時間と続いて、いつもかならずどこかの時点でエイミーの母親の死、アーティ・フェダマンの死に話は移っていき、一緒に勉強したりテスト の準備をしたりする時間も増えたいま(おかげでBプラスにAマイナスがちらほら、というレベルだったファーガソンの成績も、すべてAかAマイナスというエイミーのレベルに向上した)、一緒に喫う煙草の数も一緒に飲む酒の量も増え(酒はほぼすべてビールで、細長い緑の壜に入った安物ローリング・ロックか、ずんぐりした茶色い壜に入ったもっと安物のオールド・ミルウォーキー)、テレビでやっている古い映画を一緒に観ることも増え、一緒に聴くレコード、一緒に遊ぶジンラミー、一緒に行くニューヨーク、一緒に飛ばすジョーク、からかい、政治論議、すべてが増え、もっと一緒にゲラゲラ笑い、たがいの前で鼻クソをほじったり屁をこいたりすることにももはや抑制がなくなった。

学校には高校二、三、四年生の二千百人以上の生徒がいて、一学年に約七百人強。メープルウッドとサウスオレンジ両方の町を対象とするこの中等公立教育の工場には、プロテスタント、カトリック、ユダヤ系が交じっていて、大半は中産階級、一部ブルーカラーの労働階級もいれば、また一部ホワイトカラーの上層部もいて、生徒たちの先祖はイングランド、スコットランド、イタリア、アイルランド、ポーランド、ロシア、ドイツ、チェコスロヴァキア、ギリシャ、ハンガリー等々から来ていたが、アジア系の家族はひとつもなく、有色人種も全校で二十四人しかおらず、エセックス郡に多くある「単色」高校のひとつだった。第二次世界大戦終了時に死の収容所が解放されてからもう十九年、二十年経つというのに、二つの町にはいまもユダヤ系に対する偏見が残っていて、大半はヒソヒソ声、沈黙、オレンジローン・テニスクラブのような場所での暗黙の排除といった形で表われたが、時にはもっとひどいこともあり、彼らが十歳になった年に、メープルウッドに住むユダヤ系の友だちの家の前庭で十字架が燃やされた事件をファーガソンもエイミーもいまだ忘れていなかった。

　学年七百人余りの生徒のうち三分の二以上が大学に進学し、全米トップクラスの私立大に進む者もいれば、東海岸沿いにいくつもある平凡な私立に行く者もいたし、ニュージャージーにある公立に入る者もいた。大学へ行かない生徒たちには軍隊とベトナムが待っていて、そのあとは――あとがあるとして――自動車修理工場やガソリンスタンドでの仕事、パン屋や長距離トラック運転手といったキャリア、鉛管工、電気技師、大工など安定・不安定まちまちの職、警察や消防署や公衆衛生課での二十年勤務等々が待っていて、そうでなければ、ギャンブル、強請（ゆすり）、武装強盗といった高リスクの商売に手を染める。大学に行かない女子には結婚と母親業、秘書養成学校、看護師養成学校、美容師養成学校、歯科技工士養成学校、オフィスやレストランや旅行代理店での仕事が待っていて、生まれた町から二十キロ以内で生涯を過ごす機会が与えられた。

　けれど例外もいて、何人かの女の子は大学にも行かず町にもとどまらなかった。そして、ファーガソンが生涯ずっと観察してきた地元ニュージャージー育ちの女の子たちとはまったく違う過去と未来を持つ女の子もいるにはいて、そういう子の一人が、ファーガソンが高校に入って最初の年の第一日目に英語の授業に現われた。黒髪で肌も色黒、可愛くも可愛くなくもなかったが、ファーガソンの目にはひどく印象的で、ひたすら内にこもっている感じは動物園に閉じ込められてはいても怯えてはいない動物を思わせ、その動物が鉄格子の向こうから観察者たちを観察し、自分に餌を差し出す度胸があるのはどの人物か見きわめようとしている風情で、ミセス・モンローが授業の始まりに二十人の生徒を一人ずつ指さして、それぞれ自己紹介するよう求め、黒髪の子がイギリス訛りと思える訛りで話すのを聞いたとたん、ファーガソンは何も考えず彼女を追いかけようと決めた。よそから来た女の子は、ジャージー郊外育ちの地元の女の子より自動的に魅力的という原則がまずあり、かつ、裏庭でエイミーに拒まれてからぴったり七日が経っていて、ゆえに自分は自由、うんざりするほど自由であって目の前に現われたどの女の子を追いかけようと勝手なのだという気持ちもあった。幸いその年エイミーは英語のクラスが同じでなかったから、ファーガソンが黒髪の子を見て、彼女にどうアプローチするか、どう口説いてどうやってそのハートを勝ちとるか策を練っているところを見られずに済む。エイミーに意図を探られることもないいま、意図がいくら見えみえでも構いはしないのだ。

デーナ・ローゼンブルーム。イギリス出身ではなく、南アフリカ。ヨハネスバーグでモーリスとグラディスのローゼンブルーム夫妻に生まれた四人の娘のうち二番目で、現在合衆国に居住しているのは、裕福な工場経営者だったデーナの父親が資本家で事業主であるのみならず社会主義者でもあって、一九四八年以来南アフリカを支配してきたアパルトヘイト政権に真っ向から反対して積極的に抗議行動を続け、そうした反体制活動が南アフリカ当局の怒りを買ったため投獄される危険が高まり、そうなったら本人の健康にも家族の士気にもよくないということで、家族六人、ヨハネスバーグの工場も家も、車も猫も、馬も山荘もボートも財産の大半も捨てて南アフリカを脱出しロンドンへ向かったのが始まりだった。何ひとつ不自由しない暮らしから ほとんど何もない暮らしに転じ、六十二歳の父親はもはや著しく弱っていて仕事もできず、ロンドンではずっと年下の（おそらく四十代なかばだろうとファーガソンは踏んだ）母親が家族を養う任を引き受け、三年も経たぬうちにハロッズ百貨店で非常に高い地位まで出世して立派にその役を果たした。そしてハロッズで昇れるところまで昇った末に、さらにもっと重要な地位を、給料も二倍でニューヨークのサックス・フィフスアベニューから提示され、これを受け入れたので、かくして一家は一九六二年春にアメリカの土を踏み、ニュージャージー州サウスオレンジのメイヒュー・ドライブに建つ大きなギシギシ軋む家に行きつき、かくしてデーナ・ローゼンブルームはコロンビア高校のミセス・モンロー二年生英語クラスの、ファーガソンから机二つはさんだ席に座ることになったのである。

白人の南アフリカ人であり、北アフリカ人によく見る浅黒い肌で、出自は東欧、だがその下のさらなる古層には、中東の砂漠に生きる民族の血が隠れている。ゲルマン、北欧の文学に出てくるエキゾチックなユダヤ人女性、十九世紀のオペラやテクニカラー映画に出てくるロマ娘、エスメラルダとバテシバとデスデモーナ（ユゴー『ノートルダム・ド・パリ』に出てくる美しいロマ娘、旧約聖書でダビデ王に見そめられる人妻、『オセロー』の貞節な妻）を合体させたような存在、縮れたもじゃもじゃの髪はまさに黒い炎、頭にかぶった王冠のごとく燃え、四肢はすらっとして腰も細く、授業中こりこりとノートを取る姿は肩と首上方がわずかに前に傾き、動きは概して気だるげで、決して慌ただしかったりピリピリしていたりせず、いつも落着いている。穏やかで落着いていて、一見地中海風の妖婦かと見えるがそうではなく、地に足がついた、心温かで愛情深い、多くの面でファーガソンがこれまで惹かれた誰よりも月並みな女の子であり、リンダ・フラッグのように美しくもなければエイミーのように聡明でもないが、家族とともに多くを体験してきたからか、そのどちらよりも大人で冷静沈着、ファーガソン自身よりも大人で、余計な迷いも持たず官能に従い、それなりの経験も大胆さもあったからファーガソンが迫ってきても頑なに拒んだりはせず、まもなくファーガソンはデーナが自分に夢中であることを悟った。デーナは決して、彼の心をズタズタに裂いたりはしないだろう。そこはエイミーとは違う。歯に衣着せぬエイミー・シュナイダーマンは、たとえば彼らの親同士が結婚する以前の〈数多のディナーの年〉のある晩、ディナーのあとにファーガソンがパイプを取り出し火を点けるとゲラゲラ笑い出した。ファーガソンはそのパイプを、作家というものはみな机に向かって書くときパイプを喫うものだと思ったので自分も書いている最中に喫おうと思って買ったのだったが、そんな彼の思い込みをエイミーはとことんあざ笑い、**見栄っ張りの阿呆、底なしの間抜け**と切り捨てたのである。デーナ・ローゼンブルームは絶対そんな言葉を彼に対して、いや誰に対しても使わないだろう。だからファーガソンは、ヨハネスバーグとロンドンからやって来たこの黒い瞳の転校生に言い寄り、その心を勝ちとった。彼が誘惑に長けているからではなく、彼女がすでにファーガソンに惚れ込んでいて、誘惑される気でいたから。

　ファーガソンはデーナに恋していたのではない。いつまで経っても、彼女に恋することは決してないだろう。自分が求めている大いなる情熱の対象にデーナが決してなりえないことは初めからわかっていた。だが彼の体は誰かに触れられることを必要としていたし、誰かとの親密な関係を彼自身が欲していた。彼に触れ、彼にキスするデーナのやり方は本当に上手で、しかも頻繁に触れ頻繁にキスしてくれたので、彼女の愛撫から得られる肉体的な快楽が、人生の現段階にあっては大いなる情熱への欲求をほとんど消し去るほどだった。たっぷりの接触とキスに少しの情熱が加わればいまは十分だったが、高校三年目の冬、ついに剝き出しの肌での全面的セックスにまで至ると、十分という以上の満足をファーガソンは手に入れた。

　自分を愛してくれるロマ娘との、言葉なき動物的セックス。視線としぐさと接触によるコミュニケーション。ごく些細なこと以外にはほとんど言葉も交わさない。エイミー相手の、あるいは未来に出会う女の子相手の精神と精神の出会いではなく、肉体と肉体の出会い、肉体同士のわかり合い。こんなに抑圧がないのは本当に初めてのことで、二人きりになれた何もない部屋で、肌は幸福感に燃え汗が毛穴からあふれ出るとともにキスを浴びせあうさなか、たがいに対して自分たちが何をやっているのかふと考えると、ファーガソンは時に身震いがしてくるのだった。そしてデーナは何とファーガソンに優しかったことか。彼のふさぎ込みやいい気なものの絶望もすんなり受け止めてくれて、自分が彼を愛しているほど彼が愛してくれていないことも全然気に病まなかった。とはいえ二人とも、自分たちのつながりが所詮は一時的なものでしかないことは承知していた。アメリカはファーガソンの場所であってデーナの場所ではない。目下デーナは高校卒業と十八歳の誕生日を待っているだけであって、その日が来たらイスラエルに行ってガリラヤ湖とゴラン高原のあいだにあるキブツで暮らす。彼女の望みはそれだけであり、大学も本も要らないし大層な思想も要らない。ほかの肉体たちと一緒に自分の肉体をひとつの土地に据え、決して追い出される恐れのない国に属するために、何であれやるべきことをやるのだ。

　ファーガソンが時おり彼女に退屈し、心が離れてしまうのも避けられないことだった。彼にとっては何より大切ないろんなことが、デーナにはほとんどどうでもいいことだったのだから。一緒に過ごした高校生活の日々、ファーガソンがふらふらとよそにさまよい出て、別の女の子に照準を合わせることも多々あり、デーナが夏休みにテルアヴィヴの親戚のところへ行っている最中に別の女の子とつき合ったりもしたが、それでも彼女とすっかり縁を切ることは決してできなかった。彼女の気立てのよさにほだされて、いつもまた戻っていく。善良な心の優しさに抗いようはなかったし、それにセックスも必要だった。セックスこそそれが持続する数分、数時間のあいだ、ほかのこと一切を消し去る唯一のものであり、自分がなぜ生まれてきたのか、世界に属すとはどういうことなのか、セックスのおかげでわかった気になれた。性ある人生の始まり、本当の人生の始まり。すべて学校のほかの女の子では不可能だっただろう。リンダ・フラッグたち、ノーラ・マギンティたち、デビー・クラインマンたち、みんな戦闘的処女、鉄の貞操帯に閉じ込められた職業的乙女なのだ。だから、時に情愛が揺らぐことはあっても、デーナ・ローゼンブルームと出会ったことがいかに幸運かはファーガソンも承知していて、自分からみすみす彼女を手放す気はなかった。何しろデーナは、自分自身を与えてくれたばかりか、自分の家族まで与えてくれたのである。ファーガソンはいまやこの家族を心から愛するようになっていて、こんな家族が存在していると思っただけで嬉しくてたまらず、ローゼンブルーム家に足を踏み入れてそのオーラに包まれるたびにひどく幸せな気分になり、帰りたくない、と思うのだった。

　そのオーラがどういうものか、きっちり言葉にはできそうにないものの、何がこの家をここまで特別にしているのか、これまで見てきたいかなる家庭とも違うものにしているのか、そこに足を運んだ年月、ファーガソンは何度も理解しようと努めた。洗練されたものと平凡なものの組合せだろうか、と考えたこともあった。洗練が決して平凡に汚されていないし、平凡が決して洗練に感化されてもいない。

羽振りのいい両親の優雅な、美しく制御されたイギリス風の物腰が、子供たちのアナーキーぶりと並存しているのだが、どちらも相手を憤っている様子はなく、家全体にいつも平和な空気が漂っているように見え、たとえ下の妹二人がリビングルームでどなり合っていてもそれは変わらない。あるスナップ写真——すらりと長身で貴族然としたローゼンブルーム夫人が、サックス・フィフスアベニューのオフィスに着ていくシャネルかディオールのスーツ姿で長女のベラに避妊について辛抱強く講釈し、アメリカに来て以来すっかりビートニクに染まったベラは母の講釈を辛抱強く聞きながら黒いタートルネックのセーターの乱れを直し、黒のアイライナーをブラシで塗って徐々にアライグマへと変身しつつある。第二のスナップ写真——小柄な、いささかやつれた様子の、絹のアスコットタイに灰色の山羊ひげのローゼンブルーム氏が美しい筆蹟の大切さを、痩せっぽちで九歳の、膝にかさぶたが出来ていてペットのハムスター「ロドルフォ」をワンピースのポケットで眠らせている末娘レズリーに向かって説いている。こうしたときにつかの間ふっと発散されるのがローゼンブルーム・オーラなのだ。この人たちがくぐり抜けてきた苛酷な状況を想い、すべてを失って世界の別の地域で一からやり直さねばならずさらにまた別の地域でもう一度一からやり直すことになったのがどんなに大変だったかを想うと、これほど勇敢な、これほどしなやかに逞しい家族に会ったことがあるだろうか、とファーガソンはいつも考えさせられた。それもまたこの家族のオーラだ。私たちは生きている、これからは自分も生きて人が生きるのも邪魔しない、神々が私たちに背を向けてくれますように、私たちにはもう金輪際かかわらないでくれますように。

ローゼンブルーム氏からは学ぶべきことがたくさんあると思えた。六十六歳になるデーナの父親は、もはや仕事もしておらず、一日の大半は家にいて本を読み煙草を喫っていたので、ファーガソンは時おり氏に会いに立ち寄るようになった。たいていは放課後すぐの、夕暮れ近くの光がリビングルームに注ぎ、床や家具に込み入った網目模様を投げる時間に訪ねていって、そのなかば暗いなかば明るい部屋に若者と老人が座り、特に何を論じあうわけでもなく、政治のことや、アメリカ社会の奇妙な点などに関してとりとめなく喋り、時に本、映画、絵画について意見を交わしもしたが、大半はローゼンブルーム氏が過去の話を物語った。ヨーロッパへ向かう蒸気船に乗って嵐に揺られた航海をめぐるチャーミングな逸話、若いころに氏が発した気の利いた言葉、生まれて初めてマティーニを一口飲んだときに体内を駆け巡った快感。氏はレコードを蓄音盤（グラモフォン・レコード）、ラジオを無線受信機（ザ・ワイヤレス）と呼び、女性の脚から滑り落ちる絹のストッキングを話題にする……重大なこと、深い意味のあることは何もないが、つい魅入られて聴き入ってしまう。南アフリカでの苦難の話はめったに出ず、たまに何か言っても声に恨みつらみは決してなかったし、故国を追われた人が抱きそうな怒りも憤りも感じられなかった。ファーガソンがかくもローゼンブルーム氏に惹かれ、氏と一緒にいて楽しいのもそこが理由だった。苦しんだ人間だからではなく、苦しんで、それでもジョークを飛ばせる人間だから。

　ローゼンブルーム氏はファーガソンの書いた短篇小説を一本も読まなかったし、ファーガソンが書いた言葉を一語たりとも見なかったが、そんな彼が、何か月もファーガソンを悩ませてきた、あのままだったらその後何年も悩みの種だったにちがいない問題の解決策を思いついてくれたのである。

　アーチー、と老人はある日の午後に言った。日常で使うにはいい名前だが、小説家の名前にはあまりよくないよね？

　ええ、どうしようもなく不向きです、とファーガソンは答えた。

　それにアーチボルドもそんなによくはないね？

　ええ、全然よくありません。もっと悪いです。

　じゃあ君、作品を発表するようになったらどうするんだい？

　もし作品を発表できるようになったら、ってことですよね。

　まあそうなると仮定しようじゃないか。何か代案はあるのかな？

　いえ、それがあんまり。

　あんまりないのかね、全然ないのかね？

　全然ないです。

　ふうむ、とローゼンブルーム氏は言って煙草に火を点け、部屋の奥の薄暗い方に目をやった。そして長い間（ま）を置いてからこう訊いた――君のミドルネームは？　ミドルネーム、あるのかい？

　アイザックです。

　ローゼンブルーム氏は大きな煙の柱を吐き出し、たったいま耳にした二音節を反復した。アイザック。

　アイザック・ファーガソン。

　お祖父さんの名前だったんです。

　アイザック・ファーガソン。アイザック・バベル（ロシアの作家イサーク・バーベリの英語読み）やアイザック・バシェヴィス・シンガーと一緒ですね。

　立派なユダヤ系の名前だ、そう思わんか？

　ファーガソンの方はそうでもないですけど、アイザックの方ははい、たしかに。

　アイザック・ファーガソン、小説家。

　アーチー・ファーガソン、人間、アイザック・ファーガソン、作家。

悪くないと思うね。君はどう思う？

全然悪くないです。

一人の中に二人いる。

あるいは二人の中に一人いる。どっちであれ、いいですよ。どっちであれ、作品の書名にはこの名を使います――アイザック・ファーガソン。もちろん、もし出版できたらですけど。

そう謙遜するなって。出版するときにだよ。

この会話から半年後、二人で例によってのんびりくつろぎ、南アフリカの午後の光とニュージャージーの午後の光の違いを話しあっている最中、ローゼンブルーム氏はふっと椅子から立ち上がり、部屋の奥まで行って、一冊の本を携えて戻ってきた。

君、これを読むといいかもしれん、と氏は言いながらそっとその本を自分の手からファーガソンの手の中に落とした。

それはアラン・ペイトンの『叫べ、愛する国よ　悲惨の中の慰めの物語』だった。発行所ジョナサン・ケープ、ロンドン、ベッドフォードスクエア30番地（当時の南アフリカを舞台とする小説）。

ファーガソンはローゼンブルーム氏に礼を述べ、三、四日でお返ししますと言った。

返さなくていい、とローゼンブルーム氏は言いながらふたたび椅子に座った。君のための本だよ。私はもう要らない。

ファーガソンが本を開けてみると、最初のページに書き込みがあった。**一九四八年九月二十三日　誕生日おめでとう、モーリス――ティリーとベンから。**二つの署名の下に、太い大文字でさらに二語書いてあった――**HOLD FAST**（挫けるな）。

父親から金をもらうつもりがないのなら、夏にまた父の店で働くのは論外だ。と同時に、父から金をもらわないのなら、自力で金を稼ぐ必要があるが、この地域で夏二か月のアルバイトなどそんなにあるものではなく、どこを探したらいいのか見当もつかなかった。十六歳になったので、キャンプ・パラダイスでウェイターとして働くことは可能だろうが、その収入はキャンプ最後の日に子供たちの両親が供出してくれるチップのみであり、せいぜい二百ドル。それにもう二度とキャンプには行きたくなかった。アーティ・フェダマンが死んだ場所の地面をもう一度踏むと考えただけで死の影が見えてしまい、何度も何度も見えてしまい、ついにはファーガソン自身が、あのときアーティの口から出たかすかなあを発していて、ファーガソン自身が芝生に倒れ込み、ファーガソン自身が死んでいるのだった。あそこに行くなんてありえない。たとえウェイターの給料が食事一回につき四百ドルだったとしても。

二年生の春、母親の結婚式はすでに八月初旬と予告され、解決策も見えなかったところで、ジムがファーガソンを高校時代の友人に引き合わせてくれた。体重一〇五キロ、元フットボールのタックルだったアーニー・フレイジャーは、ラトガーズ大を一年目で落第し、メープルウッド＝サウスオレンジ地区で運送業を営んでいた。車は白いシボレーのバンが一台、取引はいっさい帳簿なし、現金オンリーで、保険なし、正規雇用なし、正式の会社組織もなし、収入も申告しないので税金も払わない。ファーガソンは来年の三月にならないと運転できる年齢にならないが、たまたまいまの運転助手が徴兵されて六月末はフォート・ディックス（ニュージャージー州中南部、陸軍の訓練センターがある）に行ってしまうので、フレイジャーはファーガソンを間に合わせの助手として雇ってくれた。本当ならフルタイムで一年じゅう働ける人材が欲しいところだが、ジムとは仲よしで、一度は高校のパーティで双子の妹の苦境を救ってもらったこともあって（酔って部屋の隅でべたべた彼女に触ってきたラクロス選手を殴り倒してくれたのだ）、何となくジムに借りがあるような気がしていて、フレイジャーとしても断りづらかったのである。そんなわけでファーガソンはドアの向こうに片足を入れることができ、一九六三年から六五年にかけて高校の夏三年間ずっと続くことになる運送業者としてのキャリアが始まった。二年目は新しい助手が椎間板ヘルニアで辞めざるをえず急遽（きゅうきょ）ファーガソンが呼ばれ、三年目はバンが二台に増えて二人目の運転手が是非とも必要になったのだった。時にきつい仕事であり、毎年初めの六、七日間くらいは体じゅうの筋肉の半分がすさまじく痛んだが、体を動かす作業は書くという頭を使う作業といい具合に釣合いをとってくれて、健康維持にも役立ったし、やっている作業もまっとうな目的（他人の所有物を移動する）に適っている上、頭では好きなことを考えていられた。非肉体労働の場合、たいていは自分の思考を他人のために使わねばならず、要するにこっちの頭を使って誰か他人の金儲けを手伝うわけであり、その見返りは限りなく少ない。この仕事だって安給料だが、一回働くたびに五ドル札、十ドル札、時には二十ドル札が手に押し込まれることになったし、国の経済はまだベトナムに何百万ドルと注ぎ込んで破綻する前だったから仕事はふんだんにあり、ファーガソンは毎週、非課税の金を二百ドル近く手にすることになった。

かくして三回の夏を、ベッドやソファを担いで狭い階段を昇り降りし、アンティークの鏡やルイ十五世様式の書き物机をニューヨークのインテリアデザイナーの許に届け、ペンシルヴェニア、コネチカット、マサチューセッツの大学生が寮に越してきたり寮から出て行ったりするのを手伝い、古い冷蔵庫や壊れたエアコンを町のゴミ捨て場に捨てて過ごし、その中で、オフィスで働いたり〈グラニングズ〉で騒々しい子供たち相手にソフトクリームを作ったりするのでは絶対お目にかからない人々に大勢出会った。またそれ以上に、アーニー・フレイジャーがファーガソンをまっとうに扱ってくれて、敬意まで持ってくれているらしいことも有難く、まあたしかにこの二十一歳のボスは六四年の大統領選ではゴールドウォーターに投票し、ハノイに核爆弾を落とせばいいと思ってはいるが、二台目のバンを導入して従業員が四人に増えたときには黒人を二人雇ったのだし、ファーガソンにとっても、最後の夏はその黒人の一人リチャード・ブリンカースタッフと毎日一緒にバンに乗って回るという得がたいおまけも付いた。次の目的地に向かってファーガソンがバンを運転するあいだ、この肩幅も太鼓腹もたっぷりの巨人はフロントガラスの向こうをじっと見やり、がらんとした郊外の道路、穴ぼこだらけの都会の街路、工業地帯の込みあったハイウェイ等々から成る風景に注意深く見入り、何度も何度も、見て嬉しいもののことを話すのでも悲しいもの、うんざりするもののことを話すのでも同じ調子で、家の前の芝生でコリーと遊んでいる小さな女の子や、バワリーとキャナルの交差点をよたよた歩いている髪もぼさぼさのアル中を指しては、あれいいよなあアーチー、あれいいよと言うのだった。

息子をどう捉えたらいいのか、父親がさっぱりわからずにいることはファーガソンも承知していた。まず第一に、何でわざわざ、ものを書くなどという当てにならない稼業にかかずり合いたいのか。愚の骨頂ではないか、貧困と挫折と底なしの絶望にほぼ確実に至る道ではないか。せっかくきちんとした環境で育てて、生まれたその日からずっと、アメリカ人らしく自力で一から築き上げていくことの大切さも見せてやったのに、出世し繁栄していく機会をみすみす捨てて、そこらへんの一労働者として夏を過ごし、大学も落第して税務署をごまかしている阿呆の下で汗水垂らして働いている。稼いでいる金自体に何も悪いことはないが、しょせんああいうどん底の仕事はいつまで経ってもどん底のままであって、将来は工場か商船で働いて食べていくなどと息子が言い出すものだから、いったいこの子はどうなってしまうのか、考えるとぞっとする。医者になりたいと言っていた男の子はどこへ行ってしまったのか？　なぜ何もかもがこんなに悪くなってしまったのか？

そもそも父が息子について考えることがあるかどうかも定かでないが、あるとすれば父がそんなふうに考えているものとファーガソンは想像し、父の声を使って二、三ページの独白をいくつか書いてみながら、父の考え方をできる限り理解しようと努め、スタンリー・ファーガソンの小さいころ、若いころについて知る数少ない事柄を掘り下げようと試みた。父親が殺され、ギャアギャアわめき散らす母親が一族の長となった辛い貧困の日々、やがて兄二人が不可解にもカリフォルニアへ旅立ち、理由は決して十分に説明されず了解もされぬまま終わり、それから今度はこの世で最大の金持ちにならんとする努力、他人が神やセックスや善行を信じるのと同じように金を信じ利益の預言者（プロフェット・オブ・プロフィッツ）たらんとする奮闘が始まる。救済と充足としての金、万物の究極の尺度としての金、その信仰に抗う者はみな馬鹿か腰抜けであり、元妻と息子は間違いなく馬鹿であり腰抜けであり小説や安手のハリウッド映画が吹き込むロマンチックなたわごとが脳にぎっしり詰まっているのだ。誰よりも責められるべきは元妻、かつては愛しいローズだった元妻が息子の心を父親から引き離し、息子をさんざん甘やかして、真の自分を見つけるだの独自の運命を築くだのといったふやけたナンセンスで息子の頭を一杯にしたのであり、もはや修復しようにも手遅れ、息子は駄目になってしまったのだ。

とはいえ、これでもやはり、なぜ父が映画やテレビの前で相変わらず居眠りしてしまうのかの説明にはならない。あるいは、金持ちになればなるほどますますケチンボになって、月二回の二人だけの夕食でも息子を気の滅入る安レストランにしか連れていかず、メープルウッドの家を売るのも結局やめてファーガソンと母が出ていったあとに戻って一人で住み、わざわざ『靴底の友』を印刷させる手間までかけたのにその後新しい小説を見せてくれと言ってくることもなく、ウッドホール・クレセントの家での義理の父親と義理の兄姉との暮らしはどうかと訊ねもせず、どの大学へ行きたいかも訊かず、ケネディ暗殺について一言も言わずそもそも大統領が撃たれたことを何とも思ってないように見える……それがすべてなぜなのか、少しも説明できていない。ファーガソンが父の魂に至る道を探ろうとすればするほど、死んでいない何か、他人から切り離されていない何かを探せば探すほど、ますます見つからなくなるように思えるのだ。ローゼンブルーム氏の方が人間としてはずっと複雑で、内面の多くの部分を——ひょっとすると大部分を——世界から隠しているにちがいないが、それでもファーガソンから見て父親よりずっと納得できる。その違いを、父親は仕事をしていてローゼンブルーム氏はしていないという事実で片付けることもできない。ダン・シュナイダーマンは仕事をしているではないか。ファーガソンの父親のように一日十二時間、十四時間ではないが、週に五日か六日、日にきっちり七、八時間は働いているのだ。まあ世界最高の芸術家ではないかもしれないが、ささやかな才能の限界を自覚しつつ仕事そのものを楽しみ、本人が時に言うところの自営業絵筆職人として立派に生計を立てている。むろんスタンリー・ファーガソンのような高収入ではないが、それでも、新しい妻に買ってやった新車でもわかるとおりむしろもっと気前がいいくらいであり、おかげでファーガソンとエイミーは運転免許を取得すると同時に母親の古いポンティアックの共同所有者になることができた。あるいは、誰の誕生日にもプレゼントに作ってくれる気の利いたモビールやくるくる回る仕掛け彫刻。レストラン、コンサート、映画などのサプライズ外出。娘に与えるのとあわせてファーガソンにも受け取れと言ってくれる小遣い——夏のアルバイトの金は銀行に預けておけ、高校のうちはまだ手をつけないでおけと言って毎週二人に金を出してくれるのだ。だがそれより何より、人柄のよさ、明るさ、思いやり、若々しさ、気まぐれぶり、ポーカーなどの勝負事への入れ込みよう、向こう見ずに明日よりも今日を大事にする性格、それらすべてが合わさってファーガソンの父親とは違う人間が出来上がっていて、息子／義理の息子としては両者を同じ人類のメンバーと見ることに困難を覚えてしまう。それにまたダンの兄ギルバート・シュナイダーマンもいる。おそろしく知的なこの新しい伯父も誰にも負けずよく働き、ジュリアードで音楽史をフルタイムで教えながら、じき刊行される音楽百科事典のクラシック作曲家の項を次々書きまくっている。そしてドン伯父さんだって働く。このピリピリした、時に不機嫌にもなる、ファーガソンの親友ノアの父親も、モンテーニュの伝記を日々書き進めながら、月に二本、時には三本書評をひねり出している。アーニー・フレイジャーでさえも働いている。大学を落第し、徴兵検査も通らなかった、税金をごまかしているこの元フットボール選手だって実は必死に働いていることをファーガソンはよく知っていて、しかも毎晩レーベンブロイの六缶パックを飲みきり、三つの違う町に住む三人の女の子との恋愛を同時進行させているのだ。

父親と一緒にいるとき腹を立てないよう努力はしたが、ダン・シュナイダーマンが小遣いをくれようとすると知らせてもこの家電王が全然反対しないことにファーガソンは内心啞然とさせられた。法律的にも倫理的にも、彼に小遣いを与えるのは父親であるべきではないか。だがどうやら、父もやはり腹を立てているように思えた——ファーガソンにというより、元々離婚を強制してきた、しかもあっさり再婚したファーガソンの母親に。息子に対する責任を放棄することで、父はしみったれのささやかな復讐欲を満足させている。金を手放したくないときに（そしていまや父はほぼ常時手放したがっていない）手放さずに済み、あわせて元妻の新しい夫への当てつけにもなっている。ケチな悪意と嫌がらせから成るノミのサーカス。そうファーガソンは胸の内で言い、心はどんどん萎えていったが、まあ父が小遣いの義務を放棄したのはある意味ではよかった。もし金をくれると言ったらファーガソンは拒否しただろうし、そうなれば父から金をもらうのをやめたという決断を明かすことになり、それは敵意の表明、ほとんど宣戦布告と受け取られただろう。ファーガソンとしては父に喧嘩を吹っかける気はない。とにかく一緒にいる時間を極力穏便に耐えて、自分にも父親にも苦痛になるようなことは起こさずに済ませたかった。

父からの金はなし。アーティ・フェダマンの亡霊がいまだ自分のかたわらを歩いていて誓いを撤回する気はないから野球もなし。ほかのスポーツは許されるが、どのスポーツも野球ほど大事だったことは一度もない。高校一年になってバスケットチーム二軍のフォワードでスタートしたものの翌年一軍チームに入るテストは受けないことに決め、チームスポーツへの参加はあっさりかつ決定的に終わりを告げた。かつてはスポーツこそすべてだったが、それは『罪と罰』を読む前、デーナ・ローゼンブルームとのセックスを発見する前、初めての煙草を喫い初めての酒を飲む前、夜一人自室にこもって大切なノートに言葉を埋めていく作家の卵になる前の話であって、いまでもスポーツは大好きだし完全に捨て去る気もないが、もはやそれはあってもなくてもいい娯楽の範疇に追いやられた。タッチフットボール、居合わせたメンバーで即席チームを組むバスケット、新しい家の地下室での卓球、たまの日曜午前のダン、母親、エイミーとのテニス（大半はダブルス、子対親、父と娘対母と息子）。気晴らしのレクリエーションであり、少年時代のような生死を賭けた戦いではない。目一杯プレーして汗を流し、勝っても負けても終わったら家に帰ってシャワーを浴びて煙草を一服する。だがそれでも、スポーツは依然ファーガソンにとって美しいものだった。特に、彼が一番大切に思っている禁じられたスポーツ、野球。自らは二度とプレーしないと誓ったが、フラッシングを拠点とする新生チームの応援は続けた（ニューヨーク・メッツは一九六二年に誕生、最初の本拠地ポロ・グラウンズはクイーンズ区フラッシングにあった）。とはいえ、九回裏ツーアウトでランナーが二人出ていてチュー・チュー・コールマン（一九六二—六三年、六六年にメッツでプレー）がバッターボックスに入っていってもはや西洋世界の運命が左右されるような気にはならず、避けがたい3ストライクがコールされて（コールマンの生涯打率は一割九分七厘）義父と義兄がうめき声を上げても、ファーガソンは単にうなずくなり首を横に振るなりするだけで立ち上がり、涼しい顔でテレビのスイッチを切るのだった。この世界のチュー・チュー・コールマンたちは三振すべく生まれてきたのであり、チュー・チュー・コールマンが三振しなければメッツはメッツでなくなるのだ。

父親との毎月二回の夕食に加え、ニューロッシェルでのフェダマン家の二か月に一回の夕食。ファーガソンはこの儀式も続けたが、いろいろ迷うところはあった。アーティの両親がなぜいまだ夕食に呼んでくれるのかいっこうに明らかでなかったし、なぜ自分がわざわざ出かけていく気になるのかはもっと明らかでなかった。なぜなら実のところ行きたいどころか、彼らと夕食の席を共にするのを恐れる気持ちで一杯だったのである。判然としない。両親の動機がファーガソンに見えなかったのは、ファーガソンはむろん、本人たちもなぜ自分たちがこんなことをしているのか、なぜ執拗に続けているのか、わかっていなかったからである。にもかかわらず、そうせずにはいられない衝動が初めからそこにはあった。葬儀のあと、フェダマン夫人はファーガソンを抱きしめ、あなたはいつまでも家族の一員だと言い、ファーガソンはリビングルームで十二歳のシーリアと二時間並んで座り、これからは僕が君の兄だよ、今後もずっと君を大切にするよと伝える言葉を見つけようとあがいた。なぜみんなそんなことを言ったり考えたりするのか？　そこにいったいどういう意味があるのか？

アーティと友だちだったのは、たった一か月のことにすぎない。たしかにそれだけあれば双子のAFとなるには十分だったし、長く親密な友だちづき合いが始まったと実感するにも十分だったが、それぞれが相手の家族の一員となる長さではない。友が死んだとき、ファーガソンはラルフとシャーリーのフェダマン夫妻に会ったこともなかった。名前すら知らなかったのだ。が、向こうはファーガソンのことを知っていた。息子がキャンプ・パラダイスから手紙を書いていたからだ。それらの手紙が決め手だった。内気で無口なアーティが、両親に向かって胸を開き、新しい、素晴らしい友のことを伝えていた。ゆえに彼らは、ファーガソンに会う前から彼のことを素晴らしいと決めていた。そうしてアーティが死に、三日後、素晴らしい友が葬儀に現われて、自分たちの息子と瓜二つではなかったけれど同じように背は高く逞しい少年で、同じく若きアスリートの体つきで、同じユダヤ系の家庭に育ち、学校の成績も同じように良い――そんな少年が、自分たちの息子がきょうだいと呼んでいたまさにその子が、息子を失ったその瞬間に自分たちの人生に入ってきたのだ。それが彼らの心に強く訴えたことは想像に難くない。あたかもいなくなった息子が神々を出し抜き、代わりの少年を送ってきたかのような、ほとんど超自然的な思いがしたのではないか。死んだ息子と交代に、生者の世界からやって来た取り替え子。ファーガソンと接触を保ちつづけることで、自分たちの息子が徐々に成長し大人になっていったとしたらどう変わっていったはずか、両親はこの目で見ることができる。十四歳から十五歳へと移行するゆるやかな変化。十五歳から十六歳、十六歳から十七歳、十七歳から十八歳……。これは一種の演技なのだ、とファーガソンは悟った。ふたたび日曜のディナーの席につくべくニューロッシェルまで出かけていくたびに、ファーガソンは自分らしくふるまうことによって自分という役割になりきらないといけない。精一杯、誠実に自分自身を演じないといけない。これがゲームであることはみんな承知の上なのだ。もしかしたら承知していることを自覚してはいないかもしれないが、それでも同じことだ。アーチーは決してアーティにはなれない。なりたくないから、だけではなく、そもそも生者が死者の代わりになれるわけがない。

　一家は善良な人たちだった。心優しい、平凡な人たち。並木道沿いに建つ小さな白い家に住んでいて、周りもみなコツコツ働く中産階級の家族が所有する小さな白い家で、子供は二人か三人、白い木造のガレージには車が一台か二台入っている。ラルフ・フェダマンは痩せた長身の四十代後半の男性で、薬剤師の資格を有し、ニューロッシェル商店街のメインストリートに三軒あるドラッグストアのうち一番小さい店を所有していた。シャーリー・フェダマンもやはり長身だが痩せてはいなくて夫より何歳か年下だった。ハンター・カレッジの卒業生で、地元の図書館でパートタイムで働き、州選挙、国政選挙のたびに民主党候補者を応援して運動し、ブロードウェイ・ミュージカルを好んだ。二人ともファーガソンに静かな敬意をもって接し、ファーガソンが自分たちの息子への忠誠心ゆえに依然招待を受けつづけていることにいくぶん衝撃を感じつつまずは感謝の気持ちを抱いていた。ファーガソンを失うのは彼らの望むところではなかったから、夕食の席ではおおむね聞き手に回り、ファーガソンに喋らせるよう努めていた。シーリアはめったに口を開かなかったが、ファーガソンの話をきちんと、両親以上にきちんと聞いていて、彼女が次第に、兄の死を悲しむおずおずとした子供から、落着いた十六歳の女の子に変身していくのを見守りながら、ファーガソンはふと、自分が何度もこの家に通ってくるのもこの子がいるからだと思いあたった。とても頭のいい子だということは初めから明らかだったし、いまでは可愛らしさも、白鳥のようにほっそりと四肢の長い可憐さも芽生えはじめていて、まだ彼の相手には幼すぎるけれど、あと一、二年すればそうでもなくなるだろうし、ファーガソンの脳内のどこか奥深い、届かない部分で、はっきり言葉にされることなく、自分はいずれシーリア・フェダマンと結婚する運命なのだという思いがいつしか根づいていた。彼女の兄の不当に早すぎる死を打ち消すためにも、彼がシーリアと結婚することをファーガソンの人生の物語は求めているのだ。

　とにかく彼が話すということが肝腎だった。ただ単にそこに座って礼儀正しい言葉を発するだけではなく、本当に話す。自分のことをとことん話して、どういう人間なのか少しでもわかってもらう。何度目かからは本腰を入れてそうするようになり、自分について、自分の身にいま起きていることについて夫妻に語った。もうそのころにはアーティについて言うことはどんどん少なくなったし――同じことを何度も蒸し返すのはあまりに陰惨だった――ほんの九か月のあいだにフェダマン氏の髪が濃い茶から茶と灰色の混じりあいになりやがて大半灰色になりついには真っ白になるのをファーガソンは自分の目で見た。氏は一時期ますます痩せていったが、アーティの母はますます肉がついて、一九六一年十月までに五キロ、六二年三月までに七・五キロ、九月までに十キロ増えて、二人の体を見れば、アーティの死を抱えて生きつづける彼らの魂に何が起きているかがわかった。だから、彼らの息子が十歳のリトルリーガーとして遂げた偉業を語る必要はないし、理科と数学がAプラスだったことをあらためて振り返っても意味はない。そこでファーガソンは、これらのディナーを切り抜けるための新たな戦略を編み出した。すなわち、アーティを部屋から追い出し、何かほかのことを考えるようフェダマン一家に強いるのだ。

　彼らの息子のために野球をやめたとか、エイミー・シュナイダーマンに淫乱な思いを抱いているとか、ディーナ・ローゼンブルームとセックスしているとか、ある晩エイミーのボーイフレンドのマイク・ローブと一緒に飲み過ぎてマイクのズボンと靴一面にゲロを吐いたといった話は控えるが、そういう秘密やヘマを隠す以外は自己検閲めいたことはしないよう心がけ、常日頃自分についてあまり語らないファーガソンにとってこれは容易なことではなかったが、とにかく彼ら相手に正直になるよう、彼らのために演じるよう己を鍛錬し、アーティの死から高校卒業までの四年間に出かけていった二十数回の夕食で、実にさまざまなことをファーガソンは語った。自分の家族に生じた種々の激変（両親の離婚、母の再婚、父との冷えきった関係）を語り、新しい親戚一同を得た経験の奇妙さを語った。義父と義理の兄姉のみならず、ダンの兄ギルもいる。博学で心優しいこの人物は義理の甥が作家志望であることに興味を示してくれて、**まずは学べることを全部学ぶんだアーチー**、とあるときファーガソンに言った。**それから全部忘れるんだ。で、忘れられないものが君の作品の土台になるのさ。**それにギルの陰気な妻アンナ、太って威張り腐ったギルの娘二人マーガレットとエラ。さらにはダンの父親である、ワシントンハイツの老人ホーム三階に住んでいる偏屈な老人は頭が壊れているか認知症の初期段階かのどちらかだったが、それでも時にはシグ・ルーマン（ドイツ系アメリカ人で、ドイツ人を演じることが多かった映画俳優）ばりの訛りで忘れがたい科白を口にしてみせることもあった――みんな黙れ、わしは小便がしたいんだ（アイ・ヴァント・ヴィー・オール・シャット・アップ・ナウ・ソー・アイ・キャン・ピス）！　母が再婚してよかったことのひとつは（とファーガソンは彼らに語った）、何やら神秘な手品によっていくつもの家族やら重なりあう家系やらがごっちゃに絡み合わされた結果、無二の親友で義理のいとこノア・マークスがいまや彼の新たな義姉・義兄の親戚にもなったことで、これを何いとこと呼ぶのか考えるたびに眩暈がしてきた（誰一人正解に達した者はいなかった）。ノアとエイミーがぐじゃぐじゃの部族の中で一緒になって、自分と共にいる！　それにまた、ダン・シュナイダーマンがドン・マークスと意気投合しているのを見るのも嬉しく、ドン伯父さんのことを嫌ってあるときなど彼のことを気取り屋の下司野郎と呼んだ父親とは大違いで、まあたしかに母親と姉との関係は改善していないし今後もされることはないだろうが、いまは少なくともファーガソンがマークス家で夕食の席についても、絶叫したくなったり銃を取り出して誰かを撃ちたくなったりすることはなくなった。

彼らが聞き手だと、ほかの誰にも話さないことが話せた。彼らと一緒にいると、違う人間に、学校や家にいるときより率直で楽しい人間になれた。人を笑わせることができる人間。何度も出かけていったのはこれも一因だったかもしれない。自分の話を彼らが聞きたがってくれていることが、語っていて実感できたのだ。たとえば、ノアをめぐる愉快な逸話。人生の荒波を共にくぐり抜けてきたこの忠実な同志のことは、いくら話題にしても飽きなかった。リヴァデールにあるニューヨーク・シティで指折りの名門私立校フィールドストン・スクールに全額支給奨学生として入学し、背ものびて歯列矯正器も外れたノアはいまやガールフレンドも見つかり、学校で芝居の演出をやっていて、イヨネスコの『椅子』や『禿の女歌手』のような現代演劇からジョン・ウェブスターの『白い悪魔』（何たる惨劇！）のような古典まで幅広く取り上げ、ベル＆ハウエル社の８ミリカメラを使って短篇映画も撮っていた。とびきり狡猾な秩序攪乱者であるところは変わらず、一九六四年五月、ファーガソンの月二回の父との食事に同席したときもその本領を発揮した。今回は安レストランではなく、嫌でたまらないブルーヴァリー・カントリークラブである。ここへ行こうと誘われて、ファーガソンは思いきって、ノアと一緒なら行く、と答えたのだった。どうせ拒否されるだろうと思ったが、父はこの要求に応じてファーガソンを驚かせた。かくしてある日曜の午後、家電王と二人の少年はクラブでのランチに出発し、ノアはファーガソンが父親相手に苦労していることもこのクラブを心底嫌っていることも知っていたから、クラブが体現しているものを茶化すべく、てっぺんにポンポンの付いたチェックのベレー帽をかぶって現われた。その馬鹿げた、まるっきり大きすぎる帽子を見てファーガソンと父親は笑った。二人一緒に声を揃えて笑ったなんて、おそらく十年ぶりでも済まないだろう。ノアはポーカーフェイスを貫いてにこりともせず、むろんおかげで笑える姿がもっと笑えるようになり、ノアが言うには、何しろゴルフクラブに来るのは初めてだからちゃんとした格好しなくちゃと思ったんだ、ゴルフはスコットランドの競技であってゴルファーはすべからく（マスト・ニーズ）（何とも古風な must needs という表現をノアは本当に使った）スコットランド式の帽子をかぶってコースを回らないといけないからね……。まあクラブに着いてからはいささか度を越した観なきにしもあらずだったが、これは本人言うところの汚れた金持ちどもの中に入って落着かなかったからか、それともファーガソンとの連帯を誇示すべくファーガソン自身は絶対に言う度胸のない言葉をあえて連発したのか。たとえば太った男がよたよたと通りかかり、ポンポン付きのベレー帽を指していい帽子だね！　と叫ぶと、ノアは（顔じゅうにニタァと大きな笑いを貼りつけて）ありがとデブチン（サンクス、ファッツォ）、と答えたのである。幸いファーガソンの父親は三メートルあまり前を歩いていたので聞かれずに済み、叱られもせず、この日だけはファーガソンも、ブルーヴァリー・カントリークラブでの一日を、ああこんなところにいたくないと思わずに過ごすことができた。

　それがノアの一面なんです、とファーガソンはフェダマン家の人々に語った。道化の煽動者、悪戯なピエロ。でも芯は思慮深い、真面目な人間で、ケネディが撃たれた週末のふるまいなどはその最良の証しでした、とファーガソンは語った。たまたまその週末は、ノアがウッドホール・クレセントの新居に招かれて、ファーガソン、エイミーと丸二日過ごすことになっていた。彼の8ミリカメラを使って、みんなで映画を撮る計画だった。ファーガソンの書いた、家出した少年が家に帰ってみると両親が失踪している短篇「何があったのか？」の無声映画版を作る。少年役はノア、両親をファーガソンとエイミーが演じる。そして十一月二十二日金曜、ノアがポート・オーソリティのターミナルからバスに乗り込みニューヨークを離れるほんの数時間前、ケネディがダラスで暗殺された。まあ普通なら訪問は中止にするところだろうが、ノアはそうしたがらなかった。電話してきて、予定どおりアーヴィントンの停留所に迎えに来てくれと言った。週末のあいだずっと、みんなでテレビを観ていた。ファーガソンと彼の義父ダンがリビングルームに置いた長いソファの一方の端に座り、エイミーと彼女の義母ローズがもう一方の端で共に丸まり、ローズがエイミーの体に両腕を回しエイミーがローズの肩に頭を載せていた。ノアはここで落着きを失わず、カメラを出して四人を撮影した。四人みんなの姿を、二日間ほぼずっと追いつづけ、四人の顔とテレビの白黒画面とを行き来する。ウォルター・クロンカイト（著名な放送ジャーナリストで、ケネディ暗殺を報じる速報を涙ながらに伝えたことで知られる）の顔、新たに大統領となった副大統領ジョンソンとジャッキー・ケネディが飛行機に乗っている姿、ダラス警察署の廊下でオズワルドを射殺するジャック・ルビー、葬送行進での乗り手のない馬、敬礼するジョン＝ジョン、それら公的な映像と交互に、ソファに座った四人が現われる。厳めしい顔のダン・シュナイダーマン、放心してうつろな表情の義理の息子、画面に映る出来事を濡れた目で見つめる女二人、カメラは録音はできないのですべてが無音のうちに進む。全部で十時間以上あるにちがいない大量のフィルムは、とても通しでは見られない代物だっただろうが、ノアはそれをニューヨークに持ち帰り、手伝ってくれるプロのエディターを見つけて、十数時間を二十七分に縮めた。その結果、途方もないものが出来上がったんです、とファーガソンは語った。国家的な惨事が、これら四人の顔と、彼らの前に据えられたテレビに書き込まれている。それは十六歳の少年が撮った本物の映画であり、単なる歴史的資料にとどまらぬ芸術作品であり、心から惹かれるものについていつも使う言葉を用いてファーガソンはそれを傑作（マスターピース）と呼んだ。

ノアをめぐる話はたくさんあったが、加えてエイミーとジムの話もあれば、ファーガソンの母親と祖父母の話、アーニー・フレイジャーの話、アーニーとニュージャージー高速道を走っていて危うく大事故になるところだった話、デーナ・ローゼンブルームとその家族の話、ローゼンブルーム氏と交わしたいろんな話の話、エイミーの恋人でのち元恋人となり以後ふたたび恋人となったマイク・ローブとの交友の話もあった。エマ・ゴールドマンが誰だか知っていてその自伝『自分の人生を生きる』も読んでいるマイクは、校内でただ一人、アレグザンダー・バークマンの『無政府主義者獄中記』まで読んでいる人物だった。肥満体マイク・ローブ、反ソ＝マルキシストのラディカル、運動の力を信じ組織を信じ大衆行動を信じ、ゆえにファーガソンがソローに寄せる関心を懐疑的な目で見る——ソローにとっては個人がすべてであり、良心ある一人の人間がその倫理観に従って行動しているのであって、システムを攻撃し社会を最上部と最下部両方から組み立て直すための理論的土台があるわけではない。文章は見事だが、人間としてはひどく縮こまったせせこましい奴で、女性をとことん怖がっていてたぶん童貞のまま死んでいっただろうし（こうしたマイクの言葉をファーガソンが再現すると当時十四歳のシーリアはくっくっと笑った）、たしかに市民的不服従の理念はガンジー、キング、公民権運動に携わる人々にも引き継がれたが、消極的抵抗では不十分であって、いずれは武力闘争に至るほかない。ゆえにマイクはM・L・キングよりマルコムXを好み、寝室の壁には毛沢東のポスターが貼ってあった。

その子の考えに賛成なのかとアーティの両親に訊かれて、いいえ、とファーガソンは答えた。でもだからこそマイクと話すことで多くを学べるんです、マイクに反論されるたびにこっちも自分の信念をもっと真剣に考えないといけませんから。自分とまったく同じ考え方の人間と話しても何も学べませんよね。

そして、ファーガソン一番お気に入りの、モンロー先生の話題。彼女がいることで高校生活も耐えられるものになり、二年次、三年次と彼女が英語の教師だったことは大きな幸運だった。若く血気盛んなエヴリン・モンロー、ファーガソンが初めて授業を受けたときはまだ二十八歳で、そのイキのよさは、古くさく反動主義で新しいものを受けつけないボールドウィン先生に対する理想の解毒剤だった。旧姓フェランテ、ブロンクス育ちのタフなイタリア系の女の子が全額支給奨学生としてヴァサー女子大に乗り込み、ジャズ・サキソフォン奏者ボビー・モンローと結婚し（のち離婚）、グレニッチ・ヴィレッジに入りびたり、いまもミュージシャン、画家、役者、詩人を数多く友に持つ、コロンビア高校史上最高にヒップな教師。ファーガソンがこれまで接したどの教師とも違うのは、生徒をすでに一人前の独立した個人と見ること、大きな子供としてではなく若い大人として見ることであり、彼女の授業を受けているとみんな自分に自信が持てて、課題図書について彼女が語るのを誰もがいい気分で聴いた。ミスタ・ジョイス、ミスタ・シェークスピア、ミスタ・メルヴィル、ミス・ディキンソン、ミスタ・エリオット、ミス・エリオット、ミス・ウォートン、ミスタ・フィッツジェラルド、ミス・キャザー……。ファーガソンが二度授業を取った中でモンロー先生に心酔しない生徒は一人もいなかったが、ファーガソンは誰よりも深く彼女を崇拝し、高校在学中に書いた短篇はすべて、もう彼女の授業がなくなった第四学年になっても見せていた。思うにそれは、彼女の方がドン伯父さんやミルドレッド伯母さんより読み手として優れていたからではなく、彼女が伯父伯母より正直に感想を言ってくれて、その批評がより具体的で、と同時によりはっきり励ましてもくれて、彼がこういうことをやるべく生まれついていてほかの選択などありえないという前提に立ってくれていると思えるからだった。

黒板の上にモンロー先生は、ひとつの文を書いたボードを掲げていた。アメリカの詩人ケネス・レクスロスの一文が、一番後ろの生徒にも見えるよう大きな字で書き写してある。ファーガソンは授業中たびたび、ふと気がつくとその一文に見入っていたから、きっと彼女の下で学んだあいだに何千回と見たにちがいない。**世界の荒廃に対する防御はただひとつ、創造する営み。**

フェダマン夫人は言った。若い人にはみんなモンロー先生のような人が必要なのよ、アーチー。若い人みんなにそういう人が現われるとは限らないけど。

だとしたら怖いですね、とファーガソンは答えた。僕、先生がいなかったらどうしたらいいかわからないですよ。

ニューヨークには依然引き寄せられ、空いている土曜日はできる限り行っていた。一人で行く、デーナ・ローゼンブルームと行く、エイミーと行く、エイミーとマイク・ローブと行く、マイク・ローブだけと行く、そして時には三人皆と一緒に行き、週末ノアがヴィレッジに来ていればノアも合流する。若きグルーチョは父親ドンと義母ミルドレッドと一緒のこともあれば、ドンとミルドレッドがまたしても別居しているときはドンだけと一緒だった。濃密、巨大、複雑。なぜ都市の方が郊外よりいいのかとあるとき訊かれてファーガソンはそう答えたが、ささやかなギャング五名もおおむね同感で、高校を出たらどこへ行きたいかをすでに決めているデーナ以外は、大学もニューヨークで選ぶつもりでいた。とすれば男三人はコロンビア、エイミーはバーナードということになり、むろん合格することが前提だがみんな成績はいいのでその点はまず大丈夫と思えたものの、蓋を開けてみれば合格したのは三人で、結局翌年九月の新学期にモーニングサイド・ハイツ（コロンビア、バーナード共にキャンパスはここにある）に移り住んだのは一人だけだった。まずノアが不合格だったのは自業自得と言うべきで、三年次が終わったあとの夏にマリワナを覚え、のめり込みすぎて一時勉強に身が入らなくなり、四年生の一学期はテストの点も成績も急降下し、コロンビアは父親の母校であり息子もそこで四年間を過ごすものと家族一同期待していたにもかかわらず受験は不首尾に終わった。ノアは気にせず笑っていた。代わりにNYUへ行けば予定どおりニューヨークにとどまれるし、コロンビアよりも格が下で学部生対象のプログラムは凡庸、学生もやる気がないと誰もが思っているが、NYUならコロンビアの学部生向けにはない映画製作の授業が取れる。それにさ（とノアは言った）、ハーレムとハドソン川にはさまれたゴミ溜めスラムじゃなくて、ダウンタウンの、ニューヨークで一番クールなエリアで暮らせるんだぜ。

　ノアはかくしてワシントン広場に、コロンビアへ行くマイクはアップタウン西一一六丁目、ブロードウェイとアムステルダム・アベニューのあいだに、ファーガソンとその義姉はそれぞれ市外の別々の大学へ。エイミーがバーナードに行かないことにした唯一無二の原因はマイクだった。以前にも一度、三年次の真ん中でモイラ・オッペンハイムという女の子に走ってマイクがエイミーを裏切り訣別した二人だったが、別離がしばらく続いたあと、マイクがひたすら低姿勢で悔恨の意を示してきて、エイミーとしてももう一度チャンスを与えたのだったが、わずか四か月後、マイクはまたしても、しかも同じモイラ・オッペンハイムを――いくらノーと言われても引き下がらないチビネズミを――相手に不実をはたらき、エイミーは激怒し、愛想を尽かし、マイクと永久に手を切った。その翌週、彼女が受験した各大学からの通知がウッドホール・クレセントの郵便箱に届いたのである。第一志望バーナード合格、第二志望ブランダイス合格。マイク・ローブのそばには絶対いたくなかったし、あの太った顔とでっぷりした体も二度と見たくなかったから、どっちも同じくらいいいという確信はあったので、ニューヨークにノーと言い、マサチューセッツ州ウォルサムにイエスと言い、むしろ迷わずに済んで有難いくらいだった。豚野郎に屈辱を味わわされ、心を傷つけられたエイミーを見て、これはどこかよそへ行った方がいいとファーガソンも賛成し、彼女への連帯を表明すべく、秋にマサチューセッツへ発つあかつきには二人で共有しているポンティアックを譲ると申し出て、かつ、自分もマイク・ローブとのつき合いをただちに、いまこの瞬間に断つと宣言した。

　ファーガソン自身の状況はエイミーよりもややこしかった。コロンビアには合格したし、行きたいと思い、かりにマイク・ローブと寮で相部屋を強いられたとしても行きたかったが、金の問題も考えないといけない。誰が学費を出すのかという、答えのない問い。意地を捨てて父親の許に行けば、渋々ではあれ父は、息子の教育に金を出すのは自分の責任なのだといずれは納得し、きっと出してくれただろうが、ファーガソンはこの選択肢を考えもしなかった。この点に関する彼の立場は母親もダンもはじめからずっと承知していて、強情で自滅的だと思いはしたが、その決断に敬意を抱きもし、考え直すよう説得したりはしなかった。母はすでに戦線から撤退し、ファーガソンとその父との関係修復に奔走する日々はもう終わっていた。前の家の売却に関して元夫が汚い手を使ってきたいま、息子が彼から金を受け取らないのは、母である自分を擁護する意思表示なのだとローズは理解していた。ひどく感情的な、理不尽ですらあるふるまいだが、愛ゆえの行為でもあるのだ。

　高校四年次の十一月、ファーガソンは母と義父とともにこの問題を話しあった。各大学に願書を送る時期が迫っていて、心配は要らない、いくらかかっても何とかするから、とダンは言ってくれたが、ファーガソンはその言葉を鵜呑みにはできなかった。大学に一年通うとすれば、授業料、食費を含む寮費、書籍代、衣料費、生活雑費、旅行費用、それに毎月若干の小遣いが要り、トータルで年五、六千ドルにはなるだろう。とすれば四年間しっかり学ぶには二万から二万五千ドルの金がかかる。事はエイミーも同じで、やはり今後四年で二万から二万五千ドル。エイミーとファーガソンが高校を卒業すると同時にジムはＭＩＴを卒業するから、三人分の授業料を考える必要はないが、ジムは大学院に進学して物理を専攻する気でいて、まあジムのことだからきっとどこか学費も免除されて生活費も支給してくれるところに入れるにちがいないが、支給額ですべて賄(まかな)うという訳には行かないだろうから、ダンがやはり年千ドルか千五百ドル出してやらねばなるまい。だとすれば、シュナイダーマン二人とファーガソン一人を高等教育機関で学ばせておくのに必要な総額は年に一万一千、二千、三千あたりで、ダンの年収は平均およそ三万二千ドル。ゆえにファーガソンは、彼の言葉を素直に受け取れなかったのである。

　リズの生命保険が上乗せされてはいたが、一九六二年の夏にダンが受け取った十五万ドルは、六四年十一月末にはすでに七万八千ドルまで減っていた。遣った七万二千ドルのうち二万ドルは、二重ローンの支払いを済ませてから前の前の家を売却して新しい家を即金で買うのに遣い、おかげで母と義父はウッドホール・クレセント7番地を銀行の取り立てを気に病むこともなく所有でき、払うのは固定資産税と水道代のみだった。さらに一万ドルはやはり家に注ぎ込み、塗装、修理、リフォームに遣ったので、万一手放すことになったら悪くない値で売れるだろう。さらに四万二千ドルが結婚以来、自動車、外食、旅行、そしてジャコメッティ、ミロ、フィリップ・ガストンのドローイングに消えた。実父のケチンボぶりは嫌でたまらなかったものの、義父が右から左へ金を遣いまくるのを見てファーガソンはいささか心配せずにいられなかった。ダンの毎年の収入では二人分の授業料が賄えないとすると、生命保険から残った七万八千ドルが唯一の財源となるほかなく、ファーガソンの計算によれば、自分とエイミーが大学を終えるころにはそれが三万ドル前後に減っているだろうし、もしダンと母が過去二年間と同じように遣いつづけたらもっとずっと減ってしまうだろう。というわけでファーガソンは、二人には極力負担をかけない気でいた。できることなら、一銭ももらわない。べつに誰かが飢え死にしそうだとかいった話ではないが、遠からぬ未来のある日、母ももう若くはなく、毎日何箱もチェスタフィールドを喫っているとあって健康も万全ではなくなった時点で、ダンと彼女が経済的に苦しくなるかもしれないと思うと恐ろしかったのである。

　アーニー・フレイジャーの下で過去二度の夏働いて、ファーガソンにも二千六百ドルの貯金がある。本代とレコード代を切り詰めれば、今度の夏の終わりまでにあと千四百ドルは増やせるだろう。とすればきっかり四千ドル。祖父はすでに孫の卒業祝いに二千ドルくれるという意向を母親に伝えていて、これもあわせて学費の足しにすれば、当面ダンには一銭も出してもらわずに済む。一年目はそれで何とかなるが、あと三年は？　もちろん夏にはアルバイトを続けるが、何をするか、いくら稼げるかは当面すべて未知数。まあたぶん祖父はいくぶん援助してくれるだろうが、それを当てにするのはよくない。祖母に心臓疾患が現われて、医療費もどんどん嵩（かさ）んでいるのだから。首尾よくコロンビアに入れたとして、一年間ニューヨークで過ごす。そのあとはもう、正気の人間であれば、ラスベガスに飛んでいって、有り金全部13番に賭けるしかないではないか？

強引な解決策がひとつ、あるにはあった。このサイコロを転がして、しかるべき数字が出れば、金の問題はすべて解消するが、ただし賭けに勝つことでファーガソンは自分が何より欲しているものを失うことになる。ニューヨーク、コロンビア、どちらもいっさいなしになるのだ。なお悪いことに、今後四年間ニュージャージーで、世界中どこよりもいたくない場所で過ごすことになり、しかも単にニュージャージーというにとどまらず、そこはニュージャージーの中の、いま自分が住んでいるのと変わらぬ小さな町であって、つまりは物心ついてからずっと逃げ出したいと念じていた環境にわざわざ入っていくことになるのだ。とはいえ、いざそういう状況が訪れたら（訪れない可能性もたっぷりあるわけだが）、彼としては喜んで受け入れ、転がしたサイコロにキスする気だった。

その年プリンストン大学は、ウォルト・ホイットマン奨学基金なるものを始めようとしていた。出資者は、ゴードン・ドゥイットという名の一九三六年卒業生。イースト・ラザフォードで育ち、高校までずっと町の公立学校に通った人物である。ドゥイットが出してくれる金によって、毎年四人、ニュージャージーの公立高校を卒業した新入生に、学費と生活費すべてをカバーする奨学金が与えられる。学業優秀、性格健全などと並んで経済的必要性というのも条件のひとつであり、裕福な実業家の息子であるファーガソンには応募資格すらなさそうに思えたが、これがそうではなかった。なぜならスタンリー・ファーガソンは、息子に小遣いを与える義務を放棄したことにとどまらず、元妻と離婚時にサインした合意書の約束を破り、息子の養育費用の半分を供出する――つまりファーガソンが食べる食べ物、着る衣服、受ける医療、歯の治療等々に母と新しい夫が払う金の半分を負担する――義務があるにもかかわらず、母が再婚してから六か月経っても金を送ってこないので、ファーガソンの母親が弁護士に相談し、出すべき金を出さなければ法廷に持ち込むと迫った手紙を弁護士が送ると、ファーガソンの父親はこれに応えて妥協案を出してきた。すなわち、息子の養育費の半分は出さないが、代わりに今後は、所得税申告時に息子を扶養家族に入れる権利を放棄して、その権利をダン・シュナイダーマンに譲ると言ってきたのだ。こうして問題は決着を見た。この争議についてファーガソンは何も知らされていなかったが、奨学基金のことを母と義父に話し、応募したいけれど資格がないと思うと言ったところ、いやいやあるよと答えが返ってきた。ダンにはまっとうな年収があるものの、何しろ三人の子供を同時に大学へ送る重荷を負っているので、ファーガソンは事実上、困窮学生と言っていい立場にあるのだ。法に関する限り、父と子の絆は断ち切られた。ファーガソンは未成年者であり、プリンストンから見て（そして誰から見ても）現在、扶養の任はもっぱら母と義父が負っていて、ファーガソンの父親はもはや存在しなくなったも同然。これは基本的には朗報である。朗報でないのは、父親の本性がとうとう明らかになったことだった。父が取った行動にファーガソンはひどく動揺した。かつて結婚していた女性に対するケチで卑劣な仕打ちに心底腹が立った。父の顔を思いきり殴ってやりたかった。父はファーガソンを捨てたのだ。ファーガソンも父を捨てたかった。

　月に二回夕食の約束をしたことはわかってるけど、もう二度と会いたくないよ、とファーガソンは母に言った。あいつはママとの約束を破った。どうして僕があいつとの約束を守らなくちゃいけないのさ。

　あんたはもうじき十八歳なんだから、やりたければ何でもやれるのよ、と母は言った。あんたの人生はあんたのものよ。

　ぶっ殺してやる。

　落着きなさい、アーチー。

　本気だよ。ぶっ殺してやる。

　応募者はきっと何千人もいるものと思えた。州一帯から、トップクラスが応募してくるにちがいない。フットボールやバスケットの郡代表、級長でディベートクラブのリーダー、ＳＡＴ両方（読解と数学）とも八百点台の理系の天才、そうそうたる候補が並んで自分は一次選考に通るチャンスすらほぼ皆無だろう。だがまあとにかく願書を作成し、これまでに書いた短篇小説のうち二本と、推薦状を書いてもいいと言ってくれた人たちのリストを添えて送った。モンロー先生、フランス語のムッシュー・ボルデューと、今年の英語担当ミスタ・マクドナルド。ライオンになりたかったファーガソンだが、どうやら運命は彼を虎にならせるべく選び出したようで、ここは己の縞を誇示するのみ（コロンビアのマスコットはライオン、プリンストンは虎）。パウダーブルーと白ではなく黒とオレンジ。ジョン・ベリマンやジャック・ケルアックではなくＦ・スコット・フィッツジェラルド。でもそれで何が悪い？　たしかにプリンストンはニューヨークではないが、電車に乗ればほんの一時間だ。そしてコロンビアよりプリンストンの方がひとついいのは、ジムがプリンストンの物理学科の大学院を受験していることだった。ジムは合格間違いなしなのに対し、ファーガソンはとてもそうは言えないが、夢を見るのは自由である。あの森深い、書物と交友から成る世界で、アルベルト・アインシュタインの幽霊が木々のあいだをちらちら通っていくなか、これから四年間ジムと一緒に過ごせたらどんなにいいだろう。

　十一月後半に母親、ダンと話をしたあと、ファーガソンは父親に長い手紙を書き、月二回の夕食を打ち切りたいと思う理由を説明した。もう二度と会いたくない、とまではさすがに書かなかったのは、ファーガソンにとってそれが自分の本心なのかはっきりしなかったからで、まあたぶんそうなのだろうと思えたが、何しろまだ十七歳であり、人生先は長いと望んでいたから、その長い未来を変えてしまうような最後通牒を発する勇気も自信もなかったし、この後の年月で父との関係がどう変わるかもわからないと思ったのである。事実書いて伝えたのは、それが手紙の核心でもあったのだが、父が所得税申告の際にファーガソンを扶養家族から外したと知ってひどく動揺しているということだった。まるで僕自身が抹消されたような気がします、とファーガソンは書いた。まるで父さんが人生の過去二十年を忘れようとしていて、その二十年をなかったことにしようとしている、母さんとの結婚だけでなく息子がいたという事実までも――息子の世話を全面的にダン・シュナイダーマンに委ねたいま、そう思えてしまうのです。でもそれはすべて措くとして（とファーガソンは丸二ページを費やした末に書いた）、一緒の夕食が僕にはいまや底なしに気の滅入るものになってしまいました。実は二人とももうおたがい言うことなんて何もないのに、荒涼としたお芝居を続け、命のないお喋りに携わる意味があるのでしょうか？薄汚い店で時計を見ながら同じテーブルに座り、あと何分で拷問が終わるかを数えている。悲しくてやりきれません。ここはしばらく休んであいだを置いてから、いずれまた再開したいかどうか考えてみるのがいいんじゃないでしょうか。

三日後、父から返事が来た。それはファーガソンが求めていた答えではなかったが、まあ何もないよりはましだった。**わかったアーチー、ひとまず休みにしよう。元気でやっていますように。父。**

ファーガソンからは二度と父に連絡しないつもりだった。そこまでは決めていた。だから父の方から息子との絆を取り戻そうとしてこない限り、もうこれでおしまいだった。

一月上旬、コロンビア、プリンストン、ラトガーズに願書を送った。二月中旬、学校を一日休んでニューヨークへ行きコロンビアで面接を受けた。キャンパスの中はもうよく知っていて、いつ見ても偽のローマの都市という感じがした。小さなキャンパスの真ん中に向きあって建っている、二つの巨大な図書館バトラーとローはどちらもずっしりした御影石（みかげいし）の古典様式で、周りに並ぶもっと小さな煉瓦の建物を見下ろす象二頭という趣。指定されたハミルトン・ホールに行き、四階に上がってノックした。面接官はジャック・シェルトンという経済学の教授で、これが何とも陽気な人物で面接中ずっとジョークを飛ばしまくり、堅苦しい硬直したコロンビア、と自分の大学までからかいの種にし、ファーガソンが作家志望と知ると、面接の終わりに、コロンビア・カレッジで作っている文芸誌を数冊、このコロンビア高校四年生に渡してくれた。三十分後、IRTの急行列車に乗ってダウンタウンへ向かう最中、たまたまある詩の一行が目にとまり、ファーガソンをひどく愉快がらせた——日々のファックは体にいい。読んだとたんファーガソンはゲラゲラ笑い、これならコロンビアもそう堅苦しくはないんだなと思えて嬉しくなった。この一行、笑えるだけでなく、まさに真実ではないか。

翌週初めてプリンストンに行ってみると、こっちはファックという言葉を使った詩を発表する学生はそんなにいないんじゃないかという気がしたが、キャンパスはコロンビアよりずっと広くて魅力的だった。ここがニューヨークではなくニュージャージーの小さな町だという事実を埋め合わせる牧歌的な壮麗さ。古典様式に対するゴシック様式の建築は堂々とした中にも繊細さを感じさせて、灌木は入念に手入れされ、木々も高く生きいきとのびていて、造園としてはほぼ完璧だったが、どこか消毒済みの風景という気もして、この広大な敷地全体が巨大な栽培容器（テラリウム）のように思え、ブルーヴァリー・カントリークラブと同じように金（かね）の匂いがした。アメリカ理想の大学、そのハリウッド版。そう言えば前に誰かが、一番北にある南部の学校と呼んでいた。とはいえ、自分は文句など言える立場ではない。もしウォルト・ホイットマン奨学生となってこの構内を歩くフリーパスを獲得したなら、文句を言う筋合いなど少しもない。

ホイットマンが女性に興味のない人間だったこと、男と男の愛を信じる男だったことはここの人たちも知ってたはずだよな、とキャンパスを回り終えながらファーガソンは思った。だが我らがウォルトはここからすぐ先のキャムデンで人生最後の十九年を過ごしたのであり、彼こそはニュージャージーの誇る国定記念物なのである。その作品は驚くほどいいものもあれば驚くほどひどいものもあるが、最良の作品はこの大陸で書かれた最良の詩である。ゴードン・ドゥイットがニュージャージーの若者たちに奨学金を与えるにあたって、誰か死んだ政治家の名やウォール街の偉いさん——ドゥイット自身はこれまで二十年まさにそれだったわけだが——の名ではなくウォルトの名を冠したことには喝采を送らねばならない。

今回は面接官も一人ではなく三人いて、ファーガソンとしてはきちんとした服装のつもりだったし（ワイシャツ、ジャケット、ネクタイ）、母とエイミーにさんざん乞われて渋々散髪もして行ったのだが、面接官たちの前に出るとなぜか緊張してしまい、場違いなところに来た気がした。誰もがコロンビアの教授に劣らず友好的だったし、訊かれたこともだいたい予想どおりだったが、一時間の尋問がようやく終わって部屋から出たときにはしくじったと感じられてならず、ウィリアム・ジェームズとその弟ヘンリーの著書のタイトルを混同してしまったことが腹立たしかったし、サンチョ・パンサをポンチョ・サンサと言いちがえたことはもっと腹立たしかった。まあたしかに二度とも、口から言葉が出た直後に訂正はしたが、とことん愚かな、本物の阿呆のやるヘマと言うほかない。きっと志願者全員の中の最下位になるにちがいないし、プレッシャーの下でこんなお粗末なパフォーマンスしかできない自分がつくづく情けなかった。が、ある何らかの、もしくはいくつかの、彼の話を聞いた三人の男にのみ理解しうる理由で、委員会は彼の意見を共有せず、三月三日に二度目の面接を受けるよう連絡が来て、ファーガソンはいささか戸惑ったが、と同時に、ここで初めて、ひょっとしたら少しは望みがあるかもしれないぞと思いはじめた。

十八歳の誕生日を過ごすには何とも奇妙なやり方だった。ふたたびジャケットとネクタイという格好でプリンストンまで出かけていき、ロバート・ネーグルと一対一で話す。ソフォクレスとエウリピデスの戯曲を翻訳し、ソクラテス以前の哲学者たちに関する著書もあるこの古典学教授は、四十代前半、面長の憂い顔で、眼光は鋭くたわごとを許さぬ表情を目に浮かべ、本人もプリンストン卒でファーガソンの奨学金応募を熱心に応援してくれている英語のマクドナルド先生によれば「プリンストン中で最良の文学的精神」とのことだった。たしかに、どうでもいい話に言葉を無駄遣いする人ではなかった。一回目の面接ではファーガソン個人に関する質問が多かったが（悪くはないが画期的とは言えない成績について、夏のあいだの運送業の仕事について、なぜ競技スポーツをやめたのか、両親の離婚と母親の再婚についてどう思うか、他大学ではなくここプリンストンで何を成し遂げたいのか）、ネーグルはそうした事柄をすべて無視し、もっぱらファーガソンが願書に添えた二本の短篇小説と、彼がどの作家を読んでいてどの作家は読んでいなくてどの作家を一番大切に思っているかに興味を示した。

第一の短篇「グレーゴル・フラムの人生十一の瞬間」は過去三年間にファーガソンが書いた中で一番長く、タイプした完成稿は二十四ページ、九月上旬から十一月中旬にかけて書かれ、この二か月半のあいだはノートブックもその他のプロジェクトもうっちゃり、自らに与えた課題に専心した。すなわち、誰かの人生の物語を、ひとつにつながったストーリーとして語るのではなく、単にあちこちのバラバラな瞬間に飛び込んでいって、一個の行動、思考、衝動を吟味し、また別の瞬間に飛び移る。孤立した箇所と箇所のあいだに間隙や沈黙は残っても、読者が頭の中でそれらを縫い合わせ、場面が蓄積されていく中で物語らしきもの、あるいは単なる物語以上の何か、大部の長篇小説のミニチュアのようなものが出来上がっていくはず。一つ目のエピソードでは六歳のグレーゴルが鏡で自分の顔をじっくり観察し、もし自分が街を歩いているのを見ても自分とはわからないだろうという結論に達する。次は七歳のグレーゴルが祖父と一緒にヤンキー・スタジアムに来ていて、観衆に交じって立ち上がりハンク・バウアーの二塁打に喝采を送っていると、むき出しの右の前腕に何か湿った、ねばねばのものが落ちてきたことを感じる。それは唾のかたまり、厚い菱形の痰であり、これを見てグレーゴルは、生の牡蠣が自分の肌を這っているさまを思い浮かべる。きっとこれはもっと上の座席にいる誰かが吐いたものにちがいなく、グレーゴルは嫌悪に包まれハンカチでそれを拭きとってからハンカチを投げ捨てるが、ここで謎が生じる。唾を吐いた人物はわざとやったのかそうでないのか、グレーゴルの腕を狙って見事命中したのか、それともたまたまここに落ちただけなのか。これはグレーゴルにとって重要な違いである。意図的に当てたとすれば、悪意と邪心が支配する世界、姿の見えない男たちがひたすら他人に害を及ぼすことの快感に浸るために見知らぬ男の子たちを攻撃する世界が前提とされるが、偶然当たったのなら、不幸な出来事が起きはするがべつに誰が悪いわけでもない世界が前提となるからだ。さらに、十二歳のグレーゴルが体に初めて生えた陰毛を発見し、十四歳のグレーゴルが目の前で自分の親友が脳動脈瘤なるものが原因で死ぬところを目撃し、十六歳のグレーゴルが裸でベッドに横たわっていて隣には彼が童貞を失うのを助けてくれた女の子がいて……と続いていき、最後のエピソードでは十七歳のグレーゴルが丘の頂に一人で座り、頭上を過ぎていく雲を眺めながら、世界は現実なのか、それとも彼の精神の投影にすぎないのかと自問し、現実だとすればいったいどうやって精神はそれを包含できるのかと考えている。小説はこう締めくくられる——**そうして彼は丘を下りながら自分の胃に生じた痛みに思いをめぐらし、昼食を食べたら痛みは軽くなるかもっとひどくなるかを問うている。いまは午後一時。風は北から吹いてきて、さっき電話線にとまっていた雀はいなくなった。**

　もうひとつの短篇「右か左かまっすぐか」は十二月に書かれ、三つ別々の、それぞれ七ページのエピソードから成っている。ラズロ・フルートという男が田舎道を散歩している。四つ辻に来て、右か左か、まっすぐ前か、進む先を選ばねばならない。第一章ではまっすぐ前に行って暴漢二人に襲われてしまう。殴られ、金を奪われ、半殺しにされて道端に置き去りにされるが、やがて意識を取り戻してよろよろと立ち上がり、ふらつく足でさらに二キロばかり進んで一軒の家の前に来てドアをノックすると、一人の老人が中に入れてくれて、不可解にもこの老人がフルートに謝り、許しを乞う。彼を台所の流しに連れていって顔から血を洗い流すのを手伝ってくれながらもなお、済まない、申し訳ない、何てひどいことをしてしまったのかとまくし立てるが、時おり、**想像が暴走してしまって自分ではどうしようもないんだとも言う。**そしてフルートを別の部屋に、家の奥の小さな書斎に連れていき、机の上に置いた、一束の手書き原稿を指さす。見たければ見るといい、と老人が言うので、叩きのめされた主人公が原稿を手に取って読んでみると、ついさっき自分の身に起きたことがそっくりそのまま書いてある。**こんな邪悪な人物たち、どこから来るのか自分でもわからないんだ**と老人は言う。

　第二章のフルートはまっすぐ前ではなく右へ行く。第一章で自分に起きたことはいっさい記憶になく、白紙状態から新しいエピソードが始まるから、今度はそれほどひどいことにはならないのではと思え、果たせるかな、右へ行く道を二キロほど歩いていくと、車が故障していてそのかたわらに一人の女が立っている。車の故障というのはフルートの憶測だが、故障したのでもなければこんな山の中で立ち尽くしたりはしない。ところが、近寄ってみるとタイヤはどれもパンクしていないし、ボンネットも持ち上がっておらず、ラジエーターが湯気を吹き上げてもいない。とはいえ、何らかの問題はあるにちがいない。独身男フルートが女に近づいてみると、相手はひどく魅力的であり――少なくともフルートの目にはそう映り――彼は女を助けるチャンスに飛びつく。これは単に人助けではない、絶好の機会なのだ、目一杯活かさねば。どうしたのですか、と訊ねてみると、バッテリーが上がっちゃったみたいなの、と女は答える。フルートがボンネットを開けてみると、ケーブルが一本外れているのでつなぎ直し、これでやってみてくださいと女に言うと、相手は車に乗り込み、キーを回したところ一発でエンジンがかかる。美しい女はフルートに向かってニッコリ微笑み、投げキスを送って、あっという間に走り去ってしまう。すべてが一瞬のことで、フルートがナンバープレートの番号を書き取る間もない。名前もなし、住所もなし、ナンバーもなし、ほんの数分彼の人生に入ってきてまた出ていった魅惑的な亡霊とのつながりを取り戻すすべは何もない。歩きつづけながら、自分の馬鹿さ加減がほとほと嫌になる。どうしていつも、人生のチャンスが現われては指のあいだからすり抜けていくのか、より良きものをちらつかせておいて結局いつも失望に終わらせるのか。三キロ先で、第一章の暴漢たちが再登場する。生け垣の向こうから飛び出してきてフルートをねじ伏せようとするが、今回は彼も反撃し、膝で一人の股間を直撃し、もう一人の目を突ついて何とか逃れ、日が沈み夜の帳（とばり）が降りてくるなか道を駆けていき、もうほとんど何も見えなくなったところで曲がり角に行きつくと、女の車がふたたびそこにあり、今回は一本の木のかたわらに駐まっているが女の姿はなく、フルートが呼びかけ、どこにいるのか問うても答えはない。フルートは夜の闇の中へ駆けていく。

第三章では左へ曲がる。晩春の晴れやかな午後で、両側の原っぱには野の花が咲き乱れ、澄みわたった空で二百羽あまりの鳥が歌っている。人生がこれまでさまざまに、彼に対し優しかったり残酷だったりしたことにフルートは思いを巡らし、ひとつの理解に至る。すなわち、これまで自分に起きた問題の大半は、自分自身が引き起こしたのであって、かくも退屈でパッとしない人生だったのも自分のせいなのだ。人生を十全に生きたいと思うなら、こんなふうに一人で散歩ばかりしていないで、もっと人と交わらないといけない。


君はなぜこんな妙な名前を人物につけるのかね？　とネーグルは訊いた。

よくわかりません、とファーガソンは答えた。たぶん、人物が物語の中にいるのであって現実世界にいるわけではないことを伝えているんだと思います。物語であることを認めている物語が僕は好きなんです。これぞ真実、すべての真実、真実以外の何ものにもあらず、なんてふりをしている物語じゃなくて。

グレーゴル。カフカへの言及なんだろうね。

グレーゴル・メンデルかも。

面長の憂い顔につかの間笑みがよぎった。でもカフカは読んでいるよね？

『審判』、『変身』、あと短篇を十本くらい読みました。とにかく大好きなんで、ゆっくり吸収していきたいんです。腰を据えて未読のカフカを一気に読んでしまったら、もう新しいカフカを読む楽しみがなくなってしまって、それは悲しいですから。

宝物を取っておくわけか。

そのとおりです。飲み水をボトル一本だけ与えられて、一度に全部飲んでしまえば、もうそのボトルからは飲めませんから。

願書で君は作家志望だと言っている。これまで書いた自作についてどう思う？

大半は駄目です、うんざりするくらい駄目です。少しはましなのもありますが、それだっていいとは言えません。

送ってよこした二本の短篇については？

まあまあですね。

ならなぜ送ってくる？

一番最近書いたもので、かついままで書いた中で一番長いからです。

いままで一番衝撃を受けた、カフカという名でない作家を五人、思いつくままに挙げてくれ。

ドストエフスキー。ソロー。スウィフト。クライスト。バーベリ。

クライスト。最近クライストを読む高校生はそういないんじゃないか。

母親の姉が、クライストの伝記を書いた人と結婚しているんです。その人から短篇集をもらって。

ドナルド・マークスか。

ご存じなんですか？

直接は知らない。

五人じゃ少なすぎます。まだすごく大事な作家を何人も挙げていない気がします。

そうだろうな。たとえばディケンズ、だろう？　それにポー、ポーは間違いないな。ゴーゴリもそうかな、そしてむろん現代の巨匠たち。ジョイス、フォークナー、プルースト。たぶんみんな読んだろうな。

プルーストは読んでいません。ほかは、はい、読みましたけど『ユリシーズ』まではまだ行っていません。この夏に読むつもりです。

ベケットは？

『ゴドーを待ちながら』は読みましたが、ほかはまだ何も。

ボルヘスは？

まだ一語も。

お楽しみはまだまだこれからだな、ファーガソン。

いまやっと始めたばかりです。シェークスピアを何本か読んだ以外、十八世紀より前は何も読んでいないし。

スウィフトの名を挙げたな。フィールディング、スターン、オースティンは？

いいえ、まだです。

で、クライストの何にそんなに惹かれるのかね？

文章のスピード感、勢いですね。ひたすら説明的にどんどん語って、具体的に見せることはあまりしない。そういうのってよくないやり方だってみんな言いますけど、僕はあの、物語がぐんぐん進んでいく感じがいいと思うんです。すごく込み入ってますけど、と同時に、おとぎ話を読んでいるみたいな感触もあって。

クライストがどうやって死んだかは知っているね？

三十四歳のとき、口の中にピストルを突っ込んで自殺。心中で女友だちを殺したあとに。

それでファーガソン、もしプリンストンに合格しても、奨学金は取れなかったらどうなる？　それでも来るかね？

コロンビア次第です。

そっちが第一志望なんだね。

はい。

訳を訊いてもいいかな？

ニューヨークにあるからです。

うん、そりゃそうだ。でも奨学金が取れたらプリンストンに来るんだね。

ええ、絶対。とにかく問題はお金なんです。たとえコロンビアに合格しても、うちの家計で行かせてもらえるのか、まだわからないんです。

まあ委員会がどう決めるかはわからないが、とにかく言っておくよ、君の短篇を読んで面白かったし、まあまあというよりずっといいと私は思う。ミスタ・フルートはまだ違う第二の道を探していると思うが、「グレーゴル・フラム」は嬉しい驚きだ、君の歳の人間が書いたものとしては素晴らしい出来だ。三つ目と五つ目のセクションに若干手を入れればきっとどこかの雑誌に掲載してもらえると思う。でもそうしない方がいい。それだけは忠告しておきたかった。しばらくは暖めておきなさい、発表をあせらない方がいい。書きつづけて、成長しつづければ、じき態勢は整う。

ありがとうございます。いや、ありがとうございますじゃないな――はい、つまり、はい、そのとおりだと思いますのはいですね、まあでもまあまあ以上っていうのはひょっとしたらそうじゃないかもしれませんけど、でもものすごく有難いです、そうやって……あー、もう何言ってるかわからなくなってきました。

何も言わなくていい、ファーガソン。その椅子から立って、私と握手して家に帰ればいい。君と出会えて光栄だったよ。

宙ぶらりんの六週間が続いた。三月ずっと、そして四月なかばまで、ロバート・ネーグルの言葉が胸の中で響きわたっていた。**素晴らしい出来だ。君と出会えて光栄だったよ。**晩冬と早春の肌寒い日々、その言葉がファーガソンを暖めてくれた。思えばネーグルこそ、自分の作品を読んでくれた初めての他人、初めての中立的な人物、初めてのまったく利害関係のない部外者であり、そのプリンストン中で最良の文学的精神が自分の小説に価値を認めてくれたのだ。若き書き手はもう、学校なんか行くのをやめて一日十時間部屋にこもり、目下頭の中で形を成しつつある新しい作品に取り組みたいと思った。いくつもの部分から構成される『マリガン旅行記』。きっとこれがいままででベストの作品になる。待っていた大きな飛躍をついに遂げるのだ。

長い待機期間のただなかのある朝、ファーガソンがキッチンに座ってライオンと虎を想い、世界に冠たるニュージャージー州ニューブランズウィックの大都会に位置する、その名もラトガーズなる巨大蟻工場で一匹の蟻となる可能性に思いを馳(は)せていると、母親がその日の『スターレッジャー』を持って入ってきて、朝食用テーブルの上、ファーガソンの目の前にどさっと置き、**これ見てごらんよアーチー**、と言った。見てみると、そこにあったものがあまりに意外で、可能なるものの領域からあまりに外れていて、あまりに甚だしく間違っていてかつ馬鹿げていたせいで、さらに三度見てようやくその情報が頭に入ってきた。ファーガソンの父が再婚したのである。利益の預言者は、故エドガー・ブルーメンソール氏の未亡人エセル・ブルーメンソールを娶(めと)った。四十一歳、二児（十六歳のアレン、十二歳のステファニー）の母。ニタニタ笑っている父親と、見栄え悪くはない第二のミセス・ファーガソンとの写真を見下ろしているうちに、第二のミセス・ファーガソンが自分の母親と似ていなくもないことにファーガソンは気がついた。特に背丈、体型、髪の黒さが近い。まるで父は第一号の新バージョンを探してきたのではないかと思えてくるが、代替物は美しさも半分くらいだし、目に用心深げで悲しげな、自分を閉ざしている雰囲気があって、どこか冷淡さも感じさせた。しかるにファーガソンの母親の目は、寄っていく人間誰にとっても避難所なのだ。

　この女性はいまや理屈としては自分の義母なのだから、父に紹介もされなかったことに憤慨すべきなのだろうし、結婚式に呼ばれなかったことにも激怒してしかるべきだろうとファーガソンは思ったが、実のところそんな気持ちはまったくなかった。むしろホッとしていた。物語は終わったのであり、スタンリー・ファーガソンの息子は、もはや自分をこの世にもたらした男に親子の情を感じているふりをしなくていい。ファーガソンは母親を見て、叫んだ——

さよなら(アディオス)パパ、ごきげんよう(バヤ・コン・ディオス)！

　その三週間後、ニューヨーク・シティ、マサチューセッツ州ケンブリッジ、ニュージャージー州の小さな町の三か所で同時に、ごっちゃに混じりあった部族の最年少メンバーたちが自宅の郵便箱を開け、待ちに待った手紙をそこに見出した。ノアへの不合格通知一通を除けば、どれもみな合格通知。前代未聞の大勝利、シュナイダーマン＝ファーガソン＝マークス四人組は今後四年間どこでも行きたいところに行ける。何という恵まれた立場。ノアはＮＹＵに加え、シティ・カレッジにもアメリカ演劇アカデミーにも行ける。ジムは西はカリフォルニア工科大、南はプリンストンに行けるし、ＭＩＴにとどまってもいい。エイミーの選択肢はバーナードとブランダイスに加えスミス、ペンブローク、ラトガーズ。そしてファーガソンは、蟻は予想どおりイエスだったが、ジャングルの大いなる獣二頭も予想どおりではなくイエス。キッチンで一連の手紙を放り投げてゲラゲラ笑っている有頂天のエイミーの方にファーガソンは目をやり、立ち上がって、彼女の祖父の訛りを精一杯真似て、さあ一緒にワルツを踊ろうか(ヴィー・ヴァルツ・トゥゲザー・ナウ)、恋人(ヤー・リーブヒェン)よ？　と言い、寄っていって両腕で彼女を包み込み、その唇にチュッとキスした。

　ウォルト・ホイットマン奨学生。

　コロンビアからも嬉しい手紙をもらったわけだが、ニューヨークはひとまずお預けだ。金のことを考えればプリンストンに行くしかないし、金の問題は措くとしても、奨学金を得たことは大きな名誉である。疑いなくこれまでファーガソンの身に起きた最大の事件と言っていい。君の帽子を飾る巨大な羽根、とダンにも言われた。普段は感情を表に出したがらず、自分が成し遂げたことに関してひどく内気で、口を開いて自慢するくらいなら部屋から出て行きたいと思ってしまうファーガソンだが、このプリンストンの奨学金は別格であり、これだけ大きな栄光となると、人に知られるのもいい気分だった。選ばれし者四人のうちの一人だということが学校中に広まり、みんなにさんざん賞讃されても、べつに気まずさも感じず、いつものように自嘲気味の言葉でかわしたりもせずに、むしろもっと褒められたいくらいで、突然自分を中心に周りはじめた世界の真ん中にいることをファーガソンは楽しんだ。学校でみんなに感嘆され、羨ましがられ、噂にされることが嬉しくてたまらなかった。九月にはニューヨークに移り住みたいと思っていたわけだが、プリンストンでウォルト・ホイットマン奨学生になる、と考えるだけでいまは十分だった。

　二か月が過ぎ、高校を卒業した翌日、父親から手紙が届いた。奨学生となったことへの短いお祝いの言葉に加えて（『スターレッジャー』に記事が載ったのだ）、封筒には千ドルの小切手が入っていた。ファーガソンはとっさに、小切手をビリビリに破いて父親に送り返してやろうかと思ったがそれは思い直し、自分の銀行口座に入れることにした。入金を確認したら、五百ドルずつの小切手を二枚書き、一方をＳＡＮＥ（正気の核政策のための全米委員会）に、もう一方をＳＮＣＣ（学生非暴力調整委員会）に送る。よいことに遣える金を破いても意味はない。このどうしようもない世界の愚かしさや不正と戦っている人たちにあげればいい。

　その同じ晩、ファーガソンは部屋にこもって鍵をかけ、前の前の家から引っ越して以来初めて泣いた。デーナ・ローゼンブルームがその日イスラエルに発ったのだ。両親もふたたび一からやり直すべくロンドンに戻ろうとしているから、ファーガソンはもう二度とデーナに会わないだろう。行かないでほしい、と頼み込み、僕はいろんなことについて間違っていた、もう一度自分を証明するチャンスを与えてほしいとすがった彼に、もう私の心は決まっている、何があっても変わらないと彼女が答えると、ファーガソンは衝動的に、デーナに結婚を申し込んだ。これが冗談などではなく、ファーガソンがとことん本気だということを理解していたから、デーナは彼に、あなたは私の人生最愛の人だ、これからも心の底から大切に思うただ一人の人だと答え、もう一度だけ彼にキスし、立ち去った。

　翌朝、ファーガソンはふたたびアーニー・フレイジャーの下で働きはじめた。ミスタ・カレッジ、運送業に舞い戻る。バンに乗って、テキサスで過ごした少年時代をリチャード・ブリンカースタッフが語るのを聞く。住んでいた小さな町に売春宿があって、そのマダムがものすごいケチで、使用済みのコンドームを湯ですすぎ、箒の端に掛けて陽なたで干して再利用していた……。そんな話を聞きながら、世界は物語で出来ていることをファーガソンは悟った。さまざまな、無数の話から世界は成っている。それらをすべて一緒に集め、一冊の本の中に盛り込んだら、その本は九億ページに達するだろう。ワッツの暴動と、アメリカのベトナム侵略の夏はすでに始まっていた（ワッツはロサンゼルス南部の黒人地区で、一九六五年夏に激しい人種暴動が起きた）。ファーガソンの祖母もエイミーの祖父も、夏の終わりを見ずに他界することになる。

5.1

キャンパスで一番新しい寮カーマン・ホールの十階にファーガソンは部屋を割り当てられたが、鞄の中身を空けて片付けてしまうと、北に何メートルか行った隣の寮ファーナルド・ホールに直行し、エレベータで六階に上がって617号室の前にしばし立ち、また降りていって、バトラー図書館沿いの煉瓦敷き通路を東に歩いて三つめの寮ジョン・ジェイ・ホールに向かい、エレベータで十二階に上がって1231号室の前にしばし立った。一九二九年から三〇年にかけてコロンビアに滞在した日々、フェデリコ・ガルシア＝ロルカがこれら二つの部屋で暮らしたのである。ファーナルド617とジョン・ジェイ1231を仕事場に、ロルカは「コロンビア大学における孤独の詩」「都会へ帰る」「ウォルト・ホイットマンに捧げるオード」（**汚物のニューヨーク／針金と死のニューヨーク**）等々、フランコの手下たちに襲われて殺され共同墓所に捨てられた四年後の一九四〇年にようやく出版された『ニューヨークの詩人』に収められた詩の大半を書いた。聖地。

二時間後、ブロードウェイと西一一六丁目の角まで行って、チョックフル・オ・ナッツでエイミーと待ち合わせた。ここぞ天国的コーヒー発祥の地。ロックフェラーの富をもってしてもこれほど美味しいブランドは買えないと評判の（とテレビ・コマーシャルは謳う）店。かつ、ロックフェラー州知事の友人ジャッキー・ロビンソンを副社長兼人事部長に起用している会社でもある。南米のあちこちにコーヒー農園を所有する一族に属す、いたるところに顔を出すネルソン・ロックフェラーと、球界引退後の、まだそれほど歳ではないのに髪が白くなったジャッキー・ロビンソンが、ニューヨークに八十軒あって従業員の大半は黒人であるコーヒーショップ・チェーンにおいてつながる。その奇怪な、ややこしい事実の絡みあいに二人で数分思いを巡らせたのち、エイミーはファーガソンの肩に腕を回して、彼を引き寄せ、で、どうよ、大学生になった気分は、やっと自由の身になった気分は、と訊ねた。最高だよわが恋人、爽快そのものだよと答えながらファーガソンはエイミーの首、耳、眉にキスをした。ただしひとつだけ、キャンパスに来て一時間後に危うく顔にパンチを浴びそうになった事実にファーガソンは触れた。オリエンテーション週間のあいだ、新入生にパウダーブルーのビーニー帽（前面に卒業予定年が縫いつけてある——今学年は何とも卑猥に69）をかぶらせる伝統をめぐる件である。ファーガソンに言わせればもうとっくに廃止されてしかるべき、十九世紀の金持ちの坊ちゃん学校だったころの遺物たる屈辱的なイニシエーション。ファーガソンはオリエンテーションの用事を一つひとつ片付けようと大学構内をひっそり歩いていたが、胸に付けた名札で新入生とわかり、上級生二人に行く手を遮られた。「モニター」と呼ばれる、新入りを助けてキャンパス内を案内することになっている連中だが、この髪の短い、ツイードジャケットにネクタイという恰好の、きっとフットボール大学代表チームのラインマンか何かだったにちがいない大男二人はファーガソンを助ける気などさらさらなく、彼を立ち止まらせ、なぜビーニー帽をかぶっていないのかと問うのが唯一の関心事で、友好的な先輩どころか非友好的な警官という感じだった。ファーガソンがきっぱりと、帽子は寮の部屋にある、あんなものを今日かぶる気はないし今週のいつであれかぶる気はないと答えると、警官の片方が彼をゲロ（ピューク）と呼び、部屋に行って取ってこいと命じた。嫌だね、そんなに欲しいんだったら自分で取ってくればいいと答えると、モニターの血相が変わったので、こいつは僕を叩きのめす気だろうかとファーガソンは一瞬思ったが、まあ落着けよ、ともう一人の警官が言ったすきに、これ以上関わるまいとそそくさ立ち去ったのだった。

　男子大学の親族集団をめぐる人類学最初のレッスンね、とエイミーは言った。あんたが仲間入りした世界は三つの部族に分かれてる。社交クラブの奴らと体育会系が人口の三分の一を占めていて、ひたすらガリ勉の連中が三分の一、そしてゲロが残り三分の一。嬉しいことに、アーチー、あんたはゲロよ。元体育会系ではあるけれど。

　まあそうかもしれない、とファーガソンは答えた。だけどゲロの心を持った体育会だよ。それに、まあこれは憶測だけど、頭はガリ勉かも。

　天国的コーヒーが二人の前のカウンターに置かれ、ファーガソンが最初の一口を飲もうとしたところで、一人の若い男が店に入ってきてエイミーに向かってニッコリ笑った。背は中くらい、長い髪はくしゃくしゃで、どう見てもゲロの一員。いまやファーガソンも加わったと思しき部族の仲間である。髪の長さは（エイミーによれば）ゲロを体育会やガリ勉と区別する要素のひとつである。左翼的政治観（反戦、公民権支持）、美術や文学への敬意、あらゆる形態の制度的権威を疑う気持ち等々が並ぶリストの中では、まあ一番些末な要素にすぎないが。

よしよし、レスだわ、とエイミーは言った。来ると思ったのよ。

レスとは三年生のレス・ゴッテスマン、エイミーのちょっとした友人というか、ごく薄いつながりの知人でしかないが、まあブロードウェイの東西でエイミー・シュナイダーマンを知らぬ者はいない。ファーガソンの大学一日目たるこの午後、レスはチョックフル・オ・ナッツに、エイミーからファーガソンへの歓迎の贈り物として登場することに同意したのである。なぜならこのレス・ゴッテスマンこそ、半年前にキャンパスを訪れたファーガソンを愉しませ、気持ちを晴れやかにした一行の作者にほかならなかったのだ——**日々のファックは体にいい。**

ああ、あれね、と詩人は、丸椅子から飛び降りたファーガソンと握手しながら言った。書いたときは愉快に思えたのかなあ。

いまでも愉快だよ、とファーガソンは言った。そして卑猥で下品——少なくとも一部の、いやたぶん大半の人間には。否定しようのない事実を述べている。

レスは控えめに微笑み、エイミーとファーガソンとを二度ばかり交互に見てから言った。君が詩を書くってエイミーから聞いたよ。よかったら『コロンビア・レビュー』に見せてくれないかな。そのうち編集室に顔を出してくれよ。フェリス・ブース・ホールの三階。中でみんなどなり合ってる部屋だ。

十月十六日、ファーガソンとエイミーは初めて反戦デモに参加した。〈五番街ベトナム平和行進委員会〉が組織したデモで、毛沢東主義の活動家学生から正統派ユダヤ教のラビまで数万人が集まった。野球場、フットボール場以外でこんなに大きな人の群れに加わるのは二人とも初めてで、秋はじめの晴れた土曜の午後、完璧なニューヨークの一日の完璧な青空の下でデモ参加者たちは五番街を下っていき、やがて東に折れてUNプラザへ向かい、歌う者もいればスローガンを唱える者もいたが大半は黙って歩き、ファーガソンとエイミーも横に並んで手をつなぎ無言のまま行進し、セントラル・パークを囲む低い壁には非参加者たちが座って並び、喝采や激励の言葉を送っているが、と同時に好戦派もいて——ファーガソンがやがて反反戦派と呼ぶようになる連中である——嘲りや罵りの言葉を浴びせ、中には行進者に卵を投げつけたり、人波の中に飛び込んできて殴りかかったり、赤いペンキを浴びせたりする者までいた。

二週後、好戦＝反反戦派も本人たち言うところの〈アメリカのベトナム援助を支持する日〉にニューヨーク・シティで自前のデモを組み、二万五千の人々が、観覧台に上がった幹部たちから激励を受けながら行進していった。この時点ではまだ、政府の戦争政策の過ちを進んで認めるアメリカ人はそれほどいなかったが、いまやベトナムにはアメリカの戦闘部隊が十八万人配置され、オペレーション・ローリングサンダーと称される爆撃作戦はすでに八か月目に入り、米軍が攻撃を続けるなかチューライやイア・ドランでの戦闘におけるGIの死者も日々報告され、ジョンソン、マクナマラ、ウェストモーランド（順に当時の大統領、国防長官、軍総司令官）が国民に約束した迅速かつ不可避の勝利はますます覚束なく思えてきた。八月下旬、徴兵書類を破棄した者に懲役五年、一万ドル以下の罰金を科す法律が下院で可決されたにもかかわらず、徴兵抵抗運動は国じゅうに広がっていき、若者たちは公の場で抗議の意を示して徴兵カードを焼きつづけた。ファーガソンとエイミーが五番街を行進した前日、ホワイトホール・ストリートの徴兵センターの前に集まった三百人が見守るなか、二十二歳のデイヴィッド・ミラーが徴兵カードにマッチを持っていき、新しい連邦法に対する初の公の抗議を行なった。十月二十八日にはフォーリー・スクエアで別の四人の若者が同じことを企て、野次を飛ばす者たちや警察官に取り囲まれた。翌週、ユニオン・スクエアでのデモの最中に五人がいまにも徴兵カードを燃やすかというところで若い反反戦派が一人群衆の中から飛び出し、消火器の中身を五人に浴びせ、ずぶぬれの若者たちがびしょびしょのカードに何とか火を点けると、警察のバリケードの向こうに立っている数百人が「我等に喜びを、ハノイを爆撃せよ！」と叫んだ。

彼らはまた、「カードじゃなく自分を焼け！」とも叫んだ。四日前、ペンタゴン構内でクエーカー教徒の平和主義者が焼身自殺したのを踏まえた醜悪な発言である。自分の教区のベトナム人たちがナパームで焼かれるのを見たベトナム在住フランス人カトリック司祭による報告を読んだ、三十一歳で三児の父ノーマン・モリソンがボルティモアの自宅からワシントンDCまで車を走らせ、ロバート・マクナマラの執務室から五十メートルと離れていない地点に座り込み、頭から灯油を浴びて、戦争に反対する無言の抗議として我が身に火を点けた。目撃者によれば炎は三メートルの高さにまで上がったといい、飛行機から落とされたナパーム弾から上がる炎に等しい強さだった。

カードじゃなく自分を焼け！

以前エイミーが言ったことは正しかった。「ベトナム」という名の小さな、ほとんど目に見えない騒乱は、いまや朝鮮よりも大きい、第二次世界大戦以後の何よりも大きい戦闘になり、日に日にますます大きくなっていて、毎時間もっと多くの軍隊が、共産主義の脅威と戦うべく世界の裏側の遠く貧しい国に送られ、北側が南側を征服するのを食い止めようとしている。二十万、四十万、五十万、とファーガソンの世代の人間が、誰も聞いたことがない、どこにあるのか地図で示せもしないジャングルや村に送り出されている。アメリカ本土から何千マイルも離れた場で戦われた朝鮮戦争や第二次世界大戦とは違って、今回の戦争はベトナムとアメリカの両方で戦われている。軍事介入に反対する論はファーガソンから見てこの上なく明快であり、論理も説得力に富み、事実をきちんと検証すれば自明そのものであって、どうして戦争を支持する人間が存在するのか理解しがたかったが、支持する人間は何百万といたのであり、現時点では戦争反対の数百万よりも数百万多く、そうした好戦派、反反戦派から見れば、自国の政府の政策に異を唱える人間はみな敵の手先、己をアメリカ人と呼ぶ権利を放棄したアメリカ人なのである。反対者がまた一人、刑務所で五年過ごす危険を賭して徴兵カードを焼くたびに、賛成派は裏切り者、共産主義のクズと罵ったが、ファーガソンにとって彼らは尊敬の対象であり、国じゅうでもっとも勇敢な部類に属す、信念ある立派なアメリカ人だった。ファーガソンは彼らをとことん支持していたし、最後の兵士が帰国するまで自分も反戦デモに加わる気でいたが、彼自身は決して彼らの一員にはなれず、決して彼らと並んで立つことはできない。左手の親指がないせいで、仲間の大学生たちがひとたび卒業し徴兵検査に呼ばれたら直面することになる脅威をあらかじめ免れているのだ。徴兵を拒むのは、何かが欠けている者、ハンディのある者の仕事ではなく、五体満足な者、よき兵士候補と見なされる者の仕事なのだ。無意味なふるまいに走って、刑務所に入る危険を冒して何になる？　孤独な立ち位置だ、とファーガソンはしばしば思った。追放者の群れからも追放された追放者。ゆえに自分が何かを思うたびに、一種恥の感覚がそこには伴ったが、好むと好まざるとにかかわらず、あの自動車事故ゆえに、抵抗するか逃亡するかをめぐる今後の闘争を彼は免除されている。知人たちの中で自分だけが、次の段階を恐れながら生きなくてもよい。そのおかげもあってか、彼自身はしっかり地に足をつけていられたが、周りでは実に多くの人間がバランスを失い、倒れてしまっていた。一九六五年の九月、十月、国はすでに二つに割れ、それ以後は、狂気という語を思わずにアメリカという語を発するのは不可能だった。

我々は村を救うために村を破壊するしかなかった（あるアメリカ軍少佐が口にしたとされる発言）。

やがて十一月九日、ノーマン・モリソンがペンタゴン構内で焼身自殺してから一週間後、コロンビアでの新学期が始まっておよそ六週間が経ち、ファーガソンがいまだ手探りで進み、本当にこの大学、評判どおりの中身なんだろうかと決めかねていた時期、ニューヨーク中の灯が消えた。午後五時二十七分に始まり、十三分以内に、合衆国北東部の二十万平方キロのエリアで停電が起きて三千万以上の人々が闇に包まれ、その中には仕事から帰宅途中だったニューヨーク地下鉄利用者八十万人が含まれていた。不運なるファーガソン、間違った時に間違った場所にいる技を完璧に究めたと思えるファーガソンは、ちょうどそのとき一人でエレベータに乗って、カーマン・ホール十階に向かって上昇している最中だった。教科書を部屋に置いて厚手の上着に着替えるために寮に戻ってきただけであり、自室に一分以上とどまる気はなかった。六時にエイミーのアパートで一緒にスパゲッティの夕食を作る約束で、終わったら彼女がその日の午後に書き終えた歴史のレポートを読む。一八六六年にシカゴで起きた、ヘイマーケット事件（集会で労働者と警察が衝突し、何者かが投げた爆弾で死傷者が多数出た事件）に関する十五ページのレポート。エイミーがレポートを書き上げるたびにファーガソンは編集者役を務めている。出す前にあんたに見てもらうと安心なのよ、とエイミーは言うのだ。それが終わったらリビングルームのソファに二時間ばかり一緒に座り、明日の授業の課題に目を通し（ファーガソンはトゥキュディデス、エイミーはジョン・スチュアート・ミル）、それが済んで気が向いたらブロードウェイを北上して〈ウェストエンド・バー〉まで行ってビールを一、二杯飲み、そこに友だちもたまたま来ていたら彼らと雑談したりもするが、それもじきに切り上げてアパートに戻り、エイミーの小さな、けれどひどく心地よいベッドでまた一夜を過ごすはずだった。

どちらが先に起きたのか、結局わからずじまいだった——まずエレベータが突然止まったのか、まず明かりが消えたのか。それとも二つが同時に起きて、頭上の蛍光灯がつかの間ちらつきエレベータ全体ががくんと揺れ、しゅうっという音のあとにバン！と轟音が生じ、次にまたしゅうっという音だったかそれともしゅうっとバン！とが同時に起きたのだったか。どういう順だったにせよ、あっという間の出来事だったことは確かで、二秒後には明かりも消え、エレベータは動かなくなっていた。ファーガソンは六階と七階のあいだに閉じ込められ、十三時間半そこにとどまることになった。闇の中、一人きりで、脳内の思いを吟味する以外することは何ひとつなく、膀胱が持たなくなる前に明かりが戻ってきますようにと念じるばかりだった。

最初からすでに、これが自分だけの問題でないことは理解していた。建物のあちこちから停電だ！　停電だ！　と叫ぶ声が上がっている。ファーガソンが聞く限り、そこにパニックの響きはなく、むしろ嬉しそうで、浮かれてさえいて、狂おしい笑い声がエレベータのシャフトを垂直に通って四方の壁に響きわたっていた。退屈な日常が目的を失い、何か新しい予想外のものが空から落ちてきて、黒い彗星が空に筋を描いている。お祭りだぜ、盛り上がろう！　有難い、とファーガソンは思った。パーティ気分が長引けば長引くほど、自分もパニックに陥らずに済む。ほかに誰も怖がっていないなら、なぜ僕だけ怖がる？　まあたしかに、金属の箱に囚われていて、星なき冬の夜に北極にいる盲人よりもっと何も見えぬ有様とあっては、まるっきり棺桶に閉じ込められた気分だし、這い出すこともできぬまま餓死してしまうかもしれないわけだが。

　二、三分すると、良心的な学生たちがエレベータの扉をガンガン叩きはじめ、中に誰かいないか訊いてきた。いるぞ！　との声がいくつか上がり、不運にも宙空に取り残されたのは自分だけでないこと、二台のエレベータどちらにも人が乗っていたことをファーガソンは悟ったが、もう一方の箱には五、六人乗っているのに対し、こっちは一人であり、向こうは単に投獄されただけだが自分は独房に閉じ込められたのである。ファーガソンは自分の名前と部屋番号（１０１４Ｂ）を大声でわめき、じきに返事があった——アーチー！　とんだ災難だな！　ファーガソンは答える——ティム！　これっていつまで続くんだ？　ティムの答えは頼もしいというには遠かった——わかるわけねーだろ！

　できることは何もなかった。ここでじっと待つしかない。恋人のアパートへ向かう途中だったドジなミスタ・アンラッキーが実験番号００１に変えられ、目下地上六階半ぶんの高さの感覚遮断タンクに幽閉されている。アイビーリーグのハリー・フーディーニ（脱出術で有名な奇術師）、大都市圏のロビンソン・クルーソー。この真っ暗な独房内に密閉されるのがこれほどひどい気分でなかったなら、ファーガソンもきっと自分を嗤（わら）い、世界一滑稽（コミック）な阿呆、否、宇宙的（コズミック）な阿呆たることを認めて一礼したことだろう。

　これはズボンの中に小便するしかないな、と判断した。放尿する必要が生じたら、そのときはもう、よちよち歩きのころに退化してオムツの中でやるしかない。その方が、床を濡らしてしまって、この先何時間かもわからぬあいだ、冷たい尿にぴちゃぴちゃ浸（ひた）って座るよりいい。煙草もなく、マッチもない。煙草が喫えれば時間をやり過ごす助けになるだろうし、マッチがあれば時おり何かを見ることができて、煙を吸い込むたびに煙草の先が赤く光るだろう。だがちょうど今日の午後、煙草もマッチも切らしてしまい、西一一一丁目のシュナイダーマンズ・スパゲッティハウスでのディナーに向かう途中で買うつもりだったのである。**夢を見てなさい、面白い人ねえ。**

　電話がまだ機能しているかどうか知りようもないが、駄目で元々と思ってもう一度ティムを呼び、エイミーに連絡して事情を伝えて六時に来なくても心配するなと言ってくれ、と頼もうとしたが、ティムはもうそこにいないのか、呼んでも誰の返事もなかった。笑い声や奇声も数分前から静まり、廊下にいた連中もおおむねいなくなってしまい、ティムもきっと、マリワナ仲間と一服しに十階へ上がっていったにちがいない。

何しろ真っ暗だし、何もかもから切り離され、完全に世界の外に——自分がずっと世界だと考えてきたものの外に——いるせいで、そのうちだんだん、自分がまだ本当に自分の肉体の中にいるのかという疑念も現実味を帯びてきた。

六歳の誕生日に両親からもらった腕時計のことを考えた。子供用の小さな、伸び縮みする金属のバンドがついた時計で、闇の中で文字盤の数字が光った。夜ベッドに横になって、眠りが彼の目を閉じて地下世界に連れていってくれるまでのつかの間、あの緑に光る数字たちにどれだけ慰められただろう。小さな、燐光を発する仲間たちは、朝に陽が昇ると消える。夜は友だち、昼はただの描かれた数。いまではもういっさい時計も着けなくなった。あの誕生日プレゼントはどうなっただろう、どこへ行ってしまっただろう。いまはもう何も見えず、時間の感覚もない。このエレベータに二十分いるのか三十分いるのか、四十分か、一時間か。

ゴロワーズ。ブロードウェイを下っていく途中で買おうと思っていた煙草。夏にエイミーとフランスを旅行しているあいだに二人とも喫うようになった銘柄だ。やたらと強い、茶色い葉っぱのぶっとい奴らが、セロファンにくるんでもいない薄青の紙包みに入っている。フランスで一番安い煙草。そしていまアメリカにいて、ゴロワーズに火を点けるだけであっちの世界で過ごした昼夜に戻っていける。きつい、葉巻みたいな煙の匂いは、キャメル、ラッキー、チェスタフィールドといった金色の葉っぱの匂いとは全然違っていて、一口喫い、一口吐けば、市場の向かいにあるあの小さなホテルの十八号室に帰れて、心は突然ふたたびパリの街並を歩いていて、一緒にいてあそこで感じた幸福感を二人とも生き直せる。煙草はその幸福のしるし、一か月外国で共にすごしたあいだに自分たちを捉えた新たな、より大きな愛のしるしであり、いまその愛は、ちょっとしたささやかなふるまいからふっと顔を出す——モーニングサイド・ハイツのゲロ部隊の最新メンバーへの入隊プレゼントとして、卑猥な学部生詩人とのサプライズの出会いを演出したり。エイミーだからできること。意表を衝くふるまい、稲妻のすばやさの即興、縦横無尽の優しい心。

レスの誘いに乗って、書いたものを『コロンビア・レビュー』に見せようかという気にさせられたものの、あれから一月半が経ったいまも、ファーガソンは編集室のドアをノックしていなかった。いずれにせよ、最近書いた詩はレスにも見せる気はなかった。どれも納得の行く出来ではなく、活字にする値打ちはない。むしろ最近打ち込んでいるのは、パリで始めた翻訳だった。何冊かの辞書に投資し(『プチ・ロベール』、『プチ・ラルース・イリュストレ』、そして必要不可欠の『ハラップス仏英辞典』)、完璧とは言いがたかったフランス語もそれなりに向上したいま、もはや前のような誤読や阿呆な勘違いはなくなり、少しずつ、アポリネールやデスノスの自分バージョンが英語の詩の体(てい)を成してきて、もはやフランス語の詩を言語の肉挽き器にかけてフリングリッシュにしたという感じではなくなった。でもまだ、人に見せるには十分でない。これでいい、というところまで持っていくにはさらに手を入れないといけない。一行一行、一語一語、これだと思えるまでノックはしたくない。心酔するそれら極上の詩行に、どうして全力を注がずに、何度も何度も全力を注がずにいられよう。雑誌が翻訳を出したがるかどうかはわからないが、まあ言ってみる価値はある。これまでに出会った一年生のうち、一番面白そうな連中がこの雑誌に惹かれているようだし、自分もそこに加わることで、いろんな授業で見かける、詩や小説を書いている学生たち――デイヴィッド・ジンマー、ダニエル・クイン、ジム・フリーマン、アダム・ウォーカー、ピーター・エアロン――に仲間入りできる。過去一か月半、彼らを観察する機会は十分あったから、みんな知的で本もよく読んでいて、いずれ本物の詩人や小説家になるだけの力がありそうだとわかったし、しかもこれら頭のいい才能豊かなゲロたちは、一人残らずオリエンテーション週間にビーニー帽をかぶらずに通したのである。

　というわけで、少なくとも当面詩作はなしで、またいずれ再開するとしても、目下のところは自分を鎮静期の詩人と見るしかない。十代なかばに発病し、熱が二年続いて百本近い詩が生まれたが、ヴァーモントでフランシーが事故を起こしたのを境に突然出てこなくなり、なぜなのかいまだにわからないがそれ以後は用心と不安を感じてしまい、何本か書きはしたがどれも出来はよくなかった。少なくとも十分よくはなく、これでいいとはとても言えない。新聞の仕事に携わっているおかげで袋小路には陥らずに済んだが、ゆっくりじっくり詩を練る作業、シャベルで土を掘り進み口の中で土を味わう感覚もやはり捨てがたく、エズラ・パウンドが若き詩人たちに与えた忠告に従って翻訳を試みたのだった。はじめのうちは、とにかく手を動かしておくためのエクササイズくらいにしか思わず、産む苦労も挫折もなしに詩作の楽しみを味わえるなどと考えていたが、しばらくやってみると、もっとずっと奥が深いということが見えてきた。訳している詩を本気で愛しているなら、その詩を分解して自分の言語で組み立て直す作業は信仰と献身の営みであり、いま自分が両手に持っている美しいものを与えてくれた主人に奉仕する手段である。大いなる主人アポリネールも、ささやかな主人デスノスも、ファーガソンから見て美しく、大胆で、驚くほど独創的な詩を書いたのであり、一作一作に憂愁と高揚の気分が同時に染みわたっていて、この得がたい組合せがなぜか、ファーガソンの十八歳の心の中にあるたがいに矛盾した衝動を結びあわせてくれるのだった。だから暇を見つけては作業に励み、組み直し、考え直し、練り直していって、これならドアをノックできると思えるまで高めていった。

ドアとはフェリス・ブース・ホール303号室のドア。ホールはキャンパスの南西の端、彼が目下閉じ込められている寮の建物の真向かいにある学生活動センターである。この闇の中で発狂もせず無事ここから出られたら、ぜひこの経験について書かないと。何か気の利いた、挑発的な文章を『コロンビア・デイリースペクテイター』に載せる。ファーガソンはいまや、大学当局や教師からの干渉も検閲も受けないこの学生新聞で働く学部生四十人のうちの一人だ。303号室のドアをノックする勇気はまだ出なくても、オリエンテーション週間の二日目に、同じホールの反対側にあるもっと大きな318号室にはすでに足を踏み入れ、新聞作りに加わりたいと告げたのである。話は即座にまとまった。試用期間もなし、テスト原稿も書かされず、『モントクレア・タイムズ』に書いた記事を見せる必要もない。外へ出て、記事を書け。〆切に間に合って、有能な記者であることを証したらそれで決まり。さらばヘル・イムホフ！

一年生記者に開かれている取材対象は、授業関係、学生活動、スポーツ、加えて近隣地域の取材。**スポーツはやりません、スポーツ以外なら何でもやります**とファーガソンが言うと、学生活動を与えられた。週平均二本がノルマ、大半は短くてよく、昨年高校でバスケットと野球を報じた記事の半分も書かなくていい。これまで書いた記事は、政治を扱った、左翼・右翼両方に関するものが数点と、五月二日委員会が「不当な抑圧戦争」に反対して戦うべくキャンパス内で反徴兵連合を組織しようという計画に関する記事があり、もうひとつ、共和党支持学生の一団が、現市長ジョン・リンジーは「共和党の原則から外れた」という理由で新市長候補にウィリアム・F・バックリー（保守派の論客）を推すと決めたことを伝えた記事もあった。その他、ファーガソン本人が「軽量級」「埋め草」と称した短い記事では、学内のこまごました問題を報じた。十三人の新入生が学期開始後三週間経ってもまだ寮の部屋が決まらない件、ジョン・ジェイ・ホールに新しく出来た「ホーン＆ハーダート・スタイルの自動販売機」がずらりと並ぶ「カフェ」の名前を募集するコンテスト（スポンサーは〈学内フードサービス〉、「賞品」はニューヨーク中どこでも好きなレストランでの食事代二人分）等々。大停電直前の日々には、禁じられた時間帯に男子学生を自室に入れていたせいで停学処分を受けようとしているバーナードの一年生をめぐる記事を執筆中だった（現行の規則では男子の訪問が許されるのは日曜の午後二時から五時のみで、この男子学生は午前一時に件（くだん）の女子学生と一緒にいたが、プライバシーを尊重して名は伏せられているこの女子学生は、「ほかの人もみんなやっているのに私だけたまたま見つかって罰せられるのは不公平です」と主張していた）。エイミーが一年生のときこういう寮＝牢獄に入るまいと嘘をつきまくったのも無理はない。記者Ａ・Ｉ・ファーガソンはこれを任務どおり客観的なニュース記事として書いたが、同じ一年生としてのアーチー・ファーガソンは、できることなら記事の第一文にレス・ゴッテスマンの詩のリフレインを引用してこの女子学生を擁護したい、と思わずにいられなかった。

事実に語らせろ。

新聞の記事を書くのは、世界と関わる営みであると同時に世界から一歩後退する営みでもあった。きちんといい仕事をしようと思ったら、このパラドックスの両面を受け入れ、二重の状態で生きられるようにならないといけない。物事の只中に飛び込んでいく必要と、同時に観察者としてサイドラインにとどまる必要。飛び込む方はいつもワクワクする――バスケットについて書くための高速飛び込みであれ、女子大の時代遅れの寮規則について書くために求められるもっとゆっくりのもっと深い掘り下げであれ。が、自分を抑える方は時として問題になりそうだった。今後の数か月、数年、自分の中で何らかの調整が必要になりかねない。ジャーナリストとして公平で客観的であることを誓うのは、修道士団に入って生涯をガラスの修道院で過ごすことに似ていなくもない。世界が自分の四方で回りつづけるさなかにも、人間同士が関わりあうその世界から一歩身を引いている。ジャーナリストであるとは、煉瓦で窓を割って革命を始動させる人間には絶対なれないということだ。誰かが煉瓦を投げるのを見守ることはできるし、なぜ煉瓦を投げたのか理解に努めることもできれば、煉瓦が革命を始動させる上でいかなる意義を持つのか他人に説明してもいいが、自らは決して煉瓦を投げられないし、煉瓦を投げろと誰かを煽る群衆の中に立つことさえ許されない。気質からいってファーガソンは元々煉瓦を投げたがる方では決してなく、自分としては一応中庸を尊(たっと)ぶ人物だと思っている。だが時代はまさに混沌を極め、中庸などお呼びでない、煉瓦を投げるしかない気にさせられる事態が増えてきている。最初の一個を投げるべき時が来たら、自分の共感は窓ではなく煉瓦とともにあるにちがいない。

頭がふっと切れて、周りの無限の闇の沼にしばし沈んでいたが、また我に返ると、このあいだ訳したデスノスの短い詩の最後の数行が頭に浮かんでいた――

世界のどこかの
山のふもとで
脱走兵が歩哨たちに話しかけている
歩哨たちが解さない言語で。

やがて、黒い箱に四時間幽閉された末に、ついに膀胱が限界に達し、オムツをつけたニコニコあどけなく笑う子供のころと同じようにズボンを濡らした。やれやれ、と思うさなかにも生温かい液体がパンツとコーデュロイのズボンに染みわたっていく。だが同時に、パンパンの膀胱が空になるのは何たる快感。

ボビー・ジョージの家の裏庭で二人とも五歳だったときにボビーと一緒におしっこをした日のことがふと思い出された。ボビーがファーガソンの方を向いてこう訊く。アーチー、これってみんなどこ行くのかな？　何百何千万の人間と何百何千万の動物が何百何千万年ずっとおしっこしてさ、どうして海も川もみんなおしっこになっちゃわないのかな？

それはファーガソンがいまだ答えを見出せずにいる問いだ。

かの幼なじみは高校を卒業した翌日にボルティモア・オリオールズと契約を結び、ファーガソンが『モントクレア・タイムズ』で一番最後に書いた記事も、ボビーが四万ドルの契約金を獲得しじきにメリーランド州アバディーンに発つこと、ニューヨーク＝ペンシルヴェニア・リーグのオリオールズ短期Aレベルチームで捕手としてキャリアを開始することを報じていた。結局その夏は二十七試合に出場し（打率は二割九分一厘）、その時点で徴兵委員会に呼び出されて検査を受け、大学生と違い四年の猶予もないので、九月なかばには合衆国軍隊に入隊させられ、現在はフォートディックスでの基礎訓練も終わりに近づいてきていた。ボビーが西ドイツの安楽な駐屯地に送られますようにとファーガソンは祈っていた。そこなら二年間は野球のユニフォームが着られて、それで愛国者としての義務を果たしたことになるのだ。あのボビー・ジョージが、ライフルを背負ってベトナムのジャングルを駆け回るなんてゾッとする。考えるのもほとんど耐えられなかった。

戦争はいつまで続くのか？

三十八歳でファシスト暗殺隊に殺されたロルカ。同じ年齢で第一次世界大戦終結の四十六時間前にスペイン風邪で死んだアポリネール。四十四歳、テレージエンシュタット収容所解放のわずか数日後にチフスで死んだデスノス。

ファーガソンは眠りに落ち、自分が死んだ夢を見ている夢を見た。

翌朝七時に電力が復活すると、ファーガソンはよろよろと十階の自室に戻って、濡れた服を脱ぎ捨て、十五分シャワーを浴びつづけた。

前日、二十二歳のロジャー・アレン・ラポートが国連のダグ・ハマーショルド図書館の前で服にガソリンをかけて火を点けた。体の九十五パーセントにⅡ度、Ⅲ度の火傷を負って救急車でベルヴュー病院に運ばれた時点ではまだ意識もあり話すこともできた。最後の言葉は**私はカトリック**

労働者運動のメンバーです。私は戦争に、すべての戦争に反対します。これは宗教的な行動として行なったのですだった。

停電が終わってまもなくラポートは死んだ。

一年次人文学（必修）秋学期――ホメロス、アイスキュロス、ソフォクレス、エウリピデス、アリストファネス、ヘロドトス、トゥキュディデス、プラトン（『饗宴』）、アリストテレス（『詩学』）、ウェルギリウス、オウィディウス。春学期――旧新約聖書抜粋、アウグスティヌス（『告白録』）、ダンテ、ラブレー、モンテーニュ、セルバンテス、シェークスピア、ミルトン、スピノザ（『エチカ』）、モリエール、スウィフト、ドストエフスキー。

一年次現代文明（必修）秋学期――プラトン（『国家』）、アリストテレス（『ニコマコス倫理学』、『政治学』）、アウグスティヌス（『神の国』）、マキャヴェリ、デカルト、ホッブズ、ロック。春学期――ヒューム、ルソー、アダム・スミス、カント、ヘーゲル、ミル、マルクス、ダーウィン、フーリエ、ニーチェ、フロイト。

文学研究 秋学期（ファーガソンはクラス分け試験の成績がよかったので一年次必修作文の代わりにこの授業の受講を認められた）――一冊の本（『トリストラム・シャンディ』）をひたすら精読するゼミ。

近代小説 春学期――英仏を交互に読む二か国語ゼミ。ディケンズ、スタンダール、ジョージ・エリオット、フロベール、ヘンリー・ジェームズ、プルースト、ジョイス。

フランス詩 秋学期――十九世紀。ラマルチーヌ、ヴィニー、ユゴー、ネルヴァル、ミュッセ、ゴーチエ、ボードレール、マラルメ、ヴェルレーヌ、コルビエール、ロートレアモン、ランボー、ラフォルグ。春学期――二十世紀。ペギー、クローデル、ヴァレリー、アポリネール、ジャコブ、ファルグ、ラルボー、サンドラール、ペルス、ルヴェルディ、ブルトン、アラゴン、デスノス、ポンジュ、ミショー。

コロンビアで一番いいのは授業、教師、学生だと実感するのに時間はかからなかった。課題図書リストは素晴らしいし、クラスは少人数で、学部生を教えることに熱心で自分もそれを楽しんでいる専任の教授が担当し、学生たちも優秀できちんと予習してきて、教室では恐れず意見を口にする。ファーガソンはあまり発言しなかったが、一時間もしくは二時間の議論をすべてじっくり吸収しながら、一種知の楽園に行きついたのだという気持ちでいた。過去十年あまり自分もけっこう本を読んできたつもりだったが、まだほとんど何も知らないのだということをたちまち思い知らされたから、課された週数百ページ、時には千ページに達するテクストを律儀に読み、時おり反りの合わない作品に出くわしても（『ミドルマーチ』、『神の国』、ペギー、クローデル、ペルスの勿体ぶった詩行）とにかく目は通したし、要求以上のことをやる場合すらあった（たとえば『ドン・キホーテ』の課題部分は全体の半分以下なのに全巻読む。あらゆる名著の最高峰をどうして全部読まずにいられよう?）。秋学期が始まって二週間経ったところで、両親がニューアークからやって来て、ファーガソンとエイミーを〈グリーン・トゥリー〉へ夕食に連れていってくれた。アムステルダム・アベニューにあるこの安価なハンガリー料理店がすっかり気に入っているファーガソンは、〈ヤム・シティ（旨い街）〉と勝手に名を変えて呼んでいた。そして食事の最中、授業は本当に楽しいし本を読んで本について書くのが生活の主たる務めになったなんて夢みたいだと言ったところ、母親が自分の一大読書体験を披露してくれた。ファーガソンが生まれる前の数か月間、毎日ずっとベッドに横になってひたすら本を読んでいたというのだ。姉ミルドレッドが薦めてくれた名著を、スタンリーが片っ端から図書館で借りてきてくれた。そのとき読んだ本のことはいまも考える、もう何年も経ったのにすごくたくさんの本のことをいまだよく覚えていると母は言った。ファーガソンから見て、母親が読書するといっても、たまにミステリーを読むか、さもなければ美術か写真に関する本を読んでいたくらいしか覚えがなかったので、出産を控えた若き母がニューアークの最初のアパートメントで一人横たわり、大きくなっていく一方のお腹（皮膚の下の膨らみはいまだ生まれざる彼自身なのだ）の上に小説本を立てている姿を想像してひどく心を動かされた。そうよ、とずっと前の日々を思い起こして温かく微笑みながら母親は言った。あんたがお腹にいたあいだあんなにたくさん読んだんだもの、あんたが本好きにならないわけがないじゃない。

　ファーガソンは笑った。

　笑うなよアーチー、と父親が言った。これは生物学で言う浸透(オズモーシス)だよ。

じゃなきゃ輪廻(メテムサイコーシス)とか、とエイミーが言った。

母親が戸惑った表情を浮かべた。精神病(サイコーシス)？　何の話？

魂が転生するってことだよ、とファーガソンが説明した。

だからそれよ、と母親が言った。いま言おうとしてたのもそういうことよ。あたしの魂があんたの魂の中に入ってるのよ、アーチー。これからもずっとそうなのよ、あたしの肉体はなくなったあとも。

　そんなこと考えなくていいよ、とファーガソンは言った。僕が上の連中と話しつけといたからさ、母さん永久に生きるって約束してもらったから。

　授業はいいし、教師もクラスメートもいいが、コロンビアの何もかもがいいというわけには行かない。特に気に入らないのは、その形式ばったアイビーリーグ流の気取り、うしろ向きのルール、融通の利かないしきたり、学生の幸福を考えない姿勢だった。権力はすべて大学当局が握っていて、懲罰に関してしかるべき手続きも定められていなければ公平な調査の仕組みもなかったから、大学は何の説明もなしに学生を退学させることができる。べつにファーガソンとしても進んでトラブルに足をつっ込もうという気はなかったが、やがて多くの学生がそうすることになったし、一九六八年の春、きわめて多くの学生がトラブルを起こそうと決めると、組織全体が暴走し、収拾がつかなくなった。それについてはまたいずれ述べることになる。

ファーガソンはニューヨークにいることが、エイミーのニューヨークにエイミーといることが嬉しかった。やっとのことで二十世紀の首都のフルタイムの住人になれたのだ。が、コロンビアの周辺はすでに一応知っているつもりでも、こうして住みはじめてみると、モーニングサイド・ハイツがありのままに見えるようになってきた。傷ついた、崩壊に向かう一方の、貧困と絶望のゾーン。くたびれた建物が何ブロックも並び、どの住居にも人間とともに鼠とゴキブリが棲んでいる。不潔な街路には収集されないゴミが散乱し、歩行者の半分は頭が壊れているか、壊れかけているか、精神の病から回復する途上かだった。近所一帯がニューヨークの失われた魂たちの拠点であり、ファーガソンは毎日、見えない他人、存在しない他人との理解不能な対話に浸っている男女十人あまりとすれ違うことになった。ギュウギュウに膨らんだ買い物袋を抱えた片腕の浮浪者は、背の曲がった体をさらに丸めて、歩道を睨みながら、ギシギシ軋む小声で何やら呪文を唱えている。アムステルダム・アベニューから横に入った裏道のあちこちの戸口を陣地とするひげの小男は、一か月前の『デイリー・フォワード』（ユダヤ系の新聞）を割れたギザギザの虫眼鏡のかけらで読んでいる。パジャマ姿でフワフワ浮かぶように歩き回る太った女。ブロードウェイの真ん中の安全地帯で、酔っ払い、年寄り、壊れた者たちが地下鉄の格子の上に置かれたベンチにひしめきあい、肩を並べてそれぞれ黙って遠くを見やっていた。**汚物のニューヨーク。針金と死のニューヨーク。**さらに、誰もがヤムキー・マンと呼んでいる初老の奇人は、毎日チョックフル・オ・ナッツの前の四つ角に立ってヨーヴェ・ヤンプキーと唱える古風な演説者で（「ヨーヴェ」はユダヤ教の神「ヤーウェ」の変形）、ドクター・ヤムキー、エムシュなどとも呼ばれ、ナポレオンの息子を名のり、救世主（メシア）を自称し、どこへ行くにもつねにアメリカの国旗を携える筋金入りの愛国者で、寒い日にはその国旗を肩に巻きつけてショールに使っていた。また、禿げた弾丸頭の子供大人ボビーは、ブロードウェイと一一三丁目の角にあるラルフ・タイプライター店の使い走りを日々務め、両腕を横に突き出して飛行機のふりをし、人波のあいだを縫うように進みながらB-52のエンジン全開音を発していた。そして髪のないサム・スタインバーグ、いつもかならずいるサム・Sは毎朝ブロンクスから三本の地下鉄を乗り継いでやって来て、ブロードウェイの路上かハミルトン・ホールの前でキャンディバーを売り、あわせてマジックインキを使って自分で描いた架空の動物の絵も一枚一ドルで売っていて、クリーニング店のシャツに付いてくるボール紙に描いたこれらささやかな作品を掲げては、聞く耳を持つ者誰にでも、**ヘイミスタァ、新しい絵だよ、美しーい新しい絵だよ、世界最高に美しーい絵だよ**と呼びかけていた。そうして、大いなる謎ホテル・ハーモニー。ブロードウェイと一一〇丁目の角に建つ、尾羽（おは）打ち枯らした者たちを顧客とするこの崩れかけた建物は、近隣数ブロックの中で一番高いビルであり、その煉瓦の壁には、五百メートル離れても読めそうな大きな文字で、これぞ地上最大の矛盾語法と言えそうなモットーが書かれていた――**ホテル・ハーモニー　生きることが喜びである場。**

　アッパー・ウエストサイドの上（アッパー）側、ここは本当にぶっ壊れた世界であり、この自分の新たな生息地の汚らしさと惨めさにたじろがなくなるにはある程度時間がかかったが、モーニングサイド・ハイツのすべてが荒涼としているわけではなく、若者たちも街をさまよっていて、バーナード、ジュリアードの可愛い女の子たちもしばしば風景の中に現われ、眼の錯覚のように、はたまた夢の世界から訪れた妖精のように目の前をひらひらと過ぎていったし、ブロードウェイの一一四丁目から一一六丁目までのあいだには立ち読みにうってつけの書店が何軒もあり、一一五丁目の角を曲がって階段を降りた地下には外国語の本屋もあって、ファーガソンはそのフランス詩のセクションに行っては三十分ばかり本を漁り、南へ二十、二十五ブロックも行けば〈ターリア〉と〈ニューヨーカー〉で最良の旧作・新作映画を上映していて、ジュークボックスでエディット・ピアフがかかっている安食堂〈カレッジ・イン〉では安い朝食で腹を一杯にできて彼をハニーと呼んでくれる髪を金色に染めた小太りのウェイトレスともお喋りできたし、十分間のコーヒーブレークならチョックフル・オ・ナッツ、〈プレクシーズ〉に行けば命を支えるハンバーガー（「大学出のハンバーガー」）が食べられたし、一〇八丁目と一〇九丁目のあいだにはキューバ＝中国料理店〈アイデアル〉（Idealをみんなイー＝デイ＝アルと発音する）ではロパビエハ（代表的なキューバ料理）とエスプレッソ、グヤーシュ（代表的なハンガリー料理）と肉団子が目玉の〈ヤム・シティ〉にはエイミーと二人でしょっちゅう行くものだから、店を経営するでっぷり太った夫妻がデザートをおまけしてくれるようになった。が、このぶっ壊れた界隈で一番の避難場所となると、やはり何と言ってもブロードウェイ一一三丁目と一一四丁目のあいだにある〈ウェストエンド・バー・アンド・グリル〉だった——磨き込まれたオーク材の巨大な楕円形のカウンター、北と東の壁沿いには四人掛け・六人掛けのブース、奥の部屋には持ち運び可能な大きな椅子とテーブルが並んでいた。昨年すでにエイミーに連れてきてもらっていたが、この街の住人となったいま、大昔から続くこの薄暗い飲み屋はじきにファーガソン行きつけの店となり、昼は自習の場、夜は社交の場、まさに第二の家だった。

ビールやバーボンに興味があったわけではない。人と話すこと、『スペクテイター』や『コロンビア・レビュー』の仲間や、エイミーの政治関係の友人やさまざまな常連たちと語りあうのが目当てであって、酒は単にブースに席を確保するための小道具にすぎなかった。一緒に話したいと思う人たちに囲まれたのはファーガソンにとってこれが初めてだった。エイミー一人ではない。過去二年間、話し相手はエイミーだけ、人生で言葉を交わすに値するのは彼女一人だったのが、いまは何人も、何十人もいる。〈ウェストエンド〉で参加する会話の大切さは、ハミルトン・ホールの授業での議論にも劣らなかった。

『スペクテイター』の仲間は生真面目で勉強熱心な連中で、服装や髪型に関してはゲロよりガリ勉型で、いわばゲロの心を持ったガリ勉と言ってよかった。ファーガソンと同学年の仲間たちはすでに献身的な新聞人であり、まだ高校を出たばかりなのに、もう何年も前からやっているみたいにすっかり仕事に没頭している。『スペクテイター』の年上のスタッフはブロードウェイを二ブロックばかり下った別のバー〈ゴールド・レール〉を贔屓にしているが、そこは友愛会の連中や体育会系御用達でもあり、ファーガソンの仲間は〈ウェストエンド〉の薄汚い、それほど騒々しくない雰囲気を好んだ。ファーガソンがサイドブースでよく一緒に飲んで喋る仲間が三人いて、ロングアイランド出身の落着いて物静かなロバート・フリードマンは授業関連を担当し、まだ十八だというのに『ニューヨーク・タイムズ』や『ヘラルド・トリビューン』の記者が書くものに少しもひけを取らない文章が書け、早口で喋るシカゴ出のグレッグ・マルハウス（スポーツ）、サンフランシスコ出身で渋い皮肉を飛ばし粘り強さが強味のアレン・ブランチ（地元コミュニティ）がこれに加わり、誰もが新聞の上層部は保守的すぎる、戦争に対する大学の悪政（入隊勧誘員がキャンパスに入るのを許し、在学中の学生に将校養成訓練を受けさせる組織ROTC——彼らはそれをロッツィと発音した——との関係を断ち切ろうとしない）に関して報道が及び腰すぎるという意見だった。キャンパス拡張を進めようと大学が自ら所有する近隣のアパートから貧しい間借り人を追い出す悪徳家主的姿勢にも反対し、自分たちが三年生になる春、『スペクテイター』を動かす立場になったらフリードマンを編集長に選んですぐさますべてを変えるんだと意気込んでいた。この未来のクーデター計画を聞くだけでも、ファーガソンが自分たちの学年についてすでに感じ取っていたことが裏付けられた。すなわち、自分たちは上の学年とは違っている――より攻撃的、より性急、愚かしさや独善や不公平と戦おうという気概がより強い。一九四七年生まれの戦後世代は、たった二、三年早く生まれただけの戦中世代とほとんど共通点がない。わずかな期間に世代間の亀裂が生じたのであり、上級生の大半が一九五〇年代に吹き込まれた教えをいまだ信奉しているのに対し、ファーガソンとその仲間たちは、自分たちが無茶苦茶な世界に生きていること、大統領を殺し国民の益に反する法を作り若者たちを無意味な戦争で死なせるべく海外に送り出す国に住んでいることを知っている。年上の者たちよりも、今日の現実により敏感に反応しているのだ。たとえば、些細ではあるがいかにも意味深長な例として、オリエンテーション週間のビーニー帽闘争。ファーガソンはかぶることを本能的に拒否したわけだが、『コロンビア・レビュー』や『スペクテイター』の仲間たちもそうだったし、新入生六九三人のうち三分の一以上が、授業が始まる前の期間、フットボール選手の「モニター」たちと睨みあい肩をぶつけて抗ったのである。事前に組織化されたところはいっさいなかった。反ビーニー学生一人ひとりが、トゥイードゥルディー&トゥイードゥルダム軍団の新兵となってキャンパスを回らされるなんて冗談じゃないと考え、それぞれ独自に行動し、抵抗が自然に広がっていつしか集団行動に、大規模ボイコットになって、しきたりと現実感覚が対立したのである。結果は？　今後すべての新入生に対しビーニー帽を廃止する、と大学当局は発表した。微小な勝利にすぎないが、来たるべき事態の予兆かもしれない。今日はビーニー、明日は何になることか。

十一月の末、感謝祭の週が終わるころには、ひとまず出来上がったと思える翻訳詩が五、六本たまっていて、何より重要なエイミー・テストをパスすると、ファーガソンはそれらをようやくひとつにまとめて書類封筒に入れ、『レビュー』に提出した。予想に反して、編集者たちからそもそも翻訳は載せないといった声も挙がらず――長すぎない限り、と一人は言った――かくしてファーガソンによる、脱走兵と歩哨をめぐるデスノスの詩の英語版「世界の果てで」が春号に掲載されることになった。もはや完全な意味での詩人ではないファーガソンだが、自分が書きうるものよりはるかに優れた詩を訳すことによって、詩を書く営みに依然として関与できるのだ。『レビュー』に関わっている、もっとずっと野心が強い若き詩人たちは、詩作にすべてを賭けていて、訳すにあたってほとんど何も賭けていないファーガソンとは全然違う。それでも彼らはファーガソンのことを、作品の良し悪しを判断できる人間、詩に関する議論により広い視座を持ち込んでくれる人間として、グループにとっての価値を認めてくれていた。まあたしかに、中核の一員と見ているわけではないが、それはまったく正当で公平なことに思えた。何と言っても自分は真の意味で彼らの一人ではないのだから。〈ウェストエンド〉にたむろするという限りではみんなと仲よくやっていて、ファーガソンとしても彼らと話すのは楽しかった。中でも誰より頭が切れる早熟なデイヴィッド・ジンマーには感心させられたし、それにジンマーのシカゴからの友人マーコ・フォッグは、いつもアイリッシュツイードのスーツを着ていて髪はぼさぼさの変わり者で、詩も小説も書かないものの文学の知識は半端でなく、ラテン語でジョークを飛ばしてラテン語がわからない人間まで笑わせることができた。

新聞部と、詩人。ファーガソンがまず引き寄せられたのはこの二つの人種だった。ファーガソンから見て彼らは誰よりも生きいきとし、世界との関係において自分が何者であり何ができるかをすでに摑みはじめていた。同学年には、自分についてもほかの何についても全然わかっていない連中も大勢いた。あたふたもがいている、学校の成績はいいし共通テストで抜群の点を取れはしても心はまだ子供の、地方都市や郊外の画一住宅で育った自慰しか知らぬ童貞。ニューヨークのあまりの大きさ、荒々しさ、速さに怯え戸惑うばかりで、キャンパスと寮の自室から離れようとしない。そういう初心(うぶ)な人間の一人がファーガソンのルームメートで、オハイオ州デイトンから来た気のいい男ティム・マッカーシーだった。生まれて初めて自宅から離れて暮らす自由に対する準備がまったく出来ていないまま大学に入ってきていたが、とはいえ、そういう立場にいる大半の連中とは違い、ティムは内に逃れて都市から隠れたりはせず、逆に都市の只中に飛び込んでいき、膨大な量のビール消費と、日々欠かさぬマリワナ吸収という二つの快楽にとことん浸ろうとしていて、時にはLSDによるトリップにも足をつっ込んでいた。ファーガソンはどうしたらいいかわからなかった。自分は大半の夜を一一一丁目のエイミーのアパートで過ごしていて、カーマン・ホールの寝室は、本やタイプライターや服を置くためのオフィスのようなものでしかない。部屋にいるときはたいてい机に座ってタイプに向かい、『スペクテイター』の記事を書いているか、授業で提出するさまざまな長さのレポートを練っているか、さもなければ例によって翻訳をいま一度推敲しているかだった。ティムとのつながりを築くほどしじゅう顔を合わせてはいないし、彼との関係は友好的ではあれ、あるとき一〇四番バスの中で一人の女性が別の女性に言うのをたまたま聞いた言葉を使うなら深く表層的だった。ティムが深刻なトラブルになりかねない状態に陥りかけているのは感じとれても、プライベートな領域に踏み込むのはためらわれた。

ファーガソン自身はもう、マリワナなんて馬鹿馬鹿しいと片付けるだけの経験は積んでいたし、LSDなどという狂気の沙汰にも興味はなかったが、そんなものはやめておけよ、とティム・マッカーシーに言う権利など自分にあるだろうか？　が、十二月なかばのある午後、廊下を下った部屋で例によってマリワナ仲間と一服してきたティムがキーキークスクス笑いながら戻ってくると、さすがのファーガソンももう黙っていられなかった。あのさティム、君には笑えるかもしれないけど、ほかの誰が見たって全然笑えないぜ。

デイトン出の相手はベッドにどさっと寝転がり、ニッコリ笑って言った。辛気（しんき）臭いこと言うなってアーチー。俺の父親みたいな言い草だぜ。

どれだけドラッグやろうと君の勝手だけど、退学になったらさすがにまずいんじゃないのか。

わかってねえなミスタ・ニュージャージー。俺、今学期の成績AとBばっかりで、Aの方がBより多いんだぜ。来月の期末試験を無事切り抜けたら、たぶん優等生リストにも入る。親父も自慢の息子だぜ。

それは結構。けどそれだって、毎日ハイになってたらいつまで持続（キープ・イット・アップ）できる？

勃たせる（キープ・イット・アップ）？　いつだって勃（た）ってるさ、いつだってビンビンに勃ってる。ハイになればなるほどもっと勃つ。お前もそのうち試してみるといいぜアーチー。史上最高、ジブラルタルの岩よりなお硬い勃起だぜ。

ファーガソンの鼻から短い、エイミーがよくやるのに似ていなくもない笑いが漏れたが、この場合それは本物の笑いというより敗北を認める意思表示でしかなかった。どのみち負けるほかない議論をやり出したのは自分なのだ。

俺たちは二度といま以上に若くなれない、とティムは言った。若くなくなったら、あとはもうずっと下り坂さ。退屈な大人の日々。やってらんないぜ。仕事、女房、子供が二人、気がつくとスリッパはいて足引きずって歩いて、歯もなく何もなくにかわ工場（俗に、骨や皮をにかわにするため老いぼれ馬が連れていかれるとされる）に運ばれるのを待つだけ。なら楽しめるうちに楽しむしかないだろ？

何をもって楽しいと呼ぶか次第だな。

まずは、自分を解き放つ。

賛成。でもどうやって解き放つ？

酒やってドラッグやって、この体の外に飛び出す。

君にはそれが効くかもしれないけど、誰でもってわけじゃないぜ。

地面を這うより空を飛ぶ方がいいと思わないか？　簡単なんだぜ、アーチー。腕を広げて飛べばいいんだ。

そういうのを望まない人間もいる。たとえ望んでも、できるとは限らない。

どうして?

できないからさ。とにかくできないんだよ。

べつにファーガソンとしても、飛べない、自分を解き放てない、体の外に飛び出せないというわけではない。でもそういうことをするには、エイミーがいてくれないと駄目なのだ。初めての決裂、初めての和解、そしてフランスで毎晩共に眠る体験を初めて経たいま、自分が何者かを考えるにも、彼女と一緒にいることの必要を切り離すわけにはいかなかった。ニューヨークは次のステップである。毎日会う機会のある日常、そうしたければほぼいつも一緒にいられる日々。けれどそういう可能性を当然視してはならないことをファーガソンは理解していた。一度の決裂を通して、エイミーがたいていの人間より多くの空間を必要とする人間だということを彼は学んでいた。息の詰まる母親の下で育ったせいで、感情面でのいかなる圧力に対してもアレルギーが出来ているから、彼女が与える気がある以上のものをこっちが求めようものなら、ふたたび離れていってしまうだろう。ファーガソンは時おり、自分はエイミーを愛しすぎているのではないか、エイミーの正しい愛し方がまだ身についていないのではないかと考えることがあった。何しろ、明日彼女と結婚できるものなら喜んでしたいくらいなのだ。十八歳、大学に入ったばかりだというのに、エイミーとともに残りの人生最後まで歩みたいと願い、ほかの女性にはいっさい目が向かない。度を超した気持ちだと自覚はしていたが、だからといってそう思うのをやめられるわけではなかった。ファーガソンの中に、エイミーはしっかり入り込んでいる。自分が何者なのかファーガソンがわかるのも、いまや自分の中にエイミーが一緒にいるからだ。エイミーがいなかったら、僕はもう人間とは似ても似つかないものになってしまう。そのことを隠し立てても始まらないじゃないか?

こういうことはいっさい、口に出して言いはしなかった。エイミーが怯えて引いてしまってはいけない。肝腎なのは彼女を愛することなのだ。エイミーの気分に注意を払い、微妙な、声にならない徴候に反応しようとファーガソンは最善を尽くした。今夜は彼女のベッドで眠るのによい晩か、それとも明日の夜まで待った方がいいか。今晩彼女は夕食を一緒に食べたいか、あとで〈ウェストエンド〉で合流する方がいいか、二人ともレポートがあるから出かけたくないか、それともすべて放り出して〈ターリア〉へ映画を観に行きたいか、そういったこともきちんと訊ねるよう心がけた。何事もエイミーに決めさせる。自分が決める側に回った方がエイミーがより自由で楽しい気持ちになれることをファーガソンは承知していたのである。何と言っても、彼が求めるエイミーとは、猛々しくかつ優しい、辛辣な科白を連発する女の子であり、事故のあとファーガソンの人生を救ってくれた、彼と一緒にフランスを旅した大胆な共謀者エイミーなのだ。昨年の秋に陰気な君主として宮廷から彼を追放し、四か月にわたってニュージャージーの奥地での蟄居（ちっきょ）を強いたエイミーではない。

たいていは二人で夜を過ごすことになった。週平均四、五晩、時には六晩一緒で、カーマン・ホール十階のシングルベッドで寝るのは週一、二、三晩。本当は常時七対〇が一番嬉しいけれど、まあこのあたりが持続可能なところだろう。とにかく大事なのは、二年が過ぎてもなお、一緒にシーツの下にもぐり込めばいまも体に火が点くことなのだ。二人でエイミーのベッドで過ごして、愛しあわずに寝てしまう夜はめったになかった。ゴッテスマンの命題を反転させるなら、日々の（ステディ）セックスは体にいいばかりか、いいセックスは二人の関係を堅固（ステディ）にしてくれる。二人をより強い人間にしてくれる。それぞれが一人ずつ立っているのではなく、二人が絡みあってひとつになっている。二人のあいだで育まれた肉体の親しさはいまやとても濃密で、ファーガソンは時に、自分の体よりエイミーの体をもっとよく知っている気がした。だがいつもそうだとは限らない。したがって、肉体的な事柄に関してはエイミーの言葉に耳を傾け、彼女のリードに従い、彼女が目で伝えていることにしっかり気を配る必要がある。時おり、シグナルを読み損なって、間違ったことをやってしまう。たとえば、彼女が望んでいないときに体を乱暴に摑んでキスするとか。押しのけたりはしないものの（だからこそ余計に戸惑ってしまうのだが）、気がないことはファーガソンにもわかる。自分はセックスの気分だけれども――ファーガソンはいつだってセックスの気分なのだ――エイミーはそうではない。けれど彼女としてもファーガソンをがっかりさせたくはないから、彼が迫ってくるのを許容し、一種受動的な関わりをもって彼の欲求に身を委ねる。機械的なセックス。それはセックスなしよりもっと悪かった。初めてそれが起きたとき、ファーガソンは心底自分を恥じ、二度とこんなことは起こさないと誓ったが、結局また起きてしまった――その後数か月のうちに、二度。やがてファーガソンは、男と女は同じではないのだ、恋人に対して正しくふるまおうとするなら、いままで以上に気をつけて、彼女が考え感じるように自分も考え感じられるようにならないといけないのだと悟った。エイミーの方は彼が何を考え何を感じているのかすべてわかっているものと、ファーガソンは露ほども疑っていなかった。わかっているからこそ、ファーガソンの色欲ゆえの暴挙も、盲目の愛ゆえの愚行も大目に見てくれるのだ。

ファーガソンが時おり犯したもうひとつの過ちは、彼女自身に対するエイミーの自信を過大評価してしまうことだった。シュナイダーマンの魂から響いてくる、存在の大いなる咆哮を聞く限り、彼女が疑念や迷いに陥るなんてありえないように思える。が、エイミーだって人並に落ち込みもする。悲しみ、弱気、陰鬱な内省に囚われる時があるのだ。だがそれはめったに起きないがゆえに、いざ起きるとファーガソンはいつも不意を衝かれてしまった。何よりもまず、知的な疑念。自分の政治観は正しいのか。自分がやったり言ったり考えたりすることが他人にとって価値があるのか。どのみち変わりはしないシステムと戦って意味はあるのか。物事をよくしようと思って闘ってもそれに反対する人々を立ち上がらせるだけで結局悪くなるばかりではないか。加えて、自分自身に関する疑念。些細な、女の子っぽい迷いに突然、見たところ何の理由もなしに苛まれる。唇が薄すぎるんじゃないか。目が小さすぎないか。歯が大きすぎる。脚のホクロが多すぎる。その薄茶色の点々がファーガソンは大好きだったが、駄目よ、醜いわよ、と彼女は言い、もう二度とショートパンツははかない、それに最近はやたら太ってきた、最近はやたら痩せてきた、何であたしの胸はこんなに小さいのか、だいたいこのユダヤのデカ鼻ほんとに頭に来る、それにこのくしゃくしゃの縮れっ毛どうしろってのよ、どうしようもない、ほんとにどうしようもないわよ、それに口紅なんてどうしていまだつけようなんて思うのよ、化粧品会社が女たちを洗脳して歪んだ作り物の女性像に順応させようとしてるだけじゃない、それで資本主義の一大利潤マシンを動かしつづけて、必要もないものをみんなが欲しがるように仕向けるわけでしょ？ こうした科白がえんえん、生気あふれる、魅力的な、若き大人としてまさに盛りの女の子から出てくるのだ。エイミー・シュナイダーマンのような人物が、こんなふうに自分の肉体に関する煩悩に屈してしまうなら、太った子、不器量な子、畸型の子等々そもそもチャンスすらない子たちはどうなるのか？ どうやら男と女は違う、というだけでは済まない。女である方が男であることより大変なんだ、という結論にファーガソンは達し、そのことを忘れてはいけないと肝に銘じた。忘れたら、神々が山から降りてきて僕の目をえぐり取ってくれないと。

一九六六年の春、コロンビアでＳＤＳの支部が結成された。Students for a Democratic Society、民主社会学生連合。もうこのころには全国的な組織になっていて、キャンパス内の左翼学生グループの大半が次々ＳＤＳへの参加を決め、あるいは自分たちの組織を解散してＳＤＳへの合流を選んだ。そうした組織のひとつに〈社会嘲笑委員会〉があり（昨年、あらゆることに反対する意を表して何も書いていないプラカードを掲げてカレッジ・ウォークを行進した団体で、この行進が見られなかったことがファーガソンは残念でならなかった）、さらには革新労働党に支持された〈五月二日運動〉があり、加えて革新労働党自体のメンバーたち（強硬路線の毛沢東主義者）、エイミーも一年のときから所属している〈ＩＣＶ〉（ベトナム独立委員会。今年の五月ロー図書館広場でＮＲＯＴＣ（前述ＲＯＴＣの海軍版）の授賞式にメンバー二十五名が乱入して警察と対立した）もあった。ＳＤＳのモットーは**人々に決めさせよ！**で、ファーガソンもエイミーに劣らず熱心にこのグループの立場（反戦、反人種差別、反帝国主義、反貧困、全市民がたがいに対等に生きられる民主的世界を目指す）を支持したが、エイミーは組織に加入した一方ファーガソンはしなかった。その理由は二人両方にとって明らかだったから、この件について話しあいに時間を多く費やしもしなかったし、ましてやそれぞれが相手の決心を変えさせようと試みたりすることもまったくなかった（実際ファーガソンは、ぜひとも加入するようエイミーに勧めたくらいだった）。ファーガソンがいかなる組織にも加わらない理由をエイミーは理解している。エイミー自身は自分が煉瓦を投げる姿を想像できる人間であり、明らかに煉瓦を投げるべく生まれついた人間だが、ファーガソンはまったくそうではないし、もしかりに記者バッジを燃やして『スペクテイター』を辞めたとしても、やはりいかなる状況であれ何の組織にも加わらないだろう。三月二十六日、ふたたびエイミーと一緒に反戦デモに参加し五番街を南へ歩いたが、大義のための行動はファーガソンにとってこれが限度だった。何と言っても一日は二十四時間しかない。学校の勉強を終え、新聞の仕事を済ませたら、フランスの詩人とともに時を過ごす方が、次の懸案事項に対しグループとしていかなる行動を採るかを侃々諤々（かんかんがくがく）議論する政治集会に出るよりはるかに楽しかったのである。

六月上旬に春学期が終わると、ファーガソンはティム・マッカーシーと握手してカーマン・ホールに別れを告げ、キャンパス外のもっと広い部屋に移った。寮に住むのを義務づけられているのは一年生だけであり、一年次はもう終わったのだからどこへでも好きなところへ行ける。初めからずっと、エイミーと同じところへ移るのがファーガソンの望みだったが、ひとまずプライドもあるし（それにおそらく愛を試す機会として）、彼女のアパートでたぶん二つ部屋が空く（どちらも四年生が出ていく）とわかっても、自分から言い出すのはこらえ、エイミーの方から持ちかけてくれるのを待った。そして四月の終わり、アパートをシエアしている仲間のうち二人が卒業証書を受け取る当日にニューヨークを出ると知ってから数時間後、彼女の方から切り出してくれたのだった。自分から言うのでなく、彼女に誘われて引越す方がずっと嬉しかった。自分がエイミーを求めているのに劣らず、エイミーも彼を求めてくれているのだ。

エイミーがそれまで住んでいた、アパート奥の狭苦しい部屋も捨てて、新たに空いたもっと広くて明るい二部屋へ二人はただちに入った。真ん中の廊下に沿って並んだ二部屋で、どちらにもダブルベッド、机、たんす、本棚がついていて（出ていく学生からそれぞれ四十五ドルで買い取った）、去年一年のような行ったり来たりの生活もこれで終わりを告げた。ブロードウェイを日々上り下りし、寮とエイミーのアパートを往復することもなくなって、いまや二人一緒に暮らし、七晩のうち七晩同じベッドで一緒に眠る。一九六六年のその夏ずっと、十九歳のファーガソンは、一種異様な思いを抱えて過ごしていた。世界がすでに与えてくれたもの以外、もはや何ひとつ求める必要のない世界に僕は入った——そう感じていたのである。

およそ前例のない、落着きと充ち足りた心。二兎を追って二兎を得た気分。こんなに幸福な人間がいていいはずはない。『地上の生の書』の著者相手にインチキを働いてしまったのではないか、かの著者は今年のページを速くめくりすぎて、この何か月かを書き込まずに済ませてしまったのではないか。

暑い、息もできないニューヨークの夏。三十度台の日が続き、アスファルトがギラギラ日を浴びて溶け、舗道のコンクリートが靴の裏に焼きつき、空気中に湿気が充満してビル前面の煉瓦すら汗をにじみ出させているように思え、歩道に転がる腐りかけたゴミの悪臭がそこらじゅうに漂っていた。アメリカの爆弾がハノイとハイフォンに落ち、ヘビー級チャンピオンがベトナムについてメディアに語り（俺をニガーと呼んだベトコンはいないぜ、という一言でカシアス・クレイはアメリカの二つの戦争をひとつに融合させた）、詩人のフランク・オハラがファイア・アイランドの海岸で砂浜走行車（デューン・バギー）に轢かれて四十歳で亡くなり、ファーガソンとエイミーは退屈な夏のアルバイトに追われていた（ファーガソンは書店員、エイミーはタイプとファイル整理、給料も安いのでゴロワーズの数を制限する破目になった）が、ボビー・ジョージはドイツで野球をやっていたし、〈ウェストエンド・バー〉は冷房が効いていて、ひとたび風も通らぬ暑いアパートに帰ったらファーガソンが濡らしたタオルでエイミーの裸体を拭いてやりフランスに戻った気分に浸った。それは政治と映画の夏、西五十八丁目のシュナイダーマン家のアパートメントと西七十五丁目のアドラー家のアパートメントでディナーを楽しむ夏だった。『ヘラルド・トリビューン』が休刊しギル・シュナイダーマンが『ニューヨーク・タイムズ』に移ったことを祝い、ギルとエイミーの兄ジムと一緒にカーネギー・ホールのコンサートに行き、一〇四番バスに乗ってブロードウェイを下り〈ターリア〉と〈ニューヨーカー〉で暑さを逃れて映画を観て（観るのはコメディに限ると二人は合意した——

こんな悲惨な日々なのだから笑えるときは笑うべきであり、笑うならマルクス兄弟やW・C・フィールズ、あるいはグラントとパウェル、ヘップバーン、ダン、ロンバードらが主演するしょうもないスクルーボール・コメディに限る）、二人ともいくら観ても飽きず、コメディ二本立てをやっているとと知ったとたんバスに飛び乗り、数時間のあいだ冷房の効いた闇の中に座って戦争のことも悪臭ふんぷんたるゴミのことも忘れていられるのは最高の息抜きだったが、どこでも何のコメディもやっていないときは、異議申し立ての文献を読み進むというこの夏のプロジェクトに戻っていった。まずは避けて通れぬマルクスとレーニン、そしてトロツキーとローザ・ルクセンブルク、エマ・ゴールドマンとアレグザンダー・バークマン、サルトルとカミュ、マルコムXとフランツ・ファノン、ソレルとバクーニン、マルクーゼとアドルノ、と、この国にいったい何が起きたのか、なぜこんなふうに自らの抱えた矛盾の重みで崩壊しかけているように思えるのか、答えを求めて読んでいったが、エイミーはマルクス主義的な読みに傾いていく（したがって資本主義の転覆は不可避）一方、ファーガソンは疑念を捨てられず、ヘーゲルの弁証法を転倒させただけで世界を捉えるのはあまりに機械的で単純に感じられたし、そもそもアメリカの労働者のあいだには階級意識なんてないのだし、文化の中に社会主義への共感もないから、エイミーが予見しているような大変動の見込みがあるとは思えなかった。要するに、基本的に二人とも同じ側にいるにもかかわらず意見が対立したわけだが、そういう相違もべつに問題とは思えなかった。どちらも現時点では何についても何ひとつ確信はなく、ひょっとしたら相手が正しいかもしれない、あるいは二人とも間違っているかもしれないという可能性は自覚していたし、疑わしいことがあったら自由に、大っぴらに口にした方が、何も見えぬまま足並揃えて行進して崖から落ちてしまうよりいいと思ったのである。

何よりもまず、それはエイミーを見る夏だった。彼女が口紅をつけ、どうしようもない髪にブラシを入れ、ボディローションを手に塗って肱や腕や胸にすり込むのを眺め、目を閉じてバスタブのぬるま湯に身を沈める彼女の髪を洗ってやり（タブは鉤爪型の足がついた年代物で、表面のひびに沿って錆のしみが広がっていた）、朝に窓から日が射してきて光がエイミーの周りを囲むなかベッドに横たわってエイミーが部屋の隅で服を着るのを眺め（パンティとブラとコットンのスカートを身に着けながら彼女はファーガソンに向かってニッコリ笑う）、そうした女性的な軌道の中で暮らすことのささやかな日常的細部（タンポン、ピル、生理中に胃が痙攣したときに飲む薬）、二人で一緒に行なう毎日の家事、食料の買い出し、皿洗い、二人でキッチンに立って玉ネギとトマトをスライスして刻んで、週末一杯食べられる量のチリコンカルネを作っているとき彼女が時おり唇を噛むしぐさ、職場での印象をよくするためと称し手や足の爪にマニキュアを塗るとき目に浮かぶ集中の表情……ファーガソンが見守る前でエイミーは静かにバスタブの中に座って脚や腋の下を剃り、終えるとファーガソンも一緒にタブに入って、つるつるの白い肌に石鹸を塗ってやるとその肌は彼の手とは較べものにならぬ滑らかさで、それからセックス、セックス、セックス、汗まみれの夏のセックス、肌がけもシーツもかぶらず彼女の部屋のベッドの上を転げ回りギイギイ軋む古い扇風機が少しは空気を動かすものの何ひとつ冷やしはせず、体は震え口からはため息、叫び声にうめき声、ファーガソンはエイミーの中に入り、上に乗り、下に潜り、横に並び、喉の奥にとどまった彼女の太い笑い声、突然のくすぐりの急襲、いろんな歌の断片を出し抜けに口ずさみ（子供のころ聞いた古い流行歌、子守歌、卑猥な五行戯詩（リメリック）、マザーグース）、ふたたび虫の居所が悪くなったエイミーが陰気に目をすぼめ、上機嫌のエイミーが氷水や冷えたビールをグビグビ飲み、腹ペコの沖仲仕みたいに食べ物をすごい勢いでかっ込み、フィールズやM兄弟を観て鼻から笑いを噴き出し（**正気じゃないといけない法律なんてないのよ、アーチー！**）、ある晩ルネ・シャールの初期の詩の翻訳を渡したときに彼女が漏らした華麗なうーん——それはごく短い、わずか十四字から成る、「ラスネールの手」と題された詩で、「ラスネール」とはのちに『天井桟敷の人々』の登場人物としてよみがえる十九世紀の犯罪者兼詩人の名だった。

雄弁の世界は失われてしまった。

終わるはずのない夏。太陽は空に引っかかっていて、本からは一ページが消え失せ、強く息を吸いすぎたり多くを求めすぎたりしない限りずっといつまでも夏なのだ、いつまでも夏で彼らは十九歳で、いまやとうとう、ひょっとするといまやとうとう、すべてがまだこれから前に控えている時期に別れを告げんとしていた。

5.2

5.3

一九六五年十一月七日、ファーガソンはパリ第七区に建つ、三週間前からわが家となっているアパルトマン六階の小さな女中部屋で机に向かい、ホメロスの『オデュッセイア』第十六巻にたどり着いた。果てしない旅の末にようやくトロイからイタケに戻ってきたオデュッセウスが、女神アテナの計らいで萎(しな)びた年寄りの浮浪者に身をやつし、町はずれの山小屋で豚飼いのエウマイオスと一緒にいるところにテレマコスが入ってくる。二十年前に父親がトロイに向けて発ったときにはほんの赤ん坊だったこの息子は、自らも長い危険な旅から帰ってきたばかりで、父の帰還についてまだ何も知らずにいる。テレマコスが無事イタケに戻ってきたことを母親のペネロペに知らせようとエウマイオスが小屋を出て王宮に向かうと、父と息子は初めて二人きりになる。父は自分が息子と向きあっていることをはっきり意識しているが、息子はまだ何も知らない。

やがてアテナが、長身で見目麗しいイタケの女の姿で、息子には見えずオデュッセウスだけに見えるように現われ、父親に手招きしてしばし外に出させ、扮装の時はもう過ぎた、いまやテレマコスに正体を明かさねばならぬと告げる。「それ以上何も言わず」(と、ファーガソンの机の上にあるフィッツジェラルドの新訳は語っていた)「金色の杖で男に触れると／外套は真っ白になり、真新しい／チュニックがその身を包んだ。女神は彼をしなやかで若々しい身に変え、／肌は陽焼けして赤く、あごの線もすっきりとして、もはやひげにも白いものは交じっていなかった」

唯一無二の神なんていない、とファーガソンは何度も思った。いままで一度もいたことなどないし、これからも絶対にいない。けれど神々はいる。世界中いたるところにいて、その中にオリュンポス山に住むギリシャの神々もいる。アテナ、ゼウス、アポロン等々、『オデュッセイア』最初の二九五ページを跳ね回っている連中であり、これら神々の何よりの楽しみは、人間の営みに首をつっ込むことだ。とにかくそう生まれついていて、やらずにはいられない。ビーバーがダムを作らずにいられないのと同じ、猫が鼠を苛まずにいられないのと同じだ。不滅の存在ではある、が、時間をもて余している存在でもあって、猥雑な、往々にして陰惨でもある娯楽をとにかく仕立てずにいられないのだ。

オデュッセウスが小屋に戻ると、老人が神としか思えぬ姿に変身したのを見てテレマコスは仰天する。一方オデュッセウスは、いまにも泣き崩れそうになっていて、口から言葉を出すにも一苦労で、やっとのことでこう静かに言う。「神ではない。なぜ神だと思うのか？　いやいや、／私はお前の幼い日々に欠けていた父親だ、／いなかった故にお前を苦しめた父、私がそれなのだ」

これが最初の一刺しだった。胸郭と股間のあいだの、骨もなく保護されていない部分に刺さって皮膚を裂いた刃先。オデュッセウスの短い返答を読んだことは、ファーガソンの胸に、まるでその数行に**今日は一日寒くなるよ、アーチー。学校にマフラーを巻いていくのを忘れるなよ**と書いてあったかのような反応を生み出したのだ。

そして刃は奥深くまで入っていった。「この驚嘆すべき父親の身に腕を巻きつけ／テレマコスはしくしく泣き出した。塩辛い涙が／二人の男の内なる渇望の井戸から湧き上がり、／巣立ち前のひな鳥を農夫に奪われた／鉤爪鋭い大いなる鷹の如き叫びが／両者から飛び出した。／為す術（すべ）もなく二人は泣き、さめざめと涙を流し、／そのまま日暮れまで泣き続けても不思議はなかった」

本を読んで泣いたのは初めてだった。ガラガラの映画館、満員の映画館の闇の中でこれまで多くの涙を流してきて、時には何とも馬鹿らしい感傷的な代物に泣いたりし、ギルと一緒に『マタイ受難曲』を聴きながら一度ならず喉を詰まらせもしたが（特に三枚目A面の、テノールの声が突然感極まる箇所）、本でそうなったことは、たとえどんなに悲しい、胸揺さぶられる本であれ一度もなかった。なのにいま、十一月のパリの薄暗い光の中、一ドル四十五セントのペーパーバック版『オデュッセイア』の二九六ページに涙が落ち、詩から目をそらし狭い部屋の窓の外を見ようとすると、室内の何もかもがぼうっと霞んでいた。

『オデュッセイア』はギルが作ってくれた読書リストの二冊目だった。一冊目は『イリアス』で、〈ホメーロス〉の名を与えられた無名の吟遊詩人（もしくは吟遊詩人たち）によるこれら二つの叙事詩を読み通したいま、残り九十八冊は今後二年かけて読む約束だった。ギリシャ悲劇・喜劇、ウェルギリウスにオウィディウス、旧約聖書（ジェームズ王版）抜粋、アウグストゥス『告白録』、ダンテ『神曲』、モンテーニュ『エセー』約半分、シェークスピアはたっぷり悲劇四本と喜劇三本、ミルトン『失楽園』、プラトン、アリストテレス、デカルト、ヒューム、カントの抜粋、『オックスフォード英詩選』、『ノートン・アメリカ詩アンソロジー』、さらには各国の長篇小説――イギリスはフィールディング＝スターン＝オースティン、アメリカはホーソーン＝メルヴィル＝トウェイン、フランスはバルザック＝スタンダール＝フロベール、ロシアはゴーゴリ＝トルストイ＝ドストエフスキー。ギルもファーガソンの母親も、徴兵検査に落第した元書物万引き犯の息子が大学へ行かないという決断を一、二年もすれば覆すものと期待したが、ファーガソンは依然頑なに、正規の教育の恩恵を避けつづけた。しかし少なくともこれら百冊の本を読むことで、教養人であれば誰でも読んでいる本の一部に関して、それなりの知識が得られるものと思えたのである。

百冊読破の決意は本物だった。何より彼自身に読みたいという気持ちがあったから、一冊残らず読む気だった。何の教育も鍛錬も受けていない無知の人間として生きていくつもりはない。ただ単に大学へ行きたくないだけだ。フランス語には堪能になる気だったから、アリアンス・フランセーズで二時間の授業を毎週五回受けるのは厭(いと)わなかったが、授業はそれだけで沢山であり、ましてや大学の授業などに耐える気はさらさらない。そんなものは、五歳のとき以来ずっと閉じ込められてきた一連の重警備刑務所と変わらないだろう――いや、きっともっと悪いにちがいない。理想を捨てて四年の刑期に服す理由が唯一あるとすれば、学生として徴兵猶予が与えられることであり、それによってベトナムへ行くのかベトナムにノーと言いつづけるのかという難題を解消でき、今度はそれによって、連邦刑務所に入るか合衆国から永久に離れるのかの問題も解消できる。四年の服役期間中はそうしたすべてを先延ばしできるわけだが、もうすでに別の手段によって何もかも解決されたのであり、軍隊から退けられたいま、自分から大学を退けても、もはやいかなる難題にも向きあわずに済むのだ。

自分がどれだけ幸運かは自覚していた。戦争から逃れ、悪しき戦争が続く限り高校・大学を卒業するアメリカ人男性が全員直面するおぞましい選択をすべて逃れられた上に、両親に見放されることもなかった。これは本当に決定的だ。長期的な生存ということを考えるなら、高校最終学年の過ちをギルと母親が許してくれたのは何にも増して重要だった。二人とも依然彼のことを心配はしていて、彼の精神的・感情的安定に疑問を抱いていたが、心理療法を受けたらどうかな、ものすごく役に立つと思うがね、とギルが言いはしたものの、その必要はないとファーガソンが答え、思春期の馬鹿な過ちは十分やったけれどもうそれも済んでいまは精神状態もおおむね良好だし、そんなあやふやな代物に金を注ぎ込んでもらったりしたらますます疚しい気持ちになるだけだから、と訴えるとあえて無理強いはせず、二人とも折れてくれた。ファーガソンがきちんと、成熟した分別ある口調で話しさえすれば、二人はいつも折れてくれた。上手くふるまえるときとそうでないときとは半々くらいだったが、上手くふるまえれば世界中ファーガソンほど好感を持てる人物はそうザラにいない。誰にも負けず愛情深く、感じのよさと透きとおるほどの思いが目からあふれ出て、それに抗える人はほとんどいなかったし、まして や母親とギルが逆らえるはずもなかった。ファーガソンが時に感じがいいどころではなくなることも二人は十分承知していたが、それでもやはり抗えはしなかった。

こうした二つの幸運に、最後の最後で三つ目の幸運が加わった。パリでしばらく、上手く行けば長期間、暮らせる機会。初めは無理そうに思えた。遠く離れて暮らすことを母親が気に病み、ギルはいざ実行するとなると予想される数々の現実的困難を心配したのである。ところが、徴兵検査不合格を告げる手紙が郵便で届いてから二週間あまり経った時点で、ギルがパリに住むヴィヴィアン・シュライバーにアドバイスを求めて手紙を出したところ、驚くべき返事が来て、ギルの心配は解消され母親の不安も大いに和らげられたのだった。「アーチーを私のところに寄こしなさい」とヴィヴィアンは書いていた。「私の住んでいるアパルトマンの六階にある女中部屋が、兄の息子のエドワードがバークリーの四年目を終えにアメリカに帰ったのでいま空いていて、新しい住人を探すのも億劫でそのままにしてあるのです。最低限の住まいでもよければアーチーが使ってくれて構いません。もちろん家賃は不要。それに私も、シャルダンの本がロンドンとニューヨークで出版されて、パリの出版社に頼まれてやっていた厄介な仏訳作業もほぼ終わって、当面火急の仕事はありませんから、あなたのリストに並んだ名著をアーチーが読み進めるのによかったら喜んで手を貸します。もちろん案内役を務めるとなれば私も読まないといけませんが、偉大な古典にまた浸れると思うとすごく楽しみです。手紙に同封してくれた、高校の新聞に書いた映画評を読めば、アーチーが有能で知的な若者だということはわかります。もし私の教え方がアーチーの気に入らなければ、誰かほかの人を探せばいい。まあまずは自分でやってみる気です」

ファーガソンは有頂天だった。パリというだけでなく、ヴィヴィアン・シュライバーと同じ屋根の下のパリ、女性という中でも最高に輝かしい化身が親身に世話してくれるパリ、第七区ユニヴェルシテ通りのパリ、豊かで静かな界隈の安楽がすべて揃ったセーヌ左岸のパリ、サンジェルマンに並ぶカフェも歩いてすぐで、シャイヨ宮のシネマテーク・フランセーズも川を渡ってすぐで、そして何より、生まれて初めて、自分一人の生活を送るのだ。

母親とギルに、特に母親に別れを告げるのは辛かった。十月なかばの雨の夜、家での最後の一緒の夕食の席で母はちょっと涙ぐみ、それでファーガソンも泣きたくなったが、徴兵検査直後の日々に書きはじめた本の話をして、どうにか気まずい事態を回避した。まだ今後どうなるかもわからず、途方に暮れていた時期に着手した、タイトルだけはしっかり決まっているささやかな本『ローレル&ハーディが僕の人生を救ってくれた』。基本的には母さんについての本なんだ、ニューアークの火事の夜から母さんがギルと結婚するまでの、二人で過ごした辛い年月についての本なんだ、三部構成になると思う、とファーガソンは語った。まず第一部は「輝かしき忘却」。かの〈奇妙な空白期間〉とその後の数か月に二人で一緒に観た映画を一本一本記述し、自分たち二人にとってそれらの映画がどれだけ大切だったかを語り、あの馬鹿馬鹿しい一連の娯楽映画が持つ生を救う力を論じる。ウェストサイドの映画館の二階席で一緒に観ながら母親はチェスタフィールドを次々吹かし、ファーガソンは目の前の二次元のスクリーンに映っている映画の中の世界に浸っていた……。第二部は「スタンとオリー」、ファーガソンがかの阿呆二人組に心酔し、いまも彼らを愛していることを綴った章。最後のセクションはまだあまり決まっていないが、たぶん「芸術とガラクタ」「これ対あれ」といったたぐいのタイトルになって、ゴミみたいなもろもろのハリウッド映画と、外国で作られた傑作との違いを考察し、ゴミの価値を熱く謳い上げつつ傑作も擁護する。だからまあ遠くへ行くことはいいことかもしれない、とファーガソンは言った。かつての母のことを書くにはいまの母から離れている方がいいし、濃密に混みあった記憶の空間でしばらくのあいだ生きるには、現在からの干渉もない場で、心行くまで過去を生き直した方がいい。

　母親は涙ぐんだ目でファーガソンに笑顔を向けた。半分喫った煙草を左手でもみ消しながら、右手を息子の方にのばして彼を引き寄せ、そのおでこにキスをした。ギルもテーブルから立ち上がり、ファーガソンが座っているところに回ってきて、やはり彼にキスをした。ファーガソンも二人にキスを返し、それからギルが母親にキスして、みんなでお休みを言った。翌日の夕方にはお休み（グッドナイト）が行ってきます（グッドバイ）になって、ファーガソンは飛行機に乗り込み、発った。

　以前会ったときより彼女は老けていた。あるいは、過去三年間ファーガソンが頭の中に抱えていた人物よりいくぶん年上に見えたと言うべきか。もう四十一、ほぼ四十二で、ファーガソンの母親より二歳若いだけであり、いまだ美しい母だって過去三年でやはりいくぶん老けたのだし、それにヴィヴィアン・シュライバーにしてもいまだ美しいにはちがいなく、若干歳をとっただけのことで、まあ客観的にはファーガソンの母親ほど美しくはないが、それでも母親にはない独特の魅力、権力と自信から生まれる華麗さをいまも放っている。働き者のアーティストたるファーガソンの母は、世間に出るときしか自分の見かけに構わないが、アーティストについて本を書くヴィヴィアン・シュライバーはつねに世間に出ている。裕福で子供もいない未亡人で、ギルによれば無数の友人がいて、画家、作家、ジャーナリスト、出版社経営者、画廊オーナー、美術館長等々とつき合いがある。一方ファーガソンの母親はもっとずっと引っ込み思案で、ひたすら仕事に没頭し、夫と息子以外はこれと言って親密な他者もいないのだ。

空港から街へ向かうタクシーの後部席で、ヴィヴィアンは（ミセスもしくはマダム・シュライバーではなく、ヴィヴィアンかヴィヴ、と彼女はターミナルで命じていた）ファーガソンを質問攻めにした。彼自身のこと、今後の計画、パリに住んで何を成し遂げたいか。これに応えてファーガソンは、夏に書きはじめた本のこと、フランス語をしっかり学んで英語と同じくらい流暢になりたいと思っていること、ギルの読書リストに没頭して百冊に書かれた言葉を一語残らず吸収する気でいることを語り、できる限りたくさん映画を観て三リングのルーズリーフ・バインダーに感想を書き込み、それを元に映画評を書いて、もし受け入れてくれる編集者がいたらイギリス、アメリカ、フランスのいずれかを拠点にした英語の雑誌に発表したいし、バスケットもやれたらと思ってるんです、パリにもアマチュアのバスケットリーグのようなものがあったら入りたいし、毎月両親が仕送りしてくれることにはなってるんですけどフランス人の子供に英語の家庭教師をして足しにできれば嬉しいです、もちろん法的には働けないことになってますから内緒でやるしかないですけど……と、時差ボケの頭でヴィヴィアン・シュライバーの問いに答えてとうとう話しつづけ、もはや十五歳のときのように彼女の前で萎縮したりもせず、のびのび考えることができて、彼女を親代理としてではなく大人として、友人候補として見ることができた。彼女がファーガソンに部屋を提供してくれるのを、眠っていた母性本能のなせる業（わざ）だと見る理由はどこにもない。子供のいない女性が二十代前半に産んだかもしれないような子供の世話をしたがる、なんて作り話だ。何か別の理由、いまだ未知の理由があるはずで、そのことがいまだにファーガソンを戸惑わせていた。というわけで、自分は彼女の数々の質問に答えたのに対しファーガソンの方からの質問はひとつだけで、それはギルの許に彼女の手紙が届いて以来ずっと胸の内で問うていた問いだった——なぜここまでしてくださるんですか？　もちろん有難く思ってないってことじゃありません。パリに戻ってこられたのものすごく嬉しいし。だけど僕たちはおたがいのことをほとんど知らないじゃありませんか。ほとんど知らない人間のために、なぜここまでしてくださるんです？

ほんとにそうよね、と彼女は言った。答えがわかるといいんだけど。

わからないんですか？

ええ、そうね。

ギルと関係あるんですか？　戦争中にギルがしてくれたことへの恩返しとか？

そうかもしれない。でもそれだけじゃない。それより、いま何もする当てがなくてふらふらしてるっていうことが大きいと思う。シャルダンの本は書くのに十五年かかった。それが出来上がって、生活の中で本が占めていた部分にぽっかり穴が空いているのよ。

　十五年。信じられないな、十五年って。

　ヴィヴィアンは微笑した。しかめ面というに近い微笑に思えた。それでもやはり、微笑ではある。あたしはのろいのよ、ハニー、とヴィヴィアンは言った。

　まだわからないな。空いた穴が僕と何の関係があるんです？

　写真のせいかもしれない。

　写真って？

　あなたが小さいときにお母さんが撮った写真よ。私あれ買ったのよ、覚えてる？　過去三年、『シャルダン』を書き終えた部屋の壁に掛けてあった。もう何千回も見たわ。カメラに背を向けた小さい男の子がいて、ストライプのTシャツが背中に貼りついて、骨ばった脊柱が浮かび上がって、細い右腕が横にのびて、手が絨毯の上で広がって、ローレル＆ハーディが遠くの画面に出ていて、子供の前面からテレビまでの距離がカメラから子供の背中までの距離とほぼ同じ。完璧に釣りあっていて、見事としか言えない。そうしてあなたは一人で床に座り込んでいて、その二つの距離の真ん中に取り残されている。まさに少年時代そのもの。少年時代の孤独。あなたの少年時代の孤独。そして言うまでもなく、写真を見るたびに私はあなたのことを考える。三年前にパリで会った男の子のことを。で、何度も考えたものだから、あなたとは友だち同士なんだって思わずにいられないのよ。それでギルから手紙が来て、あなたがこの街に来たいと言っていると知らされて、よかった、これで本物の友だち同士になれるって思ったのよ。ちょっとおかしいんじゃないかって聞こえるのは自分でもわかってるけど、そういうことなの。私たち一緒にけっこう面白い時間を過ごせると思うのよ、アーチー。


　二階のアパルトマンは巨大で、六階の女中部屋はそうでなかった。片や七つの広い部屋、片や一つの狭い部屋。七つの部屋はどこも家具、床置きのランプ、ペルシャ絨毯、油絵、ドローイング、写真、本で一杯で、特に本は主寝室にも書斎にも居間のひとつの壁沿いにもぎっしり並んでいるが、広々として天井も高いアパルトマンはシンプルでゆったりした感じで、どの部屋も物がたくさん置いてあっても動きが妨げられないだけの余裕があって、少なすぎるや多すぎるではなくちょうどいいという感触がそこにはあった。何もかもにファーガソンは魅入られた。真っ白で古風なだだっ広いキッチン、その床に敷いた白黒のタイル、居間とダイニングルームとを区切る鏡付きの両開きドア、アメリカで使われるずんぐりしたドアノブではなくほっそりしたフランス風の把手、居間の巨大な両開き窓とそれを覆う薄くてほとんど透明な、午前と午後はむろんしばしば日暮れ時まで光を通すモスリンのカーテン。二階のアパルトマンはブルジョアの天国だった。が、六階の女中部屋は違う（厳密には七階だが、フランスでは地上階を一階とは数えない）。何も掛かっていない壁が四つ、斜めの天井、狭いスペースの中にベッド、細い五段の本棚、ギシギシ軋る木と籐の椅子が付いたごく小さな机、ベッドの下の作りつけの引出し、湯も出ない洗面台が詰め込まれている。廊下の先に共用トイレがあり、シャワー、バスタブはなし。エレベータに乗って五階まで行き階段をのぼってこの階に達すると、長い木の床の廊下が建物の北側沿いにのびていて、同じ外見の茶色いドアが六つ並び、それぞれがゼロ階から五階までのアパルトマン所有者の持ち物であり、ファーガソンの部屋に通じるドアはそれらの二番目で、ほかのドアの向こうには下のアパルトマンの所有者に雇われたスペイン人、ポルトガル人のメイドが住んでいた。修道士の独房だ、とパリで迎えた最初の日の朝にヴィヴィアンと二人でそこに足を踏み入れた瞬間ファーガソンは思った。予想していたのと全然違う、生まれてこのかた住んだこともない狭い狭い空間であり、ここにいて息が詰まる感じがしなくなるにはしばらく時間がかかるだろう。だがそうは言っても窓は二つ、というか一つの窓が二つの部分に分かれていて、北側の壁にあるその高い両開きの窓の向こうにはリリパット国サイズの、三方を金属の手すりに囲まれた、サイズ11½のファーガソンの足を載せるスペースがかろうじてあるバルコニーがあって、そのバルコニー、その両開き窓から北が見えて、オルセー通り、セーヌ川、川向こうのグラン・パレが一目で見渡せ、セーヌ右岸に沿ってはるか遠くモンマルトルのサクレクールの象牙色の丸屋根まで見え、バルコニーの手すりから左に乗り出せばシャン・ド・マルス公園とエッフェル塔があった。悪くない。考えてみれば全然悪くない。べつに四六時中ここで過ごさねばならないわけではない。書き、学び、眠りはするが、食べたり風呂に入ったり人と話したりするのは階下のヴィヴィアンのアパルトマンであって、料理人のセレスティーヌに頼めばいつでも食べるものを出してくれて、朝食はボウルに入った美味しいコーヒーとトースト、サンジェルマン大通り近辺のカフェでサンドイッチを食べるのでなければここで熱々のランチ、そしてディナーはここでヴィヴィアンと一緒か一人で食べるか、ヴィヴィアンと二人でレストランに行くか、ヴィヴィアンやほかの人たちと一緒にレストランへ行くか、あるいはこのアパルトマンかほかの人たちのアパルトマンでのディナーパーティか。込み入ったパリジャンの世界にヴィヴィアンが少しずつ導き入れてくれるとともに、ファーガソンはだんだんとその世界になじんでいった。

　最初の五か月、昼の日常はこんなリズムだった。毎朝九時から正午まで自分の本に取り組み、正午から一時まで昼食、一時から四時までギルのリストの本を読むが火曜と木曜に限り読むのは一時から二時半までその後一時間半は読んだ本についてヴィヴィアンの書斎で彼女と話しあい、それが済むと左岸の界隈を一時間散歩し（主としてサンジェルマン、カルチエ・ラタン、モンパルナス）、それからラスパイユ大通りのアリアンス・フランセーズへ行って月曜から金曜まで毎日授業を受ける。本を書き終えるまでは（終えたのは三月、十九歳の誕生日の数日後だった）、そしてもう授業に出なくていいと思えるくらいフランス語に自信がつくまでは（これもそうなったのは三月）、書く、読む、学ぶという三つの基本的行為を律儀に反復して、ほかのことにはいっさい手を出さず、したがって当面は映画を観るのも土日と時おりの平日夜に限定し、バスケットの時間も、フランス人の子供に英語を個人指導する時間もなかった。これほどひたむきに何かに打ち込んだのは初めて、自ら設定した課題にここまで没頭したのは初めてだったが、と同時に、朝起きて窓から光が差し込んできたときにこれほど穏やかな気分でいられて、二日酔いだったり快調とは言いかねたりする朝でさえいまここにいることがこんなに嬉しいのも初めてだった。

　書いている本は彼にとってすべてだった。本のおかげで生きているのと生きていないのとの違いが生じていた。ファーガソンはまだ若い。このような企てに乗り出すにはおそろしく若いと言わねばならない。が、十八歳でこういう本を書きはじめることの利点は、少年時代がいまだ近い過去であってその記憶も生々しいことであり、ダンバー先生と『リバーサイド・レブル』紙のおかげで文章はもう何年も書いていたからまったくの初心者というわけでもなかった。新聞に長短全部で二十七の記事を寄稿し（短いものはタイプで二ページ半、長ければ十一ページ）、映画の印象をルースリーフに綴るようになってからは、ほぼ毎日書く習慣が身についていた。バインダーにはもうリーフが一六〇枚以上たまり、ほぼ毎日、から雨が降ろうが槍が降ろうが毎日、への移行はごく自然な一歩だった。過去三年、そうやって一人でやってきたのに加えて、ギルとくり返し交わした長い会話もあった。書くセンテンス一つひとつにおいて簡潔さ、優美さ、明晰さを達成するにはどうしたらいいか、センテンスとセンテンスをつなぎ合わせて重みあるパラグラフを組み立てるには、前のパラグラフで言ったことを（論や目的に応じて）引き継いだり反駁したりするようなセンテンスで新しいパラグラフを始めるには、等々に関し義父の言葉にじっくり耳を傾け、その教えを精一杯吸収してきた。したがって、本を書きはじめた時点ではまだ高校を卒業したてだったものの、ファーガソンはすでに、書かれた言葉の国旗に忠誠を誓っていたのである。

着想が訪れたのは、八月二日の徴兵検査の屈辱のあとだった。犯罪歴という言葉で表わされる汚名を明かすよう強いられただけではない。軍医はファーガソンに、その細部まで語るよう要求したのである。万引きを見つかってジョージ・タイラーの手に肩をがっしり摑まれたことにとどまらず、それまでに何回本を盗んで捕まらずに済んだのか。ホワイトホール・ストリートに建つ政府の建物の一室でファーガソンは、合衆国軍医を前にして緊張と恐怖に包まれて真実を告白し、何回かやりましたと答えたが、屈辱は高校最終学年の窃盗行為をふり返ることを強制されただけでは済まず、不自然な性的欲求、女の子のみならず男の子にも惹かれることを白状させられるというもっと大きな屈辱が待ち構えていた。ドクター・マーク・L・ワージントンという名のその医者は、この件に関しても詳細に話すようファーガソンに要請し、ファーガソンとしては、本当のことを話せば軍隊に入らなくてもいいし、軍隊に入るのを拒否した罪で二年から五年連邦刑務所にも入らなくてよくなることは承知していたが、ドクター・ワージントンの目に浮かぶ嫌悪はすでに見ていたし、唇がすぼまり顎がぎゅっと縮まる様子から激しい不快感が伝わってきて、真実を語るのはずいぶん辛かった。だがとにかく詳しく話せと迫られて、何もかも白状するほかなく、美しきブライアン・ミスチェヴスキとの、早春に始まり初夏にブライアンがニューヨークを去った日まで続いた関係において営んだエロチックな行為も一つずつ反芻する破目になった。はい、二人で何度も、何も服を着ずにベッドで一緒に過ごしました、とファーガソンは言った。ええ、二人ともまったくの裸でした。はい、共に口を開いてキスをして相手の開いた口の中に舌を差し入れました。はい、硬くなったペニスをたがいの口の中に入れました。はい、たがいの口の中に射精しました。はい、硬くなったペニスをたがいの尻の穴に入れて、尻の穴や穴の周りの臀部やたがいの顔や腹にも射精しました……。ファーガソンが喋れば喋るほど軍医の顔に浮かぶ嫌悪もますますあらわになっていき、面接が終わるころにはもう、もはや決して徴兵されえぬファーガソンは手足の先までブルブル震えていて、自分の口から転がり出た言葉につくづく嫌気が差していた。それは自分のやったことを恥じたからではなく、医者の目が彼を糾弾し、彼に不道徳な倒錯者という烙印、アメリカ社会を脅かす存在という烙印を押したからであり、まるで合衆国政府から——好むと好まざるとにかかわらず自分の国である国の政府から——自分の人生に唾を吐きかけられたような思いがしたからだった。ニューヨークの暑い夏の空気の中へ出ていきながら、ここはやり返さないといけない、とファーガソンは思った。そのために、ニューアークの火事のあとの暗い年月をめぐるささやかな本を書くのだ。すごく力強い、華々しい、生きていることの意味をめぐる真実に満ちた、いかなるアメリカ人も二度と彼に唾を吐こうと思わなくなる本を。

　僕が七歳のとき僕の父親は放火犯の仕掛けた火事で焼け死んだ。父の黒焦げの遺体は木の箱に入れられ、母と二人でその箱を地面の下に埋めたあと、僕たちの足下の地面が崩れていった。僕は一人っ子だった。父は僕の唯一の父だったし、僕の母は父の唯一の妻だった。いまや母は誰の妻でもなく、僕は父のいない子供になり、一人の女の息子ではあるけれどもはやいかなる男の息子でもなかった。
　僕たちはニューヨークのすぐ外にある小さなニュージャージーの町に住んでいたが、火事の夜の六週間後、母と僕は町を出てニューヨークに移り、西五十八丁目にある母の両親のアパートメントにひとまず避難した。僕の祖父はこれを〈奇妙な空白期間〉と呼んだ。定まった住所もなく、学校へも行かず、その後の一九五四年十二月末から五五年初頭の寒い冬の日々、僕と母はマンハッタンの街をさまよい、新しい住みかを探し、僕が通う新しい学校を探し、映画館の闇にしばしば安らぎを求めた……。

　第一部の草稿は十月なかばにニューヨークを去る前に書き上がった。徴兵検査から大西洋を越える飛行までの二か月半に書いた、七十二枚のタイプ原稿。平均すると一日一ページ、元々設定した目標どおりである。まっとうな文章を日々一ページ書き、それ以上書けたら奇跡と見なす。推敲する前にギルや母親に見せる勇気はなかった。きちんと出来上がった完成品を二人に贈りたかったのである。とはいえ、その〈奇妙な空白期間〉のあいだに母と観た映画の大半がその中で論じられ、〈奇妙な空白期間〉自体についても語っていたし、ヒリアードに通いはじめた日々もしかり——神相手の戦い、わざと失敗を重ねる自滅計画、〈輝かしき忘却〉期に母親と映画館へ足を運び一緒にバルコニーで観たさらに多くのハリウッド映画……やがて母が写真家として再出発し、かつては明るかった彼のプレイルームが母が写真を現像する暗室になり、ニューアークで火事があって父が焼け死んだと母に聞かされた一九五四年十一月三日朝に始まった人生の一時期は、十一か月半後の一九五五年十月十七日午後、三階にあるアパートメントでファーガソンがテレビを点け、『カッコー』のテーマソングが聞こえてきて、初めて観るローレル&ハーディ映画のオープニング・クレジットを見た瞬間に終わりを告げたのだった。

新しい環境になじみ、部屋の狭さに慣れるには二週間ばかりかかったが、十一月が始まるころにはもうしっかり本に戻っていた。「スタン&オリー」のセクションを書く準備としてニューヨークにいるあいだに全作品のリストも作っておいたし、義父の口添えで、MoMAの映画部門の長クレメント・ノールズが手配してくれて、美術館所有の全ローレル&ハーディ映画を観ることができ(ムヴィオラを使って一人で観ることもあれば、スクリーンに映してもらうこともあった)、観た作品一本一本について詳しくメモも取ったから、パリでそれらについて書きはじめたときにはいまだ記憶も新しかった。驚いたことに、英語でローレル&ハーディについて書かれた本は一冊しか出ていなかった。一九六一年刊、ジョン・マッケーブによる、二四〇ページから成る二人の伝記。これ以外、英語で書かれた本はいっさい見つからなかった。オリーは一九五七年に亡くなっていて、スタンもまだそれほど高齢でもなかったのに(七十四歳)、一九六五年二月、十年前にこの二人に人生を救ってもらったことを書こうとファーガソンが決意したほんの半年前に世を去っていた。いざこのセクションを書きはじめてみると、逃した機会をファーガソンはつくづく残念に思わずにいられなかった。出来上がった原稿を、スタンに送れたらどんなによかっただろう。高校生のとき書いた記事と同じく、ファーガソンのアプローチは、とにかく映画そのものをきちんと観るということに尽きた。八歳、九歳で初めて観たときは、山高帽をかぶった友人同士について何の伝記的事実も知らなければ、一九二六年にハル・ローチの撮影所で監督のリオ・マッキャリーによってチームが作られたという経緯も知らず、オリーの三回の結婚、スタンの六回の結婚(そのうち三回は同じ女性と!)に関しても何ひとつ知らなかった。本を書くことに加えて、ファーガソンにとって同じくらい重要で、その思考を執拗に支配していたのは何と言ってもセックスだったが、十八歳になったいまもなお、スタン・ローレルが誰かと——まして六人の妻(うち三人は同一人物)の誰かと——セックスをしているところを想像するのは至難の業だった。

十一月、十二月、さらには一月なかばまでこつこつ書きつづけ、祖父母が十二月にひょっこりセントラルパーク・ウェストのアパートメントにプレゼントをどっさり抱えてやって来たときの記述でセクションを終えた。巻き上げ式スクリーン、16ミリ映写機、ローレル&ハーディ短篇映画十缶。このセクションも、奇しくも最初のセクションとまったく同じ七十二ページになり、最後の段落はこうなっていた。**映写機が中古であることも問題じゃなかった——ち**

ゃんと映るのだから。プリントが傷だらけで、音も時おりバスタブの底から出ているみたいに聞こえることも問題じゃなかった——映画はしっかり観られるのだから。そして これらの映画とともに、僕はいろんな新しい言葉を覚えることになった。たとえば「スプロケット」。こっちの方が、「焼け焦げた《スコーチト》」なんて言葉のことを考えるよりずっとよかった。

そこまで来て、行き詰まった。第三部は、この数か月のあいだに「ゴミ捨て場と天才たち」とタイトルが変わっていて、芸術映画と商業映画の違い、主としてハリウッドと外国の違いを論じるつもりで、取り上げることにした映画作家についてもすでにじっくり考えていた。広範なジャンルやスタイルのすぐれた商業映画を作ることに長けたハリウッドのクズ屋《ジャンクマン》三人（マーヴィン・ルロイ、ジョン・フォード、ハワード・ホークス）と海外の天才《ジーニアス》三人（エイゼンシュテイン、ジャン・ルノワール、サタジット・レイ）。ところが、考えを紙に記そうと二週間半あがいた挙げ句、書こうとしていることが本のほかの部分とは何の関係もないことをファーガソンは悟った。これは違う本、違う論であって、死んだ父親や苦闘する未亡人や打ちひしがれた少年をめぐる本に居場所はない。自分の構想がまるっきり見当外れとわかったのはショックだったが、曲がり角を間違えたいまのこの勢いそのままで修復は可能だと思った。

「ゴミ捨て場と天才たち」最初の二十ページは脇へうっちゃり、第一部に戻っていってこれを二部に分け、前半の「奇妙な空白期間」では火事後の、ヒリアードに入る前のニューヨークの日々を扱って、アッパー・ウェストサイドの映画館で母親が切符売りの女性に言った言葉で締めくくり**（余計なこと訊くんじゃないよ。さっさとお釣りよこしな）**、後半の「輝かしき忘却」は前とは違いヒリアードに通い出した日から始めたが、テレビに映った初めてのローレル＆ハーディ映画で終わるという点は変わらなかった。新たな第三部では阿呆二人組に対する母親の反応を何段落かつけ加え、日々のお勤めのギャグをさらに深く掘り下げたが、最後はやはり焼け焦げた《スコーチト》の一語で締めくくった。それから第四部「バルコニーの夕食」を書き足した。これこそこの本が行きつくべき地点であり、本の心情的核であることはいまや明らかだった。よりによってリビングルームに母親と二人でいたあの場面を——この本に書かれたすべてが収斂すべく向かっている一点を——無視し、本から外そうかと考えたなんて何という蒙昧、何と愚かだったのか。というわけで、二月なかばの三日間、午前中ずっと、しばし愕然としたのちに気合いを入れて取り組み、書きながらほかのどの箇所にも増してその言葉の中で生きていることを実感しつつ、ファーガソンは十ページを費やして、とうとう耐えきれず母親にすべて告白し、母とともにリビングルームのカーペットに座り込み洪水のような涙を流しながら神の沈黙‐神の不在‐神への反逆という過程を語り直し、散々な成績の理由も打ちあけたことを綴っていった。涙を拭いて気を取り直し、二人で——もちろん！——映画を観に行き、九十五丁目とブロードウェイの角の映画館のバルコニーでホットドッグを食べシュワシュワの抜けた水っぽいコーラで流し込み、母親はまた一本チェスタフィールドに火を点け、ヒッチコックの『知りすぎていた男』テクニカラー版でドリス・デイが史上最高級に下らない歌「ケ・セラ・セラ」を歌う姿を眺めたのだった。

この短い、一五七ページの本を書き終えるのに要した六か月間、ずっと自分のことを書いていたせいで、ファーガソンはいまや自分自身と新しい関係を結んでいた。自分の感情と前より密接につながった気がすると同時に、前より隔たった気もして、自分から距離が生じたような、ほとんど自分を客観視するようになった感もあって、本を書いていたあいだに自分がより温かい、かつより冷たい人間になった気分だった。自分の内部を開いて世界にさらけ出したことによってより温かくなり、その内部が誰か他人に、見ず知らずの誰でもありうる他人に属しているかのごとく見られるようになったせいでより冷たくなった気がしたのである。書き手としての自分とこのように関わりあったのが、よかったのか悪かったのかは何とも言えない。わかるのはただ、書いた結果疲れきったということ、もう一度こんなふうに自分について書く勇気が出るかどうかも定かでないということだけだった。映画については今後も書くだろうし、いずれはほかの事柄についても書けるようになるかもしれないが、自伝はあまりにきつい。温かく、同時に冷たくなるのはあまりに困難なのだ。そして、かつての母親を再発見したせいで、ファーガソンはいまの母親が恋しくなっていた。母が恋しく、ギルも恋しかった。『ヘラルド・トリビューン』も崩壊寸前なのだし、じきに二人でパリへ遊びに来てくれたらと願った。もうほとんど大人のファーガソンだが、彼の中にはまだ子供である部分もたくさん残っていて、過去六か月間少年時代を生き直してきたせいで、そこから抜け出すのは容易でなかったのである。

その日の午後、ヴィヴィアンとの木曜読書セッションに降りていくとき、ファーガソンは課題図書の『ハムレット』ではなく『ローレル&ハーディが僕の人生を救ってくれた』のタイプ原稿を持っていた。『ハムレット』には待ってもらうしかない。どのみち待つ以外何もしないハムレットなのだ、ここはもう少し待ってもらおう。とにかく本が書き上がったいま、ぜひとも誰かに読んでもらいたい。自分では自分の書いたものを判断できずこれが本物なのか失敗なのか、スミレとバラの咲き乱れる花園なのかトラック一杯の肥やしなのかもわからないのだ。ギルは海の向こうにいるいま、ヴィヴィアンこそ最良の、不可避の選択である。ヴィヴィアンならきっと公平に、偏見なしに読んでくれる。毎週二回のセッションで、彼女が素晴らしい教師であることはすでに証明済みだった。毎回きちんと準備してきて、一緒に熟読する作品について実に鋭い、実に多彩なコメントを次々聞かせてくる。大事な箇所については、アウエルバッハが『ミメーシス』でオデュッセウスの傷に関して行なっているような綿密なテクスト分析を施すが、その一方で作品の周辺や背後にも目配りし、たとえば古代ローマの社会・政治状況、オウィディウスの追放、ダンテの流刑、あるいはアウグスティヌスが北アフリカの出身でありしたがって肌が黒か茶色だったと考えられるという事実なども話してくれたし、事典、歴史書、研究書のたぐいを近所のアメリカン・ライブラリーから、さらにはもっと遠いブリティッシュ・カウンシルの図書室からひっきりなしに借り出してきた。ファーガソンは感心させられると同時にちょっと愉快でもあった。この上なく社交的で、しばしばふしだらですらある（パーティへ行けば実によく笑い、卑猥なジョークにゲラゲラ笑っている）マダム・シュライバーが、実は熱心な学者にして知識人でもあり、スワースモア・カレッジを最優等で卒業して、ソルボンヌで（本人はふざけて痛む骨（ソア・ボーン）と呼んでいた）美術史の博士号を取得し（博士論文で取り上げたのはシャルダン。やがて著書に結実するテーマとの取り組みはここから始まった）、明晰な文章を綴る書き手でもあることはファーガソンも著書のあちこちを拾い読みしていて知っていたし、ギルのリストに挙がった書物をどう読みどう考えたらいいか教えてくれるのに加えて、土曜日にはルーヴル、近代美術館、ジュ・ド・ポーム、ギャルリ・マーグに連れていってくれて、美術をどう見てどう考えたらいいかも教えてくれた。なぜこんなに多くの時間をファーガソンの教育に割いてくれるのか、いまだにさっぱりわからず、おかげで自分の精神が着実に成長しつつあることはわかったものの、どうしてこんなによくしてくれるんですか、と訊いてみても、謎の人ヴィヴはいつもニッコリ笑い、楽しいからよ、アーチー、あたしもすごくたくさん学んでるのよ、と言うだけだった。

二月なかばのその午後に原稿を持って降りていった時点で、ファーガソンがパリに住みはじめてから四か月が経ち、ヴィヴィアン・シュライバーともいまや友人に、仲よしになっていて、もしかすると（とファーガソンは時おり考えた）おたがい相手に少し恋をしているかもしれず——少なくともファーガソンはたぶんヴィヴィアンに恋していて——ヴィヴィアンはいつもこの上なく温かい、秘密めいた親愛の情を示してくれたから、二時半の開始時間に合わせて彼女の書斎のドアをノックするときも、どうぞ、という答えをファーガソンは待ちもしなかった。そんな必要は初めからなく、ただドアをノックして自分が来たことさえ知らせればさっさと入っていいのであり、その日も例によって書斎に入ると、ヴィヴィアンはいつもの黒い革張りの肱掛け椅子に座っていて、読書用の眼鏡をかけ、火の点いたマルボロを左の人差指と中指のあいだにはさみ（フランスに来て二十一年になるのにいまだアメリカの煙草を喫っているのだ）、右手には『ハムレット』のペーパーバックを持ち、本の真ん中あたりを開いていて、いつものとおりファーガソン自身の写真、彼の母親が十年以上前に撮った「アーチー」が頭のすぐうしろに掛かっていて、ファーガソンは突然、もし万一誰かがこの本を出版してくれることになったら（なりますように！）、ぜひともこの写真を表紙に使わねばと決め、ヴィヴィアンが本から顔を上げファーガソンに向かってニッコリ笑うと、何も言わずに部屋を横切り、原稿を彼女の足下に置いたのだった。

出来たの？　と彼女は訊いた。

出来ました。

やったじゃない、アーチー。ブラヴォー。記念すべき日ね。

今日は『ハムレット』はやめて、これに目を通してもらえないかと思ったんです。そんなに長くありません。二、三時間で読めるんじゃないかな。

いいえアーチー、もっと必要よ。あなた、本物の感想が欲しいんでしょ？

もちろん。で、ここはちょっとと思うところがあったら、どんどん印をつけてほしいんです。まだ完成稿じゃありません、単に終わりまで書いただけです。だから鉛筆を持って読んでほしいんです。ここは書き替えろ、こうすればよくなる、ここはカット、何でも言ってもらえれば。自分ではもううんざりしちゃって、見る気にもなれなくて。

そうしましょう、とヴィヴィアンは言った。私はここに残って、あなたは散歩でも食事でも映画でも、何でも好きなことをしてくる。帰ってきたら、まっすぐ自分の部屋に上がりなさい。

僕を追い出すんですね？

あなたの本を読んでるあいだはあなたがいない方がいいのよ。干渉してしまうから。テュ・コンプラン（わかった）？

ウイ、ビヤン・シュール（ええ、もちろん）。

明日朝八時半にキッチンで合流しましょう。そうすれば私も今日の午後の残りと、晩と、必要なら夜も使えるから。

ジャックとクリスティーヌとのディナーはどうするんです？　八時に会う約束じゃないんですか？

中止にしてもらうわ。あなたの本の方が大事よ。

本がよければの話です。もし悪ければ、ディナーをフイにされたことで僕を呪うでしょうよ。

悪いとは予想してないわ、アーチー。でももしかりに悪かったとしても、あなたの本の方がやっぱりディナーより大事よ。

どうしてそんなこと言えるんです？

だってあなたの本なのよ、あなたの初めての本なのよ、今後何冊本を書くとしたって、初めての本はもう二度と書けないのよ。

言いかえれば、僕は童貞を失った。

そのとおり。あなたは童貞を失った。いいファックだったとしても悪いファックだったとしても、もう二度と童貞には戻れない。

翌日の朝、八時少し前にファーガソンはキッチンに入っていった。ヴィヴィアンが現われて、彼の書いた情けない代物に評決を下し歴史のゴミ箱にそれを放り込み、腐りかけた何百何千万のゴミの中にもう一つ人が作り人に捨てられたゴミが加わる前に、セレスティーヌの淹れてくれるカフェオレをボウル一杯か二杯飲んで景気をつけておこうと思ったのである。ところが行ってみるとヴィヴィアンはもう先に来ていて、ファーガソンが入っていったときには白い朝用のバスローブを着て白いキッチンの白い琺瑯（ほうろう）びきのテーブルに向かって座り、ファーガソンの白と黒のタイプ原稿はセレスティーヌのカフェオレが入った愛用の白いボウルのかたわらに積んであった。

ボンジュール、ムッシュー・アルシー、とセレスティーヌが言った。「ヴ・ヴ・ルヴェ・ト・ス・マタン（けさはお早いですね）」。親しい平等の人間同士の「テュ」ではなく召使いが使う改まった「ヴ」。この奇怪な習慣が、アメリカ人であるファーガソンの耳にはいまだになじまなかった。

セレスティーヌはきびきび動く小柄な五十前後の女性で、控え目で出しゃばらず、そしてものすごく優しいとファーガソンはいつも感じ、彼をいつまでも「ヴ」で呼ぶことはともかく、ファーガソンの名をフランス流に発音するのは何とも好ましかった。硬い「チ」の音がもっと耳に柔らかな「シ」に変わり、「アルシー」と呼ばれるたびにフランス語の「アルシーヴ」（文書庫）を思い浮かべた。つまり自分は、若くしてすでにアーカイヴになったのであり、幾時代にもわたって保存されるべき何者かなのだ――書いた本は歴史のゴミ箱に捨てられるのであっても。

パルス・ク・ジェ・ビヤン・ドルミ（よく眠れたからね）、とファーガソンは答えた。これは大嘘である。そのくしゃくしゃの髪、落ち窪んだ目を見れば、彼が昨夜赤ワインをまる一壜飲んでろくろく眠れなかったことは明らかだった。

ヴィヴィアンは立ち上がってファーガソンの左右の頬にキスした。これはいつもの朝の挨拶だが、今日はそこから少し外れて、さらにファーガソンの体に両腕を回し、彼の左右の頬にもう一度キスした。今回はチュッと大きな音の立つキスで、それがタイル貼りのキッチンじゅうに響きわたり、それからヴィヴィアンはさっとファーガソンを押し、腕一本の距離に立たせて、どうしたの、ひどい顔してるじゃない、と言った。

緊張してるんです。

しなくていいのよ、アーチー。

ウンコ漏らしそうです。

それもしなくていいわよ。

我慢できなかったら?

いいから座んなさい、馬鹿ね、私の話を聴きなさい。

ファーガソンは腰を下ろした。一息置いて、ヴィヴィアンも腰を下ろした。そして身を乗り出し、ファーガソンの目をじっと見て、心配ないわよ、大丈夫、と言った。テュ・ピジュ?(わかる?)テュ・ム・スイ・ビヤン?(ちゃんと聞いてる?)これは美しい、ひどく切ない本よ。あなたの歳でこんなにいいものを書いたなんてすごいことだと思う。このまま一語も変えなくても、十分出版できる中身だと思う。その反面、まだ完全とは言えないし、印をつけたければつけろってあなたにも言われたから、つけておいたわ。大体六、七ページ分の削除の提案、書き直せばもっとよくなりそうなセンテンスが五、六十。私の意見では。もちろん私の意見に従う必要はないけれど、とにかく原稿を返すわ(ファーガソンの方に向けてテーブルの向こうから滑らせる)。どうしたいかあなたが決めるまで私はこれ以上一言も言わない。忘れないでよ、これはあくまで提案ですからね、でも私の意見では、変えればもっといい本になると思う。

どうやってお礼を言ったらいいかわかりません。

私に言わなくていいのよ、アーチー。素晴らしい母親に言いなさい。

その午前のあいだに、ファーガソンは原稿を手に上の部屋へ戻っていき、ヴィヴィアンのコメントを一つひとつ読んでいった。大半は、少なくとも八十から九十パーセントはまさにそのとおりだと思えた。このフレーズ、その形容詞、と細かい、しかし大きな違いを生む削除が無数にあって、そうやって微妙に、かつ容赦なく削ることで文章の力はぐっと増す。それから、ぎこちないセンテンス、これがもう嫌になるくらいたくさんあって、何十ぺんも読み直したのに目に入らなかった盲点がいたるところに現われた。ファーガソンはその後十日を費やして、そうした文章上の手抜かりや目障りな反復を一つひとつ退治していき、時にはヴィヴィアンが印をつけなかった箇所にまで手を入れ、場合によってはそうした変更を反古(ほご)にして結局元に戻したが、とにかく肝腎なのは、ヴィヴィアンが本の構造自体はそのままにしてくれたことであり、びっしり鉛筆を入れても段落やセクションを動かしたりはしておらず、大きな解体、数段落ばっさり削除といったことはいっさいなかった。入れてもらった鉛筆に沿って直していき、書き込みだらけでほとんど判読不能になった原稿をもう一度タイプして、今回は二枚重ねカーボンを使って三通作成を試み、何しろ打ち間違いが多いのでこれは大仕事だったが、三月三日に十九歳の誕生日が巡ってくるころにはもうほぼ出来上がり、六日後にはすべて完了した。

一方ヴィヴィアンはあちこちに電話をかけ、ファーガソンの本を出してくれそうな出版社はないか、イギリスの友人たちに問い合わせてくれていた。ニューヨークではなくロンドンを選んだのはそっちの方が知り合いが多いからだったが、どのみちファーガソン自身はイギリスであれアメリカであれ出版のことなどまるっきり何も知らないのですべてヴィヴィアンに任せ、自分はタイプライターに向きあい、すでに一部は書けている「ゴミ捨て場と天才たち」について構想を練りはじめていた。二冊目の本の萌芽となるかならないかまだわからないこの文章に加えて、高校のときに書いた中で比較的長いものを、新たに書き直す価値があるかを念頭に読み直してみるつもりでいて、できることなら雑誌に載せたいとも思っていたが、ヴィヴィアンがイギリスの可能性を二つの小出版社（どちらもごく小さいが、彼女言うところの新しい才能を積極的に出版している）に絞った段階に至ってもなお、どちらかの会社が引き受けてくれるなどという希望をファーガソンはこれっぽちも抱いていなかった。

まずどっちに送りたいかあなたが決めなさい、と十九歳の誕生日の朝にキッチンで二人で座っている最中にヴィヴィアンが言い、二つの社名はアイオー・ブックスとサンダー・ロード社だと告げると、ファーガソンは直感的にアイオーを選んだ。アイオーというのが誰のことかはっきりわかっていたわけではないが、サンダーという言葉は、ローレル&ハーディという名が入っている本にはどうもそぐわないような気がしたのである。

創業して四年目くらいの会社ね、とヴィヴィアンは言った。オーブリー・ハルという名前の裕福な三十前後の青年が、まあ道楽みたいにやってるらしくて、詩集が中心らしいんだけど、小説やノンフィクションも少し出してるみたいで、デザインや印刷もいいし、紙も上等なのを使っているけれど、難を言えば年間十二冊から十五冊くらいしか出さない。サンダー・ロードの方は年に二十五冊くらい出している。それでもやっぱりアイオーがいい？

ええ、どのみち断られるんだし。で、サンダーに送って、またやっぱり断られる。

わかったわよ、ミスタ・ネガティブ、あともうひとつだけ質問。タイトルページ。来週のどこかで原稿を送るけど、著者名はどうしたい？

どうするって？　当然僕の名前でしょ。

アーチボルドかアーチーか、Ａか、Ａともうひとつミドルネームのイニシャルかってことよ。

出生証明書にもパスポートにもアーチボルドって書いてありますけど、誰にもそう呼ばれたことはありません。アーチボルド・アイザック。アーチボルドだったことは一度もないし、アイザックだったこともない。アーチーです。いつだってアーチーだったし、これからもずっとアーチー。それが僕の名前なんです。アーチー・ファーガソン。本の著者名もそれにします。まあもちろん何でもいいんですけどね――まともな出版社がこんなけったいな本出そうと思うわけないですから。でも将来のために考えておくのはいいですよね。


ファーガソンのパリ滞在最初の数か月、昼の時間はかように過ぎていった。みっちり学び、みっちり本を書き、フランス語も着実に上達している。夏はヴァーモントで集中講座、いまはアリアンス・フランセーズの授業、ヴィヴィアンの友人たちとのディナーの会話はすべてフランス語、セレスティーヌとの日々のお喋り、さらにはランチタイムのカフェのカウンターに立ってハムサンドを食べながらいろんな人と出遭い……いまやファーガソンは、フランス在住、完璧バイリンガルのアメリカ人と言ってよく、第二の言語に浸りきっているものだから、これでもし、英語の課題図書も読まず、英語で手記も書かず、ヴィヴィアンともっぱら英語でやりとりすることもなかったら、英語が退化してしまったとしても不思議はなかった。いまではフランス語で夢を見ることも多く（一度など、何ともコミカルに、出来事の下に英語の字幕が流れていた）、頭の中ではつねに、奇怪な、往々にして卑猥な駄洒落が飛び交っていた。フランス語のありふれたフレーズ、オ・コントレール（それどころか）をおそろしく卑猥な英語のフレーズに変えたり――オ・カント・レア（おお、稀なるおまんこよ）。

が、カントのことはいつも頭の中にあったし、ペニスもしかりで、現在・過去に出会った裸の女たち・男たちの想像上の裸体、記憶の中の裸体がずらずら並んでいた。ひとたび日が沈み、街が暗くなると、昼のあいだの、自ら選びとった、活力につながる孤立は、夜になると往々にして、息もできぬほどの寂しさに堕してしまう。最初の二、三か月が一番辛かった。いろんな人に紹介されても特に誰も好きになれず、ヴィヴィアンの百万分の一も好きな人はいなかった。窒息しそうな狭い部屋で、夜更けの空っぽの時間の寂しさを、あれこれの戦術を用いてやり過ごそうとした。本を読む（ほとんど不可能）、ポケットトランジスタでクラシックを聴く（もう少し可能だが、一度にせいぜい二、三十分が限度）、手記の執筆に戻る（困難で、時には生産的、時には無駄）、ブルヴァール・サンミシェル近辺の映画館へ夜十時からの上映を観に行く（たいていは楽しかったし、大した映画でなくても楽しめたが、十二時半に部屋に戻れば寂しさは依然待っていた）、カント＝ペニス問題が手に負えぬほど高まったときはレ・アールの街をうろついて娼婦を漁る（歩道にたむろする売春婦たちの横を歩いていると股間はますます疼き、一時的に解放されるもののそれは殺伐とした気の滅入るセックス、何の意味もない非情なファックであり、闇の中で長い道を歩いて帰りながらジュリーをめぐる切ない記憶が否応なく胸に満ちたし、そもそも母とギルから送られてくる週八十ドルの小遣いでは、一回十ドル、二十ドルのセックスも最小限に抑えないといけなかった）。最後の解決策はアルコールであり、これはほかの策と絡めてもよく――飲みながら読む、飲みながら音楽を聴く、映画から帰ってきたあとや例によって暗い瞳の娼婦と寝たあとに飲む――寂しさが耐えがたいほど肥大するたびにすべてを解消してくれる唯一の手立てだった。ニューヨークで何度も酔いつぶれたのでスコッチはもうよそうと決め、赤ワインに切り換えて、ランチに行く店が並ぶあたりでわずか一フランで買えるテーブルワインをもっぱら飲んだ（第六区じゅうあちこちにある食料雑貨店（エピスリー）で売っている、ラベルもない一リットル壜ならたったの二十セント）。その手のボトルを部屋にいつも一、二本隠しておき、外出する晩であれ部屋にいる晩であれ、格安の赤ワインが眠気を誘発してくれて、いずれ眠りまで連れていってくれたが、劣悪な品質の、名前すらないヴィンテージは体には苛酷であり、しばしば下痢と闘ったり、朝起きたときに割れるような頭痛を抱えたりする破目になった。

　アパルトマンでヴィヴィアンと二人きりで夕食を食べるのは平均して週一、二回で、ポトフ、カッスーレ、ブーフ・ブルギニョンといった伝統的な、寒い気候向けの食事をセレスティーヌが作ってサーブもしてくれた。パリに夫も家族もいないセレスティーヌは、余分な仕事を頼めばいつでも引き受けてくれて、作ってくれる食事はどれもものすごく美味しいので、つねに空腹を抱えたファーガソンはメインの料理を一度、二度とお代わりせずに済ますことはまずなかった。ヴィヴィアンと友人同士になったのもこうした静かな、二人きりのディナーの場を通してだった。あるいは、初めからあった友情がそうした場で深まったと言ってもいい。二人で自分たちの人生をめぐる物語を打ちあけあってみると、ヴィヴィアンについて知ったことの大半はまったく意外な内容だった。たとえば彼女は、ブルックリンのフラットブッシュ地区で生まれ育った。初代アーチーが住んでいたのと同じ地域である。グラントという名の家の出ながらユダヤ人であり（それに促されてファーガソンは、自分の祖父がある日レズニコフからロックフェラーになりロックフェラーからファーガソンになった話を語った）、医者と五年生担任小学校教師との娘。秀才科学者で、戦時中ギルのよき友だった兄ダグラスより四つ下で、高校もまだ卒業しないうちに一九三九年、十五歳でリヨンにいる遠縁の親戚を訪ねてフランスに旅し、さらに遠縁の（四段階か五段階離れた）いとこジャン＝ピエール・シュライバーに出会い、向こうは三十五歳の誕生日を祝ったところであり彼女より二十年上だったが、何かが起きたとヴィヴィアンは言い、二人のあいだで火花が生じたと言い、私はジャン＝ピエールに身を献げたと言った。相手は当時妻を亡くしフランスの大きな輸出会社を経営する身であり、彼女はまだブルックリンのエラスムス高校の二年生で、たいていの部外者から見れば二人のつながりはいささか倒錯的に見えたことだろうが、歳は若くてももう自分のことを大人と見ていたヴィヴィアンは全然そう思わなかった。やがて九月、ドイツ軍がポーランドに侵入し、戦争が終わるまで二人が会うチャンスはなくなったが、ジャン＝ピエールはローザンヌにいて安全だったし、ヴィヴィアンが高校と大学を終える五年間、二人は二四四通の手紙をやりとりし、一九四四年八月にパリが解放されてすぐにギルが手を回してくれてヴィヴィアンがフランスにもぐり込めたときには、もう二人とも結婚の意思を固めていた。

ヴィヴィアンのいろんな話を聴くのが楽しかったのは、本人がすごく楽しんで語っているように思えるからだった。まあたしかに三十五歳の男が十五歳の娘に惚れ込むというのはやや倒錯的という気はしたが、考えてみればファーガソンだって初めてフランスを訪れたときは十五歳で、同じような家族のつながりを介してヴィヴィアン・シュライバーと出会ったのだし、しかも彼女は二十ではなく二十三上だったわけだが、まあとにかく一方の歳がもう一方の半分以下ということなのだから数えたところでさして意味はあるまい。パリに住んだ最初の寂しい数か月間、ファーガソンははっきりヴィヴィアンを求めて欲情し、いずれ二人で一緒にベッドに入れればと期待していた。かつて彼女の性生活と結婚だって年齢に制限されていなかったのだし、今度は彼を相手に、逆の方向に実験する気になってもおかしくない。今回は自分が年上の側に回って、自分のかつての立場をファーガソンに託し、エロチックに倒錯した刺激的冒険を楽しもうと考えたりするのではないか。まず何より、ファーガソンはヴィヴィアンを美しいと思った。ファーガソン自身よりは年を取っているが、それもあくまで自分と較べればの話で、いまだ官能と魅惑を発散させているし、それに自分が彼女に魅力的だと思われていることにもまず確信があった。あなたは本当にハンサムね、と何度も言われたし、一緒にディナーに出かけようとアパルトマンを出るときにも今夜はカッコいいわねとたびたび言ってもらった。そもそも同じ建物に住むよう誘ってくれたのも、それが真の、秘密の理由だとしたら？　ひそかに彼の肉体を夢見て、その若き肌に鼻をすりつけたいと思ったからでは？　不可解なまでの気前のよさもそれで説明がつく。家賃タダ、食事タダ、名著講読セッションもタダ、十一月にル・ボン・マルシェに初めて買物に行ったときは高価なシャツ、靴、セーターをジャンジャン買ってくれて、タックの入ったコーデュロイのズボンも三本、サイドベンツの入ったスポーツジャケット、冬物コート、赤いウールのマフラー、すべて最高級フランス製のファッショナブルな服で着心地もすごくいい。こんなにしてくれるのはやはり、ファーガソンが彼女に欲情しているのと同じくらい、彼女もファーガソンに欲情しているからではないか？　いわゆる性の玩具。彼女がそう望んでいるのなら喜んで玩具になろう……だが、たしかにまさにそういうことを考えているような目付きでこっちを見ることもたびたびあっても（彼の顔に向けられた意味ありげなまなざし、ごく些細なしぐさをまじまじと見ている目）、ファーガソンは自分から行動を起こすような立場にはない。年下の側として、最初の一歩を踏み出す権利はなく、向こうから手をさしのべてくるのを待つしかない。けれども、ヴィヴィアンに抱きしめられ口にキスされたい、指先で顔に触れてくれるだけでもいい、とファーガソンがいくら願っても、相手は何もしてこなかった。

　ほとんど毎日顔を合わせているのに、ヴィヴィアンのプライベートな生活の細部はおよそ神秘だった。恋人はいるのか、何人もいるのか、次々乗り替えているのか、あるいは全然いないのか？　二人きりでディナーを食べていて十時になると突如席を立つのは、街のどこかにいる男のベッドへ向かうからか、それとも単に友人たちと夜更けに一杯やりに行くだけか？　あるいは月平均一、二度生じる、週末の外出は？　アムステルダムに行く、とたいていは言っているが、男が待っているという可能性も大いにあるのでは。反面、シャルダンの本が出たいま、新しいテーマを探していて、レンブラント、フェルメール、その他誰かオランダへ行かないと作品が見られない画家に決めたのかもしれない。答えの出ないさまざまな問い。過去に関しては自由に話すヴィヴィアンだが、現在については、現在の個人的な事柄については何も言わない。ゆえに、パリ中でファーガソンが唯一つながりを感じる相手、ただ一人愛している人間は、彼にとって未知の存在でもあった。

　アパルトマンでの二人きりのディナーが週一、二回、そしてレストランでのディナーが週二、三回、こちらはほぼいつも他人が、ヴィヴィアンの友人たちが一緒である。美

5·3

術と文学に関わっている、さまざまに枝分かれしているが往々にして重なりあういろんな世界に属す、長いつきあいのパリジャンたち。作家、画家、彫刻家、美術史研究者、美術についても書く詩人、画廊経営者とその妻、みんなそれぞれのキャリアをしっかり築いた人たちであり、ゆえにファーガソンはいつもテーブルで一番若い存在で、多くの人間からヴィヴィアンの性の玩具ではと疑われていることは（誤解であるわけだが）彼自身も承知していて、ヴィヴィアンはつねに彼のことをすごく親しいアメリカ人の友だちの義理の息子と紹介したが、レストランでのそうした四人、六人、八人のディナーでかなりの人は単に彼を無視し（フランス人ほど冷たく礼儀知らずの人間はいないことをファーガソンは知った）、その一方で身を乗り出してきて彼についてすべてを知ろうとする人もいたが（フランス人ほど温かく民主的な人間もいないことをファーガソンは知った）、たとえ無視された夜であっても、とにかくそういうレストランにいるだけで楽しく、その場が体現しているよき人生に仲間入りすることが楽しかった。三年前も〈ラ・クーポール〉の華々しい情景を目撃し、あれこそパリとニューヨークの違いだといまも思っていたが、ほかにも〈ボファンジェ〉〈フーケ〉〈バルザール〉といった十九世紀の宮殿、ミニ宮殿があり——板張りの壁と鏡張りの柱にナイフとフォークがカチャカチャ反響し、五十人あるいは二五〇人の声が谺（こだま）する——加えて第五区にはもっと薄汚い店もあって、地下のチュニジア・レストランやモロッコ・レストランでファーガソンは生まれて初めてクスクスやメルゲーズを食べ、アメリカの天敵ベトナムの料理のコリアンダーの香りにも出会い、その秋二度か三度、ディナーがいつにも増して活気があり時刻も午前零時を過ぎるころ、〈オ・ピエ・ド・コション〉のオニオンスープを食べようと四、五、六、七人のグループでレ・アールにくり出し、もう午前一時、二時、三時だというのにレストランは混みあっていて、芸術関係の垢抜けた人々、夜更けにひたすら盛り上がっている人々がテーブルを囲み、カウンターでは近所の娼婦たちが血のしみの付いたスモックとエプロンを着けているでっぷりした肉屋たちと並んでバロン・ド・ルージュを飲んでいる。およそバラバラな要素が入り交じった、ありえないハーモニー。こんな情景、世界中どこにもないんじゃないか。

ディナーは年じゅうでも、セックスはなし。あるのは金を払い、結局は後悔するセックスだけで、そうした後悔以外、朝にヴィヴィアンと頰に交わすキス以外は肉体の接触もなし。十二月十九日にド・ゴールが共和国大統領に再選され、〈ジャコメッティは心膜炎なる病を抱えてスイスで死につつあり（一月十一日に他界）、ディナー後の徘徊からアパルトマンへの帰り道、ファーガソンはかならず警官に呼び止められ身分証明書の提示を求められた。一月十二日、構想に欠陥ある第三部を書きはじめ、さんざん苦心し、何十時間も無駄にした末にとうとう放棄して、新しい、より適切な終わり方を考え出した。一月二十日、本との格闘がまだ続いているさなか、コーネルの一年生になっているブライアン・ミスチェヴスキから手紙が届き、友からの便りを構成する四つの短い段落を熟読し終えたころにはもう、頭上から建物が崩れ落ちてきたみたいな気分になっていた。ブライアンは春にパリへ遊びに来ることになっていて、ファーガソンは狂おしいほど楽しみにしていたのだが、まず、両親が前言を翻し、旅行の費用を出さないと言い出した。そればかりか、ブライアン自身も、まあたぶんそれが一番いいと思う、僕にもガールフレンドが出来たし、去年の君との友だちづきあいはすごく楽しかったけど僕らがやっていたのは要するに子供の遊びだったんだ、僕はもうそういうのは大学に入って卒業したよ、もうすべて過去のことになったんだ、もちろん君はいまでも人生最大の親友だけど、僕らの友情はこれからは単に普通の友情になるんだよ――そう書いていたのである。

　普通。普通ってどういうことだよ、とファーガソンは思った。男の子とキスしたい、愛しあいたいって思うのはどうして普通じゃないんだよ、同性間のセックスだって異性間のセックスと同じに普通で自然じゃないか、ひょっとしたらもっと普通でもっと自然かもしれない、ペニスのことなら女より男の方がよくわかってるんだから相手が何を望んでるのかもよくわかって、異性間のセックスにつきまとうややこしい求愛や誘惑のゲームもなくて、だいたいそもそもなぜ一方を選ばなくちゃいけないんだ、なぜ普通と自然なんていう名のもとに人類の半分を排除しなくちゃいけないんだ、ほんとは誰もが両方なのに、世界中いろんな社会、人間も社会も法律も宗教もそれを認めることを怖がってる。三年半前にカリフォルニアのカウガールが言ってたとおりだ――**あたしは自分の人生を信じてるのよアーチー、自分の人生を怖がりたくないのよ。**ブライアンは怖がっている。たいていの人間は怖がっている、けれど怖がるなんて愚かな生き方だ、不実で心を潰す生き方、どん詰まりの生き方、死んだ生き方だ。

　その後の何日か、ニューヨーク州イサカから届いた（イサカ！　オデュッセウスのイタケ！）ブライアンの別れの手紙の痛手に、夜の寂しさはほとんど耐えがたかった。赤ワインの摂取量が倍増し、二晩続けて洗面台に吐いた。鋭い、観察力のある脳のみならずよく見える目も持っているヴィヴィアンは、手紙が来てから初めての二人きりのディナーのあいだファーガソンを丁寧に眺めて、しばしためらったのち、どうかしたのかと訊ねた。破滅的なパロアルト旅行でシドニー・ミルバンクスには裏切られたけれどヴィヴィアンは絶対あんなふうに裏切ったりはしない、そう確信したファーガソンは真実を打ちあけることにした。とにかく誰かに話さずにいられなかったし、話せる相手はヴィヴィアンしかいないのだ。

がっかりすることがあったんです、とファーガソンは言った。

見ればわかるわ、とヴィヴィアンは応えた。

ええ、このあいだものすごく心が痛むことがあって、いまだに立ち直ろうとしてるんです。

どんな痛み？

愛の痛み。大好きな人物からの手紙。

それは辛いわね。

本当に辛いです。捨てられただけじゃなくて、お前は普通じゃないって言われて。

普通ってどういうこと？

僕自身にとっては、あらゆる種類の人間に対する興味。

わかるわ。

ほんとにわかるんですか？

つまり、女の子が好きな人間、男の子が好きな人間ってことでしょ？

そのとおり。

あなたがそうだってことは前からわかってたわ、アーチー。あなたのお母さんのオープニングで初めて会ったときから。

どうやってわかったんです？

飲み物をサーブしている若い男を見る目付きで。それと、私を見ていた目付き、いまも見ている目付きで。

そんなに見えみえなんですか？

そうでもない。私はそういうことに勘が働くのよ——長年の経験から。

両方の人間に鼻が利くってこと？

そういう人間と結婚してたから。

あ。そうだったんですね。

あなたジャン＝ピエールによく似てるのよ、アーチー。もしかすると、だから一緒に暮らそうって誘ったのかもしれない。あなたを見てると本当にあの人のことを思い出すのよ……本当に。

いまも恋しいんですね。

ものすごく。

でもそれじゃきっと複雑な暮らしだったでしょうね。僕、これからもこのままだったら、永久に誰とも結婚しないと思いますよ。

相手も両方なら別よ。

あ、それは考えなかったな。

ええ、時にはちょっとややこしくなるけど、それだけの値打ちはあるのよ。

それってつまり、あなたも僕と同じってことですか？

そうよ。でももちろん違ってもいる。私は、別に何をやったせいでもなく女で、あなたは、アーチー、男。

ファーガソンは笑った。

するとヴィヴィアンも笑い返し、それでファーガソンはまた笑い、さらにもう一度笑い、ヴィヴィアンがふたたび笑い返し、やがて二人一緒にゲラゲラ笑っていた。


その週土曜の一月二十九日、二人の客がディナーに招かれアパルトマンに来た。どちらもアメリカ人で、どちらもヴィヴィアンとは長年の友だちで、一人はアンドルー・フレミングという五十歳ぐらいの、ヴィヴィアンが大学でアメリカ史を教わった、いまはコロンビアで教えている学者。もう一人は三十くらいの女性リサ・バーグマン、最近カリフォルニアのラホーヤからパリに移ってきてアメリカ系の法律事務所に勤務している。彼女の年上のいとこがヴィヴィアンの兄と結婚しているという。数日前にヴィヴィアンと話しあい、驚くべき二重告白が為され、二人とも等しく「両方」の傾向を有していることが判明したいま、リサ・バーグマンがヴィヴィアンの目下の相手ではないか、とファーガソンは考えた。もしそうだとしたら、今晩テーブルにリサがいるのは、ヴィヴィアンがドアを少し開けたというしるし、プライベートな生活をファーガソンにも垣間見せている証しではないか。フレミングの方は目下一学期間の研究休暇でパリに来ていて、彼言うところのアメリカ人「オールド・ボーイズ」（フランクリン、アダムズ、ジェファソン）のフランスでの日々をめぐる著書の最終稿を書き上げているところで、こちらはどう見ても女性はお呼びでなく、明らかに男にしか興味がない男である。食事が始まって二、三十分と経たないうちに、これがパロアルトでのあのおぞましいディナー以来初めての全員クイア・ディナーだとファーガソンは思いあたった。けれど今回は楽しかった。

久しぶりにアメリカ人と一緒に過ごせて気持ちがよかった。すっかりくつろげて、ぎくしゃくしたところがなく、いろんな言及を誰もが理解して同じジョークに笑う。そういう人たちとテーブルを囲むのは気持ちがよかった。四人それぞれ全然違っているのに、ずっと前から友人であるかのように気楽に喋れた。ヴィヴィアンがリサを見る様子、そしてリサがヴィヴィアンを見る様子を観察すればするほど、自分の直感が正しかったとファーガソンは確信した。二人は絶対に関係している。ヴィヴィアンのことを思ってファーガソンは嬉しかった。彼女の善良な心が何を望むにせよ、それをすべて手に入れてほしいとファーガソンは思ったし、それにこのリサ・バーグマン、ドイツ系・ユダヤ系のベルクマンではなくイングリッド（日本ではイングリッドは英語読みの「バーグマン」で通っている）やイングマールと同じくスウェーデン系のベルイマンは、実に興味深い人物と言わねばならない。潑剌（ヴィヴェイシャス）として元気一杯（ヴィヴィッド）で、すべてを得るにふさわしいヴィヴにぴったりだ。

大きい。彼女でまず目を引くのはそこだった。体が大きい。一八〇センチ、骨格も大きく、がっしりして贅肉はまったくなく、腕は太くて逞しく、胸も大きく、南カリフォルニアふうのいかにも金髪らしい金髪、丸顔はそこそこ美しく、ほとんど見えない薄い色の睫毛、オリンピックで砲丸投げか円盤投げのメダルを取りそうな女性、ヌーディスト雑誌から抜け出してきたみたいに見える北欧系アメリカ人のアマゾン（すっきり爽やか、健康志向のヌーディズム）、文明世界中すべてのヌーディスト・コロニーの中でもチャンピオンの女性重量挙げ選手、そうして愉快――とにかく愉快で抑制のよの字もなく、喋るセンテンス二つごとにケラケラと笑い、そのいかにもいい感じのアメリカ的センテンスにちりばめられた言葉を聞いてファーガソンは、ああ僕はニューヨークを出て以来こういう言葉を聞けてなくて寂しかったんだとしみじみ実感した。二音節の頼もしい言葉たち、小洒落た（ディンキー）、ダサい（ドーキー）、ムカつく（グロッティ）、カッコいい（スナジー）、バカっぽい（グーフィ）、気取った（スヌーティ）、シケた（クラミー）、きったない（クラディ）、ぼろっちい（クラッピー）、ベトベト（ガンキー）の……この人はやばい（ウィキッド）、素晴らしい・素敵だという意味のウィキッド。パリでどんな法律関係の仕事をしているか知らないが、法律の話なんて一言も出てこなかった。

対照的に、中年のフレミングは小柄でぽっちゃりしていて、背はせいぜい一六五センチ、ひょこひょこした歩き方で、ジャケットの下のVネックセーターがかなり出っぱった腹で膨らんでいて、手は小さくて肉が付き、顎の引っ込んだ顔は全体にたるみ気味、鼈甲（べっこう）枠の異様なフクロウ眼鏡が鼻に載っている。若き教授が、突然、取り返しようもなく若くなくなってしまったという趣。いかにも学者然とした雰囲気で、わずかな吃音があって、白いものが交じった髪は薄くなる一方だが、テーブルを囲むほか三人の言葉にもしっかり耳を傾け、読書量も知識も豊富なのだろうが自分のことや仕事のことをひけらかしたりはしない。どうやらそれがこの夜のゲームのルールらしく、法律畑のリサは法律の話をせず、美術史家ヴィヴィアンは美術の話をせず、回想録著者ファーガソンは記憶を語らず、歴史学者フレミングは昔パリに滞在したアメリカン・ボーイズの講釈はしない。フレミングは時おり舌がもつれたりもしたが、きちんと滑らかなセンテンスで自分の考えを伝え、次々話題の移る雑談にも積極的に参加した。まずはもちろん政治、ベトナム戦争とアメリカ国内での反戦運動（ファーガソンはマディソンにいるいとこのエイミーから月二回のレポートを受け取っていた）、ド・ゴールとフランス大統領選、依然行方不明のモロッコ人政治家メフディー・ベン・バルカ誘拐の罪で逮捕される直前に自殺したジョルジュ・フィゴン、だがそれらに交じって、些細な事柄への脱線。たとえば、タイトルを誰も思い出せない映画に出ていた女優の名前を思い出すとか、あるいは——これはリサが得意だった——一九五〇年代の誰も知らないようなポピュラーソングの歌詞を暗唱するとか。

　ディナーはゆるゆると、楽しく進んでいった。食べ物とお喋りと大量のワインから成る気だるい三時間のあと、コニャックに移り、ファーガソンとフレミングがグラスをたがいに向けて持ち上げ、ヴィヴィアンはリサにアパルトマンのどこかほかの場所で何かを見せたいといったようなことを言い（その時点でファーガソンはもう聞くのをやめたが、二人で書斎か寝室に行ってネッキングすることになればいいなと思った）、二人はあっさり姿を消したのでファーガソンはテーブルにフレミングと二人きりで取り残され、どちらも何を言ったらいいかわからずしばしぎこちない沈黙が生じたあと、一緒に君の部屋に上がらないか、とフレミングが言い出した。食事中ファーガソンは、自分の部屋を世界で一番小さい部屋と形容していたのである。そう言われてファーガソンは笑い、散らかった机とメークしてないベッドがあるだけですよ、と気の利かない答えしか返せなかったが、構わないよ、世界一小さい部屋というやつを見てみたいから、とフレミングは言った。

　もしフレミング以外の人間が相手だったら、たぶんノーと言っただろうが、晩が進んでいくなかでファーガソンはこの教授に好感を持つようになっていて、その目に見てとれる優しさゆえに人間として惹かれはじめていた。思いやり、共感のようなものがそこにはある上に、どこか悲しげでもある。ファーガソンが想像するところ、この人は自分の正体を世界から隠さないといけないプレッシャーの下で生きてきた。その辛さゆえに生じる心の痛みが感じとれた。クローゼットにこもるしかなかったこの世代の男たちは、過去三十年ずっと薄暗い片隅をこそこそ歩き回り、同僚や学生が向けてくる疑惑の視線を避けてきた。「おカマ（シシー）」であることは誰の目にもつねに明らかだったが、行儀よくふるまい、無邪気な者たち、何も疑っていない連中に手を出さずにいる限りは彼がアイビーリーグのカントリークラブの芝生を手入れしつづけることを、人々はしぶしぶ容認してきたのである。ディナーのあいだずっと、そんな生き方のみじめさを思い描いているうちに、ファーガソンはフレミングのことが気の毒に、憐れにさえ思えてきて、だから上の階に行こうと誘われたときもノーとは言わなかったのである。かつてのアンディ・コーエンのときと同じに、言っていることと意味していることが違う人間と一緒にいるゆえの心地悪さが生じはじめてはいたものの、構うもんか、こっちはもう子供じゃないんだ、嫌なことを受け容れる必要はないんだ、そう思った。この気のいい初老の人間に、こっちは何の肉体的魅力も感じていないんだから。

うわこりゃすごい、とフレミングはファーガソンがドアを開けて電灯を点けたとたんに言った。こりゃほんとにすごく、すごく小さいね、アーチー。

ファーガソンはそそくさとキルトのカバーを引っぱってシーツが剝き出しになったベッドを覆い、フレミングに座るよう手で合図し、自分も机に付属した椅子をぐるっと回し相手と向きあって座った。何しろ狭い部屋なので、相手はすぐそば、膝と膝がほとんど触れあっている。ファーガソンはフレミングにゴロワーズを差し出したが、教授は首を振って断り、突然落着かなげな、気もそぞろな、自分にまるで自信がなくなった様子になって、何か言いたいことはあるのにどう言ったらいいかわからずにいるように見えた。ファーガソンは自分の喫う煙草に火を点けて、どうかしましたか？　と訊いた。

考えていたんだよ、その……君がどのくらい……求めるのかって。

求める？　わかりませんね。求めるって何を？

どれくらいの……金を。

金？　何の話です？

ヴィヴィアンから聞いたんだよ、君が……彼女が言うには君は懐が寂しくて……かすかすの額で暮らしていると。

まだわかりませんね。僕にお金を下さるってことですか？

そうだ。つまり、もし君が……君が私に優しくしてくれたら。

優しく？

私は孤独な男なんだよ、アーチー。誰かに触ってほしいんだ。

これでファーガソンも理解した。フレミングは彼を誘惑する気で、もしくはそう期待してここへ上がってきたのではない。ファーガソンが合意してくれるならセックスに金を払う気でいるのだ。払う気でいるのは、金ももらわずに自分に触りたがる若い男などいないとわかっているからであり、欲望をそそる若い男に触ってもらう快楽が得られるなら、その若い男を男娼に、尻にファックしてくれる男性版ジュリーに変えることも辞さないのだ（まあもちろん、そういう下卑た言葉で考えてはいないだろうが）。だがこれは娼婦と客との無名的なセックスではない。すでにたがいを知っている人間同士のセックスであって、そのことによって、金のやりとりは一種の慈善に変わる。年下の人間が切実に必要としている金を年上の人間が与え、その返礼として年上の男は別種の慈善を受けるのだ。ファーガソンの頭の中で思いはくるくる回り、一方では、たしかに遣える金は少ないけれどそれでべつに困窮しているわけじゃない、裕福な後援者の庇護下で暮らしているおかげで家賃はタダなんだし食事もタダで衣服まで買ってもらってるんだから、と思う反面、そうは言っても衣食住以外は一日十ドルでやっていかなくちゃいけなくて決して楽じゃないし、映画関連で買いたい本はたくさんあるのにそれも買えず、レコードプレーヤーが買えてレコードを集められたら夜に退屈なフランス・ミュジック局なども聞かなくて済むし、そう、もっと金があればもちろん助かる、もっと金があったらすごくいろんな面で生活はもっとよくなる、とも思ったが、ならば自分は、その金を得るためにフレミングが望んでいることをやる気があるか？　肉体的に不快だと思う人間とセックスをするのはどんな気持ちがするものか、いったいどんな感じなのか？　ひとたびその問いを自分に向けて発してみると、にわかに、そうした営みをサイドビジネスにしたらどれだけ儲かるだろうという思いが湧いてきた。金をもらって、孤独な中年のアメリカ人観光客と寝る。男たちを喜ばせる精力絶倫の若い男娼、女たち相手のチャーミングな若いジゴロ。それは倫理的に何か間違っている、その晩リサが何度かたびたび使った言葉で言えば何か邪悪（ウィキッド）なところがある、が、所詮単なるセックスであって、双方の人間が望むならセックスは決して間違っていない。金のことは度外視しても、その金を得んとして働いている最中に何度もオルガスムを味わうというおまけもついて来るのであり、考えてみればほとんど笑ってしまう話じゃないか――オルガスムとはこの世で唯一、金で買えない掛け値なしによいものなのだから。

　ファーガソンは身を乗り出し、言った。ヴィヴィアンはなぜあなたに、僕が金に困ってるって言ったんです？

　わからないよ、とフレミングは答えた。ただ単に君のことを私に話していたんだよ、それで……それで……彼女が言うには君が……何て言ったかな？……食うや食わずの暮らしだと。

　で、どうして僕があなたに優しくする気になると思ったんです？

　思ってなんかいない。そうしてくれたらいいなと願っただけさ。そういう……気持ちになっただけだ。

　どの程度のお金を考えてるんですか？

　わからないよ。五百フラン？　千フラン？　君から言ってくれよ、アーチー。

　千五百でどうです？

　た……たぶん大丈夫だと思う。確かめてみるよ。

　フレミングがジャケットの内ポケットに手を入れて札入れを引き出すのを見守りながら、自分が本当にこれをやろうとしているのだとファーガソンは実感した。毎月の小遣いとして両親から受け取っているのと同じ額と引き換えに、この太った禿げかけた男の前で服を脱ぎこの男とセックスするのであり、フレミングが札入れの中の金を数えはじめると、自分が怯えていること、死ぬほど怯えていることをファーガソンは悟った。それはニューヨークの〈ブックワールド〉で本を万引きしたときと同じ怯えだった。かつて胸の内で恐怖の焼け焦げ（シア・オブ・フィア）と形容したものによって、皮膚の下が熱くなる感覚が広がり、燃えるような熱さがまたたく間に体じゅうに行きわたって、頭がズキズキ疼いてほとんど興奮に変わっていく——そう、それだ、許されることの境界を越える恐怖と興奮、すでに有罪判決を受け半年刑務所で過ごしていたかもしれず、二度と境界に近寄るまいと肝に銘じてもおかしくなかったのに、ファーガソンはいまだ、子供のころの神じゃない神、ペテン師神を嘲り、降りてこい、僕を叩きのめしてみろ、と挑発している。そしていま、フレミングが百フラン札を十二枚と五十フラン札を六枚出して札入れを内ポケットにしまうと、ファーガソンは自分にとことん腹が立ち、自分の弱さがつくづく情けなく、フレミングに向かって話す自分の声にこもる残酷さに愕然とした——

　金を机の上に置け、アンドルー。そして明かりを消せ。

　ありがとう、アーチー。何と……何とお礼を言ったらいいか。

　フレミングを見たくなかった。目に入ってほしくなかった。見ないこと、目に入れないことによって、フレミングがそこにいないふりをしたかった。一緒にここまで上がってきたのは別の誰かであり、フレミングなんていう人間は今夜ディナーに来ていなかったしファーガソンはそんな人間に会ったこともなく、この地上にアンドルー・フレミングなる男が存在することすら知らないのだ。

　すべては暗闇の中で行なうのでないといけない。だから明かりを消せと命じたのだ。ところが、ファーガソンが椅子から立ち上がり服を脱ぎはじめると、廊下の電灯が点いた。ミニュトリ、と呼ばれる一分で自動的に消える照明が、一日中いろんな人によって何度も点灯されるのだ。そしてドアの立てつけは悪く、ドア枠とドアのへりとのあいだにはすきまがあったから、光が突如流れ込んできて、目がすでに闇に慣れたこともあってもはや十分暗いとは言えず、フレミングのいまや裸になった体のぼってりした輪郭が見てとれるくらい明るくて、下に深い作りつけの引出しが付いた木製のプラットホーム・ベッドによじのぼるときファーガソンは目を伏せてずっと床を見たままにし、ひとたびベッドに上がると、彼の裸の胸にフレミングがキスしはじめゆっくり硬くなっていくペニスに手を滑らせはじめるなか今度は目を上げて壁を見ていたが、ペニスがひとしきり愛撫されたのちフレミングの口の中に挿入され、さらに、されるがままに仰向けにされもはや壁を見られなくなると、今度は目を窓の方に向け、外の眺めを見れば中にいることを忘れられるんじゃないか、あまりに狭いこの部屋に囚われていることを忘れられるんじゃないかと思ったのだったがちょうどそのときふたたび廊下の電灯が点いて、窓は鏡に変わり、もっぱら中にあるものだけを映し出して、フレミングと一緒にベッドにいる自分が見えた――というより、ベッドの上でフレミングが自分の上に乗っていて、老いた男の平べったい、締まりのない尻が宙に突き上げられ……鏡となったその窓に映った情景を見たとたんファーガソンは目を閉じた。

これまでファーガソンはいつも、人と愛しあうとき目を開けていた。いつも大きく目を開けていたのは、相手を見るのが好きだったからであり、アンディ・コーエンとレ・アールの娼婦何人かを別とすれば、強く惹かれない相手と一緒だったことはなかったから、好ましいと思える相手に触り相手からも触られる快楽は相手を見ることによって高められたのであって、目も体のほかの部分同様に、肌とすら同等に快楽に関わっていたのに、それがいま、記憶している限り初めて目を閉じて事を行なっていて、そのせいでファーガソンは部屋から切り離され現在の瞬間からも切り離されて、ペニスを握って唾をかけてくれ、とフレミングから頼まれたさなかにもはや完全にはそこにいなくて、いまユニヴェルシテ通りの最上階の部屋のベッドで起きていることとは何の関係もない像を脳は次々生み出していて、オデュッセウスとテレマコス親子が抱きあって涙し、ファーガソン自身がブライアン・ミスチェヴスキのもう二度と見られも触れもしない美しい尻の丸い引き締まった半月二つに手を滑らせ、名字もわからずに終わったジュリーが死者のホテルの自室の剝き出しのマットレスに横たわって死んでいた。

そしていまフレミングがファーガソンに、中に入ってほしいと頼んでいた。お願いするよ、ありがとう、深く奥まで、一番奥まで入ってほしいとフレミングは言い、いまだ何も見ていないファーガソンは勃起した自分のそれを見えない相手の広々とした穴に挿し入れ、教授がうっと声を上げ、やがて低くうめき出し、ファーガソンのペニスが彼の中で動き回るなかなおもうめき続け、その苦しげな音の波を、何の覚悟もしていなかったファーガソンには塞ぎようもなく、見えるものについては覚悟していたのでなんとか消去できたが、この音はたとえ耳を塞いだところでやはり聞こえるままだろう、何ものにもこの音を止められはしない……と、突然それが終わった。ファーガソンの勃起が柔らかくなり、縮んでいき、もはや続けるのは不可能だった、勃起も行為ももう無理で、いまやすべて終わってしまい、ファーガソンは抜け出ていった、もう終わりだった、終わっていなかったけれど終わりだった、もう永久に終わりだった。

ごめんなさい、もう続けられません、とファーガソンは言った。

そうしてベッドの上でフレミングに背を向けて起き上がり、突然、ものすごい量の空気が肺の中に飛び込んできて、ファーガソンは危うく窒息しそうになり、それから、その空気がひとつの長いすすり泣きとなって肺から一気に出ていき、嘔吐のような音は大きな咳か犬の吠え声のようにやかましく、断ち切られた咆哮が喉笛からほとばしり出て周りの空間に飛び散り、ファーガソンは息をしようとゼイゼイ喘いだ。

こんなにひどい気持ちは初めてだった。こんなに自分を恥じたのは初めてだった。

両手で顔を覆ってしくしく泣くファーガソンの肩にフレミングは触れ、言った――悪かった、ここに誘ってこんなことをしてくれなんて頼むべきじゃなかった、いけないことだった、どうしてこうなったんだかわからない、でも頼むよ、そんなに落ち込まないでくれ、大したことじゃないんだから、二人とも飲み過ぎて頭がどうかしていたんだ、何もかも間違いだったんだ、さああと千フランある、あと千五百フランある、なあアーチー、この金を持って出かけて何か楽しいことに遣ってくれ、何かいい気分になることに。

ファーガソンはベッドから下りて、机に置いてある金を手に取った。あんたの汚い金なんか要るもんか、と言いながら札を握ってくしゃくしゃにした。一フランだって要るもんか。

そうして、裸のまま、部屋の北側の端に行き、細長い両開きの窓を開けてバルコニーに出て、握った札のかたまりを、冷たい一月の夜の中に放り投げた。

5.4

彼は十八、彼女は十六。彼は大学に進もうとしていて、彼女は高校の三年次を始めようとしていたが、もうこれ以上彼女のことを考えたり自分たちが未来を共にする運命にあるのかないのか悩んだりするのはやめて、彼女をテストする時が訪れたと決めた。リンダ・フラッグは三年前テストに落ちたが、エイミー・シュナイダーマンとデーナ・ローゼンブルームは二人ともパスした。そしてこの二人こそ彼がこれまで愛したただ二人の女の子であり、いまでもそれぞれを違う愛し方で愛していたが、エイミーはいまや彼の義理の姉だったし、こっちが向こうを愛したように愛を返してくれたことはどのみち一度もなかった。デーナはそんなに愛される資格もないくらい愛してくれたけれど、いまはもういなくなって、別の国に住み、彼の人生から永久に消えていた。

何もかもどこか狂っていることは承知していた。死んだアーティの妹と恋に落ちることによって、友の死の呪いが解けるのではという、午前四時に訪れるたぐいの危なっかしいロジック。でもそれだけじゃない、とも思った。日に日に可愛らしくなっていくシーリアに、自分は本気で惹かれている。痩せた父親の体形をシーリアは受け継いでいて、がっしりした体重過多の母親と遺伝的に似たところはない。とはいえ、めきめき美しくなって頭も間違いなくシャープなシーリアだが、いままで二人きりになったことは一度もない。葬式の日以来、彼女と口を利けばかならず同時に両親とも口を利いたのであって、どういう人間なのかまだ確かなことはわからない。ファーガソンのニューロッシェル訪問中、ディナーの席に大人しく座っている、素直でお行儀のいい、いかにも中流階級の女の子なのか、それとも、しっかり覇気のある女の子、しかるべき時が来たら彼が追いかけたいと思えるようなものを持った子なのか。

彼はこれを、ホーン&ハーダート入門試験と呼んだ。

もしシーリアが初めてオートマットに行って、彼が初めて行ったときと同じくらい――そして高校時代の恋人二人がだいたいいまの彼女の歳にそうだったのと同じくらい

——魅せられたならドアは開けたまま保たれ、彼はシーリアのことを思いつづけ、彼女が大きくなるのを待つ。もし魅せられなければ、ドアは閉まり、世界の誤りを正そうなんていう愚かな幻想は捨てて、二度とドアを開けようとも考えない。

九月初め、レイバー・デイのあとの木曜日、ニューロッシェルの家に電話をかけた。プリンストンに移るまであと二週間あるが、公立学校はもう始まっている。けれど土曜の午後ならシーリアも空いているのではと思ったのだ。今週が無理なら、来週の土曜でも。

電話に出て彼の声を聞いたシーリアは、次のディナーを設定するつもりで母親にかけてきたのだろうと思い、危うく受話器を置きそうになったが、彼はあわてて、いやいや君に用があるんだと伝え、新学期はどう、と訊き（まあまあ）、理科は生物、物理、化学のどれを取ってるのと訊き（物理）、それから、今週か来週の土曜、マンハッタンで落ちあってランチと映画に行かないか、美術館でもいいし、君がしたいことなら何でもいいよ、と誘った。

もちろん冗談よね、と彼女は言う。

なんで僕が冗談言うのさ？

だってそれは……まあいいわ、どうでもいいことよ。で？

ええ、空いてるわ、今週土曜の午後でも来週土曜の午後でも。

じゃあ今週の土曜で。

わかったわアーチー、今週の土曜で。

グランドセントラル駅で待ち合わせ、二か月半ぶりに会う彼女がとても可愛らしく見えたので彼は意を強くした。ニューロッシェルの小さな子供対象のデイキャンプで、ジュニアカウンセラーと水泳インストラクターをひと夏やっていたせいで、メープルシロップ色の滑らかな肌はほんの少し色が濃くなっていて、そのせいで歯と白目がいっそう澄んで輝いて見え、この午後着てきたシンプルな白のブラウスと空色の流れるようなスカートもよく似合っていたし、今日つけているピンクっぽい赤の口紅も白と青と茶から成る全体の色調にアクセントを加えていた。まだ暑い日なので、肩まである黒髪はダンサーのように丸くまとめていて、長い優美な首がむき出しになっている。こっちに歩いてきて彼と握手するその姿にファーガソンはすっかり感じ入り、この子はまだお前には若すぎるんだぞ、今日は単に仲のいい知り合い同士一緒に過ごすだけなんだからな、と自分に言い聞かせねばならなかった。いまのこの出会いの握手と、別れ際に交わすだろうもうひとつの握手を別とすれば、彼女に触るなんて考えることすら許されないのだ。

さ、来たわよ。教えてちょうだい、なぜあたしがここに来たのか。

東四十二丁目から北へ向かい、西五十七丁目の、六番街と七番街のあいだめざして二人で歩いていきながら、ファーガソンは彼女に、藪から棒に電話しようと思った理由を説明しようと試みたが、どう言ってもシーリアは懐疑的で、もうじき僕は大学に行くからこの秋は会う機会も少なくなるし、などといった無意味な言い訳にも納得せず首を振って、あたしに会うことがいつからそんなに大事になったの？　と訊き、僕たちは友だちだろう？　それで十分じゃないかな？　には、あたしたち友だちなの？　あなたとあたしの両親はまあ友だちみたいなものかもしれないけど、過去四年であなた、あたしに全部で百語も話してないのよ。生きてるかどうかもろくにわかってない人間と、なんで一緒に過ごしたいの？

この子には覇気がある、そこまでは確かだ、そこまでは決まりだ、とファーガソンは思った。考えていることを恐れずに言う、きちんとプライドを持った賢い女の子に成長したのだ。新たに身につけた自己主張の力と一緒に、答えようのない問いを発する能力も得たらしい。こんな問いには、どう答えてもまるっきり頭がおかしいみたいに聞こえてしまいそうだ。とにかく話にアーティを引き入れてはならないが、こうして自分の行為の動機に疑義をつきつけられたいま、これまで口にしたような貧弱な理由では駄目で、真の答えを明かさないといけない——彼女の兄に関する以外の、すべての真実を丸ごと。そこで今度は、こないだの晩に電話したのは本当に君に会いたかったからだ、と切り出し（それは嘘ではなかった）、二人きりで会いたかったのは、もうそろそろ、君の両親ともニューロッシェルの家とも切り離して君と一対一の関係を築く時だと思ったからなんだ、と言った。シーリアはそれでもまだ、そんな話をまったく信じようとせず、どうしてわざわざこんなことするの、もうじきプリンストンに行く人がどうしてただの高校生と一瞬でも一緒に過ごしたいと思うわけ？　と訊くので、ファーガソンはふたたび単純な、真実の答えを口にした。もう君は子供じゃなくなって、すべてが変わったんだよ、これからもずっと変わったままなんだよ。君は僕をずっと年上の人間として見る癖がついてるみたいだけど、実は二つしか離れていないんだよ、二つなんてじきに何の意味もなくなって要するに同い歳になるんだよ。たとえばね……と彼は義理の兄ジムの話を始めた。僕より四つ上なんだけど、最高の親友同士で、僕のことをまったく同等に見てくれるんだ、で、そのジムが心雑音と誤診されたおかげで徴兵検査に落ちてプリンストンの大学院に行くことにしたんで、僕たちは同時に同じキャンパスにいられることになったんだ、すごくラッキーだよね、会えるだけ会うつもりだよ、春か夏の初めに二人で旅行する計画も立ててるんだ、プリンストンからケープコッドまで歩いていくんだよ、岬（ケープ）の北端まで一度も車にも乗らず列車もバスも使わずに、自転車になんか絶対乗らずに。

シーリアも少し折れてきたが、それでもまだこう言った——ジムはあなたのお兄さんだもの、話は別だわ。

義理のお兄さんだよ、とファーガソンは言った。それだってこの二年間だけだし。

わかったわアーチー、あなたの言うこと信じる。だけどもしあたしと友だちになろうっていうんなら、お兄ちゃんみたいに、偽のお兄ちゃんみたいにふるまうのはやめないと駄目よ。わかった?

もちろん。

兄弟同然がどうだの、アーティがどうだのはもうなしよ。あたしはそんなの好きじゃないし、いままでだってそうだった。そんなの病んでるし、愚かだし、あたしにもあなたにも何の足しにもならない。

了解。もうやらない。二度と。

二人はちょうどマディソン・アベニューを西へ曲がって五十七丁目通りを下りはじめたところだった。それまで十五ブロックのあいだ、疑念、当惑、論争が続いた末に、ようやく停戦が宣言され、シーリアはいまや笑みを浮かべ、ファーガソンの質問に耳を傾け、もちろんオートマットくらい知ってるわよ、もちろんホーン&ハーダートだって聞いたことあるし、でも、いいえ、覚えてる限り中に入ったことはないわね、小さかったころにも一度も、認めた。それから、どんな感じなの、どうしていま行くの? と訊ねた。

行けばわかるよ、とファーガソンは言った。

とにかく彼女にテストをパスしてほしかったから、極力いい方に捉える気で、ルールも少しくらい曲げて、無関心を熱狂と同等視するくらいは辞さぬつもりだった。敵意、軽蔑のみ失格とする——それじゃまるっきり、リンダ・フラッグが店を見回して体重一五〇キロの黒人女性が死んだ赤子イエスがどうこうと呟いてるのを見たときに目に浮かべた嫌悪と同じだものな、などといった思いをそれ以上進める間もなく二人はすでにオートマットに到着し、クロームとガラスから成るそのキラキラ光る狂乱の箱に入ったとたん、シーリアの口から飛び出した言葉が、ドル札を五セント貨に両替するよりも前にファーガソンの懸念に終止符を打った——うわぁすごい、すごくケッタイでカッコいい。

サンドイッチを前に二人は席につき、話した。だいたいは夏の話で、ファーガソンはこの夏リチャード・ブリンカースタッフと一緒に家具を運搬し、墓地まで出かけて自分の祖母、ジムとエイミーの祖父を埋葬し、ささやかなサーガ『マリガン旅行記』を書き進めていた。全部で二十四章にするつもりなんだ、それぞれ五、六ページの章がどこか架空の国への渡航記で、マリガンがアメリカはぐれ者協会に宛てて書いた人類学的報告書の形になってるんだよ、もう十二章書いたんだ、プリンストンの勉強が大変すぎて続きが書けなくならないといいけどね。一方シーリアは、昼はプールで子供たちと一緒にバシャバシャやって、夜はカレッジ・オブ・ニューロッシェルの夜間クラスで三角法とフランス語の授業を受けていて、これで余分に単位が取れたら、来年各学期ひとつだけ余分に授業を取れば高校の課程を一年早く終えて秋からは大学に行けるんだと言った。どうしてそんなに急ぐの？　とファーガソンが訊くと、あんなしょぼい郊外の町に住むのは飽きあきなの、ニューヨークに移りたいのよ、バーナード、NYUどっちでもいいわ、とシーリアは答え、この早期脱獄の背後にあるもろもろの動機を彼女が列挙するのを聞いていたファーガソンは、突然自分の言葉を聞いているような眩暈を覚えた。シーリアが彼女自身の生活について言っていること、考えていることは、ファーガソンがもう何年も言ってきたこと、考えてきたこととほとんどそっくりだったのである。

　シーリアが優等にして野心に富む生徒であることを、ファーガソンは讃えはしなかった。そんなことをしたら次はきっと、アーティも成績優秀だったこと、一家が優等生の血筋であるらしいことに話が移ったにちがいない。代わりに、ランチのあとは何がしたいかシーリアに訊いた。映画もいろいろやってるよ、ビートルズの新作（『ヘルプ！四人はアイドル』）やゴダールの新作『アルファヴィル』も始まった、ジムは『アルファヴィル』をもう観てこのあいだもえんえん喋りまくってたよ、と言ってみたがシーリアは美術館か画廊の方がいい、映画だと二時間ずっと暗い中で他人が話してるのを聞いてないといけないけど絵を観るんだったら二人で話していられるからと言った。了解、そうだよね、とファーガソンは答え、だったら五番街へ出て北へ進んで〈フリック〉に行けばフェルメール、レンブラント、シャルダンが見られる、オーケー？　ええ、ばっちりOKよ。でもここを出る前にまずはコーヒーをもう一杯飲もう、とファーガソンは言って椅子からパッと跳び上がり、二つのカップを持って姿を消した。

　いなくなっていたのは一分だけだったが、そのあいだにシーリアは隣のテーブルに座った男に目をとめていた。小柄な老いた男で、さっきまではファーガソンの肩が邪魔してシーリアからは見えなかったのだが、補充したコーヒーとクリーム入れ二つをファーガソンが持って戻ってくると、シーリアはその男を、大きな動揺の色を目に浮かべて見ていた。どうかしたの、とファーガソンは訊いた。

　あの人のこと、気の毒で、とシーリアは言った。きっと朝から何も食べてないと思う。あそこにただ座ってカップの中をじっと見てるのよ、まるで飲むのが怖いみたいなのよ、だってあのコーヒーがなくなったらお代わりを買うお金はないから出ていかないといけないのよ。

ファーガソンもテーブルに戻ってくる際に男のことは目にとめていて、いまふり向いてもう一度見るのは失礼だろうと思ったが、たしかにさっきも、見るからに孤独なアル中の落伍者という感じだった。白髪交じりの髪はぼさぼさ、垢がたまった爪、悲しいレプラコーンの顔。最後の五セントを遣ってしまったというシーリアの推測はおそらくそのとおりだろう。

あの人に何かあげましょうよ、と彼女は言った。

そうだね、とファーガソンは答えた。でもあの人は僕たちに何かをくれと頼んだわけじゃないってことも考えないと。単に気の毒に思ったからって、ただあそこに行ってお金を渡したら気を悪くするかもしれない。そしたらせっかくこっちは善意でも、ますますひどい気分にさせてしまうかもしれない。

そうかもしれない、とシーリアはカップを持ち上げて口に持っていきながら言った。でもそうじゃないかもしれない。

二人ともコーヒーを飲み終え、席を立った。シーリアは財布を開けて、隣のテーブルに座った男の方へファーガソンとともに向かいながら、財布の中に手を入れて一ドル札を一枚引っぱり出し、男の前に置いた。

どうかこれで、何か食べるものを買ってください、とシーリアは言い、すると老いた男は札を摑んでポケットに入れ、顔を上げ彼女を見て言った――ありがとう、お嬢さん。あなたに神のご加護がありますように。

あとのことはあとのこと。きっと満ち足りた学ぶところ多き「あと」、いくつもの午後と願わくはいくつもの夜から成る「あと」を、素晴らしい、だがいまだ若すぎるシーリアと過ごすのだろう、けれどいまはいま、そしていま世界はニュージャージー中央部にあるクランベリーの湿地と沼っぽい低地へと移動しつつあり、いま世界の主眼は八百人の新入生の一人として新しい環境に適応することだった。自分という人間は十分わかっていたから、たぶん溶け込めないとは予想していたし、好きになれないところもいろいろあるだろうと思った。けれど好きになれるところは最大限追求する気だったし、そのために、プリンストンに向けて発つ前に五つの個人的戒律を定め、最後までずっと守り抜くつもりだった。

1) 週末は極力ニューヨークで過ごす。七月に祖母が突然の痛ましい死を遂げ(鬱血性心不全)、男やもめとなった祖父はファーガソンに西五十八丁目のアパートメントの鍵を渡してくれて、客用寝室を好きなだけ使っていいと言ってくれた。これで夜いつでも泊まれる場所が出来たわけである。その部屋が約束されたことで、欲望とチャンスとがいつになく合体することになった。大半の金曜の午後、ファーガソンはキャンパスを出て一両のみのシャトル（ザ・ディンキーの名で知られる——しょぼい郊外の町（ディンキー・サバーバン・タウン）のディンキーだ）に乗ってプリンストンからプリンストン・ジャンクションまで行き、もっと長くもっと速い列車に乗り換え、北へ疾走してマンハッタンのミッドタウンに着く。古い美しいペン・ステーションは一九六三年に取り壊され、いまあるのは新しい醜いペン・ステーションだが、建築上のヘマはさておきいまもニューヨークであることに変わりはなく、ニューヨークへ行く理由はいくらでもあるのだ。まず消極的な理由としては、プリンストンの息苦しさをしばし逃れてつかのま新鮮な空気が吸え（まあニューヨークの空気そのものは新鮮とは言いがたいが）、キャンパスで過ごす時間が少しは苦しくなくなり、若干（息苦しいなりにも）快くさえなるかもしれない。積極的な理由は、過去の理由と同じ、街の濃密さ、巨大さ、複雑さ。もうひとつの積極的な理由は、祖父と共に過ごす時間が持てるし、ノアとの交友も保てること。この二点目は大事だ。大学でも友人を作るだろうし、作りたい、作ろうという気でいるが、新しい友人の誰か一人でも、ノアほど大切な存在になるだろうか？

　2）創作の授業は取らない。これは困難な決断だったが、最後まで守りとおす気だった。困難というのは、プリンストンの学部生対象の創作プログラムは全米でも有数の長い伝統があるしっかりした授業で、これを受講すれば、いま書いている本をそのまま書きつづけることで単位が取れるのであり、すなわち事実上、毎学期一コース分負担が軽くなるわけで、書く時間はもとより、本を読む・映画を観る・音楽を聴く・酒を飲む・女の子を追いかける・ニューヨークへ行く等々の時間も増える。が、ファーガソンは創作を教わるということに原理的に反対していて、小説を書くという行為は教えられるものではないと確信し、未来の作家はみな自分でやり方を身につけていくしかないと思い定めていたのであり、おまけに、この手のワークショップなるもののやり方を聞いたところでは（ワークショップと聞くと決まって、部屋中に若い弟子たちがいて板を鋸（のこぎり）で切り釘を打ち込んでいる情景が浮かんだ）、学生たちはたがいに仲間の作品にコメントするよう奨励されるという。そんなのまるっきり馬鹿げている（無知が無知を導く！）と思えた。だいたいなんで、阿呆な学部生に自作を無茶苦茶に切り刻まれる場に立ち会わなくちゃならないのか。自分の作品は並外れて奇妙で分類不能なのだ。絶対に眉をひそめられ、実験的なガラクタと切り捨てられるに決まっている。書いたものを年上の、経験豊富な人間に見せて、一対一で批評をもらったり話しあったりする分には反対しないが、グループでやるなんて考えただけでゾッとする。そうやってゾッとするのは自分の高慢ゆえか、あるいは（パンチを喰らうことの）恐怖ゆえか、どちらなのかはそれほど重要ではない。重要なのは、ファーガソンが自分以外の人間の作品なぞ最終的にはどうでもいいと思っていることだ。なんでわざわざ興味あるふりをしなくちゃいけない？　ミセス・モンローとはまだ連絡を取っていたし（『マリガン旅行記』の最初の十二章も読んでくれて、パンチはなし、キスが十二、実に鋭いコメントもいくつかもらった）、万一彼女に頼めなくても、信頼できる読み手としてはほかにダン伯父さん、ミルドレッド伯母さん、ノア、エイミーがいるし、万一行き詰まって、これら信頼できる人たちの誰とも接触できないとなったら、ロバート・ネーグル教授の研究室に行って、プリンストン最良の文学的精神に助けを請うのだ。

３）食事クラブには入らない。クラスメートの四分の三は入ることになるが、ファーガソンは興味がなかった。食事クラブは友愛クラブ（フラターニティ）と似ているが同一ではない。よその場所では新人勧誘をラッシュと呼ぶがここではビッカー（諍（いさか）う）という言葉を使う。いかにも由緒ある、うしろ向きの、プリンストンの一番気に入らない部分を感じさせる制度だ。クラブに近寄らず独立に徹することで、この息苦しい場所のとりわけ息苦しい側面から離れていられて、プリンストンにいることの鬱陶しさも少しは減るのではないか。

４）野球禁止令は継続し、野球そのものはむろん、ソフトボール、ウィッフルボール、スティックボール、キャッチボールを含むいっさいの派生物も禁止、野球ボールの代わりにテニスボール、ピンクのゴムボール、さらには丸めた靴下を使うのも不可。高校を去ることでこれはだいぶ楽になるだろう。ファーガソンが将来有望な優れたプレーヤーだったことを覚えている野球仲間とも、もう顔を合わせなくて済む。野球をやめるというファーガソンの決断に面喰らった彼らは、彼が口にした偽の口実にも納得せず、いったいどういうことなのかと高校のあいだじゅうずっとしつこく問いつづけたが、有難いことにそれももう終わる。とはいえ、コロンビア高の教室と廊下は逃れたとしても、これから行こうとしているのは、全米でも有数の高スポーツ熱大学のひとつであり、一八六九年には史上初の大学間フットボールの試合をラトガーズ相手に行ない、つい六か月前にはＮＣＡＡ（全米大学競技協会）のバスケットボール選手権でトップ４入りしてアイビーリーグで初めて三位となり、ビル・ブラドリーとミシガン大キャジー・ラッセルとの主役対決は全米の話題となったし、プリンストンの勝利に終わった敗者復活戦ではブラドリーが前代未聞の五十八得点を挙げ、きっと依然キャンパスでは語り草となっているにちがいない。そこらじゅうスポーツ選手がうようよいて、ファーガソンも自然な心情としては、飛び込んでいっていろんなゲームに参加したいところだ。が、それもせいぜいハーフコート・バスケット、タッチ・フットボール程度にとどめないといけない。今後、シーリアの亡き兄を偲んで避けることを誓ったスポーツに加わりたいという誘惑を避けるため、ファーガソンは八月末、過去四年間自室の棚に置いていた野球用具一式（バット二本、スパイク一足、ルイス・アパリシオ＝モデルのローリングス社製グラブ）を、ウッドホール・クレセントの隣の家に住んでいる痩せっぽちの九歳児チャーリー・バッシンジャーにあげてしまった。さあこれ、僕はもう要らないから、とファーガソンはチャーリーに言い、若きバッシンジャーは顔を上げて、お隣の尊敬して止まない、もうじき大学生となるお兄ちゃんに何を言われたのかうまく呑み込めないまま、え、くれるの、アーチー？　と訊いた。そうだよ、あげるんだよ、とファーガソンは答えた。

5）父親にこちらからは接触しない。もし向こうから連絡してきたら、応答するか否かは慎重に考えるが、まあたぶんしてはこないだろう。最後に交わした通信は、六月、ファーガソンが卒業祝いの礼を述べた父親宛の短信である。その小切手が届いた日はとりわけ恨みがましい、絶望した気分だったから（その日デーナがイスラエルに発ったのだ）、金の半分はＳＮＣＣに、半分はＳＡＮＥに寄付すると父に告げたのである。父が喜んだとは考えにくい。

不安と胸騒ぎ、気後れと更なる気後れ。バンに乗ってその朝、大学生活の湿地と沼地へ向かうなか、あれでもし母親とジムが一緒にいてくれることもなかったら、たぶんシャツに朝食半分が飛び散った姿でよたよたバンを降り、プリンストンの露に濡れた芝土に立ったことだろう。

一家全員にとって緊張に満ちた一日だった。ダンとエイミーは別の車に乗ってブランダイスに北上し、ファーガソン一行はアーニー・フレイジャーがタダで貸してくれた白いシボレーのバンに乗って南へ向かい、霧雨の降るなかニュージャージー高速道を進んで、ジムが運転席に座りファーガソンと母親はその横に並び、後部席は毛布、枕、タオル、衣服、本、レコード、レコードプレーヤー、ラジオ、タイプライター、と義理の兄弟二人が所有するいかにもありがちな物たちがぎっしり天井まで積み込まれ、折しもファーガソンは五つの戒律の最初の三つを皆に聞かせたところであり、ジムは首を横に振りふり謎めいたシュナイダーマン的笑みを浮かべている。それは思考と内省の微笑であり、ゲラゲラ笑いの手前だったりゲラゲラ笑いをほのめかしたりする薄笑いではなかった。

気楽に行けよ、アーチー、とジムは言った。まるっきり真面目に考えすぎだぞ。

そうよアーチー、と母親も口をはさんだ。けさはいったいどうしたの？　まだ着いてもいないのに、あんたったらもう、どうやって逃げるかばかり考えて。

怖いんだよ、それだけさ、とファーガソンは言った。どこかの極右反ユダヤ地下牢に迷い込んで、二度と生きて出てこられないんじゃないかって。

これには義理の兄もゲラゲラ笑った。

アインシュタインがいるじゃないか、とジムは言った。リチャード・ファインマンもいるじゃないか。プリンストンではユダヤ人を殺したりしないよアーチー、袖に黄色い星を着けさせるだけさ。

今度はファーガソンが笑った。

ジム、そんな冗談言っちゃ駄目よ、と母親は言った。そういうこと冗談にすべきじゃないわよ。だがじきに母もゲラゲラ笑っていた。

約十パーセントと聞いてる、とジムは言った。全国平均よりずっと高い。全国は……ええと……二パーセント？　三パーセント？

コロンビアは二十か二十五パーセントだよ、とファーガソンは言った。

そうかもしれない、とジムは答えた。でもコロンビアは君に奨学金をくれなかった。

ブラウン・ホール三階、二人用寝室が二つあって一年生が四人住むのに十分広く、真ん中にコモンルームとバスルームがある。ブラウン・ホール、ルームメートの名はハワード・スモール、がっしりした体つきで背は一八〇あたり、澄んだまなざし、静かな自信を感じさせる雰囲気、自分にしっくりなじんでいる人物のオーラ。初めての握手もがっしりした、だが骨が折れそうながっしりすぎる握手ではなく、そして次の瞬間身を乗り出してファーガソンの顔をしげしげと眺めるので、妙なことをするものだと思ったが、そこでハワードが質問を発し、それによって妙なことは全然妙でなくなった。

君、コロンビア高校の出じゃないよな？

実はそうなんだ、とファーガソンは答えた。

そうか。で、コロンビアでバスケットの二軍チームでプレーしたりしてないか？

したよ。二年のときだけだけど。

やっぱりどこかで見たと思ったんだ。フォワード、だったよな？

左。左フォワード。で、君は右だな。どうしてだかよくわかんないけど、とにかく君は右だ（"you're right"は「君は右だ」「そのとおり」を掛けたジョーク）。

俺はあの年ウェストオレンジの二軍チームで補欠だったんだ。

ということは……実に興味深い……僕らはすでに二度すれ違っているわけだ。

知らずに二度すれ違ってる。ホームゲームで一度、アウェーゲームで一度。で、君と同じで俺もあの一シーズンでやめた。けど俺はまるっきり才能なし、最低もいいところだった。君はけっこう上手かったよな。ひょっとしてすごく上手かったかも。

悪くはなかった。けど要は、これからもサポーターのことを考えつづけたいか、それともパンティとブラにしっかり目を向けたいかってことでさ。

二人ともニヤッと笑った。

じゃ、難しい選択ではなかったと。

ああ、少しも辛くなかった。

ハワードは窓辺に歩いていき、キャンパス全体を手ぶりで示した。見ろよこの場所、と彼は言った。アール公爵の山荘とか、超大金持ち相手の精神病院とか思い浮かべるよな。素晴らしきPU、俺を入れてくれて感謝、この豪勢な構内も感謝。だけどひとつ説明してくれるかね。そこらじゅう、何であんなにたくさん、黒いリスが跳ね回ってるんだ？ 俺の経験じゃリスってのはいつも灰色だったのに、ここプリンストンじゃみんな黒だ。

装飾プランの一環だからさ、とファーガソンは答えた。プリンストン・カラーは覚えてるだろ？

オレンジと……黒。

そのとおり、オレンジと黒。これであとオレンジのリスが見えたら、黒いのがいることにも納得するさ。

ファーガソンのそこそこ愉快な、そこそこ間の抜けたジョークにハワードはあははと笑った。そしてハワードが笑ってくれたおかげで、ファーガソンの胃のもつれも少し緩んできた。もしかりにPUが敵意の場、失望の場だったとしても、とにかく一人は友がいる。新たなルームメートが笑うのを聞いて、少なくともそう思えた。そして何たる幸運、第一日目の最初の一時間の最初の数分でその友に会えたとは。

二人とも包みや箱や鞄の中身を空ける作業に携わりながら、ハワードがマンハッタンのアッパー・ウェストサイドで人生を始めたのち十一歳のときに父親が州立モントクレア大学の学生部長に任命されて郊外の住人となったことをファーガソンは知らされた。面白いことに、どうやら自分たち二人は過去七年間、たがいに十キロ前後しか離れていないところにいながら、高校の体育館の硬木の床の上でつかのま二度交差しただけだったらしい。そしていま、同じ監房に放り込まれた他人同士の常として二人はたがいに探りを入れ、自分たちの好き嫌いがそれなりに一致していることがすぐさま明らかになったが、全部一致しているわけではむろんなく大半は一致しているとさえ言えないようだった。たとえば二人ともヤンキースよりメッツを好むが、ハワードは二年前にガチガチのベジタリアンになった一方（動物を殺すことに倫理的に反対なのだという）、ファーガソンは何も考えない根っからの肉食動物であり、ハワードは時おり煙草を嗜む程度なのに対しファーガソンは毎日キャメルを十本から二十本消費する。本、作家はバラバラだが（ハワードはアメリカの現代詩やヨーロッパ小説をほとんど読んでいないがファーガソンはその両方にますますのめり込んできている）、映画の趣味は不気味なほど重なっていて、五〇年代のベストコメディは二人とも『お熱いのがお好き』、ベストサスペンスは『第三の男』だとわかるとハワードは突如熱狂し、ジャック・レモン（『お熱いのがお好き』の主演男優）とハリー・ライム！（『第三の男』でオーソン・ウェルズが演じた人物）と口走り、次の瞬間にはもう机に向かってペンを摑み、レモン対ライムのテニスマッチの漫画を描いていた。ルームメートが驚くべき才を発揮してスケッチをささっと仕上げるのをファーガソンは唖然として見守った――レモンの方が高さも幅も上でちゃんと手も足も生えていて右手にはラケットを持ってプレーし、より小さく丸っこく滑らかなライムにも同様に手足があってラケットを持ち、それぞれ顔は元祖レモン（ジャック）、元祖ライム（ハリー、すなわちオーソン・ウェルズ）に似ていて、ハワードはさらにネットを描き加え、宙を飛ぶボールを描いて出来上がりだった。ファーガソンは腕時計を見た。一筆目から最後まで三分。ひょっとすると二分。

参ったな、君ほんとに描けるんだな、とファーガソンは言った。

レモン対ライム、と讃辞を無視してハワードは言った。それなりに可笑しいだろ？

それなりどころか、ものすごく可笑しい。これってけっこう行けるかも。

間違いない、とファーガソンは言ってハワードのペンを指先でとんとん叩いてウィリアム・ペンと言い、それから絵を指先でとんとん叩いて対パティ・ページと言った。

おお、そうだな！　これっていくらでもやれるな。

その後数時間、荷をほどき住まいを整えながら二人はこれを続けた。食堂でランチを食べるあいだも継続し、午後一緒にキャンパスをぶらぶら回ってそのままディナーに突入したときもまだやっていて、もうそのころには四十か五十のペアが出来ていた。初めから終わりまで二人ともずっと笑いっぱなしで、時にはあまりに激しく、ものすごい長時間笑うものだから、ファーガソンはふと、生まれてこの方こんなに笑ったことってあったろうかと考えてしまった。涙が出るほど、窒息しそうなほどの大笑い。家を出てきたばかりの、すでに書かれた過去といまだ書かれざる未来との境界に立つ若き旅人の恐怖と戦きを鎮めるのにもってこいの娯楽。

体の部分で行こう、とハワードが言い、少し経ってからファーガソンが、レッグズ・ダイアモンド対ラーニッド・ハンド、と答えた。また少ししてハワードが、イーディス・ヘッド対マイケル・フット、と打ち返してきた。

ぴちゃぴちゃの物体で行こう、H_2Oさまざまの状態どれでも、とファーガソンが言った。ハワードが、ジョン・フォード（浅瀬）対ラリー・リヴァーズ、クロード・レインズ対マディ（ぬかるんだ）・ウォーターズ、と来た。ファーガソンもしばしじっくり集中した末、二組のペアを返した――ベネット・サーフ（波）対トゥーツ・ショア（岸）、ヴェロニカ・レイク対ディック・ダイヴァー。

虚構の人物も入るのか？　とハワードが訊いた（ディック・ダイヴァーはF・スコット・フィッツジェラルドの小説『夜はやさし』の主人公）。

いいじゃないか？　何者だかわかってる限り、本物の人間に負けずリアルさ。だいいち、ハリー・ライムはいつ虚構の人物であることをやめた？

おっと、ハリー君を忘れてた。それじゃ、C・P・スノウ対ユーライア・ヒープ（積もったもの）と行くぜ（ユーライア・ヒープはディケンズ『デイヴィッド・コパフィールド』の登場人物）。

あるいは英国紳士二人――クリストファー・レン（ミソサザイ）対クリストファー・ロビン（コマツグミ）。

決まったな。じゃ次は王侯貴族だ、とハワードが言い、長い間があったのちファーガソンが、オレンジ公ウィリアム対ロバート・ピール（オレンジなどの皮）と言った。間髪を容れずハワードが、串刺し公ヴラドと肥満王カール、と返した（「肥満」＝the Fatは「脂肪」の意にもなる）。

アメリカ人行くぞ、とファーガソンが言い、その後一時間半で以下の成果を二人は挙げた。

コットン・マザー対ボス・ツイード。

ネイサン・ヘイル（壮健）対オリヴァー・ハーディ（屈強）。

スタン・ローレル（月桂樹）対ジュディ・ガーランド（花輪）。

W・C・フィールズ（野原）対オードリー・メドウズ（草地）。

ロレッタ・ヤング対ヴィクター・マチュア（大人の）。

ウォレス・ビアリー（ビールのような）対レックス・スタウト（黒ビール）。

ハル・ローチ（ゴキブリ）対バグズ（虫）・モラン。

チャールズ・ビアード（髭）対ソニー・タフツ（房）。

マイルズ・スタンディッシュ（ペン立て）対シティング（座っている）・ブル。

どんどん続き、どんどんくり出し、ようやく夕食を終え部屋に戻ってペアをすべて書き留めようとすると、思いついた半分以上は頭から消えてしまっていた。

もっときちんと記録しておかないとな、とハワードは言った。何はともあれ、この手のアイデアは高度の可燃性物質から生まれるってことはよくわかった。ペンか鉛筆を常時持ち歩かないと、やったことの大半は忘れちまう。

ひとつ忘れるごとに、いつだってまたひとつ作れるさ、とファーガソンは言った。たとえば今度は甲殻類、しばらく網を張る、で、突然、バスター・クラブ（蟹）対ジーン・シュリンプトン。

ナイス。

あるいは音。森の中の可憐な歌声、ジャングルの大いなる咆哮、と来ればライオネル・トリリング（さえずり）対ソール・ベロー（吠え声）。

それか、犯罪と戦う人間で、住所の入った名前の秘書かガールフレンドがいる奴。

わからん。

ペリー・メイスンとスーパーマンと来て、デラ・ストリートとロイス・レーン。

巧い。実に巧い。じゃ今度は浜辺の散歩だ、たちまち見えるはジョルジュ・サンド対……ローナ・ドゥーン（砂丘）。

そいつは描いたら面白そうだ。砂時計がクッキーとテニスしてる（砂時計を組み込んだ変わり種クッキーへの言及）。

ああ、けどヴェロニカ・レイク対ディック・ダイヴァーは？　いろいろやれそうだぜ。

そそられる。すごくセクシーだ、ほとんど卑猥なくらい。

指導教官はネーグルだった。ネーグルが担当している〈翻訳で読む古典文学〉は、ほかのどの授業にも増して精神の滋養となってくれていた。奨学金に関しても、ファーガソンを一番積極的に推してくれたのはまず間違いなくネーグルで、本人は何も言わなかったが、彼が期待してくれていること、自分の成長に格別の関心を寄せてくれていることがひしひしと感じられ、甚だしい混乱に陥っても不思議はない目下の過渡期にあって、これは心の平静に決定的な違い――場違いなところにいる気がしてしまうか、ここが自分の居場所かもしれないと思えるか――を生んだ。学期最初のレポートを出す段になり、『オデュッセイア』第十六巻のオデュッセウスとテレマコスの父子再会の場面に関する五ページの論を提出すると、返却された最後のページの一番下に、ぶっきらぼうなメッセージが殴り書きされていた――**悪くないぞ**（ノット・バッド）、**ファーガソン、その調子だ**（キープ・イット・アップ）。ファーガソンはこれを、無駄口を叩かぬこの教授なりの褒め言葉として受け取った。よくやった、まあ最高の出来とまでは行かないが、とにかくよくやった、というメッセージ。

一学期を通して、一週置きの水曜日に、ネーグルとその妻スーザンが、一年生の指導学生六人を、アレグザンダー・ストリートにある小さな自宅での午後のお茶に呼んでくれた。ネーグル夫人は丸っこい体で髪は褐色（ブルネット）、ラトガーズで古代史を教えていて、痩せて面長の夫より頭一個分背が低い。彼女がお茶を注ぎ、夫はサンドイッチを出してくれる。あるいは夫がお茶を注いで彼女がサンドイッチを出してくれる。ネーグルが肱掛け椅子に座って煙草を喫いながら学生何人かに向かって話したり彼らの話を聴いたりし、ミセス・ネーグルはソファに座って残りの学生に向かって話したり彼らの話を聴いたりしている。二人のネーグルはたがいに息が合っていて、だが冷ややかに礼儀正しくもあり、そんな彼らを見てファーガソンは、この人たちは八歳の娘バーバラに聞かれたくないことがあったら古代ギリシャ語で会話するんじゃないかと思ったりもした。前々からファーガソンは、格式ばったお茶の会なんて最高に退屈なたぐいの社交だと思っていたが（実際に行ったことは一度もなかった）、ネーグル家の九十分パーティはとても楽しく、教授の言動を見るもうひとつのチャンスでもあったから極力休まないよう努めた。教室や研究室では決して政治、戦争、時事問題の話をしないネーグルだが、公の場で見せる以上のものがこの人物にはあることがここでわかった。招く六人の指導学生の顔ぶれを見ても、ユダヤ系二人、外国人留学生二人、黒人二人。一年生八百人全員のうち黒人は十二人（たったの十二人！）だけだし、ユダヤ系にしてもせいぜい六、七十人、外国人学生はその半分か三分の一というところである。明らかにロバート・ネーグルは、アウトサイダーたちの面倒を見よう、この剣呑（けんのん）でよそよそしい場で彼らが溺れてしまわぬよう手を貸そうとひっそり決めているのだ。それが政治的信条ゆえか、愛校心ゆえ、それとも単純な親切心ゆえかはともかく、周縁にいる者たちの居心地をよくしようと、できるだけのことをやってくれているのである。

　ネーグル、ハワード、ジム。あたふたまごついている奨学生としての、もう大人になったつもりでいたのにまた不安で不安定な子供時代に退行しつつある若者としての新しい人生最初の一か月、この三人がファーガソンを支えてくれた。ハワードは単なる漫画の鬼にして活気あふれる知恵者というにとどまらず、しっかり考える力を持った人間、真面目な学生であり、哲学を専攻しようと考えている。他人を気遣い、おおむね一人で自足していて、ファーガソンに多くを求めもしなかったから、ファーガソンとしても、部屋をシェアしていてプライバシーを圧迫されているような気にならずに済んだ。実のところこの点をファーガソンは何より恐れていた。誰かと一緒に、広いとは言えない部屋に入れられるなんて、いままでキャンプ・パラダイスで、カウンセラー二人、男子七人とキャビンに寝泊まりさせられた経験があるだけで、家ではいつも自室の聖域に避難できたし、ウッドホール・クレセントの新しい家でもエイミーが隣の部屋にいてドアを乱暴に閉めたり音楽をガンガン鳴らしたりはしてもとにかく四つの壁に囲まれた逃げ場があった。それが寮に入って、もう一人の人間がほんの二メートル前後のところでベッドに横になっていたり机に向かっていたりしていたら、読むこと書くこともできないんじゃないか、考えることすらできないんじゃないかと心配だったのだ。

聞けば実はハワードも、やはりずっと個室で育ってきて、同じ至近距離問題で気を揉んでいたことが判明した。オリエンテーション週間三日目に腹を割った会話を二人は交わすに至り、一人になる機会がないのではと恐れていること、一人の肺からもう一人の肺へ移動する空気の量が多すぎるのではないかと心配していることを打ちあけあった。そこで二人は、これならやって行けるのではと思える方法を考え出した。コモンルームをはさんだ向こう側の二人用寝室には、ヴァーモント出身の医学生ウィル・ノイズと、アイオワから来た数学の天才ダドリー・クランツェンバーガーの二人がいる。そこでこの二人が寝室にいるか出かけているかでコモンルームに誰もいないときは、ファーガソンとハワードのどちらかが寝室で読む・書く・考える・勉強する・絵を描くに携わり、もう一方はコモンルームを使う。そしてノイエスとクランツェンバーガーのいずれか一方、もしくは両方がコモンルームにいるときは、交代でどちらかが図書館に行き、もう一方が寝室にとどまる。この方針で二人は合意したが、いざ学期が本格的に始まり、二週間ばかりやってみると、二人とも相手がいる状態にすっかりなじんでしまい、用心のためのルールはもはや適用されなくなった。二人とも気の向くままに出たり入ったりし、たとえ二人同時に部屋にいることになっても、長いあいだ黙ったまま営みを続けられて、たがいの思考を邪魔したり、二人で共に吸っている空気を汚染したりもせずにいられることがわかった。潜在的な問題は時に本物の問題となり、時にはならない。これはならなかった。十月一日にはもう、ブラウン・ホール三階のその部屋の住人二人は、さらに八十一のテニスマッチを考案していた。

ジムもジムでやはり新しい環境に適応している最中で、競争の激しい物理学科の大学院一年生としてあれこれ試行錯誤していた。黒いリス天国での初期の日々、キャンパス外のアパートにルームメートと住んで、義理の弟に劣らず緊張を抱えていたが、それでも二人は毎週火曜の晩に一緒に夕食を食べるようにしていた。ジムのアパートで、ルームメートでニューデリー出身のMIT院生レスター・パテルも加わってのスパゲッティディナーか、ナッソー・ストリートにある混みあった狭い店〈バズ〉でのハンバーガーか。また十日かそこらに一度は、ディロン・ジムで一対一のバスケットを一時間半プレーし、ファーガソンは自分よりわずかに背も高く能力もわずかに上のシュナイダーマンにどうしても勝てなかったが、これじゃやっても意味はないと思ってしまうほどの惨敗では決してなかった。授業が始まって二週間ばかり経ったある晩、ジムはふらっとブラウン・ホールに訪ねてきて、ファーガソンとハワードの両方と話し込み、ハワードがこれまでに作ったテニスマッチのリストを引っぱり出して、それに添えた絵もいくつか見せると（ネットの一方の側でクロード・レインズが雨粒の集まりになっていて、反対側ではマディ・ウォーターズが腰まで泥にまみれている）、ジムはファーガソンとハワードがこのゲームを編み出したときと同じくらい大笑いし、そんなふうに腹を抱えて笑っているジムを見ていると、彼の人の良さがしみじみ伝わってくるとファーガソンは思った。これってシーリアがホーン&ハーダート入門試験をパスしたときに彼女の人の良さが伝わってきたのと同じだ――どちらの場合も、相手が同好の士であることが証され、ファーガソンと同じく無茶苦茶な組合せやら似たもの似ていないものの突拍子もないつながりやらを面白がれる人間であることが判明したのだ。残念ながら誰もがホーン&ハーダートの、五セントをスロットに入れるオートメーション料理の詩的な美に惚れ込むわけではないし、誰もがテニスマッチを見てゲラゲラ笑い出しはせず、ニコリともしないことだってある。ファーガソンとハワードが見守る前で、ノイズもクランツェンバーガーもそれぞれまるっきりの無表情でペアを一つひとつ見ていき、それが笑えるものだということを理解せず、物を表わす言葉が名を表わす言葉にもなったときに生じる二重性の可笑しさも感じ取れず、物＝名の言葉が二つ組み合わさったときに人を思いも寄らぬ高笑いの領域に飛躍させうることにも思い至らず、要するにこの実直にして何事も文字どおりにしか受け取らぬ隣の部屋の住人二名相手にテニスマッチはまったくの失敗に終わったわけだが、しかるにジムはもうとことん笑いまくって、横腹を押さえつけ、こんなに笑ったのは何年ぶりかだぜと言い、ここでもまたファーガソンは、おなじみの解決不能と思しきパンチ＝キス問題に直面した。〈何〉はそれ自身であることによってしかそれ自身を語ることができず、したがってつねに〈誰〉に左右されるほかなく、つねに〈何〉はひとつであり〈誰〉は大勢いるから、最終的に物事を決定するのはつねに〈誰〉であって、たとえその〈誰〉の判断が間違っているとしても同じことなのだ――書物とか八十階建てビルの設計とかいった大きなことであれ、無害で馬鹿っぽいジョークのランダムなリストのような小さいことであれ。

ほかの教師の授業は〈翻訳で読む古典文学〉ほど刺激的ではなかったが、まあそれでも十分面白く、新しい環境になじむのに要する作業と、それらの授業（一年生必修の韻律学と作文、ラファーグのフランス文学入門、ベイカーのヨーロッパ小説一八五七―一九二二、マクダウェルのアメリカ史I）とで、最初の一か月はマリガンのことを考える暇もほとんどなく、少しでも時間が出来ればニューヨーク行きに使った。

祖父は秋と冬まるまるフロリダに行っているので、西五十八丁目のアパートはいつでも自由に利用できて、完全に、爽やかに一人きりになれるというおまけもついた。さらに、電話がタダでかけられるという贅沢も付随していた。祖父からはっきり、口がムズムズしてきたら電話を使え、料金のことは心配するな、と言ってもらったのである。もちろんそうはいっても、ある程度の抑制は前提とされている。ファーガソンが調子に乗って法外な長距離電話料金を祖父に押しつけたりはしない、という暗黙の了解がそこにはあるのだ。したがって、イスラエルのデーナにかける、などといった可能性は排除されている（まあもし番号がわかったら本当にかけてしまったかもしれないが）。とはいえ国内戦線に関しては、おかげでさまざまな人間と接触を保つことができた。相手は全員女性だった。彼が愛している女性、愛していた女性、今後あるいはまもなくあるいはいますぐ愛するようになるかもしれない女性。

義理の姉エイミーはブランダイスで反戦運動に没頭していた。この運動、キャンパスで一番興味深い人間を片っ端から引き寄せてるのよとエイミーは言った。たとえば去年フリーダム・サマーにボランティアで加わっていた四年生マイケル・モリス。ファーガソンとしてはとにかくこの人物が、エイミーが高校のときに心を献げた、二枚舌で人を欺き約束を踏みにじるローブの野郎よりはましでありますようにと祈った。あれはエイミーの無垢ゆえの過ちだったのか、それとも前の家の裏庭での蛍の夜に未来の義弟を拒絶したがゆえ彼女は何度も何度も間違った男に溺れる宿命にあるのか？　気をつけなよ、とファーガソンはエイミーに言った。そのモリスって奴、いい奴だと思えるけど、ほんとに正体がわかるまでは深入りしちゃいけないよ。人生相談の回答者の任を自ら買って出たファーガソンは、自分はまるっきり何も知らない事柄について忠告を与えまくった。あるいはそれは、微妙に擬装した無意識の復讐だったのかもしれない。エイミーのことを依然想ってはいても、拒まれた傷はいまも時おり痛んだのであり、拒まれてどれだけ傷ついたか、ファーガソンはいまだエイミーに言えずにいたのである。

ファーガソンの母親は、メープルウッドにあるハモンド地図製作会社で仕事に就いていた。一九六七年からスタートする――つまりいまから一年後の一九六六年秋から発売する――ニュージャージーを題材にしたカレンダーや予定表に載せる写真を撮る長期的な仕事である。〈ニュージャージー著名人〉、〈ニュージャージー風景〉、〈ニュージャージー史跡〉、〈ニュージャージー建築〉（これは二パターンあり、ひとつは公共建築、ひとつは個人宅）。ダンの顧客の一人の口利きで回ってきた仕事であり、ファーガソンから見ていくつもの理由から朗報と思えた。まず、家に余分の収入がもたらされる（何しろ金はつねに心配の種だった）。だがそれより何より、母にまた何かに忙しく関わってほしいとファーガソンは願っていた。写真館は前の夫に強引にやめさせられてしまったが、もう家には世話すべき子供もいないのだから、願ってもない話ではないか。きっとやり甲斐のある仕事で、日々の生活にも張りが出るにちがいない。まあニュージャージーのカレンダーだの週間予定表だのといったアイデア自体は結構怪しげだけれど。

かつてミセス・モンローと呼んでいていまはエヴィと呼んでいる――友人たちにはエヴリンで通っているがそれを短くしたのだ――人物はコロンビア高でふたたび英語の授業を担当し、文芸誌を作っている新たな編集者の卵たちの顧問役を務めていたが、九月初旬、過去三年つき合っていたエド・サウスゲートなる『スターレッジャー』の政治担当記者が突如彼女との関係を打ちきって妻の許へ戻ってしまい、エヴィはすっかり落ち込んで、週末の夜遅くスコッチを手にベッシー・スミスやライトニン・ホプキンズの針音だらけのレコードを聴いて過ごしていた。何てこった、あの広い心がそんなに痛がってるなんて、とファーガソンは紅葉と落葉が始まるなかで何度も思った。彼の方から電話するたび、塞ぎの虫から引っぱり出そう、去っていったエドから彼女の気持ちをそらそうと精一杯努めた。ふり返っても意味はない、エド性（ネス）は死なること（デッドネス）に通ず、とからかったり彼女の落ち込みぶりを茶化したりし、何とか酒浸り状態から引っぱり出そうと、心配ないですよ、あなたの元生徒ファーガソンが助けに伺います、助けられたくないんだったら家の鍵をかけるか町を出るかしかないですよ、こっちはそちらが何と言おうと断固行きますからね、と言い、突然二人はケラケラ笑いあい雲がつかのま晴れて、彼女もスコッチの壜を前に一階の居間で一人悶々としているといった以外の話ができるようになるのだったが、毎晩の愛なき夜を、さわさわ揺れる緑陰樹（りょくいんじゅ）が並ぶイーストオレンジの一画に立つ二世帯住宅の半分で彼女は過ごし、その半軒分をファーガソンは夏のあいだに十回近く訪ねていて、いまではもう、そこが彼にとって完全に自分になれる、ひたすら自分でいられる世界中でも稀な場だということがわかっていて、電話をかけるたびにそうした夏の訪問が思い出され、とりわけある晩、二人とも飲み過ぎていまにも一緒にベッドに入りそうになったところで玄関のベルが鳴り、向かいに住む小さな男の子が砂糖を一カップ貸してもらえないかってママが言ってるんですけどと言った夜のことが思い起こされるのだった。

　そうして、シーリア。この新しい友に、毎週金曜の晩か土曜の午後、彼女の友であるという仕事を自分がどれだけ真剣に考えているか証明することを唯一の目的として電話をかける。かければ彼女も決まって嬉しそうだったので、毎週かけつづけた。初めのうちは会話もあちこちふらつきがちで、バラバラの話題のあいだをさまよっていたが、それでも話が停滞することはめったになく、いろんな話をしながらシーリアのひたむきな、聡明な声を聞くのは楽しかった。高校での人間関係からベトナム戦争、麻痺して弱りきった両親に関するシーリアの心配気味の愚痴やらオレンジ色のリスの可能性をめぐる妙に切ない心情やら、けれどだんだんとSATのための勉強の話が多くなってきて、当面は土曜の外出も無理ということになり、やがて、九月後半、ブルースという男の子と会うようになったと彼女が宣言し、どうやらこの子がボーイフレンドと呼べなくもない何ものかになりつつあるようで、聞かされてファーガソンは愕然とし、その後一日か二日は愕然としたままだったが、やがて気を取り直し、たぶんこれが一番いいのだろうと考えるようになった。ニューヨークで一緒に過ごしたあの日、シーリアの印象はあまりに強烈だったし、目下のところファーガソンにはほかに女の子もいないから、今度また会ったら性急に迫ってしまったりしかねない。そうしたらきっと後悔するだろうし、今後の二人のチャンスを駄目にしてしまうかもしれない。それよりも、このブルースとかいう子に当面はあいだに入ってもらう方がいい。高校でのロマンスが卒業後も続くことはめったにないし、来年になって計画どおりに行けば——きっと行くにちがいない——シーリアも大学生になって、状況もすっかり変わるはずだ。

　一方、ダウンタウンのワシントン広場近辺では、獲得したばかりの独立をノアが満喫していた。ウェストエンド・アベニューの母親のアパートメントの息詰まる狭苦しさからも、父親と神経衰弱の義母との異様な結婚生活を貫く和平＝口論の往復からもやっと逃れられたのだ。ファーガソンを連れて大学の寮内を案内しながら、狭い部屋だけどこれってモンタナの荒野でキャンプするのと負けないくらいいいんだぜ、とノアは語った。**俺もう閉じ込められてないんだよアーチ、準州めざして旅立った解放奴隷の気分だよ**と彼は言い、マリワナの喫い過ぎ、煙草の喫い過ぎ（一日二箱近い）じゃないかとファーガソンは心配したが、一応目は澄んでいるし、まあ体調もよさそうで、ガールフレンドのキャロルが彼を捨ててオハイオ州イエロー・スプリングズの広々とした空の下へと去っていったショックとまだ戦っている割にはそこそこ元気なようだった。

　一学期が始まって二週間目、ノアが報告したところによれば、ＮＹＵはフィールドストンよりずっと楽で、毎日の予習復習も五コースのディナーを食べる時間で片付くとのことだった。五コースのディナーなんてノアがいったいいつ食べたんだ、とファーガソンは思ったが、まあ言いたいことはわかる。大学の勉強に関して、こっちはひところは神経衰弱になってしまいそうだったのに、ここまで気楽に構えていられるのは大したものだ。かくして若きマークス氏、住む地域は昔のままの新しき人間は、ウェスト・ヴィレッジの勝手知ったる地域の石畳を闊歩し、ジャズクラブや〈ブリーカーストリート・シネマ〉に通い、〈カフェ・レッジョ〉に座ってその日六杯目のエスプレッソを飲みながら映画のストーリーのアイデアを練り、ローワー・イーストサイドに住む若き詩人や画家たちとも親しくなった。その何人かはファーガソンにも紹介してくれて、ファーガソンの世界は劇的に広がり、究極的にはこれが彼の人生の風景を作り替えることになる。こうした若き日々の出遭いこそ、将来自分にとっていかなる人生が可能なのか、それを発見していく第一歩となってくれたのであり、今回もまたノアが、正しい方向に導いてくれたのだ。プリンストンのワークショップには反対でも、作家や画家と話して得るところは大きいことをファーガソンは知っていた。ノアを通して会ったダウンタウンの芸術家の卵たちは、大半がファーガソンより三、四、五歳上という程度だったが、すでにリトルマガジンに作品が載ったり、荒れはてたロフトや店舗でグループ展を開いたりしていて、現時点ではファーガソンのはるか先を行っているのであり、ゆえに彼らの言うことにファーガソンはじっくり耳を傾けた。たいていの人間の話には、たとえ個人的には惹かれない相手であっても何かしら教わるところがあったし、彼から見て誰よりも鋭い人物は、まさに人間としても一番気に入った人物だった。詩人で、名はロン・ピアソン、四年前にオクラホマ州タルサからニューヨークにやって来てこの六月にコロンビアを卒業した。ある晩、リヴィングトン・ストリートにあるロンの住まいに招かれて行ってみると、そこは列車のように部屋が一列に並ぶ狭苦しいアパートで、ノアとファーガソンはほか二、三人とロンとその妻ペグ（何とロンはもう結婚しているのだ！）と一緒に床に座り込み、話題はダダからアナーキズム、十二音音楽からナンシーとスラゴーのポルノ漫画（人気コミック『ナンシー』の卑猥なパロディ）、詩と絵画の伝統的形式から芸術において偶然が果たす役割、とあちこち飛び交い、突如ジョン・ケージの名が挙がって、その名はファーガソンにとってごくぼんやり覚えがあるにすぎず、ジャージーの沼地から来た新たな友がケージの文章を一語も読んでいないと知るとロンはパッと本棚に飛んでいき、『サイレンス』のハードカバーを引っぱり出した。これを読まなくちゃいけないよアーチー、さもないと何について考えるにも、ほかの連中の望みどおりにしか考えられないままだろうよ、とロンは言った。

ファーガソンは礼を述べ、なるべく早く返すよと約束したが、ロンは手を振って、返さなくていい、と言った。まだあと二冊持ってるから、その一冊はもう君のものだ。

開けてみてしばしパラパラめくっていると、96ページでこのセンテンスに行きあたった――「世界は豊饒だ――どんなことでも起きうる」。

一九六五年十月十五日、金曜日のことで、ファーガソンがプリンストンの学生になって一か月が過ぎていて、これほどしんどい、疲れる一か月も記憶になかったが、そろそろそうした状態からも抜け出しつつある気がして、自分の中で何かがふたたび動きはじめていた。ノアやロンたちと何時間か一緒に過ごしたおかげで、自分の中の弱いもの、怒っているもの、滞っているものから離れることができて、そしていま手元には本が一冊、ジョン・ケージ『サイレンス』のハードカバーがある。解散となり、みんなでアパートを出ると、ファーガソンはノアに、疲れたから祖父のアパートメントに帰ると言ったが、実は少しも疲れてなどおらず、ただとにかく一人になりたかったのだった。

これまで二度、ファーガソンは本によって丸ごとひっくり返され、自分という人間が変わる体験をしていた。世界をめぐる自分の思い込みを吹っ飛ばされ、世界のすべてがにわかに違って見える新たな地平に放り出され、以後も自分が時間の中で生き世界の中で空間を占めつづける限り世界はずっと違ったままでいるにちがいなかった。ドストエフスキーの本は人間の魂の情念と矛盾をめぐる書物であり、ソローの本はいかに生きるかをめぐるマニュアルで、そしていまファーガソンは、まさにロンの言うとおりどうやって考えるかの本に出会ったのだった。祖父のアパートメントで「2ページ、音楽とダンスについての122の言葉」「無のレクチャー」「何かについてのレクチャー」「ひとりの話し手のための45分」「不確定性」を読みながら、すべてを浄化してくれる烈風が脳内を吹き抜け、たまっているガラクタを追い出してくれるのをファーガソンは感じていた。ここにいるのは、初源的な問いを恐れず問い、一からやり直し誰も歩いたことのない道を歩いていく人間であり、ようやく午前三時半になって本を閉じると、あまりの衝撃に火を点けられたような気分で、眠るなど論外だとわかった。もう今夜はずっと、目を閉じられないだろう。

世界は豊饒だ――どんなことでも起きうる。

その日は正午にノアと合流し、五番街でのデモに参加する予定だった。彼らが初めて参加する反戦デモ、ベトナムの米軍増員に反対するニューヨーク初の大規模なデモであり、きっと数万の、ひょっとしたら十万、二十万の人々が集まることになるだろう。ファーガソンとしては何があろうと、たとえ足が言うことを聞かなくなって酔っ払った夢遊病者みたいに五番街を這いずり回ってでも加わる気でいたが、正午まではまだ何時間もあり、先月ブラウン・ホールに最初に足を踏み入れて以来初めて、ふたたび書こうという気分に、これまた何があろうともやる気になっていた。

　マリガンはこれまで十二の旅で、常時戦争状態にある国、宗教的にきわめて厳格で不純な考えを抱く国民を罰する国、ひたすら性的快楽を追求する国、食べ物のことしか頭にない国、女性が社会を動かし男性は薄給の下僕でしかない国、美術と音楽の創造に専心している国、人種差別に貫かれナチスにも似た法律が支配する国と肌の色の違いを人間が区別できない国、商人や実業家が国民を騙すことを公人の義務と心得ている国、休みなく行なわれるスポーツ競技を中心に回っている国、地震・活火山・悪天候に日々苛まれる国、何の衣服も着ない熱帯の国、毛皮のことばかり考えている厳寒の国、原始的な国とテクノロジーが進んでいる国、過去に属しているように見える国と現在もしくは遠い未来に属しているように見える国を訪ねていた。書きはじめる前に二十四の旅の大まかな地図を用意していたが、やってみると、新しい章に入っていくには何も見えぬまま書き出すのが一番だとわかった。何であれ頭の中でふつふつと湧き立っていることを書きとめて一文一文邁進していき、粗い第一稿が終わりまで行ったら、最初へ戻ってゆっくり飼い慣らしていき、たいていは五、六回推敲を経た末にしかるべき姿に収まり、求めている軽さと重さの神秘な両立が達成され、こうした突拍子もない物語が上手く行くのに欠かせないシリアスでコミカルなトーン、動くナンセンスと自分では呼んでいるありそうなありえなさに行き着いた。このささやかな著書をファーガソンはひとつの実験と、新しい作家筋を動かすエクササイズと見ていて、最後の章まで書き終えたら、原稿は燃やす——まあ文字どおり燃やさないにしても誰にも見つからないところに埋める——つもりだった。

　その夜祖父のアパートメントの、かつて母親が姉ミルドレッドと共用で使っていた寝室で、ケージの本が与えてくれた自由の感覚を胸にみなぎらせ、がむしゃらな高揚感に衝き動かされ、一か月の沈黙が終わったんだとわくわくしつつ、明らかにこれまでで最高に狂った第一稿、第二稿をファーガソンは一気に書き上げた。

ドゥルーン人

ドゥルーン人は自分の土地を嘆いている時が一番幸せです。山の住人は谷の住人を妬み、谷の住人は山に移住したいと願います。農夫は作物の出来に満足せず、漁師は日々

の水揚げについて愚痴りますが、漁師も農夫も誰一人、不首尾の責任を進んで取ろうとはしません。自分たちが農夫、漁師として劣っているのを認めず、土地のせい、海のせいにするのです。昔ながらの知識が徐々に失われて、最早何の技術も無い事、全くの素人と変らぬ事を認めようとしないのです。

全国を旅して初めて、怠惰な国民と呼びたい人々に私は遭遇したのでした。

女達は未来への希望を失い、今や子供を産む事に関心を持ちません。最も裕福な女達は、滑らかで平らな岩の上に日がな一日裸で寝そべり、暖かい日差しを浴びて微睡んでいます。男達はギザギザに突き出した岩の間や極端な斜面を彷徨う事を好み、女達が彼等に無関心である事を憤っていますが、それについて特に何もせず、状況を変える為の確固たる計画もありません。時折、中途半端な攻撃を試みて、横たわる女達に石を投げたりしますが、大抵石は目標に届きません。

暫く前から、赤ん坊は生れるとすぐ溺死させられています。

宮殿に着いた私は、〈骨の王女〉とそのお付きの者達に出迎えられました。いつものいざこざが繰広げられている場から王女は私を庭園に連れ出し、鉢に盛った林檎を出してくれて、国民がいかなる事柄に情熱を向けているかを語りました。徳を擁護する者に対し、彼等はまたどんな新しい反抗を用意しているか？　と彼女は問い掛けます。深刻な問題を語っているのに、困惑している様にも、過度に心配している様にも見えません。自分だけに解るジョークを面白がっているかの様に何度も声を上げて笑い、話している間ずっと、子供の頃に中国の大使から貰ったという竹の扇をひらひら動かしていました。翌朝、彼女は道中の食料を与えてくれました。

多くの村があって、その全てが八つの同心円を成して塔を囲んでいます。岸辺からは常に氷山が見えています。

塔は島で一番古い建造物だ、記憶より前の時代に建てられたものだと言われています。今では誰も住んでいませんが、伝説に拠れば嘗ては礼拝の場で、預言者ボタナが発する神託が黄金時代のドゥルーン人を支配していたといいます。

私は馬に乗って、内陸の奥地へ向う事にしました。三日三晩旅した末に、フロムの村に着きました。新たな信仰が村人達の想像力を汚染し、今や村は滅亡の危機に瀕していると聞いていました。そう教えてくれた人（宮殿の筆写人の一人です）に拠れば、自己嫌悪の念が村人たちの間に蔓延していて、己を嫌悪する余り、人々は自分の身体を忌み嫌う様になり、進んで体の一部を失くしたり、損ねたり、役に立たなくしたりするようになっている。筆写人はこれを損傷狂躁と呼んでいました。

狂躁というのは相応しい言葉ではありません。狂躁という語は恍惚、忘我の快楽を感じさせます。然るにフロムの人達には何の快楽もありません。狂信的信者の直向きな沈着ぶりで、日々の営みに携っているのです。

一日に一度、〈忍苦〉と呼ばれる儀式が村の中央広場で行われます。参加者は頭から爪先まで薄布にきっちり身を包み、窒息せぬよう鼻孔の部分にだけ小さな穴が空けてあります。そうして、ミイラの様になったこの人達の召使がそれぞれ四人ずつ、主人（男女どちらもいます）の手足を思い切り引張るよう命じられます。精一杯の力で、可能な限り長い時間引張るのです。この拷問に耐えられるか否かという試練なのです。その過程に於て手か足が捥げると、観客から大歓声が湧上がります。〈忍苦〉は今日では〈超越〉の呼称で知られる慣習に変容しています。捥げた足は村役場のガラスケースに保存され、聖なる遺物として崇められます。手足を失った人には王侯の特権が与えられます。

地方政府が近年成立させた法律は全て、この〈超越〉の原理を反映しています。共同体に対する功績は痛み無き手足切断によって報われ、他方、有罪判決を受けた犯罪者は長時間の手術を強いられ、余分な身体部分を体に縫付けられます。初犯の場合、腹部に手を縫付けるのが一般的ですが、常習犯にはもっと屈辱的な刑が用意されています。私は一度、若い娘の頭部が背中に付いた男を見ました。また或る者は、両の手の平から赤ん坊の足が生えていました。他人の体を丸ごと着けているように見える者も居ます。

日々の暮しに於てフロムの村人は、通常人が生の脆さに関して抱く恐怖を追払おうと努めます。彼等は忘れっぽさに救われる事も無く、目には何の徴候も見せぬ時でも苦悶は一時たりとも去っていません。故に彼等は、恐怖を直視する事を選び取り、そうやって、己を知る妨げとなってきた障害を克服せんと目指すのです。謂わば唯我論を公然と妄信の次元まで高めている訳です。

村人たちが超克せんとしているのは、己の肉体だけではありません。人間同士、互いから隔たっているという意識も彼等は乗越えようとしているのです。或る男は私にそれをこう説きました。「私達は共通の基盤を見出せない様なのです。一人一人が自分の世界を持ち歩いていて、それが他人の世界と重なり合う事は滅多にありません。肉体の大きさを減じる事で、人と人の間に広がる空間を私達は縮小せんとして減少させたいと望んでいるのです。実際、これは証明済みの事実ですが、四肢喪失者は手足共に揃っている大概のフロム民より積極的に他人の人生に関ろうとします。結婚すら出来た者もいます。恐らく私達は、ほぼ零まで縮んだ時、遂に互いを見出すのでしょう。人生は結局の所極めて困難です。この村で私達の大半は、単に息をする

のを忘れたせいで死んでゆくのです。

一段落終えたところで部屋の中を歩き回ったり、インスタントコーヒーを作ったりキャメルを鞄から取り出したりするのに要した時間も含めて、この第一稿を書き上げるのに二時間もかからなかった。出来上がると鉛筆を置き、書いたものをじっくり読み直し、深々と椅子に座って一服し、頭を掻き、考えてから鉛筆を手に取り、ふたたび始めから書き直していった。六回の書き直しに九日を費やした末に、第一稿から残ったセンテンスは四つしかなかった。

十一月第四木曜の感謝祭の前日、ファーガソンは二か月ちょっとぶりに家に帰った。ジムと一緒にウッドホール・クレセントの家に向かい、同時にエイミーもボストンから戻ってくる。こうして五人が揃い、連休の週末を一緒に過ごす。ところが、木曜の午後に毎年恒例の七面鳥ディナーをみんなで食べたあと、ファーガソンは結局ほとんど家にいなかった。母親とダンはもうすっかり一心同体の夫婦という感じで、見かけまで似てきたように思えたが、エイミーはひどく不機嫌で、喧嘩腰の口調で二人に食ってかかったので、休日のディナーらしい明るい気持ちにしてやろうと、ハワードと二人でひねり出した最新のテニスマッチをファーガソンがいくつか並べてみせると――アーサー・ダヴ対ウォルター・ピジョン（どちらも鳩）、ジョン・ロック（錠）対フランシス・スコット・キー（鍵）、チャールズ・ラム（仔羊）対ジョルジュ・プーレ（若鶏）、ロバート・バード対ジョン・ケージ（鳥籠）――ほかはみんな、もうすでにその大半を二度は聞いているジムも含めてケラケラ笑ったのに、エイミーは長いうなり声を漏らすばかりで、それから、下らない、馬鹿馬鹿しい、男子大学生ギャグなんかで時間を無駄にして、とファーガソンに嚙みついてきた。アメリカが違法の、人道にもとる戦争を戦ってること知らないの？　国中で黒人の人たちが撃たれて殺されてること知らないの？　甘やかされのプリンストンのお坊ちゃん、あんたに何の権利があってそういう不正を無視して、阿呆くさい大学生の悪ふざけなんかで教育の機会を無駄にしてるのよ？

フリーダム・サマーの英雄マイケル・モリスとのロマンスが上手く行っていないんだな、ひょっとしたらまるっきり終わってしまったのかも、とファーガソンは察したが、それについて訊くのは控えて、あっさりこう言った――そうともエイミー、君の言うとおりだ。この世界は糞と痛みと非道からなる肥溜めだよ、でももし君が、笑うことが違法の国を始めたいっていうんなら、僕はどこかよそで暮らしたいね。

あんたあたしの話聞いてないわよ、とエイミーは言った。

もちろん笑うことも必要よ。笑わなかったらみんなたぶん一年もしないうちに死んじゃうわよ。あたしはただ単に、あんたのテニスマッチが可笑しくない、全然笑えないって言ってるだけよ。

まあ落着けよ、カッカするなって、とダンが娘に言った。抗不満剤飲めよ、とジムは妹に言い、すぐに、いや、抗剤剤かなと言い直し、ファーガソンの母はエイミーに何か気になってることがあるのと訊き、エイミーはこう問われてナプキンを見下ろし下唇を嚙んだ。それ以降、食事が終わるまでファーガソンはほとんど誰とも口を利かなかった。パンプキンパイのあとで、みんなで一緒に皿や鍋を洗いにキッチンに入っていって、それからダンとジムはテレビでニュースと感謝祭フットボールの結果を見にリビングルームへ行き、エイミーとファーガソンの母親はキッチンテーブルに座って、おそらくはエイミーの気になってること（間違いなくマイケル・モリスだ）について話しはじめ、これはきっと腹を割った真剣な話し合いに発展するものとファーガソンは踏んだ。六時少し過ぎだった。ファーガソンは主寝室にある電話を使いに二階へ上がっていった。この家で、人に聞かれずに話すプライバシーが保てる電話機はこれ一台なのだ。このあいだの週末にエヴィから、感謝祭ディナーは近所で一番仲のいいお隣のカプラン家で食べると聞いていたが、もしかしたらディナーが早く終わったかもと思ってまずは自宅にかけてみた。誰も出ない。やはりカプラン家にかけるしかなく、誰が電話に出るにせよその人物と長々お喋りしないといけない（ジョージかナンシーか、大学生の子供二人ボブかエレンか）。ファーガソンは四人全員と仲よしで、普段だったら彼としても喜んでお喋りしただろうが、今夜に限ってはエヴィとだけ話したかった。

ファーガソンにとって、少年時代の最良の記憶のいくつかがカプラン一家の住む家と結びついていた。高校時代、何度も行った家である。金曜、土曜の晩に、ジョージがやっている古本屋からあふれ出た何千冊もの本が詰まった、床も凹みかけた二階建ての家に人が集まり、ファーガソンはしばしばデーナと、さらにマイク・ローブとエイミーとも一緒に出かけていき、たいていの晩は十五人前後が来ていて、大人とティーンエージャーが交じるだけでも普通でないのに、もっと普通でないことに白人と黒人のティーンエージャーが交じっていた。このころのイーストオレンジはすでに白人黒人の人口比がほぼ一対一になっていて、カプラン家もエヴィ・モンローも戦争反対・人種統合賛成の左翼であり、金はなく、ここから出ていく気もなかったのである。それにまた、やって来る誰もが名前をネタにジョージを存在しなかった男と呼ぶだけの機知があったし（『北北西に進路を取れ』でケーリー・グラントに与えられる偽名ジョージ・カプランへの言及である)、ファーガソンは時おりこの家を、アメリカ最後の正気の前哨地点と考えたものだった。

電話に出たのはボブで、これは好都合だった。カプラン家でボブが一番口数が少なく、四つのことを一度に考えているような性質なので、この晩も大学生活のプラスとマイナスと、ベトナムのひでえぐじゃぐじゃ(ボブの言葉)についてつかのま話したのち、受話器はエヴィに渡された。

どうしたの、アーチー?

べつに。あなたに会いたいだけで。

あと十分くらいでデザートが出るのよ。車でひとっ走りして来たら?

二人だけで会いたいんです。

何かあったの?

そうじゃないんですけど。何だか急に空気が吸いたくなって。エイミーがまた苛ついていて、男たちはフットボール談義で、僕はあなたに会いたくて焦がれてるんです。

いいわね、焦がれてるって。

こんな言葉、いままで一度も使ったことないと思うな。

ナンシーは頭痛で、ジョージは風邪をひきかけてるみたいだから、もうそんなに長引かないと思う。一時間もしたら家に帰ってると思うわ。

いいんですか?

もちろんいいわよ。私も会いたい。

よかった。一時間後に行きます。

二人がたがいを好んでいることはもはや秘密ではなかった。十八歳のファーガソンと三十一歳のエヴィ・モンローはもうとっくの昔に教師-生徒の儀礼を卒業していた。いまや二人は友だち、仲のよい友だち、ひょっとして親友と言ってもいいくらいだったが、そうした友好とあわせて二人とも肉体的にも惹かれはじめていたが、これは他人には——初めは自分たち自身にも——秘密にしていたし、不意に湧いてくる淫らな想いを、恐怖ゆえか抑圧ゆえか二人とも実行に移す気はないままでいた。が、やがて八月なかばのある木曜の晩、スコッチの飲み過ぎが抑圧を解除し、抑えつけていたたがいに惹かれあう思いの炎がまたたく間に燃え上がって、一階の居間のソファで荒々しいネッキングに至ったもののその真っ最中に玄関ベルが鳴って中断と相成った。その猛々しさもさることながら、それがエド期に起きたという点でも特筆すべき出来事だったが、まあただしエド期の終盤ではあり、いまやエドはいなくなりデーナ・ローゼンブルームもいなくなりシーリア・フェダマンは遠い地平線の幻にすぎず、ファーガソンもエヴィも思い出したくないくらい長いあいだ誰の体にも触れていなくて、その肌寒い感謝祭の夜、二人がふたたび触れあいたくなることはほぼ不可避と思われた。今回はアルコールの必要もなかった。ファーガソンが出し抜けに焦がれてるという言葉を使ったせいで二人ともあの八月の木曜の記憶に、ことが始まったのに終わらなかったあの晩の記憶に押し戻され、かくしてファーガソンがエヴィの住むウォリントン・プレイスの二世帯住宅の一方に到着すると、二人は二階の寝室に上がり、徐々に服を脱いでいって、先日始めた企てをついに終わらせる長い幸福な晩を過ごしたのだった。

二人は真剣だった。これは朝になったら忘れてしまう一晩きりの出来事ではない。何かの始まりであり、これから続く長い歩みの第一歩なのだ。彼女の方が年上であることもファーガソンは気にしなかったし、他人に知られようが噂されようが構わなかった。三十一歳の女性が十八歳の少年とつき合うのがどれだけ不適切であっても、法律にできることは何もない。ファーガソンは承諾年齢を超えているのだから、二人がやっていることは完璧に合法であり、非難される筋合いはいっさいない。社会がこれを間違っていると見るなら、勝手にそう見ればいい。

セックスだけではなかった。もちろんセックスは大きい。若者の常としてセックスに飢えたファーガソンは昼夜恒久的な勃起を抱えて過ごし、いくらやっても足りないが、まだ若いエヴィにとってもそれは同じだった。二人ともたがいの体で身を包み、肉欲の狂おしい波に流されるまま両腕両脚を相手に巻きつけずにいられない。欲望の虜となって、どぎついほど目くるめくセックスに二人とも精を使い果たしてゼイゼイ喘ぎ、あるいは極力そっと、ゆっくり肌に触れて少しずつ刺激を高めてゆき、もう待てなくなるまで待つ。かくも豊潤に、優しさと荒々しさが交互に現われる。ファーガソンのエロチシズム史はこれまでただ一人のベッドパートナーに限定されていたから、小さな胸に細い腰の、痩せて骨も軽いデーナから、より大柄で豊満なエヴィに変わったことで新たな女性のありようが出現し、はじめはそれがスリリングでもあり奇妙でもあったがやがてスリルだけが残って奇妙さは消え、それからまた奇妙さが一から現われた、なぜならセックスに関するすべてが奇妙だったから。まずはそういうことだが、決してそれだけではない。体と体の絆。跳ね上がる体と気だるい体、温かい体と熱い体、尻の体、湿った体、ペニスとプッシーの体、首の体と肩の体、指の体と指でまさぐる体、手と唇の体、舐める体、それとつねにいつも顔の体、二つの顔がベッドの中でも外でもたがいを見ている、そして、ノー、エヴィの顔は美しくはない、今年世間で通っている基準からして可愛いとすら呼べない、鼻が大きすぎる、イタリア風のあまりにあちこち角張った鼻、けれど彼を見るその目は何という目か、燃える茶色い目が彼をまっすぐ突き刺し、少しもひるまず、ありもしない気持ちを装ったりもしない、それとわずかに歪んだ前歯二本の魅力、歪みのせいでほんの少し過蓋咬合(オーバーバイト)気味なのがその口をアメリカ一セクシーな口にしていたし、それに何といっても一晩じゅう一緒にいられる――デーナのときは二、三度だったけれどいまは毎回それが叶い、朝エヴィの隣で目覚めると思うだけでファーガソンはこれまでで最高に深い、最高に心地よい眠りに落ちていくのだった。

二人は週末に会った。毎週末ニューヨークで会ったが、やがて四月上旬にファーガソンの祖父がフロリダから帰ってくると、すでに分裂していたファーガソンの生活は、キャンパスと都市のあいだでますます広がるばかりの隔たりを飛び越えることに費やされた。週五晩は一方の場所、週二晩はもう一方の場所、月曜午前から金曜午前までは勉強と授業、となればマリガンの時間はない、何しろウォルト・ホイットマン奨学生なのだからしくじるわけには行かない、金曜正午にニューヨークへ向けて発つ前にプリンストンでやるべきことは全部やった上で(課題図書を読み、レポートを書き、試験の準備をし、ハワード相手にゼノンとヘラクレイトスについて議論する)ニューヨークでのもう一方の生活、エヴィとの生活へと戻っていき、金曜の六時から七時のあいだにエヴィが玄関のベルを鳴らすまでの数時間はマリガン、土曜と日曜の午前もエヴィがレポートに赤を入れ本を読み翌週の授業の準備をするあいだの計四時間はやはりマリガン、そして二人でランチを食べてから一緒に街へくり出し、土曜の夜はファーガソンの友人たちかエヴィの友人たちとともに過ごすか、二人だけで映画、演劇、コンサートに行くかアパートメントのベッドの上で転げ回るかで、日曜の半日もブランチのあと静かな寝室に戻っていき、喋ったり喋らなかったりで四時、五時、六時まで過ごし、とうとう二人ともしぶしぶ服を着て、エヴィが車でファーガソンをペン・ステーションまで送っていく。それがいつも最悪の時間だった。さよならを言い、日曜の晩の列車に乗ってプリンストンに戻っていく。何回やっても慣れなかった。

過去三年にファーガソンが書いた物語をすべて読んでいるのはエヴィ一人だった。アーティ・フェダマンが死んだあと自らに課した苛酷な制限について打ちあけた相手もエヴィ一人。父親に対するファーガソンの苦々しい感情の深さを理解しているのもエヴィ一人。彼の胸の内で荒れ狂う混沌を十分把握してくれているのも彼女一人。ファーガソンの冷徹で容赦ない判断力、アメリカを包む強欲な拝金主義に対する烈しい侮蔑を抱える一方で根は優しさに包まれ、大切だと思う人のことは惜しみなく愛し、いかにも善良にして正直、心の内を伝えるのは何とも不器用――ほかの誰にも増してエヴィはファーガソンのことをよく知っていた。実は並外れて奇妙なのに、見た目はいたって普通に見える。

まるで空飛ぶ円盤でたったいま地球に着いたみたい、と彼女は七月のある夜に言った（まだ玄関のベルの一件が起きる前、そもそも二人一緒にベッドに入ることになるなんてまだ考えてもいないころのことだ）。二十世紀地球人の誰とも変わらない服装をしてるけど実は大気圏外空間からやって来た宇宙で一番危険なスパイ、そう言われて外面は普通で内面は並外れて奇妙な男は奇妙に慰められた。なぜならファーガソンは自分のことをまさにそういうふうに考えたいと思っていたのであり、エヴィ一人そのことをわかってくれていると知ってひどく嬉しかったのである。

とはいえ、二人はファーガソンが思っていたほど勇敢にはなれなかった。自分たちがやっていることをいっさい隠さず、誰が何と言おうと知るか、という姿勢にはやはり例外が必要だった。その人たちのために――そして自分たち二人のためにも――隠しておくしかない人がいることを彼らはたちまち思い知った。まずファーガソンの場合、母親。そして母に隠すということはダン、エイミー、ジムにも隠すということである。エヴィの場合はブロンクスに住む母親、クイーンズに住む兄夫婦、マンハッタンに住む姉夫婦。みんな一家の面汚しだと思うでしょうよ、とエヴィは言い、まあ自分の母の反応はそこまで烈しくないだろうとファーガソンは思ったが、それでもきっと動揺、心配、混乱等々に陥るだろうし、弁明してもたぶん意味はなく、言えば言うほどますます動揺、心配、混乱に陥るだろう。だが一方、エヴィのマンハッタンの友人たち相手には、すべて明かしてしまうことに何の妨げもなかった。みんな俳優、ジャズミュージシャン、ジャーナリストなどの垢抜けた人たちであり、誰も気にしないだろう。ファーガソンのもっと小さなニューヨークの知人の輪についても同じだったが（ロン・ピアソンが気にするわけがない）、ノアはやや微妙で、下手をすると躓き（つまず）の石になりかねない。単なる友人ではなく、義理のいとこでもあり、ファーガソンの性生活についてわざわざ父親に話すとは考えがたいが、うっかり油断して口が滑り、たまたま隣の部屋にいたミルドレッドの耳に入ってしまうといった危険はつねにある。とはいえ、この危険は冒すしかない、とファーガソンは決めた。ノアとの友情は彼にとってあまりに大切だし、それに、頼めばノアはきっと黙っていてくれるだろう。それくらいは十分信頼できる。事実ノアは、頼まれた瞬間に迷わず約束してくれた。右腕を上げた若きマークスは、口が裂けても言わないと厳かに誓ったのち、ファーガソンが年上の女性の愛情を勝ちとったことを祝福したのである。初めてエヴィと引き合わされると、ノアは彼女と握手し、かの有名なミセス・モンロー、ようやくお会いできましたね、と言った。アーチーの奴、もう何年も前からあなたのこと話してたんですけど、その理由がいまわかりましたよ。いまは亡きマリリンに熱を上げる男もいるけど、アーチーにとってはいつだってエヴリンだったんです、それも無理ないですよねえ。

それにあたしがアーチーに熱を上げるのも無理ないわよねえ、とエヴィは言った。上手く出来てると思わない？


その夜から二週間後、エヴィが魂の扉を開けてファーガソンを中に引き入れた。

今回も土曜日、例によってニューヨークでの楽しい週末の只中の楽しい土曜日で、エヴィのミュージシャンの友人何人かとのささやかなディナーから西五十八丁目のアパートメントに帰ってきたところだった。土曜の夜の外出から帰ってくるといつもなら寝室に直行するところだが、エヴィはファーガソンの手を取り、まず話したいことがあると言ってリビングルームに連れていった。かくして二人はカウチに並んで座り、ファーガソンがキャメルに火を点け、エヴィに渡し、エヴィが一口喫ってからファーガソンに返し、それから口を開いた。

あたしに何かが起きたのよ、アーチー。とても大きな何かが。月曜に生理が始まるはずだったんだけど、始まらなかった。あたしはめったに予定からずれないんだけど、まあたまに一日か半日動くことはあるから、火曜日には来るだろうと思って特に気にしないでいたら、火曜日にも始まらなかった。すごく珍しいことよ。ほとんど前代未聞、実に不可思議。これまでだったら、ここでパニックしはじめて、妊娠したんだろうかと、頭の中で暗い可能性をあれこれ演じてみるところよ。何しろあたしは妊娠したいと思ったことは一度もないし——少なくとも意識の上では——その証拠に中絶も二度やったのよ、一度はヴァサーの二年生のときでもう一度はボビーと結婚して一年後だった。けれどいまは、いまというのは四日前のことだけど、生理が二日遅れているのに、生まれて初めてあたしは心配しなかった。妊娠したからどうだっていうのよ？　それが問題？と自分の胸に訊いてみて、答えはノーだった。いいえ、問題じゃない。むしろ、すごくいい。ねえアーチー、あたしいままでそんなこと……そんなこといっぺんも思ったことなかったし、自分に向かって言葉にしたこともなかった。水曜日になった。まだ出血なし。もはや心配していないっていうだけじゃなくて、もう最高の気分だった。

で？　とファーガソンは訊いた。

で、木曜日になって、それが終わった。世界がまるごと体から流れ出てきた。いまも出血してるのよ、腹を刺されたみたいに。まああんたも知ってるわよね。昨日の夜あたしと寝たんだから。

うん、すごい量の血だった。いつもよりたくさん。もちろんべつに構わなかったけど。

あたしもべつに構わなかった。だけど大事なのはこのことなのよ、アーチー――あたしに何かが起きたのよ。あたしは変わったの。

　確かなの？

　ええ、絶対確かよ。あたしは子供を産みたい。

　何の話なのか、ファーガソンが理解するのに少し時間がかかった。山ほどある説明されていない細部、誰がその子供の父親になるのかという難題、結婚しないでどうやって母親になるつもりなのか、結婚もしておらず誰とも一緒に暮らしていなくて乳母やベビーシッターを雇う金もないのにどうやって教師を続けたまま母親になるつもりなのか？

　それらの問いをかわすかのように、エヴィはファーガソンを、彼女の内面生活の短いツアーに導いていった。その生活の中の、愛と性に関する部分に焦点を当てたツアー。少女時代から現在に至るまでに惚れ込んだ少年や大人、自分が為した良い決断と悪い決断、結局はすべて無に終わったつかのまの戯れやもう少し長期的な関係、最悪の過ちだったボビー・モンローとのあまりに早すぎた二年半の結婚生活。そうやっていろんな情熱や希望や失望があった中であたしを誰よりも幸せにしてくれたのがあんたなのよ、あたしの少年大人（ボーイ＝マン）アーチー、誰も代わりになれないアーチー、とエヴィは言った、人生で初めて心から信頼できると思える人とあたしは一緒にいるのよ、強く愛しすぎるせい、激しく愛しすぎるせいで撥ねつけられてしまうんじゃないかって恐れたりせずに愛することができる人と。そうよアーチー、あんたはほかの誰とも違うのよ。あんたはあたしのことを怖がらない初めての男なのよ。これってものすごいことなのよ、だからあたしは精一杯いまを生きようとしてる、なぜってあんたもあたしも心の底で、これがいつまでも続かないことを知っているから。

　続かない？　どうしてそんなこと言えるの？　とファーガソンは言った。

　続かないから続かないのよ。無理なのよ。あんたはまだ若すぎて、遅かれ早かれあたしたちはおたがいにとって相応しい存在じゃなくなるのよ。

　そこなんだな、とファーガソンは悟った。自分たちが一緒にいなくなる瞬間、いまこうして起きていることがすべて消えてしまい二人とも相手の心の中に棲む記憶幽霊に――肌も骨も心もない実体なき存在に――変わってしまう瞬間の予感。だからこそいま彼女は子供のことを考え、自分の子を産みたいと望んでいる、ファーガソンゆえに、ファーガソンに父親になってほしいがゆえに――自分の体を彼女の子供たちに与えてくれて彼女とともに永遠に生きつづける幽霊父親に。

　筋の通った話だ。でも、全然筋が通らない気もした。

　急ぐことじゃないのよ、と彼女は言った。年じゅう考えていてくれる必要もない。ただ単に、そういう可能性がいまはあるっていうこと、頭の片隅にそれを入れてあとはいままでどおりにやっていくってことよ、それにもちろんあなたに責任を取ってもらうつもりはない、気が進まなかったら出生証明書にもサインしなくていい、それはあたしの仕事であってあんたのじゃない、有難いことに女はべつに結婚しなくたって子供は産めるのよ、そう言って彼女は笑い出した。それはいまや心を決めて、もう何も恐れていない人間の高笑いだった。

二人はいままでどおりにやっていった。唯一違うのは、エヴィがペッサリーを家に置いてくるようになりファーガソンがコンドームを買うのをやめたこと。

父親になると思っても、べつに不安ではなかった。デーナにプロポーズしたときだって、夫になると思っても不安はなかったのだ。不安なのはエヴィを失うかもしれないという思いだった。いずれ自分たちはカップルとして崩壊する、という彼女の悲観的な宣言が間違っていることをファーガソンは断固証明する気でいる。けれど万一時がエヴィの正しさを証してしまうとしても、彼女に倣って、いま一緒にいる時間を最大限活かし、精一杯生きようと思った。

これはもはや考えが明晰でなくなったということかもしれなかったが、そういう気はしなかった。目は開いていたし、世界は彼の周りで豊饒だった。

何か月かが過ぎた。

『マリガン旅行記』の第二十四章を書き終えた。三つどもえの内乱荒れ狂う国から帰国するマリガンの苦難の旅を描いた章である。ダブルスペース、一三一ページの本が書き上がったわけだが、予定どおり燃やしてしまう代わりに、貯金をはたいて一五〇ドルという法外な額でプロのタイピストを雇い、清書原稿を三部作ってもらい（オリジナル一部、カーボンコピー二部）、エヴィ、ハワード、ノアにプレゼントした。三人とも面白かったと言ってくれて、ファーガソンとしても心強かったが、もうマリガンにはうんざりだった。彼はすでに別の夢想を進めていた。『緋色のノート』なる危ういプロジェクト。

シーリア・フェダマンはバーナードとNYUに合格し、秋からバーナードに通いはじめて生物学を専攻するつもりだった。ファーガソンは彼女に白い薔薇の花束を贈った。いまでもたまに電話で話したが、ブルースとエヴィがそれぞれの生活に入ってきたいま、もはやニューヨークで一緒に土曜を過ごすこともなかった。

ハワードとファーガソンは大学の終わりまでルームメートのままでいることにした。来年は二人ともウッドロー・ウィルソン・クラブで食事をする。これは食事クラブではなく、クラブに入りたくない学生たちのための反食事クラブである。学部生の中でもとびきり切れ者の何人かがここで食べるのだ。こぢんまりしたダイニングルームは小さな四人がけのテーブルが二十くらいあり、一種反カフェテリア・カフェテリアになっていた。ここでいいことのひとつは、デザートが終わったあとで教授連がよく立ち寄ってざっくばらんな話をしてくれることだった。ハワードとファーガソンはネーグルを招いて、自分たちが気に入っているヘラクレイトスの断片を議論しようと画策していた——**希望しなければ、希望もしなかったものに行きあたることもない。それは捉えがたく、達しがたいのだから。**

ノアはファーガソンに、懸案の『靴底の友』白黒短篇映画化の計画をこの夏実行に移すつもりだと告げた。あんな子供のころ書いたやつに時間を無駄にするのはよせよ、とファーガソンは言ったが、もう遅いよアーチボルド、脚本も書いちまったし16ミリカメラも使用料0セントで借りたんだよと答えが返ってきた。

ジムはプリンストン物理学科での未来に疑問を持ちはじめ、数か月の迷いと内的葛藤を経た末に、修士課程を終えた時点でやめて高校の理科教師になることをほぼ決めた。自分じゃ大秀才のつもりだったけどどうやらそうじゃなかったよ、誰か他人の研究所で二流の助手を一生やる気はしないね、とジムは言った。しかもジムも恋人のナンシーも結婚したいと思っていたから、ジムとしては本物の給料が出る本物の仕事に就いて本物の世界の正規の一員にならないといけない。ファーガソンとのケープコッドまでの徒歩旅行計画も先延ばしになったが、四月のイースター休暇が巡ってくると二人でプリンストンからウッドホール・クレセントまで歩いて帰りはした。地図上の直線距離は五十六キロ、ジムの歩数計によれば六十四キロ強。ただ単に、できるかどうかやってみたかったのだ。むろんその日は雨が降り、二人とも家の玄関前の階段をのぼってベルを鳴らしたときはむろんずぶ濡れだった。

エイミーはSDSに加入して新しいボーイフレンドを見つけた。同じブランダイスの一年生で、ニューアーク出身の黒人だった。ルーサー・ボンド。何ていい名前だ、とファーガソンは、電話でエイミーから聞かされたときに思った。でも君のお父さんはどうなんだい、もう知ってるの？と訊いてみると、もちろん知らないわよ、冗談でしょ、と答えが返ってきた。大丈夫だよ、ダンはそういう人じゃないよ、気にしないさ、とファーガソンが言うと、エイミーはふんと鼻を鳴らし、あんまり当てにしない方がいいわよ、と言った。で、僕はいつ会わせてもらえるのかな？ と訊くと、いつでもいいわよ、どこでもいい、ウッドホール・クレセントでなければ、とエイミーは答えた。

ファーガソンの祖父はすっかり日焼けしてフロリダから帰ってきた。腰の回りに五、六キロ肉が付き、目には狂おしい表情が浮かんでいた。いったいあの陽光州（サンシャイン・ステート）で安逸を貪る人たちと一緒にどんな所業に及んでいたのか。きっと聞きたくもない話だろう。それだけは確かだ。そしてエヴィとの関係については、祖父も秘密にしておくべき親戚リストに入っていたから、ベンジー・アドラーがニューヨークのアパートメントに戻ってきた瞬間、ファーガソンとエヴィのニューヨーク牧歌は終わりを告げた。西五十八丁目はいまやオフリミットとなり、街じゅうどこにも代わりに使えるアパートはなかったから、唯一の解決策はニューヨークをあきらめ、イーストオレンジにあるエヴィの半軒分の家で昼も夜も過ごすことだった。それは辛い変化だった。演劇も映画も友人たちとのディナーもなく、週末ごとに二人きりで五十時間ぶっ続けで過ごす。でもほかにどんな選択肢があるだろう？　ダウンタウンのどこかにワンルームアパートを借りようか、素行不良の祖父にも誰にも頼らず安い場所を借りて都市を取り戻せないか、と話しあったりもしたが、「安い場所」でも二人には手が届かなかった。

　十二月に遅れた生理は、一月、二月、三月、四月とぜんまい仕掛けのように規則的に訪れた。あまり頻繁に考えなくていい、とエヴィはファーガソンに言ったけれど、彼女自身は頻繁という以上に、一日に五十回も六十回も考えているのではと思えた。四か月経っても受胎はなく、精子はいっこうに卵子に付着せず、いかなる接合子、胞胚、胎芽も体に根を下ろさない事態が続くと、エヴィは焦りの色を見せるようになった。心配ないよ、こういうのって時間がかかることが多いんだよ、とファーガソンは言い、その一例にと、母親が彼を孕(はら)むのに二年かかった話をした。彼としてはエヴィの気を楽にしようとしただけだったが、二年と思うとエヴィは耐えきれず、ファーガソンに向かって叫び返した。あんた頭おかしいの、アーチー？　何であたしたちに二年もあると思うのよ？　たぶん二か月だってないのよ！

　四日後、彼女は婦人科医に行って、生殖器官の徹底的検査を受け、ほかの器官も詳しく調べるために血液を採取してもらった。木曜日に結果が戻ってくると、プリンストンに電話してきて、こう宣言した――あたし、十八歳の女の子並に健康だって。

　隠れた問い――十九歳のファーガソンは、十八歳の男の子並に健康なのか？

　僕のはずはないよ、とファーガソンは言った。そんなのありえない。

　にもかかわらず、医者に診てもらうようエヴィは彼を説き伏せた。念のために。

　ファーガソンは怯えていた。エヴィの中に赤ん坊を根づかせるという発想がそもそも愚かなのだろう。見境ない愛と、誤解に基づく男のプライドから、いずれありとあらゆる惨めな結果が生じうる。が、いま気がかりなのは、自分とエヴィが一緒に赤ん坊を作れるかどうかではなかった。自分自身の生、己の人生と己の未来とがいまや危うくなっているのだ。幼いころからずっと、いまの自分は一種過渡的な存在であっていずれは成長して大人の男になるのだという神秘な事実を理解して以来、いつの日か自分が父親になることをファーガソンは大前提と考えてきた。やがては小さなファーガソンたちを生み出し、その小さなものたちもいつか成長して大人の男女となる……そんな白昼夢を、これまで未来の現実として自明視してきたのである。世の中はそういうふうに動いているのであって、小さな人間が大きな人間に育って、さらなる小さな人間たちを世に送り出す。ひとたび大人になったら、人はみなそうするのだ。世に憂いた十九歳の哲学者にして知られざる書物の擁護者たるファーガソンではあったが、これだけはいまも、心から待ち望んでいたのである。

自慰がこれほど楽しくないこともかつてなかった。プリンストン郊外にあるドクター・ブロイラーの診察室に行って、殺菌済みのカップに種をこぼし、無数の赤ん坊候補がそのドロドロの中で踊り回っていますようにと祈る。針の頭の上で何人の酔っ払った船乗りが踊れるか？　自分がバラバラにならぬよう保つには何本の針が要るか？（無用な問いの典型としてよく引き合いに出される「針の頭の上で何人の天使が踊れるか？」のもじり）結果をめぐる面接を、看護師が翌週に設定してくれた。当日出かけていくと、ブロイラー医師は言った——もう一度検査しましょう、もっと詳しく見てみたいので。翌週、三度目の訪問を果たしたファーガソンに、ブロイラー医師は、男性のおよそ七パーセントは、精子数が通常より少ないせいで、父親となる能力が著しく損なわれているのですと言った。精液一ミリリットルにつき精子数が千五百万以下、あるいは射精一回につき三千九百万以下の男性がこれに当てはまるのですが、あなたの場合はそれより大分少ないのです。

何かできることはあるんですか？　とファーガソンは訊いた。

いいえ、残念ながら。

ということは、僕は生殖能力がないということですね。

子供が作れないという意味では、はい、そうです。

もう立ち去るべきだったが、体があまりに重く感じられて、椅子から立ち上がろうにも不可能だった。ファーガソンは顔を上げ、ブロイラー医師に向かって、動けないことを詫びるかのように力なく微笑んだ。

心配は要りません、と医者は言った。ほかはいっさい問題ありませんから。

人生まだ始まったばかりなのに、まだ始まってもいないのに、自分の一番肝腎な部分はもう死んでいる。そうファーガソンは思った。

*ファーガソン*家の崩壊。

誰一人彼のあとには来ない。いまも来ないし、未来永劫来ない。

『地上の生の書』における脚注の地位への没落。今後永久に最後の*ファーガソン*として知られるであろう男。

6.1

あとになって、すなわち一、二、三年後に、一九六六年秋から一九六八年六月初旬エイミーが卒業するまでに起きたことをふり返ってみるたび、いくつかの出来事が回想の中心として、時を経ても生きいきと浮かび上がってくるのに対し、ほかの多くのこと、大半のことはもはや影と化していた。そうしたいわば精神の絵画にあっては、ある場所は烈しい光に照らし出される一方、またある場所は薄闇に覆われ、形もはっきりしないものたちがカンバスの暗い茶色の隅に立ち、そこここに真っ黒な無のしみがあった——停電になった真っ暗な寮のエレベータの闇。

たとえば、アパートメントをシェアした学生仲間三人（一年目はメラニー、フレッド、ステュ、二年目はアリス、アレックス、フレッド）はこの物語の中で何の役割も演じない。彼らはアパートメントから出入りし、本を読み、食事を作り、ベッドで眠り、朝にバスルームから出てくればお早ようと言ったが、ファーガソンは彼らにほとんど目もくれず、日々顔を覚えているのがやっとだった。あるいは、恐怖の二年間必修の理系科目。ファーガソンは二年生になってようやく取りはじめ、「詩人のための物理学」とふざけて呼ばれる科目に登録し、ほぼ毎回授業をサボって、エイミーのバーナードでの数学の授業仲間の一人に手伝ってもらってある週末一気に偽の実験レポートをでっち上げた……そんなこともどうでもよかった。『スペクテイター』の編集委員会に加わらないという決断すら、この物語にあってはさほどの重みを持たない。これはあくまで時間を取られすぎるという問題であって、興味がないということではなかった。フリードマン、マルハウス、ブランチといった連中を見ていると、週五十、六十時間を新聞に注ぎ込んでいる。ファーガソンとしてはそこまで深く関わる気はなかった。編集委員の誰一人ガールフレンドはいない（恋の時間はない）。誰一人詩を書きも訳しもしていない（文学の時間はない）。誰一人授業に追いつけていない（勉強の時間はない）。ファーガソンもすでに、大学を出たらジャーナリズムに進むと決めていたが、いまはエイミーと詩人たちが必要だしモンテーニュとミルトンのゼミが必要なのであり、したがって妥協策として、記者兼準編集委員として『スペクテイター』にとどまり、結果的に大学に在籍した年月に多くの記事を書いたし、週に一度は夜勤も引き受けてフェリス・ブース・ホールの編集室に行って翌日の朝刊に印刷される記事の見出しを構成し、出来上がった記事を四階にいる植字工アンジェロのところに届け、段組になった活字を修正して、最終版の文字原稿を台紙に貼りつけ、この版下を持って午前二時ごろタクシーを飛ばしてブルックリンに行って印刷屋に渡せば、印刷屋が二万部刷って翌日午前なかばまでにコロンビアのキャンパスに届けてくれる。このプロセスに加わるのは楽しかったが、そのことも、編集委員にならないという決断も、最終的には何ら意味を持たなかった。

では何が意味を持ったかといえば、まず、その年月のあいだにファーガソンの祖父母が相次いで亡くなったこと。祖父は一九六六年十二月（心臓発作）、祖母は一九六七年十二月（脳卒中）。

もうひとつ意味があったのは一九六七年六月の六日戦争だが、さすがにあまりに早く終わったので大きな意味を持つには至らなかった。一方、翌月ニューアークで起きた一連の人種暴動は、中近東の戦争同様長くは続かなかったものの、すべてを一変させた。勇猛なるユダヤ人小集団が巨大な敵に勝利したのを両親が祝っていると思ったら、次の瞬間にはスプリングフィールド・アベニューのサム・ブラウンスティーンの店が破壊され略奪され、ファーガソンの両親はもはや天幕を畳んで荒野へ逃れる時とばかり、年末にはもう、ニューアークとニュージャージーを捨ててはるか南フロリダに移り住んでいた。

カンバスでもうひとつ光が注いでいる点——一九六八年四月、コロンビアの激変、コロンビアの革命、世界を揺るがした八日間。

残りの光はすべてエイミーを照らしていた。彼女の上と下は闇、うしろも闇、左右も闇、けれどエイミーは光に、あまりに眩しくてほとんど彼女を見えなくしてしまう光に包まれていた。

一九六六年秋。 ＳＤＳの集会に十数回参加し、十一月初旬にベトナムでの虐殺に抗議してロー図書館の階段で三日間のハンストにも加わり、〈ウェストエンド〉、〈ハンガリアン・ペイストリーショップ〉、〈カレッジ・イン〉で仲間と話しあい自分の考えを伝えようと試みた挙句に、エイミーは幻滅を覚えはじめていた。みんなあたしの話を聞かないのよ、とある夜寝る前に二人で歯を磨きながら彼女はファーガソンに言った。あたしが立ち上がって話し出すと、うつむいて床を見るか、話をさえぎって終わりまで喋らせないか、喋らせはするけどそのあと何も言わないかで、それから十五分して、誰か男が立ち上がってあたしが言ったのとほとんど同じことを、時にはまったく同じ言葉を使って話すと、みんな喝采するのよ。ひどい男女差別なのよ、アーチー。

全員？

いいえ、全員じゃない。ICVの仲間たちはいいのよ、まあもう少しサポートしてくれたらとは思うけど。ひどいのはPL（平和同盟）の連中よ。特にリーダーのマイク・ロープは最悪。しょっちゅうあたしの話をさえぎって、どなって黙らせて、侮辱する。運動やってる女は男のためにコーヒー淹れて雨の日にビラ配りしてればいい、あとは黙ってるべきだと思ってるのよ。

マイク・ロープか。授業二つで一緒だったよ。残念なことにジャージー郊外出身の同郷だ。天才気取り、あらゆることの答えがわかってる気でいる。チェックのネルシャツ着た自信満々の男。退屈な奴だよ。

何とマーク・ラッドと同じ高校に通ってたのよね。で、いままたSDSで一緒になって、ほとんど口も利かない（マーク・ラッドはコロンビア大学生運動の中心にいた実在の人物）。

マークは理想主義者でマイクは狂信者だから。

あと五年のうちに革命が来ると思ってるのよね。

そんなわけないよな。

問題は男女比が十二対一くらいだってこと。女たちは小さすぎて、あっさり切り捨てられちゃうのよ。

脱退して自分たちだけでグループを作ったら？

SDSを抜けるってこと？

抜けなくてもいい。集会に行くのをやめるんだ。

で？

で、君が〈平和と正義を守るバーナードの女たち〉の初代会長になる。

よく言うわねえ。

駄目かい？

隅に追いやられるだけよ。大きな問題はみんな大学の問題、アメリカの問題、世界の問題なのよ。ブラ着けてない二十人の女が反戦ポスター掲げて行進したって効き目ないわよ。

百人いたら？

いないわよ。人目を惹くだけの数がいないのよ。どう見てもあたし八方塞がりなのよ。

一九六六年十二月。祖父の死因となった心臓発作は予想外だった（心電図は何年も安定していたし、血圧も正常だった）のみならず、その死に方も一家全員にとって気まずい、恥と言うほかないものだった。祖父が女好きで、結婚生活の外に長年スリルを求めてきたこと自体は、妻も娘たちも義理の息子たちも、孫さえも承知していた。が、まさか七十三歳のベンジー・アドラーがアパートメントを借り、自分の半分の歳にもならない女を愛人として住まわせているとは誰も思っていなかった。まだ三十四歳のディディ・ブライアントが、一九六二年にガーシュ・アドラー・アンド・ポメランツで秘書に雇われ八か月勤めた時点で、彼女のことを愛しているとファーガソンの祖父は思い定め、どれだけ犠牲を払っても彼女を自分のものにしないといけない、自分のものにするのだと決意した。気のいいネブラスカ生まれの、曲線美のディディ・ブライアントも、あなたのものにされる気があると答え、その見返りは、東六十三丁目のレキシントンとパークのあいだに借りたワンベッドルーム・アパートメントの月々の家賃、靴十六足、ワンピース二十七着、コート六着、ダイヤモンドのブレスレット、金のブレスレット、真珠のネックレス、イヤリング八つ、ミンクのストールだった。関係はほぼ三年続き（ディディ・ブライアントによれば双方きわめて幸福だった）、やがて、十二月初旬の凍てつく午後、本当は西五十七丁目のオフィスにいることになっているファーガソンの祖父は、東六十三丁目のディディのアパートメントまで歩いて行き、彼女と一緒にベッドに入って、大規模な心筋梗塞に見舞われ、波乱多き、杜撰（ずさん）な、おおむね楽しかった人生最後の射精とともに絶命した。小さな死（ラ・プティット・モール）と大きな死（ラ・グランド・モール）が、十秒と間を置かずに――短く三回呼吸するあいだに――続けて起きたのである。

どう見てもバツの悪い、ややこしい話である。肥満した愛人の重い体にのしかかられたディディは、禿げた頭のてっぺんと、こめかみあたりにわずかに残る茶色に染めた（ああ、老人の虚栄心）髪とにしばし見入ったのち、死体の下から何とか抜け出して、救急車を呼び、やって来た救急車が彼女と布に包まれたファーガソンの祖父の死体とをレノックス・ヒル病院に運んで、午後3時52分、ベンジャミン・アドラーは「病院到着時死亡」を宣告され、激しく動揺しながらもディディは、彼女の存在すらつゆ知らぬファーガソンの祖母に電話して、事故があったのですぐ病院まで来てくださいと頼んだのだった。

葬儀は近親者のみによって行なわれた。ガーシュ、ポメランツ夫妻も招かず、友人、仕事上の知人も呼ばず、カリフォルニアにいるファーガソンの大伯母・大伯父（ファーガソンの祖母の兄ソールと、そのスコットランド系の妻マージョリー）にすら連絡しなかった。醜聞は何としても避けたかったし、大人数の集いに対処する気力は祖母にはなかったから、埋葬に立ち会うべくニュージャージー州ウッドブリッジの墓地に赴いたのは全部で八名だけだった。ファーガソンと両親、エイミー、大叔母のパール、前日にバークリーから飛行機で駆けつけたミルドレッド伯母とヘンリー伯父、そしてファーガソンの祖母。ラビがカディッシュ（死者を弔う祈り）を唱えるのを彼らは聞き、墓の中に下ろされた松の箱の上に土を撒き、西五十八丁目のアパートメントに戻って昼食を取ってからリビングルームに移って三つのグループに分かれ、別々の会話を日が暮れたずっとあとまで続けた。エイミーはソファでミルドレッド伯母とヘンリー伯父と、ファーガソンの父親と大叔母パールはソファの向かいに並べた肱掛け椅子で、ファーガソンは表側の窓のそばのアルコーブに置いた小さなテーブルで母親・祖母と。この日ばかりは祖母が主に話した。何年ものあいだずっと、夫がノンストップでジョークを飛ばしとりとめのない話を語るなかひたすら黙って座っていた末に、祖母はいまようやく自分が語る権利を行使しているように見えた。そしてその午後彼女が語ったことはファーガソンを心底驚かせた。言葉自体も驚くべき内容だったのに加えて、自分が祖母という人間をこれまでずっといかに見誤ってきたかに驚かされたのである。

第一の驚きは、祖母がディディ・ブライアントに何の恨みも抱いておらず、彼女をあの涙ぐんでいた可愛い女の子と形容したことだった。ほんとに偉いわよねえ、と祖母は言った。逃げ出して夜の闇に消えたりもせずに、ああいうときたいていの人間はそうするだろうけどあの子は違った。奥さんがやって来るまでちゃんと病院のロビーにとどまって、ベンジーとの関係も包み隠さず打ちあけて、ベンジーのこと大好きだった、こんなことになって本当に本当に悲しいってはっきり言えたんだもの。ベンジーが死んだことで祖母はディディを責めるのではなく、ディディを哀れみ、いい人と呼んだ。ディディが堪えきれずに泣き出したときも、（これが第二の驚きだった）祖母は彼女にこう言ったというのだ——**泣かないで。きっとあなたはあの人を幸せにしてくれたんだと思う、あたしのベンジーは幸せになる必要がある男だったのよ。**

ファーガソンから見て、その反応は英雄的に思えた。人間としての洞察の深さに、ファーガソンがそれまで祖母について考えていたことがすべて引っくり返され、それから祖母は椅子の上でわずかに姿勢をずらし、まっすぐファーガソンの母親を見据え、その日初めて目に涙を浮かべて、次の瞬間、彼女の世代の人間が普通絶対に話さないことを話し出した。あたしはあの人の期待に添えなかった、と彼女はまずあっさり言い放った。あたしはあの人にとって悪い妻だった、結婚生活の肉体的な面には全然興味がなくて、性交しても痛くて不快なばかりで、娘たちが生まれたあと、もうこれ以上できない、たまにあなたが望むならやってもいいけどそれ以上は無理だと夫に言った。だから当然——と祖母はファーガソンの母に言った——ベンジーはよその女たちを追いかけ回したのよ、何しろ食欲旺盛な人だったもの、恨むわけには行かないわよ、こっちががっかりさせたんだから、ベッド方面では失格だったんだから。けれどほかのすべての面であたしはあの人を愛した。四十七年ずっと、あの人はあたしの人生でただ一人の男だった、**それでね、ローズ、この人もあたしを愛してくれてるんだ、そう思えなかったことは一分もなかったのよ。**

一九六七年六月。すべては金の問題だった。一月後半、コロンビアの学費、アパート代、食費、書籍代、そして若干の小遣いは、父親が半年ごとに生命保険を切り崩して出してくれると母親から言われて、これは自分ももっと貢献しなければとファーガソンは悟った。去年の夏も書店で最低賃金のアルバイトをして稼いだ金を渡してはいたが、これからはもっとしっかり家計を助け、両親の好意に応えないといけない。

エイミーはすでに夏の仕事を確保していた。ファーガソンの祖父の葬儀後、みんなでアパートメントに戻って昼食を取った際、彼女はミルドレッド伯母、ヘンリー伯父と数時間話し込んだ。歴史学者のヘンリーと歴史専攻学生のエイミーはとりわけウマが合い、六月に始める予定のプロジェクトのことをヘンリーが話し（アメリカの労働運動に関する調査）、実に興味深い質問（ヘンリーの言葉）を次々浴びせたエイミーは、ふと気がつけば夏のあいだ調査助手をやらないかとヘンリーから誘われていた。むろん職場はバークリーである。春学期が終わったらそこへ行くので、当然ファーガソンも一緒に行くということになった。冬のあいだずっと、さらに春の初めまで、二人はこの新たな異国の冒険について話しあった——第二のフランス、ただし今回は自国の中の外国旅行である。列車、飛行機、バス、オンボロのインパラに賭ける、ヒッチハイク、誰かの車をよその街まで運転していく仕事、と選択肢はいくつもあって、とにかくどれが一番安上がりかを割り出さないといけない。とはいえ、肝腎なのは出かける前にファーガソンがアルバイトを見つけることだった。彼にも仕事があるというのが大前提であって、行ってから探しはじめて時間を無駄にするわけには行かない。ミルドレッド伯母さんがバイト探しを手伝うと約束してくれて、アルバイトなんていくらでもあるから全然問題ないと請けあってくれた。ところが、三月末に手紙を出し、四月中旬にもまた出してみると、返事は何とも漠然としていて、具体的なことはまったく何も書いていないので、きっと伯母さんは忘れていたんだ、まだ探しはじめてもいないんだとファーガソンは確信した。それとも、彼がカリフォルニアに向けて発つまでは探す気がないのか。そうこうするうちに、ニューヨークでの仕事の話が、それも大変いい話が持ち上がった。カリフォルニアに行けないのはすごくがっかりだけれど、これを断ったら夏のアルバイトなしで終わってしまう危険もある。奇妙なことに、それはエイミーの仕事とほとんど同じで、そのせいで何となく気分が悪かった。まるで誰かがでたらめに思いついた、「下手なジョークを言う方法」のダシにされたみたいな気がした。春に指導教官として割り当てられた教授が、コロンビア大学の創立から二百周年（一七五四—一九五四）を祝うまでの歴史を書く任を与えられ、本を離陸させるのを手伝ってくれる調査助手を探していて、それでファーガソンを誘ってくれて、応募する必要すらないというのだった。授業での発言も質が高いし、レポートのみならず新聞記事や詩の翻訳を通して文章力も立派とわかっているということで、一本釣りで指名してくれたのである。そう言われてむろん悪い気はしなかったが、決め手となったのは何と言っても給料だった。週二百ドル（大学の予算が付いているのだ）秋学期が始まるころには二千ドル以上が貯まっている計算だ。というわけでカリフォルニア行きはあっさりなしになった。五十二歳、小太りのアンドルー・フレミング教授が生涯独身を通していて、若い男に多大な興味を抱いていることも問題ではなかった。間違いなく自分に気があるのだとファーガソンは思ったが、その程度ならいくらでも対応できる。そんなことで断る気はなかった。

五月初旬に、もう一度だけこれを最後とミルドレッド伯母さんに手紙を書き、やっとバークリーで何かが現われて、フレミングに誘われた仕事はしょせん口約束なのだから始まる前に逃げられればと期待したが、二週間経っても返事はなく、ついに大枚はたいてカリフォルニアに長距離電話をかけると、手紙を受け取っていないと伯母は主張した。嘘だと思ったが、証拠もないのに疑いを口にするわけには行かない。まあそもそもどっちでも同じことだ。ミルドレッドとしても意図して計画を妨害したわけではあるまい。ただ単に怠惰なだけで、ずるずる放置していた挙げ句にもう手遅れとなったのだ。かつて唯一無二の甥っ子アーチーを伯母さんが溺愛してくれたのももう昔の話である。

エイミーは悲しんでいた。ファーガソンは絶望していた。二か月半離ればなれになるなんて、口にするのも恐ろしかったが、どうしたらこの事態から抜け出せるかは二人ともわからなかった。あんたは大人のふるまいをして偉いわよとエイミーに言われて（もっとも少し怒りも交じっているように聞こえた）、カリフォルニア行きをやめてニューヨークにいなよ、とエイミーに頼みたい誘惑にファーガソンは駆られたが、それは越権行為であって間違っているとわかったから、何も言わなかった。六月五日に六日戦争が勃発し、終わった翌日にエイミーは一人でバークリーに発った。飛行機代は両親が出してくれて、ファーガソンは出発の朝彼らと一緒に車で空港まで見送りに行った。ぎこちない、みじめな別れ。涙も大仰なしぐさもなく、長い厳かなハグに、できる限り頻繁に手紙を書くという約束。西一一一丁目の自室に戻ったファーガソンは、ベッドに腰かけ、目の前の壁を見た。隣で赤ん坊が泣いているのが聞こえ、五階下の歩道で男が誰かにファックとどなるのが聞こえ、突然ファーガソンは、自分が人生最大の過ちを犯したことを悟った。仕事があろうとなかろうと、自分はエイミーと一緒にカリフォルニアに行くべきだったのであり、そこでどんなカードが配られようとあくまでそれをプレーすべきだったのだ。人生はそういうふうに生きるものじゃないか、僕はそういう跳ねる人生、踊る人生を求めていたんじゃなかったのか。なのに義務を選んで冒険を捨て、親への責任を選んでエイミーへの愛を捨ててしまったのだ。自分の手堅さをファーガソンは呪い、ぬかるみをコツコツ歩きつづける心性を憎んだ。金。いつだって金なのだ。いつだって金が足りない。生まれて初めて、腐るほど金のある身に生まれるのはどんな感じだろう、とファーガソンは考えた。

　ふたたび暑い夏のニューヨーク。頭のおかしい連中の声、ラジオ、隣のエイミーの部屋を又貸（サブレット）しした人間のいびきと屁を聞きながら夜ベッドに横たわって汗をかき、日々正午にはもうシャツも靴下も汗でびっしょりで、両手をぎゅっと握って街を歩き、近所ではいまや二時間に一度ナイフを突きつける強盗事件が起こり、自分が住んでいる建物のエレベータで四人の女性が強姦された。気をつけろ、目を開けていろ、ゴミバケツの前を通るときは息を止めろ。毎日朝から晩までバトラー図書館なる名の、蔵書百万冊があるパルテノン神殿レプリカの中で過ごし、独立革命以前のコロンビア大学（当時はキングズ・カレッジ）に関し、また十八世紀なかばのニューヨークの生活環境（豚が街なかを駆け回り、そこらじゅうに馬糞）に関してメモを取る。州で最初の、全米で五番目の大学、ジョン・ジェイ、アレグザンダー・ハミルトン、ガヴァヌーア・モリス、ロバート・リヴィングストン——初代最高裁首席裁判官、初代財務長官、合衆国憲法最終稿起草者、独立宣言第一稿を起草した五人委員会の一員、若き青年だった建国の父たち、少年だった彼ら、豚や馬と一緒に街を駆け回る幼児だった彼ら。そうやって黴臭いバトラーで五、六時間過ごしてからアパートに帰り、フレミングに渡すメモをタイプで清書し、フレミングとは週二度、冷房の効いた〈ウェストエンド〉で会う——かならずウェストエンド、フレミングの研究室やアパートメントでは決して会わない。いくらこの親切で気品ある、きわめて知的な歴史学者が指一本触れてこないとはいえ、その目はつねにファーガソンに注がれ、少しでも誘っている気配はないか、思いを返してくれているような目付きはないかと探っているのであり、これに対処するだけでも十分気苦労なのだ。ファーガソンとしてはフレミングを人間として気に入っていたし、同情を覚えずにいられなかった。

一方エイミーは、西に五千キロ行ったヒッピーの国に。エイミーはエデンの園に。エイミーは「サマー・オブ・ラブ」のさなかバークリーにいて、テレグラフ・アベニュー（六〇年代末カウンターカルチャーの拠点となった通り）をぶらついていた。エイミーの声を聴きつづけようとファーガソンは彼女から来た手紙を何度も何度も読み返し、毎日図書館にも持っていって仕事があまりに単調で昏睡状態に陥ってしまいそうになるたび抗退屈剤に用い、こっちから彼女に送る手紙は精一杯軽くテンポよく愉快なものに仕立て、戦争、街路に広がる悪臭、エレベータで強姦された女たち、彼の心に棲みついた憂鬱についてはいっさい触れなかった。君、人生を謳歌してるみたいだね、とその夏エイミーに送った四十二通の手紙のうちの一通にファーガソンは書いた。僕はニューヨークで謳歌を人生しているよ。

一九六七年七月。ファーガソンの見るところ、ニューアークで起きた一連の悲しい暴動で一番悲しいのは、何ものもそれらを阻止しえなかったことだった。世界で起きるたいていの大事件は、人々がもっときちんと考えていれば起こらずに済んだかもしれないが（たとえばベトナム）、ニューアークは避けようがなかった。まあたしかに死者二十六人、負傷者七百人、逮捕者千五百人、破壊された店舗九百、損害総額一千万ドルといった規模は回避できたかもしれないが、街はもう何年も前からすべてが間違った方向に進んでいたのであり、七月十二日に始まった六日間の暴力は、何らかのたぐいの暴力で応えるしかない状況の必然的帰結だったのである。事態は黒人のタクシー運転手ジョン・スミスがパトカーを不法に追い越して白人警官二人に棍棒で殴られたことから始まった。だがそれは原因というより結果だった。スミスでなければ、ジョーンズが同じ目に遭っただろう。ジョーンズでなければ、ブラウンかホワイトかグレーだっただろう。たまたまスミスだっただけだ。そしてそのスミスが、ジョン・デシモーンとヴィトー・ポントレッリという二人の警官に第四分署に引きずり込まれたとき、通りの向かいに建つ大きな団地の住民たちのあいだで、スミスが殺されたという噂があっという間に広まった。それ自体は誤報だったわけだが、より深い真実は、ニューアークの人口はいまや五十パーセント以上が黒人であり、その二十二万人の大半が貧しいということだった。基準を満たしていない住宅の比率が全米一高く、犯罪発生率は全米二位、幼児死亡率二位、失業率は全国平均の二倍。地方自治体の要職は全員白人で占められ、警察は九十パーセント白人、建築工事の契約はほぼすべてマフィアの息がかかった企業に回され、マフィアは協力してくれた公務員に多額のリベートを贈り、企業は黒人労働者を組合に加入していないという理由で（そして組合は白人しか入れない）雇おうとしなかった。システム全体があまりに腐敗していて、市当局は仕事泥棒（Steal Works=steelworks「製鋼所」のもじり）と呼ばれた。

昔々、ニューアークは人が物を作る街、工場がありブルーカラーの仕事がある街だった。腕時計から掃除機に鉛管まで、壜から壜洗浄ブラシにボタンまで、袋入りのパンからカップケーキに長さ三十センチのイタリアンサラミまで、地上に存在するあらゆる品がここで製造された。それがいま、木造家屋は崩壊していき、工場は閉鎖され、白人中流階級は郊外に出ていった。ファーガソンの両親もいち早く一九五〇年にそうしたわけであり、彼が知る限り戻ってきたのは両親だけだったが、二人が戻ってきたウィークエイックは真の意味でのニュージャージーではなく、いわば仮想上のニューアークの南西端に位置するユダヤ人の町であり、その黎明（れいめい）期以来すべては静かなものだった。一か所に七万のユダヤ人が集まっていて、名造園家オルムステッドの設計した三一一エーカーの美しい公園があり、町の高校は全米のどの高校よりも多くの博士号取得者を輩出していた。

十二日の晩、ファーガソンは〈ウェストエンド〉でビールを飲んでいて、午前一時少し過ぎにアパートに帰ると電話が鳴っていた。受話器を取り上げると、父親が絶叫しているのが聞こえた。どこ行ってたんだ、アーチー？ ニューアークが燃えてるんだぞ！ ウィンドウが叩き割られて店が略奪されてるんだ！ 警察がバンバン発砲してるってのに、お前の母さんはスプリングフィールド・アベニューに出て新聞に載せる写真を撮りまくってる！ 通りには非常線が張られていて、父さんは中に入れないんだ！ 帰ってこい、アーチー！ お前がここにいてくれないと！ 報道パスも忘れるなよ！

ダウンタウンへ行ってポート・オーソリティからバスに乗って帰るには遅すぎるので、ブロードウェイでタクシーを拾い、飛ばしてくれ（ステップ・オン・イット）、と運転手に、映画では何十回と聞いたけれども自分では一度も言ったことのないフレーズを言い、財布に入っていた三十四ドルのうち二ドルしか残らなかったが、とにかく一時間以内にヴァン・ヴェルサー・プレイスのアパートメントに到着した。有難いことに、この界隈は静かだった。暴動は中央区で始まり、ダウンタウンのあちこちに広がっていたが、南区にはまだ伝わっていなかった。もっと有難いことに、母親がちょうど帰ってきたところで、過度の緊張でなかば正気を失いかけていた父親がふたたび正気を取り戻しかけていた。

あんなもの見たことないわよ、と母親が言った。火炎壜、すっかり略奪された店、銃を出してる警官、火事、そこらじゅう駆け回ってる半狂乱の人たち——まるっきりの混沌よ。

サムの店がなくなった、と父親が言った。一時間前に電話してきて、何も残ってないと言っていた。みんな狂ってる。野獣だよ。自分の住んでる地域を燃やすなんて。こんな愚かな話、聞いたことがない。

あたしもう寝るわ、と母親が言った。もうくたくただし、明日の朝一番で『レッジャー』に行かないといけないから。

もうこんなことはよせ、ローズ、と父親が言った。

こんなことって、スタンリー？

戦争写真だよ。

これがあたしの仕事なのよ。やるしかないのよ。今夜のせいですでにこの家族の一人が仕事を失くしたのよ、あたしがやらないわけには行かないのよ。

巻き添え喰って死ぬぞ。

死なないわよ。これでもうほぼ終わりだと思う。あたしが立ち去るころにはみんな帰りはじめていたから。パーティはお開きなのよ。

そう母は思ったし、そう思った人間はほかにも大勢いて、市長のヒュー・アドニツィオすらそう考え、壜が何本か割れただけと騒動全体を片付けたが、次の夜にふたたび暴動が始まると、母はまたカメラを持って町へ出て、今回はファーガソンも一緒に行き、警察に呼び止められた場合に備えて『モントクレア・タイムズ』と『コロンビア・スペクテイター』両方の報道パスを携帯していた。父は昼はサム・ブラウンスティーンとともに破壊されたスポーツ用品店で過ごし、被害の規模を見積もり、かつては店のウィンドウだったところにベニヤ板を打ちつけ、持って行かれずに残ったわずかな品を救い出し、日没後ファーガソンが母と二人でスプリングフィールド・アベニューへ向かったときもまだサムに付き添っていた。父の頭の中では、ファーガソンは母を護るために一緒にいるのだったが、ファーガソンの頭の中では、彼自身そこにいたいからいるのだった——母は護られることなど必要としていないのだから。仕事として写真を撮って回っている母は驚くほど落着いて、規律正しく行動していて、その冷静さ、集中ぶりを見ているうちに、実は母こそが自分を護ってくれているのだとファーガソンは実感した。その夜、膨大な数の記者とカメラマンが中央区に集まった。ニューアーク地元各紙、ニューヨーク各紙、『ライフ』、『タイム』と『ニューズウィーク』、AP、ロイター、アングラの新聞雑誌、黒人の新聞雑誌、ラジオ・テレビのスタッフ。混沌がスプリングフィールド・アベニュー沿いに広がっていくなか、報道関係者はおおむねひとつに固まっていた。傍から見ても不安にさせられる眺めであり、ファーガソンは自分が過敏になっていること、時に怯えてすらいることを胸の内で認めたが、と同時に興奮と驚異の念に包まれてもいた。およそ予想もしていなかったすさまじいエネルギーが街路に波打ち、高ぶった感情と向こう見ずな動きとが混じりあって、怒りと喜びが融合されて、およそどこでも見たことのないひとつの感情になっているように思えた。それはいまだ名を与えられていない新しい感情であり、父親は狂ってると言ったが決してそうではないし、愚かでもなかった。黒人の暴徒たちは、白人の（多くはユダヤ系白人の）所有する商店を系統的に襲撃するなか、黒人の店（**魂の兄弟**（ソウル・ブロ））には手を付けなかったのであり、表に大きく書いてあることでわかる。お前らは敵だ、侵入者だ、いまのようにして白人に対し、お前らは敵だ、侵入者だ、いまこそお前らが俺たちの国から出ていく時だと伝えていたのである。ファーガソンはこれに賛同するわけではなかったが、少なくとも筋は通っていると思った。

今夜も暴動は徐々に収まっていき、今夜もみな帰っていって、今度こそこれですべて終わりかと思えた。二日にわたり破壊とアナーキックな解放との狂躁が続いた、その二晩目。が、散っていく群衆の誰一人知りえなかったのは、午前二時二十分にアドニツィオ市長がリチャード・ヒューズ州知事に電話して州兵軍と州警察の出動を要請したことだった。夜が明けるころには三千人の州兵が戦車に乗って市内を進軍し、重装備した州警察官五百人が中央区の街なかに配置され、その後三日間、ベトナム戦争がアメリカに出現した。モハメッド・アリをニガーと呼んだベトコンはいなくても、ニューアークの黒人たちがいまやベトコンに変えられたのである。

ヒューズ知事――「これは白人を憎むと言っているが実はアメリカを憎んでいる者たちによる犯罪的反乱である」。

有刺鉄線が張られたチェックポイント。夜十時以降の自動車走行禁止令。十一時以降は人が路上にいることも禁止。略奪は止み、最初の二晩の高揚は、いまや都会の戦争に、ライフルや機関銃や火炎を武器とする総力戦に変わりはてていた。白人の消防署長で三十八歳、六人の子供がいるマイケル・モーランがセントラル・アベニューで梯子に上がって警報装置を点検中に射殺され、以後は州兵軍も州警察も、そこらじゅうの屋上に黒人の狙撃者がうようよいて目についた白人を片っ端から狙っているという前提でふるまった。これらの日々に殺された二十六人のうち二十四人が黒人だったという事実から見て、その前提は間違っていたように思えるが、州兵も警察官もこれを口実に一万三千発の銃弾を発射し、たとえばレベッカ・ブラウンという名の女性の住む二階のアパートメントに直接銃弾を撃ち込み、『スターレッジャー』紙言うところの「一斉射撃」によって彼女を殺した。ジミー・ラトレッジの体にも二十三発の銃弾を撃ち込み、あるいはまた、すでにすっかり略奪されたコンビニエンス・ストアから冷えたジュースを取って喉の渇いた『ライフ』誌カメラマンに渡した罪ゆえに二十四歳のビリー・ファーを射殺した。

その間ずっとファーガソンの母親は、写真を撮りつづけるために精一杯のことをやっていた。さすがに活動は昼間に限定せざるをえなかったが、戦車、兵士、いまや黒人の店舗も破壊し尽くされた中央区の街なかを撮り、何であれ大炎上の中で意味がありそうなものを何百枚と記録していった。ファーガソンの父親は妻ローズの安全を心配していまやすっかりパニック状態に陥り、彼女がどこへ行くにもついて行くと言い張り、結局三日間にわたって、父は母と一緒に古いインパラの後部席に座り、運転はファーガソンが引き受けて両親を乗せ街じゅうを走り回り、やがて走行禁止時間が迫ってくるなか、未現像のフィルムを『スターレッジャー』のオフィスに届けてから、静かなヴァン・ヴェルサー・プレイスのアパートメントに帰るのだった。この悪夢の数日、母親に対するファーガソンの敬意は募る一方だった。いままでずっと、写真館で肖像写真を撮ってきて、郊外のガーデンパーティを撮影することからジャーナリズムに入った四十五歳の女性が、街へ出てこんなことをやっている。ファーガソンから見て、人間がそんなに変身するなんておよそありえないように思えた。これが唯一の慰めだった。それ以外はこの数日の何もかもが彼をうんざりさせた。心でうんざりし、腹までうんざりし、自分が生きている世界にうんざりしたし、おまけに父親は毎晩奴らを罵ってわめき散らし、人でなしの黒(シュヴァルツ)どもが、俺たちユダヤ人のことを何でこんなに憎むんだ、もうたくさんだ、こっちもこれからは永久に奴らを憎み返してやる、死ぬまで一分も休まず烈しく憎んでやる……例によって父がそうがなり立てるのがさすがに耐えられなくなったファーガソンは、黙れ(シャット・アップ)、と生まれて初めて父親に言った。

州警察は十七日に撤退し、最後の戦車が街を去ったころには戦争は終わっていた。

ほかのこともすべて終わっていた――少なくともウィークエイックのユダヤ人にとっては。誰もがファーガソンの父親と同じ気持ちでいるようで、以後半年のうちに地域のほぼ全家族が出ていった。近隣のエリザベスに移った家族もいれば、郊外のエセックス郡、モリス郡に行った家族もいて、かつてはユダヤ人ばかりだった界隈にもはや一人もユダヤ人がいなくなった。現在ニューアークに住んでいる黒人の両親・祖父母の大半は二つの世界大戦間の大移住時代に南部から移ってきていた。そしていま、ファーガソンの母親がこの暴動を撮影した業績を世間に評価され、『マイアミ・ヘラルド』から新しい仕事に誘われたので、両親は黒人の隣人たちと場所を交換するかのように自分たちが南部へ向かっていた。皮肉なものだ、とファーガソンは思った。

二人が去るのを見るのはひどく辛かった。

一九六七年秋。カリフォルニアの陽光か星の光か月の光か、その何かによってエイミーの髪の色は明るくなり、肌の色は暗くなっていた。ニューヨークに戻ってきた彼女は眉も睫毛もより白くブロンドらしくなって、頬、腕、脚は浅黒い艶を帯び、焼き立てのマフィンか、バターをたっぷり塗った温かいトーストの黄金色だった。彼女を食べてしまいたいとファーガソンは思った。二か月半にわたって独身者の苦難を味わったあと、彼女をいくら貪っても足りなかった。そして彼女も夏のあいだずっと、つまんない修道女暮らしに耐えていたので、いつになく感じやすくなっていて、ファーガソンに劣らず積極的になっていた。ファーガソンはいまや、自分が祖父の食欲旺盛さをかなりの程度引き継いでいることを思い知り、自分のありったけをエイミーに与えようと思って事実そうしたし、エイミーも同じくありったけを与えてくれて、西一一一丁目のアパートに彼女が帰ってきて三日間ずっと、二人は彼女の部屋のダブルベッドに陣取って、自分たちをひとつにまとめている未知の力にふたたび親しんだのだった。

　にもかかわらず、変わってしまったこともいくつかあって、どれもが喜ばしい変化とは限らなかった。まず第一に、エイミーはカリフォルニアに、少なくともカリフォルニアのベイエリアに恋していた。ニューヨークから絶対出ないと言っていた女の子はいまや、来年に向けてバークリーのロースクールを受験しようかと本気で考えはじめていた。ロースクールはいいのだ。ファーガソンとしても彼女が弁護士になるのは大賛成で、このことは過去何度も話しあっていて、貧しい人たちのための弁護士、活動家（アクティビスト）の弁護士になれば反戦デモに関わったり強欲で無責任な大家相手のストライキを組織したりするよりずっと世の役に立てる、戦争はいずれ終わるのだし（と思いたい）、強欲な大家に暖房を入れてくれとか鼠を駆除してくれとか含鉛ペンキを除去してくれなどと頼み込むより彼らを刑務所に入れる方がずっといい、と二人で言っていたのである。ぜひ弁護士になってほしい――でもカリフォルニアって何の話だ？　来年は僕がまだニューヨークにいることを忘れたのか？　夏のあいだ離ればなれになってるだけでもひどかったのに、まる一年なんてことになったら頭がおかしくなってしまう。だいいち、どうして僕が卒業したら君を追ってカリフォルニアに行くと決めてかかる？　コロンビア、NYU、フォーダムにだって真っ当なロースクールがあるじゃないか、そういうところへ行って、このアパートに僕と一緒にとどまれないのか？　何でそうやって何もかもややこしくするんだよ？

　アーチー、アーチー、そんなに興奮しないでよ。まだいろいろ考えてる段階なんだから。

君がそんなこと考えるっていうだけで愕然とするよ。

あっちがどんなだか知らないからよ。あたしは二週間いた時点でニューヨークのこと考えるのをやめて、やめたのが嬉しかった。ここがあたしの居場所だって思えたのよ。

前はそんなこと言わなかったぜ。ニューヨークこそそれだって。覚えてる？

そう言ったのは十六のときだし、バークリーにもサンフランシスコにも行ったことなかったもの。いまはもう二十歳のお婆さんで、考えも変わったのよ。ニューヨークはゴミ溜めよ。

それは納得する。でもニューヨーク中どこもそうってわけじゃない。嫌だったら別の地域に引越せばいいじゃないか。

北カリフォルニアはアメリカ一美しいところよ。フランスと同じくらい美しいのよ、アーチー。あたしの言葉信じたくなかったら信じなくていい。自分の目で見に行きなさいよ。

僕いまちょっと忙しいんでね。

クリスマスはどう。冬休みに二人で行けるわよ。

いいとも。けどもし僕も世界一の場所だと思ったとしても、まだ問題は解決しない。

問題って？

一年間離ればなれになること。

何とかなるわよ。そんなに辛くはないはずよ。

僕は生涯で最高に寂しい、最高にみじめな夏を過ごしたばかりなんだぜ。辛かったよエイミー、すごく辛かった、もう耐えられないんじゃないかっていうくらい辛かった。丸一年なんて、たぶん僕は壊れてしまうよ。

わかったわよ、辛かったわよ。でもあたしは、これってあたしたちにとってよかったとも思う。一人で過ごして、一人で眠って、おたがいを恋しく思って、手紙を書いて——あたしたちはより強いカップルになれたと思う。

ハ。

あんたのことほんとに愛してるのよ、アーチー。

それはわかってる。でもときどき思うんだけど、君は僕と一緒にいること以上に、君の未来を愛してるんじゃないのかな。

一九六七年十二月。その冬二人はカリフォルニアには行かなかった。ファーガソンの祖母が亡くなったからである。死因は、前の年の祖父と同じく体内で唐突に生じた破裂。ニュージャージー州ウッドブリッジでの埋葬にいま一度参加すべく旅行は中止された。それから狂乱の一週間が続き、祖母の持ち物を処分し住居を空にする作業に多くの人間が参加した。何しろファーガソンの両親がフロリダに引っ越す直前なので、すべてを記録的な速さで成し遂げねばならず、誰もが協力して働き、ファーガソンはむろんエイミーも仲間に入って、結局エイミーが誰よりも大きく貢献したし、ナンシー・ソロモンとその夫マックスも手を貸し、除隊になってモントクレアに戻ってきて春のトレーニングに備えているボビー・ジョージも来てくれて、さらには祖父の死後に祖母とも仲よくなっていて（人生は筋が通っているなんて本気で言える奴がいるだろうか？）祖父が死んだときと同じくらい今回も烈しく泣いたディディ・ブライアントもいた。そしてファーガソンの母親は助けを必要としていた。見るからに取り乱し、ファーガソンが子供のころからずっと見てきて流した涙の総量よりもっと多くの涙を流し、ファーガソン自身も強い悲しみに襲われた。祖母を失っただけでも十分悲しかったが、加えてアパートメントで起きていることを見るのも辛かった。一部屋また一部屋と空にされていき、一つまた一つと新聞紙に包まれダンボール箱に収められていく品物すべてが物心ついたころからずっと彼の人生の一部だったのであり、小さいときに両手両膝ついて遊んだみすぼらしい小物、祖母の愛した象牙の象たちと緑色のガラスの河馬、廊下の電話の下に敷いていた黄ばんだレースのドイリー、祖父のパイプのコレクションと空の煙草入れ（ファーガソンはその中に鼻をつっ込んで、とっくになくなった葉巻が残していったピリッとする匂いを深々と吸い込むのが好きだった）、それらすべてがもう永久になくなってしまったのであり、そして何より辛いことに、祖母もファーガソンの両親とフロリダに移ってマイアミビーチの新しいアパートメントで一緒に暮らす予定だったのだ——そして口では本人も楽しみだと言っていたものの（**あんたも遊びに来ておくれよアーチー、一緒にコリンズ・アベニューの〈ウルフィーズ〉行ってスクランブルエッグとロックスと玉ネギの朝ご飯食べよう**）、ひょっとしたら祖母は長年住んだアパートメントを離れることに怖気づき、耐えられずに意志の力で卒中を起こしたのではないか。

この時期、金のことはまったくファーガソンの頭になかった。日々の暮らしを切り抜けていくなかで、金について考えないこと、金について心配しないことはめったにないのに、今度ばかりは、一人の人間が死んだあとに生じる財産やら何やらの金銭的波紋に関しておよそ何も考えなかったのである。が、長年ガーシュ・アンド・アドラー・アンド・ポメランツを経営するなかで祖父は相当な額の金を稼いでいて、その相当な額の相当な部分がディディ・ブライアントとその前任者たちに注ぎ込まれていたものの、夫の死によって祖母は五十万ドル以上を相続していた。その祖母も亡くなったいま、金は二人の娘ミルドレッド、ローズに引き継がれ、遺書に従ってそれぞれが半分ずつ受け取り、相続税を支払ったあと、ファーガソンの伯母と母親は、彼女たちの母親を死に至らしめた卒中の前に較べておのおの二十万ドル裕福になったのである。二十万ドル！　あまりの巨額に、一月後半にフロリダから電話してきた母に知らされてファーガソンは思わずゲラゲラ笑ってしまい、母の分の半分は自分に来ると知らされてますます激しく笑った。

　あんたの父さんと二人でじっくり話しあったのよ、現時点であんたも何がしかを受け取って当然だと思うの、と母は言った。で、父さんと、二万ドルという数字を割り出した。残りの八万ドルはあんたのために投資する。だからいずれもし必要な事態になったら、八万は八万以上になってるはず。あんたはもう大人よ、アーチー。二万あれば大学の残りの一年半を切り抜けられて、いわゆる実人生に乗り出すときにもまだ十分、六千とか八千とか残っていてそれがクッションになってくれて、金がどうしても要るからってやりたくもない仕事に就いたりせずに、ほんとにやりたい仕事がやれると思うのよ。それにこうすれば、マイアミビーチにいるあたしたち年寄りも楽になる。父さんはもう毎月、家賃と生活費の小切手をあんたに送らなくていいし、授業料の支払いも考えずに済んで、誰にとってもすべて話は簡単になる。これからはあんたが自分で仕切るのよ。

　こんなにしてもらえるなんて、僕、何をやったのかな？　とファーガソンは訊いた。

　何もしてない。だけどそもそもあたしだって何やったのよ？　何もしてない。ただ単にこうなってるのよ、アーチー。人は死んで、世界は回っていく。おたがい助けあえるんだったら助けあう、そうでしょ？

一九六八年一月。こうと決めたら絶対あとへは引かないエイミーだから、バークリーのロースクールに願書を送ると言い出した話についても当然一歩も譲らなかった。受験すれば絶対合格するだろうし、合格したらどのみちコロンビアとハーバードも合格するだろうがきっとバークリーに行くだろうから、ファーガソンとしては金のことを考えて自らを慰めようと努めた。金はあるのだからカリフォルニアへちょくちょく会いに行けるし、エイミーがクリスマスや春休みにニューヨークに帰ってこないことにしたら長期間の滞在だってできる。そうすれば、彼女がいなくてもどうにか押しつぶされずに一年を切り抜けることも不可能ではない。まあ望み薄ではあるが、少なくとも前はまったく望みなしだったのが、金が入ってチャンスは出来たのだ。

　それを別にすれば、金で興味深いのは、それによって彼の生活が外面的にはほとんど影響を被っていないことだった。まあたしかに欲しい本やレコードがあると以前ほどためらわず買うようになったし、着古した服や履き古した靴を取り替えるのも前より少し早くなり、エイミーにサプライズのプレゼントを買いたくなったら（たいていは花、あと本、レコード、イヤリングも）迷わずその衝動に従うことができた。それ以外は特に何も変わっていなかった。依然として授業に出て、『スペクテイター』の記事を書き、フランス語の詩を翻訳し、いつもの安い行きつけの店に行きつづけた――〈ウェストエンド〉、〈グリーン・トゥリー〉、〈チョックフル・オ・ナッツ〉。が、内面の、自分自身の意識と無言の交渉を持ちながら生きている精神の奥底の部屋においては、ひとつ大きく変わったことがあった。西一一〇丁目とブロードウェイの角にある、ファーストナショナル・シティバンクの彼の口座には二万ドル近い金が入っている。そして、金がそこにあるとわかっているだけで、べつに遣いたいという気はなくても、一日に七四六回金のことを考えねばならない義務から解放される。そうやって年じゅう金について考えないといけないことは、十分に金がないということ自体と同じくらい、下手をすればそれ以上に悪い。そういう思考は精神を蝕(むしば)み、死に追いやりかねない。だからそれをせずに済むのは天の恵みだった。金がないよりある方が真に優っているのはこの点だ、とファーガソンは実感した。金でもっと多くの物が買えることではなく、あのおぞましい思考の吹き出しが常時頭上に漂うことなく過ごせること。

一九六八年初頭。ファーガソンは状況を、同心円の連なりとして見た。外側の円は戦争と、それに伴うすべて。ベトナムにいるアメリカ人兵士たち、北と南にいる敵の闘士たち（ベトコン）、ホー・チ・ミン、サイゴンの政府、リンドン・ジョンソンとその閣僚、第二次世界大戦後のアメリカの対外政策、戦死者数、ナパーム弾、燃えさかる村、ハーツ・アンド・マインズ（米政府によるベトナム国民懐柔政策の鍵言葉）、軍備拡大、和平工作、名誉ある撤退（共和党大統領候補ニクソンがベトナム戦争から手を引くことを訴えた際に使ったフレーズ）。二つ目の円はアメリカを、国内戦線にいる二億人を表わす。メディア（新聞、雑誌、ラジオ、テレビ）、反戦運動、好戦運動、ブラックパワー運動、カウンターカルチャー運動（ヒッピーとイッピー、マリワナにLSD、ロックンロール、アングラ出版、ザップコミックス、メリー・プランクスターズ、マザファッカーズ）、ハードハッツ、ラヴイット・オア・リーヴイットの連中、中産階級の親世代と子世代のあいだに広がるジェネレーション・ギャップ、のちに物言わぬ大衆(サイレント・マジョリティ)と呼ばれることになる名もない市民たちの巨大な群れ。三つ目の円がニューヨークで、これは二つ目の円とほぼ同一だがもっと身近でもっと生々しい。ニューヨークはひとつの実験室である。ファーガソンにとっては、そういった社会のさまざまな動向の実例を、活字や映像のフィルターを通さずじかに見られる場であり、そうしながらニューヨーク自体の陰影や細部も観察できる。ニューヨークはアメリカ中のどの都市とも違っている――特に、貧富の甚だしい隔たりにおいて。四つ目の円がコロンビア、ファーガソンの目下の居住地で、彼をはじめとする学生たちを囲んでいる手近な小さい世界、もはや外の大きな世界から壁で隔てられてはいない（壁はいまや崩れて外は中と見分けがつかない）組織を囲う輪。五つ目の円は個人、ほか四つの円のいずれかにいる一人ひとりの個人だが、ファーガソンの場合、一番大事な個人は彼が直接知っている個人、とりわけコロンビアで生活を共にしている友人たちであり、そしてもちろん彼らにも増して、個人の中の個人、一番小さな同心円の中心に位置する点、すなわち彼自身。

五つの領域、五つの別々の現実。だがたがいにつながっていて、外側の円（戦争）で何かが起きたら、その影響はアメリカ、ニューヨーク、コロンビア、そしてプライベートな個々人の生活から成る内側の円の最後の一点にまで伝わってくる。たとえば一九六七年春に戦争が拡大すると、四月十五日に五十万の人々が、戦争を糾弾しベトナムから米軍が即刻撤退することを求めてニューヨークの街を行進した。五日後、アップタウンにあるコロンビアのキャンパスで、ジョン・ジェイ・ホールのロビーにテーブルを据えていた海軍新兵勧誘官たちに「いくつかの質問をしに」SDSのメンバー三百人が赴いたところ、体育会系学生五十人とNROTC（海軍予備役将校訓練部隊）の連中に襲われ、拳骨が飛びかい鼻が叩きつぶされる血まみれの乱闘となり、警察が介入して両者を引き離さねばならなかった。翌日の午後、コロンビアでは三十年ぶりという大規模なデモがジョン・ジェイ、ハミルトン両ホールに挟まれたヴァン・アム方庭で行なわれ、SDSのメンバーとシンパが八百人、海軍によるキャンパスでの新兵勧誘に抗議し、五百人の親‐海軍体育会系がサウスフィールドで反デモを行ない、フェンス越しに卵を投げつけてきた。ファーガソンとエイミーは二人ともこの狂乱の現場に、エイミーはデモ参加者として、ファーガソンは目撃者‐報道関係者として居合わせ、その夜〈ウェストエンド〉でファーガソンがエイミーに同心円説を披露すると、エイミーはニッコリ笑って彼を見て、なるほどホームズ、見事な推理だよ、と言った。

ポイントは両側の誰一人喜んでいないということだった。好戦派はジョンソンが戦争を勝利に持ち込めないことに苛立ちを募らせ、反戦派は自分たちがジョンソンに戦争をやめさせられないことに苛立ちを募らせていた。その間にも戦争はますます拡大し、米軍は五十万、五十五万と増えていき、拡大すればするほど外側の円はほか四つの円をいっそう圧迫し、円同士じわじわ締めつけられてたがいに接近していき、しまいにはあいだの空間はごくわずかな空気の薄片のみとなり、これによって中心に囚われた個々の人間たちは呼吸するのも困難になっていった。そして人間、呼吸ができないとパニックに陥るものであって、パニックとは狂気に近い何ものかであり、それは自分の精神が崩壊したという感覚、もうじき死ぬのではないかという感覚である。一九六八年に入るころにはもうファーガソンは、誰もが狂気に陥ったのだ、ブロードウェイで独り言をわめき散らしている人たちと同じくらい狂ってしまったのだと感じはじめていて、彼自身も少しずつ、誰にも劣らず狂ってきていた。

やがて、年の初めのその二、三か月に、何もかもがプツプツ切れはじめた。一月三十日のテト攻撃のあいだ、ベトコンのゲリラ部隊が南ベトナムの百以上の市や町を奇襲し、米軍も反撃はしたし、攻撃を仕掛けたすべての戦闘で敵を圧倒し、ベトコン三万七千人を死なせたのに対し自軍の死者は二千、さらに数万のベトコン戦士を負傷させるか捕虜とするかし、五十万の南ベトナム民間人を家なしの難民としたものの、結局はアメリカがこの戦争に勝てはしないことが証明されただけだった。アメリカの大衆に対するベトコンのメッセージは、北ベトナムは決して屈しない、最後の一人が死ぬまで戦いつづけるということ。この国を破壊するのにいったいあと何人の米兵が必要なのか？　すでに五十万人いるのを百万、二百万、三百万に増やさないといけないのか？　だとすれば、北ベトナムを破壊することはアメリカを破壊することでもあるのではないか？　二か月後、ジョンソン大統領がテレビに現われ、秋の大統領選に出馬しないと宣言した。それは敗北を認める発言だった。戦争に対する国民の支持が著しく低下して、いまや彼の政策が却下されたことを認める選択だった。貧困戦争、公民権法、投票権法を推進する〈よいジョンソン〉を信奉し、ベトナムに関わる〈悪いジョンソン〉を忌み嫌うファーガソンは、いまや合衆国大統領に同情するという居心地の悪い位置に立つことになった。リンドン・ジョンソンの頭の中に入るよう努め、王座を明け渡す決断をした際にジョンソンが感じたにちがいない苦悩を自分も感じようとするなか、少なくとも一、二分のあいだ、ファーガソンはジョンソンに同情したのである。やがて、これでよかったんだという気持ちが訪れた。ＬＢＪ（当時ジョンソンはこう呼ばれた）がじきいなくなることになって、ファーガソンは嬉しかった。喜びと安堵の両方を感じていた。

その五日後、メンフィスでマーティン・ルーサー・キングが暗殺された。またも無名のアメリカ人によって発射された銃弾、またも国民全体の神経系への打撃、そして数十万という人々が街に飛び出して、窓を叩き割り建物に火を点けた。

一二八のニューアーク。

五つの同心円が融けあってひとつの黒い円盤となった。それがいつしか一枚のＬＰレコードとなり、何度もかけられたのは、「もう俺には耐えられない、シュガー、心があまりに痛むから」と題された古いブルースナンバーだった。

一九六八年春（I）。エイミーの姿はもうめったに見かけなかった。バーナードはいまが四年次の最終学期で、卒業の要件はもうほぼ満たしていたから、その春は授業の負担もごく軽く、大半の時間をSDSの政治活動に注ぎ込むことができた。一方、それまでファーガソンの最大の心配はエイミーが秋からバークリーのロースクールに行ってしまうことだった（四月上旬、キング牧師がメンフィスで暗殺された数日後に合格通知が来た）が、いまや夏が始まる前に彼女を失ってしまうのではという恐れが出てきた。六八年初頭の狂乱の日々、エイミーの立場はますます先鋭化していて、ラディカルな戦闘的姿勢と資本主義への敵意がいっそう深まり、もはやファーガソンとのささやかな意見の違いを笑って済ますこともできなくなり、なぜ彼が自分の見解にあらゆる点で同意しないのか、理解できなくなってしまっていた。

あんたがあたしの分析を受け入れるんだったら、必然的にあたしの結論も受け入れるはずよ、と彼女はある日ファーガソンに言った。

いや、受け入れない、とファーガソンは答えた。資本主義が問題だからといってSDSが資本主義を消滅させられるわけじゃない。僕は現実の世界の中で生きようとしているんだよエイミー、君は絶対起きるわけがないことを夢見てるんだ。

ひとつの例。ジョンソンが退陣を表明したいま、ユージン・マッカーシーとロバート・ケネディの両方が民主党の大統領候補に指名されるべく予備選に出馬しようとしている。ファーガソンは完全に白けていてどちらを支持する気もなかったが、二人の選挙運動には注目し、マッカーシーにはどのみちチャンスがないのは明らかだから、特にケネディ側の動向を丁寧に追っていた。このニューヨーク州上院議員を積極的に推す気にはなれなかったが、失墜した副大統領ハンフリーよりはましだし、とにかく民主党員なら誰であれニクソンよりましだし、もっと危険なロナルド・レーガン（エイミーが今後住む州の知事で、極右のゴールドウォーター以上に右寄り）よりもましである。どの民主党員であれ熱意は持てないが、違いを見きわめるのは大事だと思った。この欠陥だらけの世界に悪いものがあるのは当然だが、もっと悪いものもあることを認識するのは大事であり、選挙で投票するとなったら「もっと悪い」ではなく「悪い」に投票すべきなのだ。エイミーはもはやそういう区別を放棄していた。彼女から見る限りどの候補者も同じであり、どいつもこいつも裏切り者リベラルであって、そんな奴らに用はない。ベトナムも、その他アメリカが世界にばらまいたいかなる害悪もあいつらのせいであって、あいつらが標榜しているすべてのものもろとも、みんな疫病にでも見舞われるがいい。もし共和党が勝つようなことになったら、ひょっとしたら長い目で見ればその方がこの国にとっていいかもしれない、なぜならそうなったらアメリカはファシスト警察国家に変わり、やがて人々が反旗を翻して立ち上がるだろうから……共和党に投票したばかりの人々が、ひとたび党が権力の座に就いたらその政権を転覆させたがるとでも思うのか？　エイミーのような反米ラディカルを投獄する警察国家を、人々は歓迎するんじゃないか？

一九六三年にジョン・ケネディの暗殺に涙した女の子は、いまやその弟ロバートを資本主義による抑圧の手先と見ていた。ファーガソンとしては、そういう発言もイデオロギー上の熱意から来る過剰として目をつむる気でいたが、四月に入ると彼自身も非難の対象となってきて、政治的なものは突如個人的な、あまりに個人的なものとなって、二人で何か理念について話しあっているはずが自分たち自身の話になってしまっていた。エイミーがSDSの同志の誰かとひそかに関係を持っているのか、それともバーナードでの仲間パッツィ・ドゥーガンとサッフォー的恋愛を追求しているのか（最近彼女はやたらとパッツィの話をした）、あるいは去年の夏一緒にファーガソンがカリフォルニアに行かなかったことをいまも恨みに思っているのか、などと考えてもみたが、それはない、と判断した。どの線もおよそありえない。エイミーは陰で隠れて事を進めるような人物ではない。もし誰かほかの人間が好きになったらファーガソンに打ちあけるだろうし、昨年夏のことをまだ恨んでいるとしたらそれは意識的な恨みではありえない。もう何か月も前に終わったことなのだし、その後の数か月に二人で楽しく過ごした瞬間はいくらでもあったのであり、祖母が亡くなったあとの悲しい日々の彼女は本当に素晴らしく、ほとんど何もできなくなった母を引き継いでアパートメントの撤去作業をサンディ・コーファックスの豪速球もかくやというスピードと正確さでやってのけてくれたのだ。だが、あれ以来何かが起きていた。そして、ありがちな理由で生じたのではないとしても、政治に関する愚かな不一致のせいだとも思えなかった。昔から意見の不一致はしょっちゅうだった。彼女と過ごす楽しさのひとつは、意見がいくら食い違っても、なおたがいに愛しあえることなのだ。理念をめぐって対立するのはしょっちゅうでも、自分たちをめぐって対立したことは一度もなかった。それがいまエイミーは、ファーガソンの考えが自分の考えと重ならないからといって彼を非難している。自分と一緒に革命の活火山に飛び込もうとしないがゆえに、いまやファーガソンは後ろ向きの反動リベラルに、悲観主義者に、斜に構えて何もしない人間に、良心の呵責（アゲンバイト・オブ・インウィット）党に（つまりジョイスだの何だの文学にのめり込みすぎ、ということなのだろう〔agenbite of inwit はジョイスが『ユリシーズ』で使って広めた十四世紀のフレーズ〕）。傍観者に、芸術道楽（ディレッタント）に、役立たずの老いぼれに、糞の塊になり果てたというのだ。

ファーガソンから見るところ、すべてはひとつの根本的相違の問題だった。エイミーは信じる人間であり、ファーガソンは疑う人間なのだ。

ある晩、エイミーが仲間たちと遅くまで外で過ごしているときに——きっと〈ウェストエンド〉のブースでマイク・ローブと議論しているか、パッツィ・ドゥーガンとSDSの女性メンバーを増やす方策を練っているかだろう——ファーガソンは彼女の部屋のベッド、過去二年の大半眠ってきたベッドにもぐり込んだ。そしてその夜はことのほか疲れていたので、エイミーが帰ってこないうちに寝入ってしまった。翌朝目覚めてみると、エイミーはベッドのかたわらにいなかったし、彼女の枕の膨らんだままの状態から見て、昨夜は帰ってこずにどこかよそで一晩過ごしたのだとファーガソンは判断した。その「どこかよそ」とは何と隣のファーガソンの部屋のベッドであることが判明し、新しい靴下と下着を取りにファーガソンが部屋に入っていくと、寄せ木張りの床が軋んでエイミーは目を覚ました。

そこで何してるの？　とファーガソンは訊いた。

一人で寝たかったのよ、とエイミーは答えた。

え？

たまには一人で寝るのもいい感じだったわ。

そうなの？

ええ、とてもよかった。あたしたちしばらくこうしてみるといいんじゃないかしら、アーチー。あんたはあんたのベッドで、あたしはあたしのベッドで。まあいわば冷却期間ね。

君がそう望むなら。まあこのところ、一緒に寝てもそんなに熱かった気はしないけどね。

ありがとう、アーチー。

どういたしまして。

こうして冷却期間なるものが始まった。その後六晩、ファーガソンとエイミーはそれぞれ自室の自分のベッドで眠り、自分たちが終わりに来てしまったのか、単に一休みしているだけなのか二人とも定かでなかったが、七日目の四月二十三日の朝、二人がおのおののベッドから這い出て別々にアパートメントから出ていった数時間後、革命が始まったのだった。

一九六八年春（II）。三月十四日、ファーガソンら『スペクテイター』仲間はロバート・フリードマンを新しい編集長に選び、同三月十四日、エイミーとSDSの仲間たちはマーク・ラッドを新しい議長に選出し、一瞬にしてどちらの組織も変容を遂げた。『スペクテイター』紙は従来どおりニュースを報道しつづけたが、論説はより先鋭で単刀直入になり、ベトナム、人種問題、戦争を長引かせる流れにコロンビアが加担している実態といった事柄が大っぴらに、それもしばしば戦闘的に、政策と信念の問題として論じられるようになったことをファーガソンは喜んだ。民主社会学生連合の方の戦術転換はもっとはっきりしていた。全米の指導層から「抗議から抵抗へ」の移行を指示され、コロンビアでもいわゆる理論派（プラクシス・アクシス）に代わって、対立的姿勢をより鮮明にした行動派（アクション・ファクション）が中心となっていた。昨年の目標は「教育と意識」で、海軍の新兵勧誘官にアプローチするにしてもおずおず「いくつか質問する」という姿勢だったのが、いまや機会あるごとに挑発し、妨害し、事態を攪乱させるのが目的となった。

　ラッドが議長の座に就いて一週間後、選抜徴兵制のニューヨーク本部長ポール・B・アクスト大佐が最近の徴兵法改正についてアール・ホールで講演しにコロンビアのキャンパスを訪れた。一五〇人が出席し、はち切れそうな正装の軍服を着た小太りのアクストが講演を始めようと演壇に歩み出たところで、講堂の後方で騒ぎが持ち上がった。野戦服を着た学生数人が「ヤンキー・ドゥードル」の笛太鼓版（独立戦争時の愛国歌。日本では「アルプス一万尺」の題で知られるメロディで、独立記念日に笛太鼓で演奏する）を奏ではじめ、ほかの者たちがおもちゃの武器を振り回した。ほとんど反射作用のように体育会系の一団が、「ゲロ」どもを鎮圧し撃退し駆逐しようと飛び出してきて、後方でのゴタゴタに全員の目が向いたところで最前列にいた誰かが立ち上がり、レモンメレンゲ・パイをアクスト大佐の顔に投げつけた。よく出来たスラップスティック映画でかならずそうなるように、パイはもろに命中した。観衆がふたたび前を向いたころには、横の扉が不可解にも開いていてパイを投げた者とその共犯者一名はすでに逃亡していた。

　その夜エイミーは、パイゲリラはバークリーから派遣されたSDSのメンバーで、共犯者はマーク・ラッドその人だったとファーガソンに告げた。ファーガソンはひどく愉快だった。大佐には気の毒だがまあ実害はないな、と思った。戦争によって為されている大きな害を思えば何でもない。それにしても何と手際のよい悪ふざけか。理論派はあんな離れ業をやろうなどとは（軽薄すぎると考えて）夢にも思わなかっただろうが、行動派はどうやら、政治的主張を伝えるために不真面目に頼ることも厭（いと）わぬらしい。むろん大学当局は激怒し、悪戯の犯人が部外者だったなら「厳罰に処し」、コロンビアの学生だったら停学処分にすると宣言したが、一週間後、大学はレモンメレンゲ・パイよりもっと手ごわいものに挑まれることになり、結局犯人は捕まらずじまいだった。

ドラマのこの初期段階において、ＳＤＳは二つの基本的問題に焦点を絞っていた。国防分析研究所（ＩＤＡ）と、昨秋グレーソン・カーク学長が導入した新しい政策である大学建物内でのデモ／ピケの禁止。ＩＤＡは一九五六年、国防省によって、兵器研究に関し政府が大学の研究者たちの協力を仰ぐ回路として設立されたが、コロンビアがこの組織に関与していることは長年誰にも認識されていなかった。それが一九六七年、ＳＤＳのメンバー二名が図書館の書庫で、コロンビアとＩＤＡとのつながりを示す文書を発見し、大学から十二名が参加していることを突きとめた。そして現在、プリンストンとシカゴの教授会が、ＩＤＡから撤退するようそれぞれの執行部に促していて、コロンビアの学生と教授会メンバーも同様の対応を大学に求めていた。カークは九年前からその委員会に加わっていた。ＩＤＡの研究によって、エージェント・オレンジのような枯葉剤が開発されてベトナムの密林の除草に使われ、「絨毯爆撃」と呼ばれる残虐な作戦もＩＤＡが対ゲリラ戦術を研究した成果である。かような事実に、どうして嫌悪を感じずに済むのか？　要するにコロンビアは戦争に加担し、手をいい、い汚している（とはエイミーがよく使う言い方）のであって、唯一まっとうな行動はそれをやめさせることだ。それで戦争を止められるわけではなくても、コロンビアを止められれば小さな――数々の大きな敗北小さな敗北の末の――勝利である。屋内デモ禁止に関しては、憲法修正条項第一条違反だと学生たちは訴え、言論の自由の原則を破る違憲行為であるからカークの禁止令は無効だと唱えた。

過去数週間、ＳＤＳはキャンパス内を回って、コロンビアのＩＤＡ撤退を求める署名を集めていて、これまで千五百人の教授会メンバーと学生が署名していて（むろんファーガソンもエイミーもその中にいた）、いまや忘れられたパイ投げ騒ぎから一週間経った三月二十七日、ＳＤＳは両方の問題に単一の行為で取り組むことに決めた。百人の学生集団がロー図書館に入っていき、大学の執行部の中心として機能している、ローマのパンテオンを模して丸屋根のあるこの白い建物で、屋内のピケ・デモを禁じる命令に背いて、**ＩＤＡ出ていけ！**と書いたプラカードを掲げて館内を歩き回ったのである。エイミーは抗議する学生の一人としてそこにいて、ファーガソンは目撃者‐報道関係者の立場でそこにいて、およそ三十分のあいだ学生たちはスローガンを（一人はメガホンを持って）叫びながらホールの中を練り歩き、そのあと二階に上がっていって、要職の事務官に請願書を託し、かならずカーク学長に渡すとの確約を取りつけた。それが済むと学生たちは建物を去り、翌日、六名の学生が懲戒処分を受けるべく選び出され、リストの一番上にはマーク・ラッドがいて、その下四人まではＳＤＳの運営委員。参加者百人のうち六人だけが抜き出されたのは、執行部の一人の説明によれば、身元が割り出せたのがこの六人だけだからということだった。普通こうした懲罰を進めるにあたっては、まず学生が学生部長と面談し、話し合いが持たれた末に、茶番裁判の定石どおり「正当な」処罰が決定されるのが常だが、その後二週間、この「IDA6」は学生部長と会うことを拒否し、自分たちは公開の場で裁かれるべきだと主張した。学生部長室に来なければ停学処分にする、と相手は応戦した。四月二十二日、六人はようやく部長室に赴いたが、IDAデモへの関与について話すことは拒んだ。立ち去る際、全員が謹慎処分を科された。

一方、外の世界ではマーティン・ルーサー・キングが暗殺された。ハーレムは一年前のニューアークと同じことをやったが、市長リンゼイはアドニツィオではなく、民兵隊や州警察が召集されてデモ参加者たちに発砲したりすることもなかった。とはいえ、燃えるハーレムはコロンビアから坂を下ってすぐのところだったから、モーニングサイド・ハイツのただでさえ異様な空気の中に充満した狂気は、いまやファーガソンから見て全開の熱病の夢と思えるものへと高まっていった。四月九日、大学はキング牧師の死を悼んで全日休講となった。企画された催しはひとつだけで、キャンパス中央付近のセントポール礼拝堂で追悼式が開かれ、およそ千百人が集まって、大学当局を代表してデイヴィッド・トゥルーマン副学長が追悼の辞を述べようとしたところで、前の方に座っていたスーツにネクタイ姿の学生が立ち上がり、演壇に向かってゆっくり歩いていった。マーク・ラッド——またしても。ただちにマイクロホンのスイッチが切られた。

メモも見ず、マイクも使わず、何人に聞こえるのかわからないまま、ラッドは抑えた声で聴衆に向かって話しはじめた。「ドクター・トゥルーマンとカーク学長は、キング牧師の記憶を踏みにじる非道を犯しています。大学上層部は何年も前から、本学で働く黒人、プエルトリコ人の労働者が組合を作ろうとするのを抑えつけてきました。そんな彼らが、清掃作業員の組合を作ろうと尽力している最中に死んだ人をどうして讃えることができるでしょう？　ハーレムの人々から土地を盗む彼らが、人間の尊厳のために戦った人をどうして賞讃できるでしょう？　それに、平和な抗議を行なった自分の大学の学生を罰しておいて、どうしてこれら執行部の人たちは非暴力の不服従を説いた人を賞讃できるのでしょう？」。ラッドは一瞬間を置いて、最初の言葉をくり返した。「ドクター・トゥルーマンとカーク学長は、キング牧師の記憶を踏みにじる非道を犯しています。ゆえに我々はこの醜悪な行為に抗議します」。こう言い終えると、四、五十人の抗議者仲間（黒人も白人もいたし学生も非学生もいた）とともにラッドは礼拝堂から出て行った。真ん中あたりの席に座っていたファーガソンは、たったいま起きたことに胸の内で喝采を送った。いいぞマーク、立ち上がって言うべきことを言う。大したものだよ。

キング暗殺以前は、ひとつのグループ（ＳＤＳ）と二つの問題（ＩＤＡと懲罰）がキャンパス内の左翼政治活動を推進していた。やがて第二のグループ（ＳＡＳ）、そして第三の問題（体育館）が現われて、キング牧師追悼式ののち二週間と経たないうちに、誰一人予想していなかった大きなことが、大きなことが起きるときの常としておよそ予想も想像もしようのない経緯で起きたのだった。

別称「体育館クロウ」（Gym Crow = Jim Crow〔黒人差別〕のもじり）で通っていたコロンビアの体育館は、コロンビアが盗んだとラッドが非難したハーレムの土地の一画に建てられる予定だった。元は公共の土地で、危険で荒廃した、白人は決して行かないモーニングサイド・パークの一部である。ゴツゴツの岩と枯れかけた木々から成る急な坂が、てっぺんのコロンビア村から始まって底のハーレム村で終わっている場所。大学が新しい体育館を必要としていることは間違いなかった。大学のバスケットチームはアイビーリーグで優勝したばかりで、ＮＣＡＡでも全米四位にランクされているのに、現在の体育館は築六十年以上で、小さすぎ、傷みすぎで、もはやこれ以上使用に堪えなかったが、それはともかく、五〇年代末から六〇年代初頭に当局が市と結んだ契約はおよそ前例のないものだった。公園の土地八千平方メートルが、年三千ドルというタダ同然の額で大学にリースされ、コロンビアはニューヨーク史上初めて、公共の土地に自校の建物を建てる私立学校となるというのだ。坂下のハーレム側には地元民のための裏口が設けられ、別個の体育館内体育館に通じていて、これが全体のスペースの十二・五パーセントを占めることになる。地元活動家から圧力がかかって、この「ハーレム分」を十五パーセントに増やし、プールとロッカールームも上乗せすることに大学は同意した。一九六七年十二月、ＳＮＣＣ（学生非暴力調整委員会）の議長Ｈ・ラップ・ブラウンがコミュニティの会合に出席しにニューヨークを訪れると、「奴らが一階を建てたら爆破しろ。夜こっそり戻って三階まで建てたら燃やしてしまえ。そしてもし九階まで建てたら、それは君たちのものだ。占拠して、まあ週末だけ奴らを入れてやってもいい」と宣言した。一九六八年二月十九日、コロンビアは工事を開始した。翌日、二十人がモーニングサイド・パークに行ってブルドーザーとダンプカーの前に居座り、建設作業を中止させた。コロンビアの学生六人と地元民六人が逮捕され、一週間後、体育館建設に抗議して百五十人が集まると、さらに十二人のコロンビア大生が逮捕された。ＳＤＳのメンバーは一人もいなかった。これまで体育館問題をＳＤＳは取り上げてこなかったが、大学が計画見直しを拒み、見直しについて話しあうことさえ拒んだいま、にわかにこれもＳＤＳの重要事項となった。だがそれ以上にこれは、コロンビアの黒人学生にとっての重要事項となった。

　ＳＡＳ（学生アフロ＝アメリカン協会）は百人以上のメンバーがいたが、キング暗殺までは表立った政治的行動には関わらず、大学の黒人学生をどう増やすかといった問題に集中し、学部カリキュラムに黒人史や黒人文化の授業を増やすよう執行部と交渉したりしていた。この時代のアメリカのエリート大学の例に漏れず、コロンビアの黒人人口は微々たるもので、ファーガソンも学部生の友人で思いつくのは二人だけで、この二人とも特に親しいというわけでもなかったが、これは白人の学生仲間大半に当てはまることで、親しい黒人の友がいる者は一人もいないようだった。数が少ないゆえ黒人学生は孤立し、自分たちだけで過ごしているゆえ二重に孤立して、白人の支配するこの伝統と権力の飛び地にあって見るからに戸惑い、憤りも感じているようだったし、しばしば部外者として見られてもいた。キャンパスに勤務する黒人の警備員たちですら彼らをよそ者扱いし、呼びとめて身分証明の提示を求めた。黒い顔をした若者がコロンビアの学生であるはずはなく、したがってここにいる謂れはないはず、というわけだ。キング牧師の死後、ＳＡＳは急進的なリーダーたちを運営委員に選出し、彼らの何人かは聡明であり、何人かは怒っていて、何人かは聡明でかつ怒っていて、全員がラッドに劣らず大胆で、千人に向かって話すときも一人に向かって話すのと変わらずに迷わず立ち上がって話せるだけの自信の持ち主だった。そして彼らにとって最大の問題はコロンビアとハーレムの関係であって、ＩＤＡと懲罰は白人学生が勝手にやってくれていいが体育館は自分たちの問題なのだった。

　キング牧師追悼式の二日後、グレーソン・カークはヴァージニア大学に赴き、トマス・ジェファソン生誕二二五年の日に演説を行なった（当時は怒濤の日々であったものの、馬鹿げた伝統もしっかり生きていたのである）。そしてこの、モービル石油、ＩＢＭ、コン・エディソンなどいくつもの企業や財政組織の要職に就いてきた元政治学者の、合衆国大統領となるべくコロンビアを去ったアイゼンハワー将軍を引き継いで学長となったグレーソン・カークは、このとき初めてベトナムに対して否定的な発言を口にしたのである——戦争が間違っているからでも人道に背くからでもなく、戦争がアメリカ国内で日々為している害ゆえに。カークが発した言葉は、じきにコロンビアのキャンパスに戻っていって、すでに燃えはじめていた火に油を注ぐことになる。「わが国の若い人たちは、その不穏なほど多数が、いかなる源から発しているかを問わずあらゆる形態の権威を拒絶しているように見えます。混沌とした、いまだ形も定まらぬ、破壊を唯一の目的とするニヒリズムに彼らは逃避していいます。わが国の歴史において、世代間の隔たりがここまで広がり、危険を孕んだものになった時期を私は知りません」

四月二十二日、IDA6が謹慎処分を言い渡された日、SDSは翌日正午に行なう集会に先立って、『壁に貼りついてくたばれ！』と題した一回限りの四ページ新聞を発行した。集会はふたたびロー図書館で行なう屋内デモが頂点となる予定で、数十人あるいは数百人がIDA6と同じルール破りをすることで支持を表明するはずだった。記事のひとつはラッドによって書かれた、グレーソン・カークがヴァージニア大学で行なった発言に反応した八五〇語の書簡だった。結びは以下の短い三段落だった。

おいグレーソン、これだけ言ってもあんたにはなんにもわからないかもしれないな、あんたのファンタジーがありのままの世界をあんたの思考から閉め出してしまって。社会は基本的に健全だとトゥルーマン副学長は言い、ベトナムでの戦争は善意の事故だとあんたは言う。僕たちは、あんたらが恐れるべくして恐れている若者は言う、社会は病んでいてあんたらの資本主義は病そのものだと。

あんたらは秩序と、権威に対する敬意を求める。僕たちは正義と自由と社会主義を求める。

言うことはあとひとつだけ。それこそあんたらにはニヒリズムに聞こえるかもしれない、これは解放闘争における第一の発砲だから。あんたらは気に入っちゃいないにちがいないリロイ・ジョーンズの言葉を僕は使う――「壁に貼りついてくたばれマザファッカー、この銃を見ろ」。

ファーガソンは愕然とした。キング牧師の追悼式であんなに雄弁な演説を行なったラッドが、こんなひどい戦術的誤りを犯すなんて訳がわからない。文章の中身にいいところがないとは言わないが、口調がどうしようもない。SDSが学生の支持者を増やそうと思うんだったら、こんなやり方では学生を遠ざけてしまうばかりだ。これはSDS外の人々に向かってではなく自分たちに向かって話している典型例だ。ファーガソンとしても、SDSが勝利してほしいとは思っている。何が可能で、何は可能でないかをめぐっていろいろ保留はあっても、大筋としてはSDSを支持してきたし、彼らが掲げる大義も正しいと思ってきた。だが立派な大義を唱える者は、ふるまいも立派でなければならない。こんなありふれた罵倒の言葉や安っぽく青臭い当てこすりでは駄目で、もっと洗練され抑制された行動が必要なのだ。ファーガソンはマーク・ラッドを個人的にも気に入っている。一年のときから友人で（二人ともほぼ同じ境遇で大きくなったニュージャージー育ち）、これまでのところSDS議長としてのパフォーマンスも見事であり、あまりに見事だったせいで、ファーガソンはいつしか、この男が過ちを犯すはずはないと信じ込んでしまっていた。

それがいま、おいグレーソンだのマザファッカーだのをやり出したものだから、何ともがっかりしてしまう。体制反対の人間に反対する、という何とも気まずい立場。むろん体制賛成の人間にも反対なのだから、寂しい立場と言うほかない。

驚いたことに、エイミーは彼の意見に反論しなかった。彼らは依然、二ベッド冷却期間中であり、ここ数日ろくに顔も合わせていなかったが、二十二日の夜にSDSのミーティングから帰ってきたエイミーはファーガソンに劣らず落ち込んでいた。まずはラッドの記事のせいであり、それが浅薄で子供っぽいことを彼女も認めたが、加えて、フェイヤーウェザー・ホールでの学年度最後の集会に五、六十人しか来なかったというのである。この何か月か、たいていの集会では二百人かそれ以上集まっていた。SDSが支持を失いつつあるのではないか、これまでコツコツ築いてきた基盤がいまやほとんど失われてしまったのではないか、とエイミーは心配していた。明日は悲惨なことになる、最後の舞台はまったくの失敗に終わってコロンビアSDSの命運も尽きてしまう、とエイミーは言った。

彼女は間違っていた。

一九六八年春（Ⅲ）。およそ前代未聞の。いままで考えられたことすら。広がりゆく渦、突然誰もがその中でグルグル回っている。ノボダディ（Nobody と Daddy を組み合わせ「誰の父でもない」を暗示する、ウィリアム・ブレイクが神を嘲笑して作った蔑称）が胃の痙攣起こして腹抱えて、下痢って。ホットスパーがホップしてる、ライオンの体に人間の頭、大群。どうやって誰が、誰が何を、そして突然誰もが彼に問う、なぜ汝の言葉にも法にも闇と曖昧が？ 中心はもはや、物事はもはや、大多数は、もももはやこうするしかない——だが無政府状態が放たれたのではない、世界が自らを放ちばらばらになったのだ、少なくともいまは、こうしてアメリカ史上最大最長の学生による抗議が始まった（この段落全体、「ノボダディ」をはじめウィリアム・ブレイクの詩句がちりばめられ、黙示録＝終末のイメージに満ちている）。

午前中に千人近くの。三分の二は反対派で、キャンパス中央の日時計の周りに集まり、三分の一は反‐反対派で、ロー図書館の表階段に、いちおう建物を護るという名目で立っているが、いざとなったら人間を叩き、潰すことも辞さぬ気でいる。その警告はすでに発したのであり、そうやって乱闘の危険が生じたのを受けて、若手教授の一団が必要とあらば割って入るべく待機していた。まずは演説、一つまたひとつといつもどおりのSDS路線、だがSASも来ていて、コロンビア史上初の人種統合集会となり、新たにSAS会長に選出されたシセロ・ウィルソンが群衆に向かって話すべく日時計の上にのぼり、初めはハーレムと体育館の話だったが、いくらも経たぬうちに（ファーガソンを愕然とさせたことに）ウィルソンは白人学生たちを攻撃しはじめた。「お前ら、奴らが誰のこと話してるのか知りたかったら」とウィルソンは人種差別主義者に触れて言った。「お前ら鏡を見ればいい――お前ら黒人のこと何も知らないんだから」

前の方に立っていたエイミーが話をさえぎって、呼びかけた。「どうしてあなたたちに味方する白人はいないって決めるの？　どうしてあたしたちみんな一緒になってやってるんだって思わないの？　あたしたちは仲間なのよ、きょうだいなのよ、あたしたちがあんたたちと共に立つときあんたたちも共に立ってくれたらみんなでもっとずっと強くなれるのよ」

まずい始まりだ。声を上げたエイミーには敬服するが、何とも危なっかしい出だしであり、しばらくは混乱が続いた。ローは難攻不落だった。ドアは施錠され、それを壊そう、警備員と戦おうという気がある者はいなかった。日時計に戻る――そこにはHORAM EXPECTA VENIET（時を待て、やがて時は来るべし）との銘が刻まれている。時は本当に来たのか、それとも四月二十三日もまた挫折に終わった一日となりつつあるのか？　さらにひとしきり演説が行なわれたが、もはやすべては静止し、群衆のエネルギーは霧散してしまっていた。ところが、これで集会も尻すぼみでおしまいかと思いきや、誰かが**体育館の建設現場に！**と叫んだ。その言葉が、顔への平手打ちのように効いた。突然、三百人の学生がカレッジ・ウォークを東へ走ってモーニングサイド・パークへ向かっていたのである。

不満の大きさをエイミーは過小評価していた。不服の思いがキャンパス中、大多数の非SDS学生たちのあいだに疫病のように広がっていて、勝てるはずのない戦争が荒れ狂いホワイトハウスとロー図書館のノボダディたちが暗い言葉をくり出し意味不明の法令を発しつづけるなか、彼らの大半は神経衰弱へ向かっていたのである。公園へ向かって走る群衆に並走しながら、学生たちが取り憑かれていること、去年の夏ニューアークの街なかで目撃したのと同じ怒りと喜びの融合に魂を乗っ取られていることをファーガソンは理解した。銃弾に訴えない限り、このような群衆は制御不能である。公園には警官もいたが、建設用地を囲む金網を十メートルあまり引き倒し警備員たちと取っ組みあって数で圧倒している学生たちを止められるだけの数はいなかった。ファーガソンの眼前にはデイヴィッド・ジンマーがいて、ジンマーの友人マーコ・フォッグもいて、穏やかなジンマーももっと穏やかなフォッグも金網を破壊する暴徒に加わっている。一瞬ファーガソンは彼らを羨み、自分も仲間に入って同じことをやりたいと思ったが、次の瞬間その気持ちも過ぎて己のいるべき位置にとどまった。

ほとんど戦闘だが、やはり本物の戦闘とは言えない。小ぜりあい、揉みあい、突きあい、警官対学生、学生対警官、警官に飛びかかる学生、警官を蹴って地面に押しつける学生、その只中でコロンビアの学生が一人（白人、非ＳＤＳ）凶悪暴行と器物破損容疑で連行されかけるも逮捕を拒み、棍棒を握りしめた警官の援軍が公園にやって来ると学生たちは建築現場を去ってキャンパスに戻っていった。一方、キャンパスにとどまっていた学生たちはいまや公園に向かって行進を開始していて、前進組と後退組がモーニングサイド・ドライブの真ん中で出会い公園での用件はもう済んだと後退組が前進組に伝えると、両者ともにキャンパスへ歩いて帰り、日時計の前に再結集した。この時点での総数は約五百人で、次に何が起きるのか誰にもわかっていなかった。一時間半前には計画があったわけだが、計画は出来事に凌駕（りょうが）されてもはや無効となり、次に何が起こるにせよそれは即興で起こすしかない。ファーガソンから見る限り、明らかなことはただひとつ、群衆はいまだ取り憑かれている。どんなことでもしかねない。

数分後、彼らの大半はハミルトン・ホールに向かっていき、数百人が一階ロビーになだれ込み、その小さなスペースに肉体たちの塊が押し込まれ体育会が突きゲロが押し戻しさらに多くの肉体たちがなだれ込み、誰もが興奮し混乱し、あまりの混乱ゆえにこのキャンパス反乱の第一の行動は見当違いの自滅的な過ちだった——学部生担当部長ヘンリー・コールマンを本人のオフィスに閉じ込めて人質としたのである（翌日の午後コールマンは解放され誤りは正された）。とはいえこれによって、建物占拠に関わった学生たちは運営委員会を組織する機会を持つこととなった。構成は、ＳＤＳから三名、ＳＡＳから三名、ＣＣＣ（大学公民権審議会）から二名、無所属のシンパ一名。そして委員会はすでに、抗議の目標を述べた要求一覧を作り上げていた。

1．六人の学生に対する現在係争中の懲戒措置、およびすでに執行された謹慎処分を即刻撤回し、今回のデモに参加した学生全員を赦免せよ。

2．カーク学長による大学建物内でのデモ禁止令を撤回せよ。

3．モーニングサイド・パークでのコロンビア体育館建設を即刻中止せよ。

4．今後コロンビア大生に対し懲罰措置を検討する際には学生・教師の前で公開審理とし、適正な手続きに則って行なうものとせよ。

5．コロンビア大学は国防分析研究所から書面上のみならず実質において脱退し、カーク学長とウィリアム・A・M・バーデン理事はＩＤＡ評議員・理事の職を辞任せよ。

6．コロンビア大学はその立場を活用し、公園の体育館建設用地でのデモに参加した学生に対し目下係争中の告訴を取り下げさせるべく尽力せよ。

建物の扉は開いたままだった。ごく普通の、授業日の昼下がりであり、ラッドがのちファーガソンに語ったとおり、SDSのメンバーたちは、ノンポリの学生たちが上方の階で依然行なわれている授業に行くのを妨害して彼らの反感を買うのは得策でないと判断した。SDSとしても一般学生たちを味方につけたいわけであり、多数派にソッポを向かれるようなことはできない。この時点ではまだ建物は「占拠」されておらず、建物内で座り込みストが行なわれているだけだったが、一日が進んでいきハミルトン・ホールで何が起きているかの情報が広まるにつれ、大学とつながりのない人々が現われはじめた。他大学のSDS、SNCCとCORE（人種平等会議）のメンバー、さまざまな〈ピース・ナウ〉関係組織の代表者。これらの人々が支援にやって来るとともに、建物内で夜を明かす学生たちのための食糧、毛布、その他実用的な必需品が次々届けられた。エイミーはそうした活動に携わる人々の一人だったが、ファーガソンはメモを取るのに忙しく、話す暇はなかった。代わりに投げキスを彼女に送った。彼女はニッコリ笑って手を振り（この数週間、笑顔を彼に見せるなんてすごく珍しい）、それからファーガソンは記事を書きにフェリス・ブース・ホールの『スペクテイター』のオフィスに飛んでいった。

その夜、SDSとSASとの脆弱（ぜいじゃく）な、いまだ日も浅い同盟関係が崩壊した。黒人学生たちは六つの要求に大学当局が応じるまで扉をバリケードで封鎖しハミルトンに誰も入れないことを主張した。自分たちは抵抗を示す用意がある、と彼らは言い、建物内に銃が持ち込まれたという噂もロビーで広がっているいま、彼らの言っている抵抗とはどうやら相当に暴力的なものと思われた。目下の時刻は午前五時、それまで数時間に及んだ議論は袋小路に入り込み、扉の開放／閉鎖についても結論は出ず、いまやSASは遠回しに、SDSがこの建物を去り別の建物を独自に占拠してはどうかと提案していた。SASの立場もファーガソンは理解できたが、それでもやはり、この分裂を気の滅入る、士気を挫く展開と見ずにいられなかったし、これによってSDSがひどく傷ついていることもよくわかった。ノーと言うロンダ・ウィリアムズ、あれとまったく同じだ。あるいは、ニューアークの暴動直後におぞましい言葉を次々口にしたファーガソンの父親、あれとも同じだ。世界はそういう場所に行きついてしまったのだ。

何とも皮肉な話だが、もしその朝SDSが追放されなかったら、コロンビアでの反乱はハミルトン・ホールの外までは広がらず、その後六週間の物語も違ったものに、ずっと小さいものになっていただろう。やがて起きた大きなことはそれほど大きなものにはならず、誰の目を惹きもしなかっただろう。

四月二十四日、夜明けの数分前、追い出されたSDSメンバーたちはロー図書館に乱入し、学長室に侵入してバリケードを築いた。十六時間後、建築学科の学生百人がエイヴリー・ホールを占拠した。その四時間後の二十五日午前二時、二百人の大学院生がフェイヤーウェザー・ホールの中に閉じこもった。二十六日午前一時、ロー図書館からあふれ出た者たちが数学ホールを占拠し、数時間以内に二百人の学生と非学生急進派が五番目の建物を支配下に置いていた。同じ夜、リンゼイ市長の要請を受けて体育館建設を中止するとコロンビアは発表した。

大学は休校となり、いまやキャンパスの活動で政治的でないものはひとつもなかった。ロー図書館、エイヴリー・ホール、フェイヤーウェザー・ホール、数学ホールはもはや一つの図書館と三つのホールではなく四つのコミューンだった。ハミルトン・ホールはマルコムX大学と改名された。

ノボダディの子供たちはノーを唱えていた。それでもまだ、次に何が起きるかは誰にもわからなかった。

ファーガソンは奔走していた。週五日発行の新聞は週七日発行となり、書くべき記事があり、行くべき場所があり、話を聞くべき人々がいて、見に行くべき集会があって、それをほぼ睡眠なし、一晩せいぜい二、三時間でこなし、食事もろくにせずロールパンとサラミサンドとコーヒー、コーヒーと無数の煙草で生きのびたが、これでいいんだという実感はあった。こんなに忙しくこんなに疲れているおかげで、目覚めていると同時に麻痺していられる。周りで起きている出来事を見て迅速かつ正確に記事を書くには目覚めていないといけなかったし、いまやファーガソンにとってほぼ失われたエイミーについて考えないためには麻痺していないといけなかった。もうほぼいなくなってしまったエイミーをいずれ取り戻すのだ、考えるのも辛いことが起きるのを阻止するために何でもするのだ、と何度も胸の内で言ったが、過去において自分たちがたがいにとってどんな意味を持っていたにせよその意味はもはや変わってしまったことは痛感していた。

エイミーはローを占拠したグループの中にいた。筋金入りの集団の一員である。二十六日の午後、キャンパス内を走って数学ホールへ向かう途中、ファーガソンは彼女が二階の学部長室の窓の外壁の張り出しに立っているのを見かけた。右にはレス・ゴッテスマン、もう学部を終えて英文科の院生になった男が立ち、左にはヒルトン・オーベンジンガー、レスの親友でファーガソンの友人でもある『コロンビア・レビュー』の中核メンバーの一人が立ち、レスとヒルトンに挟まれて立つエイミーには日の光が降り注ぎ、その午後の日差しに髪がほとんどありえない炎に包まれ、彼女は幸せそうに見えた。ものすごく幸せそうに見える、とファーガソンは思って泣きたくなった。

一九六八年春（Ⅳ）。いま目にしているのは革命のミニチュアなのだ、ドールハウスでの革命なのだ、とファーガソンは判断した。ＳＤＳの目標は、大学当局に決定的対決を強い、それによって当局の正体がまさにＳＤＳが主張するとおり、妥協を知らず、現実から遊離した、アメリカ全体を包む人種差別と帝国主義の一縮図だという事実を暴くことであり、ひとたびそれを一般学生たちも納得できるよう証明すれば、真ん中に位置するどっちつかずの連中もＳＤＳ側になびくはずだ。ポイントはそこにある。真ん中をなくし、誰もがどちらかの側につくしかない状況を作り出す。賛成か反対かの二つしかなく、どっちつかずの態度、中庸を求める余地を残さない。急進化するというのがＳＤＳの使った言葉であり、その目的を達成するためには、当局と同じ強情さでもって一歩も譲らぬ姿勢を貫かないといけない。双方とも妥協しないわけだが、コロンビア大学において学生は権力を持たないがゆえに、ＳＤＳの妥協のなさは強さと見えるが、権力をすべて持っている当局の妥協のなさは弱さに見える。ＳＤＳはカークをけしかけて、建物から学生を追い出すために武力に訴えさせようとしている。ほかの誰もがそれだけは避けたいと思っているが、何百人もの警官がキャンパスになだれ込む光景こそ、真ん中にいる人々の胸に嫌悪と戦慄を引き起こし、彼らを学生の大義の方へ向かわせる唯一の手立てなのだ。そして阿呆な大学当局は（当局はファーガソンが思っていたよりもっと阿呆で、ロシア皇帝にも劣らず阿呆、フランス王にも劣らず阿呆だった）まんまと罠にはまったのである。

当局が強硬路線にしがみついたのは、カークがコロンビアを全国すべての大学の範と見たからである。ここで自分たちが学生の法外な要求に屈したら、よそはいったいどうなる？　これはドミノ理論の縮小版である。これと同じ論理が、ベトナムに五十万のアメリカ軍兵士を送り込んだのだ。が、ファーガソンがニューヨークに暮らしはじめて間もない日々に発見したとおり、ドミノとはスパニッシュ・ハーレムでプエルトリコ人が牛乳箱や折り畳みテーブルの上で興じるゲームであって、政治とも大学運営とも関係ない。

一方ＳＤＳは、出たとこ勝負で進んでいた。毎日が予想外の展開の連続であり、一時間一時間が一日のように長く感じられ、すべきことをするだけでも、絶対の集中のみならず、最良のジャズミュージシャンにのみ見出される開(ひら)けた精神が必要だった。ＳＤＳのリーダーとして、マーク・ラッドはまさにそうしたジャズマンになった。建物の占拠が長引けば長引くほど、ラッドがそれぞれの新しい状況にしなやかに対応しているさまにファーガソンはつくづく感心させられた。一瞬一瞬当意即妙に考え、危機が訪れるたびにどんなアプローチも拒まず進んで話しあう。カークは頑なだが、ラッドは柔軟でしばしば遊び心も見せ、カークがジョン・フィリップ・スーザの行進曲を指揮する軍楽隊長ならラッドはチャーリー・パーカーと一緒にステージでビバップをやっていた。グループのスポークスマンとして、これ以上上手くやれる人物はSDSの中にいるまい。四月二十三日の夜には、ファーガソンはもう、おいグレーソンーマザファッカーのヘマも許していた。そもそもあの公開書簡に対して人々は――つまり親SDS・反当局の学生たちは――ファーガソンが思っていたほど嫌悪を示さず、それで逆にファーガソンは、そもそもこういう事柄に関して自分がどれだけわかっているのか考え直さざるをえなかった。何しろみんな嫌悪しなかったばかりか、その言葉が運動のスローガンのひとつにすらなったのである。学生たちの集団が、壁に貼りついてくたばれマザファッカー！と叫んでいるのを聞いて、ファーガソンが嬉しかったわけではない。だがとにかく自分よりもラッドの方が、いま何が起きているかを的確に摑んでいることは明らかである。だからこそラッドはこうして革命を指揮し、自分は単にそれを眺めて記事を書いているだけなのだ。

　朝から晩までキャンパスには人が群れ、まる一週間、真夜中にも途切れず群れて、その後の一か月も群れは切れぎれに現われた。あとになってこの、四月二十三日に始まって六月四日卒業式の日まで混沌の続いた時期をふり返るたび、ファーガソンの頭にまずよみがえってきたのも人の群れだった。学生と教師の群れが、さまざまな色の腕章を着けている。白い腕章は秩序を保とうとしている教授会メンバー、赤は急進派、緑は急進派と六つの要求のシンパ。青は体育会と右翼で、自ら〈多数派連合〉を名のりデモを糾弾して怒りに満ちた騒々しいデモを行ない、ある夜占拠学生たちを追い出そうとフェイヤーウェザー・ホールに突入を企ててさんざん押しあいへしあいした末に撃退され、座り込み最後の日にはロー周辺の封鎖を試みてこれは成功し、それによって食糧が建物内に届かなくなり、またさらに押しあいへしあいが生じて頭皮から血が流れた。コロンビアほどの規模の大学（学部・大学院合わせて学生数一万七五〇〇）であれば当然だろうが、教師たちも無数の派閥に分裂し、当局全面支持から学生全面支持まで多岐にわたっていた。さまざまな提言が為され、さまざまな委員会が立ち上げられ、たとえば懲戒手続きに関して新しいアプローチが模索されて、三者間審議会は当局・教授会構成員・全学生からそれぞれ同数が集まって裁定を下すことを提唱し、二者間審議会は教授会構成員と学生のみで当局は加わらない審査団を提唱したが、一番活発だった委員会は〈臨時教員グループ〉と名のる、主として若手教師から成る一団で、その後数日にわたって混沌とした議論を長時間続け、学生の要求に最大限応え、かつ警察力を導入せず学生たちを建物の外に出す平和的解決の方策を探った。すべての努力は無に終わった。よい発案もなかったわけではなかったが、それもひとつ残らず、懲罰に関する要求に関し一歩も妥協・譲歩する気のない大学当局に握りつぶされてしまったのである。こうして教授たちは、自分たちも学生同様無力であることを思い知った。コロンビアは独裁制であり、これまではおおむね穏健であったが、いまやどんどん専制政治に傾きつつあり、自らを改革して民主制に近づこうという気はさらさらない。しょせん学生は卒業していき、教師は退職していくが、大学当局と理事会は永遠なのだ。

大学としては、建物から白人学生を引きずり出すのに必要とあらば警官隊を呼ぶことも辞さぬ気でいたが、ハミルトン・ホールにいる黒人学生に関しては事はもう少し厄介であり、下手をすれば危険な事態に陥りかねなかった。学生たちを逮捕する際に警察が暴力を振るったり手荒い扱いをしたりすれば、白人が黒人に暴行をはたらく光景を見てハーレムの人々の怒りが爆発しキャンパスへ乱入してきかねず、そうなったら当局は大学を破壊しロー図書館を燃やそうとする黒人の暴徒相手に戦争をすることになる。キング牧師暗殺後にハーレムに広がった怒りを思えば、そういう大規模な暴力と破壊を恐れることは決して理不尽ではない。大いにありうる可能性なのだ。警察は二十五／二十六日の夜に五つの建物から不法侵入者を追い出す作戦を立てた（同じ夜に数学ホールが占拠された）が、いざ私服警官たちが棍棒を取り出し、建物内にいるデモ参加者たちを護るためロー図書館の前に集まっていた白い腕章の教授たちの頭を叩きはじめると、大学側はあわてて作戦を中止させた。ＴＰＦ（Tactical Patrol Force ＝戦術的パトロール隊）と称する警官たちが白人相手にあんな真似をするとなれば、黒人相手にはどんなことだってやりかねない。当局としてはハミルトンにいるＳＡＳのリーダーたちともっとじっくり交渉し、大学がハーレムからの侵入を受けぬよう、教師たちの使節が彼らと独自の講和を結ばないといけないのだ。

白人学生に関しては、そもそも抗議を引き起こした二つのもっとも重要な項目に関しＳＤＳはすでに優位に立ったというのが『スペクテイター』編集局での一般的見解だった。大学がＩＤＡから離脱し、体育館も建てられずに終わることはいまやほぼ確実だったからである。したがって、占拠された建物にいる学生たちはこの時点で無傷のまま出てきて勝利を宣言してもよかったわけだが、ほか四つの要求はまだ残っているわけであり、それらがすべて受け入れられるまでは一歩も譲歩しないとＳＤＳは宣言した。何より物議を醸したのは赦免に関する項目（**今回のデモに参加**

した学生全員を赦免せよ）である。キャンパス内の大半の人々にとってこれはいささか謎であり、占拠学生たちにほぼ全員共感している『スペクテイター』のメンバーでさえ首をひねらざるをえなかった。というのも、ＳＤＳが主張するとおり大学は学生たちを罰する権限を持たない違法の権力であるなら、どうしてその違法の権力がデモ参加者たちを赦免できるというのか？　ある日の午後、マルハウスはカウボーイ口調を装ってファーガソンに言った――これって頭かくっきゃないじゃねえか、なあアーチ？　ファーガソンは律儀に頭をかき、ニッコリ笑い、こう答えた――そのとおり、で、僕が睨むところ、まさしくそれが彼らの狙いさ、理屈自体は馬鹿げてるけど、勝ちようがない事柄にしがみつくことで、当局を無理矢理動かそうってわけさ。

どう動かすんだ？　マルハウスが訊いた。

警察を呼ばせるんだ。

冗談だろ。そこまで悪辣(あくらつ)になれる人間はいないよ。

悪辣なんじゃないよ、グレッグ。これは戦術さ。

ファーガソンが正しいかどうかはともかく、やがて占拠七日目の終わりに事実警察が出動を要請され、四月三十日午前二時半に――ハーレムが眠っている時間、と誰かが指摘した――追い出しが始まった。ヘルメットをかぶったニューヨーク市警察機動隊員千人がキャンパス中に散開し、これ以上はないというくらい暗く不気味な夜の寒さと湿気の中で千人余りが立って見守り、さらに大勢が群れ、吠え、いいいい暴力はやめろ！　と警察に向かって叫んでいて、青腕章たちは警察に喝采を送り、白腕章と緑腕章はＴＰＦが建物に入るのを阻止しようとした。ファーガソンがまず感じたのは、警察と学生のあいだにみなぎる敵意だった。その相互の反感は、誰もが恐れていた白人対黒人の反目とは何の関係もない、白人対白人の、特権を与えられた学生と梯子の最下段にいる警官との階級間憎悪だった。警官たちから見れば、コロンビアのお坊ちゃんお嬢ちゃんたちは金持ちの甘やかされた反米ヒッピーのガキでしかなく、そいつらに味方する学者先生たちも偉ぶった反戦インテリのラディカルでアカで若者の心を毒するお高くとまった奴らなのだ。警察はまずハミルトンに向かい、黒人学生たちを極力スムーズに退出させる作業に取りかかった。誇り高い、組織も緊密なマルコムＸ大学の学生たちはすでに非抵抗を投票で決めていたので、彼らが何の抵抗も示さず警察に導かれるまま、建物の下のトンネルを通って外に駐車している護送車まで歩いていく中、ただの一発の殴打も彼らには浴びせられず、ただの一本の棍棒も頭蓋に振り下ろされはせず、かくしてコロンビアは、自ら何もせずにハーレムの憤怒を回避できたのだった。そのころにはもう、ほかの建物への水の供給が止められ、ＴＰＦと私服警官たちがエイヴリー、ロー、フェイヤーウェザー、数学、とホールを一つひとつ片付けにかかり、占拠学生たちも扉の内側に築いたバリケードの補強に急遽（きゅうきょ）取りかかったが、それぞれの建物の前には白腕章と緑腕章の部隊がいて、この人々が一番ひどい殴打を受けることになった。警官たちは彼らを棍棒で叩き、パンチを浴びせ、足で蹴って、鉄梃（かなてこ）で錠をこじ開けバリケードを崩し学生たちを逮捕すべく突入していった。これはニューアークとは違う、と警察が着々作業を進めるのを見守りながらファーガソンは何度も自分に言い聞かせた。銃が発砲されてはいないし、ゆえに誰も殺されていない。とはいえ、ニューアークほどひどくはないからといって、これがグロテスクでないわけではない。見れば学部生担当の副学生部長アレグザンダー・プラットが警官から胸にパンチを浴びているし、白いスニーカーにほつれたセーター姿で存在論的な軽口を叩きまくる哲学者シドニー・モーゲンベッサーはフェイヤーウェザー・ホールの裏口を防衛していたところを警棒で頭を殴られ、『ニューヨーク・タイムズ』の若手記者ロバート・McG・トマス・ジュニアは報道関係証を見せてエイヴリー・ホール内の階段をのぼろうとしている最中に建物を出るように命じられ、手錠を武器に使った警官の一人に頭を強打された上に突き飛ばされて階段の下まで転げ落ちるなかで十本あまりの警棒に叩かれ、『ライフ』誌の写真家スティーヴ・シャピロは一人の警官に目を殴られもう一人にカメラを壊され、ボランティア救急介護班の一人である白衣を着た医師は地面に投げ出されて蹴られて護送車まで引っぱっていかれ、数十人の男女の学生が藪に隠れていた私服警官に襲いかかられて頭や顔を棍棒やピストルの床尾で殴られ、頭皮や額や眉から血を流してよたよた歩き回る学生も何十人といて、それから、すべてのデモ参加者たちが建物から引きずり出され連れ去られたのちに、TPFの戦士たちが方陣を組み、サウスフィールドを体系的に行き来してキャンパスに残っている人間数百人の排除に取りかかり、無防備な学生の群れの中に突撃していって彼らを叩きのめし、ブロードウェイには騎馬警官が出て、キャンパス内で何とか棍棒を逃れた連中を全速力で追いかけ、そんな中でささやかな学生新聞の記者としての任務を果たそうとしていたファーガソンは、学生のような格好をしていたさらにもう一人の私服警官に棍棒で後頭部を——四年半前に十一か所を縫った頭の後頭部を——叩かれ、その衝撃で倒れた彼の左手を——すでに親指と人差し指三分の二とがなくなっている手を——誰かがブーツか革靴かで踏みつけ、踏まれた瞬間ファーガソンはてっきり手の骨が折れたと思ったが、結局折れてはいなかったもののとにかくおそろしく痛かったし、手は見るみる腫れ上がり、それ以降警官というものをファーガソンは心底軽蔑するようになった。

逮捕者七二〇名。報告された負傷ほぼ一五〇件、報告されていない負傷となるとファーガソンが頭と手に被った打撃によるものから始まっておよその数は知りようもない。その日の『スペクテイター』の論説には一語の言葉も含まれていなかった。発行人欄の下には、黒く縁取りされた空白が二列あるだけだった。

一九六八年春（V）。五月四日土曜、ファーガソンとエイミーはようやくじっくり話しあった。話しあおうと主張したのはファーガソンであり、彼が望んだ話題は自分が負傷したことでもなければエイミーがローでの占拠仲間とともに逮捕されたことでもなく、赤腕章と緑腕章、そして穏健派（SDSの戦略が功を奏したのだ）との連合によって四月三十日夕刻に宣言された全学ストについて議論しようというのでもなければ、自分たち二人の憧れの、熱烈なる追憶の対象パリで起きはじめている大きな出来事についてすら一瞬たりとも触れる気はなく、そうじゃない、せめて一晩政治のことは忘れて僕たち自身のことを話しあいたいんだとファーガソンは訴え、エイミーもしぶしぶ受け入れたものの、実のところ彼女はいまや運動のこと以外ほとんど頭になかった。エイミー言うところの闘争の多幸症と、ローで六日間コミューン生活を過ごした彼女に訪れ彼女を根本的に変えた電気的覚醒、それ以外のことは考える気もなかったのである。

アパートメントでどなり合いになるという事態を未然に防ごうと、どこか中立的な、公共の場所に行くことをファーガソンは提案した。他人がいるところなら自制心を失ったりもしないだろう。〈グリーン・トゥリー〉にもう二か月以上行っていないので、生涯二人で食事する最後の食事になることもファーガソンとしては覚悟しつつ、〈ヤム・シティ〉を再訪することに二人は決めた。お気に入りの若いカップルが入ってくるのを見て、モルナー夫妻がどれだけ嬉しそうな顔をしたことか。奥の部屋の奥の隅のテーブルをファーガソンが頼んだときも（こちらの方が部屋も少し小さくてテーブルも少なく、わずかに床が高くなっている）いそいそと通してくれて、ディナーのお供にとボルドーのボトルを一本サービスしてくれた。だが二人最後の晩餐の席につきながら、ファーガソンは最高に惨めな気分だった。エイミーはとっさに壁際の席を選び、したがって彼女からはレストラン中の他人が見渡せて、一方ファーガソンはとっさにそれらの他人に背を向けた席を選び、したがって彼から見えるのはエイミーのみ、エイミーとそのうしろの壁のみ。その違いが何と相応しいことか。これが僕たちなんだ、そうファーガソンは思った。これまで四年八か月ずっとこうだったんだ、エイミーは外の他人を見て、僕はエイミーだけ見て。

二人はそこで一時間半、一時間四十五分を過ごし――ファーガソンはきちんと時間を追うどころではなかった――ふだんなら大食のエイミーが皿をつつく程度で、ファーガソンは赤ワインを立てつづけに何杯も飲み、一本目をほぼ一人で開けてしまって二本目を注文し、二人で喋っては黙り、ふたたび喋っては黙り、それから喋って喋って喋って、じきにエイミーはファーガソンに告げていた、自分たちはもう終わりだ、もはやおたがい相手を卒業してそれぞれ別の方向に進もうとしている、だからもう一緒に暮らすのをやめるしかない、と。いいえ、誰のせいでもない、ましてやあんたのせいじゃない、とエイミーは言った、モントクレアのあの小さな公園で初めてキスして以来あんたはほんとに一生懸命、ほんとに上手にあたしを愛してくれた、だからあんたのせいじゃない、ただ単にあたしはもうカップルでいることの息苦しさが耐えられなくなったのよ、自由になって一人で進んでいくしかないのよ、誰とも何ともつながりを持たず気ままにカリフォルニアに行って運動のために働きつづけたい、それがいまのあたしの人生なのよ……そしてそこにはもうファーガソンの居場所はない、大いなる魂と優しい心の持ち主たる素晴らしいアーチーには彼女抜きでやってもらうしかない。ごめんね、ごめんね、ほんとに心からごめん、とエイミーはくり返した。もうそうなってしまったのだ、広い世界の何ひとつそれを変えることはできない。

もうこの時点ではエイミーは泣いていた。涙の二つの川が顔を流れ落ちるなか、彼女はローズとスタンリーの息子を優しく磔（はりつけ）にしていく、が、泣く理由であればもっとずっとたくさんあるファーガソンは泣くにはあまりに酔っていて、泥酔というわけではないが塩水の蛇口を開けたいという衝動を感じないほどには酔っていて、これでよかったとファーガソンは思った。エイミーが記憶する自分の最後の姿が、彼女の前でわあわあ泣いている打ち負かされた男のそれではたまらない。だから残っているありったけの力を奮い起こし、こう言った――

おおわが愛しのエイミー、荒々しき髪と輝ける瞳の並ぶ者なきエイミー、千の超絶なる裸の夜を共に過ごした麗しの恋人よ、永きにわたりその口と体でわが口と体にかくも素晴らしきことを為してくれたわが絢爛たる乙女、これまでただ一人僕と寝た女の子、これまでただ一人僕が一緒に寝たいと思った女の子、僕は今後一生死ぬまで君の体を恋しく思うだろう、中でも君の体の中の僕一人のものである場所をとりわけ恋しく思うだろう、僕の目と僕の手のものであり君自身さえ知らない君自身が見たことのない場所を、それは君には見えないし僕の体の同じ場所も僕には見えないし、それぞれ肉体を持っている誰にとっても見えない場所なんだ、まずはもちろん尻、そうして脚の裏側、そこには小さな茶色い点々があって僕はそれらを長年崇(あが)め奉(たてまつ)ってきた、そうして膝小僧のすぐ裏、ちょうど折れ曲がるところの肌に彫られた線、その二本の線の美しさに僕はどれほど驚嘆してきたことか、それと君の首の隠れた半分と、かがみ込んだときに脊椎に現われる出っ張り、それから腰のくびれの愛らしい曲線、それらがこれまでずっと僕のもの、僕だけのものだったのだ、そして何より君の肩甲骨、愛しいエイミー、君の肩甲骨を見るたび僕はいつも白鳥の翼を思い浮かべてきた、あるいは僕の初恋の人ホワイトロック・セルツァーの女の子の背中から生えた翼を。

お願いアーチー、とエイミーは言った。もうやめて。

だってまだ終わってないよ。

いいえアーチー、お願い。もう耐えられない。

ファーガソンはまた口を開こうとしたが、舌をしかるべき位置に持っていくより先にエイミーが椅子から立ち上がり、ナプキンで涙を拭いてレストランから出て行った。

一九六八年五－六月。翌朝エイミーは荷物をまとめ、西七十五丁目の親の住居に荷物を預け、バーナード女子大学部生としての最後の一か月をクレアモント・アベニューにあるパッツィ・ドゥーガンのアパートのリビングルームのソファをねぐらにして過ごした。

ファーガソンは疲れきっているという以上、麻痺しているという以上だった。いまや一九六五年の停電のあの暗い寮のエレベータの中に戻っていて、その闇はもはや、一九四六—四七年にまだ母親の子宮の中にいたときの闇と区別がつかなかった。二十一歳、今後何らかの人生を生きるつもりならもう一度生まれ直さないといけない。世界のぎらつきとゆらめきの中で自らの道をもう一度見出すチャンスに挑むべく、泣き叫ぶ新生児として闇から引っぱり出されねばならない。

五月十三日、百万人がパリの街を行進した。フランス中が反乱していて、ド・ゴールはどこへ行ったのか？　一枚のプラカードには**コロンビア－パリ**と書いてあった。

二十一日、ハミルトン・ホールがふたたび占拠され、一三八人が逮捕された。その夜のコロンビアのキャンパスでの戦いは、以前七百人が逮捕された夜以上に大きく、流血も多く、いっそう野蛮だった。

五月二十二日号をもって『スペクテイター』はいったん休止し、六月三日に学期最後の号を発行した。同日ファーガソンはフロリダの両親の許で一か月を過ごしにニューヨークを発った。

ファーガソンが南へ向かう機内にいるあいだに、アンディ・ウォーホルがヴァレリー・ソラナスという名の女性に撃たれて危うく一命を取りとめた。この女はそれまでに、SCUM（Society for Cutting Up Men＝男を切り刻む会（scumは「下司、クズ」の意）と題したマニフェストを執筆し、『クソクラエ』（アップ・ユア・アス）と題した芝居を書いていた。

二日後、ロバート・ケネディがロサンゼルスでサーハン・サーハンという名の男に撃たれて四十二歳で他界した。

ファーガソンは毎日夕方に海岸を散歩して、たいていの朝は父親とテニスに興じ、〈ウルフィーズ〉で祖母を偲んでロックスと卵を食べ、一日の大半、エアコンの効いたアパートメントでフランス語の翻訳に取り組んで過ごした。

六月十六日、もはやエイミーがどこにいるのかもわからないので、翻訳詩の一篇を封筒に入れてニューヨークの彼女の両親気付で送った。手紙は書けなかったし書く気もなかったが、その詩はもはや彼女に言えないことの大半を言ってくれていた。

可愛い赤毛の娘

ギヨーム・アポリネール

僕は君の前に立つ　分別ある男として
生を知っていて　死も生者に知りうる限り知っていて
悲しみをすでに味わい　愛の喜びも味わって
考えを人に伝えおおせたことも幾度となくあり
数か国語を知っていて
旅もそれなりにしてきて
砲兵隊と歩兵隊で戦争も見てきて
頭部を負傷し　クロロホルム麻酔で穿孔手術を受け
戦闘の悪夢の中　最良の友らを失い
古のことも新しいことも　人が知りうる限りを知り
そして今日は　この戦争には拘らわず
ここだけの話　僕たちだけの話
伝統と想像力をめぐる　この長年の諍いは
秩序と冒険のあいだの論争だと判断する

神の口に似せて作られた口を持つ君
秩序そのものである口
どうぞお手柔らかに　僕たちを
完璧な秩序たる人たちと較べるときは
僕たちはいたるところ　冒険を探し求めている

僕らは君たちの敵ではない
君たちに巨大で奇怪な王国を　僕らは贈りたい
神秘の花を誰もが摘める国を
そこには新しい火があり見たこともない色があり
無数の錯視の混沌があり
それらの錯視を　本物にしないといけない

僕たちは優しさを探検したい　何もかもが黙っている巨
　大な国を

そして　追い払うも呼び戻すも自由な時間を
つねに前線で戦っている僕らを憐れみたまえ
無限の前線　未来の前線
僕らの過ちに憐れみを僕たちの罰に憐れみを

いまや夏が来ている　荒々しい季節が
そして僕の青春は　春のごとくに死んでいる
ああ太陽よ　いまは理性を燃やす時だ
そして僕は待っている

彼女がつねに帯びている愛らしく気高い姿を
追う機会を待っている　僕一人が彼女を愛せるようにと
彼女はやって来て　僕を引き寄せる　鉄の
やすり屑が磁石に引き寄せられるように
そのチャーミングな姿
愛らしい赤毛の

彼女の髪は金で出来ていて　さながら
美しい稲妻が　何度も何度も光るかのよう
あるいは　萎れかけたピンクの薔薇の中で
ワルツを踊って回る炎か

けれど笑え　僕を笑え

世界中の男たち　特にこの地の人たち
なぜならすごくたくさんあるからだ　僕が君たちに言っ
　ていないことが
すごくたくさんある　君たちが僕に言わせないことが
僕に憐れみを

（訳　A・I・ファーガソン）

6.2

6.3

フレミングの金を窓から投げ捨てた三十九日後、ファーガソンは自著の最終稿の最終ページをタイプした。この瞬間が来たらさぞ誇らしい、いい気分になるだろうと思っていたのに、タイプライターのノブを回し最後の五枚の紙とカーボンを抜き取ったときはしばし高揚感が湧いてきたものの、その感情もすぐに消えた。僕には本を書く力があるんだ、僕はちゃんと始めたことを終わらせられる人間であって大きな夢だけは見るものの結局何も成し遂げられない意志薄弱な連中とは違うんだ、そしてこの力は本を書くことだけじゃなくもっといろんなことに当てはまるんだと証明できて、いい気分がずっと続いていいはずなのに、一時間もすると一種疲れた悲哀以外ほとんど何も感じなくなり、六時半に下の階へ降りていって、ヴィヴィアンとリサと一緒にディナー前の一杯を飲んだころには、胸の中はもはや麻痺状態に陥っていた。

空っぽ。まさにそれだ、とソファに腰を下ろしワインの最初の一口を飲みながら思った。そう言えばヴィヴィアンは、自著を仕上げたときの気持ちをぽっかり穴が空いていると言い表わしていた。それと同じだ。家具もない部屋に一人で立っている、というような空っぽさではなく、中身をくり抜かれてしまったという感じの空っぽさ。そう、それだ、女性が出産して体の中をくり抜かれてしまうのと同じ意味で、くり抜かれた空っぽさ。ただしこの場合生まれてきたのは死産の子供であり、決して変わりもせず大きくもならず歩けるようになったりもしない幼児である。なぜなら本とは人がそれを書いているあいだのみその人の中で生きているのであって、ひとたび書き上がって外に出たときにはもうすっかり使い尽くされ、死んでいるのだ。

この感じってどれくらい続くものなのかな？　とファーガソンは、これが一時的な危機なのか、それとも掛け値なしの鬱病への墜落の始まりなのかヴィヴィアンに訊いてみたが、彼女が答える間もなく高圧電線のごときリサが割って入り、そんなに続かないわよアーチー、せいぜい百年よ、と言った。でしょ、ヴィヴ？

手っ取り早い解決策があるのよ、と、百年の憂鬱を想って微笑みながらヴィヴィアンは言った。もう一冊、次の本にとりかかるのよ。

もう一冊書く？　とファーガソンは言った。だって僕、すっかり燃え尽きた気分で、今後もう一冊読めるかどうかもわからないよ。

とはいえ、ファーガソンの出産をヴィヴィアンとリサは祝ってくれた。その赤ちゃん、あんたにとっては生きてないかもしれないけど、あたしたちにはしっかり生きてるのよ、と彼女たちは言い、乳母に雇ってくれるって約束してくれたらあたし法律事務所辞めてもいいわよ、と（件（くだん）の本を一ページも読んでいない）リサが言い足した。これがリサのユーモアのセンス、ナンセンスなセンスだが何しろ本人が可笑しいので何を言ってもたいていは可笑しく、このときもファーガソンは思わず笑ってしまい、生きていない赤ん坊を載せた乳母車をリサが押してパリの街を歩いている姿が頭に浮かんでもう一度笑った。

翌朝、ファーガソンとヴィヴィアンはラスパイユ通りにある郵便局まで歩いていった。ここが国有のＰＴＴ（郵便電信電話局）の地元局である。ペ・テ・テという三文字のイニシャルの呼び名が舌から何とも悦ばしく転げ落ちていく感じがファーガソンは好きで、何度口にしても飽きなかった。フランス共和国の国民にも、フランスを通過中もしくはフランスに居住中のその他の人々にも等しく通信サービスを提供しているコミュニケーションの殿堂に二人は入っていき、ファーガソンの原稿の写しを航空便でロンドンに発送した。封筒の宛先はアイオー・ブックスのオーブリー・ハルではなく、ノーマ・スタイルズという名の、ヴィヴィアンの本をイギリスで出している出版社テムズ・アンド・ハドソンの上級編集者である女性だった。ノーマはＴ＆Ｈでの年下の同僚ジェフリー・バーナムと親しく、ジェフリーはハルの親しい友人である。ヴィヴィアンはそういうやり方で原稿を送り出すことを選んだのだ。まず自分の友人に仲介を頼み、原稿が届いたらすぐに読む、読んだら即バーナムに渡すと相手が約束してくれて、バーナムがそれをハルに渡してくれる。それって不必要にややこしくないかな？　とファーガソンはこの案をヴィヴィアンから聞かされたときに訊ねた。あっさりハル本人に送った方が早いんじゃない？

たしかに早いし、簡単だけど――とヴィヴィアンは言った――採用してもらえるチャンスはゼロに近いのよ、持ち込み原稿（オーヴァー・ザ・トランザム）はたいていクズ山（スラッシュ・パイル）に行きついて（経験のないファーガソンにはどちらも初耳の用語だった）、ろくに読まれもせずに断られるのが関の山なのよ。いいえアーチー、こういうことは急がば回れ、それが最善にして唯一のやり方なのよ。

つまり——とファーガソンは言った——この人の意見ですべてが決まるという人間のところにたどり着くまでに、二人の人間に気に入ってもらわないといけないわけだね。

そういうことになるわね。幸い、この二人は阿呆じゃない。この人たちは当てにしていい。未知数はハルよ。でもとにかく九十八パーセントの確率でハルが読むことになると思う。

というわけで二人は、一九六六年三月十日の朝、地元パリ第七区のペ・テ・テで列に並び、順番が来ると、カウンターの向こうの小男はその小包を灰色の金属製の秤に手際よく載せて重さを計り、大きな茶色い封筒に切手を威勢よく貼りつけ、それからゴムのスタンプを持ち出し、緑と赤の長方形の上に並ぶマリアンヌの顔に消印を押しまくり瀕死の状態に追い込んでいった。感心して眺めていたファーガソンは突然、マルクス兄弟『いんちき商売』の中の、ハーポが目の前の物すべてに——税関吏たちの禿げ頭にまで——片っ端からスタンプを押していく途方もないシーンを思い浮かべ、そのときにわかに、フランス的なるものすべてを愛する気持ちが洪水のように押し寄せてきて、どんなに愚かな、どれほど馬鹿げたものでも愛そうという気になって、何週間ぶりかで、パリで暮らすことがどれほどいいかをファーガソンはつくづく実感し、そのよさの大半がヴィヴィアンという人物を知っていてヴィヴィアンを友人として持っていることから生まれていることにも思いあたった。

保険や配達証明も加えると郵便代は九十フラン近くに達したが(ほぼ二十ドル、ファーガソンの一週間の小遣いの四分の一だ)、ヴィヴィアンが金を払おうとハンドバッグに手を入れると、ファーガソンは彼女の手首を摑んでそれを止めた。

今回は駄目だよ。僕の死んだ赤ん坊なんだから、僕が払う。

だってアーチー、すごく高いのよ……

僕が払うよ、ヴィヴ。ペ・テ・テに来たら払うのは僕。

わかったわよミスタ・ファーガソン、好きになさい。でもこれであんたの本はロンドンへ飛んでいくんだから、もうこの本のことは考えないって約束してちょうだい。少なくともまた考える理由が出来るまでは。いい?

最善は尽くすけど、約束はできないね。

パリ暮らしの第二期が始まった。もう取り組むべき著書もなく、アリアンス・フランセーズの語学クラスに通いつづける必要もなかったから、過去五か月のような昼間の厳しいスケジュールには縛られなくなった。ヴィヴィアン相手のディスカッションを別とすれば、いまや何でも好きなことができて、それは何より、平日午後に映画を観に行けて、自分にとって一番大切な人たち（母親とギル、エイミーとジム）にもっと長い手紙をもっと頻繁に書けて、どこかで屋内・屋外のコートを見つけてバスケットをやることもできれば、英語の個人レッスンの生徒候補を探してあちこち問い合わせたりもできるということだった。バスケット問題は五月初旬まで解決しなかったし、生徒は一人も見つからなかったが、手紙は次々送り出したし、映画もすさまじい数を観た。ニューヨークも映画を観るにはいい場所だったが、パリはもっとよかった。その後の二か月でルースリーフに加えた項目は一三〇に達し、ニューヨークから持ってきたバインダーでは間に合わなくなりフランス生まれの弟が出来た。

　初春に書いたのはそれで全部だった。アメリカに宛てた手紙、航空書簡（エアログラム）、はがきと、映画の一〜二ページの要約と速記的な感想のどんどん高くなっていく山。自伝の最後の仕上げにかかっていたときは、このあとに書きたいエッセイや評論をあれこれ考えていたのに、こうして時間が出来てみると、書きたいというあの思いは、彼に著書を書き終えさせようとするアドレナリンに煽られたものだったことがわかった。ひとたび著書が書き上がってしまえばアドレナリンもなくなり、脳は使い物にならなかった。もう一度何かを始めるには少し休息が必要なのだ。というわけで、春先の数週間は、散歩のときに持ち歩くメモ帳に思ったことを書きつけ、部屋で机に向かっているときはさまざまなテーマに関して論考のアイデアとその反論の骨子をざっと書いてみる程度で満足していた。そうして、映画に出てくる子供たちについて書いてみたい文章のための例を増やす。映画における子供のさまざまな表象――『孤児ダビド物語』でベイジル・ラスボーンの痛烈な鞭を臀部（でんぶ）に喰らうフレディ・バーソロミューから、『ブルックリン横丁』で亡き父の髭剃り用マグを取り戻そうと床屋に入っていくペギー・アン・ガーナーまで、『大人は判ってくれない』でビシャッと頭を叩かれるジャン＝ピエール・レオから『大地のうた』でオプーとその姉が初めは葦の野原で座って列車が走り去っていくのを眺めていたのがやがて土砂降りの雨が降るなか木の洞（うろ）に陣取る姿まで（これはファーガソンがいままで映画で出遭った中で最高に美しく最高に打ちのめされる子供の映像であり、あまりの剝き出しの生々しさ、意味の濃さに、考えるたび涙をこらえるのに一苦労だった）。だがそのエッセイは、そしてほかのどのエッセイも、当面は休止中だった。あのちっぽけでしょうもない本に力を使い尽くしてしまったのであり、思考の連鎖を持続させようにも活力が足りず、二十、三十秒して三つ目の思考にたどり着いたころには一つ目を忘れてしまっていた。

　もう一冊本を読めるかどうかも怪しいとジョークを飛ばしたものの、その春は実に多くの本を読んだ。こんなにたくさん読んだ時期はいままでなかったし、ヴィヴィアンと一緒にやっている読書も順調に進んで、二人で共に携わっている営みにますます身が入った。ヴィヴィアン自身も以前より自信がついたようで、教師としての役割に馴染んできたので、勢いファーガソンも読書に熱が入るというものだった。一冊一冊二人で進んでいき、シェークスピアの戯曲をさらに六冊、加えてラシーヌ、モリエール、カルデロン・デ・ラ・バルカの戯曲も併せて読み、次にモンテーニュの随筆に取りかかるとヴィヴィアンが非同一性(パラタクシス)という語を教えてくれて、文章の力、速度といった点について話しあい、ヴィヴィアンが近代的精神と呼んだものを発見したか明らかにしたか創造したかしたこの人物の精神を探索し、次の三週間は〈憂い顔の騎士〉とみっちり向きあって、子供のころローレル&ハーディから受けたのと同じ衝撃を十九歳になったいま『ドン・キホーテ』から受け、ふたたび架空の存在に心を奪われて全面的愛情を寄せるに至った。十七世紀のドジで幻視者の狂人は、ファーガソンが自著でも取り上げた映画の道化二人と同じく、決してあきらめないのだ。「かくして長きにわたり、こっちで躓(つまず)きあっちで転び、こちらで投げ落とされあちらで立ち上がり、わしは意図せる業(わざ)を相当部分成し遂げてきたのです……」(『ドン・キホーテ』第二部第十六章から)

ギルのリストに挙がった本のみならず、映画の本も読んだ。英語・フランス語の映画史やアンソロジー、アンドレ・バザンやロッテ・アイスナーなどの映画論、ヌーヴェルヴァーグの監督たち(ゴダール、トリュフォー、シャブロル)が映画を撮りはじめる前に書いていた文章、エイゼンシュテインの著書二冊(再読)、パーカー・タイラー、マニー・ファーバー、ジェームズ・エイジーらの映画評、ジークフリート・クラカウアー、ルドルフ・アルンハイム、バラージュ・ベーラといった大御所の評論や思索、『カイエ・デュ・シネマ』の全号全ページ、さらにはブリティッシュカウンシル図書室に足を運んで『サイト&サウンド』誌を読み、定期購読している『フィルム・カルチャー』と『フィルム・コメント』がニューヨークから届くのを待ち、朝の八時半から正午までそうやって読んだあと午後はすぐ川向こうの、世界最古最大最良の映画アーカイブ〈シネマテーク・フランセーズ〉に足を運ぶ(リバーサイド・アカデミーの古い学生証を見せても係は有効期限を確かめもしないので入場料はわずか一フラン)。映画人の中の映画人たる、肥満体にして偏執狂、それこそドン・キホーテのごときアンリ・ラングロワによって設立されたこの映画の殿堂で、スウェーデン語字幕付きの知られざるイギリス映画や、何の音楽も付いていないサイレント映画を観るのは何と奇妙だったことか、だがそれ——音楽はなし——が「ラングロワの掟」なのであり、初めこそファーガソンもまったく音のないスクリーンに戸惑い、観客の咳とくしゃみ、時おり映写機が立てるカタカタという音以外何の音もしない館内にまごついたが、しばらくするとその沈黙の力を味わえるようになり、観ているあいだに声や音がたびたび聞こえた——車のドアがバタンと閉まり、水の入ったグラスがテーブルにゴンと置かれ、戦場で爆弾が炸裂する。サイレント映画の無音は、狂おしいほどの錯聴を生み出すように思えた。これは人間の知覚について何事かを語っているな、とファーガソンは思った。感情でのめり込んでいるとき人は物事をどう経験するのか。シネマテークに行っていないときはラ・パゴド、ル・シャンポリオン、あるいはムッシュー＝ル＝プランス通り沿いかサンミシェル大通り沿いのエコール通り付近かその裏手等々に並ぶ映画館に行っていて、加えて教養を深める上で大いに役立った思いがけぬ発見は、アクシオン・ラファイエット、アクシオン・レピュブリック、アクシオン・クリスティーヌという、もっぱら古いハリウッドしか上映しないアクシオン三館連合で、アメリカでももうほとんど誰も覚えていないような、過ぎ去りし日々にアメリカの撮影所で撮られた白黒映画の数々が掛かっていることだった。喜劇、犯罪物、大恐慌時代ドラマ、ボクシング映画、三〇・四〇・五〇年代前半に何千本と量産された戦争映画、等々きわめて幅広く観ることができ、おかげでファーガソンのアメリカ映画に関する知識はパリに移ってきてから飛躍的に拡大した。思えばフランス映画に対する愛情も、ニューヨークの〈ターリア〉と近代美術館で育まれたのだった。

一方、フレミングは彼につきまとっていた。何とかして謝ろう、あの金と涙の夜を償おうと懸命に努め、あの夜以来何日も、少なくとも一日一度はヴィヴィアンのアパルトマンに電話してきてファーガソンと話そうとしたが、セレスティーヌが部屋のドアの下からメッセージを差し入れてもファーガソンはビリビリ破くだけで一度も電話を返さなかった。二週間ずっと反応しない日が続いた末に電話が止み、手紙の日々が始まった。お願いだアーチー、私は君が思っているような人間じゃないんだ、そのことを証明させてほしい。お願いだアーチー、君の友人にならせてほしい。お願いだアーチー、私はパリで大変興味深い学生と大勢知りあったんだ、ぜひ君に紹介させてほしい、そうしたら君も同世代の友人が出来るじゃないか。週二通、三通手紙が来る時期が三週間続き、一通たりとも返事は書かず、すべて破いて捨て、それから、やっと手紙も止んだ。これで終わりますように、と祈ったが、またどこかのディナーで顔を合わせたり街なかでばったり出会ったりする可能性はつねにある。だからはっきり片がつくのは八月にフレミングがアメリカへ帰るまで待たねばならず、それはまだ何か月も先だった。

夜は相変わらず惨めだった。男であれ女であれ、ベッドパートナーかキス仲間に孤立から引き出してもらうこともない。でも、一人でいて誰にも触れない方が、フレミングのような男に触られるよりましだ、と自分を納得させた。といってフレミングがああいう人間なのは本人のせいじゃない……そしてファーガソンは明かりを消し、枕に頭を沈めて、闇の中で思い出すのだった。

アメリカでは三つの組織（合衆国郵便、ウエスタンユニオン、マーベル）に分割されている業務を一手に引き受けている勤勉にして能率的なPTTは、郵便も毎日かならず午前と午後の二度配達し、ファーガソンの住所はヴィヴィアンの住所と同じだったから、彼宛ての手紙も小包もまずは下の階に届いた。届くとセレスティーヌが上の階まで持ってきてくれてファーガソンの部屋のドアの下のすきまに差し入れ、アメリカの映画雑誌やギルかエイミーがたまに送ってくれる本など、すきまに入らない包みだったらドアをノックして渡してくれる。四月十一日の午前九時十分、机に向かってカルデロン・デ・ラ・バルカの『人生は夢』を読んでいると、階段からセレスティーヌの聞き慣れた軽やかな足音がして、それから部屋に近づいてくるとともに廊下の床が軋み、次の瞬間、床の上の、ファーガソンの足から十センチと離れていないところに薄い白の封筒が横たわっていた。イギリスの切手。事務封筒で、左上に差出人住所がある――アイオー・ブックス。悪い知らせを覚悟してファーガソンはかがみ込み、手紙を拾い上げたものの、六、七分ぐずぐずと開けず、これはもうどうでもいいことなんだと納得したはずなのになぜこんなに怯んでしまうんだろう、と自問していた。

さらに三十秒、四十秒かかってやっと、覚悟していた悪い知らせは実のところよい知らせであることがわかり、四百ポンドが印税の一部前払い金として支払われ、『ローレル&ハーディが僕の人生を救ってくれた』をアイオーから来年の三月か四月にぜひ出版したいとの意向が表明されていたが、このオーブリー・ハルの好意的な返信をもってしても、自分の書いたものを受け入れたいと思う人間が本当にいるとは確信できず、この手紙の出現を説明するためにファーガソンはひとつの物語をでっち上げた。ヴィヴィアンが出版費用を出してハルの買収を企て、今後アイオー・ブックスから出す本の支援にもう一枚数千ポンドの小切手を書くからと約束して彼を説き伏せたのだと信じ込んだ。パリに移ってきて以来ファーガソンは一度もヴィヴィアンに腹を立てたことはなく、きつい言葉を浴びせたことも、彼女が何か正直で親切でない行為をしたと疑ったこともなかったが、これはいくらなんでもやりすぎだ、これでは親切を通り越して侮辱だ、といまは考えた。第一とんでもなく、反吐（へど）が出そうなくらい不正直じゃないか。

　九時三十分にはもう、階下に降りていってハルの手紙をヴィヴィアンに突きつけ、悪行を認めよと迫っていた。ファーガソンのこれほどの立腹ぶりを見るのはヴィヴィアンも初めてだった。途方もないパラノイアに陥って、邪（よこしま）な策略だの下劣な欺瞞だのを勝手に信じ込み、逆上して頭から湯気を立てている。あとでヴィヴィアンに言われたが、ここでファーガソンが崩壊していくのを見ながら彼女に可能と思えた対応は二つだけだった。すなわち、顔をひっぱたくか、笑うか。彼女は笑う方を選んだ。こっちの方が解決策として時間はかかるが、十分もしないうちにヴィヴィアンは、ハルが出版を承諾するにあたって自分は何の役割も演じていないこと、ハルに一ペニーも一スーも一セントも送っていないことをこのプライドの高い、神経過敏な、病的に自己懐疑の強い若者に納得させていた。

　自分を信じなさいアーチー、とヴィヴィアンは言った。胸を張るのよ。それにね、二度とあたしのことこんなふうに責めたりしないでよ。

　二度としません、とファーガソンは誓った。ほんとに恥ずかしいです、許しがたい癇癪を起こしてしまって、と彼は言った。何より心乱されるのは、どうしてそんなふうに思い込んだのか、自分でもわからないこと。どうかしていたとしか思えない、掛け値なしの狂気だった。もしもう一度こんなことになったら笑うのは忘れてひっぱたいてほしい、とヴィヴィアンに頼んだ。

　ヴィヴィアンは彼の謝罪を受け入れ、二人は仲直りした。嵐は過ぎ、少しすると二人で一緒にキッチンに入っていって、ミモザカクテルと、キャヴィアを載せたクラッカーから成る二度目の朝食で良き知らせを祝い、ファーガソンとしてもいい気分になりはじめていたが、狂気が自分の中から噴き出たことには依然として心穏やかでなく、ひょっとしてこれはいずれ完全に壊れてしまうことの予兆ではなかろうか、と考えてしまうのだった。

　生まれて初めて、ファーガソンは自分が少し怖くなった。


　十五日にハルから二通目の手紙が届き、十九日火曜にパリに行く、とあった。ギリギリのお知らせで申し訳ないが、もしその日の午後都合がよければお会いしたい、とハルは書いていた。〈フーケ〉で十二時半のランチはどうだろう、それで話し足りなければシャンゼリゼを曲がってすぐの〈ジョルジュ・サンク〉に泊まるからそこへ行って続きを話せるという。ホテルのコンシェルジュに都合を伝えておいてもらえれば、と手紙は終わっていた。

　ヴィヴィアンが友人のノーマ・スタイルズから聞いたことに基づいて（そしてノーマはそれを同僚のジェフリー・バーナムから聞いた）、オーブリー・ハルについてわかったことは以下で全部だった。三十歳、結婚していて妻の名はフィオナ、幼い子が二人いて（四歳と一歳）、オックスフォードのベイリオル・コレッジ出身で（ここでバーナムと知りあった）、裕福なチョコレート・ビスケット製造業者の息子で、家族の中ではやや黒い（灰色くらい？）羊で、芸術家たちとつき合うことを好み、文学については鼻が利き、出版人としては真剣だが、パーティ好き、ちょっとした奇人で通っていた。

何とも曖昧な人物像なものだから、ファーガソンはハルを、アメリカ映画によく出てくる勿体ぶったイギリス人として思い描いた。傲慢で横柄、顔は赤ら顔、事あるごとに人を馬鹿にし、小声でぼそぼそ口にする科白が自分では愉快なつもりでも事実愉快だった例しがない。まあこれはファーガソンが映画の見過ぎだからか、それとも未知のものを本能的に恐れるせいで新しい状況となるといつも最悪の事態を想定してしまうからか、とにかく会ってみたらオーブリー・ハルは赤ら顔でもなく横柄な人柄でもなく、それどころかファーガソンがこれまで人生を旅してきて出逢った中でも最高に心優しい愛すべき人物だった。

きわめて小柄な、きわめて小型化された身長一六〇センチの男で、何もかもがそれに合わせて小型化されている。小さい頭、小さい顔、小さい手、小さい口、小さい腕と脚。明るい青の瞳。陽の出ない、雨浸しの国に住む人間特有のクリームがかった白い肌で、カールした髪はスペクトルで言えば赤毛とブロンドのどこか中間、以前誰かがショウガ色と呼んでいるのを聞いたことがある色合いの髪。十九日の午後〈フーケ〉で握手をして昼食の席に就いたものの何と言っていいかわからないので、ファーガソンは苦しまぎれに、オーブリーという名前の人に会うのは初めてです、と言ってみた。するとハルはニッコリ笑って、この名前、どういう意味か知ってるかねとファーガソンに訊いた。いえ、見当もつきません、と答えると、「小妖精の王」だよ、とハルは答え、そのあまりにコミカルで意外な答えにファーガソンは肺からのぼって来る笑いを抑えるのに一苦労だった。下手に笑ったら侮辱と受け取られ、自分の本を出版してくれると言った人物を会って二分で敵に回してしまいかねない。とはいえ、何と相応しい意味か。この小さな人物がエルフの王とは、ぴったりとしか言いようがない！　まるでオーブリーが生まれる前夜に神々が家に入ってきて、子に与えるべき名に関して親に指示していったみたいではないか。エルフや神々が頭に一杯満ちたいま、出版社経営者の小さく端正な顔を見ていて、いま僕は神話に属する存在を前にしているのではという気持ちが湧いてきた。

その日までファーガソンは、出版社というものがどのように動くのか、自社の本を世に広めるためにどういうことをするのか何ひとつ知らなかった。本をデザインして印刷したら、あとはできるだけ多くの新聞雑誌に書評が出るよう努める程度だろうと思っていた。書評がよければ、ヒット。悪ければ、外れ。ところがオーブリーの話を聞いてみると、書評はひとつの要素にすぎず、ほかにどういう要素があるのかエルフの王が詳しく説明してくれるのを聞きながら大いに興味をそそられ、本が出たらわが身に何が起きるかを知ってすっかり驚いてしまった。まずたとえば、ロンドン行き。日刊・週刊の媒体のインタビュー、BBCのインタビュー、上手く行けば生テリー（「テリー」はイギリス英語でテレビのこと）出演。小さな劇場で開かれる晩のイベントで自著の一部を朗読し、好意的なジャーナリストか作家を相手に自著について語る。そして――まあこのへんはまだ詰めないといけないが、実現したらさぞかし楽しいだろう――NFT（国立映画劇場）かどこか映画館で「ローレル＆ハーディの一夜」を催し、ファーガソンがステージに上がって作品の紹介役を務める。

　脚光を浴びるファーガソン。新聞に写真が載るファーガソン。ラジオから声が流れるファーガソン。ステージに上がって静まり返った熱烈なファンたちに向かって朗読するファーガソン。

　これを望まない人間がいるだろうか？

　とにかく君の書いた本は素晴らしいから――とオーブリーが言うのが聞こえた――ぜひとも全面的に押さなくちゃいけない。普通、十九歳で本が書けるとは誰も思ってない。前代未聞、誰もが仰天するはずだ、実際私だって仰天したし、フィオナも社のスタッフみんなもそうだった。

　だといいですけど、とファーガソンはオーブリーの言葉に盛り上がりすぎて馬鹿をさらすまいと、興奮の蓋を押さえつけながら言った。とはいえ本当にいい気分だった。ドアが次々開（ひら）こうとしている。一つひとつオーブリーが開（あ）けてくれて、一つひとつの向こうに新しい部屋がある。そこで何に出会うか考えると、たまらなく幸せな気持ちになった。こんなに幸せな気持ちは何か月ぶりだろう。

　誇張はしたくないが、とオーブリーは言って（つまりしたいということだ）、かりに君が明日ばったり死んでも、『ローレル＆ハーディが僕の人生を救ってくれた』は永遠に生きると思うね。

　それって不思議なセンテンスですねえ、とファーガソンは応じた。いままで聞いた中で最高に不思議なセンテンスかもしれません。

　うん、けっこう妙だったね。

　まず僕がばったり死んで、それから人生を救われて、そうして永久に生きる――もう死んでるわけですけど。

　たしかにひどく妙だ。でも心から発した誠実な讃辞だよ。

　二人は顔を見合わせて笑った。何かが表面に上がってこようとしていた。何か強烈なものが浮上してきていて、どうやらオーブリーが自分に迫っているのではないかとファーガソンは疑いはじめた。この陽気な、ショウガ色の髪をしたランチの相手は自分と同じ両刀使いで、かつ百戦錬磨なのではないか。オーブリーのペニスもほかの部分と同じくらい小さいんだろうか、とファーガソンは自問し、自分のペニスについても考えながら、その答えを知るチャンスは訪れるんだろうかと自問した。

いいかいアーチー、とオーブリーはさらに言った。私は結論に達したんだ、君はたいていの人とは違う人間なんだ、特別な人間なんだと。原稿を読んでそう感じたし、こうして面と向かって会ってみてそれが確信に変わった。君は独特な人物だ、だから一緒にいて実に刺激的だ、けれどそのせいで君はどこにも溶け込まないだろう、そしてそれはいいことだと思う、独特な人物のままでいられるからね、独特な人間はたいていの人間よりもいい人間だ、たとえ溶け込まなくても。

実のところ、とファーガソンは自分の最良にして最大の笑顔を見せながら、オーブリーが始動させたと思える誘惑のゲームに入り込んでいった。僕はどこにでも溶け込もうとしています……どこにでも、誰が相手でも。

卑猥な返答にオーブリーはニヤッと笑いを返し、この場のニュアンスをファーガソンがすべてわかっていることに気をよくしたようだった。まさしくそういうことだよ、とオーブリーは言った。君という人はあらゆる経験に向けて自分を開いている。

はい、すごく開いています、とファーガソンは応えた。あらゆる人に向けて。

あらゆる人（ワン・アンド・オール）とはこの場合、〈フーケ〉のお洒落で快く騒がしい店内で自分の向かいに座っている人物のことである。とことん感じのいいオーブリー・ハル、突如現われてファーガソンの著書を成功させることで彼の人生を変容させようとしてくれている男、チャーミングで悪戯っぽいオーブリー・ハル、この上なく魅力的で誘惑的で、その可憐で小さな口にファーガソンはたまらなくキスしたいと思い、それから、オーブリーがワインをさらに一、二杯空けたころには、奇人と称されるこの人物はファーガソンをいい子（ボニー・ボーイ）、可愛い坊や（ラブリー・ラッド）、素敵な坊や（グッド・ラッド）、立派な坊や（ファイン・ラッド）等々と呼びはじめていて、これは奇人がどうこうというより親密、懇ろ（ねんご）ということであって、昼食が終わるころにはすべてがあからさまになっていた。もはや思案すべき謎も問うべき問いもなかった。

ファーガソンはオテル・ジョルジュ・サンクの五階の部屋のベッドに腰かけ、オーブリーがジャケットを脱ぎネクタイを外すのを眺めていた。自分が大切だと思える人と一緒になるのは本当に久しぶりだったし、誰かに触られたのは――あるいは誰かがまず金の話をすることなく彼に触りたいと思ってくれたのは——本当に久しぶりだったから、エルフの王がベッドに歩いてきて、彼の膝の上に這い上がり、まだしっかり服を着ている彼の胴に両腕を回したとき、ファーガソンは思わず身震いした。そうしてその可憐な小さい口にキスすると体のてっぺんから一番下まで震えが伝わっていき、たがいの舌が出会って抱擁が強まると、何年も前に愛しいジムに会いにボストン行きのバスに乗っている最中に自分に向けて言った言葉をファーガソンは思い出した。天国の門。そう、いまはまさにそういう感じだったし、ランチの最中に心の中でもろもろの部屋を訪れたあとで——オーブリーがそこに立っていて次々ドアを開けてくれるままにファーガソンは入っていったのだ——いままたもうひとつのドアが開いて、今度はそこへオーブリーと一緒に入っていこうとしている。地に縛られた男たち。イギリス王の名を冠したパリのホテルのベッド（ジョルジュ・サンクは「ジョージ五世」の意）。そのベッドの上でイギリス人とアメリカ人がむき出しの、地に縛られた肉体をさらしている。来世（オ＝ドゥラ）。この世のいま・ここに在って、二人の中で来世が息づいている。

　ペニスもファーガソンが思っていたとおりの小ささで、オーブリーのほかすべての部分と同じく、小型の体格に比例していて、可憐な口やその他の部分同様に可憐だった。重要なのは、自分が持っているものをどう使うか、オーブリーがしっかり心得ていることだった。三十歳の彼は、ファーガソンが過去一緒に寝たどの男の子よりもベッドに関し肉体の事柄に関し経験豊富であり、愛しあう相手として妙な、もしくは不快な嗜好もなく、男の子をファックし男の子にファックされたいという情熱をめぐって余計な罪悪感も持っていなかったから、アンディ・コーエンやブライアン・ミスチェヴスキよりも繊細かつ攻撃的で、自分に自信を持っているとともに相手に対しては寛容で、こういう行為をすることもされることも等しく楽しむ何とも好ましい人物であり、その午後と晩に彼がファーガソン相手に過ごした時間は、ファーガソンにとっても間違いなくこれまでパリで過ごした最良の、もっとも満足の行く時間だった。一週間前、自分は崩壊に向かっているんじゃないかとファーガソンは恐れていた。いまやその脳は無数の新しい思考に膨らみ、肉体は安らいでいた。

　自分の本をイギリスで出してくれる出版社の社長の腕の中で来世に旅した十日後、ファーガソンは母の体に両腕を回して許しを乞うていた。母とギルはパリに到着したばかりだった。『ニューヨーク・ヘラルドトリビューン』は四月二十四日を以て終息し、ギルは秋にマネス音楽大学教授としての新しいキャリアに乗り出すまで一時的に失業状態となるので、ファーガソンの母と、結婚して六年半経つのにいまだ実行していなかった新婚旅行に出かけることにしたのである。まずはパリで一週間。それからアムステルダム、フィレンツェ、ローマ、西ベルリン（ギルにとっては一九四五年の終戦半年後以来の再訪である）。オランダ美術、イタリア美術を見るのが二人の目当てで、ギルとしては自分が子供のころ暮らした一連の場所を妻に見せるつもりもあった。

自著の清書原稿三通をタイプし終えたのは三月九日のことだった。一通は目下パリの自室の本棚の一番上の棚に置かれ、もう一通はロンドンのオーブリーの机の上にあり、そしてもう一通はニューヨークのリバーサイド・ドライブの両親のアパートメントに送ったのだった。原稿が海を越えた二週間後、ファーガソンはギルから手紙を受け取った。それ自体はべつに異様なことではない。元々母は筆不精で、ファーガソンが二人両方に宛てた手紙も九割はもっぱらギル一人が返事をよこしたのであり、時には一番下に母からの短い追伸が添えられていたりもしたが（あんたがいなくて寂しいわよ、アーチー！　ママからの千のキッス！）、それすらないことも多かった。そして今回のギルの手紙は、書き出しはもっぱらファーガソンが書いた本への讃辞であり、これは実に見事な出来だ、物語の感情次元の内容と物理的・心理的データとが絶妙のバランスで組み合わされている、君が書き手として見るみる成長し向上していることに舌を巻いている……。ところが四つ目の段落から、調子が変わってきた。でもアーチー、この本が君の母さんをどれだけ動揺させたか、これを読むのが君の母さんにとってどれだけ辛かったか、わかってもらわないといけない。もちろん、過去のこれだけ難儀な日々を生き直すとなれば誰にとってもそれなりに辛いだろうし、この本が君の母さんを泣かせたというだけで責め立てるつもりはない（私だって涙した）。しかし、君がさすがにちょっと正直すぎたんじゃないかと思える箇所もいくつかあって、君の母さんについて明かした細部の露骨さに、本人は愕然としている。原稿をいまもう一度読み直してみたが、46—47ページの、君たち二人がニュージャージーの海辺で過ごした陰惨な夏の、あの小さな家にこもって朝から晩までテレビを観て海岸にはほとんど足を運ばなかった日々の記述の真ん中あたりは、とりわけ不快ではないだろうか。念のため引用してみる。「母は前々から喫煙者だったが、いまはノンストップで喫いまくり、チェスタフィールドを日に四、五箱空にし、もはやめったにマッチもライターも使わなかった。まだ燃えている煙草の先っぽで、次のを点ける方が簡単で能率的だったからだ。僕の知る限り、それまで酒はめったに飲まなかったのに、いまは毎晩ウォッカをストレートでショットグラス六、七杯飲み、夜に僕を寝かしつけてくれるころには呂律も回らなくなっていて、もはや世界を見ることに耐えられないかのように目もなかば閉じていた。父が死んですでに八か月が経っていた。その夏、僕は毎夜、ベッドの生温かい、くしゃくしゃのシーツの下にもぐり込み、どうか母さんが明日の朝も生きていますように、と祈るのだった」。これはあんまりだよ、アーチー。この部分は最終版から削るか、せめてある程度表現を和らげるか、検討した方がいい。自分の人生の、惨めだった一時期を世に向けてさらされる苦痛を君の母さんに味わわせる必要はない。しばし立ち止まって考えてみてほしい。私がなぜこんなことを頼んでいるか、きっとわかってもらえると思う……。そうして最後の段落――吉報。トリビューンがもうじきくたばり、私はまもなく失業する。そうなったら君の母さんと二人でヨーロッパに行く。たぶん四月の末だ。そのときにゆっくり話しあおう。

だがファーガソンはそのときまで待ちたくなかった。四月の末まで放っておくにはあまりに深刻な話だった。ギルにその部分を本全体から抜き出されて、周りの文章がない形で見せつけられると、自分が冷酷すぎたことをファーガソンは思い知った。こうやって叱られるのも当然だと思った。嘘が書いてあるというわけではない。少なくとも、八歳の自分が見たものを、書いている時点での自分が思い出しているという枠組においては。母は事実あの夏煙草を喫いすぎていたし、ウォッカをストレートでガンガン飲んで家事は放ったらかしで、その無気力さに大いに不安にさせられ、二人並んで浜辺に座り砂のお城を作っていても母は波の方を見るばかりで、麻痺したようにファーガソンから遠く離れていて、時に怯えすら抱かせたのである。ギルが手紙に引き写した箇所は、どん底まで落ちていた母、悲しみと混乱の底に沈んだ母を描いているが、ファーガソンとしてはあくまで、あの失われた夏と、その後ニューヨークに戻ってから母に起きた変化――写真に復帰し、新しい生活が始まって、ローズ・アドラーが誕生した――とを対比させるためだったのである。とはいえ、そのコントラストを、さすがに強調しすぎてしまったようだ。もしかしたらそれほど悲惨ではなかったかもしれない状況に（母がギルに語ったところによれば、たしかにウォッカは飲んだが、ベルマーで過ごした四十六日で二壜のみ）幼い子供の恐怖心を塗り込んで、大人の行動を歪んで捉えてしまったかもしれない。ゆえにファーガソンは、ギルからの手紙を読み終えるとすぐ、母と義父の両方に宛てた一ページの謝罪を書きにかかり、嫌な思いをさせてしまったことを詫びて、問題の箇所を本から削除すると約束したのだった。

かくして四月二十九日の朝、ファーガソンはオテル・ポン・ロワイヤルのロビーに立って、時差ボケの母親を両腕に抱きしめ許しを乞うていた。外では雨が街路に叩きつけ、母の肩にあごを載せながらファーガソンはホテル前面の窓の外に目をやり、一人の女性の手から傘が吹っ飛ぶのを見た。

いいえアーチー、と母親は言った。あんたを許す必要はないわ。あたしが許してもらわなくちゃいけないのよ。

ギルはすでにフロントの列に並んでいて、二人のパスポートを提出し宿帳にサインしてチェックインする順番を待っている。彼がその煩わしい手続きを片付けてくれているあいだに、ファーガソンは母親をロビー隅のベンチに連れていった。母は旅疲れしているように見え、それでもまだ話したそうだったから、ゆっくり座って話せるようにした方がいいと思ったのだ。まあ十二、三時間移動してきたのだから誰だって疲れるはずだ。それを差し引けば元気そうで、六か月半前に見たときと寸分も変わっていない。わが美しい母親。美しい、やや疲労している母、その顔をふたたび見るのは何と気持ちがいいことか。

あんたがいなくてほんとに寂しかったわよ、アーチー、と母は言った。あんたがもう大人だってことはわかってるし、どこで暮らそうとあんたの勝手だけど、こんなに長く離ればなれになったのは初めてだもの、慣れるのに時間がかかったわよ。

わかってる、とファーガソンは言った。僕もそうだった。

でもあんた、ここにいて幸せなのね？

うん、大半の時間は。少なくとも自分ではそう思う。まあ人生、完璧じゃないから。たとえパリでもそうは行かない。

それ、いいわね。たとえパリでもそうは行かない。それを言えば、たとえニューヨークでもそうは行かない、よね。ねえ、ママ。さっき何であんなこと言ったの――こっちへ来て腰かける前に。

だってそうなんだもの。あんなに大騒ぎしたのは間違ってたのよ。

そんなことないよ。僕が書いたことは残酷で、フェアじゃなかった。

そうとも限らないわよ。八歳の子供から見ればそんなことはない。あんたが学校に通ってるあいだはあたしも何とかなってたけど、夏休みになったら最後、もう自分をどうしたらいいかわからなくなった。ぐじゃぐじゃだったのよ、手のつけられないぐじゃぐじゃ。あのころのあたしのそばにいるの、さぞ怖かったでしょうね。

そこがポイントじゃないよ。

違う。そここそポイントよ。『ユダヤの結婚披露宴』、覚えてるでしょ？

もちろん。意地悪ないとこシャーロットと、禿げた近眼の夫ミスタ・何てったっけ。

ネイサン・バーンバウム、歯科医。

もう十年になるんだね。

ほぼ十一年よ。そしてあたしはいまだにあの人たちと口を利いていない。なぜだかわかるわよね？（ファーガソン、首を横に振る。）あたしはあの人たちに、あたしがあんたにほとんどやりかけたことをやられたからよ。

　わからないな。

　あたしはあの人たちの気に入らない写真を撮った。けっこういい写真なのに、とあたしは思った。まあいかにも見栄えのいい写真とは言えないけど、いい写真、興味深い写真だと思った。で、シャーロットとネイサンが掲載を拒んだとき、あたしはあの人たちを人生から消去したのよ、馬鹿な二人組、って思って。

　それが『ローレル＆ハーディが……』とどう関係あるのかな。

　わからない？　あんたはあの本であたしの写真を撮ったのよ。何枚も、何十枚も、で、その大半はすごくよく撮れてる写真で、読んでいて照れ臭くなるくらいだった。でもその照れ臭いたくさんの写真に交じって、一枚か二枚だけ、あたしに別の光を当てた写真があったのよ、照れ臭くならない光を、で、そういう箇所を読んだときあたしは傷ついて、腹を立てて、あまりに傷ついて腹が立ったんでギルにも話したのよ、それもすべきじゃなかったんだけど、とにかくそれでギルがあんたに手紙を書いたわけよ、それであんたをすごく嫌な気持ちにさせてしまった、でもあたしにはわかってる、あんたがあたしを傷つけようなんていうつもりはこれっぽちもなかったことを、そうしてあんたからすぐに返事が来て、あああんたにいけないことをしたってわかったのよ。あんたの本は正直な本よ、アーチー。一文一文、すべてのセンテンスであんたは真実を語った。だから、あたしのために少しでも修正とか削除とかしないでほしい。ねえ聞いてる、アーチー？　一言も変えちゃ駄目よ。

　一週間はまたたく間に過ぎた。ヴィヴィアンは二人が訪問中、読書セッションを休止した。ファーガソンは朝の数時間、一人の読書は続けたが、昼食時には外に出て母親とギルに合流し、そのまま帰って寝る時間まで一緒に過ごした。ファーガソンがニューヨークを去ってから数か月のあいだにいろんなことが変わっていたが、それでも基本はすべて同じだった。ギルは七年を費やしたベートーヴェンに関する著書を書き上げたし、音楽評と書評のプレッシャーを捨ててマネス音大で音楽史を教える静かな生活に移行するのも全然残念でなさそうだった。ファーガソンの母親はいろんな雑誌の依頼で著名人のポートレートを撮りつづけながら、アメリカ国内での反戦運動を撮った新しい写真集を（母は熱烈な反戦支持だった）じっくり作っていた。パリで一緒に過ごした日々、どこへ行くにも小さなライカとフィルム数本を持ち歩き、パリ中に出現していた抗議のメッセージをパチパチ撮って（U. S. OUT OF VIETNAM＝アメリカはベトナムから出ていけ／YANKEE GO HOME

=ヤンキー帰れ／À BAS LES AMERLOQUES =くたばれアメ公／LE VIETNAM POUR LES VIETNAMIENS =ベトナムをベトナム人に）、さらにパリの街の情景もたっぷり撮影し、ファーガソンとギルだけのショットも（一人ずつ、あるいは二人一緒に）撮った。三人でルーブルやジュ・ド・ポームの絵画を観て、サル・プレイエルでハイドンの『戦時のミサ』を聴き（ファーガソンも母親も名演と讃えたが、ギルは二人の熱狂に苦笑で応えた——どうやら彼の基準には達していなかったらしい）、ある夜の夕食後には、ファーガソンが二人をなだめすかして、アクシオン・ラファイエットでのマーヴィン・ルロイ『心の旅路』の夜十時上映を観に行った。厩（うまや）を四つ一杯に出来るくらいどっさり馬糞（ホースシット）（「たわごと」の意）のある映画ということで三人の意見は一致したが、ファーガソンの母が指摘したとおり、グリア・ガースンとロナルド・コールマンが恋人同士のふりをしている姿を見るのは悪くなかった。

　言うまでもなくファーガソンは、アイオー・ブックスからの手紙のことを二人に伝えた。言うまでもなく母は、『アーチー』のネガを表紙のために寄贈すると言ってくれた。言うまでもなくファーガソンは、二人を上の階に連れていき六階の自室を見せた。言うまでもなく母とギルは、見たものに対し違った反応を示した。母はぎょっとして、ねえアーチー、これほんとに……？　と言った。一方ギルはファーガソンの肩をバンと叩き、ここでやって行ける人間を、私は心から永遠に尊敬するねと言った。

　だがほかの事柄については、ファーガソンにとっていまひとつ簡単でも快適でもなく、その一週間のあいだに数回、二人の前で何か隠したり嘘をついたりしなければならず、何とも気まずい思いをすることになった。たとえば、誰か素敵な女の子に出会ったのと母親に訊かれたときは、ジョヴァンナという名の、アリアンス・フランセーズの語学授業で一緒になった魅力的なイタリア人学生とつかのま戯れてみたという話を捏造（ねつぞう）する必要に迫られた。たしかに同じクラスにジョヴァンナという子はいたのだが、学校から角を曲がったところにあるカフェで三十分の会話を二度交わした以外は何の展開もなかった。あるいは、ギャルリ・マーグでアシスタントをしている、ファーガソンが一、二か月つき合ったということにしたきわめて知的なフランス人の女の子ベアトリスとのあいだにも何ら進展はなかった。たしかにベアトリスもギャラリーに勤めてはいて、十二月のマーグのオープニング・ディナーで席が隣になって、中途半端にしばし戯れはしたが、その後ファーガソンが電話してデートに誘うと、ごめんね、ディナーのときは言わなかったけどあたし婚約してるの、と断られたのである。母に女の子の話を聞かせたくても、無理である。なぜならこれまでは女の子といっても、レ・アールの街頭で見つけた五人の太りすぎか痩せすぎかの娼婦しかいなかったのであり、彼女たちのことを話すわけには行かないし、ましてやオーブリーの話をして、エルフの王に硬くなったペニスを尻深くに押し入れられてすごく興奮したなどと話して母の胸を引き裂くこともできない。その手のことは絶対知られてはならない。自分の人生の中の、あるゾーン内は母から仕切って隠し、最大限警戒して秘密を保たないといけない。そしてそれゆえに、ファーガソンとしては母と以前同様に親密でいたいと願ってはいるものの、もう二度とそうならないことは明らかだった。もちろん過去にもまったく嘘をつかなかったわけではないが、もう歳を取って状況は変わったのであり、一緒にパリの街を歩いて母がさも楽しそうに見えることがファーガソンには嬉しくてたまらず、いまも母がしっかり自分の後ろ盾になってくれていることも心強かったが、日々は悲哀に彩られてもいて、自分の中の何か本質的な部分がいまにも溶けてなくなり人生から永久に消えようとしているのだという気持ちがそこにはあった。

その週、ヴィヴィアンも加わった夕食は三回あった。二回はレストラン、一回はユニヴェルシテ通りのアパルトマンでの、四人だけの水入らずのディナーで、ヴィヴィアンの開く集いには普通かならず呼ばれるリサさえ呼ばなかった。リサは加わらないと聞かされてファーガソンはやや驚いたが、少し考えてみて、つまりヴィヴィアンは自分自身を護ろうとしているのだと理解した。自分が同じ立場だったらきっとそうしただろう。彼と同じで、ヴィヴィアンにも世間から隠すべき汚れた秘密があるのだ。いくらギルが昔からの友人だといっても、ヴィヴィアンがジャン＝ピエールと営んだ複雑な結婚生活についても、ジャン＝ピエールの死後に彼女が何をしてきたかについても、ギルはおそらく何も知らない。新しい女性のベッドパートナーと一緒に夕食を取っている姿を、ギルにさらすわけには行かないのだ。四年前パロアルトでの、ミルドレッド伯母さんとカウガールの関係をファーガソンは思い出したが、ここには大きな違いがある。すなわち、十五歳だったファーガソンはどうでもいいと思ったしショックも受けなかったが、五十二歳のギルは、たとえどうでもいいと考えはするとしても、まず間違いなくショックを受けてしまうだろう。

その晩、四人でダイニングルームのテーブルを囲んでいて、ヴィヴィアンと母親が見るからに仲よくやっていて、まだ数回顔を合わせただけなのにもうすっかり友人同士になりつつあるのを見てファーガソンは心慰められた。思えば、二人の女性がこうして密につながっているのはギルのおかげ、そしてたがいに対する尊敬の念のおかげだ（ヴィヴィアンが何度「あなたのお母さんの素晴らしい写真の仕事」の話をしただろう？）。それにまた、ファーガソン自身も二人をつないでいる。母親から見れば、故郷を離れた自分の息子にヴィヴィアンはねぐらを与えてくれている。パリに来て以来母は何度も何度も、ヴィヴィアンには本当に感謝しなくちゃ、あんたの世話をしてくれてあんたと一緒に本を読んでくれてあんたにほんとに多くを与えてくれて、とファーガソンに言い、その夜ディナーの席でヴィヴィアン本人に面と向かっても同じことを言い、こんなしょうもない子の面倒を見てくださって、と礼を述べると、ええ、お宅の悪戯坊や、時たまけっこう厄介ですよねとヴィヴィアンも応じ、二人してファーガソンをからかうのだった——二人とも彼がそれを気にしないことを、二人にからかわれるのをむしろ楽しんでいることを承知しているのだ。そんな軽い気持ちの「アーチーからかいマラソン」が続く最中、ファーガソンはふと、いまでは母よりヴィヴィアンの方が彼という人間をよくわかってくれていることに思いあたった。自著の原稿を一緒に見てくれただけでなく、西洋文学最重要作品百冊を二人でコツコツ読み進めているだけでもなく、二つに分裂した彼の内なる自己のこともヴィヴィアンは知ってくれていて、間違いなく彼がこれまで得た誰よりも信頼できる打ち明け相手である。第二の母親？　いや、それは違う。もういまさらこの歳でこれ以上母親は必要ない。じゃあ何だろう？　友人以上、母親以下。双子の片割れである女性、だろうか。もし自分が女に生まれていたらなったであろう人物。

最後の日、母とギルを見送りにオテル・ポン・ロワイヤルへ行った。その朝、街はいつにも増して美しく、空は明るく青く、空気は暖かで澄みわたり、近所のパン屋からいい香りが漂い、可愛い女の子たちが街を歩き、車はクラクションを鳴らしモペットは屁のような音を立て、パリの春の隅から隅まで、ガーシュウィンを彷彿（ほうふつ）とさせる輝かしさに満ちていた。無数の陳腐な流行歌とテクニカラー映画のパリ、でも街は本当に輝かしく人を高揚させ、本当に地上最高の場所だった。なのにファーガソンは、ユニヴェルシテ通りのアパルトマンからセバスチャン＝ボタン通りのホテルまで歩いて、空を見て、街の香りを嗅いで、女の子たちを眺めながらも、その朝彼の身にのしかかってきた巨大な重みと闘ってもいた。母親にふたたびさよならを言わねばならないことをめぐる、子供っぽい、麻痺してしまうような恐怖感。母が行ってしまうのは辛かった。一週間では全然足りない。たしかに、母がいない方が身のためだということも心のどこかではわかっている。一緒にいると、自分がだんだん赤ん坊に戻っていくのだ。けれどいま、別れるときのごくありきたりの悲しさは、母に二度と会えなくなるのでは、ふたたび一緒になれる機会が訪れる前に母の身に何かが起きるのでは、これが最後のさよならになるのではという予感にいつしか変容していた。馬鹿な考えだ、と自分でもわかった。意志薄弱な精神の生んだ、根も葉もない夢想。これ以上はないというくらい思春期丸出しの恥ずかしい苦悩。でもとにかくそれが頭に棲みついて、どう追い払ったらいいかわからなかった。

ホテルに着くと、母親はバタバタと慌ただしく動き回っていて、見るからに落着かず、暗い予感だの不治の病だの致死的な事故などといったことを話すどころではなかった。何しろ今日はこれから北駅へ行ってアムステルダムに行く。パリを出てよその国のよその街へ行くのであり、新しい冒険が始まろうとしているのだ。手提げ鞄やスーツケースをタクシーのトランクに積み込み、ハンドバッグを覗いてギルの胃薬を持ったことを確かめ、ドアマンやベルボーイにチップを渡しお礼を言って別れを告げ、息子にささっと意気揚々たるハグを与えると、回れ右してタクシーに向かったが、ギルがドアを開けてくれていまにも後部席に乗り込むかと思ったところでくるっと向き直り、ファーガソンに大きな、笑顔たっぷりの投げキスを送ってよこした。いい子にしてるのよアーチー、と母は言って、そのとき、ファーガソンが朝早くから抱え込んでいた嫌な気持ちがすうっと一気に消えた。

タクシーが角を曲がって、視界から消えるのを見届けたファーガソンは、母の要望を無視して例の一節を著書から削除することに決めた。

嫌な気持ちは消えたが、十か月後に起きた出来事によって、ファーガソンの予感は間違っていなかったことが証明される。五月六日に母と交わしたハグは二人が触れあった最後の時となり、母がタクシーの後部席に乗り込みギルがドアを閉めたあと、ファーガソンは二度と母に会わなかったのである。一度だけ電話で——一九六七年三月、二十歳の誕生日の夜に——話しはしたが、受話器を置いたあとはもう二度と母の声を聴かなかった。予感は間違っていなかったが、ぴったり当たっていたとも言えなかった。致死的な事故か病が母を見舞うことをファーガソンは想像したわけだが、そういうことが母にではなく彼自身に起きたのである。著書の刊行を祝うためにロンドンを訪れていた最中に交通事故に遭ったのだ。すなわち、一九六六年五月六日に母親と別れたのち、ファーガソンに残された日々はあと三〇四日だった。

幸い、神々が彼のために用意した残酷な計画をファーガソンが意識する時間はなかった。幸い、『地上の生の書』において自分の項がかくも短いものになる運命であることを知りもせず、三〇四どころかまだ何千もの明日があるかのようにファーガソンは生きつづけたのである。

母親とギルがアムステルダムに発った二日後、ヴィヴィアンとリサからパーティに誘われていたが、フレミングも招かれていると知って行くのをやめた。あの金と涙の夜から三か月以上が経っていて、ファーガソンはすでにもうとっくにフレミングを許していた。彼の心にいまだ取り憑いていたのは、フレミング相手にあんなことをするのを自分自身に許したという事実であり、すべては自分のせい、自分一人のせいだという確信だった。フレミングは何ひとつ、ファーガソンが嫌だと言ったことを強制したわけではないのだから、向こうを責める筋合いはない。悪いのはフレミングではない、彼自身なのだ。恥辱は彼自身の恥辱である。彼自身の強欲と堕落が元で、フレミングの手紙を破ったり電話を返さなかったりという破目に陥ったのだ。とはいえ、いくらもう恨んでいないからといって、フレミングとまた会いたいと思うわけはない。

　翌朝キッチンでの朝食中に、パーティで会った一人の人物についてヴィヴィアンから聞かされた。コロンビア大学のパリ支部となっているリード・ホールの中庭で開かれたそのパーティでヴィヴィアンが会ったのは二十五か二十六歳の若い男で、強烈な印象を受けた、あなたが会っても同じように気に入ると思う、と彼女はファーガソンに言った。モントリオール出身のカナダ人で、母親は白人でフランス系ケベック人、父親は黒人でニューオーリンズ出のアメリカ人、本人の名前はアルベール・デュフレーヌ、ワシントンのハワード大学を出ていて、大学ではバスケットをやっていて（この点がファーガソンの関心を惹くとヴィヴィアンは予想し、そのとおりだった）、父を亡くしてからパリに移り住み、目下初めての長篇小説を書いていて（この点もファーガソンの関心を惹くとヴィヴィアンは予想し、そのとおりだった）、とここまで聞くとファーガソンも興味津々、もっと聞かせてくれとせがんだ。

たとえば？

たとえば、人当たりは？

張りつめている。知的。社会意識も強い。あいにくユーモアのセンスはあまりない。でもすごく生きいきとしている。一緒にいて惹きつけられる。世界をひっくり返して一から作り直したくてうずうずしているたぐいの若者。

僕なんかとは違う。

あなたは世界を作り直したいと思うタイプじゃないわね、世界の中で生きるすべが見つかるよう世界を理解したいタイプ。

で、どうして僕がその人と気が合うと思うのかな？

書き手同士、バスケット仲間、二人とも北アメリカ人、どちらも一人っ子、父親なしで育った――アルベールの父親が亡くなったのはほんの二年前だけれどアルベールが六つのときに出ていってニューオーリンズに戻ったから。

父親は何をしていたの？

ジャズ・トランペッター、息子によれば大酒飲みで筋金入りのろくでなし。

母親は？

小学校五年生担任。私の母親と同じね。

話題は尽きなかっただろうね。

あとミスタ・デュフレーヌが人目を惹く姿だということも言っておくべきね。実に並外れた姿。

どういうふうに？

長身。一八五、一九〇あたり。痩せていて筋肉質だと思うけど、もちろん服を着て立っていたから細かいことはわからない。でもいかにも、いまだいい体を保っている元アスリートという感じ。チャンスがあるごとにいまもフープスをやる（バスケットをやる、の意）と言ってた。

それはいい。でもそのどこが並外れてるのかな。

顔だと思う。顔が目を奪うのよ。父親は黒人だっただけでなくチョクトー族の血も混じっていて、そこに白人の母親の遺伝子も加わって、わりと明るめの肌の、ややアジアっぽい、ややユーラシアっぽい目鼻立ちの黒人というわけ。ほんとに見事な色の肌でね、内側から光を発しているみたいな赤銅色（しゃくどういろ）で、黒くも白くもない、ゴルディロックスの言うちょうどいいってやつね、あんまり美しい肌なんで、話してるあいだずっと触りたくて仕方なかった。

ハンサム？

うーん、それはないわね。でもいい感じ。見ていたい顔。で、その人……一番奥の嗜好は？

それはわからない。私たいていはすぐわかるんだけど、このアルベールはちょっと謎ね。いかにも男に受けそうな男だけど、男たちに対する魅力をあんまり宣伝したがらないタイプの男らしい男。

マッチョのクイア。

かもしれない。どこまで意味があるかわからないけど、ジェームズ・ボールドウィンの名は何度か挙げた。アメリカの全作家の中でボールドウィンが一番好きだって。パリに来たのもジミーの足跡をたどりたかったからだって（ゲイの黒人作家ボールドウィンはアメリカの性的・人種的非寛容さを嫌ってパリに住んだ）。

僕もボールドウィンは好きだし、アメリカで最良の作家だっていうのも同感だけど、ボールドウィンが男に惹かれるからって、ボールドウィンを好きな読者について何かわかるわけでもないよね。

そのとおり。あなたのことも詳しく伝えて、本のことも話したらすごく感心して、ちょっと嫉妬もしてたかもしれない。十九歳で、って何度も言ってた。十九歳で、もうじき本が出るなんて。あっちはもう二十代なかばで、まだ最初の小説の前半と格闘してるんだから。

短い本だって言ってくれたよね。

言った。すごく短い本だって。それと、あなたがバスケットをしたがってるってことも言っておいた。第五区のデカルト通りに住んでいて、何とすぐ向かいに屋外コートがあるんだって。金網フェンスにいつも鍵がかかってるけど簡単によじのぼれるし、いままで面倒な話になったことは一度もないって。

あそこのコートの前は何度も通ったけど、フランス人って鍵とか規則とかすごくうるさいから、入ろうものなら国外追放だろうと思ってた。

あなたと会いたいって。どう、興味ある？

もちろん。今夜ご飯を一緒に食べようよ。あなたが気に入ってる小さなモロッコ・レストラン、あるじゃない――コントルスカルプ広場から横に入った〈ラ・カスバ〉。デカルト通りはあそこから坂を上がってすぐだよね。あちらが空いてたら、一緒にクスクス・ロワイヤルの大皿をつつこう。

その晩〈ラ・カスバ〉で、ヴィヴィアン、リサも加わったディナーに十五分遅れて現われた見知らぬ男は、ヴィヴィアンが言っていたとおり目を見張るような肌の、張りつめた、自信をみなぎらせた人物だった。たしかに雑談やジョークには興味がないようだが、何か笑うようなことがあると思ったらニッコリ微笑んだり時には声を上げて笑ったりもし、胸の内に何か硬いものが閉じ込められているとしても、声の優しさと目に浮かぶ好奇心とがそれを和らげていた。ファーガソンはアルベールの正面に座ったので、顔全体をまっすぐ見据えることができた。まあたしかにヴィヴィアンの言うとおりハンサムとは言いがたいのだろうが、美しい顔だとファーガソンは思った。いや結構、とアルベールはワインを注ごうとしたウェイターに言い、それからファーガソンを見て、いまはちょっとやめてるんだと言った。つまりこれまでは飲んでいたということだろうし、きっと度を超して飲んでいたということにちがいない。自分の弱さを潔く認めているわけであり、それがアルベール・デュフレーヌのような見るからに冷静で抑制された人物から発せられるのを聞いて、この人もやっぱり人間なんだな、とファーガソンは安心した。それにまた、穏やかで整然とした口調は、小さいころ父の声を聞くのが大好きだったことをファーガソンに思い出させ、バイリンガルのアルベールがフランス語はわずかなカナダ訛りで話し、いかにも自然な北アメリカ英語はわずかなフランス訛りで話すのを耳にして、ファーガソンは小さいころとほぼ同様の快楽を味わった。

あちこち行ったり来たりする会話が二時間続いたが、リサはいつになく口数が少なく、ふだんなら百回茶々を入れるところを二、三回しか入れなかった。この見知らぬ男の呪縛にかかって、自分の悪ふざけがこの男の前では場違いだと感じているのか。それに較べアルベールは、ヴィヴィアン相手に何とリラックスして見えることか。もちろんヴイヴィアンは誰からもそういう反応を引き出す力があるが、今回はさらに、白人であるアルベールの母親を彷彿とさせるところがあっていっそうその反応が強まったようだった。母親とはすごく近しい関係だとアルベールは言った。一方、死んだ黒人の父親のことは、あのろくでなし、と蔑んでいる。きっとさぞ複雑なのだろう、いろんな思いを抱えて生きてきたのだろう。そして大学卒業後にニューヨークへ移ってハーレムで一年半暮らし、アメリカに住む黒人全員にとってあの国は集団墓地だ、特に自分のような黒人には（自分のような男‐男人間には、ということか、それともほかのことを言っているのか？）、だからフランスに移住しようと決めた、とアルベールは言い、やがてみんなで、パリに移り住んだアメリカ人作家や画家の長い系譜について語りあった。アルベール言うところの裸体（ヌード）にして神聖（ヌーミナス）なるジョゼフィン・ベイカー、リチャード・ライト、チェスター・ハイムズ、カウンティー・カレン、ジュリエット・グレコの腕に抱かれたマイルス・デイヴィス、ヘンリー・クラウダーの腕に抱かれたナンシー・クナード、そしてアルベールの英雄ジミー——三年前のワシントンの行進では、ベイヤード・ラスティンがすでに演説者リストに入っているから黒人のおかまは一人で十分だという理由で（その証拠は次々出てきている）演説を求められもしない、というひどい侮辱を味わわされ……そこでファーガソンが割って入って『ジョヴァンニの部屋』の話を始め、僕ごときが意見してよければこれまで読んだ中でも屈指の勇気ある、かつ優雅に書かれた小説だと心から思うと言い（アルベールはこのコメントを是認して頷いた）、次の瞬間、ディナーでの会話にはよくあることだがもう別の話題に移っていて、アルベールとファーガソンは二人でバスケット、ボストン・セルティックス、ビル・ラッセルについて話しあっていて、何年も前にジムに訊ねた問いをファーガソンはアルベールに向けても発した——ラッセルはなぜ、上手（グッド）でないのに最良（ベスト）なのか？　するとアルベールは答えた。いや、ラッセルはいつだってグッドなんだよ、アーチー。その気になれば一ゲーム二十五点だってスコアできる。アワーバックが奴にそういうことを求める必要がないだけさ。アワーバックが求めているのは、ラッセルがチームの指揮者になることだ。誰もが知るとおり、指揮者は楽器を演奏しない。タクトを持って立って、オーケストラを導く。簡単に見えるけれど、もし指揮者がいなかったら、演奏者たちはまるっきり調子っ外れになってしまう。

晩は招待で締めくくられた。明日の午後忙しくなかったら四時半ごろ来ないか、デカルト通りの向かいにある俺のプライベート・コートで軽く一対一ゲームをやろうぜ、とアルベールが誘ってくれたのである。うん、喜んで、もう何か月もプレーしてないからきっと錆びついてると思うけど、とファーガソンは答えた。

　こうしてアルベール・デュフレーヌがファーガソンの生活に入ってきた。今後〈アル・ベア〉〈ミスタ・ベア〉と交互に呼ばれることになる男が、人間存在の苦痛相手の退屈（ボア）戦争におけるファーガソンの戦友として連隊に加わったのである。両刀使いのオーブリー・ハルは片刀しか使わぬフィオナと結婚していて二人の幼い子供を溺愛する父親という役割に満足しているが、アル・ベアは片刀使い、世のフィオナたちではなくオーブリーたちの方に嗜好は傾いており、しかもフルタイムで戦闘に参加できる境遇にあって、かつファーガソンと同じ街に住んでいるので、フルタイムとは要するに毎日を――少なくとも戦闘が続くあいだは毎日を――意味した。

　初めて二人で過ごす午後の、思いがけぬ展開。まずは一対一の荒っぽいゲームから始まった。錆びついた元司令塔が、すばしっこい元ポイントガードのミスタ・ベア相手にリバウンドを奪いあい、たがいにぶつかり合いながら、ルーズなボールを取りあい、シュートをブロックし、どちらも二十、三十とファウルを重ねる接戦を三ゲーム行なったが、意外にも白人ファーガソンの方が黒人デュフレーヌよりジャンプ力は上で、アウトサイド・ショットが外れっ放しなせいで三ゲームともアルベールに敗れたが、二人の力は明らかにほぼ互角であり、ファーガソンがひとたび調子を取り戻したらアルベールとしても相当に気合いを入れねばなるまい。

　ゲームを終えて金網を乗り越えると二人とももうへとへとで、肩で息をし、塩辛いべたべたの汗にまみれた体で通りを渡り、アルベールのアパルトマンの三階まで上がっていった。二部屋ともきちんと片付いてきわめて清潔、ベッドと大きなたんすがある大きい方の部屋には四百冊の本が並び、小さい方の部屋には机とレミントンのタイプライターがあって執筆中の小説の原稿がきちんと積まれ、窓から光の差し込む小綺麗な食堂兼用キッチンには木のテーブルと四脚の木の椅子が配され、白いタイル貼りのバスルームにもやはり窓から光が差し込んでいた。シャワーはアメリカ式とは違い手で持って使うフランス式で、バスタブの中に立つか座るかして、ファーガソン言うところの電話ノズルで自分の体に湯をかける。お客ということでまずはファーガソンが使わせてもらい、バスルームに入っていってスニーカーを蹴って脱ぎ、濡れて汗臭い靴下、パンツ、Tシャツも脱いで、湯を出し、深いほぼ真四角のバスタブの中に足を踏み入れた。電話ノズルを右手で掲げ、体全体に湯をかける。頭の上に降ってくる湯の音が耳の中で鳴り、目に湯が入らぬようぎゅっと閉じていたファーガソンにはアルベールがノックした音も聞こえず、じきに彼が中に入ってくるのも見えなかった。

うなじに手が触れていた。ファーガソンは腕を垂らしてシャワーヘッドを手放し、目を開けた。

アルベールはまだショーツをはいていたが、ほかはもうすべて脱いでいた。

君、こういうのオーケーだよな、と彼はファーガソンに言い、手がファーガソンの背中を降りていって尻で止まった。

オーケー以上だよ、とファーガソンは言った。逆にこうならなかったらがっかりして帰ったと思うね。

アルベールはもう一方の手をファーガソンの腰に回し、体を引き寄せた。君は最高だよ、アーチー、がっかりして帰ったりしてほしくないさ。実際、君が帰らない方が俺にとっても君にとってもずっといい。そうだよな？

午後が夕方になり、夕方が夜になり、夜が朝になり、朝がふたたび午後になった。ファーガソンにとってはこれぞ本物の、一生に一度のビッグバン恋愛だった。その後の二五六日、もう一つの国で彼は過ごした（ボールドウィンの小説『もう一つの国』を踏まえている）。フランスでもなくアメリカでもなくほかのどこでもない場所、名前もなく国境もなく都市も町もない新しい国、人口二人の国に。

とはいっても、ミスタ・ベアが一緒にいて楽な人間だったということではないし、セックスと友愛と葛藤の八か月余りの日々、ファーガソンにとって辛い時期がなかったわけでもない。何しろこの新しい友が抱えている人生の荷物はおそろしく重い荷であって、世界へと足を踏み出すアルベールがいかに若々しく才気煥発、自信満々に見えても、その魂は老いて疲れていた。そして老いて疲れた魂は、時に恨みがましく時に怒りに満ちていた。とりわけ、同じ恨みや怒りを感じていない魂が相手のときにはそれが顕著だった。大半の日は愛情深かったし、その優しさ、温かさにファーガソンはしばしば圧倒され、いまベッドで自分の隣に横たわっている温かく優しい男ほどいい人間はこの世にいないと思わずにいられなかったが、反面プライドは高く競争心も強く、他人を倫理的に厳しく裁きがちだった。自分がまだ本を書いているのに年下のファーガソンの本はもうじき出版されるという事実もプラスには働かなかったし、ファーガソンの少年っぽいユーモアのセンスも、アルベールの気難しい正義感とはかみ合わないことが多かった。性交後の幸福感に衝き動かされるまま、突拍子もないアイデアがファーガソンの中から目まぐるしく飛び出してくる。たとえばこんな提案――二人とも体の毛を全部剃って、かつらと女性の服を買ってレストランかパーティに行って、本物の女性として通るかどうか見てみようじゃないか。**あたしアル＝シー**、とファーガソンは自分の名前をセレスティーヌ式に発音してみせた。**面白いと思わないかい、僕が一晩ほんとに女の子になれたら？**　アルベールの苛立たしげな返答——**馬鹿なこと言うな。君は男なんだぞ。男でいることに誇りを持って、そんなドラァグクィーンのたわごとは忘れろ。自分を変えたかったら、一日か二日黒人になってみろ、どんな目に遭うか見てみるがいい。**あるいはベッドでのセッションがとりわけよかったあとのファーガソンの提案——ゲイポルノ雑誌に売り込んで二人一緒にヌードになって、フルカラー見開きページに自分たちがキスしてフェラチオしあって尻でファックしあってペニスから噴き出す精液をクロースアップで写して……それってすごいと思わないかい。お金もがっぽり儲かるよ。

君、威厳というものがないのか？　とアルベールは今回も冗談ということがわからずに言い返した。だいたい何で金の話なんかする？　君、親からはそんなにもらってないかもしれないけど、ヴィヴィアンにはずいぶんよくしてもらってるみたいじゃないか。はした金を上乗せするために何だって自分を貶（おとし）める？

そこだよ、とファーガソンは気まぐれな夢想を離れて、この二か月ばかり気になっていた現実と向きあって言った。ヴィヴィアンがあんまりよくしてくれるんで、何だかたかりになったような気がして心地悪いんだよ。もう嫌なんだ。彼女からこんなにたくさんもらうのは間違ってるけど、君もよく知ってるとおり僕はこの国で働くことはできない。どうしたらいい？

クイアバーで尻を売ることはいつだってできる、とアルベールは言った。そしたら泥の中で生きるってのがどういうことかわかるさ。

もうその手は考えたよ、とファーガソンは金と涙の夜のことを思い出しながら答えた。その気はないね。

七歳年下のパートナーとして、ファーガソンは兄のあとについて行く弟であり、自分でもそういう役割が性（しょう）に合っていると思った。アルベールの保護下で暮らすこと、責任を負う側でなくてよく、すべてをあらかじめ考え抜いた側でなくてよいことはひどく快適だった。そして事実アルベールはおおむね彼を保護してくれたし、おおむねすごく丁寧に世話してくれた。精神的なもの、肉体的なものの両方を求めるファーガソンの二重の情熱は実のところ根はひとつなのだが、アルベールはそうした思いを初めて共有できた人物だった。肉体の方はまず何と言ってもセックス、あらゆる営みの上位にセックスが位置しているが、バスケット、ワークアウト、ランニングもある。植物園で走り、コートかアパルトマンで腕立て伏せ、腹筋、スクワット、ジャンピングジャックに励み、すさまじく荒っぽい1on1のゲームはそれ自体やり甲斐がある上に、一種手の込んだエロチックな前戯でもあった。アルベールの肉体にすっかり慣れ親しんだいま、コートの上を動き回るアルベールのショーツとTシャツの下に隠れた裸体を——ミスタ・ベアの肉体の壮麗なる、ファーガソンが愛してやまぬ細部を——考えずにいるのは難しかった。そして精神の方は、単に脳の知覚にとどまらず、書物・映画・美術を味わう営みがあり、書きたいという欲求があり、世界を理解し再創造しようとする根源的な行為があり、自分一人のために生きたいという誘惑を退け自分を他人との関係において考える責務がある。ファーガソンと同じく、アルベールが書物同様に映画を愛してもいるとわかると、二人は大半の晩一緒に映画を観に行くようになった。何しろファーガソンの趣味はおそろしく広く、彼がどこの映画館を選んでもアルベールはついて来る気でいたから、ありとあらゆるたぐいの映画を二人は観ることになった。だが、一緒に観た数多い映画の中で彼らにとって一番重要だったのは、ブレッソンの新作『バルタザールどこへ行く』だった。五月二十五日にパリで上映が始まったこの作品を、二人は四晩続けて観た。映画は彼らの心と頭に、神の啓示のごとき鮮烈さをもって怒濤のごとくなだれ込んできた。ドストエフスキーの『白痴』が、フランスの田舎に棲むロバの話に置き換えられる。踏みにじられ、残酷な仕打ちを受けるバルタザールこそ、人間の苦しみと聖者のごとき忍耐の象徴にほかならず、その物語に二人とも自分自身の物語を見出したゆえにいくら観ても飽きなかったし、スクリーンと向きあっている最中自分こそバルタザールだと感じ、一度観ただけでは足りずさらに三晩足を運び、四度目を見終わるころにはもうファーガソンは、いくつかの重要な瞬間にロバの口からほとばしり出る、耳をつんざくような調子っ外れの音を模倣できるようになっていた。犠牲を強いられる生き物が、何とか次の息をしようとあがく、喘息のような叫び。おぞましい音、胸がはり裂ける音。以後ファーガソンは、気分が塞いでいるとき、世界で何らかの不正が為されているのを見て胸が痛むとき、それをアルベールに伝えるために言葉に頼るのをやめて、バルタザールの、音楽で言えば無調の、出て入る二重の金切り声を——アルベール呼ぶところの彼方からの鳴き声を——模倣してみせるのだった。アルベール自身はそこまで自分を解き放てない性格であり、鳴き声に加わることはできなかったから、苦しむロバになるたびファーガソンは、自分は二人両方を代表してこうしているんだと感じた。

　たいていの事柄に関しておおむね趣味が合い、本や映画や人間に対してもおおむね同じように反応した（アルベールもヴィヴィアンを崇めていた）が、二人とも自分が書いたものを相手に見せる勇気だけはなかったから、書くということについてはいっこうに打ちとけられぬままだった。ファーガソンとしても自著をアルベールに読んでほしいという気持ちはあったが、押しつける気にはなれず、向こうから読ませてくれと言ってはこなかったから、結局何も言わずじまいで、校正済みの原稿がロンドンのオーブリーの許から送られてきたことも伝えなかったし、表紙には母親の写真を使い本文中ではローレル&ハーディのスチルを十枚と一九五四年後半から五五年にかけて封切られたほかの映画のスチル十枚（『ショウほど素敵な商売はない』のマリリン・モンロー、『画家とモデル』のディーン・マーティンとジェリー・ルイス、『ピクニック』のキム・ノヴァクとウィリアム・ホールデン、『野郎どもと女たち』のマーロン・ブランドとジーン・シモンズ、『神の左手』のジーン・ティアニーとハンフリー・ボガート等々）を使うことにしたのも知らせなかった。七月上旬、七月下旬、九月初旬にそれぞれ届いたゲラ初校、再校、仮綴じ本（バウンドプルーフ）のことも、ニューヨークのランダムハウスのポール・サンドラー（ファーガソンの元伯父ポール）がアメリカ版をイギリス版刊行の翌月に出すと決めたこともいっさい言わなかった。

　執筆中の小説の前半（どうやら二百ページちょっとあるらしい）を読ませてくれるかとアルベールに訊いてみると、まだ粗すぎる、仕上がるまで誰にも見せられない、という答えが返ってきた。わかるよ、とファーガソンは言った。自分もやはり仕上がるまでは誰にも見せなかったからそれは本心だったが、せめてタイトルだけでも教えてくれないかな、と言ってみた。アルベールは首を横に振り、まだタイトルはないんだ、というか三つの案を考えていてどれがいいか決めてないんだ、と本当とも体（てい）のいい言い逃れとも聞こえる答えを口にした。アルベールの書斎に初めて足を踏み入れたときには机の上のレミントンのタイプライターのそばに原稿が置いてあったわけだが、その日以降原稿は姿を消していた。きっと大きな木の机のいずれかの引出しにしまわれたにちがいない。一緒に過ごした数か月のあいだに何度か、アルベールが何かの用事で近所に出かけてファーガソンが一人でアパルトマンにいることになり、その気になれば書斎に行って引出しから原稿を引っぱり出すこともできる事態が生じたが、それはやらなかった。そういう真似をする人間、他人の信頼を裏切り約束を破り誰も見ていないところでコソコソふるまう人間にはなりたくなかった。アルベールの原稿を盗み見るのは、それを盗んだり燃やしたりするのと同じくらい悪い、忌まわしい、許しがたい不実な行為なのだ。

　執筆中の小説については秘密にしているアルベールだったが、ほかの点では驚くほどあけすけで、進んで自分のことを語ろうとすることも時おりあって、一緒に過ごした最初の数週間でファーガソンは彼の過去について多くを知ることになった。リード・ホールでヴィヴィアンと会ったときに言ったとおり、六歳のとき父親に捨てられ、十七年間何の連絡もなかったあとに父の遺書の中で名を挙げられ、忘れられていなかったことが六万ドルという遺産の形で証明された。パリで五年以上、自分の小説以外何の心配もなく暮らせる額である。そして、母との親密な関係。厳格なローマ＝カトリックの家庭に育った母は黒人と結婚したことで家から追われ、黒人が出ていって家族の方は許す気になったあとも血気盛んな姿勢を貫き、自分は許す気も忘れる気もなかったから追われたままにとどまっていた。モントリオールは黒人も混血の人間も少なくない都市であり、小さいころはアルベールも快適に過ごし、スポーツも勉強もトップクラスだったが、思春期なかばになると、黒人白人混血を問わず自分が違っていることがだんだんわかってきて、母が知ったらきっとショックを受けるだろうと心配でたまらず、それで十七歳のときにモントリオールを去ってアメリカへ向かい、人口の大半が黒人であるワシントンの、学生が全員黒人のハワード大学に入った。大学自体は悪くなかったが、暮らすにはひどい場所で、そこに住んだ一年目でじわじわと自分が壊れていった。まず酒、次はコカイン、そしてヘロイン、無気力な混乱と怒りに染まった確信――致死的な組合せと言うほかない――とに堕ちていき、よたよたとモントリオールの母の腕の中に逃げ帰った。まあ母からすれば、おかまの息子よりヤク中の息子の方がいいにちがいない。かくして母は夏に息子をローレンシア山脈に引っぱっていき、マイルス・デイヴィス療法と称して納屋の中に閉じ込め、アルベールは四日間ずっと吐き、糞をし、絶叫する状態が続いた。ひたすらわめき散らし、泣き叫ぶグロテスクな荒療治に、おのれがまったく何ものでもないことの情けなさとことん向きあわされ、狭量な神は自分のことなど目もくれないことを思い知らされた末に母に手を引かれて納屋から連れ出され、その後母は二か月にわたってひっそり付き添ってくれて、彼は徐々に、食べること、考えることを学び直し、自分を憐れに思うのをやめた。秋にはハワードに復帰して、その日以来一滴のワインもビールもウイスキーも口にせず、マリワナの葉もコカインの粉も断ち、過去八年ずっとクリーンで通したが、また舞い戻ってしまって過剰摂取で死ぬのでは、と怖くてたまらなかった。一緒に過ごすようになって三日目にこの話を聞かされたファーガソンは、アルベールの前では飲むまいと決心した。アルコールが大好きで、ワインをほとんどセックスと同じくらい楽しむファーガソンだが、愛しいミスタ・ベアと一緒のときはもう二度と飲まない。もちろんつまらない、全然つまらない、だが必要なことなのだ。

その三日目の日の十日後、ファーガソンはふたたび書きはじめた。初めの意図では、高校のころに書いた記事をいくつか見直してみて救出できるものがあるか考え、そうやってゆっくり書くことに復帰するつもりだったが、ジョン・ウェインの非ウェスタン映画群をめぐる、書いた当時はこれまでで最良の出来だと思った文章を腰を据えて読んでみると、何とも粗雑で物足りなく、これは考えるに値しないと思った。あれ以来自分はずいぶん遠くまで来たのであり、自分の中のすべてが、もっと先へ行きたくてうずうずしているのだ。後戻りなんかしたって始まらない。映画における子供の表象についても、もう書きはじめてもいいくらい、適切な例が十分集まった。一方、膨らんでいく一方の「ゴミ捨て場と天才たち」はいまではよりシンプルでより直接的な「フィルムとムービー」というタイトルに変わっていた。芸術としての「フィルム」、娯楽としての「ムービー」。この対比を使って、しばしば判別困難である境界を探る気でいたが、まずどちらの文章を書くか思案している最中に新しいことが——この両方のアイデアを包み込むくらい大きなことが——現われて、これで行こうと決めた。

　ギルがアムステルダムから、アンネ・フランクの家で入手した本、パンフレット、はがきと一緒に手紙を送ってきたのだった。アムステルダム滞在の最終日に、ギルとファーガソンの母親はプリンセンフラハト263番地を訪れた。いまここは博物館になっていて、入館者は階段をのぼって秘密の屋根裏まで行けてアンネ・フランクが日記を書いた部屋に立つことができる、とギルは書いていた。**君はリバーサイド・アカデミーの八年生の授業で『アンネの日記』を読んですっかり魅了されていたね。心底感動した、アンネ・フランクに惚れ込んでしまったと君は言って、一度などは彼女に「狂おしく恋した」とまで言っていた。だからきっと、この同封した資料にも興味を持つと思う。まあたしかにこの気の毒な女の子をフェティッシュ化するのはいささか不健全だとは思う。あの本がベストセラーになって、芝居も映画も作られて、アンネ・フランクはアメリカのみならず世界中の非ユダヤ人にとっての、ホロコーストの安っぽい象徴にされてしまった。でもそのことでアンネ・フランクを責めるわけには行かない。アンネ・フランクは死んだのであって、彼女が書いたものは立派な、本物の才能を持った書き手の卵による優れた文章だ。私も君の母さんも、あの家を訪ねて深く心を動かされた。映画に出てくる子供たちについて君が文章を書こうとしていると聞いていたから、アンネが秘密の部屋に貼った、新聞や雑誌から切り取ったハリウッドスターの写真（ジンジャー・ロジャース、グレタ・ガルボ、レイ・ミランド、レーン姉妹）を見て君のことを思わずにいられなかった。それで、彼女の書いた、日記とは別の本を買う気になった。『隠れ家からの物語集』。たとえば「映画スターの夢」を見てみるといい。ヨーロッパに住む十七歳の、アンネ・フランクリンという名の少女（アンネ・フランクは十七歳まで生きのびなかった）をめぐる願望充足の物語で、少女はハリウッドのプリ**

シラ・レーンに手紙を書き、やがてレーン一家に招かれて夏休みを一緒に過ごす。飛行機で海を越える長旅から始まり、アメリカ大陸を横断して、ひとたびカリフォルニアに降り立つと、プリシラに連れられてワーナー・ブラザースの撮影所に行き、写真を撮られテストを受けて、テニスウェアのモデルの仕事を勝ちとる。何という妄想！　けれど忘れるなよアーチー、アンネ・Fが日記に貼りつけた写真に添えたキャプションを――「これは私がずっとこう見えたいという写真です。このままでいられたら、ハリウッドに行けるかもしれないから」。何百万という人間が虐殺され、文明が終わるなか、収容所で死ぬ運命のオランダ人の女の子がハリウッドを夢見ているんだ。そのことを、考えてみるといい。

　これがファーガソンの次のプロジェクトになった。まだ長さは未定の、「ハリウッドのアンネ・フランク」と題した文章。映画の中の子供だけでなく、映画が――特にハリウッド映画が――子供に対して及ぼす影響についても書くのだ。影響されるのはアメリカの子供たちだけではない、世界中の子供たちだ。インドに住んでいたサタジット・レイが幼いころ、カリフォルニアにいる子役スター、ディアナ・ダービンにファンレターを書いたという話をどこかで読んだことがある。レイとアンネ・フランクを主たる例に使えば、映画について考えはじめて以来ずっと考えてきた芸術‐娯楽という分裂ももっと深く掘り下げられる。魅惑と自由のパラレルワールドに入っていく愉楽。現実よりも大きく現実よりも良い他人の物語に自分自身を重ね合わせたいという欲求。自己が自己自身から抜け出て浮遊し、この地上を後にする。決して些細なテーマではない。アンネ・フランクの場合はまさに生死に関わる問題だったのだ。ムービーとフィルム。かつて彼が愛したアンネ、いまも愛するアンネ、秘密の屋根裏に閉じ込められハリウッドへ行きたいと焦がれた、十五歳で死んだアンネ、ベルゲン＝ベルゼンで十五歳で殺されたアンネ……そうしてハリウッドが彼女の人生最後の数年間を映画にし、彼女をスターに仕立て上げた。

　これが僕にとってどれだけ貴重かわかってもらえたら、とファーガソンは手紙と本に礼を述べた義父宛ての手紙に書いた。おかげで考えがまとまって、次に何を書きたいか、新しい目で見られるようになりました。僕は真剣です。あなたのおかげで、物事が一段高いレベルの真剣さに持ち上げられたんです。その真剣さに恥じないことをする力が自分にあるようにと願うばかりです。テニスウェア。有刺鉄線に囲まれ機関銃に見張られている村。初めて笑っているグレタ・ガルボ。泥の首都で疫病が勃発するなかカリフォルニアの浜辺ではしゃいで。カクテルの時間ですよ、みなさん。焼き窯（がま）の時間だよ、飢え死にしかけた子供たち。どうやって僕らはこれ以上たがいに愛しあえるのか？　どうやってこれ以上自分勝手な考えを抱きつづけられるのか？　ギル、あなたはそこにいたんですよね、自分の目で見て、臭いを吸い込んで、それでもあなたは人生を音楽に捧げた。あなたのことをどれだけ素晴らしいと思い、あなたをどれだけ愛しているか、とても言葉にできません。

アルベールと一緒に過ごすといっても、昼の時間の大半は一緒ではなかった。アルベールはデカルト通りで自作の小説に言葉を書き加え、ファーガソンは女中部屋でギルのリストに挙がった本を読み、映画論に取り組む。五時ごろにファーガソンはペンを置き、アルベールのアパルトマンに出かけていって、二人でバスケットをやることもあればやらないこともあり、やるかやらないか次第でそのあとはムフタール通りの騒々しい市場まで行って夕食の材料を買うか、夕食の材料を買うのはやめてあとでレストランに行くかする。ファーガソンはレストランで食べる金はなかったから、アルベールが払ってくれて（金についてはいつも本当に気前がよく、何度も何度もファーガソンに、いいから黙って食えと言うのだった）、それから、映画に行くか行かないか（たいていは行く）したあとに、バスケットコートの向かいのアパルトマンの三階に戻って一緒にベッドにもぐり込むが、アルベールがヴィヴィアンのアパルトマンのディナーに招かれた晩だけは六階のファーガソンの狭い部屋で夜を過ごした。

これが永久に続くものと、まあ永久ではなくとも長いあいだ続くものとファーガソンは決めてかかっていた。今後何か月も、何年も。ところが、その魔法にかかったような暮らしが二五六日続いた時点で、五月に別れを告げたときに母の身に起こるのではとファーガソンが心配したことが、何とも奇怪に、唐突に、アルベールの母親に起きたのである。一月二十一日の朝七時、デカルト通りのアルベールのベッドで二人ともまだ眠っているとき、コンシェルジュがドアをやかましくノックし、ムッシュー・デュフレーヌ、緊急の電報ですよと叫び、次の瞬間二人ともベッドから這い出し大急ぎで服を着て、アルベールが電報を読んだ。青い紙の、黒い知らせを伝える電報——彼の母がモントリオールのアパートメントで階段から落ちて六十歳で亡くなった。アルベールは何も言わなかった。ファーガソンに電報を渡し、まだ何も言わず、COME HOME AT ONCE（スグカエレ）で終わるその電報をファーガソンが読み終えたころにはもう号泣していた。

アルベールはその日の午後一時にカナダへ発った。着いてみると、家族をめぐる複雑な問題、金銭上の問題に対処せねばならなかったし、母親を埋葬したあとは親父の人生をもっと知りたいから（とファーガソンへの手紙にはあった）ニューオーリンズへ行くことにしたので、結局世界の向こう側に二か月とどまり、アルベールがパリを離れた時点でファーガソンに残された日々は四十三日だけだったから、二人はその後二度と会わなかった。

ファーガソンは落着いていた。アルベールはいずれ帰ってくるのだから、いまは自分の仕事に精を出そうと決め、アルベールの不在を機に夕食時にワインを飲む習慣にも戻っていった。何杯も、必要とあらば酔うために飲む。落着いてはいても、やはり心配だったのだ。あの日、あの電報にアルベールは心底打ちのめされていて、空港で別れのハグを交わしたときもなかば錯乱状態に陥っていた。もし、持ちこたえられずにまた薬に戻ってしまったら？　とにかく落着くんだ、とファーガソンは自分に言い聞かせた。もう一杯ワインを飲んで、落着いてコツコツ前へ進んでいくんだ。アンネ・フランクの名を冠した文章はもう百ページを超え、いまや一冊の本になっていた。また本を書くとなれば、仕上げるのに最低あと一年はかかるだろう。だが気がつけば一月は終わってもう二月、『ローレル＆ハーディが……』の刊行は来月であり、何かと気が散るようになっていった。

四月につかのま滞在したあとオーブリーはパリに戻ってきていなかったが、手紙は過去十か月で二十回あまりやりとりをしていた。本に関して対処すべき大きな件、小さな件が無数にあったが、その中に、オテル・ジョルジュ・サンクの五階の部屋で一緒に過ごした時間へのおどけた、親密な言及も紛れ込んでいた。パリで誰かと出来たことをいちおう伝えてあったが、エルフの王はいっこうに動じず、いずれファーガソンがロンドンに来たあかつきにはぜひともパリの再演を――それも一度ならず――と期待もあらわだった。女なき世界を旅してみると、どうやら物事はこういうふうに動いているようだった。かつてアルベールにも説明されたが、男と女の場合にはたらく貞節のルールは、男と男には当てはまらない。アウトローのクイアであることに、法を遵守する既婚者より有利な点があるとすれば、いつでも好きなときに誰とでも寝られることだというのだ――ナンバーワンの人物の気持ちを傷つけない限り。でもそれってどういう意味だ？　誰かと一緒にいたことをナンバーワンに知らせないということだろう、とファーガソンはひとまず考えた。北アメリカの各地を回る中で、いまアルベールが誰かと、あるいは複数の誰かと寝ているとしたらファーガソンとしては知りたくないし、もし自分がロンドンでオーブリーと寝ることになってもアルベールに言うつもりはない。いや、もしなってもじゃない、なったときだ、とファーガソンは胸の内で言い直した。いつ、どこで、何回、イギリスにいるあいだの昼夜で。もちろんアルベールを愛してはいても、オーブリーもたまらなく魅力的だったのだ。

　本は三月六日、月曜日に刊行予定だった。三月三日にパリで二十歳の誕生日を祝い、四日の夜に北駅から連絡船列車に乗り、五日朝にヴィクトリア駅に着く。オーブリーからの最近の手紙によれば、インタビューもイベントも約束どおり着々とお膳立てが出来ていて、ナショナル・フィルムシアター（ＮＦＴ）での〈ローレル＆ハーディの晩〉では短篇映画がまとめて上映される。「極楽珍商売」（二十分）、「二人の水兵」（二十一分）、「へべれけ」（二十六分）、そして世紀の傑作「極楽ピアノ騒動」（三十分）。開催決定をＮＦＴから伝えられたファーガソンは、メモなしで喋ろうとして舞台上で凍りついたらどうしよう、とパニックに陥り、一週間を費やして四作それぞれに一ページの紹介文を書き上げた。情報豊かな上に、気の利いたチャーミングな小文にしたかったから、何時間もかけて、まあこれならいいかな、とやっと少しは思えるようになるまで何度も書き直した。でもきっと楽しい夜になることだろう。オーブリーは本当に素晴らしいことを思いついてくれた、と感じ入っていると、紹介文を書き終えた二十四時間後、二月十五日水曜日午後の郵便で見本刷りが二冊届いた。世界に関するファーガソンの経験において初めて、過去、未来、現在がひとつになった。本を書き、それから本を待ち、そしていま本が手の中にあるのだ。

　一冊をヴィヴィアンに渡し、サインしてくれと言われると、ファーガソンは笑って言った――こんなことするの初めてですよ、どこにサインするのかな、だいたい何て書けばいい？

　まあ普通は扉ページね、とヴィヴィアンは言った。何でも好きなこと書いていいのよ。何も思いつかなかったら名前を書くだけでいい。

　いや、それはいけませんよ。何か書かなくちゃ。ちょっと待ってくださいよ、ね？

　彼らはリビングルームにいた。ヴィヴィアンはソファに座って本を膝の上に載せているが、ファーガソンは隣に座る代わりに、彼女の前を行ったり来たりしはじめて、二度ばかり往復したところでソファ近辺を離れ、奥の壁の前まで歩いていき、右に曲がって隣の壁まで歩いていって、もう一度右に曲がりその隣の壁まで歩いていってからぐるっと回れ右してソファに戻り、ようやくヴィヴィアンの隣に腰を下ろした。

　オーケー、じゃ書きます。サインしますから本を。

　あなたって本当に不思議で、本当に笑える人ね、アーチー。

　ええ、そうですとも。底なしに笑える阿呆。紫のピエロ服を着たミスタ・ハ＝ハ。さ、本を。

ヴィヴィアンが彼に本を渡した。ファーガソンは扉ページを開き、ポケットに手を入れてペンを取り出したが、いまにも書こうとしたところで動きを止め、ヴィヴィアンの方を向いて、短いですけど悪く思わないでくださいね、と言った。

ええアーチー、そんなこと全然思わないわ。

ファーガソンはこう書いた。**愛する友にして救世主ヴィヴィアンに　アーチー。**

地球がもう十六回自転し、三月三日の晩彼らは、ファーガソン二十歳の誕生日を、アパルトマンでのささやかなディナーによって祝った。あなたの好きなだけ大勢招待するわよ、とヴィヴィアンは言ってくれたが、いいえ、招待は要りません、家族だけにしましょう、とファーガソンは答えた。つまり、自分たち二人と、リサと、不在の（父親の家族を探し出そうとアメリカ南部を放浪中の）アルベールということだ。馬鹿げていると自覚しつつ、ユダヤの過越しの祭の食卓で預言者エリヤの席を設けるのと同じ精神で、アルベールの席を作ってもらえるかとヴィヴィアンに言ってみると、ヴィヴィアンはそれを馬鹿げているとは思わず、四人分のテーブルを用意するようセレスティーヌに頼んでくれた。次の瞬間、彼女は四を六に増やした――ファーガソンの母親と義父も仲間に入れて。

残された日はあと二日だった。ファーガソンが二人と話すのもこれが最後だった。電話自体は前もって取り決めてあり、三日の夜、ヴィヴィアンとリサとともに食卓につく一時間前にギルと母親がニューヨークから電話をくれて、誕生日おめでとう、よいロンドン行きになりますようにと言ってくれたのだ。『我らが共通の友』（リストの九十一番目に挙がったディケンズの小説）を持っていくよ、あの大著なら海峡を渡る二度の長丁場（それぞれ十一時間）の同伴者になってくれるからね、とファーガソンはギルに言った。でもロンドンに着いたら読む時間はそんなにないと思う、もうすごい過密スケジュールになってるから。でもとにかく、この一冊が済めばあとは九冊だけだから、ヴィヴィアンと二人で五月末までに読み終えるつもりだよ。それにしてもこのイギリス人の怒濤の脳味噌の中に入るのはほんとに楽しい、ヴィヴィアン教授と百冊目を片付けたら、まだ読んでないディケンズ作品全部に取り組むよ。

次に母親が電話に出て、天気の話を始めた。イギリスは雨が多いのよ、いつも傘を持ち歩きなさいよ、レインコートも着て、靴と足を守るためにオーバーシューズ買うのもいいわね。ほかの日だったら、きっとファーガソンは苛ついたことだろう。まるで七歳の子供に話すみたいな口ぶりであり、普段ならうめき声ひとつで一蹴（いっしゅう）するか、何か剽軽（ひょうきん）で辛辣な一言で笑い飛ばしただろう。だがこの日に限っては、感じたのは苛立ちよりも愉快だった。母の中で相変わらず燃え盛る母親性に心も和み、愉快だったのである。もちろんだよママ、とファーガソンは言った。傘なしではどこへも行かない。約束する。

　結局ファーガソンは、ロンドンに着いた五日の朝に傘を列車の中に忘れてくることになる。べつに失くす気で失くしたわけではないが、荷物をかき集め、プラットホームへ飛び出していってオーブリーを探す慌ただしさの中で、傘は忘れられたのだ。果たせるかな、その日ロンドンは雨が降っていて、まさに母の予言どおりだったが（イギリスは本当に雨が多いのだ）、まずファーガソンの気を惹いたのは匂いだった。列車のコンパートメントの空気から駅の空気に出たとたん、襲ってきて体内に入ってきた種々の新しい匂い。パリやニューヨークとは違う匂いである。もっと粗い、刺すような大気に、湿ったウールの背広や、燃える石炭、湿気を帯びた石壁などから放出される匂いが混じりあう。プレイヤー（紙煙草）の煙が、甘ったるいヴァージニア（刻み煙草）の匂いと混ざりあって、ゴロワーズの粗暴さとも、ラッキーやキャメルのトーストっぽい芳香とも全然違う香りを生む。別世界。何もかもがまったく違っていて、いまだ三月初旬で春は来ておらず、骨にしみ込む寒気まで新しかった。

　と、オーブリーがファーガソンに笑顔を向けたと思ったら、次の瞬間にはもうその小さな両腕で彼の体を包んでいて、素敵な男の子（ザ・ボニー・ボーイ）がやっと着いた、これからさぞ楽しい一週間になるよ、と宣言した。駅の外のタクシー乗り場に行き、オーブリーの黒い傘が作る丸天井の下で二人とも身を丸め、順番を待ちながら、また会えて嬉しいということを二人で言いあったが、じきに出版人としてのオーブリーが著者としてのファーガソンに、ここ数日で書評の第一陣がいくつか入ってきている、一つ以外はどれも好意的な評だ、特に『ニュー・ステイツマン』の評は素晴らしいし、『オブザーヴァー』は絶賛で、ほかの書評もみな、『パンチ』の下らんナンセンス以外はどれも好意的だと告げた。それはよかったです、とファーガソンは、これらの意見がオーブリーにとって大きな意味があることを察して言ったが、自分自身は不思議と、そういったことすべてから分離している気がして、まるでそれらが誰か他人の本を論じた書評であるような気分だった。ひょっとすると名前は自分と同じかもしれないけれど、いま生まれて初めてロンドンのタクシーに乗り込もうとしている自分とは違う誰かの。名高い、長年のあいだに映画では数えきれないほど見てきた、黒い象のごとき車体は想像していたよりもっと大きく、これもまた、アメリカともフランスとも違うイギリス独自のものだった。その後部の広々としたエリアに座って、全然知らない、ファーガソンにとっては十八世紀の戯曲に出てくる脇役ほどもリアリティのない雑誌編集者や書評家の名をオーブリーが次々並べ立てるのを聴くのは何と快かったことか。やがてタクシーが走り出し、ホテルに向かっていくと、突然、快さは動揺に変わり、若干の恐怖すら混じっていた。車のハンドルは間違った側についているし、運転手は道路の間違った側を走っている！　イギリスではこうなんだと承知はしているものの、体験するのは初めてだったから、長い習慣と、生涯体内に埋め込まれてきた反射作用は抑えようもなく、ロンドンの街なかを生まれて初めて走りながら、運転手がカーブを曲がるたび、対向車が反対側から迫ってくるたびに、あーぶつかる！と何度も目を閉じた。

　ジョージ・ストリート26番地（W1）のダランツ・ホテルに無事到着。ウォレス・コレクションやセントジェームズ・ローマ＝カトリック教会からも近い。Durrantsと書いてスグリ（カランツ）と韻を踏む。ここをファーガソンのために選んだのは、これぞとことんイギリスらしい宿だからだとオーブリーは言った。モッド・ファッションのロンドンではなく、オーブリー言うところの地味（ブロッド）ロンドンの典型。一階には板張りの、どこまでも野暮ったく神秘的な、C・オーブリー・スミス（元クリケット選手の映画俳優）が常連だったバー（彼が亡くなってもう二十年経つが）。

　それにね、とエルフの王は続ける。ベッドが本当に心地いいんだ。

　またそんな助平なことを、とファーガソンは言った。僕たちが仲よくやれるのも不思議はないですね。

　類は友を呼ぶさ、わが若きヤンキーの友よ。われらのズボンの中にはダンディ・ドゥードル（映画『ヤンキー・ドゥードル・ダンディ』のもじり）、粋な小馬のペアが街へ連れてってくれる。

　オーブリーはファーガソンがチェックインするところまでは手伝ったが、その時点で家に飛んで帰らないといけなかった。日曜日で子守が休みなので、ティータイムまではフィオナと子供たちと一緒に過ごすと約束したのだ。それが終わったらホテルに戻ってきて小馬に乗って、そのあとファーガソンをディナーに連れていってくれるという。

　フィオナが君に会いたくて待ちきれないと言っている、とオーブリーは言った。あいにく明日まで待ってもらうしかないが。

　僕はあなたが今日の午後戻ってくるまで待ちきれませんよ。ところでティータイムっていつなんです？

　今回について言えば、四時から六時あたりのあいだのどこでも、だね。それまでゆっくり休んでくれていい。海峡越えは体に堪えるから、君、きっとフライにされた気分だろう――少なくともソテーに（friedには「疲れきった」という意味がある）。

　それがですね、列車でぐっすり眠ったんで、快調なんですよ。全然料理されてません。生で、新鮮で、早く早くってうずうずしてます。

ファーガソンは荷を解いてから一階に戻っていき、もう十時なのにまだ朝食を出しているというのでダイニングルームに入り、生まれて初めて味わう英国料理は、大皿に目玉焼きがひとつ（油でべとべとだが美味しい）、火がちゃんと通っていないベーコン（ちょっと嫌な感じだが美味しい）、ポークソーセージ二本、しっかりしっかり火が通ったトマト、デヴォンシャー・バター（これまで味わった最高のバター）をたっぷり塗ったホームメードの分厚い白パン二枚が載っていた。コーヒーは飲めたものではないのでポット入りの紅茶に切り替えると、これがキリスト教世界のどこの茶よりも濃いにちがいない、お湯で薄めないことにはとうてい喉を通せない代物で、それからウェイターに礼を言って席から立ち上がり、トイレに行って、ゴロゴロ鳴る腹相手の長い、不幸なセッションをくり広げた。

散歩に行きたかったが、さっきまでの小雨がいつしか土砂降りに変わっていて、部屋に戻って閉じこもるよりはと、名高き板張り壁のバーに行ってC・オーブリー・スミスの幽霊を探すことにした。

この時間、バーには一人も客がいなかったが、ここでしばらく天気の回復を待ってもいいかと訊くと（予報では午後は晴れるという）誰も気にしないようだったし、訊いた相手のポーターがひどく感じがよかったので、イギリス人はいい、とファーガソンは決め、気品と度量のある国民だと思った。一部のフランス人みたいに堅苦しくなく、一部のアメリカ人みたいに喧嘩腰でもなく、気さくで穏やかな、寛容な人々で、他人の欠陥を受け容れてくれて、間違ったアクセントで喋ってもとやかく言ったりしない。

というわけでファーガソンは、誰もいない板張り壁のバーに座り、イギリス人にしばし思いを巡らせた――とりわけC・オーブリー・スミスに。そして、思いはやがて、あらゆる英国紳士の中でももっとも英国紳士的で無数のハリウッド映画においてアメリカ人たちの観客の前でイギリスの化身そのものだったこの人物も、やはりエルフたちの――映画の国のエルフたちの――王だったという快い、しかしまあどうでもいい事実へと広がっていった。まもなくファーガソンは、いつも上着のポケットに入れている小さなノートを取り出し、カリフォルニアで活躍したイギリス人俳優の名前を書き連ねていた。思えば彼らは、世界がいまアメリカ映画と考えるものを創る上で、その朝までファーガソンが考えたこともなかったほど大きく貢献したのだ。実に多くの名前、それらの名前がクレジットされた実に多くの映画。思いつくままにファーガソンがそれらを書き並べ――というか、頭の中にひとつの名前が浮かび上がってくるたびにそれを引っぱり出す、というのが実感だったが――それらの名の俳優たちが演じている映画のタイトルを並べてみると、それがいかに多いかに驚かされた。雪崩のように次から次へと出てきて、ついにはもうあまりに多くの、萎えてしまうほど多くの映画が出てきたが、それでもまだほかに忘れてしまった作品がたくさんあるにちがいない。

リストの最初の名はむろん、避けては通れぬスタン。オリーのパートナー、一八九〇年にアーサー・スタンリー・ジェファソンの名でアルヴァストンなる町に生まれ、一九一〇年、フレッド・カーノ・カンパニーの一員としてチャーリー・チャップリンの代役要員としてアメリカに渡る。スタン・ローレル出演でファーガソンが観た映画は八十本以上に及び、チャップリンは五十本以上、C・オーブリー・スミスは最低二十本（『クリスチナ女王』、『恋のページェント』、『ベンガルの槍騎兵』、『南シナ海』、『小公子』、『ゼンダ城の虜』等々）、さらに数百本にロナルド・コールマン、ベイジル・ラスボーン、フレディ・バーソロミュー、グリア・ガーソン、ケーリー・グラント、ジェームズ・メイソン、ボリス・カーロフ、レイ・ミランド、デイヴィッド・ニーヴン、ローレンス・オリヴィエ、ラルフ・リチャードソン、ヴィヴィアン・リー、デボラ・カー、エドマンド・グウェン、ジョージ・サンダーズ、ローレンス・ハーヴィー、マイケル・レッドグレイヴ、ヴァネッサ・レッドグレイヴ、リン・レッドグレイヴ、ロバート・ドーナット、リオ・G・キャロル、ローランド・ヤング、ナイジェル・ブルース、グラディス・クーパー、クロード・レインズ、ドナルド・クリスプ、ロバート・モーリー、エドナ・メイ・オリヴァー、アルバート・フィニー、ジュリー・クリスティー、アラン・ベイツ、ロバート・ショー、トム・コートニー、ピーター・セラーズ、ハーバート・マーシャル、ロディ・マクダウァル、エルザ・ランチェスター、チャールズ・ロートン、ウィルフリッド・ハイド＝ホワイト、アラン・モーブレイ、エリック・ブロア、ヘンリー・スティーヴンソン、ピーター・ユスティノフ、ヘンリー・トラヴァーズ、フィンレイ・カリー、ヘンリー・ダニエル、ウェンディ・ヒラー、アンジェラ・ランズベリー、ライオネル・アトウィル、ピーター・フィンチ、リチャード・バートン、テレンス・スタンプ、レックス・ハリソン、ジュリー・アンドルーズ、ジョージ・アーリス、レスリー・ハワード、トレヴァー・ハワード、セドリック・ハードウィック、ジョン・ギールグッド、ジョン・ミルズ、ヘイリー・ミルズ、アレック・ギネス、レジナルド・オーエン、スチュアート・グレンジャー、ジーン・シモンズ、マイケル・ケイン、ショーン・コネリー、エリザベス・テイラー……。

雨は二時に止んだが、陽は出てこなかった。曇った空にますます多くの雲が現われ、あまりの厚さ、あまりの大きさに雲は低く垂れ込めはじめ、天空の定位置からじわじわ降りてきてついには地面に触れてしまいそうになり、近所をちょっと散歩しようとファーガソンが意を決してホテルから外に出ると、通りは霧に包まれた迷路だった。まだ昼間だというのにこんなにも見えないなんて初めてだ。イギリス人はいったいどうやって、こんな湿りっぱなしの薄闇の中で日々の仕事をこなせるのか。でもまあたぶんイギリス人は雲と親しい間柄なのだ。ディケンズを読んで何かひとつ学んだとすれば、ロンドンの上空の雲たちは頻繁に人々の許に訪ねてくるということである。今日もどうやら歯ブラシ持参で泊まりに来たようだ。

三時を少し過ぎていた。オーブリーが戻ってくるのに備えてそろそろホテルに戻らないと、と思った。早ければ四時、遅ければ六時だが、オーブリーが早めに家族から離れられることを期待して四時には態勢を整えておきたかった。まず風呂かシャワー、それから先週ヴィヴィアンがパリで買ってくれた誕生日プレゼントを着る――新しいズボン、新しいシャツ、新しいジャケット、百万ドルのルックスよとヴィヴィアンも言ってくれたし、オーブリーのためにも新しい服で百万ドルのルックスでいたかった。そうしてじきに服が剥がれて二人でベッドにもぐり込み、オテル・ジョルジュ・サンクでやったことをもう一度やる。そう、疚しく思ったりはしない、楽しむんだ、アルベールのことも気にしない、きっとミスタ・ベアだっていまごろ誰かと同じことをやっていて同じくらい楽しんでいるはずだ。道を歩きながら、オーブリーとアルベールのことを考え、二人の違いを考えた。白いと黒い、大きいと小さい、といった肉体的な違いのみならず、精神的な違い、文化的な違い、人生観の違い――アルベールの深い厳粛さと、オーブリーの気ままな明るさ――を考えながらファーガソンはホテルに向かって進み、にわかに思いを、明日朝十時に受けるインタビューに移し、何しろ人生初の『テレグラフ』紙のインタビューであり、心配は要らない、**気を楽にしていつもの自分でいればいいんだ**とオーブリーに言われたものの、やっぱり少しは心配せずにいられず、そもそもいつもの自分ってどういうことだよ、僕の中にはいくつかの自分、いくつもの自分がいるんだ、強い自分と弱い自分、内省的な自分と衝動的な自分、他人思いの自分と利己的な自分、すごくたくさんの自分がいるからつきつめて考えれば僕はすべての人くらい大きくもあり誰でもないくらい小さくもあるんだ、そしてもし僕にとってそうだとすればほかの誰にとってもやっぱりそうであるはずで、つまりすべての人はすべての人であると同時に誰でもないわけで……といった考えが頭の中で弾むとともにファーガソンはマーリボン・ハイストリートとブランドフォード・ストリートの交差点に達し、マーリボンがセアーに折れてあとは角を曲がればジョージ沿いにあるホテルという地点まで来て、霧は四方から迫って彼を包み込んでいたが、ぼんやりぼやけた中に赤信号がチカチカ光っているのは見てとれて、**止まれ**の信号と等しいこの点滅する赤を前にしてファーガソンは止まって車が一台通過するのを待ち、何しろ頭はすべての人でありかつ誰でもない人間というものをめぐる夢想にふけっていたから、彼は首を回して左を見た——つまり生まれてからずっと通りを渡るときにやってきたことをいまもやり、車が来ないことを確かめるために反射的に、無意識に左を見たのであり、ここはロンドンであってイギリスの町や都市では左ではなく右を見ないといけないということを忘れていて、ゆえに栗色のイギリス製フォードがブランドフォードの曲がり角から突進してくるのも見えぬまま車道に足を踏み入れて通りを横断しはじめ、彼には見えていないその車に通行の優先権があることも頭にはなく、車が体を直撃したその打撃はきわめて強く、体が宙に、まるで宇宙に打ち上げられた人間ミサイルのように、月へ向かいその彼方の星々へ向かう若者といった趣で飛び上がり、やがて軌道の頂点に達して下降しはじめ、地面に墜落すると頭が縁石の端に当たって頭蓋骨が割れ、その瞬間以降、頭蓋骨の中で生まれたであろう未来のあらゆる思考、言葉、感情が消去されたのだった。

　神々は山から見下ろし、肩をすくめた。

6.4

悪戯で無責任なノア・マークスは、『マリガン旅行記』を父と義母以外の誰にも見せないと約束しておきながら、原稿を二十四歳のビリー・ベストに貸したのだった。ビリーも小説を書いていて、コロンビアを中退した身で、東八十九丁目、一番街と二番街のあいだ――ヨークヴィルの一部の〈ラインラント地帯〉として知られる労働者階級の多い界隈だ――にあるエレベータなしの四階建てビルの管理人をやって食べている。二年前、ギズモ・プレスなる、謄写版刷りの本を刊行する小さな出版社を設立し、この非営利・反営利の組織からこれまで十冊あまりの書物を刊行していて、アン・ウェクスラー、ルイス・ターコウスキー、そしてタルサ生まれのロン・ピアソン（十月にジョン・ケージの『サイレンス』を『マリガン旅行記』の著者にプレゼントしてくれた人物である）らの詩集などを世に送り出していた。安価なオフセット印刷の登場以前、謄写版はニューヨークの若き無一文の書き手たちが本や雑誌を出す上で唯一手の届く形態であり、ギズモ・プレスのようなところから謄写版で作品が出るのは、決して無名の証しでも忘却への直行ルートでもなく、むしろ名誉の勲章と見なされた。印刷部数は二百部あたりが標準。厚紙の表紙に白黒で描かれた絵や題字は、ダウンタウンに住むビリーの友人たちの画家によるものだった。一番の常連はサージ・グリーマンとボー・ジェイナード、二人とも縦横無尽で創意に満ちた描き手で、彼らの表紙絵は六〇年代なかばの最先端グラフィックデザインのトーンを決める上でも力があった。この時代特有の、大胆で、余計な飾りを排した、自分のことを真剣に考えすぎまいとしている見かけはこういうところから生まれたのである。8½インチ×11インチのタイプ用紙に印刷した、いささかむさくるしい、即興っぽい見た目であっても、本文は滲みもなくちゃんと読めて、オフセットや活版印刷に劣らずクリアだった。まずはビリーの妻ジョアンナが、巨大なオフィス用レミントン・タイプライターを使って原紙を作成する。フォントはパイカ、シングルスペース、散文でも両揃えはしない。これをビリーの作業室にある謄写版機にかけて左右ページ両方を一枚で刷り、友人やボランティア数人がページ順に重ね、袋綴じで製本する（要するにホッチキス）。出来上がった本の大半はただで配られ（作家・画家仲間に郵送したり手渡したり）、残った五十部かそこらが、マンハッタンのあちこちにある、次の世代が新しいアメリカを創ると信じている一握りの書店に置かれる。ゴサム・ブックマート、エイトス・ストリート・ブックショップといった店に入っていって、新刊詩集・小説の棚に自分の謄写版本が交じっているのを目にした若者は、これで自分も書き手として出発したんだと実感するのである。

　いとこのノアが『マリガン旅行記』を勝手に人に見せたことに激怒してもよかったわけだが、ファーガソンはべつに腹も立たなかった。ノアがロウアー・イーストサイドでの何かの集まりでビリー・ベストに出くわしたのは五月なかば、ファーガソンが原稿を仕上げた一か月後、ブロイラー医師への三回目にして最後となった訪問を果たした一週間後のことだった。ノアがいとこの作品のことを話題にしてみるとビリーは読んでみたいと言い出し、五月の最終週にはノアがファーガソンに電話をかけてすべてを白状することになったのである。ごめんごめん、人に見せちゃいけないってわかってたんだけど、ついやっちゃったんだよ、で、ビリーはもうぞっこんでさ、ギズモから出したいって言ってる。まさかお前、それを止めるほどアホじゃないよな？　ああ、ぜひ出してほしいね、とファーガソンは答えて、あいだに入ってくれてありがとう、とノアに礼を言い、そこから三十分ばかり、あれやこれやの話をして電話を切った。ファーガソンはいまや理解していた。あんな本は燃やされ忘れられるべきだと僕が思おうが関係ない。人生が終わってしまったいま、僕にはあの本が必要なのだ。あの本を出版することで、ひょっとしたら、たとえもはやいかなるファーガソンも未来に生まれないとしても、自分にまだ未来があるような気になれるかもしれない。そう考えると、あの本の著者名を、殺された人間の名にしたのがいかにも相応しいことに思えてきた。父方の祖父アイザック、一九二三年にシカゴの革製品倉庫で二発の弾丸に斃（たお）れた、ロックフェラーとなるはずだったのに結局ファーガソンとなった、息子の人生から姿を消した男を子に持ち、一生父親になれぬ男を孫に持った人物。

　結局ビリー・ベストは親友になり、ファーガソンの一連の初期作品を熱心に出版してくれたが、最高なのはやはりノアだ。ノアがいなかったらどうなっていたか想像するたび、ファーガソンの心は自らを閉ざして答えを出そうとしなかった。

　ダブルスペースの一三一ページを、ジョアンナが手際よくシングルスペースの五十九ページに収めてくれた。マリガンの旅がひとつ終わるごとに改ページする代わりに同じページでそのまま続けることによって、一年の大半を費やした作品は三十枚の紙に——難なくホッチキスで止められる薄さに——凝縮された。表紙のデザインをボー・ジェイナードやサージ・グリーマンに頼む代わりに、ハワード・スモールを起用してくれないかとファーガソンはビリーに持ちかけ、ハワードが見事なドローイングを描いたので（さまざまな冒険から持ち帰った品がぎっしり詰まった部屋でマリガンが机に向かい、旅行記を書いている）、これを機に彼もギズモ・ファミリーの一員となり、ギズモが一九七〇年に廃業するまで表紙絵やイラストを産出しつづけた。三十枚の紙に五十九ページということは、最後のページは空いている。空きを利用して著者略歴を入れたいか、とビリーに訊かれて、一週間近く考えた末にファーガソンは次の二文を渡した。

十九歳のアイザック・ファーガソンはしばしばニューヨークの街なかをさまよう姿が見られる。彼はどこかよそに住んでいる。

もうエヴィはいない。プリンストンのブロイラー医師のオフィスを最後に訪れたあと、もはやイーストオレンジの半分家への訪問もなかった。ファーガソンはふたたび彼女と顔を合わせる気になれなかった。自分はエヴィの期待を裏切り、希望を打ち砕いたのであり、自分が決して父親になれないことを彼女の目をまともに見ながら告げる勇気はなかった。いつの日か僕たちの仲が引き裂かれそうになっても僕らをつなぎとめようとあなたは幻想の赤ん坊をつくり上げたけれど、僕は決してその幽霊父親にはなれないんです……。何とこんがらがった話だったか。僕たち二人は何と自分たちを欺いたことか。医者の言葉がその偽りの野望に終止符を打ったいま、ファーガソンは受話器を取り上げ、その終わりを電話で伝えた。いかにも臆病者のやりそうなことだ。彼女と実際に向きあい、とことん話しあえば、もしかしたら、べつに世界最大の悲劇じゃないんだからこれからも何とかやって行けるかも、という話になったかもしれないが、その勇気はなかったのである。エヴィは彼の冷淡さに愕然とした。残念よね、と彼女は言った。ほんとに気の毒だと思うわアーチー、でもそれが、あたしたちに何の関係があるの？

関係大ありですよ。

いいえ、そんなことない、何も違わないわよ。あたしがいま言ってること理解できないんだったら、あんたはあたしが思ってたような人じゃなかったってことね。

ファーガソンは電話の向こうで涙をこらえていた。

あたしたちの仲はもうどのみち長くはなかった。妊娠がどうこうなんていう話にあんたを引きずり込んだあたしが馬鹿だったのかもしれない。でもねアーチー、あたしだってね、持ってるものすべてあんたにあげたのよ、せめてあんたも、面と向かってさよならを言うくらいしてくれてもいいんじゃないかしら。

　できません、とファーガソンは言った。会いに行ったら、きっとこらえられなくて泣いてしまいます。泣いてるところをあなたに見られたくない。

　それってそんなにひどいこと？

　僕にとっては。何よりひどいことです。

　大人になりなさい、アーチー。男らしくふるまいなさいよ。

　頑張ってますよ。

　頑張りが足りないわよ。

　もっと頑張ります、約束します。大切なのは、僕は決してあなたを愛するのをやめないということです。

　あんたもうやめてるわよ。あんたはもうあたしたちのことが嫌になってしまっている。だからあたしの顔を見たくもないのよ。

　そんなことありません。

　嘘はやめてちょうだい。でね、ついでに言うとねアーチー、心の底から言うけど、あんたなんか死んじまえ（ゴー・ファック・ユアセルフ）。

　五月二十五日水曜日、エヴィとの辛い会話の二週間後、ノアから電話がかかってきて、ビリー・ベストが『マリガン旅行記』を出版したいと言っていると知らされた。ファーガソンはさっそくその日のうちにビリーと話し、二十八日土曜に会うことになった。というわけで、その週末はプリンストンに残ってハワードと一緒に期末試験に備えることにしていたが、結局いつものとおり金曜日にニューヨークへ行った。ところが、今週は行かないとあらかじめ祖父に言っておいて、やっぱり行くことにしたと伝えるのを忘れたため、ファーガソンは突如現われて祖父に不意打ちを喰わせることになった。だが不意打ちから祖父が受けた驚きは、ファーガソン自身が受けた驚きに較べれば百分の一にもならなかった。

　ファーガソンが知る限り、アパートメントの鍵を持っているのは祖父以外には自分だけだった。エヴィとの仲が破綻して以来、これまでに二度、週末を一人で過ごすために祖父のアパートメントの予備寝室に泊まっていて、そのどちらの場合も金曜の午後に、自分で鍵を開けてそっと中に入ると、祖父はリビングルームのソファに座って『ポスト』のスポーツ欄を読んでいたのである。ところが今日は、鍵を錠に差してドアを開けると、リビングルームから複数の人間の声が聞こえてきた。おそらく二人か三人、はっきりとはわからなかったが、とにかくそのどの声も祖父のものではなく、完全に室内に入るとまずはっきり聞こえてきたのは、**そうだアル、ペニスをジョージアの中に入れろ**、と言う男の声だった。それから別の男の声が、**いいかジョージア、忘れるなよ、アルが入ってきたらエドの硬くなったやつを摑んで口にくわえるんだ**と言った。

玄関ドアからリビングルームの入口までのあいだには短い廊下があり、ファーガソンが忍び足で、右側の予備寝室の閉じたドアの前を過ぎ、次にやはり右側にある狭いキッチンの前を過ぎると廊下の終わりに達し、いまや彼はリビングルームの縁に立っていた。そこから見ると、祖父が座っている隣に16ミリカメラを操作している男がいて、ライトスタンドが三つ立っていて、それぞれ千ワットあるにちがいない電球が煌々と光を発し、部屋の真ん中にクリップボードを小脇に抱えた別の男がいて、ソファの上に裸の人間が三人いて、一人は女で二人は男、死んだような目をした三十前後の女は脱色した金髪、大きな胸、たるんで突き出た腹で、男二人はほとんど判別不能で（ひょっとすると双子か）、どちらもずんぐりした毛むくじゃらの獣という感じで、勃起したペニスと毛深い尻が監督と撮影技師の指示を実行に移していた。

ファーガソンの祖父はニコニコ笑っていた。それがこの下劣な光景の中で一番忌まわしい要素だった――女一人男二人がソファの上で吸いあいファックしあっているのを眺めている老人の顔に浮かぶ笑み。

ファーガソンに真っ先に気づいたのは監督だった。二十代なかば、ジーンズにグレーのスウェットシャツの小柄なチンピラで、撮影中ずっと喋っていたのもこいつだ。音は録っていないのだろう、きっとあとから、この最高に安っぽい映画作りのポストプロダクション段階でわざとらしいうめきやうなりが足されるのだ。リビングルームのすぐ外に立っているファーガソンを目にとめた若き監督は、誰だ、お前？　と言った。

お前こそ誰だ？　とファーガソンは言い返した。いったい何やってるんだ？

アーチー！　祖父が声を上げた。笑みが顔から消えて恐怖の表情に変わった。今週は来ないって言ったじゃないか！

計画が変わったんだよ。だからこいつら、さっさと出ていってもらわないと。

まあそうカッカするな、と監督が言った。ミスタ・アドラーは俺たちのプロデューサーなんだ。プロデューサーに呼ばれて俺たちここに来てるんだから、撮影が終わるまで帰らないよ。

悪いけど今日はもうお開きだ、とファーガソンはソファの上の裸の人々の方へ歩いていきながら言った。服を着て出ていってくれ。

女を起こしてさっさと立ち去らせようと、その手を摑もうとしてファーガソンが腕をのばすと同時に、監督がうしろから突進してきて、両腕をファーガソンの胴に巻きつけ、ぎゅっと両の脇腹に押しつけた。裸の双子の一方がソファから飛び上がって、右の拳骨をファーガソンの腹に喰らわせ、そのジャブの痛さにファーガソンはカッとなって一気に戦闘態勢に入り、小男の監督の腕を振りほどき、彼を床に叩きつけた。女が言った——ちょっと、何やってんのよ。馬鹿なことやめてさっさと済ませようよ。

　本物の喧嘩になる前に祖父が割って入り、あいにくだがアダム、今日はもう終わりにするしかない、と言った。この子は私の孫なんだ、まずはこの子と話をしないと。明日電話してくれ、次の手は明日考えよう。

　十分としないうちに監督、撮影技師、三人の俳優はいなくなっていた。ファーガソンと祖父はもうキッチンに入っていて、テーブルをはさんで向かい合わせに座り、玄関のドアがバタンと閉まるのを聞いたとたんファーガソンが口を開いた。いい歳して何やってるんだよ。ほとほと愛想が尽きたね、もうあんたの顔も見たくない。

　祖父はハンカチで目を拭い、うつむいてテーブルを見た。あの子たちに知られちゃいかん、と老人は言った。彼の娘二人のことだ。知ったらあの子たち、死んでしまう。

　あんたが死ぬってことだよね、と孫は言った。

　一言も言わないでくれ、アーチー。それは約束してほしい。

　ファーガソンとしては今日見たことを母親やミルドレッド伯母さんに言うなんて考えてもいなかった。誰にも言うつもりなどなかったが、約束するのは拒んだ。

　私は寂しいんだよ、と祖父は言った。ちょっとした楽しみが欲しかっただけだ。

　大した楽しみだよ。三流のポルノ映画なんかに金を注ぎ込んで。どうかしてるよ。

　害はないじゃないか。誰も痛い目に遭ったりしてない。誰もが愉快に過ごす。どこが悪いんだ?

　そもそもそんなこと訊くなんて、あんた救いようがないってことだよ。

　お前は厳しすぎるぞ、アーチー。いつからそんな厳しい人間になった?

　厳しくなんかない。ショックを受けただけさ。そして胃が少しムカムカしてる。

　あの子たちに知りようはないじゃないか。お前が言わないって約束してくれる限り、私は何だってするよ。

　とにかくやめてくれよ、それだけだよ。映画は中止して、もう二度とやらないでくれ。

　なあアーチー、金を渡すってのはどうだ? それで足しになるか? もうここに泊まりたくないっていうのはわかる、で、金があったらニューヨークのどこかに自分のアパートを探せるだろ。それってよくないか？

買収する気？

何とでも呼ぶがいい。だけど五千……六千……いや、そうだな一万ドルあったら、お前もけっこう足しになるだろう？　どこかにアパートを借りられて、夏だってこないだ言ってたみたいなアルバイトなんかせずに小説に専念できる。何のバイトだったかな？

粗大ゴミ撤去。

粗大ゴミ撤去。時間とエネルギーの無駄もいいところだ。

けどあんたの金なんか欲しくない。

そんなはずはない。誰だって金は欲しいさ。誰だって金が必要なんだ。これを贈り物と考えればいい。

賄賂ってことだよね。

いいや、贈り物だよ。

ファーガソンは金を受け取った。祖父の申し出を受け容れることに疚しさはなかった。どのみち母にもミルドレッド伯母さんにも一言だって話すつもりはなかったから、事実それは賄賂ではなく贈り物だったのである。一万ドルの小切手をあっさり切れるくらい祖父の金回りがいいんだったら、その金でもう一本情けないファック映画を作るより孫の手に渡る方がましではないか。それにしても、アパートメントに入っていって、あんな奇怪な場面に出くわしたのは衝撃だった。老齢の祖父はどこまで道を外れつつあるのか。妻に先立たれた独り暮らしで、もはや何ものにも抑制されず、倒錯した気まぐれをいくらでも追求できる身。明日はどんな気まずい事態が待ち受けているだろう？　ファーガソンはいまも祖父を愛していたが、尊敬の気持ちはいっさいなくなったし、軽蔑の念さえ湧いて、もう二度と祖父のアパートメントには泊まりたくなかった。とはいえそれも、父親を軽蔑する思いに較べれば半分にもならない。思えばファーガソンの人生から父親がすっかり消えたのも、やはり金が主たる原因だった。なのにいまは祖父の金を喜んで受け取り、握手して礼まで言っている。これもまた複雑な事態、考え出すとひるむほかない分岐点だ。「右か左かまっすぐか」でラズロ・フルートが直面したように、何を選んでも間違った選択になってしまうのだ。

だがとにかく、一九六六年で一万ドルといえば大金である。ファーガソンにとっては想像を絶する額だ。ニューヨークのうらぶれた界隈に小さなアパートを借りるなら家賃は月百ドルにも満たず、時には五十、六十のところだってある。一万あればプリンストンからの避難場所を確保できて、かつ在学中ずっと夏のアルバイトもせずに暮らせるだろう。一年次が終わって、二年次に移る前の数か月ガラクタを運搬することが、考えるだけでも嫌だったわけではない。高校生の夏にアーニー・フレイジャーやリチャード・

ブリンカースタッフと一緒に働いて、単純労働からは実に多くの満足が得られるし人生についていろいろ貴重なことを学べるのもわかっていたが、どうせ今後の年月にもそういうのはたっぷり控えているのだし、大学にいるあいだ重い物を持ち上げずに一息つけるのは予想外の幸運と言うほかなかった。これもすべて、祖父の不意を衝いてアパートメントに入っていき、いわばズボンを下ろした現場を捕らえてしまったおかげである。胸糞悪い発見としか言いようがないが、同時につい笑ってしまうことも確かだ。しかも、最後の一息が肺から出ていくまで一言も漏らさずにいるつもりだったのに、口止め料までたんまりせしめてしまった。これを笑わずにいられようか。

　ノアと一緒にヴィレッジへ出かけてピザとビールの夕食を取り、その晩はノアのNYUの寮の部屋の床に寝た。次の日、ビリー・ベストに会いにアップタウンへ行くと、ますます驚くべきことが次々に起きた。ビリーはとことんリラックスした人当たりのいい人物で、ファーガソンの作品を絶賛してくれて、こんなぶっ飛んだ代物（ウィアーデスト・ファッキン・シット）を読んだのはほんとに久しぶりだと言ってもらい、若き書き手は胸の内で、いままで会った誰とも似ていないこの男に引き合わせてくれたいとこに感謝した。ビリーは労働者階級の荒くれ者であり、かつ知的な前衛作家である。生まれ育った界隈にいまも暮らし、住んでいる建物の管理人の仕事を父親から引き継ぎ、街の感覚が染みついた土地っ子として、西部劇に出てくる保安官のように近所一帯を見守っている一方、フレンチ＝インディアン戦争の時代を舞台とする込み入った幻覚的な小説を執筆中でもある（『潰れた頭たち（クラッシュト・ヘッズ）』という題がファーガソンはひどく気に入った）。自分の新たな出版者の、メロディアスな、ニューヨークのアイリッシュ＝アメリカン特有のテナーの声を聞いていると、東八十九丁目通りに並ぶ建物の煉瓦そのものが言葉で振動している気がしてきた。加えて、ビリーの妊娠中の妻ジョアンナもやはり同じ気取らない温かな声で話す人物で、昼は法律事務所で秘書として働き、夜はギズモ・プレスのタイピスト兼謄写版切りとなる。その彼女が、お腹の中で子供が大きくなるのと並行してファーガソンの本にも取り組み、本物の赤ん坊の誕生には決して関われないファーガソンの紙の赤ん坊が生まれるのを助けてくれるのだ。初めて会ったその土曜、ビリーとジョアンナが自宅での夕食に誘ってくれて、いま札入れに入っている小切手が無事クリアしたらアパートを探そうと思っているとファーガソンが言うと、むろん二人ともこの近所の事情をすべて把握していて、ここから六軒先の建物であと数日後にワンルームの物件が出るはずだと教えてくれた。こうしてファーガソンは、月七十七ドル五十セントで、東八十九丁目のとある建物三階のアパートを借りることになった。

プリンストンでの一年目が終わろうとしていた。ハワードは夏のあいだ南ヴァーモントにある叔母と叔父の酪農農場で働くことになっている。ファーガソンもこの牧歌的な企てに誘われたが、エヴィ・モンローのなかば破滅した元恋人にして近日刊行『マリガン旅行記』のなかば蘇生された著者は、ゴミ運搬の仕事もすでに辞退し、夏は次の新作『緋色のノート』に取り組むつもりでいた。その間、エイミーもニューヨークにいる予定で（『看護ダイジェスト』なる業界紙の編集助手として働く）、新しいボーイフレンドのルーサー・ボンドも『ヴィレッジ・ヴォイス』のイベント告知欄で誰かの代役を務める職にありついていた。一方、シーリア・フェダマンは遠くへ行く。両親がくれた、高校を一年早く卒業したご褒美を利用して、二十歳のいとこエミリーと一緒にリュックをかついでヨーロッパを回るのだ（ボーイフレンドのブルース、またの名を人間緩衝地帯、は案の定いまや過去に属していた）。きっちり二十四通手紙を書く、とシーリアは約束し、それらを『フェダマン旅行記』とラベルを貼った特別な箱に保管するようファーガソンに指示した。

ノアも夏はいなくなる。出し抜けに、最後の最後で、何とウィリアムズタウン演劇祭に参加することになったのである。少し前に、追いかけていた女の子がオーディションを受けたので自分も気が向いて受けてみたところ、女の子には何のオファーも来なかったがノアは二つの芝居（『みんな我が子』と『ゴドーを待ちながら』）で舞台に立つことになった。かくして『靴底の友』映画版を作る話はふたたび棚上げとなった。ファーガソンはホッとしたし、それ以上にノアのことを思って嬉しかった。これまで長年のあいだに七、八回ノアが演じるのを見てきたが、いつだって彼が一番の名役者だったし、本人は映画製作者になりたがっているが、一流の俳優になる資質があるとファーガソンは信じて疑わなかった。喜劇ならもうすでにお手のものだが、シリアスな演劇だってきっとできるはずだ。まあたしかに悲劇には不向きかもしれない。男が自分の目をえぐり取ったり母親が子供を熱湯で茹でたり、フォーティンブラス（『ハムレット』の登場人物）が入ってくるとともに血まみれの死体の山にカーテンがゆっくり降りるたぐいの五十トン級古典は少なくとも違うだろう。一方、独演（スタンダップ）コメディをやったら客が小便をちびるほど上手くやれるにちがいないとファーガソンは考えたが、そう言ってみるたびにノアは顔をしかめ、俺には向かないねと答えるのだった。そんなことない、全然そんなことない、とファーガソンは思い、ある晩など、取っかかりになればと、机に向かってノアに言わせるジョークを書いてみさえしたが、ジョークというのは書いてみると実に難しく、ほとんど不可能という気がした。しばらく前にハワードと二人でテニスマッチのジョークを作ったときは案外上手く行ったが、どうやらそれ以上の才能は自分にはなさそうだった。物語の中に剽軽なセンテンスを盛り込むのとは全然違う。忘れがたい、必殺パンチの決め科白を生み出すには、この頭蓋に埋め込まれたのとは別種の脳味噌が必要なようだった。

　エイミーは五月初めからルーサー・ボンドとつき合っていた。そしてもう六月なのに、つい先日電話で聞いたところでは、何事にも積極的で攻撃的な義姉は、己の人生に入ってきた新しい恋人について、父にも義母にもいまだ話せていなかった。がっかりである。絞め殺してやりたいと思うこともあるけれど、エイミーの度胸にファーガソンはつねづね感嘆していたのだ。彼女がためらう理由として唯一思いつくのは、ボーイフレンドが黒人だということではなく、戦闘的に黒人であることだった。ブラックパワー運動に携わり、エイミーよりさらに左翼に位置する、大柄で黒い革ジャンを着てアフロヘアの上には黒いベレー帽が載っている、見るからに威嚇的な人物。まあおたがい好きにやりましょう流の穏健派であるエイミーの父親を、まる一月続くパニックに陥らせること請けあいの人間なのだ。

　やがてカップルはボストンからやって来て、モーニングサイド・ハイツにある、夏のあいだ又借りしたアパートに入った。その晩さっそく、〈ウェストエンド・バー〉で共に一杯やろうとファーガソンは二人と落ちあい、ルーサー・ボンドと初めて握手した。その瞬間、それまで頭の中で勝手に描いていた漫画が粉々に飛び散った。イエス、ルーサー・ボンドは黒人であり、イエス、彼の握手は肉体的に逞しい人物らしいがっしりした握手であり、イエス、その目にはちょっとやそっとでは揺るぎそうにない決意がみなぎっている、が、その目が自分の目を覗き込んだとき、敵ではなく友となりうる人物を見てくれていることをファーガソンは悟った。ファーガソンのことをぜひ好きになりたい、とルーサー・ボンドは思ってくれている。どうやらこの男は、漫画に出てくる好戦的で憎悪に満ちたテロリストではない。ならば、エイミーはどうなっているのか？　いったいなぜ、父に話せないのか？

　ここはひとつ、エイミーと二人きりで話して、分別を頭に叩き込んでやらないといけない。だがいまはミスタ・ボンド本人に集中して、どういう人物かを感じ取るのが先決だ。大男ではない、まずこれは確かだ。身長は平均的で一七五センチ前後、エイミーとだいたい同じであり、髪型が人の政治的信条の指標になるとすれば、その穏やかなアフロは、左翼ではあるが極左ではないことを示している。〈ブラック・イズ・ビューティフル〉派の巨大なアフロとは違う。顔はきわめてハンサムと言ってよく、あまりにハンサムなのでキュートという形容詞を男に使ってよいならキュートの一歩手前という感じ。その顔をじっくり眺めていると、エイミーがなぜルーサーに惹かれ、六週間にわたって言葉を交わし常時セックスしたあともなお惹かれているのか、ファーガソンにもわかる気がした。が、身長、髪の長さ、キュート度といった表層的要素を脇へ追いやれば、ルーサーについてファーガソンが発見したもっと大事なことは、彼にユーモアのセンスがあることだった。自分が言葉のウィットを欠いていることもあって、ファーガソンは他人のユーモア感覚を重んじる。だからこそノア・マークス、ハワード・スモール、リチャード・ブリンカースタッフといった、言葉を操る力が自分よりずっと上を行っている人物に惹かれるのだ。ブランダイスでのこれまでのルームメートは自分と同じ一年生でティモシー・ソーヤーという名だったとルーサーが言うので、つまりティム・ソーヤーだねとファーガソンが言って笑い、ティムはトムと似ているかと訊くとルーサーは、いいや、むしろムァク・トワングのあの本の相方ヒック・ファンに似てるねと答えた（Mark Twain を Murk Twang〔闇の鼻声〕ともじり、ハック・フィン〔Huck Finn〕の名も Hick Funn と歪めている）。

　これには笑った。ムァク・トワングとヒック・ファン。冴えた瞬間のハワードが口にするたぐいの、一度に二つを盛り込んだギャグ。そしてエイミーも笑ったことで、可笑しさはいっそう増した。そう、全然違う。なぜならエイミーがゲラゲラ笑ったことはこれが彼女にとって不意打ちだった証拠であり、つまりルーサーはこのギャグを前に言ったことはない。マーク・トウェインとハック・フィンを歪めたバージョンをルーサーは先月や去年に思いついて友人たちの前で年中くり返していたのではなく、いまこの場で、〈ウェストエンド〉で作り出したのだ。こんな愉快な洒落を二ついっぺんにくり出すとは、何と回転の速い、何と利発な頭脳か。ピリッと鋭い洒落（パンジェント・パンズ）、とこっちも洒落たいところだったが、代わりにファーガソンは、ガハハと笑っている義姉と一緒にただ笑い、ビールもう一杯どうです、とミスタ・ボンドに訊ねた。

　ルーサー・ボンドの経歴についてはある程度聞いていた。ニューアークの中央区から、ニューイングランドのブランダイス大へと至る風変わりな軌跡。エイミーから電話で、地元の名門私立校ニューアーク・アカデミーで七年間過ごしたこと、学費を出したのはタクシー運転手をしている父親でも家政婦をしている母親でもなく母親の雇用主、サウスオレンジに住むシドとエドナのワックスマン夫妻であることをファーガソンは知らされていた。一人息子をバルジの戦いでなくしたこの非凡な夫妻は、悲しみいまだ冷めぬなか、幼かったルーサーに惚れ込んだのである。そしてルーサーがブランダイスで学ぶ奨学金を獲得したいま、夫妻はルーサーの弟セプティマス（愛称セピー）にも同じことをしてくれている。それってすごくない、とエイミーは電話でファーガソンに言った。金持ちのユダヤ人家族と、食うや食わずの黒人家族が、アメリカ非合衆国（ディスユナイテッド・ステーツ・オブ・アメリカ）において永久にひとつに（ユナイテッド・フォーエバー）――ハ！

そういうわけで、〈ウェストエンド〉で三人一緒に飲みはじめた時点で、エイミーのボーイフレンドがニューアーク・アカデミーの卒業生だということをファーガソンは承知していて、話題はじきニューアーク自体に、それからニューアークとバスケットに移った。ルーサーもファーガソンも高校時代にバスケットをやっていたのだ。ニューアーク、バスケットという二単語が思いがけず同じセンテンスの中で飛び出したので、十四歳のときにニューアークの体育館でプレーした、三度延長となった試合のことをファーガソンが持ち出すと、三度延長という一言を聞いたとたんにルーサーは身を乗り出し、言葉にならない、判読不能の音を喉の奥から絞り出してこう言った――俺、そこにいたよ。

じゃあ何があったか覚えてるよね、とファーガソンは言った。

絶対忘れない。

あのチームのメンバーだった？

いいや、スタンドに座って、あんたらの試合が終わって自分のが始まるのを待ってた。

コート半分飛んだシュート、見てたよね。

史上最長のスウィッシュ（リングに触れずに入ったシュート）。終了ブザーと同時。

そのあとのことは？

ああ、それも覚えてる。昨日のことみたいに。

スタンドから大勢なだれ込んできて、僕も一発殴られた。外へ逃げ出そうと走ってる最中にすごいパンチを喰らって、そのあと何時間も痛かった。

たぶんそれ、俺だよ。

君？

誰かを殴ったんだ、誰だかわからないけど。白人ってみんな同じに見える――だろ？

チームで殴られたのは僕だけだった。間違いなく僕だ。僕だとしたら君だね。

エイミーが言った。かつて安定していた地球はいまやグラグラ揺れて軌道から外れかけている。七つの海を越えて津波が襲ってくる。活火山が各地で都市を一掃している。それともこれってあたしの妄想？

ファーガソンはつかのまエイミーに向かってニッコリ笑ってから、ルーサーの方に向き直った。なぜ殴ったんだい？　と訊ねた。

わからない。あのときもわからなかったし、いまだに説明できない。

あれは堪（こた）えたよ、とファーガソンは言った。パンチがじゃなくて、パンチの理由が。あの場を包んでいた狂気。憎悪。

じわじわ募っていったんだ。三度目もタイスコアになったときにはもう、本気で険悪になっていた。そうしてあのスウィッシュが決まって、誰もがプッツリ切れたんだ。

あの朝まで僕は普通の阿呆なアメリカ人少年だった。進歩を信じて、よりよい明日の追求を信じていた。アメリカはポリオだって克服したじゃないか？　市民権運動はこの国を人種差別のない社会に変えてくれる魔法の薬だった。あのパンチを、君のパンチを境に、僕はいろんなことに関してもっとずっと賢くなった。いまじゃもうあまりに賢いんで、未来について考えるたびに気分が悪くなる。君は僕の人生を変えたんだよ、ルーサー。

なら言うけど、あれは俺の人生も変えたよ。あの朝、群衆の感情が俺の中に入り込んで、群衆の怒りが俺の怒りになったんだ。俺はもう自分の頭で考えてなかった。群衆が代わりに考えるに任せていた。だから群衆が自制を失くしたとき俺も自制を失くして、コートに駆け下りていってあんな馬鹿なことをやったんだ。もう二度とこうならない、と俺は誓った。これからはずっと俺のことは俺が仕切る。だってそうじゃないか。白人が俺を学校に行かせてくれてるんだ。白人に何の恨みがある？

まあ見てなさいよ、とエイミーが言った。あんた、いままではラッキーだったのよ。

わかってる、とルーサーは答えた。プランA。サーグッド・マーシャル（アメリカ初の黒人最高裁判事）みたいな法律家になるために頑張って、ニューアーク初の黒人市長になるために頑張って、ニュージャージー初選出の黒人上院議員になるために頑張る。だけど上手く行かなかったら、いつだってプランBがある。マシンガンを買って、マルコムの言葉に従う――いかなる手段でも（バイ・エニー・ミーンズ・ネセサリー）。遅すぎるってことはない――だろ？

だといいけどね、とファーガソンはグラスを持ち上げて頷き（うなず）ながら言った。

ルーサーは笑い、君の義理の弟、気に入ったぜ、とエイミーに言った。いいユーモアのセンスしてるし、パンチの受け方だって心得てる。まああの日、腕は痛かったかもしれんが、俺の手だってさ……指の骨が折れたかと思ったぜ。

『緋色のノート』は難儀しそうだった。これまで企てた中で、図抜けて一番苦労しそうだ。やり遂げられるか、自分でも本気で疑っていた。本についての本、読めるだけでなく書き込める本、三次元の物質空間のように入っていける本、ひとつの世界でありかつ精神に属している本、一個の謎、美と危険に満ちた危うい風景。その中で少しずつ、ひとつの物語が形を成していって、架空の作者Fが、自分自身のもっとも暗い部分と向きあう。夢の本。Ｆの鼻先にある生の現実をめぐる本。書きえない不可能な本、ランダムでバラバラのかけらに、無意味さの山に堕すほかない本。なぜそんなものを企てるのか？　またひとつ物語をひねり出して、誰もが語るように語ればいいではないか。だがファーガソンは、何か違うことをやりたかった。もはや単なる物語を語ることに興味はなかった。未知なるものに挑んで、生き延びられるか試してみたかったのだ。

一。緋色のノートにはいまだ語られぬすべての言葉と、緋色のノートを買う以前の私の人生すべての年月がある。

二。緋色のノートは架空ではない。それは現実のノートであり、私の手の中のペンや私の着ているシャツに劣らず現実であって、いまそれは机の上、私の目の前に置かれている。私はこれを三日前、ニューヨーク・シティのレキシントン・アベニューにある文具店で買った。店にはほかにもたくさんノートが売られていた。青いノート、緑のノート、黄色いノート、茶色いノート。だがその赤いノートを見たとき、ノートが私に呼びかけるのが聞こえ、私の名前を言うのが聞こえたのだ。それはきわめて赤い赤で、ヘスター・プリンのフロックに縫いつけられたＡ（ナサニエル・ホーソーン『緋文字』への言及）と同じ燃える赤であり、緋色と呼ぶに相応しかった。

緋色のノートの中のページはむろん白で、ページは非常にたくさん、人が長い真夏の日に明け方から夕暮れまで数えてもまだ数えきれないくらいたくさんある。

四。緋色のノートを開けると、心の中で見ている窓の外が私には見えた。窓の向こう側の都市が見える。老いた女性が犬を散歩させているのが見え、アパートの隣の住人が鳴らしているラジオの野球中継が聞こえる。２ボール２ストライク、２アウト。ピッチャー、投げました。

七。緋色のノートをめくると、忘れていたと思っていたものがしばしば見えて、突然私は過去に戻っている。消えた友人たちの古い電話番号を私は思い出す。私が小学校を卒業した日に母親が着ていたワンピースを思い出す。大憲章（マグナ・カルタ）が署名された年を思い出す。自分が初めて買った緋色のノートまで私は思い出す。ニュージャージー州メープルウッド、何年も前のことだ。

九。緋色のノートの中にはカージナル、ハゴロモガラス、ツグミがいる。ボストン・レッドソックスがいてシンシナティ・レッドストッキングズがいる。バラ、チューリップ、ケシがある。シッティング・ブル（南北戦争で戦ったネイティブアメリカンの指導者）の写真がある。赤毛のエーリーク（十世紀ノルウェーの航海者）の髭がある。左翼のパンフレット、茹でたビーツ、生のステーキの塊がある。炎がある。血がある。『赤と黒』、赤の恐怖（一九一九―二〇年アメリカでの、共産党嫌疑者らへの迫害）、「赤死病の仮面」も入っている。これはリストの一部にすぎない。

十二。日によっては、緋色のノートの所有者はひたすらそれを読まねばならない。またある日には、ノートに書き込む必要がある。この判断は時に厄介であり、朝机に向かうとき、どちらの行動を採るのが正しいのか迷うときがある。どうやらこれは、そのときどのページに来ているか次第らしいが、ページ番号はついていないので、前もって知るのは難しい。このため私は何も書いていないページをぼんやり見て何時間も無意味に時を過ごすことになる。どうもそのページに何か絵が見えてくることになっている気がするのだが、いくら頑張っても何も現われないので、私はしばしばパニックに襲われる。あるとき読んだエピソードなど、実に意気消沈させられる出来事で、気が変になるかと思ったほどだった。やはり緋色のノートを所有している友人のWに電話して、必死の気分を伝えた。「それは緋色のノートを持つことにつきまとうリスクだ」とWは言った。「絶望に身を委ねてそれが過ぎるのを待つか、緋色のノートを燃やしてそんなものを持っていたことも忘れてしまうかだ」。それも手かもしれないが、燃やすなんて私には絶対できない。どれだけ苦痛を与えられようと、時にどれだけ途方に暮れた気分にさせられようと、緋色のノートなしでは生きられない。

十四。一日のさまざまな瞬間、緋色のノートの右ページに、心和む淡い光が現われる。夏の終わりの夕暮れどきに小麦畑や大麦畑に注ぐのと似た光だが、もう少し内側から発しているような、もっと儚（はかな）い、もっと目に優しい光だ。一方、左ページは、冬の寒い午後を思わせる光を発する。

十七。先週の驚くべき発見は、緋色のノートの中に入るのが可能だということ。より正確には、緋色のノートは、きわめて生々しく実感に満ちているがゆえ現実の見かけを帯びている、そんな架空の空間に入る装置だということ。言葉を読んだり書いたりするためのページの集まりというだけでなく、ある固有の場、宇宙の中のごく細い切れ目であって、この切れ目は緋色のノートを顔に押しつけ目を閉じて紙の匂いを嗅げば拡張し、人は中に入ることができる。このにわか仕立ての遠出がいかに危険か友人Wに警告されたが、こうして自ら発見してしまったいま、時にはよその空間にもぐり込みたいという欲求にどうして抗えよう？　私は軽い昼食を用意し、持ち物をいくつか旅行鞄に放り込み（セーター、折り畳み傘、磁石）、Wに電話してこれから出かけると伝える。Wはつねづね私のことを心配しているが、私よりずっと年上なので（このあいだ七十歳になった）、きっともう冒険の精神を失くしてしまったのだろう。幸運を祈るよ、この阿呆（ユー・モロン）、とWは言い、私は笑って電話を切る。いままでのところ二、三時間以上出かけていたことはない。

二十。緋色のノートの中には、有難いことに、これまで私に害を為したすべての人物に対する強力な呪いが入っている。

二十三。緋色のノートの中にあるものすべてが見かけどおりとは限らない。たとえばその内部に棲まうニューヨークは、私の昼の目覚めた生活のニューヨークに対応するとは限らない。東八十九丁目を歩いていて、角を曲がって二番街に入るかと思いきや、コロンバス・サークル近くのセントラルパーク・サウスに出たことがある。これはおそらく、私が街のほかのどの通りよりもこれらの通りを熟知しているからだろう。夏の初めに東八十九丁目のアパートに引越したし、西五十八丁目の祖父母のアパートメントもセントラルパーク・サウス側に入口があって、生まれてこのかた何百回と行っているのだ。こうした地理的接合（シナプス）から察するに、緋色のノートはそれを所有する者一人ひとりにとってきわめて個人的な装置であり、表紙はみな同じに見えても、二つと同じ緋色のノートはないと考えられる。記憶も連続してはいない。場所から場所へと跳び移り、あいだにいくつも間隙のある時間の広がりを跳び越える。これを私の義兄は量子効果と呼び、この効果ゆえに、緋色のノートの中にいくつも出てくる、しばしばたがいに矛盾する物語たちは一貫したストーリーを形成しない。むしろ、夢と同じように、すぐに明らかとは限らない論理に従って展開するのが常だ。

二十五。緋色のノートのすべてのページ上に、私の机をはじめ、いま私が座っている部屋にあるあらゆる物がある。街を散歩するときに緋色のノートを持っていきたい誘惑にしばしば駆られるが、ノートを机から動かす勇気を私はまだ見出していない。その反面、緋色のノート自体に入っていくとき、私はどうやら、いつも緋色のノートを携帯しているようだ。

こうしてファーガソンにとって、湖を泳いで渡る二度目の企てが始まった。一人きりの言葉仕事、彼にとってのウォールデン池。一日七時間から十時間机に向かう。やってみると、それは長い、見苦しい泳ぎであり、しじゅう沈んでしまうし、腕も脚も疲れる一方だったが、救助員がいないところで深い危険な水に飛び込む才がどうやら彼にはあるらしかった。こんな本はいままで誰も書いていないし、夢見てさえいないので、どうやったらいいのか、実際にやってみることを通してやり方を学んでいくしかなかった。このごろはどうやらいつもそうなのだが、書いても残すより捨てる方が多く、一九六六年六月前半から九月中旬までに三六五項書いたのを一七四まで削り、最終稿をタイプするとダブルスペースで一一一ページとなって、こうして第一作よりわずかに短い中篇第二作が生まれ、ギズモの謄写版のシングルスペースの組みに凝縮されると五十四ページにまとまった。今回は偶数、したがってふたたび自伝的な記述を書く煩わしさは免れた。

　こぢんまりした口止め料アパートでの暮らしは快適だった。一九六六年、そこで過ごした最初の夏、ジョアンナが『マリガン旅行記』をタイプしてくれているあいだずっと、『緋色のノート』と格闘しながらファーガソンは一万ドルのことを何度も考え、祖父がいかに狡猾にこの「贈与」を娘のローズに説明したかに思いを巡らせた。あのすぐ翌日（つまりファーガソンがビリーとジョアンナのベスト夫妻に初めて会った日）、祖父はローズに電話して、自分流ロックフェラー財団を始めたと告げたのである。アドラー芸術振興財団、つい昨日孫が作家になるのを援助すべく一万ドルを贈呈。何と臆面もないホラか、と思ったが、己を恥じて涙を流し罪を隠蔽するために一万ドルの小切手を切った男が、翌日にはコロッと変わって己の所業を自慢しはじめるとは何とも興味深いと思った。狂った愚かな老人。ところが次の月曜、プリンストンから電話して母親と話すと、父に吹き込まれたことをそのままくり返すものだから、ファーガソンは笑いをこらえるのに一苦労だった。信じがたいほどの欺瞞、この比類なき気前よさを見よと言わんばかりのこれ見よがしの傲慢。すごいわねえアーチー、と母は言った。まずウォルト・ホイットマン奨学金、そして今度はお祖父さんから突然の贈り物。うん、そうだよね、とファーガソンは答えた。僕は地球上で最高に運のいい男だよ、と彼は言いながら、それがルー・ゲーリッグがヤンキースタジアムで、やがて自分の名が冠されることになる病気（筋萎縮性側索硬化症はのち「ルー・ゲーリッグ病」と呼ばれることになる）で死にかけているのを知ったあとに口にした言葉であることをはっきり意識していた。すっかり安泰よね、と母親が言った。そう、それだ、安泰。近くからじっくり見ない限り、世界は何と素敵な美しい場所か。

　床に敷いたマットレス、近所の歩道で見つけてビリーに手伝ってもらい部屋まで運び上げた机と椅子、地元のグッドウィル慈善店で買った五セント、十セントの鍋カマ、母親とダンが入居祝いに贈ってくれたシーツ、タオル、毛布。アムステルダム・アベニューのオズナー・タイプライター店で買った二台目のタイプライター（これで毎週金曜と日曜にプリンストンからニューヨーク、ニューヨークからプリンストン、と重たい機械を持ち歩かずに済む）。中古品だが、一九六〇年ごろに西ドイツで製造されたオリンピアで、頼もしき愛用品スミス＝コロナよりもっとタッチが軽くて速い。ベスト夫妻と頻繁に夕食を共にし、エイミーとルーサーと頻繁に夕食を共にし、時おりロン・ピアソンとその妻ペグと一緒に食べる。一人で簡単に済ませるときは東八十六丁目の、入口の上に**一九三二年よりドイツ料理を提供**と書いた看板が掛かっている食堂〈アイデアル・ランチカウンター〉。翌年ドイツで起きたこととは関係ないということを伝える重要な数字だ（一九三三年、ナチスが政権の座に就いた）。こってりした、腹にどっしりたまる料理――ケーニヒスベルガー・クロプセ、ウィンナー・シュニッツェル――をファーガソンは嬉々として貪った。カウンターの向こうで、大柄で筋骨隆々のウェイトレスが厨房に向かって強い訛りでシュニッツェル（ヴァン・シュニッツェル）ひとつ！　とどなるのを聞くたび、ダンとギルのいまは亡き父親の記憶、一族内のあのもう一人の狂った祖父の記憶がよみがえるのだった。やかまし屋で偏屈な、ジムとエイミーの祖父ちゃん（オーパ）。そしてまたその夏、地球上で最高に運のいい男は、メアリ・ドノヒューに出会う幸運にも恵まれた。二十一歳になるこのジョアンナの妹は、夏のあいだベスト夫妻の住まいに居候し、オフィスでアルバイトして、秋に大学の四年次が始まったらアナーバーに戻る。ぽっちゃりした陽気なセックス狂メアリがファーガソンに惚れ込んで、夜しばしば彼のアパートを訪れ、一緒にベッドにもぐり込んでくれたので、いまだつねにエヴィを想う切ない気持ちがいくぶん和らげられたし、卑劣にもきちんとさよならも言わずつながりを断った疚しさから気が逸れもした。メアリのふっくらと豊満な肉体に溺れ、自分が誰なのかも忘れてしまうのは何とも心地よく、自分自身であることの重荷から逃れる助けになってくれた。彼女とのセックスは単純な、かりそめの行為であり、何の紐も付いていないセックスであるがゆえにひたすら好ましかった。それは何の誤解も絡んでいない、何ら永続的な関係を求めない営みだった。

ファーガソンは当初、エイミー＝ルーサー問題に自ら介入して解決を図る気でいた。ノアが『マリガン旅行記』の原稿に関してやったのと同じように、二人の与り知らぬ（あずか）ところで事を動かす。母親に電話して、何が起きているかを伝え、ダンがどう反応しそうか相談してみるのだ。だがもう一度考えてみると、そんなふうに義姉を欺いたり陰で本人の同意なしに行動したりする権利は自分にないと判断した。かくして六月中旬のある晩、ファーガソン、ボンド、シュナイダーマンの三人が〈ウェストエンド〉にたむろし、また一本煙草を喫いまた一杯ビールを飲んでいるさなか、ローズの息子はローズの義理の娘に、このナンセンスにケリをつけるために母親に話をさせてもらえないか、と持ちかけた。エイミーが答える間もなく、ルーサーが身を乗り出し、ありがと（サンクス）アーチー、と言い、一拍あとにエイミーもほぼ同じことを言った――ありがとう（サンキュー）アーチ。

翌朝ファーガソンが母親に電話をかけて、電話した理由を説明すると、母は笑った。

そんなこともう知ってるわよ。

知ってる？　いったいどうやって知ったのさ？

ワックスマン夫妻に訊いたわ。それにジムからも。

ジム？

そう、ジム。

で、ジムはどう思ってるのかな？

気にしてないわ。というか、ルーサーのことすごく気に入ってるから、その意味では気にしているというか。

で、ダンは？

まあ初めはちょっとショックを受けてたわね。だけどもう乗り越えたと思う。だってエイミーとルーサー、べつに結婚する気じゃないでしょ？

全然わからない。

結婚となると大変よ。そうしようと思ったら、二人どっちにとってもすごく、すごく大変な道が控えてるし、ルーサーの両親にとっても大変よね。ただでさえこのロマンスを喜んでないわけだし。

両親と話したの？

いいえ、だけど二人が息子のこと心配してるってエドナ・ワックスマンから聞いたわ。そもそも息子が白人とつき合いすぎだ、自分は黒人なんだという気持ちをなくしてしまったと思ってるのよ。まずニューアーク・アカデミー、今度はブランダイス、どこへ行ってもみんなにもてはやされる、白人にもてはやされる。大人しすぎる、他人に合わせすぎるって両親は言ってるのよ。肩に木切れが載ってない！（「怒りの気持ちがない」の意）って。でも同時に、息子のことをすごく誇りに思っているし、助けてくれたワックスマン夫妻にもすごく感謝している。世界って複雑な場所よね、アーチー。

で、母さんはもろもろどう思ってるわけ？

まだ心を決めずにいる。ルーサーに会ってみるまでは自分がどう思うかもわからない。エイミーに電話するよう言ってちょうだい、ね？

わかった。心配要らないよ、ルーサーはいい奴だから。ご両親にも心配は要りませんってエドナ・ワックスマンから伝えてもらってよ。息子さんはしっかり肩に木切れ載せてますって。そんなに大きいやつじゃないってだけ。ちょうどいい長さの木切れだよ、本人によくなじんでる。

一か月と一週間後、ファーガソン、メアリ・ドノヒュー、エイミー、ルーサーの四人で古いポンティアックに乗って北へ走り、ハワード・スモールが夏を過ごしている南ヴァーモントの農場へ向かった。同じ金曜日、別の車でファーガソンの母とエイミーの父がファーガソンの伯母と義理の伯父と一緒にマサチューセッツ州ウィリアムズタウンへ向かい、翌日の晩には大学生五人が合流して、ノアがラッキーを演じる『ゴドーを待ちながら』を観ることになっていた。豚に牛に鶏、納屋の厩肥(きゅうひ)の臭(にお)い、緑の丘を吹き抜け眼下の谷間で舞う風。がっちり肩幅の広いハワードが、ニューヨークから来た四人を従え、ニューフェーン郊外に広がる、叔母と叔父が所有する六十エーカーを案内して回る。大学の友に久しぶりに会えてファーガソンはとても嬉しかったし、ハワードの叔母と叔父が男女交じって寝ることについてやかましく言ったりしないのも有難かった（実のところハワードが断固主張して叔母叔父に認めさせたのだった）。ルーサーに関するエイミー‐父親間の問題も解決し、その週末ずっと、誰もがリラックスし、ニューヨークの熱いコンクリートとうだるような熱気とから離れてのんびりくつろいでいた。エイミーが栗毛の雄馬にまたがって草地を駆け回る姿はファーガソンの脳裡に焼きつき、以後何年ものあいだ何度も愛おしく思い起こされることになる。が、何より記憶に残ったのは、土曜の晩に農場から八十キロ離れたウィリアムズタウンで行なわれた公演だった。ファーガソンは『ゴドー』を高校のときに読んでいたが舞台は一度も観たことがなく、今回の上演に備えて数日前に読み返していたが、その夜目にしたのはどうにも備えようのない何ものかだった。ノアの山高帽の下から長い白髪のかつらが垂れて、首には縄が巻かれ、虐待された奴隷、役畜、阿呆、物言わぬ道化が転んでよろめきつまずく足どりが見事に振り付けられ、うつろに足を引きずるかと思えばパッと目覚めて前後に進み、立ったまま居眠りし、エストラゴンの脚に思いがけぬ蹴りを入れ、思いがけぬ涙が顔を伝って流れ、踊れと言われればねじ曲がった情けないダンスを踊り、鞭を喰らい鞄を持ち上げ鞄を下ろす動作が何度も反復され、ポゾーの椅子が何度も畳まれては広げられて、ノアにこんなことができるなんて信じられないと思って見ているとあの第一幕での有名な演説、パンチャー＝ワットマン、クァクァクァクァ、切れ目も何もあったものではない学者もどきの無茶苦茶にノアはあたかもトランス状態に入るかのように飛び込んでいき、その息のコントロール、複雑な言葉のリズムたるやおよそ可能とは思えず、ありえない、こんなのありえない、とファーガソンが胸の内で言うさなかにもいとこの口から言葉は次々飛び出して、やがてほかの三人が彼に襲いかかってボカスカ殴り帽子を叩き落とし、ポゾーがふたたび鞭を振るって、立て！　豚！　とふたたび声が上がり、彼らが退場するとともにラッキーが舞台袖でドサッと倒れた。

お辞儀と喝采ののち、ファーガソンはノアを両腕にかき抱き、肋骨を折ってしまいそうなくらいきつく抱きしめた。ようやく呼吸できるようになると、ノアは言った――気に入ってもらえてよかったよ、アーチー。でも今回よりほかのたいていの回の方が上手くやれたと思うんだ。お前が客席にいると知ってて、親父もいて、ミルドレッドもいて、エイミーもいて、お前の母さんもいて……わかるだろ。プレッシャーだよ。すごいプレッシャー。

ニューヨーク四人組は日曜の夜に車で帰り、翌朝、七月二十五日に詩人のフランク・オハラがファイア・アイランドの海岸でデューン・バギーに撥ねられて四十歳の若さで死んだ。事故の知らせがニューヨークの作家、画家、音楽家に伝わっていくとともに大きな悲嘆が都市一帯に広がり、オハラを崇拝していたダウンタウンの若き詩人たちも泣き崩れた。ロン・ピアソンが泣いた。アン・ウェクスラーが泣いた。ルイス・ターコウスキーが泣いた。アップタウンでも東八十九丁目でビリー・ベストが壁を力一杯叩き石膏ボードをぶち抜いた。ファーガソンはオハラに会ったことはなかったが、作品は知っていたし、その潑剌たる奔放さは素晴らしいと思っていたから、泣き崩れたり壁をぶち抜いたりこそしなかったものの、翌日は持っているオハラの詩集二冊（『ランチ・ポエムズ』と『緊急時の瞑想』）を再読して過ごした。

僕は誰よりも厄介でない人間、とオハラは一九五四年に書いていた。**欲しいのは無限の愛だけ。**

約束どおり、シーリアは二か月外国を旅行しているあいだにきっちり二十四通の手紙を送ってよこした。どれもいい手紙だとファーガソンは思った。ダブリン、コーク、ロンドン、パリ、ニース、フィレンツェ、ローマで見聞きしたことを伝える、観察眼に富んだ発言がいくつも丁寧に書かれている。兄のアーティと同じで、物をじっくり見るすべをシーリアは心得ていて、たいていの人間より根気も好奇心もあって、たとえばそれが、初めの方の手紙にあった、アイルランドの田舎をめぐる一センテンスにも表われていた――**緑の、木のない土地に灰色の石が点在して、頭上を黒いミヤマガラスが飛びかい、すべてのものの核に静かさが宿っている――たとえその核が脈打っていて風が吹きはじめていても……**これがその後に続くすべてのトーンを定めていた。未来の生物学者としては悪くない。とはいえ、どの手紙も友好的ではあれ、親密な感じ、胸の中を打ちあけるようなところはまったくなかった。メアリ・ドノヒューが別れのキスをしてアナーバーに戻っていった翌日の八月二十三日、ニューヨークに帰ってきたシーリアを前にしても、自分が彼女とどういう関係にあるのかファーガソンには全然見えてこなかった。だが彼としてはできるだけ早く探り出す気でいた。いまやシーリアは十七歳半であり、肉体的接触の禁止は解かれたのだ。愛とは何と言っても接触のスポーツであり、ファーガソンは目下愛を探していた。『雨に唄えば』の中の古い歌詞を引くなら愛の態勢は整っていたのであり、さまざま古い理由にさまざま新しい理由も加わって、シーリア・フェダマンの腕の中に――向こうにその気があるなら――愛を見出したいとファーガソンは願っていた。

　二十七日にファーガソンのアパートを訪ねてきたシーリアは、アパートにあまりにも何もないことに愕然とした。机はいいし、マットレスもいいけど、服を入れるのはクローゼットの中の段ボール一箱だけ、洗濯物を入れる袋も籠もなくて靴下や下着をバスルームの床に放り投げるだけなんて、どうしてできるわけ？　それに本も壁沿いに積むんじゃなくて、本箱ひとつ置いたらどう？　写真とか絵とかは？　それと、どうして机で食べるわけ、隅に小さなキッチンテーブル置けるのに？　物を極力少なくしたいからさ、とファーガソンは答えた。それにまあ、どっちでもいいことだし。ええ、ええ、私、郊外族の中年女みたいにふるまってるわよ、で、あなたはマンハッタンの密林でボヘミアンの反逆者になって原始の暮らしをしてるのよね、わかるわよ、私が口突っ込むことじゃない。でもさ、せめてもう少し快適にしたいと思わない？

　陽がさんさんと差し込む部屋の真ん中に二人は立っていた。窓からさんさんと差し込む陽がシーリアの顔を照らし、光を浴びた十七歳半の少女の顔はこの上なく美しく、その姿にファーガソンは唖然として言葉を失い、畏怖の念とうち震える迷いとに包まれたまま、なおも彼女を見て、ずっと見つづけ、ほかの何を見ることもできずにいると、シーリアがニッコリ笑って言った――どうしたの、アーチー？　どうしてそんなふうに私をじっと見てるの？

　ごめんよ、見ずにいられないんだ。君があまりに綺麗だから、あまりに、信じられないくらい綺麗だから、君が現実なのかどうかもよくわからなくなってきたよ。

　シーリアは声を上げて笑った。馬鹿なこと言わないでよ。私、可愛いとさえ言えないわよ。まるっきり月並で平凡な女の子よ。

　誰だい、そんな嘘っぱち吹き込んだのは？　君は女神だよ、全地球と天のすべての都市との女王だよ。

まあそう思ってくれるのは嬉しいけど、でもアーチー、目を検査してもらって眼鏡も作った方がいいかもよ。

　太陽が空で動いたか、あるいは雲が前をよぎったか、それとも自分の熱い言葉にファーガソンが照れ臭くなったのか、とにかくシーリアがそう言った四秒後にはもう、彼女のルックスの話題は俎上にのぼっておらず、話はふたたびファーガソンが持っていないテーブル、彼が持っていない本棚、彼が持っていないたんすに戻っていた。君がそんなに言うんだったら、ビリーの台車を借りて、道に捨ててある家具を拾いに行ってもいいよ、とファーガソンは言った。マンハッタンのアパートのインテリアデコレーションには一番確実なやり方なんだ。アッパー・イーストサイドの金持ちはちゃんと使える品を毎日捨ててるからね、南に何ブロックか行って西に何ブロックか行けば、きっと君のお眼鏡に適うものが歩道に出てると思うね。

あなたがその気なら私も乗るわよ。

もちろんその気だよ。けど出かける前に君に見せておきたいものが二、三ある、とファーガソンは言ってシーリアを机の方に導き、『フェダマン旅行記』と書いた小さな木の箱を指さした。その箱の意義をシーリアが呑み込み、それが伝えている友情への忠誠を理解すると同時に、ファーガソンは机の右下の引き出しを開け、ギズモ・プレス版『マリガン旅行記』を一冊引っぱり出し、シーリアに渡した。

あなたの本！　出たのね！

ハワードの描いたカバーの絵をシーリアは見下ろし、マリガンの姿の上にそっと指を滑らせ、中の謄写版ページをつかのまパラパラめくって、それから、不可解にも本をバサッと床に落とした。

どうしてそんなことするんだ？

あなたにキスしたいから。

次の瞬間、彼女はファーガソンの体に両腕を回し、自分の口を彼の口に押しつけ、そして突然彼の両腕もシーリアを包んでいて、二人の舌はたがいの口の中に入っていた。二人にとって初めてのキスだった。

そしてそれは本物の、現実のキスだった。ファーガソンの心は大いに歓喜した。そのキスは今後の日々にもっと多くのキスがあることを約束しているのみならず、シーリアが本当に現実であることを証明していたから。

父親とは一年以上連絡がとだえていた。ファーガソンはもう父のことをほとんど考えなくなっていたし、考えるたびに、かつて父に対して感じていた激しい怒りがいまや鈍い無関心に——あるいはまったくの無に、脳内の空白に——なり果てたことを自覚するのだった。自分に父親はいない。ファーガソンの母親とかつて結婚していた男は、もはやファーガソンが生きる世界とは交わらない代替世界の闇に消えた。男がまだ確かに死んでいないとしても、もうずっと前から行方知れずであって、未来のいかなる時点でも絶対見つからないのだ。

ファーガソンが第二学年を始めるべくプリンストンに帰る三日前、ウッドホール・クレセントの家で、義兄ジムとジムの婚約者ナンシーと一緒にメッツの試合を観ている最中、CMになったところでいきなり〈利益の預言者〉がテレビ画面に現われた。白髪の交じったもみあげをたっぷりたくわえ、小粋でファッショナブルなスーツ（白黒テレビなので色は不明）を着た父は、フローラム・パークに新たなファーガソン小売店が開店したことを告げ、安い、安い、あなたにも手の届く値段、と謳い上げた。ぜひご来店ください、RCAのカラーテレビをご覧ください、来たる週末はオープニングセール、驚異のバーゲン品を多数ご用意しました。何と澱みない自信たっぷりの売り込みか。この男は視聴者に請けあっている、彼らの辛く単調な生活が、ファーガソンズで買物をすることによってどれだけ高められるかを。話すやり方を学ばなかった男、とかつて母に評されたにしてはいまや実に上手な話し方だし、カメラの前でもとことんリラックスして、心から自分に満足し、状況をしっかりコントロールしている。ニコニコ笑って腕を振り、見えない大衆に向かって、ぜひご来店を、たっぷりお得なお買い物を、としぐさで誘い、背景ではソプラノとテナーの無伴奏四人グループが明るい歌をさえずっている。**こんな安値はほかにない／こんな幸せほかにない／家電買うならファーガソンズ、ファーガソンズ、ファー＝ガ＝ソンズ！**

コマーシャルが終わると、二つの思いが立てつづけに、ほぼ同時にファーガソンの頭に浮かんだ。

1）テレビで野球を観るのをやめないといけない。2）父親はまだ僕の人生の端に漂っている。まだ完全に抹消されてはいなくて、距離はあってもいまだそこにいる。本が完全に閉じられるためには、まだもう一章、物語が書かれねばならないのかもしれない。

古代ギリシャ語の集中コースを取って一年でマスターしない限り、もうネーグルの授業で取れるものはなくなる。とはいえ依然として指導教官ではあるので、何しろ父親があんな人物だという理由ゆえ、あるいは父親とはまったく無関係の理由ゆえ、ファーガソンはいまも是認と励ましの言葉をネーグルに求め、ネーグルに感心してもらおうと授業でも最高の結果を出そうと努め、ウォルト・ホイットマン奨学生プログラム受給者に求められる健全な人格を身をもって示すよう努めたが、何にも増して、自分の書く小説を老教授に認めてもらいたいとファーガソンは願っていた。それができれば、「グレーゴル・フラムの人生十一の瞬間」に見てくれた可能性をそれなりに実現したことになる。秋学期最初の面談で、ギズモ・プレス版『マリガン旅行記』を、迷いと恐れを抱えつつネーグルに渡した。ひょっとして作品を出版するのは早すぎたんじゃないか、まだ未熟なのにこんな謄写版本を出すのは不遜だと思われるんじゃないかと不安だったし、読んでもらったはいいが論外だと思われるんじゃないか、と二重に不安だった。自分が崇める人たちからのキスに焦がれる気持ちも強い分、そうした人たちからのパンチをファーガソンは人一倍怖がっていたのである。だがその午後、ネーグルは友好的に頷き、お祝いの言葉を二言三言口にしながら本を受け取り、もちろんまだ中身は知らないわけだが、少なくとも、本を出すなんてまだ早すぎる、こんな傲慢な真似をしても恥をかいて後悔するだけだなどと責めたりはしなかった。本を両手で持って、表紙の白黒のイラストをじっくり眺め、いい絵だ、このH・Sというのは誰かね、と右下隅のイニシャルを指しながら訊くので、ルームメートのハワード・スモールですとファーガソンが答えると、ネーグルの気難しい顔つきが珍しくほころんだ。あの勉強家のハワード・スモールか。いい学生だとは知っていたが、絵もこんなに上手いとは。君ら二人、中々のペアだな。

三日後、ふたたび教授の研究室で、今学期どの授業を取るか決める目的で二度目の面接が開かれると、ネーグルは開口一番、『マリガン旅行記』に対する裁決を下した。ビリー、ロン、ノア、みんな絶賛してくれて、エイミー、ルーサー、シーリアも熱烈なキスを（シーリアの場合には本物の肉体的キスを）贈ってくれたし、ドン伯父さんとミルドレッド伯母さんはわざわざ電話してきて一時間近く賛辞を浴びせてくれて、ダンも母親も去っていったエヴィ・モンローも去っていったメアリ・ドノヒューも素晴らしいと言ってくれたけれど、大事なのはネーグルの意見だ。ネーグルだけが唯一客観的な読者であって、友だちづき合い、愛情、家族の絆等々でつながっていないただ一人の人物なのだ。これまでほかのみんなが肯定的な言葉を積み上げてくれたわけだが、ネーグルから否定の一言が発せられればその山も一気に低くなる。下手をすれば山ごと崩れ落ちかねない。

悪くない（ノット・バッド）、とネーグルは、少し留保もあるが基本的には気に入ったものについてよく使うフレーズをここでも使い、前の作品より進歩している、文章も引き締まっていて微妙な音楽性があるし、読んでいて引き込まれる、と言った。と同時にこれは狂っている、それは言うまでもない、心底狂っている、この独創は神経崩壊の一歩手前まで来ている。にもかかわらず、笑いを意図したところではしっかり笑えるし、劇的な効果を意図したところもしっかり劇的になっている。そして君は明らかにボルヘスをすでに読んでいて、小説と思弁的な散文のあいだの微妙な線を歩くすべも学んでいる。まあちょっと愚かしい、大学二年っぽい思いつきもあるにはあるが、何しろ事実まだ大学二年なんだから、この本の弱点をいまくどくど言うのはよそう。何はともあれ、君が前に進んでいることはこの本で確信したし、きっとこれからももっと進んでいくだろうと思う。

ありがとうございます。何と言ったらいいかわかりません。

ここで黙り込まれちゃ困るぜ、ファーガソン。まだ今学期の計画を立てないといけないんだから。それで、前々から訊こうと思っていたことがある。ここの創作ワークショップを受講するかしないか、考えは変わったかね？

いいえ、変わってません。

いいプログラムなんだよ。これだけいいのはめったにない。

きっとそうなんだと思います。僕はただ、自分一人で生み出したいと思うだけです。

君の懸念もわかるが、役に立つところも大いにあると思うよ。それと、プリンストンの問題、プリンストンのコミュニティの一員という問題がある。たとえばなぜ、『ナッソー・リテラリー・レビュー』にひとつも作品を投稿していないのかな？

わかりません。思いつきもしませんでした。

プリンストンに何か反感はあるのかね？

いえ、全然。すごく気に入っています。

じゃあ、やっぱりやめればよかった、とは思っていない？

全然思っていません。最高に恵まれていると思っています。

ファーガソンがネーグルと話を続け、秋のカリキュラムを組んでいくさなか、ハワードは寮の自室で『緋色のノート』を読んでいた。ファーガソンは前週、この作品をＤＯＡ（病院到着時死亡）と宣言し、僕の糞まみれの脳からひねり出されたまたもうひとつの死体と言いながらハワードに渡したが、ファーガソンの苦悶や自己不信にはもうハワードも慣れっこだったからそれは適当に聞き流し、あくまで自分の知力で独自の判断を下す気でいた。面談を終えたファーガソンが部屋に戻ってきたときはもう、『緋色のノート』を読み終えていた。

アーチー。君、ヴィトゲンシュタイン読んだか？

いや、まだだ。僕の膨大なまだリストに入ってる。

よし。いいか、これよく聞けよ。

表紙にヴィトゲンシュタインの名が書かれた青い本をハワードは手に取り、探していたページを開き、読み上げてみせた。**そしてまた「本のページの中で生きる」ことを語るのには何らかの意味がある。**

そのとおり、そのとおり、とファーガソンは言った。そうして、気をつけの姿勢を採り、軍隊式のこわばった敬礼をして、ありがとう、ルートヴィヒ！とつけ加えた。

俺が何を言わんとしてるか、わかるだろ？

いいや、わからない。

『緋色のノート』。十分前に読み終えたよ。

「夏休みにやったこと」。子供のころ書かされた作文、覚えてるか？　要するに僕は、これをやったのさ。このとんでもない本の……この出来損ないのページの中で生きたんだ。

俺が『マリガン』をどれだけ気に入ったか、知ってるよな？　だけどこいつはもっと深くて、もっとよくて、もっと独創的だ。大躍進だよ。ぜひまた表紙をやらせてほしいね。

どうしてビリーがこれを出したがると思うんだ？

寝ぼけたこと言うなよ。出したがるに決まってるだろ。ビリーは君のことを、自分が発見した天才だと、浮世離れした赤んぼの天才だと思ってる。君がどこへ行こうとビリーも一緒に行くさ。

そう言ってもらえると有難い、とファーガソンは言い、その顔に笑みが浮かびはじめた。いまネーグルに『マリガン』をバッサリやられてきたところだ。いいけれど、よくない。大学二年っぽいけど、面白い。拘束衣を着せられるべき人間が書いた代物。一歩前進だが、先は遠い……まあ僕も同感だけどね。

ネーグルの言うことなんか聞くなよ、アーチー。そりゃすごくいい学者だけど、専門、ギリシャの古典なんだぜ。俺たち二人ともあいつのこと大好きだけど、お前の書いたものを判断する力はないよ、昔にどっぷり浸かってる人間なんだ、お前は次に起きるものなんだよ。明日じゃないかもしれないけど、間違いなくあさってに。

こうして黒リス天国での二年目は、ルームメートのハワード・スモールからの檄とともに始まった。いまではハワードも、ノアやジムと同じくらい大事な友人に、自分を生かしておくためになくてはならない要素になっている。ファーガソンの作品についてのコメントはさすがに大げさかもしれないが、ビリーが『緋色のノート』の出版を望むという憶測は正しかった。ジョアンナはすでに妊娠七か月半、出産までいくらもなく謄写版原稿のタイプは無理なので、今回はビリーがそれも請け負い、十一月九日、モリー・ベストがこの世に出現する一週間前、ファーガソンのささやかな第二作は刊行された。

二年目は総じて一年目よりよい年だった。昨年より不安事や胸中の戸惑いも少なく、運命によって行き着いたこの場所への帰属感も深まってきた。アングロ＝サクソンの詩やチョーサーを学び、サー・トマス・ワイアットの華麗な、頭韻の多い韻文（... as she fleeth afore / Fainting I follow〔離鹿は目の前を逃げていき／覚束ない思いで私は追う〕）に親しんだ年。ベトナム戦争に反対しハワードやウッドロー・ウィルソン・クラブの仲間と一緒に工学棟の前でのデモに加わってダウケミカルの枯葉剤製造に抗議し、インテリアデコレーションも前より豊かとなったニューヨークの週末用アパートに腰を落着け、ビリー、ジョアンナ、ロン、ボー・ジェイナードとの友好を深め、ノアの初めての映画にエキストラで出演し（『マンハッタン・コンフィデンシャル』と題した七分の短篇で、ファーガソンはうらぶれた酒場の奥のテーブルでスピノザのフランス語版を読んでいる）、アパートの中にある事物をめぐる思索を十三連ねた『命なき物たちの魂』に取り組んで五月末に完成させた年。それはまた、ファーガソンの祖父が、奇怪で不名誉な、家族の誰一人話したがらない死を遂げた（ラスベガスで一週間ギャンブルに明け暮れルーレットで九万ドル以上負け、次にホテルの自室で二十歳の娼婦二人を相手に性交している最中に——しようとあがいている最中に——心臓発作を起こした）年でもあった。妻を亡くしたあとの十七か月でベンジー・アドラーは三十五万ドル以上を遣いはたし、一文無しの身で、労働者互助会の運営するユダヤ系埋葬保険組合によって埋葬された。ずっと昔の一九三六年、ジャック・ロンドンの小説を読み、自分をまだ社会主義者と見ていた日々に、アドラーはその互助会に加入したのだった。

　そうしてシーリアが、始まりにも終わりにもシーリアがいた。なぜならこれはファーガソンが恋に落ちた年なのだ。何とも当惑させられたことに、シーリアの中にファーガソンが見たものを見たのはファーガソンの母親だけだった。ローズは彼女を最高の女の子と判断したが、ほかはみんなまごついていた。ノアは彼女をウェストチェスター出のひょろ長茎と呼んだ。幽霊兄貴の女版、色はもう少し黒くて顔はもうちょっとマシな、白衣着て一生鼠の研究やって過ごすバーナードの女オタク。ジムは彼女を美しいとは思ったがファーガソンには若すぎるしまだ十分大人になっていないと見た。ハワードは彼女の知性を素晴らしいと思ったが、ファーガソンには少し普通すぎるんじゃないか、あんなブルジョアのマトモ人間じゃ世間のみんなが大事だと思ってるものをファーガソンがまるっきりどうでもいいと思ってることが理解できないんじゃないかと考えた。エイミーはただ一言、なぜ？と言った。ルーサーは彼女を制作途上の作品と呼んだ。アーチー、何やってるんだ？とビリーは言った。

　何をやってるか、ファーガソンにはわかっていたか？本人はそう思っていた。シーリアがホーン&ハーダートであの老人の前に一ドル札を置いたときにそう思ったのだし、グランドセントラル駅からオートマットまで歩いていく最中に偽お兄ちゃんごっこはもうお断りだと言われたときもそう思い、彼女がファーガソンの本を床に落としてあなたにキスしたいと宣言したときにもそう思ったのである。

以後の数か月、初めてのキスのあとにいくつのキスが続いたか？　数百。数千。そして十月二十二日の夜の、思いがけない発見。ファーガソンの部屋で、二人でマットレスに体を下ろして愛しあってみると、シーリアがもはや処女ではないことが判明した。高校最終学年の春には以前にも名の挙がったブルースなる男がいたし、いとこのエミリーと行ったヨーロッパ旅行でもアメリカ人旅行者が二人——コークで会ったオハイオ住民、パリで会ったカリフォルニアの少年——がいたのである。けれども自分が最初ではないとわかって失望するどころか、ファーガソンはむしろ意を強くした。シーリアに冒険心があって、世界に向かって自分を開いていて、リスクを恐れないだけの肉欲があると知って勇気づけられた。

ファーガソンは彼女の体を愛した。その体をとても美しいと思い、初めて彼女が服を脱いで隣に横たわったときはほとんど言葉もなかった。ありえないほど滑らかで温かい肌、ほっそりした腕と脚、わし摑みできる丸いカーブの尻、上を向いた小さな胸と黒ずんで尖った乳首。こんなに美しい人間はいままで出会ったことがない。そしてみんなに理解してもらえないのは、シーリアと一緒にいると、これまで愛してきた誰よりもいま愛している人物の体に手を這わせると、ファーガソンがこの上なく幸福になれるという事実だった。それがわかってもらえないなら、おあいにくさまと言うしかない。ファーガソンとしては、吟遊楽師たちにバイオリンを総動員させて感傷をべったり上塗りする気はない。バイオリン一丁で十分だ。その一丁が奏でる音楽が聞こえている限り、一人で聴きつづけるつもりだった。

ほかのみんなより大事なこと、あるいはみんなが考えていることより大事なのは、自分と彼女の二人がいるという単純な事実だった。次の段階に進んだいま、自分たち二人にいったい何が起きているのかをきちんと理解する必要もいっそう切実になってきた。シーリアに対する、急速に募りつつある愛情は、いまもアーティの死と結びついているのか、それともシーリアの兄はやっと方程式の外に出されたのか？　何しろ始まりはそれだったのだ。ニューロッシエルでのディナーの日々、世界は二つに割れていて、神々の算術はファーガソンに、それをふたたび貼り合わせる公式を与えた——死せる友の妹と恋に落ちよ、されば地球は太陽の周りを回りつづけん。過熱した思春期の心、怒りと悲しみに染まった精神が為した馬鹿気た計算と言うほかないが、その数字がいかに非合理なものであったにせよ、自分がいずれ彼女に恋することをファーガソンは期待していたのであり、もし首尾よくそうなったら、シーリアも自分に恋してくれることを期待したのである。その両方が起きたいま、もはやアーティには関わってほしくなかった。なぜなら起きたことの大半は独自に起きたことなのだ、思いやりある少女が財布から一ドルを引っぱり出して尾羽打ち枯らした老人に与えるのを見たあのニューヨークでの一日に始まって、それと同じ女の子が一年後には彼のアパートの光の中に立っていてその美しさで彼を圧倒し、外国から届いた二十四通の手紙が木の箱にしまわれていて、胸ときめかせた女の子が彼の本を床に落として彼にキスしたいと思った、そのどれひとつとして、アーティは関係なかったのだ。とはいえ、こうして自分たちがたがいに恋したいま、自分が一緒にいるのがほかならぬシーリアであるのが善きこと正しきことに感じられるという真実もファーガソンは認めないわけには行かなかった。まあたしかに、その善きこと正しきことというのを考え出すとゾッとする部分はある。シーリアを本気で愛するようになったいま、当初彼女に対して抱いた欲望がどれだけ病んでいたかをファーガソンは実感したのである。生きた、息をしている人物を彼は、世界の不正を正さんとする自分の戦いのシンボルに変えてしまおうとしていたのだ。いったい何を考えていたのか。もうここはアーティに綺麗さっぱり消えてもらった方がずっといい。もう幽霊は要らない。死んだ少年は彼とシーリアをつないでくれた。その役を果たしたいま、もう立ち去ってもらう時なのだ。

そういったあれこれを、シーリアには一言も言わなかった。一九六六年が一九六七年に変わっていくなか、彼女の兄について二人は驚くほど何も話さなかった。断固その話題を避けて、見えない三人目が自分たちのあいだに立っていたり上に浮かんでいたりすることなしに二人だけで生きていこうとしていた。何か月かが過ぎて、自分たちの結びつきがより堅固になり、ファーガソンの友人たちも折れてきてシーリアを風景の変わらざる一部として受け入れてくれるとともに、呪縛を完全に解くにはまだひとつしなければならないことが控えているのをファーガソンは悟った。

もうそのころには春が来ていて、三月三日と六日のダブル誕生日もすでに祝い、二人は二十歳、十八歳になっていた。五月なかばのある土曜の午後、『命なき物たちの魂』最後の一段落を書き終えた一週間後に、ファーガソンは街を横断し、シーリアがブルックス・ホールの寮の自室にこもって学期末レポート二本と取り組んでいるモーニングサイド・ハイツに足を運んだ。つまりこの週末は大半の週末とは違ったものになるのであって、いつもの散歩や語りあいやファーガソンのベッドでの夜ごとの探索は含まれない。その朝十時にファーガソンはシーリアに電話し、今日どこかの時間で三十分か四十分君を借りられるかな、いやあれのためにじゃなくて、あれならいいなと思うんだけど、今日は僕のために簡単で手間もかからない、けれど僕たち二人の未来の幸福のためにこの上なく大切なあることをしてほしいんだ、と言った。あることって何なの、とシーリアに訊かれると、あとで言うよ、とファーガソンは答えた。なぜそんなに秘密めかすのよ、アーチー。

なぜも何もないんだ、とにかくやってほしいんだ。

街を東西に走るバスに乗ってセントラル・パークの端を進んでいくなか、ファーガソンの右手は春物の上着のポケットに入っていて、その手の指はけさ一番街の菓子煙草店で買ったピンクのゴムボールを包んでいた。何の変哲もない、スポルディング社製の、ニューヨークではもっぱらスポルディーンと呼ばれているゴムボールである。五月なかばの明るい午後、それがファーガソンの使命だった——シーリアと一緒にリバーサイド・パークに入っていって二人でキャッチボールをする。六年前の深い悲嘆の沈黙の中で為した誓いを破って、自分に取り憑いてきたものをついに終わらせるのだ。

この上なく大切なあることとは何なのか告げられると、シーリアはニッコリ笑い、これは何かのジョークなんだ、まだ何か隠してるんだと思っている表情でファーガソンを見たが、まあとにかく部屋から解放されるのは有難いわ、公園でキャッチボールするなんて最高に快適だしと言った。それにシーリアはスポーツも得意で、泳ぎは達者、テニスもまずまず、バスケットも悪くなく、テニスコートでのプレーを二、三度見ていたファーガソンは、彼女ならキャッチボールも訳ないだろう、たいていの女の子が投げるみたいに肱を曲げて投げたりはせず男が投げるのとほぼ同じに腕をしっかりのばして肩から投げるだろうとわかっていた。彼は唇をシーリアの顔に押しつけ、来てくれてありがとうと礼を述べ、僕としても言いたいのは山々なんだけど、何でこんなことをするのか、いま話すわけには行かないんだよ、と言った。

二人で公園に向かいながら、不可解な汗がファーガソンの体の毛穴からどっと噴き出してきて、胃がズキズキ疼き、肺に空気を満たすのが難しくなっていった。クラクラする。ひどくクラクラしたので、西一一六丁目の急な坂を下ってリバーサイド・ドライブに向かうなか、バランスを保つのにシーリアの腕につかまらねばならなかった。クラクラして、怯えていた。まだ子供だったときに自分にひとつの約束をしたのであり、以来、日々生きる中でその約束がきわめて切実な力となってきた。それは意志と内なる力を試す試練、聖なる大義に献げる犠牲、生者と死者とを隔てる溝を越えた連帯だった。この世に属す美しいものにノーと言うことで、死者に敬意を示す。いまその約束を反古にするのはファーガソンにとって易しいことではない。辛いことだ、考えうるどんなことよりも辛い、けれどやるしかない、いまやるしかない、なぜなら犠牲それ自体は尊いものだったけれど、それは狂ってもいたのであり、ファーガソンはもうこれ以上狂っていたくなかった。

　二人でリバーサイド・ドライブを渡り、ひとたび足が公園の芝生に触れると、ファーガソンはポケットからボールを取り出した。

　少し下がってくれ、シーリア、とファーガソンは言い、ニコニコ笑ったシーリアが跳ねるように下がってほぼ四メートル離れた時点でファーガソンは右腕を上げ、彼女にボールを投げた。


　ファーガソンの仲間の誰にとっても、夏は大きな可能性をたたえていた。少なくとも夏が始まった時点ではそう思えた。七月と八月の惨事の前に、まずは六月の大いなる希望を語らねばならない。ファーガソンと友人たちにとって、誰もが同じ方向に突き進んでいくように思える時だった。前代未聞のこと、いままで誰もできると思わなかったことを成し遂げる瀬戸際に誰もが立っている時。遠くカリフォルニアでは、一九六七年の夏はサマー・オブ・ラブと名付けられた。ここ東海岸では高揚の夏(サマー・オブ・イグゾルテーション)として始まった。

　ノアはこの夏も舞台に立ちにウィリアムズタウンへ戻ることになっていて（チェーホフ、ピンター）、短篇映画第二作の脚本にも取り組んでいた。今回は十六分のトーキー、前の小品より若干大きく、仮題は『僕の足をくすぐって(ティックル・マイ・フィート)』。しかもノアは新しいガールフレンドまで見つけていた。チリチリ頭で大きな胸のヴィッキ・トレメーンは、ノアとNYUの同学年で、エミリー・ディキンソンの詩を百篇以上暗記していて、ほかの人間が煙草を次々喫うみたいにマリワナを喫いまくり、ワシントン広場からエンパイア・ステートビルまでの二十六ブロックを初めて逆立ちで歩いた女性になるのが野望だった。少なくとも本人はそう言っていた。過去四年間にリンドン・ジョンソンに何度もくり返しレイプされたと主張し、マリリン・モンローはアーサー・ミラーでなくヘンリー・ミラーと結婚していたら自殺しなかったと唱えた。ユーモアのセンス豊かな、人生の馬鹿馬鹿しさを鋭く感じとっている若い女性であり、ノアはすっかり彼女に圧倒され、彼女がそばに来るたびに膝をがくがく震わせるのだった。

　エイミーとルーサーはもうニューヨークに来る予定はなかった。マサチューセッツに戻ってサマヴィルにアパートを見つけ、ルーサーはハーバードでサマーコースを受講して単位を上乗せし、エイミーは今後二か月半、ケンブリッジのネッコ社工場の流れ作業ラインで働くことになっていた。子供のころ親しんだネッコ・ウエハースはファーガソンも覚えている。特にキャンプ・パラダイスでの、天気が悪い日にみんなで戦ったバトル。キャビンに閉じ込められた少年たちが、屋根に雨が叩きつけるなか、あの小さくて硬い甘い円盤を投げつけあう。が、ローゼンバーグの目のすぐ下にそれが当たったのでネッコ・ウエハース戦争もあっけなく禁止となった。面白い選択だね、と電話でファーガソンはエイミーに言った。でもなぜ工場の仕事なんだい、何が狙いなの？　政治よ、とエイミーは答えた。ＳＤＳのメンバー全員、この夏は工場で仕事に就いて反戦運動を労働者に広めるよう求められたのよ。現時点では労働者の大半が戦争賛成だから。それって役に立つと思うかい、とファーガソンが訊くと、わからない、でもかりに内部煽動は上手く行かなくても、あたしにとっていい経験になるわ、アメリカの労働条件と、その労働をする人たちについて何がしか学ぶチャンスだもの。このテーマに関して本は百冊くらい読んだけど、ネッコ社工場でひと夏働く方がずっと多くを学べるはずよ。全身で浸(ひた)る。現場の、実際的な知識。腕まくりして飛び込む。わかるでしょ？

　わかるよ、でもひとつ約束してくれるかな。

　なあに？

　ネッコ・ウエハースを食べすぎないでくれ。

　え？　何で？

　歯に悪い。あと、ウエハースをルーサーに投げつけちゃいけない。的確に当てれば致死的な武器になる。ルーサーの健康は僕にとってすごく重要なんだ、この夏一緒に野球を観に行きたいから。

　わかったわよ、アーチー。ウエハース、食べないし、投げない。作るだけにする。

　ジムはプリンストンで物理学の修士課程を終え、六月上旬にナンシー・ハマースタインと結婚することになっていた。すでにサウスオレンジに二寝室のアパートを借りていた。一軒家が大半の町では珍しい、サウスオレンジ・アベニューとリッジウッド・ロードの角にある建物の三階に、バークシャーズへのハネムーンキャンプから帰ってきたら入居する。ジムはウェストオレンジ高の物理教師の職を得ていて、ナンシーもモントクレア高で歴史を教えることになっていたが、ジムの友人はまだサウスオレンジに大勢いたし、子供が生まれる日もそう遠くないとあっては、子供の未来の祖父母と同じ町に住むのが賢明と思えたのである。考えてみればすごいな、とファーガソンは思った。自分は叔父に、エイミーは叔母になり、彼の母親とエイミーの父親の膝の上で孫が一人、二人と跳ねることになるのだ。

　ハワードはヴァーモントの農場へ戻る。といってもこれまでのように牛の乳を搾って有刺鉄線の柵を修繕するためではなく、四学期にわたって学んだギリシャ語を活用して、デモクリトス、ヘラクレイトス、と通常「笑う哲学者」「泣く哲学者」とそれぞれ呼ばれるソクラテス前の思想家二人の残っている断片や発言を英訳するのである。ジョン・ダン初期の著作の中にハワードは愉快な一節を発見していて、それをこの翻訳作品の巻頭句として盛り込むつもりでいた——**賢者たちの中でヘラクレイトスが泣くのを見て笑う者はきっと大勢いようが、デモクリトスが笑うのを見て泣く者は一人もいまい**。だがそうやってD（**行動は大胆さから始まる。偶然が結果を支配する**）とH（**上がる道と下がる道は同一である**）と格闘し自分なりの訳をひねり出すのと並行して、テニスマッチのイラスト化作業も続ける。過去二年のあいだにファーガソンと二人で作った一連のマッチのうち最良の六十点にイラストを付けていた。ハワードは縦横無尽、言葉にも絵にもなじんでいる、両方の領域にまたがっているときが一番楽しんでいられる人物だったのである。しかも、翻訳、イラストを超えて、この夏最大の目標は別にあった。ブラトルボロに住んでいたころからの幼なじみで、この数か月のうちにガールフレンド・恋人・知的伴侶・未来の妻候補に昇格していたモナ・ヴェルトリーとできるだけ多くの時間を一緒に過ごすこと。そしてファーガソンには、期末試験最終日の翌日にプリンストンで別れを告げる際、夏のあいだにヴァーモントに最低二度、できれば三度遊びに来ると約束させていた。

ビリーは四百ページに及ぶ長篇がほぼ書き上がり、ファーガソンの『命なき物たちの魂』も八月なかばに出版する気でいた。ロンとペグのピアソン夫妻は初めての子供が生まれるのを待っていた。ロン、アン、ルイスの三人には一年以上前から温めていたアイデアがあり、アンの母親の最初の夫の元妻が裕福な後援者となってくれて、新しい出版社を始めることができそうだった。テュマルト・ブックス（騒乱出版）なるこのスモール・プレスは、年に六、七冊、標準的なサイズ、糸綴じのハードカバーを出版する。文字の体裁も普通どおりのものを、ニューヨークのほかもろもろの出版社の本を次々量産している印刷所に印刷してもらう。謄写版印刷が死んだということでは全然ないが、ほかのやり方も少しずつ可能になってきていた。ロウアー・マンハッタンに住む金欠作家たちも、その何人かは、どこに金があるか、ようやく嗅ぎつけはじめていたのである。

シーリアもノア、エイミー、ルーサー同様に夏をマサチューセッツで過ごす。といっても文字どおり彼らと一緒にではなく、ケープコッド西の半島の先端ウッズ・ホールにある村へ赴き、海洋生物研究所でインターンとして働く。ノアが秋に予言したように鼠が相手ではなく、軟体動物とプランクトン。規則上はインターンを務めるにはまだ若すぎるのだが、バーナードで生物学を教わっている教授アレグザンダー・メストロヴィックが、生細胞のごく微妙な差異にも敏感に反応するシーリアの知力と勘のよさにひどく感心し、夏のあいだ自分がマサチューセッツで行なう遺伝子研究のプロジェクトに加わるよう誘ってくれたのである。教授や大学院の上級生がリサーチに携わるのを自らの目で見て、研究所で為される作業の厳密さにいまから慣れておけば、将来科学の仕事に従事する準備にもなるはずというわけだった。シーリアは行きたがらなかった。彼女としては夏のあいだニューヨークでアルバイトをしてファーガソンと一緒に暮らすのが望みだったのであり、ファーガソンもまさにそれが望みだったのだが、いいや、メストロヴィックの誘いを断っちゃいけない、それってものすごい名誉なんだから行かなかったら一生後悔するよ、とファーガソンは彼女に言った。心配ないよ、僕は車が使えるし、ハワードはニューフェーン、ノアはウィリアムズタウン、エイミーとルーサーはサマヴィルにいて僕は今後何か月かヴァーモントやマサチューセッツをしょっちゅう行き来することになるから、どこへ行くにしても北へ行くときはかならずウッズ・ホールを主たる目的地にするよ、君が我慢できる限り目一杯訪ねていく、だから馬鹿なこと言わないで誘いに応じなくちゃ……結局彼女は応じ、第三次中東戦争の只中のある朝、ファーガソンにキスして出かけていった。

寂しくなることは間違いないが、まあ耐えられない寂しさではあるまい。月に二度くらいはシーリアに会えるだろうし、ハワードの農場にも長居させてもらうのだから。そして三作目の著書も書き上がって、また一から始める。これまで八か月以上を費やして、家庭用品と、街でファーガソンに拾われる前にそれらが送ってきた想像上の生活とをめぐる奇妙な省察に浸ってきたのだ。壊れたトースターに関する狂おしい考察――もはやトースターとして機能しないものをいまだトースターと呼べるのか、呼べないとすれば別の名前を与えるべきか。ランプ、鏡、絨毯、灰皿をめぐる省察に、ファーガソンのアパートに行きつく前にそれらを所有し使用した人々を想像し、彼らの物語もそこに絡められる。何とも厄介な、ひょっとすると無意味なことをやったものだが、とにかくふたたびビリーが二百部刷って友人たちに配る作品がまたひとつ出来上がったのである。ギズモ時代の最終章、とファーガソンは後年ふり返ることになる。三冊のささやかな著作、価値は疑わしいし、欠点は明らかだし可能性も活かしきれていないが、生気を欠いているとか意外性がないとかいうことは決してなく、時には独特の輝きすら感じさせる。だから、まるっきりの失敗じゃないかと思うこともしばしばあったがそうではないし、ビリーをはじめ仲間たちも支えてくれたのだから、ひとまずこの三冊のおかげでファーガソンは、未来を生きうる人間、未来を生きうる見込みがなくはない人間になれたのではないか。二年余りをかけて、狂気じみたウォームアップを三つ続けたいま、修業の第一期が終わったことをファーガソンは理解した。ここからは何か別のものに移っていかないといけない。何よりもまず、スピードを落としてふたたび物語を語らねば。自分の精神以外の精神たちが住んでいる世界へ戻っていかねば。

夏休み最初の三週間は何も書かなかった。六月十日にブルックリンでジムとナンシーの結婚式があり、十六日から十八日はウッズ・ホールでシーリアと素晴らしい日々を過ごしたが、大半の日々はニューヨークの街を歩いて時間をつぶし、デーナ・ローゼンブルームからのいまだ返事を書いていない手紙をポケットに入れたまま、すぐ前にある物たちに目を注ぎつづけるよう努めた。ニューヨークは崩壊しかけていた。建物、歩道、ベンチ、排水管、街灯柱、交通標識、すべてがひび割れ、壊れ、バラバラになっていく。何十万もの若い男がベトナムで戦っている。ファーガソンの世代の若者たちが、誰も十全に正当化できない理由ゆえに殺されるべく送り出されていく。物事を動かしている老人たちはいまや真実を見失い、嘘だけがアメリカの政治言説に流通する唯一の通貨と化し、マンハッタンの北から南まで、すべてのゴキブリだらけの貧乏臭いコーヒー店のウィンドウには**世界最高のコーヒー**とネオンサインが光っていた。

デーナは結婚して、妊娠六か月、手紙によれば幸せで満ち足りていた。ファーガソンとしても彼女のことを思って嬉しかった。ファーガソンの身体に関する事実が明らかになったいま、父親になれない男と結婚するのをデーナが避けたのは賢明だったと言うしかないが、お祝いの返事を出したいとは思うものの、彼女からの手紙のほかの部分が心安らかに読める内容ではなく、どう返事を書いたものかいまだ考えあぐねていたのである。中東での戦争についてデーナは意気揚々語っていて、イスラエルの勝利を信じて疑わず、ヘブライの戦士たちが無数の敵を打ち倒す、と部族根性丸出しだったのだ。ヨルダン川西岸、シナイ、東エルサレム、いまやすべてイスラエル軍が掌握している。たしかにそれは驚くべき大勝利ではあって、イスラエルの人々が誇らしく思うのも無理はないが、もしイスラエルが今後もこれらの地域を占領しつづけるとしたらロクなことにはならない、将来もっとトラブルを招くだけだ、とファーガソンは思っていた。けれどデーナにはそれが見えない。イスラエルにいる人たちはみな、誰も状況を外から見られずにいるのではないか。恐怖の中にあまりに長いこと囚われていたので、いまは得たばかりの権力の中で浮かれて踊っているのだ。ファーガソンは下手に意見を述べてデーナを動揺させたくなかったし、そもそも自分の意見が正しいという保証もない。そんなわけで、手紙は出したくても、延ばしのばしにしているのだった。

ウッズ・ホールから戻ってきて六日後、ふたたび街の散策に出かけ、捨てられた冷蔵庫や首のない人形や叩き壊された子供用ハイチェアなどが転がった空地の前を通ると、あるフレーズが頭の中にふっと湧いてきた。どこからともなく四つの単語がやって来て、ファーガソンが歩きつづけるなか、何度も反復されたのである。滅亡の都（ザ・キャピトル・オブ・ルインズ）。その言葉について考えれば考えるほど、これが次の作品のタイトルだという確信が深まった。今回は初の長篇小説、いま自分が住んでいる壊れた国をめぐる重々しい、容赦ない小説であり、これまでのどの著作よりもずっと暗いところへ降りていく。その午後に歩道を歩くさなかにも、ファーガソンの中で作品が形を成していった。ヘンリー・ノイズという名の医者をめぐる物語。名前は一年次にブラウン・ホールの隣の部屋の住人だった医学生ウィリアム・ノイズから拝借した。Noyes——発音は雑音（noise）と同じだが、二番目の字と三番目の字とで分ければ no と yes が現われる。この名は必然の選択だ。物語の論理からしてもこれ以外の選択はありえない。滅亡の都。最終的に二四六ページとなるこの長篇を書き終えるには結局二年かかることになるが、一九六七年六月三十日、ヴァーモントのハワードの家族の農場に出かける前日、ファーガソンは机に向かい、のちに自分の初めての本物の本と見なすことになる作品の最初の段落の最初のバージョンを書いたのだった。

三十五年前の初めての集団発生を彼は覚えていた。一九三一年の冬と春、不可解な自殺が相次いでR市の人々を愕然とさせたのだ。恐怖に包まれた数か月のあいだに、十五歳から二十歳の若者二十人以上が自らの命を絶った。当時は彼もまだ十四歳の高校一年生だった。ビリー・ノーランが死んだという報せを聞いたこと、美しいアリス・モーガンが自宅の屋根裏で首を吊ったと告げられたとき涙があふれ出たことを彼は決して忘れないだろう。三十五年前、大半は首吊り自殺で、遺書も説明もなかったが、それがいまふたたび始まって、三月だけで四人が死んでいて、今回若者たちは窒息死、ガスによる死を選んでいた。鍵をかけたガレージの中に駐めた車をアイドリングさせての自死。まだいくつも死が続くことが彼にはわかった。流行が終わるまでにもっと多くの若者が消えてしまうだろう。そして彼はこの災厄（さいやく）を我が事として受け止めた。いまや彼は医者になっていたからだ。一般開業医ヘンリー・J・ノイズ。死んだ四人の若者のうち三人に彼は自ら接していた。エディ・ブリックマン、リンダ・ライアン、ルース・マリアーノ。三人とも彼が自らの手でこの世に送り出したのだ。

七月一日土曜、みんなで五時から六時のあいだにハワードの農場に集合することになっていた。シーリアは五月に両親が買ってくれた中古のシボレー・インパラでウッズ・ホールからやって来る。エイミーとルーサーはルーサーが大学に進学したときにワックスマン夫妻からお祝いにもらった一九六一年製スカイラークでサマヴィルから、ファーガソンはその日の朝早くにウッドホール・クレセントの家へ取りに行った古いポンティアックで来る。土曜の夜を農場で一緒に過ごして、翌日の朝食を終えたらウィリアムズタウンへくり出し、ノアが日曜マチネーの『かもめ』でコンスタンチンとして舞台を闊歩するのを観る。終わったらシーリアはウッズ・ホールに、エイミーとルーサーはサマヴィルに帰り、ファーガソンとハワードとモナ・ヴェルトリーは農場に戻る。好きなだけ農場にいていいとハワードは言ってくれていて、まあ二週間くらい過ごそうかと思っていたが、はっきりしたことは何も決めていない。ひょっとしたら今月いっぱいいさせてもらって、週末ごとにウッズ・ホールへ出かけるかもしれない。

　みんな時間どおりヴァーモントに到着し、その晩ハワードの叔母叔父はバーリントンの知人宅へ出かけて留守だったし、誰一人料理をしたい気分ではなかったから、三組のカップルは〈トムズ・バー・アンド・グリル〉へ食べに行くことにした。ブラトルボロの中心から一キロばかり離れた、ルート30沿いにあるくたびれた飲み屋である。六人は農場でビールを二杯ばかり引っかけてからハワードのステーションワゴンに体を押し込んだ。キッチンで喉を潤したのは、ヴァーモント州の飲酒年齢が二十一歳以上なので〈トムズ〉ではビールを飲ませてもらえないからであり、一杯では物足りなかったので、結局出かけたときにはもう九時近くになっていた。そして土曜夜九時の〈トムズ〉は概して混沌に近い状態で、ジュークボックスからカントリー・ミュージックが大音量で鳴り響き、カウンターに並ぶ酔っ払いたちはいったいもう何杯飲んだのかわからなくなっていた。

　労働者と農夫から成る荒っぽい客層で、間違いなく大半は右翼、戦争賛成であり、左翼の大学生仲間と連れ立って酒場に入ったとたん、間違った場所に来たことをファーガソンは悟った。カウンターに座った男にも女にも何か妙な感じ、トラブルを進んで求めている雰囲気があるものの、あいにく奥の部屋には空いたテーブルがなかったので、みんなでカウンターから見えるところに座るしかなかった。何なんだろう、とファーガソンは、友好的なウェイトレスが注文を取りに来た（ハイ坊やたち、何にする？）さなかにも自問しつづけ、自分たちに向けられた敵意のまなざしは何が原因なのかを考えていた。ファーガソン自身の長髪とハワードのさらに長い髪か、ルーサーの軽めのアフロか、それともルーサーの存在自体か（ほかに黒人は一人もいない）、あるいは女子二人のエレガントで上流階級っぽい可愛さか（といっても実はエイミーはその夏工場で働いているのだし、モナにしても両親がたったいま奥の部屋のテーブルにいても不思議はないのだが）。そしてカウンターの連中をもっとよく見てみると、何人かは背を向けていて彼らのことが目に入ってもおらず、敵意の視線は主として一番端にいる男二人から発していることにファーガソンは気づいた。三辺あるカウンターのうち右側の辺の、ファーガソンたちのテーブルが何の妨げもなく見える位置に座った二人で、年は二十代後半か三十代前半、木樵（きこり）か自動車修理工か、それとも哲学科の教授か、とにかく不機嫌らしいということ以外見かけからは何もわからない。と、エイミーが、この一年に何百回とやったにちがいないことをここでもやった――ルーサーにすり寄り、その頰にキスしたのだ。そのとたん、哲学者たちが何に怒っているかをファーガソンは悟った。白人のみの領分に黒人が入ってきたことではなく、若い白人女が人前で黒人に触り、黒人の体にすり寄ってキスしていること。これに、その他もろもろの不快の種（長髪の大学生の男たち、みずみずしい顔で脚が長くて綺麗な歯をした女子学生たち、国旗を燃やして徴兵カードを燃やすたぐいの反戦ヒッピーのガキども）が重なって、さらにいままで数時間そこに座って飲んだビールの数（最低六杯、ひょっとして十杯）を加えれば、哲学科教授二人のうち大柄の方が丸椅子から降りて彼らのテーブルまでやって来てファーガソンの義姉にこう言ったのも不思議ではなかったし、少しも驚くべきことではなかった。

　やめろ、お嬢ちゃん。ここじゃそういうのは許されないんだ。

　エイミーが考えをまとめて答える間もなく、ルーサーが、黙んなミスター、とっとと失せろ、と言った。

　お前に話してるんじゃねえ、阿呆（チャーリー）、と哲学者は答えた。この女に話してるんだ。

　そのことを強調して、指でエイミーを差した。

　チャーリー！　とルーサーはゲラゲラ芝居がかった大笑いの声を上げながら言った。こりゃいいや。チャーリーはあんただぜミスター、俺じゃない。あんたこそミスター・チャーリーだ（「チャーリー」は黒人俗語で「白人さん」）。

　立っている哲学者の一番近くに座っていたファーガソンが、ここで立ち上がって地理を講釈することにした。

　あなたちょっと混乱してるんじゃないですかね。ここはヴァーモントですよ、ミシシッピじゃなくて。

　ここはアメリカだ、と哲学者がファーガソンの方に目を移して言い返した。自由の地、勇者の故郷だ！

　あなたの自由、でもこの二人の自由じゃない、そういうことかい？

　そのとおりさ、チャーリー、と哲学者は言った。人前であんな真似するなら自由もなしだ。

　あんな真似とは（ライク・ホワット）？　とファーガソンは声に皮肉を込めて言い、あんな真似とは、がほとんどくたばりやがれ（ファック・オフ）、に聞こえた。

　こんな真似さ、ケツの穴野郎、と哲学者は言った。

そうしてファーガソンの顔にパンチが見舞われ、喧嘩が始まったのだった。

　何もかもがとことん馬鹿げていた。喧嘩したくてうずうずしている酔っ払いで人種差別の男相手の、飲み屋での殴りあい。とはいえ、最初のパンチを喰らったファーガソンが、パンチを返す以外何ができよう？　幸い哲学者の相棒がすぐさま加勢したりもせず、ハワードとルーサーも止めに入ってくれたが、店主のトムが警察に通報するのは阻止できなかった。ファーガソンは生まれて初めて逮捕され、手錠を掛けられ、警察署に連行されて調書を取られ、指紋を採取され、三方向から写真を撮られた。夜間法廷の裁判官は千ドル（即刻現金で百ドル）の保釈金を科し、ハワード、シーリア、ルーサー、エイミーに助けてもらってファーガソンはそれを支払った。

　両目の上が切れて、右眉の外側は永久になくなり、あごはズキズキ痛み、両の頰を血が流れ落ちたが、骨はどこも折れなかったのに対し、殴ってきた相手の男（チェット・ジョンソンという名の三十二歳の鉛管工）は戦闘を終えたときには鼻が折れていて、ブラトルボロ・メモリアル病院で一晩過ごす破目になった。月曜午前の罪状認否で相手もファーガソンも暴行、治安紊乱（びんらん）、個人所有物破損（取っ組み合いの際に椅子一脚が壊れグラスいくつかが割れた）の罪で告発され、裁判は七月二十五日火曜日に設定された。

　月曜の罪状認否の前の、農場での暗澹たる日曜日、ノアの芝居もすっかり忘れて、みんなでリビングルームにこもって前夜の出来事を話しあった。ハワードは自分を責めた。君たちを〈トムズ〉なんかに引っぱっていくんじゃなかった、と彼は言い、あたしこそ悪かった、あなたたちをあんな田舎者ばかりの狂った店に連れていくなんてどうかしていた、とモナも言ってハワードをかばった。一方シーリアは、ファーガソンの信じがたい勇敢さについてとうとうと語ったが、加えて、喧嘩が始まったときはすごく怖かった、あの一発目のパンチの暴力が恐ろしかったと打ちあけた。エイミーもしばしわめき散らし、あの偏見に染まった醜い下司野郎に刃向かわなかった自分を責め、指を突きつけられてパニックに陥ってしまったことを悔やみ、それから——ファーガソンがもう何年も知ってきたエイミーらしくもなく——両手で顔を覆って泣き出した。みんなの中で一番怒り、憤り、興奮していたのはルーサーで、アーチーを矢面（やおもて）に立たせてしまった自分が情けない、アーチーを脇へ押しやって俺の黒い拳骨をあいつの口に喰わしてやるべきだったとまくし立てた。ハワードの叔母と叔父はもうすでに次の一手を考えて、ファーガソンにいい弁護士をつける話をしていた。午後なかばにはもうエイミーも勇者エイミーに戻っていて十分に落着きを取り戻し、ウッドホール・

クレセントの家に電話してアーチーがひどいいざこざに巻き込まれたと父親に知らせた。受話器がファーガソンに渡され、混乱し心配している彼の母親が出てくると、大丈夫、もう収拾がつきそうだからわざわざ二人がヴァーモントまで来てくれる必要はないと伝えた。だが母にそう言っているさなかにも、どこが大丈夫なんだ、僕はいったいどうなるんだ?と自問していた。

何日かが過ぎた。デニス・マクブライドという名の、ブラトルボロ在住、腕利きという触れ込みの若い弁護士がファーガソンを担当してくれることになった。裁判が終わるまでファーガソンがヴァーモント州から出られないので、シーリアは週末ごとに農場に訪ねてくる気でいた。裁きの小槌が振り下ろされて、投獄一か月、三か月、一年などということになったら大事(おおごと)である。それを食い止めるために、最大限の金を注ぎ込まないといけない。前の年にいまは亡き祖父からもらった一万ドルもすでに大分減ってきたが、とにかくそれがあるのでひとまず母とダンの助けは求めずに済む。やがて七月十二日になり、電話で母親から知らせを聞いたファーガソンは、母がいったい何の話をしているのかもよくわからなかった。自身のささやかな苦闘のさなか、ニューアークの街なかに大きな公の悪夢が広がっていたのである。ファーガソンが幼年期を過ごした都市は燃え落ちつつあった。

人種戦争。新聞は人種暴動と呼んでいるがそうじゃない、人種間の戦争だ。州兵とニュージャージー州機動隊員とが人を殺すために発砲し、破壊と流血の日々に二十六人が死に、うち二十四人はひとつの肌の色、二人はもうひとつの肌の色で、さらに何百何千人が殴られて負傷した。詩人で劇作家でニューアーク市民、故フランク・オハラとも親友だった黒人リロイ・ジョーンズは、中央区の惨状を見届けようと回っていたところを車から引きずり出されて地元の警察署に連行され、部屋に閉じ込められて、白人警官に死ぬかと思うほどひどく殴られた。殴った警官は高校時代ジョーンズの友人だった。

エイミーによれば、ルーサーの家族は誰も被害に遭っていないという。ルーサー自身はサマヴィルにとどまって戦争が終わるのを待ち、十六歳のセピーはワックスマン夫妻と一緒にヨーロッパを旅していたし、両親もどうにか銃弾と棍棒と殴打を逃れていた。悲嘆と恐怖と憎悪ばかりの中の、唯一不幸中の幸い。ファーガソンの故郷の町はまさに滅亡の都と化したが、ボンド一家四人はみな生きている。

そうしたことすべてを生き抜きながら、法廷で己の人生を弁護すべくファーガソンは準備を進めていた。裁判まであと八日というところで、ニューアークの戦争が――デーナの住むイスラエルでの六日戦争に並行した第二の六日戦争が――終わり、戦った者たちが理解しているにせよいないにせよ、どちらの戦争でもどちらの側も敗者だった。弁護士と面談して裁判の準備を進めに日々ブラトルボロに通いながら、僕もすべてを失うんじゃないかとファーガソンは考えずにいられなかった。自問と、心配とがどんどん募っていって、そのうち内臓がバラバラにほどけていくような気分になってきた。とぐろを巻いた腸も管もみんな輪が解けてきて、じきに腹をつき破ってブラトルボロのメインストリートに飛び散り、飢えた犬がやって来てきれいに舐め尽くし、気前よく恵みを下さった犬の神に感謝を献げるのだ。

　マクブライドは落着いていて手堅く、慎重に楽天的だった。問題の夜に依頼人が先に手を出したのではないことはわかっていたし、それを裏付ける証人も五人いる。五人とも一流大学に通っている信頼できる証人であり、彼らの証言は、チェット・ジョンソンの酔っていた友人ロバート・アレン・ガードナーのおそらくは虚偽の証言より重みを持つはずだ。

　裁判長のウィリアム・T・バードックはプリンストン出身で、一九三六年卒業の学年だという。ということはファーガソンの奨学金提供者ゴードン・デウィットと同学年であり、ひょっとしたら友人だったかもしれない。それがいいことなのか悪いことなのかは知りようもない。陪審は置かれず、判決はもっぱらバードック裁判長に委ねられる。いいことだといいが、とファーガソンは期待した。

　裁判が始まる三日前の二十二日の夜、ルーサーが農場に電話をかけてきて、アーチーと話したいと言った。ハワードの叔母から受話器を受け取ると、また新たな恐怖の波が内臓を貫いた。今度は何が?と思った。火曜日に裁判に来られないのかい?とファーガソンはルーサーに訊いた。

　いやいやとんでもない。もちろん証言に行くさ。俺は君のスター証人だろ?

　ファーガソンは受話器に向かってふうっと息を吐き、君が頼りだよ、と彼は言った。

　向こう側でルーサーが一拍間(ま)を置いた。その一拍が予想したよりずっと長引いた。バリバリという雑音が伝わってきて、まるでルーサーの沈黙が沈黙でなく彼の心の中で暴れ回る思考の喧騒であるかのようだった。ようやくルーサーは言った――覚えてるか、プランAとプランB?

　ああ、覚えてるよ。プランA、向こうに合わせろ。プランB、合わせるな。

　ま、そういうことだ。で、プランCを思いついたんだ。

　ほかにもやり方があるってこと?

　残念ながら。さらば、幸運を祈る方式だ。

　どういう意味だ?

　いまニューアークの両親のアパートからかけてるんだ。

　近頃ニューアークがどんな様子か、知ってるか?

写真は見た。何ブロックも丸ごと破壊されてる。焼き尽くされた、略奪された建物。世界のひとつの部分の終わり。奴らは俺たちを殺そうとしてるんだよ、アーチー。締め出そうっていうだけじゃない、命を奪おうとしてるんだ。

みんながそうじゃないだろ、ルーサー。最悪の奴らだけさ。

権力を持ってる奴らさ。市長、知事、将軍。俺たちを抹殺する気なんだ。

それがプランCとどう関係がある？

いままでは俺も、向こうに合わせる気でいた。だけど先週あんなことがあって、もうそんなのできないと思う。で、プランBを見てみたら、ゾッとして息が切れた。目下パンサーが勢力を増していて、連中はまさに、プランAが駄目になったら俺がやろうと思ってたことをやってる。自分を護るために銃を買って、行動を起こしてる。見た目は強そうだけど、そんなことはない。連中のやり方を白人のアメリカは許さない。一人ひとり倒されて、殺されるだけだ。馬鹿な死に方だよ、アーチー。まるっきりの無駄死だ。だからプランBは捨てる。

で、プランCは？

俺は出ていく。古いカウボーイ映画で言う、杭を引っこ抜くってやつだ。火曜日に車でヴァーモントへ行ってお前の裁判に出て、裁判が済んだらマサチューセッツには戻らない。北へ向かって、カナダに行く。

カナダ。なぜカナダ？

第一に、そこがアメリカ合衆国でないから。第二に、モントリオールに親戚が何人かいるから。第三に、マッギルに転学して卒業できるから。高校を出たときも合格したんだ、きっと入れてくれるさ。

きっとそうだろうけど、転学って時間がかかるだろ、いまやめて秋学期に学生でなくなったら徴兵されちゃうよ。

そうかもしれない。けどもう二度と戻ってこないんだったら関係ないだろ？

二度と？

二度と。

で、エイミーは？

一緒に来てくれって頼んだけど、断られた。

なぜかはわかるよね。君個人がどうこうってことじゃない。

まあそうだろうよ。でもここにとどまるからって、カナダに訪ねてこられないってわけじゃない。世界の終わりじゃないさ。

うん、でもたぶん君とエイミーは終わると思う。

まあそれもそんなに悪いことじゃないかもしれない。長い目で見て、俺たちどのみち続きそうになかった。短い目で見れば、これまで俺たちはひとつの主張を打ち出そうとしていたんだと思う。自分たち二人に向けてじゃなく、世の中全体に向けて。で、あの晩あの野郎がテーブルにやって来て、俺たちを脅した。俺たちは主張を打ち出した、だけど、こっちを睨みつけることに生涯を費やす、憎しみの塊みたいな奴らを睨み返さなきゃならない世界なんて、誰が住みたい？　生きるのはただでさえ楽じゃないんだ、俺はもう疲れたんだよアーチー、もう精根尽きはてたんだよ。

　次に起きたことは二部構成である。第一部は良く、第二部は良いとは言えない。第一部は裁判であり、それはほぼマクブライドが予言したとおりに進んだ。進行中ずっとファーガソンが怖くなかったということではないし、法廷にいた二時間半のあいだ内臓はふたたびほどけそうになった。でも母と義父がノア、ミルドレッド伯母さん、ドン伯父さんともども一緒にいてくれたのには助けられ、友人たちがきわめて明確に、論理的に証言してくれたのも足しになったし（まずハワード、そしてモナ、シーリア、ルーサー、最後のエイミーはパンチの前のジョンソンの威嚇的な言葉としぐさにどれだけ怯えさせられたかを生々しく語った）、証言台に立ったジョンソンが七月一日の夜は酔っ払っていたので自分が何をやったかやらなかったか思い出せないと大っぴらに認めたことも有利に働いた。とはいえ、マクブライドのやり方は戦術的に誤りだと思わずにいられなかった。証言の最中、ファーガソンが大学のことをえんえん喋るよう促したのだ。どういう身分か（大学生）から始まって、どこの学校に行っているのか（プリンストン）、どういう立場で（ウォルト・ホイットマン奨学生）、成績は（平均三・七）……まあたしかにバードック裁判長は感心している様子だったが、肝腎の問題とは無関係だし、裁判長に対し不当な圧力をかけていると見られかねない。だが結局裁判長は、喧嘩を扇動した罪でジョンソンを有罪として千ドルもの罰金支払いを命じた一方、初犯のファーガソンは暴行に関しては無罪とされ、〈トムズ・バー・アンド・グリル〉の経営者トマス・グリズウォルドに新しい椅子一脚と新しいグラス六脚の費用五十ドルを払わされただけで済んだ。最良の結果と言うほかない。ずっと背中に負ってきた重荷が完全に、恒久的に除去されたのだ。友人と家族が寄ってきて勝利を祝ってくれるなか、ファーガソンはマクブライドに礼を述べた。まあやっぱりこの男の作戦で正解だったのかもしれない。プリンストンの連帯。その神話が本当なら、すべてのプリンストン・マンは世代を超え生においても死においてもほかすべてのプリンストン・マンとつながっている。そしてファーガソンも事実プリンストン・マンであるのなら――どうやらいまやそうらしい――これはもう虎に救われたと言うほかない。

　裁判所を出てまもなく、十一人でぞろぞろ駐車場を歩いていってそれぞれ自分の車に戻ろうとしていると、ルーサーがうしろから寄ってきてファーガソンの肩に片腕を回し、元気でなアーチー、俺は行く、と言った。

ファーガソンが答える間もなく、ルーサーはさっと回れ右して反対方向へ向かい、駐車場前方の出口付近に駐めた緑のビュイックにつかつかと歩いていった。こうやるんだな、とファーガソンは思った。涙もなし、大げさな身ぶりもなし、感極まる別れのハグもなし。さっさと車に乗り込んで、次の国でより良い暮らしが待っているようにと念じつつ走り去る。立派なものだ。まあでも、自分にとってもはや存在しない国に別れを告げられるわけはない。死人と握手しようとするようなものだ。

自分にパンチを喰らわせた十四歳の少年の成長したバージョンが車に乗り込むのをファーガソンが見ていると、エイミーが突然視界に飛び込んできた。スカイラークのエンジンがかかって、まさに走り出すその最後の瞬間、助手席のドアを勢いよく開け、ルーサーの隣に乗り込んだ。

二人は一緒に走り去った。

といってもカナダで一緒に暮らすということではない。とにかくここで別れるのは辛すぎるのだ――いまここで別れるのは。

第二部は、ゴードン・デウィットとプリンストン連帯神話が全面的に関わっている。

秋学期の最初の週に、毎年ウォルト・ホイットマン奨学生昼食会が開かれる。ファーガソンもこれまでに二度出席していた。一年生のときは奨学生第一号四人のうちの一人として立ち上がって一礼し、二年目は八人に増えたうちの一人として立ち上がって一礼した。教員クラブのダイニングルームでのスリーコースのチキン・ランチ、その合い間合い間にロバート・F・ゴヒーン学長をはじめ大学のお偉方の短いスピーチがはさまる。若きアメリカの男子たること、この国の未来に関わることをめぐる、希望に満ちた理想主義的な発言。いかにもこういう場で聞きそうなたぐいの発言だが、第一回の集いでデウィットが言ったことに――少なくとも、その無骨で誠実な話し方に――ファーガソンは感銘を受けた。**すべての若者はどれだけ卑しい生まれであれチャンスを与えられるに値する**といったお決まりの発言にとどまらず、自分自身、貧しい家族に育った公立高校出の若者としてプリンストンに来て、初めのうち自分がどれだけ場違いなところにいると痛感したかの記憶をデウィットは語り、キャンパスにやって来てまだ三日目でいまだ自分が場違いなところにいる気がしていたファーガソンの胸に、その一言が強く響いたのだった。翌年もデウィットは立ち上がってほぼ同じスピーチを行なったが、そこには大きな要素がひとつ新たに加わっていた。ベトナムでの戦争に彼は言及し、アメリカ人みなが一丸となって共産主義の波を押し戻す義務があると訴え、急速に増えつつある、戦争に反対する若者や、迷妄に囚われた反米左翼思想の持ち主を手厳しく批判した。明らかにタカ派の立場だが、まあ何しろ相手はウォール街の山師、アメリカ資本主義の塹壕で何百人という人間を使っている身なのだ。当然と言えば当然だろう。加えてこの男は、アイゼンハワー政権の下で国務長官とCIA長官として冷戦を作り上げた二人――ジョン・フォスター・ダラスとその弟アレン――と同じ大学を出ている。あの兄弟が五〇年代に為したことがもし為されなかったなら、六〇年代のいま、アメリカは北ベトナム相手に戦争などしていないだろう。

そうは言っても、デウィットから金をもらえることがファーガソンとしては有難かったし、政治的見解は違っていても、この人物をそれなりに気に入ってもいた。小柄な引き締まった体、濃い眉毛、澄んだ茶色い目、四角いあごのデウィットは、初めて会ったときもファーガソンの手を勢いよく上下に振り、君の大学での冒険が実り多いよう世界中の幸運を祈ると言ってくれたし、二回目の、ファーガソンの学業成績がすでに記録として挙がった時点では、彼をファーストネームで呼び、その調子だアーチー、君のことが誇らしいぞと言った。ファーガソンはいまや息子の一人であり、デウィットは息子たちの成長をつぶさに見守っているのだ。

裁判の翌朝、ファーガソンはヴァーモントの友人たちに別れを告げ、車でニューヨークへ帰った。過去三週間の緊張ですっかり疲れきった上に、考えるべきことはたっぷりあった。酒場の喧嘩、ニューアークの暴力、手首に手錠が押しつけられる生々しい記憶、裁判の最中の胃の痛み、モントリオールで新しい人生を築こうというルーサーの突然の（だが唐突ではない）決断、そしてエイミー――気の毒な、打ちのめされた、車に向かって狂おしく駆けてきたエイミー。ファーガソンとしては自分の本のこと、書ければいいがと願っている本のことも考えないといけない。ニューヨークに少しずつ腰を落着け、部屋と机と、シーリア相手の夜の長電話とから慰めを得るようになっていった。八月十一日、母親から電話があって、その日の午後にウォルト・ホイットマン奨学金プログラムから手紙が届いたと知らされた。いま開封して読み上げるか、それとも東八十九丁目に転送すればよいか？　どうせ大した内容ではあるまい、おおかた秘書のミセス・トマシーニからの、今度の九月の昼食会の日時を告げるメッセージだろうと思って、わざわざいま読むことはない、次に郵便局へ行くついでに転送してくれればいいと答えた。手紙がニューヨークに着くのに丸一週間かかり、おまけに着いた八月十八日金曜日は朝からトレールウェイズのバスに乗って（ポンティアックは細かい修理に出していた）ウッズ・ホールに発ったので、シーリアと週末を過ごして帰ってきた二十一日月曜、ファーガソンはようやく手紙を開封し、その夏二発目のパンチを喰らったのだった。

手紙はミセス・トマシーニからではなく、ゴードン・デウィットからだった。その一段落だけの手紙の中で、ウォルト・ホイットマン奨学金プログラムの創立者は、先日いくつかの心穏やかでない事実をプリンストンでの級友、ヴァーモント州ブラトルボロ在住のウィリアム・T・バードック判事から伝えられたと述べていた。貴君が酒場の暴力沙汰に関わって他人の鼻をへし折ったことは、法的には正当防衛と判断されたようだが、倫理的には実に許しがたいふるまいだった、そもそもそのようなけしからぬ場に足を踏み入れたことに弁解の余地はないし、そこにいたという事実だけで、善悪を見きわめる貴君の能力を深刻に疑わざるをえない。貴君もよく知るとおり、ウォルト・ホイットマン奨学生はみな己の人格に関し誓約を求められ、いついかなる状況においても紳士としてふるまうこと、市民としての善行と美徳の範となることを誓ったのであり、貴君はその誓いを守れなかったのだから、貴君の奨学金が取り消されたことを伝えるのが私の悲しい義務である。貴君がプリンストンに残るつもりであれば、正規の一学生として残ることに問題はないが、授業料、寮費、食費は今後奨学金プログラムからは支払われない。このような事態に至り誠に遺憾であるが貴君が事情を理解されんことを……

受話器を取り上げ、ウォール街のデウィットのオフィスに電話した。あいにくですがミスタ・デウィットはアジアに出張中で九月十日までお戻りになりません、と秘書に言われた。

ネーグルに電話しても無駄だ。妻とギリシャに行っている。

学費を自分で出すことは可能か？　いいや、無理だ。マクブライドに五千ドルの小切手を切って、口座にはもう二千ドルちょっとしか残っていない。とうてい足りない。

母とダンに出してくれと頼むか？　いや、そんな気にはなれない。母のカレンダー・デートブック関係の仕事はもう終了したのだし、〈トミー・ザ・ベア〉で過去十六年ダンの相棒だったフィル・コスタンザが卒中で倒れ、たぶんもう二度と働けないだろう。いま金の無心をするのはタイミングが悪すぎる。

自分の二千ドルをまず供出して、足りない分を助けてもらえないかと頼むか？　まあそれはあるかもしれない。でも来年は？　来年にはもう二千ドルはない。

二千ドルを出すということは、ニューヨークのアパートをあきらめるということでもある。ニューヨークはもうなし――何と気の滅入る話か。

とはいえ、プリンストンに戻らなければ、兵役猶予もなくなる。となれば徴兵されて、もしそうなったら拒むつもりだから、徴兵されたら刑務所入りということになる。

よその大学に行くか？　もっと安いところに？　でもどこへ行けばいい？　そもそももうごくわずかの時間でどうやって転学手続きを済ませる？

どうしたらいいのか、さっぱりわからない。

ひとつだけは確かだった。自分はもう求められていない。プリンストンにろくでなしの烙印を押されて、追い出されたのだ。

7.1

　フロリダから戻ってくると、ファーガソンは荷物をまとめ、これまでより四ブロック南の西一〇七丁目、ブロードウェイとアムステルダム・アベニューとのあいだにあるアパートに移った。二部屋とキッチンで月一三〇ドル、法外に高いが十分手の届く額であり（銀行に金があることにも利点があるものだ）、ルームメートなしで暮らせるのは有難かったし、幽霊が取り憑いた西一一一丁目の空間を去る（これは絶対に必要だった）のも嬉しかったが、いざ越してみると一人で眠るのは困難だった。上側の枕が固すぎたり柔らかすぎたり、下側の枕が平らすぎたり凸凹すぎたり、毎晩シーツに腕を引っかかれたり脚に巻きつかれたりで、もはや隣にエイミーがいてその穏やかな呼吸の動きで眠りに導いてくれることもなくなると、筋肉から力が抜けず、肺はピッチを落とそうとせず、毎分五十二の思いを――トランプすべての札にそれぞれ一個の思いだ――くり出す頭を止めることもできなかった。午前二時半に何本の煙草を喫ったか？　ピリピリした気分を鎮め目が閉じるのを誘発するために、午前零時過ぎにグラス何杯のワインを飲んだか？　ほぼ毎朝首が痛い。午後は胃が痙攣する。晩は息が切れる。そして朝も昼も夜も心臓の鼓動が速すぎた。

　もはやエイミーが原因ではなかった。ひと夏を費やして、彼女と別れたという事実を、二人ずっと別々の道を行くことの避けがたさを、自分に納得させたのだ。いまではもうエイミーを責めず、己を責めもしなかった。ほぼ一年近く、二人まったく反対の方向に進んでいたのであり、これまで自分たちをひとつにまとめてくれていた糸は早晩プッツリ切れるしかなかった。そうして糸は切れた。切れた音はあまりに大きく、強かったので、エイミーは国の向こう側まで吹っ飛ばされてしまった。カリフォルニア、はるか遠いカリフォルニア。何という惨事。五月始め以来、何の便りもなかった。本人からも、人伝てにも。空にぽっかり開いた穴みたいに大きなゼロ。

　気を強く持てるときは、これでよかったんだ、いまのエイミーはもう僕が一緒に暮らせる人間でも暮らしたい人間でもない、だから悔やむことなんて何もない、と自分に言い聞かせることができた。とことん弱気になってしまうときは、エイミーがたまらなく恋しかった。事故で失くした指二本がないのが悲しかったのと同じように、彼女がいないのが悲しかった。彼女がいないいま、体からまたさらにどこかの部分が盗まれた気がすることもよくあった。強気と弱気のあいだに立っているときは、誰かほかの人間が現われてベッドの反対側に来て不眠を治してくれますようにと祈った。

新しい住まい、新しい愛の夢、長い夏ずっと取り組み秋、冬、春も続いた翻訳の作業。恋人を失ったこと、現在の精神状態も芳しくないこと、そのどちらか、あるいは両方が引き金となったか体も不調を来たし、腹に二十七本の短剣が刺さった痛みに襲われ(盲腸が破裂したかと思ったが急性胃炎だった)セントルーク病院の緊急治療室に担ぎ込まれた。ベトナムの地獄沙汰は依然として続き、一九六八年後半から六九年前半にかけてほかにもさまざまなショックが見舞ったが——それらすべてがファーガソンの物語の一部を成していた——さしあたってはかの象徴的存在〈ノボダディ〉相手の戦いに精力を注がねばならない。ウィリアム・ブレイクが創造したこの人物が、ファーガソンの頭の中では、世界を仕切っている理性なき人間たちの代表なのだ。九月なかば、大学の最終学年が始まってコロンビアに戻ったころには、大半の事柄にファーガソンは幻滅していた。中でも、アメリカの報道機関が行なっている虚偽に関する発見にはすっかり失望し、卒業したらジャーナリズムの一員となるという思いもいまや考え直しはじめていた。プロのジャーナリストになろう、と高校のときに決めたわけだが、春のコロンビアでの反乱のさなかに自らの目で見た腐敗と欺瞞を思うと、本当にその価値はあるのか。『ニューヨーク・タイムズ』は嘘をついたのだ。鑑(かがみ)と目される新聞、倫理に則った偏見なき報道の砦のはずが、、、、、四月三十日の警察介入に関して話を捏造し、出来事が起きる前に書かれた記事を掲載したのである。コロンビアの大学当局から事前に、TPFが界隈に出現する何時間も前、副編集主幹A・M・ローゼンソールの許に、一斉検挙が予定されていて千人の警官が動員されるとの情報が届けられ、これを基に、四月三十日早朝版の一面に載せるべく、まさにその千人が占拠された建物からデモ学生たちを排除し学生のうち七百人を(この数字のみ、最後の最後に挿入された)不法侵入で逮捕したという記事が書かれた。が、現実に起きたことについては——流血と暴力については——一言も触れられず、学生や教授が殴られ蹴られたことにも言及はなく、警察が『ニューヨーク・タイムズ』自体の記者の一人をエイヴリー・ホールで手錠と警棒を用いて袋叩きにしたことも報じられなかった。翌日の朝刊一面でも、検挙に際しキャンパス内で警察が暴力を振るったという記述はなかった。ただし三十五ページに、**リンゼイ市長、警察に関し調査を指示**という見出しの記事が隠れるように置かれ、警察の暴力があったという声があることをささやかに報じていた。記事の第三段落には、「数十人のコロンビア大生の発言からも窺えるように、このような状況で警察の残虐行為を確定するのは困難だ。反戦・市民権運動デモのベテランから見れば、昨日朝コロンビア学内で生じた警察の行動はおおむね比較的穏健だった」とある。『タイムズ』の記者ロバート・McG・トマス・ジュニアが暴行を受けたことは第十一段落に至って初めて言及されていた。

数十人のコロンビア大生。どのコロンビア大生なのか、その名前は？　そしてこれまでのデモで警察に痛めつけられた反戦・市民権運動デモのベテランとは誰なのか？『コロンビア・デイリースペクテイター』の学部生記者だってこんな記事は出させてもらえない。そうしたコメントを口にした——そもそも本当に口にされたとして——学生の名を明らかにし、発言も直接の引用でなくてはいけない。これはニュース記事なのか、ニュース記事を装った論説記事なのか？　だいたい「穏健」の定義って何だ？

五月一日にも一面記事が載ったが、これはローゼンソール本人が書いていて、悲嘆、雑感、憤りに彩られた驚愕がだらだらと並ぶ、妙にまとまりのない文章だった。「午前四時半のこと」と記事は始まっていた。「学長は部屋の壁に寄りかかっていた。ここはかつて学長室だった。片手を顔に滑らせる。『何ということだ』と学長は言う。『どうして人間にこんなことができる？』（……）部屋の中を歩き回る。家具はほとんど残っていない。机も椅子も部屋を占拠した学生たちに叩き壊され、左右の部屋に追いやられた……」

同じ朝刊の三十六ページに別の記事があり、数学ホールの占拠者たちによってあちこちの部屋やオフィスが破壊されたと報じていた。割られた窓、引っくり返された図書館のカードキャビネット、解体された机や椅子、カーペット上の煙草の焼け焦げ、横倒しになったファイルキャビネット、壊されたドア。「先週木曜の占拠以来初めて建物に戻ってきた秘書が嫌悪もあらわにあたりを見回し、『あいつらはただの豚よ』と吐き捨てるように言った」

だが豚は建物を占拠した学生たちではなく、検挙のあとに建物になだれ込んできた警察だった。机や椅子を叩き壊したのは警察であり、ポタポタ流れ落ちる黒インクを壁に投げつけたのも、米や砂糖の五ポンド、十ポンドの袋を破って開けて中身をオフィスや教室にぶちまけトマトペーストの割れた壜を床、机、ファイリングキャビネットの上に放り投げたのも、警棒で窓を叩き割ったのも警察だった。もし学生に汚名を着せるのが狙いだったとしたら、作戦は成功したと言わねばならない。警察がその第二の蛮行に及んでから何時間も経たないうちに、被害を伝える写真が全米に流通し（インクの飛び散った壁はとりわけ人気だった）、若き叛徒たちは粗暴なごろつきの群れに、アメリカの日常にとって何より神聖な組織の破壊を唯一の目的とする野蛮人の一団に変えられてしまったのである。

　ファーガソンが真相を知ったのは、占拠学生たちに対する破壊行為容疑の調査を任じられた『スペクテイター』記者の一人だったからである。仲間の記者たちとともに彼は、教授会構成員たちの宣誓供述書に目を通し、四月三十日朝七時に誰もいない数学ホールの建物内を教授たちの一団が見て回ったときにはいかなるインクも付いていなかったことを知った。彼らが去ったあと、建物内に入るのを許されたのは警察と報道カメラマンのみである。そしてその日の後刻に教授たちが戻っていくと、壁はインクで覆われていた。机、椅子、ファイルキャビネット、窓、食料の入った袋も同様。午前七時には無傷、正午には略奪され破壊されていた。

　『ニューヨーク・タイムズ』の経営者アーサー・オックス・サルズバーガーがコロンビアの評議員であることも役に立たなかった。CBSテレビネットワークのトップ、ウイリアム・S・ペイリーと、マンハッタン地区検事長フランク・ホーガンが評議会に名を連ねていることも足しにならなかった。ファーガソンは友人たちの多くとは異なり、ノボダディの手先たちの擬装作戦を説明しようと陰謀説に走ったりはしなかったが、アメリカでもっとも影響力ある新聞がコロンビアで起きたことを故意にねじ曲げて報道したことには愕然とせざるをえなかったし、もっとも影響力あるテレビネットワークがコロンビアのグレーソン・カーク学長に『フェイス・ザ・ネイション』に出演依頼しておきながら学生の指導者たちも招いて話の残り半分を語らせるのを怠ったことについても同じだった。警察のふるまいに関しては、ファーガソンをはじめモーニングサイド・ハイツの学生たちはみな、警察が検挙の最中とその後に何をやったか認識していたが、ほかは誰一人興味を持たないようだった。

　事件はこうして「解決」した。

　その九月、押しつぶされ、打ちひしがれた気分でファーガソンはコロンビアのキャンパスに戻っていった。八月の惨事がいまだ胸の内で反響し、活力も枯渇し、意志も尽きたなか、ソ連の戦車はチェコスロバキアに侵入してプラハの春を抹殺し、シカゴの民主党大会ではデイリー市長がリビコフを汚いユダヤ人のマザファッカと呼び（リビコフはユダヤ系初のコネチカット州知事となった政治家）、グラント公園では二万三千人の地元・州・連邦の警官が若いデモ隊やジャーナリストにガスと警棒を浴びせ、デモ隊の人々は口を揃えて世界中が見てるぞ！と叫び、そんな中でファーガソンのニューヨークでの第四学年はさらにもうひとつの危機とともに始まった――オーシャンヒル＝ブラウンズヴィルの教育委員会の支配体制に異を唱えて公立学校の教師たちがストライキに入り、黒人と白人がまたしても衝突し、人種憎悪がこの上なく醜い、自滅的な形で噴出して、黒人がユダヤ人と対立し、ユダヤ人が黒人と対立し、さらなる毒が空気を満たしていくなかでメキシコシティでじきに始まるオリンピックに世界は目を向け、そのメキシコシティでは警察が三万人の抗議学生・労働者と戦って二十三人を殺し数千人を逮捕した。やがて十一月初旬、二十一歳のファーガソンは初めて投票し、アメリカはリチャード・ニクソンを新大統領に選んだ。

　最終学年の最初の六か月ずっと、他人の体の中に閉じ込められた気分が続き、鏡を見ても自分だという気がせず、頭の中を覗くと見える思いについても同じで、その大半がやはり他人の思いだった。人間を信じない思い、人間を嫌悪する思い、人間に愛想を尽かした思い、それらはかつての自分と何の関係もなかった。いずれ北から一人の男がやって来て、恨みがましい思いを取り除くのを助けてくれることになるが、それは翌年の春が始まる日のことで、秋と冬は辛い日々が続き、あまりの辛さに体が音(ね)を上げて、ファーガソンは緊急治療室に担ぎ込まれた。

　もはやジャーナリストにならないのだとすれば、これ以上『スペクテイター』の記者を続けても仕方ない。何年ぶりかでガラスの修道院から這い出し、他人の行動を記録する者としてではなく世界と触れあうのだ。どれほど混乱した、悩み多き人生ではあれ、とにかく自分の人生の主人公として他人と接する。もう報道はやらない。といっても、完全に縁を切る気はなかった。そこで働いている知人たちは大好きだったから（いまでも敬意が持てるジャーナリストがアメリカにいるとすれば、それはフリードマンをはじめとする『スペクテイター』の連中だ）、新聞とのつながりをいっさい断つのではなく、運営委員会准委員の地位を放棄し、時おり書評や映画評を書く立場になって、毎月一回長めの文章を書き、クリストファー・スマートの死後発表の詩からゴダールの新作に至るまで多種多彩なテーマに関する論考を寄稿した。ゴダールの『ウィークエンド』を、ブルトンとその追従者たちの私的なシュルレアリスムとは違う公的なシュルレアリスムを初めて記録した例として論じた。俗に週末と呼ばれる、金曜の午後から日曜の夜までの二日半は、フランスやアメリカのような工業社会・ポスト工業社会において一週間のおよそ三分の一を構成し、同様に個人が毎晩ベッドで過ごす七、八時間も三分の一で、それが一人ひとりの夢時間を形成し、彼らの生きる社会全体の夢時間と並行して流れている。大破した自動車、人食い的セックスが続くアナーキックで血の飛び散るこの映画は、集団悪夢の探索以外の何ものでもない。こういうものこそまさに、いまのファーガソンに一番深く語りかけてくるのだった。

　ヒルトン・オーベンジンガーとダン・クインが『コロンビア・レビュー』の新たな編集長二人に選ばれ、デイヴィッド・ジンマーとジム・フリーマンが新副編集長、ファーガソンは文学系編集委員九人のうちの一人となった。過去同様に年二回刊行だが、資金が集められてコロンビア・レビュー出版局なるものが設立され、雑誌年二回に加えて小ぶりの本を年四冊出せるようになった。九月なかば、十三人がフェリス・ブース・ホールに集って初の編集会議が開かれると、最初の三冊に関してほとんど議論の余地はなかった。ジンマーの詩集、クインの詩集、五年前にコロンビアからドロップアウトしたがいまも『レビュー』のメンバーたちと接触を保っているビリー・ベストの短篇集。だが四冊目が問題だった。ジムとヒルトンは、六十四ページを満たすだけの十分いい作品がない、四十八ページでも難しいと言って辞退し、それから、議論がしばし途切れたところで、ヒルトンが挽肉一ポンドの包みを開けて、両手で肉をぎゅっと固め、椅子から立ち上がり、肉を力一杯壁に投げつけて「肉！」と叫び、挽肉は壁の表面に当たって数秒間そこに貼りついたのちずるずると床に滑り落ちていった。これぞヒルトンのあざやかなダダ精神であり、まさにその年の精神だった。キャンパス内の明敏な者たちは理解していたのである、もっとも重要な質問に答えるには、春にやったような壁に押しつける（up-against-the-wall）戦術ではなく、壁から剝がす（off the wall）（「突拍子もない」の意）無茶苦茶に訴えるしかないことを。論理の重要ポイントをこうして明らかにしてくれたヒルトンを一同が讃え終えると、ジム・フリーマンがファーガソンを見て、君の翻訳はどうなんだ、アーチー？　一冊出せるくらいたまってるんじゃないか？　と訊ねた。

　まだ足りないけど、夏にずいぶん進んだ。春まで待ってもらえるかな？

　満場一致で、ファーガソン編訳による二十世紀フランス詩のささやかなアンソロジーが、その年度に刊行される四冊目の本となることが決まった。版権を取得せずに翻訳を出すのは違法であることをファーガソンは指摘したが、誰一人意に介さないようだった。クインが口を開いた。たかが五百部しか刷らなくて、大半はただで配るんだし、かりにフランスの出版社の人間がたまたまニューヨークに来てゴサム・ブックマート（文芸誌や詩集を数多く置いていた書店）の棚でこの本を見かけたとしたって、何ができる？　そのころには俺たちみんなバラバラに国じゅう、いやきっとほかの国にまで散ってるだろうよ、たかだか二、三百ドルの話で追っかけてくる奴なんているわけないさ。

　賛成、とジンマーが言った。金なんてクソクラエ（ファック・マニー）だ。

　何週間ぶりかで——ひょっとすると何か月ぶりかだろうか——ファーガソンは声を上げて笑った。

　いちおう公式決定とするためにふたたび決が採られ、編集委員の十三人全員がジンマーの言葉をくり返した——ファック・マニー。

　ジムとヒルトンが〆切を定めた。四月一日までに完成原稿を提出すれば、六月にみんな卒業する前に本を印刷する時間が十分取れる。ファーガソンはその後何度も、あのときジム・フリーマンがああして問いかけてくれなかったらどうなっていただろうと自問することになる。一か月また一か月が過ぎていくなかで、この〆切こそが自分の人生を救ってくれていることがますます明らかになっていったのである。

　それらの詩こそ彼の避難所だった。自分自身から疎外された気にもならず、在るものすべてと調和していない気にならずに済む唯一正気の小島だった。実のところは会議で言ったよりもずっと多くの翻訳をすでに終えていて、百ページ、百二十ページ分くらい出来ていたが、それでもなお、アポリネール、デスノス、サンドラール、エリュアール、ルヴェルディ、ツァラ等々の自分バージョンをさらに積み上げていった。出版局で出してもらえるのは五、六十ページが限度だが、作品を取捨選択するときに十分な材料があるようにしておきたかったのである。『美しい赤毛の女』の傷心の叫びから、ツァラの『近似的人間』の調子の狂った音楽のようにのたうち回る演技まで、サンドラール『ニューヨークの復活祭』の変容しつづけるリズムからポール・エリュアールの叙情的優美さまで、狂おしく駆け回る、調和とは無縁の本。たとえばエリュアール——

ぼくらはポケットの中に時計を携え
海に着くのか　海の騒音を
海の中に携えて　それともぼくらは　より
純粋な　より沈黙した水の運び手か？

ぼくらの手にすり寄ってくる水がナイフを研ぎ澄ます
戦士たちは波の中に己の武器を見出した
彼らが殴打する音はまるで
夜に舟を叩き壊す岩のようだ

それは嵐であり雷である。なぜ洪水の沈黙では
ないかというと　それは　ぼくらが自分たちの裡（うち）に
もっとも大きな沈黙のための空間を見出し
恐ろしい海を吹き抜ける風のように息をするから

すべての水平線をゆっくり這って越える風のように

かくして授業以外に翻訳と音楽評の仕事が続き、どちらも時に苦行で時に快楽、しばしば同時にその両方だった。ぴったりの言葉に行き着こうとする苦行の快楽、ぴったりの言葉に行き着かない悔しさ。悔しいことがいささか多すぎる――二、三十回試みてもどうしても英語として通る姿になってくれない詩、さまざまな女性の声（ジャネット・ベイカー、ビリー・ホリデイ、アリサ・フランクリン）によって歌われるさまざまな音楽を聴くことを論じた文章の頓挫（結局のところ音楽について書くなんて不可能なのだ、少なくとも自分にとっては）。だがそれでも、一応最低の出来ではなく、提出して活字にしてもらうに値するものも何本かは書けて、翻訳の山も依然高さを増していき、こうしたもろもろに加えて授業もいくつか取っていた。必修科目はもうほぼ全部済ませたので、現時点では英文学・仏文学のゼミが大半だったが、ただし科学だけは残っていた。二年分の科学必修はファーガソンに言わせれば不快そのもの、まったくの時間と労力の無駄だったが、調べてみると、自分のような阿呆におあつらえ向きの授業が用意されていることがわかった。〈天文学入門〉を落とす学生がどうやら一人もいないのは、科学専攻でない学生を科学のせいで落第させるのは間違っているというのが教授の信念だから で、授業には一回も出席しなくても、年度末のオール客観式の試験さえ受ければ、たとえ当てずっぽうでも取れるはずの点にすら達せず正答率十パーセントでも合格させてくれる。ファーガソンもこの阿呆向け天体数学の授業に登録したが、何しろ目下他人の体の中で生きていて自分が何者なのかももはやわからず、コロンビアの支配者たちと、彼らが学べと押しつけてくる無意味な科目に対してひたすら軽蔑を感じるばかりだったから、一学期の始まりに学内の書店に入っていって、天文学の教科書を万引きした。生まれてこのかた物を盗んだことなど一度もなく、一年次のあとの夏休みには〈ブックワールド〉でアルバイトして万引き学生を六、七人捕まえて店の外に放り出しもしたファーガソンが、いまや自ら本泥棒となって、重さ五キロのハードカバー本を上着の中に滑り込ませ、涼しい顔で出口へ向かい、小春日和の晴天に出ていったのである。過去には絶対やらなかったことをいま彼はやっていて、あたかももはや自分自身でないかのようにふるまっている。が、ひょっとするとこれこそがいまの自分なのかもしれない――何しろ本をくすねても疚しい気持ちはまるでなく、まったく何も感じなかったのである。

〈ウェストエンド〉で過ごす夜はあまりに多く、ジンマー、フォッグとともに飲んだくれる夜もあまりに多かったが、ファーガソンはとにかく誰かと一緒にいること、誰かと話をすることを欲していた。一人で酒場に入っていく晩にも、自分と同じくらい寂しい女の子と出会うチャンスがゼロではなかった。「たっぷりある」ではなく「ゼロではない」としか言えないのは、その手の事柄に関してファーガソンがおそろしく奥手だったからである。何しろ少年時代末期から大人になりたての時期の五年近く、ただ一人の女の子にしか接しなかったのだ。彼をしばし愛し、やがて愛さなくなり、彼を捨てて永久に去っていったエイミー・シュナイダーマン。だから恋の征服術に関してはまた一から始めるしかなく、誰かに近づいていって会話に持っていくすべなどもほぼ完全に無知だったが、そうは言ってもほろ酔いのファーガソンは素面(しらふ)のファーガソンよりもチャーミングではあったから、コロンビアに戻ってきて最初の三か月で三回、内気さを克服するくらい酔い、かといって頭が朦朧となるところまで酔ってはいなかったときに、女性とベッドに入ることに成功した。一度は一時間、一度は数時間、一度は一晩中。どの女性もファーガソンより年上で、三回のうち二回はそもそも向こうから誘ってきたのだった。

　一回目は大失敗だった。ファーガソンは大学院生対象のフランス小説のゼミに学部生としてただ一人加わり、ほかは男子の院生が二人、女子が六人だった。女子院生の一人が九月の第三週に〈ウェストエンド〉に現われると、ファーガソンは寄っていって声をかけた。アリス・ドットソンは二十四歳か二十五歳、魅力がないことはなく、好意的でなくもなかったが、体はぽっちゃりしていて動きもぎこちなく、おそらくこういうカジュアルなセックスには不慣れで、たぶんファーガソン以上に内気であり、その晩ファーガソンが彼女の腕の中に行き着いてみると、その体は見かけも手触りもエイミーとまったく違っていて、あまりの見慣れなさにファーガソンはすっかり戸惑ってしまい、しかもさらに混乱させられることに、情熱たっぷりで血気盛んなエイミーと較べてアリスはベッドでもっとずっと受け身で、ファーガソンとしても何とか性交を遂げようと苦悶しながらも、ついつい心は眼前の務めから離れてしまうのだった。アリス自身は彼女なりに穏やかに、夢見心地で楽しんでいる様子だったが、ファーガソンは結局営みを完遂できなかった。エイミー相手には長年のあいだで一度もなかったことである。かくして楽しみにしていた快い転がりあいは、不能と恥辱の惨めな時になり果てた。しかも男性としてのプライドに受けたその打撃を忘れることも許されない。何しろ授業は毎週月曜と木曜にあって、その学年の終わりまで週二回二時間ずつ、ほかの院生たちに交じってアリス・ドットソンも座り、精一杯彼を無視しようと努めていたのである。

　二回目は傷こそ残らなかったが貴重な教訓を得た。ある晩〈ウェストエンド〉に、秘書をしている三十一歳の、感じは良いが特に人目を惹くところはない女性が、はっきり学生を引っかける目的で入ってきた。ゾーイと名のり（名字は言わずじまいだった）、一人でカウンターに座っていたファーガソンに目を留めるや隣の席に腰かけ、マンハッタンを注文して、目下進行中であるカージナルズ対タイガースのワールドシリーズの話を始めた（ミズーリ州ジョプリンで育ったのでセントルイスが本拠地のカージナルズを応援しているという）。酒を三、四口飲んだあたりで手始めにファーガソンの腿に片手を載せると、ファーガソンもしかるべく反応し、相手のうなじにキスを返した。ゾーイはマンハッタンの残りを飲み干し、ファーガソンもビールを飲み終えて、二人でタクシーに乗り込み西八十四丁目にある彼女の住まいに向かい、後部席で体に触れあいキスするなかでせいぜい六、七語しか言葉を交わさなかった。ずいぶんそっけない気もしたが、相手の体の艶（なま）めかしい動きにファーガソンは興奮を覚え、アパートに着くとアリス・ドットソンのときは何とも残酷に裏切った器官は、ゾーイ・名字なし相手には何ら問題なく事を完遂した。いわゆる一夜の情事（ワン・ナイト・スタンド）はこれが初めてだった。いや、ほぼ一夜と言うべきか――第一ラウンドのあとに第二ラウンドが続き、終わると午前二時だったが、ゾーイはファーガソンに、帰ってくれ、ここからは一緒にいない方が朝になって二人ともきっといい気分でいられるから、と言いわたしたのである。唖然とするしかない。最中は楽しかったけれど、気持ちなしのセックスではやっぱり物足りない。風の吹く秋の夜中、自分のアパートに歩いて帰りながら、こんなことやっても意味ないとファーガソンは思った。

　三回目は記憶に残る、この長い空虚な数か月の中で起きた唯一楽しい出来事だった。〈ウェストエンド〉は基本的には大学生のたまり場だが、もう大学生でない、あるいは一度も大学生だったことのない常連も一定数いた。変わり者の夢想家や飲んだくれがブースに一人で座り、架空の政府の転覆を図ったり、禁酒グループにもう一度入る前の最後の一杯をやったり、ディラン・トマスがこの店のカウンターに座って詩を唱えていた日々を回想したりする。そうした常連の中に、ファーガソンが一年次の始めのころから知っている若い女性がいた。ほっそりした体に長い脚の、テキサス州ラボックから来た美女ノーラ・コーヴァックス。ファーガソンも前々から魅力を感じていたが、何しろエイミーがいたので、この並外れた女性とは軽くいちゃついたりしたことさえなかった。一九六一年、バーナードで学びに南の地からやって来て、一学期のうちにドロップアウトしたが、以後もずっとこの界隈にとどまっている。言葉遣いは汚く、ふるまいは淫ら、くたばっちまえ（ゴー＝ファック＝ユアセルフ）のノーラ。いつしか彼女は、赤の他人の前で服を脱ぐ稼業に入っていった。アメリカの産業の遠く離れた奥地を巡回し、油田、造船所、製材所で働く女なき男たちの生活の質を向上させるストリッパー。ニューヨークから二、三か月姿を消しては、アラスカやテキサス湾岸を回って高給を稼ぐパフォーマーだが、いつもかならず帰ってきて〈ウェストエンド〉カウンターの定位置にふたたび陣取り、ほぼ毎晩やって来ては隣に座った人間誰とでもお喋りに興じ、遠征中の冒険を語り、宇宙を破壊しつつあるノボダディの阿呆どもをこき下ろす。ファーガソンは彼女と格別親しいわけではなかったが、長年のあいだに五、六回はじっくり話し込んだことがあり、さらに、以前一度ファーガソンがそれなりに重要な事柄に関してノーラを助けたことがあったため、親しい友人同士とは言えずとも二人のあいだにはある種特別な絆が出来ていた。話はファーガソンが一年生だった年のある夜にさかのぼる。ファーガソンはその夜エイミー抜きで〈ウェストエンド〉に入っていき、ノーラと二人、脇のブースに座って差しでえんえん四時間話した。じきに初めてのストリップ・ツアーに出ようとしていたノーラに、早急に芸名が必要だ、ノーラ・ルアン・コーヴァックスとして商売する気はないから、と打ちあけられたファーガソンは、突然インスピレーションが湧いて、スター・ボルト、と言った。わあすごい、それよアーチー、あんた天才ね、とノーラも言ってくれて、たしかにその一瞬は天才だったのかもしれない。スター・ボルト。魅力、自由さ、セクシャルな力強さ、ストリッパーとしてのし上がるのに欠かせない特質すべてを発散させている名だ。その後何年にもわたってノーラは、ファーガソンに出くわすたびに、あたしを奥地の女王に変えてくれてありがとう、とおどけて礼を言うのだった。

ファーガソンがノーラのことを気に入ったのは、彼女に魅了されるところがあったからである。あるいは気に入っていたから魅了されたのかもしれない。だが反面、ノーラが滅茶苦茶であることも彼は理解していた。酒は飲みすぎだしドラッグもやりすぎ、美徳の守護神たちがあばずれとかふしだら女とか呼ぶ女にいまやしっかりなっている。破滅に向かってまっしぐらに進んでいる若い女、あけすけに物を言って反感を買い、神から授かったゴージャスな肉体をひたすら弱い男たちや迷える罪人たちの道徳心を苛むのに使い、誰でも気に入った男とファックし、自分のカントやクリトリスのことや尻に硬いペニスを突き入れられる気持ちよさ等々を大っぴらに語る。と同時にファーガソンから見て、〈ウェストエンド〉にたむろする連中の中でも図抜けて知的な人間の一人であり、心は温かく気は優しい。たぶん三十か三十五で寿命が尽きるだろうが、そんなノーラにファーガソンはひたすら好意しか抱かなかった。

もう何か月も、おそらく半年くらい見かけていなかったが、十一月初旬の、ニクソンがハンフリーを破り、その秋ファーガソンを包んでいたただでさえ暗い気分がますます暗くなった二、三日後、ファーガソンがカウンターに行ってノーラの隣の席に座ると、彼女はまたいつもの高笑いののち、彼の左の頰にキスした。

一時間ばかりお喋りして、ノーラの元カレがドラッグ密売で逮捕されたこと、エイミーがファーガソンの人生から決定的に去ったこと、ノーラが翌朝アリゾナに発つという（ファーガソンにとっては）残念な知らせ等々の欠かせない話題をひととおりカバーしたのち、ノーラはノーム（アラスカの港町）でおっぱい揺すってたあいだも（ファーガソンはこのフレーズを決して忘れまいと誓った）ニューヨークにいる友だちのモリーとジャックから毎日『スペクテイター』を送ってもらっていたので、春にコロンビアで起きていたこともきちんと追跡していた（キープ・アブレスト）（breast〔胸〕とabreast〔察知して〕を掛けた洒落）という興味深い事実が明らかになった。したがって彼女は、ファーガソンが書いた、建物の占拠、警官隊の乱入、ストライキ等々をめぐる記事をすべて読んでいたのである。

アラスカにニュースが届くまでにけっこう時間かかったけど、あんたの記事すごくよかった（ファッキン・テリフィック）よ、バッチリサイコーだったよアーチー、とノーラが言ってくれたので、ファーガソンはしかるべく礼を述べてから、もう記者の仕事は辞めたんだと告げた。永久にかもしれないし、一時的かもしれない、まだ決めてないんだ、と彼は言った。とにかく確かなのは、脳がすっかり絞り取られて何を考えたらいいのかもうわからないってこと、世の中何もかもクソだ（ありがとう、サル・マルティーノ）ってことだけだよ。

あんたがそんなに落ち込んでるとこ見るの初めてだよ、とノーラは言った。

落ち込んでるなんてもんじゃないね。地下九十三階まで降りてきて、エレベータはまだ下ってる。

解決策はひとつしかないよ、とノーラは言った。

解決策？　聞かせてくれよ——いますぐ。

風呂。

風呂？

あったかい風呂にね、あたしたち二人で一緒に入るんだよ。

かつてなき心優しい提案。こんなに嬉しく受け入れた提案もかつてなかった。

二十五分後、クレアモント・アベニューにあるノーラのアパートで彼女が浴槽の蛇口をひねるとともに、ファーガソンは言った。神はたしかに素晴らしい肉体を君に与えたけれど、それよりもっと大事なことにユーモアのセンスも与えたんだ、君は明日の朝アリゾナに発ってしまうわけだけど僕はいまここで君と結婚できたらって思う、もちろんいまであれ未来のいかなる時点であれ君と結婚するなんて無理だとはわかってる、でもこれから十一時間、一秒も無駄にせずずっと君といたい、君が飛行機に乗り込むまで共に過ごしたい、こうやって本当に優しくしてくれる君を心から愛してる、たとえ今後二度と会えなくても生涯君を愛しつづける。

さあさあアーチー、とノーラは言った。着てるものそこらへんに放り投げて入ってきなよ。お湯はたっぷりある、これが冷めちゃったら嫌でしょ？

十一月。十二月。一月。二月。

まだ籍はあったがファーガソンはもう大学に見切りをつけていた。よたよた前に進みながら、卒業証書を受けとったらわが身をいかに処すべきかを考えていた。まず第一に、ノボダディに尻を覗かせ睾丸を吟味させ、コホンとしかるべく咳をし、筆記試験も受けて国のために死ぬに十分な知恵があることを証明する件がある。六月か七月には徴兵委員会から身体検査の呼び出しが来るだろうが、何しろ指が二本ないのだから心配はない。目下王座にいるのは好戦的なクエーカー教徒だが、いまやその好戦論者が戦争を終わらせる計画をひそかに進め、兵力削減などと言いはじめている。軍隊も親指がひとつしかない兵士を起用してまで人員を満たそうとはしないだろう。そう、問題は軍隊ではなく、軍隊に撥ねられたあと自分がどうするかだ。そしてすでに「これはやるまい」と決めたことのひとつが大学院進学だった。クリスマス休暇中、フロリダで両親と一緒に過ごしている最中に三、四分検討したが、大学院、と口にしてみたとたん、大学にあと一日いると考えただけでどれだけ嫌な気分になるかをまざまざと実感し、二月が三月に代わろうとしているいま、願書を出す期限もすでに過ぎていた。教師になるのもひとつの手である。大学を出たばかりの若者を、ニューヨーク内外の貧しい界隈（マンハッタン南北の黒人・ラテン系の住むスラム、マンハッタン以外の区の荒廃した地域）に送り出そうという気運はあったし、その手の仕事を二、三年やるのは倫理的にも胸を張れる選択だ。崩壊しかけた区域の子供たちに教育を施し、彼らに教えるのと同じくらいきっと彼らからも学ぶ。世の中を少しでもよくするためミスタ・ホワイトボーイもささやかながら貢献するというわけだ。だがそこで冷静に考えると、知らない人間が部屋に五、六人いるだけでもう考える力を失くしてしまい、人前で立ち上がって話すのを苦痛に感じる自分の自意識過剰ぶりに思いが至ってしまう。口から何の言葉も出ないのに、どうやって十歳の子供三十人、三十五人相手に授業ができるのか？　やりたい気持ちはあっても、やっぱり無理だ。

ジャーナリズムはすでに却下したわけだが、二月の第二週か三週あたりで、完全に捨てるのはまだ早いかという気がしてきた。まあたしかに大企業、体制側の新聞や出版社はもはや論外だとしても、反体制、オルタナティヴ、アンダーグラウンドの出版もここ一年めきめき勢いをつけている。『イーストヴィレッジ・アザー』、解放（リベレーション）ニューズサービス、アングラ紙『鼠（ラット）』はむろん、ニューヨーク以外にもさまざまな都市でインディーズの週刊新聞が何十と作られ、どれもとことんワイルドで型破り、これらと較べれば『ヴィレッジ・ヴォイス』だって旧弊なる『ヘラルド・トリビューン』と変わらぬ古臭さに思えてくる。ああいうところで働くのは一理ある。少なくともこうしたメディアは、ファーガソンが反対していることすべてに反対しているし、彼が賛成している多くのことに賛成している。とはいえ、いくつかの難点も検討しないといけない。まず給料が安いし（ファーガソンとしてはできれば仕事で生計を立て、祖父にもらった金にはあまり手をつけたくない）、もっぱら左翼の人々のために書かないといけないという問題はもっと重大であり（自分はつねに人々の考えを変えたいと願ってきたのであって、人々がすでに考えていることを単に裏書きする気はない）、可能な限り最良の世界で生きる、というパングロス的生き方には程遠いだろう。とはいえ、「可能」と「最良」が同じ一つのセンテンスの中で現われることがめったにないこの世界にあって、それなりに納得できて、自分が汚される気にならずに済む「可能」な仕事であれば、何も仕事がないよりずっといい。

A・I・ファーガソン、アメリカ帝国に対する不満分子と損なわれ苦悩せる者たちとのバイブルたる、選ばれた少数の者たちにとっての報道の鑑『ウィークリー・ブラスト（毎週の突風）』のスター記者……。

何はともあれ、じっくり考えてみるに値する事柄である。というわけで、その後十五日か二十日くらい考えつづけ、そして、一九六九年三月十日の午前零時が過ぎた直後に、〈短剣の夜〉が訪れた。二十二歳の誕生日から一週間後、西一〇八丁目のジム・フリーマンのアパートを訪れて『美しい赤毛　フランス詩選』の完成原稿を、多すぎるから好きなように削ってくれていい、と言い添えて渡した四日後のことである。三月十日の夜、自分のアパートの部屋から部屋をさまよいながら、ノーラ・コヴァックスに宛てた長い内省的な手紙を頭の中で組み立てている最中、下腹部に鋭い疼きが生じた。実はこの何か月か、同じような疼きに何度も見舞われてはいたが、いつもはたいてい十秒もすると収まるのに、今回は第二の、もっと強い疼きが襲ってきて、そのあまりの激しさに、これはもう疼きなどではなく本物の、掛け値なしの痛みと呼ぶほかなく、この二つ目の差し込みが訪れた次の瞬間、襲撃が始まった――いくつもの短剣が次々に腹を刺し、二十七本の槍によってファーガソンはベッドの上で二時間近くのたうち回り、痛みが長引くにつれ、これはきっと体内で盲腸か何かが破裂したのだろうと思えて、すっかり怯え懸命に力をふりしぼって立ち上がり、コートを羽織って、七ブロック半離れたセントルーク病院の緊急外来まで歩くことにし、腹部を押さえ、大きなうなり声を漏らしながら夜の中をよたよたと進み、途中何度も倒れてしまいそうになるたびに立ちどまって街柱にしがみついたが、アムステルダム・アベニューですれ違う人々の誰一人、彼がそこにいることに気づいてもいない様子で、寄ってきて助けは要るかと訊いてくれる人もなく、ニューヨークで暮らす八百万のうち一人としてファーガソンが生きようが死のうが気にかけていないらしかった。病院に着くと一時間半待たされた末にやっと診療室に呼ばれ、若い医者に十五分間あれこれ質問されて腹をあちこち突つかれた挙げ句にまた待合室へ戻るよう言われ、今度は二時間待たされて、どうやら今夜のうちに盲腸が破裂することもなさそうに思えてきたところで医者がもう一度診察し薬を処方してくれて、香辛料の多い食事は避けてウイスキーなどの強い酒は飲むな、グレープフルーツは食べるな、今後二、三週間は極力刺激の少ない食事を続けろと指示され、その間もしまた発作が起きたら誰かに付き添ってもらって病院に来る方がいい、と言われた。医者の健全で有益な助言に頷きながら、ファーガソンはこう自問した――でもいったい誰が、また死にそうだと思えたときにそばにいてくれるだろう？

　四日間寝たきりで、薄い茶を飲み、クラッカーと、バターを塗っていないトーストを齧(かじ)って過ごし、どうにか外に出られるくらい回復してから七日後に、カール・マクマナスという男が州北部から、『スペクテイター』を去ろうとしている学生たちの話を聞きにやって来た。フリードマン、ブランチ、マルハウスら編集委員たちはすでに三月から三月までの一年任期を終えて新しい委員会に新聞を引きわたしていたし、フリーランス寄稿者であるファーガソン最後の記事〈ジョージ・オッペンの最新詩集『多くであることについて』を厳かに讃えた書評〉も三月七日、すなわち〈短剣の夜〉の三日前に掲載済みだった。皮肉なことに、四年生スタッフの中でジャーナリズムに進む道をまだ検討しているのはファーガソン一人だった。働き過ぎで精神をすり減らしたフリードマンは、ファーガソンが尻込みした公立学校での教職に就いて一種の冬眠に入るつもりだったし、ブランチはハーバードのメディカルスクールに進学し、マルハウスはコロンビアにとどまって大学院で歴史を学ぶ。それでもみんなマクマナスとの会合に顔を出したのは、春にマクマナスがフリードマンに、「騒乱」中に『スペクテイター』のスタッフが為した仕事を讃えた手紙を送ってきたからである。カール・マクマナスからの賞讃は彼らにとって大きな意味があった。この現『ロチェスター・タイムズ＝ユニオン』紙編集主幹は、一九三四年に『スペクテイター』編集長を務め、その後の三十数年、スペインへ行ってスペイン内乱を、アジアに行って第二次世界大戦の太平洋戦線を取材し、以後は国内にとどまって四〇年代には赤の恐怖を、五〇年代から六〇年代前半にかけては市民権運動を報道した。『ワシントン・ポスト』の編集委員を長く務めたあと、一年半前からは、三〇年代にコロンビアを卒業して最初の就職先だった『タイムズ＝ユニオン』の編集主幹の座にある。伝説的人物とまでは行かないが（著書はないし、ラジオやテレビにもめったに出ない）、世に知られた、十分評価された人物であり、五月初旬に届いた彼からの手紙は、疲れはてた『スペクテイター』の面々を大いに元気づけてくれたのである。

　ブルックリン訛り、横に広く耳が飛び出たアイルランド系の顔、元ラインバッカーか沖仲仕だったとしてもおかしくない体、敏捷に動く青い目、白髪交じりの赤っぽいモップ状の髪が長めなのは時代について行こうという気なのか床屋に行くのを忘れているのか。気取らない。たいていの男よりリラックスしていて、マルハウスがみんなで一階の〈ライオンズ・デン〉（この学生向け軽食堂のコーヒーを、有名なニューヨークのフレーズをもじって世界一まずい一杯のコーヒーとマルハウスは呼んだ）へ行こうと提案したときもからからと愉快そうに笑った。

　茶色いフォーマイカ樹脂のテーブルを七人で囲む。二十代前半の学生六人と、ロチェスターから来た五十六歳の男一人。男はさっそく用件に入り、新しいスタッフを探しにコロンビアへ来たのだと六人に告げた。『タイムズ＝ユニオン』でじきにいくつか空きが出る予定であり、それらを新鮮な血で満たしたい、ケツが破裂するくらい働いてくれる腹を空かした若手で埋めたい。まずまずの新聞をいい新聞に、もっといい新聞に変えたい、そして君らの仕事ぶりはもうすでにわかっているから、この場で君たちのうち三人を雇う気があるとマクマナスは言った。まあもちろん、ニューヨーク州ロチェスターなんていう、冬はオンタリオ湖から木枯らしが吹いてきて鼻水も凍るし脚はキャンデーの棒になる場所にわざわざ来るような阿呆がいるとしての話だが。

　どうしてジャーナリズム科の連中じゃなくて僕らと話すんですか、それともあっちにも行くんですか、とマイク・アロンソンが訊ねた。

『スペクテイター』で四年働いた経験の方が大学院の一年より貴重だからさ、とマクマナスは言った。去年の春に君たちがカバーしたストーリーは、実に壮大で込み入った、大学に関する報道としては近年最大の成果だった。このテーブルに座っている君たちは全員がいい仕事をしたし、いくつかの記事は出色の内容だったと言っていい。君たちは砲火をくぐり抜けて、全員が試練に耐えた。君たちのうちの誰がわが新聞に加わっても、私にとってはすでに保証付きってわけだ。

　するとブランチが、もっとずっと重要な、『ニューヨーク・タイムズ』の問題に言及した。あの新聞のコロンビア報道、どう思われますか？　嘘しか報じないのに、大手のメディアで働く意味なんてありますか？

『タイムズ』はたしかにルールを破った。それについては私も同じくらい腹が立つよ、ミスタ・ブランチ。彼らがやったことはほとんど極悪の、許しえないことだった。

　ずっとあとになって、その午後のことをふり返り、なぜあのように行動したのか、もししなかったらどうなったか、ならなかったかを考えてみると、すべてはあの極悪（モンストラス）という一言にかかっていたことをファーガソンは理解するに至る。もっと懐の狭い、慎重な人間だったら、無責任（イレスポンシブル）、ぞんざい（ショディ）、失望させられる（ディサポインティング）といった言葉を使い、ファーガソンに何の感銘も与えなかっただろう。極悪だけが、過去数か月ファーガソンが抱えてきた――そしてどうやらマクマナスも抱えているらしい――憤りの強さを伝えていたのである。もしこの件についてマクマナスが自分と同じ考えであるなら、きっとほかの事柄についても同じであるにちがいない。日刊新聞で働く気がまだ残っているのなら、あるいはジャーナリズムが自分にとっての正解かどうかやってみようという気があるなら、凍てつく北風に抗してマクマナスの誘いを受け入れるのも悪くないかもしれない。しょせんはただの仕事だ。やってみて上手く行かなければ、いつでもよそへ移って別のことを試せばいい。

　入れてください、とファーガソンは言った。僕、やってみようと思います。

　ほかは誰も加わらなかった。ファーガソンの友人たちは一人また一人と辞退し、一人また一人とマクマナスと握手して別れを告げ、やがてファーガソンと未来のボスだけが残った。マクマナスの飛行機は七時まで出ないので、ファーガソンは英国ロマン派詩の授業をサボることにし、向かいの〈ウェストエンド〉に場所を移してもっと快適な環境で続きを話しませんか、と提案した。

　表側のブースに席を取り、ギネスの壜を二本注文すると、マクマナスはかつてのコロンビアといまのコロンビアについてつかのま語ったのち、ファーガソンがこれから行くのがいかなる場所かを説明してくれた。爽快にぶっきらぼうな物言いで、ニューヨーク州北西部の死にかけた世界を彼は語り、人口が減ってる地域なんて国中でここだけだ、特にバッファローはひどい、過去十年で十万近く減ったんだ、かつて華やかなりしバッファロー、由緒ある運河と海運文化の粋（すい）だった街、と皮肉たっぷりに言った。それがいまは、半分は人のいない荒地になり果て、閉鎖されて荒れ放題の工場、見捨てられた家屋、ベニヤ板を打ちつけられて崩れかけたビル、爆撃にも戦争にもさらされてないのに焼け出されたも同然の都市だ。そうしてマクマナスは暗澹たるバッファローの外に出て、ほかの諸都市を巡る短いツアーにファーガソンを誘い、慎重に形容句を選んで、情けないシラキュース、気の抜けたエルマイラ、見苦しいユーティカ、不遇のビンガムトン、みすぼらしいローム――Romeといったって帝国の首都だったことなんかないぜ、と付け足した。

お話伺ってるとすごく……すごく興味深いですね、とファーガソンは言った。でもロチェスターはどうなんです？

ロチェスターはちょっと違う。衰退するにしてもいくぶんましな衰退で、ほかの街よりゆっくり墜ちていて、だからまだ一応、いまのところはしっかりしている。人口三十万、周辺部も含めれば一二〇万、『タイムズ＝ユニオン』の発行部数も一日二十五万にのぼる。まあもちろんマイナーリーグしかない町だが、でも底辺のマイナーじゃない、れっきとした3Aのレッド・ウィングズがいて、ブーグ・パウエル、ジム・パーマー、ポール・ブレアといった高レベルの人材をボルティモア・オリオールズに送り出している。ここに本社を置いている企業はイーストマン・コダック、ボシュロム、ゼロックス、それになくてはならぬ、一九〇四年以来アメリカのすべてのホットドッグのお供を務めてきたフレンチ・マスタード。おかげでたいていの人間には職があって、企業もいまにも南部や海外に移ろうとはしていない。ヨットやカントリークラブがそこらじゅうにあって、素晴らしいフィルムアーカイブ、まずまずの交響楽団、いい大学があって、音楽学校はもっとよくて世界でも指折りだが、その一方でギャンブル、売春、フランク・ヴァレンティ率いるマフィアが仕切る恐喝や強請がはびこり、各地に貧困と犯罪が広がっていて、人口の十五パーセントから二十パーセントにあたる危険な黒人スラムの住人の多くは食うや食わずで失業中だったりドラッグに溺れたりしている。君が忘れているといけないから言うと（ファーガソンは忘れていなかった）、一九六四年の夏にはニューヨークのハーレムでの暴動の一週間後にここでも暴動が起きて三日続き、死者が三人出て二百軒の店が略奪され破壊され、千人が逮捕されて、結局ロックフェラー知事が州兵軍を出動させて事態を収拾した。州軍が北部の都市の壁を侵犯したのはこれが史上初だよ。

その時点でファーガソンはニューアークの名を口にした。一九六七年夏のニューアーク、あの〈割れたガラスの夜〉に母親と一緒にスプリングフィールド・アベニューに立ってどんな気持ちがしたか。

じゃあどういうことかわかるんだな、とマクマナスは言った。

残念ながら、とファーガソンは答えた。

肌寒い春、快適な夏、まあまあの秋、容赦ない冬、とマクマナスはさらに言った。どっちを向いてもジョージ・イーストマンの名前が見えるが、フレデリック・ダグラス（自らも奴隷だった奴隷解放運動家）とスーザン・B・アンソニー（婦人参政権・奴隷制廃止運動家）もここで暮らしていたことを忘れちゃいけない。エマ・ゴールドマンが前世紀末の一時期、搾取工場労働者をオルグしたことだってある。それと――これはすごく大切な点だ――気分が沈んで自殺したくなったらマウント・ホープへ散歩に行くといい。アメリカ中でも指折りの古くて大きい公共墓地で、依然としてロチェスター一美しい場所だ。私もよく行くよ。特に、長くて太い葉巻を喫いながらじっくり深く考えたいときに。行けばかならず頭がすっきりするし、時には啓示さえ訪れる。この世を去った三十万人が眠っているんだ。

地上に三十万、地下に三十万。それって我らがよき友が恐るべき対称と呼んだやつですかね。

あるいは「天国と地獄の結婚」だな（どちらもウィリアム・ブレイクの詩の有名なフレーズ）。

こうしてファーガソンとカール・マクマナスの会話が始まり、これがウォームアップとなって、二人は〈ウェストエンド〉で二時間にわたり話し込むこととなった。『タイムズ＝ユニオン』でファーガソンがどういう記事を書くことになるか。まずは試行期間として地元の出来事を報じ、合格となれば州のニュース、全米ニュース担当に昇格する。有難いことにマクマナスはすでにそうした展開を当然のことと考えてくれているようだった。初任給はまあ低いが、食うや食わず、悲惨そのものとまでは行かない。スタッフはどんな感じで、全体がどう運営されるのか……話を聞けば聞くほど、自分が為した決断を――極悪という言葉に本能的に応えた入れてくださいを――ファーガソンは嬉しく思わずにいられなかった。こうしてマクマナスという人間が少し見えてくると、この男の下で働けばきっと多くを学べるはずだとわかった。ロチェスター行きは意外にも賢明でまっとうな選択なのだ。そして左手を掲げてみせながら（その指はどうやって失くしたのか、と訊いた他人はマクマナスが初めてだった）、これのおかげで徴兵から逃れられて仕事に就けると思うんです、とファーガソンは言った。

徴兵のことは心配要らん、とマクマナスは言った。君はもう私の新聞に入ったんだ。同時に二つの軍隊に勤務できる人間はいないよ。

その春、心臓の鼓動は少しずつゆっくりになっていき、短剣が腹部から抜かれていった。新しい羽毛枕を一対買い、依然グレープフルーツを避け、ノーラと一緒にさらに三回風呂に入った。訳書の校正刷に赤を入れた。『タイムズ＝

ユニオン』の定期購読を三か月分申し込み、ロチェスターの日々の動向を追うようになった。新たに形成された〈コロンビア・ポエム・チーム〉なる名のグループに参加を求められ、オーベンジンガー、クイン、フリーマン、ジンマーとともにサラ・ローレンス大、イエール大に出かけていき、学生たちを聴衆に朗読会を行なって（人前で話すのは不可能でもタイプした翻訳を読むのは可能だった）、気合の入ったイベントのあとには多量の酒と笑いが続き、サラ・ローレンスではディーリア・バーンズというとびきり美しい女子学生と九十分間話し込み、彼女にキスしたくてたまらなかったができなかった。文学関係のゼミそれぞれの期末レポートを書き、天文学の試験の朝も何とか寝坊せずに出かけていった。百問それぞれに五つの選択肢があったが、何しろ講義に出たのは一回だけで、教科書を開けたことは一度もなかったから、AからEのうちまるっきりでたらめに○をつけていき、首尾良く十八パーセントに正解して合格点のD＋を得た。そうして、ほとんど人目に触れぬささやかな反乱の締めくくりに、大学の書店に戻っていって万引きした教科書を売り戻し、二度目の反逆の結果として六ドル五十セントを手にした。十分後、西一〇七丁目のアパートに帰ろうとブロードウェイを下っていると、寄ってきた物乞いに十セント恵んでくれと言われた。十セント貨一枚やるよりはと、ファーガソンは六ドル五十セントを丸ごと男の開いた手のひらに押し込み、さあどうぞ、コロンビア大学理事会からの贈り物を小生より謹呈いたします、と告げた。

　翻訳詩集は五月十二日、七十二ページの上質ソフトカバー版が刊行された。『レビュー』のオフィスで段ボール箱から取り出すと、見るだけで惚れぼれとしたし、両手に持つとしみじみ嬉しかった。一週間と経たずに、訳者分二十冊のうち五冊を残して友人や家族にあげてしまった。表紙にはアポリネールの第一次世界大戦時の有名な写真を使った。こめかみに榴散弾を浴びて手術を受けたヴィルヘルム・アポリナリス・ド・コストロヴィツキイの、頭に包帯を巻いた写真である。殉教者としての詩人、塹壕の泥の中で生まれた現代。一九一六年のフランス、一九六九年のアメリカ、どちらも若者を貪り食う永遠に終わらぬ戦争の中に閉じ込められている。三部をゴサム・ブックマートに、エイトス・ストリート・ブックショップにも三部、学内のペーパーバック棚に六部置いてもらった。学年で誰よりも貴重な友ジンマーが『スペクテイター』に書いてくれた書評は、ひたすら好意的な、過度に好意的なコメントばかりだった。「この選集に収められたフランス発の一連の詩は、単なる翻訳ではなく、それ自体の良さを具えた英語の詩として、わが国の文学への貴重な貢献として見られるべきである。ファーガソン氏は真の詩人の耳と心を持っている。

今後の年月、私はこの素晴らしい作品群に何度も立ち返ることだろう」

　過度に好意的。だが若きデイヴィッド・ジンマーはまさにそういう人物なのだ。そして彼もじき、モーニングサイド・ハイツを去ったとたん誰もが直面することになる大きな問題に直面する。ジンマーの場合、その難題は韻を踏んで現われた――イエールか刑務所（ジェール）か。イエールの大学院に行って四年間文学を学べる研究給費金を得るか、徴兵を拒んで刑務所で二年から五年を過ごすか。イエール・オア・ジェール。何とよく出来た戯歌（ざれうた）か、ノボダディは何という世界を作り出したことか。

　コロンビアに別れを告げるのは難しくなかった。一九六九年の春、大学はふたたび抗議とデモの日々に突入していたが、ファーガソンは純粋に自己保存のために関わらないつもりだった。だが友人たちと何人かの教授に会えなくなるのは寂しいだろうし、ノーラと二人で過ごした何晩かに受けた教育をさらに進められないのも残念だ。そして、一九六五年の秋にここへやって来た希望に満ちた少年をファーガソンは恋しく思うことだろう――この四年間で徐々に消えていき、もう二度と見つからないだろうあの少年を。

　六月中旬、ホワイトホール・ストリートの徴兵委員会の建物でファーガソンがしかるべく咳をし筆記試験を受けたのと同じ日、ボビー・ジョージとマーガレット・オマラがテキサス州ダラスのセントトマス・アクィナス・カトリック教会で結婚式を挙げた（ボビーはこの地に拠を置くボルティモア2Aチームのレギュラー捕手だった）。その同じ日、ファーガソンがミルドレッド伯母さんから受け取った手紙によれば、ずっと音沙汰がなかった、すっかり家から離れていたエイミーがシカゴで行なわれたSDS全国大会に参加したところ、敵意とともに始まった会合はどんどんエスカレートしていき、PL派（進歩的労働派）と、やがて〈ウェザーメン〉として知られることになるグループとのあいだの、戦術とイデオロギーをめぐる衝突に至り、政治組織としてのSDSはあっけなく崩壊した。ロースクールの一年目はエイミーも、ヘンリー伯父とミルドレッド伯母と時おり連絡を取っていて、ミルドレッドがかつて目の中に入れても痛くなかった甥に書いてきたところによれば、エイミーは革命を謳う直接行動の欺瞞に背を向け、より現実的な女性の権利の大義に専念することにしたという話だった。もうやめた、と決めた瞬間は、シカゴのブラックパンサーの情報部副代表チャカ・ウェルズが立ち上がってPLを糾弾したときに訪れた。何ら了解可能な理由もなしに、ウェルズはSDSの女たちのことを話しはじめ、「プッシー・パワー」という言葉を遣い、「スーパーマンはクズだ、ロイス・レーンと一度もファックしようとしなかったから」と言ってのけ、同様の思いが数分後にもう一人のブラックパンサー、ジュエル・クックによって口にされた。「俺も『プッシー・パワー』の味方だよ、ウェルズはただあんたらシスターに、あんたらは革命において戦略的な位置（ポジション）を占めてるって言いたかっただけさ――つまり、うつぶせの体位（ポジション）を」。もうすっかり言い古された、過去何年かでエイミーが何十回と聞いてきたジョークだったが、シカゴでのその日、もうたくさんだ、と思い、昨年の春学期の終わりにコロンビアを退学処分となったマイク・ローブ、テッド・ゴールド、マーク・ラッドといった面々がこぞって加わったこの新たな分派〈ウェザーメン〉には加わらないと決め、席から立ち上がって会場を去った。ミルドレッド伯母は手紙の締めくくりに、他人のことを話す際に彼女がしばしば陥る偉そうな口調にここでも陥ってこう書いていた――**アーチー、あんたにはこのこと知らせておくべきだと思ったのよ、あんたたち二人はもうカップルじゃないわけだけど。うちのエイミーも、やっと大人になってきたみたい。**

　ボビー・ジョージは誓いますと言う。ファーガソンは左手をつき出して合衆国陸軍軍医に見せる。エイミーはシカゴ・コリシアムから立ち去って運動と訣別する。この三つがまったく同時に起きていた可能性はあるだろうか？　ある、とファーガソンは思いたかった。

　さらに興味深いことに、ファーガソンが七月初旬にロチエスターに移ったころには、ボビーはすでに当地のインターナショナル・リーグ3Aチーム、レッド・ウィングズに昇格していた。ただの一人の知りあいもいない都市で、よりによって誰よりも古いつき合いの友と一緒になるとは。まあ長いあいだではなかろうが、少なくとも夏の終わり、野球シーズンが終わるまでの、新しい環境に慣れていく時期は一緒にいられるだろう。ボビーとその花嫁、二人とももうずっと前から知っている。モントクレアでのキャノビオ先生の幼稚園クラスで、短い花柄のワンピースを着て靴下のずり下がった可愛いマギー・オマラが、口をだらしなく開けた乱暴者ボビー・ジョージに向かってあっかんべえをしている。そしていま、依然として可愛い、だがすっかり垢抜けて傲慢なところもある、ラトガーズで経営マネジメントの学位を取った二十二歳のマーガレットと、いつも変わらず人の好い、メジャーリーグへの梯子をのぼって行きつつあるパワフルなボビー。およそ意外な結びつきだ、とファーガソンは思ったが、そもそもマーガレットを口説いて結婚まで持っていったのだから、軍隊で二年間、プロ野球の世界で一年半過ごした末に、ボビーもやっと大人になってきたのかもしれない。

　エイミーに関しては、もうファーガソンには関係ないことであって、彼女が何をしようがしまいが気にする筋合いはないのだが、それでも気にしてしまう。どうあがいても、気にしないという境地にはなれなかった。何か月かが過ぎていくなかで、シカゴでエイミーがウェザーメンに加わらないと決めて本当によかったとファーガソンは思うようになる。コロンビアのかつての友人たちは正気を失ってしまった。大いなる健忘症たる神の容赦ない圧力が、彼らの理想主義的な思いを挫き、理性的に考える力を潰してしまい、間違った前提と間違った結論に基づいた間違った決断によって、国中どこにも追随者も支持者もいない百人、二百人の中流階級出身の元学生の一隊が革命を先導してアメリカ政府を倒せるはずだと信じるほかない事態にはまり込んでいった。恵まれた若者たちがそうやって自滅していくさなか、政府は若者たちの中でもっとも貧しく教育程度も低い者たちを、もう終わりつつあるはずの、だが終わっていない戦争に送り出していた。エイミーがシカゴの全国集会から立ち去って八か月半後、彼女がコロンビアSDSで友人だったテッド・ゴールドが、ウェザーメン仲間のダイアナ・オートン、テリー・ロビンズとともにニューヨークの西十一丁目のタウンハウスで爆死した。地下室で製作中だった鉄パイプ爆弾の配線を三人の誰かが間違えたのである。オートンの体は跡形もなく消滅し、瓦礫の中に見つかった指の断片の指紋からかろうじて特定された。ロビンズに至ってはまったく何も残っていなかった。ガス本管の爆発によって生じた火事で皮膚も骨も非物質化され、彼がほか二人とともにいたという声明をウェザーメンが出して初めてその死が確認された。

年代物のインパラで七月一日にロチェスターに着いたが、『タイムズ＝ユニオン』の仕事は八月四日まで始まらない。新しい環境になじむ時間が五週間あるのだ。五週間のうちに住みかを見つけて持ち金を地元の銀行に移し、ボビーとマーガレットと一緒に過ごし、徴兵委員会からの新たな等級分けを待ち、アメリカ人宇宙飛行士二人が月面を歩いてケネディの約束が実現するのを目撃し、ニューヨークで始めたフランソワ・ヴィヨンの詩の翻訳を進めて、徐々にニューヨークを体内から抜いていった。探した限り一番広く一番安い住居は、サウスウェッジと呼ばれる荒れはてた地域にあった。街の東側、ジェネシー川からも遠くない混みあった界隈で、マクマナス愛するマウント・ホープはすぐ近くだし、ロチェスター大学や、広々とした草地ハイランド・パーク（ここで毎年春にライラック祭りが開かれる）も同じ。この地域では物価も安く、月八十七ドルでクローフォード・ストリートにある三階建て木造家屋の三階を丸ごと借りられた。まあパッとしない見栄えの家だし、天井はひび割れていて階段もグラグラ、雨樋は詰まっていて表側の黄色いペンキは剝げかけていたが、家具付きの三部屋とキッチンを一人で使えるし、午後にさんさんと差し込む光は西一〇七丁目の薄暗がりよりずっと精神衛生にいいので、もろもろの欠点にも目をつぶることができた。大家のクロウリー夫妻は一階に住んでいて、二人ともウォッカ好きのせいで夜はしばしば罵りあいが生じたが、ファーガソンに対してはいつも愛想がよかったし、クロウリー夫人の独身の弟チャーリー・ヴィンセントも同じだった。二階に一人で住んでいるチャーリーは、毎月の障害者手当で暮らしている第二次世界大戦の退役軍人で、人当たりはよく、一日じゅう煙草を喫って咳をしてテレビを観る以外何もしないように見えたが、夜は時おり苦しむようで、眠ったまま**スチュアート！　スチュアート！**　と必死に叫び、その声はあまりに大きく、あまりに色濃くパニックに染まっていて、床板を通して上階にいるファーガソンの耳にも届いた。とはいえ、時おり過去を生き直してしまうからといって、誰がチャーリーを責められよう？　二十六年前に太平洋で戦うべく送り出され、頭に悪夢をぎっしり詰めてロチェスターに戻ってきたティーンエージャーの少年を、どうして憐れまずにいられよう？

　ボビーとマーガレットとは、結局それほど一緒に過ごす機会はなかった。一度ディナーを共にし、ボビーがレッド・ウィングズの一員としてプレーするのを一度観たが、七月一日にファーガソンが着いた時点ではチームは遠征中だったし、十日にロチェスターに戻ってきたものの、じきにオリオールズの捕手がヤンキースの選手とホームで衝突して手を骨折してしまったので、3Aに移った三週間で三割二分七厘の打率を上げていたボビーが、首位を走るオリオールズに加わるべく急遽ボルティモアに呼び寄せられたのである。アメリカン・リーグのピッチャーたち相手でも実績を残せれば、もうマイナーには戻ってこないだろう。ボビーのためを想ってファーガソンは喜び、その躍進に喝采せずにいられなかった。が、胸の内で認めるのも辛かったものの、ボビーとマーガレットが街を去ることもファーガソンは喜ばずにいられなかった。

　ボビーが原因ではない。ボビーは依然昔のままのボビーだ。年齢も経験も増して考えは深まったが、いまもやはり、誰のことも悪く思えない心の広い少年であって、ファーガソンの誰よりも忠実で愛情深い友、エイミーも含めて誰よりも深く、とりわけエイミーよりも深くファーガソンを愛してくれる友だった。ロチェスターでの一度だけのディナーとなった、クレセントビーチ・ホテルでの晩、ボビーは何と生きいきとしていたことか。十四秒ごとにマーガレットをハグし、モントクレアでの古き良き日々をふり返り、ファーガソンの手がまだ損なわれていなかった二年生の日々をボビーは語った。二人とも一番若いレギュラーとして活躍し、チームは十六勝二敗でリーグ優勝を遂げた。あのプレーをやってのけたチームだよ……ボビーがあのプレーのことを語らずにいられるわけがない、いくら語っても飽きないのだ、あの試合のことマーガレットに聞かせてやれよ、とファーガソンが水を向けると、ボビーはニッコリ笑って妻の頬にキスしてから、六年前の五月のことを語り出す。こんな試合だったんだ、とボビーは言う。相手はブルームフィールド、俺たちは一対〇でリードされていて、いまは九回裏、アーチーが三塁、ケイレブが二塁、とランナーは二人。ケイレブはケイレブ・ウィリアムズだよ、ロンダの兄貴の。で、バッターはフォルチュナートで、マルティーノ・コーチがバントのサインを出す——帽子の縁に二度触ってから帽子を脱いで頭を掻く、これが合図なんだ、こんなサイン出したのは後にも先にもこのときだけだった、単に一点取ろうっていうスクイズじゃなくて、二点取るためのダブルスクイズのサイン。そんなこと考えた人間は歴史上一人もいなかったけど、サル・マルティーノは思いついたのさ、あの人は野球の天才だったから。もちろんやるのは簡単じゃない。まず二塁ランナーの足が速くなくちゃいけないが、キャレブはすごく速かった、チーム一速かったんだ、で、ピッチャーが投げてフォルチュナートがいいバントを決める、マウンド右側にスピードを殺したゴロを転がした、ピッチャーがボールに達したころにはアーチーはもうホームを越えていて同点、とすればあとは一塁に投げるしかないとピッチャーは当然思ってフォルチュナートはゆうゆうアウト、だけどピッチャーにわかってないのは二塁ランナーのキャレブがアーチーと同時にピッチャーがワインドアップに入ったところで走り出したことで、一塁手がボールを受けとったときにはもうホームまであと四分の一ってところまで来ていて、ブルームフィールド側の誰もが一塁手に、ホーム！ ホーム！ と叫んで一塁手はあわててホームに投げたけどもう手遅れで、キャッチャーのミットにバシンと収まる球が来たものの全然間に合わなくてキャレブが滑り込んで逆転サヨナラ。土埃が舞って、キャレブが両腕をつき上げて飛び上がる。負け試合が一転、ちっぽけなバントから大きな大きな勝利が生まれたんだ。あんなの見たことないね。あれ以来何百試合とやったけど、あれ以上エキサイティングなプレーはお目にかかったことがない。俺のオールタイム・ナンバーワンだよ。ボールは十メートルも転がらなかった、なのに二点入ったんだぜ。

　そう、ボビーが問題なのではない。ボビーはいまや唯一無二のボビーらしさを全開させている。問題はマーガレットだった。七歳のときにファーガソンに熱を上げたのと同じマーガレット、十二歳のときに名前なしのラブレターをファーガソンに送りつけ、高校時代ずっと彼を熱い目で見て、アン＝マリー・デュマルタンがベルギーに帰ったときは露骨に喜んだ、最終学年でエイミーと四か月半離ればなれだった時期にファーガソンがただ一人本気でそそられたマーガレット、もしボビーが彼女に惚れ込んでいなかったらファーガソンはその口に舌を差し入れていただろう。ボビーのために仲介役を演じようとしたファーガソンをシラノと呼んで嘲(あざけ)ったマーガレット、退屈だが利口ではあり胸が疼くくらい魅力的なマーガレット、そのマーガレットがいま自分の一番古い友人の妻である理由がファーガソンにはどうしてもわからない、何しろ目下ボビーがダブルスクイズ物語を語っているあいだも話にはほとんど注意を払わずテーブルの向こうから何度もファーガソンを見て、喋っている夫の方は少しも見ずに、目で貪るようにファーガソンを見ながら彼女はこう語っているようだった——そうよ、あたしはこの優しいでくのぼうと一か月前から結婚してるけどあたしはいまもあんたのこと夢見てるのよアーチー、あんたどうして長年あたしのこと撥ねつけたのよ、あたしたち初めからひとつになるよう定められてたじゃない、あたしはここにいる、あたしを奪ってよ、何がどうなろうと構いやしない、あたしはずっとあんただけが欲しかったのよ……クレセントビーチ・ホテルのレストランでファーガソンを見るマーガレットの目つきはそう言っていた（あるいはそう言っているようにファーガソンには思えた）。そして実のところ、ファーガソンはマーガレットにそそられていた。寂しい一人暮らし、新しい街に来て愛を探している独身男なのだ、あんなふうに見つめられてどうしてそそられずにいられよう？　この夏、もしも彼女とボビーがボルティモアに発たなかったら、ファーガソンがはたして誘惑に屈さずに済んだか。二人きりで会う機会はいくらでもあっただろう、ボビーはルイヴィル、コロンバス、リッチモンド等々各地を転々とし夜は留守にしていただろう、となればマーガレットは何度自宅での夕食にファーガソンを招いただろうか、何本のワインを二人で一緒に飲んだだろうか、きっとどこかの時点でファーガソンの抵抗が弱まったにちがいない……そう、ホテルのレストランで向かいあわせに座った彼女の目はファーガソンに言っていたのだ、降参してよ、お願いだから降参してよアーチー、と。マーガレットがこのままロチェスターにとどまっていたら、ファーガソンは彼女に触らずにいるだけの強さを保てなかったかもしれない。だから彼女がいなくなって、ファーガソンは本気で嬉しかったのである。

昨年、いくつもの同心円が融けあって一枚の黒い円盤に、LPレコードになり、A面は一曲のブルースがえんえん歌われていた。いまやレコードは裏返され、B面の曲は葬送曲で、タイトルは「主よ、汝の名は死」。ファーガソンが『タイムズ＝ユニオン』の仕事を始めた数日後、メロディが彼の頭の中に入ってきた。八月九日、一小節目が、「チャールズ・マンソン」「テート＝ラビアンカ殺人事件」という言葉とともにカリフォルニアから流れてきて、まもなくそれが変調して、ハロウィーンの晩の、ファーガソンも卒業後に入ろうかと真剣に考えた〈リベレーション・ニューズサービス〉創立者の一人たる若きマーシャル・ブルームの自殺になり、これが秋のなかばにはもう、南ベトナムのソンミ村を舞台とするウィリアム・カリー中尉による虐殺に転じ、一九六〇年代最後の年が最後の月に入っていくとともに、シカゴ警察がけたたましいスタッカートのリフレインのごとく、ベッドで眠っていたブラック・パンサーのフレッド・ハンプトンを射殺し、その二日後にはオルタモントでローリング・ストーンズがこの一曲を締めくくるべくステージに上がると、ヘルズ・エンジェルズの一団が群衆の中で銃を振り回していた黒人の若者に飛びかかりナイフで刺し殺した。

　ウッドストックⅡ。フラワー・チルドレンと暴漢。見よ、昼は俄(にわか)に夜と化し。

　ボビー・シールがジュリアス・ホフマン裁判長の指示によりさるぐつわを噛まされて椅子に縛りつけられ、〈シカゴ・エイト〉はシカゴ・セブンに変わった。

　十月の〈怒りの日々〉、ウェザーメンが二千人のシカゴの警官相手にカミカゼ突撃を決行し、ファーガソンのかつての級友たちが、フットボールのヘルメットにゴーグルを着けサポーターやカップでズボンを膨らませた姿で、鎖、鉄パイプ、棍棒で戦おうと企てた。六人が撃たれ、数百人が護送車で連行された。何のために？「ベトナム戦争を国内に持ち込むため」と彼らは叫んだ。でもいままでベトナム戦争が国内になかったときなんてあったか？

　その四日後、ベトナム・モラトリアムデー。何百万ものアメリカ人が賛同し、二十四時間のあいだアメリカ中ほとんどすべての活動が停止した。

　モラトリアムデーから一か月と一日後、七十五万人が戦争を終わらせようとワシントンを行進。新世界史上最大の政治的示威行為。ニクソンはその午後フットボールの試合を見物し、そんなことをやっても何も変わらない、と全国民に告げた。

　その十二月、ミシガン州フリントでのウェザーメン集会で、バーナディーン・ドーンが、「あの豚ども」を殺したチャールズ・マンソンを讃えた。豚どもとは妊娠していたシャロン・テートをはじめテート宅で死んだ人々のことだった。ファーガソンのコロンビアでの級友の一人が立ち上がって言った――「我々はインチキアメリカの『善良で真っ当』なものすべてに反対する。我々は放火し、略奪し、破壊する。我々はあんたらの母親の見る悪夢から孵(かえ)った卵だ」

　そうして彼らは潜伏し、二度と人前に現われなかった。

そんな中でファーガソンは、ふたたび最小の円の中心に位置する最小の点の立場に復帰した。今回、点はコロンビアとニューヨークではなく『タイムズ＝ユニオン』とロチェスターに囲まれている。彼の見るところ、まずまず公平な交換だった。もはや徴兵の危険もなくなり（仕事の始まる三日前に兵役不適格通知が届いた）、それなりの力を証明できる限り職は彼のものだった。

　ロチェスターには日刊新聞が二つあった。どちらもオーナーはガネット・パブリッシングだが、目的はそれぞれ違い、編集方針も違えばそもそも世界観が違う。その名に反して朝刊の『デモクラット・アンド・クロニクル』（民主主義者と新聞）ははっきり共和党寄りでビジネス優先だが、午後刊の『タイムズ＝ユニオン』はもっとリベラルで、マクマナスの就任以来それがいっそう鮮明になっていた。もちろんリベラルの方が保守よりずっといい。たとえ実のところは中道ということにすぎず、現在のさまざまな政治問題に関しファーガソンの立場とはかけ離れていても、当面ここに腰を据えて、『イーストヴィレッジ・アザー』や『ラット』やリベレーション・ニューズサービスなどではなくマクマナスのために記事を書くことで満足だった。ＬＮＳはいまや真っ二つに分裂し、強硬路線マルクス主義者がニューヨーク・シティに残り、カウンターカルチャーの夢想家たちが移っていった西マサチューセッツの農場で弱冠二十五歳のマーシャル・ブルームが一酸化炭素中毒死し、その死とともにファーガソンは極左翼ジャーナリズムの閉じられた世界への信頼を失いはじめた。そこにいる人々は時に、いまや消滅したＳＤＳの諸分派に劣らず常軌を逸してしまったように見え、『ロサンゼルス・フリープレス』がチャールズ・マンソン執筆のコラムを連載するに至って、もうこの世界とは関わるまいとファーガソンは思った。右翼は嫌だし政府も嫌だが、極左の偽の革命も嫌だった。残るのは『ロチェスター・タイムズ＝ユニオン』のような中道の新聞で働くことだというなら、それでいい。とにかくどこかから始めるしかないのだし、しっかり力を見せれば本物のチャンスを与えるとマクマナスは約束してくれたのだ。

　それは荒っぽいイニシエーションだった。都市欄に配属され、数人の中の最年少記者としてジョー・ダンラップという男の下で働くことになり、ダンラップはファーガソンのことを、正しいか正しくないかはともかく、マクマナスのお気に入り、アイビーリーグ出の秘蔵っ子、選ばれし新人と見なし、それゆえ事あるごとに辛く当たった。書いた記事を提出するたび、大幅に書き直されないことは稀だったし、それもリードや話の流れのみならず時には言葉そのものまで変えられて、つねに記事全体としては悪くなったようにファーガソンには感じられた。ダンラップの振るう編集の斧は木を刈り込むというより伐り倒す道具に思えた。この点については、〈ウェストエンド〉で初めて話したときからすでにマクマナスに警告されていて、何があっても決して文句を言うなとあらかじめ諭(さと)されていた。相手は新入りの意気を挫こうとする新兵訓練所の軍曹であって、入り立ての二等兵ファーガソンは言われたとおりやるしかない。何も言わずに、挫けず耐えないといけない――こいつの顔をぶん殴ってやりたい、と何度も思うとしても。

ほかの同僚はそこまで厄介ではなく、何人かは実に気持ちのいい人物で、少しずつ友人と呼べる間柄になっていった。トム・ジャネリという名の、ブロンクス出身、ずんぐりした禿げかけの、しばしばファーガソンと一緒に取材に出た写真係は、ハリウッドの男優女優二十数人の声をほぼ完璧に真似ることができた（ベティ・デイヴィスが絶品だった）。ロチェスター大学を最近卒業して女性欄担当となったナンシー・スペローンは夜間の恋愛遊戯でも高等学位をめざしていたので、おかげでファーガソンも移ってきて早々の心細い時期に毎晩一人で眠らずに済んだ。スポーツ欄のヴィック・ハウザーはオリオールズでのボビーの進展状況を追っていて、ボビーにとって最初で最後のワールドシリーズ先発出場となる試合でメッツの投手相手に四打数二安打と活躍したときはファーガソンに負けず喜んでくれた。同僚としてこのような人々に出会い、好きになっていったことに加えて、新聞社自体も大事だった。大きなビル、そこで毎日働く数百人の従業員、論説委員や映画評論家、受付係や電話オペレーター、訃報執筆係や釣りコラムニスト、デスクで記事をタイプ清書している記者、フロアからフロアへ走り回る雑用係、そして階下に置かれた、正午に街に届くよう毎朝新しい新聞を吐き出す巨大な輪転機。エドワード・イムホフの再来と言うほかない不機嫌な虐殺者ダンラップはいるものの、忙しく働く肉体同士から成るこの複雑な群れの一員であることがファーガソンには嬉しく、ここで働くという決断を悔いたことは一度もなかった。

悔いはなく、そしてナンシー・スペローンは何の足手まといもない独身女性であって、誘惑的だがオフリミットだったマーガレット・オマラ・ジョージとは違う。だがファーガソンは初めから、ナンシーが本命ではないことも認識していた。にもかかわらず、ロチェスターでの最初の九か月、くり返し彼女とデートに出かけ、ベッドを共にした。初めて経験する、好いてはいるけれど決して愛する気にはなれない女性相手の、情熱的とは言えない切れたりつながったりの関係。地元生まれのナンシーは彼を街のあちこちに案内してくれて、ロチェスター名物の〈金曜夜の魚フライ〉に連れていったり、〈ニック・タフー・ホッツ〉なる店にファーガソンを引っぱっていってもうひとつのロチェスター名物〈ガーベッジ・プレート（ゴミ料理）〉を食べさせたりし（生きている限り二度と食うまいとファーガソンは誓った）、イーストマン・ハウスのアーカイブでは古い映画に何本かつき合ってくれた。ブレッソンの『抵抗』、カザン一九四五年のお涙頂戴『ブルックリン横丁』（後者を観たときは二人とも約束どおりの無意味な涙をさめざめと流した）。ナンシーは利発で、一緒にいて楽しく、大の読書家で、ファーガソンと同じくマクマナスが発掘した「ニューウェーブ・キッズ」の一人として『タイムズ＝ユニオン』に入社した人材だった。黒い瞳に短髪のブルネット、大きな丸顔（リトル・ルル顔〔有名な漫画の主人公〕、と本人は呼んでいた）、若干太めだが十分セクシーで、一週間、十日も離れているとファーガソンはまたその体に焦がれるのだった。ファーガソンが彼女を愛せないのはナンシーのせいではないが、ナンシーが夫を探していて彼は妻を探す気がないのもファーガソンのせいではない。十二月なかば、週末を両親と過ごそうとフロリダに来ている最中、自分とナンシーの仲がどこにも進みようがないことにファーガソンは思いあたったが、帰るとまた交際は再開され、以前と同じように四か月ずるずる続いた時点で、ナンシーが新しい、彼女との結婚を望む男性を見つけた。これでいいんだ、とファーガソンは思った。ナンシー・スペローンを愛せない日々が続くなか、もう二年近くエイミーが眼前に現われていないにもかかわらず、依然として自分が彼女を失ったことから立ち直っていないのだとつくづく感じていたのである。エイミーの不在を、ファーガソンは依然悼（いた）んでいる――あたかも離婚の、もっと言えば死別の、余波にしがみつくかのように。もはやそれを感じなくなるまで、ただしがみついているしかなかった。

　両親と会うのはほぼ一年ぶりで、南フロリダの異世界にすっかりなじんだいま、二人とも太陽の生き物に変容していて、日焼けした健康そうな元北部人として雪なき地で暮らし、働いていた。母は砂に覆われた地面を歩く長時間の散歩を、父は一月から十二月まで毎朝の屋外テニスを唱道していた。むろんファーガソンは彼らに会って嬉しかったが、前回会ったとき以来二人は変わってしまっていて、金曜の夕方に空港へ車で迎えにきてくれたときも、まずはそうした変化が目についた。まあ母親の方はそこまで変わっていないかもしれず、『ヘラルド』の写真の仕事で相変わらず駆け回っているというし、息子と新聞の話をするのを何より楽しんでくれたが、過去半年にわたって煙草をやめる努力をしていたせいで五、六キロ太っていて、何だか違う人間のように見えて、妙な話だが老けてかつ若返ったように思えた。一方、もうじき五十六になる父親は、毎日テニスをやっているおかげで依然逞しそうなのに、なぜかわずかに縮んだように見え、髪も白いものが増えて薄くなり、五十メートル、百メートル歩くとわずかに足を引きずるのだった（筋肉を痛めたのか、それとも足の疲れが引かないのか）。もはや作業台で黙々と働くドクター・マネットではなく、『ヘラルド』の広告課に勤務する事務員。本人は仕事が楽しい、愛情さえ持てると言っていたが、いまや同じディケンズ小説の登場人物でも下っ端のボブ・クラチットに変わっていて、〈3ブラザーズ・ホームワールド〉からいかに長く緩慢な落下を経てきたか、ファーガソンは痛感せずにいられなかった。

　金曜から日曜にかけてのその訪問で、一番よかったのは最終日だった。コリンズ・アベニューにある〈ウルフィーズ〉へ三人で出かけ、たっぷりのブランチを楽しんだのである。焼きたてのオニオンロールと燻製の魚のいい匂いが店内を満たすなか、ファーガソンの祖母を偲んでロックスと卵を食べ、祖母のことも存分に話して、ファーガソンの祖父と、いまや姿を消したディディ・ブライアントの話もしたが、まずは何と言っても母がファーガソンに、ロチェスターと『タイムズ＝ユニオン』についてすべてのことをすべて知りたいと言ってあれこれ質問し、ファーガソンはほぼすべての問いに答え、父が嫌がりそうなのでナンシー・スペローンの話だけは省いた。息子がイタリア系カトリックの女の子とつき合っていると聞いたらきっといい顔をしないだろうし、黒人(シュヴァルツ)と非ユダヤ女(シクサ)をめぐって「私ら」「奴ら」から成る憎しみに満ちた発言が飛び出すだろうと思ったので（「シュヴァルツ」「シクサ」はファーガソンがイディッシュ語でもっとも嫌っている二語だった）ナンシーの話題は避け、代わりにマクマナスとダンラップの話をし、ボビー・ジョージが七月にボストンで大リーグ初のホームランを打ったこと、あと四か月で父親になることを伝え、さらに、これまで自分が書いた記事いくつかや、住んでいる安っぽいオンボロ家のことなども語ると、母親はすべての母親が、相手がまだズボンにおしっこを漏らすくらい幼い子供であれ二十二歳の大卒サラリーマンであれかならず問う問いを口にした――

で、あんた大丈夫(アー・ユー・オーケイ)なの、アーチー？

　ときどきこんなところで何やってんだろうっていう気になるけど、まあ大丈夫なんだと思うよ、とファーガソンは答えた。まだおおむね手探り状態だけどだいたいは大丈夫で、仕事にもまずまず満足してる。ただまあひとつ、ハッキリしてるのは――というか絶対に確かなのは――ニューヨーク州ロチェスターで一生暮らす気はないってことだね。

　3アラーム級の大火事。未解決殺人事件二十周年。地元各大学での反戦運動。犬さらい団の分裂。パーク・アベニューでの死者が出た交通事故。都市西側黒人街での新しい住民組合の設立。五か月にわたり下っ端新米記者としてジョー・ダンラップに白い目で見られながら働いた末に、フアーガソンはマクマナスによって都市担当を外され、もっと大きな仕事に抜擢された。どうやらテストに合格したらしい。そのテストというのがいかなるものなのか、どういう基準で判断されたのか全然わからなかったが、とにかくボスは、こいつを次のステージに進めようと決めたらしかった。

クリスマスの翌朝、ファーガソンはマクマナスのオフィスに呼ばれて、マクマナスがしばらく前から温めていたアイデアを聞かされた。六〇年代もほぼ終わった、あと一週間もしないうちに大きな区切りを迎える、と彼は切り出した。君、この十年がアメリカをどう変えたか、シリーズで書いてみる気はないか？　時間軸に沿って出来事をたどるとか、大事件を年表にして並べるとかじゃなくて、もっと深く、いろんな重要事項を二千五百語ずつ使って論じるんだ。ベトナム戦争、市民権運動、カウンターカルチャーの擡頭（たいとう）、美術・音楽・文学・映画の新しい流れ、宇宙計画、アイゼンハワー・ケネディ・ジョンソン・ニクソン政権それぞれの違い、重要人物暗殺の悪夢、人種間の対立とアメリカ諸都市で炎に包まれたゲットー、スポーツ、ファッション、テレビ、新左翼の躍進と衰退、共和党右翼と反動的怒りの衰退と躍進、ブラックパワー運動の進化とピル革命。とにかく政治、ロックンロール、アメリカの日常語、何から何まで変わった。激変に満ちた、マルコムXがいればジョージ・ウォレス（人種差別撤廃に反対したアラバマ知事）もいた、『サウンド・オブ・ミュージック』もあればジミ・ヘンドリックスもいた、ベリガン兄弟（過激な反戦運動を展開）もいればロナルド・レーガンもいた十年間のポートレートを描くんだ。普通のルポルタージュじゃなくて、ふり返るんだ、自分たちが十年前どこにいていまどこにいるのかを読者たちに思い返させるために。こういうことは午後発行の新聞だからこそできる。朝刊より縛りが緩くて、掘り下げて調べる余裕もあって、特集記事を組める機会も多い。でも無味乾燥な焼き直しじゃ駄目だ。学者のやる歴史の概観とかじゃなくて、食いつきのある記事じゃないといけない。書くとなればリサーチで本や雑誌のバックナンバーも読むだろうが、それより大事なのは人に会うことだ。一冊読むごとに五人の話を聞かなくちゃいけない。モハメッド・アリがつかまらなかったらトレーナーでセコンドのアンジェロ・ダンディーを探し出せ。アンディ・ウォーホルが無理ならロイ・リクテンスタインかリオ・キャステリ（ウォーホルやリクテンスタインを世に送り出した画商）に連絡しろ。当事者たち、事を起こした張本人、何かが起きたときそばにいた人間の話を聞くんだ。ここまではクリアかね？

はい、クリアです。

で、どう思う？

ぜひやりたいです。何本書けばいいんですか、時間はどれくらい？

八本から十本だな。一本におおよそ二週間。足りるか？

しばらく眠るのをやめれば大丈夫だと思います。書けたら、ミスタ・ダンラップに提出するんですか？

いいや、ダンラップはもう関係ない。私と直接やりとりするんだ。

で、どこからどうやって始めましょう？

デスクに戻って、アイデアを十五本から二十本くらい出してくれ。テーマ、タイトル、頭に浮かんだこと、ここが肝だと思う点。そこから全体の構想を練っていこう。

この仕事、選んでいただいて本当に光栄です。

こういうのは若いのがやらないと駄目なんだよ、アーチー。で、ここでは君が一番若い。とにかくやってみようじゃないか。

この特集に、この新聞での自分の未来がかかっている。ファーガソンは記事一本一本に全力を注いだ。書いては書き直し、百冊以上の本と千近い雑誌・新聞に目を通して、電話でアンジェロ・ダンディー、ロイ・リクテンスタイン、リオ・キャステリをはじめ何十人もの話を聞き、いくつもの声のコーラスが、つい最近去ったばかりの古き良き＝悪しき日々をめぐる文章を彩ることになった。二千五百語の記事が八本、政治、大統領、さまざまな異議申し立ての喧騒をカバーし、あいだにジョン・ベリマンの長詩『夢の歌』、『俺たちに明日はない』結末のスローモーション殺戮、ロチェスターから四百キロ南へ行ったニューヨーク州の農場で五十万人の子供たちが泥のなかで踊った週末の情景などが挿入された。マクマナスは出来映えにおおむね満足してくれて、書き直しの度合いも最小限で、ファーガソンとしてはこれが何より嬉しかった。加えて、読者から何十通も投書があった——しかも大半は好意的だった——ことをボスは喜んでくれた。「記憶の小径散歩に連れていってくれたＡ・Ｉ・ファーガソンに大感謝」といったコメントが大半だったが、否定的な反応もそれなりにあって、「偉大なわが国に関する記者のアカ的見解」の一言にはいささか傷ついたが、まあ実のところもっとひどいコメントも覚悟していた。覚悟していなかったのは、同僚の若手記者数人から感じた強い敵意だったが、まあこれがゲームの仕組みなのだろう。スクラムの中で、誰もがボールを摑もうと争っている。記事が一本出るたびナンシーにも指摘されたとおり、同僚の憤りを買うのはいい記事を書いた証拠なのだ。

シリーズは全部で十回の予定だったが、第九回の原稿（長髪、ミニスカート、ビーズネックレス、白い革ブーツ等々六〇年代なかばから後半の新奇ファッション）に取りかかろうとした時点で、またもや彼方からハンマーが振り下ろされた。ここ数か月、反戦運動は比較的静かだった。米軍はベトナムから徐々に撤退し、戦争のいわゆる「ベトナム化」が進み、新しい徴兵抽選制度も始まって小康状態が続いていたが、一九七〇年四月末、ニクソンとキッシンジャーは突如カンボジアに侵入して戦争を拡大した。アメリカの世論は依然真っ二つに割れていて、およそ半分は賛成で半分は反対、つまり国民の半数は侵入を支持したが、残り半分の、過去五年間戦争に反対しデモに加わってきた人々は、この戦略的襲撃をあらゆる希望の終わりと見なした。何十万もの人々が街頭に出て、大学のキャンパスでも大規模なデモが組織され、オハイオにあるそうしたキャンパスのひとつで、緊張した、訓練もろくに受けていない若い州兵たちが学生たちに向けて実弾を発射し、三秒の一斉射撃で四人が死亡し九人が負傷した。州立ケント大学で起きたこの事件にアメリカ人の大半が衝撃を受け、人々は自発的に声を上げ、各地で発せられた吠え声がひとつになって国中に広がっていった。翌五月五日の早朝、マクマナスはファーガソンと相棒の写真係トム・ジャネリをバッファロー大学でのデモを取材させに送り出し、ファーガソンはにわかに、近過去をふり返るのではなくふたたびいまこの時を生きていた。

　バッファローでは二月後半から三月上旬にかけて激しい対立が起きていて、ケントでの事件のあとのデモはその時期に較べれば大人しかったが、それでもファーガソンがコロンビアで見た事態よりずっと過激だった。とりわけ行って二日目、春なかばだというのにバッファローは凍てつく寒さで、地面には雪が残っていて氷のように冷たい風がエリー湖から吹いてきた。建物が占拠されはしていなかったが、まさに一触即発の危険な雰囲気があたりに満ち、二千人近い学生や教師が、ヘルメットをかぶり銃、棍棒、催涙ガスライフルを持った機動隊の暴力を受けた。石が投げられ煉瓦が投げられ、パトカーや大学建物の窓が叩き割られ人間の頭や体が叩き割られ、ファーガソンはふたたび、敵対する二組の暴徒にはさまれて立ち尽くすことになったが、今回の方が恐ろしかった——なぜならバッファローの学生はコロンビアの学生より明らかに戦う姿勢が鮮明で、何人かはすっかり頭に血がのぼり自制も利かなくなっていて、死ぬことも辞さない気でいるように思えたのである。ジャーナリストであろうと、ここにいれば暴力にさらされる。二年前、波に巻き込まれて頭と手を殴られたように、今回ファーガソンは皆と同じく催涙ガスを浴びた。ズキズキ疼く目に濡れたハンカチを当て、昼食を舗道に吐いていると、ジャネリに腕を摑まれ、もう少し呼吸できる場所に引っぱっていかれて、二、三分後、二人でキャンパスのすぐ外のメイン・ストリートとミネソタ・アベニューとの角にたどり着いて濡れたハンカチを顔から離し、目を開けたとたん、一人の若者が投げた煉瓦で銀行の窓が割れた。

　一、二日のうちに、全米の大学の四分の三がストに入っていた。四百万以上の学生が抗議に加わり、ロチェスターにある大学も一校また一校と年度末まで閉鎖された。

バッファローの記事を提出した翌日、ファーガソンは『タイムズ＝ユニオン』の建物の表玄関でしばしマクマナスと立ち話をした。外の車の流れを眺め、煙草を喫いながら、もうこれ以上六〇年代に関する記事を掲載しても意味はないことを二人とも認めるほかなかった。八本でもう十分だ。九本目、十本目は要らない。


学生ストライキが始まってまもなくナンシー・スペローンが新しい男を見つけたあと、追いかけるに値しない（かつ名を挙げるにも値しないのでここでも無名のままにとどまる）二人の女性を追いかけてファーガソンは六か月を無駄にした。ファーガソンは落着かなくなってきていた。このマイナーリーグの街に一年半暮らしたいま、もしかしたらもうここは十分なのかもしれない。どこかよそで、別の新聞社で運を試した方がよくないか。あるいはジャーナリズムから綺麗さっぱり足を洗って、翻訳者として身を立てる。短い時間に大急ぎで文章を書くプレッシャーもいまだけっこう楽しかったが、ヴィヨンの十五世紀のフランス語と格闘している方がやはり満足は深かった。これまで時間もそんなにないなかで、『形見の歌』の悪くない第一稿が出来上がったし、『遺言詩集』の下書きも半分くらい進んだ。もちろん詩を訳すだけで食べていけるわけはないが、時おり何か分厚い本を訳せば、それなりにやっていけるのではないか。まあとにかく、もうしばらくロチェスターにとどまるとしても、クローフォード・ストリートの薄汚い、ゴキブリだらけのボロ家はいい加減に出て、もっとましな住みかに移った方がいいのでは？

いまは一九七一年一月、二月、この陰気で寒冷なる居留地でも一番暗く寒い日々である。陰気なことしか起きる気がしない時期、死の幻想に浸り熱帯の暮らしを夢見る時期。ところが、これはもう今後三か月ずっとベッドにとどまりキルトの山にもぐっているしかないかと思えてきたところで、『タイムズ＝ユニオン』の仕事がふたたび面白くなった。サーカスがまた街にやって来た。ライオンも虎も吠え、大きなテントに観客が押し寄せ、ファーガソンは大急ぎでまた綱渡り芸人のコスチュームを着込み、頭上の定位置に立とうと梯子をそそくさ上がっていたのである。

州立ケント大での射殺事件のあと、ファーガソンは全米欄デスクに配置換えとなり、今度はアレックス・ピットマンという男の下で働くことになった。まだ若い、センスのいい、ダンラップよりずっと性格も鷹揚な上司である。五月から翌年二月までの期間、何十という記事をピットマンに提出したが、一番インパクトがあったのは、何といっても、七一年前半に起きた事件をめぐる二つの長い記事だった。そして奇しくもこの二本の内容は同じ話の二バージョンであり、いずれも五〇年代・六〇年代を締めくくる役割を果たし、どちらも誰かが政府の機密文書を果敢に持ち出して公表したことから生まれていた。つまり六〇年代は年表的にはもう終わっていても、まだ終わっていないし、実際まだ始まったばかり――ふたたび一から始まったばかりなのだ。まず三月八日、〈FBI調査市民委員会〉と名のる見えない活動家集団が、ペンシルヴェニア州の、よりによってメディアなる名の町にある、職員二人だけの小さな政府の建物に押し入り、千点以上の機密文書を盗み出した。翌日にはもうそれらの文書が全米の報道機関に送り出され、FBIの秘密スパイ組織コインテルプロ（対敵諜報事業）の存在を暴いていた。一九五六年、FBI長官J・エドガー・フーヴァーが、当時まだアメリカに残っていた十四人の（あるいは二十六人とも）共産主義者の活動を妨害するために立ち上げたこの事業は、以後次第に拡大されて、黒人市民権運動組織、ベトナム反戦組織、ブラックパワー組織、フェミニズム組織、SDSやウェザーメンをはじめとする二百以上の新左翼系組織のメンバーを標的に含むようになっていた。こうした人々の動向を監視するだけでなく、密告者や工作員を内部に侵入させて活動を混乱させ、汚名を着せようと画策する。こうしてあっさり、六〇年代の活動家に対する、これまで狂気と片付けられていた恐怖感は現実そのものであることが証明された。ビッグブラザーは本当に見ていた。ノボダディに仕える最高に狂った忠犬兵士たる、あのずんぐりした小男の、四十七年間長官の座にとどまる中で強大な権力を獲得し、彼にドアをノックされれば大統領すら震え上がったJ・エドガー・フーヴァーが背後ですべてを操っていたのだ。文書には、無実の人々の名を汚(けが)すための何百という犯罪や卑劣な行為が記され、中でもとりわけ卑劣だったのは、ファーガソンが記事のひとつでも取り上げていた人物ヴァイオラ・リウッゾに対して為された非道だった。五人の子を育てていたこのデトロイト在住の主婦は、セルマ＝モンゴメリー大行進に加わろうとアラバマに赴き、ただ単に車のドアを開けて一人の黒人を乗せてやったせいでKKKの一団に殺害されたが、殺害犯の一人ゲアリー・トマス・ロウは「FBI諜報員と認知されていた」。あまつさえフーヴァーはジョンソン大統領に手紙を書き、ミセス・リウッゾが共産党員であり子供たちを放ったらかして市民権運動の黒人たちと性交したと偽証し、この女は国民の敵であって殺されて当然だったとほのめかしたのだった。

　そしてコインテルプロ醜聞の三か月後、『ニューヨーク・タイムズ』が〈ペンタゴン・ペーパーズ〉を公開し、ファーガソンはこの件の報道にも携わり、ダニエル・エルズバーグが建物から文書を運び出して『ニューヨーク・タイムズ』記者ニール・シーハンに渡したという裏話も伝えた。こうして、六八年に虚偽の報道を行ない信頼を失った『ニューヨーク・タイムズ』は、機密文書を世に出すというリスクを冒してひとまずその償いを果たし、アメリカのジャーナリズムにおける快挙だということでピットマン、マクマナス、ファーガソンの意見は一致した。アメリカ政府の嘘が一挙全世界に向けて暴かれ、これまでどこでも報道されなかった、カンボジアとラオスへの秘密爆撃や北ベトナム沿岸襲撃はもとより、それ以後についても以前についても数千ページの文書が逐一実情を明かし、かつては意味を成すように思えたものが、いまやまったくの無意味と化した。

そしてふたたびサーカスは街を去り、ファーガソンは、マウント・ホリヨークから来た二十一歳の女子学生で夏のあいだ新聞社でアルバイトをしているハリー・ドイルの腕の中に落ちていった。ファーガソンが北に移ってきて以来初めて出会った、エイミーの呪縛を解いてくれる力を秘めた、このきわめて知的で鋭敏な人物は、ローマ＝カトリックとして育てられたがいまはもう教会に属していなかった。処女が母親になれるとか死人が墓から這い出せるとかそんなの信じられない、と言っていたが、それでも内心、柔和なる者は地を嗣ぐ、美徳はそれ自体が報酬なりと確信し、他人にされたくないことを自分もしないという生き方の方が、黄金律に従うべく聖者に変身しようとあくせくし疚しさと永遠の絶望に陥るより人生を生きていく上でずっと妥当なやり方だと決めていた。

真っ当な、おそらくは叡智豊かでさえある人物。小柄だが小さすぎる感じはない、身長一六〇ちょっとのほっそりしたきびきび動く体、金縁眼鏡がちょこんと鼻に載っていて、目の覚めるような金髪はすっかり大人になったゴルディロックスという趣で、その髪もファーガソンには魅力的だったが、神秘は何と言ってもその顔にあった。地味なのに可愛らしく、ぱっとしないと思えば輝かしく、少しでも首を回したり頭を傾けたりするたびに様相が変わる顔であり、ゴルディロックス風のネズミ顔かと思えばあでやかなホワイトロックの女の子、ひっそり目立たずほとんど何の特徴もないかと思いきや目を奪う神々しさ、何の変哲もないアイルランド風の顔が一瞬にして、銀幕の外で見られた史上最高に魅力的な表情に変容する。この謎をどう考えればよいか？　何も考えなくていい、全然何も考えなくていい、とファーガソンは決めた。唯一の正解は、ひたすら彼女を見つづけて、いつまで経っても不意を衝かれる、ますます大きくなっていくその快楽に浸ることなのだ。

ロチェスター育ちの彼女がこの夏故郷に戻ってきたのは、イースト・アベニューにある自宅を売却するためだった。今年の前半に、サイエンスライターをしている両親がサンフランシスコに引越したので、家がもう不要になったのである。『タイムズ＝ユニオン』のアルバイトは昔から家族ぐるみでつき合っている知人の口利きでまとまった話だったが、何もしないより効率的に時間を使えて、ついでに若干の小遣い稼ぎにもなるという程度だった。

　夏のあいだハリーは編集室アシスタントだが、本物の人生では英文学と生物学二重専攻の大学生で、この秋から四年次が始まる。詩人の卵で、行くゆくはメディカルスクールに進学しようと思っていて、その次は精神科医になり、最終的には精神分析医になるための訓練を受ける。どれも十分すごいが、何よりファーガソンが感心させられたのは、去年と一昨年の夏の過ごし方だった。彼女はニューヨークに住んで、東四丁目とアベニューAとの角にある自殺ホットラインで電話を受けていたのである。

　言い換えれば、レコードが「主よ、汝の名は死」の忌まわしい、気の滅入る歌詞を紡ぎ出すのをファーガソンが聴いているあいだ、ハリーは人の命を救うために働いていたのだ。エイミーやその他大勢の連中がやろうとしたようにみんないっぺんにではなく、一人ひとり、また一人救うことをめざす。電話で一人の男と話して、男が自分の頭に突きつけている銃の引き金を引かないよう粘り強く説き伏せる。次の晩は一人の女と話して、手に握りしめた壜の中の薬を残らず飲んでしまわぬよう根気よく説得する。一から世界を作り直すとか、革命的に世に挑むとかいった気は起こさず、自分が属している壊れた世界の中でとにかく善を為そうと努める。他人を助けることに生涯を費やそうとするのは、政治的というより宗教的な営みである。宗教なき、独善（ドグマ）なき宗教。一人ひとり、また一人というやり方への信念が、メディカルスクールから始まって精神分析医になる訓練が完了するまでの過程を貫いている。エイミーやその仲間に言わせれば、人々が病んでいるのは世の中が病んでいるからであり、病んだ世の中に適応するのを助けても病をもっと悪くするだけだということになるだろうが、ハリーならそれにこう答えただろう――ええどうぞ、できるものなら世の中をよくしてください、でもいまも人は苦しんでいてあたしは仕事がありますから。

　次の一人に出会ったのみならず、夏が深まるにつれてファーガソンは、ひょっとしたら真の一人に、この惨めで美しい地球での残りの日々ずっとほかの人みなを消し去ってしまう人に出会ったのではないか、と考えはじめた。

　七月上旬、彼女はファーガソンが住むクローフォード・ストリートの鼠の巣に移ってきて、その夏はとりわけ暑かったので、部屋にいるときはいつもブラインドを下ろしてヌーディストとして過ごすようになった。戸外では、平日の夜と週末の昼夜に全部で十二本の映画に二人で出かけ、レッド・ウィングズの試合を六度観に行き、テニスを四回やって（スポーツ万能のハリーは四回ともファーガソンを2－1で負かした）、マウント・ホープ墓地を散歩し、ハイランド・パークでたがいの詩や翻訳を読み、ある日曜の午後ハリーがわっと泣き出して、あたしの詩全然駄目だと言い放ち（いや、駄目なんじゃない、まだ発展途上なんだよ、とファーガソンは言ったが、まあたしかに文学より医学の方が有望そうではあった）、イーストマン音楽学校のクラシックコンサートに四回行って（バッハ、モーツァルト、バッハ、ヴェーベルン）、悪くない店から最高に悪い店まであらゆるレストランで無数のディナーを共にしたが、ある晩レイク・アベニューの〈アントニオ〉で食べたディナーほど記憶に残るディナーはなかった。食事にはルー・ブランディジと名のる男の奏でる音楽がノンストップで伴っていて、「リトル・イタリー出のしがないアコーディオン弾き」を自称するこの男は、アメリカの定番流行歌から、アイルランドのジグ、果てはユダヤゲットーのクレズマーまで、これまでこの世で書かれた歌をひとつ残らず知っているように思えた。

より肝要な点として、八月初旬にはもう、二人は決定的な三語のセンテンスを――自分たちの関係に封印を施し、もはや後戻りはできぬことを宣言する三語を――それぞれ何十回となく口にしていて、月末にはすでに、二人とも未来を長期的、恒久的に考えるようになっていた。やがて避けえない別れの日が来て、愛する人がマサチューセッツ州サウスハドリーで大学最後の一年を送るべく車で走り去るなか、どうやって彼女なしで生きていけるだろう、とファーガソンは早くも自らに問いはじめていた。

九月八日。夏はもうすっかり終わっていた。ふたたび毎朝早く寝室の窓の下で子供たちが喚声を上げるようになり、一夜にしてロチェスターの空気は、生きいきした、いかにも年度初めらしい、削り立ての鉛筆とおろし立ての堅い靴の感触を帯びた。子供のころの香り、骨の髄に染み込んだずっと以前の記憶。過去十日間、ここにいないハリーに毎時間恋い焦がれつづけた悲しきムッシュー・ソリテール（孤独居士(こじ)）がその日午後四時半に鼠の巣に戻り、帰りついて一分と経たない、夕食の材料が入った茶色い紙袋を置いてもいない時点で電話が鳴った。『タイムズ＝ユニオン』のオフィスにいるピットマンからだった。切迫した声が「アッティカで何かが始まっている」と告げている。ロチェスターの八十キロ南西にあるこの州立刑務所に、ジャネリと二人で明日朝一番に行って所長ヴィンセント・マンクージの話を聞け、「何が起きているのか探り出せ」との指示。すでに九時に会見の約束が取りつけてあり、ジャネリが七時に迎えに来る。いまはまだちょっとした騒ぎでしかないが、「大事(おおごと)になるかもしれんから、目と耳をしっかり開けておけよアーチー、厄介事に巻き込まれるんじゃないぞ」とピットマンに言われた。

過去一年、ニューヨーク州の刑務所では大きな騒動が二度起きていた。一度は州北部のオーバーン、もう一度はマンハッタンのトゥームズ。囚人と看守のあいだの荒々しい肉体的衝突が、何十もの告発、追加の懲罰につながっていた。両方の暴動の主導者たち（大半が黒人で、全員が何らかの革命的政治活動に関わっていた）は「トラブルメーカーを取り除くため」アティカに移され、そして今回、カリフォルニアのサン・クエンティン刑務所でブラックパンサーのジョージ・ジャクソンがかぶっていたアフロかつらの中に銃を隠して逃げようとした（これを本気にする人間もいた）という名目で射殺され、過密気味のニューヨーク州刑務所の住人たちはふたたび騒ぎはじめていた。アティカにいる囚人二二五〇人のうち六十パーセントは黒人で、看守は百パーセント白人。重警備の懲罰施設を生まれて初めて訪問するわけだが、ファーガソンは少しも愉しみに思わないばかりか、はっきりその訪問を恐れていた。トム・ジャネリが一緒でよかった、と思った。車に乗っている一時間、トムはケーリー・グラントとジーン・ハーローの声でファーガソンに話しかけ、ナショナルリーグのペナントレースについてまくし立て、十分快適な時間だったが、ひとたび目的地に着いて刑務所の中に入ったら地獄に足を踏み入れるのだ。


もう嫌だ、と思った。もう燃え尽きた、やめよう、と。過去八、九か月のあいだにも五、六回、もうおしまいだと胸の内で言ったものの何もしないでここまで来たが、今度という今度はあとへ引くまい。もはや忍耐の限界まで来てしまった。ロチェスターはもう沢山、新聞はもう沢山だ。つねに目を開けて無意味な戦争、嘘つきの政府、スパイ警察、ニューヨーク州の建てた土牢に閉じ込められた怒れる望みなき男たちを見ていないといけない暮らしはもう沢山だ。いまやファーガソンは何も学んでいない。同じ教えを何度も何度も受けるだけであり、もう机に向かう前からどんなストーリーを書くかわかっている。リヤン・ヌ・ヴァ・プリユ、とルーレットが回り出そうとするところでモンテカルロの賭博師たちは言われた。もう賭けはなし。ファーガソンはゼロに有り金賭けて、負けた。いまや出ていく時なのだ。

明日の朝にジャネリと二人で刑務所に行き、所長にインタビューし、所長はきっと、すべて統制できていますと言い、中を見せてもらえませんか、囚人とも一人、二人話したいんですがと頼んだら、安全確保を理由に絶対断られるだろう。そうして、書けるだけの記事を書いて、ピットマンに提出する。でもこれが最後だ。もうやめます、とピットマンに伝えて別れの握手をする。それからマクマナスのオフィスへ行って、ここで働く機会を与えてくれた礼を言い、握手して、カール、あなたと知りあえて光栄でした、でも僕はもうこういう仕事に向いていないんです、これ以上やったら死んでしまいます、もう何もかも出しきってしまいました、と告げ、ボスの人柄にもう一度感謝し、建物から出て二度と戻ってこない。

五時。受話器を手に取り、マサチューセッツのハリーの番号をダイヤルしたが、十四回鳴らしても誰も出ない。ルームメートが出て、ハリーは出かけている、十一時か十二時まで帰ってこない、と言いさえしない。

ベッドの上を這って寄ってくるハリーを見ているファーガソンを見る彼女の青い目。ファーガソンの体に押しつけられる彼女の猛々しい小さな白い体。あなたが大好きなものをいくつか言ってみて、と彼女にあるとき言われて、ファーガソンは間の抜けた駄洒落で答えた――**セントラル・パークのアザラシ（シール）たち、グランドセントラル駅の天井（シーリング）、糊付（セルフ=シーリング）き封筒の便利さ。そう（シ）、そう（シ）、そう（シ）、と彼女は答えた。あるいはあれはね（シー）、ね（シー）、ね（シー）、だったのか。**

時おりあまりに激しく笑うものだから、彼女の顔が真っ赤になった。

もうロチェスターに住まないなら、どこへ行きたいか？ まずはマサチューセッツ州。マサチューセッツ州サウスハドリー。彼女とじっくり話しあって何らかの計画を立てる。どこか近くにアパートを借りて、彼女が大学に通っているあいだヴィヨンに取り組むか。それとも、しばらく心身共に休ませて人間に戻ったらクリスマス休暇に二人でパリへ行くか。あるいは一人でヨーロッパをさまよって精一杯いろんなものを見る、一か月、二か月、四か月。いや四か月はない、長すぎる、そんなに耐えられるわけがない。アマーストかどこかの町にささやかなアパートを。当面はそれが正解じゃないか、そうして六月に彼女が卒業したら一緒にヨーロッパを二か月ばかり回る。何だって可能だ。何かやりたいと思ったら、祖母の遺産に頼れば今年はどんなことだって可能なのだ。

六時。夕食はスクランブルエッグ、ハム、バタートースト二枚。それと赤ワインを四杯。

Luy qui buvoit du meilleur et plus chier
Et ne deust il avoir vaillant ung pigne

七時。夕食も終え、机に向かってヴィヨンの『遺言詩集』のその二行と睨めっこしていた。おおよその意味は――最高の一番高いワインを飲んでおいて／櫛を買う金もなかった。あるいは、櫛ひとつの金も出せなかった。あるいは、櫛を買うだけの手持ちがなかった。あるいは、櫛ひとつ買おうにも財布は空だった。あるいは、すっからかんで櫛に手が届かなかった。あるいは、櫛を購（あがな）う銭（ぜに）もありゃあせぬ。

九時。もう一度マサチューセッツにかけてみた。今度は二十回鳴らしたが、やはり誰も出なかった。

単に新しい恋というだけではない。これは新しい種類の恋、誰かと一緒にいる新しいすべであり、転じて自分自身でいる新しいすべになっていた。一緒にいてくれる彼女のありようのおかげで——彼女が誰であって何者であってどのような人でいてくれるかのおかげで——それはよりよいすべだった、これまでもなりたいと願っていたものの一度もなれなかった自分になるすべだった。もうむっつり陰気な内省はなし。くよくよ考えて自分を苛むのもなし、自分に敵対することもなし。この弱みのせいでいつも十分自分になり切れずにいたのだ。**ギネスは力をくれる、**と飲み屋の壁に看板がかかっている。ハリーは彼に力をくれるのだ。**ギネスはあなたにいい、**と飲み屋の壁に看板がかかっている。ハリー・ドイルがファーガソンにいいことは間違いなかった。

十時四十五分。寝室に入り、目覚まし時計のネジを巻き、アラームを六時にセットした。それからリビングルームに戻って受話器を取り上げ、もう一度ハリーに電話した。

誰も出なかった。

ファーガソンの真下の階で、チャーリー・ヴィンセントがテレビを切り、伸びをして、カウチから立ち上がった。上の階の住人もベッドに入ろうとしている。夏のあいだずっと可愛いブロンドの女の子と寝ていたハンサムな男の子、二人ともすごく感じのいい子たちだ、階段ですれ違ったり郵便箱の前で会ったりするたびにいつも何か気持ちのいい言葉をかけてくれる、でも女の子はもう行ってしまって男の子はまた一人で眠っている、ちょっと残念だ、上の階のベッドが揺れるのに耳を澄まして男の子がうなって女の子が高い声を上げたりうめき声を漏らしたりするのが聞こえるのはけっこう楽しかった、すごくいい音だった、耳だけじゃなく体全体に快かった、自分もあのベッドに仲間入りできたらといつも思った、いまの自分じゃなくてまだ若くてハンサムでなくもなかったころに持っていた肉体で、もうずっと、ずっと前のこと、何年前になるだろう、でもまあ上の階へ行って仲間に入ったりあの部屋の隅っこの椅子に座って見物したりはできなくても、音に耳を澄まして二人の姿を想像するだけでもそんなに違わないくらいよかった、そしていま男の子は一人になっていてそれはそれで悪くない、本当に美しい男の子で肩幅は広くて目は優しそうで、あの裸の体を両腕に抱いてそこらじゅうキスできたらどんなにいいだろう、そうしてチャーリー・ヴィンセントはテレビを消して、男の子がマットレスの上で寝返りを打ち一晩の眠りにつくなかでベッドが軋るのを聞こうとリビングルームからのろのろ寝室に移る。いま部屋は暗い。チャーリー・ヴィンセントは服を脱いで、ベッドに横たわり、男の子のことを考えながら自分の体をもてあそび、やがて息も速くなってきて体じゅうに温かさが広がって事は終わる。それから彼は、もうこれで朝以来五十三回目だったが、長い、フィルターなしのペルメルに火を点けて吹かしはじめる……

7.2

7.3

7.4

ミルドレッド伯母さんが最悪の事態から救ってくれた。コネを駆使し、英文科主任としての権力を振りかざし、形式上の障害を片っ端から突破して、要求が通らないなら辞任すると入学選抜委員長を脅し、就任まもない、反戦派の、思いやりと強い倫理観で知られる学長フランシス・F・キルコイン相手の一時間にわたる話しあいを二度持った末に、ファーガソンの四年次が始まる一週間前、ブルックリン・カレッジの正規学生としての地位をアドラー教授は確保してくれたのである。

　どうやってそんな離れ業をやってのけたのか訊いてみると、本当のことを言ったのよ、アーチー、とミルドレッドは答えた。

　本当のこととは――ファーガソンは差別的な白人の威嚇から黒人の友を護ろうとしたのであり、法廷でも無実の罪を晴らしたのだから、プリンストンがウォルト・ホイットマン奨学金を取り消したのは不当であって、ブルックリンに入学を許可される権利は十分ある。成績は上位十パーセントだし、奨学金を奪われたせいで学費が足りなくなりプリンストンに在学しつづけるのは不可能になっていて、秋学期が始まるまでに別の大学に転学しなければ奨学金のみならず徴兵猶予まで失ってしまう。ファーガソンはベトナム戦争に反対していて徴兵されたら拒否するだろうから、そうなれば選抜徴兵法違反で懲役刑となる可能性が高い。かような暗い、無意味な結果からこの将来有望な若者を救うのがブルックリン・カレッジの義務ではないか？

　伯母がそういう強硬な行動に出る人だとは思っていなかったし、まさか親族のためにそこまでするはずがないとは思ったものの、八月二十一日、デウィットのオフィスに電話して海外に出張中だと言われた一時間後、絶望に駆られたファーガソンはとにかくミルドレッド伯母さんに連絡してみたのだった。伯母さんが何かしてくれると期待したからではなく、アドバイスが欲しかったからであり、ネーグルは地中海の島で古代ギリシャ以前の陶器のかけらを選り分けているとあっては、アドバイスしてくれそうなのは伯母さんしかいなかったのだ。ベルが四回鳴ったところでドン伯父さんが受話器を取った。ミルドレッドは用事があって出かけている、あと一時間くらいは戻らないとのことだったが、ファーガソンは一時間も待てなかった。デウィットの手紙の言葉をなおも咀嚼（そしゃく）しようとするなか、驚きと不安にはらわたがぎゅっと縮まっていた。それで何もかもドンに向けて吐き出すと、ドンは愕然として憤慨し、デウィットは八つ裂きにされてしかるべきだと言い、まだファーガソンはとうてい考えられる状態でなかったその時点でいち早く解決策めざして模索を始めてくれた。時間がなくなってしまわぬうちにファーガソンを別の大学に入れるにはどうしたらいいか。つまり、初めはドンの思いつきだったわけだが、ひとたびミルドレッドが帰ってきてドンと話すと、たちまちそれは彼女の思いつきにもなって、四十五分後にファーガソンに電話を返した伯母さんは、心配しなくていい、あたしが何とかするからと言ってくれたのだった。

伯母さんが味方になってくれたことですべてが変わった。熱くて冷たいミルドレッド伯母さん、優しくて残酷なミルドレッド伯母さん、妹ローズに対してはそれほど友好的でない不実な姉、ドンの息子ノアにとっては一応励ましてくれるけれどたいていは気もそぞろな義母、ただ一人の甥から見れば悪気はないのだが基本的に本気で関わってはくれない伯母、そんな彼女がどうやら、ただ一人の甥のことを思ったよりずっと大切に考えてくれていたのだ。何しろファーガソンをブルックリン・カレッジに転学させてくれたのである。が、どうしてわざわざそこまでしてくれたのか、と訊くと、その答えの烈しさがファーガソンを仰天させた。あたしはあんたにものすごく期待してるのよ、アーチー。あんたの未来を信じてるのよ、誰かがその未来を奪ってしまうなんて絶対に許さない。ゴードン・デウィットなんかくたばっちまうがいい。あたしたちは本の人間なのよ、本の人間同士、団結しないといけないのよ。

エステル王妃（旧約聖書『エステル記』に出てくる、命を賭けてユダヤ民族を救った女性）。ムッター・クラージュ（ブレヒトの戯曲に出てくる逞しい女性）。マザー・ジョーンズ（アメリカ労働運動指導者）。シスター・ケニー（小児麻痺患者リハビリの技術を開発したオーストラリアの看護師）。ミルドレッド伯母さん。

ブルックリン・カレッジで何より有難いのは、授業料がただという点だった。いつになく政治的叡智を発揮したニューヨーク市の創始者たちが、市内五区に住む男の子女の子は年額ゼロの教育を受ける権利があると決断したのであり、おかげで民主主義の原理は推進され、地方税が適切に使われればどれだけ大きな善が為されるかが証明された。長年にわたって何万何十万、否、何百万ものニューヨークの男の子女の子が、ここがなかったら手が届かなかったであろう教育を受ける機会を得た。もはやプリンストンの高い学費を出せないファーガソンも、フラットブッシュ・アベニュー地下鉄駅のコンクリートの階段を上がっていって ミッドウッド・キャンパスに入っていくたび、ずっと昔に世を去った市の創始者たちに感謝せずにいられなかった。しかもそれ以上に、ブルックリン・カレッジはいい大学、一流の大学だった。入学には高校での平均点87以上が要求され、厳しい入学試験にも合格しないといけない。したがって同級生はみな高校の成績がB＋以上で、大半は92―96点の域に達していたから、ファーガソンはきわめて知的な人間たちに囲まれることになり、その多くが抜群と言っていい頭のよさだった。むろんプリンストンにも抜群と呼べる頭脳の持ち主はいたが、まるっきり頭カラッポの、親のコネで入った馬鹿息子もそれなりにいたのに対し、有難いことに男女共学であるブルックリンには頭カラッポ組は一人もいなかった。言うまでもなく全員がニューヨーク市在住で、全米各地から学生が来ているプリンストンのおよそ二倍の学生数。ファーガソンはいまや筋金入りのニューヨーカーに変貌し、全面的に市を支持する気持ちになって、小さいころキャンプ・パラダイスでニューヨークから来た友だちといるのが楽しかったのと同じように、いままたBCで、ピリピリ張りつめた口論好きなニューヨーカー仲間と一緒にいるのが嬉しくてたまらなかった。地理的にはプリンストンほど多様ではないけれど、人間的にはこっちの方が多様で、ありとあらゆる民族的・文化的背景を持つ連中がごっちゃに交じりあう。カトリックやユダヤ人も大勢いれば、黒人やアジア系が多いのも新鮮だったし、大半はエリス島を経由した移民の孫の世代で、一族で初めて大学に進学したというケースがおそらく半数以上だった。さらに、キャンパスは健全な建築デザインの模範であり、ファーガソンの予想とはまるで違って、プリンストンの五百エーカーには比すべくもない二十六エーカーはこぢんまりと快適だし、見た目にはプリンストンに劣らず魅力的で、厳めしいゴシック様式の塔の代わりに優雅なジョージ王朝様式の建物が風景を満たし、芝の中庭にはニレの木が点在し、授業の合間にはスイレンの池と花壇で憩えるし、寮やら食事クラブやらフットボール狂騒などはいっさいない。大学といっても全然違っていて、キャンパスでみんなの頭にあるのもスポーツではなく反戦運動であり、学業の要求が厳しくて課外活動が入り込む余地はほとんどなく、そして何よりいいのは、一日が終わったら東八十九丁目のアパートに帰れることだった。

毎週月曜から木曜までマンハッタンのヨークヴィルで地下鉄に乗り、ブルックリンのミッドウェイまで行き、また同じルートで帰ってくる。通学時間はものすごく長いので、授業の予習は電車に乗っているあいだにほぼ済ませることができた。自分がいると鬱陶しいだろうと思ったのでミルドレッド伯母さんのヴィクトリア朝小説の授業は取らなかったが、ドン伯父さんが特別講師として隔年でやっている伝記に関する一学期のみの授業が開講されるとこれには登録した。授業は毎回、ドンによる中身の濃い早口のミニ講義から始まり、全員のディスカッションに移る。ドンは教師としてはいささか不器用で散漫に思えたが、退屈とか重苦しいとかいうことは決してなく、その場で新たに考えることも厭(いと)わず、見るからにユーモラスでもあり無表情なポーカーフェイスでもある（まあこれは授業以外でもたいていそうだが）。それにしてもその春、何と多様な本を読まされたことか。プルタルコス、スエトニウス、アウグスティヌス、ヴァザーリ、モンテーニュ、ルソー、そしてジョンソン博士の腰巻きだった奇怪な色魔ジェームズ・ボズウェル（日記で告白しているところによれば、文章を書いていてもセンテンス途中で放り出してロンドンの街にくり出し、一晩で娼婦三人と戦いをくり広げたりしている）。だがファーガソンがその授業で一番魅了されたのは、遅ればせながら初めて読んだモンテーニュだった。このフランス人の、何とも御しがたい、稲妻のごとき文章に接して、インクの国を旅していく上での新しい師が見つかったのである。

　こうして、災いが転じて福となった。ゴードン・デウィットのKOパンチでカンバス上にのびてしまってもおかしくなかったのに、ダウンしかけたところで何人もの人たちがリングに飛び込んできて、体がカンバスに触れる直前に捕まえてくれたのである。それらボディ・キャッチャーたちのうち一番力強かったのは何と言ってもミルドレッド伯母さんだが、ドン伯父さんの頭の回転の速さも有難かったし、ほかに何人もが、パンチの話を聞くや否や駆けつけてくれた。シーリア、ファーガソンの母親とダン、ノア、ジムとナンシー、ビリーとジョアンナ、ロンとペグ、そしてネーグルがプリンストンに戻ってくると翌朝にはハワードがいち早く伝えてくれて、かくしてネーグルも心穏やかでない知らせを聞いてすぐこの上なく温かい手紙をくれて、何かできることがあったら知らせてほしい、スーザンがラトガーズで何かしてあげられるかもしれないからと言ってくれた。ネーグルがそうやって、デウィットの側ではなくこちらの側に立って味方として手をさしのべてくれたことがファーガソンには心底有難かった。モントリオールにいるエイミーとルーサーの二人とも電話で長々話したが、それと同時期、ハワードとモナ・ヴェルトリーの仲が突如破綻した――みんなを〈トムズ・バー・アンド・グリル〉に連れていった責任はどっちにあるかをめぐり激しい言いあいになって、たがいに相手を責め、やがて二人とも自制を失い、彼らの大いなる愛は傷んだ花が初霜に接したように一瞬にして枯れてしまった。それから数日としないうちに、今度はルーサーがエイミーとの関係を唐突に断ち切った。

彼女を家の外に押し出し、アメリカへ帰れと言ったのである。呆然と悲しみに暮れた義姉はファーガソンに、ルーサーはあたしのためを想ってやったのよ、お願いアーチー、あたしの愛しい、狂った弟、血迷ってカナダに逃げたりしないで、我慢してとどまって息をひそめて何かいいことが起きるよう祈るのよと訴えた。そしてまさにいいことが、ムッター・クラージュ・ミルドレッドのおかげで起きたのであり、まだどうなるかわからなかった時点では針の筵の心境だったが、いまではもう、自分が愛している人たちに深く、深く愛されているんだと思うことができた。ウォルト・ホイットマン奨学金を失ったことは、それを得たとき以上に彼の士気を高めてくれたのである。

世界は激動の只中にあった。いたるところで何もかもが変転していた。戦争は彼の血の中で煮えたぎり、川向こうでニューアークは死せる街と化し、恋人たちは炎に包まれて燃え上がった。刑を猶予されたいま、ファーガソンはノイズ博士とR市の死んだ子供たちとをめぐる本に戻っていった。月曜から木曜まで、毎朝六時に始めて二時間、そして金曜から日曜までは、授業の課題も増える一方だったがとにかくできるだけ長い時間。ミルドレッドから受けた恩に報いるためにも勉強はおろそかにできない。怠けてろくでもない成績を取ったらさぞがっかりされるだろう。モンテーニュ、ライプニッツ、レオパルディ、そしてノイズ博士。世界が崩壊しつつあるなかで、自分も一緒に崩壊しないための唯一の手段は、すべきことに気持ちを集中することと。毎朝ベッドから転がり出たら、陽が昇ろうが昇るまいが仕事に取りかかるのだ。

授業料がないのは有難かったが、解決すべき金の問題はまだいくつかあった。秋学期最初の数週間、何とか母親と義父からの助けを必要としない計画を組もうとファーガソンは知恵を絞った。プリンストンの奨学金は授業料のみならず住居費と食費もカバーされていたから、週五日（残り二日をニューヨークで過ごすことに固執しなければ週七日）、一日三回、目一杯食べ物を頬張ることができたが、もっぱらニューヨークにいるようになったいま、外食でも自炊でも食費は全部自分で出さないといけない。とはいえ、ブラトルボロの弁護士に五千ドル払ったいま、銀行には二千ドルちょっとしか残っておらず、もはやそれだけの余裕はない。年四千ドルあれば教会の鼠レベルの下の方を維持できると思うが、二千は四千ではないわけで、一年目からすでに、必要な金の半分をどうにか工面しないといけない。ここでもダンが、いかにもダンらしく、毎月一定額の小遣いを出してやろうと申し出てくれて、結局選択の余地はないのでファーガソンは渋々そうしてもらうことにした。断ればアルバイトをするしかなく（アルバイトが見つかるとして）、そうしたら本の執筆は中断するしかあるまい。ダンにイエスと言ったのはイエスと言う以外に手がなかったからであり、月二百ドル出してもらうことにはもちろん感謝したが、その取決め自体を喜ぶ気にはなれなかった。

十二月上旬、思いがけぬ方角から救いの手がさしのべられた。それは直接的であれ間接的であれ、元をたどれば彼自身の過去に行きつくものとも言えたし、と同時に、彼とは何の関係もないとも言えた。要するに彼が必要としている金を他人がくれたということであって、自分でその金を稼いだのではないのだが、にもかかわらず、稼ぐ意図はまったくなしに、彼自身がそれを得るべく働いたとも言えるのだった。自分の書いたものが袋叩きに遭うか絶賛されるか、作家には知りようがないし、机に向かって過ごした時間が何かに結実するか何にもならないかもわかりはしない。ファーガソンはこれまでずっと、何にもならないという前提に立って書いてきた。だから「書く」という言葉と、「金」という言葉を一息のうちに発することは決してなかった。書きながら金のことを夢見るのは魂を売った連中、三文文士だけだと信じて、白い長方形に黒い印を何列にもわたり上から下へ埋めていきたいという欲求を満たすには、つねにどこかよそで金を得るしかないと考えてきた。ところが、弱冠二十歳にして、つねにはつねにではなくたいていという意味だということをファーガソンは知った。つねにを厳めしく覚悟する姿勢がごく稀に間違いだったとなったとき、唯一的確な反応は、そのランダムな恩恵を神々に感謝することであり、それが済んだらまた、つねにの陰気な覚悟に戻っていく。たしかに今回はたいていの原理に初めて遭遇し、それが聖なる恩寵の力強さでもって骨の内で轟きわたった。でもそれは今回だけのことでしかない。

テュマルト・ブックス。ロン、ルイス、アンが春に始動させた、れっきとした、謄写版印刷でない出版社。十一月四日に最初の出版物が刊行された。詩集二冊（ルイス、アン）、ロンによるピエール・ルヴェルディの翻訳、ビリー著の三七二ページに及ぶ大作『潰れた頭たち』。これを祝って、この事業の天使たる、アンの母親の最初の夫の元妻、四十代なかばの血気盛んな女性トリクシー・ダヴェンポートが、レキシントン・アベニューのアパートメントの二階分を占める豪勢な住居で盛大なパーティを開いてくれた。ファーガソンも、知り合いほぼ全員とともに土曜の夜のお祭りに招かれた。元々人が大勢いるところは苦手で、閉ざされた空間に多くの肉体がひしめき合う中にいると頭がクラクラし言葉も出なくなってしまうのだが、その夜はなぜか違っていた。長年の時間を自著に注ぎ込んできたビリーのことを想って嬉しかったからか、貧乏で薄汚いダウンタウンの詩人や画家たちがイーストサイドの金持ちたちと交わっているのを見るのが可笑しかったからか、どちらであれあるいは両方であれ、その晩ファーガソンは何とも幸福な気分で、美しい、やはり大勢人がいる場は苦手でいくぶん怖気づいているシーリアと並んで立っていた。スシ詰めの、騒々しい室内を見渡してみると、隅っこでジョン・アシュベリーが一人で立ってジタンを喫い、アレックス・カッツが白ワインをちびちび飲み、ハリー・マシューズが青いドレスを着た背の高い赤毛の女性と握手し、ノーマン・ブルームがケラケラ笑いながら誰かにハンマーロックをかけている（以上、四人とも当時の芸術シーンの先端に立っていた詩人や画家）。めかし込んだモジャモジャ頭のノアは艶めかしいモジャモジャ頭のヴィッキ・トレメーンと一緒に立ち、ハワードはほかならぬエイミー・シュナイダーマン——週末ニューヨークに戻ってきたのだ——と話している。と、ファーガソンが着いて十分経ったところで、ロン・ピアソンが人混みをかき分け寄ってきて、ファーガソンの肩に腕を回し、ちょっと話があるからと言って彼を部屋の外へ連れ出した。

二人で上の階に上がり、廊下を進んでいって、左へ曲がって別の廊下を進み、誰もいない、本が二千冊ばかり並び六、七点の絵が壁に掛かった部屋に滑り込んだ。ちょっと話とはビジネスの提案だった。まあテュマルト・ブックスみたいな極小の、儲かりもしない事業をビジネスと呼べればだけどさ、とロンは切り出した。経営者三人で話しあった結果、君がギズモから出した三冊を一巻にまとめて来年の刊行リストに加えたい、ということになったんだ。僕らの計算によればおおよそ二五〇から二七五ページくらいで、今後八か月から十二か月のあいだに出せる。どう思う？

どうかなあ。あれ、そこまでいいと思う？

悪いと思ったらこんな提案はしないさ。もちろんいい。

で、ビリーはどうなんだい？　ビリーも同意しないといけないんじゃないの？

もう同意したよ。全面的に賛成さ。ビリーもいまでは僕らの一員で、君にも仲間に入ってもらいたいと言ってる。あいつ、すごいよ。**俺は最上階の連中(グルーツ)と取っ組みあって(グラップルし)おべっか遣い(グロヴェラーズ)や行商の薬売り(メディシン・メン)を愛用のラッパ銃(ブランダーバス)で撃ち倒す。**あんなクールなセンテンス書く奴いないよな。

金のことも言っておかないと。

金って？

僕らは本物の出版社みたいにふるまおうとしてるんだよ、アーチー。

わからないな。

契約書、前払い金、印税。そういうの、聞いたことあるだろ。

漠然とは。僕が住んでないどこか別の世界で。

三冊を一巻にまとめて、三千部刷る。前払い金二千ドルっていうのが非対称的な響きでいいんじゃないかなと。

冗談はよしてくれよ、ロン。二千ドルあったらほんとに助かるんだよ。街角で物乞いしなくてよくなる。他人に金を出す余裕なんてない人たちに金をせびらなくてよくなる。真夜中にどっと汗かいたりせずに済む。ふざけてるんじゃないって言ってくれよ。

ロンはいつものかすかな笑みを浮かべ、椅子に腰かけた。通常のやり方は契約書にサインするときに半額を支払い、本が出たときに残り半分を払う。でも即金で全額必要だということであれば、何とかできると思う。

どうやって?

反対側の壁に掛かったモンドリアンを指しながらロンは言った——トリクシーはやりたいこと何でもやれるのさ。

そうだね、とファーガソンも向き直ってカンバスを見ながら言った。そうなんだろうね。

あとひとつだけ話しあうべきことがある。タイトルだ。三冊の通しタイトル。急ぎはしないけど、アンがこないだの会議でけっこう可笑しいのを思いついたんだ。これがなぜ可笑しいかというと、君がまだショッキングなくらい若くて、この世界では新米で、まだオムツをつけてるんじゃないかって時おり思っちまうくらいだからなんだ。

オムツは夜だけで、昼はもう要らなくなった。

ミスタ・スロッピー（だぶだぶ）パンツはいまや清潔な下着で歩き回ってるわけだ。

まあたいていはね。で、アンが思いついた案とは?

著作集（コレクテッド・ワークス）。

ふむ。うん、たしかにかなり可笑しい、けど同時に……こういうの何て言うんだ? うん、若干、葬式（フューネリアル）めいている。まるでもう僕が防腐処置を施されて、過去時制への片道旅行に発とうとしているみたいな。もう少し前向きな方がいいかなあ。

君の本だからね。最終的に決めるのは君だ。

予備練習（プロルージョンズ）は?

ミルトンの初期作みたいにか?

そのとおり。「習作的、準備的な文学作品」。

僕らはどういう意味なのかわかるけど、ほかの人たちはわかるかな?

わからなきゃ調べればいい。

ロンは眼鏡を外し、ハンカチで両のレンズをこすって、かけ直した。そして一呼吸置いてから肩をすくめて、そのとおりだなアーチー、と言った。わからなきゃ調べればいい。

呆然として、あたかも頭がもはや体にくっついていなくて体重がなくなったみたいな気分で、ファーガソンはパーティに戻っていった。シーリアに朗報を伝えようとしたが、周りの声があまりにうるさくて彼女には聞こえなかった。いいよ、あとで話すから、とファーガソンはシーリアの手をぎゅっと握って首にキスしながら言った。それから、部屋の中に立っている人々の群れを見やると、ハワードとエイミーはまだ二人で喋っていた。二人とも相当くっついて立ち、相手の方に身を乗り出し、すっかり話に夢中になっている。義姉と元ルームメートがそれぞれ相手に向けているまなざしを見ていると、ひょっとしてこの二人カップルになりかけているかも、と思えてきた。モナもルーサーも永久に姿を消したいま、ハワードとエイミーが新たな可能性を探るのもごく自然なことではないか。ハワードがこのまま、ややこしくもつれあった氏族部族の集まりの中に入り込み、シュナイダーマン＝アドラー＝ファーガソン＝マークス旅回り一座の名誉会員となったらさぞ愉快だろう。そうしたら友は非公式にはファーガソンの義兄となる。ちょっとした栄誉だな、とファーガソンは思った。ハワードを内なる輪に迎え入れて、エイミーがネッコ・ウエハースを投げつけてきたらどうよけたらいいかアドバイスしてやる。非凡なるエイミー・シュナイダーマン、かつてファーガソンがあれほど恋焦がれた、起きたかもしれないが起きなかったことを考えるといまも胸が痛む女の子……。

　一年暮らしていく金は十分あって、年の最初の五か月は計画どおりに進めることで何とか自分を保っていた。いまや大事なことは四つだけだった。本を書くこと、シーリアを愛すること、友人たちを愛すること、ブルックリン・カレッジに通うこと。世界に注意を払うのをやめたわけではない。だが世界はもはや、単に崩壊しつつあるばかりか火だるまになっている。問題は、世界が燃えていて火を消す手立てを自分が持っていないとき何をすべきで何をすべきでないかだ。何しろ火は周りでのみならず自分の中でも燃えていて、自分が何をしようとしまいと、行動で何も変えられはしない。本を書きつづけることで、計画を貫く。思いつく答えはそれだけだった。本物の火を空想の火に置き換えて本を書き、その企てが無以上の何かに結実することを期待する。南ベトナムでのテト攻勢、ジョンソン退任、キング牧師暗殺等々については、できるだけ丁寧に見守り、できるだけ深く吸収するが、それ以上はなし。バリケードで戦う気はないが、戦っている連中を応援はする。そして部屋に帰って本の続きを書く。

　この立場がどれだけ危なっかしいかはわかっていた。その傲慢さ、自分勝手さ、芸術至上式思考の限界。けれどこの論法にしがみついていないことには（まあ論法というよりただの反射作用なのだろうが）、本などもはや必要でない世界を措定（そてい）する反論に屈してしまうだろう。そして本を書く営みにとって、世界が燃えている――そして自分も一緒になって燃えている――一年ほど重要な瞬間があるだろうか？

　やがて、その春彼を見舞うことになる二つの大きな打撃の一つ目が訪れた。

　四月六日夜の九時、キング暗殺の二日後、アメリカ中の半数の都市で本物の火が燃えるなか、東八十九丁目のアパートの電話が鳴った。アレン・ブルーメンソールという人物が、アーチー・ファーガソンさんと話したいんです、アーチー・ファーガソンさんですかと問うている。そうです、と答えながら、アレン・ブルーメンソールという名をどこで聞いたかをファーガソンは思い出そうとしていた。記憶のどこか遠い隅っこで、かすかにベルが鳴っている気がする……ブルーメンソール……ブルーメンソール……と、認識の衝撃がやっと訪れた。アレン・ブルーメンソール、過去三年ファーガソンの父親の結婚相手だったエセル・ブルーメンソールの息子。ファーガソンの未知の義弟、結婚式の時点では十六歳、ゆえにいまは十九歳、ファーガソンより二つだけ年下、シーリアの歳だ。

　僕が誰だか、わかりますよね？　とブルーメンソールは訊いた。

　もし君が僕の思っているアレン・ブルーメンソールだとしたら――とファーガソンは答えた――君は僕の義理の弟（ステップブラザー）だね（一呼吸置いてこの一語の重みを沈み込ませる）。やあ、ステップブラザー。

　この軽い、だが友好的なジョークにブルーメンソールは笑いもせず、無駄口はいっさい叩かず本題に入った。その日の朝七時、サウスマウンテン・テニスセンターで幼なじみのサム・ブラウンスティーンと一緒に出勤前の室内テニスに興じている最中、ファーガソンの父親は心臓発作を起こし、ばったり倒れてそのまま亡くなった。葬儀はあさって、ニューアークのテンプル・ブナイ・エイブラハムで行なわれる。電話したのは、母親に言われてラビ・プリンツが執り行なう葬儀にファーガソンを招くためであり、そのあとウッドブリッジの墓地での埋葬にも同行してほしいし、よかったらメープルウッドの自宅にも寄ってもらいたい。母親に何と伝えたらよいか――イエスかノーか？

　イエス。もちろん行くよ。

　スタンリー、ほんとにいい人でしたよね、と未知のステップブラザーは言い、声の調子が変わって震えはじめた。信じられません、こんなことになったなんて。

　ブルーメンソールが喉を詰まらせるのが聞こえ、突然すすり泣きが始まり……

　だがファーガソンに涙はなかった。電話を切ったあとも長いあいだ、すさまじい重さが頭にのしかかってくる以外は何も感じなかった。十トンの石にくるぶしまで、足の裏までがっちり押さえつけられ、やがてその重さがだんだんと内側に移ってきて、激しい嫌悪に変わっていった。嫌悪の念が体を這い上がり、血管の中で震動し、嫌悪のあとには闇が侵入してきて、闇が内にも外にも広がり、頭の中の声が、世界はもはや現実じゃないと告げていた。

　五十四歳。しかも一年半前のあのグロテスクなテレビCM以来一度も見ていない。こんな安値はほかにない。こんな幸せほかにない。五十四歳でポックリ死ぬなんて。

　それぞれ苦闘し、沈黙した年月のあいだ、こんなことが起きればいいなどとファーガソンは願いはしなかったし、想像したことすらなかった。煙草も喫わず酒も飲まず、永遠に健康でスポーツマンの父親は高齢まで生きるはずだったのであり、来たるべき数十年のうちのどこかの時点で、どうやってだか、自分たち二人のあいだに広がってしまった恨みつらみを一掃するすべが見つかるはずだったのだ。が、その前提には、行く手にまだ何十年もの年月が控えているという確信があった。そんな年月はもはやない。一日たりとも、一時間たりとも、一秒の何百何千分の一も。

　切れ目ない沈黙の三年間。いまとなってはそれが最悪の部分だった。その三年。沈黙を帳消しにするチャンスはもうないという事実。今際(いまわ)の際(きわ)の別れもなく、打撃を覚悟させるような前ぶれの病気もなかった。奇妙なことに、本の契約書にサインして以来、ファーガソンはまた父親について考えることが多くなっていた（金が絡んでいたからだろうか？　世の中には作り事の物語を書くなんていう益体(やくたい)もない仕事に金を出してくれる人間もいることが証明されたのだ）。この一か月、『プロルージョンズ』が出たら父親に一冊送ろうか、とすら考えていたのである。自分が何とかやっていること、自分のやり方でちゃんとやっていけていることを伝えれば、ひょっとしてそれがきっかけとなって、未来のどこかで和解に至らないとも限らない。父親は反応を返してくるだろうか、返さないだろうか。本を投げ捨てるか、机に向かって手紙を書くか。もし反応が来たら、こっちも返事を書いて、どこかで会う手はずを整える。今度こそたがいに言いたいことをすべて言い、初めて正直に胸の内をさらけ出し、きっと大半の時間は罵りあい、どなりつけあうだろう。ファーガソンが頭の中でその情景を演じてみるたび、たいていは血まみれの殴りあいに行きついて、二人とも疲れはてて腕を上げていられなくなるまで殴りあうのだった。もちろん、結局は本を送らずに終わったという可能性もあるが、少なくともそれについて考えてはいたのであり、そこには何らかの意味があるはずだ。それは間違いなく希望の徴(しるし)である。たとえ結果は殴打であっても、過去三年間の薄ら寒い疎遠さよりはましだったはずだ。

　ユダヤ教会へ。墓地へ。メープルウッドの家へ。そのすべての無益さ、むなしさ。エセルとその子供たちに初めて会い、みんな腕も脚も顔も手もある現実の人間であることを知る。ひどく動揺した未亡人は辛い儀式のあいだずっと崩れてしまわぬよう必死に耐え、『スターレッジャー』の結婚写真に写っていた冷たい人間ではまったくなく、思慮深い、気どらない女性であって、そんな人がたまたまファーガソンの父親に惚れ込んで結婚したのであり、きっと辛抱強い、鷹揚な、ファーガソンの父親にとってせわしなく動き回る独立独歩のローズよりもある面ではよい妻だったのではないか。彼女からのキスを頬に受けたあと、アレン、ステファニーと握手すると、二人がスタンリーを明らかに実の息子より愛していたことが伝わってきた。ファーガソンが父をこれほど深く愛したことは一度もない。アレンはラトガーズの第一学年を終えたところで、今後は経済学を専攻する気だという。きっと父親も喜んでいただろう。現実世界を見据えている分別ある若者であって、大半の時間は月に住んでいる、失望の種でしかない実の息子とは大違いに思えたにちがいない。そして父親の第二の家族である彼らのみならず、第一の家族の面々にもファーガソンは久しぶりに会った。カリフォルニアから駆けつけた伯父や伯母たち（ジョーンとミリー、アーノルドとルー）とは大人になってから初めて会ったが、久しぶりに接するこれら親戚で奇妙だったのは、兄弟二人はそんなに似ていないのに、どちらもそれぞれ違った面でファーガソンの父親によく似ているという事実だった。

メープルウッドの家に、ファーガソンはなぜか長居してしまった。子供だった自分が七年間囚われの身で過ごし、靴をめぐる物語を書いたかつての沈黙の城。大半の時間は

リビングルームの隅に一人で立ち、そこにいた数十人の他人とあまり口も利かず、そこにいたい訳でもなくさりとて立ち去りたい気もなく、彼がスタンリーの息子だと聞いたさまざまな人々からお悔やみの言葉を受け、礼を言い、握手していたが、いまだあまりに呆然としていて、突然のことで本当に驚きましたよ云々と言われてもただ頷くばかりだった。伯父伯母たちは早々と退散し、すっかり参ってしくしく泣いているサム・ブラウンスティーンと妻ペギーも玄関に向かったが、夕方近くになりほかの客も大半が三々五々出ていってもなお、ファーガソンはダンに電話して迎えに来てもらう（今夜はウッドホール・クレセントの家に泊まるつもりだった）気になれなかった。なぜなら、こんなにも長居した理由が自分でもやっとわかったのだ。エセルと二人だけで話したい。そして数分後、彼女が寄ってきて、どこかで二人で話せるかしら、と訊いてくれて、向こうも同じことを考えていたんだと知って気持ちが和んだ。

それは悲しい会話だった。ファーガソンのこれまでの人生で指折りに悲しい会話だった。改装したての地下室の、テレビ用コーナーに未知の義母と一緒に座って、スタンリー・ファーガソンという名の謎について知っていることを共有しあう。私にはほとんど届かない人だった、とエセルは認め、彼女が激しく泣きじゃくったあとにしばし気を取り直したかと思うとまたわっと泣き出すのを見てファーガ

ソンはつくづく気の毒に思った。ショックだった、と彼女は何度も言った。五十四歳の男が、死の煉瓦壁に激突したショック。この九年で彼女は二人の夫を埋葬した。エセル・ブラムバーグからエセル・ブルーメンソールへ、そしてエセル・ファーガソンへ。リヴィングストンのあちこちの公立学校で六年生担任を二十年務め、アレン、ステファニーの母として生きてきた。そう、あの子たち二人がスタンリーを崇拝したのも無理はないと彼女は言った。スタンリーはあの二人には本当に優しかった。あたしはあの人についてさんざん考えたからよくわかる、あの人は他人には親切で気前がよいけれどもっと親密であるべき人たちに対しては自分を閉じていて入り込みようがなかった、と彼女は言った。そしてもっと親密であるべき人たちとは普通なら妻と子供たちのことであり、この場合は一人息子のアーチーのことだ。アレンとステファニーはあの人にとって遠い部外者でしかなかった、とエセルはさらに言った。親のまたいとこの息子と娘みたいなもの、いつも車を洗ってくれる店員の息子と娘みたいなものだったから、気前よく親切にふるまうのも訳なかった。でもあなたはどうなの、アーチー？　と彼女は問いかけた。どうしてあなたたち二人のあいだには長年あんなに大きな敵意が積もっていったの、スタンリーはあたしがあなたに会うことさえ許さなかったしあなたを結婚式に呼びもしなかった、口ではいつも、あの子を憎んでるわけじゃないと主張して、まあゆっくり待つさと言っていたのに。

ファーガソンは何もかも説明したかったが、人生の大半進行してきた長い混沌たる葛藤を構成する無数の細部に入っていくのがどれほど困難かはわかっていた。だから、すべてをただひとつのシンプルな、了解可能なセンテンスにまとめた——

僕は父が連絡してくるのを待っていて、父は僕が連絡してくるのを待っていて、どちらかが譲って動く前に時間切れになってしまったんです。

二人の頑固な阿呆、とエセルは言った。

そのとおり。二人の阿呆が頑固にがっちり組みあって。

起きたことは変えられないわ、アーチー。もうすべて終わってしまったのだから。あたしとしてはただ、もうこれ以上あなたが自分を苛まないように願うしかない。あなたのお父さんは変わった人だったけど、残酷だとか、底意地が悪いとかいうことはなかった。あなたとしては辛かったかもしれないけれど、あの人は最終的にはあなたの味方だったと思う。

どうしてわかるんです？

あなたを遺書から除外しなかったから。あたしから見れば、もっとずっと大きい額であるべきだったと思うけど、あなたのお父さんから聞いた限りでは、電器製品店七店舗チェーンの共同所有者になることにあなたは興味がない。それで正しいかしら？

　まったく興味ありません。

　それでももっと多くをあなたに遺すべきだったとあたしは思うんだけれど、十万ドルっていうのはまあ悪くないでしょう？

　何と答えたらいいかわからないので、ファーガソンは座ったまま何も言わず、エセルの問いには首を横に振ることで答えた。ノー、十万ドルっていうのは悪くない。といってもこの時点では、自分がそれを受け入れたいのかどうかもよくわからなかった。そしてもはや言うべきことはなかったから、二人は上の階に戻り、ファーガソンは義父に電話して迎えに来てくれと頼んだ。十五分後、ダンの車が家の前に現われるとアレン、ステファニーと握手して別れの挨拶を交わし、エセルが玄関まで送ってくれて、一、二週間のうちに弁護士のカミンスキーから遺産について電話が行くと思う、と伝え、亡き夫の息子と別れのハグをした。強い、熱烈な、連帯と情愛の抱擁を交わしながら、今後は連絡を取りあおうと二人で約束したが、そうしないことはどちらもわかっていた。

　車の中で、ファーガソンはその日十四本目のキャメルに火を点け、窓を少し開けて、ダンの方を向いた。母さんはどう？　これがウッドホール・クレセントに向かいながら真っ先に発した質問だった。奇妙な問いだが、母にとっては十八年一緒に暮らした元夫・配偶者にして息子の父親だった人物が突如世を去ったのだ。訊かないわけには行かない。離婚の際二人のあいだには怒りしかなかったし、その後もずっと沈黙が続いたわけだが、やはり衝撃ではあったにちがいない。

　衝撃（ジョルト）という一語がすべてを物語っているね、とダンは答えた。涙、驚き、悲しみ、みんなそれで説明がつく。けどそれも二日前のことで、いまはもうおおむね落着いてる。わかるだろう、アーチー。いったん人が死ぬと、その人についての気持ちも変わってくるんだ。過去にどれだけひどいことがあったとしても。

　じゃあ元気だってことですね。

　心配は要らない。出かける前に、遺言について君が何か知ってるか訊いてくれって頼まれたよ。つまりまた脳味噌が働いているわけで、当然涙はもう終わってる（道路から一瞬目をそらしてファーガソンを見る）。自分のことよりずっと君のことを気にしている。まあ僕もそうだが。

　自分の脳味噌は全然働いていなくてまるっきり混乱していることは伏せて、ファーガソンは十万ドルの件をダンに伝えた。六桁の数字を訊けばダンも感心するものと思ったのだが、ふだんはめったに苛立ちもせずいつも飄々（ひょうひょう）としているダン・シュナイダーマンはまるっきり感心しなかった。

スタンリー・ファーガソンの富からすれば十万なんてほんのはした金さ。それより少なかったら醜悪そのものだったね。

まあでもやっぱり大金ですよね、とファーガソンは返した。

ああ、文字どおり一山だ。

そうしてファーガソンは、金をどう遣うかまだ決めていないことを明かした。自分が遣うためにもらうか、人にやってしまうか。考えがまとまるまで母と二人で預かってくれませんか、と彼はダンに頼んだ。僕が決められずにいるあいだ、少し遣いたくなったら、好きに遣ってくれて構いません。

何言ってるんだ。君の金なんだぜ、アーチー。自分の口座に入れて、自分のために遣うんだよ。どう遣ったっていい。君の父親相手の戦争はもう終わったんだ、向こうが死んだあとまで戦わなくていいんだよ。

まあそうかもしれません。でもそれは自分で決めないといけなくて、まだ踏ん切りがつかないんです。まずは母と二人でお金、預かってほしいんです。

わかった、じゃあ渡してくれ。受け取ったらまず、君に五千ドルの小切手を書く。

なぜ五千？

夏と大学最後の一年を生きていくのにそれだけかかるからさ。前は四千だったが、いまは五千だ。インフレってやつ、聞いたことあるだろ。戦争は人を殺してるだけじゃない。経済も殺しはじめてるんだ。

でももし僕が要らないと決めたら、もう十万ドルじゃなくなっちゃいますよ。九万五千しか残りません。

一年経ったらそんなことはないさ。当今、利息は年六パーセントだ。大学を卒業するころには、九万五千がまた十万になってる。見えない金ってやつだよ。

あなたがそんなに策士だとは知りませんでしたよ。

策士じゃないさ。君こそ策士だよ、アーチー。けど僕も少しは策に走らないと君に追いつけないからね。

その春の次の大きな打撃は、シーリアを失ったことだった。

第一の要因。ミルドレッド伯母さんがファーガソンを燃える家から救い出し、ブルックリン・カレッジに新たな避難所を見つけてくれたころには、ファーガソンとシーリアがたがいの体に腕を回し初めてのキスを交わしてから一年が過ぎていた。そのキスから愛が、過去のすべての愛を凌駕する大きな愛が生じたのだが、この一年のあいだに、シーリアを愛するのがどれだけ厄介かもファーガソンは思い知らされていた。二人きりでいるときは、おおむねしっくり行っていて、時に何か食い違いが生じても、服を脱いでベッドにもぐり込めばそれも解消できた。どう生きるべきか、何のために生きているつもりなのかといったことに関して意見が合わなくても、精力盛んなる数々の性交の絆が二人をひとつにしてくれた。二人とも自分にとって大事な事柄に関してははっきり意見を持っていたが、ファーガソンは芸術の道を志しシーリアは科学の道を志していたから、その大事な事柄が重なりあうことは少なかった。二人とも相手がやっていることを口では讃えているものの（シーリアが自分の作品に熱狂してくれているとファーガソンは確信していたし、ファーガソンが自分の図抜けた学問的脳に畏れ入っているとシーリアは確信していた）、たがいがたがいにとってつねにすべてだという訳には行かなかった。

反証。隔たりはあるけれど、それを埋めようという二人の頑張りが無意味なほど大きな隔たりではない。シーリアは本も読めば音楽も聴くし、ファーガソンにくっついて映画や芝居にいそいそと出かけていく。ファーガソンもその年は生物学の授業を取っていた。あと一年分の科学の必修を満たすのに生物を選んだのはやはりシーリアがいたからで、彼女が使っている言語のごく初歩だけでも学ぼうと思ったのである。それにシーリアにも説明したとおり、いま書いている本により深く浸るためには、ノイズ医師が関わっている肉体の領域を知り尽くさねばならない。そのことは二人とも理解していた。ノイズは医療従事者として二十年以上、健康な肉体、病んだ肉体の組織と骨を扱ってきたのだ。シーリアは生物の勉強を助けてくれたばかりか、ファーガソンがバーナードやコロンビアのメディカルスクール進学予定者、セントルークス、レノックス・ヒル、コロンビア・プレスビテリアンといった病院の若手インターンの話を聞けるよう仲介役を務めてくれた。ニューロッシェル在住の、シーリアの小さいころからのかかりつけの医師ゴードン・エデルマンの話を四時間聞く貴重な機会もお膳立てしてくれて、引き締まった体、逞しい胸のエデルマンは、終始冷静な顔で、医者稼業の歴史から日々の実践まで、長年のあいだに直面してきたドラマ等々をめぐるツアーにファーガソンを案内してくれたし、シーリアの兄の夭折（ようせつ）についてもしばし語ってくれて、アーティが動脈瘤の徴候を示さなかったこと、したがって血管造影の危険なプロセスにさらされもしなかったことを説明してくれた（より確実な、死んだ脳を検屍の最中に解剖する方法ではなく、生きた脳を調べるとなると、一九六一年の段階では血管造影法しかなかったのである）。**示さなかった**（ディド・ノット・プリゼント）。言い換えれば、誰にもできることは何ひとつなかったし、やがて血管が破裂する日が訪れたとき、その三語はシャッフルされて、まったく違う意味を担う別の三語に変えられたのである——**もはやこの世にない**（ノー・ロンガー・プレズント）。

小説を書く上で、自殺に関する文献を読み漁ることも、何とも気が滅入るとはいえ必要な作業だったが、何冊かの本はシーリアもつき合って読んでくれた。まずはヒューム、ショーペンハウアー、デュルケーム、メニンガーなど哲学・社会学・心理学から始めて、遠い過去・ほぼ現在に書かれたおびただしい文章を読み進めていく。エトナ山の炎の中に身を投げ捨てたというエンペドクレス、ソクラテス（毒人参）、マルクス・アントニウス（剣）、マサダのユダヤ人反乱者たちの大量自殺、プルタルコスの『英雄伝』に記されたカトーの自害（息子、医師、召使いたちの前で自分のはらわたをえぐり出した）、恥辱にまみれた神童トマス・チャタトン（砒素）、ロシアの詩人マリーナ・ツヴェターエヴァ（首吊り）、ハート・クレーン（船からメキシコ湾に身を投げた）、ジョージ・イーストマン（心臓を撃った）、ヘルマン・ゲーリング（シアン）、そして何より意味深いのはカミュ『シーシュポスの神話』の書き出し――「真に重大な哲学の問いはひとつしかない。それは自殺である。人生は生きるに値するのかしないのかを判断することはすなわち、哲学の根本的問いに答えることである」。

F　どう思う、シーリア？　カミュは正しいか、間違っているか？

C　たぶん正しいと思う。ただやっぱり……

F　僕もそう思う。たぶん正しいけど、絶対とは言えないよね。

いつもすべて一致するわけではないが、まずまず上手く、否、すごく楽しく末長くやって行けるくらい一致する。そして、学年が始まった時点でまだ十八歳と二十歳であり、二人が共有していた好ましい特徴のひとつとして、楽しみより仕事が先だ、どちらも家庭生活には全然向いていない、という二つ一組の確信があった。かりに東八十九丁目のファーガソンのアパートが二人住めるくらい広かったとしても、一緒に暮らそうとは二人ともまったく考えなかっただろう。常時共に住むことの窮屈さに耐えるにはまだ若すぎる、ということではない。どちらも根っから一人でいたいと思う人間なのであって、自分の仕事をするためにも長時間一人でいることを必要としたのだ。シーリアにとって仕事とはバーナードでの勉強であり、科学と数学のみならずあらゆる科目に秀で、掛け値なしのガリ勉女子グループの一員としてほかのガリ勉二年生四人とともに、朝から晩まで憑かれたように勉強に励み、西一一一丁目にあるだだっ広い陰気でみすぼらしいアパートに住んで、そこをおどけて〈永久静止修道院〉と呼んでいた。ファーガソンにとっても仕事は劣らず切実な問題であり、ブルックリン・カレッジで最良の結果を出そうと頑張りつつ小説の執筆も進めるのは楽ではなく、勉強が大変で小説の方はなかなか進まなかったが、自分も仕事にのめり込むシーリアと一緒で有難いのは、彼ののめり込み方もよくわかってもらえることで、その年何度か、週末のどこかで会うことになっていたのにファーガソンがいつになく小説が進みギリギリになってデートの中止を頼んだときも気を悪くはせず、頑張ってよとかしっかり書きなさいよとか心配ないからなどと言ってくれるのだった。ここが肝腎だよな、とファーガソンはつくづく思った。こういう同志の精神があるから、シーリアはほかの誰とも違った存在になっている。土壇場でこんな電話が来て、彼女だってきっとがっかりしているにちがいないが、平気なふりをするだけの気性が、人格の強さがシーリアにはあるのだ。

第二の要因。二人きりでいる限りは精神も身体もおおむね調和していられたが、二人で世間へと歩み出てほかの人々と交わるたびに、人生は問題含みになった。アパートをシェアしている女の子四人を別とすれば、シーリアには親しい友がほとんど、おそらくはまったくおらず、したがって二人にとってのわずかな社交とは、要するにファーガソンの世界に出入りするということであり、それはシーリアにとっておおむね異質の、理解しようと努力してもできない世界だった。上の世代とつき合う分には何の問題もなく、ファーガソンの母親と義父にも温かく接してもらっている気になれたし、ミルドレッド伯母、ドン伯父と二度ディナーを共にしたときも楽しく過ごせた。が、ノアとハワードはどちらも彼女の神経を逆撫でした。ノアの辛辣でノンストップの与太話は耐えがたかったし、ハワードの礼儀正しい無関心にも傷ついた。エイミーやジムの妻ナンシーとは仲よくやれるのに、ファーガソンの増える一方の詩人・画家仲間には退屈と嫌悪しか感じず、ファーガソンにとってはいまや血族同様に近しいビリーとジョアンナと一緒に晩を過ごすたびにシーリアがつまらなそうな顔をしているのを見るのは何とも辛かった。その辛い思いが、ロン、ルイス、アン相手に詩人や小説家をめぐってとりとめもない話を交わしながら彼女の顔を見るたび、疚しさと苛立ちの両方に変わるのだった。シーリアにしてみれば、気高い、考え深い彼女のアーチーが、なぜジョーン・クローフォードの馬鹿馬鹿しい映画なんかに、ボー・ジェイナードとその男友だちジャック・エラビーなどと連れ立っていそいそ出かけるのか、さっぱり理解できなかった。ほっそりした、どこかこの世ならぬ雰囲気のあの男二人組は、バルコニーの闇の中で時おりキスを交わし、いつもいつも笑っている。みんないくら何でも笑いすぎよ、とシーリアは言った。あの人たち一人として、何ひとつ真面目に考えてないじゃない。だらしなくて、いい加減で、ふざけてばっかりで、飢え死に寸前で世の中の端っこをうろうろして、誰も見たがりも買いたがりもしない芸術を作ることしか考えてないみたいじゃない。まあそのとおりだね、とファーガソンも認めた。けれどそれでも、みんな彼の仲間なのだ。世を拗ねてもいない、潔(いさぎよ)いのけ者同士。その誰一人、この世界にしっくりなじんではいないのだから、時おりゲラゲラ笑うのは、そんな中で精一杯やっていることのしるしなのだ。

反証。 新年（一九六八年）になるころにはもう、これ以上シーリアに与太者仲間たちを押しつけるわけには行かないことをファーガソンは理解していた。彼らの中には公然たるホモセクシュアル、薬物中毒、アルコール中毒もいれば、心を病んでいて精神科の治療を受けている者もいる。まあたしかに普通に結婚していて小さな子供を育てているのもいるが、全体としては壊れた偏執狂の集まりと言うしかない。その小さな人の輪の中に、どれだけ頑張ってシーリアを引き込もうとしても、つねに抵抗されるばかりだ。ファーガソンはほかの連中と交わることを求めているが、シーリアはただファーガソンと一緒にいたいだけなのだ。でもそのことで彼女を罰しても仕方ない。彼女が好まない連中と一緒に過ごすのを強いるのはもうやめようとファーガソンは決めた。間違った方向への一歩だということは承知している。生活のこの部分からシーリアを切り離すことで、自分たちのあいだに恒久的な隔たりが生まれてしまう。とはいえ、シーリアを失う危険は冒したくなかったし、彼女を離さずにいたいとすれば、彼の友人たちと過ごす惨めな晩から解放してやるしかないではないか。

シーリアが次にアパートに泊まりに来たとき、ファーガソンは彼女がふと口にした言葉を捉えて、この話題を極力さりげなく切り出した。ベッドに並んで横になった二人は、シーツと羽蒲団の上や下できわめて満足の行く一時間を過ごしたあとのキャメル一本を分けあいながら、特に何についてともなくお喋りしていたか、あるいは何も喋っていなかったか（どちらだったか、ファーガソンは思い出せなかった）、たぶんたがいに見つめあってはいただろう、こういう時はたいていいつもそうだったから。もうすでにそれぞれ自分の中に相手が満ちているけれど、たがいの裸の肌に手を滑らせてその瞬間を引きのばしている。ファーガソンがシーリアに、君は本当に綺麗だよと言う以外は何の言葉も発さず、もしかしたらそれすら言っていなかったかもしれないが、シーリアの目が閉じていて彼女がハミングしていたことをファーガソンは覚えていた。静かな、メロディにもなっていない、猫の喉が鳴るのにも似た音。長い手足を物憂げに伸ばした、女ヒョウのごときシーリアは脇腹を下にして横たわり、喉の奥から出てくる声でファーガソンにささやく。こうしているの好きよ、アーチー、二人だけであたしたちの島にいて、外で都市が波打っている。

僕もだよ、とファーガソンは言った。だからね、ひとつ一時停止(モラトリアム)を提案しようと思うんだ。外界との接触をひとまず断ってはどうかと。

この部屋に閉じこもって、全然外に出ないっていうこと？

いいや、外に出ることはできる。でも二人だけで出る。ほかの連中と駆けずり回ったりはしない。

あたしはそれでいいわ。ほかの連中なんてどうでもいいもの。

ひとつだけ問題がある。（煙草を一口喫って間を取り、どう言ったらシーリアの気持ちを傷つけないか考える。）二人で会う頻度を少し減らさざるをえないと思うんだ。

なぜそんなことしなきゃいけないの？

なぜなら君がどうでもいいと思う連中は、僕がどうでもいいと思う連中じゃないからさ。

あたしたち、どの連中の話、してるのかしら？

僕がこれまで君に押しつけてきた連中だよ。ビリー・ベスト、ハワード・スモール、ノア・マークス、ボー・ジェイナード――受け容れがたき者たち全員。

あたし、あの人たちのこと否定してないわよ、アーチー。

そうかもしれないけど、肯定もしてないよね。なのにわざわざ我慢することはないと思うんだ。

これってあたしのために言ってるの、それとも自分のため？

両方のためだよ。君が暗い顔をしてるのを見るのはすごく辛いんだ。

優しくしようとしてくれてるのはわかるけど、あなたあたしのこと頭カラッポだと思ってるでしょ？　堅苦しい、ブルジョアのパーだって。

そうともさ。オールAで、夏にまたウッズ・ホールの研究所に呼ばれる女の子なんて頭カラッポのパーに決まってるさ。

だけどあの人たち、あなたの友だちじゃないの。あなたを失望させるようなこと、あたしはしたくない。

たしかに僕の友だちだけど、だからって君の友だちでもなくちゃいけないという決まりはないよ。

ちょっと悲しい――そう思わない？

そうでもないさ。単に新しい取決めだよ。

減るってところよ。二人で会う頻度を減らさざるをえないっていうところ。

減ってもその質はいまより高まるなら、いままでずっとあの連中と一緒にいて君が辛そうにしてるのを見た惨めな時間全部を償ってくれる。減ることでかえって増えるのさ。減ることで結局もっと豊かになる。

こうして、週末のみに会うリズムに二人は入っていった。毎週二度の夕方、晩、夜。金曜と土曜か、金曜と日曜か、土曜と日曜か。まれに金、土、日のどこかにファーガソンがギリギリで電話してきてデートを中止し、シーリアと過ごす代わりに受け容れがたき連中と自由に過ごす晩がもう一晩増える。加えて平日の、勉強がそれほど大変でない夜は、平均して四晩に一晩は通りを下ったビリーとジョアンナの住まいに行って夕食を共にし、作家、政治、映画、画家、スポーツ等々について話しながら、一歳のモリーを交代で抱きかかえて遊んでやる。兄貴分のビリー・ベスト。誰よりも早くファーガソンの才能を買ってくれた、いまファーガソンが泳いでいる詩人ばかりの水槽の中で唯一小説を書く人間。唯一小説の文章がわかる耳を持っているから、フラナリー・オコナーとグレイス・ペイリーの方がベロー、アップダイク等々の男性作家より大胆で独創的な文章家であって例外はボールドウィンくらいだ、とファーガソンが論じてもちゃんと理解してくれる。そうやってファーガソンは、ベスト夫妻、ノア、ハワード、テュマルト・ブックスの三人をはじめ、彼をこの世につなぐ錨(いかり)となってくれる、なくてはならない人たちとの結びつきを保ったのだった。たしかに、シーリアが言うとおり、ちょっと悲しくはあったが、この取決めを始めて一か月、二か月が経つと、むしろ二人の仲も前よりもっとよくなったと思えてきた。煩わしいこと、苛立つことに対処する必要が前より減って、気分も落着いてきた。けれどなすべきことはまだ沢山あることをファーガソンは承知していた。解決した小さな問題は、まだ未解決の、自分のあまりに多くを彼女から隠してしまっているという大きな問題に較べれば無に等しいのだ。どうにかして自分を開く力を見出し、自分について告げる必要のあることをすべて彼女に告げなければ、いずれ自分たちの未来を破壊してしまい、手元には何も残らないだろう。

第三の要因。 そもそも二人の関係全体が、偽りの前提に立っていたと言っても過言ではない。ファーガソンがシーリアに嘘をついたというのではない。しかし、〈愛＝神の正義〉という公式の中でアーティの死が決定的な重みを持っていたことは依然打ち明けていない。去年の春にリバーサイド・パークでキャッチボールをしたことでその問題もおおむね克服したと思えるし、そのキャッチボールから発展して、夏のあいだずっと、シーリアと一対一でウィッフルボールを、ウッズ・ホールでもヴァーモントの農場でもプレーする習慣が定着し、裁判の前の重苦しい数週間などは特に、この華やいだ、笑いに満ちたゲームのおかげで法廷で裁きを受ける日のことも考えずに済んだ。けれど一番肝腎なことは、シーリアにまだ一言も言っていない。六年にわたる狂気の呪縛がようやく解けたのに、もう治ったのなら、あるいは単に部分的に健康を取り戻しただけであっても、なぜいまだに、死んだ双子AFへの捧げ物として己に強いた放棄のことを、シーリアに告げる勇気を見出せないのか？　怖いからだ。頭がおかしいとシーリアに見なされて、もう相手にしてもらえなくなるのが怖いのだ。

　なお悪いことに、自分の肉体的事実を彼女に言えないという問題があった。雄のロバと雌の馬が交わったという出生の秘密。一九四六年夏のある夜、ニュージャージーの厩(うまや)で、騒々しく鳴くロバが小綺麗な雌馬にまたがってラバを孕ませた。喋るラバ、ファーガソン。子を産む能力を持たず、ゆえに遺伝子的には不発弾の範疇に入る身。ファーガソンにとってその真実はあまりに辛く、男としての自己の男根的確信を根本から揺るがすゆえ、それをシーリアに伝える気になれなかった。そのため、二人一緒にベッドに入るたび、用心のため避妊の作業を行なうという空しい手続きを彼女に踏ませることになった。ペッサリーを挿入しても意味ないんだ、僕と愛しあっても絶対に妊娠の心配はないんだよ、と言うことがどうしてもできなかったのである。

弁明の余地なき過ち。こんな臆病ぶりでは、下劣な人間にだけは絶対なるまいと誓ったのに、まさにそれになってしまう。

反証。反証はない。だがファーガソンは、ブロイラー医師の診断が間違っていたという可能性にしがみつくことで、依然望みを失わずにいたのだった。もう一人別の医者に診てもらわない限り、許しがたい行ないは許しうる。避妊が必要である確率がほんの少し残っているのであり、ファーガソンとしては百パーセント絶対とわかるまではシーリアに恥ずべき事実を知られたくなかったのである。わかりたければ別の医者に行って、もう一度検査を受ければ済むことだ。けれど、怖くて行けなかった。知るのが怖くて、行くのを先延ばしにしつづけた。

結末。ファーガソンの父親が死んでから二週間半経ち、時の炎がコロンビアのキャンパスに広がるなか、シーリアは緑の腕章を着け、〈フェリス・ブース・ホール食事隊員〉数十名のうちの一人としてホール内の学生たちのためにサンドイッチを作って大義に協力した。活動家の赤い腕章ではなく、シンパ、サポーターの緑腕章。学内政治に関わらず、全精力を勉強に注いでいるシーリアにとっては妥当な選択だが、とはいえ彼女とて政治に関し意見は持っているし、前線に立ってバリケードを守り建物を占拠するといったことには向いていなくても、その意見は十分しっかりした、大学当局ではなく学生側を支持するものだった。まあたしかに学生たちの採る戦略については心穏やかに思えないところもあったし、百人、五百人の声が、くたばれマザファッカー！　と叫ぶたびに身をすくめてはいたが。ファーガソンが見るところ、シーリアはフェダマン流人権宣言の根本原則に従って行動している。十六歳のときにオートマットであの老人の前に一ドルを置いたときと同じ衝動に彼女は促されている。十九歳になったいまも、まったく変わっていないのだ。二十三日の夜、ファーガソンはアパートでシーリアの電話を受けて、その日コロンビアで何が起きたか彼女が語るのを聞いた。キャンパス中央の日時計での正午の集会、モーニングサイド・パークの体育館建設予定地襲撃、そしてSDSとSASの連合によるハミルトン・ホール占拠。白人学生と黒人学生が協同して大学を封鎖したと聞いてファーガソンは笑い出した。ひとつには驚きもあったと思えるが、何といっても嬉しくて笑ったのである。電話を切ると、あの晩やはりこの受話器を取り上げてアレン・ブルーメンソールと話したとき以来、心から笑ったのはこれが初めてだと思い当たった。

二十六日金曜の午後一時、今日はもう小説の執筆を切り上げて、街の向こう側へ行ってコロンビアの様子を見に行こうと決めた。シーリアはきっと、すでにフェリス・ブース・ホールの食事室に入ってサンドイッチ作りに加わっているだろうからいまさら電話しても仕方ないだろうが、現地に行って本人を見つけるのは訳ないはずだ。ハム、ソーセージ、食パンの大皿から彼女を引き離せれば、二人で一緒にキャンパスの中を回り、何が起きているのかこの目で見ることができる。街を横断するバスがマディソン・アベニューを北上していくなか、モーニングサイド・ハイツに行くたび自分相手にかならずやっている気がする会話が今日もまた脳内で始まった。プリンストンでなく、コロンビアに行ったらどうなっていたか？　コロンビアに行っていたら、いまどれほど違った生活を送っているか？　まず、ブルックリン・カレッジには行っていない。東八十九丁目のアパートに住んでもいない。祖父のアパートメントに入っていったらポルノ映画に出くわして、なんてことにもならず、一万ドルもなかった。ネーグルにも出会わず、ハワード・スモールにも出会わず、したがってヴァーモントの飲み屋で喧嘩に巻き込まれもせず、裁判もなく、ミルドレッド伯母さんによる奇跡の救出もなく、架空のテニスマッチ作りも、ハワードとエイミーのロマンスもなかったはずだ（ちなみにロマンスは熱を増す一方で、冷えそうな気配はいっこうになかった）。が、ギズモ三部作は、二部、三部が少し違った形になってはいただろうが、同じように書かれたことだろう。メアリ・ドノヒュー、エヴィ・モンロー、そしてシーリアは同じ役柄を演じていただろう。だがそれより、もしコロンビアに行っていたなら、いまごろ占拠された建物にいて、抗議する学生の一人となっているだろうか、それともまさにこうやって、街を横断するバスに乗ってセントラル・パークの北の縁を走り、モーニングサイド・ハイツへ向かっているだろうか？

二十三日以来、状況は変わっていた。黒人－白人の共闘は決裂したが、さらに四つの建物が学生に占拠された。反乱のリーダーと誰もが認めるSDSの議長はファーガソンの高校の同級生マーク・ラッドだった。もちろんマイク・ローブ——エイミーの元迫害者、すなわちファーガソンの元友人——も入ってはいる。が、シーリアが聞いたところによれば、ローブは数学ホールでの会合でもSDSの一員にすぎず、一方ラッドはSDSのスポークスマン、煽動の先頭に立って全体を動かしている。過去ファーガソンとラッドはいつも仲よくやっていて、英語、フランス語、歴史などの授業でも一緒だったし、ほとんど名前まで一緒のガールフレンド（デーナとダイアナ）とともにダブルデートに出かけたり、ある朝二人で学校をサボってニューヨークに行き、資本主義の現場を見ると称してウォール街の株式取引所に出かけもした。高校三年の春にファーガソンにマニュアル車の運転を教えてくれた（おかげでファーガソンはアーニー・フレイジャーのバンを運転できるようになり、もうひと夏大きな重たい物体を運ぶ仕事に携わることができた）マークが、いまや学生の謀叛を先導し、新聞に毎日写真が載っている……何とも相応しいようにも、どこか滑稽にも思える話だ。

　結局その午後、ファーガソンはコロンビアまでたどり着かずに終わった。街を横断する4番バスは、一一〇丁目に沿ってイーストサイドからウェストサイドに行く、セントラルパーク・ウェストからリバーサイド・ドライブまでの区間は〈カシードラル・パークウェイ〉の名で知られる路線で、これがブロードウェイと一一〇丁目の角に達したところでファーガソンはバスから飛び降り、一一六丁目にあるキャンパスに向かって北へ歩き出したが、途中、シーリアが住んでいる西一一一丁目、ブロードウェイとアムステルダム・アベニューとのあいだを通ることになる。そしてファーガソンが一一一丁目を過ぎ、次の角へ歩いている最中、思いがけずシーリア本人の姿が目に飛び込んできた。ゆったりした青いスカート、ピンクのブラウスのシーリアが、半ブロックばかり先をやはり北へ向かっていたのだ。きっとフェリス・ブース・ホールの食事室へ行くにちがいない。シーリアが一人でないことはべつに気にならなかったが、ただし一緒にいる相手はバーナードのルームメートではなく男である——リチャード・スモーレンという名の二十二歳の男、コロンビアのメディカル・スクール進学予定の、小説を書く助けにとシーリアが十月に仲介してくれた一連のインタビュー相手の一人。ニューロッシェルの出身で、子供のころアーティと一緒に野球、バスケットのチームでプレーしていたのでシーリアは小さいころからずっと彼のことを知っている……そしてなぜファーガソンは、シーリアが幼なじみと二人でアップタウンに歩いている姿に出くわして、かすかな嫉妬を、懸念を感じるのか？　二人に追いつこうと歩みを速めたが、叫べば聞こえる距離まで近づく前に、シーリアとリチャード・スモーレンが舗道の真ん中に立ちどまり、たがいの体に両腕を回してキスを始めた。情熱的なキス、長いキス、混じり気なしの欲望に衝き動かされた貪るようなキス。舗道の上、六メートルと離れていない地点から二人の抱擁を見る限り、それは愛のキスだった。
もし愛であるなら、一緒にシーリアのアパートから出てきたばかりと考えざるをえない。きっと二人で、シーリアのベッドの上で何時間も転げ回っていたにちがいない。ふたたび服を着て、占拠された建物にいる学生たちのためにサンドイッチを作ろうとコロンビアへ向かって北に歩いていくなか、欲情の宴の余韻が燃えさかるあまり、たがいに触れあわずにはいられず、もっともっと求めてしまうのだ。
ファーガソンは回れ右し、南へ向かって歩き出した。

エピローグ。ファーガソンからは電話せず、シーリアが月曜にようやく電話してきた。スモーレンのことを（ファーガソンにとってはもう旧聞であることを）伝え、ファーガソンとの仲を打ち切る電話だった。何の連絡もなかった週末のあいだに、こうなってしまったのは自分の責任であり、スモーレンは問題の原因というより症状なのだとファーガソンは考えるに至った。シーリアに対して初めからずっと不実だったのだから、打ち捨てられるのも自業自得なのだ。美しきシーリア。シーリア、彼女に触れてその体を自分の体の中に包み込むことのめくるめく狂乱。でもセックスだけでは十分でなかった。そんな気持ちに行きつくなんてありえないと思えたが、そう、セックスだけでは十分でないのだ、そしてほかはほとんどすべてが間違っていたのだ。意志の力で彼女を愛するよう自分に強いたわけだが、愛していたのは彼女を愛するという観念でしかなかった。そんなものは愛ではなく、許しがたい、どうしようもない愚行である。ハンサムな医学生がいいなら好きにさせるしかない。未来の心臓専門医（ハート・スペシャリスト）、目下の熱愛の相手（ハートスロブ）と二人で、コロンビアのつむじ風へ向かって歩いていくがいい。炎はいまなお広がっている。もういまや、シーリアもつむじ風のごとくファーガソンの人生から飛び出させ、彼抜きで次の場所へ行かせるべき時が来たのだ。

その後の数か月、もう『ファーガソン物語』の主要人物がテニスコートであれどこであれバッタリ死んだりはせず、もはや愛が見出されも失われもせず顧みられさえしなかった。だらだら緩慢で侘しい夏に小説の第二部を書きはじめ、ほぼ一日アパートにこもって、夜に会う相手といっても同じ通りに住むビリーとジョアンナ、それに初めてプロの俳優として映画に出演する仕事でニューヨークに来ているノアくらいだったし、そのノアも毎日忙しく疲れていて、週末以外ファーガソンと過ごす暇はほとんどなかった。ほかはみな街を出ていて、ニューヨーク州北部かニューイングランドの家族バンガローでキャンプしているかキャビンを借りているか、あるいは西ヨーロッパを貧乏旅行していて都市や田舎を回っているかだった。ハワードはいつものようにヴァーモントの叔母・叔父の農場に行っていたが、今回はエイミーが一緒で、二人は早くも大学卒業後の生活の計画を練りはじめていた。卒業まであと一年、ハワードが徴兵を逃れられたとして、二人とも大学院進学を考えている。ハワードは哲学、エイミーはアメリカ史、どちらも第一希望のコロンビアに行ければモーニングサイド・ハイツにアパートを借りて一緒に暮らし、ふたたびニューヨークの住民になれる。二人はくり返し何度も、ヴァーモントに遊びに来いとファーガソンを誘い、ファーガソンはくり返し何度も、行かない口実を捏造した。ヴァーモントは僕にとって呪われた場所なんだ、まだ再訪するのは早すぎる気がするんだよ。いま小説書きにどっぷり浸かってるからニューヨークを離れられないんだ。夏風邪をひいちゃって旅行に出る元気がないんだ。だが、そんなふうに言いながらも（どれもまったくの嘘ではなかった）、より大きな真実は、シーリアを失ったいま、エイミーをめぐる思いがまた頭に浮かぶようになったということだった。永遠に失われた、一度として彼を求めたことのない、これからも決して求めぬであろう愛しい彼女が、非公式の義兄たるハワードとともに幸せに過ごしている姿をいま目の当たりにするのはとうてい耐えられそうにない。その夏シーリアのことを考えるのをやめたわけではなかったが、彼女が頭の中に入り込んでくるのは案外さほど頻繁ではなかった。最初の暑い一か月が次の暑い一か月に替わっていくとともに、自分たちがもはや一緒でないことをファーガソンはほとんど嬉しく思うようになっていった。あたかも呪縛が解けて、自分自身に戻れて、もはや作り物の自分、欺瞞に満ちた自分でいなくてよくなったという気がした。その反面、猛暑の中でアーティがふたたび共にいるようになった。アーティの死と、父親の死。暑い狭い部屋で小説の言葉を絞り出しながら何より頭にあった記憶はそれだった。四月末に遺産の処理が終わると（通常の遺贈ではなく、生命保険が下りたという扱いで、相続税を払わなくて済んだ）、ファーガソンはダンから五千ドルを受け取り、一か月また一か月、九万五千ドルが元の十万ドルに戻っていくのを一種病的な驚異の念とともに見守っていた。見えない金、とダンは言っていた。ファーガソンに言わせれば幽霊の金だった。

　死に関する本を書いていると、日によっては、本が自分を殺そうとしている気がした。すべてのセンテンスが苦闘であり、すべてのセンテンスのすべての語が別の語でもありえた。過去三年に書いたどの文章もそうだったが、一ページ残すためにはおおよそ四ページくらい書く必要があった。それでも初夏の時点で一二二ページが出来ていて、物語の半分はすでに語られていた。自殺の流行は三か月目の終わりに達し、この間R市は人口九万四千の田舎町だというのに二十一人の子供を埋葬していた。ノイズ医師は当初からずっとこの問題に深く関与し、二十人あまりの医師仲間、十人あまりの精神科医、三十人近い司祭や牧師と協力してさらなる自殺の防止に努めていたが、皆で力を尽くし、街じゅうの若者と長時間面談しカウンセリングを行なってもまったく効果はなく、医師はいまや、こうやってはてしない時間を注ぎ込むことで疫病を断ち切るどころか逆にかえって長引かせているんじゃないか、問題を抽出して世にさらす営みを何か月も続けることで問題を解決するどころか勢いづけているんじゃないか、そうやって自殺予備軍の子供たちに自分では思いつかなかったであろうやり方で自らの問題を解決するよう促してしまっているのではないか……そう思うようになっていた。かくしてRの子供らは己の命を断ちつづけ、冷静にして堅実なノイズ医師はじわじわ崩壊しかけていた。そこまで書いたところで六月となり、ファーガソンは期末試験を受けて期末レポートを書き、夏初めの数週間でふたたび物語に戻っていくなか、結末がどうなるかはもうわかっていたが、わかることは助けになっても、書くのはまた別の話だった。ちゃんと書けなければ結末までたどり着いても意味はない。Rの若者たちが直面しているのは永遠の問題でもあり現在に固有の問題でもあり、生物としての宿命とたまたま今日生じた事態との複合である。初恋、失恋といった思春期特有の混乱。群れから弾(はじ)き出されるのではないかという日々の不安。妊娠の恐怖。実際に妊娠してあまりに早く母となったことのトラウマ。過剰さのスリル（スピード違反、大量の飲酒）。倦怠。両親、大人、世界を動かしている者すべてに対する軽蔑。憂鬱、孤独、陽光が降り注ぐさなかにも胸にのしかかってくる厭世の気分(ヴェルトシュメルツ)――昔ながらの、終わりなき、若さゆえの苦悩。しかも、もっとも危険な年齢である十七歳、十八歳の若者たちには、学校を出たとたんにベトナムの脅威が控えている。今日のアメリカを覆う否応ない現実。ブルーカラー都市Rから大学へ進学する者はほとんどおらず、高校を出れば大人の人生が始まるのであり、過去三年間に米軍兵士の死体を収めた六十四の棺が故郷に届けられて地元の墓地に埋められ、手足を失い目を失った兄たちが近隣のW市の復員軍人病院に行きついたいま、一九六五年夏にRを包んだ愛国の熱狂は、六八年春には嫌悪と恐怖になり果てていた。世界の反対側でアメリカ政府によって戦われている戦争は、もはやこの街の少年たちが戦おうという気になれる戦争ではなかった。兄たち、従兄(いとこ)たち、友人の兄たちと同じように空しく死ぬなんて、命の原理そのものを蔑(ないがし)ろにしているとしか思えない。まだ自分の人生が始まってもいないのに命を献げるなんて、いったい何のために生まれてきたのか、この世で何をやっているのか？　徴兵審査に落ちるために手や足の指を撃って自分の体を損なう者もいれば、血の流れない手段として、鍵をかけた自宅のガレージで車をアイドリングさせてガス自殺を選ぶ者もいるし、多くの場合、少年に恋人がいれば、少年と少女は車の中に一緒に座り、毒煙が効果を及ぼしていくなかでたがいの腕に包まれている。初めのうちノイズはこれら無意味な死に愕然とし、全力で阻止しようと努めるが、時とともに考えの方向が変わっていき、四、五か月が過ぎたころには彼自身もこの疫病に冒されている。ここからあとファーガソンは、ノイズの動向を一歩一歩、結末で彼が自ら命を断つに至るまで段階を追ってたどるつもりだった。自分が担当している若者たちにノイズが抱くようになる強い共感。二五〇人以上の少年少女との会話を通してたどり着く、街が直面しているのは医学上の危機ではなく精神的な危機だという確信。問題は死でも死への欲望でもなく、未来に対する希望が失われたことなのだ。誰もがみな希望なき世界に生きていることを理解した時点で、過去数か月カウンセリングを施してきた若者の一人とノイズが一緒に住みはじめるようファーガソンは話を持っていくつもりだった。リリー・マクナマラという名の十七歳の女の子で、双子のきょうだいハロルドはすでに自殺している。もはや結婚しておらず子供もいないノイズ医師は、リリーを（一週間か、一か月か、半年か）自宅に住まわせ、地味で頑固で口下手な少女を相手に説得を試み、死の思いを捨てさせようと努める。これが結局、ノイズ最後の抵抗に、屈してしまいたいという自分自身の欲望を押し戻そうとする最後の企てとなる。結局、リリーを生に連れ戻すことにも挫折したノイズは、彼女のあとについてガレージに入り、ドアと窓を閉め、二人で車に乗り込んで、キーを回してエンジンをかける……。

　六月なかばから九月なかばにかけて、のろのろと書いては書き直した七十四ページ。ブルックリンへの地下鉄通学がふたたび始まって二週間後、テュマルト・ブックスから著作集が刊行された。辛い夏を過ごしたあとでは、『プロルージョンズ』は早春初めてのクロッカスのように思いもよらず地面から飛び出してきた感があった。冷たい地面の泥と黒ずんだ雪とを突き破って現われた一瞬の紫、ほかには色とてない世界での一筋の色の槍。『プロルージョンズ』のカバーはまさしく紫色、モーブと呼ばれる色合いの紫を、使用可能な無数の色の中からファーガソンとロンが選んだのだった。絵を使わず簡潔にデザインした、著者名と書名が黒字で記され、細い白い線の長方形で囲んだカバー。フランスのガリマール版に敬意を表したデザインを、優雅だ、すごく優雅だ、とファーガソンは思い、初めて両手で抱えてみると突然、およそ予想していなかった、落雷のごとき高揚感が湧いてきた。ウォルト・ホイットマン奨学金が貰えるとわかったときに感じた高揚と似ている、と思ったが、しかし奨学金はいまや奪い取られたのに対し、この本はいつまでも自分のものでありつづける。たとえ読んでくれる人は十七人だけでも。

書評が出た。生まれて初めて、ファーガソンは人前でキスされ、人前でひっぱたかれた。彼が数えたところではその後四か月で十三回。新聞、雑誌、季刊文芸誌に長い、中くらいの、短い書評が載り、舌を差し入れてきた嬉しいキスが五つ、背中をポンと叩く手が一つ、顔へのパンチ三つ、股間への蹴り一つ、銃殺隊による死刑執行が一つ、すくめられた肩が二つ。ファーガソンは天才であり白痴であり、神童であり傲慢な大馬鹿であり、今年最高の事件で今年最低の事件で、才能にあふれていてかつ才能がまったくなかった。半世紀前の、ハンク＝フランクをめぐってボールドウィン先生とミルドレッド伯母さん・ドン伯父さんの意見が真っ向から対立した事態から何ひとつ変わっていない。肯定と否定の押しと引き、裁きの法廷における終わりなき膠着(こうちゃく)状態。だが好意の意見・敵意の意見両方を無視しようとしても、キスが色あせたずっとあとも刺された痛みが続くことは認めざるをえなかった。「逆上した、抑制も何もあったものではないヒッピーが、文学というものを信じず文学を破壊しようとしている」と叩かれたことを忘れる方が、「才能豊かな新人登場」と讃えられたことを覚えているより大変なのだ。勝手にしろ、そう胸の内で言いながら一連の書評を机の一番下の引出しにしまった。もしまた本を出すことがあったら、蠟で耳を塞ぎ、目隠しで目を覆い、体を船のマストに縛りつけて、海の精(セイレーン)たちの声が届かなくなるまで嵐を乗りきるのだ。

　本が出てまもなく、メアリ・ドノヒューが再登場した。この時点でシーリアがいなくなって五か月が経っていて、独り身でセックスに飢えたファーガソンは、妹が一年半つき合っていたボーイフレンドと最近別れた、とジョアンナから聞かされて大いに関心を抱いた。またメアリに会いたいんだったらあなたたち二人とも夕食に招待するわよ、とジョアンナは言ってくれた。メアリはもうミシガンに見切りをつけ、ニューヨークに戻ってNYUで法律を学んでいて、七、八キロは痩せた。あなたにこうして訊くのもメアリに訊かれたからで、あなたさえその気なら向こうもその気だと思う、とジョアンナは言った。こうしてファーガソンとメアリはふたたび会うようになった。つまり、一九六六年の夏と同じようにふたたび一緒に寝るようになった。そして、ノー、これは愛ではない、決して愛にはならない、けれどある意味でそれは愛よりもっとよかった。友情。掛け値なしの純粋な友情。双方とも相手に心底感服している。メアリに対する信頼は深まる一方で、二度目の交際の二か月目に、ファーガソンは彼女を、シーリアに関し胸の中すべてをさらけ出す相手に選んだのだった。アーティの件、野球の件、恥ずべき避妊の件を初めて明かし、いままでほかの誰にも話せなかったことを話し、その惨めな沈黙と欺瞞の物語の終わりにたどり着くと、メアリから目をそむけて壁の方を向き、僕、どこがおかしいのかな？　と言った。

若いことよ、とメアリは答えた。おかしかったのはそれだけよ。あなたは若かった、だから広い心と発達しすぎた若々しい理想主義とを抱えた未発達の若い人間が考えることを考えた。で、もういまはそんなに若くなくなって、そういうふうに考えるのをやめたのよ。

それだけ？

それだけ。まあもうひとつの、若いことと全然関係ない方の話は別だけど。そっちは彼女に言うべきだったわよ、アーチー。あなたがやったことは……これってどう言ったらあなたを傷つけずに済むかしら？

人の道を外れている。

そう、その一語。人の道を外れている（レプリヘンシブル）。

僕はね、シーリアと結婚したかったんだ、少なくとも結婚したいんだと思っていた、で、もし絶対に子供が持てないと打ちあけたら、たぶん彼女に見捨てられたと思う。

それでも。何も言わなかったのは間違っていた。

けど君には言っただろ？

私に言うのは話が別。

え？　どうして？

あなたは私と結婚する気はないから。

僕にその気があるかないか、誰にわかる？　君にその気があるかないか誰にわかる？　何事も誰にわかる？

メアリは笑った。

少なくとも君、もうピルを飲むのはやめていいよ。

あなたはニューヨークでただ一人の男じゃないのよ。ある夜私が夢の王子様に出会って、コロリと参っちゃったら？

僕には言わないでくれ、それだけ頼む。

それはそれとして、アーチー、あなた別の医者に行って診てもらうべきよ。念のため。

わかってる。わかってるよ、そうすべきだってこと、行くよ、じきそのうちに、もちろん行くよ、じきそのうちに、約束する。


一九六九年は七つの謎の年だった。八つの爆弾、十四の拒絶、二箇所の骨折、二六三という数字、人生を変えるひとつのジョークの年だった。
1）リチャード・ニクソンが第三十七代合衆国大統領に就任した四日後、『滅亡の都』の最後の一文が書かれた。第一稿が、さんざん手をかけた第一稿が出来上がったのだ。もう何度も何度も書き直していたから、第九稿、第十稿と数えてもおかしくなかったが、ファーガソンはまだ満足していなかった。少なくとも十分満足したとは言えず、完成したと宣言できるまでにはまだ手を入れる必要があると思った。結局さらに四か月粘って、修正し整備し、削除し追加し、語を入れ替え文を磨き上げ、六月上旬、最終の最終バージョンをタイプすべく机に向かったときはブルックリン・カレッジ最終試験の真っ最中、もうじき卒業という時期だった。

知っている出版社、ここから出せたらと思う出版社はひとつしかない。こうして長篇小説が書き上がったいま、テュマルト・ブックスの友人たちに原稿を手渡せればどんなによかっただろう。君の作品を永久に出しつづけるよ、と彼らは何度も言ってくれたのだ。だがこの数か月で事態は変わっていた。一九六七年夏の誕生以来十二冊の本を刊行してきた、いまだ発展途上の若き出版社は、もはや絶滅寸前となっていた。このささやかな、だが不可視ではない出版社を支える唯一の財政上の擁護者たる、すでに二度結婚歴があるトリクシー・ダヴェンポートが四月に三度目の結婚式を挙げ、新しい夫ヴィクター・クランツはトリクシーの投資を管理する以外さしたる仕事もないらしい男で、この人物が芸術に理解がなく（モンドリアン、カンディンスキーといった死んだ画家たちの作品は別だったが）、あんな「役立たずの大義」に金を捨てるのはよせとテュマルトの天使に忠告したのである。こうしてプラグは引き抜かれた。出版予定の本の契約はすべて破棄され、すでに書店・取次店に渡っている本以外は安売り処分に付され、安売りにもされない分は断裁されることになった。『プロルージョンズ』は刊行から九か月で八〇六部が売れていた。大した数字ではないが、テュマルトの基準からすればまずまずであり、社内的にも第四位の売上げだった（一位はアンの性愛詩集一四八六部、二位はビリーの『潰れた頭たち』一一四一部、三位はダウンタウンの夜のクイアたちの生態を綴ったボーのきわどい日記九六六部）。五月後半、ファーガソンは自著を一冊二ドルで百冊購入し、ウッドホール・クレセントの家の地下室に積み、その晩ニューヨークに戻って、ビリーの家で開かれたパーティに出かけた。テュマルト・ブックスで働いた人間、テュマルトから本を出した人間がみな妻、夫、ガールフレンド、ボーイフレンドを連れて集まってヴィクター・クランツの名を呪い、ぐでんぐでんに酔っ払った。さらに悲しいことに、ジョアンナがふたたび妊娠しビリーが家計を支えるべく家具運搬業に携わっているいま、避けがたい瞬間が訪れた。パーティの真っ最中にビリーが椅子の上に乗ってギズモ・プレスの終焉を宣言したのである。でも、とビリーは酔った声で首の血管を膨らませて叫んだ。でも僕は少なくとも、出版を約束した本とパンフレットはすべて出すまで続けるつもりだ、なぜなら僕は引き受けた責任は果たす人間だから！　テュマルトの引き抜かれたプラグをあからさまに踏まえたこの一言に誰もが喝采し、約束の重みを知る人とビリーを讃え、隣に立ったジョアンナの頬に涙が流れ落ち、メアリがその隣に立って姉の肩に腕を回し、やがてハンカチを取り出して顔の涙を拭いてやり、そばに立ってじっと眺めていたファーガソンはそんなメアリを素晴らしいと思った。

　ビリーの忠告に従って、ファーガソンは出版社を探す仕事を任せるエージェントと契約した。リン・エバハートという名で、言うまでもなくビリーのエージェントでもある(ビリーは次著を書き上げたわけではないが、テュマルトが呼吸停止となったいま、『潰れた頭たち』のペーパーバック版を出してくれる出版社をリンは探していた)。ファーガソンを依頼主として受け入れる手紙の中で、リンが『滅亡の都』を見事な反戦小説と呼んでくれたことにファーガソンは勇気づけられたし、二日後に電話で話したときも、アメリカに移植され言葉に置き換えられたベルイマン映画とリンは評した。ベルイマンの映画についてファーガソンは好悪入りまじった感慨を抱いていたが(好きな作品もあればそうでない作品もある)、彼女が大きな褒め言葉として言ってくれていることはわかったので素直に礼を述べた。リンは若くて熱心な、小柄で可愛らしい、真っ赤な口紅を塗った金髪の女性で、一年前に一人でエージェントを始めた身で、まだ過去の依頼主リストもないインディペンデントのエージェントとして、若き新しい作家たちの中から最良の書き手を発掘せんと意気込んでいた。ファーガソンは二十二歳三か月、何はともあれ若いことは間違いない。リンが『滅亡の都』の原稿をニューヨークの出版社に送りはじめ、一つまたひとつと断りの手紙が戻ってきた。どの出版社も、駄目な小説だとか、下らないとか言ったわけではなく、「大きな才能」と一社は讃え、実力はみな認めたものの、どの社も揃って、これはとことん非商業的な作品だと断じ、たとえ前払い金が五十ドルでも、あるいはゼロでも、印刷費用を回収するのに苦労するだろうと述べていた。年の終わりには、十四の出版社の郵便集配室とオフィスとを経由した末に十四の断り状が集まっていた。

十四発のストレートパンチ。その一発一発が痛かった。

心配ないわ、何か考えるから、とリンは言った。

2)こんがらがった一族の最年少構成員四名は六月上旬にそれぞれの大学を卒業した。エイミーはブランダイスを、ハワードはプリンストンを、ノアはNYUを卒業し、ファーガソンはミッドウッドのフラットブッシュ地下鉄駅付近の田舎の隠遁地を去った。卒業式も終わったいま、四人ともすでに未来へ旅立っていた。

　思春期の大半と青年期のすべてを、映画で生きていく準備に費やした末に、今後は演劇に専念すると宣言してノアはファーガソンたちを仰天させた。映画の演技なんて馬鹿馬鹿しいよ、止めては動かす機械仕掛けのインチキさ、同じインチキでも演劇は生の観客の前で演じる本物のインチキだ、撮り直しだのエディターのハサミだのに頼ったりしない。これまでノアは自ら三本の短篇映画を監督し、他人の映画にも三本出演したが、もうこれでセルロイドには別れを告げて、イエールの演劇学校に行って三次元の演技と演出を学ぶ。なぜまた学校に？　とファーガソンが訊くと、もっと訓練が必要だからさ、とノアは答えた。やってみて必要ないとわかったら辞めてニューヨークに戻ってくるまでさ、そしたらお前のところに転がり込むからな。すごく狭いんだぜ、とファーガソンが言うと、わかってる、でもお前、床に寝るの嫌じゃないだろ？　とノアは言ってのけた。

　意外にもノアは進学、エイミーとハワードは予定どおり進学。二人ともコロンビア、結婚しない夫婦的生活の素晴らしさを満喫しつつエイミーはアメリカ史の博士号をめざすが、ハワードは哲学をやめてギリシャ＝ローマの古典を学ぶことにした。ソクラテス前派の格言的な言葉にもっと深くのめり込み、今日流行の、馬鹿っぽい英米分析哲学なんかに時間を無駄にしたりしない。ヴィトゲンシュタインはいいけれどクワインには頭が痛くなるし、ストローソンはガラスを嚙んでるみたいだ。古(いにしえ)のギリシャ人へのハワードの心酔はファーガソンも理解できたが（ネーグルの影響は本当に強く、ファーガソン以上に永続的に感化されていた）、友の選択に若干失望を感じずにもいられなかった。ハワードは研究よりも絵描きに向いているとファーガソンには思えたのであり、ペンと鉛筆で危うい道を追求してほしい、ドローイングで身を立てようとめざしてほしいと思っていたのである。その筆の技術はプロであるエイミーの父親よりすでに上だし、ビリーに依頼されて描いた一連の表紙絵、『プリンストン・タイガー』に載った一コマ漫画、爆笑テニスマッチ、その他この四年のあいだにひねり出した数々の傑作に思いをはせたファーガソンは、ハワードに面と向かって、なぜ絵じゃなくて学校なんだ？　と詰め寄った。なぜなら、とかつてのルームメートは答えた。絵は僕にとって簡単すぎるからさ。もうこれ以上上達することは絶対にない。自分を試すものを探してるんだ、ここまでなら行けると思えるその先まで押してくれる分野を……これって訳わかるかい、アーチー？　ああ、わかるとも、しっかりわかる、と答えたものの、やはり失望は抑えられなかった。

　自分自身については、これ以上勉強を続けるという線はありえなかった。もう十分だよ、と一族の仲間たちに宣言し、春も終わり近くになって仕事を見つけた。まさに父親が認めなかったであろうたぐいの仕事であり、きっといまごろ父は墓の中でひっくり返っているにちがいない。ブルックリン・カレッジの友人たちの中でも一番頭が切れて頼りになるフリッツ・マンジーニという男がいて、その父親が下請け会社を経営しており、扱っている業種のひとつがアパートメントのペンキ塗りで、この夏のペンキ塗り要員をもう一人父親が探しているとフリッツから聞かされて、ファーガソンはマンハッタン南のデブロス・ストリートにあるオフィスでミスタ・マンジーニの面接を受け、その場で雇われた。週五日のフルタイムではなく、短期の仕事があるたびに働く形で、あいだには空白が生じるが、むしろその方が好都合だと思った。一、二週間働いて、一、二週間休む。働く期間の稼ぎだけで、働いていない時期の食費と家賃も賄えるだろう。もう大学は出たから、目下は作家兼ペンキ塗りだが、初めての長篇を書き終えたばかりであり、新しいことを始める態勢ではなかったから（脳がくたくただし当面アイデアも尽きた）、おおむねペンキ塗りだった。

　エイミーは何の障害物なく邁進していくが、ほかの三人はこの夏の徴兵審査とその結果次第である。ハワードは七月中旬、ノアは八月上旬、ファーガソンは八月下旬。もし徴兵されたら、ハワードとノアはルーサー・ボンドの範に倣ってカナダへ行くと決めているが、二人より頑固で血気盛んなファーガソンは刑務所行きの危険を冒す気でいる。自分たちのような者を呼ぶ名を好戦派はいくつも持っている。徴兵忌避者、臆病者、売国奴。だが三人とも、正当だと思える戦争であればアメリカのために戦う気はある。あらゆる戦争に反対することが正しいと信じる平和主義者ではないのだ。三人ともあくまでこの戦争に反対しているのであり、この戦争が倫理的に擁護できないと考えていて、単に政治的愚行というにとどまらず犯罪的暴挙と見なしているので、その参加に抗うことこそ愛国心の命じるところだと信じている。ハワードの父親、ノアの父親、ファーガソンの義父、みんな第二次世界大戦の兵士だったし、息子たちと義理の息子は彼らがファシズムと戦ったことを立派だと思っていて、戦争自体も正義の戦争だったと信じているが、ベトナムは話が違う。そしてその別の戦争の古強者たちが、今度の戦争に息子たちと義理の息子が反対しているのを支持してくれたことで、こんがらがった大氏族の誰もが救われた思いだった。

　ハンバーガー・ヒルの戦い、アシャウ谷のアパッチ・スノー作戦、フォックトゥイ省のビン・バの戦い。三人が大学を卒業した前後にベトナムからそんな名称や地名が伝わってきた。それぞれの徴兵委員会に出かけていく準備を進めるなか（ハワードはニューアーク、ノアとファーガソンはマンハッタンのホワイトホール・ストリート）、ハワードもノアも医者に相談して、架空の病気を捏造し4－F（軍務不適）か1－Y（軍務に耐えるが緊急時に限る）の判定に持ち込んでカナダへ行かずに済む道を探っていた。ハワードは埃、芝、ブタクサ、セイタカアワダチソウ、スギ等の花粉アレルギーがあり、医者も反戦派で協力してくれて、さらに喘息もあるという診断書を書いてくれた(喘息だけで兵役免除になるとは限らないが)。ノアもしっかり診断書で武装し、過去半年、週二回通っているやはり反戦派の精神分析医に、広場恐怖症であり過度のストレス下では全面的なパラノイアに陥ると書いてもらい、潜在的なホモセクシュアル嗜好とも相まって男性ばかりの環境で正常に機能するのは不可能という診断を下してもらった。診断書を引っぱり出してファーガソンに見せたノアは、首を振りふり声を上げて笑った。俺を見ろよ、アーチー、とノアは言った。俺は社会にとって脅威なんだ。掛け値なしの異常者さ。

こんなガセネタ、医者は本気で書いているのかな?とファーガソンは訊いた。

わかるもんか。それから、少し間を置いたのち、ノアはもう一度笑って、たぶん本気だよ、と言った。

ファーガソンとしても、自身の利益を考えるなら、自分も医者に行ってハワードやノアと同じことをやるべきなのだろう。だが読者もうおそらくわかっているとおり、ファーガソンはつねに自分の利益を考えて行動する人間ではなかった。八月二十五日月曜日の朝、ホワイトホール・ストリートの徴兵センターに、軍隊の医療スタッフに見せられるような、本物であれ架空であれいかなる肉体的・精神的症状を記した診断書も持たずにファーガソンは出かけていった。子供のころは彼も花粉症を患ったものだが、ここ数年は治ったようだし、疾患と言えるものがひとつあるとすれば時おり喋るラバ状態に陥ることだが、それは当面の問題とは関係ない。

白いパンツ一丁の姿で建物内をあちこち、同じく白いパンツ一丁の姿の若い男たちの群れに交じって歩き回った。白人の若い男、茶色い若い男、黒人の若い男、黄色い若い男、みんな同じ運命にある。筆記試験を受け、身長体重を測定され、体じゅう細かく調べられ、次はどうなるんだろうと思案しながら家に帰った。

3)ホー・チ・ミンは九月二日に七十九歳で亡くなった。夏の始まり以来、ミスタ・マンジーニに斡旋された四つ目の仕事に就いていたファーガソンは、セントラルパーク・ウェスト八十三丁目と八十四丁目のあいだにある三寝室アパートメントのキッチンで梯子に乗って天井にペンキを塗っている最中にラジオでそのニュースを聞いた。アンクル・ホーは死んだが、何も変わりはしないだろう。戦争はこのまま、北が南を打倒しアメリカ軍が追い出されるまで続くにちがいない。そこまでは確かだ、と天井をもう一塗りしようと刷毛を缶に浸しながらファーガソンは考えた。でも確かでないこともたくさんある。たとえば、ハワードとノアには徴兵審査の日時を知らせる手紙が早々と送られてきて、自分のところにはなぜ一か月もあとだったのか?

あるいは、ハワードの許にはすでにニューアークの徴兵委員会から判定が送られてきたのに（1－Y）、同じだけの時間が経ってもマンハッタンの委員会からノアにはまだ何の連絡もない。何もかもがバラバラに為されているように思える。システムの左手と右手が完全に分離していて、それぞれ別の仕事に携わるなかで相手が何をやっているのか全然見えていない。ファーガソンも審査が終わったはいいが、どれくらい待たされるのかははっきりしない。

最悪の事態を覚悟し、夏から秋の始めにかけてずっと、刑務所のこと、意図に反して閉じ込められ看守たちの気まぐれなルールや命令に左右されることを考えた。囚人仲間に強姦されるとか、武装強盗で七年の刑に（あるいは殺人で百年の刑に）服している刃物を隠し持った暴力的な囚人と同じ監房に入れられるとかいった脅威に思いを巡らしていると、やがて心は現在から漂い出ていき、十二歳のときに読んだ『モンテ・クリスト伯』へと移っていった。無実の罪を着せられたエドモン・ダンテスはイフ城に十四年間囚われていた。あるいは八年生のときに読んだ『真昼の暗黒』では、隣りあった独房に入れられた囚人同士が壁を叩いてモールス信号で暗号メッセージを伝えあう。そして、長年のあいだに観たおびただしい数の監獄映画。『大いなる幻影』、『抵抗』、『仮面の米国』、『ゾラの生涯』に出てくる悪魔島でのドレフュス、『第十一号監房の暴動』、『ビッグ・ハウス』、『春なき二万年』、そして『鉄仮面』――これも『モンテ・クリスト伯』同様デュマ作の物語で、悪漢である双子は自分のひげが首に巻きついて窒息死する。

不確かさと、募る一方のパニックとが作る二重の培養器の中で、ピリピリとせわしない思いが孵化していった。

毎年夏はみっちり本を読む季節なのに、その夏は『滅亡の都』に関して送られてきた断り状四通以外ほとんど何も読めなかった。ホー・チ・ミン死去の一か月後、数は四から七に増えていた。

4）その年の夏・秋のあいだずっと、ファーガソンがミスタ・マンジーニの下で働き、眼前に広がる不確かな未来を思い悩んでいるあいだ、一人の男がニューヨークのあちこちに爆弾を仕掛けていた。サム・メルヴィル、またはサミュエル・メルヴィル。一九三四年に生まれたときの名はサミュエル・グロスマンだが、『白鯨』を書いた男に敬意を表したか、それともフランスの映画監督ジャン＝ピエール・メルヴィルに敬意を表したのか（彼もまた出生時の名はジャン＝ピエール・グリュンバックだった）、あるいは別に誰に敬意を表したわけでもなく単に父と父の名から自分を切り離そうとしたのか。ウェザーメンともブラックパンサーともつながりはあったが基本的には独立独歩のマルクス主義者で、活動も一人で行ない（時に共謀者が一、二人いることもあったが、いない方が多かった）、七月二十七日に初めて爆弾を仕掛け、ニューヨークのウォーターフロントのグレース埠頭の施設を破壊した。この施設の所有者は長年中米・南米の虐げられた農民を搾取してきたユナイテッド・フルーツ社だった。八月二十日、マリーン・ミッドランド銀行ビルを、九月十九日はロウアー・ブロードウェイの連邦政府ビルの商務省と陸軍監査官のオフィスを襲った。以後の標的にはRCAビル内のスタンダード石油のオフィス、チェース・マンハッタン銀行本社などがあり、十一月十一日は五番街のゼネラルモーターース・ビルだった。が、翌十二日、センター・ストリートにある、パンサー21の裁判が行なわれている刑事裁判所ビルを破壊しようとした際、共謀者にFBI密告者を選ぶ過ちを犯し、現場で逮捕された。一九七〇年四月にトゥームズ拘置所に収監されると、囚人たちを率いてストライキを組織し、その結果七月にシンシン刑務所に移され、そこでも囚人ストライキを組織したので、九月にはニューヨーク州北部アッティカの重警備施設に移された。

メルヴィルの急進主義の高まりは、明らかに一九六八年春のコロンビアでの出来事に刺激されたものだった。四月三十日の大量逮捕の夜、三十四歳だったこの元配管設計工は学生たちを支援しにキャンパスに現われ、TPF千人が群がって七百人の学生を逮捕し緑腕章と白腕章の者たちに無数の攻撃を加えるなか、警察に反撃するよう学生たちを叱咤激励していたのである。少数のデモ参加者とともに、強化され加硫処理された五十ガロンのゴミバケツをメルヴィルは次々ロー図書館の屋上へ運んでいき、眼下にいる警官たちに向かって投げ落としはじめた。若い学生たちはかくも無謀な行動に出る覚悟がまだ全然出来ておらず怖気づいてしまい、夜の中へ散っていった。まもなくメルヴィルは警察に見つかり、別の建物内に引きずり込まれて棍棒で袋叩きにされ、椅子に縛りつけられたまま置き去りにされた。その後何日か経って、大学の所有する建物から貧しい賃借人を追い出すというコロンビアの方針に反対する地元の市民活動センター（CAC）に加わった。そして西一一二丁目にある当の建物（セントマークス・アームズ）の前で行なわれたCACのデモの最中、グループの仲間数人と一緒に逮捕された。

コロンビアによってメルヴィルの中に火が点いたのである。翌年に至りニューヨーク中で爆破活動を展開したのである。当初は実に巧みにやってのけたため、三か月半にわたり野放し状態で行動し、まったく気づかれず、手掛かりひとつ残さなかった。タブロイド新聞は彼を狂った爆弾犯（マッド・ボマー）と呼んだ。

ファーガソンはサム・メルヴィルに会ったことはなかったし、十一月十二日に逮捕されるまで名前も知らなかったが、彼ら二人の物語は、八回の爆撃のうち四回目の、もっとも破壊が大きかった爆破事件において交叉したのだった——それも、ファーガソンの人生の行く末を変える形で。なぜなら、元気で健康な大学生ファーガソンは、普通だったら徴兵委員会によってまず間違いなく1-Aに分類され、そこから連邦政府裁判所での裁判、連邦刑務所での懲役へとつながっていったことだろう。ところが、十月初旬にメルヴィルがホワイトホール・ストリートの陸軍徴兵センターを爆破した時点でファーガソンはまだ分類について連絡を受けておらず、その月の終わりに至っても連絡はなく、十一月もずっと同じだった。希望を持ちすぎぬよう用心しつつ、自分の記録はメルヴィルの爆弾によって失われたのだという仮説にファーガソンは傾いていった。まさに彼が胸の内で好んで言ったとおり、ファーガソンは帳簿外(オフ・ザ・ブックス)となったのである。

　言い換えれば、もし自分は本当に帳簿外であるなら、サム・メルヴィルに人生を救ってもらったことになる。ほかの何百何千人の人生と一緒に、マッド・ボマーがファーガソンの人生を救ってくれたのだ。メルヴィルは自分の人生を犠牲にして、彼らに代わって刑務所に行ってくれたのである。

　5)……と、ファーガソンは想像した。というか期待した、そうであれと祈った。が、帳簿外であろうとなかろうと、まだもうひとつ橋を渡らねば話は決まらない。ニクソンが法律を変え、選抜徴兵制はもはや、軍隊の人員を満たすために十八歳から二十六歳のアメリカ人男性全員に依拠せず、一部の人間だけを対象とすることになった。すなわち、新方式の徴兵抽選で一番低い方の数字を割り当てられた者だけが対象となる。この抽選が行なわれるのが十二月一日月曜。三六六の数を、うるう日を含む一年のそれぞれの日に振り当て、合衆国中すべての若者が誕生日に従ってひとつの番号を与えられる。まったくランダムに数が割り振られ、自由か自由でないか、戦争へ行くのか家にいられるのか、刑務所に行くのか行かないのかが決まる。人生全体の形が、まるっきりの運任せ。運命将軍の手、骨壺と棺桶と国中の墓地を統率する総司令官の手によって決せられるのだ。

　馬鹿げてる。

　国全体がカジノに変えられ、自分でサイコロを転がすことさえできない。政府が代わりに転がすのだ。八十、百以下は危険。それより上の数字が出たら、旦那様、ありがとうごぜえますだ。

　三月三日に振られた番号は二六三だった。

　今回は何の高揚感もなかった。血管を雷や電流が貫いたりも、黒ずんだ雪の中から紫のクロッカスが飛び出したりもせず、突然の落着いた気分、おそらくは諦念さえ、悲しみさえ湧いてきた。でもそれだけだった。反抗的な行動を採る、と自分に誓い、実行する覚悟でいたのに、もうそんなことをしなくてよくなった。もう考えもしなくてよくなったのだ。立ち上がって息を吸っていい、立ち上がって動き回っていい、立ち上がって世界を見回していい。そうして立ち上がり息を吸って動き回って世界を見回しながらファーガソンは、自分が過去五か月ずっと麻痺状態で生きていたことを悟った。

父よ、不可解なる死せる父よ、とファーガソンは胸の内で言った。あなたの息子は鉄格子の向こうで暮らすことにはなりませんでした。あなたの息子は行きたいところどこへでも自由に行けるのです。息子のために、父よ、祈ってください、息子もあなたのために祈っています。

ファーガソンは机に戻って座り直し、新聞で六月十六日の番号を探した――ノアの誕生日。

二七四番。

そしてハワード、一月二十二日。

三三七番。

翌日の夕方、ノアがヒッチハイクでニューヘイヴンからやって来て、ファーガソンとハワードは〈ウェストエンド〉で彼を出迎え、まずは一、二杯やってから、ブロードウェイをほんの二ブロック南に行った〈ムーン・パレス〉へ中華料理の祝杯ディナーに行こうということになった。が、〈ウェストエンド〉の表側端のブースですっかりくつろいでしまい、結局いつまでも腰を上げず中華には行かずじまいで、この飲み屋での彼らのお気に入りの食事――最高にまずいポットローストとヌードル――で済ませ、午前二時半までだらだらと大量の、さまざまな形態のアルコール飲料を摂取した。ファーガソンの場合それは主としてスコッチであり、月並なブレンドのスコッチに導かれてガタピシ揺れる道を酩酊の深奥へと向かい、ついには朦朧たる、前後不覚の、何もかもが二重に見える泥酔状態に陥って、こちらも結構足下の怪しい仲間二人によって西一一三丁目のハワードとエイミーのアパートまで引きずられていき、酔いつぶれたままソファで明け方までの時間を過ごした。が、そうやって人事不省となる前のどこかの段階でハワードとノアに吊し上げられ、いくつもの事柄に関し批判されたことは覚えていた。内容を記憶している批判もしていない批判もあったが、覚えているのはたとえば次のようなものだった。

＊父親から相続した金に手をつけないのは馬鹿だ

＊まだ手をつけていない金の助けを借りて、アメリカに別れを告げて大西洋を渡り最低一年はヨーロッパで暮らすべきだ。これまでの情けない人生、どこへも行っていないのだからいま旅を始めるべきだ

＊メアリ・ドノヒューが夢の王子様を見つけたから結婚するとか言ってることは気にするな。たしかにメアリは見

上げた女性だしお前が辛かった時期に何度も支えてくれたが、お前たち二人に未来はない。お前は彼女が求めている人間でも必要としている人間でもなく、彼女に与えられるものなんか何も持っていない

＊ニューヨークの十二の出版社に断られたからってそれがどうした。たとえあと十二の出版社から断られたとしたって、いずれは誰かが出してくれるんだから、いま大事なのは次の本について考えはじめることだけだ……

記憶するところ、ファーガソンはこれらすべての点に同意した。

6）ファーガソンは真面目な勤め人であり、遅刻して仕事仲間に迷惑をかけたくなかったから、翌朝は九時きっかりに出勤した。ハワードとエイミーのアパートのソファで四時間半眠り、ブロードウェイと一一二丁目角の〈トムズ・レストラン〉でブラックコーヒーを三杯飲んでから、リバーサイド・ドライブ八十八丁目と八十九丁目のあいだの現場まで歩いていったのである。めざすはベッドルーム四部屋の巨大なアパートメントで、何日か前からファン、フィーリックス、ハリーと一緒にペンキを塗っていた。その朝は凍てつく寒さで、ファーガソンはひどい二日酔いで目は充血し、頭にはひびが入り、はらわたは一触即発といった有様で、マフラーに顔を埋めてよたよたと南へ歩き、いまだ息に浸透している酒の臭いがマフラーからも発散しはじめていた。ファン：あんた、どうしたんだ？　フィーリックス：見られたもんじゃないぜ、お前。ハリー：うち帰って寝たらどうだ？　だがファーガソンは、帰って寝る気なんかないね、気分は完璧だよ、仕事に来たんだよ、と答えた。ところが一時間後、高い伸縮梯子に乗り、例によってキッチンの天井にペンキを塗っている最中、ファーガソンはバランスを失って床に墜落し、左の足首と左の手首の骨を折った。ハリーが救急車を呼んでくれてローズヴェルト病院に運ばれ、医者が骨を接いで手首と足首にギプス包帯をしてくれた。ひととおり終わった治療を眺めわたしてから医者は言った――君、派手に落ちたな。頭から落ちなかっただけ幸運だったぞ。

7）その後の六週間はウッドホール・クレセントの家で過ごし、骨が融合するのを待ちながら母親の美味しい料理を貪り、夕食後はダンとジンラミーに興じ、ニックスのテレビ中継がある夜はシュナイダーマン家の男二人とリビングルームで観戦し、その間彼の母と妊婦ナンシーが二人きりでキッチンにいて女性たることの神秘を語りあう。しばし家にいることの安らぎと快楽を感じつつ、ファーガソンは強制的休息（ダンの言葉）を取り、あるいは単に立ち止まって（母親の言葉）、次に何をすべきか思案した。

メアリは結婚することになってじきに姿を消した。相手はボブ・スタントンなる知的な男性で、クイーンズ在住、

三十一歳の地方検事補、ファーガソンには永久に無縁であろう安定をすでに達成している。まあ賢明な選択だよな、とファーガソンも思ったが、それでも胸の疼きが治るには骨折が治るよりずっと時間がかかりそうだった。メアリがいなくなったいま、彼をニューヨークにとどめておくものは何もない。ミスタ・マンジーニの下でペンキ塗りを続けることを強いるものもない。あの飲んだくれた夜、ハワードとノアにとうとう分別を吹き込まれ、父親の金に関する考えをファーガソンは反転させて、金を受け取らないのは一種の侮辱だという二人の主張にしぶしぶ同意したのである。父は死んだのであり、死んだ人間はもう自分を弁護できない。長年のうちに二人のあいだでどれだけの怒りが蓄積されてきたにせよ、父はファーガソンを遺言に含めたのであり、つまりはファーガソンが十万ドルを好きなように遣うことを望んだのだ。そしてファーガソンの場合、それはこの金を遣ってものを書きつづけることだと父だってわかっていたはずだ。そうファーガソンは考えるに至り、それにもう実は、彼の中に怒りはほとんど残っていなかった。父が死んでいる時期が長くなればなるほど怒りは薄れていき、一年半が経ったいまではもはやほぼなくなっていた。かつて怒りが占めていた空間は、いまや悲しみと戸惑いが占めていた。悲しみと、戸惑いと、悔いが。

十万ドルは大金である。注意深く遣えば何年も暮らせる額である。その金の大切さをハワードとノアが強調してくれたのは正しかった。出版社に断られつづけている小説については気長に考えるよう促してくれたのも有難かった（そして二月初旬に至りリン・エバハートはついに本の受け入れ先を見つけてくれた。コロンバス・ブックスなる、一九五〇年代から続いている反主流の戦闘的なサンフランシスコの小出版社）。が、何よりもまず、この金があるおかげでファーガソンが現時点で取りうる最良の次の一歩を取れることをハワードとノアは理解していた。ウッドホール・クレセントの家でだらだら過ごし、金が可能にしてくれるさまざまな可能性の靄（もや）を覗き込んでいるうちに、ファーガソンも徐々に、友人二人の視点に追いつくに至った。そう、アメリカを出て世界を見る時が来たのだ。炎をあとにしてどこかよそへ、どこでもいいからよそへ行くべき時なのだ。

その後二週間にわたってあれこれ迷い、考えた末に、無限にある「どこか」をファーガソンは五つ、三つ、一つに絞っていった。最後は言語が物を言うだろうが、いくらイングランドでは英語が話されアイルランドでも英語が話されるといっても、ああいう暗い、雨ばかりの場所で楽しく暮らせるかは疑問だ。もちろんパリだって雨は降るけれど、まあフランス語なら唯一まずまず流暢に話したり読んだりできる言語だし、パリのことを誰かが悪く言うのは聞いた覚えがなかったから、ここはひとつパリに賭けてみようと決めた。まずはウォームアップとしてモントリオールのルーサー・ボンドを訪ねてしばらく泊めてもらう。新しい国でルーサーは元気にやっている。マッギル大学当局を首尾よく説得したルーサーは、ファーガソンがブルックリン・カレッジに転学したのとおよそ同時期にマッギルに入り、すでに卒業して『モントリオール・ガゼット』の見習い記者をやっており、新しいガールフレンドのクレア（クレア・シンプソンだかサンプソンだか――ルーサーの筆蹟はしばしば判読不能なのだ）と一緒に住んでいる。ファーガソンとしても北へ、東へ行きたくてうずうずしていた。とにかくここから出たくてうずうずしていた。

一月末には足首も治って普通に歩けるようになるだろう。それまでに東八十九丁目のアパートを空け、大いなる移動を準備する時間は十分ある。

やがて一月一日、ファーガソンが新たな十年間の最初の朝食の一口目に齧（かぶ）りつこうとしたところで、母が彼にそのジョークを語ったのだった。

どうやらそれは昔からあるジョークらしかった。もう何年も前から、ユダヤ人たちの居間から居間を回っていたにちがいないが、どういうわけかいままでファーガソンの耳には入らず、誰かがそれを語っている居間に一度も居合わせることなくここまで来たのだったが、一九七〇年のその元旦の朝、キッチンでとうとう母からその古典的な物語を聞いたのである。長い、発音不可能な名前の若きロシア系ユダヤ人がエリス島に到着し、年上で経験も豊かな同国人（ランツマン）と喋っていて、自分の名を相手に告げると、年上の相手は眉をひそめ、そんな長ったらしい発音しようのない名前じゃアメリカの新生活には使えない、もっと短いアメリカっぽい響きの名前に変えないと、と忠告する。何がいいですかね？　と若者は問う。ロックフェラーですって言えばいい、それなら間違いない、と相手は答える。二時間が経ち、若きユダヤ人は入国審査官の前に座るが、もはや年上の男に薦められた名を思い出せない。名前は？　と審査官は訊く。慌てふためいて若者は頭をぴしゃっと叩き、イク・ホブ・ファルゲスン（忘れました）！とイディッシュ語を口走る。かくしてエリス島の入国審査官は万年筆のキャップを外し、その名を素直に名簿に書き込む――イカボッド・ファーガソン。

ファーガソンはそのジョークを気に入り、キッチンで母親から聞かされたときもゲラゲラ笑ったが、やがて足を引きひき階段を上がり寝室に戻ってみると、なぜかそれについて考えるのをやめられなくなっていて、ほかに気がそれる用事もないまま、午前中ずっと、そして午後になってもその移民のことを考えていた。やがて物語はジョークの領域から解き放たれて、人間の運命をめぐる、人生を歩んでいく中ではてしなく分岐しつづける道をめぐる寓話になっていった。一人の若者が突如三人の若者に分裂し、三人とも同一人物なのだが名前はそれぞれ異なっている。ロックフェラー、ファーガソン、そしてロシアからエリス島までずっと彼とともに旅してきた長い発音不能な名たるX。ジョークの中では、彼が話す言語を入国審査官が理解しないためにファーガソンとなるわけで、それだけでも十分興味深い。官僚機構の誤りのせいで名前を押しつけられ、生涯その名を抱えて生きてゆく。奇怪、愉快、悲痛という意味合いで興味深いのだ。Ichabod Ferguson。ロシア系ユダヤ人が、赤の他人のペンが十五回動いたことによって、スコットランド長老派信徒に変容する（「ファーガソン」はスコットランド系の姓。長老派はスコットランドで発展したプロテスタントの一派）。白人のプロテスタントが支配するアメリカでユダヤ人がプロテスタントと見られ、出会う誰もが彼のことを自動的に、彼ではない誰かだと決めてかかるのだとすれば、それがアメリカでの未来の人生にどのような影響を及ぼすだろう？　正確にどうと定めるのは不可能だが、違いが生じることは間違いあるまい。ファーガソンとして送る人生は、若いヘブライの民Xとして送ったであろう人生と同じではないだろう。一方、若きXはロックフェラーになることに異存はなかった。別の名を選ぶ必要を説く年上の同国人の忠告を彼は受け入れたのであり、もしその名を忘れることなくきちんと口にしていたらどうなっていたか？　そのままロックフェラー姓となって、以降人々は、この人はアメリカ有数の大富豪の家系なんだなと思ったことだろう。イディッシュ訛りを隠せはしないだろうが、それもきっと、一族の別系なんだな、外国に住む傍系だろうけど元をたどればジョン・Dとその跡継ぎたちのところにたどり着くにちがいない、と思ってもらえるだろう。もし若きXに、ぬかりなくロックフェラーと名のるだけの才覚があったなら、それがアメリカでの未来の生活にどう影響しただろう？　同じ人生を送ったか、違う人生だったか？　絶対違う人生だ、とファーガソンは思った。どう違ったかは知る由もないが。

　本当の名はファーガソンではないファーガソンは、自分がファーガソンとして、あるいはロックフェラーとして生まれたら、という想像に惹かれていった。一九四七年三月三日、母親の子宮から引っぱり出されたときに貼りつけられたXという名とは違った名を持つ人間として生まれてきたら。事実としては、彼の父親は、一九〇〇年一月一日エリス島に着いたときに別の名を与えられたわけではない。でももし与えられていたら？

　その問いから、ファーガソンの次の作品が生まれた。

　三つの名を持つ一人の人間じゃないな、と彼はその日の午後に考えた。その日とは一九七〇年一月一日、一族の言い伝えを信じるなら祖父がアメリカに着いてからちょうどぴったり七十年後だ。ファーガソンにもならずロックフェラーにもならず、一九二三年にシカゴで撃ち殺された男。だが物語の目的に沿って、まずは祖父とジョークの話から始めることにしよう。最初の段落でひとたびジョークが語られたら、祖父はもはや三つの可能な名を持つ一人の若者ではなく、Xでもロックフェラーでもないファーガソンという名を持つ人間になる。それから、両親が出会って結婚して彼自身も生まれる物語を（すべて長年のあいだに母親から聞かされたいろんな逸話に基づいて）語ったあとに、前提をひっくり返して、三つの名前を持つ一人の人物という発想を推し進める代わりに、自分自身の別バージョンを三つ捏造して、自分の物語と並行して語るのだ（ほぼ自分の物語と並行して、と言うべきか――彼自身も自分の一虚構バージョンになるだろうから）。四人の同一でかつ違った人物たち、名はみな同じ「ファーガソン」である人物たちをめぐる本を書くのだ。

　名前をめぐるジョークから生まれた名前。ポーランドやロシアから船に乗ってアメリカにやって来たユダヤ人たちをめぐるジョークを締めくくるオチ。明らかにアメリカをめぐるユダヤ・ジョークでもある――そして、ニューヨーク港に建つ巨大な彫像をめぐるジョーク。

　亡命者たちの母（自由の女神を謳ったエマ・ラザルスの有名な詩「新コロッサス」に出てくるフレーズ）。

苦闘の父。

誤って生まれた名を与える者。

　十四歳の少年のときに思い描いた二つの道を、彼はいまだ旅している。ラズロ・フルートとともにいまだ三つの道を歩んでいる。そのあいだずっと、物心ついて以来、道にあるいくつもの分かれ目や平行線はみな、選んだものも選ばなかったものも、同じ人間によって――見える人間、影の人間によって――同時に歩まれているのだという気持ちを抱きつづけてきた。いまあるこの世界は世界のごく一部分にすぎない、なぜなら現実とは起こりえたけれど起こらなかったものからも成っているのであって、どの道もほかの道に較べていいとか悪いとかいうことはいっさいないのだ。一つしかない身体で生きることの辛さは、どの瞬間にも一つの道にしかいられないことである。ほかの道にいたこともありえて、いまごろまったく違う場所へ向かって進んでいたかもしれないのに。

　同一だが違っている。すなわち、同じ両親と同じ肉体と同じ遺伝子を持つ四人の少年が、それぞれ違う町の違う家に住んで違う環境を生きている。環境によってあっちに揺られこっちに揺られて、物語が進むにつれ四人はだんだん別々の方向へ分かれてゆき、少年時代、思春期、成人初期を這ったり歩いたり疾走したりするなかでますます別個の人格を形成し、別々の道を歩んでいくが、それでも四人みながいまだ同じ人物であり、彼自身の三つの架空バージョンと、四番目として放り込まれる著者たる彼本人がいる。この時点ではまだ細かいことは彼にも見えておらず、やってみないことには何をやろうとしているのかもわからないだろうが、とにかく肝腎なのは、それらほか三人の少年たちを生身の人間のように愛すること、自分自身と同じくらい深く、そして一九六一年の暑い夏の午後に目の前でばったり死んだ少年と同じくらい深く愛することだ。父親も亡くなったいま、これこそ彼が書くべき本なのだ——彼らのために。

神はどこにもいないが生はいたるところにある、と彼は思った。そして死もいたるところにあり、生者と死者はつながっている。

確かなことはひとつだけ。一人またひとりと、架空のファーガソンたちは、アーティ・フェダマンが死んだのと同じように死んでいくだろう。でもその時点で彼は、彼らを生身の人間のように愛するようになっているだろう。彼らが死ぬのを見るのは彼にとって耐えがたいことになっているだろう。そうして彼らが死んで、自分一人しかいない状態に戻る。最後に残った一人。

ゆえに、この本の題——４ ３ ２ １。

こうして本は終わる。ファーガソンがその本を書きはじめるべく旅立つとともに。重いスーツケース二つとナップサック一つを携え、ファーガソンは二月三日にニューヨークを去り、バスでモントリオールまで行ってルーサー・ボンドと一週間過ごしたのち、飛行機に乗って海を越えパリに着いた。その後五年半、第五区のデカルト通りにある二部屋のアパルトマンに住んで、四人のファーガソンをめぐる小説をこつこつ書き進めた。結局、思っていたよりずっと長い作品になり、一九七五年八月二十五日に最後の一言を書いたときにはダブルスペースでタイプ原稿一一三三枚に達していた。

書くのに一番難儀したのは、愛する少年たちの死を語る箇所だった。輝かしい表情の十三歳の男の子を殺す嵐を出現させるのはどれだけ苦しかったことか。二十歳のファーガソン３の人生を断ち切る交通事故の仔細を書きながらどれだけ胸が痛んだことか。その二つの必要な、だがおぞましい抹殺のあと、何より辛かったのは、一九七一年九月八日の夜に起きたファーガソン１の死を語ることだった。本の一番最後のページに至るまでその一節を——ニューヨーク州ロチェスターの家を焼き尽くした火事の記述を——書くことをファーガソンは先延ばしにした。ファーガソン１の階下の隣人チャーリー・ヴィンセントがベッドでペルメルを喫っている最中に寝入ってしまい、体を覆っていたシーツと毛布もろとも火が点き、炎が部屋中に広がって、やがて天井に達し、古い家の木は乾いて朽ちかけていたので火はあっという間に天井を突き抜けて上の寝室の床を燃え上がらせ、火は眠っていた二十四歳のジャーナリスト、翻訳者、ハリー・ドイルを愛する者の許にまたたく間に到達し、彼がベッドから飛び出し窓から這い出る間もなく部屋中が燃えさかる。

ファーガソンはここで一息ついた。机から立ち上がり、シャツのポケットから煙草を一本取り出して、小さなアパルトマンの二つの部屋を行ったり来たりし、また始められるくらい心が落着いてきたと思えた時点で机に戻り、椅子に腰かけ、最後の最後の数段落を書いた――

もしファーガソン1がその夜死なずに生きていたら、翌朝起きてジャネリとともにアッティカに行き、その後五日間、刑務所での暴動を報じた記事を書きつづけただろう。千人以上の男たちが刑務所を占拠し、改革を要求して三十九人の看守を人質に取り、所の機能は停止した。ファーガソン1はきっと、収監者たちの連帯に勇気づけられたことだろう。人種もバラバラな獄中の全員が結束して要求を打ち出し、誰もが記憶する中で初めて黒人の囚人、白人の囚人、ラテン系の囚人がみな同じ側に立ったのだ。反対の側も若干動きはしたが、希望を抱かせるほどの動きには程遠かった。恩赦の要求を彼らは却下し、刑務所長交代の要求を却下し、まあこれはさすがに無理だろうが反乱者たちを国外へ護送せよという要求を却下した(アルジェリア政府が全員を受け入れると保証したがやはり話は変わらなかった)。四日間にわたる熾烈な、はかばかしい進展なき交渉が囚人たちと矯正局長官ラッセル・オズワルドとのあいだで行なわれ、ロックフェラー知事は四日間ずっと、刑務所を訪問して仲裁に入ってほしいという要請を拒みつづけた。そして九月十三日、武力で刑務所を奪還せよ、という不可解な命令がロックフェラーによって下される。午前九時四十六分、刑務所の外壁の上に陣取った刑務所員とニューヨーク州警察官との合同部隊が中庭に集う囚人たちに向けて発砲し、人質十人と囚人二十九人が死亡した。二十九人のうちの一人がサム・メルヴィルで、一斉射撃が止んで何分も経ったあとに追いつめられ至近距離で射殺されたのだった。それら三十九人の死者に加え、人質三人と囚人八十五人が負傷した。中庭一帯が血にまみれた。

襲撃の直後、死んだ人質十名は囚人たちに喉を掻き切られて死んだのだという噂が広まったが、翌日ロチェスターで看守の死体十体を検屍したモンロー郡検屍官は、ナイフによって殺された者は一人もいなかったと断言した。十人とも同僚に撃ち殺されたというのである。十五日の『ニューヨーク・タイムズ』に記事を寄せたジャーナリストの、殺された看守の一人カール・ヴァローンの親戚であるジョゼフ・レリヴェルドは、死体を見たあとに「切りつけられた傷はいっさいなかった。体のどこにも、何かが触れた形跡はなかった。ロックフェラーの名が入った弾丸がカールを殺したのだ」と記した。

ネルソン・ロックフェラーは共和党のリベラル派を代表し、アッティカの虐殺以前はつねに中庸と分別が取り柄の人物と見られていたが、一九七三年五月、ニューヨーク州議会で一連の法案を強引に通過させてふたたび世間を仰天させることになる。二オンス以上のヘロイン、モルヒネ、アヘン、コカイン、大麻を売った者、それらの薬物を四オンス以上所有した者に最低十五年、最大終身刑の懲役を科したのである。いわゆる「ロックフェラー麻薬法」はこれまで国中どの州で定められた法律よりも苛酷だった。

もしかするとロックフェラーは、大統領になる夢をいまだ捨てておらず、アメリカの大衆の中の強硬な、力で秩序を保とうとする層に向けて、自分もどれだけ強硬になれるかをアピールしようとしたのかもしれない。だが自由世界の指導者にならんと渇望し、一九六〇、六四、六八年の大統領選で党指名を受けようと奔走したものの、ニクソン、ゴールドウォーター、ふたたびニクソンに敗れることになった。ところが一九七四年、ニクソンがウォーターゲートのスキャンダルで辞任すると、スピロ・アグニューがスキャンダルで辞任して指名された副大統領ジェラルド・フォードが大統領の座に就き、ネルソン・ロックフェラーを副大統領に指名する。こうして彼らは、アメリカ史上唯一、アメリカの国民によって選挙されることなく大統領・副大統領の座に就いたペアとなったのである。一九七四年十二月十九日、下院での二八七対一二八、上院での九〇対七の投票結果を受けて、ネルソン・ロックフェラーは第四十一代合衆国副大統領に就任した。

彼はハッピーという名の女性と結婚していた。

訳者あとがき

訳者あとがきというものが、この本を読み終えた人がさらにいろいろ知ろうと思って読むのならともかく、それとは逆に、これからこの本を読もうかと思っている人が「だいたいどんな本か」を先に知ろうと思って読むものだとすれば、この本ほどあとがきが書きにくい本もそうザラにない。この本はまさに、「だいたいどんな本か」を、読む人一人ひとりが一ページずつ読み進むなかで発見してほしい本だからだ。

この小説は二〇一七年に発表された。前作『サンセット・パーク』以来七年ぶりの長篇である。『サンセット・パーク』がこの書き手にしては珍しく同時代を扱った作品だったのに対し、この『４３２１』は、これまでポール・オースターが小説やエッセイで何度か描いてきた激動の一九六〇年代を扱っている、ということはひとまず明かしてしまっていいかと思う。小説に限って、きわめて大まかに言えば、オースターは『ムーン・パレス』（一九八九）で六〇年代の比較的（あくまで比較の問題だが）明るい面を描き、二十年後に書いた『インヴィジブル』で同じ時代のもう少し暗い面を掘り下げた。ではこの『４３２１』ではどういう面を描いたかというと、この小説で問題になるのは、時代のどの面を描いたかよりも（しいて言えば、あらゆる面を描いたということになるかもしれない――ケネディ暗殺、公民権運動、ベトナム戦争、学園紛争、みんな入っている）、どういう書き方で書いたかである。で、それは、読者がそれぞれ作品を通して独自に知っていただきたいのである。

この小説が刊行された二〇一七年一月の時点で、一九四七年二月生まれのポール・オースターは六十九歳だった。六十代後半にして（この小説は彼が六十六歳のときに書きはじめられた）、自分の人生観を左右することになった一九六〇年代をふたたび、しかもこのような大著で描いたとなると、これは長年の執筆活動の「集大成」なのか、と見られる可能性は大だろう。しかも、大変残念なことに、作者が二〇二四年四月三十日、七十七歳で世を去ってしまい、『４３２１』が結局最後から二番目の小説になった（そして二〇二三年刊の最後の小説『バウムガートナー』は比較的――少なくとも量的には――軽量の作品だった）ために、『４３２１』がオースター文学の集大成である、という見方はますます妥当なものに思えるようになった観がある。

けれども、作品が発表された二〇一七年の時点では、個人的にはむしろ、オースターが六十九歳にしてまた新しいことをやってのけた、という印象の方が強かったのである。この作品はあなたにとって集大成か、と問われた本人も、「そうかもしれない。でもまだ私は終わっていないと思いたい（But I hope I'm not finished yet）」と答えている。

事実、オースターは少しも終わっていなかった。二〇二一年十月、夭折の作家スティーヴン・クレイン（一八七一―一九〇〇）の人生と作品をたどる、『４３２１』とほぼ同じくらい大著の評伝 *Burning Boy* を刊行した（『４３２１』原書は八八〇ページ、*Burning Boy* は八〇〇ページ）。これは、オースターが文学における大先輩の業績をたどりつつ、八方破れの弟の生き方をハラハラ眺めているような二面性に貫かれた、かつ個々の作品を綿密に読み込んだ、実に読み応えある熱い評伝である。そして二〇二三年一月には、写真家 Spencer Ostrander との共著 *Bloodbath Nation* を出版。銃による大量虐殺があった場所をオストランダーが撮った無人写真と、銃社会の狂気をオースターが静かな怒りを込めて綴った文章を組み合わせた、小さいながらも重い一冊である。そして二〇二三年十一月、小説 *Baumgartner* が刊行された。これは妻に先立たれた七十歳の男が過去と死を見つめながら生きる日々を綴ったひそやかな傑作である。

――こうした列挙が、まだまだ続くと思っていたのに、このあとがないというのは本当に残念である。もちろん、作家オースターの生命は、作品の中にこれからもずっと宿りつづけるわけだが、それでも……。

オースターの主要作品を以下に挙げる。特記なき限り、拙訳による長篇小説。

The Invention of Solitude（1982）『孤独の発明』自伝的考察（新潮文庫）
City of Glass（1985）『ガラスの街』（新潮文庫）
Ghosts（1986）『幽霊たち』（新潮文庫）
The Locked Room（1986）『鍵のかかった部屋』（白水Uブックス）
In the Country of Last Things（1987）『最後の物たちの国で』（白水Uブックス）
Disappearances: Selected Poems（1988）『消失　ポール・オースター詩集』（飯野友幸訳、思潮社）
Moon Palace（1989）『ムーン・パレス』（新潮文庫）
The Music of Chance（1990）『偶然の音楽』（新潮文庫）
Leviathan（1992）『リヴァイアサン』（新潮文庫）
The Art of Hunger: Essays, Prefaces, Interviews（1992）『空腹の技法』エッセイ集（柴田・畔柳和代訳、新潮文庫）
Mr. Vertigo（1994）『ミスター・ヴァーティゴ』（新潮文庫）
Smoke & Blue in the Face: Two Films（1995）『スモーク&ブルー・イン・ザ・フェイス』映画シナリオ集（柴田ほか訳、新潮文庫）
Hand to Mouth: A Chronicle of Early Failure（1997）エッセイ集、日本では独自編集で『トゥルー・ストーリーズ』として刊行（新潮文庫）
Lulu on the Bridge（1998）『ルル・オン・ザ・ブリッジ』映画シナリオ（畔柳和代訳、新潮文庫）
Timbuktu（1999）『ティンブクトゥ』（新潮文庫）
I Thought My Father Was God（2001）編著『ナショナル・ストーリー・プロジェクト』（柴田ほか訳、新潮文庫、全二巻／CD付き対訳版アルク、全五巻）
The Story of My Typewriter（2002）『わがタイプライターの物語』絵本、サム・メッサー絵（新潮社）

The Book of Illusions（2002）『幻影の書』（新潮文庫）
Oracle Night（2003）『オラクル・ナイト』（新潮文庫）
Collected Poems（2004）『壁の文字　ポール・オースター全詩集』（飯野友幸訳、TOブックス）
The Brooklyn Follies（2005）『ブルックリン・フォリーズ』（新潮文庫）
Travels in the Scriptorium（2007）『写字室の旅』（新潮文庫、『闇の中の男』と合本）
Man in the Dark（2008）『闇の中の男』（新潮文庫、『写字室の旅』と合本）
Invisible（2009）『インヴィジブル』（新潮社）
Sunset Park（2010）『サンセット・パーク』（新潮社）
Winter Journal（2012）『冬の日誌』自伝的考察（新潮文庫、『内面からの報告書』と合本）
Here and Now: Letters（*2008–2011*）（with J. M. Coetzee, 2013）『ヒア・アンド・ナウ』往復書簡、J・M・クッツェーと共著（くぼたのぞみ・山崎暁子訳、岩波書店）
Report from the Interior（2013）『内面からの報告書』自伝的考察（新潮文庫、『冬の日誌』と合本）
4 3 2 1（2017）本書
Burning Boy: The Life and Work of Stephen Crane（2021）評伝
Bloodbath Nation（2023）（with photographs by Spencer Ostrander）ノンフィクション
Baumgartner（2023）

Baumgartner 第一章は「芋虫」として『ＭＯＮＫＥＹ』二十八号に、第二章は「幻肢」として三十号に掲載されており、二〇二五年には全訳を新潮社から刊行予定である。また、唯一の短篇「オーギー・レンのクリスマス・ストーリー」はタダジュンのアートとともに絵本としてスイッチ・パブリッシングから刊行されている。オースターを追悼して急遽企画された『ユリイカ』二〇二四年八月号「特集＝ポール・オースター」はきわめて充実したオースター論集である。

この翻訳書は新潮社から刊行していただいたオースター作品としては二十四冊目にあたる。一九八〇年代末、僕が雑誌に書いた一ページの記事を見て、「この作家を新潮社から出しましょう」と言ってくださった森田裕美子さんをはじめとして、オースター作品を刊行するにあたってお世話になった編集者、装幀者、校閲者、その他すべての関係者にこの場を借りてお礼を申し上げます。

スマホも持っていない僕は、SNSといっても旧ツイッターしか見ないのだが（それでも最後までメールもやらなかったポールよりはハイテクだが）、とはいえ今年の四月にオースターが亡くなったとき、この書き手が日本でいかに愛されていたかをつくづく実感した。そうしたオースター愛好者はもとより、まだオースターに触れていない方も、二〇二〇年代の現実をしばし離れて、この本でくり広げられる物語宇宙に耽溺してくださいますように。

柴田元幸

二〇二四年十月

4 3 2 1
Paul Auster

4 3 2 1

ポール・オースター
しばた もとゆき
柴田元幸訳

発　行　2024.11.30

発行者　佐藤隆信
発行所　株式会社新潮社
郵便番号162-8711　東京都新宿区矢来町71
電話：編集部(03)3266-5411・読者係(03)3266-5111
https://www.shinchosha.co.jp

装　幀　新潮社装幀室
印刷所　株式会社光邦
製本所　加藤製本株式会社

ISBN978-4-10-521722-8　C0097

サンセット・パーク
ポール・オースター
柴田元幸訳

大不況下のブルックリンで廃屋に不法居住する四人の男女。それぞれの苦悩を抱えつつ、不確かな未来へと歩み出す若者たちのリアルを描く、愛と葛藤と再生の群像劇。

インヴィジブル
ポール・オースター
柴田元幸訳

男が書き残したのは、彼の本当の人生だったのか？ ニューヨークからパリへ、そしてカリブ海へ。章ごとに異なる声で語られる、ある男の人生。新境地を拓く長篇小説。

内面からの報告書
ポール・オースター
柴田元幸訳

胸を揺さぶった映画。父の小さな嘘。憧れのヒーローたち。アメリカ人であること。元妻リディアへの若き日の手紙。『冬の日誌』と対を成す、精神をめぐる回想録。

冬の日誌
ポール・オースター
柴田元幸訳

幼いころの大けが。性の目覚め。パリでの貧乏暮らし。妻との出会い。住んだ家々。母の死――。人生の冬にさしかかった作家による、身体をめぐる温かな回想録。

惑う星
リチャード・パワーズ
木原善彦訳

パパ、この星に僕の居場所はないの？ 地球を憂い情緒が不安定な少年に、実験室での亡き母の面影との邂逅は驚きの変化をもたらすが――科学と情感が融合する傑作。

オーバーストーリー
リチャード・パワーズ
木原善彦訳

アメリカに最後に残る原始林を守るため木に「召喚」された人々。生態系の破壊に抗する彼らの闘いを描く、アメリカ現代文学の旗手によるピュリッツァー賞受賞作。

オルフェオ
リチャード・パワーズ　木原善彦 訳
微生物の遺伝子に音楽を組み込もうと試みる現代芸術家のもとに、捜査官がやってくる。容疑はバイオテロ？　現代アメリカ文学の旗手による、危険で美しい音楽小説。

エコー・メイカー
リチャード・パワーズ　黒原敏行 訳
謎の交通事故――奇跡的な生還。だが愛する人は目覚めると、あなたを別人だと言い募る。なぜ……？　脳と世界と自我を巡る天才作家の新たな代表作、全米図書賞受賞。

神秘大通り（上・下）
ジョン・アーヴィング　小竹由美子 訳
メキシコのゴミ捨て場育ちの作家が、古い約束を果たすため、NYからマニラへと旅に出る。道連れは、怪しく美しい謎の母娘。25年越しの大長篇、ついに完成！

ひとりの体で（上・下）
ジョン・アーヴィング　小竹由美子 訳
美しい図書館司書に恋をした少年は、ハンサムで冷酷なレスリング選手にも惹かれていた――。ある多情な作家の、半世紀にわたる性の記憶。切なくあたたかな傑作長篇。

また会う日まで（上・下）
ジョン・アーヴィング　小川高義 訳
オルガニストの父を追う、刺青師の母と小さな息子。三十数年後、父を知らぬ子がついに見つけた愛は、思いもよらない形をしていた――。最新最長最強の自伝的大長篇！

トマス・ピンチョン全小説
ブリーディング・エッジ
トマス・ピンチョン　佐藤良明／栩木玲子 訳
新世紀を迎えITバブルの酔いから醒めたNYで、子育てに奮闘中の元不正検査士の女性がネットの深部で見つけたのは、後の9・11テロの影。巨匠76歳の超話題作。